고사성어

고사성어

초 판 1쇄 | 2004년 3월 15일 발행
개정판 7쇄 | 2015년 9월 15일 발행

편저자 | 이동진
펴낸이 | 김진용
펴낸곳 | 해누리
편집주간 | 조종순
마케팅 | 김진용·이강호

등록 | 1998년 9월 9일(제16-1732호)
등록 변경 | 2013년 12월 9일(제2002-000398호)

주소 | 150-801 서울시 영등포구 당산로 20길 13-1 지층
전화 | (02)335-0414 팩스 | (02)335-0416
E-mail | haenuri0414@naver.com

ISBN 89-89039-69-X 03800

고사성어

해누리

차례

6

9

10

가

佳人薄命

가인박명 | 미인은 팔자가 사납다

佳 아름답다; 人 사람; 薄 얇다; 命 목숨
유사어 : 미인단명 美人短命 / 출처 : 소식(蘇軾)의 시 박명가인(薄命佳人)

> 미인은 일찍 죽는다.
> Prettiness dies first. Prettiness is short-lived.(서양속담)
> 아름다운 꽃은 빨리 꺾인다.
> Beautiful flowers are soon picked.(서양속담)
> 신들이 사랑하는 사람은 요절한다.
> He whom the gods love dies young.(메난데르)
> 미모와 행운은 사이가 나쁜 친구다.
> Beauty and fortune make bad friends.(서양속담)

소식(蘇軾, 호는 동파 東坡, 대소 大蘇, 1036-1101)은 북송의 저명한 정치가이자 탁월한 문호였다. 그가 지방의 관리로 근무하던 시절에 어느 절에서 우연히 미모의 비구니를 만났다. 나이가 30이 넘은 그 비구니가 처녀 때부터 기구한 운명에 시달리다가 결국은 여승이 되었다고 생각한 그는 시를 썼다. "가인박명"은 그 시의 한 구절이다.

로마의 지배자 줄리어스 시저에 이어서 마르쿠스 안토니우스마저 손아귀에 넣었던 이집트의 여왕 클레오파트라는 스스로 독사에 물려서 자살했다. 당나라 현종(顯宗)의 총애를 받던 양귀비(楊貴妃)는 안록산(安綠山)의 반란 때 피난을 가다가 마외(馬嵬)에서 비참하게 살해되었다.

옛날이나 지금이나 얼굴이 반반한 미인을 보면 누구나 마음이 끌리게 마련이다. 돌부처가 아니라면 그렇다는 말이다. 탐내는 사람이 많으니까 미인의 팔자는 평탄할 수가 없는 것이다. 자기뿐만 아니라 배우자나 애인의 팔자마저도 기구한 경우가 많다. 그런데도 불구하고 미인이 되겠다며 성형수술 정형수술 등 많은 돈을 들여가며 사서 고생하는 여자들의 속셈은 무엇일까?

참고로 미인의 등급을 굳이 나누어본다면, 마음씨도 머리도 좋은 미인은 일류, 머리만 좋은 미인은 이류, 오로지 얼굴만 반반한 미인은 삼류라고나 하겠다. 한편 머리는 비상하지만 마음씨는 고약한 미인은 사류가 아닐까? 오늘날에도 문자 그대로 각계 각층에 사류 미인들이 많은 것도 사실일 것이다. 어느 여자가 그런지는 사람들이 드러내 놓고 말하지 않을 뿐이다.

그러면 얼굴이 못 생긴 추녀는 오래오래 살고 팔자도 편하기만 한 것일까? 세상을 자세히 관찰해 보면 사실 그런 경우가 많다. 그렇다고 해서 미인이 추녀가 되려고 일부러 성형수술을 할 것까지는 없을 것이다.

苛政猛於虎

가정맹어호 | 포악한 정치는 호랑이보다 더 무서운 것이다

苛 가혹하다; 政 다스리다; 猛 사납다, 난폭하다; 於 ~보다 더; 虎 호랑이
출처 : 예기 단궁편 하(禮記 檀弓篇 下)

> 정의가 없다면 국가란 도둑들의 소굴에 불과하다.
> Abolish justice, and what are kingdoms but great robberies?
> (성 아우구스티누스)
> 불의의 통치는 영원히 지속되지 못한다.
> Unjust rule never endures perpetually.(세네카)
> 세리들의 탐욕이 나라를 텅 빈 곳으로 만들었다.(농부들이 모두 이민 갔다.)
> The greed of tax-collectors emptied the land.(이집트 속담)

수레를 탄 공자(孔子, 기원전 552~479)가 제자들을 거느린 채 깊고 험한 태산(泰山, 산동성 소재)을 지나가고 있었다. 그 때 세 개의 무덤 앞에서 통곡하는 여인의 모습이 눈에 띄었다. 그는 제자 자로(子路, 기원전 543~480)를 보내 무슨 사연이 있는지 알아보도록 했다.

그 여인은 시아버지와 남편과 아들이 호랑이에 물려 죽었다고 털어놓았다. 자기 자신도 언제 호랑이에게 물려 죽을지 모르는 위험한 산이라면 그곳을 떠나 마을에 가서 살아야 마땅하다. 그러나 여인은 마을에 내려가면 가혹한 세금을 마구 뜯어 가고 백성을 못 살게 구는 악질 관리들에게 시달리기 때문에 그들을 피해서 깊은 산 속에서 산다고 대답했다.

그런 사연을 전해들은 공자는 백성을 착취하는 포악한 정치 또는 관리들은 사람을 잡아먹는 호랑이보다도 더 무시무시한 것이라고 제자들에게 말했다.

정치권력이란 백성들을 편안하게 잘 살도록 하기 위해서 있는 것이다. 정치지도자들이 부패하고 무능하여 제 구실도 하지 못하는 주제에 오로지 자기 배만 채우려고 백성을 착취한다면 그것은 호랑이보다 더 참혹한 결과를 낳는다.

호랑이에게 물려 죽는 사람은 그 숫자가 매우 제한된 것이지만 포악한 정치는 무수한 사람을 죽이기 때문이다.

과거에만 폭군들이 있었던 것은 아니다. 현대에도 각 분야의 크고 작은 독재자들이 무수한 사람을 울리고 또 죽인다. 수백만 명이 굶어 죽는 북한의 실정은 "가정맹어호"라는 이 말에 딱 들어맞는다고 하겠다.

또한 지나치게 무거운 세금, 불공평하게 제멋대로 부과하는 세금, 정치자금이라는 명목으로 뜯어 가는 준조세나 거액의 뇌물, 정치 목적으로 악용하는 세무사찰 따위는 사람을 잡아먹는 호랑이보다 더 무섭고 악독한 것이다.

刻舟求劍

각주구검 | 뱃전에 표시를 해두었다가 칼을 건지려고 한다
고집불통의 어리석은 행동

刻 새기다, 조각하다; 舟 배; 求 구하다, 찾다; 劍 긴 칼
준말 : 각주 刻舟; 각선 刻船; 각현 刻舷 / 유사어 : 수주대토 守株待兔
출처 : 여씨춘추 찰금편(呂氏春秋 察今篇)

여우는 같은 그물에 두 번 잡히지 않는다.
A fox is not caught twice in the same snare.(서양속담)
아무도 두 번 바보가 되지는 않는다.
Nobody is twice fool.(나이지리아 속담)
바보는 불행을 겪은 뒤에 비로소 정신을 차린다.
The fool grows wise after the evil thing has come upon him.
(로마속담)
같은 돌에 두 번 걸려 넘어지는 것은 수치다.
It is disgraceful to stumble against the same stone twice.
(그리스 속담)

전국시대의 일이다. 초나라 사람이 긴 칼을 가슴에 품은 채 나룻배를 타고 양자강을 건너가다가 그 칼을 물에 빠뜨리고 말았다. 그는 칼을 건져 올릴 자신이 있다고 큰소리쳤다.

그리고 작은칼을 꺼내 뱃전에 표시를 해두었다. 이윽고 배가 나루터에 닿자 뱃전의 표시 아래 방향으로 물 속에 뛰어들어가 칼을 건져내려고 했다. 그 꼴을 본 사람들이 배를 잡고 웃었다.

칼이 빠진 곳은 강 한복판이고 배가 닿은 곳은 나루터인데 뱃전의 표시가 변하지 않았다 해서 나루터 물밑에 칼이 있을 턱이 없다. 고집 불통의 어리석은 사내는 칼도 잃고 사람들의 비웃음만 샀던 것이다.

능력이 모자라도 남의 의견을 잘 듣고 가려서 따르는 사람은 결코 어리석은 짓을 하지 않는다.

그러나 아무리 머리가 좋고 재능이 뛰어나다 해도 남의 의견을 들을 줄 모르고 외고집에 오만한 사람은 "각주구검" 식의 어리석은 짓을 저질러서 자기 자신뿐만 아니라 남들에게도 큰 피해를 주는 법이다.

이것은 옛날에 있었던 일화라고 해서 그냥 웃어넘길 일이 아니다. 요즈음도 자기 재주만 믿고 큰소리치다가 망신을 당하거나 파멸하는 사람들이 많지 않은가!

강물이 흐르듯이 세월도 흐르고 시대도 변한다. 나폴레옹은 자신의 특이한 전술로 10년 동안 유럽을 석권했다. 그 동안 시대가 변했다. 그러나 그는 자신의 실력만 믿고 워털루 전투에서도 예전의 전술을 사용했다. 적이 자신의 전술을 배워서 잘 알고 있다는 사실을 염두에 두지 않았던 것이다.

결국 패배하고 대서양의 외로운 섬 세인트 헬레나에 유배되어 죽었다.

肝膽相照

간담상조 | 간과 쓸개를 서로 드러내 보인다
마음을 서로 터놓고 절친한 사이가 된다

肝 간; 膽 쓸개; 相 서로; 照 비추다
유사어 : 피간담 披肝膽 / 출처 : 한유(韓愈)의 유자후 묘지명(柳子厚 墓誌銘)
"자후"는 유종원의 자(字)다

충고를 주고받는 것이 참된 우정의 특징이다.
To advise and to be advised is a feature of real friendship.
(키케로)
친구는 제2의 자기 자신이다. / A friend is a second self.(키케로)
친구의 성격은 오래된 친구에게만 알려진다.
One's character becomes known only to long time
acquaintances.(나이지리아 속담)
유사성은 우정의 어머니다.
Similarity is the mother of friendship.(그리스 속담)

한유(韓愈, 768-824)는 유종원(柳宗元, 773-819)과 더불어 당나라를 대표하는 문호이다. 그들은 평생 동안 절친한 친구로 지냈다. 그래서 두 사람을 한유(韓柳)라고 부르기도 한다.

한유는 유종원이 평소에 친구들에게 보여준 극진한 우정을 칭송하면서 그의 묘비명에 "간담상조"라고 표현한 것이다.

중국의 관중(管仲)과 포숙아(鮑叔牙), 우리 나라의 오성과 한음 등은 "간담상조"하는 우정의 대표적인 예로 들 수 있다.

간도 쓸개도 내어줄 듯이 알랑거리고 비위를 맞추어주는 자들을 흔히 진짜 친구로 착각하는 경우가 너무나도 많다. 특히 업계와 정계에 그런 자들이 많다.

그런 자들은 친구가 어려운 처지에 빠지면 곧장 등을 돌린다. 그들이 보여주는 간이나 쓸개란 이해타산이라는 포장지로 위장된 속임수이기 때문이다.

또는 간도 쓸개도 없는 무능한 작자들이 간과 쓸개를 내보인답시고 우정과 충성을 다짐하는 경우도 많다. 그러나 정작 위기에 처하면 그런 자들이 제일 먼저 뺑소니를 친다.

배신당해서 홀로 외로운 처지에 빠진 사람은 자기를 버린 친구들을 원망할 것이 아니라 참된 친구가 누구인지 제대로 알아보지 못한 자신의 어리석음을 먼저 탓해야만 한다.

이것은 친구뿐만 아니라 애인을 사귀는 경우에도 해당되는 원칙이다.

干將莫耶

간장막야 | "간장"과 "막야" 부부가 만든 칼 / 명검

干 방패; 將 장수; 莫 아니다; 耶 어조사
출처 : 오월춘추 합려내전(吳越春秋 闔閭內傳); 순자 성악편(荀子 性惡篇)

칼의 명수는 다투지 않는다.
A good swordsman is not a quarreller.(프랑스 속담)
강도도 나그네도 칼을 가지고 있지만 강도는 약탈을 위해, 나그네는 자기 방어를 위해 가지고 있다.
The robber and the way traveller are both girded with swords; but the one carries his for outrage, the other for self-defence.(오비디우스)
어린애에게 칼을 주지 마라.
Do not give a sword to a child.(그리스 속담)

오(吳)나라 왕 합려(闔閭)가 대장장이 간장에게 명검을 두 자루 만들어서 바치라고 명령했다. 간장이 칼을 만들기 위해 청동을 녹이려고 아무리 애를 써도 청동이 녹지 않았다.

그러자 그의 아내 막야가 자기와 남편의 머리카락과 손톱을 용광로에 넣은 뒤 300명의 소녀가 풀무로 바람을 넣으니까 그제야 청동이 녹았다.

드디어 간장이 명검 두 자루를 만들고 각각 간장과 막야라는 명칭을 붙였다.

순자는 천하의 명검들을 열거했다. 제환공(濟桓公)의 총(蔥), 주문왕(周文王)의 녹(錄), 초장왕(楚莊王)의 홀(忽), 오왕 합려의 간장과 막야, 그리고 거궐과 벽려 등이 그것이다.

그리고 그는 "아무리 명검이라 해도 숫돌에 갈지 않으면 무딘 칼일 뿐, 아무 것도 베지 못한다."고 말했다.

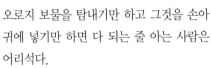

보물을 얻으려면 비상한 노력이 필요하다. 그러나 보물도 땅에 묻어 둔 채 쓰지 않는다면 쓰레기나 다름없이 아무 소용도 없다. 문제는 명검만이 보물은 아니라는 것이다. 재산도 권력도 보물은 보물이다. 재능, 학식, 명예, 명성, 인기도 역시 보물이다. 그러나 무엇보다도 참된 인격이 가장 소중한 보물이다.

오로지 보물을 탐내기만 하고 그것을 손아귀에 넣기만 하면 다 되는 줄 아는 사람은 어리석다.

인격은 갖추지도 못한 채, 오로지 명검을 탐내기만 하는 어리석은 자들이 권력층, 특권층, 부유층, 그리고 연예계 등에 특히 많은 까닭은 무엇일까? 어쩌다가 명검을 손에 넣을 수 있을지는 모르지만 그들은 자기 손을 그 칼에 베이고 만다. 말로가 비참하다는 것이다.

임기를 마친 뒤 감옥에 간 전직 대통령들이나 장관들, 감옥까지는 안 갔지만 망신살이 뻗친 전직 고위층들이 그 좋은 예가 된다.

반면에 지혜로운 사람은 아무리 멋진 명검에 대해서도 탐욕을 부리지 않고, 그것이 손에 들어오면 자기 자신과 남을 위해 아낌없이 효과적으로 사용할 줄 안다. 이러한 인물이 우리 나라에는 과연 몇이나 될까?

渴不飮盜泉水

갈불음도천수 | 목이 말라도 "도천"(도둑의 샘)의 물은 마시지 않는다
아무리 가난해도 나쁜 짓으로 돈을 벌지는 않는다

渴 목마르다; 不 아니다; 飮 마시다; 盜 훔치다, 도둑; 泉 샘; 水 물
출처 : 진(晋)나라 육사형(陸士衡)의 시 맹호행(猛虎行); 설원 설총편(說苑 說
叢篇)

> 명예를 잃는 것은 목숨을 잃는 것이다.
> Loss of honour is loss of life.(서양속담)
> 명예를 잃는 것보다 굶는 것이 더 낫다.
> Better without food than without honor.(이탈리아 속담)

　도천은 산동성 사수현(沙水縣) 동북쪽에 있는 샘이다. 진(晋)나라 육사
형(陸士衡, 기원전 303-261)은 "아무리 목이 말라도 도천의 물은 마시
지 않겠네. 아무리 더워도 악목(惡木, 나쁜 나무) 그늘에서는 쉬지 않겠
네."라고 고결한 선비의 정신을 시로 읊었다.

　한편 공자는 해가 질 무렵에 승모(勝母)라는 마을에 이르렀지만 어머
니를 이긴다는 그 마을 명칭이 마음에 걸려서 거기 묵지 않았다. 또한
도천이라는 샘을 지나갈 때도 목이 말랐지만 도둑의 샘이라는 명칭 때
문에 역시 그 물을 마시지 않았다.

이방원(조선의 태종)은 고려 말기에 정몽주의 충성심을 떠보고 자기편으로 끌어들이기 위해서 "이런들 어떠하며 저런들 어떠하리"라고 시조를 읊었다.

물론 충신 정몽주는 "이 몸이 죽고 죽어 일백 번 고쳐 죽어"라는 시조로 코웃음쳤다. 결국 이방원은 정몽주를 암살해 버렸다.

요즈음도 간에 붙었다 쓸개에 붙었다 하면서 오로지 돈과 출세와 권력에 눈먼 사람들이 많다. 인기에 매달려서 자기 입으로 한 말을 손바닥처럼 쉽게 뒤집는 정치인들도 참으로 많은 세상이다. 소위 포퓰리즘(인기영합주의)이라는 도깨비 같은 괴상한 말이 나도는 이유는 무엇일까?

부정부패로 돈을 긁어모으거나 권력을 잡고 휘두르는 자들은 한 마디로 모두 도둑이다. 사람다운 사람이라면, 양심이 제대로 살아있는 지식인이라면, 그런 자들이 주는 물(뭉칫돈, 지위, 훈장, 인기 등)을 마셔서는 안 될 것이다. 차라리 목이 말라서 죽는 한이 있어도!

썩은 정권이 저명인사에게 국무총리, 장관 또는 위원장 자리를 제의할 때도 그가 양심과 지조가 있다면 바로 이 말을 인용하면서 점잖게 거절해야 마땅할 것이다.

姜太公

강태공 | 주나라의 수상 강여상의 별칭 / 낚시꾼을 가리키는 말

姜 성씨; 太 크다; 公 공평, 공동, 공개적, 제후, 어른
출처 : 사기 제태공 세가(史記 濟太公 世家)

> 너의 때를 알라. / Know your time.(로마속담)
> 기다리는 사람에게는 모든 것이 온다.
> Everything comes to those who wait.(서양속담)
> 좋은 시절이 온다. / There is a good time coming.(서양속담)
> 잠자는 사람의 그물에 물고기가 걸린다.
> The net of the sleeper catches fish.(서양속담)

강여상(姜呂尙)은 뛰어난 재능이 있으면서도 늙을 때까지 시골에서 가난하게 살았다. 그는 위수(渭水) 강가에서 평소와 다름없이 낚시질을 하고 있었다. 그때 사냥을 하던 서백(西伯, 주나라 문왕)이 그를 만나자 자기 부친 태공이 오랫동안 기다리던 인물을 드디어 발견했다고 말했다.

그리고 그를 군사전략가로 모시고 주나라를 일으켜 천하를 다스렸다. 태공이 기다리던 인물이란 뜻에서 그의 호칭은 태공망(太公望)이 되었다. 그 후 그는 제나라의 기초를 다지는 제후가 되었는데, "강태공"이라고 하면 낚시질하는 사람을 가리키는 말이 되었다.

강여상은 왕을 보좌할 실력을 충분히 길러둔 다음에 유유하게 낚시질을 하며 때가 오기를 기다렸다. 그리고 때를 만나 뜻을 폈다.

날이면 날마다 낚시질만 하고 있으면 저절로 발탁되어 국무총리가 되는 것은 아니다. 국무총리나 장관들 가운데 낚시질을 제대로 하는 사람이 얼마나 되는지도 의문이다.

아무리 능력이 뛰어나도 적절한 시기 또는 자기를 알아주는 지도자를 못 만난 경우에는, 안달을 하면서 이 사람 저 사람 찾아다니며 청탁할 것이 아니라, 인내심을 가지고 조용히 기다리라는 교훈을 주는 것이 바로 "강태공"이다.

그러나 능력도 인품도 모자라는 주제에 촐랑거리고 돌아다니면서 좋은 자리나 청탁하는 무리가 얼마나 많은가! 또한 가짜 강태공에게 중요한 자리를 맡기는 어리석은 지도자는 그 얼마나 많은가!

한편 주말마다 낚시도구를 챙겨서 떠나는 남편들을 "강태공"이라고 부르기도 한다. 집에 남아 있는 부인들은 "낚시과부"라고 한다.

改過遷善

개과천선 | 과거의 잘못을 뉘우치고 착한 사람으로 바뀐다

改 고치다; 過 지나가다, 잘못; 遷 옮기다, 바뀌다; 善 착하다, 좋다
유사어 : 개과불린 改過不吝 / 출처 : 진서 본전(晉書 本傳)

> 뉘우치는 데는 너무 늦었다는 것이 없다.
> It's never too late to repent.(영국속담)
> 녹이 많이 슬면 거친 줄이 필요하다.
> Much rust needs a rough file.(서양속담)
> 잘못했다고 뉘우치는 사람은 거의 무죄와 같다.
> He who repents having sinned is almost innocent.(세네카)
> 고상한 인물은 뉘우치지 않는 것을 경멸한다.
> A noble mind disdains not to repent.(알렉산더 포우프)

진(晉)나라 혜제 때 양흠 지방에 살던 주처(周處)는 힘이 장사였다. 그의 아버지는 지방장관을 지냈지만 주처가 어렸을 때 세상을 떠났다. 그래서 주처는 건달로 지내면서 걸핏하면 사람들을 때렸다. 그래서 모두 그를 피했다. 어느 날 그는 깨닫는 바가 있어서 새 사람이 되기로 결심했다. 그래도 여전히 사람들이 자기를 피하자 이유를 물었더니, 사람들을 해치는 것이 세 가지가 있는데 그것은 남산에 도사리고 있는 호랑이, 장교(長橋) 밑에 숨어 있는 교룡(蛟龍) 그리고 주처 자신이라는 대답이 나왔다. 그는 세 가지 장애물을 모두 제거하겠다고 나섰다. 그리고 호랑이와 교룡을 죽이고 돌아왔다. 그러나 아무도 그를 반기지 않았다.

그는 동오(東吳)의 대학자인 육기(陸機)와 육운(陸雲) 형제에게 갔다. 육운은 "과거의 잘못을 뉘우치고 착한 사람으로 변하면 앞길이 훤히 트일 것"이라고 격려했다. 그는 열심히 학문에 정진하여 드디어 대학자가 되었다.

26

아무리 못된 짓을 많이 저질렀어도 "개과천선"하여 새 사람이 되기만 한다면 그보다 더 다행한 일은 없다. 그러나 "개과천선"이란 말처럼 그리 쉬운 일은 결코 아니다. 한번 결심했다고 해서 즉시 새 사람이 된다면 누가 못하겠는가?

세 살 버릇이 여든까지 간다. 습관이란 무서운 것이다. 그러니까 오랫동안 피나는 노력을 해야만 악습을 버리고 착한 사람으로 다시 태어날 수가 있는 것이다.

그렇게 하기 위해서는 그를 잘 이끌어줄 사람은 물론이고 "개과천선"하려는 그를 따뜻하게 받아주는 사회 분위기도 역시 절실히 필요한 것이다. 이러한 조건이 갖추어지지 않는 한 그는 다시 나쁜 짓에 빠지기 쉽다.

남을 판단하지 말라는 예수의 가르침은 특정인을 악인으로 낙인찍지 말라는 뜻일 것이다. 악인으로 낙인찍고 외면하면 그는 "개과천선"하기가 더욱 어려워지기 때문이다. 일곱 번의 일흔 번이라도 용서하라는 말은 "개과천선"하려는 사람을 따뜻하게 받아주라는 말일 것이다.

당장이라도 "개과천선"해야 마땅한 사람들이 사회 지도층에는 많다. 그들은 무수한 사람에게 피해를 주고 있으면서도 뻔뻔스럽게 저명인사 행세를 한다. 감옥에 갇힌 사람들이 "유전무죄, 무전유죄"를 믿는 이유를 그들도 잘 안다.

蓋棺事始定

개관사시정 | 관 뚜껑을 덮어야 일이 정해진다
어떤 사람인지는 그가 죽은 뒤에 비로소 알 수 있다

蓋 덮다; 棺 관; 事 일; 始 시작하다; 定 정하다
준말 : 개관사정 蓋棺事定 / 출처 : 두보의 시 군불견간소혜(君不見簡蘇傒)

> 끝이 일을 장식한다. / The end crowns the work.(서양속담)
> 사람을 정확히 이해하려면 그의 일생을 읽어야 한다.
> He that would right understand a man must read his whole
> story.(서양속담)
> 게임이 끝나야 누가 이기는지 알 것이다.
> At the game's end we shall see who gains.(서양속담)
> 끝까지 보라. / Look to the end.(나이지리아 속담)
> 사람이란 죽어서 장례식을 마치기 전에는 그를 행복한 사람이라고 부
> 를 수 없다. / No one should be called happy before his death
> and his final obsequies.(오비디우스)

두보(杜甫, 712-770)는 기주(夔州) 즉 사천성(四川省) 동쪽의 산골에
서 가난하게 살고 있었다. 그 때 친구의 아들 소혜(蘇傒)도 좌절감을 씹
으면서 그곳에 살았는데 두보는 그를 격려하는 의미에서 이런 시를 그
에게 보냈다.

"아무도 찾지 않는 길가의 연못을 보지 못했는가?/ 다른 나무보다 먼
저 잘린 오동나무를 못 보았는가?/ 백 년 뒤에 죽은 나무가 거문고가 되
고/ 오래된 한 섬 물에 교룡이 숨어 있다./ 대장부란 관 뚜껑을 덮어야
비로소 일이 정해진다./ 다행히도 자네는 아직 늙은이가 아니니/ 쓸쓸히
산 속에 산다고 어찌 원망하는가?"

뒷구멍으로 호박씨를 까는 사람이 남녀노소를 불문하고 한둘이 아니다. 성자로 알려졌던 자가 알고 보니 사기꾼인 경우도 적지 않다. 철석같이 믿었던 사람에게 배신당하는 경우도 흔하다. 배신이 흔하지 않다면 영화, 연극, 문학 등이 다양하게 발전하지 못할 것이다. 물론 예술이나 문학의 발전을 위해 일부러 배신하라는 말은 아니다.

독재권력을 휘두르는 자들에 대한 평가도 죽은 뒤에나 가능하다. 그러나 같은 패거리가 실권을 계속해서 장악하고 있다면 그것마저도 공정하고 정확한 것을 기대하기 어렵다. 우상화가 계속되어서 눈치를 안 볼 수가 없기 때문이다.

그런데 살아 생전에 자서전을 내거나, 돈으로 작가를 고용해서 자신의 전기를 발간하는 저명인사들이 적지 않다. 정치인, 고위관리, 장군, 기업가뿐만 아니라 요즈음에는 탤런트, 가수, 구멍가게 주인까지 마구 찍어낸다.

그들이 한창 잘 나갈 때 자서전을 내는 것은 "개관사시정" 때문이다. 자기가 죽은 뒤에는 아무도 그런 책을 내주지 않을 것이라는 점을 그들 자신이 잘 알고 있다.

그러니까 기를 쓰고 자기 돈 써가면서 미리 내는 것이다. 시퍼렇게 두 눈을 뜨고 있는 동안에 자신의 기념관을 자기 손으로 만들거나, 호화묘지를 미리 마련해 두는 짓도 같은 심리상태에서 나온 결과다.

擧案齊眉

거안제미 | 밥상을 눈썹 높이로 받들어 올린다
아내가 남편을 정성껏 모신다

擧 들다; 案 책상, 고안하다; 齊 가지런하다; 眉 눈썹
출처 : 후한서 일민전(後漢書 逸民傳)

> 복종하는 아내가 남편을 지배한다.
> An obedient wife commands her husband.(서양속담)
> 남편을 주인으로 모시지만 배신자처럼 경계하라.
> Serve your husband as your master, and beware of him as of a traitor.(몽테뉴)
> 허리를 굽히는 것이 이기는 것이다. / To stoop to conquer.(서양속담)

　부풍군 평릉현에 사는 양홍(梁鴻)은 지조가 굳은 선비인데 몹시 가난했다. 같은 마을의 맹씨 집안 딸 맹광(孟光)은 몸집이 크고 얼굴이 못 생겼으며 살결이 검은 편이었지만 힘이 장사였다.

　나이가 서른 살이 되었는데도 그녀는 양홍 이외의 어떠한 남자에게도 시집을 가지 않겠다고 버티었다. 그 말을 들은 양홍이 그녀와 결혼했는데 일주일이 지나도 잠자리에 같이 들지 않았다. 그래서 그녀가 이유를 물었더니 양홍은 이렇게 대꾸했다.

　"나는 누더기 차림에 나와 함께 산으로 들어가 살 여자를 원했는데 당신은 지금 비단옷에 화장까지 잘 하고 앉아 있으니 틀렸소."

　맹광은 기다렸다는 듯이 무명옷으로 갈아입었다. 그리고 남편을 따라 산으로 들어가 베를 짜면서 살았다. 그러다가 장제(章帝)의 황실을 비판하는 시를 양홍이 써서 쫓기는 몸이 되자 성과 이름을 바꾼 뒤 오(吳)나라로 피신하여 부자 고백통(高伯通)의 방앗간에서 일꾼노릇을 했다.

　그가 집으로 돌아올 때마다 아내는 "밥상을 눈썹 높이까지 받들어서

(거안제미)" 바쳤다. 그것을 본 고백통은 그가 천한 사람이 아니라고 깨닫고 자기 집에 들어와 살게 했다. 그 덕분에 양홍은 책을 십여 편 저술했다.

지금은 과연 여인천하! 여자들 앞에서 "거안제미"라는 말을 꺼낼 수 없다. 안방마다 작은 밥상 대신 커다란 식탁이 놓여 있다. 그런데 어떻게 힘도 없는 여자에게 식탁을 눈썹 높이까지 들어올려서 남편에게 바치라는 거냐?

식탁을 높이 들라는 말은 아니다. "거안제미"의 정신 즉 남편을 정성껏 모시겠다는 갸륵한 정신을 발휘해 주기 바란다는 뜻이다. 부부는 한 몸 아닌가! 남편을 학대, 천대하는 것은 바로 자기 자신을 학대, 천대하는 것이 아니고 무엇인가?

물론 기세 등등한 여자들 앞에서 만용을 부려 "거안제미"라는 말을 하고도 무사하게 넘어가는 경우도 있다. 그것은 여자들이 이 말이 무슨 뜻인지 전혀 모르는 경우다.

이럴 때 쓰는 말은 "모르는 게 약"이다? 여자들의 무식은 남자들의 행복인가?

하기야 작은 밥상을 사용하지 않게 된 것이 어쩌면 남자들에게는 다행인지도 모른다. 힘 센 여자들이 밥상을 발로 걸어차거나 집어던지는 일은 없을 테니까….

去者不追 來者不拒

거자불추 내자불거 | 가는 사람을 붙들지 않고 오는 사람을
거절하지 않는다

去 가다; 者 놈, 사람, 사물; 不 아니다; 追 좇아가다, 따르다
來 오다; 拒 거절하다
원어 : 왕자불추 往者不追 / 동의어 : 거자막추 去者莫追
출처 : 맹자 진심편 하(孟子 盡心篇 下)

> 바다는 어떠한 강물도 거절하지 않는다.
> The sea refuses no river.(서양속담)
> 모든 것을 가르치는 사람은 그 내용이 부실하다.
> He teaches ill who teaches all.(서양속담)
> 다른 사람을 가르치는 것은 너 자신을 가르치는 것이다.
> Teaching others teaches yourself.(서양속담)
> 훌륭한 학자가 반드시 훌륭한 선생은 아니다.
> Every good scholar is not a good schoolmaster.(서양속담)

　맹자가 등(滕)나라에 가서 왕의 별궁에 묵었다. 그 때 별궁지기가 삼
으로 신발을 만들다가 창가에 두었는데 얼마 후 잃어버렸다. 그래서 어
떤 사람이 맹자에게 혹시 그를 따라온 사람 가운데 누가 가져간 것이 아
닌가 물었다. 맹자는 그까짓 신발 하나를 훔치려고 사람들이 자기를 따
라왔겠는가 반문했다. 그러자 그 사람이 이렇게 대꾸했다.

　"그렇지는 않겠지요. 그러나 선생님은 글을 가르칠 때 떠나가는 사람
을 따라가서 말리지 않고 오는 사람을 거절하지 않습니다."

마음이 변해서 떠나가려는 사람을 억지로 붙들어두고 같이 살아봤자 예전같이 화목한 부부가 되기는 이미 글렀다. 그럴 땐 "거자불추"가 상책이다. 물론 그렇게 해서라도 같이 살다가 보면 다시 정이 들 수도 있을지는 모르지만.

"내자불거"를 엉뚱하게 해석해서 요상한 짓을 하는 사람들이 많다. 아무하고나 사귀고 아무에게나 몸을 내주는 것이다. 또 아무에게나 돈을 주는 사람도 있다. 자기 목에 칼을 들이대고 있는 적에게 수억 달러의 현금을 바치는 것을 크나큰 자비라고 칭찬해야 옳을까?

자기 돈을 바친다면 몰라도, 남의 돈을 긁어모아다가 바친다면 그것은 강도를 도와주기 위해 저지르는 또 다른 강도 짓이 아닐까? 그리고 "내자불거"라고 해서 아무에게나 아무 때나 문을 열어주어야 할까? 대학에 들어가고 싶어하는 학생들에 대해서는 자격 미달도 무조건 모두 입학시키는 것이 맹자 식의 "내자불거" 정신일까?

보잘것없는 새도 나뭇가지를 가려서 앉는다. 그런데 명색이 나라를 다스린다는 사람들이 아무하고나 술 먹고 아무 여자나 곁에 앉히고 또 아무 호텔에서나 잔다? 대단하고 갸륵한 "내자불거" 정신이다. 자신들이 맹자인 줄 아는가? 그래 맹자는 맹자인데 한자로 쓰면 "盲者(장님)"인 것이다.

어리석고 가련한 백성을 구렁텅이로 인도하는 장님이란 말이다. 정말 잘났다. 그야말로 부모님의 자랑이요 가문의 영광이 아닌가!

33

乾坤一擲

건곤일척 | 하늘과 땅을 걸고 한 번 던진다
천하 또는 생사를 걸고 일생일대의 도박을 한다

乾 하늘; 坤 땅; 一 하나; 擲 던지다
동의어 : 일척건곤 一擲乾坤
출전 : 한유의 시 과홍구(過鴻溝, 홍구를 지나며)

> 주사위는 던져졌다. / The die is cast.(줄리어스 시저)
> 네 모든 재산을 한 배에 싣지는 마라.
> Do not trust your all to one vessel.(로마속담)
> 승리 아니면 죽음. / Victory or death.(서양속담)

초(楚)나라의 항우(項羽, 기원전 232-202)와 한(漢)나라의 유방(劉邦, 기원전 247-195)이 대군을 거느리고 대치했다. 항우와 유방은 휴전하려고 했다. 그 때 유방의 군사참모인 장량(張良)과 진평(陳平)이 충고했다.

"초나라를 멸망시킬 때는 바로 지금입니다. 항우를 이대로 놓아보낸다면 호랑이를 길러서 나중에 크게 피해를 입는 꼴이 될 것입니다."

유방은 끝장을 내자고 결심하여 항우의 뒤를 추격했다. 다음 해 초나라 군사는 해하(垓下) 전투에서 패배하고 항우는 오강(烏江)으로 달아났다가 거기서 자결했다. 이로써 유방이 중국의 두 번째 통일을 이룩했다.

유방이 항우와 끝장을 내기로 한 결심을 당나라의 시인 한유(韓愈)가 홍구(鴻溝)를 지나면서 쓴 시에서 "건곤일척"과 같은 일생일대의 도박이라고 표현했다.

즉 그는 "어느 누가 군대의 진로를 바꾸도록 왕에게 건의하여, 참으로 '건곤일척'의 승부를 짓도록 했단 말인가? (雖勸君王回馬首 眞成一擲賭乾坤)"라고 읊었던 것이다. 홍구는 현재 하남성 개봉(開封) 서쪽에 흐르는 가로하(賈魯河)이다.

당 태종이 고구려를 침입했을 때 안시성 전투는 고구려 측에서 보면 국가의 존망을 건 "건곤일척"의 공방전이었다. 거기서 고구려는 이겼다.

나당 연합군을 상대로 계백 장군이 싸운 황산벌 전투도 백제에게는 "건곤일척"의 전투였다. 백제는 여기서 패배하여 멸망했다.

나폴레옹의 워털루 전투도 역시 그의 운명을 건 "건곤일척"의 전투였다.

이차대전 때 아이젠하워 연합군 사령관의 노르망디 상륙작전도 연합군과 독일군 양쪽에 모두 "건곤일척"의 전투였다.

기원전 49년 로마가 공화국이던 시절에 줄리어스 시저(기원전 102-44)는 군대를 거느리고 이탈리아 북부의 루비콘 강을 건널 때 "건곤일척"의 결단을 내리고 승리했다.

개인적인 차원에서 본다면, 카지노의 노름판에 전 재산을 거는 일, 은행 빚까지 내서 주식이나 부동산 투기를 하거나 로또 복권을 사는 일, 연애에 실패하면 죽어버리겠다면서 목숨을 걸고 달려드는 일 등도 "건곤일척"에 해당한다.

대통령 또는 국회의원 선거에 나가서 전 재산을 날리는 사람이 있다면 그에게는 그 선거가 "건곤일척"의 결전이다. 그러나 "건곤일척"이란 아무나, 함부로, 할 일이 아니다.

桀犬吠堯

걸견폐요 | 걸왕의 개가 요임금에게 짖는다
개는 자기 주인만 알아본다

桀 빼어나다, 걸임금; 犬 개; 吠 개가 짖다; 堯 높다, 요임금
원어 : 척지구폐요 跖之狗吠堯 도둑인 도척의 개가 요임금에게 짖는다
출처 : 사기 열전 회음후편(史記 列傳 淮陰侯篇)

> 개보다 주인에게 더 충직한 하인이 어디 있는가?
> What servant is more attached to his master than his dog?
> (콜루멜라)
> 농부의 개는 거지를 보면 짖는다.
> A farmer's dog barks at a beggar.(셰익스피어)
> 충직한 개는 좋은 뼈를 얻는다.
> A good dog deserves a good bone.(영국속담)

초나라의 항우와 한나라의 유방이 대립하고 있을 때 유방 밑에서 제 나라의 제후가 된 한신에게 전략가 괴통(蒯通)은 항우가 남쪽을, 유방이 서쪽을 차지하고 있으니 한신은 동쪽을 차지해서 천하를 셋으로 나누라 고 권했다. 그러나 한신은 망설이다가 결국 괴통의 충고를 무시하고 말 았다. 천하가 통일된 뒤 한신은 역적으로 몰려서 여후(呂后)의 손에 죽게 되자 괴통의 충고를 받아들이지 않았던 것을 후회했다. 유방이 괴통을 잡아들여서 끓는 기름가마에 넣어 죽이라고 명령했다. 그러자 괴통이 태 연하게 대답했다.

"도둑인 도척의 개도 요임금에게 짖게 마련입니다. 자기 주인 이외에 는 사람을 알아보지 못하기 때문입니다. 예전에 저는 한신만 알았지 폐 하는 몰랐습니다."

유방은 그의 말이 옳다고 여겨서 무사히 석방했다.

자기 주인에게만 고분고분하고 다른 사람들에게는 심지어 요임금 같은 성인군자를 향해서도 사납게 짖어대는 개는 역시 개다. 주인이 아닌 다른 사람에게 고분고분하게 굴다가는 언제 잡혀가서 보신탕 감이 될지 모른다. 아니, 그런 개는 주인이 먼저 삶아 먹을 것이다.

예전에 왕과 귀족들은 취미가 전쟁 아니면 사냥이었다. 그래서 개를 많이 길렀다. 전쟁 때는 오로지 자기에게만 충성하는 군사(개)가 필요했고 사냥 때는 자기 말만 잘 듣는 진짜 개들이 필요했던 것이다.

물론 더 이상 필요가 없어지면 서슴지 않고 "토사구팽(兎死狗烹)"을 한다. 토끼를 잡아죽이고 나면 개를 삶아먹는 것이다. 그것이 원래 개의 숙명이다. 권력자의 앞잡이 노릇 즉 개 같은 짓만 일삼는 사람은 언젠가 "토사구팽"을 당하고 만다. 아니면, 괴통처럼 주인 잃은 개의 꼴이 된다. 어느 쪽이든 시간 문제다. 권력의 시녀 노릇을 하는 자들은 이 말을 명심해 두어야 하지 않을까?

乞骸骨

걸해골 | 해골을 달라고 간청한다
늙은 신하가 은퇴를 허락해 달라고 왕에게 요청한다

乞 빌다, 구걸하다; 骸 뼈; 骨 뼈
원어 : 원사해골 願賜骸骨 / 준말 : 걸해 乞骸 / 동의어 : 걸신 乞身
출전 : 사기 항우본기(史記 項羽本紀); 안자춘추(晏子春秋)

> 정직한 사람이 되려는 자는 왕궁을 떠나라.
> Let him depart from the court who wishes to be an honest
> man.(중세속담)
> 영리한 개는 사람들이 자기를 발로 차서 쫓아내려 할 때 밖으로 나가버
> 린다. / A well-bred dog goes out when he sees men preparing
> to kick him out. (스코틀랜드 속담)

중국 천하를 두고 항우와 유방이 다툴 때, 전세가 불리하여 더 이상
버틸 수가 없는 궁지에 몰린 유방이 항우에게 휴전을 제의했다. 항우는
그 제의를 받아들이고 싶었지만 자기 휘하의 군사전략가 범증(范增)의
반대로 망설였다.

그러자 유방의 군사전략가 진평이 꾀를 내서 범증이 유방과 내통하고
있다는 헛소문을 항우의 초나라 진영에 퍼뜨렸다. 성미가 급한 항우는
그 헛소문을 믿고 범증의 모든 지위를 박탈했다. 그러자 몹시 화가 난
범증이 항우에게 말했다.

"천하의 대세는 이미 결정된 것이나 다름이 없습니다. 저의 해골을 돌
려주시기를 간청합니다(원사해골 願賜骸骨). 저는 은퇴하겠습니다."

범증은 초나라의 서울 팽성으로 돌아가던 도중 등창이 터져서 죽었
다. 75세였다.

나라의 지도자가 어리석거나, 우유부단하거나, 포악하면, 노련하고 유능한 인재들이 "해골을 돌려달라"고 간청하고는 하나씩 둘씩 그 곁을 떠나고 만다.

그러면 간사하고 무능한 자들, 뇌물과 높은 지위만 탐내는 자들이 모기떼처럼 그에게 몰려들어 백성의 피를 빨아먹는다. 그런 나라가 망하는 것은 시간 문제이다.

이것은 개인회사나 모든 단체에게도 해당되는 말이다. "걸해골"을 하는 인재들이 많이 나올수록 그런 나라나 조직은 이미 무너진 것이다.

독재국가에서는 고위층이나 독재자 측근들이 독재자에게 "걸해골"을 하는 경우가 거의 없다. 순진하게도 "걸해골"을 하다가는 쥐도 새도 모르게 숙청되기 때문이다.

그래서 그들은 "내 목숨은 내가 챙긴다"고 결심하여 대개 해외로 망명한다. 그래서 고위층의 망명이 증가하는 것은 그 나라나 정권의 파멸이 가까웠다는 증거가 된다. 유신 독재 시절이나 구 소련 또는 동독의 경우가 좋은 예가 된다.

格物致知

격물치지 | 사물의 이치를 탐구하여 완전한 지식에 도달한다

格 연구하다, 도달하다; 物 물건, 사물; 致 도달하다; 知 알다, 지식
준말 : 격치 格致 / 출전 : 대학 팔조목(大學 八條目)

> 훌륭하게 사는 사람은 이미 충분히 배운 사람이다.
> He that lives well is learned enough.(서양속담)
> 배움에는 왕도가 없다.
> There is no royal road to learning.(서양속담)
> 모르는 것이 있는 한, 죽을 때까지 계속해서 배워야만 한다.
> Learning should continue as long as there is anything you do
> not know, and as long as you live.(세네카)
> 사람은 학교가 아니라 일상생활에서 배운다.
> We learn not in the school, but in life.(세네카)
> 진리는 숨겨지는 것 이외에 두려운 것이 없다.
> Truth fears nothing except being hidden.(로마속담)

유교의 기본 경전인 사서(四書) 가운데 하나인 대학(大學)은 여덟 개의 조목으로 구성되어 있는데, 여섯 조목에 관한 해설은 있지만 "격물"과 "치지"의 두 조목에 관해서는 해설이 없다. 그래서 송나라 이후에 여러 가지 학설이 나왔다.

남송(南宋)의 주자(朱子, 주희 朱熹 1130-1200)는 세상 만물은 각각 이치를 지니고 있기 때문에 그 이치를 탐구하면 만물에 관한 완전한 지식에 도달한다고 해석했다. 반면에 명나라의 왕양명(王陽明, 왕수인 王守仁 1472-1528)은 만물에 각각 깃들인 마음을 바로잡아서 선천적인 지식(양지 良知)을 밝히는 것이라고 풀었다. 주자는 학구적인 관점에서, 왕양명은 실천윤리적인 관점에서 해석했다고 하겠다.

어느 쪽으로 해석하든, 완전한 지식이든 선천적인 양지든, 결국 지식은 사람이 사람답게 행동하고 살아가기 위한 수단이다. 지식이란 그 자체가 목적도 아니고 그 자체로서 가치가 있는 것도 아니다. 인도나 진리를 실천하는 보조수단인 것이다.

이것을 착각하면 괴테의 파우스트처럼 비극을 겪거나, 저명한 학자라 해도 포악한 왕을 섬기는 간신 노릇이나 하게 된다. 가련한 인생이다.

격물치지의 경지에 도달한 사람은 인격도 완성되어 허튼 짓을 절대로 하지 않는 법이다. 인간의 올바른 길을 알고 그 길을 정직하게 걸어가는 그런 경지에 도달하기란 참으로 어렵다. 그런데 요즈음은 격물치지를 엉뚱하게도 왜곡하여, 아무 데서나 박사학위 또는 자격증 따위를 받으면 격물치지에 도달한 것으로 여기는 사람이 적지 않다.

그들은 지식을 돈을 버는 수단 정도로만 생각한다. 그래서 월급만 많이 주면, 높은 자리만 준다면, 어디든지 달려가서 아무에게나 충성을 맹세한다.

犬兎之爭

견토지쟁 | 개와 토끼의 싸움 / 쓸데없는 싸움의 비유
두 사람이 싸울 때 제삼자가 이득을 가로챈다

犬 개; 兎 토끼; 之 가다, ~의, 이것; 爭 다투다, 싸우다, 경쟁하다
동의어 : 방휼지쟁 蚌鷸之爭; 어부지리 漁父之利; 전부지공 田父之功; 좌수어
인지공 坐收漁人之功
출전 : 전국책 제책(戰國策 齊策)

> 개 두 마리가 뼈다귀를 가지고 싸울 때 세 번째 개가 그것을 물고 달아
> 난다. / Two dogs strive for a bone, and a third runs away
> with it.(영국속담)
> 작은 개들이 산토끼를 발견하고 큰 개들이 그것을 잡는다.
> The little dogs find, but the big ones get the hare.(이탈리아 속담)

전국시대에 제(齊)나라가 위(魏)나라를 공격하려고 했다. 당시 두 나라
는 오랫동안 적대관계를 유지해 왔기 때문에 군대와 백성이 지친 상태
였다. 만일 두 나라가 다시 전쟁을 벌이면 제삼자인 서쪽의 진나라나 남
쪽의 초나라가 노리고 있다가 크게 이득을 보게 될지도 모르는 상황이
었다. 그렇게 되면 제나라나 위나라는 바보짓만 한 셈이 된다.

제나라의 왕을 섬기던 전략가 순우곤(淳于髡)이 그 취지를 아래와 같
은 비유를 들어서 말렸다.

빨리 달리기로 유명한 사냥개 한자로(韓子盧)가 역시 무섭게 빨리 달
리는 토끼 동곽준(東郭逡)의 뒤를 추격했다. 개와 토끼는 둘레가 20킬로
미터가 넘는 산을 세 바퀴 돌고 산꼭대기까지 다섯 번을 오르내리는 바
람에 기진맥진해서 쓰러져 죽고 말았다. 마침 그 자리를 지나가던 농부
가 개와 토끼를 자루에 넣어 가지고 집으로 돌아갔다.

그 비유를 듣고 난 제나라 왕은 군대의 동원을 단념하고 말았다.

토끼는 자기 목숨을 구하기 위해서 죽을 때까지 달아났으니 어리석은 것이 아니다. 비록 결국에 가서 죽기는 했지만 개마저 죽게 만들었으니까 멋지게 복수한 셈이다.

그러나 개는 참으로 어리석다. 토끼를 잡으려는 지나친 욕심 때문에 자기 목숨마저 잃었기 때문이다. 어쨌든 개와 토끼의 달리기 경쟁의 결과는 둘 다 극단적인 손해만 본 반면, 농부에게만 큰 이익을 안겨주고 말았다. 적군과 대치하고 있는 군대가 두 쪽으로 갈라져서 죽기살기로 싸운다면 적군은 그런 군대를 총 한 방 쏘지 않고도 거저 집어먹을 것이다. 임진왜란 때 동인과 서인이 당쟁을 하는 바람에 7년 동안 삼천리 강산이 왜군에게 짓밟혀 쑥대밭이 되고 무수한 백성이 죽었다.

4.19 혁명 덕분에 집권한 민주당이 신파와 구파로 갈려서 싸우다가 쿠데타를 일으킨 군사정부에게 정권을 고스란히 바치고 말았다. 그 결과 민주주의는 수십 년 동안 얼어붙었다. 노조가 경영진과 극한투쟁을 벌인다면 그런 회사는 문을 닫고 만다. 아니, 다른 경쟁회사가 기회를 노리다가 먹어버린다. 노조 때문에 외국기업이 한국에 투자를 안 하고 중국으로 몰려간다. 우리 나라 기업들마저도 해외로 무더기 도피를 하고 있다. 그러면 우리 나라 경제는 시들고 실업자는 증가하고 다른 나라들만 가만히 앉아서 "어부지리"를 본다. 도망치는 토끼보다 추격하는 개가 더 어리석고 고약하다.

結草報恩

결초보은 | 풀을 묶어서 은혜를 갚는다
죽은 뒤에도 은혜를 잊지 않고 반드시 갚는다

結 맺다; 草 풀; 報 갚다; 恩 은혜
출처 : 춘추좌씨전 선공 15년조(春秋左氏傳 宣公 十五年條)

남모르게 준 선물은 공개적인 보답을 가져온다.
Secret gifts are openly rewarded.(서양속담)
가난한 사람에게 자선을 베풀면 하늘이 그에게 갚아준다.
He who lend to the poor, gets his interest from god.(서양속담)
감사하는 마음은 계속해서 은혜에 보답하고 있는 것이다.
A grateful mind still pays.(밀톤)

춘추시대 진(晉)나라의 위무자(魏武子)에게 애첩이 있었는데 그들 사이에 자식이 없었다. 그가 병에 걸리자 아들 위과(魏顆)를 불러 자기가 죽은 뒤에 애첩(위과의 서모)을 시집 보내라고 말했다.

그러나 위독해지자 그녀를 산 채로 자기와 함께 묻으라고 지시했다. 그가 죽자 위과는 그녀를 다른 곳으로 시집 보내면서 이렇게 말했다.

"위독해지면 정신이 흐려지는 법이다. 나는 아버지가 정신이 맑을 때 한 말을 따르겠다."

기원전 594년에 진(秦)나라 환공(桓公)이 군사를 이끌고 진(晉)나라를 쳐들어갔다. 위과가 보씨(輔氏) 전투에서 환공의 군대를 격파하고 유명한 장수 두회(杜回)를 생포했는데 그 때 위과는 어떤 노인이 풀을 엮어서 두회의 앞을 가로막는 것을 보았다. 그 날 밤 노인이 그의 꿈에 나타나 이렇게 말했다.

"나는 네가 시집 보내준 여자의 아버지다. 네 아버지가 맑은 정신일 때 한 유언을 네가 따랐기 때문에 내가 오늘 은혜에 보답한 것이다."

입으로만 신의를 외치는 사회에서는 죽은 뒤에도 은혜를 잊지 않고 갚아주기를 기대하는 것은 신기루를 좇아가는 어리석은 짓이다.

살아 생전에라도 은혜를 갚기만 한다면 천만다행이라고 하겠다. 은혜를 갚기는커녕 해치지만 않아도 고맙게 여겨야 할 판이다. 막 돼 먹은 자들이 미친 말처럼 날뛰는 사회란 그런 것이다.

"결초보은"하겠다고 맹세하는 사람의 말을 함부로 믿지 마라. 믿고 있다가 나중에 크게 실망하기보다는 믿지 않고 있다가 약간 허탈감만 맛보는 편이 더 낫다.

은혜를 입은 사람이 정말 "결초보은"할 마음은 있어도 여러 가지 사정으로 은혜를 갚지 못하는 경우도 적지 않을 것이다.

은혜를 베푼 뒤에는 보답을 기대하지 말고 잊어버리는 것이 상책이다. 상대방의 보답이 있든 없든 은혜를 베풀었다는 그 사실만으로 충분하다.

經國之大業

경국지대업 | 나라를 다스리는 큰 사업 / 문장 또는 학문

經 다스리다, 경영하다; 國 나라; 之 가다, ~의; 大 크다; 業 일
원어 : 개문장 경국지대업 蓋文章 經國之大業
출처 : 조비(曹丕)의 전론(典論)

지식은 힘이다. / Knowledge is power.(서양속담)
펜은 칼보다 강하다. / The pen is mightier than the sword.(서양속담)
펜은 사자의 발톱보다 더 위험하다.
A goose-quill is more dangerous than a lion's claw.(서양속담)
학문은 집과 토지보다 더 낫다.
Learning is better than house and land.(서양속담)
학식이 없는 사람의 삶은 죽음이다.
The life of man without letters is death.(로마속담)
교육받은 백성은 통치하기가 쉽다.
An educated people is easily governed.(프레데릭 대왕)

삼국시대 위(魏)나라의 조조(曹操)를 사람들은 간웅 즉 간사한 영웅이라고 부른다. 이것은 물론 유비를 동정하는 쪽에서 하는 소리다. 위나라 사람들이 그를 간웅이라고 불렀는지는 의문이다.

어쨌든 그는 두 아들 조비(曹丕)와 조식(曹植)과 더불어 문장이 뛰어난 인물이었다. 또한 그들은 문학을 매우 좋아해서 크게 발전시켰다.

조비는 위나라의 문제(文帝, 재위 220-226)가 되었는데 자기보다 뛰어난 동생 조식을 한 때 시기하기도 했다. 그는 전론(典論)에서 이렇게 말했다. "문장은 나라를 다스리는 큰 사업이고 영원히 빛이 바래지 않는 위대한 일이다." 이것은 나라의 발전을 위해 학문이 얼마나 중요한 것인지를 잘 표현한 명언이다.

학문이 발전하지 못하는 나라는 제대로 될 리가 없다. 학문이 제대로 발전하려면 선생은 선생답게, 학생은 학생답게 처신해야 한다.

다시 말하면 선생은 연구에 충실하고 학생을 잘 가르쳐야 하며 학생은 스승을 존경하고 성실하게 잘 배워야 하는 것이다.

그런데 명색이 지식인이라는 사람들이 본업인 연구는 뒷전에 미루어둔 채 출세와 돈벌이에만 눈을 돌린다면 학문의 발전이란 말도 꺼낼 수 없다. 명색이 대학생이라면서 공부보다는 사회운동에 더 열을 올리고 돌아다닌다면 대학 문을 나서도 취직할 곳이 없는 것은 당연하다.

문장이 뛰어나다고 해서 반드시 훌륭한 정치가가 되는 것은 아니다. 대단한 지식인들 가운데 대단한 간신들이 적지 않은 것도 역사적 사실이다. 그렇다고 해서 학력도 없고 학식이 모자랄수록 더욱 탁월한 정치가가 되는 것도 아니다.

傾國之色

경국지색 | 나라를 기울어지게 하는 미인 / 대단한 미모의 여인

傾 기울이다; 國 나라; 之 가다, ~의; 色 색깔, 얼굴, 미인
준말 : 경국 傾國; 경성 傾城
동의어 : 경국경성 傾國傾城; 일고경성 一顧傾城
출처 : 한서 이부인전(漢書 李夫人傳)

미모의 아내와 국경의 성은 전쟁을 부른다.
A fair wife and a frontier castle breed quarrels.(서양속담)
수천 척의 배를 동원하고 트로이의 수많은 탑을 무너뜨린 것은 헬렌의
미모였던가? / Was this the face of Helen that launched a
thousand ships and burnt the topless towers of Troy?
(크리스토퍼 말로)
미모는 황소보다 더 힘이 세다.
Beauty draws more than oxen.(서양속담)

한나라 무제(武帝) 때 이연년(李延年)은 음악과 춤의 천재여서 황제의
총애를 받았다. 어느 날 그가 황제 앞에서 춤을 추면서 이렇게 노래했다.

"세상에서 가장 아름다운 여인이 북쪽에 살고 있는데/ 그녀가 한번
돌아다보면 성(城)이 기울어지고/ 두 번 돌아다보면 나라가 기울어진다."

무제는 "세상에 그런 여인이 과연 있겠는가?"라고 말하면서 한숨을
내쉬었다. 그 때 곁에 있던 황제의 누이 평양공주(平陽公主)가 "이연년의
누이가 그런 여자입니다."라고 말해주었다.

무제는 당장 그 여자를 불러오게 했다. 그리고 완전히 매혹되고 말았
다. 그녀는 나이 50이 넘은 무제의 총애를 독차지한 이부인(李夫人)이었
다.

"경국지색"에 홀려서 나라를 망치거나 자리에서 쫓겨난 왕들이 적지 않다. 춘추시대에 오나라의 왕 부차(夫差)는 적국 월(越)나라의 왕 구천(句踐)이 준 미인 서시(西施)에게 빠져서 나라를 잃었다. 당나라의 현종도 양귀비에게 매혹되어 나라를 잃을 뻔했다.

조지 6세는 영국 국왕의 자리까지 버린 채 심슨부인과 결혼했는데 그녀가 과연 "경국지색"이었는지는 사람마다 의견이 다를 것이다. 어쨌든 나라가 위태롭게 되면 사람들은 "경국지색"을 비난한다.

물론 양귀비나 클레오파트라와 같은 "경국지색"은 흔하지 않다. 그런데도 세상의 무수한 여자들은 자신이 "경국지색"이라고 은근히 속으로 자부할 것이다. 아니, 그렇게 자부하고 싶을 것이다.

그러나 그녀들이 결코 "경국지색"이 아니라는 것을 증명해 주는 사실이 있다. 그것은 어느 나라에서나 각종 화장품이 엄청나게 팔려나가고, 미용실, 정형 또는 성형외과 병원들이 영업이 잘 된다는 것이다. 진짜 "경국지색"에게는 그런 것들이 필요하지 않을 것이다.

"경국지색"을 꿈꾸는 여자들도 한 나라가 아니라 한 가정을 파멸시킬 수는 있다.

敬遠

경원 | 상대방을 존경하지만 멀리한다
상대방을 정중하게 대하지만 친하게 지내지는 않는다

敬 공경하다; 遠 멀다, 멀리하다
출처 : 논어 옹야편(論語 雍也篇)

> 쥐들은 고양이의 아들과 놀지 않는다.
> The mice do not play with the cat's son.(서양속담)
> 이웃을 사랑하라. 그러나 담을 헐지는 마라.
> Love your neighbor, yet pull not down your hedge.(서양속담)
> 파리는 끓는 주전자에 가지 않는다.
> To a boiling pot flies come not.(서양속담)
> 우리를 두려워하는 사람들로부터 받는 존경은 존경이 아니다.
> The honor we receive from those that fear us is not honor.
> (몽테뉴)

공자의 제자 번지(樊遲)가 참된 지식이 무엇인지 물었다. 공자는 "사람의 도리를 다 하려고 애쓰고, 죽은 사람의 혼이나 귀신에 대해서는 존경은 하지만 멀리하는 것이다(경귀신이원지 敬鬼神而遠之)."라고 대답했다.

여기서 표현된 "경이원지(敬而遠之)"를 줄여서 "경원"이라고 한다. 혼이나 귀신을 존경도 하지 않고 무례하게 굴다가는 재앙을 받기 십상이다. 그렇다고 너무 가까이해도 역시 사람에게 좋을 턱이 없다. 옛사람들은 그렇게 믿었다.

요즈음은 상대방을 존경하든 말든 상관없이 "멀리하거나 피한다"는 뜻으로 이 말이 사용된다.

권력, 막대한 재산, 진귀한 보물, 단물을 많이 빨아먹을 수 있는 좋은 자리 등은 누구나 탐내는 것이다. 그런 것은 바로 누구나 탐내기 때문에 가장 위험한 것이다. 불이 활활 타는 용광로와도 같다.

정중하게, 조심스럽게 다루지 않으면 용광로에서 불똥이 튀어 데이고 만다. 너무 가까이 다가가도 역시 불에 데이고 만다. 심하면 용광로에 산 채로 끌려 들어가 화장 감이 되기도 한다.

특히 권력은 비정한 것이다. 권력다툼에는 부모도 자식도 친구도 눈에 보이지 않는 법이다. 당나라의 서태후는 자기 남편과 자식들도 죽였다. 로마제국의 네로황제는 자기 어머니마저도 죽였다.

따라서 권력실세를 대할 때는 최대한으로 조심해야만 각자의 목숨, 재산, 명예를 보호할 수 있다.

권력 근처에 얼쩡거리다가 목숨을 잃거나 망신살이 뻗친 예는 무수하다. 수십 억, 수백 억을 바친다고 해서 안전이 보장되는 것은 결코 아니다. 오히려 더욱 더 위험해지기만 한다. 그런 예를 정권이 바뀔 때마다 너무 많이 보아오지 않았던가! 옛 의미든, 현대식 의미든, 역시 "경원"하는 것이 제일 좋은 방책이 아닐까?

鷄口牛後

계구우후 | 닭의 부리와 소의 꼬리
닭의 부리는 되어도 소의 꼬리는 되지 마라
큰 조직의 졸개가 되는 것보다는 작은 조직의 우두머리가
되는 것이 더 낫다

鷄 닭; 口 입; 牛 소; 後 뒤
원어 : 영위계구 물위우후 寧爲鷄口 勿爲牛後
출전 : 사기 소진열전(史記 蘇秦列傳)

사자 꼬리보다는 고양이 머리가 되는 것이 더 낫다.
Better be the head of a cat than the tail of a lion.(이탈리아 속담)
말의 꼬리보다 당나귀 머리가 되는 것이 낫다.
Better be the head of an ass than the tail of a horse.(영국속담)
소의 뒤를 따라가는 것보다 암탉 앞에서 걸어가는 것이 더 낫다.
Better walk before a hen than behind an ox.(서양속담)

중국이 일곱 나라로 분열되어 있던 전국시대의 중엽. 서쪽의 진(秦)나라가 동쪽으로 세력을 뻗치고 있었다. 주(周)나라 수도 낙양에 살던 소진(蘇秦, 기원전 ? – 317)은 동쪽 여섯 나라를 세로로 뭉치게 해서 진에게 대항하자는 합종책(合縱策)이라는 전략을 세우고 여섯 나라를 돌아다녔다. 그러다가 한(韓)나라의 선혜왕(宣惠王, 재위 기원전 333–312)을 만나 이렇게 말했다.

"강력한 군사를 거느린 한나라가 싸워보지도 않고 진나라를 섬긴다는 것은 말이 안 됩니다. 이제 여섯 나라가 세로로 힘을 합치면 진나라를 막아낼 수가 있습니다. 차라리 닭의 부리가 되는 한이 있어도 소의 꼬리는 되지 말라는 옛사람의 말을 참고하십시오."

합종책은 성공했고 그는 여섯 나라의 수상을 겸임하는 막강한 실력자로 군림했다.

소의 꼬리는커녕 꼬리 끝의 털이 되는 것으로도 만족하는 사람들이 있다. 권력 실세에 빌붙어서 국물이나 얻어먹는 아첨꾼들이 그렇다. 그들은 닭대가리보다는 쇠꼬리 곰탕이 더 맛있다고 떠들어댈 것이다.

꼬리 곰탕을 먹을 때는 맛이 있을 것이다. 그러나 그들이 평생 편안하게 꼬리곰탕의 맛을 즐길 수 있을지는 크게 의문이다. 세상은 항상 변하게 마련이니까.

"계구우후"의 뜻을 깨달았다고 해서 신입사원이 멀쩡한 직장을 때려치우고 구멍가게 주인이 되는 것까지 장려할 수는 없다. 구멍가게를 차린 뒤 크게 성공하면 다행이고 그럴 가능성이 없지도 않다.

그러나 사업에는 경륜이라는 것이 반드시 필요하다. 실력을 갖추고 경험을 풍부히 쌓은 뒤에 사업을 해도 흥할까 망할까 아무도 장담 못하는 것이 세상살이다.

청개구리가 땡볕에 나가 마라톤에 도전하는 것은 "계구우후"의 참뜻을 깨달은 사람이 취할 태도가 결코 아니다. 그런데도 청개구리들이 사방에서 팔짝팔짝 뛰어다니고 있다. 완장을 찬 그들이 한 때는 의기양양해서 날뛰겠지만 머지 않아 사냥꾼에게 일망타진되면 줄줄이 묶여서 감옥으로 나 갈 것이다.

鷄群一鶴

계군일학

닭이 떼지어 있는 곳에 한 마리 학이 있다
평범한 사람들 가운데 뛰어난 인재가 한 명 섞여 있어서
매우 돋보인다

鷄 닭; 群 무리; 一 하나; 鶴 학
동의어 : 군계일학 群鷄一鶴; 계군고학 鷄群孤鶴
출처 : 진서 혜소전(晉書 嵇紹傳)

똥 무더기에서 나온 황금. / Gold from a dunghill.(로마속담)

벌 한 마리가 파리떼보다 낫다.

One bee is better than a handful of flies.(서양속담)

하찮은 사람들이 없다면 위인들도 없다.

There could be no great ones if there were no little.(영국속담)

오래 지속되지 않는다면 위대함은 아무 것도 아니다.

Greatness is nothing unless it be lasting.(나폴레옹)

가장 좋은 사과는 가장 높은 가지에 있다.

The fairest apple hangs on the highest bough.(스코틀랜드 속담)

높은 나무는 모든 바람을 맞는다.

A tall tree catches all the wind.(남아프리카 속담)

위(魏)나라와 진(晉)나라 시대에 절개를 지키며 청렴하게 사는 일곱
명의 선비 즉 죽림칠현(竹林七賢)이 있었는데 그 가운데 한 명인 혜강(嵇
康)이 억울한 누명을 쓰고 처형당했다.

당시 열 살이던 그의 아들 혜소(嵇紹, ?-304)가 어른이 되자 진나라
의 무제(武帝, 司馬炎)에게 추천되어 황제의 비서관이 되었다. 그가 황궁
에 들어가는 모습을 본 어떤 사람이 "닭이 떼지어 있는 곳에 한 마리 학
이 있는 것과 같다."고 감탄했다. 그 말을 들은 왕융은 "그의 아버지는
훨씬 더 당당한 모습을 보여주었다."고 대꾸했다.

"계군일학"을 닭 열 마리보다 학 한 마리가 더 값이 비싸다고 해석하는 사람은 각종 새를 전문적으로 파는 장사꾼이다. 그 반대로 해석하는 사람은 영계백숙이나 통닭구이를 파는 음식점 주인이다. 어느 쪽도 해석이 맞지 않는다.

그러나 요즈음 사람들은 보는 눈이 역시 달라서 닭이나 학이나 그저 고깃덩어리로만 보고 그 가치를 평가한다. 당연히 학 한 마리보다는 닭 한 마리가 더 낫다고 보는 것이다. 풍류나 멋 따위는 케케묵은 것이니 우선 맛좋은 닭고기나 뜯어먹고 보자는 매우 현실주의적 사고방식이다.

또한 민주주의를 어떻게 배웠는지는 몰라도 현대인들은 누구나 자기가 가장 잘났다고 자부한다. 그러니까 남의 탁월한 재능을 인정해 주려고 하지 않는다.

뛰어난 인재가 나타나면 나무에 올려놓고 흔들어대거나 발목을 잡고 물귀신작전을 쓴다. 자기도 열심히 공부하고 노력해서 훌륭한 인재가 되려고 하기는커녕 남을 짓밟고 끌어내리려고 하는 것이다.

말하자면 "계군일학" 같은 인물은 못 봐주겠다는 심보다. 그러면서도 속으로는 자기야말로 바로 "계군일학"이라고 은근히 자부하는 사람들도 있다.

55

鷄肋

계륵 | 닭의 갈비 / 먹자니 살코기가 없고 버리자니 아까운 닭갈비
별로 쓸모가 없기는 하지만 막상 버리자니 아까운 물건
닭갈비처럼 몸이 매우 약하다

鷄 닭; 肋 갈빗대
출처 : 후한서 양수전(後漢書 楊修傳); 진서 유령전(晉書 劉伶傳)

> 모든 것은 쓸모가 있다.
> Everything is good for something.(서양속담)
> 약한 자는 재치가 필요하다.
> Weak men had need be witty.(영국속담)

후한 말기에 유비(劉備)가 익주(益州, 현재 四川省)를 근거로 한중에 진출하여 한중왕(韓中王)이 되었다. 서기 219년에 위왕(魏王) 조조(曺操)의 대군이 한중을 공격했다.

그런데 유비의 군대는 제갈량의 전략에 따라 정면 충돌을 피한 채 조조군의 식량 보급로만 차단했다. 굶주림을 견디지 못해 도망치는 군사들이 날로 늘어나자 조조가 "계륵!"이라는 명령을 내렸다.

아무도 그 말이 무슨 뜻인지 몰랐지만 양수(楊修)만이 알아듣고는 짐을 꾸려 철수를 준비하면서 이렇게 설명해주었다.

"닭의 갈비는 먹자니 살코기가 없고 버리자니 아까운 것입니다. 그러니까 계륵이란 지금 한중 땅이 닭갈비와 마찬가지니 철군을 준비하라는 것입니다."

조조의 군대는 며칠 뒤에 철군했다. 그러나 조조는 자기의 심중을 너무나도 훤하게 꿰뚫어 본 양수에 대해 불안감을 느꼈다. 그래서 나중에 그를 죽여버렸다.

셋방살이로 이사를 여러 번 해본 사람이라면 "계륵"이 무엇인지 뼈저리게 느꼈을 것이다. 이사할 때마다 이 구석 저 구석에서 꾸역꾸역 각종 잡동사니가 튀어나온다. 버리자니 아깝고 가지고 가자니 별로 쓸모가 없는 물건들이 자꾸만 나오는 것이다. 그런 물건이 바로 "계륵"이다.

물론 집장사를 하려고 아파트를 샀다가 좀 더 큰 아파트로 이사하는 경우에는 거기 "계륵"이 별로 없을 것이다. 부모가 죽은 뒤 재산싸움을 벌이는 형제 따위는 "계륵"도 되지 못한다.

요즈음 신종 "계륵"이 등장했다. 바로 "백수"들이다! 춥고 배고픈 시대를 거쳐서 오늘날 먹고살 만한 나라를 만드는 데 청춘을 다 바친 50대 전후의 사내들이 갑자기 직장에서 쫓겨나 찬밥신세가 되었다. 계륵이 된 것이다.

鷄鳴狗盜

계명구도 | 닭 우는소리를 잘 내는 사람과 개 흉내를 내는 도둑
남들이 천하게 보는 재주를 가진 사람도 쓸모가 있다
배워서는 안 되는 천한 재주를 가진 사람

鷄 닭; 鳴 울다; 狗 개; 盜 도둑
출처 : 사기 맹상군 열전(史記 孟嘗君 列傳)

어떠한 일에도 전혀 쓸모가 없는 그런 사람은 하나도 없다.
There is scarcely anybody who is absolutely good for
nothing.(체스터필드 경)
아무리 무식한 사람도 한 가지 뛰어난 재주는 가지고 있는 법이다.
There is no so wretched and coarse a soul wherein some
particular faculty is not seen to shine.(몽테뉴)
네가 할 수 있는 일에 대해서는 부드러운 방법을, 할 수 없는 일에 대
해서는 무슨 수단이든 동원하라.
If you can, by kind means; if not, by any means.(로마속담)

전국시대 중엽에 제(齊)나라의 맹상군(孟嘗君)은 설(薛) 지방의 영주가
되어 천하의 인재들을 불러모았다. 3천명이 넘는 추종자 가운데는 개
흉내를 잘 내는 구도(狗盜)와 닭이 우는소리를 잘 내는 계명(鷄鳴)도 있
었다. 진(秦)나라 소양왕(昭襄王)이 그를 수상으로 초빙했지만 마음을 바
꿔 죽이려고 하자 그는 미리 알고 달아났다.

그의 일행이 국경의 관문인 함곡관(函谷關)에 이르렀을 때 뒤늦게 후
회한 왕이 추격군사를 파견했다. 첫닭이 울어야만 관문이 열린다. 관문
이 열리지 않으면 그는 잡혀서 죽을 몸이었다. 그 때 "계명"이 동네로
들어가서 닭이 우는소리를 흉내냈다. 그러자 모든 닭들이 울어댔다. 자
다가 깬 파수병들이 얼떨결에 관문을 열었고 그는 무사히 통과했다.

58

나라가 튼튼해지고 크게 발전하려면 각종 재능을 가진 뛰어난 인재들이 많이 나와야만 한다. 특히 강력한 적과 맞서고 있는 상태에서는 그런 인재들이 더욱 더 소중하고 필요하다. 그러나 인재들을 제대로 거느리고 쓸 줄 아는 최고지도자가 없다면 인재가 아무리 많은들 무슨 소용인가? 구슬이 서 말이라도 실로 꿰어야 보배라고 했다.

그러면 우리 나라에는 참다운 인재들이 서 말은 되는가? 서 말은커녕 석 되도 못 될 것이다. 그런데도 평준화라는 허울 좋은 명목에 매달리는 교육정책 탓에 그나마 진짜 인재들을 찾아보기도 어렵다.

인재들이 있다고 해도 제대로 대접하는 지도자란 더욱 더 드물다. 물론 우리 나라에도 "계명"이나 "구도"는 많다. 흰 것을 검다 하고 검은 것을 희다고 소리치는 "계명", 그리고 개처럼 굴면서 남의 돈을 긁어먹는 썩은 "구도"는 참으로 많다.

季布一諾

계포일락 | 계포가 한번 허락한 것 / 반드시 지키는 약속

季 끝, 막대; 布 베, 벌리다; 一 하나; 諾 허락하다, 대답하다
준말 : 계락 季諾 / 유사어 : 금락 金諾
출처 : 사기 계포전(史記 季布傳)

> 죽은 말 백 마디보다 살아 있는 말 한 마디가 더 낫다.
> Better one living word than a hundred dead ones.(서양속담)
> 정직한 사람의 말은 그의 보증과 같다.
> An honest man's word is as good as his bond.(서양속담)
> 신용은 황금보다 더 낫다. / Credit is better than gold.(서양속담)

초나라의 항우와 한나라의 유방이 패권을 다툴 때 계포는 항우의 부하장수였는데 자기 입으로 약속한 것은 무슨 일이 있어도 지키는 의리의 인물이었다. 항우가 죽은 뒤 그의 목에 엄청난 현상금이 걸렸다.

그러나 아무도 그를 유방에게 밀고하지 않았다. 오히려 사람들이 그를 칭찬하는 바람에 유방은 그를 사면했을 뿐만 아니라 등용해서 썼다.

한편 그와 같은 고향 출신으로 말재주가 뛰어난 조구(曹丘)는 권력층에 빌붙어서 재물을 긁어모으기만 했다. 계포가 그를 싫어한 것은 당연했다. 황제의 숙부 두장군(竇長君)의 소개장을 억지로 받아낸 조구가 계포를 찾아가서 말했다.

"초나라 사람들은 황금 백 근보다도 계포의 한번 약속이 더 낫다고 합니다. 그 비결을 가르쳐주십시오. 당신 명성은 지금 양나라와 초나라에서만 떨치고 있는데 제가 선전해주면 당신 이름이 천하에 떨칠 것입니다."

그 말에 계포는 조구를 손님으로 후하게 접대했다.

사내 대장부는 자기 입으로 한 약속을 반드시 지킨다. 목에 칼이 들어와도 지킨다. 그런 의미에서 "계포일락"은 참으로 좋은 말이다.

그러나 사내라고 해서 모두 다 대장부인가? 여기서는 이 말을 하고, 저기서는 저 말을 하는 사내들이 좀 많은가? 어제는 이렇게 말하고, 오늘은 자기 말이 "와전"되었다면서 다른 말을 하는 정치인은 좀 많은가?

말을 요리조리 바꾸어도 그런 사람들을 여전히 사내로 봐주는 세상이 아닌가? 도대체 사내 대장부가 어디 있는가? 계포도 항우와 유방 두 임금을 섬겼으니 별 수 없다고 빈정거리기만 할 것인가?

股肱之臣

고굉지신 | 팔다리와 같은 신하 / 임금이 가장 신임하는 신하

股 다리; 肱 팔뚝; 之 가다, ~의; 臣 신하
출처 : 서경 익직편(書經 益稷篇)

한 주인을 섬기지 않으려는 자는 많은 주인을 섬기게 될 것이다.

He that will not serve one master will have to serve many.

(이탈리아 속담)

충성은 돈보다 더 가치가 있다.

Loyalty is worth more than money.(서양속담)

애인과 대신이란 믿을 것이 못 된다.

Lovers and ministers are seldom true.(조지 리틀턴)

군주가 국가를 위해 있는 것이지 국가가 군주를 위해 있는 것은 아니다.

The prince exists for the sake of the state, not the state for the sake of the prince.(에라스무스)

여자와 군주란 누군가를 신뢰하지 않으면 안 된다.

Women and princes must trust somebody.(존 셀든)

신하들에게 순 임금이 이렇게 말했다.

"너희는 나의 팔과 다리, 눈과 귀다. 내가 백성들을 도우려고 하니 너희도 힘껏 나를 도와달라. 내게 잘못이 있으면 직접 충고해 달라."

왕을 성심 성의껏 보좌하고 바른말을 아끼지 않으며 목숨을 바쳐 충성하는 신하가 "고굉지신"이다. 그는 자기 개인의 출세나 이익보다도 나라의 이익과 백성들이 편안하게 사는 길을 언제나 앞세운다.

어느 나라에나 고위 관리들은 참으로 많다. 그러나 진짜 "고굉지신"은 매우 드물게 마련이다.

물론 나라의 최고지도자에게 목숨을 바쳐서 충성하는 신하라고 해서 모두 "고굉지신"은 아니다. 폭군이나 독재자 눈에 "고굉지신"으로 보이는 고위 관리들을 백성들은 고약한 간신 또는 정권의 주구(走狗)라고 부른다.

부정 부패를 일삼는 기업가에게 충성을 바치는 회사원들도 "고굉지신"은커녕 주구에 불과하다. 그런데 주구가 되지 못해서 안달하는 사람이 얼마나 많은 세상인가!

鼓腹擊壤

고복격양 | 배를 두드리고 발로 땅을 구른다
백성들이 모두 편안하게 잘 지내는 태평성대

鼓 북 치다; 腹 배; 擊 치다, 때리다; 壤 땅
준말 : 격양 擊壤 / 동의어 : 격양지가 擊壤之歌; 격양가 擊壤歌
출처 : 십팔사략 제요편(十八史略 帝堯篇); 악부시집 격양가(樂府詩集 擊壤歌)

> 각자에게 자기 것을 주라. / To every one his own.(로마속담)
> 평화로울 때나 전쟁 때나 정부의 목적은 통치자나 민족의 영광이 아니라 일반백성의 행복이다. / The object of government in peace and in war is not the glory of rulers or of races, but the happiness of the common man.(비버리지 경)
> 정부는 재산의 보호 이외에 다른 목적이 없다.
> Government has no other end but the preservation of property.(존 로크)

요(堯) 황제가 50년 동안 나라를 훌륭하게 다스렸다. 그러던 어느 날 그는 평범한 백성으로 변장을 한 뒤에 민정시찰을 나섰다. 네거리에 이르자 아이들이 서로 손을 잡고 황제를 찬양하는 노래를 부르고 있었다.

"백성들이 편안하게 사는 것은 모두 황제의 덕분/ 우리는 저절로 황제의 법을 따를 뿐이네."

한참 더 걸어가자 이번에는 노인이 "고복격양" 즉 배를 북처럼 두드리고 발로 땅을 구르면서 흥겹게 노래하고 있었다.

"해 뜨면 일하고 해가 지면 쉰다./ 밭 갈아 배불리 먹고 우물 파서 물 마신다./ 황제의 힘이 나하고 무슨 상관이란 말인가?"

백성들이 정치 따위에 관심조차 기울이지 않고서도 모두 만족하며 사는 것을 확인한 요 황제는 무척 흐뭇했다.

백성들이 먹을 것, 입을 것, 그리고 집에 대해 걱정이 없으면 굳이 왕이 있는지 없는지 신경쓸 것도 없다. 대통령, 수상, 장관들의 이름 따위는 기억할 필요도 없다. 그런 나라가 태평성대이다.

국가원수의 대형 초상화나 사진이 거리마다 나붙고, 어마어마하게 큰 동상, 그것도 금으로 도금한 것이 수백 개나 전국에 우뚝 솟아 있는 나라는 틀림없이 독재국가다.

텔레비전 저녁 뉴스에 국가원수의 얼굴이 날마다 단골메뉴로 비친다던가, 권력층이 특정 내용의 이메일 메시지를 수십만 명에게 보낸다던가, 그것도 모자라서 아예 인터넷 신문을 만든다면 백성들이 과연 "고복격양"하면서 태평성대를 노래할까? 개혁? 몇 백 년을 계속해야 개혁이라는 괴물은 끝장이 나는가?

孤城落日

고성낙일 | 외로운 성채에 지는 저녁 해
삭막한 풍경을 바라보는 외로운 심정

孤 외롭다, 고아; 城 성채, 보루; 落 떨어지다; 日 해, 날
출처 : 왕유(王維)의 시 송위평사(送韋評事)

지는 해는 그림자를 두 배로 길게 만든다.
The sun when setting makes the increasing shadows twice as
large.(비르질리우스)
천당에서 혼자 지낸다면 그것은 내게 가장 큰 고통이다.
No greater torment could there be to me than to be alone in
Paradise.(괴테)
우리는 고독하다. 다만 고독하지 않은 듯이 스스로 속이고 그렇게 행동
할 뿐이다. / We are solitary. We may delude ourselves and
act as though this were not so. That is all.(라이너 마리아 릴케)
쓴맛을 전혀 맛본 적이 없는 사람은 단맛을 모른다.
Who has never tasted what is bitter does not know what is
sweet.(독일속담)

왕유(王維, 699~759)는 "위평사를 보내며"라는 시에서 이렇게 읊었다.
"장군을 모시고 가서 우현(右賢)을 잡으려고/ 그대는 사막으로 말을
몰아 거연(居延)으로 간다./ 그러나 한나라 사신인 그대가 소관(蕭關) 밖
에서/ 외로운 성채에 지는 해를 근심 어린 표정으로/ 바라볼 것임을 나
는 멀리서도 알고 있다."

왕유는 이백, 두보와 어깨를 겨루는 저명한 시인인데 시 제목에 나오
는 평사란 죄인들을 다스리는 직책을 말한다. 우현은 흉노족의 왕이다.
거연은 신강성 국경지대에 위치한 주천(酒泉)을 가리키는데 그 북쪽은
만리장성 서쪽 끝을 지나 사막으로 이어진다. 소관은 국경의 관문이다.

적에게 포위 당한 채 원군의 도움은 기대할 수 없고 머지 않아 성이 함락하게 되어 있다면 그것은 문자 그대로 "고성낙일"이다. 낙동강 오리알 신세인 것이다.

임기 중에 무능과 부패만 거듭해서 지지율이 형편없이 떨어진 정치가가 얼마 남지 않은 임기를 바라볼 때의 심정도 역시 "고성낙일"이다.

거액의 뇌물 등 부정 때문에 회사를 파산지경에 이르게 한 기업가가 투신자살하기 직전의 심정도 마찬가지일 것이다.

자신의 잘못으로 "고성낙일" 신세가 되었다면 누구를 원망하겠는가? 그러나 모함을 당하거나 억울한 누명을 쓰고 "고성낙일"이 된 사람이라면 그 비통한 심정은 어느 누가 달래줄 것인가?

그의 원통한 넋은 자신을 파멸시킨 원수를 언젠가는 "고성낙일"로 만들지 않을까? 하늘에 높이 뜬 해는 언젠가 반드시 지게 마련이니까….

高枕安眠

고침안면 | 베개를 높게 해서 편안하게 잔다
근심 걱정이 없이 잘 잔다 / 아무런 걱정거리가 없다

高 높다; 枕 베개; 安 편안하다; 眠 잠자다
동의어 : 고침이와 高枕而臥
출처 : 전국책 위책 애왕(戰國策 魏策 哀王); 사기 장의열전(史記 張儀列傳)

> 깨끗한 양심은 부드러운 베개다.
> A good conscience is a soft pillow.(서양속담)
> 잠은 약보다 낫다. / Sleep is better than medicine.(서양속담)
> 국가원수의 가장 큰 재산은 밤에 잠을 잘 잘 수 있는 능력이다.
> The greatest asset a head of state can have is the ability to
> get a good night 's sleep.(해롤드 윌슨, 전 영국수상)

진(秦), 초(楚), 연(燕), 제(齊), 한(韓), 위(魏), 조(趙) 등 일곱 나라로 분열되어 패권을 다투던 전국시대에 소진(蘇秦)은 약한 여섯 나라가 단결하여 강한 진나라에 대항해야 여섯 나라가 살아남을 수 있다는 합종책(合從策)을 주장해서 성공했다. 반면에 장의(張儀, 기원전 ?-309)는 여섯 나라가 각각 합종책을 버리고 단독으로 진나라와 동맹해야만 나라를 보전할 수 있다는 연횡책(連衡策)을 내세웠는데 그것은 사실상 진나라에게 항복하라는 것과 다름없는 주장이었다. 장의는 기원전 328년에 진나라 군사를 이끌고 위나라를 침입했다. 그 후 그는 위나라의 애왕(哀王)에게 발탁되어 수상이 되었을 때 왕에게 연횡책을 권고했다.

"위나라가 진나라를 섬긴다면 이웃나라들이 쳐들어올 염려가 없고 그렇게 되면 전하께서는 베개를 높게 해서 편안하게 주무실 수가 있습니다." 애왕은 결국 그의 말대로 연횡책을 썼다. 그리고 그는 나머지 다섯 나라도 차례로 설득하여 기원전 311년에 연횡책을 채택시켰다.

합종책이란 강대국의 위협에 직면한 약소국들이 "뭉치면 살고 흩어지면 죽는다"는 원칙에 입각해서 취하는 생존의 전략이다. 그러나 연횡책이란 강대국에 굴복하여 자기 나라 하나만이라도 살아보겠다는 비겁한 이기주의적 태도이다.

지도층이 일시적으로는 "고침안면"을 할지 몰라도 강대국에게 언젠가는 먹히고 말 것이다. 각개격파 당하는 것이다.

죽느냐 사느냐 하는 위기에 직면한 경우에 눈 가리고 아옹하는 식으로 미봉책을 쓴 뒤 "고침안면"하는 것처럼 어리석은 짓은 없다.

잡아먹겠다고 덤비는 적에게 돈을 줄 테니 물러가라고 하는 것도 마찬가지다. 돈도 잃고 나라도 잃을 것이다. 문제를 근본적으로 해결하지는 않고 땜질 식으로 대처하면 위기는 항상 그대로 남아 있기 때문이다.

자기 배가 부르면 남의 굶주림을 모르기 쉽다. 백성들은 못 살겠다고 아우성을 치고, 실업자는 늘어가는데도 언론의 과장보도에만 탓을 돌린 채 아직은 그렇게 심각한 위기가 아니라면서 "고침안면"하는 지도자들도 있다.

古稀

고희 | 옛날부터 드물다 / 나이 칠십

古 옛날, 옛일; 稀 드물다
출처 : 두보의 시 곡강이수(曲江二首)

> 늙는 것은 죽음보다 더 두렵다.
> Old age is more to be feared than death.(유베날리스)
> 늙어서 어떻게 해야 좋을지 아는 사람은 거의 없다.
> Few people know how to be old.(라 로슈푸코)
> 재산을 자녀에게 넘겨준 뒤 늙어서 끼니 걱정을 하는 자는 몽둥이에 맞
> 아 죽어야만 한다.
> Who gives his children bread, and suffers want in old age,
> should be knocked dead with a club.(독일속담)

두보(杜甫, 712-770)는 곡강이수(曲江二首)라는 시에서 이렇게 읊었다. "조회에서 돌아오면 날마다 봄옷을 저당 잡힌 뒤/ 곡강에 나가 흠뻑 취해서야 귀가한다./ 술값 외상은 어디서나 흔히 있는 것이지만/ 나이 칠십이란 옛날부터 드문 일이다."

곡강은 당나라 수도 장안에 있는 아름다운 연못인데 사람들이 봄나들 이를 즐기던 곳이다. 두보는 "고희"는커녕 환갑에서 한 살 모자라는 나 이에 객지에서 죽었다. "고희"까지 산다는 것은 역시 드문 일이었다.

불과 십여 년 전까지만 해도 환갑잔치를 했다. 그러나 요즈음 환갑잔치라는 말을 꺼내면 어색해진다. 평균수명이 80세 정도인데 환갑쯤 가지고는 늙은 것도 아니다.

고희 잔치? 역시 약간은 시큰둥한 표정이다. 그러니까 "고희"를 나이 칠십이 아니라 아마도 "백 살"가량으로 해석할 날도 머지 않았을 것이다.

게다가 이식수술 기술이 눈부시게 발전하고 인공장기와 인공두뇌까지 대량으로 생산되어 평균수명이 150세가량 된다면 그 때는 "고희"가 140세를 의미할지도 모른다.

물론 그런 시대에도 "고희"는 나이 칠십을 의미할지도 모른다. 이식수술이나 인공장기 등을 거부한 채 자연스럽게 살다가 자연스럽게 죽기를 바라는 사람이 있다면 바로 그런 사람이 옛날부터 드물다는 뜻에서 말이다.

과학기술이 아무리 발달해도 자연보호 운동가들은 마땅히 이런 식으로 자연스럽게 살다가 자연스럽게 생을 마쳐야만 하지 않을까? 무작정 오래 사는 것만이 반드시 좋은 것은 아니라고 마지막으로 외치면서!

그 말이야말로 옛날부터 참으로 드물고 또한 참으로 옳은 말이다.

轂擊肩摩

곡격견마 | 수레바퀴 통이 부딪치고 어깨가 서로 닿는다
인파가 붐비는 번화가의 모습

轂 수레바퀴 통; 擊 치다, 때리다; 肩 어깨; 摩 비비다, 갈다
출처 : 전국책 제책(戰國策 齊策)

사람은 사회적 동물이다.
Man is a social animal.(세네카)
큰 도시는 매우 외롭다.
A great city is a great solitude.(그리스 속담)
도시란 인류의 시궁창이다.
Towns are the sink of the human race.(루소)
훌륭한 사회가 없는 천당은 천당이 아니다.
Heaven without a good society cannot be heaven.(서양속담)
대도시마다 몰려 있는 소란한 군중은 언제나 두려운 존재이다.
The tumultuous populace of large cities are ever to be
dreaded.(조지 워싱턴)
위대한 도시란 위대한 남녀들이 있는 곳이다.
A great city is that has the greatest men and women.(월트 휘트먼)
로마는 그것을 살 사람만 있다면 팔려서 곧 사라지고 말 것이다.
Rome for sale, and destined soon to disappear, if it can find a
buyer.(살루스투스)

전국시대에는 나라마다 국력 배양에 힘썼기 때문에 도시들이 크게 번
창했다. 그 가운데 제나라의 수도 임치(臨淄)의 번영이 가장 유명했다.
인구가 수십만이나 되었는데 거리마다 수레바퀴 통이 서로 부딪치고 어
깨가 서로 스칠 지경이었다.

로마제국이 한창 번성할 때 로마의 인구는 백만을 자랑했다. 거리마다 웅장한 대리석 건물과 신전들이 늘어섰다. 역시 "곡격견마"였다.

그러나 예전의 그 로마는 오늘날 관광객들이 기념촬영을 하고 가는 폐허에 불과하다. 물론 새로운 로마가 그 자리에 들어서 있기는 하지만.

서울은 지금 자동차가 하도 많아서 문자 그대로 타이어끼리 부딪칠 정도 즉 "곡격"이다. 그리고 길거리를 걸어가면 어깨끼리 툭툭 부딪치는 "견마"이다.

"곡격"을 얼마나 좋아하는지 해마다 교통사고는 급속히 늘기만 한다. "견마"가 되어도 미안하다는 말 한마디도 없이 지나간다. 서울의 일부거리는 문명인들의 거리가 아니라 야만의 정글이다. "곡격견마"란 나라의 번영과 발전만 반드시 의미하는 것이 아니다.

曲學阿世

곡학아세 | 학문을 굽혀서 세상사람들에게 아첨한다
학문의 바른 길을 버리고 속세에 아첨한다

曲 굽어지다; 學 배우다; 阿 아첨하다; 世 세상
유사어 : 어용학자 御用學者 / 출처 : 사기 유림전(史記 儒林傳)

> 지옥의 길바닥은 저명한 학자들의 해골로 포장되고 울타리는 위인들의
> 뼈로 둘러쳐져 있다.
> Hell is paved with the sculls of great scholars, and paled in
> with the bones of great men.(서양속담)
> 학식이 풍부하지만 도덕적으로 결함이 있는 자는 그 학식도 아무 소용
> 이 없다. / He who is proficient in learning but deficient in
> morals, is more deficient than he is proficient.(로마속담)

한나라 경제(景帝, 재위 기원전 157-141) 때 산동성 출신 시인 원고생
(轅固生)은 시경(詩經)에 능통해서 박사가 되었다가 은퇴했다. 그 후 무
제가 그를 다시 부를 때 지조 없는 가짜 선비들이 반대했지만 황제는 소
신대로 그를 등용했다.

그는 당시 90세 노인이었지만 바른말을 잘 하는 고매한 선비였다. 그
와 같은 무렵에 등용된 젊은 학자 공손홍(公孫弘)도 역시 산동성 출신이
었는데 나이가 많다고 해서 그를 무시했다. 그러나 그는 불쾌한 내색도
없이 공손홍에게 이렇게 충고했다.

"요즈음은 학문의 바른 길이 무너지고 궤변이 판치고 있다. 자네는 학
문을 좋아하는 젊은 선비니까 올바른 학문을 세상에 널리 전하기 바란
다. 학문을 굽혀서 세상에 아첨하지는 마라."

공손홍은 원고생의 사람 됨됨이를 알아보지 못하고 건방지게 군 자신
이 너무도 부끄러웠다. 그는 즉시 사과하고 그의 제자가 되었다.

74

신문에 논설을 쓰거나 대학에서 강의할 때는 제법 옳은 소
리를 하던 사람들이 장관이나 언론사 사장 감투를 쓰고 나
면 권력자의 비위를 맞추려고 비굴하게 딴 소리를 하는 경
우가 많다. 아니, 감투를 바라고 미리부터 "곡학아세"를 하
는 지식인들도 적지 않다. 미리 알아서 기는 것이다.

그런 자들에게는 지식인이라는 호칭도 아깝다. 차라리 무식
한 사람보다도 못한 것이다. 무식한 사람은 처음부터 학문
이 없으니까 굽히고 말고 할 것도 없지 않은가?

우리 나라의 헌법학자들 가운데 대통령의 종신독재를 합리
화하는 소위 유신헌법의 초안을 작성한 교수들이 있다. 민
주주의 헌법을 공부하고 또 강의한 그들은 학문을 굽히기는
했지만 세상사람들에 아첨한 것이 아니라 특정권력에 아첨
한 것이니 "곡학아세"는 아니라고 우길지도 모른다

온 국민이 참여하는 민주주의를 신봉한다는 사람들이 특정
신문들을 가리켜서 소위 "조폭언론"이라고 매도하거나 우방
국가의 주둔군을 향해 철수하라고 외친
다. 우방국가의 국기를 불태우는 것이 의
거인 양 착각한다.

무엇이 옳은지 모른다면 입을 다
물고 있으면 된다. 안다면, 최
소한 "곡학아세"는 하지 말아
야 한다.

功名垂竹帛

공명수죽백 | 공적과 이름을 대나무와 비단에 드리운다
공적을 세워 이름을 후세에 남긴다

功 공적, 공로; 名 이름; 垂 드리우다; 竹 대나무; 帛 비단
유사어 : 명전천추 名傳千秋 / 출처 : 후한서 등우전(後漢書 鄧禹傳)

잘한 일은 죽은 뒤에도 남는다. / Well-done outlives death.(독일속담)
죽은 뒤에도 살아 있지 않는 자는 인생을 산 것이 아니다.
He has not lived that lives not after death.(서양속담)
명성은 재산보다 낫다.
A good name is better than riches.(서양속담)
자격이 없는 자에게 명예란 돼지 코에 금반지와 무엇이 다른가?
What is honour to the unworthy but a gold ring to a swine's
snout?(실비아누스)

등우(鄧禹)는 장안에서 공부하던 소년 시절에 유수(劉秀, 후한 광무제)
를 만나 절친하게 지냈다. 한나라가 멸망하고 신(新)나라가 들어선 뒤 사
방에서 반란이 일어났다.

등우는 황하 북쪽에서 일어난 유수를 찾아가 만났다. 유수는 그가 감
투를 하나 달라고 부탁하러 왔을 것이라고 짐작했는데 여러 날이 지나
도 그런 내색조차 등우는 하지 않았다. 그래서 자기를 멀리서 찾아온 이
유를 묻자 등우가 이렇게 대답했다.

"나는 당신의 덕망과 명성이 천하에 떨치기를 원할 뿐입니다. 그리고
나로서는 적은 힘이나마 바쳐서 공적을 세우고 이름을 대나무와 비단에
드리우고 싶은 것입니다."

그제야 유수가 그의 진심을 알아보고 장군으로 삼았다. 등우는 유수
가 광무제가 되고 후한의 기초를 다지는 데 크게 기여했다.

등우는 분명히 큰 공적을 세우고 이름을 남겼다. 그러나 공적을 세우는 일은 관심도 없고 이름만 남기려고 달려드는 사람들이 많다.

하루나 일주일도 좋으니 큰 감투만 쓰게 해 달라고 청탁하는 저명인사들이 그렇다. 족보에 관직이 기록되어 후세에 전해진다는 것이다.

족보? 도대체 몇 명이나 족보를 들여다보는가? 들여다본들 거기 기록된 관직에 진심으로 감탄할 것 같은가?

예전의 왕이나 황제마저도 생전에 시원치 않게 굴었으면 욕을 먹는 판에 왕이나 황제도 아닌 그 알량한 관직 따위가 뭐가 그리 대수로운가?

지금은 매스컴 시대다. 그러니까 신문에 자주 이름을 내고 텔레비전 화면에 얼굴이 자주 비치게 하겠다? 그래야만 "공명수죽백"일까?

孔子穿珠

공자천주 | 공자가 구슬을 꿴다
모르는 것이 있으면 자기보다 못한 사람에게서도 배워라

孔 구멍; 子 아들; 穿 뚫다; 珠 구슬
유사어 : 불치하문 不恥下問 / 출처 : 조정사원(祖庭事苑)

> 병아리도 암탉에게 충고를 해준다.
> Chicken gives advice to hen.(서양속담)
> 길을 잃는 것보다 묻는 것이 낫다.
> Better to ask than go astray.(이탈리아 속담)
> 바보도 지혜로운 자에게 조언을 한다.
> A fool may give a wise man counsel.(서양속담)
> 바보 이외에는 항상 현명한 자는 없다.
> No man is always wise, except a fool.(서양속담)
> 남에게 무엇인가 가르쳐줄 수가 없는 사람은 하나도 없다.
> There is none who cannot teach somebody something.
> (발타사르 그라시안)

공자가 진(陳)나라에서 아홉 번이나 구멍이 안에서 휘어지는 희한한 구슬을 얻었는데 아무리 그 구멍 속으로 실을 꿰려고 해도 되지 않았다. 그래서 뽕을 따는 여자에게 물었다. 여자는 차분하게 생각해 보라고만 말했다.

얼마 후 공자가 그 말의 뜻을 깨달았다. 여자가 "차분하게"라고 한 말 즉 밀(密)이 꿀 밀(蜜)과 발음이 같았던 것이다. 공자가 개미를 잡아 허리에 실을 맨 뒤 구멍에 넣었다. 그리고 저쪽 끝에 꿀을 발라놓았다.

개미가 구멍을 따라 기어 나오는 바람에 실이 꿰어졌다. 자기보다 못한 사람에게 물어서 배우는 것을 부끄럽게 여기지 말라는 가르침이다.

낮 놓고 기역자 정도는 알겠지만 머리 속에 돌, 물, 빈 바람
만 들은 듯이 보이거나 학력 콤플렉스가 심한 사람일수록
고위층, 특권층, 재벌 회장이 되면 교수, 박사, 자칭 타칭 전
문가 등을 자기 밑에 불러서 마구 부려먹고 싶어한다.

대개는 정말 마구 부려먹는다. 물론 이러한 경우는 "공자천
주"가 아니다. 그들은 사람을 고용해서 부리는 것이지 배우
려고 하는 것은 아니기 때문이다. 하기야 가르쳐도 알아들
을 머리가 없겠지만.

매사에 시시콜콜 간섭하고 직접 지시하는 지도자들도 "공자
천주"하고는 거리가 멀다. 그들은 아랫사람을 바보 천치라
고 보고 아예 의견을 묻거나 배우려고 들지도 않는다. 일이
제대로 된다면 그것이야말로 기적이다.

길을 모르면 어린애에게라도 물어서 가야 한다. 그것이 바
로 "공자천주"다. 아무리 천재라 해도 세상의 모든 길을 혼
자 어떻게 다 안단 말인가?

있던 길도 없어지고 없던 길도 새로 나며 같은 길도 아침저
녁으로 이리저리 바뀌는 나라에서는 천재 할아버지라
도 별 수가 없다. 혼자 다 아는 척하지 마라. 모르
면 물어서 가라! "공자천주" 식으로 행동해서
손해볼 일은 절대로 없다.

空中樓閣

공중누각 | 공중에 떠 있는 다락집
쓸데없는 글이나 주장 / 비현실적인 일이나 사물

空 비다; 中 가운데; 樓 다락, 망루; 閣 다락집, 대궐
유사어 : 과대망상 誇大妄想
출처 : 송나라 심괄(沈括)의 몽계필담(夢溪筆談)

> 공중에 성을 짓는다.
> To build castles in the air.(서양속담)
> 그러면 스페인에 성을 짓고 환락을 누릴 헛된 꿈이나 꾸어라.
> You shall make castles then in Spain and dream of joy all but in vain.(장미의 로망스)
> 너는 모래로 밧줄을 꼬고 있다.
> You are weaving a rope out of sand.(로마속담)

송나라 심괄(沈括)은 몽계필담(夢溪筆談)에 이렇게 적었다.

"등주(登州)에서는 봄과 여름에 하늘에 떠 있는 성곽의 누대를 볼 수 있는데 사람들은 이것을 해시(海市, 바다의 도시)라고 부른다."

해시는 사막이나 초원에서도 보는 신기루를 의미한다. 그리고 청나라의 적호(翟灝)는 통속편(通俗篇)이라는 저서에서 심괄의 글에 관해 이렇게 말했다. "말과 행동이 허황한 사람을 요즈음 '공중누각'이라고 하는데 이것은 심괄의 글에서 유래한 것이다."

백성의 지지를 받지 못하는 정권은 자본금이 바닥났을 뿐만 아니라 빚만 잔뜩 진 회사와 마찬가지로 "공중누각"에 불과하다. 아무리 무시무시한 법을 만들어내고 가혹하게 권력을 휘둘러도 나라가 제대로 발전할 수 없다.

여론조사를 조작해서 지지율을 높이는 정권도 역시 "공중누각"이다. 수많은 백성이 굶어죽거나, 실업자가 되어 거리를 방황하는 나라도 "공중누각"이다.

극소수의 권력층을 제외한 모든 백성이 침묵을 강요당하는 나라도 "공중누각"이다. 남의 의견은 들으려고 하지도 않거나 사사건건 반대만 하면서 자기 주장은 언제나 절대로 옳다고 우기는 사람도 "공중누각"이다.

검은 것을 희다고 하고, 흰 것을 검은 것이라고 하는 사람도 마찬가지다. 그러면 자기 돈은 한 푼도 내지 않고 남의 돈으로 설립한 회사에 가서 경영에 참여하겠다고 소리치는 사람들은 뭘까?

共和

공화 | 함께 어울려 화목하다 / 두 명 이상이 화목하여 다스린다

共 함께, 모두; 和 합하다, 화목하다
출처 : 사기 주본기(史記 周本紀)

> 20세에 공화국주의자가 아니면 정열이 없는 사람이다. 그러나 30세에
> 공화국주의자라면 그는 머리가 없다.
> Not to be a republican at 20 is proof of want of heart; to be
> at 30 is proof of want of head.(기조)
> 공화국은 끝났다.
> It is all over with the republic.(로마속담)
> 공화국은 사치로, 왕국은 빈곤으로 끝장이 난다.
> Republics come to an end through luxury, monarchies
> through poverty.(몽테스큐)

무왕이 세운 주(周)나라는 오만하고 잔인하며 사치를 일삼는 여왕(厲
王, 재위 기원전 879-841) 때 매우 어지러웠다. 그가 즉위한 지 3년 만
에 백성들이 반란을 일으켰고 왕은 달아났다. 나라에 왕이 없는 시대가
된 것이다.

그러자 소공(김公, 성왕 때 소공의 후손)이 태자 정(靜)을 자기 집에
숨겨둔 채 주공(周公, 성왕 때 주공의 후손)과 합의하여 14년 동안 나라
를 잘 다스렸다. 이 기간을 "공화 시대"라고 한다. 여왕이 죽자 태자가
즉위하여 선왕(宣王)이 되었다.

주나라를 두 사람이, 그것도 14년 동안이나 잘 다스렸다는 것은 신기한 일이다. 게다가 태자를 나중에 왕으로 삼은 것은 더욱 신기한 일이다. 하늘에는 태양이 두 개 있을 수 없다는 일반적인 통념과 정반대이기 때문이다.

공화국에 대통령이 두 명 있다면 어떻게 되겠는가? 몇 달이 못 가서 둘 중에 하나가 사라질 것이다.

로마도 제국이 되기 전인 공화국 시절에는 최고통치자인 집정관을 두 명 뽑았다. 임기는 6개월. 그것은 한 사람이 독재하는 것을 막기 위해 서로 견제하도록 하려는 것이었다.

한 동안은 잘 나갔지만 결국은 참혹한 내전이 벌어졌다. 공화국은 사라지고 마지막 승리자 아우구스투스가 황제가 되어 로마제국 시대를 열었다.

공화국이란 여러 지도자들이 화목하고 지혜를 모아서 나라를 잘 다스리라는 취지에서 생긴 것이다. 그런데 이름만 공화국이지 한 사람이 장기 독재를 하는 나라도 적지 않다.

주요 지도자들이 불구대천의 원수인 양 권력투쟁을 일삼아 백성들만 죽어나는 공화국도 있다. 공화국이든 민주주의든 운영하는 사람들이 시원치 않으면 있으나 마나이다.

功虧一簣

공휴일궤 | 공적이 한 삼태기로 무너진다
다 된 일을 사소한 방심으로 망치다

功 공적, 공로; 虧 이지러지다; 一 하나; 簣 삼태기
출처 : 서경 여오편(書經 旅獒篇); 논어 자한편(論語 子罕篇)

> 약간의 허영이 백 가지 공적을 무너뜨린다.
> An ounce of vanity spoils a hundredweight of merit.(서양속담)
> 한 가지 실수로 게임에서 진다.
> One false move may lose the game.(서양속담)
> 작은 쓸개가 엄청난 양의 꿀을 쓰게 만든다.
> A little gall spoils a great deal of honey.(프랑스 속담)
> 작은 틈새가 거대한 배를 가라앉힌다.
> A little leak will sink a great ship.(서양속담)

주나라 무왕(武王)이 여(旅)나라에서 바친 영리한 개 오(獒)를 받고 몹시 기뻐했다. 그러자 그의 동생인 소공석(김公奭)이 한낱 개에게 마음을 빼앗겨서 정치를 등한시하면 안 된다고 충고했다.

"산을 만들 때 아홉 길(14미터)을 쌓아올린 공적도 한 삼태기 흙이 모자라면 헛수고가 됩니다."

한편 공자는 이렇게 말했다.

"산을 만들 때 흙 한 삼태기를 맨 마지막에 붓지 않아서 완성시키지 못한다면 그것은 내가 그렇게 중지한 것이다. 학문도 이와 같다."

지난 30여 년 동안 열심히 일해서 경제가 크게 발전했다. 전쟁의 폐허를 청산하고 절대빈곤을 탈출한 한강의 기적이라고 부를 만하다.

이제 조금만 더 노력한다면, 집단이기주의를 버리고 조금만 더 합심하고 협력한다면, 선진국 수준에 도달하는 것이 가능하다.

그런데 지금 우리 사회에서 벌어지고 있는 현상이란 도대체 뭔가? 진보는 뭐가 진보인가? 보수는 또 뭐가 보수인가? 경영진이든 노조든 회사가 제대로 굴러가야 다 같이 먹고 살 것 아닌가?

기술혁신과 무한경쟁 시대의 냉혹한 국제사회에서 우물 안 개구리들끼리 서로 물어뜯다가 다 같이 죽자는 말인가?

모든 것을 "공휴일궤"로 만들어서는 안 된다.

瓜期

과기 | 참외가 익을 때 / 일정한 임기가 차서 교대할 시기

瓜 참외; 期 때, 기약하다
동의어 : 과시 瓜時 / 출처 : 사기 제세가(史記 齊世家)

> 약속을 어기는 것은 거짓말을 한 것이다.
> A promise neglected is an untruth told.(서양속담)
> 남의 약속을 믿는 자는 자주 속는다.
> He who trusts to the promises of others is often deceived.
> (로마속담)
> 거짓말은 창보다 더 큰 고통을 준다.
> A lie can give more pain than a spear.(나이지리아 속담)
> 약속을 함부로 하는 사람은 그것을 잊어버리기 쉽다.
> Men apt to promise are apt to forget.(서양속담)

제나라 양공(襄公)은 잔인하고 음탕한 왕이었는데 연칭(連稱), 관지보 (管至父) 두 장수를 국경지대 규구(葵邱)의 수비임무를 주어 파견했다.

그들은 언제 교대시켜 줄 예정인지 왕에게 물었다. 마침 참외를 먹고 있던 왕은 다음 해에 참외가 익으면 교대해 주겠다고 대답했다.

그러나 일년이 지나도 교대는 없었다. 그래서 두 장수가 익은 참외를 왕에게 바치자 왕이 화가 나서 일년을 더 기다리라고 말했다.

그 해 겨울에 양공이 고분(姑棼)에서 사냥할 때 두 장수는 군사를 이 끌고 습격하여 왕을 없애고 나서 무지(無知)를 새 임금으로 세웠다.

지위가 높을수록 말의 무게가 그만큼 더욱 무거워진다. 그러니까 말을 함부로 해서는 안 되는 것이다. 특히 최고지도자의 말 한마디란 경우에 따라서는 나라의 운명을 바꿀 수도 있는 것이다.

양공은 말을 함부로 했다가 목숨마저 잃었다. 어리석다고 할 정도가 아니다. 각계각층의 지도자들 가운데는 말이 되든 안 되든 입에서 나오는 대로 아무 말이나 마구 쏟아내는 사람들이 많다. 자기 말에 대해 처음부터 책임질 생각이 전혀 없으니 그렇게 말하는지도 모른다.

그러나 말이 얼마나 무서운 것인지 모르거나 모른 척하다가는 큰코 다친다. 입에서 나오는 말은 부메랑 효과가 가장 큰 것 가운데 하나이다.

양공은 "과기"에 교대해 주겠다고 말했다가 살해되었다. 그러니까 요즈음은 수박이 익을 때 또는 감이 익을 때라고 말을 바꾸기만 하면 항상 안전하다고 생각해서는 안 된다.

過猶不及

과유불급 | 지나친 것은 도달하지 못한 것과 같다

過 지나가다; 猶 똑같다, 오히려; 不 아니다; 及 뒤따르다, 도달하다
출처 : 논어 선진편(論語 先進篇)

무엇이든지 지나치면 안 된다.
Nothing too much, no excess.(그리스 속담)
덕은 중용에 있다.
Virtues lie in moderation.(로마속담)
지나친 것은 모두 나쁜 것이 된다.
All excess turns into vice.(로마속담)
지나친 것은 못 미친 것보다 더 나쁘다.
Overdone is worse than underdone.(서양속담)
화살을 과녁보다 멀리 쏜 자는 과녁에 미치지 못하게 쏜 자와 같다.
The archer who overshoots misses as well as he that falls short.
(서양속담)

공자의 제자 자공(子貢, 단목사 端木賜, 기원전 520~456)이 자장(子張)과 자하(子夏)를 비교하면 누가 더 나은지 물었을 때 공자는 이렇게 대꾸했다.

"자공은 매사에 지나치고 자하는 못 미친다."

"그러면 자공이 더 낫겠군요."

"아니다. 지나친 것은 못 미치는 것과 마찬가지다."

88

옷이란 몸에 딱 맞아야 한다. 너무 크거나 너무 작으면 입을 수가 없다. 음식도 적절한 분량을 먹어야 몸에 좋다. 지나치게 많이 먹으면 배탈이 나고 너무 못 먹으면 영양실조에 걸린다. 돈이 너무 많으면 강도, 밤도둑, 유괴, 납치 따위가 두렵고 사기 당할까 항상 남을 의심하게 된다. 엄청난 복권 1등 당첨자 이름을 밝히지 않는 이유도 여기 있다. 반면에 돈이 너무 없으면 인생이 서글프고 애처롭고 고달프다.

술도, 도박도 그렇다. 어떤 종류의 운동이든 "운동"이라는 것도 너무 지나치면 육체적, 정신적, 사회적 건강에 좋을 리가 없다. 캠페인이라는 것도 지나치면 역효과를 부른다.

그런데 운동을 지나칠 정도로, 전문적으로 하는 사람들을 "스포츠클럽 회원"이 아니라 "운동권"이라고 부르는 이유는 뭘까? 자기 몸이 너무 약해서 운동을 한다는 뜻인가? 아니면 남의 몸이 허약하니 대신 운동을 해준다는 뜻인가?

"과유불급"의 경우는 너무나도 많다. 인간이란 중용을 지키지 못하고 어차피 지나치거나 모자라게 마련인지도 모른다. 그렇다고 해서 체념할 것은 아니다. 지나치지 않도록, 못 미치지 않도록 열심히 노력하는 것이 바로 인생 자체다. 거기 보람이 있는 것이다.

瓜田李下

과전이하 | 오이 밭과 오얏나무 아래 / 의심받을 짓을 하지 마라

瓜 오이; 田 밭; 李 오얏; 下 아래
원어: 과전불납리 이하부정관 瓜田不納履 李下不整冠
동의어: 과전리 이하관 瓜田履 李下冠
출처: 열녀전(列女傳); 문선 악부편(文選 樂府篇)

> 시저의 아내는 의심받을 짓을 해서는 안 된다.
> Caesar 's wife must be above suspicion.(줄리어스 시저)
> 불이 없는 곳에는 연기도 없다.
> There is no smoke without fire.(서양속담)
> 등잔의 기름 냄새가 난다. / It smells of the lamp.(로마속담)
> 아니 땐 굴뚝에 연기 나랴.(한국속담)

　기원전 370년 당시 제(齊)나라는 간신 주파호(周破湖)가 제멋대로 주무르는 통에 나라꼴이 엉망이었다. 그래서 후궁 우희(虞姬)가 위왕(威王)에게 건의했다.

　"속이 검은 주파호를 쫓아내시고 어진 선비 북곽(北郭)을 등용하십시오." 주파호는 우희와 북곽이 예전부터 서로 좋아하는 사이라고 왕에게 모함했다. 결국 왕은 우희를 감옥으로 보냈다. 그러다가 하루는 왕이 우희를 불러내서 직접 심문하자 우희가 비장한 어조로 이렇게 말했다.

　"오이밭에서 신발을 고쳐 신지 말고 오얏나무 아래에서 갓을 고쳐 쓰지 말라는 말대로 남에게 의심을 살 만한 일을 피하지 못한 것은 제 잘못입니다. 이제 저를 사형시켜도 더 이상 변명은 하지 않겠습니다. 다만 간신 주파호는 없애 버리십시오." 그제야 깨달은 왕이 주파호 일당을 모조리 끓는 기름 가마에 넣어 처형했다. 나라꼴이 제대로 되기 시작한 것이다. 왕이 뒤늦게라도 깨달았으니 그나마 천만다행이었다.

축구 심판이 어느 한 팀의 반칙에 대해 번번이 눈을 감아준다면 그 팀과 심판 사이에 뭔가 흑막이 있다는 의심을 받아 마땅하다. "과전이하"의 경고를 무시했기 때문이다. 운동장에서 난투극이나 벌어지지 않으면 다행이다.

자기자본보다 부채가 몇 배나 되는 특정기업이 담보도 없이 은행으로부터 수천 억이나 수십 조원의 대출을 받는다면 그 기업 뒤에 어마어마한 권력층이 도사리고 있다는 의심을 받게 마련이다. 이것도 역시 "과전이하"를 지키지 않는 짓이다. 그런 기업이나 은행이 파산하지 않는 게 이상하지 않은가?

도둑을 잡는 것이 직업인 경찰이나 검사가 도둑 패거리와 은밀한 장소에서 술을 마신다면 그것은 "과전이하"의 의심을 받을 정도가 아니라 오이 밭을 몽땅 짓밟아버리고 오얏나무를 아예 톱으로 베어버리는 것과 무엇이 다른가?

생선가게를 고양이에게 맡기는 것과도 같다. 고양이가 생선을 지켜줄 것 같은가? 야금야금 다 먹어치울 것이다.

세금을 공정하게 제대로 걷어들여도 나라가 잘 될지 말지 하는 판에 관리들이 업자들과 야합해서 세금을 쓱싹해 버린다? 그러고도 매달 월급을 받고 연금도 탄다. 이런 것도 "과전이하" 정도가 아니다.

過則勿憚改

과즉물탄개 | 잘못이 있으면 곧 고치기를 꺼리지 마라

過 지나가다, 잘못; 則 곧; 勿 없다, 하지 마라; 憚 꺼리다; 改 고치다
출처 : 논어 학이편(論語 學而篇)

사람은 누구나 잘못을 한다. 그러나 바보만이 잘못을 고치지 않고 고집한다. / Any man can make mistakes, but only an idiot persists in his error.(키케로)

잘못을 고백하면 절반은 고친 것이다.
A fault confessed is half redressed.(서양속담)

잘못을 부인하면 두 번 잘못하는 것이다.
A fault once denied is twice committed.(서양속담)

잘못을 저지르지 않는 것보다는 잘못을 빨리 고칠 줄 아는 것이 현명한 것이다. / Intelligence is not to make no mistakes, but quickly to see how to make them good.(베르톨트 브레히트)

진리를 사랑하라. 그러나 잘못은 용서하라.
Love truths, but pardon error.(볼테르)

공자는 이렇게 말했다.

"군자란 신중하지 않으면 위엄이 없고 학문을 해도 그 뿌리가 단단하지 못하다. 충성과 신의를 언제나 앞세우고 자기보다 못한 자를 벗삼지 말며, 잘못이 있으면 곧 고치기를 꺼리지 말아야 한다."

또한 공자는 "잘못을 하고 나서도 그 잘못을 고치지 않는 것이 진짜 잘못"인데 "자신의 잘못을 깨닫고 진심으로 자기 자신을 책망하는 사람을 아직 보지 못했다."고 말했다.

사람은 누구나 잘못을 하게 마련이다. 그러나 모든 잘못이 무조건 용서를 받는 것은 아니다. 잘못을 깨닫고 즉시 고치려는 의지와 노력이 있어야 비로소 용서를 받을 수 있고, 그러한 용서가 신성한 것이다.

잘못을 고치기는커녕 계속해서 반복하고 있는데도 용서해 준다면 그것은 어리석을 뿐만 아니라 잘못하는 사람 자신마저 망치는 짓이다.

매년 수십만 또는 수백만 명을 사면하는데 과연 그 가운데 몇 명이 "과즉물탄개"라는 말에 고개를 끄덕이면서 속으로 자신을 책망할까? 사면한 사람에게 고마움이라도 느낄까? 오히려 비웃고 있지는 않을까? 잘못을 또 저질러도 언젠가 또 사면할 것이라는 확신을 품은 채 말이다.

은행 빚은 자기가 져놓고는 못 살겠으니 몽땅 탕감해 달라고 외치는 뻔뻔한 사람들이 있는가 하면, 아무 죄가 없는 아이들까지 데리고 동반 자살하는 딱한 사람들도 있다.

살기가 어렵다는 그 처지는 백 번 이해가 간다. 그러나 하루 24시간 죽도록 일해서라도 빚을 자기 손으로 갚고야 말겠다며 뛰어 다니는 사람들도 있다.

이런 사람들이 바로 "과즉물탄개"의 정신을 실천하는 것이다. 빚을 탕감하려면 이런 사람들을 대상으로 해야 마땅하다.

管中窺豹

관중규표 | 대나무 관을 통해서 표범을 본다 / 소견이 매우 좁다

管 대나무 토막, 둥근 대롱; 中 가운데; 窺 엿보다; 豹 표범
동의어 : 관견 管見; 관혈 管穴 / 유사어 : 정중지와 井中之蛙
출처 : 진서 왕헌지전(晉書 王獻之傳)

> 소견이 좁은 사람은 목이 좁은 병과 같다. 안에 든 것이 적을수록 그것을
> 내보낼 때 한층 더 소리가 크다.
> It is with narrow-souled people as with narrow-necked bottles:
> the less they have in them, the more noise they make in
> pouring it out.(알렉산더 포우프)
> 사람을 크고 작은 방에 비유한다면 대부분은 자기 방의 한 구석밖에 모른다.
> If we think of this existence of the individual as a larger or
> smaller room, it appears evident that most people learn to
> know only a corner of their room.(라이너 마리아 릴케)

　진(晉)나라의 왕희지(王羲之), 왕헌지(王獻之) 부자는 붓글씨가 뛰어난
명필이었다. 왕희지의 집에 머물던 손님들이 노름을 하고 있는 자리에
어린 헌지가 다가가서 훈수를 한 적이 있다. 그 때 한 손님이 화가 나서
한마디 했다.

　"이 아이는 관중규표야. 표범 무늬 하나밖에는 볼 줄 몰라."

　소견이 바늘구멍 같은 어린 주제에 단수가 높은 자기를 감히 훈수하
느냐 그런 말이었다. 왕헌지가 대꾸했다.

　"우리 아버지 친구 분은 노름을 통해 환온(桓溫)의 배반을 알아냈지
요. 부끄러운 줄 아세요."

표범무늬 하나도 제대로 볼 줄 모르는 주제에 남들을 지도하겠다고 나서는 사람들이 각계각층에 적지 않다. 뭐든지 모르는 것이 없다고 큰소리치지만 그들은 사실 아는 것이 없다. 알아도 수박 겉핥기 식에 불과하다.

그들이 "관중규표"만이라도 제대로 한다면 다행이다. 그것도 아니면, 자기 의견을 겸손하게 "관견"이라고 표현할 줄만 알아도 세상은 한결 부드러워질 것이다.

천하가 다 알고 있고 또 하루만 지나면 확인될 비리나 부정부패 사실마저도 텔레비전 카메라 앞에서 뻔뻔하게 부인하는 자들을 자주 본다.

그들은 "관중규표"인 척하는 것이 아니다. 문자 그대로 "관중규표"이다. 그들 눈에는 표범무늬가 아니라 둥그런 금화만 보인다. 그리고 금화가 시키는 대로 번쩍번쩍 빛나는 거짓말만 하는 것이다.

정권이 바뀔 때마다 개혁, 혁신, 혁명을 부르짖는 무리가 갑자기 사방에서 튀어나온다. 자기들이 그 동안 어디 숨어서 무슨 짓을 하고 있었는지를 아무도 모른다고 그들은 생각한다. 백성들은 모두 "관중규표"이고 자기들은 천리안이라는 것이다.

너무나도 잘나고 박식해서 모든 문제를 단숨에 해결할 자신이 있는 사람들이다. 물론 그들에게 자신은 있다. 아니, 자신만 있다. 다른 것은?

管鮑之交

관포지교 | 관중(管仲)과 포숙아(鮑叔牙)의 사귐
언제나 변함없이 돈독한 우정

管 대나무 토막, 둥근 대롱; 鮑 절인 생선; 之 가다, ~의; 交 사귀다, 교환하다
동의어 : 관포교 管鮑交 / 유사어 : 문경지교 刎頸之交; 금란지교 金蘭之交
반대어 : 시도지교 市道支交
출처 : 사기 관중열전(史記 管仲列傳); 열자 역명편(列子 力命篇)

> 어려울 때 도와주는 친구가 참된 친구이다.
> A friend in need is a friend indeed.(서양속담)
> 참된 친구 한 명은 친척 일만 명과 맞먹는다.
> One loyal friend is worth ten thousand relatives.(유리피데스)
> 우정은 두 육체에 깃들인 한 영혼이다.
> Friendship is a single soul dwelling in two bodies.(아리스토텔레스)

춘추시대 초기에 제(齊)나라의 관중(?-기원전 645)과 포숙아는 더없이 절친한 친구였다. 제나라의 실권을 장악한 환공(桓公, 기원전 685-643)이 자신의 정적을 모시던 관중을 잡아다가 죽이려고 할 때 환공의 신임을 받고 있던 포숙아가 이렇게 말렸다.

"전하께서 제나라에 만족하시겠다면 저 혼자 곁에 있으면 됩니다. 그러나 천하를 제패하시겠다면 관중을 등용하지 않으면 안 됩니다."

덕분에 목숨을 구한 관중은 환공에게 발탁되었을 뿐만 아니라 수상까지 되어 환공이 최초의 패자가 되는 데 크게 기여했다. 관중은 포숙아의 우정에 대해 깊이 감사하는 뜻에서 "나를 낳아주신 분은 부모님이지만 나를 알아준 사람은 포숙아이다."라고 말했다.

포숙아는 자기보다 재능이 뛰어난 관중을 시기하기는커녕 환공에게 추천하여 출세시켰다. 물론 언제나 변함없는 우정 때문이었다.

모함 또는 반대파의 압력 때문에 부당한 처벌을 받거나 심지어 직장에서 억울하게 쫓겨나는 사람이 있을 때, 평소에 그와 "관포지교" 사이라고 떠들던 사람들이 고개를 돌린 채 나 몰라라 하는 경우가 흔한 세상이다.

나중에 각개격파 당해서 자기 자신도 그렇게 쫓겨날 가능성이 큰 판인데도 오늘 당장 자기 자리나 이익을 지키려고 친구에게 등을 돌리는 것이다. 그런 사람들은 차라리 "관포지교"라는 말을 모르는 것이 더 낫다. "관포지교"라는 말을 입에 올릴 자격조차 없는 것이다.

진정한 "관포지교" 사이인 친구가 단 한 명이라도 있다면 그는 세상에서 가장 행복한 사람이다. 그러나 자기는 남에게 "관포지교"다운 친구가 되려고 노력하지 않는 주제에 남들이 자기에게 "관포지교"식의 친구가 되어주기를 기대한다면 그보다 더 고약한 도둑놈 심보도 없을 것이다. 그런 사람에게 참된 친구가 있다면 참으로 이상한 세상이다.

刮目相對

괄목상대 | 눈을 비비고 마주 본다
상대방의 학식, 재능, 처지 등이 놀랍게 향상되다

刮 눈 비비다, 깎다; 目 눈; 相 서로; 對 마주 보다, 대답하다
출처 : 삼국지 오지 여몽전주(三國志 吳志 呂蒙傳注)

> 그는 우리가 전혀 몰라보게 변했다!
> How changed from him whom we knew!(비르질리우스)
> 보지 못하던 것을 눈으로 보면 생각도 완전히 달라진다.
> When the eye sees what it never saw, the heart will think
> what it never thought.(서양속담)
> 지혜로운 사람은 매우 놀라운 것이다.
> A wise man is a great wonder.(서양속담)
> 멀리서 속이는 것을 우리는 경탄한다.
> We admire things which deceive us from a distance.(로마속담)
> 공부하기를 좋아하면 많은 학식을 얻을 것이다.
> If you love learning, you shall attain to much learning.
> (로저 애스컴)

삼국시대 초 여몽(呂蒙)은 오나라 왕 손권(孫權, 182-252)을 모시는 명장이지만 처음에는 무식한 인물이었다. 그래서 손권이 학식을 쌓으라고 충고하자 그는 싸움터에서도 항상 책을 읽으면서 열심히 공부했다.

얼마 후 가장 학식이 높으면서 여몽과 절친한 사이인 수상 노숙(魯肅)이 그를 만나 이야기를 나누다가 크게 놀랐다. 예전과 달리 그가 대단히 유식해졌기 때문이다. 그 때 여몽은 이렇게 말했다.

"선비는 헤어지고 나서 사흘 뒤에 다시 만나면 괄목상대 즉 눈을 비비고 마주 볼 정도로 달라져야 마땅하다."

사흘 만에 "괄목상대"할 정도로 학식이 풍부해지는 사람이 과연 있을까? 그런 사람은 천재보다 천 배나 뛰어난 인물일 것이다.

그런데 학식은 그렇다 치고, 다른 분야에서는 그런 대단한 인물들이 적지 않다. 사흘이 아니라 하루 뒤에 다시 보아도 "괄목상대"하지 않을 수 없는 사람들인 것이다. 그런 사람들 이란 도대체 누구일까?

한 상자에 3억 원이나 들어가는 사과상자 70개를 밤에 누군 가에게 건네준 사람이 있다. 그런데 그 누군가는 그런 상자 들을 받은 적이 없다고 한다.

이쯤 되면 그런 사람들은 하룻밤 사이에 너무나도 뛰어난 재주를 부렸기 때문에 "괄목상대"가 아니라 "발목상대(拔目相對)" 즉 눈을 빼고 다시 볼 인물이다.

물론 "발목"이란 바라보는 사람이 자기 눈을 뺀다는 말이 아 니다. 그렇게 하면 볼 수가 없다. 그것은 상대방의 눈을 빼 고 바라보는 것이다.

曠日彌久

광일미구 | 비워둔 날이 오래된다
할 일은 안 하고 오랜 세월만 보낸다

曠 비다; 日 날, 해; 彌 오래되다; 久 오래되다
동의어 : 광일지구 曠日持久; 광일리구 曠日離久
출처 : 전국책 연책, 조책(戰國策 燕策, 趙策)

> 손에 침을 뱉지만 아무 것도 하지 않는다.
> A man may spit in his hand and do nothing.(스코틀랜드 속담)
> 할 수만 있다면 우리는 모두 게으름을 피울 것이다.
> We would all be idle if we could.(사무엘 존슨)
> 사람은 더 좋은 일거리를 얻기 위해 게으름을 피운다.
> He is idle that might be better employed.(서양속담)
> 게으른 자는 변명거리가 언제나 많다.
> Idle folks lack no excuses.(서양속담)
> 베드로의 것을 훔쳐서 바오로에게 갚는다.
> He robs Peter to pay Paul.(서양속담)

전국시대 말기에 연(燕)나라가 조(趙)나라를 공격했는데 위급해진 조나라의 혜문왕(惠文王)은 동쪽 성을 3개 바치는 조건으로 제(齊)나라에 명장 전단(田單)의 파견을 요청했다. 그 때 조나라의 명장 조사(趙奢)가 수상 조승(趙勝)에게 전단을 불러도 소용이 없다고 말렸다. 그리고 이렇게 말했다. "제나라와 연나라가 원수이기는 하지만, 조나라가 강성해지면 제나라는 패자가 될 수 없기 때문에 전단 장군은 모든 힘을 다해서 싸우려고 하지 않을 것입니다. 오히려 그는 조나라의 강한 군사를 지휘는 하면서도 여러 해 동안 쓸데없이 시간만 낭비하여 연나라와 조나라가 재정과 군사 양면에서 국력이 바닥나기를 기다릴 것입니다."

조사의 건의는 묵살되었다. 그러나 그의 예견은 정확하게 들어맞았다.

용병이란 자신을 고용한 군주의 이익이 아니라 자기 자신의 이익만을 돌본다고 마키아벨리는 갈파했다. 그래서 용병은 믿을 수가 없다고 했다.

그런데 전단은 조나라가 불러들인 용병이었기 때문에 조나라의 이익보다는 자기 조국인 제나라의 이익을 먼저 생각했다. 전단은 나름대로 영리하게 행동했지만 조나라는 바보짓만 한 것이다.

외국에 나가면 부실 공사를 못하면서도 국내에서는 부실 공사를 밥먹듯 하는 건설업체들도 "광일미구" 작전인가? 다리가 끊어지고 백화점이 폭삭 주저앉은 것은 양심적인 건설을 마냥 미루는 "광일미구"의 결과가 아니고 뭔가?

아파트가 무너진 것도 기억에 아직 생생하다. 그들은 백성들의 생명보다도 회사와 기업주의 이익이 더 중요하다는 것인가? 그런 업체에서 일하는 직원들 자신은 백성이 아닌가?

부패근절, 정의구현, 사회질서확립 등의 요란한 구호가 내걸린 지도 벌써 수십 년은 지났다. 그런데 그 때나 지금이나 그게 그거라면 도대체 누가 누구를 위해서 "광일미구"를 해왔단 말인가? "광일미구"는 과연 관리들의 철밥통이 아닌가!

光風霽月

광풍제월 | 맑은 바람과 밝은 달 / 고결한 인물

光 빛; 風 바람; 霽 개다; 月 달
준말 : 광제 光霽
출처 : 송사 주돈이전(宋史 周敦頤傳)

> 해는 가장 높이 떠 있을 때 그림자가 가장 짧다.
> When the sun's highest, he casts the least shadow.(서양속담)
> 세상이 아무리 썩어도 소금에서 벌레가 생기지는 않는다.
> However much the world degenerates, man shall never find worms in salt.(나이지리아 속담)
> 고결함은 칭송을 받지만 굶주린다.
> Integrity is praised and starves.(유베날리스)
> 고결한 사람에게는 명성이 가장 큰 재산이다.
> To an upright man a good reputation is the greatest inheritance.(푸블릴리우스 시루스)

　　주돈이(周敦頤, 1017~1073)는 북송의 탁월한 유학자이다. 소식(蘇軾)과 더불어 북송의 대표적 시인으로 이름난 황정견(黃庭堅)은 주돈이의 인품이 "광풍제월"과 같다고 읊었다. 대단히 고결한 인물이라고 칭송한 말이다.

모든 사람이 "광풍제월"과 같은 그런 세상은 없다. 있다면 신선들이 모여 사는 곳일 것이다.

어쨌든 "광풍제월"과 같은 사람, 또는 그와 비슷한 사람들이 가능하면 많아지기를 바란다. 그래야만 진흙수렁 같은 이 세상이 조금은 맑아지지 않겠는가?

그런데 맑은 바람(光風)이 아니라 미친 바람(狂風) 같은 자들이 권력과 부를 독점한 채 무수한 백성들을 괴롭히는 세상이라면 보통 심각한 문제가 아니다.

안하무인인 그들은 "광풍제월" 같은 인물을 거들떠보지도 않는다. 오히려 박해하고 심하면 죽이기도 한다. 바른말을 하는 인물들, 아니, 말을 하지 않고 조용히 살아도 그런 인물들의 삶 자체가 그들에게는 눈에 가시이기 때문이다.

종교계에 "광풍제월" 같은 지도자들이 많이 나오기를 누구나 기대한다. 그런 종교지도자들이 탐욕과 폭력의 미친 바람을 어느 정도는 순화시켜줄 것이라고 믿기 때문이다.

그런데 종교계마저도 돈 바람에 휘청거린다면 이거야말로 보통 심각한 문제가 아니다. 게다가 신도들을 살해하고 암매장하는 사교 교주들까지 나타나서 판친다면 말세나 지옥이 따로 없다. 저승의 지옥보다 차라리 이승의 지옥이 더 무섭다.

壞汝萬里長城

괴여만리장성 | 네가 너의 만리장성을 허물어버린다
어리석은 자가 파멸을 자초한다

壞 무너뜨리다; 汝 너; 萬 일만; 里 리; 長 길다; 城 성
출처 : 송서 단도제전(宋書 檀道濟傳)

> 황금 알을 낳는 거위를 죽이지 마라.
> Kill not the goose that lays the golden eggs.(서양속담)
> 남을 죽이려다가 스스로 목숨을 잃는 경우가 많다.
> Men often perish when meditating death to others.(로마속담)

　　북쪽의 위(魏)나라와 남쪽의 송(宋)나라가 대립하고 있을 때 위나라는
송나라에 단도제(檀道濟)라는 인물이 있기 때문에 감히 침범할 생각도
못했다. 그런데 왕이 위독하게 되자 간신들이 음모를 꾸며 그를 왕궁으
로 끌어들인 뒤 살해했다. 단도제는 죽기 전에 소리쳤다.
　　"너의 만리장성을 네가 허물어버린다!"
　　그는 관우와 장비에 비교할 만큼 대단한 장수였기 때문에 만리장성과
같은 든든한 나라의 방패였다. 그가 죽자 위나라는 매년 송나라를 침범
했다.

광해군 때 박엽(朴燁)이 평안도 관찰사로 건재하는 동안은 청나라 군사가 감히 압록강을 넘어오지 못했다. 그런데 인조의 세력은 광해군을 몰아낸 뒤 박엽을 사형시켰다. 박엽의 부하였던 용골대(龍骨大)는 청나라로 달아나 투항했다. 병자호란이 일어나고 인조가 청나라 황제에게 항복하러 갈 때 인조를 호송하는 책임자가 된 용골대는 인조의 등을 채찍으로 후려치면서 이렇게 말했다고 한다.

"박엽을 죽인 것을 이제야 후회하겠지?"

나라의 운명이 바람 앞의 등불이던 임진왜란 때도 이순신 장군은 모함에 몰려 투옥되었다. 만일 그가 처형되었더라면 임진왜란의 결과는 어떻게 되었을까? 의병장 김덕령(金德齡)도 역시 모함으로 투옥되었는데 모진 고문으로 옥사했다.

로마는 권력투쟁 와중의 오랜 내전과 음모, 암살 등으로 유능한 장군들과 군사를 무수히 잃었다. 그리고 야만족의 침입으로 멸망의 길로 접어들었다. 스스로 만리장성을 허물어 버린 것이다.

요즈음도 나라에 필요한 각계각층의 인재들이 자리에서 쫓겨나는 경우가 많다. 물론 그들이 모두 단도제, 박엽, 이순신 같은 만리장성은 아닐 것이다. 그러나 만리장성의 한 부분 정도는 틀림없이 되는 인물들이다.

인재란 공장에서 대량생산해 낼 수 있는 그런 물건이 아니다. 버리고 나서 뒤늦게 후회해야 아무 소용이 없다. 인조처럼 적의 채찍에 후려 맞아야만 정신을 차릴 것인가?

巧言令色

교언영색 | 교묘한 말과 부드러운 얼굴빛 / 아첨하는 말과 태도

巧 교묘하다; 言 말; 令 명령하다, 착하다; 色 빛, 얼굴빛, 미녀
반대어 : 강의목눌 剛毅木訥; 성심성의 誠心誠意
출처 : 논어 학이편(論語 學而篇)

> 입에 발린 말은 아무 소용도 없다.
> Fair words butter no parsnips.(서양속담)
> 듣기 좋은 말은 악행을 숨긴다.
> Fine words dress ill deeds.(서양속담)
> 젖소의 우유를 짜기 전에 등을 두드려준다.
> They pat cow before they begin to milk her.(나이지리아 속담)
> 달콤한 것은 죽인다. / What is sweet kills.(나이지리아 속담)
> 말 단 집에 장 단 법 없다.(한국속담)

공자(孔子, 기원전 551-479)는 "교묘한 말과 아첨하는 얼굴빛에 인
(仁)은 드물다."고 말했다. 또한 그는 "약삭빠르게 둘러대는 말은 나라를
망친다. 나는 그런 것을 미워한다."고도 말했다.

올바른 지혜, 사람이 사람답게 신의를 지키며 사는 길을 인 (仁)이라고 한다면, 그런 것을 추구하는 시대는 이미 케케묵은 구시대인가?

"교언"이 가장 강력한 처세술이다? 그렇다! 거짓말이든 뭐든 말을 이리저리 둘러대고 바꾸는 재주만 비상하면 출세가 보장되는 세상이 아닌가?

그러니까 정치지도자들이란 사람들은 아침저녁으로 말을 바꾸는 것이 최고의 취미 아닌가? 아니면 말고 식으로! 목청을 높이는 사람들은 자기들만 국민이고 자기들만 시민이라고 믿는 게 아닌가?

다른 사람들의 비위를 잘 맞추고 싫은 소리는 절대로 입 밖에 내지 않으면 높은 자리에도 척척 앉는 그런 세상이 아닌가? "좋은 약은 입에 쓰지만 병을 낫게 하고 충고의 말은 귀에 거슬리지만 행동에 도움이 된다."는 공자가어(孔子家語)의 구절을 누가 지금도 기억하는가?

"영색"이야말로 가장 효과가 빠른 처세술이다? 그렇다! 얼굴만 예쁘게 꾸미고 살랑살랑 웃으면서 애교를 떨면 돈도 명예도 지위도 호박이 넝쿨 째로 굴러오는 세상이 아닌가? 그러니까 남자들도 여자들에게 질세라, 얼굴에 화장하고 립스틱 짙게 바르고 귀를 뚫어 귀걸이 하고 코도 뚫어 코걸이 하는 세상이 아닌가?

膠柱鼓瑟

교주고슬 | 기둥(기러기발)을 아교풀로 붙여놓고 거문고를 탄다
융통성이 전혀 없다 / 고집불통

膠 아교; 柱 기둥; 鼓 북, 북을 치다; 瑟 거문고
출처 : 사기 염파 인상여 열전(史記 廉頗 藺相如 列傳)

> 완고함과 어리석음은 쌍둥이다.
> Obstinacy and stupidity are twins.(소포클레스)
> 완고함과 독단주의는 어리석음의 확실한 징표이다.
> Obstinacy and dogmatism are the surest sign of stupidity.(몽테뉴)
> 장갑을 낀 고양이는 쥐를 잡지 못한다.
> The cat in gloves catches no mice.(서양속담)

조괄(趙括)은 조나라의 명장 조사(趙奢)의 아들로서 전략이론에 뛰어나 토론을 하면 아버지를 이길 정도였다. 그러나 조사는 전쟁이란 이론만 가지고 되는 것이 아니라서 아들이 장군이 되면 조나라가 크게 낭패를 볼 것이 우려된다고 말했다.

진나라가 쳐들어오자 조나라의 노련한 장군 염파는 방어작전만 쓰면서 버티었다. 그러자 진나라는 스파이를 보내 헛소문을 퍼뜨렸다. 진나라가 제일 두려워하는 것은 조괄이 대장군이 되는 것이라고. 인상여가 조나라 왕에게 이렇게 충고했다.

"조괄이 명장 조사의 아들이라는 이유만으로 등용한다면 그것은 '교주고슬'과 같습니다. 그는 책으로만 전략을 공부했지 융통성이 없습니다." 그러나 왕은 조괄을 대장군에 임명했다. 조괄은 결국 크게 패배해서 조나라를 위기에 빠뜨렸다.

나라의 중대한 일일수록 이론이나 학식보다는 경험이 풍부한 인물에게 맡겨야 효과적으로 처리될 수 있다. 전쟁보다 더 중대한 일이 있는가? 그런데 실전경험도 없는 이론가를 대장군으로 임명한 조나라의 왕은 제정신이 아니었다.

웃을 일이 아니다. 그런 어처구니없고 대단히 위험한 일이 요즈음 세상에서도 얼마든지 벌어지고 있다. 실력보다 친밀감을, 경륜보다는 지연, 학연, 소속단체 등을 더 중요시해서 자격미달인 사람들에게 나라의 주요직책이 마치 찹쌀떡이나 되듯 나누어준다면 나라꼴이 뭐가 되는가?

그러면서도 당분간은 실험을 한다면 더욱 말이 안 된다. 무수한 백성들이 하루하루 힘겹게 살아가고 있는 생존의 현장이 대학의 실험실일 수가 없다. 백성이란 실험실의 청개구리가 아니다.

개혁, 혁신, 진보 따위 어설픈 이론에 매달린 채, 아집, 오만, 편견에 가득 찬 정치인들이 무슨 거문고 소리를 내겠다는 것인가?

현대판 "교주고슬"의 노래 소리에 박수치는 사람들이 물론 있다. 그러나 그보다 몇 배나 더 많은 사람들이 오늘도 가슴이 찢어진다는 사실을 알아야 한다.

狡兎三窟

교토삼굴 | 교활한 토끼가 숨을 세 군데 굴
교묘한 꾀로 재난을 피한다

狡 교활하다, 빠르다; 兎 토끼; 三 셋; 窟 굴
출처 : 사기 맹상군 열전(史記 孟嘗君 列傳); 전국책 제책(戰國策 齊策)

최고의 영리함은 그것을 감출 수 있는 능력이다.
The height of cleverness is to be able to conceal it.(라 로슈푸코)
자기를 보존하는 것은 대자연의 제1 법칙이다.
Self-preservation is Nature's first law.(서양속담)
이탈리아 사람은 행동하기 전에, 독일 사람은 행동할 때, 프랑스 사람
은 행동한 뒤에 지혜롭다.
The Italians are wise before the deed; the Germans in the
deed; the French after the deed.(서양속담)

전국시대 제나라의 수상 맹상군은 3천여 명의 식객을 거느렸다. 그
가운데 하나인 풍훤(馮煖, 馮驩)이 그에게 이렇게 말했다.

"교활한 토끼는 굴이 세 개나 있어도 겨우 잡아먹히는 것을 면할 뿐
입니다. 당신은 지금 굴이 하나밖에 없으니 베개를 높이 하고 편안하게
잠을 잘 수가 없습니다. 그러니까 앞으로 굴을 두 개 더 파야만 합니다."

풍훤은 맹상군이 위기에서 빠져 나오도록 세 번 도와주었다. "교토삼
굴"을 실제로 보여준 것이다.

사냥개, 늑대, 이리, 뱀, 동네 애들까지 토끼를 잡아먹으려고 노린다. 그렇게 적이 많으니까 교활하지 못하고 어리석은 토끼라 하더라도 굴을 세 개 정도는 가지고 있어야 목숨을 간신히 유지할 수 있을 것이다. 가능하면 셋이 아니라 열 개라도 만들어야 한다.

문제는 그 굴을 토끼만 알고 있어야 한다는 것이다. 적이 그 굴을 알고 있다면 미리 거기서 기다릴 것이다. 아니면, 연기를 피워서 토끼를 굴에서 몰아낼 것이다.

백만이 넘는 적이 자기들을 죽이겠다고 노리면서 장거리 미사일에 핵 폭탄마저 개발하고 있는데도 불구하고 대처방안을 최소한 셋은커녕 하나도 제대로 마련하지 않은 채 입으로 평화만 외치는 사람들이 있어서는 안 된다. 토끼보다 뭐가 낫다는 것인가?

적에게 구걸하거나 돈으로 매수하는 평화가 무슨 평화인가? 그런 평화가 역사적으로 평화롭게 유지되어 본 적이 없었다. 살아남기 위한 최소한의 지혜인 "교토삼굴"조차 모른다면 평화란 말을 아예 하지도 마라! 자기 목숨을 지킬 힘이나 꾀가 없는 자가 외치는 평화는 잠꼬대에 불과하다. 자다가 적에게 당한다.

口蜜腹劍

구밀복검 | 입에는 꿀, 뱃속에는 칼
겉으로는 친한 척하지만 뒤에서는 해칠 음모를 꾸민다

口 입; 蜜 꿀; 腹 배; 劍 칼
유사어 : 소리장도 笑裏藏刀; 소중유검 笑中有劍
출처 : 십팔사략(十八史略); 신당서(新唐書); 자치통감(資治通鑑)

> 입에는 꿀, 뱃속에는 독약.
> A honey tongue, a heart of gall.(영국속담)
> 입에 꿀을 가진 꿀벌들은 꼬리에 침을 가지고 있다.
> Bees that have honey in their mouths have stings in their tails.
> (서양속담)
> 아첨하는 말은 꿀이 든 독약이다.
> A flattering speech is a honeyed poison.(로마속담)

당나라 현종(玄宗, 712-756)은 처음에는 정치를 잘 했지만 황후가 죽은 뒤에는 양귀비에게 빠져서 사치와 방탕을 일삼은 채 나라 일을 모두 간신 이임보(李林甫)에게 맡겼다.

이임보는 당나라를 멸망시킬 뻔했던 안록산(安祿山)의 반란마저 불러 일으킬 정도로 19년 동안 현종 곁에서 권력을 마음껏 휘둘렀다. 그는 유능한 인재를 하나씩 모두 지방으로 몰아냈지만 자기가 직접 나서는 일은 없었다.

오히려 그들을 황제에게 추천해서 지위를 올린 다음, 뒤에서 음모를 꾸며 몰아내는 수법을 썼다. 현종 이후에 당나라는 쇠망의 길을 걸었다. 십팔사략(十八史略)의 글은 이렇다.

"그는 어진 사람을 미워하고 유능한 인재를 시기했다. 자기보다 나은 사람은 밀어냈다. 음험한 성격인 그에 대해 사람들은 '입에는 꿀, 뱃속에는 칼이 있다'고 말했다."

그가 죽자 후임 수상 양국충(楊國忠)이 그의 행적을 모두 들추어냈다. 결국 그는 모든 관직을 박탈당하고 서민으로 강등되었다.

나라가 완전히 망가진 다음에야 "구밀복검"의 간신을 알아본들 무슨 소용이 있는가? 이임보는 살아 생전에 부귀영화를 누리고 자기 지위를 보전하기 위해 "구밀복검"이라는 수단을 사용했다.

재능도 인품도 모자라는 자가 최고권력자의 총애를 계속해서 받기 위해 고도의 마키아벨리 식 수법을 동원한 것이다. 그것을 애초부터 알아보고 조치하지 못한 황제가 더욱 어리석은 것이다.

"구밀복검"을 최고의 처세술로 삼는 자들은 어느 시대나, 어느 조직에서나 적지 않은 법이다. 아래 사람들만 "구밀복검"이 아니다. 나라의 최고 통치자도, 기업의 최고경영자도 "구밀복검"인 경우가 많다.

신의가 사라지고 충성의 의미가 왜곡된 사회, 그리고 능력위주보다는 정실인사가 판치는 사회에서는 너나없이 "구밀복검"으로 위장하는 것이다. 속았다고 뒤늦게 한탄해 봤자 동정은커녕 비웃음만 산다.

물론 "구밀복검"이 영원히 위력을 발휘하는 것은 아니다. 정권이 바뀌면 줄줄이 감옥으로 들어가는 전직 고관들, 왕년의 권력실세들, 그리고 그들과 야합했던 기업가들을 보라. 뱃속에 든 칼도 역시 칼이 아닌가!

口尚乳臭

구상유치 | 입에서 아직 젖비린내가 난다 / 어리석고 유치하다

口 입; 尙 아직, 일찍; 乳 젖; 臭 냄새
동의어 : 황구유취 黃口乳臭
출처 : 사기 고조기(史記 高祖紀)

> 젊은이들은 노인들을 바보라고 여긴다. 노인들은 그들이 바보라는 것을
> 안다. / Young men think old men fools; old men know young
> men to be so.(영국속담)
> 젊은이에게 물어 보라. 그들은 모든 것을 안다.
> Ask the young people. They know everything.(프랑스 속담)
> 젊은이란 분별이 없게 마련이다.
> Young people are thoughtless as a rule.(호메로스)
> 대부분의 젊은이는 육체적인 동맥경화증에 걸리기 40년 전에 정신적인
> 동맥경화증에 걸린다.
> A majority of young people seem to develop mental
> arteriosclerosis forty years before they get the physical
> kind.(올더스 헉슬리)

한나라 고조(高祖, 재위 기원전 206~195)가 반란을 일으킨 위(魏)나
라를 치기 위해 한신(韓信)을 파견할 때 위나라 군사를 이끄는 대장이
누군지 물었다. 신하들이 백직(柏直)이라고 대답하자 고조가 말했다.

"그는 아직 입에서 젖비린내가 나니 한신의 상대가 될 수 없다."

그 말은 사실이었다.

일당독재를 제외한 모든 나라의 국회란 어차피 대립하는 여러 세력이 모인 곳이다. 그곳은 총칼로 싸우거나 몽둥이와 주먹으로 육박전을 하는 곳이 아니다. 말과 논리로 싸우는 곳이다. 그리고 다수결의 원칙을 따르기로 서로 약속한 곳이다.

그런데 툭하면 천박한 욕설이 오가고 주먹다짐이 예삿일일 뿐만 아니라, 소수파가 몸으로 막는 바람에 다수결이고 뭐고 없다면, 그곳은 이미 국회가 아니라 시장바닥이다.

시장바닥에서 노는 자들을 장돌뱅이라고 한다. 그런데 장돌뱅이가 점잖게 나무라는 선비를 "구상유취"라고 깔볼 수 있는가? 하기야 원래가 "구상유취"인 자는 자기 입에서 나는 젖비린내를 맡지 못하는 법이다.

지조라는 말도 모른 채 여기 붙고 저기 붙으며 이리저리 몰려다니는 철새 정치인들이 서로 상대방을 "구상유취"라고 욕하지만 그것은 말도 안 되는 무식한 소리다.

철새는 우선 젖을 빠는 입조차 없다. 그러니 철새 입에서 젖비린내가 날 리가 없다. 따라서 철새 정치인들은 절대로 "구상유취"가 아니다!

그들의 입에서 나는 냄새가 있다면 그것은 분명히 돈 냄새, 똥 냄새, 아니면, 피비린내일 것이다. 냄새는 진보든 보수든, 혁신정당이든 수구정당이든 가리지 않고 어디나 스며드는 특성이 있다. 바로 그러니까 냄새다. 냄새를 제일 먼저 잘 맡는 사람들이 말 없는 민초들이다.

115

口是禍之門

구시화지문 | 입은 재앙의 문이다 / 말을 조심하라

口 입; 是 이것, 옳다; 禍 재앙; 之 가다, ~의; 門 문
준말 : 구시화문 口是禍門
출처 : 전당시(全唐詩) 풍도의 설시(舌詩)

허는 칼은 아니지만 사람을 벤다.
The tongue is not steel, yet it cuts.(서양속담)
허를 잘못 놀리면 목을 잃는다.
The tongue talks at the head's cost.(서양속담)
바보의 혀는 자기 목을 자를 만큼 길다.
A fool's tongue is long enough to cut his own throat.(서양속담)
자기 이빨로 자기 무덤을 파는 사람들이 있다.
Some men dig their graves with their teeth.(서양속담)
작은 불꽃이 거대한 화재를 일으키는 경우가 많다.
A tiny spark often brings about a great conflagration.(로마속담)

풍도(馮道, 882-954)는 오대(五代) 시절에 다섯 왕조의 열한 명이나 되는 왕을 섬긴 정치가이다. 그는 몸을 안전하게 지키는 처세의 비결을 이렇게 시로 읊었다.

"입이란 재앙의 문이고 혀란 몸을 베는 칼이다./ 입을 닫고 혀를 깊이 간직하면/ 어딜 가나 몸은 안전하고 편안하다."

어지러운 세상에서도 그는 과연 73세라는 장수를 누렸다.

입을 잘못 놀리다가는 모가지가 열 개라도 모자란다는 경고다. 물론 뒤에 숨어서 입을 놀리면 한 동안은 안전할 수도 있지만 그리 오래 가지는 못한다.

이것은 아랫사람들에게만 해당하는 것이 아니다. 황제나 왕도 말을 함부로 했다가 살해된 경우가 적지 않다. 대통령이나 장관이라고 예외가 되지는 못한다. 목이 달아나지 않는다 해도 정권은 잃게 된다.

물론 입을 다물고 있기만 하면 언제나 복이 오는 것은 아니다. 만일 그렇다면, 벙어리가 세상에서 가장 행복한 사람일 것이다. 목이 달아나는 한이 있어도 바른말을 반드시 해야만 할 때가 있는가 하면, 비밀을 지키기 위해 입을 꾹 다물어야만 하는 때도 있다.

그 때를 잘 판단해서 입을 열거나 다무는 것이 참된 지혜다. 이것을 그르치면 역시 "구시화지문"이 된다. 입이란 그런 것이다.

그러나 "말 한마디로 천냥 빚을 갚는다"는 우리 속담도 있다. 이런 경우에 입은 복이 굴러 들어오는 문이 된다. 그러니까 입이란 참으로 묘한 것이다.

九牛一毛

구우일모 | 소 아홉 마리에서 뽑은 털 한 가닥
많은 것 가운데 아주 적은 적

九 아홉; 牛 소; 一 하나; 毛 털
유사어 : 창해일속 滄海一粟; 창해일적 滄海一滴; 대해일적 大海一滴
출처 : 한서 사마천전 보임안서(漢書 司馬遷傳 報任安書); 문선 사마천 보임
소경서(文選 司馬遷 報任少卿書)

> 물통 속의 물 한 방울. / A drop in a bucket.(서양속담)
> 많은 것 가운데 작은 것은 보이지 않는다.
> A small thing is not noticed in a crowd.(나이지리아 속담)
> 침묵은 많은 친구를 잃었다.
> Silence has been the loss of many friends.(로마속담)

한나라 무제(武帝, 기원전 141-87)가 흉노족을 정벌하려고 3만 명의 군대를 파견했을 때 5천 명을 이끈 이능(李陵, 기원전 ?-72)이 8만 명의 흉노족에 포위되어 일주일 동안 싸우다가 크게 패배하고 자신은 항복했다.

일년 뒤에 그 사실을 안 무제가 이능의 가족들을 처형하려고 하자 오로지 사마천(司馬遷, 기원전 145?-93?)만이 나서서 이능을 변호했다. 예전에 흉노족이 제일 두려워하던 명장 이광(李廣)의 손자인 이능이 투항한 것은 언젠가 무제를 위해 싸울 기회를 얻기 위한 계책이라고 옹호해 준 것이다.

그러나 화가 난 무제는 오히려 사마천에게 궁형 즉 생식기를 절단하는 형벌을 내렸다. 사마천은 친구 임안(任安)에게 보낸 편지에 이렇게 적었다.

"내가 사형을 당했다면 그것은 소 아홉 마리에서 뽑은 털 한 가닥이

없어지는 것과 같다. 사람들은 나를 졸장부라고 비웃지만, 내가 그런 치욕을 당하고도 살아남으려고 한 것은 완성하기로 맹세한 책을 그 때 다 쓰지 못했기 때문이다."

그는 아버지의 유언에 따라 기원전 97년에 중국 최초의 역사서인 사기(史記) 130권을 완성했다.

음주운전자가 많은 나라(어딘데?)에서 단속에 걸렸을 때 누구나 자기는 "구우일모"라고, 그러니까 억울하다고 외친다. 썩은 정치인, 관리, 기업가 등은 물론이고 일반 범죄인들마저도 쇠고랑을 차면 한결같이 자기는 "구우일모"라고 믿는다.

"구우일모"를 우습게 보는가? 물론 하찮은 물건이 "구우일모"다. 그러나 그런 것이 백만 개, 천만 개 모이면 산더미를 이루고 온 나라를 뒤덮는다. 악취가 이만저만이 아니다.

나 하나쯤이야 "구우일모"인데 어때? 그런 식으로 너도나도 숨어서 몰래 나쁜 짓을 일삼고 쓰레기도 아무 데나 마구 내다 버린다면 모든 백성이 소 털에 깔려서 죽고 말 것이다. 이래도 "구우일모"를 우습게 볼 것인가? 소란 뿔도 털도 다 무서운 것이다.

國士無雙

국사무쌍 | 나라 안에 경쟁상대가 없는 인물 / 가장 탁월한 인재

國 나라; 士 선비; 無 없다; 雙 짝
유사어 : 동량지기 棟梁之器
출처 : 사기 회음후 열전(史記 淮陰侯 列傳)

제1인자가 돼라. / Look after Number One.(서양속담)
세상의 모든 지혜가 한 사람의 머리에 들어 있는 것은 아니다.
All the wit in the world is not in one head.(서양속담)
최고는 최고다. / Best is best.(서양속담)
자기보다 더 뛰어난 인물이 하나도 없을 정도로 그렇게 탁월한 사람은
하나도 없다.
There is none so excellent but he is excelled.(발타사르 그라시안)

진(秦)나라가 망하고 초(楚)나라의 항우(項羽)와 한(漢)나라의 유방(劉邦, 高祖)이 패권을 다툴 때 소하(蕭何)는 유방의 오른 팔 노릇을 했다. 소하는 한신(韓信)의 재능을 알아보고 여러 번 그를 추천했다. 그러나 유방은 한신을 군량을 관리하는 낮은 지위에 머물게 했다.

실망한 한신이 어느 날 도망치자 소하가 그를 뒤쫓아가서 설득한 다음 이틀 뒤에 유방에게 데리고 돌아왔다. 소하마저 도망친 줄 오해해서 화가 잔뜩 나 있는 유방에게 소하는 이렇게 말했다.

"지금까지 도망친 장수들이란 어디서나 쉽게 구할 수 있습니다. 그러나 한신은 '국사무쌍'과 같아서 얻기가 대단히 어려운 인재입니다. 천하를 손아귀에 넣으시겠다면 한신을 중용하십시오."

유방이 한신을 대장군으로 삼았다. 그리고 천하를 얻었다.

일류병에 걸린 부모란 대개 자기 아들이야말로 "국사무쌍"의 수재이고 자기 딸은 "국사무쌍"의 미인이라고 자부한다. 그러니까 아들은 당연히 일류 대학에 합격해야 하고 딸은 수백 대 일의 경쟁률을 자랑하는 탤런트 선발에서 일등을 해야 한다고 믿는다.

그러면 자기들은 맹자의 어머니처럼 "국사무쌍"의 훌륭한 부모인가? 참으로 어처구니없는 "국사무쌍"의 어리석음의 극치가 아닌가!

초등학교 반장 선거에서부터 대통령선거에 이르기까지 후보들은 너나없이 자기야말로 "국사무쌍"의 적격자라고 소리친다. 정말 그렇게 위대한 수재에다가 모든 자격을 홀로 갖추고 있다면 돈은 왜 뿌리나?

"국사무쌍"으로 돈을 많이 뿌려야만 당선된다고 믿고 있는 것 아닌가? 돈만 있으면 아무나 "국사무쌍"이 되는 것은 아니다.

한신은 진짜 "국사무쌍"이었다. 그는 자기가 "국사무쌍"의 인재라는 말을 자기 입으로 떠들고 다니지는 않았다. 소하가 대변했다.

진짜는 입을 다물고 있어도 진짜다. "국사무쌍"이라고 나서는 자들이 참으로 많은 세상이다. 그들이 모두 진짜 "국사무쌍"이라면 백성들은 얼마나 행복할까?

跼蹐

국척 | 허리를 굽히고 조심해서 걷는다 / 두려워서 몸둘 바를 모른다

跼 허리 굽히다; 蹐 조심해서 걷다
원어 : 국천척지 跼天蹐地
출처 : 시경 소아 정월편(詩經 小雅 正月篇)

> 조심하는 것은 안전의 어머니다.
> Caution is the parent of safety.(서양속담)
> 얼음판은 건너가기 전에 시험해 보라.
> Try the ice before you venture upon it.(서양속담)
> 두려움을 치료하는 약은 목을 베는 것 이외에 없다.
> There is no medicine for fear but cut off the head.(스코틀랜드 속담)
> 모든 함정을 두려워하는 사람은 함정에 빠지지 않는다.
> He who fears all snares falls into none.(푸블릴리우스 시루스)

시경 소아 정월편(詩經 小雅 正月篇)은 간신들이 날뛰는 가혹한 정치, 백성들이 무서워서 떠는 공포정치를 원망하는 노래다. 그 가운데 이런 구절이 있다.

"하늘이 매우 높다고 말하지만 감히 허리를 굽히지 않을 수 없다./ 땅이 매우 두텁다고 말하지만 감히 조심조심 걷지 않을 수 없다./ 이렇게 소리치는 데는 이유도 있고 뜻도 있다./

이제 사람들이 도마뱀처럼 두려워 떠니 이 얼마나 슬픈 일인가!"

가혹한 독재정치 아래서는 허리를 굽히고 조심조심 걸어야 할 정도가 아니다. 누구나 공포에 질려서 숨도 제대로 쉬지 못한다. 아무 죄가 없어도 언제 잡혀가 고문을 당할지 모른다. 살해되어도 호소할 곳이 없다. 무법천지이기 때문이다. 이런 지옥상태는 체험해보지 않은 사람들은 얼마나 무서운 것인지 모른다.

그래서 불과 얼마 전에 지나간 참혹한 현실을 젊은 세대나 신세대가 아주 우습게 여긴다. 물론 그들도 곧 늙어서 그들이 가장 싫어하고 미워하던 소위 기성세대가 될 것이다.

그러나 독재정치만 가혹한 것은 아니다. 민주주의도 권력을 쥔 세력이 법도 무시한 채 자기들 주장만 무조건 강요한다면 그런 정치는 독재와 다름이 없다.

어쩌면 명색이 민주주의이기 때문에 더욱 악랄하고 가혹할지도 모른다. 독재는 독재자의 마음대로 악법을 만들지만, 가짜 민주주의는 매수되거나 동원된 군중(사실상 폭도)의 힘으로 법을 짓밟기 때문이다.

"국척"을 해서 무사히 지낼 수만 있다면 그런 나라는 "지상천국"일 것이다. 지상천국이란 낙원이 아니라 세상에서 "가장 천한 나라(至上賤國)"란 뜻이다.

어쨌든 세상이 뒤숭숭하면 미리 알아서 허리 굽히고, 땅도 자주 꺼지니까 조심해서 걸어가라! 그래야만 사람다운 삶이 아니라 짐승 같은 삶이라도 계속할 수 있는 것이다.

123

國破山河在

국파산하재 | 나라는 부서지고 강산만 남아 있다

國 나라; 破 깨다, 깨지다; 山 산; 河 강; 在 있다
출처 : 두보의 시 춘망(春望)

> 기근, 전염병, 전쟁은 백성의 파멸이다.
> Famine, pestilence, and war are the destruction of people.
> (로마속담)
> 강물은 천 년이 지나도 역시 똑같이 흐른다.
> A thousand years hence the river will run as it did.(서양속담)
> 사악한 자 셋이면 나라도 파멸시킬 수 있다.
> Three evil men can ruin a country.(이집트 속담)
> 나라의 파멸은 백성들의 집안에서 시작된다.
> The ruin of a nation begins in the homes of its people.
> (서아프리카 속담)

당나라 현종(玄宗, 재위 712-756) 때 일어난 안록산의 반란은 7년 동안에 나라 전체를 황폐하게 만들었다. 시인 두보(杜甫, 712-770)도 한때 반란군의 포로가 되어 가족들과 헤어졌고 어린 자녀는 굶어죽었다. 757년에 그는 춘망(春望)이라는 시에서 이렇게 읊었다.

"나라는 부서지고 강산만 남았는데/ 성곽은 봄기운에 물들고 초목은 푸르러만 간다."

북한군의 남침으로 시작된 6.25 즉 한국전쟁은 3년 동안에 우리 나라의 대부분을 문자 그대로 폐허로 만들었다. 나라가 부서진 것이다. 굶어죽는 사람이 많았다.

나무껍질을 벗기고 뿌리를 캐어서 먹으면서도 목숨을 이어가기가 무척 힘들었다. 물론 봄이 오면 산과 들이 푸르러졌다. 강산은 남았던 것이다. 그나마 천만다행이었다.

그러나 이제 다시 한번 더 전쟁이 벌어진다면 그 때는 강산도 남지 못할 것이다. 나라도 부서지고 산하도 깨져버리고 말 것이다.

그런데 지금 누가 누구를 위협하고 있는가? 남한을 불바다로 만들겠다고 큰소리치고 있는데 그럼에도 불구하고 북한의 주장을 앵무새처럼 떠들고 있는 소위 "혁신"세력이란 무엇인가? 제발 빨리 죽여달라고 애걸하고 있는 것인가?

그들이 사랑한다는 나라는 어느 나라인가? 내 편 네 편을 갈라놓은 뒤, 내 편은 민족이고 네 편은 반역자들이란 말인가? 동족을 죽이고 있는 무리도 같은 민족인가?

국파산하재를 치른 우리들에게는 이 말의 뜻이 너무 무겁다.

君子不器

군자불기 | 군자는 그릇이 아니다 / 참된 인물은 편협하지 않다

君 임금, 너; 子 아들; 不 아니다; 器 그릇
출처 : 논어 위정편(論語 爲政篇)

정의로운 사람들은 별처럼 빛날 것이다.
The just shall shine as stars.(비르질리우스)
자신을 다스릴 줄 모르는 사람은 다른 사람들을 다스릴 자격이 없다.
It is absurd that he who does not know how to govern
himself should govern others.(라틴어속담)
옷이 신사를 만드는 것은 아니다.
It is not the coat that makes the gentleman.(서양속담)
고귀한 신분이 우리를 억제한다. / Nobility constrains us.(서양속담)

"군자는 그릇이 아니다."라고 공자가 말했다. 군자란 그 크기만큼 물건을 담는 데 불과한 그런 그릇이 아니라는 말이다. 지식이 좀 있다고 해서 누구나 군자는 아니다.

지식과 아울러서 인격도 동시에 갖추고 덕을 실천하는 참된 인물이 군자이다. 오기와 아집, 편견과 독선을 부리는 그런 편협한 사람은 결코 군자가 아니다. 융통성이 풍부하고 포용력이 많은 인물이 참된 인물인 것이다. 성인군자라고 할 때 성인이나 군자나 모두 참된 인물을 말한다.

꽹과리란 원래 소리가 요란한 것이다. 그렇다고 해서 꽹과리가 모든 악기를 대표하는 것은 아니다. 또한 꽹과리를 마구 두드리는 사람이 가장 훌륭한 연주가도 아니다.

요즈음 꽹과리를 마구 두드려대면서 마이크에 대고 악을 쓰는 사람들이 많다. 말이 되든 말든 상관없이 무조건 아우성친다. 자기들 주장대로 안 하면 재미없다는 식으로 위협한다. 그리고 그런 것을 민주주의라고 고집한다.

아는 것이 많다고 자부하는 사람들이 그런 짓을 한다. 그들이 아는 것이 정말 많을지도 의문이지만, 외골수로 자기 주장만 밀어 붙이는 태도를 보면 분명히 군자하고는 거리가 멀다. 물론 그들은 자기들을 군자라고 여기지도 않는다.

다만 다른 사람들이 자기들을 참된 인물로 알아주지 않을 때 화를 버럭 낼 뿐이다. 진짜 참된 인물은 다른 사람이 알아주든 말든 별로 상관하지 않는다.

"다른 사람이 알아주지 않아도 나는 화를 내지 않는다."는 말도 역시 공자의 말이다.

127

君子三樂

군자삼락 | 군자의 세 가지 즐거움

君 임금, 너; 子 아들; 三 셋; 樂 즐기다, 음악
원어 : 군자유삼락 君子有三樂
유사어 : 익자삼요 益者三樂 / 반대어 : 손자삼요 損者三樂
출처 : 맹자 진심장 상(孟子 盡心章 上)

> 젊은이들을 가르치고 훈련시키는 것보다 나라에 바치는 더 좋은 선물
> 이 있는가?
> What greater gift or better can we offer to the state than if
> we teach and train up youth?(세네카)
> 용기, 기지, 통찰력은 이 세상의 세 가지 친구다.
> There are three friends in this world: courage, sense, and
> insight.(나이지리아 속담)
> 깨끗한 양심은 갑옷이다.
> A clear conscience is a coat of mail.(서양속담)
> 참된 즐거움은 진지한 것이다.
> True joy is a serious matter.(세네카)

전국시대를 살아간 맹자(孟子, 기원전 372-289)는 군자의 세 가지 즐
거움을 이렇게 지적했다.

1. 부모님이 모두 생존해 계시고 형제들이 모두 별 탈이 없다.

2. 하늘을 우러러볼 때나 사람들을 대할 때 전혀 부끄럽지 않다. 다시
말하면 양심에 꺼리는 것이 전혀 없다.

3. 전국의 수재들을 모아놓고 가르친다.

그리고 맹자는 천하를 손아귀에 넣고 왕이 되는 것은 군자의 세 가지
즐거움에 들어가지 않는다고 분명히 강조했다. 왕이 되어 큰소리치는 것
은 "군자삼락"에 비하면 별 것이 아니라는 뜻이다.

첫 번째는 누구나 바라는 듯한데 그렇지가 않다. 부모가 자식을 버리고 자식이 부모를 학대하며 형제끼리 원수처럼 지내는 경우가 점점 더 흔해지는 살벌한 세상이다.

두 번째를 인생의 목표로 삼는 사람이 과연 몇이나 될까? 무전유죄, 유전무죄 즉 돈이 없으면 죄가 없어도 쇠고랑 차는 반면에 돈이 많으면 아무리 큰 죄를 지어도 쇠고랑을 안 찬다는 말이 버젓이 통하는 사회라면 양심이고 가책이고 떠들 것도 없다.

세 번째는 참된 교육의 즐거움이다. 그런데 참된 교육을 입으로 외치면서도 사실은 교육계의 주도권을 잡아 자기 패거리의 이익을 확보하려는 무리가 큰소리를 치고 있다. 선생답지도 않고 노동자답지도 않은 사람들이 너무 많다.

게다가 교육의 즐거움은 "수재"들을 가르치는 것인데 평준화다 뭐다 해서 학생들을 거의 대부분 바보로 만드는 것을 교육이라고 떠든다.

왕이 되는 것은 "군자삼락"에 끼지 못한다고 맹자는 분명히 말했다. 그런데 어중이떠중이마저 대통령이 될 꿈을 꾸고 있다.

捲土重來

권토중래 | 흙먼지를 일으키며 다시 온다
실패한 뒤 세력을 회복해서 다시 공격한다

捲 둘둘 말다; 土 흙; 重 무겁다, 거듭; 來 오다
원어 : 권토중래 卷土重來
출처 : 두목(杜牧)의 시 제오강정(題烏江亭)

> 기회란 반드시 다시 돌아온다.
> There is no chance which does not return.(프랑스 속담)
> 실패는 성공을 가르친다. / Failure teaches success.(서양속담)
> 문이 하나 닫히면 천 개가 열린다.
> When one door is shut a thousand are opened.(인도속담)
> 윈스턴 처칠이 돌아왔다.
> Winston 's back.(영국의 모든 군함에게 보낸 익명의 신호)
> 나는 돌아올 것이다. / I will return.(맥아더)

기원전 202년 겨울에 초나라의 항우는 한나라의 유방에게 결정적으로 패배한 뒤 오강(烏江, 안휘성 화현 동북쪽)에서 자결했다. 31세였다. 성미가 급한 항우는 강동으로 돌아가 재기를 기하라는 권고를 받았지만 강동으로 돌아갈 면목이 없다면서 "권토중래"의 기회를 스스로 포기하고 만 것이다.

그 후 천 년이 지나 오강 근처에서 머물게 된 당나라 말기의 대표적 시인 두목(杜牧, 803-853)이 항우의 요절을 애석하게 여기면서 시를 읊었다.

"승패란 전략가도 미리 알 수가 없는 것이다./ 수치를 참을 줄 알아야 진정한 대장부 아닌가?/ 강동의 남아들 가운데는 호걸도 많으니/ 권토중래도 충분히 할 수 있지 않았겠는가!"

항우가 "권토중래" 했더라면 그 과정에서 또 얼마나 많은 군사들이 죽었을까? 항우가 이기든 유방이 이기든 백성들로서는 상관없는 일이다. 하루라도 빨리 전쟁이 끝나 천하가 안정되기만 바랐다.

영웅 한 사람의 정신적인 만족을 위해 수십만, 수백만 명이 꼭 죽어야만 한단 말인가? 물론 항우의 "권토중래"가 가능했는가도 의문이다. 왕안석(王安石)은 "강동의 남아들이 항우를 위해 권토중래하지는 않았을 것"이라고 시를 지었던 것이다.

한번 실패한 뒤에 다시금 도전하는 것도 "권토중래"라고 한다. 그러니까 대통령 선거, 국회의원 선거 등에 낙선한 뒤에 두 번, 세 번 다시 도전하는 것도 "권토중래"라고 할 수는 있다. 그러면 고시에 떨어진 뒤 다섯 번이고 열 번이고 다시 도전하는 것도 역시 "권토중래"일까? 사랑을 고백했지만 거절당한 뒤에 스토커가 되는 것도 역시 "권토중래"일까?

결과가 해피엔딩이라면 "권토중래"를 여러 번 시도해도 좋을 것이다. 그러나 "권토중래"를 노린다고 해서 항상 결과가 좋다는 보장은 없다.

131

錦上添花

금상첨화 | 비단 위에 꽃을 더한다 / 좋은 일에 또 좋은 일이 겹친다

錦 비단; 上 위; 添 더하다; 花 꽃
반대어 : 설상가상 雪上加霜 / 출처 : 왕안석의 즉사(卽事, 즉흥시)

행운아에게는 모든 것이 운이 좋다.
With a lucky man all things are lucky.(로마속담)
용감할수록 더 큰 행운이 찾아온다.
The braver the man so much the more fortunate will he be.
(로마속담)
행복은 삶에 추가된 삶이고, 생명을 주는 것이다.
Happiness is added Life, and giver of Life.(허버트 스펜서)
의외에 찾아오는 행복은 한층 더 반가울 것이다.
Happiness which comes unexpected will be the more welcome.
(호라시우스)
불행은 혼자 찾아오지 않는다.
Misfortunes never come singly.(서양속담)
비가 왔다 하면 폭우. / It never rains but it pours.(서양속담)
손해는 다른 손해를 부른다. / One loss brings another.(서양속담)

북송(北宋)의 정치가이자 시인인 왕안석(王安石, 1021-1086)은 재상이 되어 10여 년 동안 많은 제도개혁을 단행한 뒤 은퇴하여 남경(南京)에서 지냈다. 그 무렵 지은 즉흥시에서 이 말이 유래한다.

"즐거운 모임에서 한 잔 술을 비우려 하는데/ 아름다운 노래는 비단 위에 꽃을 더한다."

여기서 말하는 비단은 술자리와 그 `일대의 경치를 말하고 꽃은 아름다운 노래를 가리킨다.

132

"금상첨화"를 비단이불에 꽃을 뿌린 것이라거나 꽃무늬가 있는 비단이라고 우기는 사람도 있을까? 물론 하루 벌어서 하루 먹는 가난한 사람이 하루의 품삯도 두둑이 받은 뒤에 그런 비단마저 덤으로 얻는다면 그야말로 "금상첨화"가 아닐 수 없다. 그러나 현실에서 가능한 일일까?

재산이 엄청나게 많은 데다가 자녀들을 많이 둔다면 "금상첨화"라고 할 수 있을까? 자녀들이 제대로 사람 구실을 하고 서로 화목하다면 그것은 분명히 "금상첨화"이다.

그러나 그들이 방탕하고 반목하며 재산싸움이나 한다면 차라리 자식이 하나도 없는 것만 못하다. 나라든 집안이든 후계자 자리를 둘러싼 투쟁은 무자비하고 처참한 것이다.

고급 아파트를 가진 사람이 멋진 별장을 마련했다면 그것도 "금상첨화"일까? 별장이란 첩과 같아서 없을 때는 꼭 가지고 싶지만 일단 손에 넣고 나면 관리하는 데 몹시 애를 먹는 애물단지다.

각계각층의 지도자들이 학식도 풍부하고 능력도 뛰어난 데다가 인격마저 훌륭하다면 그보다 "금상첨화"는 없다. 그러나 그런 경우란 꿈속에서나 가능할 것이다. 일반적으로 말하자면 아랫사람들을 쥐어짜고 괴롭히지나 않으면 고맙다고 해야 할 판이 아닐까?

"금상첨화"라고 해서 다 좋은 것은 아니다. 지나친 욕심이 작용하면 거꾸로 "설상가상"도 되기 때문이다.

金城湯池

금성탕지

> 끓는 물의 연못에 둘러싸인 무쇠 성
> 함락시키기가 거의 불가능한 요새

金 쇠; 城 성채; 湯 끓이다; 池 연못

준말:금탕 金湯 / 동의어: 탕지철성 湯池鐵城 / 유사어:금성철벽 金城鐵壁

출처:한서 무신군 괴통전(漢書 武信君 蒯通傳)

> 용감한 사람들에게는 성벽이 필요 없다.
> To brave men walls are unnecessary.(로마속담)
> 튼튼한 성은 적의 포위를 비웃는다.
> Castle's strength will laugh a siege to scorn.(셰익스피어)
> 아무리 튼튼하게 방어해도 돈으로는 매수된다.
> Nothing is so strongly fortified that it cannot be taken by means of money.(키케로)

중국을 최초로 통일한 진(秦)나라도 시황제(始皇帝, 기원전 246-210)가 죽고 난 뒤부터 곧 무너지기 시작했다. 그 때 조(趙)나라의 옛 땅을 무신군(武信君)이 차지했다.

그러자 괴통(蒯通)이 범양(范陽) 군수 서공(徐公)을 찾아가서 사태가 매우 위험하니 무신군에게 항복하라고 권고했다. 괴통은 싸우지 않고서도 여러 고을을 차지하는 방법을 자기가 무신군에게 제시해서 설득해 보겠다는 것이었다. 즉 서공이 항복했는데도 죽인다면 다른 군수들은 "금성탕지"처럼 철통같은 수비태세를 갖추고 무신군의 군대와 싸우려고 할 것이다. 그러면 무신군이 이긴다 해도 엄청난 희생을 치러야 한다. 그러니까 서공을 후하게 대접한다면 다른 군수들도 죽기가 싫어서라도 항복할 것이다. 서공이 괴통을 무신군에게 보냈고 무신군은 괴통의 말에 따랐다. 화북의 30여 개 성이 무신군에게 항복했다.

"금성탕지" 같은 방어태세가 필요하지 않은 나라가 어디 있
겠는가? 그러면 문자 그대로 "금성탕지"인 요새가 국경에
줄줄이 늘어서 있기만 하면 나라가 안전한가?

반드시 그렇지는 않다. 지휘관이 무능하거나 군사들에게 죽
는 한이 있어도 요새를 지키겠다는 각오가 없다면, 겉으로
는 "금성탕지"로 보이는 요새도 하루아침에 뚫린다.

어느 시대나 어느 나라에서나 군
대의 지휘관은 자신의 방어태세가
"금성탕지"와 같다고 보고하게 마
련이다.

시황제

평소에 소신 있게 행동하는 유능
한 지휘관의 보고라면 믿어도 좋
다. 그러나 모든 지휘관이 그런 인
물이라는 보장은 없다. 허위 보고
서가 현실에서는 적지 않다는 것
이 역사의 교훈이다.

임진왜란, 병자호란, 그리고 6.25
때도 그랬다. 특히 한강다리가 폭파되기 직전 국민들에게
안심하라고 한 라디오 방송은 가관이었다.

요즈음도 철통같은 방어태세라는 말을 자주 듣는다. 자주국
방이라는 구호도 있다. 최신식 무기와 군사장비는 "금성탕
지"가 결코 아니다. 실전에서 싸우는 것은 사람이다. 그리고
사람이 죽는다.

琴瑟相和

금슬상화 | 거문고와 비파가 서로 잘 화합한다
부부 사이가 매우 좋다

琴 거문고; 瑟 비파; 相 서로; 和 사이좋다, 화합하다
출처 : 시경 소아 상체편(詩經 小雅 常棣篇)

> 잘 어울리는 한 쌍. / A pair well matched.(로마속담)
> 남편이 훌륭하면 아내도 훌륭하다.
> A good Jack makes a good Jill.(영국속담)
> 화목한 결혼생활은 지상의 천국이다.
> Marriage with peace is the world's paradise.(서양속담)
> 집안, 재산, 나이가 비슷해야 가장 행복한 결혼이 이루어진다.
> Like blood, like property, like age make the happiest marriage.
> (서양속담)
> 아내와 아이들은 청구서다.
> Wife and children are bills of charges.(영국속담)

시경 소아 상체편(詩經 小雅 常棣篇)은 집안의 화합을 노래한 시인데 거기 이런 구절이 있다.

"처자(妻子)가 매우 사이 좋게 지내는 것은/ 거문고와 비파를 타는 것과 같고/ 형제들이 한 집에 모여 화목하고 즐겁기만 하다."

그리고 부부 사이를 금슬이라고 하는 것은 시경 국풍 관저편(詩經 國風 關雎篇)의 "얌전한 처녀를 아내로 맞아 거문고(금슬)를 타며 사이 좋게 지낸다."는 구절에서 유래한다.

건강할 때나 병들었을 때나, 가난할 때나 부자일 때나 변함 없이 서로 사랑하기로 맹세한 것이 부부이다. 그러나 돈이 펑펑 돌아갈 때는 금슬이 좋지만 남편이 부도를 내거나 직장에서 쫓겨났을 때는 아내가 등을 돌리거나 달아난다면, 아니, 남편을 집에서 내쫓아버린다면, 그것은 부부가 아니다. 수십만 백수들에게는 "금슬상화"란 말이 슬픈 전설처럼 들릴 것이다. 희미한 옛 사랑의 그림자란 언제나 슬픈 것이다. 요즈음은 거문고를 타는 부부라면 국악을 연주하는 무대에서나 혹시 볼 수 있을까? 또는 민속박물관에 전시된 밀랍인형 정도일 것이다.

현대식 젊은 부부는 꽹과리와 징을 두드리며 사이 좋게 지낼 것이다. 나이가 좀 든 부부는 바가지를 긁고 냄비를 두드리며 흘러간 옛 노래를 부를 것이다. 거문고도 없는 집의 부부에 대해 금슬이란 말을 쓴다는 것은 시대착오다.

錦衣夜行

금의야행 | 비단 옷 입고 밤길을 걷는다
아무리 출세해도 남들이 알아주지 않는다

錦 비단; 衣 옷; 夜 밤; 行 간다
동의어 : 의금야행 衣錦夜行; 수의야행 繡衣夜行
반대어 : 금의주행 錦衣晝行; 금의환향 錦衣還鄉
출처 : 사기 항우본기(史記 項羽本紀); 한서 항적전(漢書 項籍傳)

> 해가 비치면 달은 보이지 않는다.
> The moon's not seen where the sun shines.(서양속담)
> 대낮에 등불을 들고 다니기.
> To carry a lantern in midday.(서양속담)
> 깃털이 좋으면 새도 아름답다.
> Fine feathers make fine birds.(서양속담)
> 옷이 사람을 만든다. / Clothes make a man.(서양속담)

유방과 천하의 패권을 다투던 항우는 홍문(鴻門)의 잔치 때 유방을 죽일 기회를 놓쳤다. 며칠 뒤에 그는 유방보다 한 발 늦게 진(秦)나라의 수도 함양(咸陽)에 들어가 3세 황제 자영(子嬰)을 죽이고 궁전을 불태웠으며 시황제의 무덤을 파헤쳤다. 그리고 금은 보화를 약탈하고 미녀들을 모두 손아귀에 넣었다. 기원전 206년의 일이었다. 한생(韓生)이 함양을 중심으로 하는 관중(關中) 일대를 근거지로 삼아야 천하를 휘어잡을 수 있다고 건의했지만 그는 자기 고향 강동으로 돌아가고 싶은 마음뿐이었다. 그래서 "엄청난 재산과 높은 지위를 얻고도 고향에 돌아가지 않는 것은 비단옷을 입고 밤길을 걷는 것과 같다. 누가 알아주겠는가?"라고 대꾸했다. 한생은 항우 앞에서 물러난 뒤 항우를 어리석다고 비웃었다. 그래서 화가 난 항우가 그를 죽여버렸다. 그리고 고향에 돌아가 한껏 과시했다. 그러나 머지 않아 유방에게 천하를 뺏기고 말았다.

"금의야행"은 달밤에 체조하기와 같다. 아무도 알아주지 않는다고 해서 야속하게 여기는 모양인데, "금의야행"하는 사람을 누구나 다 알아주는 것이 오히려 이상하지 않은가?

민정시찰이란 원래 고위 관리가 "금의야행"을 해야만 제대로 민정을 파악할 수 있는 것이다. 아무도 그를 알아주지 않아야만 평소에 살아가는 모습을 그대로 보여주는 것이다.

그런데 요란하게 나팔을 불어대면서 돌아다니면 누구나 다 알아주니 민정이 보일 리가 없다. 감사기관의 감사도 마찬가지다. 감사기간을 미리 알려주고 간다면 떳떳하지 못한 구석을 미리 알아서 다 치워놓으라는 신호가 아닌가? 도둑에게 피하라고 미리 알려주는 것과 무엇이 다른가?

불륜관계, 뇌물 주고받기, 인사나 이권의 청탁 등은 "금의야행"처럼 아무도 알아주지 않으면 오히려 당사자들 속이 편안할 것이다. 그러나 아무도 모르는 것 같아도 하늘이 알고 땅이 안다. 비단옷 입고 밤에만 돌아다니는 자들이 떳떳한 짓을 하겠는가?

그런데 요즈음은 이런 자들이 유리창을 새카맣게 칠한 고급 승용차를 타고 대낮에도 마구 돌아다닌다. 역시 "금의야행"이다.

139

箕山之節

기산지절 | 기산의 절개 / 더없이 굳은 절개

箕 키; 山 산; 之 가다, ~의; 節 절개, 마디
동의어: 기산지조 箕山之操; 기산지지 箕山之志; 영천세이 穎川洗耳
출처: 한서 포선전(漢書 鮑宣傳)

아무 것도 원하지 않는 자는 부족한 것이 없다.
He who desires nothing is not in want.(로마속담)
마른 자유인이 뚱뚱한 노예보다 낫다.
Lean liberty is better than fat slavery.(서양속담)
숨어서 잘 산 사람은 훌륭한 인생을 살았다.
He who has lived well in obscurity has lived a good life.
(오비디우스)
오만과 가난은 어울리지 않지만 함께 지내는 경우가 많다.
Pride and poverty are ill met, yet often dwell together.(서양속담)

요임금이 허유(許由)에게 황제의 자리를 물려주겠다고 제의하자 허유는 더러운 말을 들었다고 하면서 영천(穎川)에 가서 귀를 씻었다. 거기서 소에게 물을 먹이려던 소부(巢父)는 더러운 말이 흐르는 시냇물을 소에게 먹일 수가 없다고 말했다. 허유와 소부는 기산으로 들어가 숨어 지냈다. 그들의 절개를 "기산지절"이라고 한다.

그런데 먼 훗날 한나라 때 설방(薛方)은 높은 관직을 주겠다는 제의를 거절하면서 이렇게 말했다.

"나는 기산의 절개를 지키고 싶을 뿐이다."

허유가 황제 자리를 거절한 이유는 뭘까? 그 당시 황제란 어마어마한 정치자금이나 뇌물을 챙기는 자리가 아니기 때문이었을까?

감투를 준다면 권력가의 밑이라도 핥아줄 썩어빠진 무리가 얼마나 많은가! 그들에게 "기산지절"을 설교하다가는 몽둥이로 얻어맞을 것이다.

독재자나 부패한 권력자에게 일회용 반창고로 이용만 당한 저명한 학자와 지식인들이 얼마나 많은가! 그들은 자신이 평생 쌓아올린 명성과 명예를 그 알량한 감투와 바꿔먹지 않았던가?

하기야 나라에 지도자다운 지도자들이 있어야만 "기산지절"을 지킬 인물들도 나오는 법이다. 지도자라고 자처하는 자들이 뒷골목의 조폭들처럼 군다면 그들을 따라다니면서 국물이나 얻어먹는 무리는 그야말로 백성의 피를 빨아먹는 거머리들이다. 권력이라는 거대한 나무에 얼마나 많은 거머리들이 달라붙어 있는가!

기산에 들어가 조용히 살고 싶어도 산마다 그럴 듯한 곳에는 호텔이며 콘도 따위가 들어차고 사방이 쓰레기 더미인데 어딜 들어가 산단 말인가? 차라리 "기산지절"이라는 말을 아예 모르는 것이 더 속 편할지도 모른다.

旣往不咎

기왕불구 | 이미 지나간 일은 탓하지 않는다
지나간 일을 탓해봤자 소용이 없다

旣 이미; 往 가다; 不 아니다; 咎 허물
동의어 : 기왕물구 旣往勿咎
출처 : 논어 팔일편(論語 八佾篇)

> 지나간 것은 지나간 것이다. / Let bygones be bygones.(서양속담)
> 사람은 누구나 잘못을 한다. / It is human to err.(로마속담)
> 무차별적이고 일반적인 사면은 옳지 않다. 모든 사람을 용서해주는 것은
> 아무도 용서하지 않는 것과 똑같이 잔인한 것이다. / It is not right to
> show promiscuous and general clemency, and to forgive
> everyone is as much cruelty as to forgive no one.(세네카)
> 남을 참아주면 남도 너를 참아줄 것이다.
> By bearing others, you shall be borne with.(로마속담)

노나라 애공(哀公)이 공자의 제자인 재아(宰我)에게 나라를 지켜주는
수호신의 제단 사(社)에 관해서 물었다. 재아는 제단 주위에 심는 나무에
관해 이렇게 말했다.

"하나라는 소나무를, 은나라는 잣나무를 심었습니다. 그리고 주나라는
밤나무(栗)를 심었는데 이것은 백성들이 전율(戰慄)하게 만들려는 의도였
습니다."

밤나무 율(栗)과 전율의 율(慄)의 발음이 같아서 그렇게 말했을 것이
다. 그러나 그 이야기를 전해들은 공자는 노나라 애공이 백성들을 한층
가혹하게 다스릴까 염려했다. 그래서 재아를 만났을 때 공자는 "기왕불
구"라고 그를 꾸짖었던 것이다. 지나간 일을 가지고 경솔하게 이러쿵저
러쿵 하지 말라는 뜻이다.

10년 전, 심지어는 30년 전 일을 끄집어내서 상대방을 공격하는 사람도 적지 않다. 특히 여자들이 그렇다. 상대방은 그런 일이 있었는지 까맣게 잊어버리고 있는데 공격하는 쪽에서는 용하게도 기억하고 있는 것이다.

천재적인 두뇌의 소유자들이다. 그러나 그들은 매우 중요해서 반드시 기억해 두어야 할 일은 기억하지 못한다. 아니, 기억하지 못하는 척한다. 자기에게 불리한 것이기 때문이다. 너무나도 영악하다. 이런 사람들에게는 "기왕불구"라는 가르침이 반드시 필요하다.

반면에 "기왕불구"를 무조건하고 "과거를 묻지 마세요"로 알아듣는 사람들도 많다. 상대방이 과거를 전혀 뉘우치지 않는데도 무조건 용서해주는 것이 미덕이라고 착각하는 것이다. 수천, 수만 명을 대량으로 사면해주는 것도 그렇고, 게다가 특정인들에 대해서는 복권까지 해주는 것도 그렇다. 모든 사람을 그렇게 사면 복권해준다면 또 말이 다르다. 그러나 자기편에 속하는 사람들만 특별히 봐주기 위해서 그런 일을 한다면 법질서를 파괴하는 일이다.

뉘우치지도 않는 자에게 "기왕불구"를 적용하는 것은 자신의 범죄에 대해서도 언젠가는 "기왕불구"로 봐달라는 교묘한 술책에 불과하다.

杞憂

기우 | 기나라 사람의 근심 / 쓸데없는 걱정

杞 나라 이름; 憂 근심하다
원어 : 기인지우 杞人之憂
출처 : 열자 천서편(列子 天瑞篇)

> 당나귀의 뿔을 무서워한다.
> You are afraid of a donkey's horn.(아프리카 속담)
> 지금 당장 하늘이 무너지면 어떡하나?
> What if the heavens should now fall?(테렌시우스)
> 걱정은 고양이마저도 죽인다. / Care kills even a cat.(서양속담)
> 걱정거리가 닥칠 때까지는 걱정하지 마라.
> Never trouble yourself with trouble till trouble troubles you.
> (서양속담)

주 왕조 시대 기(杞)나라에 하늘이 무너지지나 않을까, 땅이 꺼지지나 않을까 날마다 걱정을 하는 사람이 있었다. 하늘은 공기가 쌓인 것이니 무너질 염려가 없다고 설명해주면 해와 달과 별들이 떨어질지도 모른다고 걱정했다.

해와 달과 별들도 공중에서 광채를 발산하고 있을 뿐이라고 말해주면 이번에는 땅이 꺼질지도 모른다고 걱정했다. 그래서 땅은 흙이 모인 곳이고 사방에 흙이 있다고 말해주자 그제야 안심했다고 한다.

열자(列子)는 "천지가 파괴되는 일은 없다고 말하는 것도 역시 잘못이다. 그런 것을 인간이 어떻게 알 수 있겠는가?"라고 말했다.

걱정 가운데는 "기우" 즉 아무 소용도 없는 것이 참으로 많다. 로또 복권을 산 뒤에 당첨이 안 되면 어떡하나 걱정한다면 그것은 정말 아무 짝에도 소용이 없는 "기우"에 불과하다. 당첨이 되고 안 되고 하는 것은 자기 힘이 도저히 미칠 수 없는 순전한 우연에 달린 것이다.

역에서 열차를 기다리면서 열차가 안 오면 어떡하나 걱정하는 것도 마찬가지다. 입학시험이나 신입사원 채용시험을 보고 나서 떨어지면 어떡하나 걱정하는 것도 역시 "기우"이다. 열차가 올 때까지, 시험결과가 나올 때까지 기다리면 그만이다.

유권자가 투표를 다 끝냈는데 후보자가 낙선하면 어떡하나 걱정한다면 그것처럼 어리석은 짓은 없을 것이다. 개표가 한창 진행중일 때 자신의 지지표가 적다고 걱정하는 것도 "기우"다.

세상에서 가장 쓸데없는 걱정은 "언젠가 내가 죽으면 어떡하나?"라는 것이다. 때가 되면 가는 것이다. 그만큼 지상에서 삶을 누린 것만 해도 고맙게 여기면 된다. 무엇을 손해보았단 말인가? 그러나 단 한 가지, 나라가 망하면 어떡하나 하는 걱정은 절대로 "기우"가 아니다. 많은 사람이 날마다 걱정하는 것이 바로 그것이다.

騎虎之勢

기호지세 | 호랑이를 올라타고 달리는 기세
중도에서 멈출 수 없는 형세

騎 말 타다; 虎 호랑이; 之 가다, ~의; 勢 세력, 형세
동의어 : 기수지세 騎獸之勢
출처 : 수서 독고황후전(隋書 獨孤皇后傳)

나는 늑대의 귀를 잡고 있다. / I hold a wolf by the ears.(테렌시우스)

도중에서 그만두지 마라. / Never do thing by halves.(서양속담)

사자를 타고 달릴 때는 그 발톱을 조심하라.

When you ride a lion beware of his claw.(아랍속담)

연기하는 것은 절반은 포기하는 것이다.

What one puts off is half abandoned.(코르네이유)

발각된 악당은 지독한 바보다.

A knave discovered is a great fool.(서양속담)

남북조 시대 말기에 북쪽의 마지막 왕조인 북주(北周)의 선제(宣帝)가 죽자 수상 양견(楊堅)이 나라 일을 총지휘했다. 그는 선비족이 세운 왕조를 타도할 음모를 꾸미기 시작했다. 이미 그의 의도를 알고 있던 독고(獨孤)부인이 그에게 글을 보냈다.

"당신은 이미 호랑이를 올라타고 달리는 기세이기 때문에 도중에 내릴 수가 없습니다. 내리면 호랑이에게 잡혀 먹히고 맙니다. 그러니까 끝까지 일을 성취하십시오."

아내의 그러한 격려에 힘입어 양견은 나이 어린 정제(靜帝)를 폐위시켰다. 그리고 그는 수(隋)나라의 문제(文帝, 재위 589-604)가 되었고 8년 뒤 중국을 다시 통일했다.

"기호지세"라고 해서 누구나 수나라의 문제처럼 성공하는 것은 결코 아니다.

흥청망청 정신없이 돈을 쓰다가 카드 빚에 몰린 경우는 "기호지세"다. 수십 장 카드로 요리조리 막아봤자 빚은 늘어가기만 한다.

월드컵 시합 때 선수가 볼을 몰고 골대를 향해 돌진한다. 앞에서 상대편 선수가 가로막는다. 그 때 그 선수는 이미 "기호지세"다. 우물쭈물해서는 안 된다.

슛이 성공하든 빗나가든 무조건 슛을 하고 보는 것이다. 골인! 우와! 아니! 그게 아니다! 볼이 골의 가로 대를 맞고 튀어나온다. 그렇다고 주저앉아 탄식하면 바보다.

奇貨可居

기화가거 | 진귀한 물건은 확보해두는 게 좋다
나중에 이용가치가 큰 사람을 돌보아준다

奇 기이하다, 진귀하다; 貨 재물; 可 옳다, 허락하다; 居 거주하다, 있다
출처 : 사기 여불위 열전(史記 呂不韋 列傳)

> 적은 빚은 채무자를 만들지만 많은 빚은 원수를 만든다.
> A little debt makes a debtor, but a great one an enemy.(서양속담)
> 탐욕은 우리 눈을 멀게 한다. / Avarice blinds our eyes.(서양속담)
> 모든 것을 탐내면 모든 것을 잃는다. / All covet, all lose.(서양속담)

전국시대 말기 한(韓)나라의 여불위(呂不韋, 기원전 ?-235)는 손이 큰 상인이었는데 물건을 사려고 조(趙)나라의 수도 한단(邯鄲)에 갔다. 그는 진(秦)나라 소양왕(昭襄王)의 태자 안국군(安國君)의 서자인 자초(子楚)가 인질로 잡혀서 그곳에 살고 있다는 것을 우연히 알았다.

안국군은 서자를 20명이나 두고 있었다. 여불위는 바로 그 자초가 진 귀한 보물이라고 깨달았다. 나중에 크게 이용가치가 있을 것이라고 판단한 것이다.

그는 막대한 자금을 풀어서 자초가 안국군의 뒤를 이을 태자가 되도록 공작해서 성공했다. 게다가 자기 씨를 밴 첩 조희(趙姬)를 자초에게 아내로 내주기까지 했다.

자초가 진나라의 장양왕(莊襄王, 재위 기원전 250-247)이 되자 여불위는 수상이 되었다. 그리고 조희가 낳은 아들은 중국을 최초로 통일한 시황제가 되었다. 시황제는 사실 여불위의 아들이다.

그러나 사람 팔자는 알 수가 없다. 여불위는 나중에 자신이 황제가 되려는 음모를 꾸미다가 실패한 뒤 촉(蜀) 지방으로 떠나라는 시황제의 명령을 받자 독을 마시고 자결했다.

권력층과 부유층에는 "기화가거"라는 말만 믿고 그림, 붓글씨, 골동품 등을 마구 사재는 사람들이 적지 않다. 그런데 그들은 여불위와 전혀 다르다.

그들은 보물을 알아보는 안목이 거의 없다. 번번이 가짜에 속는다. 게다가 아무 것도 희생하지 않고 가만히 앉아서 값이 치솟기만 기다린다. 바라던 결과가 나오는 경우가 매우 드문 것은 당연하지 않은가!

뼈빠지게 번 돈으로 가난한 남자 애인의 공부 뒷바라지를 하는 여자의 경우도 "기화가거"를 노리는 심리가 무의식적으로 작용하고 있을 것이다.

그러나 남자가 고시에 합격하여 출세했을 때 가난했던 시절의 애인을 버리지 말라는 법도 없다. 그는 더 큰 "기화가거"를 노릴 것이다.

세상에서 가장 진귀한 보물, 반드시 확보해두지 않으면 안 되는 보물이 무엇인지 아는가? 진짜 "기화"란 멀리 있는 것이 아니다. 그것은 바로 각자의 양심이다.

양심이라는 보물을 잘 간직해둔다면 언젠가는 크게 이익을 볼 것이다. 당장은 돈이나 출세에 도움이 못 된다 해도 이승을 하직할 때 만족감을 줄 것이다. 그보다 더 큰 이익이 어디 있는가? 그러나 마지막 순간까지 양심이 주는 선물을 몇 명이나 받을 것인가?

나

落魄

낙백 | 넋이 달아나다
　　일정한 직업이 없고 너무 가난해서 끼니도 잇지 못하는 신세

落 떨어지다; 魄 넋
출처 : 사기 역생 육가열전(史記 酈生 陸賈列傳)

> 그는 목매달 밧줄을 살 돈조차 없다.
> Nor has he a penny left to buy a rope with.(로마속담)
> 죽겠다는 말은 절대 하지 마라.
> Never say die.(서양속담)
> 굶주린 백성은 아무 것도 두려워하지 않는다.
> Starving populace knows nothing of fear.(로마속담)

　　역이기(酈食其)는 나이 60이 넘었는데도 진(秦)나라 말기에 고향 마을의 입구를 지키는 천한 일이나 하고 있었다. 너무 가난하고 먹을 것도 입을 옷도 없어서 "낙백" 상태 즉 넋이 달아날 지경이었다. 그런데도 도도한 자세를 취하여 사람들은 그를 미친 늙은이라고 불렀다.

　　그러다가 유방(劉邦, 고조 高祖)에게 추천되어 제후들을 유방 편으로 끌어들이는 일에 큰 공을 세웠다. 그는 제나라의 제후를 설득하여 유방에게 항복하도록 만드는 데도 성공했다.

　　그러나 그의 재능을 시기한 한신(韓信)이 유방의 군사를 이끌고 제나라를 공격했다. 그의 계획을 좌절시키려는 속셈이었다. 제나라의 제후는 역이기에게 속았다고 오해해서 그를 끓는 기름 가마에 넣어 죽여버렸다.

　　한신도 한 때는 시장 바닥에서 남의 가랑이 밑을 기어서 지나갈 정도로 수모를 겪는 "낙백" 상태였다. 역이기를 죽인 그는 제후의 신분이 되었지만 유방이 천하를 다시 통일하자 반역죄로 몰려 잡혀서 죽었다.

직장도 없고 신용 불량자로 낙인이 찍히면 "낙백"이다. 빚에 몰려 꼼짝달싹도 못하는 경우도 "낙백"이다. "낙백"의 처지에 빠진 사람들 가운데는 스스로 목숨을 끊는 사람도 있고 일가족이 동반자살하는 경우도 있다.

심지어 "살려주세요"라고 애원하는 자기 어린 자녀들을 고층건물에서 내던져서 죽인 후에 투신자살한 비정한 여인도 있다. "낙백"이 되면 눈앞이 캄캄하고 내일이 보이지 않는다. 죽을 맛이다. 그러니까 손쉽게 자살이라는 현실도피 방법도 택하는 것이다.

그러나 앞길이 막막한 빈곤에 빠졌다고 해서 누구나 다 자살하는 것은 아니다. 가난하다고 해서 누구나 다 도둑질을 한단 말인가?

실제로는 엄청난 재산이 있으면서도 모두 남의 명의로 해놓았기 때문에 법률상으로는 무일푼인 사람들은 가짜 "낙백"이다. 이런 가짜들이 판치는 세상은 참으로 한심하다.

사방에서 대들보가 부러지고 기둥이 무너지는 소리가 들린다. 그런데도 고위층과 특권층은 날마다 태평성대를 노래한다. 힘없고 어리석은 진짜 "낙백"들의 죽음은 그들 눈에 보이지 않는다.

洛陽紙貴

낙양지귀 | 낙양의 종이 값이 올라간다 / 베스트셀러가 등장했다

洛 낙수(강 이름); 陽 햇빛; 紙 종이; 貴 귀중하다, 드물다
원어 : 낙양지가귀 洛陽紙價貴 / 동의어 : 낙양지가고 洛陽紙價高
출처 : 진서 문원전(晉書 文苑傳)

> 많은 독자의 인기를 얻으려고 애쓰지 말고 소수의 독자로 만족하라.
> Do not labour that the crowd may admire you, but be
> satisfied with a few readers.(호라시우스)
> 책들은 각각 그 운명이 있다.
> Books have their fates.(테렌시우스 마우루스)
> 유명한 책은 매우 나쁘다.
> A great book is a great evil.(칼리마쿠스)

서진(西晉, 265-316)의 좌옹(左雍)은 말단 관리였지만 학식을 인정
받아 검찰총장이 된 인물이다. 그런데 그의 아들인 시인 좌사(左思,
250?-305?)는 얼굴이 매우 못 생기고 말주변도 형편이 없어서 사람들
의 멸시를 받았다. 그러나 그는 남보다 한층 더 노력해서 훌륭한 문장가
가 되었다. 낙양으로 이사한 그는 촉한(蜀漢)의 성도(成都), 오(吳)나라의
건업(建業, 南京), 위(魏)나라의 업(鄴) 등 삼국지에 나오는 세 나라의 수
도의 모습을 테마로 10년에 걸쳐서 장편 서사시 삼도부(三都賦)를 썼다.
아무도 알아주지 않았다. 그러나 당시 가장 저명한 학자 황보밀(黃甫謐)
이 서문을 쓰고, 각료인 장화(張華)가 입에 침이 마르도록 칭찬하자 사태
가 갑자기 변했다. 낙양에서 한 가닥 한다는 사람들이 앞을 다투어 그
시를 베껴갔다. 좌사의 삼도부는 하루아침에 베스트셀러가 된 것이다.
그러자 낙양 일대에서 종이를 구하기 어렵게 되어 종이 값이 치솟게 되
었다. 그 후 "낙양지귀"라고 하면 베스트셀러라는 말이 되었다.

낙양의 저명인사들이 삼도부를 다투어 베껴간 것은 그것을 읽어보지 못했다고 하면 체면이 서지 않았기 때문이다. 또한 남이 하니까 나도 한다는 식으로 줏대도 없이 이리 몰리고 저리 몰리는 군중심리도 작용했다.

요즈음도 유식한 척하기 위해서 그리고 값싼 군중심리에 휩쓸려서 소위 베스트셀러라고 하는 책을 사는 사람이 많다. 텔레비전에 소개된 책이니까 산다. 인기작가가 쓴 책이니까 산다. 인기 탤런트가 좋다고 하는 책이니까 산다. 남들이 사니까 나도 산다. 그러나 책의 내용은 살펴보지도 않고 무조건 산다. 그 책이 자기에게 필요한 것인지 아닌지도 상관하지 않고 무조건 산다. 사는 것 자체가 목적이지 그 책을 제대로 읽어보지도 않는다.

출판사마다 자기네 책이 베스트셀러라고 광고한다. 꾼들을  동원해서 자기 책을 사재기하는 사기 수법도 쓴다. 저질 만화, 학습서, 참고서 등이 서점에서 홍수를 이룬다. 그래서 서울의 종이 값이 올라간다. 그야말로 "낙양지귀"이다.

難兄難弟

난형난제 | 형이 되기도 어렵고 동생이 되기도 어렵다
서로 비슷해서 우열을 가리거나 등급을 매기기가 어렵다

難 어렵다; 兄 형; 弟 동생
출처 : 세설신어 덕행편(世說新語 德行篇)

> 순교자들을 자랑할 수 없는 종교는 없다.
> No religion but can boast of its martyrs.(서양속담)
> 무신론자는 악마보다 한 점 더 얻는다.
> An atheist is got one point beyond the devil.(서양속담)
> 사제에게 필요한 기술은 마술보다 나을 것이 없다.
> Priest-craft is no better than witchcraft.(서양속담)

후한 말기에 지위가 낮은 지방 관리였지만 훌륭한 학자인 진식(陳寔, 104-187)은 "양상군자(梁上君子)" 즉 대들보 위의 군자(도둑놈이란 뜻)라는 말을 만들어 낸 것으로 유명하다.

그는 두 아들 기(紀)와 심(諶)과 더불어 "3명의 군자"라고 칭송을 받았다. 그의 손자 두 명이 어느 날 자기 아버지가 더 뛰어난 인물이라고 우기면서 말다툼을 벌였다.

그들은 할아버지 진식에게 가서 우열을 가려달라고 졸라댔다. 그러자 진식은 "맏아들이 형이 되기도 어렵고 둘째가 동생이 되기도 어렵다."고 대꾸했다.

형제가 둘 다 훌륭하다. 그러니까 훌륭한 동생을 둔 형은 형 노릇 하기가 어렵고, 동생도 훌륭한 형 밑에서 동생 노릇 하기가 어렵다. 누가 더 낫고 누가 더 못한지를 가려내기 힘들다는 말이었다.

진식은 손자들이나 두 아들의 기분을 상하게 만들고 싶지 않았기 때문에, 그리고 어느 한쪽의 원망을 사기 싫어서 그렇게 대답하여 난처한 지경을 모면하려고 한 것은 아니다. 말하자면 기회주의 식으로, 이쪽도 좋고 저쪽도 좋다는 식의 무책임한 대답을 한 것은 결코 아니다.

그러니까 "난형난제"란 말은 제법 훌륭한 사람들을 비교할 때 사용해야 제 격이다. 무식한 졸부들, 조직폭력배들 또는 썩은 정치인이나 관리들을 비교할 때 이 말을 사용하면 웃음거리가 된다. 그럴 때는 "도토리 키 재기"라는 우리 속담을 인용해야 맞는다.

대통령 선거나 국회의원 선거를 비롯한 각종 선거에 후보자  들이 여러 명 나왔을 때 사람들은 대개 "난형난제"가 아니라 "도토리 키 재기"라고 말한다.

南柯一夢

남가일몽 | 남쪽 나뭇가지에서 꾼 짧은 꿈 / 꿈과 같이 덧없는 인생

南 남쪽; 柯 나뭇가지; 一 하나; 夢 꿈
동의어 : 남가지몽 南柯之夢; 남가몽 南柯夢; 괴몽 槐夢
유사어 : 한단지몽 邯鄲之夢; 무산지몽 巫山之夢; 일장춘몽 一場春夢
출처 : 당나라 이공좌(李公佐)의 소설 남가태수전(南柯太守傳)

> 모든 것은 헛수고이고 먼지이며 아무 것도 아니다.
> All things are a mockery, all things are dust, and all things
> are nothing.(로마속담)
> 인생이란 죽음을 향한 여행이다.
> The whole life is nothing but a journey to death.(세네카)

당나라 덕종(德宗, 재위 779-805) 시절, 광릉(廣陵) 지방에 사는 순우분(淳于棼)이 술에 취해서 자기 집 앞의 커다란 홰나무 아래 쓰러져 잠이 들었다. 얼마 후 그는 괴안국(槐安國) 국왕의 사신 두 명을 따라서 홰나무 구멍으로 들어가 국왕을 만났다.

국왕은 수도를 옮겨야 할 때가 왔다고 말하고는 그를 고향으로 돌려보냈다. 순우분은 고향으로 돌아갔다. 잠에서 깨어난 것이다. 그는 홰나무 뿌리를 자세히 살펴보았다. 커다란 구멍 속에 수많은 개미들이 우글거리고 한가운데 왕개미 두 마리가 있었다. 그곳이 괴안국. 그리고 남쪽으로 뻗은 가지는 자기가 꿈속에서 다스렸던 남가군이었다.

그날 밤에 비가 내렸다. 다음 날 순우분이 개미구멍을 찾아가 보았더니 개미는 한 마리도 남지 않았다. 국왕이 수도를 옮길 때가 되었다는 말이 생각나서 그는 고개를 끄덕거렸다. 그리고 수십 년 살아가는 인생도 덧없는 한 바탕 꿈에 불과하다고 깨달았다.

헛되고 헛되다. 모든 것이 헛되다. 이것은 소설에 나오는 말이 아니다. 예루살렘의 왕이 사방을 정복하고 온갖 부귀영화를 다 누리고 나서 죽기 전에 남긴 말이다. 인생이 "남가일몽"이라는 사실을 그는 뒤늦게 깨달은 것이다.

중국을 최초로 통일한 진시황제가 가장 두려워한 것은 바로 죽음이었다. 그래서 죽음을 막아줄 불사약을 찾아오라고 사방에 부하들을 보냈다. 그의 부하들은 돌아오지 않았다.

천하통일이라는 대망을 달성한 진시황제도 10년 뒤에 죽었다. 그리고 얼마 후 진나라는 망했다. 천하통일도 황제의 자리도 "남가일몽"이었다. 그러나 진시황제는 "남가일몽"이라는 말의 뜻을 깨닫지 못하고 죽었을 것이다. 어마어마한 지하묘지를 남긴 그가 "남가일몽"을 깨달았을 리가 없다.

조상의 묘를 소위 명당자리에 이장하거나 자신의 호화묘지를 미리 마련해 두는 부유층과 정치인들 따위도 "남가일몽"이 무엇인지 알 리가 없다.

濫觴

남상 | 술잔을 채우고 넘칠 정도로 적은 분량의 물
모든 사물의 시초, 시작, 기원

濫 넘치다; 觴 술잔
동의어 : 효시 嚆矢; 권여 權與
출처 : 공자가어 삼서편(孔子家語 三恕篇); 순자 자도편(荀子 子道篇)

> 아무도 스스로 태어나지 않는다.
> No one is born for himself.(로마속담)
> 강물은 샘이 필요하다. / Rivers need a spring.(서양속담)
> 모든 것의 시초는 작은 것이다.
> The beginnings of all things are small.(키케로)
> 모든 것은 반드시 시작이 있다.
> Everything must have a beginning.(이탈리아 속담)
> 작은 시작이 큰 결말을 낳는다.
> Small beginnings make great endings.(프랑스 속담)

공자의 제자인 자로(子路, 기원전 543~480)는 용감하지만 성미가 급하고 행동이 거칠었다. 하루는 그가 화려하고 멋진 옷을 입고 뽐내면서 나타났다. 그러자 공자가 타일렀다.

"양자강은 민산(岷山)에서 시작된다. 아무리 양자강이 넓고 큰 강이라 해도 맨 꼭대기에서 처음 시작할 때는 술잔을 채우고 넘칠 정도로 적은 분량의 물에 불과하다. 네가 그런 옷차림으로 으스대고 있으니 누가 감히 충고를 해주겠느냐?"

적은 물줄기들이 모여서 도도하게 흐르는 양자강의 강물을 만들듯 다른 사람들의 사소한 충고라도 모두 잘 받아들여야만 큰 인물이 될 수 있다는 뜻이었다. 자로는 수수한 옷으로 갈아입은 뒤 다시 공자에게 갔다.

될성부른 나무는 떡잎부터 알아본다. 거대한 나무의 "남상"은 떡잎을 내는 씨에 있다. 종자가 신통치 않으면 거목으로 클 수가 없다.

무슨 일이든지 시작이 중요하다. 누구나 다 아는 사실이다. 그래서 사람들은 아침마다 굳게 결심한다. 오늘 하루를 보람있게 보내자고. 새해 첫날 아침에는 "새해의 결심"이라는 것도 한다. 그러나 지나고 보면 후회할 일이 많다. 왜 그럴까?

그것은 사람들의 마음이 욕심과 오만에 가득 차 있기 때문이다. 자기만 잘 살겠다는 욕심, 자기만 잘났다고 으스대는 오만이 일을 망가뜨리는 것이다. 후회와 불행의 "남상" 즉 그 뿌리나 기원은 바로 지나친 욕심과 오만에 있다.

시작이 반이다. 이것도 시작이 가장 중요하다고 강조하는 말이다. 그러나 시작만 그럴듯하게 해놓고는 흐지부지하는 경우가 많다. 부정부패, 정경유착 등을 뿌리 뽑겠다고 큰소리치면서 처음에 송사리들만 몇몇 잡아들이고는 우물우물 구렁이 담 넘어가듯 세월만 보내는 경우도 적지 않다.

시작이 반이라고 해서 시작을 두 번만 하면 일은 다 완성되는가? 나라의 멸망이든 회사의 파산이든 그것의 "남상"은 지도층의 무능, 부패, 그리고 탐욕에 있다.

南風不競

남풍불경 | 남풍은 강하지 못하다 즉 남쪽지방 노래는 씩씩하지 못하다
노래와 풍속을 보면 국력이 강한지 여부를 알 수 있다

南 남쪽; 風 바람; 不 아니다; 競 다투다, 굳세다
출처 : 춘추좌씨전(春秋左氏傳) 양공(襄公) 18년 조(條)

> 나라마다 고유한 풍속이 있다.
> Every country has its custom.(서양속담)
> 풍습은 사소한 것이 아니다.
> Customs are not a small thing.(플라톤)
> 사람이 있는 곳에 습관이 있다.
> Where there are men, there are manners.(로마속담)

춘추시대 말엽인 기원전 555년. 당시 제후들이 진(晉)나라를 우두머리로 삼고 연합군을 편성했다. 횡포가 심한 제(齊)나라를 토벌할 목적이었다.

그런데 정(鄭)나라 고관인 자공(子孔)은 진나라와 등진 채 남쪽의 초나라 군대를 끌어들여 정나라의 고관들을 모두 제거하고 권력을 독점하려는 흑심을 품었다. 초나라 장왕이 군대를 내주었다.

그러나 초나라 군대는 정나라의 성을 점령하지 못하고 철수하고 말았다. 어치산(魚齒山) 근처를 지날 때는 폭우를 만났는데 마침 추운 겨울철이라서 군사들도 말도 거의 대부분이 얼어죽었다.

초나라 군대가 정나라에 진격한다는 말을 듣자 진나라의 음악담당 고관인 사광(師曠)은 "걱정할 것 없다. 남쪽지방 노래는 씩씩하지 못하고 죽는 소리가 많다. 초나라 군대는 반드시 패배할 것이다."라고 말했다.

이혼율이 급증하고 가정이 무너진다. 학교교육이 무너진다. 관리들도 노조를 만들어 집단행동을 한다. 경제성장이 정지된다. 기업들이 해외로 달아난다. 실업자가 홍수 진다. 그런데도 유행하는 노래라고 하면 사랑과 이별과 눈물을 빼면 없다.

연속극, 쇼, 코미디는 왜 이토록 많은가? 일년에 책을 한 권도 안 읽는 사람들이 모인 나라에 문화장관은 왜 필요한가? "남풍불경"은 북쪽 사람들이 남쪽 사람들을 경멸하는 소리이기도 하다. 그런데 남쪽이 그렇게 우습게 보인다면 북쪽은 왜 신형무기 개발에 그토록 열을 올리는가? 북쪽은 무엇이 그렇게도 겁나는가?

또 남쪽의 "혁신" 세력은 북측의 비위를 맞추려고 하는 듯이 국제사회에 인상을 주는 이유는 무엇인가? 역시 "남풍불경"이라고 스스로 자인하는 것인가? 한편 우리는 언제 우리 남쪽을 향해서 "남풍불경"이라고 큰소리칠 수가 있을까? 그런 소리를 하고도 손해를 안 볼 만큼 우리는 국력이 튼튼한가?

囊中之錐

낭중지추 | 주머니 속의 송곳 / 숨은 인재
재능이 탁월하면서도 세상에 알려지지 않은 사람

囊 주머니; 中 가운데, 속; 之 가다, ~의; 錐 송곳
동의어 : 추처낭중 錐處囊中
출처 : 사기 평원군 열전(史記 平原君 列傳)

> 요리사는 칼로 증명된다.
> A cook is known by his knife.(서양속담)
> 사랑과 연기는 감출 수 없다.
> Love and smoke can not be hidden.(서양속담)

전국시대 말엽, 조(趙)나라의 수상 평원군(平原君, 기원전 ?-251)이 진(秦)의 침입을 막기 위해 초나라의 지원군을 요청하려고 떠나게 되었다. 그의 저택에는 수천 명의 추종자들이 살고 있었다.

그는 초나라에 데리고 갈 수행원을 20명만 선발하려고 했는데 19명은 뽑았지만 나머지 한 명은 누구로 해야 좋을지 몰라 망설이고 있었다. 그 때 그의 저택에서 3년이나 밥을 얻어먹던 추종자 모수(毛遂)가 나섰다. 평원군이 코웃음치며 말했다.

"재능이 탁월한 인재는 '주머니 속의 송곳'과 같아서 숨어 있어도 드러나는 법이다. 그러나 너는 내 밑에서 3년이나 지냈지만 이름이 알려진 적이 없지 않은가?"

"그것은 저를 주머니 속에 넣은 적이 한번도 없었기 때문이지요. 저를 주머니 속에 넣어주신다면 송곳은 물론 그 손잡이까지도 드러내 보이겠습니다."

모수는 수행원으로 발탁되었고 초나라의 지원군을 얻어내는 데 큰 공을 세웠다.

요즈음은 자기를 유능한 인재라고 인터넷에 스스로 추천하는 시대이다. 응원부대까지 동원해서 수많은 사람들의 추천을 받은 듯이 위장하는 일도 부지기수이다.

그런 사람들이 하나같이 모수처럼 훌륭한 "낭중지추"라면 얼마나 좋을까? 그들이 정말 "낭중지추"라면 우리 나라는 하루아침에 미국을 제치고 온 세계에 호령하는 슈퍼 강대국이 될지도 모른다.

어쨌든 자칭 타칭 인재라고 나서는 자들이 많은 것을 보면 "낭중지추"가 맞기는 맞다. 송곳은 분명히 송곳이다. 다만 그런 사람들은 주머니를 찢거나 구멍이나 뚫는 송곳일 뿐이다. 나라를 망치는 송곳이란 말이다.

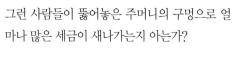 그런 사람들이 뚫어놓은 주머니의 구멍으로 얼마나 많은 세금이 새나가는지 아는가?

老馬之智

노마지지 | 늙은 말의 지혜
상대방이 누구이든 가리지 말고 배울 점이 있으면 배워라

老 늙다; 馬 말; 之 가다, ~의; 智 지혜
유사어 : 노마지교 老馬之敎; 노마지도 老馬知道
출처 : 한비자 설림편(韓非子 說林篇)

> 늙은 개가 짖으면 충고를 해주는 것이다.
> If the old dog barks, he gives counsel.(서양속담)
> 젊은 군사는 늙은 말이 필요하다.
> A young trooper should have an old horse.(서양속담)
> 경험은 값진 선물이지만 늙은이만 얻는다.
> Experience is a precious gift, only given a man when his hair
> is gone.(터키 속담)

제(齊)나라 환공(桓公, 재위 기원전 685-643) 시절. 수상인 관중(管仲, 기원전 ?-645)이 환공을 모시고 고죽국(孤竹國)을 정벌하러 봄에 떠났다. 싸움은 겨울이 되어도 끝나지 않았다. 행군을 하다가 산 속에서 길을 잃자 관중이 말했다.

"이러한 경우에는 늙은 말의 지혜를 이용하는 것이 좋습니다."

늙은 말은 여러 군데를 돌아다닌 경험이 풍부하니까 길을 잘 알 것이라는 뜻이었다. 그는 늙은 말을 풀어놓고 그 뒤를 따라가서 길을 다시 찾았다.

청춘은 아름답다. 활기 차고 멋지다. 의욕에 넘친다. 그러나 경험이 부족하고 아는 것도 그리 많지 않기 때문에 실수가 많다. 실수하는 것도 청춘의 특권이다! 그렇지만 청춘이란 어차피 눈 깜짝할 사이에 지나가고 마는 것이다. 오늘의 늙은이도 어제는 젊은이였다.

45세에 정년퇴직이 소위 "사오정"이다. 56세에도 현직에 붙어 있으면 도둑놈이라는 것이 소위 "오륙도"다. 우스개 소리나 농담에 그치는 말이 아니다. 현실이다.

늙은 말들은 지혜를 빌려주지 않는다. 젊은것들이 시궁창에 빠지든 아니면 악독한 주인 만나 종살이를 하든 늙은 말들은 고개를 돌린다.

관중은 말도 못하는 말의 지혜마저도 배우려는 겸손한 자세 때문에 위기를 넘겼다. 그런데 말도 잘하고 일도 잘하며 경험도 풍부한 노년층을 일자리에서 추방하는 것은 안 된다.

그리고 45세든 56세든 심지어 67세든 그들이 어째서 늙은이란 말인가? 요즘같이 평균수명이 높아만 가는 세상에서는 나이가 적어도 80 가까이는 되어야 늙은이가 아니겠는가? 과학이 한참 발달하고 나면 나이가 100세는 넘어야 늙은이 대접을 받을지도 모른다.

勞而無功

노이무공 | 노력은 하지만 그 보람이 없다 / 헛수고

勞 수고롭다; 而 그리고; 無 없다; 功 공적, 보람
출처 : 관자 형세편(管子 形勢篇); 장자 천운편(莊子 天運篇); 순자 정명편(荀子 正名篇)

> 너는 물 위에 글을 쓴다.
> You are writing in water.(로마속담)
> 바구니에 물 붓기.
> To put in water in a basket.(서양속담)
> 소경에게 거울이 무슨 소용이냐?
> What has a blind man to do with a mirror?(로마속담)
> 태양에게 빛을, 하늘에게 별들을, 개구리에게 물을 빌려준다.
> To lend light to the sun; stars to the heavens; water to frogs.
> (로마속담)

공자가 위(衛)나라에 갔을 때 그곳의 사금(師金)이 안연(顏淵)에게 그의 스승 공자에 관해서 이렇게 평가했다고 장자(莊子)는 기록했다.

"옛날과 현재는 물과 육지처럼 다르고 주나라와 노나라는 배와 수레처럼 전혀 다르다. 그런데 공자는 주나라의 도를 노나라에서 실시하려고 하는데 그것은 육지에서 배를 끌고 가려는 것과 같다. 애는 쓰지만 그 보람이 없는 짓이다."

순자(荀子)는 "어리석은 사람은 말을 열심히 많이 하지만 조리가 없어서 말이 되지 않는다. 그러니까 애는 쓰지만 그 효과가 없다."고 말했다.

관자(管子)는 "옳지 못한 일을 두둔하거나 다른 사람이 할 수 없는 일을 그에게 강요하거나 알아듣지 못하는 사람을 가르치려고 하지 마라. 그런 것은 아무리 애를 써도 그 보람이 없는 것이다."고 말했다.

168

세상에는 헛수고가 많다. 로또 복권을 샀는데 당첨되지 않으면 헛수고가 된다. 다른 사람이 정권을 잡도록 열심히 도와주었는데 나중에 버림을 받으면 그것도 헛수고다.

대통령을 지냈지만 그만둔 다음에 두고두고 사람들의 욕을 먹으면 그의 인생은 헛수고가 아닌가?

재벌 회장으로 떵떵거리던 사람들은 많다. 그러나 그들이 죽은 뒤에 아무도 기억해 주지 않는다면 그들의 인생 자체도 역시 헛수고가 아닌가? 부모를 버린 자식이 이번에는 자기가 자식에게 버림을 받는다면 그의 인생도 헛수고에 불과하다. 헛수고를 하는 사람은 어리석다. 그러나 헛수고가 두려워서 아예 아무 일도 하지 않는 사람은 더욱 어리석다.

헛수고가 자기 자신에게는 아무런 보람이 없지만 다른 사람들에게는 유익한 경우도 많기 때문이다. 그렇다고 해서 일부러 헛수고를 할 필요는 없다. 그것이야말로 정말 어리석은 짓이다.

老益壯

노익장 | 늙을수록 더욱 건장하다 / 늙을수록 더욱 굳은 의지를 갖춘다

老 늙다; 益 더욱, 더하다, 유익하다; 壯 용감하다, 왕성하다, 견고하다
유사어 : 노당익장 老當益壯
출처 : 후한서 마원전(後漢書 馬援傳)

> 늙은 개는 아직도 싸울 수 있다.
> There is fight in the old dog yet.(서양속담)
> 낡은 마차가 오래 달린다.
> Old wagons runs a long time.(남아프리카 속담)
> 늙은 황소는 밭고랑을 곧게 간다.
> An old ox makes a straight furrow.(서양속담)
> 늙은 황소는 뿔이 단단하다.
> Old oxen have stiff horns.(서양속담)

한나라 말기 부풍군(扶風郡) 출신으로 힘이 천하장사에 명장인 마원 (馬援, 기원전 14-기원후 49)은 대기만성(大器晚成) 스타일의 인물인데 고향에서 죄수들을 다른 곳으로 이송하는 책임을 맡은 관리 노릇을 하고 있었다.

그런데 하루는 죄수들을 이송하다가 그들이 너무 괴로워서 애절하게 부르짖는 소리를 듣고는 동정심을 못 이겨 모두 풀어준 뒤 북쪽으로 도망치고 말았다. 그 후 그는 후한 광무제(後漢 光武帝) 때 대장군이 되어 큰 공을 세웠다. 그는 평소에 이렇게 말하고는 했다.

"사나이란 어려운 형편에 처할수록 더욱 굳세게 버티어야 하고 늙을수록 더욱 건장해야만 한다."

나이가 60이 넘어도 30~40대 젊은이 못지 않게 몸이 튼튼하고 기억력도 총명하다면 그것은 다른 사람들의 부러움을 살 만한 "노익장"이다.

그러한 "노익장"을 과시하는 사람을 부모로 모시는 자녀들은 얼마나 다행한가!

그러나 꼴불견인 가짜 "노익장"도 많다. 손도 떨리고 다리도 후들후들하며 판단력도 흐리멍텅한 사람이 나이가 70이 넘도록 권력을 움켜쥐고 있거나 권력을 잡으려고 안간힘을 쓰는 정치가라면 그는 추악한 늙은이에 불과하다.

"노익장"이란 참으로 좋은 것이다. 그러나 노인이면 노인답게 인생의 마지막 장을 멋지고 보람 있게 장식해야 마땅하다. 마원이 "노익장"을 신조로 삼았다고 해서 아무나 함부로 "노익장"을 흉내내다가는 큰코 다치기 십상이다.

綠林

녹림 | 푸른 숲 / 도둑 떼가 우글거리는 소굴

綠 푸르다; 林 숲
동의어 : 녹림호객 綠林豪客 / 유사어 : 백랑 白浪; 백파 白波; 야객 夜客
출처 : 한서 왕망전(漢書 王莽傳), 후한서 유현전(後漢書 劉玄傳)

전쟁은 도둑들을 만들고 평화는 그들을 목매단다.
War makes thieves, and peace hangs them.(서양속담)
한번 도둑은 언제나 도둑.
Once a thief, always a thief.(서양속담)
늑대가 늑대를 알듯이 도둑은 도둑을 안다.
A thief knows a thief, as a wolf knows a wolf.(서양속담)
도둑의 것을 훔치는 자는 훌륭한 도둑이다.
He is a good thief who robs a thief.(프랑스 속담)

　한나라 왕실의 외척인 왕망(王莽, 기원전 45-기원후 23)은 서기 8년에 한나라를 멸망시키고 신(新)나라를 세운 뒤 15년 동안 황제로 군림했다. 그러나 농지개혁과 화폐제도에 실패하여 전국에서 유랑민들이 급증하고 각지에서 농민반란이 일어났다.

　반란군 가운데 가장 세력을 떨친 무리가 형주(荊州) 녹림산(綠林山)을 근거로 삼은 8천 명의 자칭 녹림지병(綠林之兵) 즉 녹림의 군대였다. 왕광(王匡)의 지휘 아래 그들은 부자와 관리들의 집을 습격하고 관청의 창고마저도 털었다. 굶주림에 허덕이던 농민들이 몰려들어 녹림의 군대는 5만 명이나 되었다.

　유수(劉秀)가 신나라 타도의 깃발을 들었다. 왕광은 녹림의 군대를 유수의 군대에 합류시켰다. 유수는 신을 멸망시키고 후한(後漢)을 건국하여 광무제(光武帝, 재위 25-57)가 되었다.

과거에는 도둑들이 깊은 산 속에서 살았다. 그러나 현대의 도둑들은 아파트나 으리으리한 고급주택에서 산다. 과거에는 도둑들이 칼, 창, 도끼 등을 휘둘렀다. 그러나 현대의 도둑들은 음모, 비방, 중상모략, 말 바꾸기, 뇌물 등을 무기로 쓴다.

과거에는 도둑들이 관리들을 적으로 삼았다. 그러나 현대의 도둑들은 관리들을 친구로 삼거나 아예 자기네 패거리에 흡수해 버린다.

과거에는 누가 도둑인지 쉽게 알아보았다. 그러나 현대에는 누가 도둑인지 알아내기가 매우 어렵다. 그것은 도둑을 잡아야 할 자가 도둑인 경우가 적지 않기 때문이다.

예전의 도둑들은 자신이 도둑이라는 사실을 잘 알고 있었

다. 그러나 현대의 도둑들은 자신이 사회발전에 크게 기여하는 저명인사라고 믿는다.

성 아우구스티누스는 말했다. 정의가 없는 나라는 도둑들의 소굴이라고.

壟斷

농단 | 높이 솟은 언덕 / 이익이나 권력을 독점하다

壟 언덕; 斷 끊다, 낭떠러지
원어 : 용단 龍斷
출처 : 맹자 진심편 하(孟子 盡心篇 下)

> 네 것은 내 것이고 내 것도 내 것이다.
> What's yours is mine, and what's mine's my own.(스코틀랜드 속담)
> 항상 이익만 보는 자는 상인이 아니다.
> He is no merchant who always gains.(네덜란드 속담)
> 친구 둘이 공동의 지갑을 가지고 있으면 하나는 노래하고 하나는 운다.
> When two friends have a common purse, one sings and the other weeps.(서양속담)
> 고양이는 팔 고기가 없다.
> Cat never has meat for sale.(서아프리카 속담)

넓은 광장에 장이 서던 시절에 한 사내가 큰돈을 벌겠다는 욕심을 부렸다. 그래서 높다란 언덕 위에 물건을 벌여놓았다. 그곳은 사방 어디서나 잘 보이는 곳이기 때문에 그의 물건은 날개 돋친 듯이 팔렸다.

그런데 그는 장이 설 때마다 그곳을 독차지했다. 그리고 시장의 모든 이익을 "농단(독차지)"한 것이다. 결국 사람들은 그에게 세금을 물리기로 결정했는데, 세금이란 이 때부터 부과되기 시작한 것이다.

맹자는 제나라에 여러 해 머물면서 왕도정치를 실현시켜 보려고 노력했지만 실패했다. 고향으로 돌아가려는 그를 제나라에 붙잡아두기 위해서 선왕(宣王)이 거액의 연봉을 제의했다. 그러나 맹자는 엄청난 보수를 혼자서만 받을 수는 없는 일이라고 하면서 이 "농단" 이야기를 했다.

174

시장 하나를 "농단"한 사내는 그리 많은 사람에게 피해를 준 것은 아니다. 그러나 나라의 경제나 권력을 "농단"하여 자기 이득을 채우면 큰일이다. 나라의 지도자가 너무 늙었거나, 사악하거나, 방탕할 때, 지도자의 곁에서는 거머리처럼 들러붙어서 권력을 "농단"하는 간신의 무리가 날뛰게 마련이다.

지도자의 눈에는 그들이 충직하고 어여쁜 가신으로 보일지 몰라도 국민의 눈에는 그렇게 보이지 않는다. 권력의 자리에서 밀려나면 그들은 국민들로부터 외면당한다.

신문, 방송, 문화계, 종교계, 학계 등에서도 영향력을 독점하여 혼자 "농단"하려는 자들이 적지 않다.

累卵之危

누란지위 | 알을 쌓아올린 것처럼 위태로운 상태
비할 바 없이 위험한 상황

累 쌓다, 겹치다; 卵 알; 之 가다, ~의; 危 위태롭다, 위험하다
준말 : 누란 累卵 / 동의어 : 위여누란 危如累卵
출처 : 사기 범수전(史記 范睡傳)

> 조심성, 준법정신, 종교, 신심, 신의 등이 없는 나라는 위험하다.
> Where there is not modesty, nor regard for law, nor religion,
> reverence, good faith, the kingdom is insecure.(세네카)
> 자신이 건강하다고 생각하는 병자는 엄청난 위험에 처해 있다.
> He is in great danger who, being sick, thinks himself well.
>
> (서양속담)

전국시대 위(魏)나라의 범수(范睡)는 보잘것없는 집안의 출신이었다. 고관 수가(須賈)의 수행원이 되어 제(齊)나라에 갔다. 범수의 비범한 재능을 알아본 제나라 관리들이 사신인 수가보다도 수행원인 범수를 더 우대했다. 질투심에 불탄 수가는 귀국 후 범수가 제나라와 내통한다고 모함했다. 모진 고문을 받은 뒤 범수는 변소에 버려진 상태가 되었는데 감시관을 달래서 간신히 탈옥했다. 그는 이름을 장록(張祿)으로 바꾸고 정안평(鄭安平)의 집에 숨었다. 그러다가 정안평의 추천으로 진(秦)나라 사신 왕계(王季)를 따라갔고 왕계는 그를 왕에게 추천하면서 이렇게 말했다. "장록은 천하에 제일 가는 전략가입니다. 그는 우리 진나라의 상황을 '알을 쌓아올린 것처럼 위태롭다'고 말하고 자기가 이 나라를 편안하게 만들 수 있다고 장담했습니다."

기원전 271년에 그는 등용되었다. 그리고 원교근공(遠交近攻) 정책 등으로 진나라를 매우 튼튼하게 만들었다.

알을 쌓아올리기도 어렵지만, 일단 쌓아올렸다 해도 언제 무너질지 모르는 아슬아슬한 상태가 된다. "누란지위"란 나라가 엄청난 위기에 처했을 때를 가리킨다.

나라의 근본이 흔들리고 지도층이 갈팡질팡하며, 사회기강이 무너지고 경제가 파탄이 되며, 내부의 분열과 대립이 극심하면, 그런 혼미상태가 바로 "누란지위"이다.

나라가 "누란지위"에 처하면 유능하고 양심적인 인재들은 쫓겨나고 그 대신 아첨이나 모략을 일삼는 자들과 인기에 영합하는 대중선동가들이 판을 친다.

그런 데다가 지도층은 권력다툼과 사리사욕 채우기에만 더욱 열을 올린다. 나라가 망하는데 권력은 잡아서 무얼 하고 엄청난 재산은 긁어모아서 어디 쓰겠다는 말인가?

能書不擇筆

능서불택필 | 글씨를 잘 쓰는 사람은 붓을 가리지 않는다

能 할 수 있다, 능숙하다; 書 글, 책; 不 아니다; 擇 가리다, 선택하다; 筆 붓
출처 : 당서 구양순전(唐書 歐陽詢傳)

> 능숙한 일꾼은 연장을 탓하지 않는다.
> The cunning workman does not quarrel with his tools.(서양속담)
> 능숙한 석공은 돌을 마다하지 않는다.
> He is not a mason who refuses a stone.(프랑스 속담)
> 용감한 자는 무기가 따로 필요 없다.
> A courageous man never wants weapons.(서양속담)

당나라의 명필은 우세남(虞世南, 558-638), 저수량(褚遂良, 559-657), 유공권(柳公權), 안진경(顔眞卿), 구양순(歐陽詢, 557-641) 등이다. 구양순은 진나라 왕희지(王羲之, 307-365)의 글씨를 배워서 독자적인 경지인 솔경체(率更体)를 이루었다.

저수량은 붓이나 먹을 까다롭게 골라서 글씨를 쓰는 사람이었다. 그가 선배인 우세남을 찾아가서 자기 글씨와 구양순의 글씨를 비교하면 어느 쪽이 더 뛰어난지 물었다. 그러자 우세남이 대답했다.

"구양순은 붓이나 종이를 가리지 않고도 자유자재로 글씨를 썼다고 한다. 그러니까 그의 글씨는 붓을 가리는 자네 글씨보다 더 낫지 않겠는가?"

그 말에 저수량은 아무런 대꾸도 못했다.

비싼 붓으로 쓴다고 해서 글씨가 명필이 되는 것은 아니다. 탁월한 경지에 이른 대가의 글씨는 싸구려 붓으로 써도 역시 명필이다. 서툰 목수는 연장만 탓한다.

솜씨 없는 요리사는 요리 재료와 주방기구만 탓한다. 얼굴이 못 생긴 여자는 화장품만 탓한다. 공부는 안 하고 놀기만 하는 학생은 선생이 점수를 짜게 준다고 불평한다.

머리가 나쁜 학부모는 학교가 형편없고 교육제도가 엉터리라서 자기 아이가 공부를 못한다고 투덜댄다. 실력 없는 선생은 교사의 대우가 형편없어서 아이들을 제대로 가르칠 수 없다고 불평한다.

회사가 망하면 노조꾼들은 경영진에게만 모든 탓을 돌린다. 무능한 정치지도자들은 국민들이 말을 안 들어서 나라꼴이 엉망이라고 불평한다.

그러나 진짜 실력을 갖춘 사람은 좋은 자리 나쁜 자리를 가리지 않고 어려운 환경이나 여건에서도 우수한 실적을 올린다. 그것은 명필이 붓을 가리지 않는 것과 같다.

물론 명필이 좋은 붓을 쓰면 그것은 금상첨화(錦上添花)다. 훌륭한 장수가 명검을 휘두르는 것도 마찬가지다. 그렇지만 좋은 붓이나 명검이 없다고 해서 명필과 장수가 뒷짐만 지고 있는 것은 결코 아니다.

다

多岐亡羊

다기망양 | 갈림길이 많은 곳에서 양을 찾지 못하고 잃어버린다

多 많다; 岐 갈림길; 亡 잃다, 망하다; 羊 양
동의어 : 망양지탄 亡羊之歎 / 유사어 : 독서망양 讀書亡羊
출처 : 열자 설부편(列子 說符篇)

직업이 많은 자는 일요일에 빵을 구걸한다.
A man of many trades begs his bread on Sunday.(서양속담)
아홉 갈래 길이 교차하듯.
As cross as nine highways.(서양속담)
갈림길은 항상 나그네를 망설이게 한다.
A cross-road ever confuses a stranger.(나이지리아 속담)
모든 일에 손을 대면 하나도 제대로 못한다.
Jack of all trade, and master of none.(영국속담)
곧게 뻗은 길에서는 길을 잃을 수 없다.
You cannot be lost on a straight road.(서양속담)

양주(楊朱, 楊子, 기원전 395?-335?)는 전국시대에 철저한 개인주의를 주장한 사상가이다. 그는 겸애설(兼愛說)을 주장한 묵적(墨翟)과 함께 양묵(楊墨)이라고 통칭된다. 그의 이웃집에서 양이 한 마리 달아났다. 이웃사람이 양주에게 사람들을 보내달라고 요청했다. 양 한 마리를 찾는데 웬 사람이 그렇게 많이 필요한지 양주가 묻자 이웃사람이 대답했다.

"갈림길이 많은 곳으로 양이 달아났기 때문입니다."

그러자 양주는 표정이 어두워지고 하루 종일 말도 하지 않았다. 그의 제자 맹손양(孟孫陽)이 선배 심도자(心都子)에게 그런 일이 있었다고 알리고 이유를 물었다. 심도자는 이렇게 설명해주었다.

"큰길에는 갈림길이 많아서 양이 어디로 갔는지 알 수가 없다. 그래서

양을 잃어버리고 만다. 이와 같이 학문을 하는 사람들은 다양한 분야를 배우기 때문에 본성을 잃고 만다. 학문의 근본은 하나지만 배운 사람들이 주장하는 것은 여러 갈래로 서로 다른 것이 된다."

학문의 깊은 경지에 이르는 길은 여러 갈래이다. 지나치게 많은 분야를 파고들거나 세부적인 사항에 얽매이게 되면 높은 경지에 이르지 못하고 만다. "다기망양"은 그런 뜻을 나타내는 비유이다.

일을 잡다하게 많이 벌여놓고는 마무리를 못하는 사람이 스스로 "다기망양"이라고 말한다면 그것은 구차한 변명이 되고, 다른 사람들이 그를 가리켜서 "다기망양"이라고 한다면 그것은 조롱하는 말이다.

여러 사람을 상대로 연애를 하면 틀림없이 "다기망양" 꼴이 된다. 각종 이권에 개입하여 뒷구멍에서 뇌물을 챙기는 정치인이나 관리들은 "다기망양"으로 뇌물을 놓치는 경우가 없다. 그러나 스캔들을 일으키고 쇠고랑을 차는 경우는 적지 않다.

"다기망양"의 경우도 관점에 따라 해석이 달라질 수 있다. 카드 빚을 잔뜩 진 사람이 달아났을 때는 어떨까? 근로자들의 임금을 떼어먹고 업주가 달아났을 때는?

"다기망양"의 경우가 세상에는 참으로 다양하고 또 많다. 그러니까 양이 달아나지 못하게 미리 예방하는 것이 현명하다. 어쩌면 양을 아예 키우지 않는 것이 더욱 현명할지도 모른다.

多多益善

다다익선 | 많으면 많을수록 더욱 좋다

多 많다; 益 더하다, 유익하다; 善 좋다, 선하다
동의어 : 다다익변 多多益辨
출처 : 사기 회음후 열전(史記 淮陰侯 列傳)

돈이 많아지면 돈에 대한 사랑도 더욱 커진다.
The love of money grows as the money itself grows.(유베날리스)
사람들은 개와 같아서 언제나 더 많은 것을 원한다.
People are like dogs: they always want more.(잠비아 속담)
자기 것이 너무 많다고 생각하는 자는 없다.
No man ever thought his own too much.(독일속담)
여자, 사제 그리고 닭은 만족할 줄 모른다.
Women, priests, and poultry are never satisfied.(이탈리아 속담)

한(漢)나라의 초대 황제인 유방(劉邦, 고조 高祖)이 천하를 통일할 때 가장 큰 공을 세운 사람은 한신(韓信)이다. 그런데 천하를 차지한 유방은 한신을 사로잡아서 수도 낙양으로 끌어오게 한 뒤 그의 지위를 강등시켜 회음후(淮陰侯)로 만들었다.

하루는 유방이 한신을 불러들여 장수들의 능력을 평가하다가 물었다.

"내가 지휘할 수 있는 군대의 규모는 어느 정도나 될까?"

"10만 명을 넘지는 못할 겁니다."

"자네가 지휘할 수 있는 군대는?"

"제 경우에는 다다익선 즉 많으면 많을수록 더욱 좋습니다."

"그런 자네가 어째서 내 포로가 되었는가?"

"폐하께서는 병사들보다 장수들을 더 잘 지휘하실 수 있기 때문입니다."

"다다익선"이라고 해서 무엇이든지 무조건 많이 긁어모으면 좋은 것은 결코 아니다.

충신은 많을수록 나라에 도움이 되니까 "다다익선"이다. 유능한 인재도 마찬가지다.

그러나 간신과 소인배들은 많으면 많을수록 나라에 더욱 손해가 된다. 오합지졸은 아무리 숫자가 많아도 소용이 없다.

정치가도 많을수록 좋은 "다다익선"이 아니다. 사리사욕에 눈멀고 편가르기나 일삼는 정치가들은 많을수록 나라만 더욱 망친다. 돈만 바라고 몰려든 선거운동원들도 "다다익선"이 아니라 많으면 많을수록 선거자금만 더욱 축낸다.

성직자들도 많으면 많을수록 좋은 "다다익선"은 아니다. 그들을 먹여 살리느라고 신도들의 등이 휘어진다. 그러면 신도 숫자는 많으면 많을수록 "다다익선"인가?

진실한 사랑에는 단 한 명으로 충분하다. "다다익선"을 잘못 알아듣거나 착각해서 신세를 망친 사람이 얼마나 많은가!

斷機之敎

단기지교 | 짜던 베를 끊어버려서 가르치다
학업을 중단해서는 안 된다는 훈계

斷 끊다; 機 베틀; 之 가다, ~의; 敎 가르치다
원어 : 단직 斷織 / 동의어 : 단기지계 斷機之戒 / 유사어 : 맹모삼천 孟母三遷
출처 : 한나라 유향(劉向)의 열녀전(列女傳)

매를 아끼면 아이를 버린다.
Spare the rod and spoil the child.(서양속담)
훌륭한 어머니는 학교 선생 백 명과 맞먹는다.
One good mother is worth a hundred school teachers.(서양속담)
모범이 훈계보다 더 낫다.
Example is better than precept.(서양속담)
한 가지 실천이 백 가지 설교보다 더 낫다.
An once of practice is better than a pound of preaching.(서양속담)

　맹자가 집을 떠나서 공부를 하다가 공부를 마치지 않은 채 홀어머니를 뵙기 위해 집으로 돌아갔다. 그러자 베를 짜던 어머니는 가위로 베를 끊어버리고 이렇게 타일렀다.

　"네가 공부를 도중에 그만두고 집에 돌아온 것은 이처럼 짜던 베를 끊어버린 것과 마찬가지다. 사람이란 학문을 익히지 못하면 도둑이나 남의 하인이 될 뿐이다."

　크게 깨달은 맹자가 다시 집을 떠난 뒤 공자의 손자인 자사(子思) 밑에서 학문의 길에 정진했다.

맹자의 어머니는 옷감이 너무나도 귀하던 그 시절에도 짜던 베를 끊어버리면서까지 아들을 가르쳤다. 요즈음에는 베를 짜는 어머니도 없지만 "단기지교"의 정신으로 자식을 가르치는 부모도 그리 흔하지는 않다.

무식한 홀어머니가 맹자에게 학문을 익히라고 가르친 것은 공부를 많이 해서 출세하라는 뜻이 아니라 수많은 사람들에게 도움을 주는 지식인이 되라는 것이었다.

그러나 오늘날 이 땅의 무수한 부모들은 어떻게 자녀들을 가르치고 있는가? 컨닝을 하든 시험지를 도둑질해 내든 학교성적만 올리라고 가르치는가? 무슨 수를 쓰든지 일류학교에 들어가라고 가르치는가?

지식을 머리 속에 많이 넣고 자격증을 따서 혼자만 출세해서 잘 살라고 가르친다면 그것은 올바른 교육이 결코 아니다.

斷腸

단장 | 창자가 끊어지다 / 엄청난 슬픔

斷 끊다, 자르다; 腸 창자
동의어 : 구장촌단 九腸寸斷 / 유사어 : 구회장 九廻腸
출처 : 세설신어 출면편(世說新語 黜免篇)

> 대머리가 되면 슬픔이 줄어들기라도 하듯 슬픔에 못 이겨 머리카락을
> 쥐어뜯는 것은 어리석다.
> It is foolish to tear one's hair in grief, as though sorrow
> would be made less by baldness.(키케로)
> 슬픔은 죽이지는 않지만 몸을 말린다.
> Sorrow kills not, but it blights.(러시아 속담)
> 슬픔보다는 병이 더 좋다.
> Sickness is better than sadness.(서양속담)
> 시간은 모든 슬픔을 완화한다.
> Time softens all griefs.(서양속담)

동진(東晉, 317-420)의 환온(桓溫)이 촉(蜀)을 공격하기 위해 군사들
을 태운 여러 척의 배를 양자강에 띄웠다. 양자강 중류의 험한 협곡인
삼협(三峽)을 지날 때 그의 부하가 원숭이 새끼를 한 마리 잡아서 배에
실었다. 장난 삼아 그런 것이다. 그런데 어미 원숭이가 산등성이를 타고
100리가 넘도록 계속해서 배를 쫓아왔다.

배가 강기슭에 닿자 어미 원숭이가 배에 뛰어 올랐다. 그러나 지쳐서
죽어버렸다. 군사들이 그 배를 갈라보니 창자가 토막토막 끊어진 상태였
다. 자기 새끼를 잃은 슬픔에 창자마저 끊어져 버린 것이다. 그런 사실
을 알게 된 환온은 몹시 화가 나서 부하의 지위를 박탈했다.

"단장의 미아리 고개"라는 노래가 있다. 육이오 때 남한의 무수한 남편들이 미아리 고개 너머 북쪽으로 북한군에게 끌려갔다. 뒤에 남은 아내들은 처절하게 울부짖었다.

"당신은 철사줄로 두 손 꽁꽁 묶인 채로
뒤돌아보며 뒤돌아보며 맨발로 절며 절며
끌려가신 이 고개여 한 많은 미아리 고개…"

한국전쟁으로 무수한 사람이 죽고 엄청난 재산 피해가 났으며 전쟁의 상처는 한 민족사를 피로 얼룩지게 했다. 당시 북한군에게 끌려가는 남자들을 바라보는 사람들은 글자 그대로 창자가 끊어지는 듯한 깊은 슬픔과 비애를 맛보았다. 이후로 단장의 슬픔은 미아리 고개의 대명사가 되다시피 했다.

螳螂拒轍

당랑거철 | 사마귀가 수레바퀴를 가로막다
무모한 행동을 하다 / 만용으로 허세부리다

螳 사마귀; 螂 사마귀; 拒 막다, 거부하다; 轍 수레바퀴 자국
동의어 : 당랑지부 螳螂之斧; 당랑당거 螳螂當車; 당랑지력 螳螂之力
유사어 : 당랑규선 螳螂窺蟬
출처 : 회남자 인간훈편(淮南子 人間訓篇); 문선(文選); 장자 천지편, 인간세
편(莊子 天地篇, 人間世篇); 한시외전(韓詩外傳)

사자는 고양이를 겁내지 않는다.

Lions are not frightened by cats.(서양속담)

개구리가 화가 나서 연못에 뛰어들지만 연못은 아는 척도 안 한다.

The frog flew into a passion, and the pond knew nothing about it.(서양속담)

염소가 언제 표범을 죽일 만큼 강해질 것인가?

When will the goat be strong enough to kill a leopard?

(나이지리아 속담)

춘추시대(기원전 770-403) 초기 제나라의 장공(莊公, 기원전 794-731)이 수레를 타고 사냥을 하러 떠났는데 길에서 수레를 향해 덤벼드는 벌레를 보고 무슨 벌레인지 물었다.

"저것은 사마귀인데 전진할 줄만 알고 후퇴는 모르며 자기 힘은 헤아리지도 않은 채 적을 깔보고 덤빕니다."

장공이 한마디 던졌다.

"저것이 벌레가 아니라 사람이라면 세상에서 가장 용감한 군사가 되었을 것이다."

그리고 수레의 방향을 바꾸어 사마귀를 피해 가도록 했다.

구둣발에 밟혀도 찍소리 못하고 납작해질 사마귀가 거대한 수레바퀴 앞을 가로막는다는 것은 "하룻강아지 범 무서운 줄 모르는" 만용이다. 그것은 결코 용기가 아니다.

용기 있는 죽음은 고귀하지만 만용을 부리다가 죽는 것은 아무런 가치도 없고 남들의 동정조차 받지 못하는 죽음이다.

자기 국민을 수십만 명이나 학살한 이라크의 독재정권이 세계 유일의 초강대국 미국과 싸우겠다고 나선 것은 분명히 "당랑거철"이었다.

반면에 미얀마의 군사독재정권을 상대로 아웅산 수지 여사

가 벌이는 민주화투쟁은 결코 "당랑거철"이 아니다. 오히려 군부가 국민의 열망을 무력으로 누른 채 권력을 계속해서 휘두르겠다고 옹고집을 부리는 것이야말로 "당랑거철"이다.

大器晚成

대기만성 | 큰 그릇은 늦게 이루어진다
큰 그릇을 완성하는 데는 시간이 걸린다
큰 인물이 되는 데는 시간이 걸린다

大 크다; 器 그릇; 晚 늦다; 成 이루다, 되다
유사어 : 대기난성 大器難成; 대재만성 大才晚成
출처 : 삼국지 위지 최염전(三國志 魏志 崔琰傳); 후한서 마원전(後漢書 馬援傳)

> 늦게 익는 과일이 오래 견딘다.
>
> Late fruits keep well.(독일속담)
>
> 로마는 하루아침에 이루어지지 않았다.
>
> Rome was not built in a day.(서양속담)
>
> 숲은 한 계절에 만들어지지 않는다.
>
> A forest is not made in a season.(나이지리아 속담)
>
> 천천히 가는 자가 멀리 간다.
>
> Who goes slowly goes far.(서양속담)
>
> 천천히, 끊임없이 가는 자가 이긴다.
>
> Slow and steady wins the race.(서양속담)
>
> 느린 것이 빠른 것을 따라 잡는다.
>
> The slow catches up the swift.(로마속담)
>
> 싹이 드디어 나무가 된다.
>
> The sprout at length becomes a tree.(로마속담)

삼국시대 위나라의 최염(崔琰)은 풍채도 당당하고 황제의 신임도 두터운 장수였다. 그의 사촌동생 최림(崔林)은 볼품도 없고 출세도 못해서 멸시를 받았다. 그러나 최림의 뛰어난 재능을 알아본 최염은 동생을 변호해 주었다.

"커다란 종이나 가마솥은 만들기가 쉽지 않다. 이와 같이 큰 인물도 쉽게 되는 것이 아니라 오랜 시간이 지나야 비로소 완성되는 것이다. 내 동생 최림은 대기만성형이다."

훗날 최림은 황제를 모시는 주요 각료가 되었다.

후한(後漢)의 마원(馬援)이 처음으로 지방관리가 되어 떠날 때 형이 이렇게 충고했다.

"너는 대기만성형이다. 꾸준히 노력하면 큰 인물이 될 것이다."

광무제 때 마원은 큰 공을 세운 장수에게만 수여되는 복파(伏波)장군 이라는 칭호를 받았다.

출세란 일찍 하는 경우도 있고 늦게 하는 경우도 있다. 남보 다 일찍 출세한다고 해서 반드시 좋은 것은 아니다. 만년에 가서야 출세하거나 성공을 거두는 것도 "대기만성"이라고 말한다. 뒤늦게라도 큰 인물이 된다면 다행이라고 하겠다. 그러나 별다른 재능도 없으면서 "대기만성"형이라고 빈둥빈 둥 놀기나 하는 사람은 큰 인물이 될 수 없다. 큰 인물이 될 그릇은 자기가 "대기만성"형이라는 말을 스스로 떠들고 다 니지는 않는다. 평소에 묵묵히 노력할 뿐이다.

大義滅親

대의멸친 | 대의를 위해서라면 친족마저 처형한다
큰 정의를 세우기 위해서는 혈육의 정마저 끊어버린다

大 크다; 義 옳다; 滅 멸망하다, 없애다; 親 육친, 친족, 친하다
출처 : 춘추좌씨전 은공 4년조(春秋左氏傳 隱公 四年條)

정의는 부모도 모르고 오로지 진리만 존중한다.
Justice knows neither father nor mother, but has regard only
to truth.(로마법 격언)
하늘이 무너져도 정의를 실현하라.
Let justice be done, and let the heaven fall.(로마속담)
목적이 수단을 정당화한다.
The end justifies the means.(서양속담)
결과가 행동을 증명해 준다.
The result proves the action.(오비디우스)

춘추시대 때 위(衛)나라의 왕자 주우(州吁)가 기원전 719년에 반란을
일으켜 환공(桓公)을 죽이고 왕이 되었다. 과격하고 매우 호전적인 그는
송(宋)나라, 진(陳)나라와 연합하여 정(鄭)나라를 공격하는 등 제후들에게
실력을 인정받았다.

그러나 자기 나라에서는 민심을 얻지 못했다. 평소부터 그와 가까이
지내던 석후(石厚)가 자기 아버지 석작(石碏)에게 어떻게 하면 민심을 얻
을 수 있는지 물었다.

석작은 원래 선왕 장공(莊公)에게 주우를 총애하지 말고 멀리하라고
충고했지만 장공이 충고를 받아들이지 않자 장공이 죽은 뒤 은퇴해 버
렸다. 그리고 자기 아들이 주우와 친하게 지내는 것도 못마땅하게 여겼
다. 그래서 그는 주우가 진나라의 주선으로 주나라 천자로부터 정식승인

을 받는다면 민심이 따라올 것이라고 대답했다.

주우와 석후가 진나라로 떠났다. 한편 석작은 진나라에 따로 사람을 보내서 주우와 석후는 위나라 왕을 살해한 역적들이니 곧 체포해 달라고 부탁했다. 진나라 왕이 두 사람을 잡아서 죽였다. 춘추좌씨전은 석작에 대해 이렇게 평가했다.

"그는 신하의 도리를 다 한 충신이다. 주우를 제거하기 위해 자기 아들마저도 죽였다. 이것이 바로 대의를 위해서라면 친족마저 처형하는 대의멸친이다."

나라의 최고 권력자의 가족, 친척, 측근들이 불의를 자행하고 부정부패에 물든다면 그러한 나라는 기강이 무너지고 법은 있으나마나가 된다.

이럴 때 최고 권력자는 자기 가족, 친척, 측근들을 사정없이 처단하지 않으면 나라를 잃거나 자기 목숨마저 위태로울 경우가 많다. 재벌기업이든 중소기업이든 사정은 마찬가지이다. 최고 권력자나 재벌 회장 등의 가족, 친척, 측근들이 대형비리사건에 관련되어 감옥에 가거나, 감옥에 가도 석방되고 사면 복권되거나, 권력의 비호를 받아 규탄을 받는다면, 그런 나라의 기강이 얼마나 무너졌는지는 알아볼 필요도 없다.

최고 권력자가 "대의멸친"의 원칙을 실제로 실천해 보인다면 민심이 그를 따를 것이다. 그러나 그렇게 하지 않으면, 민심도 잃고 자기 자리마저도 잃을 것이다. 대의를 저버린 사람은 이 넓은 세상에서 몸 둘 곳이 없다.

195

大丈夫

대장부 | 위대한 남자 / 남자다운 남자

大 크다; 丈 길다, 어른, 지팡이; 夫 사내, 남편
출처 : 맹자 등문공 하(孟子 滕文公 下)

남자다운 남자는 드물다.
Men are rare.(프랑스 속담)
"아니다"라고 말할 수 없는 자는 남자가 아니다.
He is no man that cannot say No.(이탈리아 속담)
지푸라기로 만든 남자는 황금으로 만든 여자와 맞먹는다.
A man of straw is worth a woman of gold.(영국속담)
용감한 자의 눈초리는 비겁한 자의 칼보다 낫다.
A valiant man 's look is more than a coward 's sword.(서양속담)
대장부의 시선은 사자의 힘을 가진다.
The sight of a man has the force of a lion.(서양속담)

경춘(景春)이 맹자(孟子, 기원전 372-289)에게 이렇게 말했다.

"공손연(公孫衍)과 장의(張儀)는 정말 대장부가 아니겠는가? 그들이 화를 내면 천하의 제후들이 모두 겁을 낸다."

공손연과 장의는 당시에 말솜씨가 뛰어난 전략가로 명성을 떨치던 인물이다. 맹자는 "대장부"란 이런 인물이라고 정의했다.

"그는 천하의 바른 자리에 서고 천하의 큰길을 걷는다. 뜻을 얻으면 백성과 함께 그 길을 걸어가고, 뜻을 얻지 못하면 혼자 그 길을 걷는다. 재산과 지위에 마음을 뺏기지 않고 가난과 천대에도 뜻을 굽히지 않는다. 권력이나 폭력도 그의 지조를 꺾을 수 없다. 이런 인물이야말로 진짜 대장부다."

자칭 "대장부"는 많다. 군사쿠데타의 주역들이나 깡패 두목들도 "대장부"라고 자처한다. 그러나 불법과 폭력을 일삼는 그들은 졸장부일 뿐이다.

"대도무문(大道無門, 큰길에는 문이 없다)"이라는 말을 한 사람도 자신을 "대장부"라고 생각하고 있을 것이다.

권력이 있든 없든, 돈이 많든 적든, 각계각층에서 졸장부들만 날뛰는 세상에 진짜 "대장부"란 얼마나 희귀한 존재인가? 맹자의 말이 무슨 뜻인지 깨달은 사람이라면 "대장부"를 자처하지 못할 것이다. 남들이 자기를 "대장부"라고 불러주어도 오히려 부끄러워해야 마땅하다.

德不孤 必有隣

덕불고 필유린 | 덕을 갖추면 반드시 이웃을 얻는다

德 크다, 덕; 不 아니다; 孤 외롭다; 必 반드시; 有 있다; 隣 이웃

출처 : 논어 이인편(論語 里仁篇)

한 가지 선행은 다른 선행을 부른다.

One good turn asks another.(서양속담)

덕은 닻과 같다.

Virtue serves as an anchor.(로마속담)

경건함은 모든 덕의 기초이다.

Piety is the foundation of all virtues.(로마속담)

옳은 일을 하고, 어떠한 결과가 나오든 기다려라.

Do that which is right, and let come what come may.(서양속담)

　덕을 갖춘 사람에게는 반드시 그와 비슷한 사람들이 모여들어 함께 어울린다는 뜻이다. 유유상종(類類相從) 즉 끼리끼리 어울린다는 말과 비슷한 면이 있기는 하지만 약간 뉘앙스의 차이가 있다.

　즉 유유상종은 선한 사람은 선한 사람들끼리, 악한 사람은 악한 사람들끼리 어울린다는 것인데, "덕불고 필유린"은 선한 사람의 경우에 대해서만 언급하는 말이기 때문이다. 물론 악불고 필유린(惡不孤 必有隣)이라고 우기는 사람이 있다면 할 말도 없지만….

덕이란 지식이나 재능이 아니다. 그것은 선한 심성, 남을 이해하고 감싸주고 너그럽게 받아들이는 아량, 남에게 아낌없이 베풀어주려는 성의이다.

이해타산에 빠르고 극단적 이기주의에 물든 사회에서는 이러한 덕을 갖춘 사람이 바보나 천치로 보일지도 모른다.

물론 덕을 갖춘 사람이라고 해서 항상 자기와 비슷한 이웃들을 만나 마음 편하게 지내는 것은 아니다. 그렇지 못한 경우가 많은 것이 현실이다.

덕을 풍부히 갖추었는데도 불구하고 따돌림을 받고 외톨이로 지내는 경우도 적지 않다. 그러나 그것은 일시적인 시련이다. 언젠가는 그와 마찬가지로 덕을 갖춘 인물들이 모여들 것이다.

공자는 자기 수양에 힘쓰고 덕을 쌓으라고 충고함과 동시에 일시적으로 외로움을 느낄지라도 꾸준히 정진하라고 격려하는 뜻에서 이 말을 했을 것이다.

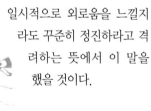

桃李不言 下自成蹊

도리불언 하자성혜

복숭아나 오얏 열매는 말이 없지만 그 아래 자연히 오솔길이 생긴다
인격이 훌륭한 사람은 아무 말도 하지 않지만 민심이 자연히 그에게 쏠린다

桃 복숭아; 李 오얏; 不 아니다; 言 말하다
下 아래; 自 스스로; 成 이루다; 蹊 지름길
준말 : 성혜 成蹊 / 출처 : 사기 이장군 열전(史記 李將軍 列傳)

> 좋은 포도주는 간판이 필요 없다.
> Good wine needs no bush.(서양속담)
> 가장 깊은 강물은 소리 없이 흐른다.
> The deepest river flows with the smallest noise.(라틴어 격언)
> 개미는 가장 훌륭한 설교를 하지만 말이 없다.
> Nothing preaches better than the ant, and she says nothing.
> (서양속담)
> 가장 탁월한 학자들은 사람들의 눈에 보이지 않는 경우가 많다.
> Often the greatest intellects lie unseen.(플라우투스)

한(漢)나라 때 이광(李廣, 기원전 ?-119) 장군은 활의 명수였다. 그는 문제(文帝), 경제(景帝), 무제(武帝) 등 세 명의 황제를 섬기면서 큰 공을 많이 세웠는데 부하들에게 후한 상이 돌아가도록 하고 자기는 가난하게 살았다. 그래서 누구나 그를 우러러보며 따랐다.

기원전 119년에 무제가 흉노를 토벌하기 위해 원정군을 파견했다. 이광도 출정을 자원했지만 나이가 너무 많다고 해서 무제가 허락하지 않았다. 그러나 계속해서 간청하는 바람에 황제는 그를 전장군(前將軍)으로 삼아 떠나보냈다.

그런데 행군을 하다가 길을 잃었기 때문에 대장군 위청(衛靑)의 군대와 합류하는 날짜를 지키지 못했다. 대장군은 비서관을 보내서 문책했

다. 이광은 참을 수 없는 굴욕을 당한 것이다. 그는 자기 진영에서 자결했다. 그러자 이광의 군사들은 모두 통곡했다. 그를 모르던 백성들마저도 누구나 눈물을 흘리며 그의 죽음을 애도했다.

"도리불언 하자성혜"는 사기를 저술한 사마천이 그에 관해서 평한 말이다.

복숭아나 오얏 열매가 자기 자랑을 하면서 선전해 대지 않아도 그 나무 아래로 사람들이 왕래하다 보면 저절로 오솔길이 생기게 마련이다.

인격이 훌륭하고 덕이 많은 사람은 떠들어대지 않아도 자연히 명성을 떨치고 사람들이 그에게 몰려들어 따르게 마련인 것이다. 우리 역사에도 이순신, 권율, 손병희, 김구 등 무수히 많다.

선거 때마다 정당을 급하게 새로 만들고 돈을 풀어서 사람들을 끌어 모으거나 동원하는 일은 "도리불언 하자성혜"와 정반대되는 졸렬한 짓이다.

그런 일로 사람들의 존경을 받거나 민심을 얻을 수 있다고 생각하는 것 자체가 어리석다. 또한 그런 어리석은 자들이 권력을 잡도록 도와주는 더 어리석은 사람들이 있어서는 안 된다.

道不拾遺

도불습유 | 길에 떨어진 것을 줍지 않는다

법이 엄하게 집행되어 나라가 잘 다스려지고 있다

엄한 형벌이 두려워서 백성들이 법을 잘 지킨다

道 길; 不 아니다; 拾 줍다; 遺 남기다

동의어 : 노불습유 路不拾遺

출처 : 사기 상군 열전(史記 商君 列傳)

> 길에 있는 것은 줍는 사람이 임자다.
> What is in the path belongs to all men.(나이지리아 속담)
> 떨어진 핀을 줍지 않고 내버려두면 네가 죽기 전에 반드시 필요할 것이다. / See a pin and let it lie, you're sure to want before you die.(서양속담)
> 법은 왕이다. / Law is king.(스코틀랜드 속담)
> 법이 강력하면 백성도 강해질 수 있다.
> A people can be strong where the laws are strong.
> (푸블릴리우스 시루스)

전국시대(기원전 403-221) 위(魏)나라의 몰락한 귀족 출신인 공손앙(公孫鞅, 商鞅, 商君)은 진(秦)나라 효공(孝公)에게 발탁되어 기원전 359년부터 연좌제, 밀고제도 등 가혹한 법률을 시행했다.

나중에 혜문왕(惠文王)이 된 태자마저도 법을 어기면 용서하지 않았다. 10년이 지나자 진나라 백성들은 "길에 떨어진 물건도 줍지 않을" 정도로 법을 잘 지켰다. 덕분에 진나라는 세력을 크게 떨치게 되었고, 훗날 패권을 잡을 수가 있게 되었다. 그러나 공손앙은 법률만능의 개혁정치를 반대하는 귀족세력에게 몰려서 실각한 뒤 위나라로 도망치려다가 잡혀서 처형되었다.

우리 나라는 이미 오래 전부터 "도불습유"가 잘 실천되고 있다. 길바닥에 널린 쓰레기를 누가 줍는단 말인가! 오히려 너도나도 무엇이든지 마구 길에다 내다버린다.

물건이 너무나도 많이 남아돌아서 버리기에 바쁘다. 쓰레기는 고사하고, 개, 고양이, 남편, 아내, 아이들, 우정, 사랑, 정조, 신의, 정의, 양심마저도 마구 내다버린다.

길바닥에 떨어진 것을 주우라고 말하면 뺨을 맞을 것이다.

그러면 사람들이 법을 너무나도 잘 지켜서 그런가?

법이라는 잣대가 고무줄처럼 늘었다 줄었다 한다. 힘없는 사람에게는 길게 늘이고 돈 많고 힘이 센 사람에게는 짧게 줄여서 적용하는 법이다. 그러니 어느 누가 법을 법이라 하며 그런 법을 누가 지키겠는가?

度外視

도외시 | 고려의 대상으로 삼지 않는다 / 무시하다 / 문제삼지 않는다

度 법도; 外 바깥; 視 보다
유사어 : 치지도외 置之度外 / 반대어 : 문제시 問題視
출처 : 후한서 광무기편(後漢書 光武記篇)

> 고상한 정신의 인물은 모욕을 도외시한다.
> Noble mindedness does not receive an insult.(푸블릴리우스 시루스)
> 개구리들이 노려봐도 소는 물을 마신다.
> The eyes of frogs do not prevent cows drinking.(나이지리아 속담)
> 뱀을 보면 그것이 어디서 왔는지 따지지 마라.
> When you see a snake never mind where he came from.
> (서양속담)
> 독수리는 개구리와 싸우지 않는다.
> The eagle does not make war against frogs.(이탈리아 속담)

유수(劉秀)는 왕망(王莽)의 신(新)나라를 멸망시키고 후한(後漢)의 광무
제(光武帝, 재위 25-57)가 되었다. 천하통일이 거의 달성되었을 때 서쪽
변두리의 외효(隗囂)와 촉 지방의 공손술(公孫述)만 여전히 그에게 대항
하고 있었다. 그들을 토벌하자고 신하들이 건의할 때마다 광무제는 거절
했다. 오랜 전쟁으로 군사들이 매우 지친 상태이고 그들을 정벌하려면
또 장기간의 전쟁을 해야만 했기 때문이다. 그래서 그는 이렇게 말했다.

"중원이 평정되었으니 그들을 고려의 대상으로 삼을 필요는 없다."

얼마 후 외효가 죽고 그의 아들이 광무제에게 항복했다. 광무제는 그
제야 군사를 일으켜서 촉을 정벌했다. 그는 정벌의 시기가 적절치 않아
서 그들을 "도외시"하면서 기다리다가 때가 이르자 행동한 것이다. 현명
한 처사였다.

다른 사람이 자기 잘못을 뉘우치고 용서를 청할 때는 그의 잘못을 "도외시"하는 것 즉 문제삼지 않는 것이 좋다.

관용을 베풀기가 억울하게 여겨질 때도 있을 것이다. 도저히 "도외시"할 수가 없다고 펄펄 뛰기도 할 것이다. 그러나 과거란 엎질러진 물과 같다. 지울 수도 없다. 그러니 "도외시"해 버리면 좋은 날이 찾아오는 경우가 더 많을 것이다.

그러나 세상에는 절대로 "도외시"해서는 안 되는 것이 있다. 하나가 아니다. 꽤 많다. 곰곰 생각해 보지 않아도 누구나 다 아는 것이다.

비리, 부패, 뇌물, 탈세, 그리고 무능… 그런데 사람들은 "도외시"해서는 안 되는 것에 대해서는 유난히 "도외시"하고 있다.

桃園結義

도원결의 | 복숭아나무 정원에서 한 맹세
목숨을 걸고 의리를 지키겠다는 맹세

桃 복숭아; 園 동산; 結 맺다; 義 옳다, 정의
출처 : 삼국지 연의(三國志 演義)

피로 봉인한 계약. / A compact sealed in blood.(로마속담)
왕 또는 백성을 위해서가 아니라 양쪽을 위해서.
Neither for a king nor for people, but for both.(로마속담)
신의는 반드시 지켜야 한다.
Faith must be kept.(플라우투스)
신의가 사라지면 모든 인간관계가 무너진다.
Credit being lost, all the social intercourse of men is brought
to naught.(리비우스)
죽을 준비가 되었을 때 비로소 우리 삶은 시작한다.
We begin not to live till we are fit to die.(서양속담)

한나라 말기인 184년에 "황건적의 난"이 일어났다. 머리에 누런 띠를
두른 무리가 난리를 일으켜 사방을 약탈했다. 나라 전체가 쑥대밭이 되
었다. 정부에서는 그들을 소탕하기 위해 의용군을 모집했다.

그 때 유주(幽州) 탁현에서 유비, 관우, 장비 세 사람이 만나 의형제가
되기로 결의했다. 쓰러져 가는 나라를 바로 세우기 위해 목숨을 바치기
로 했다. 그래서 그들은 유비의 집에 있는 복숭아나무 정원에서 굳은 맹
세를 했다. 이것이 "도원결의"다.

멀쩡한 민주정부를 뒤엎고 정권을 뺏으려는 쿠데타 음모 때 비밀을 지키겠다고 하는 맹세, 돈벌이를 목적으로 살인마저도 서슴지 않는 폭력조직에 충성을 맹세하는 일, 사이비 종교의 교주에게 무조건 복종을 맹세하는 일, 이권을 따내거나 공천을 받기 위해 정권 또는 정당의 실세 앞에서 충성을 맹세 하는 것은 결코 "도원결의"가 아니다.

"도원결의"란 개인이나 특정조직의 이익을 도모하는 것이 아니라 풍전등화 같은 나라의 운명을 건지기 위해 목숨마저 바치겠다는 맹세를 말한다.

나라의 운명이란 아무 때나 바람 앞의 등불처럼 되는 것은 아니다. 그러니까 "도원결의"란 아무 때나 할 수 있는 것도 아니고 또 그래서도 안 된다.

물론 나라의 운명이 정말로 위태로울 때라면 국민 누구나 "도원결의"를 해야 마땅하다.

桃源境

도원경 | 복숭아 꽃잎이 흘러나오는 지역
신선들의 나라 / 별천지 / 이상향 / 유토피아

桃 복숭아; 源 물줄기의 근원; 境 지역, 경계선
동의어 : 무릉도원 武陵桃源 / 출처 : 도연명(陶淵明)의 도화원기(桃花源記)

와이트 섬에는 성직자도 변호사도 여우도 없다.
The Isle of Wight has no monks, lawyers, or foxes.(영국속담)
유토피아는 설익은 진리일 뿐이다.
Utopias are often only premature truths.(라마르틴)
낙원에 들어가려는 자는 좋은 열쇠를 가져야만 한다.
He that will enter into paradise must have a good key.(영국속담)
인내는 낙원의 열쇠다.
Patience is the key of paradise.(터키 속담)

진(晉)나라 효무제(孝武帝, 재위 376-396) 시절에 무릉(武陵, 湖南省 常德府)에 사는 어부가 강에서 고기를 잡고 있었다. 그는 상류에서 복숭아 꽃잎이 엄청나게 많이 흘러 내려오는 것을 보고는 물줄기를 거슬러 배를 저었다.

낯선 계곡에 이르자 사방이 온통 복숭아꽃으로 뒤덮여 있었다. 강물이 시작되는 곳까지 배를 저어가 보니 산이 나타나고 거기 작은 굴이 드러났다. 그는 굴 안으로 들어갔다. 그리고 놀랐다. 그야말로 별천지가 눈앞에 나타난 것이다. 그곳 사람들은 진(秦)나라 때 피난을 했고 그 이후 바깥으로 나간 적이 없다고 했다.

수백 년 동안이나 굴속의 멋진 세상에서만 산 것이다. 일주일가량 극진한 대접을 받고 어부는 굴을 나서서 집으로 돌아갔다. 그 후 그곳을 다시 찾아가 보려고 했지만 헛수고였다.

지상에는 유토피아가 없다. 인간의 이기주의와 사악한 면으로 기우는 경향 때문에 유토피아란 지상에 있을 수도 없다. 그러나 인류는 끊임없이 유토피아를 갈망하고 있다. 불가능한 줄 알면서도 유토피아를 갈망하는 것은 그러한 갈망 자체가 인간의 본성 안에 들어 있기 때문이다.

인류 역사에는 지상의 유토피아를 약속해주는 자들이 적지 않았다. 자칭 메시아들이다. 그러나 정치지도자의 탈을 쓰든, 종교지도자의 가면을 쓰든, 자칭 메시아들은 하나같이 거짓말을 하고 있다. 불가능한 것을 약속하기 때문이다. 그들 자신도 지상의 유토피아는 믿지 않을 것이다.

유토피아는 마음속에 있다. 물론 마음은 특정한 장소가 아니라 일종의 상태이다. 어부는 아무런 욕심이 없을 때 "도원경"을 발견했다. "도원경"이 그의 마음의 눈에 보인 것이다. 그러나 "도원경"의 풍족함이나 재산에 대해 욕심을 부려서 다시 찾아가 보려고 할 때는 그것을 찾아낼 수가 없었다. "도원경"은 신기루처럼 사라진 것이다. 아니, 그의 마음의 눈이 흐려져서 볼 수가 없는 것이다.

陶朱之富

도주지부 | 도주의 재산 / 엄청난 재산

陶 질그릇; 朱 붉은색; 之 ~의, 가다; 富 많다, 넉넉하다, 부자
출처 : 사기 식화열전(史記 殖貨列傳)

> 황금 열쇠는 모든 문을 연다.
> A gold key opens every door.(서양속담)
> 신보다 황금이 더 낫다. / Better gold than God.(서양속담)
> 재산을 사용할 줄 아는 자가 진짜 부자이다.
> He has wealth who knows how to use it.(로마속담)
> 가장 큰 재산은 욕망의 빈곤이다.
> The greatest wealth is a poverty of desires.(세네카)

와신상담(臥薪嘗膽)의 주인공 월왕 구천(越王 句踐, 재위 기원전 496~465)을 도와서 중국 남부지방의 패자가 되게 만든 대장군 범려(范蠡)는 이제 자신이 왕에게 더 이상 필요가 없는 존재이기 때문에 제거될까 염려해서 멀리 제나라로 떠나갔다.

그리고 거기서도 비상한 재능을 발휘하여 엄청난 재산을 모았다. 그러자 제나라의 왕이 그를 수상으로 발탁했다. 한동안 나라를 잘 다스리다가 그는 이렇게 말했다.

"서민으로 태어나 엄청난 재산을 모으고 수상이 되었으면 이것은 극도에 도달한 것이다. 최고의 명성을 오래 누린다는 것은 나에게 결코 유익하지 못하다."

그리고 보물만 싸들고 몰래 도(陶, 산동성 도현)라는 곳으로 가서 숨어살면서 주공(朱公)으로 자처했다. 거기서도 무역으로 엄청난 재산을 모았다. 그는 19년 동안 세 번이나 엄청난 재산을 모았는데 두 번은 모두 가난한 친구들과 친척들에게 나누어주었다.

범려처럼 비상한 재능을 발휘해서 엄청난 재산을 모으는 사업가는 수많은 사람들의 선망의 대상이 된다. 범려처럼 가난한 이웃을 위해 재산을 아낌없이 나누어준다면 그들은 존경과 칭찬을 받아 마땅할 것이다.

범려가 수상 자리를 내던지고 은둔한 것은 참으로 현명한 처사였다. 언젠가는 시기와 음모의 대상이 되어 비참한 최후를 맞이할지도 모르는 일이기 때문이다.

요즈음은 부동산이나 주식 투기 또는 복권 등으로 한몫을 단단히 잡는 경우도 적지 않다. 영화배우나 프로골퍼들 가운데서도 억만장자가 나온다. 많은 사람들이 그들을 부러워한다. 그러나 존경도 할까?

道聽塗說

도청도설 | 길에서 듣고 길에서 말해버린다
들은 것을 깊이 생각하거나 실천하지 않는다
헛소문을 곧이곧대로 받아들인다

道 길; 聽 듣다; 塗 길, 진흙; 說 말, 말하다
유사어 : 구이지학 口耳之學; 가담항설 街談巷說; 유언비어 流言蜚語
출처 : 논어 양화편(論語 陽貨篇); 한서 예문지(漢書 藝文志); 순자 권학편(荀子 勸學篇)

말이 많은 자는 대단한 거짓말쟁이다.

A great talker is a great liar.(서양속담)

말이 많은 자는 실천이 적다.

Much talkers, little walkers. Great talkers are little doers.

(서양속담)

말을 가장 적게 하는 사람이 가장 많이 안다.

He knows most who speaks least.(서양속담)

기린은 아무 말이 없기 때문에 가장 지혜로운 짐승이다.

The wisest animal is giraffe. It never speaks.(탄자니아 속담)

어리석음은 침묵으로만 감출 수 있다.

You cannot conceal folly except by silence.(로마속담)

때로는 어리석은 척하는 것이 최고의 지혜다.

To pretend folly on occasion is the highest of wisdom.(로마속담)

공자는 "길에서 듣고 길에서 말해버리면 그것은 덕을 버리는 것"이라고 말했다. 옛사람들의 훌륭한 가르침과 모범을 아무리 많이 듣고 배웠어도 자기 것으로 소화시켜서 실천하지 않으면 아무 소용도 없다는 뜻이다. 공부를 많이 하고 아는 것이 많다 해도 인격이 제대로 갖추어지지 않으면 헛되고 오히려 해가 된다.

신문의 지면이나 텔레비전의 강의를 통해서 동서양의 철학, 종교, 문화, 인생론 등을 그럴듯하게 떠들어대면서 큰 인기를 누리는 저명인사들이 적지 않다.

탤런트 뺨치게 사람들을 웃기고 또 인기도 더 높은 경우도 있다. 그러한 명사들이 자기가 한 말을 일상생활에서 실천한다면 그들은 참으로 거룩하고 존경스러운 성인일 것이다. 아침에 길에서 들은 이야기를 저녁에 아무에게나 하는 "도청도설"하는 습관에 젖은 것이라면 몹시 걱정스럽다.

더욱이 그러한 칼럼이나 강연에 중독되어 유식한 사람이 되었다고 착각하는 독자와 시청자들의 앞날이 더 걱정스럽다. "도청도설"하는 것도 자유지만 수많은 백성의 판단력을 흐리게 하거나 혼란시키는 것은 자유가 아니라 범죄일 수도 있다.

塗炭之苦

도탄지고 | 진흙탕에 빠지고 숯불 위에 떨어진 고통
포악한 통치자 밑에서 백성이 당하는 엄청난 고통

塗 진흙, 길; 炭 숯; 之 가다, ~의; 苦 괴롭다
출처 : 서경 중훼지고(書經 仲虺之誥)

거두어갈 것이 전혀 없으면 왕마저도 자기 권리를 잃어야 한다.
Where nothing is to be had, the king must lose his right.
(영국속담)
가난한 사람들을 잡아먹는 자는 목구멍이 뼈로 막힐 것이다.
He that eats the poor will find a bone to choke him.(서양속담)
특권층의 즐거움은 가난한 사람들의 눈물이다.
The pleasures of the mighty are the tears of the poor.(영국속담)
심지어는 파리도 분노할 줄 안다.
Even a fly has wrath.(로마속담)
지렁이도 밟으면 꿈틀한다.
Tread on a worm and it will turn.(영국속담)
백성의 소리는 하늘의 소리.
People's voice, God's voice.(서양속담)

중국의 대표적인 폭군은 하(夏)의 걸왕과 은(殷)의 주왕이다. 그래서
그들을 걸주(桀紂)라고 부른다. 말희(妹喜)와 놀아난 걸왕은 은의 탕왕(湯
王)이, 달기와 놀아난 주왕은 주(周)의 무왕(武王)이 각각 멸망시켰다. 탕
왕의 신하 중훼(仲虺)는 걸의 포악한 정치에 대해 "하나라 왕이 덕을 무
너뜨리고 백성들은 도탄에 빠졌다."고 말했다.

걸주란 수천 년 전에 한번 나타났다가 영영 사라진 도깨비가 아니다. 오늘날에도 지구 곳곳에 있다. 나치 독일의 히틀러는 유대인을 6백만 명이나 도살했다.

캄보디아의 공산정권 폴 포트는 6백만 인구 가운데 2백만 명을 학살했다. 스탈린은 수백만 명의 정치범을 시베리아 수용소에서 죽였다. 북한에는 수십만 명의 정치범이 수용소에 갇혀 있고 또 수백만 명이 굶어죽는다.

유고연방이 해체될 때 소위 인종청소라는 대학살이 벌어졌다. 아프리카에서는 오랜 내전 등으로 무수한 사람이 죽는다. 그런 독재자들이야말로 진흙탕 수렁이나 거대한 숯불 위에 던져야 마땅하다.

그러나 누가 그들을 잡아서 던질 것인가? 남의 나라의 일에 간섭해서는 안 된다는 국제법의 소위 "내정불간섭 원칙"을 내세우며 수백만, 수천만의 무고한 "사람"들이 짐승보다 못하게 죽는 꼴을 멀거니 구경만 하는 것이 21세기 문명이 자랑하는 인도주의는 아니다.

讀書亡羊

독서망양 | 책을 읽다가 양을 잃어버린다
하는 일에 마음이 없고 다른 일에 정신을 팔면 일을 망친다

讀 읽다; 書 책; 亡 잃다; 羊 양
출처 : 장자 병무편(莊子 駢拇篇)

> 지혜의 샘은 책들을 통해서 흐른다.
> The fountain of wisdom flows through books.(그리스 속담)
> 나쁜 책은 가장 나쁜 도둑이다.
> No worse thief than a bad book.(이탈리아 속담)
> 무엇인가 가르쳐주는 책만 용납될 수 있다.
> A book is only excusable so far as it teaches something.(볼테르)

하인 장(臧)과 하녀 곡(穀)이 각각 양을 치다가 다 같이 양을 잃어버리고 말았다. 이유를 묻자 하인은 대나무 쪽에 쓰인 글을 읽고 있었다고 대답했고 하녀는 쌍륙 놀이를 하고 있었다고 말했다. 결국 두 사람은 딴 짓을 하다가 양을 잃은 것이다.

양을 치는 목동이 독서에 몰두한다는 것은 자기 본분을 저버리는 것이다. 그렇게도 책읽기가 좋다면 목동 노릇을 그만두고 학교에 들어가야 마땅하다.

종교 지도자가 자기 입으로 가르치는 진리와 사랑을 실천하기는커녕 돈을 긁어모으고 대형교회의 신축 등에만 머리를 굴리면서 호화롭게 산다면 이것은 "독서망양" 정도가 아니라 "돈을 숭배하다가 자기 영혼마저 잃어버리는 것"이다.

그는 차라리 사업가로 변신해야 마땅하다. 세금을 내기 싫어서 종교의 탈을 쓰고 있다면 더욱 더 나쁘다.

일 년에 책을 한 권도 안 읽는 사람이 대부분인 나라에서는 "독서망양"이란 말이 너무나도 사치스럽게 들린다. 문화를 사랑하는 민족? 문맹이 없다고 자랑하지만 사실은 "책맹" 즉 책하고 담을 쌓은 사람들이 득시글거리는 나라에서 한가롭게 문화민족 타령을 할 수는 없다.

讀書百遍 義自見

독서백편 의자현 | 책을 백 번 읽으면 그 뜻은 저절로 드러난다
부지런히 공부하면 학문의 높은 경지에 도달한다

讀 읽다; 書 글, 책; 百 일백; 遍 두루
義 옳다, 뜻; 自 스스로; 見 드러나다(현), 보다(견)
동의어 : 독서백편 의자통 讀書百遍 義自通
출처 : 삼국지 위지 왕숙전 주(三國志 魏志 王肅傳 注)

전체를 이해하려면 전체를 읽어라.
Read the whole if you wish to understand the whole.(로마속담)
독서는 양보다 질이다.
Read much, not many books.(작은 플리니우스)
죽은 자들(책)의 의견을 물어라.
Ask counsel of the dead(of books).(서양속담)
독서하지 않고 보내는 여가는 그의 죽음이자 생매장이다.
Leasure without books is death and burial of a man alive.
(세네카)

위(魏)나라의 동우(董遇)는 언제나 어디서나 책을 읽으며 공부를 계속
했다. "수불석권(手不釋卷)" 즉 손에서 책이 떠난 적이 없다. 그래서 후
한(後漢, 25-220)의 마지막 황제 헌제(獻帝, 재위 189-220)에게 경서를
강의하는 직책을 맡기에 이르렀다. 그는 제자들에게 "책을 백 번 읽으면
그 뜻은 저절로 알게 된다."고 말했다.

책을 한 번 읽기도 바쁜데 언제 백 번이나 읽겠는가? 그럴 시간이 없
다고 핑계를 대는 제자에게는 삼여(三餘) 즉 세 가지 여유를 가르쳐 주
었다. 겨울철은 한 해 가운데 여유 있는 시간이다. 밤은 하루 가운데 여
유 있는 시간이다. 그리고 비가 올 때는 다른 일을 멈추고 독서할 여유
라는 것이다.

요즈음 사람들에게는 책을 백 번 읽으라는 말도 "삼여"도 다 헛소리로 들릴 것이다. 일년 내내 책을 한 권도 읽지 않는 백성에게 할 말은 아니다.

그러나 누군가는 아직도 책을 백 번이나 읽고 또 "삼여"가 아니라 일년 내내, 밤낮으로, 비가 오나 눈이 오나 책을 읽고 있다. 그리고 학문의 높은 경지에 이르고 있다.

우리와 경쟁관계에 있는 다른 나라의 경우, 특히 젊은 세대의 경우에 그럴 것이다.

우리 젊은 세대가 공부는 하지 않으면서 자기 주장이나 하고 있을 때, 다른 나라의 젊은이들은 무섭게 공부하고 있다. 우리는 이미 경쟁에서 지고 있다. 먼 훗날의 일이 아니다.

물론 공부를 열심히 하는 것보다는 줄만 잘 서면 출세하는 현실도 문제는 문제다. 무슨 수를 써서라도 인기만 얻으면 권력도 잡고 큰 재산도 모을 수 있다는 풍조도 문제다.

학문의 경지에 이르기보다는 지식을 잔뜩 머리 속에 넣어서 고시에 합격하거나 학위 또는 자격증을 따는 것이 출세의 지름길이라고 믿는 세태는 더욱 문제다.

이러한 부류에 속하는 사람들은 인격을 수양하고 마음의 양식을 풍부하게 해주는 책은 읽지 않는다. 그러니까 "독서백편 의자현"이라는 말이 그들에게는 마이동풍이다.

獨眼龍

독안룡 | 애꾸눈 용 / 용맹한 애꾸눈 장수 / 인격이 고매한 애꾸눈 인물

獨 홀로; 眼 눈; 龍 용

출처 : 당서 이극용전(唐書 李克用傳); 오대사 당기(五代史 唐記)

> 소경의 나라에서는 애꾸눈이 행복하다.
>
> Blessed are the one-eyed in the country of the blind.
>
> (프레데릭 대왕)
>
> 완전히 눈이 멀기보다는 애꾸눈이 더 낫다.
>
> Better one-eyed than stone-blind.(서양속담)
>
> 애꾸는 자기 눈을 잃을까 걱정해야 한다.
>
> He that has but one eye must be afraid to lose it.(서양속담)
>
> 애꾸는 항상 그 눈을 닦는다.
>
> Who has but one eye is always wiping it.(서양속담)
>
> 애꾸는 소경을 볼 때까지 신에게 감사하지 않는다.
>
> The one-eyed man doesn't thank God until he sees a blind man.(나이지리아 속담)

당나라의 탁월한 장군 이극용(李克用, 856-908)은 애꾸눈에 돌궐족 출신이었다. 희종(僖宗, 재위 873-883) 때 황소(黃巢)가 10여만 명의 농민을 이끌고 반란을 일으켰는데 이 때 이극용이 토벌에 큰 공을 세웠다. 사람들은 용맹한 그를 "독안룡"이라고 불렀다.

두 눈이 멀쩡한 장수들이 많았는데 애꾸눈이라는 핸디캡에도 불구하고 이극용이 두각을 나타낸 것은 크게 칭찬할 일이다.

그가 죽은 지 16년이 지나 그의 아들 이존욱(李存勗)은 당나라를 무너뜨린 후량(後梁)을 없애고 후당(後唐, 923-934)을 건국하여 황제가 되었다. 이극용이 과연 용은 용이었던 것이다.

애꾸눈도 탁월한 명장이 되었는데 두 눈이 멀쩡하면서도 장수가 되기는커녕 병역을 기피하려는 젊은이들이 많다. 그리고 아들을 군대에 보내지 않으려고 돈과 영향력을 총동원하는 얼빠진 부모들도 적지 않다. 자기 아들이 군대에도 못 갈 정도라는 것을 증명하려고 애쓰는 것이다.

병역을 기피했거나 정당하게 면제를 받았거나, 군대복무를 하지 않은 사람은 대통령에서 지방 서기에 이르기까지 모든 공직에서 추방해야 옳지 않을까?

앞으로도 모든 공직은 반드시 병역을 마친 사람에게만 맡겨야 옳지 않을까? 병역 미필자는 아예 선거에 출마도 못하게 해야 한다. 그런 법을 국회에 제출하면 과연 통과될까? 참으로 답답한 노릇이다.

東家食 西家宿

동가식 서가숙 | 동쪽 집에서 먹고 서쪽 집에서 잔다
정처 없이 떠도는 사람의 인생

東 동쪽; 家 집; 食 먹다; 西 서쪽; 宿 잠자다
준말 : 동식서숙 東食西宿 / 동의어 : 동가숙 서가식 同家宿 西家食
출처 : 천평어람(天平御覽)

> 생선과 손님은 사흘 지나면 냄새가 난다.
> Fish and guests smell at three days old.(영국속담)
> 고향의 연기가 외국의 불보다 더 밝다.
> The smoke from our own native land is brighter than fire in a
> foreign country.(로마속담)

제(齊)나라에 사는 처녀에게 동쪽 집과 서쪽 집의 아들들이 각각 청혼했다. 동쪽 집 아들은 부자였지만 얼굴이 못 생긴 반면 서쪽 집 아들은 가난하지만 대단한 미남이었다. 부모가 처녀에게 말했다.

"동쪽 집 아들을 원하면 왼쪽 어깨를 드러내고 서쪽 집 아들을 원하면 오른쪽 어깨를 드러내라."

망설이던 처녀는 두 어깨를 한꺼번에 다 드러냈다. 놀란 부모가 이유를 묻자 처녀가 대답했다.

"낮에는 동쪽 집에 가서 잘 먹고 잘 입기를 원하고 밤에는 서쪽 집에 가서 자고 싶기 때문이지요."

처녀는 두 마리 토끼를 다 잡고 싶었던 것이다. 그래서 "동가식 서가숙"은 원래 지나친 욕심을 가리키는 말이었다. 그런데 뜻이 변해서 떠돌이 인생을 의미하게 되었다.

요즈음 연애는 상대가 두 명만이 아니라 여러 명이 되기도 한다. 그러니까 상대가 네 명인 여자의 경우, 아침에는 동쪽에서 스파게티 먹고 커피 마시고, 점심에는 서쪽에서 탕수육 먹고 선물 받고, 저녁에는 남쪽에서 비프스테이크 먹고 밤에는 북쪽에서 미남과 잔다.

상대가 여덟 명인 경우는 더 복잡해진다. 동서남북에다가 동북쪽, 동남쪽, 서북쪽, 서남쪽을 추가해야 한다. 상대가 열두 명인 경우에는 동북동, 동남동…….

선거 때마다 소속 정당을 바꾸고 여기서도 기웃거리고 저기서도 기웃거리는 철새 정치인들이 너무나도 많다. 대통령이 바뀔 때마다 혁신을 외치면서 새로운 정당을 만든다.

분열을 통합이라고 부른다. 그런 철새들에 비하면 "동가식서가숙"이 소원이던 제나라의 처녀는 차라리 성녀라고 불러야 할지도 모른다. 세상이 그만큼 변했다.

同工異曲

동공이곡 | 노래나 글이 됨됨이는 같지만 내용이 다르다
일이나 물건이 사실은 같은 것인데 겉보기만 다르다

同 같다; 工 정교하다, 만들다, 기술자; 異 다르다; 曲 곡조, 굽어지다
동의어 : 이곡동공 異曲同工 / 유사어 : 대동소이 大同小異
출처 : 한유의 진학해(進學解)

크거나 작거나 종류는 같다.
Greater and less do not alter kind.(로마속담)
암말의 편자나 수말의 편자나 똑같다.
A mare's shoe and a horse's shoe are both alike.(서양속담)
달걀은 서로 똑같지가 않다.
One egg is not as much like to another.(로마속담)

문장의 대가인 한유(韓愈, 768~824)는 늙을 때까지 출세하지 못하고 대학에서 학생들을 가르치고 있었다. 어느 날 한 학생이 이렇게 말했다.

"선생님의 문장은 시경, 장자, 굴원, 사마천 등의 글과 비교하면 됨됨이가 같은데 내용만 다른 것입니다. 그런데도 왜 여태껏 출세하지 못하고 가난하게 삽니까?"

그러자 한유가 대꾸했다.

"공자와 맹자도 뜻을 얻지 못하고 가난하게 살았다. 나는 그러한 성인들과 비교도 안 되는 사람이지만 그래도 범죄를 저지르지 않은 채 한직이나마 관리로 살고 있다."

"동공이곡"은 원래 상대방을 칭찬하는 말로 쓴 것이다. 그러나 후대에 와서는 내용이 똑같은 것을 다르게 보이려고 하는 상대방을 경멸하는 의미에서 사용하는 경우가 많다.

간호원과 간호사, 운전수와 운전기사, 불구자와 신체 부자유자, 청소부와 거리 미화원 등은 똑같은 말인데 어감만 약간 달리 들리는 "동공이곡"이다.

포도주를 굳이 "와인"이라고 해야만 고상해지는 것은 아니다. 아내를 굳이 "와이프"라고 부르는 사람은 영어 단어 "와이프"가 다른 뜻이 있다는 것을 알아야 한다. 그렇게도 "동공이곡"의 말장난이 좋다면 남편은 왜 "허즈번드"라고 하지 않는지. 지하철은 "땅 속에 있는 쇳덩어리"라는 뜻으로도 들린다는 이유로 "서브웨이"나 "메트로"라고 불러야만 현대적인 것은 아니다.

同病相憐

동병상련 | 같은 병을 앓는 사람들끼리 서로 동정한다
어려운 처지의 사람들이 서로 동정하고 돕는다

同 같다; 病 병; 相 서로; 憐 동정하다
유사어 : 동우상구 同憂相救; 동주상구 同舟相救; 동악상조 同惡相助; 동류
상구 同類相救; 오월동주 吳越同舟; 유유상종 類類相從
출처 : 후한 조엽(趙曄)의 오월춘추 합려 내전(吳越春秋 闔閭 內傳)

> 손이 다른 손을 씻어준다.
> One hand washes another.(그리스 속담)
> 가난한 사람들은 사이가 좋다.
> Misery loves company.(서양속담)
> 상처투성이 말과 모래 둑.
> A scabbed horse and a sandy dike.(서양속담)

춘추시대 말기 초(楚)나라 출신의 전략가 오자서(伍子胥, 기원전 ?-485)는 간신의 모함으로 아버지와 형을 잃었다. 복수를 결심한 그는 오(吳)나라로 피해서 살다가 관상가 피리(被離)의 추천으로 오왕 합려(闔閭)의 신임을 받아 실권을 잡았다.

그 후 초나라에서 백비(伯嚭)가 오나라로 피신해 왔다. 오자서가 그를 왕에게 추천하려고 했을 때 피리가 그를 말렸다. 그때 오자서는 이렇게 말했다.

"같은 병을 앓는 사람들끼리 서로 동정하고, 같은 근심이 있는 사람들끼리 서로 돕는다는 노래도 있지요. 나와 같은 처지에 있는 백비를 내가 돕는 것이 어째서 안 된단 말인가?"

백비는 오자서의 추천으로 출세했다. 오자서는 초나라 군대를 격파하여 원수를 갚았다. 그러나 나중에 백비는 초나라에 매수되어 오자서를 모함하여 죽게 만들었다.

"동병상련"을 하려면 우선은 다 같이 병에 걸려 있어야 한다. 건강한 사람이 병든 사람을 동정하는 것은 "동병상련"이 아니다.

위암 환자는 위암 환자끼리, 간암에 걸린 환자는 자기들끼리, "동병상련"을 하는 것이다.

"죽이 맞는다"거나 "텔레파시가 통한다"는 말도 이와 비슷하다. 영어로 "코드(code)"라고 하면 암호를 의미한다. 그런데 "동병상련"을 "코드가 맞는다"는 식으로 말해서는 안 된다.

우리 나라 전직 대통령 둘이 감옥에 갔다. 그들은 문자 그대로 "동병상련"을 한 것은 아니다. 거액의 뇌물을 준 쪽과 받은 쪽이 감옥에 갇혀 있다. 그들도 정말 "동병상련"을 한 것은 아니다.

"동병상련"의 주체도 대상도 되지 않는 것이 좋다. 그러나 다 같이 어려운 처지에 빠져 있으면서도 "동병상련"마저 하지 않는 사람도 있다.

董狐之筆

동호지필 | 동호의 붓 / 역사를 있는 그대로 기록하는 곧은 자세

董 바로잡다; 狐 여우; 筆 붓
동의어 : 태사지간 太史之簡
출처 : 춘추좌씨전 선공 2년 조(春秋左氏傳 宣公 2年 條)

> 잘못을 막지 않는 자는 같은 잘못을 저지르는 것이다.
> He that hinders not a mischief is guilty of it.(세네카)
> 범죄는 그것에 물드는 자들을 똑같은 자로 만든다.
> Crime equalizes those whom it corrupts.(로마속담)
> 악인을 처벌하지 않는 자는 선한 사람들을 해친다.
> He harms the good that does the evil spare.(영국속담)
> 역사란 범죄와 불행의 전시장이다.
> History is but a picture of crimes and misfortunes.(볼테르)

춘추시대(기원전 770-403) 진(晉)나라의 고위관리 조천(趙穿)이 왕을 살해했다. 그 며칠 전에 수상 조돈(趙盾)이 망명길에 올랐는데 국경을 넘기 직전에 그 소식을 듣고 돌아왔다. 그런데 역사 기록자인 동호는 "조돈이 왕을 살해했다."는 기록을 올렸다. 조돈이 항의하자 동호가 이렇게 답변했다.

"사건 당시 당신은 아직 국경을 넘지 않았으니 국내에 있었고, 돌아와서는 범인을 잡아죽이지도 않았지요. 수상으로서 마땅히 해야 할 일을 안 했으니 당신이 왕을 살해한 것과 다름이 없습니다."

조돈은 동호의 기록을 그대로 인정하고 말았다. 이에 관해서 공자는 나중에 이렇게 평했다.

"동호는 훌륭한 역사 기록자였다. 조돈도 법을 바로 세우기 위해 누명을 감수했으니 역시 훌륭한 고관이었다."

동호처럼 줏대와 용기가 있는 관리는 드물다. 그러나 가장 높은 수상 자리에 있으면서도 자신의 잘못을 솔직히 시인한 조돈 같은 고위층은 참으로 희귀하다.

동호도 조돈 같은 인물 앞에서 바른말을 했으니 다행이지 그렇지 않으면 당장 목이 달아났을 것이다.

요즈음은 역사의 기록은 물론 온 세상이 다 아는 내용마저도 왜곡하고 감추려는 사람들이 많다. 하루만 지나면 훤하게 들통이 날 것이 뻔한데도 불구하고 거짓말을 태연하게 한다.

들통이 난 뒤에도, 기억이 잘 안 난다든가 자기 말이 잘못 전해졌다는 식으로 꼬리를 뺀다. 고위층일수록 이런 일을 더욱 많이 한다.

斗酒不辭

두주불사 | 한 말의 술도 사양하지 않는다
술을 엄청나게 많이 마실 수 있다

斗 말(곡식의 분량을 재는 기구); 酒 술; 不 아니다; 辭 사양하다
출처 : 사기 항우 본기(史記 項羽 本紀)

> 나는 술을 해면보다 더 많이 마시지는 않는다.
> I do not drink more than a sponge.(라블레)
> 한 달에 적어도 한 번은 만취해야 한다.
> Every month one should get drunk at least once.(프랑스 속담)
> 바다보다 술이 더 많은 사람을 익사시켰다.
> Wine has drowned more men than the sea.(서양속담)

진(秦)나라 말기인 기원전 206년, 천하의 패권을 유방과 항우가 다툴 때 유방이 수도 함양에 먼저 입성했다. 항우가 몹시 화가 나서 유방을 공격하려고 했다. 그때 유방이 항우의 숙부 항백(項伯)을 중재인으로 내세우고는 항우의 진영을 찾아가서 사과했다. 이것이 "홍문의 모임(鴻門之會)"이다.

술잔치가 벌어졌다. 항우의 전략가 범증(范增)이 이 기회에 유방을 처치하라고 권고했지만 항우는 듣지 않았다. 그러자 범증이 항장(項莊)에게 칼춤을 추다가 유방을 죽이라고 지시했다.

눈치를 챈 항백이 마주 나가서 칼춤을 추어 항장을 막았다. 이어서 유방의 전략가 장량(張良)이 번쾌(樊噲)를 내보냈다. 번쾌는 한 말짜리 술을 선 채로 마시고 돼지고기도 우적우적 씹어먹었다. 술을 더 마시겠는지 묻는 항우의 질문에 번쾌가 대꾸했다.

"한 말짜리 술도 사양하지 않겠습니다(斗酒不辭)."

남보다 술이 약간 센 것을 가지고 "두주불사"라고 소리치는 것도 어리석고 그런 사람들을 부러워하는 사람은 더욱 어리석다. 고무신이나 군화로 막걸리를 마셨다는 검은 선글라스의 장군도 있다. 그는 아마 너무나도 청빈해서 술잔이 하나도 없었기 때문에 할 수 없이 고무신이나 군화로 마셨을 것이다.

폭탄주를 거듭해서 돌리는 권력기관의 인사들은 불사신인 모양이다. 그들은 그 누구의 비리나 범죄도 수사할 수 있고 또 수사하지 않을 수도 있다. 수사를 해도 그 결과를 발표할 수도 있고 안 할 수도 있다.

그러나 그들 자신의 비리나 범죄를 수사할 수 있는 사람은 거의 없다. 있다고 해도 그들에게 함부로 손댈 수가 없다. 그러니까 그들은 불사신이고 정의의 수호자라고 스스로 자부한다. 그런데 정의의 여신은 길거리에서 날마다 울고 있다. 너무나도 부끄럽고 원통해서 울고 있는 것이다.

한 말짜리 술을 마시는 사람은 위대하다. 위장이 남보다 더 크고 튼튼하니까. 그렇다고 반드시 위대한 인물은 아니다.

231

杜撰

두찬 | 두(杜)씨 성을 가진 사람이 쓴 글
격식에 맞지 않거나 잘못된 데가 많은 글

杜 팥배나무; 撰 글을 짓다, 쓰다
출처 : 송나라 왕무의 야객총서 통속편(野客叢書 通俗篇)

> 위대한 호메로스도 때로는 졸게 마련이다.
> Sometimes the good Homer grows drowsy.(호라시우스)
> 많이 쓰기보다는 정확하게 쓰도록 애써라.
> Be careful that you write accurately rather than much.
> (에라스무스)
> 번역자는 반역자다. / Translators, traitors.(이탈리아 속담)
> 완벽한 성모의 찬가를 수정한다.
> To correct the Magnificat.(서양속담)
> 번역은 원작의 잘못을 증가시키고 그 장점을 손상시킨다.
> Translations increase the faults of a work and spoil its
> beauties.(볼테르)
> 화가와 시인은 거짓말을 허가 받았다.
> Painters and poets have leave to lie.(스코틀랜드 속담)
> 오래된 것이라고 모두 옳은 것은 아니다.
> Antiquity is not always a mark of verity.(서양속담)

송나라 인종(仁宗, 재위 1022-1063) 때 두묵(杜默)은 구양수에 다음가는 유명한 시인이었는데 음률을 맞추는 재주가 모자랐다. 그래서 왕무(王楙)는 야객총서(野客叢書)에 이렇게 지적했다.

"두묵의 시는 운율이 맞지 않는 곳이 많다. 따라서 격식에 맞지 않는 것을 두찬이라고 한다."

격식에 맞지 않거나 잘못된 것은 글만이 아니다. 국가기관이든 개인회사든 사람을 잘못 쓰는 일 즉 "두찬"식의 인사를 하는 경우가 많다. 인사란 완전할 수가 없다. 그러니까 항상 "두찬"의 오류가 저질러진다.

특히 대통령이나 수상이 무능하거나 부패한 측근을 각료로 임명하는 "두찬"은 가관이다. 개각을 자주 하거나 걸핏하면 장관을 바꾸는 것은 대부분의 경우 "두찬"이다.

자기 식성에 맞는 사람만 요직에 배치하는 것도 "두찬"이지만, 자기 쪽이 아닌 사람의 발탁이나 등용에 대해서는 사사건건 무조건 결사반대를 외치는 것은 더욱 고약한 "두찬"이다.

잘못된 글은 언제든지 쉽게 고칠 수가 있다. 그러나 "두찬"식의 인사는 수많은 사람들에게 피해를 준다. 인재를 제대로 알아보지 못하거나 "두찬"식의 인사를 일삼는 지도자는 그 자신이 무능하거나 부패한 것이다.

得隴望蜀

득롱망촉 | 농서 지방을 얻고 나서 촉 지방마저 얻기를 바란다
인간의 욕심은 끝이 없다

得 얻다; 隴 지명, 농서 지방; 望 바라다; 蜀 지명
준말 : 망촉 望蜀 / 동의어 : 평롱망촉 平隴望蜀; 망촉지탄 望蜀之嘆
유사어 : 계학지욕 谿壑之慾; 차청차규 借廳借閨; 기마욕솔노 騎馬欲率奴
거어지탄 車魚之歎 / 출처 : 후한서 잠팽전(後漢書 岑彭傳); 후한서 광무기,
헌제기(光武記, 獻帝記); 삼국지 위지(三國志 魏志)

> 많을수록 더욱 많이 가지려 한다.
> The more a man has, the more he wants to have.(서양속담)
> 탐욕스러운 자는 항상 더 많은 것을 원한다.
> An avaricious man is always in want.(서양속담)
> 1인치를 주면 45인치를 요구한다.
> Give him an inch, and he will ask an ell.(서양속담)
> 수전노의 주머니는 차는 법이 없다.
> The miser's bag is never full.(서양속담)

후한 광무제 유수(劉秀, 기원전 6-서기 57)가 농서(隴西, 감숙성) 지방과 촉(蜀, 사천성) 지방을 제외하고는 천하를 손아귀에 넣었다. 농서의 외효가 죽자 그 아들 외구순(隗寇恂)이 서기 33년에 항복했다.

그때 광무제는 "사람이란 만족할 줄을 모른다. 농서 지방을 얻으니 이제는 촉 지방마저 탐이 나는구나!"고 말했다. 그 후 4년이 지난 서기 37년에 광무제는 대군을 거느리고 촉을 정복했다.

삼국시대인 서기 220년, 후한의 헌제(獻帝, 189-226) 때 조조가 한중(漢中, 섬서성 서남쪽)을 차지하고 이어서 농서 지방마저 손에 넣었다. 그러자 전략가 사마의(司馬懿, 중달 仲達)가 내친김에 유비의 익주(益州)마저 정복하도록 재촉했다.

그러나 조조는 "인간의 욕망은 끝이 없는 것이다. 나는 광무제가 아니다. 이제 농서를 얻었으니 촉마저 바랄 필요는 없다."고 대꾸했다. 물론 익주가 탐이 나지 않아서 그런 말을 한 것은 아니다. 자신의 군사력이 부족했던 것이다. 그래서 "계륵(鷄肋)"이라고 말한 뒤 철수했다.

인간의 욕망이 무한하다고 해서 반드시 나쁘게 볼 것만은 아니다. 과학의 발달은 지식에 대한 무한한 욕망에서 나온다. 경제발전도 결국은 무한한 욕망이 부추기는 것이다. 민주주의의 발전마저도 자유에 대한 무한한 갈망이 없으면 불가능한 것이다. 그러나 대부분의 경우에는 무한한 욕망 때문에 인간은 파멸하고 만다. 그래서 욕망의 조절 또는 억제가 인생에서는 참으로 묘미가 있는 것이다.

로마의 지배자가 된 줄리어스 시저는 종신 집정관이 되려고 과욕을 부리다가 결국은 자신의 양아들 브루투스마저도 가담한 암살단에게 피살되었다.

종신집권이란 그토록 매력적인 것은 아니다. 왕이 되었다 해도 자기 수명을 다하고 죽을 때까지 왕 노릇을 하지 못하고 도중에 살해된 왕들이 얼마나 많은가?

혜성같이 나타났다가 사라진 수많은 재벌기업들도 규모의 경제 즉 욕망의 억제라는 묘미를 알았더라면 침몰을 면하지 않았을까?

"득롱망촉"을 하는 것은 자유다. 그러나 그 결과에 대해서는 남을 원망하지 마라.

得魚忘筌

득어망전 | 물고기를 잡고 나면 통발을 잊어버린다
목적을 이루고 나면 그 수단에 더 이상 구애받지 않는다

得 얻다; 魚 물고기; 忘 잊다; 筌 통발(물고기 잡는 도구)
준말 : 망전 忘筌 / 출처 : 장자 외물편(莊子 外物篇)

위험이 지나가면 신을 잊어버린다.
When the danger is past, God is forgotten.(서양속담)
폭풍우 때 한 맹세는 잔잔할 때 잊는다.
Vows made in storm are forgotten in calms.(서양속담)
물을 마시고 나자마자 샘에 등을 돌린다.
As soon as you have drunk you turn your back on the spring.
(서양속담)
은혜를 모르는 것은 가장 큰 죄다.
Ingratitude is the worst of sins.(이집트 속담)
지옥은 은혜를 모르는 자들로 가득 차 있다.
Hell is full of the ungrateful.(서양속담)
은혜를 모르는 자를 돕는 것은 나쁜 일이다.
It is an evil thing to serve the ungrateful.(로마속담)

장자는 이렇게 말했다.

"물고기를 잡으면 통발을 잊어버린다. 토끼를 잡으면 덫을 잊어버린다. 말은 뜻을 전달하는 수단이니 뜻을 알고 나면 말을 잊어버린다."

만물의 참된 이치를 깨닫고 나면 말에 구애받지 않는다는 의미이다. 오묘한 경지에 이른 인물만이 할 수 있는 말이다.

그런데 "득어망전"은 일단 목적을 달성하고 나면 목적을 달성하도록 도와준 사람이나 사물의 은덕을 잊어버리는 매정한 태도를 가리키기도 한다.

물고기를 잡았으니 통발은 이제 필요가 없다는 식이다. 그렇지만 물고기를 한 번만 잡는 것이 아니다. 다음 번에도 통발은 필요할 것이다. 그리고 이런 식으로 "득어망전"즉 "배은망덕"하는 사람을 다른 사람들이 좋아하거나 도와줄 리가 없다.

登龍門

등용문 | 용문에 올라간다 / 용문을 통과해서 용이 된다
출세하기 위해 반드시 통과해야 하는 문 즉 출세의 관문

登 올라가다; 龍 용; 門 문
반대어 : 점액 點額; 용문점액 龍門點額
출처 : 후한서 이응전(後漢書 李膺傳)

> 세상은 올라가는 사람도 있고 내려가는 사람도 있는 계단이다.
> The world is a staircase, some are going up and some are
> coming down.(이탈리아 속담)
> 경쟁은 재능을 키우는 숫돌이다.
> Emulation is the whetstone of wits.(로마속담)
> 원숭이는 높이 올라갈수록 자기 꼬리를 더욱 많이 드러낸다.
> The higher the ape goes, the more he shows his tail.(서양속담)
> 높이 오를수록 더 심하게 추락한다.
> The higher up, the greater fall.(서양속담)

용문(龍門)은 황하 상류에 있는 협곡의 명칭인데 하진(河津)이라고도
한다. 물살이 하도 빠르고 세차기 때문에 하류에서 거슬러 올라오는 물
고기는 아무리 큰 것이라도 이곳을 통과하지 못한다.

그러나 통과하기만 하면 그 물고기는 용이 되어 하늘에 오른다고 한
다. 그래서 "등용문"이라고 하면 출세의 관문이라는 의미가 된다.

후한(後漢) 말기에는 황제의 개인비서 격인 환관들의 횡포, 부정부패,
매관매직 등으로 나라의 근본이 흔들리고 있었다. 황제는 허수아비였다.
그 때 정의와 혁신을 부르짖는 관리들의 중심인물이 경찰청장 격인 이
응(李膺, ?-169)이었다. 사람들은 그와 가까운 친분관계를 맺거나 그의
추천을 받으면 이를 "등용문"이라고 부르고 대단한 영광으로 여겼다.

요즈음 "등용문"은 사법고시를 가리키기도 한다. 정치가들은 선거를, 의사들은 의사 자격시험을 등용문이라고 부르고 싶을지도 모른다.

"등용문"이란 아무 데나 붙이는 말이 아니다. 적어도 나라의 기둥이 되는 인물이 통과하는 문을 가리키는 말이다. 용은 커녕 피라미, 꼴뚜기, 망둥이, 멸치, 새우들이 지나가는 문은 대문도 못 되고 그저 개구멍이라고 부른다.

"등용문"을 통과하는 사람은 극소수다. 대다수는 상처뿐인 영광만 안고 눈물을 흘린다. 출세 경쟁에서 패배했기 때문이다. 이러한 패배 또는 패배한 사람을 "점액(點額)"이라고 한다. 점(點)은 상처를 입는다, "액(額)"은 이마라는 뜻이다. 그러니까 물결을 거슬러 올라가다가 이리저리 바위에 부딪쳐서 물고기들이 이마가 깨진다는 말이다.

등용문을 지나 출세했다고 반드시 행복한 것은 아니다. 칼이나 사약에 죽은 선비들은 얼마나 많은가? 유배당한 사람은 더 많다. 요즈음도 고시 합격하고 국회의원이나 장관이

되었다가 감옥에 간 사람들이 적지 않다.

"점액"을 했다고 반드시 못난 인물인 것도 아니다. 고시에 실패하더라도 나중에 얼마든지 훌륭한 인물이 될 수 있다. 고시란 무수한 시험 가운데 하나에 불과하다. 가장 중요한 시험은 바로 인생 자체이다.

마

磨斧作針

마부작침 | 도끼를 갈아서 바늘을 만든다
어려운 일도 참고 노력하면 언젠가 성공한다
학문이나 일에 열심히 노력한다

磨 갈다; 斧 도끼; 作 만들다; 針 바늘
동의어 : 마저성침 磨杵成針; 마저작침 磨杵作針; 철저성침 鐵杵成針
유사어 : 우공이산 愚公移山; 수적천석 水滴穿石
출처 : 당서 문원전(唐書 文苑傳); 방여승람(方輿勝覽)

> 인내와 시간은 뽕나무 잎을 비단옷으로 만든다.
> With patience and time the mulberry-leaf becomes a silk gown.
> (서양속담)
> 천천히 착실하게 가는 사람이 경주에서 이긴다.
> Slow and steady wins the race.(서양속담)

당나라 시인 이백(李白, 자 太白, 701-762)은 촉(蜀) 지방의 성도(成都)에서 자랐다. 그는 학문에 뜻을 두고 상의산(象宜山)에 들어가 공부를 했다. 그러나 도중에 싫증이 난 그는 산에서 내려와 집으로 돌아가고 있었다. 냇가에 이르자 한 노파가 바위에 대고 도끼를 열심히 문지르고 있어서 그 까닭을 물었다. 노파는 도끼를 갈아서 바늘을 만들려고 한다고 대답했다. 기가 막힌 이백이 반문했다.

"아무리 도끼를 간다고 해도 어떻게 바늘이 되겠어요?"

노파가 태연히 대꾸했다.

"도중에 그만두지 않고 열심히 계속해서 간다면 바늘이 되고야 말지."

그 말에 이백은 크게 깨달았다. 그래서 집으로 가려던 생각을 버리고 다시 산으로 올라가 열심히 공부했다. 그리고 대성했다.

노파는 죽을 때까지 도끼를 갈아도 바늘을 만들지 못했을 것이다. 바늘을 만들지 못해도 좋다. 바늘을 만들겠다는 구체적이고 뚜렷한 목적 그리고 그 목적을 이룩하겠다는 의지가 소중한 것이다.

또한 끊임없이 도끼를 가는 그 노력은 헛수고처럼 보이지만 뚜렷한 목적과 의지가 있기 때문에 가치가 있는 것이다.

학문이든 사업이든 하루아침에 되는 것은 하나도 없다. 야합, 결탁, 부정부패 등 사악한 방법을 동원한 경우가 아니라면, 크게 성공한 사람들이란 남들과 달리 피나는 노력을 꾸준히 해서 그런 성공을 거둔 것이다.

그런데 대부분의 사람들은 남의 성공을 부러워만 했지 성공에 필요한 노력은 피한다. 감나무 밑에서 입을 벌린 채 감이 떨어지기만 기다린다.

돈을 주고 가짜 박사학위를 사는 사람, 돈으로 성적을 조작하는 사람, 돈으로 아들을 병역기피시키는 부모 등은 "마부작침"과 정반대되는 행동을 한다. 그래서 그들이 얻는 결과는 가치도 없고 오히려 수치스러운 것이다.

馬耳東風

마이동풍 | 말의 귀에 동쪽 바람(봄바람)
남의 말에 귀를 기울이지 않는다
충고해 주어도 소용이 없다

馬 말; 耳 귀; 東 동쪽; 風 바람
유사어 : 마이춘풍 馬耳春風; 우이독경 牛耳讀經; 대우탄금 對牛彈琴
출처 : 이백의 시 답왕십이 한야독작유회(答王十二 寒夜獨酌有懷)

누군가 우화를 들려주자 당나귀가 귀를 움직였다.
Someone related a fable to an ass, and he shook his ears.
(그리스 속담)
물소 앞에서 하프를 연주해야 소용없다.
Futility: playing a harp before a buffalo.(미얀마 속담)
한 귀로 듣고 한 귀로 흘린다.
In at one ear and out at the other.(서양속담)
귀머거리에게 두 번 노래하는 것은 어리석은 짓이다.
It is folly to sing twice to a deaf man.(영국속담)

당나라 시인 이백(李白, 자 太白, 701-762)은 친구 왕십이(王十二)로 부터 "한야독작유회(寒夜獨酌有懷)" 즉 "추운 밤 홀로 술 마시는 감회"라 는 시를 받고 거기 응답하는 시를 써서 보냈는데 그 가운데 "마이동풍" 이 나온다.

"우리가 할 수 있는 것은 시를 짓고 글을 쓰는 것뿐/ 그 외의 천만 마 디 말은 아무 가치도 없다./ 세상사람들은 우리 시를 듣고도 알아듣지 못한다./ 마치 동풍(봄바람)이 말의 귀를 스치는 것처럼."

봄바람이 불어도 말은 봄의 흥취를 알 리가 없다. 소 앞에서 불경이나 성경을 낭송해 준들 소가 알아들을 리 없다. 오페라 극장의 특별석에 앉아서 꾸벅꾸벅 조는 저명인사들에게 오페라 음악이란 "마이동풍"에 불과하다.

연애편지를 아무리 날마다 보내도 저쪽에서는 아는 척도 하지 않는다. 사랑의 호소도 "마이동풍"이다. 떡을 손에 쥔 사람은 줄 생각도 없는데 떡을 쳐다보며 군침을 흘리는 것도 역시 "마이동풍"이다.

장관임명, 정당의 후보공천, 대학의 교수채용, 승진, 보직, 임금인상 등의 경우에도 "마이동풍" 현상은 얼마든지 있다. 교육의 목적은 우수한 인재를 가능한 한 많이 양성하는 데 있다. 그렇게 하려면 학교, 선생, 학생들 사이에 치열한 경쟁이 필요하다. 그런데 경쟁을 없애고 평준화라는 깃발을 내건다. 다같이 바보가 되라는 말이다. 이 상황에서 교육의 목적을 떠드는 것은 "마이동풍"이다.

馬革裹屍

마혁과시 | 말가죽으로 시체를 싼다
전쟁터에 나가 적과 싸워서 죽겠다는 장수의 각오

馬 말; 革 가죽; 裹 싸다; 屍 시체
출처 : 후한서 마원전(後漢書 馬援傳)

군사란 죽을 뿐이지 항복하진 않는다.
The guard dies but does not surrender.(캉브론 장군)
용기는 천 개의 방패다.
Virtue is a thousand shields.(로마속담)
평화를 원하면 전쟁을 준비하라.
If you wish for peace prepare for war.(서양속담)
전쟁은 두려워해서도 도발해서도 안 된다.
War should be neither feared nor provoked.(아들 플리니우스)
전쟁은 겪어보지 않은 자에게 달콤한 것이다.
War is sweet to those who have not tried it.(서양속담)

후한 광무제 때 복파(伏波)장군 마원(馬援)은 교지(交趾, 현재의 베트남)에 이어 남부지방을 평정하고 서기 44년에 수도 낙양으로 개선했다. 환영 인파 속에는 아이디어가 뛰어난 맹익(孟翼)도 있었는데 그는 평범한 축하인사만 했다. 그러자 마원이 이렇게 말했다.

"나는 공적에 비해서 과분한 상을 받았다. 그러니까 이 영광은 오래갈 것 같지 않다. 지금 흉노와 오환(烏桓)이 북쪽 국경에서 말썽을 피우고 있다. 내가 이들을 토벌하도록 건의하라. 대장부는 국경 싸움터에서 죽어야 마땅하다. 말가죽에 시체가 싸여서 돌아와 묻히면 그만이다. 침대에서 여자의 시중을 받으며 죽을 수는 없는 노릇이다."

한달 뒤 흉노와 오환이 침입하자 그는 자원해서 전쟁터로 나갔다.

군대란 적과 싸워서 나라를 안전하게 지키기 위해 만든 특수 무장조직이다. 군인이란 나라를 위해 싸우다가 목숨을 바쳐야 마땅하다.

물론 총력전 시대인 현대에서는 민간인도 나라를 위해 목숨을 바쳐야만 한다. 적이 분명히 가까이 있는데도 불구하고 그러한 적을 적이라고 가르치지 않는다면 방어태세가 흔들리기 십상이다.

특권층, 권력층, 부유층, 인기스타 등의 병역기피가 논란이 된 지 오래지만 원천적인 해결은 아직도 멀다. 건설업체로부터 뇌물을 받은 장군이 구속되었다.

적이 공격해 올 때 이런 장군이 지휘하는 군대가 나라를 안전하게 지켜줄 수 있을까? 군대의 힘은 예산, 무기, 병력에만 달려있는 것이 아니라 오히려 정신무장이 더욱 중대한 관건이다.

지휘관들이 "마혁과시"의 각오로 날마다 충실히 근무하지 않는다면 군대조직 전체의 힘은 약화될 수밖에 없다.

마혁과시! 군대의 최고통수권자인 대통령에서 일선 소대장에 이르기까지 그런 각오를 해야 한다.

莫逆之友

막역지우 | 마음에 거슬리는 것이 없는 친구
더할 나위 없이 친한 친구

莫 없다; 逆 거슬리다, 배반하다; 友 친구
원문 : 막역어심 莫逆於心 / 동의어 : 막역지간 莫逆之間; 막역간 莫逆間
출처 : 장자 대종사편(莊子 大宗師篇)

우정이 없으면 삶도 없다.
There is no life without friendship.(키케로)
참된 친구 한 명이 친척 백 명보다 낫다.
Better one true friend than a hundred relations.(서양속담)
친구들이 만나면 가슴이 뜨거워진다.
When friends meet, hearts warm.(스코틀랜드 속담)
사귀는 친구를 보면 그 사람을 안다.
A man is known by the company he keeps.(서양속담)
적이 하나도 없는 자는 친구도 없다.
He who has no enemy has not any friend.(로마속담)
나쁜 친구는 악마의 그물이다.
Bad company is the devil's net.(서양속담)

"막역"이란 서로 거칠 것이 없는 한 마음 한 뜻이란 의미이다. 서로 흉허물이 없는 사이도 "막역하다"고 한다.

자사(子祀), 자여(子輿), 자리(子犁), 자래(子來) 등 네 사람이 이야기를 나누다가 마주 보며 웃고는 마음에 거슬리는 것이 없어서 비로소 친구가 되었다. 자상호(子桑戶), 맹자반(孟子反), 자금장(子琴張) 등 세 사람도 역시 그러했다.

한 때 막역한 사이는 아무런 의미도 없다. 형님 아우 하면서 의리를 맹세하지만 이해관계가 어긋나면 등을 돌리는 경우가 어디 한둘인가?

혁명동지들도 서로 배신한다. 정치인들, 특히 후진국의 정치인들 가운데서 "막역지우"를 찾는다는 것은 하늘의 별 따기다.

일생 동안 막역한 사이가 참된 친구이다. 그런 친구란 단 한 명만 있어도 참으로 다행이다. 막역지우! 생각만 해도 가슴이 푸근해지는 말이 아닌가!

그러나 막역한 사이라고 해서 반드시 그들이 모두 훌륭한 인물인 것은 결코 아니다. 막역한 관계는 조직폭력 단체나 밀수꾼들의 세계에도 있다.

알코올 중독자, 마약 중독자, 포주와 창녀, 브로커와 업자, 연예인, 문화예술인, 언론인, 지식인, 종교인들의 사회뿐만 아니라 문자 그대로 각계 각층에 다 있다. 막역한 관계 그 자체가 중요한 것은 아니다. 그들이 무슨 일을 하고 있는가가 핵심인 것이다.

輓歌

만가 | 상여를 메고 갈 때 부르는 노래 / 죽은 자를 애도하는 노래

輓 끌다; 歌 노래
출처 : 고금주 음악편(古今注 音樂篇); 진서 예지편(晉書 禮志篇)

> 고인을 애도하는 조사는 거짓말이다.
> Funeral sermon, lying sermon.(독일속담)
> 고인을 위해 지나치게 우는 것은 살아있는 자들에 대한 모욕이다.
> To weep excessively for the dead is to affront the living.
> (서양속담)
> 화려한 장례식은 죽은 자의 명예보다 산 자의 허영을 위한 것이다.
> The pomp of funerals is more on account of the vanity of the
> living than for the honour of the dead.(라 로슈푸코)

한(漢)나라 초기에 유방(劉邦, 高祖)이 역이기(酈食其)를 제나라에 보내서 실권자 전횡(田橫)에게 항복하라고 권유했다. 설득을 당한 전횡이 군대를 해산했는데 유방의 군대를 지휘하던 한신(韓信)이 역이기의 비상한 재능을 시기하여 제나라를 급습했다. 전횡은 역이기에게 속았다고 오해하여 그를 죽인 뒤 동쪽 섬으로 달아났다.

그 후 초나라의 항우를 격파하고 황제가 된 유방은 전횡의 반란을 우려해서 그를 제후로 삼겠다고 제의했다. 전횡은 유방의 사신을 따라 수도 낙양으로 향했지만 30리를 남겨둔 지점에서 자결하고 말았다. 그의 머리를 바친 부하 두 명과 섬에 남아 있던 500명의 부하들도 모두 자결했다. 그 때 전횡의 부하 한 사람이 노래 두 편을 지어서 전횡의 죽음을 애도하면서 불렀다.

"부추 잎에 맺힌 이슬은 어찌 빨리도 말라버리는가?/ 이슬은 말라도 내일 아침에 다시 내리지만/ 사람이 한번 죽으면 언제 다시 돌아오겠는

가?" (해로가 薤露歌)

"호리는 어느 누구의 집터인가?/ 혼백을 거둘 때는 잘난 사람도 못난 사람도 구별이 없다./ 귀신은 어찌하여 재촉이 그리 심한가?/ 사람 목숨이란 잠시도 이승에서 머뭇거리지도 못한다." (호리곡 蒿里曲)

한나라 무제(武帝, 기원전 141-87) 때 음악담당 고위관리인 이연년(李延年)이 여기에 곡조를 붙였다. 그 후 해로가는 귀족들의 장송곡으로, 호리곡은 서민들의 장송곡으로 불리게 되어 "만가"가 시작되었다.

"만가"는 살아남은 사람들의 슬픔을 노래로 표현한 것이다. 진심으로 만가를 부르는 사람들이라도 있다면 관속에 누운 고인의 황천 길 여행이 그리 고달프지는 않을 것이다.

그러나 겉으로는 눈물을 흘리지만 속으로는 은근히 좋아하면서 위선적 "만가"를 부르는 경우가 많지 않을까?

고인에 대한 애도는 뒷전이고 그가 남긴 막대한 유산에만 눈독을 들이고 있는 유족들이라면 웃음을 참지 못해서 진땀을 흘릴 것이다.

산 사람들이 아무리 구슬프게 "만가"를 불러도 죽은 자의 귀에는 그 노래가 하나도 들리지 않는다.

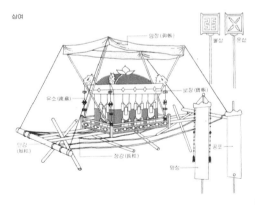

상여

萬事休矣

만사휴의 | 모든 일이 끝났다
　　　　　　모든 방법을 동원했지만 더 이상 해 볼 길이 없다

萬 일만; 事 일; 休 쉬다, 그치다; 矣 어조사
출처 : 송사 형남고씨세가(宋史 荊南高氏世家)

가장 좋은 것의 부패는 최악의 부패다.
The corruption of the best is the worst corruption.(로마속담)
목이 잘리면 모든 꿈이 끝난다.
When the head is knocked off, it is all over with the dreams.
(나이지리아 속담)
그는 물을 떠난 물고기다.
He is a fish out of water.(서양속담)
이 세상의 끝은 죽음이다.
The end of the world is death.(콩고 속담)

　당(唐, 618-907)나라가 망하고 송나라(北宋, 960-1127)가 건국될 때
까지 53년 동안이 오대십국(五代十國) 시대이다. 중원에서 후량(後梁),
후당(後唐), 후진(後晉), 후한(後漢), 후주(後周) 등 다섯 왕조가 교체되었
고, 지방에서는 열 나라가 자리잡았다.

　고계흥(高季興)이 절도사로 파견된 뒤 독립해서 세운 왕국인 형남(호
북성 남쪽지방)은 4대 57년간 유지되다가 송나라 태조에게 항복했다. 계
흥의 아들 종회(從誨)와 손자 보욱(保勗)이 멸망의 원인이었다.

　어려서부터 몸이 매우 약한 보욱을 종회가 무분별하게 특별히 귀여워
했다. 그래서 보욱은 다른 사람이 자기를 노려보아도 귀엽게 여기는 줄
알고 웃기만 했다. 그런 꼴을 본 사람들은 "만사휴의" 즉 "이제는 모두
끝장이다"고 말했다. 나라가 망할 조짐을 눈치챈 것이다. 왕이 된 보욱
은 변태성욕을 즐기고 사치에 빠졌다.

연산군의 포악 무도한 행동, 피비린내 나는 사색당파 싸움, 명성황후와 대원군의 권력투쟁 등을 본 사람들은 "만사휴의"라고 하지 않았을까?

혁신이다, 수구다 하는 식으로 편을 갈라서면 정치도 개혁도 만사휴의가 될 수 있다.

노조가 투쟁만 일삼고 경영자도 두 손 놓고 바라보고만 있다면 그런 회사도 "만사휴의"가 아닐까?

형남의 보옥처럼 망조가 든 나라의 왕이 된들 그것이 무슨 의미가 있는가?

亡國之音

망국지음 | 망한 나라의 음악
나라를 망치는 음악 즉 음탕하거나 너무 슬픈 음악

亡 없다, 망하다; 國 나라; 之 가다, ~의; 音 소리
동의어 : 망국지성 亡國之聲 / 유사어 : 정위지음 鄭衛之音
출처 : 예기 악기편(禮記 樂記篇); 한비자 십과편(韓非子 十過篇)

> 현악기와 피리의 노래는 정신을 약화시킨다.
> The music of the cithara, the flute, and the lyre enervates the mind.(오비디우스)
> 음악은 사랑을 자극한다.
> Music is an incitement to love.(로마속담)
> 노래하면 근심이 사라진다.
> He that sings drives away his troubles.(스페인 속담)
> 노래가 있는 곳에는 아무 것도 나쁠 수 없다.
> Where there is music there can be nothing bad.(스페인 속담)

"태평시대의 음악은 그 정치가 순조롭기 때문에 편안하고 즐거운 반면 어지러운 시대의 음악은 정치가 순조롭지 못해서 원망과 분노가 담겨 있다. 망한 나라의 음악은 백성이 고달프기 때문에 슬프고 옛날을 생각하게 만든다."(예기)

한비자(韓非子, 기원전 ?-233)는 음악을 너무 좋아해서 나라를 망하게 만든 예를 아래와 같이 들었다.

춘추시대 위(衛)나라 영공(靈公)이 진(晉)나라로 가던 도중 복수(濮水, 현재 산동성 일대) 강변에서 하루를 묵었는데 밤에 기이하면서도 아름다운 음악소리가 들려왔다. 그는 음악담당인 사연(師涓)에게 그 노래를 익혀두도록 했다. 그 후 진나라 평공(平公)이 베푼 연회석상에서 그 노래를

연주하게 했다. 그러자 진나라의 음악담당인 사광(師曠)이 그 음악이 "망국지음"이라면서 끝까지 연주해서는 안 된다고 말리고 그 내력을 설명했다.

"이것은 은(殷)나라의 음악담당 사연(師延)이 주(紂) 임금을 위해 만든 미미지악(靡靡之樂)입니다. 주왕은 그가 만든 음탕한 음악에 도취되어 주지육림에서 놀다가 결국 나라를 망하게 만들었습니다. 은나라가 망한 뒤 사연은 복수까지 도망쳐서 스스로 물에 빠져 죽었습니다. 이 노래는 나라를 망치게 하는 '망국지음'인 것입니다."

그러나 평공은 그 음악을 끝까지 연주하게 했다. 그런데 그 후 병이 들어 오랫동안 앓다가 죽고 말았다.

음탕한 노래는 사람들을 쾌락과 사치에 빠지게 만든다. 쾌락과 사치에 빠진 사람들이 음탕한 노래를 즐긴다. 어차피 음악이란 시대의 조류를 반영하는 거울 가운데 하나다.

대중의 인기를 얻고 있는 음악은 요란하고 지나치게 선정적일 뿐만 아니라 폭력을 미화하기도 한다. 인간성을 파괴할 목적으로 만든 음악도 있다.

그런데도 망하는 나라가 없으니 "망국지음"이란 옛사람들의 헛소리일지도 모른다. 하지만 인간성이 파괴된 사람들이 많은 나라라면 이미 망한 것이나 다름이 없다.

望洋之嘆

망양지탄 | 바다를 바라보면서 탄식하다 / 남의 위대함에 감탄하는
한편 자신의 초라한 능력에 탄식한다

望 바라보다, 바라다; 洋 바다; 之 가다, ~의; 嘆 탄식하다
출처 : 장자 추수편(莊子 秋水篇)

> 위대한 알렉산더 대왕도 그 몸은 작은 것이다.
> The great Alexander was small in body.(로마속담)
> 학문은 바다를 항해하는 것과 같은데 바다 전체를 본 자는 없다.
> Learning is like sailing the ocean: no one has ever seen it all.
> (스와힐리 속담)
> 명예가 없으면 탄식도 없다.
> Where there is no honour there is no grief.(서양속담)
> 수치를 두려워하지 않는 자는 명예도 없다.
> He that does not fear no shame, comes to no honour.(화란속담)

황하를 다스리는 신 하백(河伯)은 거대한 강을 다스린다는 자부심에
항상 으스대고 있었다. 그러다가 하루는 물결을 타고 동쪽 끝으로 가서
북해에 닿았다.

한없이 넓은 바다를 본 그는 입을 딱 벌렸다. 그리고 겨우 강줄기 하
나를 다스리는 자신의 처지에 한숨을 내쉬었다. 그 때 북해 바다의 신
약(若)이 다가와서 말했다.

"우물 안 개구리는 바다를 모르고 여름 한철 사는 매미는 겨울의 얼
음을 모릅니다. 각자 아는 것이라고는 자기가 사는 곳과 자기가 살아가
는 기간뿐입니다. 이제 당신이 바다를 보고 자기 식견이 얼마나 좁은지
깨달았으니 커다란 도에 관해 대화할 수가 있겠습니다."

바다를 보고 자신의 좁은 소견을 깨달은 하백은 그나마 약간의 지혜는 있었다. 그런데 밤하늘의 무수한 별을 바라보고, 또 거대한 천체 망원경으로 드넓은 우주를 바라보면서도 "만물의 영장"이라고 자만하는 인간이란 "지구 속의 개구리들"이 아닌가!

자기와 의견이 다르다고 해서 다른 사람들을 고문하고 학살하는 것이 인간이다. 짐승만도 못한 사람들이 무슨 만물의 영장인가?

바닷가의 어느 고등학교는 "○○제일 고등학교"라고 명칭을 바꾸었다. 바닷가의 다른 어느 고등학교도 "XX제일 고등학교"로 명칭을 바꾸겠다고 신청했다. 미국 등 선진국에 "세계제일 고등학교"나 "세계제일 대학교"라는 학교는 없다.

일본에는 왜 "아시아제일 고등학교"가 없는가? "제일"이라는 명칭을 붙인다고 해서 그런 학교들이 "제일 좋은" 학교가 될 리는 없다. 날마다 바다를 바라보면서도 "망양지탄"을 왜 모르는가?

麥秀之嘆

맥수지탄 | 보리 이삭을 보고 탄식한다 / 망한 나라에 대해 탄식한다

麥 보리; 秀 빼어나다, 무성하다, 이삭; 之 가다, ~의; 嘆 탄식하다
동의어: 맥수서유 麥秀黍油; 맥수지시 麥秀之詩; 맥수가 麥秀歌; 서리맥수
지탄 黍離麥秀之嘆
출처 : 시경 왕풍편(詩經 王風篇); 사기 송미자세가(史記 宋微子世家)

> 조국은 소중하지만 자유는 더욱 소중하다.
> Country is dear, but liberty dearer still.(로마속담)
> 불행한 나라에 충성을 바친다.
> Faithful to an unfortunate country.(로마속담)

걸(桀)과 주(紂)는 폭군의 대표이다. 은나라의 마지막 왕인 주왕은 음
탕함에 빠져서 나라를 망쳤는데, 공자가 "세 명의 어진 인물"이라고 부
른 미자(微子), 기자(箕子), 비간(比干)이 그에게 충언했지만 그는 듣지 않
았다. 주왕의 형인 미자는 멀리 도망쳤다. 주왕은 기자가 미워져서 노예
로 만들었고, "성인의 심장에는 구멍이 일곱 개 있다던데 어디 한번 보
자"고 말하고는 왕자 비간의 가슴을 칼로 갈라서 죽였다.

얼마 후 주왕을 죽이고 천하를 차지한 주무왕(周武王)이 미자에게 송
나라를 주어 대를 잇게 했다. 기자가 무왕의 부름에 응해서 수도 호경
(鎬京)으로 가던 도중 은나라의 옛 수도에 들렀다. 그리고 궁궐터에 무성
하게 자란 보리를 보고 "맥수의 시"를 지었다.

"보리이삭은 무성하고 벼와 기장도 윤기가 흐르는구나!/ 영악하고 미
친놈이 내 말을 듣지 않아 이 꼴이 되었구나!"

고려의 길재도 망한 나라를 탄식하는 시조를 한 수 남겼다.

"칠백 년 도읍지를 필마로 돌아드니/ 산천은 의구한데 인걸은 간 데
없네./ 어즈버 태평연월이 꿈이런가 하노라."

"황성 옛터"라는 노래도 같은 의미로 보면 될 것이다. 로마 제국의 영화를 상상하게 해주는 유적이 로마 시내 한복판에 있다. 원형경기장, 로마광장, 콘스탄티누스 황제의 개선문 등이 그것이다.

올바른 말을 하는 충신들을 죽이고 유능한 인재들 대신에 무능하고 교활한 아첨꾼들만 기용하는 나라는 망할 수밖에 없다. 권력자의 인척과 측근들이 날뛰는 나라도 마찬가지이다. "맥수지탄"은 옛날 일에 그치는 것이 아니다. 현대의 지구 어느 곳에서도 "맥수지탄"을 하는 사람들이 있고 앞으로도 또 나올 것이다.

왕조란 한 때 흥하지만 결국은 쇠망하고 마는 것이다. 아무리 크고 강한 나라의 최고통치자도 권력을 영원히 잡고 있을 수는 없다. 권력이란 잡을 때가 있으면 놓을 때도 반드시 있는 법이기 때문이다.

孟母三遷

맹모삼천 | 맹자의 어머니가 세 번 이사했다
어머니의 정성스러운 교육열
교육에는 환경이 제일 중요하다

孟 맏이, 첫 번째; 母 어머니; 三 셋; 遷 옮기다
원어 : 맹모삼천지교 孟母三遷之敎 / 유사어 : 맹모단기 孟母斷機; 맹모단기
지교 孟母斷機之敎; 현모지교 賢母之敎
출처 : 열녀전(列女傳); 모의전(母儀傳)

습관은 제2의 천성.
Habit is second nature.(영국속담)
훌륭한 어머니는 학교 선생 백 명과 맞먹는다.
One good mother is worth a hundred school teachers.(서양속담)
선천적으로 뒤틀린 것은 교육으로 바로 잡을 수 없다.
Crooked by nature is never made straight by education.(서양속담)
나쁜 암탉에 나쁜 달걀. / Bad hen, bad egg.(로마속담)
양파에서 장미가 피지는 않는다.
An onion will not produce a rose.(서양속담)
가시나무를 심은 자는 포도를 거두지 못한다.
He who sows thorns will never reap grapes.(서양속담)

공자(孔子, 기원전 552-479)와 마찬가지로 맹자(孟子, 기원전 372-289)도 일찍 아버지를 여의고 홀어머니 밑에서 자랐다. 처음에 공동묘지 근처에 살았는데 어린 맹자가 일꾼들이 묘지를 파는 흉내를 내며 노는 것을 본 어머니가 시장 근처로 이사했다. 그러자 이번에는 장사꾼 흉내를 내며 놀았다. 그래서 다시 이사를 가서 서당 부근에 자리를 잡았더니 맹자가 글공부와 제사 지내는 흉내를 내며 놀았다. 그제야 어머니가 안심하고 기뻐했다.

맹자의 어머니는 아들이 학문의 길에 들어가 대성하기를 바랐다. 그래서 세 번씩이나 번거로운 이사를 하면서까지 좋은 교육환경을 조성해준 것이다.

요즈음 우리 나라의 어머니들은 이사를 여러 번 가기는 간다. 아파트 값이 오르기만 한다면, 그래서 돈을 벌 수만 있다면, 가리지 않고 이사를 한다. 보상금을 노리고 위장전입도 서슴지 않는다.

그러면서도 아이들의 성적이 오르기만 바란다. 자기 자신은 학생 때 공부를 별로 열심히 하지도 않았으면서 아이들만은 일등 하기를 바란다. 비싼 돈 내고 학원에 보내기만 하면 누구나 다 우수한 성적을 내는 것은 아니다.

사방에 널린 것이라고는 맹모(孟母)가 아니라 돈에 눈먼 맹모(盲母)들뿐이라면 나라에도 아이들에게도 밝은 해가 비치는 내일은 결코 없다.

盲人摸象

맹인모상 | 소경이 코끼리를 더듬는다
일부만 알고 전체를 함부로 판단하는 좁은 소견

盲 먼눈, 소경; 人 사람; 摸 더듬다, 모방하다, 규모; 象 코끼리
유사어 : 군맹모상 群盲摸象; 군맹무상 群盲撫象; 군맹상평 群盲象評
출처 : 열반경(涅槃經)

> 소경은 색깔을 구별할 수 없다.
> A blind man is no judge of colors.(영국속담)
> 잘못 보기보다는 소경이 되는 것이 낫다.
> Better to be blind than to see ill.(서양속담)

인도의 경면왕(鏡面王)이 코끼리를 끌어다 놓고 소경들에게 손으로 만지도록 한 뒤 코끼리가 어떻게 생긴 것인지 말해보라고 했다.

상아를 만져본 소경은 코끼리가 굵고 큰 무와 같다고 대답했다. 귀를 만져본 소경은 쌀을 까부는 키와 같다고 말했다. 발을 만져본 소경은 절구통 같다고, 등을 만져본 소경은 평평한 침대와 같다고, 배를 만져본 소경은 가운데가 튀어나온 항아리 같다고 말했다.

마지막으로 꼬리를 만져본 소경은 굵은 밧줄과 같다고 소리쳤다.

눈먼 소경들은 서로 다른 대답을 하는 것이 당연하다. 모두 눈이 먼 데다가 각자 코끼리의 일부만 만져보았기 때문이다. 그러나 멀쩡하게 두 눈을 뜨고 있는 사람들도 소경 못지 않게 똑같은 잘못을 저지르는 경우가 많다. 특정인물을 놓고 어떤 사람은 훌륭한 인물이라고 하고 또 어떤 사람은 사기꾼이라고 말한다. 외모가 번드르르한 사람에게 속아서 크게 손해를 보는 경우 그것은 겉만 보고 사람 전체를 판단하는 "맹인모상"이다.

친구에게 배신을 당하거나 연애에 실패하는 것도 대개 "맹인모상" 식의 착각을 했기 때문이다. 대통령이나 국회의원을 잘못 뽑아서 수많은 사람이 호되게 고생하는 것도 후보자의 어느 일면만 보고 표를 찍어주는 "맹인모상"의 과오 때문이다.

소경이 "맹인모상"을 해도 코끼리는 여전히 코끼리다. 그러나 나라의 지도자들이 거짓말을 일삼아서 사람들로 하여금 "맹인모상"을 하게 만든다면 그것은 수많은 사람에게 피해를 주고 나라마저 위태롭게 한다.

예수는 "보잘것없는 형제 하나라도 그릇된 길로 인도하는 자는 차라리 맷돌을 목에 매고 바닷물에 빠져죽는 것이 낫다."고 말씀했다.

263

滅得心中火自凉

멸득심중화자량 | 마음속을 비우면 불조차 저절로 시원해진다
잡념을 없애면 고통을 느끼지 않는다

滅 멸하다, 없애다; 得 얻다; 心 마음; 中 가운데
火 불; 自 스스로; 凉 시원하다
출처 : 두순학(杜荀鶴)의 시 하일제오공상인원(夏日題悟空上人院)

깨끗한 양심은 청동의 성벽과 같다.
A healthy conscience is like a wall of brass.(로마속담)
깨끗한 양심은 갑옷이다.
A clear conscience is a coat of mail.(서양속담)
깨끗한 양심은 계속되는 잔치이다.
A good conscience is a continual feast.(서양속담)
아무 것도 원하지 않는 자에게 모든 것이 간다.
Everything goes to him who wants nothing.(서양속담)

당나라는 875년부터 884년까지 10년에 걸쳐서 "황소(黃巢)의 난"으로 전국이 전쟁에 휘말리고 일대 타격을 받아 쇠망의 길로 접어들었다. 당시에는 속세를 초월하여 선(禪)의 높은 경지에 도달함으로써 가혹한 시련과 고통을 잊으려는 경향이 강했다.

두목(杜牧)과 그의 아들 두순학(杜荀鶴, 846-907)은 저명한 시인이었는데 두순학의 시에 나오는 이 구절은 당시의 현실도피 풍조를 잘 반영하는 것이다.

당나라를 멸망시키고 후량(後梁, 907-923)을 세운 주전충(朱全忠)은 두순학을 후대했다. 그래서 두순학은 사람들의 반감을 사서 목숨의 위협을 느낀 적도 있지만 병으로 죽었다.

마음을 비우면 고통조차 느끼지 못할 것이다. 그러나 고통은 여전히 현실에 있다. 고통의 원인을 제거하려는 노력은 하지 않고 현실에서 도피하려고만 한다면 그러한 도피행각은 끝이 없을 것이다.

우선은 마음을 비우기가 그리 쉽지가 않다. 사람이 살아있는 한 어쩌면 불가능한지도 모른다. 가능하다고 해도 그런 경지에 도달하는 사람은 천만 명 가운데 하나나 될까?

마음을 비운다고 큰소리치는 사람들은 대개가 허풍쟁이 또는 위선자라고 보면 그리 틀리지 않을 것이다. 내 마음 나도 모르는 판에 어떻게 마음을 비우겠는가?

마음이 뭔지도 모르는데 비운다는 걸 어떻게 알며 비웠다 쳐도 누가 확인할 수 있겠는가? 또 마음을 비우는 데 성공했다 해도 작심삼일(作心三日)이다. 삼일만이라도 계속해서 마음을 비운다면 그건 대단한 일 이다.

明鏡止水

명경지수 | 밝은 거울과 고요한 물 / 맑고 고요한 마음상태

明 밝다; 鏡 거울; 止 그치다; 水 물
출처 : 장자 덕충부편(莊子 德充符篇)

> 지혜로운 사람의 마음은 맑은 물처럼 고요하다.
> The heart of the wise man lies quiet like limpid water.
> (카메룬 속담)
> 고요한 물과 조용한 개를 조심하라.
> Have a care of a silent dog and still water.(로마속담)
> 양심이 없는 자는 아무 것도 가진 것이 없다.
> He that has no conscience has nothing.(서양속담)

형벌로 발뒤꿈치가 잘린 신도가(申徒嘉)와 정나라 수상 자산(子産)은 다 함께 백혼무인(伯昏無人)의 제자였다. 자산이 수상이라는 지위를 내세우며 거드름을 피우자 신도가는 이렇게 나무랐다.

"거울이 밝으면 먼지도 거기 머물지 못한다고 나는 들었습니다. 그런데 스승을 모시고 도를 배운다는 당신이 속세의 지위를 내세우니 잘못된 것이 아니겠습니까?"

그는 현자의 티없이 맑은 마음상태를 밝은 거울에 비유한 것이다.

노(魯)나라의 학자 왕태(王駘)도 형벌로 발뒤꿈치가 잘렸는데 공자에 못지 않게 많은 제자를 거느렸다. 그래서 공자의 제자 상계(常季)가 불만스러운 어조로 그 이유를 공자에게 물었다. 공자는 이렇게 대답했다.

"그의 마음이 아무 것에도 구애받지 않고 고요하기 때문이다. 사람들은 흐르는 물이 아니라 정지한 물을 거울로 삼는 법이다. 그러니까 흔들리지 않는 마음을 지닌 사람은 다른 사람들의 마음도 편안하게 만들어 주는 것이다."

"명경지수"란 아무 것도 욕심 내지 않고 속세를 초월해서 살아가는 도사, 수도자, 성직자 등의 높은 경지를 가리키는 것이라고 해도 무방하다.

예수가 "너희가 어린아이처럼 되지 않으면 하늘나라에 들어갈 수 없다"고 말씀한 것도 같은 맥락일 것이다. 물론 도사, 수도자, 성직자라고 해서 누구나 "명경지수"의 경지에 도달하는 것은 아니다.

종교단체에서 수시로 발생하는 분규는 이러한 생각을 뒷받침해 준다. 종교지도자들이 정말 "명경지수"에 도달했다면 분규고 뭐고 할 것도 없다.

마음이 "명경지수"인 사람은 도청, 세무사찰, 비방, 중상모략 따위를 조금도 걱정하지 않는다. 걱정할 필요가 조금도 없다. 그렇다고 해서 도청 등을 걱정하지 않는 사람이 반드시 모두 "명경지수"의 경지에 이른 것은 아니다.

권력이나 배후가 막강한 사람 또는 바보는 그런 염려는 하지 않기 때문이다.

권력투쟁이나 돈 게임 또는 고위직에서 밀려난 저명인사들은 흔히 "내 마음은 명경지수"라고 말한다. 차라리 "명경지수"가 되려고 노력하겠다고 말하는 편이 더 솔직할 것이다.

明眸皓齒

명모호치 | 맑은 눈동자와 흰 이 / 뛰어난 미인

明 밝다; 眸 눈동자; 皓 희다; 齒 이
출처 : 두보(杜甫)의 시 애강두(哀江頭)

> 미인은 얼굴이 지참금이다.
> Beauty carries its dower in its face.(서양속담)
> 미모는 잎이 아름답지만 과일은 쓰다.
> Beauty may have fair leaves, yet bitter fruit.(서양속담)
> 미모는 어리석음과 같이 다니는 경우가 많다.
> Beauty and folly are often companions.(서양속담)
> 여자에게 아름답다고 말하라. 그러면 악마가 같은 말을 열 번이나 할
> 것이다. / Tell a woman she's a beauty and the devil will tell
> her so ten times.(서양속담)

당나라 현종(玄宗 재위 712-756)의 총애를 받던 양귀비(楊貴妃)는 "안록산(安祿山)의 난" 때 피난을 가다가 마외파(馬嵬坡)에서 비참하게 살해되었다. 이 무렵 44세에 처음 관리가 된 두보(杜甫, 712-770)는 한 때 반란군의 포로가 된 적도 있다. 그는 현종과 양귀비가 놀던 곡강(曲江)을 찾아가 "애강두(哀江頭)"라는 시를 지었다.

"맑은 눈동자와 흰 이는 지금 어디 있는가?/ 피에 물들어 떠도는 넋은 돌아갈 곳이 없다."

여기서 그가 말하는 "명모호치" 즉 맑은 눈동자와 흰 이는 양귀비를 가리키는 것이다.

옛날 사람들은 일반적으로 시력이 나쁘고 평소에 양치질을 별로 하지 않았기 때문에 "명모호치"를 대단한 미인으로 여겼을까? 안경 낀 여자는 미인이 아니란 말인가? 하긴 두보 시절에는 안경이 없었을 것이다.

샛별처럼 초롱초롱한 맑은 눈동자, 반짝반짝 빛나는 흰 이를 가진 여자라면 요즈음 얼마든지 볼 수 있다. 그렇다고 해서 모두 양귀비 같은 미인일까?

물론 양귀비처럼 죽는 한이 있어도 절세의 미인이 되고 싶어하는 것이 모든 여자들의 소원일지도 모른다. 그런데 미인의 기준이란 시대와 장소에 따라 변한다. "명모호치"만 가지고는 어림도 없다.

明哲保身

명철보신 | 이치에 밝고 사물에 능통하여 몸을 보전한다
처신을 잘 해서 무사히 살아간다

明 밝다; 哲 밝다, 슬기롭다; 保 보전하다; 身 몸
출처 : 서경 설명편(書經 說命篇); 시경 대아 증민편(詩經 大雅 烝民篇)

> 너 자신을 온전히 보존하라.
> Keep yourself in your skin.(로마속담)
> 평화와 안정을 누리려면 제일 좋은 것을 보고 듣고 말해야만 한다.
> He that would live at peace and rest, must hear, and see, and
> say the best.(영국속담)
> 지혜는 시간이 아니라 명석함이 가져다 준다.
> Wisdom comes by cleverness, not by time.(로마속담)
> 사람은 자신의 어리석음을 최대의 비밀로 감추어야 한다.
> A man's folly ought to be his greatest secret.(서양속담)

은(殷)나라의 왕 무정(武丁)은 현자 열(說)을 중용해서 올바른 정치를 하고 백성을 편안하게 만들었다. 신하들은 그를 이렇게 칭송했다.

"모든 사리를 깨닫고 남들보다 먼저 아는 것이 명철인데 명철한 사람은 정치와 도덕의 규범을 정합니다."

주나라의 주요 각료인 중산보(仲山甫)가 왕의 명령으로 성을 쌓으러 떠날 때 사람들은 그를 이렇게 칭찬했다.

"중산보는 현지의 장단점을 잘 알아서 처리할 것이다. 그는 이치에 밝고 일에 능숙하니까 자기 몸을 무사히 보전할 것이다."

"명철보신"은 출세를 탐내지 않고 자기의 재능과 학식을 숨긴 채 평범하게 살아서 자기 몸의 안전을 확보하는 것을 의미한다.

일반적으로는 "은일(隱逸)" 즉 숨어사는 인재를 가리키기도 하는데 나중에는 오로지 자기만을 위한 현명한 처세술을 의미하게 되었다. 말하자면 난세를 살아가는 지혜라고나 하겠다. 한편 "명철"이란 풍부한 지혜와 탁월한 능력이라고 이해된다. 그런 것을 구비한 인물이 정치의 규범을 만들고 도덕의 기준을 설정해야만 "보신" 즉 자기와 남들의 안전을 확보할 수 있다. 세상이 어지러울수록 사람들은 본능적으로 "명철보신"의 길을 택하려고 한다. 남이야 어떻게 되든 자기만은 살아남겠다는 것이다.

그러나 나라의 운명이 바람 앞의 등불처럼 위태로울 때 자기 혼자만 살아남겠다고 해외로 도피하거나 뒷짐만 쥐고 구경하는 사람까지 "명철보신"으로 봐주기는 곤란하다.

毛遂自薦

모수자천 | 모수가 자기 자신을 추천한다 / 인재가 자진해서 나선다

毛 털; 遂 이루다, 마침내; 自 스스로; 薦 추천하다
유사어 : 우각지가 牛角之歌
출처 : 사기 평원군 열전(史記 平原君 列傳)

> 너 자신을 비난도 칭찬도 하지 마라.
> Neither blame yourself nor praise yourself.(로마속담)
> 자기 자신을 칭찬하는 것은 추천이 아니다.
> Self-praise is not recommendation.(서양속담)
> 자기 자신을 칭찬하는 나팔을 불지 마라.
> Never sound the trumpet of your own praise.(서양속담)
> 네가 너 자신을 사랑하면 많은 사람이 너를 미워할 것이다.
> Many will hate you if you love yourself.(로마속담)

전국시대(기원전 403-221) 말엽, 조(趙)나라가 진(秦)나라의 침입으로 멸망의 위기에 처하였다. 그 때 조나라의 장관 평원군(平原君)이 초(楚)나라로 지원군을 요청하러 떠나게 되었다.

그의 저택에는 3천여 명의 추종자들이 살고 있었다. 그는 수행원을 20명만 선발하려고 했다. 19명을 뽑은 뒤에 나머지 한 명은 누구로 해야 좋을지 몰라 망설였다. 그 때 모수(毛遂)가 따라가겠다고 나섰다. 평원군이 코웃음치며 말했다.

"재능이 탁월한 인재는 '주머니 속의 송곳'과 같아서 숨어있어도 드러나는 법이다. 그러나 너는 내 밑에서 3년이나 지냈지만 이름이 알려진 적이 없지 않은가?"

모수가 태연히 대답했다.

"그것은 저를 주머니 속에 넣은 적이 한번도 없었기 때문이지요. 저를

주머니 속에 넣어주신다면 송곳은 물론 그 손잡이까지도 드러내 보이겠습니다."

모수는 수행원으로 발탁되었고 초나라의 지원군을 얻는 데 큰 공을 세웠다. 이 때 모수는 같이 간 나머지 19명에게 "너희는 다른 사람의 힘을 빌려서 일을 이루었다(인인성사 因人成事)."라고 말했다. 그리고 평원군은 "모수의 세 치 혀가 백만 대군보다 더 강하다."고 칭찬했다.

이렇게 모수가 자기 자신을 추천하여 일을 해보겠다고 나선 것이 "모수자천"이다. 모수는 그래도 탁월한 재능이 있어서 큰일을 해냈으니 다행이다.

그러나 별다른 재능이나 자격도 없으면서 "모수자천" 식으로 나서는 사람들이 요즈음 적지 않다. 선거 때마다 수많은 입후보자들이 나서고 정당추천 또는 추대 형식을 취하지만 사실은 "모수자천" 즉 자기 입으로 자기 나팔 불기인 경우가 대부분이다. 한 명 당선에 5-6명이 낙선하는 선거에서는 떨어지는 후보자들이란 결국 엉터리 "모수자천"이 아니면 무엇인가?

영생이나 구원을 얻게 해준다면서 메시아를 자처하고 나서는 사교의 교주들도 엉터리 "모수자천"이 분명하다. 그런 사람들에게 속아서 전 재산을 바치거나 심지어 살해되는 사람들마저 있다.

矛盾

모순 | 창과 방패 / 말이나 행동이 앞뒤가 안 맞는다 / 상반되는 관계

矛 창; 盾 방패
유사어 : 자가당착 自家撞着
출처 : 한비자 난세편(韓非子 亂勢篇)

> 죄를 꾸짖는 사탄.
> Satan rebuking sin.(스코틀랜드 속담)
> 자유롭다는 것을 보여주려고 자기 쇠고랑을 흔들어댄다.
> Men rattle their chains to show that they are free.(서양속담)
> 숫염소에게서 젖 짜기.
> To milk a he-goat.(로마속담)
> 강물은 그 원천보다 더 높은 곳으로 흐를 수 없다.
> The stream cannot rise above the spring.(서양속담)
> 돌은 물이 될 수 없다.
> A stone does not become water.(나이지리아 속담)

초나라의 어느 시장에서 창과 방패를 파는 장사꾼이 먼저 방패를 선전해댔다.

"이 방패를 뚫을 수 있는 창은 이 세상에 하나도 없습니다."

이어서 창을 자랑했다.

"이 창은 어떠한 방패도 다 뚫을 수가 있습니다."

그러자 한 노인이 물었다.

"당신 창으로 당신의 방패를 찌르면 어떻게 되는 거요?"

장사꾼은 아무 대꾸도 못하고 사람들은 그를 비웃었다.

베트남 전쟁 때 파리에서 평화협정이 체결되고 미국과 베트남의 두 인물이 노벨 평화상을 탔다. 그러나 평화는 오지 않았고 몇 년 후 월남은 망했다.

평화협정이란 처음부터 "모순"이었던 것이다. 평화협정이 평화를 자동적으로 불러오는 것은 아니다. 평화가 먼저 이룩되면 평화협정이란 자연히 뒤따르는 것이다.

노벨 평화상을 탄 인물이 나왔다고 해서 그 나라에 평화가 찾아오는 것은 아니다. 그 때나 그 이후나 핵무기와 장거리 미사일은 계속해서 개발되고 있었다.

교회에 헌금을 많이 하면 할수록 축복과 은혜도 더욱 많이 받는다고 가르치는 종교인이 꽤 된다. 그들이 축복과 은혜를 많이 받는다고 말하면 자동적으로 그렇게 되는 것일까? 정말 그렇다면 자기 자신은 왜 가진 것을 다 팔아서 헌금을 내지 않고 남들에게만 돈을 내라고 하는가?

하느님이 지상의 돈이 왜 그토록 필요한 것일까? 예수도 교회에 돈을 내라고 한번도 말한 적이 없었다. 과부의 동전 한 닢이 부자의 금화 한 자루보다 더 값진 제물이라고 말했다. 예수는 이웃을 네 몸같이 사랑하라는 계명이 최고라고 말했다. 축복과 은혜를 돈으로 사는 것보다 더 큰 모순은 없다.

目不識丁

목불식정 | 눈으로 보고도 고무래 정자를 모른다 / 형편없이 무식하다

目 눈; 不 아니다; 識 알다; 丁 고무래
동의어 : 일자무식 一字無識
출처 : 당서 장홍정전(唐書 張弘靖傳)

> 무식한 사람의 삶은 죽음이다.
> The life of a man without letters is death.(세네카)
> 무식하기보다 태어나지 않은 것이 낫다.
> Better unborn than untaught.(영국속담)
> 무식한 친구가 가장 위험하다.
> Nothing so dangerous as an ignorant friend.(서양속담)
> 낫 놓고 기역자도 모른다.(한국속담)

당나라 헌종(憲宗, 재위 805-820) 때 유총(劉總)은 아버지와 형을 죽이고 유주(幽州) 절도사가 되었는데 자책감에 못 이겨 스스로 은퇴하여 중이 되었다. 그리고 후임으로 장홍정(張弘靖)을 추천했다. 현지에 부임한 장홍정은 처음부터 민심을 잃었다. 그의 부관들도 현지 군사들을 무시하면서 이렇게 말했다.

"지금 천하는 태평하다. 그러니 너희가 아무리 활을 잘 쏜다고 해도 아무 소용이 없다. 차라리 고무래 정자 하나를 아는 것이 더 낫다."

고무래 정자 하나를 아는 것이 더 낫다 즉 "불약식일정자(不若識一丁字)"에서 "목불식정"이 나왔다. 학대와 천시를 받던 현지 군사들이 폭동을 일으켰고 그 결과 장홍정은 파면되었다. 글을 좀 안다고 으스대며 남을 무식하다고 깔보다가 그런 꼴을 당한 것이다.

정치인이나 관리가 기업가로부터 수천만 원, 심지어 수억 원을 받았다고 드러났는데도 수사기관에서는 그 돈이 대가성이 있는지 여부를 모르겠다면서 수사조차 하지 않는 경우가 적지 않다.

언론은 수사를 하지 않는 것인지, 못하는 것인지 밝히라고 재촉하지만 묵묵부답이다. 기업가가 불우이웃 돕기 성금을 바쳤는데 시끄럽게 떠들 것 없지 않느냐 식이다. 거액을 받은 사람들은 불우한 이웃이고 기업가들은 대단한 자선사업가인 셈이다. 누가 "목불식정"일까?

사람은 누구나 예외 없이 언젠가는 죽는다. 누구나 문상을 가기도 하고 또 문상을 받기도 한다. 죽음의 뉴스를 날마다 듣고 또 화면에서 본다.

그러나 일상생활에서 하는 행동을 보면 자기만은 영원히 죽지 않을 것처럼 남들을 모질게 대한다. 이것이 바로 "목불식정"이다.

木鐸

목탁 | 혀가 나무로 된 방울 / 사람들을 가르치고 이끄는 수단

木 나무; 鐸 요령, 목탁
출처 : 논어 팔일편(論語 八佾篇)

> 더러운 물은 깨끗이 씻지 못한다.
> Dirty water does not wash clean.(서양속담)

혀가 나무로 된 방울이 목탁인 반면, 혀가 쇠로 된 것은 금탁(金鐸)이라고 한다. 예전에는 군사에 관한 사항을 백성에게 알릴 때 관리가 금탁을 두드렸고 군사 이외의 일반적인 사항을 알릴 때는 목탁을 두드렸다. 절에서 중만 목탁을 두드리는 것은 아니다.

공자가 노나라를 떠나서 위(衛)나라 국경 근처의 의(儀)라는 마을에 이르렀을 때 그곳의 관문을 지키는 사람이 굳이 공자를 면회하겠다고 나섰다. 그는 면회를 마치고 나와서 이렇게 말했다.

"천하가 어지러워진 지는 이미 오래되었습니다. 하늘은 앞으로 선생님을 목탁으로 삼으실 것입니다."

언론을 사회의 "목탁"이라고도 한다. 언론이 사람들을 계몽하고 여론을 조성하며 올바른 방향으로 인도하는 역할을 한다는 뜻이다.

신문이나 방송 등 언론이 사회의 "목탁"으로서 제 구실을 해준다면 그보다 다행한 일은 없다. 그러나 언론이 그 막강한 영향력을 이용해서 돈벌이에 치중하거나 시대착오적인 이데올로기 선전에 열을 올린다면 "목탁"은커녕 빈 깡통에 불과하다.

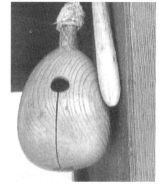

더욱이 여론을 선도하는 것이 아니라 백성들의 마음을 찢어놓고 서로 대립시키며 도덕적으로 타락하게 만드는 언론이라면 가치가 없을 것이다.

스스로 "목탁"을 자처하면서 사회의 "각계각층"을 개혁하겠다고 나서는 사람들이 있다. 청렴결백이나 사회정의가 무엇인지 모범을 보여준다면 그들은 목탁이 될 것이다.

無可 無不可

무가 무불가

가(可)한 것도 불가(不可)한 것도 없다
좋을 것도 나쁠 것도 없다

無 없다; 可 가하다, 옳다, 허락하다; 不 아니다
출처 : 논어 미자편(論語 微子篇); 후한서 마원전(後漢書 馬援傳)

> 비가 와도 좋고, 해가 나도 좋다.
> If it rains, well; if it shines, well.(서양속담)
> 안에 있는 내 마음이 긍정도 부정도 하지 않는다.
> My heart within tells me neither yes, nor no.(페트라르카)
> 맞는 것은 모두 좋은 것이다.
> All is fine that is fit.(서양속담)
> 하늘이 보내준 것은 모두 좋다.
> All is good that God sends us.(스코틀랜드 속담)

공자는 백이(伯夷)와 숙제(叔齊) 등에 관해서 이렇게 말했다.

"나는 그들과 달라서 가한 것도 불가한 것도 없다."

공자의 행동은 중용을 지켜서 어긋남이 없었는데 그것이 바로 "무가 무불가"라고 맹자는 설명했다. 후한 초기인 서기 28년에 농서(隴西) 지방을 지배하던 외효(隗囂)가 후한 광무제 유수(劉秀)와 우호관계를 맺기 위해 부하 마원(馬援)을 파견했는데 광무제와 마원은 서로 상대방이 대단한 인물임을 알아보고 친해졌다. 외효에게 돌아온 마원이 광무제를 대단히 칭송했다.

"한고조(劉邦)는 '좋을 것도 나쁠 것도 없다(無可 無不可)'고 하겠지만, 광무제는 정치에 열성이고 절도 있는 행동을 합니다."

외효는 광무제와 우호관계를 맺기로 결심했다.

세상에는 "해서 좋을 일"이 있고 "해서는 안 되는 일"도 있다. 공자와 같은 경지에 이른 현자는 그 구별을 제대로 하고, "해서는 안 되는 일"은 피한다. 한편 "해서는 안 되는 일"을 언제나 거침없이 하는 사람들도 있다. 그러나 그들이 사회의 지도층, 지식인 등의 경우라면 얘기가 달라진다. 도둑을 잡아야 할 사람이 도둑이거나 도둑과 한 패라면 문제는 아주 심각하다. 그들 눈에는 "불가"한 것이 없고 모든 것이 "가하다"고 보이기 때문이다.

실제로 그렇게 행동한다. 그러니까 무슨 짓을 해도 부끄러운 줄도 모르고 뉘우치지도 않는다. 쇠고랑을 차거나 비리가 탄로되었을 때 고작 한다는 말은 "물의를 일으켜 죄송하다"는 것뿐이다.

無面渡江東

무면도강동 | 강동 지방으로 건너갈 면목이 없다
사업에 실패하여 고향에 돌아갈 면목이 없다

無 없다; 面 얼굴, 면목; 渡 건너가다; 江 강; 東 동쪽
준말 : 무면도강 無面渡江
출처 : 사기 항우 본기(史記 項羽 本紀)

> 면목이 없을 바에는 차라리 죽겠다.
> I would die than be disgraced.(로마속담)
> 수치는 죽음보다 더 나쁘다.
> Shame is worse than death.(러시아 속담)

기원전 202년 초나라의 항우는 해하(垓下)에서 유방의 우세한 군대에게 포위되었다. 유방의 사면초가 작전에 초나라 군사들이 사기를 잃었다. 자신의 패배를 깨달은 항우가 적진을 뚫고 오강(烏江)으로 도망쳤다. 양자강을 건너서 강동 지방으로 갈 생각이었다. 그 때 오강 정장(亭長)이 "강동은 사방 천 리에 인구가 수십만 명이니 빨리 강을 건너가서 재기하십시오."라고 권유했다.

항우는 이렇게 대꾸했다.

"8년 전에 내가 강동의 청년 8천 명을 이끌고 건너왔는데 지금은 한 명도 남지 않았다. 나는 강동으로 건너갈 면목이 없다."

그는 마지막으로 남은 기병 8백 명을 이끌고 적진으로 돌진했다. 그리고 수백 명을 죽인 뒤에 자기 목을 칼로 찔러 자결했다. 31세였다. 그는 수치를 참지 못해서 권토중래(捲土重來)할 기회를 스스로 포기하고 만 것이다.

예전의 선비들은 관직에서 물러나면 고향으로 돌아가 여생을 마쳤다. 낙향이 면면히 이어진 전통이었던 것이다.

그런데 요즈음 우리 나라에서는 전직 대통령들을 비롯하여 전직 고위관리, 정치인 등 가운데 낙향하는 사람들이 별로 없다. 대부분은 항우처럼 고향에 돌아갈 면목이 없어서 서울에 남아 있는 것도 아닐 것이다. 항우처럼 엄청난 사업에 실패해서 면목이 없다는 것일까? 진심으로 면목이 없다면 그 이유는 다른데 있을 것이다.

어쨌든 퇴직 후 고향에 돌아가서 여생을 보낼 수 있는 사람은 떳떳하게 산 사람들이다.

巫山之夢

무산지몽 | 무산의 꿈 / 남녀의 밀회 또는 정교(情交)

巫 무당; 山 산; 之 가다, ~의; 夢 꿈
동의어 : 조운모우 朝雲暮雨; 천침석 薦枕席
유사어 : 무산지운 巫山之雲; 무산지우 巫山之雨
출처 : 문선(文選) 송옥(宋玉)의 고당부(高唐賦)

> 종달새가 파를 먹고살 듯 애인들은 사랑으로 산다.
> Lovers live by love as larks by leeks.(영국속담)
> 사랑은 눈이 멀었다. Love is blind.(서양속담)
> 허리띠 아래는 지혜가 없다.
> No wisdom below the girdle.(서양속담)
> 사랑과 재채기는 감출 수 없다.
> Love and a cough cannot be hid.(서양속담)

　전국시대(기원전 403-221) 초나라의 송옥(宋玉)이 양왕(襄王)을 모시고 운몽(雲夢)에 갔는데 고당관(高唐館)에 이르렀을 때 이상한 구름이 피어올랐다. 왕이 무슨 구름이냐고 묻자 그는 "조운(朝雲, 아침 구름)"이라고 대답하고 아래와 같은 이야기를 들려주었다.

　예전에 선왕(先王)이 고당에서 파티를 마치고 피곤해서 낮잠을 잤다. 잠이 들락 말락 할 때 한 미녀가 나타나서 자기는 무산의 여자인데 임금님을 모시고 싶다고 말했다. 그래서 왕이 그 여자와 잠자리를 같이했다. 그런데 헤어질 때 여인은 묘한 말을 남겼다.

　"저는 무산 남쪽 산에 사는데 아침에는 구름이 되고 저녁에는 비가 되어 양대(陽臺) 부근에 언제나 머물고 있습니다."

　다음 날 아침 무산에 걸린 멋진 구름을 바라본 왕이 그 여인을 그리워하는 마음에서 거기다가 "조운묘(朝雲廟)"를 짓게 했다.

왕궁에 수많은 여자들을 거느리고 있으면서도, 그리고 마음만 먹으면 어떠한 여자라도 손에 넣을 수 있는 왕이 시골에서 무산의 여인(무당? 귀신?)을 끼고 자는 꿈을 꼭 꾸어야만 했을까? 그 꿈을 멋지다고 부러워해야만 할까?

후궁과 궁녀가 아무리 많아도 왕은 거기 만족하지 못하고 또 다른 여자를 넘보았는데 그것을 그렇게 상징적으로 표현한 것은 아닐까?

無傷百姓一人

무상백성일인 | 백성 한 사람도 다치지 마라
지도자가 백성을 극진히 아끼는 마음

無 없다; 傷 다치다, 해치다; 百 백; 姓 성씨, 겨레; 一 하나; 人 사람
출처 : 명사 장렬제기(明史 莊烈帝紀)

> 백성의 안전을 지켜주는 것이 지도자의 더 큰 공적이다.
> To safeguard the citizens is the greater achievement of a
> father of his country.(세네카)
> 군주가 국가를 위해 있는 것이지 국가가 군주를 위해 있는 것은 아니다.
> The Prince exists for the sake of the State, not the State for
> the sake of the Prince.(에라스무스)
> 군주는 국가의 첫째 가는 하인이다.
> The prince is the first servant of the State.(프레데릭 대왕)

명나라는 말기에 환관들의 횡포, 관리들의 부패와 당쟁 그리고 만주에서 일어난 청나라의 침입으로 국력이 급속도로 기울어지고 있었다. 특히 장헌충(張獻忠)과 이자성(李自成)의 반란은 결정적인 타격을 주었다. 명의 군대가 만리장성의 수비를 위해 떠났을 때 이자성의 반란군이 1644년 봄에 수도인 북경에 쳐들어갔다.

관리들이 반란군에 가담했기 때문에 외톨이가 된 황제 의종(毅宗, 재위 1627-1644)과 황후는 자결하고 말았다. 나무에 목을 매달아 죽기 전에 황제는 옷깃에 "적의 손아귀에 넘어가 찢어진다 해도 백성 한 사람도 다치지 마라"고 적어놓았다. 명나라에 이어 중국을 지배하게 된 청나라는 그에게 "장렬제(莊烈帝)"라는 시호를 바쳤다.

국가의 최고 지도자가 백성을 끔찍이 아끼는 마음은 갸륵하
다. 그러나 그런 마음이 있다면 평소에 정치를 잘 했어야 마
땅하다. 나라가 망하는 판에 그런 말을 해서 무슨 소용이 있
겠는가? 증오에 불타는 반란군이나 적군이 자결하는 황제의
유언을 존중해 주리라 믿었단 말인가?

어쨌든 백성들이야 죽든 말든 혼자만 살겠다고 도망치는 군
주보다는 의종이 훨씬 더 인간적이었는지도 모른다. 조선
중엽 임진왜란이 일어나자 선조는 의주로 피했다. 한양에
남은 백성들은 먹을 것이 없어서 인육마저 먹었다는 기록도
있다. 군대다운 군대도 없는 나라가 무슨 나라인가? 또 군대
가 있다 해도 썩은 군대라면 무슨 소용이 있는가?

서구 열강의 제국주의가 기세를 올리고 이웃나라 일본이 신
흥 군사대국으로 등장해서 침략의 기회를 엿보고 있던 19세
기 말엽에 조선왕조의 조정에서는 무슨 일을 했던가?

현대에는 총칼의 위협보다도 경제파탄의 위험이 백성들을
더욱 크게 다친다. 부패와 무능, 패거리 싸움과 정실인사 등
으로 나라의 기강을 무너뜨리면 그들은 외부의 적보다 더
무서운 존재다. 백성 한 사람도 다치지 말라는 말은 정치인
들에게 의미깊은 말이다.

無顔

무안 | 얼굴이 없다 / 면목이 없다

無 없다; 顔 얼굴
동의어 : 무안색 無顔色; 무색 無色
출처 : 백낙천(白樂天)의 시 장한가(長恨歌)

> 별들은 대낮에 보이지 않는다.
> Stars are not seen by sunshine.(서양속담)
> 미인을 쳐다보지 않는 자는 그녀를 모욕하는 것이다.
> He injures a fair lady that beholds her not.(서양속담)
> 남자들이 가장 사랑하는 것은 가장 뛰어난 미인들이 아니다.
> It is not the most beautiful women whom men love most.
> (서양속담)

당나라 시인 백낙천(722-846)의 대표작 "장한가"는 현종과 양귀비의 관계를 다룬 것이다. 거기 양귀비 앞에서는 궁녀들이 얼굴을 못 든다는 대목이 나온다.

"하루아침에 임금님을 모시게 된 그녀/ 눈을 돌려 한번 웃으면/ 백 가지 아름다움 피어오르니/ 아무리 곱게 화장한 궁녀들도/ 그 앞에서는 얼굴빛이 없다."

양귀비만을 특별히 총애하는 당 현종의 눈에는 그녀가 세상에서 가장 아름답게 보였을 것이다. 그렇다고 그녀가 정말 가장 아름다운 미녀였다고는 믿어지지 않는다.

사랑에 눈이 멀면 누구에게나 자기 애인이 세상에서 가장 예뻐 보인다.

한편 아무리 자기 미모에 자신만만한 궁녀라 해도 황제의 총애를 받는 그녀와 어찌 감히 경쟁할 생각을 할 수 있었겠는가? 까딱하다가는 자기 목이 달아날 판이 아닌가?

높은 분의 부인 앞에서 사람들이 "무안"한 듯이 고개를 숙이는 것은 밉게 보이고 싶지 않기 때문이다. 사모님이 절세미인이기 때문에 그러한 것은 결코 아니다.

어쩌면 사모님의 얼굴이 별 볼일 없기 때문에 똑바로 쳐다보면 실례가 될까 해서 "무안"한 척하는지도 모른다. 사모님이 착각하는 것은 자유지만, 착각한다고 해서 절세미인이 되는 것은 아니다. 역시 그 얼굴은 그 얼굴이다.

백낙천

無恙

무양 | 병이 없다 / 탈이 없다

無 없다; 恙 근심, 병
출처 : 전국책 제책(戰國策 齊策)

> 건강한 몸에 건전한 정신은 바람직한 것이다.
> A sound mind in a sound body is a thing to pray for.
> (유베날리스)
> 술을 많이 마시는 것보다 건강에 더 해로운 것은 없다.
> Nothing is more hurtful to health than much wine.(로마속담)
> 건강이 없으면 삶은 삶이 아니고 죽은 것이다.
> Without health life is not life, life is lifeless.(아리프론)
> 건강은 재산의 비결이다.
> Good health is the recipe of wealth.(나이지리아 속담)
> 훌륭한 아내와 건강은 남자의 최대의 재산이다.
> A good wife and health are a man's best wealth.(서양속담)

전국시대(기원전 403-221) 때 제나라 왕이 조나라의 실권자인 위태후(威太后)에게 안부를 묻는 사신을 보냈더니 태후는 이렇게 물었다.

"한 해도 무양한가? 백성도 무양한가? 임금도 무양한가?"

한 해가 무양하다는 것은 농사가 잘 되었다는 뜻이다. 그런데 사신은 임금의 안부를 맨 나중에 물었다고 불평했다. 그러자 태후가 대꾸했다.

"풍년이 들어야 백성이 살 수 있고, 백성이 잘 살아야 임금도 자기 자리를 보전할 수 있네. 근본부터 물었는데 왜 순서가 바뀌었다고 하는가?"

걱정거리도 없고 건강하다 즉 "무양"하다면 그 이상 바랄 것이 없다. 엄청난 재산이 있다고 해도, 날마다 사업걱정, 자식걱정에 시달리거나 당뇨, 고혈압, 기타 지병으로 고생한다면 그런 재산이 무슨 소용인가?

위궤양에 걸려서 음식을 제대로 먹지도 못하는 사람에게 진수성찬이 무슨 소용인가? 이승을 떠나기 직전인 사람에게는 재산이든 명예든 지위든 빨리 정리해버려야 할 귀찮은 짐에 불과하지 않겠는가?

걱정에 찌들어본 사람, 병으로 혼이 나본 사람은 "무양"이 얼마나 고마운 것인지 잘 안다. 그러나 그런 체험을 거치기 전에 평소에 "무양"하도록 노력하는 사람은 한층 현명한 것이다. 나라 전체가 "무양"하다면 정말 얼마나 좋을까!

無用之用

무용지용 | 쓸모 없는 것의 쓸모

無 없다; 用 쓰다; 之 가다, ~의
출처 : 장자(莊子) 인간세편(人間世篇); 외물편(外物篇); 산목편(山木篇)

쓸모 없는 그릇은 깨지지 않는다.
A worthless vessel does not get broken.(로마속담)
모든 것은 쓸모가 있다.
Everything is good for something.(서양속담)
우리는 자신에게 가장 쓸모가 있는 것을 경멸하는 경우가 많다.
We often despise what is most useful to us.(이솝)

공자가 초나라에 갔을 때 숨어사는 현자 광접여(狂接輿)가 말했다.

"계피는 먹을 수 있는 것이기 때문에 사람들이 그 나무를 벤다. 사람들은 쓸모 있는 것의 이용가치만 알지 쓸모 없는 것의 이용가치는 모른다."

혜자(惠子)가 장자의 말이 아무 쓸모가 없다고 하자 장자는 이렇게 대답했다.

"땅이 아무리 넓어도 사람이 서 있기 위해서는 발이 닿는 곳만 있으면 된다. 그렇다고 해서 발 닿는 곳만 남기고 나머지는 모두 파버리면 서 있을 수가 없다. 이와 같이 쓸모 없는 것도 다 쓸모가 있다."

잎만 무성한 나무를 나무꾼이 쓸모가 없다고 해서 자르지 않는 것을 보고 장자가 제자에게 말했다.

"저 나무는 쓸모가 없기 때문에 자기 수명을 다 한다."

어떤 사물이나 사람을 바라볼 때 쓸모가 있다거나 없다거나 하는 것은 바라보는 사람의 이해타산에서 나오는 판단에 불과하다. 철저한 허무주의적 관점에서 본다면 세상의 모든 것은 다 소용이 없다.

그러나 허무주의만 가지고는 사람이 살 수가 없다. 허무주의를 믿는다면, 세상 만사가 다 헛되다고 외치는 것도 역시 허무하고, 허무주의가 맞는다고 주장하는 것 자체도 헛된 짓이기 때문이다.

세상에 존재하는 것은 박테리아든 심지어 허공마저도 모두 다 쓸모가 있다. 박테리아는 병을 일으키기도 하지만 병을 고쳐주는 수단도 된다.

허공이 없으면 공간도 없고 공간이 없으면 인간이 움직일 수 없다. 다만 그 쓸모라는 것이 누구를 이롭게 하는 것인가 하는 문제가 나오면 사람마다 의견이 다를 수밖에 없다.

노자나 장자가 당시의 사회조직과 법률, 관습과 도덕 등이 위선적 지배층이 백성을 착취하는 도구로 사용되었기 때문에 무위자연을 내세우려고 "무용지용"을 말했다면 일리가 있다. 그러나 그들도 발가벗은 채 산나물이나 캐어먹고 살지 않은 바에는 무위자연이란 실생활에서는 이론에 그칠 공산이 크다.

쓸모 없는 것이라고 해서 모두 쓸모가 있다는 말은 아니다. 때에 따라 쓸모가 있을 수도 있으니 잘 살펴보라는 교훈이다. 쓸모가 없는 듯이 보이는 물건이나 사람을 함부로 괄시하다가는 나중에 큰 손해를 보기도 한다.

無恒産 無恒心

무항산 무항심 | 일정한 생산이 없으면 일정한 마음도 없다

無 없다; 恒 항상; 産 낳다, 생산하다; 心 마음
동의어 : 무항산자 무항심 無恒産者 無恒心
출처 : 맹자 양혜왕 상(孟子 梁惠王 上)

하루 벌어 하루 먹는 자는 훌륭한 인물이 되지 못한다.
From hand to mouth will never makes a worthy man.(서양속담)
가게를 잘 지키는 자는 가게가 그를 지켜준다.
Keep your shop, and your shop will keep you.(서양속담)

맹자는 나이 60이 넘어서 등(滕)나라 문공(文公)의 고문이 되었는데 백성들의 기본생활을 위해 일정한 생업 즉 항산(恒産)을 보장해주는 것이 왕도정치의 출발점이라고 말했다. 생업이 불안정하면 백성들은 마음도 불안해져서 나쁜 짓을 하게 된다는 것이다.

그는 제(齊)나라 선왕(宣王, 재위 기원전 319-301)에게 말했다.

"일정한 생산이 없어도 항상 변함없는 마음을 지키는 것은 지조 있는 선비만 할 수 있습니다. 백성들이란 일정한 생산이 없으면 떳떳한 마음도 없고, 그렇게 되면 각종 범죄를 저지릅니다. 그러한 그들을 법으로 처벌하는 것은 백성을 그물로 잡는 것과 같습니다."

지나치게 번거롭고 까다로우며 코에 걸면 코걸이 식인 악법은 "망민법(網民法)" 즉 백성을 그물로 잡는 법이라고 한다.

사흘 굶어 도둑질 안 하는 사람 없다는 속담이 있다. 물론 속담과 달리 차라리 굶어죽는 사람도 없지는 않을 것이다. 결국은 백성들을 먹고살 만큼 만들어준 뒤에 법을 어긴 자를 법으로 처벌하는 것이 원칙이라는 말이다.

나라를 다스리는 사람들에게는 백성에게 일정한 생업을 보장해줄 의무가 있다는 것이다. 생업도 보장해주지 못하면서 사람들만 잡아다가 감옥에 넣는 것은 그물로 그들을 잡는 것이다. 하기야 큰 고기들은 그물을 찢고 달아나고 힘없는 송사리들만 잡힐 것이다.

그런데 회사의 생산현장에서 일은 안 하고 회사와 싸우는 것이 직업인 사람들이 바로 그 회사로부터 막대한 액수의 월급을 꼬박꼬박 받는 경우도 있다.

성 바오로는 "일하지 않는 사람은 먹지도 말라"고 가르쳤다. 2천 년이 지난 오늘에도 백 번 지당한 말이다. "무노동 무임금" 원칙에는 맹자도 성 바오로도 대찬성일 것이다.

墨翟之守

묵적지수 | 묵적의 지킴 / 자기 주장을 끝까지 지키다

墨 먹; 翟 꿩; 之 가다, ~의; 守 지키다
준말 : 묵수 墨守
출처 : 묵자 공수반(墨子 公輸盤)

> 나는 여기 서 있다. 내 입장을 바꿀 수 없다.
> Here I stand. I cannot do otherwise.(루터)
> 끝까지 견디고 두려워하지 마라.
> Persevere and never fear.(서양속담)

춘추시대 말기 송나라의 묵자(墨子, 이름은 적 翟, 기원전 480-390)는 모든 사람을 똑같이 사랑하라는 겸애설 그리고 모든 전쟁은 무익하므로 없애야 한다는 주장으로 유명하다. 공자보다 늦은 시기에 활동했지만 상당한 추종자를 거느렸다. 기술자 출신인 그는 단순한 이론가가 아니라 실제로 제자들을 이끌고 적을 격퇴시키기도 한 행동파였다.

같은 송나라 출신인 기술자 공수반(公輸盤)이 자기 나라에서 푸대접을 받은 데 대해 원한을 품고 강대국 초나라로 건너가 왕을 설득하여 송나라를 공격하도록 했다. 그는 고가 사다리와 비슷한 운제계(雲梯械)라는 신형 무기를 만들었던 것이다.

묵자가 초나라로 가서 왕이 보는 앞에서 공수반과 모의전쟁을 했다. 묵자는 허리띠를 풀어서 성벽을 만들고 나무 조각으로 방패를 세웠다. 공수반이 모형 운제계로 아홉 번을 공격했지만 번번이 실패했다. 그래서 초나라 왕은 약소국 송나라에 대한 침략을 단념했다.

묵자는 자기 나라를 지키고 무익한 전쟁을 막기 위해 주장을 끝까지 관철시켰다. 그런데 후대에는 자기 주장만 옳다고 무조건 우기면서 융통성도 없이 고집만 부리는 경우마저도 "묵수"라고 표현하는데 여기에는 약간 비아냥거리는 의미가 숨어 있다.

대형 비리의 혐의자로 체포된 고관이 끝까지 입을 다물고 묵비권을 행사하는 것마저도 "묵수"라고 할 수 있을까? "묵수"라고 한다면 그것은 비열한 "묵수"일 것이다.

나라의 중대한 정책이 일단 결정되면 "묵수"해야 한다. 특히 국방에 관한 정책과 백성들의 살림살이에 직결되는 경제정책이 그렇다. 정책이 "묵수"되지 못하고 아침저녁으로 바뀐다면 정부는 신용을 잃고 국민들은 불안하기만 하다.

묵자의 초상

권력이란 양날의 칼이다. 잘못 잡거나 잘못 휘두르면 자기 몸을 다친다. 때로는 목숨마저 위태롭다. 지도자를 뽑을 때 정신을 똑똑히 차리고 뽑아야 한다.

刎頸之交

문경지교 | 목을 베어줄 정도의 우정 / 변함없는 우정

刎 베다; 頸 목; 之 가다, ~의; 交 사귀다, 교환하다
동의어 : 문경지계 刎頸之契
유사어 : 관포지교 管鮑之交; 금란지계 金蘭之契; 단금지계 斷金之契
출처 : 사기 염파 인상여 열전(史記 廉頗 藺相如 列傳)

> 그는 사랑하는 친구나 조국을 위해 죽기를 두려워하지 않았다.
> He was not afraid to die for friends whom he loved, or for
> his native land.(오비디우스)
> 테세우스와 페리투스처럼 우정 안에서 한 마음이 되었다.
> Hearts joined in a friendship like that of Theseus with
> Perithous.(오비디우스)

전국시대(기원전 403-221) 때 조(趙)나라는 이웃에 있는 강대국 진(秦)나라에게 여러 가지로 시달림을 받았다. 그 때 조나라의 인상여(藺相如)는 진왕이 탐내서 그냥 빼앗길 뻔했던 천하제일의 구슬 화씨지벽(和氏之璧)을 무사히 가지고 돌아왔다.

또한 진나라가 여러 번 조나라를 침략한 뒤에 화친을 제의해서 진나라 소양왕(昭襄王)과 조나라의 혜문왕(惠文王)이 기원전 280년에 민지(澠池)에서 만났을 때 연회 석상에서 진왕이 조왕에게 모욕을 주려고 했다. 그러나 왕을 수행한 인상여는 재치와 용기로 진나라의 흑심을 꺾었다.

그러한 공적으로 그의 지위가 조나라의 기둥 격인 장수 염파(廉頗)보다 높게 되자 염파가 화가 나서 펄펄 뛰었다. 그러자 인상여는 충돌을 피하기 위해 염파를 피했다. 이를 부끄럽게 여긴 부하들이 그를 떠나려고 하자 그는 이렇게 말했다.

"진나라 소양왕은 염파보다 더 무서운 상대다. 나는 진왕마저 질책했

으니 염파를 두려워할 까닭이 없다. 오늘날 진나라가 우리 나라를 공격하지 못하는 것은 염파와 내가 함께 조나라에 있기 때문이다.

호랑이 두 마리가 서로 싸우면 모두 죽는다. 내가 염파를 피하는 것은 나라의 위험을 먼저 생각하고 개인적인 원한은 뒤로 미루기 때문이다. 알겠느냐?”

그 말을 전해들은 염파는 자기가 너무나도 졸렬하게 군 데 대해 부끄러웠다. 그는 인상여를 찾아가 사과했다. 그리고 둘은 칼에 목이 달아나도 우정은 변치 않을 것이라고 맹세했다. “문경지교”를 맹세한 것이다.

조나라 왕과 백성들은 참으로 행복했다. 나라의 안전을 무엇보다도 중요시하는 인상여뿐만 아니라 자신의 잘못을 깨닫고 사과할 줄 아는 훌륭한 장수 염파도 있었기 때문이다. 적을 앞두고 내부 분열을 일으켜 권력다툼을 하다가 나라가 망한 경우는 역사상 많다. 고구려는 연개소문이 죽은 뒤 아들끼리 싸우다가 망했다. 백제도 국력이 강했지만 내분으로 충신들이 제거되어 망했다.

조선왕조도 마찬가지 경우에 속한다. 그러면 지금 우리는 어떤가? 식민지에서 해방된 지 50년이 지났는데 아직도 좌익과 우익이 싸운다. 북한에서는 핵무기를 만들고 있는데 말이다. 히로시마와 나가사키가 그리스 로마의 신화가 아니다. 우리 사회에 인상여 같은 위대한 정치가들이나 염파 같은 멋진 장군들이 있어야 한다.

“문경지교”를 맹세하기는 쉽다. 그러나 끝까지 그 맹세를 지키기는 참으로 어렵다.

聞一知十

문일지십 | 한 가지를 들으면 열 가지를 안다 / 재능이 뛰어나다

聞 듣다; 一 하나; 知 알다; 十 열
유사어 : 거일명삼 擧一明三 / 반대어 : 득일망십 得一忘十
출처 : 논어 공야장편(論語 公冶長篇)

> 지혜로운 사람에게는 말 한 마디로 충분하다.
> A word to the wise is sufficient.(플라우투스)
> 천사처럼 이해하면서도 악마가 되는 사람도 있다.
> One may understand like an angel and yet be devil.(서양속담)

공자의 제자는 3천 명이나 되고 특히 명성이 높은 제자만도 72명이나 된다. 그 가운데 자공(子貢, 단목사 端木賜, 기원전 520-456)의 재능이 가장 탁월하다고 알려져 있었다. 그러나 안회(顔回)는 자공보다 재능이 훨씬 뛰어났지만 조금도 그런 내색을 하지 않았다. 하루는 공자가 자공의 속을 떠보았다.

"안회와 너를 비교하면 누가 더 낫다고 보느냐?"

자공이 솔직하게 대답했다.

"저는 안회와 비교도 안 됩니다. 안회는 한 가지를 들으면 열 가지를 아는 인물이거든요."

공자가 고개를 끄덕였다.

"그래, 네 말이 맞다."

자공이 말하는 "문일지십"은 한 부분을 들으면 전체를 다 알아듣는다고 해석되기도 한다.

한 가지를 듣고 열 가지를 안다면 분명히 두뇌가 뛰어난 사람이다. 그러나 무엇을 듣고 무엇을 아는가는 더욱 중요하다. 안회나 자공처럼 사람답게 살아가는 도를 배우는 데 그런 재능을 사용하면 좋지만, 나쁜 짓을 하는 데 사용한다면 고약한 결과를 낳는다.

두목의 말 한 마디, 눈짓 하나만으로 부하들이 달려가 반대파를 친다면 여간 큰일이 아니다.

한편 한 가지를 듣기 위해서는 누군가가 말을 해주어야 한다. 그런데 말을 해주는 사람도 없고 한 가지도 들은 것이 없는데도 모든 것을 아는 귀신같은 사람들이 있다.

도청을 하거나 남의 신용카드를 복제해서 돈을 몰래 통장에서 빼어 가는 도둑들이 그렇다. 그들은 귀신같은 것이 아니라 진짜 귀신이다. 생사람을 잡는 백정 귀신이다.

게다가 정치인이 돈을 달라고 하지도 않았다는데 미리 알아서 거액을 뇌물로 바치는 사람들도 "문일지십"의 경지에 오른 도사들일 것이다.

권력 실세 앞에서 충실한 하녀가 되어 눈치 빠르게 미리 다 알아서 그 비위를 맞추는 특정조직의 멤버들도 역시 "문일지십"의 탁월한 경지에 도달한 대단한 분들일 것이다.

예수의 제자들은 "문일지십"과 거리가 멀었다. 멀어도 한참 멀었다. 그러나 그들은 진리를 위해 순교했다. 목숨을 내던져서 증거한 것이다.

하나를 들으면 열을 아는 재능을 가졌다는 사실 자체만 가지고 위대한 인물이 되는 것은 결코 아니다. 공자는 아마도 그런 말을 안회나 자공에게 해주었을지도 모른다.

門前成市

문전성시 | 문 앞에 시장이 생긴다 / 권력가나 부호의 집에 찾아오는
사람이 하도 많아서 그 문 앞이 장터와 같다

門 문; 前 앞; 成 이루다; 市 시장
유사어 : 문전여시 門前如市; 문정여시 門庭如市
반대어 : 문전작라 門前雀羅; 문외가설작라 門外可設雀羅
출처 : 사기 손보전, 정숭전(史記 孫寶傳, 鄭崇傳)

> 번영은 친구가 많다.
> Prosperity has many friends.(로마속담)
> 번영은 바보들을 파멸시키고 현명한 사람들을 위험하게 만든다.
> Prosperity destroys fools and endangers the wise.(서양속담)

한나라 말기의 애제(哀帝, 재위 기원전 7-1)는 동현(董賢)과 동성연애
에 빠진 채 나라 일을 전혀 돌보지 않았기 때문에 외척이 실권을 장악해
서 횡포를 부렸다.

정숭(鄭崇)이 충언을 계속했지만 황제는 그를 멀리했다. 그를 미워하
는 조창(趙昌)은 많은 사람들이 그의 집에 들락거리니 음모를 꾸미고 있
는 것이 분명하다고 모함했다. 황제가 그를 불러서 꾸짖었다.

"네 집 문 앞이 시장과 같이 사람들이 많이 모인다는데 왜 나를 해치
려 하느냐?"

정숭이 대답했다.

"제 집 문 앞이 시장 같아도 제 마음은 물처럼 맑기만 합니다. 다시
조사해 주십시오."

그러나 황제는 그를 감옥으로 보내고 평민으로 강등시켰다. 그는 감
옥에서 죽었다. 한편 그의 결백을 변호하던 손보(孫寶)도 평민으로 강등
되고 말았다.

충신 정승의 집이 아니라 간신 조창의 집이 이권이나 지위를 청탁하는 사람들로 "문전성시"를 이루었을 것이다. 어리석은 애제는 그런 것도 모르고 충신을 죽여 한나라의 멸망을 재촉했다.

요즈음에는 권력층의 집 앞이 "문전성시"를 이루지 않는다. 그렇다고 정치가 깨끗해진 것은 아니다. 물론 최소한 낮에는 "문전성시"를 이루지 않는다. 집주인이나 청탁하는 사람이나 남의 눈을 꺼려하기 때문이다.

그들은 대개 밤에 은밀한 장소에서 만난다. 무슨 이야기가 오갔는지도 쉬쉬해버린다. 사무실에서 당당하게 만나지 못하는 이유가 있다.

권력층 집안의 결혼, 초상 등 경조사 때는 사람들이 구름같이 몰려들고 화환이 길바닥까지 넘치는 화려한 "문전성시"를 실감할 수 있다. 눈도장이라도 찍겠다는 것이다.

門前雀羅

문전작라 | 문 앞에 새가 떼를 지어 모이고 그물을 친다
찾아오는 사람이 없어서 한산하다

門 문; 前 앞; 雀 참새; 羅 새 그물
원어 : 문외가설작라 門外可設雀羅 / 반대어 : 문전여시 門前如市; 문정여시
門庭如市 / 출처 : 사기 급정열전(史記 汲鄭列傳)

> 자식이 거지가 되면 부모라도 그의 친구가 안 된다.
> Not even his parents are friends to a beggar.(로마속담)
> 가난하면 친구들이 떠난다.
> Poverty parts friends.(서양속담)
> 친구는 많지만 도와주는 사람은 없다.
> Many friends, few helpers.(독일속담)
> 세상사람들이란 배은망덕으로 갚는다.
> Ingratitude is the world 's reward.(독일속담)

한나라 무제(武帝, 기원전 141-87) 때 급암(汲黯)과 정당시(鄭當時)는 구경(九卿)이라는 높은 지위에까지 올랐다. 그러나 손님을 극진히 대접하고 항상 겸손한 태도를 취했기 때문에 문 앞에 찾아오는 사람들로 문전성시(門前成市)를 이루었다.

그러다가 급암은 솔직한 충언 때문에, 정당시는 자기를 추천해준 인물의 죄에 연루되어 각각 도중에 파면되어 가난하게 지냈다. 그러자 아무도 찾아오지 않게 되고 말았다.

사마천은 "세력을 얻으면 손님이 평소의 40배나 되지만 벼슬에서 물러나면 손님의 발길이 뚝 끊어지고 문 앞에 참새 떼가 모여들어 새 그물을 칠 정도가 된다"고 기록했다.

대감 집 개가 죽으면 "문전성시"를 이루지만 정작 대감이 죽으면 "문전작라"가 된다. 죽은 대감에게 잘 보일 필요가 없기 때문이다. 대감 집 개는 역시 행복하다고 부러워하는가? 그런 개도 죽으면 대감이나 그 집의 개나 결국 다 같은 송장이다.

높은 자리에 있을 때 아랫사람들을 못살게 굴며 거만하게 처신하던 사람이 은퇴하거나 면직되면 아무도 찾아가지 않는 것이 보통이다.

그런 사람은 말년에 쓸쓸해질 뿐만 아니라 사방에서 욕하는 소리를 들어야 할 것이다. 검은 돈을 두둑이 챙겨놓았다고 해서 행복하게 살 수 있는 것은 아니다. 물론 참새 떼라도 몰려든다면 그나마 다행일 것이다.

問鼎輕重

문정경중 | 솥이 가벼운지 무거운지 묻는다 / 황제의 지위를 넘본다
상대방의 허점을 파악해서 공격한다

問 묻다; 鼎 솥; 輕 가볍다; 重 무겁다
출처 : 춘추좌씨전(春秋左氏傳); 사기 초세가(史記 楚世家)

> 군주는 자기 후계자를 항상 의심하고 미워한다.
> He who is fixed upon as the next heir is always suspected
> and hated by those in power.(타키투스)
> 하찮은 사제라도 언젠가 교황이 될 꿈을 꾼다.
> No priest, small though he may be, but wishes some day
> Pope to be.(서양속담)

춘추시대인 기원전 606년 봄 초장왕(楚莊王)이 육혼(陸渾) 지방 융족 (戎族)을 정벌한 뒤 낙수 근처 주나라 국경에 대군을 주둔시켰다. 그것은 주나라에게 중대한 위협이었다.

당시 주나라에서는 순왕과 우왕 시대에 주조되어 천자의 덕을 상징하는 커다란 솥 구정(九鼎)이 하왕조와 은왕조를 거쳐 대대로 전해지고 있었다. 그런데 초장왕은 그 솥의 크기와 무게가 얼마나 되는지 물었다. 몰라서 물은 것이 아니라 천자의 자리를 넘기려는 은근한 협박이었다. 왕손만(王孫滿)은 솥의 유래를 설명한 뒤 이렇게 말했다.

"솥의 무게는 문제가 안 됩니다. 덕이 있느냐 없느냐가 문제입니다. 천자에게 덕이 있으면 작은 솥이라도 무겁게 버티지만, 그렇지 못하면 아무리 무거운 솥이라도 쉽게 옮겨질 수 있습니다. 주나라가 쇠약해졌다고는 하지만 아직 천명이 다하지는 않았으니 솥의 무게를 물어보실 때가 아닙니다."

군사력만 가지고는 주나라를 칠 수 없다고 깨달은 초장왕이 물러갔다.

오늘날 전 세계에는 200개나 되는 크고 작은 나라들이 있고 나라마다 국가원수가 있다. 그들 가운데 덕망 있는 지도자가 몇이나 될까? 선거를 통해서 선출된 지도자라고 해서 덕망이 있는 것은 더욱 아니다.

투표자들이 수준미달이거나, 선거 자체가 부정인 경우에는 오히려 못난 지도자가 당선되기 쉽다. 대를 이어서 지도자 자리가 세습되는 경우에 후계자에게서 덕망을 바라기는 참으로 어려울 것이다. 국민들만 가련하다.

약육강식 시대에는 "문정경중"을 철저히 했다. 상대방 국가의 지도자가 덕망이 있는지 여부를 물은 것이 아니라 그 나라의 방어능력이 어느 정도인지 가린 뒤에 침략한 것이다. 그러니까 전국의 지도마저도 최고 기밀이었다.

대동여지도를 완성한 김정호는 나라에서 포상을 받기는커녕 목숨을 잃었다. 물론 한심한 나라였다. 전국 관광지도를 돈 몇천 원이면 사는 지금은 상상도 못할 일이다.

그러나 전국의 자세한 지도가 아직도 국가기밀인 나라가 지구상에는 없지도 않다.

요즈음 기업합병의 경우에도 "문정경중"을 철저히 한다. 어느 경우든 "문정경중"에 대한 정확한 자료를 제공하는 것은 대개 중대한 정보를 빼내 오는 간첩 즉 스파이들이다.

회사의 경우에는 산업 스파이라고 한다.

物議

물의 | 사람들의 논의 / 여론 / 세론 / 세상의 시끄러운 비평

物 물건, 일; 議 의논하다
출처 : 한서 사기경전(漢書 謝幾卿傳)

> 여론은 바보들의 주인이다.
> Opinion is the mistress of fools.(서양속담)
> 여론은 세상의 여왕이다.
> Opinion is the queen of the world.(이탈리아 속담)
> 사람들의 목소리는 참으로 힘이 크다.
> The voice of people is truly great in power.(서양속담)
> 여론은 유행과 같아서 새 것은 멋지지만 버림받으면 추하다.
> Opinions are like fashions, beautiful when new, ugly when
> discarded.(프랑스 속담)
> 여론은 세상에서 가장 큰 거짓말이다.
> Popular opinion is the greatest lie in the world.(서양속담)

한나라의 사기경(謝幾卿)은 남달리 재능이 뛰어나서 어려서부터 신동이라는 말을 들었다. 그는 관리가 된 뒤에도 술에 취하면 다른 사람들이 뭐라고 하든 전혀 개의치 않고 자기가 하고 싶은 대로 행동했다. "물의" 즉 여론이 어떻게 돌아가든 아예 무시해 버린 것이다.

요즈음에는 "물의를 일으킨다"거나 "물의를 빚는다"고 하면 사람들의 비난을 받아 마땅한 짓을 해서 여론이 빗발치듯 하게 만든다는 뜻이 된다.

거액의 뇌물 사건이 불거져 나올 때마다 쇠고랑을 찬 거물들은 "물의를 일으켜서 죄송하다"는 말을 흔히 한다. 그러나 그들은 자기가 물의를 일으켰다고 착각하고 있다. 물의는 그들이 일으킨 것이 아니다.

그들은 오히려 "물의"가 일어나지 않도록 사방에 손을 뻗쳐서 미리 사건을 덮어버리려고 안간힘을 썼다. 그러다가 도저히 안 되니까 쇠고랑을 찬 것뿐이다.

그들과 비슷한 사회 저명인사들 가운데는 고약한 범죄를 저지르고도 쇠고랑을 차지 않는 경우가 얼마나 많은가! 그들 자신이 더 잘 알고 있다.

말하자면 "물의"란 국민들 사이에서 자연스럽게, 당연히 일어난 것이지, 그들이 일부러 일으킨 것은 결코 아니다. 그들의 말을 뒤집어서 해석하면 "언론이 물의를 일으켰으니까 우리는 언론에 대해 유감으로 생각한다"는 뜻이 될 것이다.

현직 대통령들의 아들들이 여러 명이나 구속된 일이 있다. 기네스 북에 올릴 가치가 충분히 있는 일이다. 그들도 "물의를 일으켜서 죄송하다"고 말했다.

명나라 말기의 황제 애제(哀帝)는 스스로 목매달아 죽기 직전에 자기 딸을 바라보면서 "너는 어쩌자고 황실에 태어났느냐?"라고 한탄 조로 말했다. 황제의 딸은 "물의"를 일으킨 적이 없다. 그러나 그게 자기 팔자인데 탄식한들 무슨 소용이겠는가?

未亡人

미망인 | 아직 죽지 못한 사람
남편을 여읜 과부가 자기를 가리키는 겸손의 말

未 아니다 ; 亡 잃다, 망하다, 죽이다, 죽다 ; 人 사람
동의어 : 과부 寡婦
출처 : 춘추좌씨전 성공(春秋左氏傳 成公)

> 과부의 애도가 끝나기 전에 그녀와 결혼하라.
> Marry a widow before she leave mourning.(서양속담)
> 과부에게 구애하는 자는 밤낮으로 구애를 해야만 한다.
> He that woos a widow, must woo her day and night.(영국속담)
> 세 아이를 가진 과부와 결혼하는 사람은 도둑 네 명을 얻는다.
> He that marries a widow and three children marries four
> thieves.(덴마크 속담)
> 돈 많은 과부는 한 눈으로 울고 다른 눈으로는 웃는다. / The rich
> widow cries with one eye and laughs with the other.(서양속담)
> 아내를 과부로 만든 남편은 아무 쓸모가 없다.
> A man is useless when his wife's widow.(스코틀랜드 속담)

초(楚)나라의 문왕이 죽자 수상인 자원(子元)이 문왕의 부인 문부인에게 흑심을 품었다. 그래서 그녀의 저택 근처에 자기 관저를 짓고는 은(殷)나라 탕왕(湯王)이 군사훈련할 때 사용했다는 춤을 추게 해서 문부인의 관심을 끌어보려고 했다. 그러나 그녀는 울면서 이렇게 말했다.

"선왕께서는 저 음악을 군사훈련 때 사용하시고는 했다. 그런데 수상은 지금 적을 치는 데 쓰는 것이 아니라 이 미망인 곁에서 들려주고 있다. 참으로 괴상한 일이다."

문부인을 유혹해서 자신의 반역 음모에 끌어들이려던 자원은 생각을 바꾸고 말았다.

과부가 자기 자신을 가리켜서 "미망인" 즉 남편을 따라서 마땅히 죽었어야 하는데 아직 죽지 못해 살아 있는 몸이라고 한다. 그런데 다른 사람들이 과부를 가리키면서 "미망인"이라고 한다면 무슨 뜻이 될까?

죽어 마땅한 사람이 아직도 죽지 않고 살아 있다는 비난의 의미가 숨어 있을지도 모른다.

그럼에도 불구하고 요즈음에는 과부라고 하면 어딘가 경멸하는 듯하고 "미망인"이라고 하면 좀 고상하게 들리게 되었다. 남편이 죽으면 같이 따라 죽는 여자는 거의 없다.

당신 없이는 못 살아! 나 혼자서는 못 살아! 그런 유행가도 있다. 그러나 희귀한 예외를 제외한다면, 하루라도 빨리 재혼하는 여자들이 거의 대부분일 것이다.

어쨌든 부창부수(夫唱婦隨) 아닌가? 놀부에게는 놀부 마누라가 제 격이고 흥부에게는 흥부 마누라가 어울린다. 남편을 따라 같이 죽을 생각이 아예 처음부터 없던 여자는 "미망인"이란 말을 써서는 안 된다.

彌縫策

미봉책 | 터진 곳을 임시로 얽어매는 수법 / 임시보충
일시적으로 눈가림만 하는 꼼수

彌 꿰매다; 縫 꿰매다; 策 꾀
유사어 : 고식 姑息; 임시변통 臨時變通
출처 : 춘추좌씨전 환공(春秋左氏傳 桓公)

> 의심스러운 치료법도 없는 것보다는 낫다.
> A doubtful remedy is better than none.(로마속담)
> 빵이 생길 때까지는 도토리가 좋았다.
> Acorns were good till bread was found.(서양속담)
> 태풍에는 아무 항구나.
> Any port in a storm.(서양속담)
> 사막에서는 아무 물이나.
> Any water in the desert.(아라비아 속담)
> 필요는 발명의 어머니다.
> Necessity is the mother of invention.(서양속담)

춘추시대인 기원전 707년 가을에 주(周)나라 환왕(桓王)은 자기를 무시하는 정(鄭)나라를 쳐서 천자의 권위를 회복하기로 작정했다. 그는 괵(虢), 채(蔡), 위(衛), 진(晋)의 군사들을 동원시켜 출정했다.

그러자 총명한 군주인 장공(莊公)이 다스리는 정나라는 날로 발전하고 있었기 때문에 당당하게 맞섰다. 장공은 원형의 진을 쳤다. 전차가 앞서고 그 뒤에 보병이 따르는데 전차와 전차 사이를 보병으로 "미봉"한 것이다. "미봉"은 빈곳을 보충하여 메운다는 뜻인데 여기서 "미봉책"이 나왔다. 환왕의 군대가 크게 패했다. 천자의 위신보다 군사력이 한층 위력을 발휘하는 시대였다.

길을 가다가 바지 가랑이가 터지면 어떻게 하겠는가? 바늘을 빌려서라도 우선 당장은 터진 곳을 꿰매야 한다. "미봉책"이다. 바다에 빠진 사람을 건져냈는데 맥박이 뛰지 않으면 어떻게 할 것인가?

인공호흡이라도 당장 실시해야 마땅할 것이다. 전쟁터에서 전투가 한창일 때도 급하지 않은 곳의 군사를 빼서 아주 위급한 곳으로 배치하는 "미봉책"이 때로는 필요하다.

물론 근본적으로 해결이 나지 않는 경우가 대부분이다. "미봉책"에만 매달리다가는 큰코다친다. 신용카드 빚을 잔뜩 지고 나서 현금 서비스로 막으려고 한다거나 어린애나 부녀자를 납치하는 "미봉책"이 통할 리가 없다.

돈이 없으면 아예 굶거나 아무 것도 사지 않은 채 빚을 지지 않는 것이 상책이다. 한두 달 잘 먹고 잘 살다가 평생 후회할 짓을 한다면 어리석다.

尾生之信

미생지신 | 미생의 믿음 / 융통성이 없고 고지식하기만 하다

尾 꼬리; 生 낳다; 之 가다, ~의; 信 믿다
동의어 : 포주지신 抱柱之信
출처 : 장자 도척편(莊子 盜蹠篇); 사기 소진전(史記 蘇秦傳)

> 어리석음은 물을 주지 않아도 자란다.
> Folly grows without watering.(서양속담)
> 어리석음은 가장 고치기 어려운 병이다.
> Folly is the most incurable of diseases.(스페인 속담)
> 신용은 황금보다 더 낫다.
> Credit is better than gold.(서양속담)
> 신용을 잃은 자는 세상에서 죽은 자다.
> He that has lost his credit is dead to the world.(서양속담)

장자(莊子)는 유교의 가르침을 비웃기 위해서 공자와 큰 도둑 도척(盜蹠)이 대화한다는 가정 아래 도척의 입을 통해서 미생의 우화를 이야기했다.

노나라의 미생은 매우 정직해서 약속이라면 반드시 지켰다. 어느 날 애인과 다리 밑에서 만나기로 약속한 그는 약속장소에 가서 기다렸다. 아무리 기다려도 여자는 오지 않고 냇물이 불어서 위로 점점 올라왔다. 그는 다리 기둥을 붙들고 기다리다가 결국은 물에 빠져 죽고 말았다.

그런 다음 도척이 이렇게 유교의 가르침을 비판했다.

"이런 자들은 쓸데없는 명분에 목숨을 건다. 사람의 귀중한 생명을 천시한다. 그러니까 참된 삶이 무엇인지 모르는 무리인 것이다."

반면에 전국시대의 저명한 전략가 소진(蘇秦)은 미생이 대단한 신의를 지닌 인물이라고 연(燕)나라 왕에게 말했다.

신의라고 해서 다 신의는 아니다. 미생의 신의는 분명히 어리석은 것이다. 그렇다면 조폭들의 신의는 영화에서 미화되는 것처럼 과연 멋진 것일까? 영화는 어디까지나 영화다. 현실은 전혀 딴판이다.

서부개척시대에 용감한 사나이들이 상대방의 등뒤에서는 절대로 총을 쏘지 않았다? 부녀자나 아이들도 죽인 적이 없다? 그런 신사도나 기사도는 영화에서나 있다.

총칼을 가지고 싸울 때는 속임수를 써서라도 상대를 죽이고 자기는 살아남아야 한다. 제갈공명도 "텅 빈 성의 계략(空城之計)"이라는 속임수를 쓰지 않았던가?

"허허실실(虛虛實實)"을 알아야 한다. 피를 흘리는 싸움치고 멋진 것이란 하나도 없는 법이다. 그저 개처럼 서로 물어뜯는 싸움일 뿐이다. 지면 죽는다. 그뿐이다.

정치란 원래가 신의를 잘 지키는 사람들이 해야만 하는 것이다. 공자나 맹자와 같은 인물들만 정치를 하라는 것은 물론 아니다. 그러나 정치라는 것이 어차피 승부를 건 게임일 바에는 최소한 게임의 규칙만은 지키는 그런 신의가 있어야 한다는 말이다.

그러나 요즈음은 정치판뿐만 아니라 일반사회에서도 신의란 말 자체가 무색할 지경이다. 미생의 신의마저도 찾아보기 힘들다.

장자의 초상

바

反骨, 叛骨

반골 | 배반할 골상(骨相)
　　　권력에 굽히지 않고 저항하는 기질 또는 그러한 사람

反 돌이키다; 骨 뼈; 叛 배반하다
출처 : 삼국지연의(三國志演義)

> 검은머리와 붉은 수염의 사람은 선천적으로 배신자이다.
> He is false by nature that has a black head and a red beard.
> (서양속담)
> 나는 반역은 좋아하지만 반역자를 칭찬하지는 않는다.
> I love the treason, but I do not praise the traitor.(플루타르코스)
> 반역자에 대해서는 그의 혜택을 받는 사람들마저도 그를 미워한다.
> Betrayers are hated even by those whom they benefit.(타키투스)
> 어느 무리에나 검은 양이 있다.
> There is a black sheep in every fold.(서양속담)
> 반역자는 적이다.
> A traitor is to be regarded as an enemy.(키케로)

　　진(秦)나라가 무너진 뒤 위(魏), 촉(蜀), 오(吳) 세 나라가 정립해서 싸우던 삼국시대. 촉의 장수 위연(魏延)은 대담하면서도 재능이 탁월했다. 유비는 그를 아껴서 전략 요충지인 한중(漢中) 지방의 사령관으로 삼았다. 한편 제갈공명은 그의 뒤통수가 심하게 튀어나온 것을 보고는 언젠가 반역할 인물이라고 예언했다. 평소에 그를 싫어해서 그런 예언을 했는지도 모른다.

　　어쨌든 234년에 제갈공명이 오장원(五丈原)에서 죽자 위연은 그 뒤를 이어서 촉나라의 군사지휘권을 장악하려고 덤볐다. 그러나 제갈공명이 유언에 일러둔 계략에 말려들어 피살되고 말았다.

삼국지연의는 어디까지나 역사소설이지 역사 그 자체는 아니다. 위연이 튀어나온 뒤통수 때문에 반골인 것도 물론 아니다. 뒤짱구가 다 반골이라면 앞짱구는 모두 충신이어야 한다.

권력에 대항하는 "반골" 기질의 인물들이 역사적으로 훌륭한 일을 해낸 경우도 많다. 잔인한 폭군들을 타도하기도 했다. 의병도 일으켰다. 동학혁명의 주인공들도 "반골"이었다. 수만 명에 이르는 우리 땅의 순교자들도 "반골"이었다.

그러나 "반골"이던 사람들이 일단 권력을 잡게 되면 더 백성을 괴롭힌다. 야당 시절에는 정부의 일이라면 사사건건 반대하다가 정권을 잡고 난 뒤에는 건전한 비판이나 우정어린 충고를 해주는 사람들마저도 적으로 본다면 카멜레온도 그런 카멜레온은 없다.

한 때 "반골"이기는 쉬워도 끝까지 지조 있는 "반골"이 되기는 어렵다. 정부를 호되게 비판하던 교수, 문학가, 예술가, 언론인 등 소위 고급 지식인들이 장관이 되면 반골이 아니라 반골(半骨) 즉 물렁뼈가 된다.

盤根錯節

반근착절 | 구부러진 많은 뿌리와 뒤얽힌 마디
복잡하게 얽혀서 해결이 매우 어려운 일

盤 서리다, 구부러지다, 쟁반; 根 뿌리; 錯 뒤섞이다, 그르치다; 節 마디
출처 : 후한서 우후전(後漢書 虞詡傳)

> 세상은 그물이다. 우리가 안에서 흔들수록 그물은 더욱 조인다.
> The world is a net; the more we stir in it, the more we are
> entangled.(서양속담)
> 한 사람이 미치면 많은 사람을 미치게 만든다.
> The madness of one man makes many mad.(로마속담)
> 바다가 잔잔하고 날씨가 좋으면 훌륭한 수로 안내인을 알아주지 않는다.
> A good pilot is not known when the sea is calm and the
> weather fair.(서양속담)

후한 6대 황제인 안제(安帝, 106-125)가 즉위했을 때는 13세에 불과했기 때문에 정권을 손아귀에 넣은 외척이 횡포를 부렸다. 등(鄧) 태후의 오빠이자 대장군인 등즐(鄧騭)이 군사지휘권을 장악했는데 서북 지방에 강족(羌族)이 침입하자 예산이 부족하다면서 양주(涼州)를 포기하려고 했다. 그러나 우후(虞詡)가 반대해서 그 계획을 좌절시켰기 때문에 우후는 그의 미움을 샀다.

산도적들이 조가현(朝歌縣, 현재 안휘성)을 습격하여 군수를 살해했다. 그러자 등즐이 우후를 그곳의 군수로 임명하고 토벌을 지시했다. 친구들은 우후마저도 도적들 손에 죽을 것이라고 걱정해주었다. 그러나 우후는 이렇게 말했다.

"칼날이 구부러진 많은 뿌리와 뒤얽힌 마디에 부딪치지 않는다면 그것이 예리한지 어떻게 할 수 있겠는가?" 그는 산도적들을 토벌했다.

수백 년 동안 대를 이어서 계속된 조선의 당파싸움은 그야
말로 "반근착절"이었다. 정조의 탕평책도 그 뿌리를 뽑지 못
했다. 우후처럼 용감하게 나서서 근본적인 해결을 시도한
인물이 드물었기 때문일 것이다.

당쟁은 조선왕조의 멸망으로 끝나는 듯싶었다. 그런데 민주
주의를 확립하겠다고 외치는 사람들이 지방색, 학연, 주류,
비주류, 신주류, 보수, 혁신 기타 등등 변형된 당쟁을 벌인
다. 이것도 "반근착절"이다.

"반근착절"이란 어느 나라나 어느 시대나 한두 가지가 아닌
법이다. 그런 것이 많다고 해서 겁낼 필요는 없다. 오히려
우후 같은 인재가 두각을 나타낼 수 있는 기회가 된다.

말하자면 "반근착절"은 위기가 아니라 좋은 기회도 되는 것
이다. 문제는 "반근착절"을 정확하게 꿰뚫어보는 눈과 그것
을 해결하려는 의지가 있느냐 없느냐 하는 것이다.

伴食宰相

반식재상 | 주빈 덕에 음식 대접을 받는 장관 / 무능한 장관

伴 짝; 食 먹다; 宰 주관하다, 다스리다, 장관; 相 서로, 장관
동의어 : 반식대신 伴食大臣
유사어 : 시위소찬 尸位素餐; 녹도인 祿盜人; 의관지도 衣冠之盜
출처 : 구당서 노회신전(舊唐書 盧懷愼傳); 자치통감(自治通鑑)

> 지위가 사람을 만든다.
> The office makes the man.(라틴어 격언)
> 판사를 만드는 것은 서기다.
> It is the clerk makes the Justice.(영국속담)

당나라 현종(玄宗, 재위 712-756)을 모시는 요숭(姚崇)은 능력이 뛰어나서 무슨 일이든지 신속하게 처리했다. 그와는 대조적으로 노회신(盧懷愼)은 업무처리가 매우 느렸다.

요숭이 10여일 동안 휴가를 간 사이에 노회신이 그 일을 대신했는데 결재가 늦어서 밀린 일이 산더미처럼 쌓였다. 그러나 휴가에서 돌아온 요숭은 모든 안건을 단숨에 처리해 버렸다. 자신의 능력이 요숭에 비해 한참 뒤진다는 사실을 깨달은 노회신은 그 후부터 일일이 요숭과 상의한 뒤에야 처리했다. 요숭의 뒷전에 스스로 물러선 것이다.

그래서 사람들이 그를 "반식재상" 즉 무능한 장관이라고 비아냥거렸다. 물론 이 말은 요숭의 탁월한 업무처리 능력을 칭찬하는 의미도 들어 있다.

노회신은 청렴결백한 관리여서 그 집안 식구들은 항상 끼니를 걱정할 지경이었다. 그러니까 그의 결재가 느린 것은 일부러 그렇게 해서 다른 부패한 관리들처럼 뇌물을 먹자는 속셈은 전혀 아니었다.

관청에 인가나 허가를 신청한 지 한 달이 지나고 일 년이 지나도 처리가 안 되고 늦어지는 경우는 어떻게 설명해야 좋을까? 너무나도 청렴결백하고 신중한 관리들이 국가이익을 위해, 또는 먼 장래를 위해 서류를 너무나도 꼼꼼히 검토하기 때문에 그럴까?

꽤 많은 숫자의 관리가 "반식재상"이 아니라 "반식관리"라는 말이다. 차이가 있다면 노회신과 달리 그들은 무능할 뿐만 아니라 무엇인가 바라면서 일부러 마냥 기다리는 썩은 관리라는 점이 아닐까? 이런 경우에 답답하고 속이 터지는 것은 힘없는 국민뿐이다.

노회신은 그래도 같은 동료장관인 요숭의 능력을 인정해서 그를 따를 줄 알았고 또 겸손하게 처신했으니 훌륭한 장관이었다. 요즈음은 요숭은 고사하고 노회신 같은 장관도 보기 힘들다.

현직 장관들이 정부 시책에 반대하는 데모대에 앞장선다면 그런 장관들을 노회신같이 훌륭한 인물이라고 칭찬해야 할까? 차라리 그들이 "반식재상"이라도 된다면 나라가 한층 더 잘 될 것이다.

拔本塞源

발본색원 | 뿌리를 뽑고 원천을 막아버린다
문제를 근본적으로 해결한다

拔 뽑다; 本 뿌리; 塞 막다; 源 원천
출처 : 춘추좌씨전 소공 9년(春秋左氏傳 昭公 九年)

연료를 치워버리면 불을 끄는 것이다.
Take away fuel and you take away fire.(서양속담)
파리들을 쫓아버리려면 썩은 고기를 멀리 던져라.
If you want to get rid of flies, throw the bad meat away.
(잠비아 속담)
숲을 베어버릴 수 있다면 늑대를 잡을 것이다.
If you can cut down the woods you'll catch the wolf.(서양속담)
문제 해결을 도중에 그만두지 마라.
Never meet trouble half-way.(서양속담)
엉터리 치료는 질병보다 더 나쁘다.
The bungling remedy is worse than the disease.(서양속담)

주나라 왕이 이렇게 말했다.

"나무에는 뿌리가 있고 샘물에는 그 근원이 있으며 백성에게는 군주가 있다. 그와 같이 큰아버지에게는 내가 있다. 만일 큰아버지가 나무뿌리를 뽑아버리고 샘물의 근원을 막아버리며 군주인 나를 저버린다면 오랑캐들도 나를 경멸할 것이다."

이것은 나라의 근본인 군주의 지위를 위태롭게 만들면 안 된다는 뜻이다. 그런데 "발본색원"은 나라를 망치는 폐단을 뿌리째 뽑아버려 근본적으로 해결한다는 의미로 사용된다.

부정부패가 나라를 망치는 고질적인 병폐라는 것은 누구나 다 안다. 그래서 정권이 바뀔 때마다 그것을 "발본색원"하겠다고 집권세력은 큰소리친다. 그리고 자기들도 썩어버린다. 썩은 콩 자루 속에 새 콩을 넣으면 얼마 못 가서 썩는 것과 같은 이치다.

그나마 썩지 않고 버티던 싱싱한 콩들을 콩 자루에서 모조리 쫓아내는 것을 "발본색원"이라고 생각할 것이다. 부정부패를 방지하지 못하도록 청렴결백한 관리들을 "발본색원"하는 것이다.

폭력배들을 "발본색원"하겠다는 말도 귀에 못이 박히도록 들어왔다. 그러나 어두운 구석에는 아직도 수많은 조직폭력배들이 도사리고 있다. 어느 월간지는 수만 명이 된다고 보도했다. 권력층의 일부가 그들과 어울려 소위 룸살롱이라는 곳에서 술을 마시는데 어떻게 "발본색원"이 되겠는가?

跋扈

발호 | 통발을 밟고 넘다 / 제멋대로 날뛴다
아랫사람이 윗사람의 권위를 침범한다

跋 밟다; 扈 뒤따르다, 통발
출처 : 후한서 양기전(後漢書 梁冀傳)

> 무식한 자들이 일어나 하늘마저 휘어잡는다.
> The unlearned arise and seize heaven itself.(성 아우구스티누스)
> 사람은 어리석으면 어리석을수록 더욱 오만해진다.
> The more foolish a man is, the more insolent does he grow.
> (로마속담)
> 가장 더러운 뱀들이 가장 높은 기둥 위에 있다.
> Meanest reptiles are found on the highest pillars.(중동속담)
> 노래를 제일 못하는 자가 제일 먼저 노래할 것이다.
> He who sings worst will sing first.(로마속담)

후한 질제(質帝)의 외척인 대장군 양기(梁冀)는 사치와 횡포가 매우 심했다. 나이가 어리기는 하지만 총명한 질제는 양기가 제멋대로 구는 것을 잘 알고 있었다. 그래서 신하들이 있는 자리에서 양기를 가리켜 어느 날 이렇게 말했다.

"이 사람은 발호장군(跋扈將軍)이로군."

작은 물고기들은 통발에 걸리지만 큰 물고기는 통발에서 튀어나와 달아난다. 그와 같이 양기가 황제도 무시하고 방자하게 구는 장군이라는 뜻이었다. 발호장군은 비유적으로 폭풍을 의미하기도 한다.

앙심을 품은 양기는 얼마 후 황제를 독살했다. 실권도 없는 어린 황제가 실권자 앞에서 "발호"하는 식으로 말 한 마디 했다가 비참하게 죽고 만 것이다.

사자의 힘을 믿고 "발호"하는 여우는 사자가 늙어서 이빨이 빠지거나 병들어 죽고 나면 잡혀서 그 가죽이 벗겨지고 만다. 법과 백성들의 소리 없는 원망을 우습게 여긴 채 "발호" 하던 세력가들이나 부유층 가운데 결국 쇠고랑을 차거나 패가망신한 경우가 얼마나 많은가!

예전에는 권력이 십 년도 못 간다고 해서 "권불십년(權不十年)"이라고 했다. 그러나 요즈음은 선거가 있기 때문에 "권불사년(權不四年)"이 일반적이다. 장관들의 평균 재직기간은 1년 정도다. 그래서 "발호"가 심한지도 모른다.

傍若無人

방약무인 | 곁에 아무도 없는 듯이 행동한다
말이나 행동을 제멋대로만 한다

傍 곁, 가까이하다; 若 같다, 만일; 無 없다; 人 사람
유사어 : 안하무인 眼下無人
출처 : 사기 자객열전(史記 刺客列傳)

> 내가 하면 자유고 남이 하면 방종이다.
> Which in some is called liberty, in others is called licence.
> (퀸틸리아누스)
> 부자가 된 가난뱅이의 오만이 가장 지독하다.
> There is no greater pride than that of a poor man grown rich.
> (프랑스 속담)

전국시대(기원전 403-221) 위(衛)나라의 형가(荊軻)는 독서와 검술을 대단히 좋아하는 사람이었다. 그는 위의 원군(元君)이 자신의 충언을 받아들이지 않자 전국을 유랑하면서 현자와 호걸들과 사귀었다.

산서성 북부에서 개섭(蓋聶)과 칼에 관해 토론하다가 개섭이 화를 내자 두말없이 자리를 뜨고 말았다.

한단(邯鄲)에서 노구천(魯句踐)과 쌍륙 놀이를 할 때 노구천이 화를 내자 그는 그냥 달아나 버렸다. 연(燕)나라에 가서는 거문고 비슷한 악기인 축의 명수이자 개 백정인 고점리(高漸離)와 어울렸는데 그 둘은 날마다 큰길에 나가서 술을 마시고 노래했다. 감정이 복받치면 엉엉 울기도 했다. 마치 곁에 사람이 아무도 없는 것처럼 제멋대로 행동한 것이다.

형가의 "방약무인"은 세상을 등지고 떠돌아다니는 입장에서 사람들의 눈치를 보거나 체면에 구애받을 필요가 없기 때문에 그렇게 한 것이다. 일종의 자포자기 식이었다.

그는 연나라의 태자 단(丹)의 부탁을 받고 진(秦)나라의 왕 정(政, 나중에 진시황제)을 암살하러 떠났지만 실패하여 처형되었다.

돈이나 권세가 좀 있다고, 어느 날 갑자기 좀 유명해졌다고 해서, 거드름을 피우고 오만하게 구는 사람이 많다. 말투도 걸음걸이도 달라진다. 평소에 가까이 지내던 사람들이 인사하면 "누구시더라?" 하면서 고개를 돌린다.

자신의 볼품없던 시절을 잘 아는 사람을 만나는 것이 창피하다는 뜻이다. 그런 사람일수록 자기보다 돈이 많거나 권력이 강한 사람 앞에서는 한신처럼 가랑이 밑에라도 기어들어가려고 한다.

인터넷에서 익명으로 남을 모함하는 자, 몰래 카메라로 찍은 사진을 퍼뜨리는 자, 으슥한 곳에서 뇌물을 주고받는 자 등도 역시 "방약무인"이다.

그러나 사람답게 사는 길 즉 도를 진정으로 깨달은 사람은 곁에 사람이 있거나 없거나 상관하지 않고 항상 올바르게 산다. 이것이야말로 참된 의미에서 "방약무인"이 아닐까?

杯盤狼藉

배반낭자 | 잔과 쟁반이 어수선하게 널린 자리
진탕 마시고 논 뒤의 어지러운 자리

杯 잔; 盤 쟁반; 狼 어수선하다, 이리; 藉 깔다, 자리
출처 : 사기 골계열전 순우곤전(史記 滑稽列傳 淳于髡傳); 설원 존현편(說苑 尊賢篇)

> 나는 먹는다. 그러므로 존재한다. / I eat, therefore I exist.(로마속담)
> 내일은 죽을지도 모르니 먹고 마시자.
> Let us eat and drink, for tomorrow we may die.(서양속담)
> 사람은 칼보다 과식으로 더 많이 죽는다.
> Men are killed by supper more than by sword.(서양속담)

전국시대(기원전 403-221) 때 초나라의 대군이 위왕(威王)이 다스리는 제(齊)나라에 쳐들어갔다. 그 때 제나라의 순우곤(淳于髡)이 많은 예물을 가지고 조(趙)나라로 가서 10만 명의 원군을 얻어서 돌아왔다. 그러자 초의 군사들이 슬그머니 물러가고 말았다.

위왕이 그를 위한 잔치 석상에서 술을 얼마나 마시면 취하는지 물었다. 그는 한 되를 마셔도 취하고 한 말을 마셔도 취한다고 대답했다.

왕은 한 되에 취하는 사람이 어떻게 한 말을 마실 수 있겠느냐고 반문했다. 그러자 순우곤은 이렇게 설명했다.

"왕 앞에서는 두려운 마음에 한 되도 못 마시고 취할 것이다. 그러나 집안 어른들을 모실 때는 시중을 들어야 하니까 두 되도 못 마시고 취한다. 오래간만에 친한 벗을 만나면 다섯 되가량 마시고 취한다. 동네 남녀와 어울리면 여덟 되는 마실 것이다.

그러나 날이 저물어 남녀가 마주 붙어 앉고 '술잔과 쟁반이 어수선하게 널려 있는데' 여주인이 다른 손님은 다 보내고 나 홀로 붙들고 있다

면 내 마음이 흥에 겨워서 한 말이라도 마실 수 있다. 그래서 술이 극도에 달하면 어지러워지고 즐거움이 극도에 이르면 슬퍼지는 것이다."

크게 깨달은 왕은 그 후 밤을 새워 술을 마시는 일이 없었다.

위왕은 그래도 뭔가 깨달았으니 다행이다. 총성이 울려 퍼진 궁정동의 마지막 술상도 "배반낭자"가 아니었을까? 총을 쏜 사람이나 총에 맞은 사람은 무엇을 깨달았을까?

대형 음식점과 술집에서 일하는 사람들은 "배반낭자"라는 말을 몰라도 술잔과 접시가 지저분하게 널린 상을 매일 지겹도록 본다.

산과 들과 해수욕장 등도 역시 쓰레기로 "배반낭자"하기가 이를 데 없다. 일년 내내 밤낮을 가리지 않고 일해서 부지런히 수출을 해야만 실업자가 줄어들까 말까 할 이 나라다. 그런데 음식 쓰레기로 수조원씩 날린다면 그것은 실업자들로 전국을 "배반낭자"하게 만드는 짓이다.

背水之陣

배수지진 | 물을 등지고 친 진 / 죽기를 각오하고 친 진

背 등; 水 물; 之 가다, ~의; 陣 진치다, 진
준말 : 배수진 背水陣
출처 : 사기 회음후 열전(史記 淮陰侯 列傳)
　　　 십팔사략 한태조고황제(十八史略 漢太祖高皇帝)

> 자기 배들을 불태운다. / To burn one's boats.(서양속담)
> 절망적인 병에는 절망적인 치료법을 쓴다.
> To desperate evils, desperate remedies.(로마속담)

　기원전 240년에 한나라 유방의 지시로 한신(韓信)이 조(趙)나라를 쳐들어갔다. 조나라의 전략가 이좌거(李左車)는 위(魏)나라를 쳐부순 여세를 몰고 밀려오는 한나라 군사와 정면 대결하면 승산이 없으니 조나라로 들어오는 좁은 길목 정형구(井陘口)를 지키면서 기습작전으로 나가자고 주장했다.

　그러나 조나라의 총사령관 진여(陳餘)는 자기네 군사가 훨씬 많다면서 포위 섬멸작전을 쓰기로 했다. 한신은 기병 2천 명에게 밤에 정형구를 지나 매복하고 있다가 적이 성을 비우면 점령하라고 지시했다.

　그리고 1만 명의 군사들은 강물을 등지고 진을 치게 했다. 배수진을 친 것이다. 조나라 군사들은 배수진을 비웃으며 성문을 열고 나와 총공격을 했다. 그러자 매복했던 한신의 기병대가 성을 점령했다.

　한편 한신은 거짓 패한 척하고 배수진 쪽으로 후퇴했다. 한신의 군사들은 죽기를 각오하고 싸워서 조나라 군사들을 물리쳤다. 드디어 조나라 군사들은 앞뒤로 적을 맞아 싸우다가 뿔뿔이 흩어지고 말았다.

　진을 칠 때는 산을 등지고 물을 앞에 두는 것이 병법의 원칙인데 왜 배수진을 쳤는지 부하들이 물었다. 한신은 이렇게 대답했다.

"나의 군사들은 오합지졸이고 갑자기 긁어모아서 만든 군대다. 그러 니까 죽을 땅에 몰아넣어야만 죽기를 각오하고 싸운다. 적을 무찔러야만 살아날 수가 있는 것이다. 그래서 배수진을 친 것이다. 만일 산을 등지 고 진을 쳤다면 그들은 모두 달아나 버리고 말았을 것이다."

배수진을 쳤다는 것은 더 이상 물러설 곳이 없어 죽기를 각오하고 싸 운다는 뜻이다.

임진왜란 때 신립(申砬) 장군이 왜군을 새재에서 막지 않고 충주에서 "배수진"을 쳤다가 크게 패하고 자신은 전사했다. 배수진은 아무 때나 치는 것이 아니다. 비장한 결의는 칭찬 할 만 하다. 그러나 장군이 싸움에 지고 죽어버린다면 비장 한 결의고 뭐고 아무 소용도 없다.

6.25 때 아군의 낙동강 전선도 바다를 등지고 친 "배수진"이 었다. 유엔군이 도착할 때까지 시간을 버는 것이 목적이었 는데 그 목적을 훌륭하게 달성했다. 그 때 낙동강 전선이 무 너졌더라면 한반도는 지금도 구석구석이 붉은 깃발로 뒤덮 여 있을 것이다.

333

杯中蛇影

배중사영 | 잔 속의 뱀 그림자
공연히 의심하여 쓸데없는 걱정을 한다
엉뚱한 것을 보고 귀신이나 괴물로 착각한다

杯 잔; 中 가운데; 蛇 뱀; 影 그림자
유사어 : 의심암귀 疑心暗鬼; 반신반의 半信半疑
출처 : 응소의 풍속통의(風俗通儀); 진서 악광전(晉書 樂廣傳)

> 두려움이 병보다 더 많이 죽인다.
> Fear kills more than disease.(서양속담)
> 사람들은 근거도 없는 재앙을 상상하고는 그것을 두려워한다.
> With no foundation for the existence of evils, they fear the
> things which they have imagined.(루카누스)

후한 말기의 학자 응소(應邵)는 자기 할아버지 응빈(應彬)이 급현(汲縣) 군수 때 겪은 체험담을 전했다. 하지 날 군수가 하급관리 두선(杜宣)을 불러서 술을 대접했다. 그런데 술잔에 뱀의 그림자가 비치는 것이 아닌가! 두선은 머리카락이 곤두섰다. 그러나 군수 앞이라서 끽소리 못한 채 억지로 술을 마셨다.

그 후 배탈이 나서 아무 것도 먹지 못하고 몸져누웠다. 문병을 갔다가 병의 원인이 술잔에 비친 뱀 그림자였다는 것을 알게 된 군수가 집에 돌아와 곰곰 생각했다. 그러다가 벽에 걸린 활을 보고 무릎을 탁 쳤다. 저것이다! 두선을 다시 불러서 원래 위치에 앉힌 뒤 술잔을 주었다. 뱀 그림자가 다시 비쳤다. 군수는 활을 가리키면서 저 그림자가 뱀처럼 보이는 것이라고 일깨워 주었다. 그 순간 두선의 병은 씻은 듯이 나았다.

진(晉, 265-316)나라 악광(樂廣)이 하남(河南)의 지방장관으로 있을 때 그의 친구도 똑같은 체험을 한 기록이 있다.

"배중사영"은 아무 것도 아니니 걱정하지 말라는 뜻으로도 사용된다. 활 그림자가 뱀으로 보인다 해도 진짜 뱀은 아니니까 두려워할 필요는 없다.

물론 정력에 좋다면 뱀도 잡아먹고 뱀술도 꿀꺽꿀꺽 마셔대는 사람들에게 "배중사영"은 대단히 섭섭한 말이다. 차라리 잔 속에 진짜 뱀이 들어 있어야 그들은 만족할 것이다.

어쨌든 뱀의 그림자는 활이 걸려 있어야만 나타나는 것이다. 아무런 원인이 없는 것은 아니다. 그러나 아내나 남편의 불륜을 아무런 이유도 없이 의심하는 의처증과 의부증은 "배중사영"이 아니라 정신질환이다.

百年河清

백년하청 | 백 년을 기다려야 황하는 맑아진다
아무리 기다려도 소용이 없다

百 백; 年 해; 河 강; 淸 맑다
원어: 백년사하청 百年俟河淸 / 동의어: 천년하청 千年河淸
유사어 : 부지하세월 不知何歲月
출처 : 춘추좌씨전 양공 8년조(春秋左氏傳 襄公 八年條)

> 우리는 볼 것이라고 소경이 말했다.
> We shall see, said the blind man.(프랑스 속담)
> 오래 기다려야 되는 도움은 도움이 아니다.
> Help which is long on the road is no help.(서양속담)
> 너무 늦게 오는 것은 아무 것도 아니다.
> What comes too late is as nothing.(서양속담)

춘추시대(기원전 770-403) 중엽인 기원전 565년에 정(鄭)나라가 초나라의 속국인 채(蔡)나라를 공격했다. 초나라는 그 보복으로 대규모의 군사작전을 펴서 정나라가 존망의 위기에 처했다.

진(晉)나라의 원군을 기다려서 당당히 맞서자는 주장과 항복해서 나라를 보존하자는 주장이 대립했다. 그 때 자사(子駟)가 이렇게 말했다.

"인생은 짧기 때문에 황하의 흐린 물이 맑아지기를 평생 기다려도 소용이 없다는 주나라의 시가 있습니다. 계책이란 많으면 많을수록 목적 달성에는 아무 소용이 없습니다. 지금은 초나라에 항복하고 나중에 진나라 군대가 오면 그들을 따르면 됩니다."

진나라의 구원병을 기다리다가는 나라가 당장 망할 텐데 그것이 무슨 소용이 있겠는가 그런 뜻이다. 약소국가의 지도자로서 냉철한 현실주의를 주장한 것이다. 결국 정나라는 초나라와 화친하여 위기를 넘겼다.

워털루 전투는 나폴레옹에게 마지막 기회였다. 영국군과의 전투는 무승부 상태였다. 그는 프러시아군을 추격하라고 자기가 보낸 장군이 군대를 거느리고 빨리 돌아오기를 기다렸다. 그 군대가 와야만 승리한다. 그러나 "백년하청"이었다. 패배한 나폴레옹은 황제 자리를 잃고 세인트 헬레나 섬으로 귀양가서 죽었다.

2차 대전 때 오키나와의 일본군은 미군을 상대로 결사항전을 시도했다. 본토에서 지원군이 오기를 기다리는 것은 "백년하청"이었다. 일본군 수십만 명이 죽었다. 미군도 많이 죽었다.

그런데도 항복하지 않고 버티는 일본 땅에 미국은 최후 수단으로 원자폭탄 두 개를 떨어뜨렸다. 일본의 지도층이 스스로 자초한 재앙이었다.

그럼에도 불구하고 일본인들은 전쟁을 일으키고 또 끝까지 발악한, 일왕을 비롯한 전쟁지도자들을 원망하기는커녕 마지못해 원폭을 투하한 미국만 비난하고 있다.

수상 등 각료들은 전쟁범죄자로 처형된 사람들의 위패가 모셔진 신사에 참배해서 이웃나라 사람들의 비위나 긁어대고 있다. 그들이 진심으로 사죄하기를 기다린다? 그것은 "백년하청"이 아니라 "천년하청"이다.

伯樂一顧

백락일고 | 백락이 한번 뒤를 돌아다본다
명마도 백락을 만나야 세상에 알려진다
현자가 자기를 알아주는 인물을 만난다

伯 맏이; 樂 즐겁다; 一 하나; 顧 뒤돌아보다
출처 : 전국책(戰國策); 한유의 잡설(雜說)

> 좋은 충고라면 누가 해준 것이든 상관없다.
> If the counsel be good, no matter who gave it.(서양속담)
> 훌륭한 다이아몬드도 잘못 가공될 수 있다.
> A fine diamond may be ill set.(서양속담)

준마를 가진 사람이 그 말을 팔려고 사흘 동안 날마다 시장에 끌고 나갔지만 아무도 사지 않자 백락에게 그 말을 한번 살펴봐 달라고 부탁했다. 말에 관해서라면 최고권위자인 백락이 말을 살펴보았다.

과연 준마라는 표정으로 감탄하면서 말의 주위를 한바퀴 돌았다. 그리고 말을 사지는 않고 돌아가다가 아깝다는 듯이 한번 뒤를 돌아다보았다. 그의 태도를 지켜보던 사람들이 그 말을 사겠다고 서로 다투는 바람에 말 값이 열 배나 올랐다.

한유(韓愈, 768-824)는 이렇게 말했다.

"손양(孫陽)은 말에 관해서 훤했기 때문에 사람들이 그를 백락이라고 불렀다. 아무리 천리마라 해도 백락이 없다면 주인을 잘못 만나 혹사당하다가 허름한 마구간에서 죽을 것이다. 아무리 뛰어난 인재라 해도 자기를 알아주는 훌륭한 정치지도자를 못 만나면 재능을 발휘할 수 없다."

"백락일고"란 참으로 옳은 말이다. 유비가 제갈공명을 삼고초려(三顧草廬) 하지 않았다면 공명이 자기 재능을 한껏 발휘할 기회를 얻지 못했을 테니 이것은 "백락일고"에 해당한다. 반면에 제갈공명이 유비의 인품을 알아보고 그를 따른 것도 "백락일고"라고 할 수 있다.

그러나 요즈음에는 가짜 백락이 뒤를 돌아다보는 바람에 무수한 사람들이 속아서 큰 피해를 보는 경우가 많다. 경제 전문가, 주식 전문가, 부동산 전문가 등등 각종 전문가들 말을 믿고 투자를 했다가 거덜난 경우가 그렇다.

엉터리 종교지도자를 따르다가 구원이나 영생불멸을 얻기는커녕 신세만 망친 경우가 한둘이 아니다.

돈벌이라면 사실 진짜 전문가들이 따로 있다. 투기꾼들, 사기꾼들, 거액의 뇌물을 먹는 저명인사들을 보라. 그들은 경제학 박사, 정치학 박사 따위를 아주 우습게 여긴다.

평범한 사람들의 지혜는 우습게 보면서 전문가의 말이라면 믿는 사람들은 대개 열등감이 심해서 그런 것이다. 가짜 "백락일고"를 알아보는 눈이 없는 것이다. 바로 자기 자신이 가짜 "백락"인 줄도 모르고 있으니까.

白面書生

백면서생 | 창백한 얼굴의 지식인
글이나 알았지 세상일은 모르는 사람

白 희다; 面 얼굴; 書 글; 生 낳다, 날것, 삶
출처 : 송서 심경지전(宋書 沈慶之傳)

> 슬픔으로 얻은 체험이 가르쳐준다.
> Experience bought with sorrow teaches.(로마속담)
> 학식 있는 바보가 가장 지독한 바보다.
> Learned fools are the greatest fools.(서양속담)
> 경험이 가장 좋은 학교이지만 수업료가 비싸다.
> Experience is the best school, but the fees are heavy.(서양속담)
> 학식 없는 경험이 경험 없는 학식보다 낫다.
> Experience without learning is better than learning without experience.(서양속담)

남북조시대(420-581) 때 남쪽 송(宋)나라 장수 심경지(沈慶之)는 수도 건강(建康)의 방위사령관을 거쳐 국경수비 사령관이 된 인물이다.

하루는 효무제(孝武帝, 재위 453-464)가 문신(文臣)들을 모아놓은 자리에서 북위(北魏)를 칠 것인가에 관해서 의견을 물었다.

문신들이 모두 군사동원에 찬성했다. 그러나 마침 그 자리에 참석했던 심경지는 북벌할 시기가 아니라고 반대하면서 이렇게 말했다.

"농사일은 농부에게, 바느질은 아녀자에게 맡기는 법입니다. 나라의 중대한 일도 전문가에게 맡겨야만 제대로 됩니다. 그런데 전쟁에 관해서 '백면서생'들과 의논한다면 승리를 얻기가 어려운 것입니다."

황제는 문신들의 의견에 따라 군대를 보냈다. 그러나 크게 패배하고 말았다.

행정관리들이 군사작전에 대해 이래라 저래라 해서는 작전이 제대로 될 리가 없다. 히틀러는 2차 대전 때 유능한 장군들의 의견을 무시한 채 자기 마음대로 작전계획을 세우고 또 밀어붙였다. 결과는 뻔했다.

그는 지하 벙커에서 애인과 함께 자살하고 말았다. 그는 카리스마를 가지고 군중을 선동하는 능력이 뛰어난 표퓰리즘식의 정치가였지 군사전략가는 아니었던 것이다. 이와 마찬가지로 장군들이 권력을 잡고 정치를 하는 나라도 잘 될 리가 없다.

정치는 정치가에게, 국방은 군인에게 맡기는 것이 순리다. 물론 장군 출신이지만 아이젠하워나 드골처럼 탁월한 정치수완을 발휘한 경우도 있고 "백면서생"이었지만 제갈공명처럼 최고의 군사전략을 구사한 경우도 있다. 그러나 그런 경우들은 참으로 예외적인 것이다.

현대의 행정은 날로 복잡해져서 전문가가 더욱 필요하다. 경험이 풍부하다는 관리가 고위직을 맡아도 일을 잘 처리할지 의문일 때도 많다.

그런데 행정실무 분야에 전혀 경험이 없는 사람 즉 행정에 관한 한 "백면서생"인 사람들을 각료로 임명한다는 것은 대단한 모험이다.

百聞不如一見

백문불여일견 | 백 번 듣는 것이 한 번 보는 것만 못하다

百 일백; 聞 듣다; 不 아니다; 如 같다; 一 하나; 見 보다

출처 : 한서 조충국전(漢書 趙充國傳)

보는 것이 믿는 것이다

Seeing is believing.(서양속담)

풍문은 거짓말과 같다.

Hearsay is half lies.(독일속담)

눈은 자기를 믿고 귀는 다른 사람을 믿는다.

The eyes believe themselves, the ears believe other people.

(서양속담)

사태를 정확하게 묘사하는 보고서는 없다.

Report can never be brought to state things with precision.

(로마속담)

한나라 선제(宣帝, 재위 기원전 74–49) 때 서북지방의 강족(羌族)이 반란을 일으켰다. 무제 때 흉노족과 싸워 공적이 많은 조충국(趙充國) 장군에게 토벌의 임무가 부여되었다. 그는 이미 나이가 70이 넘었다. 반란 진압의 책략을 묻는 황제에게 조충국은 이렇게 대답했다.

"백 번 듣는 것은 한 번 보는 것만 못합니다. 군사에 관한 일은 멀리 앉아서 계획을 짜기 힘듭니다. 빨리 현지에 가서 살펴본 뒤에 전략을 세우겠습니다."

그는 현지를 시찰한 다음 기병대를 동원하는 것보다는 보병을 현지에 주둔시켜서 평소에는 농사를 짓게 하고 적이 쳐들어오면 나아가 싸우게 하는 둔전병(屯田兵) 제도가 효과적이라고 판단했다. 장기전을 편 것이다. 결국 반란은 일년 만에 진압되었다.

"백문불여일견"이라는 말을 세상에서 그 누구보다도 가장 잘 이해하는 사람들은 자기 국민을 멋대로 처형하는 독재자, 이민족을 대량 학살하는 자, 죄도 없는 사람을 잡아다가 고문하는 사람들이다.

그들은 온 세상 사람들이 소문을 듣고 비난을 퍼붓는다 해도 전혀 두려워하지 않는다. 증거를 이미 없앴거나 꼭꼭 숨겨 놓았기 때문이다. 그들은 사람들이 소문을 백 번 듣는 것보다 증거를 한 번 보는 것을 더 두려워한다. 그래서 독재자들은 쇄국정책을 쓰는 것이다.

살인, 강간, 방화, 약탈 등 각종 흉악한 범죄를 저지르는 자들이나 더러운 뒷거래를 하는 정치가와 기업가 등도 역시 "백문불여일견"을 뼈저리게 이해하고 있다. 그래서 그들이 제일 신경 쓰는 것이 바로 증거인멸인 것이다.

白眉

백미 | 흰 눈썹 / 여럿 가운데 가장 뛰어난 사람이나 사물
문학이나 예술의 걸작품

白 희다; 眉 눈썹
출처 : 삼국지 촉지 마량전(三國志 蜀志 馬良傳)

제1인자가 되어라.
Look after Number One.(서양속담)
천재는 인내다.
Genius is patience.(프랑스 속담)
천재는 4분의 1이 영감이고 나머지는 땀이다.
Genius is one part inspiration and three parts perspiration.
(미국속담)
썩은 생선들 가운데서는 고를 것도 없다.
No choice amongst stinking fish.(서양속담)

삼국시대 때 제갈공명(諸葛孔明)과 절친하게 지낸 마량(馬良)은 다섯 형제의 장남이었다. 그들 다섯 형제는 모두 재능이 탁월했다. 그 가운데서도 어려서부터 눈썹에 흰 털이 섞여 있던 마량이 가장 우수했다.

그래서 사람들은 "마씨 집안의 다섯 형제가 모두 탁월하지만 그 가운데서도 흰 눈썹(백미)이 가장 뛰어나다."고 말했다. "백미"는 마량의 별명이었다. 훗날 마량은 유비의 참모로 활약했다. 제갈공명이 울면서 목을 벤 마속 즉 "읍참마속(泣斬馬謖)"에 나오는 마속은 마량의 동생이었다.

지위가 가장 높다거나 목소리가 제일 크다고 해서 반드시 "백미"가 되는 것은 아니다. 오히려 그런 사람일수록 "백미"는커녕 형편없는 경우가 흔하다.

각계각층의 지도자들 가운데 "백미"를 고르라고 할 때 난감해지는 것도 그 때문이다.

이것은 모두 한결같이 "백미"라서 어느 한 사람을 골라내기가 어렵다는 뜻은 아니다. 너나할 것 없이 모두가 "백미"라면 오죽이나 좋을까? 사실은 그들 가운데 "백미"가 하나도 없다는 말이니 서글프기 짝이 없다.

수많은 도토리 가운데 제일 큰 도토리를 골라내서 그것을 "백미"라고 우길 수는 없지 않은가?

345

百發百中

백발백중 | 백 번 쏘아서 백 번 맞힌다
모든 일이 예상대로 들어맞는다

百 일백; 發 활쏘다, 일으키다, 떠나다; 中 가운데, 맞히다
출처 : 사기 주기(史記 周紀)

> 활의 명수도 못 맞출 때가 있다.
> A good marksman may miss.(서양속담)
> 활을 잘 쏘는 사람은 화살이 아니라 솜씨가 증명해준다.
> A good archer is not known by his arrows, but by his aim.
> (서양속담)
> 겨냥하는 것으로 충분하지 않고 맞추어야 한다.
> To aim is not enough, we must hit.(독일속담)

초나라 장왕(莊王, 재위 기원전 614-591) 때 수상 투월초(鬪越椒)가 반란을 일으켰다. 투월초의 활 솜씨는 누구나 무서워하는 것이었는데, 왕이 이끄는 군대의 하급장교였던 양유기(養由基)가 나서서 투월초와 활로 대결해서 그를 죽였다. 반란군은 쉽게 무너졌다.

장공은 양유기가 재주만 믿고 날뛴다고 주의를 주고 활을 함부로 쏘지 못하게 했다. 그 후 그는 화살에 맞아 죽었다.

사기(史記)에는 이렇게 기록되어 있다.

"초나라의 양유기는 활쏘기의 명수였다. 그는 버드나무 잎을 백 걸음 떨어진 곳에서 쏘면 백 번 쏘아서 백 번 맞혔다."

아무리 치밀하게 계획을 세워도 모든 것이 예상대로 "백발백중"인 경우는 참으로 드물다. 원숭이도 나무에서 떨어질 때가 있는 법이다. 사람의 일이란 원래 그런 것이다.

그러니까 입학, 취직, 고시 등 각종 시험의 경우, 심지어 연애마저도 한두 번 실패했다고 해서 실망할 필요는 조금도 없다. 사업이나 선거도 마찬가지다.

물론 백전백패 즉 번번이 실패한다면 그것은 약간 심각한 문제다. 한 사람에게 시간, 체력, 자본 등이 무한한 것은 아니니까. 그래도 용기를 가다듬어 성공할 때까지 도전한다? 그건 아니다. 물러설 줄도 알아야 한다. 나이 40이 되도록 시험공부만 하고 앉아 있다면 그런 인생은 도대체 뭔가?

자기 능력을 과신하여 무슨 일에나 "백발백중"으로 성공한다고 큰소리치는 사람의 말은 절대로 믿지 마라. 자기 예언이 "백발백중"으로 맞는다고 주장하는 종말 예언자나 점쟁이 말도 역시 절대로 믿지 마라.

몇 년 안에 지상천국을 만들어주겠다고 약속하는 정치인들의 말도 절대로 믿지 마라. 그들이 거짓말로 수많은 사람을 속인다는 것은 "백발백중" 하는 화살처럼 확실한 사실이다.

伯牙絶絃

백아절현 | 백아가 거문고 줄을 끊는다 / 절친한 친구의 죽음
그런 친구를 잃은 슬픔

伯 맏이; 牙 어금니; 絶 끊다; 絃 악기의 줄
준말 : 절현 絶絃 / 동의어 : 백아파금 伯牙破琴
출처 : 열자 탕문편(列子 湯問篇)

> 친구를 잃는 것은 가장 큰 상처다.
> To lose a friend is the greatest of injuries.(로마속담)
> 친구는 제2의 자아다.
> A friend is a second self.(키케로)
> 참된 친구를 교체하기는 어렵다.
> It is difficult to replace true friends.(세네카)
> 친구는 많아도 특별한 친구는 하나뿐.
> Many friends in general, one in special.(서양속담)
> 친구가 없는 인생은 증인이 없는 죽음이다.
> Life without a friend is death without a witness.(서양속담)

춘추시대(기원전 770-403) 때 백아(伯牙)는 거문고의 명수였는데 그가 연주하는 음악을 누구보다도 가장 잘 이해해준 것은 그의 절친한 친구 종자기(鐘子期)였다.

종자기가 병이 들어 죽자 백아는 거문고의 줄을 끊어버리고 다시는 거문고를 타지 않았다. 종자기는 그를 진정으로 알아주는 지기(知己), 그의 음악을 알아주는 지음지우(知音之友, 준말: 知音)였던 것이다.

어린 자녀들에게 피아노나 바이올린 등 여러 가지 악기의 과외를 시키는 부모가 적지 않다. 자기 아이들에게는 그런 과외를 시키지 못한다고 해서 속상해하는 부모들도 역시 적지 않다.

이래저래 아파트 동네 음악학원들만 재미를 본다. 작곡가나 연주가로 대성하지 못한 음악대학 출신에게도 그나마 먹고 사는 길이 열려 있는 것이다.

아이들이 선천적으로 음악에 재능이 뛰어나다면 별 문제다. 그러나 멋으로 또는 남들이 하니까 나도 한다는 식으로 아이들에게 그런 과외를 강요한다면 시간낭비가 아닐까?

부모란 자기 아이만은 천재라고 믿고 싶어한다. 그러나 천재가 아무 데서나 나오나? 콩 심은 데 콩 나고 팥 심은 데 팥 난다는 말이 있다.

게다가 어려서부터 음악학원에 다니면 백아와 종자기처럼 그런 두터운 우정을 자기 친구들과 맺기라도 한단 말인가? 어느 정도 자라고 나면 절친한 친구가 죽지 않았어도 그들은 피아노를 부수거나 바이올린 줄을 끊어버리려 할 것이다.

白眼視

백안시 | 눈을 희게 뜨고 흘겨본다 / 남을 싫어하다 / 푸대접하다

白 희다; 眼 눈; 視 보다
유사어 : 백안 白眼 / 반대어 : 청안시 靑眼視
출처 : 진서 완적전(晋書 阮籍傳)

그들은 고독한 환경을 만들고는 그것을 평화라고 부른다.
They make a solitude; they call it peace.(타키투스)
나쁜 아내는 아무 가치도 없다.
I would not give a farthing for a bad wife.(로마속담)
남편의 어머니는 아내의 악마다.
The husband's mother is the wife's devil.(화란속담)
자기 자신만 섬기는 자는 가장 저열한 노예이다.
He is a slave of the greatest slave who serves but himself.
(서양속담)
그는 추수할 때의 흰 눈처럼 환영받는다.
He is welcome as the snow in harvest.(스코틀랜드 속담)

위(魏)나라 고관 집안에서 태어난 완적(阮籍, 210-263)은 사마중달의
손자가 쿠데타로 실권을 잡고 진(晋)나라를 세울 무렵 즉 3세기 후반에
관직을 버리고 죽림칠현의 한 사람이 되어 술과 거문고로 세월을 보냈
다. 노자, 장자, 주역에 심취한 그는 형식적인 예의만 따지는 선비들을
속물로 여겨서 흰 눈으로 흘겨보았다. 꼴도 보기 싫다는 의미였다. 역시
죽림칠현의 한 사람으로 자기 친구인 혜강(嵆康)의 형 혜희(嵆喜)가 찾아
왔을 때도 그는 흰 눈으로 흘겨보았다.

여당 정치가들과 야당 정치가들이 한 자리에 모이면 서로 "백안시"하는데 그것은 당연하다. 원래 정치가란 눈이 나쁜 근시안들이기 때문이다.

사실 그들은 대부분이 눈이 나쁜 정도가 아니라 사람을 알아보는 눈이 아예 없다. 자기 자신이 정치에 적합한 인물이 아니라 시장에서 허드레 물건이나 파는 잡상인으로 딱 적임자라는 사실을 몰라본다.

즉 권력의 신기루만 쳐다보다가 눈이 멀면 남들은커녕 자기 자신마저도 알아보는 눈이 없는 것이다. 결국 그들은 모든 사람들을 "백안시"하는 것을 직업으로 삼는다. 다만 선거 때만 유권자들을 "청안시"하는 척한다. 그것도 선거가 끝나기 직전까지만 그렇다.

일당 독재국가에는 여야가 없으니 정치가들이 화기애애할 것 같지만 그렇지 않다. 오히려 민주국가의 경우보다 더 심하게 그들은 서로 "백안시"한다. 독재자의 환심을 사서 자기만은 살아남기 위해 그런 것이다. 그렇지 않으면 죽는다.

사악한 무리는 거룩하게 살아가는 성자들을 보면 눈을 흘긴다. 공연히 꼴도 보기 싫어서 "백안시"하는 것이다. 그러나 성자들은 남을 결코 흘겨보지 않는다. 그들은 자기 생활을 살펴보고 잘못을 고치는 것만 해도 시간이 모자라기 때문에 남을 흘겨보고 말고 할 여유가 없다.

"백전백승"을 했다고 해서 크게 기뻐할 일은 아니다. 백 번 싸우고 나면 그의 인생에는 이제 남은 시간이 얼마 없다. 체력도 총명함도 예전 같지가 않다. 대장군이나 영웅 따위의 칭호가 무슨 소용인가? 왕이 된들 왕의 자리에 몇 년이나 버티고 앉아 있을 것인가?

아무리 전쟁에 미친 사람이라 해도 언젠가는 전쟁 그 자체가 지긋지긋해질 것이다. 전쟁이란 평화를 얻기 위한 마지막 수단이다. 피를 흘리지 않고 평화를 얻을 수만 있다면 그것처럼 좋은 방책은 없다.

그런데 걸핏하면 이웃나라를 전쟁으로 위협하는 나라가 있다면 그 나라의 지도자란 틀림없이 전쟁에 미친 사람일 것이다.

栢舟之操

백주지조 | 잣나무 배의 지조 / 과부의 굳은 절개

栢 잣나무; 舟 배; 之 가다, ~의; 操 잡다, 지조
출처 : 시경 용풍 백주(詩經 鄘風 栢舟)

사랑을 위해 죽는 사람은 지나치게 사랑하는 것이다.
They love too much that die for love.(영국속담)
사랑은 신의를, 신의는 확고함을 요구한다.
Love asks faith, and faith firmness.(서양속담)
정조는 고드름과 같아서 일단 녹으면 그것으로 끝장이다.
Chasteness is like an icicle, if it once melts, that is the last of it.
(서양속담)
정숙한 여자는 눈도 귀도 없다.
Discreet women have neither eyes nor ears.(서양속담)
돈 많은 과부는 한 눈으로 울고 다른 눈으로는 웃는다.
The rich widow cries with one eye and laughs with the other.
(서양속담)

주나라 여왕(厲王) 때 위(衛)나라 태자 여(余)와 그의 부인 강(姜)은 금슬이 매우 좋았다. 그런데 태자 여가 일찍 죽자 그녀는 과부가 되었다. 그리고 남편의 시호가 공백(共伯)이기 때문에 그 후 공강(共姜)으로 불리게 되었다. 그녀의 어머니는 그녀를 다시 시집보내려고 애썼다. 그래서 그녀는 이런 시를 읊었다.

"잣나무 배가 강 한가운데 홀로 떠 있다. / 나의 짝은 오직 남편 하나뿐 / 죽어도 나는 그분을 따라가겠다. / 어머니는 어찌 내 마음을 몰라주시는가?"

처녀 때도 정조를 지키는 것을 어리석다고 여기던 현대여성
들에게 남편이 죽은 뒤에 "백주지조"를 기대한다는 것은 어
려운 일이다.

하기야 남편이 살아 있을 때에도 애인을 여럿 거느려야 현
대여성이라고 자부하는 판이니 "백주지조"를 들먹일 수도
없다. 그러나 현대라는 시대에 산다고 해서 모두 현대여성
은 아니다. 현대식 아파트에 산다고 해서 역시 모두가 현대
여성은 아니다.

또 현대여성이라고 해서 모두 훌륭한 여자는 결코 아니다.
지금도 "백주지조"를 여전히 지키면서 자녀들을 훌륭하게
키우는 여성들이 있다. 그들은 결코 바보가 아니다.

伯仲之勢

백중지세 | 형과 동생의 형세 / 우열을 가릴 수 없는 형세

伯 맏이; 仲 둘째; 之 가다, ~의; 勢 권세, 형세
동의어 : 백중지간 伯仲之間
출처 : 조비(曹丕)의 전론(典論)

> 싸우는 두 사람이 각각 승리자였다.
> Each of the two combatants was victor.(마르시알리스)
> 전쟁의 결과는 불확실하다.
> The results of war are uncertain.(키케로)
> 이기는 자가 없는 게임은 어리석다.
> It is a silly game where nobody wins.(서양속담)

조조의 뒤를 이어 위(魏)나라 문제(文帝)가 된 조비(曹丕)는 그가 지은 전론(典論) 첫머리에 이렇게 적었다.

"글을 쓰는 사람들은 옛날부터 서로 상대방을 깔보았다. 부의(傅毅)와 반고(班固)는 '백중지간' 즉 우열을 가릴 수 없는 사이였다."

선거 때 크게 열세에 몰린 후보는 자기와 상대방이 "백중지세"라고 주장한다. 이것은 허풍이라는 약자의 속임수다. 매우 근소한 차이로 앞서가는 데 불과한 후보는 "압도적인 차이"로 이길 것이라고 큰소리친다.

이것은 과장이라는 강자의 속임수다. 어느 속임수든 거기 넘어가는 유권자만 바보가 된다. 삼각관계인 연애의 경우도 마찬가지다.

밀리는 쪽에서는 "백중지세"를 믿고 싶고, 약간 자신이 있는 쪽은 "압도적인 승리"를 믿고 싶은 법이다. 그러나 남자든 여자든 가운데 끼인 쪽에서는 갈팡질팡이다.

法三章

법삼장 | 세 가지 법

法 법; 三 셋; 章 글, 규정
출처 : 사기 고조본기, 유후세가(史記 高祖本紀, 留侯世家)

> 부패한 나라일수록 법이 더욱 많다.
> In a very corrupt state there are very many laws.(타키투스)
> 유전무죄, 무전유죄.
> Laws are always useful to those who possess and vexatious
> to those who have nothing.(루소)
> 나라에 법이 많으면 나쁜 징조다.
> Many laws in a state are a bad sign.(서양속담)
> 법은 많고 정의는 적다.
> Much law, but little justice.(서양속담)
> 법이 많을수록 권리는 더욱 적다.
> The more law, the less right.(독일속담)
> 모든 법은 빠져나갈 구멍이 있다.
> Every law has a loophole.(서양속담)
> 로마에서는 로마인들을 따르라.
> When at Rome do as the Romans do.(서양속담)

기원전 206년 한나라의 유방이 진(秦)나라를 멸망시키고 수도 함양
(咸陽)에 입성했다. 그는 함양에 계속해서 머물려고 했지만 장량(張良)과
번쾌(樊噲)가 말렸다.

사치와 부패와 폭정으로 멸망한 진나라의 전철을 밟지 말라는 충고였
다. 새로운 나라를 건설할 꿈이 있던 유방은 깨달았다. 그래서 모든 지
도층 인사들을 불러 안심시키면서 이렇게 말했다.

"진나라의 복잡하고 번거로운 법을 모두 폐지하고 이제부터는 세 가

지 법만 세우겠다.

첫째 살인자는 사형에 처한다. 둘째 사람을 상해한 자는 그 정도에 따라 처벌한다. 셋째 남의 재물을 훔친 자도 그 정도에 따라 처벌한다."

민심이 유방을 지지한 것은 너무나도 당연한 일이었다. 칼이 모든 것을 지배하던 시대에도 민심을 얻지 못하면 새로운 나라의 건설이 어려웠던 것이다.

물론 "법삼장"만 가지고 나라를 다스릴 수는 없다. 그러나 "법삼장"이 지니는 특별한 의미는 통치자의 기본의무가 바로 백성의 생명과 재산을 보호하는 것임을 단순 명쾌하게 강조했다는 데 있다.

법(法)이라는 글자를 보면 그것은 물(水)이 흘러간다(去)는 뜻이다. 물이란 높은 곳에서 낮은 곳으로 흐르게 마련이다. 그러니까 윗물이 맑아야 아랫물도 맑다는 속담처럼 고위층부터 법을 모범적으로 잘 지켜야만 국민들도 법을 잘 지키게 된다.

가장 쉬우면서도 가장 중요한 이 원리를 모르는 사람들이 고위층에 상당히 많은 것도 현실이다. 사실은 모르는 게 아니라 모르는 척하고 있는지도 모른다.

어쨌든 어느 시대나 어느 나라에서나 고위층의 상당 부분은 법을 무시하거나 심지어는 짓밟는다. 그리고 자기들에게 유리한 새 법을 얼마든지 만들어낼 수 있다고 생각한다.

그러면서도 국민들에게는 법을 모조리 잘 지키라고 강요한다. 조금이라도 어기면 주리를 튼다. 게다가 국민들의 생명과 재산을 보호해주지도 않는다.

病入膏肓

병입고황 | 병이 몸속 깊숙이 들어갔다
병이나 악습이 너무 심해져서 고칠 수 없다

病 질병; 入 들어가다; 膏 기름, 명치끝; 肓 명치끝(횡경막)
출처 : 춘추좌씨전 성공 십년(春秋左氏傳 成公 十年)

> 병을 감추는 것은 치명적이다.
> To hide disease is fatal.(로마속담)
> 절망적인 질병에는 절망적인 치료법이 있다.
> Desperate diseases have desperate remedies.(서양속담)
> 병을 알면 절반은 치료한 것이다.
> To know the disease is half the cure.(서양속담)

춘추시대인 기원전 581년, 진(晉)나라 경공(景公)이 꿈에 머리를 풀어 헤친 귀신을 보았는데 그 귀신은 "네가 내 자손을 죽였으니 너도 죽어야 한다."고 말하면서 그를 쫓아왔다.

그 후 병이 들어 무당을 불러 물었더니 무당은 경공이 그 해 추수한 보리로 지은 밥을 먹지 못할 것이라고 대답했다. 그는 진(秦)나라의 명의 고완(高緩)을 보내달라고 요청했다.

의사가 오기 전에 그가 다시 꿈을 꾸었는데, 질병이 어린아이 둘로 변해서 대화하다가 명치끝과 횡경막 사이에 숨으면 명의도 자기들을 어쩌지 못할 것이라고 말했다.

고완이 도착했지만 그로서도 "병입고황" 상태인 경공을 살려낼 수 없었다. 보리가 추수되자 그는 보리밥을 가져오게 한 다음 무당을 불러서 죽였다. 그러나 밥을 먹기 전에 배가 아파서 변소에 갔다가 변소에 빠져 죽었다. 왕 노릇 해먹기도 더럽게 힘든 세상이었나 보다.

노조, 연맹, 동맹, 연합 등 각종 단체가 나라를 좌우하는 시대가 왔다. 바야흐로 "단체 공화국"이 탄생한 것이다. 혼자서는 아무 것도 못한다. 모든 것을 단체의 이름으로 한다. 자기편을 들어줄 단체가 없으면 하루아침에 수십 개, 수백 개라도 만들어내면 그만이다.

법이 다 뭐냐? 파업을 하든 데모를 하든, 남의 나라 깃발을 태우든, 무조건 단체의 이름으로 하면 불법이고 합법이고 따질 것도 없다. "단체"를 체포할 수는 없지 않느냐?

불법파업이기는 해도 사정을 고려해 주는 것이 좋다? 반국가 단체이기는 해도 너무 오래 지명수배를 받으니 본인과 가족들의 고통을 생각해서 선처하는 것이 좋다?

물론 대찬성이라고 말할 사람들도 있을 것이다. 그러나 그들만 사정이 있고 그들만 고통을 당했나? 그들 때문에 심한 피해를 본 국민들도 있다.

"인기주의", "기회주의", "편파주의", "막가파 주의", 이런 고질병이 이제는 "병입고황"의 지경에 이르렀다는 말인가?

覆水不返盆

복수불반분 | 엎질러진 물은 다시 물동이에 담을 수 없다
집을 버리고 떠난 아내는 다시 돌아올 수 없다
저질러진 일은 다시 돌이킬 수 없다

覆 엎다; 水 물; 不 아니다; 返 돌이키다; 盆 물동이
동의어 : 복배지수 覆杯之水; 복수불수 覆水不收
유사어 : 낙화불반지 落花不返枝; 파경부조 破鏡不照; 파경지탄 破鏡之歎
출처 : 습유기(拾遺記)

우유를 쏟고 울어야 아무 소용도 없다.
It is no use crying over spilt milk.(서양속담)
이미 한 일은 돌이킬 수 없다.
What is done cannot be undone.(서양속담)
흘린 소금을 깨끗이 다시 담을 수는 없다.
Salt spilt is seldom clean taken up.(서양속담)

강여상(姜呂尙, 姜太公)은 너무 가난해서 집안에 먹을 것이 없을 지경이었다. 그래서 첫째 부인 마(馬)씨가 친정으로 달아나고 말았다. 그 후 그는 나이 60이 넘어서 위수(渭水)에서 낚시질을 하다가 주(周)나라의 시조 무왕(武王)의 아버지 서백(西伯, 文王)을 만나서 수상의 자리에까지 올랐다. 그리고 제나라의 제후가 되었다.

그가 제후가 되자 예전의 아내가 찾아와서 받아주기를 청했다. 그러나 그는 물 한 동이를 길어오게 한 뒤 그 물을 마당에 쏟게 했다. 그리고 그 물을 다시 물동이에 담아보라고 말했다. 물론 될 일이 아니었다. 그러자 그가 한마디 던졌다.

"엎질러진 물은 물동이에 다시 담을 수 없는 것처럼 한번 집을 나간 아내도 다시 돌아올 수가 없는 것이다."

요즈음에는 엎질러진 물도 얼마든지 다시 담을 수 있다. 마당에 비닐을 깔면 된다. 그러니까 이혼하고 나서 각각 재혼한 뒤 한참 지내다가 다시 예전 부부가 재결합하는 경우도 있지 않은가?

그런 것은 약과다. 막대한 부채를 진 사람이 여전히 가지고 있는 막대한 재산의 압류를 피하기 위해 법률적으로 이혼하고는 몰래 만나는 경우도 있다. 이런 판이니 "복수불반분"이란 케케묵은 옛날 말이다?

駙馬

부마 | 공주의 남편 즉 왕의 사위

駙 곁말(예비용 말); 馬 말
원어 : 부마도위 駙馬都尉
출처 : 진(晋)나라 간보(干寶)의 수신기(搜神記)

> 나를 사랑하면 내 개도 사랑하라.
> Love me, love my dog.(영국속담)

　"부마"는 천자가 타는 수레에 딸린 예비용 말이고 그 말들을 관리하는 직책이 부마도위다. 그 서열은 각료급에 해당하는데 한나라에 항복한 흉노족 왕자에게 한무제가 처음으로 이 직책을 주었다. 그리고 위진(魏晋) 시대 이후로는 공주의 남편에게만 이 직책을 주었기 때문에 그 때부터 왕의 사위를 "부마"라고 부르게 되었다.

　농서(隴西, 감숙성) 지방의 청년 신도탁(辛道度)이 옹주(雍州)로 길을 떠났다. 도중에 날이 저물어 어느 큰 기와집을 찾아가 하룻밤 묵게 되었다. 한 상 잘 얻어먹고 잠을 자려고 하는데 여주인이 방으로 들어오더니 자기와 부부의 인연을 맺자고 말했다.

　여자는 진(秦)나라 민왕(閔王)의 딸인데 남편을 여의고 23년 동안 혼자 지낸다고 했다. 신도탁은 신분의 차이를 내세워서 사양했지만 여자가 간청하는 바람에 사흘 밤을 여자와 같이 지냈다.

　그런데 사흘이 지나자 여자는 헤어지지 않으면 안 된다고 하면서 정표로 황금베개를 하나 주었다. 그가 집을 나서자 기와집은 사라졌다. 그는 황금베개를 팔아서 여비로 썼다. 얼마 후 왕비가 시장에서 그 베개를 발견하고는 추적해서 신도탁을 잡아다가 조사했다. 그리고 공주의 무덤을 파서 사실관계를 확인했다. 드디어 왕비는 신도탁을 자기 사위로 인정하고는 부마도위에 앉혔다.

"부마"란 사실 빛 좋은 개살구인 경우가 많다. 왕의 딸의 부속품인 것이다. 공주가 죽으면 "부마"는 처량한 신세다.

현대에는 대통령이나 내각책임제 국가의 수상이 사위를 얻으면 그 사위가 "부마"에 해당하겠지만, 그 많은 "부마"들 가운데 제대로 두각을 나타낸 경우는 거의 없다.

그것은 국가원수 관저에 마구간이 없기도 하겠지만, 부마들이 말을 제대로 기를 줄 모르기 때문일 것이다. 그런데 요즈음은 아내가 사회 저명인사인 경우 그 남편은 현대판 "부마"가 된다. 아무개 여사의 남편이라고 소개해야만 사람들이 "아, 그래요?"라고 비로소 아는 척을 한다.

그러니까 여왕, 여자 대통령, 여자 장관, 여자 국회의원, 대기업 여사장, 여배우, 여자 탤런트, 여자 가수, 여자 운동선수 등의 남편은, 부인이 그를 먹여 살리고 있다면, 현대판 "부마"가 되는 셈이다.

不足置齒牙間

부족치치아간 | 이빨 사이에 둘 것이 못 된다 / 거론할 가치가 없다

不 아니다; 足 충분하다; 置 놓다; 齒 이; 牙 어금니; 間 사이
원어 : 하족치지치아간 何足置之齒牙間
출처 : 사기 숙손통전(史記 叔孫通傳)

> 우리보다 아래에 있는 것은 우리에게 아무 것도 아니다.
> Things which are below us are nothing to us.(로마속담)
> 엄청난 먼지를 내가 일으켰다! 마차에 앉은 파리가 그렇게 말한다.
> What a dust have I raised! quotes the fly on the coach.(서양속담)
> 개가 짖어도 높은 달은 알 바 아니다.
> Does the lofty Diana care about the dog barking at her?(로마속담)
> 파리 한 마리가 당신을 쏘았다.
> A fly has stung you.(프랑스 속담)

진(秦)나라의 시황제가 죽고 2세 황제 호해(胡亥)가 즉위한 해인 기원전 209년에 대규모 농민반란이 일어나 나라 전체가 무너질 판이 되었다. 어리석은 황제는 사실대로 보고한 관리는 투옥하고 허위보고를 한 관리는 상을 주었다. 사태가 위급해지자 각료들이 토벌군을 파견해야 한다고 건의했다. 그래도 황제는 불쾌한 표정을 지었다. 그러자 숙손통(叔孫通)이 나서서 말했다.

"지금은 천하가 태평하니 아마도 좀도둑들이 나타난 모양입니다. 이빨 사이에 둘 것이 못 되는 것입니다. 그들은 곧 잡힐 테니 염려하지 마십시오."

기분이 좋아진 황제가 그에게 상을 내렸다. 숙손통은 진나라가 이미 끝장이라고 판단해서 그렇게 말한 것이다. 그는 얼마 후 달아나서 한나라의 유방에게 갔다.

노조는 무한정 임금인상을 요구하고 노는 날도 선진국 이상으로 늘여달라고 아우성을 친다. 기업에 대한 각종규제와 애로는 시퍼렇게 살아있다.

국내기업들은 해외로 탈출하고 외국인 투자는 거의 없다. 실업자는 늘기만 하고 젊은이들은 대학을 나와도 직장이 없다. 불경기가 심해진다.

그래서 경제위기라고 사방에서 외치는데도 경제장관들은 천하 태평이다. 언론의 과장보도라고 위에 보고하는지 위에서도 별로 위기에 대처할 기미가 안 보인다. 숙손통 같은 사람들이 있는 것이다.

평화조약을 맺자고 계속 주장하는 것은 아직 평화가 없다는 증거다. 불가침협정을 주장하는 것도 언제든지 전쟁이 터질 수 있다는 것을 인정한다는 말이다.

그런데도 전쟁은 절대로 일어나지 않는다고 소리친다. 숙손통보다 더한 자는 누구인가? 전쟁과 평화는 이빨 사이에 둘 것이 못 되는 것이 결코 아니다! 이빨 사이에 둘 것이 못 되는 것이란 충치 즉 썩은 이빨이다.

焚書坑儒

분서갱유 | 책을 태우고 선비들을 파묻는다 / 진시황제의 가혹한 폭정

焚 태우다; 書 글, 책; 坑 파묻는다; 儒 선비
출처 : 사기 진시황기(史記 秦始皇記); 십팔사략 진편(十八史略 秦篇)

> 수많은 책 때문에 정신이 어지럽다.
> A crowd of books distracts the mind.(세네카)
> 황제는 문법학자들에 대해 권한이 없다.
> Caesar is not an authority over the grammarians.(로마속담)
> 군주들은 긴 팔과 많은 귀를 가지고 있다.
> Kings have long hands and many ears.(독일속담)

　진(秦)나라의 시황제(始皇帝, 황제재위 기원전 221-210)는 기원전 221년에 중국을 최초로 통일했다. 순우월(淳于越)이 봉건제도의 부활이 황실에 유리할 것이라고 건의했다. 그러나 수상 이사(李斯)가 반대했다. 옛날 책을 가지고 공부한 선비들이 새로운 법과 제도에 반대하니 의약, 농업, 점술에 관한 책을 제외하고 모든 책을 불살라버리는 것이 타당하다는 것이었다. 시황제는 이사의 말에 따랐다.

　그 다음 해 아방궁이 완성되었다. 시황제는 불로장생을 꿈꾸면서 도사들을 불러들였다. 황제는 노생(盧生)과 후생(侯生)을 특히 총애했다. 그러나 두 도사는 시황제를 폭군이라고 욕한 뒤 많은 재산을 챙겨서 달아났다. 그 무렵 시황제를 비판하는 선비들이 460명이나 체포되었다. 화가 머리끝까지 뻗친 시황제는 그들을 모두 산 채로 구덩이에 파묻었다. 이것이 "갱유"인 것이다. 학문의 발전과 언론의 자유는 그것으로 끝장을 보았다. 시황제는 나이 50세에 죽었다.

시황제 이후 2천 년이 지난 20세기 중엽에 나치 독일의 히틀러는 더 지독한 "분서갱유"를 했다. 나치즘에 찬성하지 않는 저자들의 소위 불온서적을 베를린 광장에 산더미처럼 쌓아놓고 불을 질렀다. 그리고 유대인 6백만 명을 학살했다. 히틀러의 야만적 범죄에 비하면 시황제의 "분서갱유"는 어린애 장난에 불과했다.

그런데 20세기 말엽 한국에서는 소위 "혁신"세력으로 자처하는 무리가 자기들 마음에 들지 않는 특정 작가의 저서의 "장례식"도 치렀다. 중세기 마녀재판과 화형식 또는 중국공산당의 홍위병들도 그런 식이었다.

언론의 사명은 권력에 대한 비판과 감시다. 그런 일을 하지 않는 언론은 이미 언론이 아니라 권력의 앞잡이다. 마음에 들지 않는 언론기관에 대해 상식 밖의 세무사찰로 공격하거나 몰상식한 불매운동을 부추긴다면 그것은 현대판 "분서"가 된다.

한편, 자기 편이 아니라는 이유로 유능한 인재들을 공직에서 추방하는 것은 현대판 "갱유"일 것이다.

不俱戴天之讐

불구대천지수 | 하늘을 함께 이고 살 수는 없는 원수
반드시 죽여야 할 원수

不 아니다; 俱 함께; 戴 머리에 이다; 天 하늘; 之 가다, ~의; 讐 원수
준말 : 대천지수 戴天之讐; 불공대천 不共戴天
동의어 : 불공대천지원수 不共戴天之怨讐; 불공대천지수 不共戴天之讐
출처 : 예기 곡례편(禮記 曲禮篇)

가장 극심한 원수관계는 사소한 원인에서 나온다.
The greatest feuds have had the smallest causes.(로마속담)
카르타고는 파괴되어야 한다.
Carthago must be destroyed.(큰 카토)
내 원수가 살아 있는 한 전쟁은 끝나지 않았다.
The war is not done, so long as my enemy lives.(서양속담)
아버지를 죽이고 아이들을 살려두는 자는 바보다.
He is a fool who, when the father is killed, lets the children
survive.(로마속담)
증오를 피하는 방법은 정복이다.
To escape hatred is to triumph.(로마속담)
가장 지겨운 원수도 가짜 친구보다는 낫다.
The greatest enmity is better than a false friend.(인도속담)

아버지의 원수는 하늘을 함께 이고 살 수 없는 원수다. 그러므로 쫓아
가서라도 반드시 죽여야만 한다. 형제의 원수는 마주칠 경우에 죽인다.
친구의 원수는 같은 나라에서 함께 살 수가 없다. 예기(禮記)의 내용은
대개 그렇다.

누구나 칼을 차고 다니고 실력이 말을 하는 시대에는 원수를 그렇게 갚으라고 말했을 것이다. 그러나 자신의 아버지, 형제, 친구가 나라의 진짜 역적이고 간신인 경우, 포악 무도한 경우에도, 상대방을 원수로 여겨 법에 따라 처형하지 않고 꼭 자기 손으로 처단해야만 하는가? 피는 피를 부르게 마련이다.

한 사람이 그렇게 원수를 갚으면 그 원수의 아들이 또 그에게 원수를 갚을 것이다. 그러면 자손만대에 걸쳐서 복수의 연속이 된다.

맹자는 진심편(盡心篇)에서 "남의 아버지나 형제를 죽이면 남이 그의 아버지나 형제를 죽일 것이다. 그러면 자기 손으로 직접 자기 아버지나 형제를 죽이지는 않았지만 결과는 마찬가지다."라고 말했다. 이것은 복수의 악순환을 내다보는 말이다.

원수를 사랑하라는 말도 있다. 참으로 어려운 일이다. 인간으로서는 거의 불가능한 일인지도 모른다. 물론 무조건 사랑하라는 말은 아니다.

죽이겠다고 달려드는 원수를 사랑했다간 자기 목마저 날리고 말 것이다. 원수라 해도 자기 잘못을 뉘우치고 화해를 요청할 경우에는 사랑하라는 뜻이다. 그런 경우마저도 원수를 해친다면 너무 몰인정하지 않겠는가?

뭐니뭐니 해도 애당초 원수를 만들지 않는 것이 가장 좋다.

不蜚不鳴

불비불명 | 새가 날지도 않고 울지도 않는다
큰 일을 위해 때를 기다린다

不 아니다; 蜚 날다, 풍뎅이; 鳴 새가 울다, 소리내서 울다
원어 : 삼년불비 우불명 三年不蜚 又不鳴
동의어 : 삼년불비불명 三年不飛不鳴 / 유사어 : 자복 雌伏
출처 : 사기 초세가, 골계열전(史記 楚世家, 滑稽列傳)
　　　여씨춘추 중언편(呂氏春秋 重言篇)

더욱 힘찬 도약을 위해서는 몸을 약간 웅크려야만 한다.
We must recoil a little, at the end we may leap the better.
(서양속담)
끈기 있게 기다리는 자는 패배자가 아니다.
Patient waiters are no losers.(서양속담)
휴식과 성공은 동료이다.
Rest and success are fellows.(서양속담)
잘못하는 것보다 게으른 것이 낫다.
It is better to be idle than to do wrong.(로마속담)

　　초나라 장왕(莊王, 재위 기원전 614-589)은 즉위하자 "내게 감히 충
고하는 자는 사형이다."라고 말하고는 3년 동안 주색에 빠져 지냈다. 나
라 일은 전혀 거들떠보지 않았다. 그러자 충신 오거(伍擧)가 술자리에 나
아가 목숨을 걸고 충고했다.

　　"언덕 위에 앉은 새가 3년 동안 날지도 않고 울지도 않는데 무슨 새
입니까?"

　　장왕이 대꾸했다.

　　"그 새가 이제 날면 하늘 끝에 이르고 이제 울면 온 세상이 깜짝 놀랄
것이다. 물러가라."

百戰百勝

백전백승 | 백 번 싸워서 백 번 이긴다

百 일백; 戰 싸우다, 싸움; 勝 이기다
원어 : 지피지기 백전불태 知彼知己 百戰不殆
동의어 : 연전연승 連戰連勝 / 유사어 : 백발백중 百發百中
반대어 : 백전백패 百戰百敗 / 출처 : 손자 모공편(孫子 謀攻篇)

> 피를 흘리지 않고 얻는 승리가 위대한 승리다.
> It is a great victory that comes without blood.(서양속담)
> 정복자 만세.
> Long live the conqueror.(프랑스 속담)
> 적을 무시하면 곧 패배한다.
> Despise your enemy and you will soon be beaten.(포르투갈 속담)
> 전쟁을 시작하기는 쉽지만 끝내기는 어렵다.
> Starting a war is easy. Ending it is not.(이집트 속담)

춘추시대(기원전 770-403) 때 손무(孫武)는 오왕 합려(闔閭, 재위 기원전 514-496)의 전략가로 활약했는데 손자병법으로 유명하다. 그는 자기 저서인 손자(孫子)에서 이렇게 말했다.

"싸우지 않고 얻는 승리가 최상책이고 싸워서 얻는 승리는 차선책이다. 백전백승해도 그것은 최상의 승리가 아니다. 적을 알고 나를 알면 백 번 싸워도 위태롭지 않다. 즉 백전백승한다. 적을 모르고 나를 알면 승패는 반반이다. 그러나 적을 모르고 나를 모르면 백전백패다."

그러나 그 이후에도 장왕은 여전히 방탕하게 지냈다. 이번에는 소종(蘇從)이 나서서 충고했다. 드디어 장왕이 새 사람이 되어 나라 일에 몰두했다.

그는 그 동안 누가 간신이고 누가 충신인지를 눈여겨 보아두었던지 수백 명의 간신과 썩은 관리들을 처형한 반면 쫓겨났던 관리들을 다시 등용했다. 3년 동안 일부러 주색에 빠져 있었던 것이라고 한다.

충신과 간신을 구별하는 데 정말 3년이나 필요했다면 그것은 참으로 한가로운 시대의 이야기다. 그리고 장왕의 머리가 그리 비상하다고도 할 수 없을 것이다. 아니면, 밤낮 술타령을 하면서도 그런 분별력을 잃지 않았으니 대단한 인물이라고 할까?

역사는 밤에 이루어진다. 그렇다고 밤에 룸살롱에서 중대한 뒷거래를 하는 정치가들이 "불비불명"하는 장왕과 같은 위대한 인물이란 말은 아니다. 3년 동안은 나라를 망치다가 그 다음에 온 세상이 깜짝 놀랄 위업을 달성할 수는 없다.

장왕은 25년이나 왕 노릇을 했으니 3년 정도 실험기간은 별 것이 아니다. 그러나 오늘날 대통령이든 국회의원이든 임기가 4-5년밖에 안 되는데 어떻게 3년을 "불비불명"하고도 온전하겠다는 것인가?

拂鬚塵

불수진 | 수염의 먼지를 털어 준다
권력자나 윗사람에게 지나치게 아부한다

拂 털다; 鬚 수염; 塵 먼지
출처 : 송사 구준전(宋史 寇準傳); 속자치통감 진종 삼년조(續資治通鑑 眞宗
三年條)

> 아첨하는 말은 달콤한 독이다.
> A flattering speech is a honeyed poison.(로마속담)
> 내 앞에서 아첨하는 자는 내 뒤에서 비방할 것이다.
> Who flatters me to my face will speak ill of me behind my
> back.(서양속담)
> 아첨꾼이 지옥문에 이르면 악마가 문을 걸어 잠근다.
> When a lackey comes to hell's door, the devil lock the gates.
> (서양속담)

송나라 진종(眞宗, 재위 997-1022) 때 수상 구준(寇準)은 바른말을
서슴지 않았고 부정부패를 몰랐다. 또한 그는 유능한 인재를 많이 기용
했다. 정위(丁謂)도 그가 기용해서 부수상으로 진출한 사람이다. 그래서
정위는 구준을 끔찍이 받들었다.

어느 날 구준이 여러 관리들과 식사를 하는데 음식 찌꺼기가 수염에
붙었다. 그러자 정위가 다가가서 옷소매로 그 음식 찌꺼기를 털어 주었
다. 지나친 아부였다. 구준이 점잖게 타일렀다.

"한 나라의 부수상이 상관의 수염까지 털어 주어서야 되겠는가?"

무안을 당한 정위는 그 후 구준을 모함해서 몰아내고 자기가 수상이
되었다.

수염을 털어준 것에 대해 구준이 빈말이라도 고맙다고 하고 넘어갔으면 정위가 앙심을 품지는 않았을 것이다. 그는 아랫사람을 아끼는 마음에서 바른말을 했다.

그러나 상대방의 사람됨이 옹졸해서 제대로 효과를 내지 못했다. 오히려 크게 손해만 보았다. 그렇게만 해석해야 될까? 요즈음 상관을 모시고 식사하는 자리를 보라.

턱수염을 털어주는 일은 없겠지만, 자기 아내가 윗사람의 사모님 치마 끝자락을 털어 주는 모습은 아무리 낮은 직원이라도 보고 싶지 않을 것이다. 그러면 자기 자신부터 올바로 처신하면 된다.

아부도 자주 하면 버릇이 된다. 반면에 아무리 총명하고 지혜로운 사람도 아첨하는 말을 자주 들으면 기분이 좋아지는 법이다. 그리고 판단력이 무디어진다.

그러니까 턱수염이라도 닦아줄 듯이 아부하는 아랫사람은 처음부터 멀리하든가 아예 그런 사람은 쓰지 말아야 옳다. 자기 자신도 다치지 않는 비결이다.

不入虎穴 不得虎子

불입호혈 부득호자 | 호랑이 굴에 들어가지 않으면 호랑이 새끼를 못 잡는다 / 모험을 해야만 큰 업적을 이룬다

不 아니다; 入 들어가다; 虎 호랑이; 穴 굴; 得 얻다; 子 아들
출처 : 후한서 반초전(後漢書 班超傳)

> 모험을 하지 않는 자는 행운을 잡지 못한다.
> Who ventures nothing has no luck.(서양속담)
> 큰 물고기는 넓은 물에서 잡는다.
> Great fish are caught in great water.(독일속담)
> 잡으러 가는 자는 자신이 잡힌다.
> We who went to catch are ourselves caught.(서양속담)

한나라(前漢)의 역사를 기록한 한서(漢書)는 반표(班彪)가 시작해서 그의 아들 반고(班固)와 딸 반소(班昭)가 완성했다. 반고의 동생 반초(班超, 23-102)는 서북 국경지대에서 30년 동안 활약하면서 50여 개국의 항복을 받아 한나라의 국위를 크게 떨쳤다. 그리고 서기 91년에 서역 지방의 총독이 되었다. 그가 로마에 파견한 감영(甘英)은 시리아까지 다녀왔다.

반초가 선선국(鄯善國, 누란 樓蘭)에 부하 36명을 거느리고 사신으로 갔을 때의 일이다. 선선왕이 처음에는 후하게 대접했지만 나중에는 매우 쌀쌀하게 대했다. 북쪽 흉노족의 사신이 왔기 때문이다. 반초는 왕의 시종을 불러내서 흉노족 사신의 숙소를 알아내고 부하들에게 말했다.

"호랑이 굴에 들어가지 않고는 호랑이 새끼를 잡을 수 없다. 오늘 밤 흉노족 사신을 화공법으로 기습하자."

기습은 성공했다. 그리고 기가 꺾인 선선왕이 한나라에 항복했다.

산에 가야 범을 잡고 바다에 가야 고래를 잡는다. 그 모험심
은 좋다. 그래서 고작 거액의 은행 빚을 내서 복권을 산다?
정권이 바뀌면 보복당할 것이 뻔한 데도 불구하고 권력실세
에게 수백 억을 바친다?
호랑이 굴에 들어간다고 해서 누구나 새끼를 잡는 것은 아니
다. 새끼를 잡기는커녕 오히려 새끼들에게 잡혀 먹히는 수도
있다. 천하장사도 벌집을 건드리면 벌에게 쏘여 죽는다.
아무리 힘없는 국민이지만 한 사람 한 사람의 원망이 쌓이
다 보면 그것은 무수한 벌의 침도 되고 무시무시한 벼락도
된다. 국민은 호랑이다.

不惑

불혹 | 홀려서 정신을 못 차리는 일이 없다 / 나이 마흔 살

不 아니다; 惑 흘리다, 헤매다
동의어 : 불혹지년 不惑之年
출처 : 논어 위정편(論語 爲政篇)

> 너 자신을 믿는 것은 좋지만 믿지 않는 것은 더 좋다.
> To trust yourself is good; not to trust yourself is better.
> (이탈리아 속담)
> 악마가 문을 두드리면 문을 열지 마라.
> Open not the door when the devil knocks.(서양속담)
> 20세에 미남, 30세에 장사, 40세에 부자, 50세에 현자가 아닌 자는 영영
> 그렇게 되지 못한다.
> He that is not handsome at 20, nor strong at 30, nor rich at 40,
> nor wise at 50, will never be handsome, strong, rich, or wise.
> (스페인 속담)

공자(孔子, 기원전 552-479)는 자신의 일생을 이렇게 회고했다.

"나는 15세 때 학문의 길에 들어서기로 결심했다. 30세 때 자립했고 40이 되자 아무 것에도 홀리지 않았다. 50세 때는 하늘의 뜻을 알았고 60이 되자 듣는 말을 그대로 이해했다. 그리고 70세 때는 마음의 소리를 따라도 규범에 어긋나는 것이 없었다."

공자는 나이 40에 아무 것에도 홀리지 않았다고 했다. 그러면 40대 남녀를 홀리는 건 뭘까?

나이 40에 "불혹"이란 남의 유혹에 흔들리지 않는 것보다 남을 유혹하지 않는 것이 더 중요하다. 그리고 서로 유혹하지 않는 것은 더욱 더 중요하다. 그 정도 나이면 대부분의 경우 지나간 인생보다 남은 인생이 더 짧기 때문에 깨끗하게 살다 가도록 노력해야 한다는 의미가 더욱 강하다.

나이 70에도 80에도 정신 못 차린 사람이 많은데 30대나 40대만 불혹을 주장할 수만도 없는 세상이다.

誹謗之木

비방지목 | 비방의 나무 즉 불만을 알리는 나무

誹 나무라다; 謗 헐뜯다; 之 가다, ~의; 木 나무

유사어 : 감간지고 敢諫之鼓; 진선지정 進善之旌

출처 : 사기 효문기(史記 孝文紀); 회남자 주술훈(准南子 主術訓)

> 시골에 가서 도시의 뉴스를 들어 보라.
>
> Go into the country and hear what news is in town.(영국속담)
>
> 자기 자신보다 남을 먼저 용서하라.
>
> Forgive any sooner than yourself.(서양속담)
>
> 자기 자신은 용서하지 말고 남은 많이 용서하라.
>
> Forgive yourself nothing, others much.(서양속담)
>
> 자기를 책망하고 남은 책망하지 말라.(도쿠가와 이에야스의 유언)
>
> 비방보다 더 빠른 것은 없다.
>
> Nothing is so fleet as calumny.(키케로)

요임금은 백성들의 솔직한 비판의 소리를 듣고 싶었다. 그래서 궁궐 문 앞에 큰북을 달아놓았는데 이것이 "감간지고(敢諫之鼓)" 즉 감히 충고하는 북이다. 누구든지 정치의 잘못된 점이 있다고 생각하면 그 북을 치고 의견을 말하라는 뜻이었다.

그리고 궁궐 다리에는 나무 네 쪽을 엮어서 기둥을 만들어 세웠다. 이 것이 "비방의 나무"인데 누구든지 정치에 관한 불만을 거기 쓰라는 것이 었다.

궁궐 앞의 북과 기둥은 역사상 가장 이상적인 정치가 이루어졌다는 요순 시대마저도 백성들에게는 불만이 없지 않았다는 것을 단적으로 보여준다.

그리고 임금이 그러한 실정을 알아차리고 스스로 북과 기둥을 설치했다는 것이 멋진 조치였다. 물론 그 당시 백성들은 태평성대를 노래하고 있었으니까 북을 두드리거나 기둥에 불만을 적어놓는 일이 별로 없었을 것이다.

북이 아무리 울린다 해도, 왕이 너무 깊숙이 앉아 있다면 그 소리를 듣지 못하니까 아무 소용이 없다. 기둥에 아무리 불만을 적어놓아도 관리들이 먹으로 지워버리거나 아예 기둥을 뽑아버리고 새 기둥을 박아놓으면 아무 소용도 없다.

백성들은 관리들의 감시의 눈길을 잘 안다. 그리고 그들의 생리도 잘 안다. 그러니까 북이 있어도 두드리지 않고 기둥을 세워도 불만을 솔직하게 거기 쓰지 않으려고 한다.

그런데 요즈음에는 북도 기둥도 없다. 정부기관의 홈페이지를 이용하라? "비방지목"을 기대한다는 것은 어려운 일이다.

髀肉之嘆

비육지탄 | 넓적다리에 살이 찐 것을 탄식한다
세월만 헛되게 보내는 신세를 한탄한다

髀 넓적다리; 肉 고기; 之 가다, ~의; 嘆 탄식하다
동의어 : 비리생육 髀裏生肉
출처 : 삼국지 촉지(三國志 蜀志)

> 잃어버릴 위험에 처한 명성은 쉽게 유지되지 않는다.
> Fame in danger is not easily rescued.(로마속담)
> 씨를 적게 뿌리는 자는 추수도 적다.
> He who sows little, reaps little.(서양속담)
> 물레방아를 돌리지 않으면 밀가루도 없다.
> No mill, no meal.(서양속담)
> 오늘 할 수 있는 것을 내일로 미루지 마라.
> Never leave till tomorrow what you can do today.(서양속담)

삼국시대에 유비가 조조 암살에 실패한 뒤 한나라의 임시수도 허창(許昌)을 탈출하여 형주의 유표(劉表)에게 갔다. 유표는 그에게 조그마한 성 신야(新野, 하남성 양현 남쪽)를 맡겼다. 여러 해가 지난 어느 날 그는 유표가 마련한 술자리에 초대되어 갔다. 한참 유표의 후계자 문제에 관해서 이야기를 나누다가 유비가 화장실에 갔는데 문득 자기 넓적다리에 살이 찐 것을 깨달았다. 자기도 모르게 눈물이 나왔다.

그가 자리에 돌아가자 유표는 그의 눈물자국을 보고 까닭을 물었다. 유비는 이렇게 대답했다.

"오래 동안 말을 타지 않아 넓적다리에 군살이 붙은 것을 보니 아무런 공적도 세우지 못한 채 세월만 덧없이 보내는 것이 슬펐던 것입니다."

382

지나친 체중 즉 비만증 때문에 고민하는 사람들이 부쩍 많아졌다. 선진국에 특히 많다. 너무 잘 먹고 잘 살기 때문이라고도 한다.

그러니까 우리 나라도 비만증에 걸린 사람이 많으니까 이 분야에서만은 대단한 선진국인 셈이다. 그러면 우리 나라를 비롯한 전 세계에서 "비육지탄"의 소리가 진동하는가? 아니다. 그들은 유비가 엄살을 떨었다고 비웃을 것이다.

그까짓 넓적다리에 붙은 군살이 뭐라고 사내 대장부가 운단 말인가? 육체적인 비만증은 어쩌면 현대의학의 발달로 해결이 가능할지도 모른다.

그러나 지나친 탐욕 즉 정신적 비만증에는 약이 없다. 이것은 정신에 이상이 생긴 것이니까 일종의 정신병이다. 제정신이 아니다. 돈만 보면 무조건 욕심내기 때문이다.

비육지탄? 이 병에 걸린 환자들은 비만증을 겁내기는커녕 찬양한다. 정치가, 사업가, 부패한 관리뿐만 아니라 온 국민이 이 정신병에 걸린 나라도 더러 있다. 그런 나라들은 선진국일 것이다. 그들은 "비육지탄"을 하는 유비를 보면 비웃을 것이다.

牝鷄之晨

빈계지신 | 암탉의 새벽 / 암탉이 새벽에 운다
아내가 남편을 좌우한다

牝 암컷; 鷄 닭; 之 가다, ~의; 晨 새벽
동의어 : 빈계신명 牝鷄晨鳴
출처 : 서경 목서편(書經 牧誓篇)

> 암탉이 지배하는 집은 불행하다.
> It is a sad house where hen crows loudest.(서양속담)
> 암탉이 울고 수탉이 침묵하는 집은 망한다.
> It goes ill the house where the hen sings and the cock is
> silent.(서양속담)
> 하와는 아담의 머리에서 나온 것이 아니다. 그것은 그녀가 아담을 지배
> 해서는 안 된다는 것을 보여주려는 것이다.
> The woman was not taken from Adam 's head to show she
> must not rule him. (에이브러햄 링컨)

서경(書經)에는 "암탉이 새벽에 울면 집안이 망한다."고 경고했다. 당
나라 태종(太宗, 재위 626~649)의 황후 장손씨(長孫氏)는 남편을 극진
히 내조했지만 자기 주장을 전혀 내세우지 않았다.

태종은 신하들에 대한 상벌을 결정할 일이 생기면 그녀의 의견을 묻
고는 했다. 그러나 그녀는 암탉이 울면 집안이 망하니까 자기로서는 정
치에 관여할 수 없다면서 의견을 전혀 제시하지 않았다.

또한 태종은 그녀의 오빠 장손무기(長孫無忌)와 허물없는 친구 사이였
기 때문에 그를 수상으로 임명하려고 했는데 이 때 황후는 외척의 횡포
가 두렵다면서 반대했다.

달기가 은(殷)나라의 주(紂)임금을 홀려서 나라를 망쳤다? 명성황후가 설치는 바람에 조선왕조가 망했다? 그럼 프랑스를 영국의 침략에서 구한 성녀 잔다르크와 삼일운동 때 유관순은 무엇인가?

암탉이 울면 집안이 정말 망하는가? 수탉이 제구실을 못할 때는 암탉이라도 울어야 뭔가 일이 된다. 암탉이 울어서 집안이 망했다면, 수탉은 책임이 하나도 없는가? 왜 모든 탓을 암탉에게만 뒤집어씌우려고 하는가?

"빈계지신"? 그건 비겁한 사내들이 책임을 회피하기 위해 만들어낸 말이다. 남자들은 여자들도 자기들만큼 똑똑하고 일을 잘할 줄 안다는 사실이 두려워서 미리 올가미를 씌워  꼼짝 못하게 할 작정으로 그런 말을 지어낸 것이다.

남자들이 수천 년 동안 정치를 해서 나라가 얼마나 잘 되었는가? 그런데 아직도 "빈계지신"을 외치는 남자들이 있단 말인가?

貧者一燈

빈자일등 | 가난한 사람의 등불 하나 / 지성껏 바치는 제물

貧 가난하다; 者 놈; 一 하나; 燈 등불
출처 : 현우경 빈녀난타품(賢愚經 貧女難陀品)

> 등불은 자신을 태워 없애지만 빛을 주는 데 대해 자랑스럽게 여긴다.
> An oil lamp feels proud to give light even though it wears itself away.(나이지리아 속담)
> 현세를 주고 내세를 사라. 그러면 둘 다 얻을 것이다.
> Purchase the next world with this; you will win both.(아랍속담)
> 우물은 사용할수록 더 많은 물을 준다.
> The more the well is used, the more water it gives.(서양속담)

　사위국(舍衛國)에 사는 가난한 여인 난타(難陀)가 하루 종일 구걸해서 간신히 동전 한 개를 얻었다. 기름을 사서 등불을 만든 뒤 그것을 부처에게 바치려고 했다.

　그러나 기름장수는 돈이 너무 적다고 기름을 팔려고 하지 않았다. 난타가 자신의 진심을 털어놓았다. 그러자 기름장수가 감동해서 기름을 푸짐하게 주었다.

　그래서 난타는 등불 하나를 바칠 수가 있었다. 그런데 밤에 다른 등불은 모두 꺼졌지만 난타의 등불만은 비바람 속에서도 꺼지지 않고 계속 밝게 빛났다. 석가는 난타를 비구니로 받아들였다.

거창한 절에 내걸리는 무수한 연등과 대형 교회를 장식하는 요란한 네온사인의 불빛을 바라보면서 석가와 예수는 무슨 생각을 할까?

온갖 방법으로 모은 많은 돈을 절이나 교회에 헌금하는 사람들만 극락이나 천당에 가는 것은 아니다. 가난한 이웃, 병든 이웃을 거들떠보지 않는다면 극락이든 천당이든 갈 수가 없을 것이다.

석가나 예수에게 무슨 돈이 필요하겠는가? 인간의 돈은 땡전 하나도 필요 없는 분들이다. 바로 그러니까 석가고 예수이다.

그런데 스님이나 성직자들은 웬 돈타령이 그리 심한지 모르겠다. 예수나 석가의 제자들이 잘 입고 잘 살면서 교회나 절을 크게 짓고 늘 헌금과 시주만 요구한다면, "빈자일등"이란 말은 할 자격도 없다.

氷炭不相容

빙탄불상용 | 얼음과 숯불은 서로 용납하지 못한다
성질이 정반대라서 융합할 수 없다

氷 얼음; 炭 숯; 不 아니다; 相 서로; 容 용납하다, 얼굴
원어 : 빙탄불가이상병 氷炭不可以相並
출처 : 사기 골계전(史記 滑稽傳); 초사 칠간(楚辭 七諫)

상극은 상극으로 치유된다.
Contraries are cured by contraries.(로마속담)
당나귀와 말을 함께 매지 마라.
Do not tie up asses with horses.(서양속담)
달걀과 돌은 한 자리에 머물 수 없다.
Eggs and stones will not stay in the same place.(나이지리아 속담)
남편의 어머니는 아내의 악마다.
The husband's mother is the wife's devil.(서양속담)
수사자 두 마리는 함께 같은 계곡을 지배할 수 없다.
Two male lions cannot rule together in one valley.(케냐 속담)

초사(楚辭)는 굴원(屈原)의 작품과 후세사람들이 굴원을 위해 지은 작품을 모은 책이다. 그리고 칠간(七諫)은 한무제 때 풍자와 해학으로 유명한 동방삭(東方朔)이 굴원을 추모해서 지은 시다. 거기 이 말이 나온다.

"얼음과 숯불은 서로 어울릴 수가 없구나./ 오래 살지 못할 것이라 미리 알고 있었다./ 홀로 고생만 하다 죽으니 즐거움이 없구나./ 장수를 누리지 못한 것이 못내 애석하다."

여기서 말하는 "빙탄"은 충신과 간신, 충성과 아첨을 가리킨다.

충신과 간신뿐만 아니라 우익과 좌익, 보수반동과 진보혁신도 물과 기름처럼 도저히 서로 융합할 수 없는 "빙탄" 관계라고 보는 사람이 많다.

그러나 우익이라면 무조건 모두 보수 반동이거나 거꾸로 보수 반동은 모조리 우익인 것은 아니다. 마찬가지로 좌익이 무조건 진보 혁신도 아니고 진보 혁신이라고 해서 모두 좌익도 아니다.

우익 안에도 진보 혁신이 있고 좌익 안에도 보수 반동이 있게 마련이다. 또한 보수세력 안에도 혁신이 있고 진보세력 안에도 역시 보수가 있다. 사회란 원래가 그런 것이다. 그러니까 자기와 입장이 다르다고 해서 특정 개인을 보수니 좌익이니 하고 몰아붙이는 것은 어리석은 짓이다.

대개는 정치적인 이해관계에 따라 상대방을 공격하는 용어일 뿐이다. "시민단체"나 "인권운동" 등의 간판 아래 특정 세력의 전위부대 역할을 하는 사람들도 결국은 정치활동을 하고 있는 것이다. 그런 사람들 중에는 자기 세력에 동조하지 않는 사람들을 무조건 몰아대는 사람들도 있다.

새는 좌익과 우익이 있어야 날아간다. 사람도 오른팔과 왼팔이 있어야 정상이다. 어느 한쪽만 가지고는 안된다. 좌익이든 우익이든, 보수든 진보든, 자기가 속해 있는 나라, 그리고 자기가 뿌리를 둔 그 국민을 위해서 무엇을 어떻게 하려는가가 그의 사람됨과 주장의 가치를 결정하는 유일한 기준이 된다.

사

死孔明 走生仲達

사공명 주생중달 | 죽은 제갈공명이 살아있는 사마중달을 달아나게 한다 / 앞날을 내다보는 계책을 세운다

死 죽다; 孔 구멍; 明 밝다; 走 달리다, 달아나다
生 살다; 仲 가운데; 達 도달하다, 통하다
출처 : 삼국지(三國志); 십팔사략(十八史略); 통감강목(統鑑綱目)

보는 것은 쉽지만 앞을 내다보는 것은 뛰어난 일이다.
To see may be easy, but to foresee-that is the fine thing.
(서양속담)
지혜로운 사람은 앞을 내다본다.
He who is wise looks ahead.(로마속담)
여우는 많이 알지만 그를 잡는 사람은 더 많이 안다.
The fox knows much, but more he that catches him.(서양속담)

촉(蜀)나라의 제갈량(諸葛亮, 孔明, 181-234)이 10만 대군을 이끌고 위(魏)나라를 쳐들어갔다. 그는 단시일 내에 결판을 지으려고 오장원(五丈原)에 진을 쳤다.

그러나 위나라의 사마의(司馬懿, 仲達, 179-251)는 방어에만 전념했다. 병이 들어 죽으면서 제갈공명은 자기 모습과 똑같은 나무 상을 만들어 수레에 태운 뒤 마치 자기가 살아서 지휘를 하는 것처럼 보이면서 철수하라고 지시했다.

공명이 죽었다는 소문을 들은 중달이 촉나라 군사의 뒤를 추격했다. 그러자 강유(姜維)의 지휘로 촉나라 군사가 반격 태세를 취했는데 공명의 모습이 보였다.

중달은 공명이 거짓 소문을 퍼뜨려 자기를 유인해낸 줄 알고 달아났다. 그래서 사람들은 중달이 비겁하다고 비웃는 뜻에서 이 말을 했다.

나중에 중달은 "산 공명의 계책은 알겠지만 죽은 공명의 계책은 나도 모르겠다."고 말했다.

뛰는 놈 위에 나는 놈 있고, 나는 놈 위에 솟는 놈이 있다. 세상에는 잘난 사람이 너무나도 많다. 스스로 잘난 척 하는 자들뿐만 아니라 실제로 재주가 비상한 자들이 많다.

어느 쪽이든 자기 재주를 믿고 천방지축으로 나서면 자기보다 한 수 더 높은 자에게 당하고 만다. 죽은 공명에게 당하는 것이 아니라 산 공명에게 당하는 것이다.

요즈음 서열파괴, 학력파괴라는 말이 갑자기 활개를 치기 시작했다. 오랫 동안 그늘에 가려 있던 소위 "인재"들이 높은 자리에 오르기도 한다. 인재들이 정말 그늘에 가려 있었는지 아닌지는 확실하지가 않다.

정말 그늘에 오랫 동안 가려 있었다면 거기에는 분명히 이유가 있을 것이다. 그들이 사실은 인재가 아니거나, 인재라 해도 등용하기에는 적절하지 않았거나, 과거의 지도자들이 몰라 봤거나… 결국 그들이 말하는 인재란 능력이 탁월한 인재(人才)가 아니라 많은 사람에게 피해를 주는 인재(人災)는 아닌지 살펴볼 필요가 있다.

원래 실력이 없는 자들이라면 자기보다 수가 한층 위인 사람들에게 당하는 것은 시간 문제이다. 이것도 역시 산 공명에게 당하는 꼴이다.

393

死馬骨五百金

사마골오백금 | 죽은 말의 뼈를 오백 냥에 산다

死 죽다; 馬 말; 骨 뼈; 五 다섯; 百 일백; 金 쇠, 무기
유사어 : 매사마골 買死馬骨; 선시어외 先始於隗; 선종외시 先從隗始
출처 : 전국책(戰國策)

> 사자의 가죽은 절대로 싸지 않다.
> The lion's skin is never cheap.(영국속담)
> 물고기들은 미끼를 따라간다.
> Fishes follow the bait.(영국속담)

연(燕)나라 소왕(昭王)이 자기 부친을 죽인 제나라에 원수를 갚기 위해 인재를 모으려고 했다. 그의 스승인 곽외(郭隗)가 이런 이야기를 들려주었다.

예전에 어느 왕이 천리마를 구하려고 했는데 하급관리가 나섰다. 그는 천 냥을 받아 가지고 길을 떠난 뒤 죽은 천리마의 머리를 오백 냥을 주고 사서 돌아왔다. 왕이 화를 내자 그는 말했다.

죽은 천리마의 머리를 오백 냥이나 주고 샀으니 살아 있는 천리마를 가진 사람이 반드시 찾아올 것이라고. 얼마 후 정말 산 천리마를 끌고 온 사람이 있어서 왕은 천리마를 얻었다.

우리는 해방 전후 약 30년에 걸쳐서 자생적으로 형성된 인재들을 1970년대 이후 20여 년 동안 잘 활용했다. 그 결과 육이오 전쟁의 폐허에서 한강의 기적을 이루었다.

그런데 지난 30년 동안에는 과외폐지, 일류학교 문닫기, 고교 평준화, 대학입시 폐지, 수능시험 등등 교육분야의 각종 정책으로 인재의 샘이 말라버렸다.

학원과외는 오히려 더욱 더 번창하여 학교는 폐허가 된 반면 학원만 떼돈을 번다. 사실상의 일류학교라는 것이 특정 지역에 몰려 있는 것도 현실이다. 평준화라는 것은 처음부터 달성될 수 없는 이상이었고, 설령 평준화가 달성된다 하더라도 문제는 더욱 커질 뿐이다. 무엇을, 어떻게, 그리고 왜 평준화한다는 말인가?

소위 386세대든 2030세대든 자기 자신만은 인재라고 스스로 자부할지 모른다. 과연 그들은 인재인가? 수능시험이나 토플 시험에서 만점을 받았다고 인재인가? 박사학위를 받았다고 해서 다 인재는 아니다. 사람이 무엇인지도 모르고, 사람 구실을 제대로 못한다면 대영 백과사전이 수천 권 머리 속에 들어 있다 해도 그는 결코 인재가 될 수 없다.

수도이전, 주한미군 철수, 자주국방, 통일 등은 정치인들이 무책임하게 선거용 미끼로 던지는 장밋 빛 구호들에 불과할 것이다. 우리 사회가 지금 당장에, 필요한 것은 진짜 인재들이다. 천리마는 죽어도 그 가죽이 비싸고 준치는 썩어도 준치다.

四面楚歌

사면초가 | 사방에서 들려오는 초나라 노래
적에게 사방이 포위되어 완전히 고립된 상태

四 넷; 面 얼굴, 겉, 방면, 향하다; 楚 초나라; 歌 노래
준말 : 초가 楚歌 / 동의어 : 사면초가성 四面楚歌聲
출처 : 사기 항우본기(史記 項羽本紀)

> 타르에 빠진 생쥐. / A mouse in tar.(로마속담)
> 외톨이 양은 늑대의 밥이 될 위험이 있다.
> The lone sheep's in danger of the wolf.(영국속담)
> 고립된 왕은 개인에 불과하다.
> Kings alone are no more than single men.(서양속담)

초나라의 항우(項羽)와 한나라의 유방(劉邦)이 5년 동안 패권을 다투다가 기원전 203년에 휴전을 했다. 그런데 이번 기회에 항우를 없애지 않으면 호랑이를 길러서 나중에 크게 화를 당할 것(양호유환 養虎遺患)이라는 진평(陳平)과 장량(張良)의 충고에 따라 유방이 항우를 추격한 끝에 기원전 202년 12월에 해하(垓下)에서 여러 겹으로 포위했다.

초나라 군사는 숫자가 이미 크게 줄어들었고 식량마저 떨어져서 사기가 말이 아니었다. 밤이 되자 사방에서 초나라의 노래가 들려왔다. 초나라 군사들은 고향을 그리는 마음을 못 이겨 뿔뿔이 달아나 버렸다. 적의 싸울 의지를 꺾으려는 장량의 전술이 적중한 것이다.

항우의 애인 우희(虞姬)는 항우의 칼을 빼서 자결했다. 8백 명을 거느리고 포위망을 뚫은 항우는 오강(烏江)으로 탈출했지만 강을 건너 강동으로 돌아갈 면목이 없다고 말하고는 적진으로 쳐들어갔다. 그리고 백여 명을 죽인 뒤에 칼로 자결했다. 유방이 진시황에 이어서 중국을 두 번째로 통일했다.

정식교수도 아닌 사람이 저명한 외국대학의 "석학"으로 국내언론에 크게 소개되고, 지성인의 양식도 양심도 없으면서 "민주화의 영웅"으로 미화되어 그에 관한 특집 프로가 국영텔레비전에서 방영된다.

국내 어느 신문에서는 그를 고정 칼럼니스트로 모신다. 알고 보니 그는 적국의 고위 간부이자 사실상의 간첩이다. 그것도 무려 30년 동안이나 정체를 숨긴 채, 이쪽에도 저쪽에도 속하지 않는 고독한 "경계인"으로 자처해 온 것이다.

이쪽에서는 그를 추방하겠다고 덤비고 저쪽에서는 그를 믿지 못할 회색분자로 낙인찍는다. 그런 자가 있다면 그는 그야말로 "사면초가"의 신세일 것이다.

그런데 이상한 현상이기는 해도 그는 결코 "사면초가"가 아닌 듯하다. 오히려 진짜 "사면초가"는 그를 초청하고 그를 비호하려고 애쓰는 쪽이 될지도 모른다.

駟不及舌

사불급설 | 네 마리 말이 끄는 수레도 혀보다는 빠르지 못하다
말을 조심하라

駟 네 마리 말이 끄는 수레; 不 아니다; 及 미치다, 그리고; 舌 혀
유사어 : 언비천리 言飛千里; 윤언여한 綸言如汗; 호령여한 號令如汗
출처 : 논어 안연편(論語 顏淵篇)

네 혀를 쇠사슬로 묶어라, 아니면 네 혀가 너를 묶을 것이다.
Put chains on your tongue, or it will put chains on you.(로마속담)
날개 달린 말. / Winged words.(호메로스)
거짓말을 추월할 수는 없다.
A lie cannot be overtaken.(나이지리아 속담)
일단 나간 말은 사방으로 날아간다.
A word once out flies everywhere.(서양속담)
입에서 나간 말과 던진 돌은 돌이킬 수 없다.
A word and a stone let go can't be recalled.(서양속담)
파리에서는 비밀이 빨리 돌아다닌다.
Secrets travel fast in Paris.(나폴레옹)

위(衛)나라 고위층인 극자성(棘子成)이 자공(子貢)에게 "군자란 실질만 유지하면 그만이지 형식을 갖출 필요는 없지 않겠는가?"라고 물었다. 그러자 자공은 그의 경솔한 말을 이렇게 나무랐다.

"네 마리 말이 끄는 수레도 혀보다는 빠르지 못하다. 실질이 형식과 똑같은 것이라고 하는 말은 호랑이 가죽이 개가죽과 같다고 하는 것과 마찬가지다."

말을 조심하라는 경고의 의미로 당나라의 명재상 풍도(馮道)는 "입은 재앙의 문이고 혀는 몸을 베는 칼"이라고 말했다.

398

조선왕조 중엽에 피비린내 나는 당쟁으로 수많은 선비들이 살해당하고 수많은 가문이 파멸했다. 그 원인인 중상, 모략, 모함이 모두 혀에서 나온 것이다.

유신독재 때도 소위 "긴급조치"에 걸려 수많은 사람이 고문당하고 심지어 죽기까지 했다. 권력의 횡포가 심하면 심할수록 사람 목숨이 파리 목숨처럼 더욱 천해지는 것이다.

요즈음도 형법에 들어 있지도 않으면서도 가장 무시무시한 죄가 "괘씸죄"이고 가장 가혹한 제도가 연좌제다. 말 한마디 잘못해서 목이 달아난 장관, 장군, 사장, 이사 등은 도대체 몇 명인가? 유신 이후에도 해직 기자들이 도대체 몇 명인가? 권력 실세의 눈에 벗어났다고 해서 공직이나 회사에서 쫓겨난 사람들은 헤아릴 수도 없다.

정리해고, 명예퇴직은 무엇인가? 퇴직을 강요당하는 쪽에 명예도 없는데 무슨 명예퇴직인가? 차라리 예전에 쓰던 불명예 제대라는 용어가 더 솔직하다.

괘씸 죄는 분명히 형법에 없다. 그러나 현실에는 각계 각층에서 여전히 시퍼렇게 살아 있다. 가장 천한 직업에서 가장 거룩한 직업에 이르기까지 살아 있다. 연좌제도 형식적으로는 폐지되었다. 그러나 현실에는 있다. 남을 밀어내고 죽이는 데 사용된 혀가 언젠가는 그 본인의 목도 벨 것이다.

似而非

사이비 | 겉은 같지만 속은 다르다 / 가짜 모조품 / 위선자

似 같다, 본뜨다; 而 그리고; 非 아니다
원어: 사이비자 似而非者 / 준말: 사비 似非
출처: 논어 양화편(論語 陽貨篇); 맹자 진심 하(孟子 盡心 下)

> 비슷한 것은 같은 것이 아니다.
> Nothing similar is the same.(로마속담)
> 번쩍이는 것이 모두 금은 아니다.
> All is not gold that glistens.(서양속담)
> 빛이 모두 태양은 아니다. / Every light is not the sun.(서양속담)
> 거품은 맥주가 아니다. / Froth is not beer.(화란속담)
> 약간의 진리가 들어 있지 않은 거짓 가르침은 없다.
> There is no false teaching which has not some admixture of truth.(로마속담)
> 정직한 사람과 가장 비슷한 것은 바로 악당이다.
> Nothing is more like an honest man than a rascal.(서양속담)

어디서나 점잖은 인물로 통하는 향원(鄕原)에 관해서 맹자가 제자 만장(萬章)에게 이렇게 설명했다.

"그는 비난이나 공격을 받을 짓은 하지 않는다. 다른 사람들이 하는 대로 따라 하고 더러운 세상과 야합한다. 겉으로는 충성심과 신의가 있고 청렴결백한 듯이 보인다. 그러나 그는 참된 길을 걸어가는 사람이 아니다."

그래서 공자는 그가 덕을 해치는 도적이라고 했다. 또한 공자는 "사이비"를 미워한다고 말했다.

우리 나라에서는 진짜보다 "사이비" 물건이 장사가 더 잘 된다. 사람도 아첨에 탁월한 재능을 가진 "사이비"가 출세를 더욱 잘 한다. 사람이든 물건이든 진짜에 관해서는 중진국이지만, "사이비"에 관한 한 선진국이다.

"사이비"가 하도 넘치다 보니 진짜가 오히려 "사이비"로 취급을 받는다. 애꾸 원숭이 나라에서 두 눈 원숭이가 병신 취급을 받는 것과 마찬가지다.

우정도 사랑도 "사이비"가 더 인기다. 문화, 예술, 교육, 학문, 언론, 종교도 역시 그렇다. 왜 이 지경이 되었을까? 이유는 간단하다. 부모가 거짓말쟁이에 부동산이나 주식 투기 등에 빠져 있다면 그들은 "사이비" 부모다. 영악하기만 한 아이들은 고아나 다름이 없는 "사이비" 자녀들이다.

그들이 좋아하는 물건도, 국산이든 외제든, 모두가 역시 "사이비" 물건일 수밖에 없다. 그러한 "사이비" 자녀들이 자라서 사회의 각계 각층을 점령하면 그 나라는 "사이비 공화국"일 수밖에 없다.

射人先射馬

사인선사마 | 사람을 쏘려면 그의 말부터 쏜다

射 쏘다; 人 사람; 先 먼저; 馬 말
출처 : 두보(杜甫)의 시 전출새(前出塞)

유모 때문에 아이에게 키스하는 사람이 많다.
Many kiss the child for the nurse 's sake.(영국속담)
아이의 손을 잡는 자는 그 어머니의 마음을 사로잡는다.
Who takes the child by the hand takes the mother by the heart.
(덴마크 속담)

두보(杜甫, 712-770)는 전출새(前出塞)라는 시에서 이렇게 읊었다.
"활을 당기려면 센 활을 당겨야 하고/ 화살을 쏘려면 긴 화살을 쏘아
야 마땅하다./ 사람을 쏘려면 그의 말을 먼저 쏘아야 하고(射人先射馬)/
적이란 역시 왕을 먼저 잡아야 마땅하다./ 사람을 한없이 죽일 수는 없
는 노릇이고/ 나라를 세우면 저절로 국경이 있게 마련이다./ 적의 침략
을 물리칠 수만 있다면/ 굳이 사람을 많이 죽일 필요가 어디 있는가?"

요즈음 텔레비전에서 방영하는 멜로드라마의 스토리 같기는 하지만, 찢어지도록 가난한 청년이 부잣집 외동딸과 결혼하려면 어떻게 해야 할까? 궁하면 통한다. 방법은 얼마든지 있다. 우선 그 집의 어른 즉 회장님이나 사장님의 운전기사로 취직하는 것이다.

그것도 안 되면 그 회사의 청소원으로라도 들어가라. 그 다음에는 슬금슬금 사모님의 비위부터 맞추는 것이다. 이것이 "사인선사마"의 비결이다. 물론 자기가 외동딸의 애인이라는 사실은 간첩이 자기 신분을 감추듯 결정적인 시기가 올 때까지는 철저히 숨겨야 한다.

대통령에 당선되려면 우선 정당의 후보가 되어야 한다. 그러니까 어느 정당의 공식후보가 되는 것은 대통령에 당선되기 위한 "사인선사마"이다.

그리고 당선된 후에는 자기 마음대로 조종할 수 있는 정당이 필요하게 마련이다. 그 때는 기존정당을 분열시키는 것이 새로운 정당을 만들기 위한 "사인선사마"다. 간단하다.

지금까지 우리 나라에는 대통령들 중에 이러한 "사인선사마"의 명수들이 더러 있다.

로마제국 때는 왕궁에서 독살이 크게 유행해서 황제를 암살할 때도 개를 잡아갈 때의 수법을 썼다. 죽은 황제는 산 개보다 못하다. 그들도 "사인선사마"의 명수였던 것이다.

獅子身中蟲

사자신중충 | 사자의 몸 속에서 사자를 좀먹는 벌레

獅 사자; 子 아들; 身 몸; 中 가운데; 蟲 벌레
출처 : 범강경(梵綱經)

안에서 피를 흘리는 상처가 가장 위험하다.
The wound that bleeds inwardly is most dangerous.(영국속담)
지옥의 길은 사제들의 해골로 포장되어 있다.
Hell is paved with priests' skulls.(서양속담)
나쁜 사제들이 악마를 교회로 끌어들인다.
Bad priests bring the devil into the church.(서양속담)
악마는 십자가 뒤에 숨어 있다.
The devil lurks behind the cross.(서양속담)
교회에 가까울수록 신으로부터 더욱 멀어진다.
The nearer the church, the farther from God.(서양속담)

범강경에 나오는 말이다. 즉 사자의 시체에는 다른 짐승들이 감히 접근하지 못하고 벌레도 먹지 않는다. 그러나 사자의 몸 속에 생긴 벌레는 그 시체를 먹어치운다. 이와 마찬가지로 부처의 가르침을 무너뜨리는 것은 바로 부처를 따른다고 하는 제자들이다.

가난한 자는 복이 있다. 너희는 서로 사랑하라. 병자, 가난한 사람, 외로운 사람을 도와주어라. 그렇게 남들에게는 가르치는 것이 성직자다.

그런데 자기 자신은 가난하게 살기는커녕 중산층보다 더 잘산다. 돈을 긁어모을 줄만 알지 남에게 베풀 줄을 모른다. 실제로 남을 사랑하지도 않는다.

차라리 성직자가 되지 말고 평범하게 살았더라면 욕을 얻어먹지 않았을 그런 자들이 적지 않다. 어느 종교든 제 구실을 못하는 정도가 아니라 나쁜 본보기를 보여서 오히려 사람들을 종교로부터 멀어지게 만드는 "사자 몸 속의 벌레" 같은 성직자들이 있게 마련이다.

더욱 나쁜 것은 종교를 돈벌이 수단으로 악용하고 있는 것이다. 비 온 뒤에 솟아나는 죽순처럼 사방에 건축되는 대형 교회나 산 속의 절들을 보라. 그런 건물들이 과연 필요한 것인가? 신자들이 바친 그 많은 돈의 천 분의 일이라도 자선사업에 쓰지 않는 이유는 무엇인가?

이런 껍데기 성직자들을 위해 돈을 바치는 신도는 얼마나 한심한 사람들인가! 열매를 보고 그 나무를 알아보라고 했다. 돈, 부동산, 대형 교회 등을 사랑하고 또 자랑하는 성직자들은 가짜가 분명하다.

오죽하면 2천년 전에 예수도 그들의 가르침에는 귀를 기울여도 좋지만 그들의 행동은 결코 본받지 말라고 했겠는가?

獅子吼

사자후 | 사자가 울부짖는 소리 / 우렁찬 웅변 또는 열변

獅 사자; 子 아들; 吼 소, 사자, 호랑이가 울부짖는 소리
출처 : 본초강목(本草綱目); 전등록(傳燈錄); 유마경(維摩經)

원칙이 없는 웅변가는 법을 무너뜨린다.
An unprincipled orator subverts the laws.(로마속담)
나는 존재한다. 그러므로 만물이 존재한다.
I am, therefore all things are.(로마속담)
교회 밖에서는 구원이 없다.
No salvation outside the Church.(중세격언)
무죄한 사람을 대변하는 자야말로 대단한 웅변가다.
He who speaks on behalf of an innocent man is eloquent
enough.(푸블릴리우스 시루스)
우리는 유창하고 지혜롭게 말하는 사람을 몹시 존경한다.
Great is our admiration of one who speaks fluently and
wisely.(키케로)

본초강목(本草綱目)에는 "사자가 울부짖는 소리는 우레와 같아서 사자가 울부짖을 때마다 모든 짐승이 피해서 숨는다."는 구절이 있다. 전등록(傳燈錄)에는 석가가 태어나자마자 "하늘 위, 하늘 아래, 오로지 나 홀로 높다(천상천하 유아독존 天上天下 唯我獨尊)."라고 말했는데 이것은 그가 "사자후"를 외친 것이라고 했다.

그리고 유마경(維摩經)에서는 석가의 가르침은 그 위엄이 대단해서 마치 "사자후"와 같다고 했다. 이러한 표현이 일반사람들에게 전파되어 "사자후"라고 하면 우렁찬 웅변이나 열변을 의미하게 되었다.

어느 선거에서나 후보들은 모두 목이 쉬도록 "사자후"를 외친다. 또한 자기만이 가장 적절한 인물이라고 외쳐댄다. 그리고 그들은 자기가 외치는 소리가 진짜 "사자후"라고 착각한다. 그러나 청중은 그들이 외치는 소리에 아무런 관심도 귀기우리지 않는다. 할 수만 있다면 병역을 기피하겠다는 젊은이들, 하루 빨리 이민을 가겠다는 젊은이들이 미군철수와 자주국방이라는 "사자후"를 토한다면 그것은 넌센스다. "사자후"는 정의와 진리를 강하게 외칠 수 있는 자격을 갖춘 사람들의 목소리이다.

蛇足

사족 | 뱀의 다리 / 쓸데없는 짓

蛇 뱀; 足 다리
원어 : 화사첨족 畵蛇添足
출처 : 사기 초세가(史記 楚世家); 전국책 제책(戰國策 齊策)

> 너는 태양에게 빛을 빌려준다.
> You are lending light to the sun.(로마속담)
> 진짜 산호는 색을 칠할 필요가 없다.
> True coral needs no painter.(서양속담)
> 늙은 여우는 꾀를 배울 필요가 없다.
> An old fox needs not to be taught tricks.(서양속담)
> 레몬에 식초를 칠 필요가 있는가?
> Is it necessary to add acid to lemon?(인도속담)

춘추시대 때 패권을 잡고 있던 초(楚)나라에서 수상 자리에 오른 소양(昭陽)이 기원전 323년에 위(魏)나라를 격파한 뒤 제나라를 쳐들어가려고 했다. 그 때 제나라에서 파견한 진진(陳軫)이 소양을 찾아가서 이런 비유를 들었다. 어떤 주인이 하인들에게 술을 내려주었다.

그런데 그 술은 여럿이 마시기에는 부족하고 혼자 마시기에는 넉넉한 분량이었다. 그래서 땅바닥에 뱀을 먼저 그린 사람이 그 술을 마시기로 했다. 한 사람이 뱀을 잽싸게 그린 다음 발까지 그려놓고는 큰소리를 치면서 술을 마시려고 했다. 그러자 뱀을 다 그린 다른 사람이 그것은 뱀이 아니라고 반박하고는 자기가 술을 마셨다.

이어서 진진은 제나라를 공격하는 것은 뱀의 다리를 그리는 것과 같다고 말렸다. 소양은 그 말을 알아듣고는 군사를 철수시켰다.

폭력적이고 불법적인 파업이 전국을 마비시킬 때 대통령이나 장관이 하는 말이 있다. 원칙대로 처리하라. 그러나 회사는 강자고 노조는 약자니까 약자의 입장도 충분히 보살펴라. 전국을 마비시키는 막강한 힘을 가진 노조는 이미 약자가 아니다.

다음 선거를 의식해서 그럴듯한 말을 해 놓고는 말끝마다 "그러나"라는 토를 다는 고위층이 많은데 바로 이 "그러나"가 "사족"인 것이다.

신심이 깊으면 구원을 받는다. 그러나 교회나 절에 돈을 많이 바치면 복도 많이 받고 구원도 더욱 확실하다.

그게 정말이라면 그렇게 가르치는 성직자들은 왜 돈을 안 바치는가? 자기들은 구원을 받고 싶지 않다는 말이 아닐 것이다.

여기서 "그러나"는 "사족"일 뿐만 아니라 사실은 사기일 수도 있다. 돈을 탐내는 것은 신이 아니라 바로 성직자들이기 때문이다.

四知

사지 | 하늘, 땅, 너, 나 이렇게 넷이 안다

四 넷; 知 알다
출처 : 십팔사략 양진전(十八史略 楊震傳); 후한서 양진전(後漢書 楊震傳)

벽에도 귀가 있다.
Walls have ears.(서양속담)
들판도 눈이 있고 돌담도 귀가 있다.
Fields have eyes, and hedges have ears.(서양속담)
신의 눈은 잠자지 않는다.
The eye of God sleeps not.(서양속담)
누군가가 보고 있다고 생각하고 모든 일을 하라.
Do all things as though someone were watching.(세네카)
작은 언덕이 많은 들판에서 비밀을 말하지 마라.
Do not speak of secret matters in a field that is full of little hills.(히브리속담)

후한(後漢)의 안제(安帝, 재위 106-125) 때 양진(楊震)은 학식이 풍부하고 청렴결백하여 그 호칭이 관서공자(關西公子)이다. 그가 동래(東萊) 지방장관으로 부임하는 도중에 창읍(昌邑)에서 하루 묵어가게 되었다.

그러자 창읍의 군수인 왕밀(王密)이 밤에 그를 찾아와서 금덩어리 열 개를 바쳤다. 양진이 거절하자 왕밀은 아무도 보는 사람이 없으니 염려하지 않아도 된다고 말했다. 그 때 양진이 이렇게 꾸짖었다.

"아무도 모른다? 하늘이 알고 땅이 알고 자네가 알고 내가 안다!"

그 후 외척의 횡포에 대해 바른말을 많이 했지만 안제가 받아들이지 않았다. 124년에 면직이 되자 그는 자살했다.

눈이나 진흙 위로 닭이 지나가면 대나무 잎새 비슷한 발자국이 찍히는 것은 너무나도 당연한 일이다. 그러나 발자국은 있는데 닭이 지나간 적은 없다고 우기는 사람들이 있다. 물론 그들은 아무도 보는 사람이 없다고 믿고 몰래 닭을 잡아먹었다.

아궁이에 불을 때면 굴뚝에서 연기가 나는 법이다. 그러나 굴뚝에 연기가 나는데도 불을 땐 적이 없다는 주장도 한다. 물론 그들은 몰래 장작불을 다른 데로 이미 옮겨놓았다.

현금이 가득 든 사과상자들이 베란다에서 발견되었는데도 자기는 그런 돈을 받은 적이 없다고 우긴다. 사과들이 무슨 요괴라고 둔갑술을 발휘해서 모두 현금으로 변했단 말인가? 그런 신통한 사과가 있다면 정말 구경하고 싶다.

엄청난 액수의 뇌물을 주었다고 자백한 사람이 있는데도 그런 돈을 받은 적이 없다고 당당하게 외치는 사람들도 있다. 아무도 보는 사람이 없을 때 받았으니까 그렇게 우기고 보는 것이다.

그러다가 증거가 확실하게 드러나면 받기는 받았지만 대가성이 없는 정치자금이었다고 말을 슬쩍 돌린다. 아무런 대가도 바라지 않고 청탁도 하지 않은 채 수십 억이나 되는 돈을 바친다? 불우이웃 돕기 성금인가? 대단한 희생정신이다.

四海兄弟

사해형제 | 사해 즉 천하의 모든 사람이 다 자기 형제다

四 넷; 海 바다; 兄 형; 弟 동생
출처 : 논어 안연편(論語 顏淵篇)

> 누구에게나 함부로 네 오른손을 내밀지 마라.
> Do not effusively offer your right hand to everyone.(로마속담)
> 모든 사람의 비위를 맞추려면 아무도 초대하지 마라.
> That you may displease no one, take care to invite no one.
> (로마속담)
> 모든 사람을 기쁘게 할 수는 없다.
> One cannot please all.(프랑스 속담)
> 모든 사람의 친구는 아무에게도 친구가 아니다.
> A friend to everybody is a friend to nobody.(서양속담)
> 사람들은 서로 사랑하지 않는다.
> Human beings do not love one another.(나이지리아 속담)

공자의 제자 사마우(司馬牛)의 형 환퇴(桓魋)는 잔인하고 무도하여 한때 공자를 죽이려고도 했다. 사마우는 슬퍼하면서 "다른 사람들은 모두형제가 있지만 나는 형제를 잃고 외톨이다."라고 탄식했다. 그러자 자하(子夏)가 이렇게 그를 위로했다.

"죽고 사는 것, 그리고 부귀는 모두 하늘에 달려 있다. 군자에게는 천하의 모든 사람이 다 형제다. 그러므로 군자는 형제가 없다고 해서 걱정하지는 않는다."

412

온 세상 사람이 모두 형제라고 프랑스 혁명 때 군중은 외쳤다. 그리고 수만 명을 단두대에서 죽였다. 모든 사람을 자기 몸처럼 사랑하라고 교회는 가르쳤다.

그러나 수많은 사람을 이단자나 마녀로 몰아서 장작더미 위에 올려 놓았다. 종교전쟁은 지구 곳곳에서 지금도 엄청난 피를 흘리고 있다. 그들이 믿는 신은 참으로 사람의 피를 마시지 않으면 안 되는 것처럼!

유교를 국교로 삼은 나라에서도 무수한 유학자들이 죽임을 당하고 가문이 멸망했다. "사해형제"라고? 맞다. 죽음의 바다(死海)에 형제를 빠뜨리는 것이 바로 "사해형제"다.

"사해형제"를 몸으로 실천하는 사람들도 물론 있다. 창녀들은 자기 손님들이 서로 모두 "사해형제"라고 본다. 조직폭력배들이나 강도들도 자기들끼리는 모두가 "사해형제"라고 맹세한다. 그리고 여차하면 각자 줄행랑을 친다.

민족은 하나다. 사해형제다. 그렇게 외치는 사람들 중에서 믿을 수 없는 사람들이 있다. 그들은 멀리 있는 동족에게는 쌀과 현금을 보내지만 바로 곁에서 굶어죽는 사람, 노숙자, 실업자는 거들떠보지도 않기 때문이다.

殺身成仁

살신성인 | 자기 몸을 죽여서 인(仁)을 달성한다
다른 사람이나 사회 정의를 위해 자기를 희생한다

殺 죽이다; 身 몸; 成 이루다; 仁 어질다
출처 : 논어 위령공편(論語 衛靈公篇)

많은 사람이 한 사람을 위해 죽기보다는 한 사람이 많은 사람을 위해
죽는 것이 훨씬 더 낫고 또 올바른 일이다.

It is much better and much more just that one should die for
many than many should die for one.(수에토니우스)

가장 큰 희생은 시간을 바치는 것이다.

The greatest of all sacrifices, which is the sacrifice of time.

(플루타르코스)

기꺼이 짐을 지는 말에게 모두 짐을 싣는다.

All lay loads on a willing horse.(서양속담)

등불은 자신을 태워 없애지만 빛을 주는 데 대해 자랑스럽게 여긴다.

An oil lamp feels proud to give light even though it wears
itself away.(나이지리아 속담)

뜻 있는 인물과 덕을 갖춘 사람은 자기 목숨 하나 건지려고 다른 사
람이나 정의를 희생시키지 않고 오히려 자기 몸을 죽여서 인(仁)을 이룬
다. 공자의 가르침이다.

소크라테스와 예수는 목숨을 바쳐서 진리와 인류애라는 커다란 목적을 위해 "살신성인"을 했다. 이순신, 안중근, 수많은 독립운동가와 순교자 등은 나라와 민족을 위해, 진리를 증거하기 위해, "살신성인"을 한 위대한 인물들이다.

그러나 "살신성인"이 만고불변의 진리라고 해도 이것은 자살을 권장하는 말이 결코 아니다. 거액의 부채를 지고 나서, 수많은 직원의 월급을 여러 달이나 미루고 나서, 기업가가 자살한다면 그것은 "살신성인"이 아니라 무책임한 현실도피다.

오죽하면 스스로 목숨을 끊겠는가 하는 그 심정은 이해가 간다. 그러나 끝까지 살아남아서 문제해결에 조금이나마 도움이 되도록 최선의 노력을 다하는 것이 인간적인 도리일 것이다.

일본 등 외국에서는 부정부패 사건이 폭로되면 핵심 역할을 한 사람이 비밀을 지켜서 윗사람들을 보호한다는 명분 아래 스스로 목숨을 끊는 경우가 적지 않다.

우리 나라에서도 많은 비밀을 무덤 속으로 가지고 가는 경우가 있다. 이런 경우는 떳떳하지 못한 목적의 자살이기 때문에 "살신성인"이 될 수 없다.

소속 의원이 몇 명 되지 않아 원내 교섭단체를 구성할 수 없는 정당이 있을 때 그 정당의 협력을 확보할 목적으로 자기 정당의 국회의원을 그쪽으로 빌려주는 경우도 있다. 말하자면 거액의 국고보조금을 타먹게 만드는 더러운 야합이다.

그 때 빗발치는 비난을 무릅쓰고 소속 정당을 바꾸는 국회의원들은 자기는 연어처럼 "살신성인"을 한다고 말한다. 국회의원이 연어가 될 수 있을까?

415

三顧草廬

삼고초려 | 초가집을 세 번 찾아간다
높은 사람이 인재를 얻기 위해 겸손하게 초청한다

三 셋; 顧 돌아보다; 草 풀; 廬 오두막집
동의어 : 삼고지례 三顧之禮; 초려삼고 草廬三顧 / 준말 : 삼고 三顧
출처 : 제갈량(諸葛亮)의 출사표(出師表)

> 오로지 현명한 사람만이 친구가 된다.
> Only wise man is a friend.(세네카)
> 좋은 제의는 절대로 거절하지 마라.
> Never refuse a good offer.(영국속담)
> 친구는 얻기보다 잃기가 더 쉽다.
> A friend is easier lost than found.(서양속담)
> 제일 좋은 물고기는 밑바닥에서 헤엄친다.
> The best fish swim near the bottom.(서양속담)
> 제일 단 포도는 제일 높은 곳에 달려 있다.
> The sweetest grapes hang highest.(서양속담)

삼국시대 때 유비(劉備, 玄德, 161-223)가 와룡강(臥龍崗)에 숨어사는 제갈량(諸葛亮, 孔明, 181-234)의 초라한 집을 세 번이나 찾아갔다. 이에 제갈량이 깊이 감동하여 유현덕을 보좌하는 전략가가 되어 눈부신 활약을 했다. 제갈량은 출사표(出師表)에서 당시 상황을 설명했다.

"선제(先帝, 유현덕)께서는 신의 천한 몸을 천하게 보시지 않고 황송하게도 스스로 몸을 굽히어 세 번이나 산의 초가집으로 찾아오셨습니다. 그리고 세상의 중대한 일을 물으셨기에 신은 감격하여 선제를 위해 일하기로 결심한 것입니다."

유현덕은 제갈량의 도움으로 촉한(蜀漢)의 황제(소열제 昭烈帝, 재위 221-223)가 되었다.

요즈음 세상에는 "삼고초려"라는 말 자체가 성립되지 않는다. 우선 세 번 생각해 보기는커녕 한번마저도 제대로 생각해 보지 않는다. 그러니까 "삼고"는커녕 "일고"도 없는 것이다. 게다가 제갈공명 같은 인물도 없고, 설령 그런 인물이 있다고 해도 그는 산 속의 초라한 오두막이 아니라 냉난방이 잘 된 고급 아파트에 살 것이다. 그러니까 "초려"는 케케묵은 말이다.

권력을 잡은 사람이 고위직에 적합한 고결한 인물을 모셔오기 위해 그들의 자택이나 아파트를 방문한 적이 한 번이라도 있던가? 있다고 해도 그것은 "삼고초려"가 될 수 없다. 권력가는 그들을 스승으로 모시려는 겸허한 마음도 없고 오히려 그들을 하인 정도로 여기고 있을 테니 말이다. 게다가 그들이 세상을 등지고 사는 인물도 아니니까 발굴해내서 모시고 자시고 할 것도 없다.

너도나도 한 자리 달라면서 돈 보따리 싸들고 몰려오는 자칭 "인재"들이 산사태를 이루는 판이니 권력가는 "삼고초려" 따위 거추장스러운 절차를 생각할 필요조차 없다. 몰래 숨어서 돈을 계산하기도 바쁘니까 그럴 시간도 없다.

다만 아직도 "삼고초려"를 하겠다는 사람이 있다면 그는 권력을 아직 못 잡았거나 잡을 가능성이 매우 적은 인물일 것이다.

三十六計 走爲上策

삼십육계 주위상책 | 서른여섯 가지 계책 가운데 달아나는 것이
제일 좋은 계책이다

三 셋; 十 열; 六 여섯; 計 세다, 꾀하다
走 달리다, 달아나다; 爲 하다; 上 위; 策 꾀
준말 : 삼십육계 三十六計 / 유사어: 주여도반 走與稻飯
반대어 : 임전무퇴 臨戰無退
출처 : 자치통감(資治通鑑); 제서 왕경칙전(齊書 王敬則傳)

> 살아남는 것은 자연의 제일 법칙이다.
> Self-preservation is Nature's first law.(서양속담)
> 달아나는 사람은 다시 싸울 것이다.
> The man who flies shall fight again.(데모스테네스)
> 후퇴할 때는 절름발이가 맨 앞에서 뛴다.
> In a retreat the lame are foremost.(서양속담)

　남북조 시대 때 남쪽 송(宋, 420-479)나라의 명장 단도제(檀道濟)는 북
쪽의 위(魏)나라와 싸울 때 자신이 없는 전투를 피해서 걸핏하면 달아나
고는 했다. 그래서 당시 사람들이 단도제의 서른여섯 가지 꾀 가운데 달
아나는 것이 제일 좋은 것이라고 말했다. 36이란 숫자는 많다는 의미다.

　송나라를 멸망시키고 남제(南齊)를 세운 소도성(蕭道成, 高祖, 재위
479-482)은 골육상잔으로 멸망한 송나라처럼 되지 말라고 유언했다.
그러나 얼마 후 그의 조카는 황제의 지위를 강탈하여 명제(明帝, 재위
494-498)가 되자 형제와 조카 14명을 죽이고 3년 뒤에는 나머지 10명
도 한꺼번에 죽였다.

　그러자 고조의 심복이던 왕경칙(王敬則)은 신변의 위험을 느끼고 반란
을 일으켜 수도 건강(建康, 南京)으로 쳐들어갔다. 태자가 달아나려고 허
둥댄다는 보고를 받은 그는 이렇게 말했다.

"단도제의 서른여섯 가지 계책 가운데 달아나는 것이 제일이라는 말이 있다. 왕과 태자도 달아나는 길밖에는 없을 것이다."

그러나 얼마 후 그는 관군의 기습을 받아 살해되고 말았다. 남제는 30년 만에 멸망했다.

나폴레옹 군대가 모스크바에서 퇴각할 때 "삼십육계" 줄행 랑을 친 군사가 많았다. 나치 독일 군대도 역시 그랬다. 임 진왜란 때 부산에 상륙한 일본군이 불과 2~3주 만에 서울 을 점령할 때도 줄행랑 친 것은 썩은 관리와 군사들뿐만 아 니라 바로 왕과 대신들이었다.

북한군이 남침할 때 서울 시민들이여 안심하라고 방송하고 한강 인도교를 폭파하면서 먼저 "삼십육계" 줄행랑을 친 것 도 역시 대통령 자신이었다.

북한이 적화통일전략을 버렸다는 구체적 증거는 하나도 보 이지 않는 판국에, 북한에 쌀을 보내는가 하면 우리를 몰살 시킬 핵무기의 개발에 사용할지도 모를 외화도 십억 달러 이상이나 송금한다. 만에 하나 북한군이 온다면 제일 먼저 "삼십육계" 줄행랑을 칠 사람들은 과연 누구일까?

월맹이 월남을 멸망시킨 뒤 가장 먼저 숙청한 것이 바로 자 기들을 도와준, 월남 내의 협력세력인 베트콩이었다는 사실 을 잘 기억할 것이다.

그러니까 사회의 지도층과 부유층 가운데 상당수는 미국 등 의 시민권이나 영주권을 가지고 있을 것이다. 여차하면 먼 저 뛸 작정이 분명하지 않은가? 뛰어야 벼룩이지만.

419

三人成虎

삼인성호 | 사람이 셋이면 호랑이도 만들어낸다
거짓말도 여럿이 하면 곧이 들린다

三 셋; 人 사람; 成 이루다, 되다; 虎 호랑이
원어 : 삼인언이성호 三人言而成虎 / 준말 : 시호 市虎
동의어 : 시유호 市有虎; 시호삼전 市虎三傳
유사어 : 증참살인 曾參殺人; 십작목무부전 十斫木無不顚; 십벌지목 十伐之
木 / 출처 : 한비자 내저설편(韓非子 內儲說篇); 전국책 위책 혜왕편(戰國策
魏策 惠王篇)

증언은 숫자를 셀 것이 아니라 무게를 달아보아야 한다.
Testimonies are to be weighed, not counted.(로마속담)
귀는 가슴으로 통하는 길이다.
Ear is the road to heart.(볼테르)
소문은 거짓말쟁이다.
Rumour is a liar.(서양속담)

전국시대(기원전 403-221) 때 위(魏)나라의 고위 관리 방공(龐恭, 또
는 방총 龐蔥)이 태자와 함께 볼모가 되어 조(趙)나라 수도 한단(邯鄲)으
로 떠나게 되었다. 그는 출발하기 전에 혜왕에게 이렇게 말했다.

"길거리에 호랑이가 나타났다고 외치는 사람이 한 명이면 안 믿겠지
만 세 명이나 되면 믿을 것이다. 즉 사람이 셋이면 호랑이도 만들어낸
다. 그런데 자기가 멀리 한단으로 가고 나면 모함하는 자들이 셋보다도
훨씬 많을 것이다. 그러니까 그들의 말을 믿지 말기를 바란다."

혜왕은 모함하는 말을 믿지 않을 테니 안심하라고 대꾸했다. 그러나
훗날 태자는 돌아왔지만 그는 모함 때문에 다시는 위나라에 돌아오지
못하고 말았다.

그리스도교 신자들이 어린애를 잡아먹는다는 터무니없는 소문이 2천년 전 로마제국에 널리 퍼져 있었다. 가톨릭이 처음 우리 땅에 발을 붙인 2백년 전에도 똑같은 소문이 조선사회에 상당히 퍼졌다.

이러한 소문은 잔인한 박해의 한 가지 원인으로 작용했다. 세 사람 정도가 아니라 수많은 사람의 입을 거친 헛소문이었다.

80여년 전 대지진이 발생해서 동경 전체가 불바다가 되었을 때 조선인들이 우물에 독약을 넣었다는 둥, 조선인들이 폭동을 일으킬 것이라는 둥 흉흉한 민심을 한층 더 자극하고 증오심에 불을 지르는 헛소문이 퍼졌다.

그 결과 아무 죄도 없는 조선인이 만 명 가까이 거리에서 학살되었다. 그 헛소문은 "삼인성호" 같은 우연한 것이 아니라 일본의 군부 또는 정보기관이 일부러 흘린 것이라는 주장이 강력하다.

국민들이 정부를 원망해서 폭동을 일으킬 것이 두려워 조선

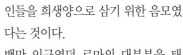
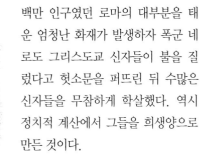

인들을 희생양으로 삼기 위한 음모였다는 것이다.

백만 인구였던 로마의 대부분을 태운 엄청난 화재가 발생하자 폭군 네로도 그리스도교 신자들이 불을 질렀다고 헛소문을 퍼뜨린 뒤 수많은 신자들을 무참하게 학살했다. 역시 정치적 계산에서 그들을 희생양으로 만든 것이다.

喪家之狗

상가지구 | 상갓집 개
초라한 몰골로 여기저기 기웃거리며 다니는 사람

喪 잃다, 죽다; 家 집; 之 가다, ~의; 狗 개
출처 : 사기 공자세가(史記 孔子世家); 공자가어 곤서편(孔子家語 困誓篇)

교회의 굶주린 쥐.
As hungry as a church mouse.(영국속담)
돌아다니는 개는 뼈다귀를 얻는다.
The dog that trots about finds a bone.(집시속담)
개의 일생이란 굶주림과 편안함이다.
A dog's life, hunger and ease.(영국속담)

초상집의 주인은 초상을 치르느라 정신이 없어서 개를 돌볼 여유가
없다. 그래서 개는 제대로 얻어먹지도 못한 채 여기저기 기웃거리기만
한다. 56세인 공자(孔子, 기원전 552-479)가 정(鄭)나라에 갔을 때 동문
(東門) 앞에 홀로 서서 제자들을 기다리고 있었다.

스승을 찾고 있던 자공(子貢, 단목사 端木賜, 기원전 520-456)에게
어떤 노인이 이렇게 말해주었다.

"동문 앞에 어떤 늙은이가 서 있는데 이마는 요임금 같고 목은 순임
금 때 어진 수상 고요(皐陶)와 같으며 어깨는 정(鄭)나라의 수상 자산(子
産)과 같더군요. 그러나 그 초라한 모습은 상갓집 개와 같았지요."

자산은 동문으로 달려가 공자를 만났다. 노인의 말을 전해듣고 공자
가 한마디 던졌다.

"나를 정확하게 묘사한 것은 아니지만 상갓집 개와 같다는 말은 틀림
이 없다."

요즈음은 대부분이 병원에서 태어나 병원 영안실에서 초상을 치른다. 초상집 즉 상가가 없으니 "상가지구"도 없다. 병원 영안실에 얼쩡거리는 개를 본 적이 있는가?

그런데 그렇지가 않다. 예전에는 초상집 개가 몇 마리 되지 않았지만 요즈음은 그 숫자가 헤아릴 수도 없이 많아졌다. 권력 실세나 대부호들이 초상을 당하면 평소에 고인을 한번도 만난 적도 없는 사람들이 구름같이 몰려든다. 소위 눈 도장을 찍겠다는 속셈이다.

조위금이라는 아주 적은 밑천을 들여서 권력실세나 대부호들의 호감을 사두겠다는 타산이다. 그들은 상주들과도 그리 가까운 사이가 아니다.

껍데기는 사람이지만 사실은 개만도 못한 신종 "상가지구"인 것이다. 물론 그들은 어느 멍청한 자가 내뱉은 말처럼 힘 없는 일반국민들하고는 처음부터 종자가 다를 것이다.

정권이 바뀔 때마다 정부, 산하단체, 협회 기타 각종 기관의 한 자리를 노리고 여기저기 권력실세를 찾아다니며 아양도 떨고 구걸도 하는 무리가 많다.

선거철만 되면 이념이고 소신이고 따질 것도 없이 그저 이 정당, 저 정당을 찾아다니면서 공천을 받겠다고 부지런히 발품을 파는 자들이 너무나도 많다.

여차하면 소속 정당을 손바닥 뒤집듯 바꾸는 경우도 허다하다. 아무리 배가 고프더라도 개는 최소한 주인에게 충성을 바친다.

相思病

상사병 | 남녀가 그리워하지만 뜻을 이루지 못해서 생긴 병

相 서로; 思 생각하다; 病 병
출처 : 진(晋)나라 간보(干寶)의 수신기(搜神記)

> 가장 위대하고 영예로운 사랑이 있다면 생이별보다 죽어서 결합되는 것이 더 낫다.
> Where indeed the greatest and most honourable love exists, it is much better to be joined by death than separated by life.
> (발레리우스 막시무스)
> 사랑의 병을 고치려는 의사는 바보다.
> Where love's in the case, the doctor is an ass.(서양속담)

전국시대(기원전 403-221) 말기에 송(宋)나라는 잔인하고 무도한 강왕(康王) 때 멸망했다. 강왕은 자기를 모시는 한빙(韓憑)의 아내 하씨(河氏)가 절세미인인 것을 알고는 그녀를 잡아다가 후궁으로 삼았다. 그리고 한빙은 국경지방으로 보내 성을 쌓는 인부로 만들었다.

한빙이 자살하자 하씨도 성 위에서 몸을 날려 자살했다. 그녀는 자기 시체를 한빙의 무덤에 합장해 달라는 유서를 남겼다. 그러나 화가 난 강왕은 두 사람의 무덤을 따로 떨어지게 만들었다.

그러자 밤에 두 무덤 가에 각각 나무가 솟았다. 그리고 열흘이 못 지나 가지들이 서로 얽혔고 한 쌍의 원앙새가 목을 서로 안고 슬피 울었다. 송나라 사람들은 원앙새가 한빙 부부의 넋이라고 여기고 그 나무를 상사나무(서로 생각하는 나무)라고 불렀다.

로미오와 줄리엣도 "상사(相思)"의 대표적인 예다. 물론 역사에는 전혀 다른 경우도 있다. 구약시대에 이스라엘의 왕 다윗은 자기를 섬기는 장수 우리야의 아내와 정을 통한 뒤 우리야를 일부러 최전선에 파견해서 죽게 만들었다.

그러나 우리야의 아내는 남편을 따라 죽지 않았고 다윗과 살면서 후계자 솔로몬을 낳아주었다. 상사나무는 애당초 없었던 것이다.

결혼한 부부 세 쌍 가운데 한 쌍이 이혼하는 현실에서는 한빙 부부의 사랑이 어리석은 잠꼬대로 들릴지 모른다. 그렇지만 정말 그럴까?

물론 부부가 한 날 한 시에 함께 죽는 경우는 거의 없다. 어느 한 쪽이 먼저 가게 마련이다. 그러면 남은 쪽이 따라 죽는 경우도 거의 없다. 이유는 "너 없이는 못 살아."라는 말이 사실이 아니기 때문이 아닐까? 알면서도 서로 속고, 또는 속아주는 척 하는 것은 아닐까?

이런 판국인데도 평소에 돈과 부동산을 모아놓고는 그 모든 재산을 유산으로 남겨주겠다는 것이 무슨 의미가 있겠는가?

桑田碧海

상전벽해 | 뽕나무밭이 푸른 바다로 변한다
세상이 몰라볼 정도로 변한다

桑 뽕나무; 田 밭; 碧 푸르다; 海 바다
원어 : 상전변성해 桑田變成海
동의어 : 창상지변 滄桑之變; 창상 滄桑; 상전창해 桑田滄海; 창해상전 滄海
桑田; 상해 桑海
출처 : 신선전(神仙傳); 유정지(劉廷芝)의 시 대비백발옹(代悲白髮翁)

> 트로이 성이 있던 곳이 들판이 되었다.
> The fields where Troy was.(비르질리우스)
> 연못이 있던 곳이 모래밭이 되었다.
> Where there was once a pool there is now only sand.
> (아프리카 속담)
> 시간이 가장 심하게 변화시킨다.
> Time is the greatest innovator.(로마속담)

선녀 마고(麻姑)가 신선 왕방평(王方平)에게 물었다.

"저는 동해가 세 번이나 뽕나무밭으로 변하는 것을 보았습니다. 이번
에 봉래에 갔더니 바다 깊이가 절반으로 줄었는데 또 육지가 되려는 것
인지요?"

왕방평이 대답했다.

"그러니까 바다에서 먼지가 피어오른다는 말이 예전부터 있었지."

한편 당나라의 유정지(劉廷芝)는 대비백발옹(代悲白髮翁)이라는 시에
서 이렇게 읊었다.

"금년에 꽃이 지면 얼굴은 더욱 늙게 보일 것이다./ 내년에 피는 꽃은
누가 다시 볼 것인가?/ 뽕나무밭이 푸른 바다가 된다는 말은 참으로 맞
는 말이다."

네덜란드는 국토의 삼분의 일이 원래는 바다였는데 간척을 해서 이제는 드넓은 목장과 고층 빌딩 등이 들어서 있다. 우리 나라 서해도 그 일부가 드넓은 농경지와 들로 이미 변했다. 바다에서 먼지가 피어오르는 일이 현실에서 일어난 것이다.

만에 하나 육지에서 어마어마한 화산폭발이나 지진이 일어나 땅이 가라앉아 바다로 변한다면 문자 그대로 "상전벽해"가 되는 것이다.

버스를 타고 금강산 구경을 간다. 또 버스 타고 평양의 체육관 개관식에 참석한다. 그러니까 남북한의 대결이 화해를 향해 힘차게(?) 달려가고 있다.

이렇게 떠드는 사람들도 있다. 그러나 그런 정도는 "상전벽해"와 같은 엄청난 변화가 일어났다고 말할 수 없다. 태산이 꿈틀대다가 쥐 한 마리가 튀어나온 것(태산명동 서일필 泰山鳴動 鼠一匹)에 불과하다.

塞翁之馬

새옹지마 | 변방 늙은이의 말
사람의 길흉화복은 예측할 수 없는 것이다

塞 변방, 막다; 翁 늙은이; 之 가다, ~의; 馬 말
원어 : 인간만사 새옹지마 人間萬事 塞翁之馬
동의어 : 새옹마 塞翁馬; 북옹마 北翁馬
유사어 : 새옹득실 塞翁得失; 새옹화복 塞翁禍福; 화복규묘 禍福糾纆; 화복
규승 禍福糾繩 / 출처 : 회남자 인생훈편(淮南子 人生訓篇)

> 행운은 발을 헛디딘다.
> The footsteps of fortune is slippery.(로마속담)
> 자신의 운명은 절대로 모른다.
> You never know your luck.(서양속담)
> 지나친 행운은 불운이다.
> Too much good fortune is bad fortune.(독일속담)
> 불운은 행운을 가져오는 때가 많다.
> Bad luck often brings good luck.(서양속담)

  북쪽 국경지방에 점을 잘 치는 늙은이가 살았는데 하루는 그의 말이
북쪽으로 달아났다. 사람들이 위로했지만 그는 복이 올지도 모른다면서
태연했다. 몇 달 뒤에 그 말이 튼튼한 말을 여럿 거느리고 돌아왔다.

  사람들이 축하하자 그는 재앙이 닥칠지도 모른다면서 별로 기뻐하지
도 않았다. 얼마 후 그의 아들이 말을 타다가 떨어져 다리가 부러지는
바람에 다리를 절었다. 노인은 여전히 태연했다. 일년 뒤 북쪽 오랑캐가
침입하자 젊은이들이 모두 군대에 끌려가서 대개 죽었지만 그의 아들은
집에 남게 되어 목숨을 건졌다.

  "인간만사 새옹지마"는 원나라의 중 희회기(熙晦機)의 시에서 유래하
는 말이다.

시골에서 농사짓는 아버지는 60이 넘도록 온갖 고생을 다 했다. 서울에 유학간 아들의 학비를 대기 위해 돼지와 소도 팔았다. 아들이 고등고시에 합격하던 날 아내가 죽었다.

얼마 후 신도시 개발계획이 발표되자 땅값이 하늘 높은 줄 모르게 치솟아 그는 벼락부자가 되었다. 아들은 출세해서 고위층이 되었다. 그는 돈을 주고 전국구 공천을 받아 국회의원이 되었다. 그러다가 아들이 거액의 뇌물을 받은 사실이 폭로되어 감옥에 갔다.

그는 위암 말기라는 의사의 선고를 받았다. 멜로드라마 같지만, 현실에서는 얼마든지 있는 이야기다. 사람의 일이란 한 치 앞을 내다볼 수 없다는 의미에서 "새옹지마"는 언제나 새로운 이야기다.

수백 억 대의 복권에 당첨된 사람들이 그 후 어떻게 되었던 가? 동양이든 서양이든 대부분이 이혼, 술, 여자, 도박, 마약 등으로 불행하게 되었다는 통계도 있다.

그러나 오늘도 변함없이 무수한 사람들이 대박 당첨의 꿈을 안은 채 복권을 산다. 권력? 감옥에 들어앉아 있거나 한번이

라도 거기 갔다 온 사람들에게 물어보면 그것이 바로 "새옹지마"라고 말한다.

西施矉目

서시빈목 | 서시가 눈살을 찌푸린다 / 공연히 남의 흉내만 낸다

西 서쪽; 施 베풀다; 矉 찌푸리다; 目 눈
원어 : 효빈 效矉 / 동의어 : 서시봉심 西施捧心; 서시효빈 西施效矉
출처 : 장자 천운편(莊子 天運篇)

> 못생긴 여자가 옷을 잘 입으면 더욱 보기 싫다.
> Ugly women, finely dressed, are uglier.(서양속담)
> 모든 여자는 착해지기보다 아름다워지기를 원한다.
> Every woman would rather be beautiful than good.(서양속담)

춘추시대(기원전 770-403) 때 오(吳)나라에 패배한 월왕 구천(越王 句踐, 재위 기원전 496-465)이 오왕 부차(夫差)에게 절세의 미인 서시 (西施)를 바쳤다. 평소에 가슴에 통증을 심하게 느낀 그녀는 걸어다닐 때 늘 눈살을 찌푸렸다. 그런데도 사람들은 그녀를 황홀하게 쳐다보면서 감탄했다.

그것을 본 어느 마을의 못생긴 여자가 서시의 흉내를 내면 사람들이 자기를 미녀라고 여길 것이라고 생각했다. 그래서 눈살을 찌푸리고 다녔지만 보는 사람마다 피했다.

요즈음 여자들이란 눈살을 찌푸리는 흉내 따위나 낼 만큼 그렇게 순진한 멍청이는 아니다. 서시의 흉내를 내는 것이 아니라 아예 서시와 똑같이 되려고 애쓴다.

그래서 머리카락도 가지각색으로 염색하고 턱뼈를 깎아내는가 하면 코도 높이고 눈도 크게 만든다. 자기 얼굴과 몸을 요리조리 주물러서 비너스로 다시 탄생하려는 것이다. 물론 돈이 꽤 든다. "서시빈목"이 생사람을 잡을 판이다. 자나깨나 오로지 예뻐지는 데만 정신이 팔려 있다.

세상의 모든 여자가 서시와 같은 미녀로 둔갑한다면 남자들은 세상 살 맛을 싹 잃어버릴 것이다. 모든 여자가 다 잘생기게 되면 사실상 미녀는 하나도 없는 것과 마찬가지이기 때문이다. 오히려 아주 못생겼다고 비관자살까지 생각하던 여자가 대단히 희귀한 미녀로 보일 것이다.

다른 여자들이 앞을 다투어 성형, 정형 수술할 때는 혼자 가만히 기다리는 것이 상책일지도 모른다. 진짜 미인도 팔자가 사납지만 가짜 미인이 가는 길도 역시 가시밭길이다.

噬臍莫及

서제막급 | 배꼽을 깨물려고 해도 입이 거기 미치지 않는다
일을 망치고 난 뒤 후회해도 소용없다

噬 깨물다; 臍 배꼽; 莫 아니다; 及 미치다, 도달하다
준말 : 서제 噬臍
유사어 : 서제지환 噬臍之患; 후회막급 後悔莫及
출처 : 춘추좌씨전 장공 6년조(春秋左氏傳 莊公 六年條)

> 말을 잃고 난 뒤 마구간 문을 닫는 것은 너무 늦었다.
> It is too late to shut the stable-door when the horse is stolen.
> (서양속담)
> 새가 잡힌 뒤에 우는 것은 너무 늦었다.
> The bird cries too late when it is taken.(프랑스 속담)

주(周)나라 장왕(莊王) 때 초나라의 문왕(文王)이 신(申)나라를 치러 떠
났다. 그가 신나라와 가까운 등(鄧)나라를 지나가게 되었는데 등나라 임
금 기후(祁侯)가 조카인 그를 후하게 대접했다. 그 때 신하 셋이 기후에
게 문왕을 죽이라고 권했다.

"그를 지금 없애지 않으면 나중에 서제막급이 되어 후회하셔도 아무
소용이 없을 것입니다."

기후는 문왕을 죽이지 않았다. 10년이 지나자 결국 문왕이 등나라를
멸망시켰다.

장개석은 중국대륙을 장악하고 있을 때 관리와 군대 내부의 부정부패를 뿌리 뽑았더라면 대만으로 쫓겨가지는 않았을 것이다. 그가 대만에 가서야 부패를 근절했지만 중국대륙은 이미 모택동의 공산당 손에 넘어간 뒤라서 "서제막급"이었다. 물론 그나마 뒤늦게라도 부패를 근절했기 때문에 오늘날 대만의 번영이 있는 것이다.

소 잃고 외양간을 고치는 것은 어리석은 짓이지만, 소를 잃고 난 뒤에도 외양간을 고치지 않는 것은 더욱 어리석다. 다른 소를 또 도둑 맞을 것이기 때문이다.

북한의 개인 우상화와 독재 현실을 누구보다도 잘 알던 사람은 남한 군사정부의 지도자였다. 그가 만일 오로지 경제발전에만 전념하고 스스로 민주주의 체제를 강화했더라면 미국의 조지 워싱턴처럼 영원히 참으로 위대한 국부가 되었을 것이다. 독재권력이란 결국 무너지고 만다는 것을 지하에서 깨달았다 해도 이미 그것은 "서제막급"이다.

손바닥으로 해를 가리려고 해야 아무 소용이 없다. 어떤 세력이 아무리 의도적으로 북한체제를 옹호하고 찬양한다 해도, 굶주림과 폭정에 못 이겨 자기 고향 땅을 버리고 도망치는 탈북자들은 수만, 수십만 명으로 늘어만 간다.

둑에서 물이 새고 있는 것이다. 둑이 무너지든 오래 버티든 그것은 문제가 아니다. 둑이 제 구실을 못하는 것이 사실이라는 점이 더 중요하다. 언젠가 둑이 무너지고 갑자기 보트피플이나 인간의 홍수가 밀어닥칠 때 후회한들 그야말로 "서제막급"도 이만저만이 아닐 것이다.

石漱枕流

석수침류 | 돌로 양치질하고 흐르는 물을 베개로 삼는다
공연히 억지를 부린다

石 돌; 漱 양치질하다; 枕 베개; 流 흐르다
동의어 : 수석침류 漱石枕流 / 유사어 : 견강부회 牽强附會; 아전인수 我田引
水; 추주어륙 推舟於陸; 궤변 詭辯
출처 : 진서 손초전(晉書 孫楚傳); 세설신어(世說新語)

누구나 자기 물레방아에 물을 끌어간다.
Every one draws the water to his own mill.(서양속담)
변명하는 자는 자기 자신을 고발한다.
He that excuses himself accuses himself.(프랑스 속담)
엉터리 변명은 안 하는 것보다 못하다.
Bad excuses are worse than none.(서양속담)

진(晉, 265-317)나라 초기에 손초(孫楚)와 왕제(王濟)는 친구 사이였
다. 공적이 뛰어난 왕흔(王渾)의 아들인 왕제는 사람의 젖으로 기른 돼지
의 고기를 요리해서 무제에게 바친 것으로 유명하다.

어느 날 손초는 산 속에 들어가 자연을 벗삼아 지내고 싶다는 뜻으로
"석수침류"라고 말했다. 사실은 "유수침석" 즉 흐르는 물에 양치질을 하
고 돌을 베개로 삼는다고 말해야 되는데 거꾸로 말을 한 것이다.

왕제가 잘못을 지적하자 그는 흐르는 물을 베개로 삼는 것은 예전에
숨어살면서 절개를 지킨 허유처럼 더러운 말을 들은 귀를 씻는 것이고
돌로 양치질을 하는 것은 이빨을 닦는다는 것이라고 공연히 억지를 부
렸다.

변호사 출신인 미국의 어느 대통령은 백악관의 여직원과 뭔가 일을 저질렀다. 그래 놓고는 계속 발뺌을 하다가 결국 꼼짝 못하는 증거 즉 여자의 모피코트에 묻은 정액이 나오자 "부적절한" 관계는 있었다고 시인했다.

"석수침류"도 그 정도면 모차르트의 오페라 "피가로의 결혼"에 뒤지지 않는 예술이다. 그는 아직도 인기가 높다고 한다. 역시 미국이지만 "석수침류"가 심했다.

어느 전직 대통령은 자기 손으로는 돈을 한 푼도 안 받았다고 큰소리쳤다. 알고 보니 그의 아들이 수백억 원을 챙겼다. 물론 아들은 아들이지 그의 손은 아니었다. 하지만 "석수침류"에서 벗어날 수 없다.

또 어느 전직 대통령은 백만 달러의 상금을 국민을 위해 쓰겠다고 말했다. 그리고 그 돈을 자기 이름으로 설립한 재단에 주었다.

그 재단이라는 것이 결국은 국민을 위한 기관이니까 국민을 위해서 상금을 썼다고 말할 것이지만 "석수침류"에서 벗어날 수 없다. 하기야 그 말들이 진실일지도 모른다고 절반이나마 믿어준다면 모를까?

先始於隗

선시어외 | 먼저 외(隗)부터 시작하라

先 먼저; 始 시작하다; 於 ~에서, ~보다; 隗 높다
동의어 : 선종외시 先從隗始
출처 : 전국책 연책 소왕(戰國策 燕策 昭王)

> 그 시작에 그 끝이다.
> Such a beginning, such an end.(서양속담)
> 시작이 나쁘면 끝도 나쁘다.
> From a bad beginning comes a bad ending.(유리피데스)

전국시대 때 연(燕)나라가 왕위계승을 둘러싼 내분 때문에 제나라에게
영토를 많이 뺏겼다. 그 때 즉위한 소왕(昭王, 재위 기원전 321-279)은
나라를 다시 일으키기 위해 널리 인재들을 모으려고 했다. 그래서 곽외
(郭隗)에게 그 방법을 물었다. 곽외는 죽은 천리마의 뼈를 금화 5백 냥에
사온 사람의 예를 들고 나서 이렇게 대답했다.

"우선 나 곽외를 등용해서 극진히 대접하는 것으로 시범을 보이십시
오. 그러면 천하의 인재들이 모여들 것입니다."

소왕이 곽외를 스승으로 모시고 후대했다. 그러자 조나라의 명장 악
의(樂毅) 등 쟁쟁한 인물들이 모여들었다. 그는 기원전 284년에 제나라
수도를 함락시켰다.

연나라 왕은 모든 사람의 존경을 받는 인물인 곽외를 스승으로 모셨기 때문에 백성들의 신임을 얻을 수 있었다. 그리고 천하의 인재들도 연나라 왕이 자기를 바로 곽외처럼 알아줄 것이라고 믿었기 때문에 몰려들었다.

모든 사람의 미움과 경멸을 받는 간신이나 무능한 자를 발탁했다면 천하의 인재들이 몰려들기는커녕 등을 돌렸을 것이다. 그리고 천하의 간신, 아첨꾼, 무능한 자들, 도둑 따위나 왕 주변에 몰려들어 나라를 하루아침에 파멸로 몰아갔을 것이다.

지도자란 각계각층의 탁월한 인재들을 열심히 발굴해서 모두 포용해야만 한다. 자기 마음에 들지 않는 사람이라도 그가 탁월한 능력을 지닌 인물이라면 서슴지 않고 등용해서 써야 한다. 그래야 나라가 발전한다.

그런데 자기 마음에 맞는 사람들만 끼고 돈다? 그것도 아첨만 일삼고 무능한 자들에게 중요한 자리를 나누어준다면 그런 지도자는 졸장부라는 것을 스스로 증명한것이 된다.

그래서 유능한 인재들은 등을 돌리고 만다. "선시어외"를 거꾸로 알아듣는 지도자들을 우리는 자주 보아왔다. 그리고 호되게 고생도 했다.

先入見

선입견 | 먼저 들은 말로 견해가 굳어진다

先 먼저; 入 들어가다; 見 보다
동의어 : 선입위주 先入爲主; 선입지어 先入之語
출처 : 한서 식부궁전(漢書 息夫躬傳)

> 황달병에 걸린 사람 눈에는 모든 것이 노랗게 보인다.
> To the jaundiced all things seem yellow.(서양속담)
> 도둑은 다른 사람도 모두 도둑인 줄 안다.
> The thief thinks all men are like himself.(서양속담)
> 사람은 자기 주장에 대해 눈이 먼다.
> Men are blind in their own cause.(스코틀랜드 속담)

한나라 말기의 애제(哀帝, 재위 기원전 7-1) 때 식부궁(息夫躬)은 말솜씨가 대단했는데 황제의 장인 공향후 부안(孔鄕侯 傅晏)과 같은 고향 출신이라서 교제하는 사람도 많았다.

그는 흉노족이 곧 쳐들어올 것이니 많은 군사를 국경에 배치해야 한다고 황제에게 역설했다. 그 말을 그럴 듯하게 여긴 황제가 수상 왕가(王嘉)의 의견을 묻자 왕가는 식부궁의 말이 전혀 근거가 없는 것이라고 지적했다. 그리고 이렇게 충고했다.

"먼저 들으신 말로 생각을 굳히고 따르지는 마십시오."

황제는 왕가의 말을 따르지 않았다. 그러나 얼마 후 사실이 사실대로 드러나자 식부궁은 감옥에 갇혔다가 거기서 죽었다.

개 눈에는 똥만 보이고 부처 눈에는 보살만 보인다. 그래서 개는 개끼리, 도둑은 도둑끼리 어울리는 법이다. 같은 지방 출신끼리 똘똘 뭉치거나 고등학교 동문들이 무조건 서로 봐주고 발탁하고 선거자금을 지원하는 것 등은 "선입견"의 대표적인 예가 된다.

그들은 자기들끼리는 서로 믿을 수 있고 충성과 신의가 자동적으로 확보된다는 "선입견"에 사로잡힌 포로인 것이다. 그들은 역사를 모르거나 일부러 모른 척한다.

고구려, 백제, 신라가 어떻게 망했는지 정말 모르고 있는가? 권력이나 재산을 둘러싼 싸움에서는 형제끼리도 서로 죽였고 또 지금도 서로 잡아먹을 듯이 불구대천의 원수가 되는 것이 현실이다. 그런 판이니 이름도 성도 모르던 같은 지방 출신, 같은 학교 출신이라고 해서 반드시 그렇게도 믿음직한 것은 아니다.

도둑질을 하거나 심지어 친구를 죽인 어린 아들 딸을 경찰서에 찾아간 부모가 연극 대사처럼 늘 하는 말이 있다. 우리 애만은 절대로 그런 짓을 할 애가 아니에요. 그것이 바로 고질적인 "선입견"이다.

先則制人

선즉제인 | 선수를 치면 남을 제압할 수 있다 / 선수를 치면 유리하다

先 먼저; 則 곧; 制 다스리다, 만들다; 人 사람
유사어 : 진승오광 陳勝吳廣
출처 : 사기 항우본기(史記 項羽本紀); 한서 항적전(漢書 項籍傳)

> 제일 앞장 선 개가 토끼를 잡는다.
> The foremost dog catches the hare.(영국속담)
> 먼저 온 사람이 먼저 요리를 받는다.
> First come, first served.(서양속담)
> 먼저 온 사람이 먼저 맷돌에 간다.
> Who comes first, grinds first.(서양속담)

진(秦)나라의 시황제(始皇帝, 기원전 246-210)가 죽고 2세 황제가 즉위한 기원전 209년에 진승(陳勝)과 오광(吳廣)이 농민들을 이끌고 반란을 일으켜 수도 함양(咸陽)으로 진격했다.

그 때 강동 회계군(會稽郡)의 군수 은통(殷通)도 독자적으로 군사를 일으킬 작정이었다. 그는 명장 항연(項燕)의 아들로서 전략이 뛰어난 항량(項梁)과 진나라를 피해 숨어사는 장군 환초(桓楚)를 부하로 삼으려고 했다.

그래서 우선 항량을 불러 "선즉제인"이 최상의 방책이라고 말했다. 항량은 자기 조카 항우(項羽)에게 환초를 불러오도록 지시하는 것이 좋겠다고 말했다. 그리고 밖으로 나간 뒤 항우에게 귓속말로 몇 마디 지시했다. 안으로 들어온 항우가 칼을 빼어 즉시 은통의 목을 베었다.

은통이 "선즉제인"을 항량에게 당한 것이다. 항량이 회계군수가 되어 함양으로 진격하다가 전사하고 항우가 그 뒤를 이었다. 그리고 3년 뒤에 진나라를 멸망시켰다.

세계 제2차대전 때 미국과 소련 그리고 나치 독일은 원자탄 개발 경쟁을 했다. 먼저 만드는 쪽이 승리하는 것은 뻔했다. 일본은 조선인과 중국인 수천 명을 산 채로 실험자료로 사용해서 무시무시한 각종 세균무기를 개발하고 있었다.

미국이 맨해튼 계획에 성공해서 제일 먼저 원자탄을 만들어 히로시마와 나가사키에 떨어뜨렸다. 그러자 1억 국민의 옥쇄(玉碎)마저 부르짖으며 최후의 저항을 하던 일본제국도 허수아비처럼 순식간에 무너졌다. 인류 역사상 가장 강력한 "선즉제인"이었다.

서부 활극에서 두 사나이가 대결을 한다. 먼저 총을 뽑아서 쏘는 자가 산다. 물론 상대방을 명중시켜야 "선즉제인"이 되지 빗나가면 오히려 자기가 당한다.

삼각관계의 연애에서는 뭐가 "선즉제인"의 수단일까? 돈? 아파트나 외제차 열쇠? 미모? 고시 합격? 박사학위? 로또 복권 일등 당첨? 아니면….

城下之盟

성하지맹 | 성 아래에서 하는 맹세
몹시 굴욕적인 강화조약이나 항복

城 성; 下 아래; 之 가다, ~의; 盟 맹세
동의어 : 성하맹세 城下盟誓
출처 : 춘추좌씨전 환공 12년조(春秋左氏傳 桓公 十二年條)

> 맹세와 달걀은 쉽게 깨진다.
> Eggs and oaths are easily broken.(덴마크 속담)
> 해서는 안 되는 맹세는 지키지 않아도 된다.
> An oath that is not to be made is not to be kept.(서양속담)
> 불법적인 맹세는 지키지 않는 것이 낫다.
> An unlawful oath is better broke than kept.(영국속담)

기원전 700년, 초나라 군대가 교(絞)나라에 쳐들어가 남쪽 성문 앞에
진을 쳤다. 그 때 초 진영의 굴하(屈瑕)는 호위병 없이 일꾼들을 산으로
보내 땔나무를 마련하자는 꾀를 냈다. 일꾼들을 미끼로 이용할 속셈이
었다.

예측한 대로 교나라 사람들이 북쪽 문을 열고 나와서 일꾼 30명을 사
로잡아 갔다. 다음 날에는 더 많은 일꾼을 보냈다. 역시 교나라 사람들
이 나와서 일꾼들을 추격했다.

그 틈에 초나라 군사가 북쪽 문을 점령했고 복병이 교나라 사람들을
공격해서 크게 승리했다. 그리고 성 아래에서 맹세를 받고 돌아갔다.

포로 수십 명을 잡으려다가 적에게 성을 점령당하고 굴욕적인 맹세를 한 교나라 사람들을 누구나 어리석다고 비웃을 것이다. 그렇다. 교나라 사람들은 작은 이익에 눈이 멀어서 "성하지맹"으로 나라의 주권마저 빼앗겼다. 그러면 그들을 비웃는 사람들은 과연 얼마나 현명할까?

결함 있는 자동차를 만들어 국내에서 마구 판다. 가격 경쟁도 안 되는 데다가 결함이 있는 차니까 수출이 될 리도 없다. 그러니 국내에서 팔아 이익을 챙기는 수밖에는 없을 것이다. 그 결과는? 대기오염에 교통체증은 둘째로 치고, 그런 기업은 권력에 아부할 수밖에 없기 때문에 수백 억의 비자금을 조성한다. 그 막대한 검은 돈이 바로 "성하지맹"인 것이다.

은행과 신용카드 회사들도 마찬가지다. 길가는 사람을 아무나 붙들고, 심지어는 직장도 일정한 소득도 없는 대학생들마저도 신청서 한 장 쓰면 즉석에서 신용카드를 발급해 주었다.

그런 짓을 규제하고 감독해야 마땅한 정부기관은 눈을 감고 있었다. 그 결과는? 수백만 명의 신용불량자(파산자)를 만들어냈다.

구제금융? 수십조에 달하는 그 돈은 모두 국민의 세금이다. 경제발전과 실업자 구제에 써도 시원치 않을 그 돈이 물 새듯이 날아가 버린다. 이런 일이 바로 "성하지맹"이 아니면 무엇인가?

細君

세군 | 남의 아내

細 가늘다; 君 임금
출처 : 한서 동방삭전(漢書 東方朔傳)

> 아내를 가진 자는 주인을 모신다.
> He that has a wife has a master.(스코틀랜드 속담)
> 잔소리하지 않는 아내를 가진 남편은 천당에서 사는 것이다.
> Husbands are in heaven whose wives chide not.(영국속담)

한(漢)나라 무제(武帝, 기원전 141-87) 때 동방삭(東方朔)은 황제를 모시는 관리였다. 날씨가 무더운 복날 황제가 자기를 모시는 관리들을 위해 고기를 하사했다. 모두 고기를 분배하는 책임을 진 관리가 오기를 기다렸는데 그 관리는 저녁때가 되도록 오지 않았다. 그래서 동방삭이 자기 칼로 고기를 적당히 베어 가지고 집으로 돌아갔다.

다음 날 그 관리가 동방삭의 무례한 행동을 황제에게 보고했다. 황제는 동방삭을 불러서 꾸짖고는 자기 잘못을 공개적으로 뉘우치라고 명령했다. 동방삭이 이렇게 말했다.

"동방삭아, 너는 어명을 기다리지도 않은 채 하사품을 가지고 갔으니 참으로 무례하다. 그렇지만 칼을 빼어 고기를 잘랐으니 참으로 용감하다. 많이 자르지는 않았으니 참으로 청렴하구나! 게다가 집에 있는 너의 세군(처)에게 주었으니 참으로 인정이 많구나!"

황제는 그의 기지에 감탄하여 술과 고기를 하사했다. 동방삭의 아내의 이름이 "세군"이라는 말도 있고, "세(細)"는 "소(小)"라는 의미로 통하기 때문에 동방삭이 자기 아내를 소군(小君) 즉 제후의 아내에 비유해서 부른 것이라고도 한다.

수천 년의 남존여비가 무너지고 남녀평등이 확립하는 과정은 19세기 말 개화기에서 시작하여 불과 50여 년밖에 걸리지 않았다. 경제개발이 본격화할 때부터 시작한 20여 년 동안의 여성상위 시대는 너무나 눈이 부신 기간이었다.

괄목상대 정도가 아니었다. 부동산과 주식을 주무르고 나라 전체의 경제마저 휘청거리게 만드는 큰손들이 많았다. 그리고 최근에는 남편을 집에서 내쫓는 여인천하 시대가 바야흐로 막을 올렸다. 사모님을 "세군"이라고 번역하기가 어렵게 되었다. "세군"이 아니라 문자 그대로 "대군(大君)"이다.

예전에는 살 길이 막막한 실업자나 가난한 대학생 등이 혈액은행에 가서 피를 팔았다. 인공혈액이 발명되어 이제는 그 장사도 끝장이다. 앞으로는 아마도 집에서 쫓겨난 남자들이 정자은행에 가서 정자를 팔 것이다.

여자 대통령이 여자 장관들을 거느리고 다스리는 때가 오면 정자의 분량과 질을 조사하여 전국의 남자 수를 50% 이하로 줄일 수도 있을 것이다. 출산이 날씬한 몸매를 해친다는 이유로 병원이나 연구실에서 인공수정으로 아기를 생산할 것이다.

여인들의 아마존 제국이 탄생하는 것이다. 물론 그 제국은 풍요로운 낙원일 것이다. 그러나 거기 사랑은 없다.

歲月不待人

세월부대인 | 세월은 사람을 기다려주지 않는다
세월은 한번 흘러가면 다시 오지 않는다

歲 해, 나이; 月 달; 不 아니다; 待 기다리다; 人 사람
출처 : 도연명(陶淵明)의 시 잡시(雜詩)

시간과 세월은 사람을 기다리지 않는다.
Time and tide tarry for no man.(서양속담)
잃어버린 시간은 다시 찾을 수 없다.
Lost time is never found.(서양속담)

도연명(陶淵明, 365-427)은 동진(東晉)이 멸망하고 송(宋)나라가 일어서는 혼란기를 살아간 천재시인이다. 나이 40세 때 귀거래사(歸去來辭)를 쓰고 고향으로 돌아가 자연에 묻혀 살았다. "세월부대인"은 그의 잡시(雜詩)에 나오는 한 구절이다.

"인생이란 길가에 흩어지는 티끌과 같다./ 즐길 기회가 있으면 마음껏 즐기는 것이 좋으니/ 술을 푸짐하게 마련하여 이웃들을 부르고 싶다./ 젊음이란 다시 오지 않으며/ 오늘 하루도 지나가면 그만인 것./ 세월은 사람을 기다려주지 않으니/ 시간이 있을 때 부지런히 노력해야 하지 않겠는가?"

도연명은 늙기 전에 술이라도 실컷 마시고 허망한 속세의 근심을 잊어버리자는 취지에서 이 시를 썼다. 그러나 "세월부대인"은 젊은이들에게 공부를 부지런히 하라는 말로 쓰이게 되었다.

감나무 밑에 누워 입을 쩍 벌리고 있으면 익은 감이 입 속으로 떨어질까? 가을에는 독사에게 물리고 겨울에는 얼어죽기나 할 것이다. 멍청하니 기다린다고 해서 좋은 세월이 올 리는 결코 없다. 세월이란 물같이 흘러가는 것이다.

그렇다! 세월이란 참으로 사람을 기다려주지 않는다. 가는 세월을 야속하다고   원망하고 한탄하는 바로 그 순간에도 세월은 거침없이 지나간다. 대통령에게나 거지에게나, 언제나, 어디서나, 하루란 24시간뿐이다. 각자 노력해서 시간을 자기 것으로 만들어야만 한다.

문제는 자기 시간을 어떻게 쓰느냐에 달렸다. 시간의 속도는 상대적이다. 지루하게 보내는 사람에게는 느리고 분주하게 돌아가는 사람에게는 빠르다.

또한 시간의 질이라는 것도 있다. 보람 있게 사느냐, 멍청하게 허송세월을 하느냐에 따라 시간의 질이 달라진다.

시인 도연명

세월이 빠르다거나 남은 세월이 별로 없다고 한탄만 할 것이 아니라 지금부터라도 무슨 일을 하고 어떻게 살 것인가를 당장 결심하고, 그 결심대로 실천하는 것이 한층 현명할 것이다.

少年易老 學難成

소년이로 학난성 | 소년은 늙기가 쉽고 학문은 이루기가 어렵다

少 젊다; 年 해; 易 쉽다; 老 늙다; 學 배우다; 難 어렵다; 成 이루다
출처 : 주자(朱子)의 시 권학문(勸學文)

우리의 왕성한 기력은 봄의 꽃처럼 지나간다.
Vigour of our days passes like a flower of the spring.(로마속담)
나는 아직도 공부하고 있다.
Still I am learning.(미켈란젤로의 좌우명)
학문은 세상을 여는 열쇠다.
Learning is the key to the world.(스와힐리 속담)
배우는 데는 지름길이 없다.
There is no royal road to learning.(서양속담)

주자(朱子, 朱熹, 1130-1200)는 남송(南宋, 1127-1279)의 대유학자다.
그는 젊은이들에게 학문을 권유하는 "권학문"이라는 시를 이 구절로 시
작했다.

"소년은 늙기가 쉽고 학문은 이루기가 어렵다./ 한 순간도 가볍게 여
겨서는 안 된다./ 연못가 풀이 봄의 꿈에서 깨어나기도 전에/ 계단 앞
오동나무 잎은 벌써 가을을 재촉한다."

소년만이 아니라 소녀도 쉽게 늙는다. 세상의 늙은이는 한 명도 예외 없이 모두 한 때는 소년소녀였고 불과 얼마 전까지만 해도 젊은이였다.

지금 소년소녀도, 젊은이도 곧 늙은이가 된다. 그래서 아침 저녁으로 들여다보는 거울이 무서워질 때가 닥친다. 자신의 변한 모습이 세월에 대한 공포심을 자극하는 때가 온다는 말이다.

특히 미모를 자랑하던 여자들에게는 거울 보기가 무서워지는 때가 더욱 빨리 닥친다.

그렇다고 일 초를 아껴가며 꼭 공부를 해야만 하나? 공부 잘한다고 출세하는 것도 아니다. 줄 잘 잡고 남의 비위를 잘 맞추면 그게 더 빨리 출세하고 돈 버는 방법이 되는 세상이다.

고시 합격하려고 육법전서 외우고 수능시험 만점 받으려고 참고서 달달 외우는 걸 공부라고 생각하지만 그런 것은 공부가 아니라 중노동이다.

공부란 사람이 사람답게 사는 길을 배우는 것이다. 그러니까 평생 줄기차게 해야 된다. 책만 읽으라는 소리는 아니다. 문학, 예술, 철학, 종교 등 공부할 것이 너무 많다.

所向無前

소향무전 | 향하는 곳에 앞이 없다 / 앞에 장애물이나 적이 없다

所 바, 곳; 向 향하다; 無 없다; 前 앞
출처 : 후한서 잠팽전(後漢書 岑彭傳)

> 왔다 보았다 이겼다.
> I came, I saw, I conquered.(마르쿠스 세네카)
> 승리는 장애물을 사랑한다.
> Victory loves trouble.(로마속담)
> 하늘이 돕는 자는 아무도 막지 못한다.
> Whom God will help no man can hinder.(스코틀랜드 속담)

서기 35년 후한(後漢) 광무제(光武帝, 재위 25-57)가 마지막으로 남은 장애물인 촉(蜀)을 공격했다. 촉의 공손술은 삼협(三峽)을 나와서 격류가 내려다보이는 형문(荊門)과 호아(虎牙)에 요새를 쌓고 기다렸다.

광무제의 신임을 받는 잠팽(岑彭)이 결사대를 조직하여 공격에 나섰다. 그 때 선봉에 선 노기(魯奇)가 격류를 거슬러 올라가 적의 밧줄다리에 불화살을 쏘았다.

세찬 바람을 타고 불길이 번져서 적의 밧줄다리와 무기고가 화염에 휩싸였다. 후한의 전함들이 거침없이 전진하여 촉의 진영을 점령했다.

그들의 기세는 "소향무전" 즉 향하는 곳에 앞이 없는 것과 같았다. 잠팽은 여세를 몰아 촉으로 쳐들어갔지만 공손술의 자객에게 살해되고 말았다. 다음 해 총사령관 오한(吳漢)이 촉의 수도 성도(成都)를 공격했다. 공손술은 부상당한 상처 때문에 죽고 광무제는 천하를 통일했다.

각종 시험, 연애, 취직, 승진, 보직, 스포츠, 복권, 선거, 그리고 전쟁 등 당락과 승패가 있는 곳에서는 경쟁자들이 모두 서로 적이다. 승리자가 있고 패배자가 있게 마련이다.

물론 영원한 승리자도, 영원한 패배자도 없다. 엎치락뒤치락하는 것이 인생의 변함없는 철칙이다.

그런데 "소향무전" 즉 자기 앞에 적이 없는 경우도 있다. 대통령을 단 한번밖에 못하는 경우에 대통령에 당선된 사람, 또는 두 번까지 할 수 있는데 재선된 사람은 선거에서 더 이상 싸울 필요가 없다.

그는 평생에 하고 싶었던 일을 소신껏 하면 그만이다. 어느 누가 뭐라고 하든 상관할 게 없다.

최고의 지위에 이른 사람들이 제일 무서워하는 것이 두 가지 있다. 하나는 바작바작 다가오는 퇴임이고 또 하나는 퇴임 후 사람들이 자기를 영영 잊어버리는 것이다.

퇴임은 피할 수 없다. 그러나 사람들의 기억에 남거나 잊혀지는 것은 자신이 선택할 수 있는 것이다. 그러니까 그들도 결국은 "소향무전"은 아닌 것이다.

宋襄之仁

송양지인 | 송나라 양공의 어진 처사 / 쓸데없는 인정

宋 송나라; 襄 돕다; 之 가다, ~의; 仁 어질다

출처 : 춘추좌씨전 희공 22년조(春秋左氏傳 僖公 二十二年條); 십팔사략(十
八史略)

> 어리석은 동정심이 도시를 파멸시킨다.
> Foolish pity spoils a city.(영국속담)
> 스스로 양이 되는 자는 늑대에게 먹힌다.
> He that makes himself a sheep shall be eaten by the wolf.
> (프랑스 속담)

춘추시대 때 첫 패자인 제나라 환공(桓公)이 죽자 송나라 양공(襄公,
재위 기원전 651-637)이 군사력을 동원해서 효공(孝公)을 제나라의 군
주로 세웠다. 그리고 패자가 될 야망을 품고 있다가 자신의 권위를 무시
한 정(鄭)나라를 쳐들어갔다. 그러자 정나라를 구하려고 초나라 성왕이
많은 군사를 파견했다.

양군은 홍수(泓水)를 사이에 두고 대치했다. 초나라 군사들이 강을 건
너고 있을 때 송나라의 수상인 목이(目夷)가 건의했다. 적군이 아군보다
숫자가 많으니 적이 강을 절반쯤 건넜을 때 공격하자고.

그러나 양공은 "군자는 남이 어려운 처지에 있을 때 괴롭히지 않는
다."고 말하고는 공격을 허락하지 않았다. 강을 건너온 초나라 군사들이
대열을 정비하기 시작했을 때 목이가 또 공격을 건의했다.

이번에도 양공은 말을 듣지 않았다. 드디어 대결했다. 결과는 뻔했다.
숫자가 적은 송나라 군사가 크게 패했던 것이다. 양공 자신도 다리에 부
상을 입고 다음 해 죽었다.

중세 때 도시국가 피렌체의 메디치 가문은 유럽의 여러 왕들에게 돈을 빌려주는 고리대금업을 해서 짭짤한 재미를 보았다. 이탈리아의 적인 스페인과 프랑스에게마저도 돈을 빌려주었다.

결국 스페인과 프랑스 군대의 침입으로 피렌체를 포함한 이탈리아의 도시국가들은 외국의 지배를 받게 되었다.

제노바와 베네치아의 부자들도 비슷한 짓을 했다. 그들은 자기 돈으로 적국의 군대를 양성한 것이다. 이런 멍청한 짓이 바로 "송양지인"이다.

그러면 오늘도 백 만이 넘는 군대가 서로 총과 대포를 겨누고 있는 상황에서 적진에 쌀과 옥수수와 현금을 대량으로 보낸다면 그것은 "송양지인"이 아닌가?

인도주의? 박애정신? 국민들이 굶어죽는 판국이라면 대포를 녹여서 쟁기를 만들고 백 만 대군을 줄여서 그들로 하여금 농사를 짓게 하는 것이 인도주의고 박애정신이다.

자존심이 그토록 강하다면서 적으로부터 먹을 것과 돈은 왜 받나? 그런 것을 주는 자들은 또 무엇인가? "송양지인"이 평화를 가져다주는 것은 아니다.

首鼠兩端

수서양단 | 쥐가 구멍에 머리를 내밀고 눈치만 살핀다
진퇴를 결정 못하고 망설인다
양다리를 걸치고 기회를 엿본다

首 머리; 鼠 쥐; 兩 둘; 端 끝, 바르다, 실마리
출처 : 사기 위기무안후 열전(史記 魏其武安侯 列傳)

> 토끼 두 마리를 좇으면 한 마리도 못 잡는다.
> If you run after two hares you will catch neither.(서양속담)
> 고기 두 조각이 파리를 망설이게 한다.
> Two pieces of meat confuse the mind of a fly.(나이지리아 속담)

한나라 무제(武帝, 기원전 141-87) 때 두영(竇嬰)과 전분(田蚡)은 다 같이 황실의 외척인데 사이가 몹시 나빠서 세력다툼이 심했다. 나이가 많은 두영은 세력이 기울었고 전분은 수상 자리에 있었다.

어느 날 고위층이 모인 술자리에서 어느 관리가 두영을 무시했는데 두영의 친구인 관부(灌夫) 장군이 그 관리를 꾸짖었다. 전분이 그 관리를 두둔하고 나섰다. 그러자 관부가 자기보다 서열이 한참 위인 전분에게 대들었다. 그것은 무례한 잘못이었다.

그 문제로 황제가 회의를 열고 신하들의 의견을 물었다. 두영을 지지 하는 정당시(鄭當時)가 애매한 태도를 취하자 검찰총장 격인 한안국(韓安國)도 양쪽에 다 일리가 있다고 대답했다. 회의는 결론이 나지 않았다. 얼마 후 전분이 한안국을 꾸짖었다.

"자네는 왜 수서양단 식으로 나왔는가?"

그 후 두영은 세력을 잃어 사형을 당하고 관부와 그 가족도 모두 처 형되었다. 전분도 그 다음 해에 병이 들어 두영과 관부의 용서를 빈다고 헛소리를 하다가 죽었다.

454

쥐는 워낙 힘이 약하니까 "수서양단"이라도 해야 목숨을 유지할 수 있다. 그러나 쥐도 아니면서, 돈도 세력도 꽤 있는 멀쩡한 사람들이 "수서양단" 식의 태도나 취한다면 그것은 쥐만도 못한 짓이다.

이런 사람들이 각계 각층에 상당히 많다. 이쪽도 잘못이 있지만 저쪽도 잘못이 없는 것은 아니라는 양비(兩非)론, 이쪽도 옳고 저쪽도 옳다는 양시(兩是)론 도 "수서양단"이다.

수백 억, 수천 억의 비자금을 만들어 여당과 야당 양쪽에 소위 보험금이라는 명목으로 뒷돈을 준 기업가들도 "수서양단"의 명수들이다.

그들은 분명히 쥐가 아니다. 자선사업가도 아니다. 그들은 대단히 영리하다. 그래서 그 엄청난 돈을 바친 뒤에 더 많은 이권을 따내거나 세금을 깎거나 물건값에다가 포함시켜 소비자들에게 덮어씌운다.

양다리를 걸치다가 다리에 힘이 빠질 때도 있다. 양다리를  받쳐주던 세력 가운데 한쪽이 갑자기 몰락하는 것이다. 그러면 그들은 가랑이가 찢어지거나 발목에 쇠고랑을 찬다.

守成之難

수성지난 | 나라를 유지하는 어려움

守 지키다; 成 이루다; 之 가다, ~의; 難 어렵다
원어 : 창업이 수성난 創業易 守成難
출처 : 정관정요 군도편(貞觀政要 君道篇); 당서 방현령전(唐書 房玄齡傳)

> 잘 유지하는 것은 승리만큼 위대한 일이다.
> Keep well is as great as winning.(서양속담)
> 돈은 지키기보다 벌기가 더 쉽다.
> It is easier to get money than to keep it.(서양속담)

당(唐)나라를 세울 때 주역은 고조(高祖, 李淵)의 아들 이세민(李世民)
이다. 그는 626년에 장안의 현무문 싸움에서 이겨 형과 동생을 없애버
리고 나이 27세에 2대 황제 태종(太宗, 재위 626-649)이 되었다. 그 후
23년에 걸친 정관지치(貞觀之治) 즉 태평성대를 이룩했다.

어느 날 그는 신하들에게 초창(草創) 즉 나라를 새로 세우는 것과 "수
성(守成)" 즉 나라를 유지하는 것 가운데 어느 쪽이 어려운지 물었다. 방
현령(房玄齡)은 초창이, 위징(魏徵)은 수성이 더 어렵다고 대답했다.

특히 위징은 천하를 얻고 나면 교만해지고 나라 일에 태만해지기 쉬
우며 쓸데없는 대규모 토목공사로 백성을 괴롭힌다고 경고했다. 태종은
두 가지가 다 어려운 일이라고 하면서 나라는 이미 세웠으니 앞으로는
유지하는 쪽에 힘을 기울여야겠다고 결론을 내렸다.

사람이 지키고 싶어하는 것은 권력과 나라만은 아니다. 재산, 가족, 명예, 건강, 정력, 생명 등도 지키고 싶어한다. 가능하기만 하다면 지상에서 영생불사마저도 누리고 싶어한다. 그래서 뻔한 거짓말로 영생불사를 약속하는 사교의 교주들이 돈을 벌 수 있는 것이다.

지킬 수 있을 때 지키고 누릴 수 있을 때 누리는 것은 좋은 일이다. 그러나 언제든지 잃을 수도 있다는 사실을 잊어서는 안 된다. 많이 가지고 있을수록 잃어버리는 괴로움은 그만큼 더 커지게 마련이다. 높은 데서 떨어질수록 상처가 큰 법이다.

권력을 잡기만 하면 온 세상이 자기 것이라도 된 듯이 으스대는 사람들이 적지 않다. 지시를 내리기만 하면 부하직원들이 고분고분 따라오는 줄 착각하는 사람들은 더 많다.

그들은 기존의 질서와 권위나마 유지하기가 얼마나 어려운지 모른 채 새로운 통치 스타일을 내세우면서 이것저것 닥치는 대로 파괴한다. 그래서 소위 서열 파괴라는 것이 유행한다. 후배가 선배들보다 윗자리에 앉아 지시하고 고위직에 앉아서 아무 말이나 마구 한다. 바다와 강을 막는가 하면 산도 무너뜨려서 온 세상이 깜짝 놀랄 만한 거창한 사업을 일으킨다.

천 만 인구가 모여 사는 수도를 이전한다고 떠든다. 정상회담이라는 깜짝 쇼도 한다. 세계라는 타이틀이 붙은 스포츠 대회를 열면 금세 선진국이 되는 것은 아니다. "수성지난"을 명심하지 않는 지도자가 다스리는 나라에는 엄청난 혼란과 좌절밖에 없다.

水魚之交

수어지교 | 물과 물고기의 긴밀한 관계 / 군주와 신하 사이의 친밀함

水 물; 魚 물고기; 之 가다, ~의; 交 사귀다, 바꾸다
동의어 : 어수지친 魚水之親
출처 : 삼국지 촉지 제갈량전(三國志 蜀志 諸葛亮傳)

> 첫눈에 친구는 두 번째 만나면 형제다.
> At first sight friend, at second meeting brother.(나이지리아 속담)
> 충직한 친구보다 더 좋은 것을 살 수 없다.
> Nothing can be purchased which is better than a firm friend.
> (타키투스)
> 참된 친구 한 명이 친척 백 명보다 낫다.
> Better one true friend than a hundred relations.(서양속담)

　　조조(曹操), 손권(孫權), 유비(劉備)가 세력을 다투던 삼국시대 때, 유비(劉備, 玄德, 161-223)는 양양 서쪽 융중산(隆中山)의 와룡강(臥龍岡)에 삼고초려해서 나이 27세인 제갈량(諸葛亮, 孔明, 181-234)을 군사전략가로 모시는 데 성공했다.

　　제갈량도 유비에게 절대적인 충성을 바쳤다. 유비가 자기보다 나이가 어린 제갈량을 지나치게 극진히 받든다고 관우(關羽)와 장비(張飛)가 불평했다. 그러자 유비는 "내가 공명을 얻은 것은 물고기가 물을 얻은 것과 같다."고 타일렀다.

대통령 후보로 유망한 정치인에게 비자금을 모아 바치는 심복이 있다면 그들은 분명히 "수어지교"의 관계다. 물론 거액의 비자금을 마련해서 바치는 기업가와 그 돈을 몰래 받는 심복도 "수어지교"인 것이다.

기업가를 대신해서 심부름하는 자가 일부를 꿀꺽하거나, 심복 자신이 일부를 떼어서 자기 주머니에 넣는 경우, 말하자면 배달사고가 난 경우에 그런 자와 돈 자체도 역시 "수어지교"일까?

시험답안지를 쓰는 학생과 컨닝 페이퍼 또는 휴대전화에 문자 메시지를 보내 답을 가르쳐주는 자 사이에도 "수어지교"가 성립되는가?

거액의 뇌물을 받은 국회의원이 자기 정당 소속이라고 해서 무조건 쇠고랑 차는 일을 막아주는 소위 방탄국회의 경우, 그런 정당과 국회의원도 "수어지교"인가?

물이라고 해서 다 같은 물은 아니다. 물고기의 떼죽음을 부를 정도로 철저하게 오염된 강물과 물고기의 관계도 "수어지교"라고 하지는 않는다.

豎子不足與謀

수자부족여모 | 애송이와 더불어 일을 도모할 수 없다

豎 아이; 子 아들; 不 아니다; 足 충분하다; 與 더불어; 謀 꾀하다
출처 : 사기 항우본기(史記 項羽本紀)

> 아이들은 아이들이다. 그들은 유치한 일에 몰두한다.
> Boys are boys, and boys employ themselves with boyish matters.(로마속담)
> 아무 것도 모르는 자는 아무 것도 두려워하지 않는다.
> They that know nothing fear nothing.(서양속담)

진(秦)나라 말기인 기원전 206년, 천하의 패권을 유방(劉邦)과 항우(項羽)가 다툴 때 유방이 수도 함양에 먼저 입성했다. 40만 군사를 거느린 항우가 몹시 화가 나서 10만 군사를 거느린 유방을 공격하려고 했다. 그 때 유방이 항우의 숙부 항백(項伯)을 중재인으로 내세우고는 항우의 진영을 찾아가서 사과했다. 이것이 "홍문의 모임(鴻門之會)"이다.

술잔치가 벌어졌다. 항우의 군사전략가 범증(范增)이 이 기회에 유방을 처치하라고 권고했지만 항우는 듣지 않았다. 그러자 범증이 항장(項莊)에게 칼춤을 추다가 유방을 죽이라고 지시했다. 눈치를 챈 항백이 마주 나가서 칼춤을 추어 항장을 막았다.

결국 항우는 유방을 죽이지 않았다. 유방이 멀리 달아난 뒤 범증은 천재일우의 호기를 놓친 것이 너무나도 화가 나서 소리쳤다.

"애송이와 더불어 일을 도모할 수 없다. 천하는 유방의 것이다."

과연 그가 말한 대로 4년 뒤 유방이 천하를 통일했다.

크든 작든 회사를 경영하는 사람은 절대로 애송이나 아마추어에게 일을 맡기지 않는다. 물론 거액의 돈을 몰래 **빼돌려**서 회사를 망칠 작정이라면 무조건 자기 말을 잘 듣는 부하 직원을 일부러 발탁해서 쓸 것이다.

구멍가게 회사도 이런 식인데 애송이나 아마추어들을 거느리고 나라 일을 하는 지도자가 있다면 그는 천하를 잃은 항우의 운명을 기억해 둘 필요가 있다.

기술, 자본, 경영의 무한 경쟁시대인 현대는 경륜과 재능과 인격을 겸비한 인재들만 모아서 일을 해도 나라가 제대로 될까 말까 한 세상이다. 그런데 경험도 재능도 없고 인격마저도 의심스러운 아마추어들에게 나라 일을 맡긴다면 결과는 **뻔한** 것이다.

지도자 노릇 하기도 힘들 수밖에는 없다. 그 밑에서 살아가야 하는 사람들은 국민 노릇 하기가 정말로 죽을 지경이다.

水滴穿石

수적천석 | 물방울이 돌을 뚫는다
적은 노력도 계속하면 큰 일을 이룩한다
작은 것도 많이 모이면 큰 힘을 낼 수 있다

水 물; 滴 물방울; 穿 뚫다; 石 돌
동의어 : 점적천석 點滴穿石 / 유사어 : 우공이산 愚公移山; 적토성산 積土成山; 적수성연 積水成淵; 적우침선 積羽沈舟; 산류천석 山溜穿石
출처 : 송나라 나대경(羅大經)의 학림옥로(鶴林玉露)

떨어지는 물방울이 돌을 닳게 만든다.
The fall of dropping water wears away the stone.(루크레시우스)
티끌 모아 태산.
Many littles make a mickle.(영국속담)
낙숫물이 댓돌을 뚫는다.(한국속담)

북송(北宋, 960~1127) 때 숭양(崇陽) 지방을 다스리는 장괴애(張乖崖)가 순찰을 하다가 관청의 창고에서 튀어나오는 하급관리를 발견했다. 잡아서 조사했더니 상투에서 엽전이 하나 나왔다.

창고에서 훔친 것이라는 자백도 받아냈다. 그래서 곤장을 치라고 하자 관리가 그까짓 엽전 하나가 무슨 큰 죄냐고 항의했다. 장괴애가 화가 나서 소리쳤다.

"하루에 엽전 하나면 천 일이면 천 개다. 물방울도 돌을 뚫는다."

그 하급관리는 사형을 당하고 말았다.

엽전 하나에 목숨을 잃은 하급관리는 얼마나 억울했을까? 더욱이 엽전 하나가 아니라 금화 수십만 개를 꿀꺽하고도 목이 튼튼하게 붙어 있는 사회의 저명인사들이 즐비한 나라에 그가 와서 본다면 너무너무 억울해서 다시 죽을 것이다.

물방울도 계속해서 떨어지면 단단한 돌도 뚫는다. 지당한 말씀이다. 그러나 문제는 구멍을 뚫을 때까지 과연 물방울이 계속해서 떨어질 것인가에 달려 있다.

부정부패와 사회악을 뿌리 뽑겠다고 큰소리치는 지도자들은 참으로 많았고, 지금도 참으로 많다. 한 가지씩 뽑으면 언젠가 모조리 뿌리가 뽑힐 것이다. 그런데 완전히 뿌리가 뽑힐 때까지 정말 계속해서 하나씩 뿌리를 뽑는가 하는 문제에 부딪치면 모두 고개가 가우뚱해진다.

더욱 가관인 것은 그들 자신이 어느새 썩어버리는 것이다. 부정부패의 맛은 꿀맛이기에 썩지 않고 배길 수 없다. 이렇게 스스로 부정부패에 빠지는 것은 물방울이 자기 몸은 부서지지만 돌은 닳게 만드는 살신성인이 아니라 거꾸로 물방울이 돌에 얼어붙어서 돌을 키우는 꼴이다.

壽則多辱

수즉다욕 | 오래 살면 수치스러운 일을 많이 당한다

壽 목숨; 則 곧, 법(칙); 多 많다; 辱 수치, 굴욕
출처 : 장자 천지편(莊子 天地篇)

> 제일 오래 사는 사람은 많은 불행을 겪는다.
> Who lives longest sees much evil.(스페인 속담)
> 오래 사는 것은 그만큼 재앙이 길어진다는 것이다.
> Life protracted is protracted woe.(사무엘 존슨)

요임금이 시찰을 나가서 화(華)라고 하는 국경지방에 갔다. 그곳의 관문을 지키는 관리가 그에게 장수와 부귀와 많은 아들을 두기를 축원했다. 그러나 요임금은 그런 것이 다 필요 없다고 말했다.

"아들이 많으면 못난 자식들 때문에 걱정이 많다. 부자는 쓸데없는 일이 많다. 그리고 오래 살면 수치스러운 일을 많이 당한다."

관리가 반박했다.

"당신을 성인으로 알았더니 이제 보니 군자에 불과하다. 아들이 많으면 각자에게 맞는 일을 주면 되고 재산이 많으면 나누어주면 그만 아닌가? 아무 것도 구애받지 않고 천 년을 살다가 신선이 되면 또 그만 아닌가?"

얼마나 오래 살아야 장수하는 것일까? 90세? 100세? 100세 된 사람에게 이젠 만족하느냐고 물으면 누구나 "조금만 더!" 라고 외칠 것이다. 한이 없다. 천 년을 산다 해도 "이제 그만!" 하고 말하는 사람은 하나도 없을 것이다.

오래 산다는 것은 상대인 개념이다. 대소변도 못 가리고 치매에 걸린 산송장으로 백 살까지 산들 그것이 과연 본인과 가족에게 행복한 것일까? 사람이 사람답게 살지 않고 제구실도 못한다면 산송장이 아닌가! 요즈음 세상에는 늙은 산송장뿐만 아니라 젊은 산송장도 많다.

그런데 나이 70이 넘어서 자식들이 감옥에 가거나 이혼하거나 파산하는 모습을 보는 것은 슬픈 일이다. 분명히 "수즉다욕"이다. 자기를 모시던 동지들이 뇌물죄가 들통이 나서 감옥에 가는 것을 본다면 그것은 수치가 아닐까? 결국 화살이 자기에게 돌아오는데도 수치를 못 느낄리가 없다.

수치가 무엇인지 처음부터 모르거나 낯가죽이 너무 두꺼워서 수치를 못 느끼는 저명인사들에게는 "수즉다욕"이라는 요임금의 말이 세상 물정을 전혀 모르는 철부지의 헛소리로 들릴 것이다. 정말 대단한 사람들이다.

465

水清無大魚

수청무대어 | 물이 맑으면 큰 고기가 없다
너무 결백하면 다른 사람들이 그와 어울리지 않는다

水 물; 淸 맑다; 無 없다; 大 크다; 魚 물고기
동의어 : 수지청무어 水至淸無魚
출처 : 후한서 반초전(後漢書 班超傳); 공자가어(孔子家語)

> 너무 깨끗한 그에게는 파리도 앉으려 하지 않는다.
> He is so clean, a fly would not sit on him.(남아프리카 속담)
> 대부분의 사람들이 행동하는 대로 하면 그들이 너를 칭찬할 것이다.
> Do as most men do and men will speak well of you.(서양속담)

한나라(前漢)의 역사책 한서(漢書)를 완성한 반고(班固)의 동생 반초(班超, 23-102) 장군은 서북 국경지대에서 30년 동안 활약하면서 50여 개국의 항복을 받아 한나라의 국위를 크게 떨쳤다.

그는 고차(庫車, 신강성 소재, 실크로드의 요충지)에 설치된 서역도호부(西域都護府)의 총독으로 서기 91년에 부임해서 그 지역을 잘 다스린 뒤 102년에 돌아왔다. 후임자 임상(任尙)이 그를 찾아가서 서역을 다스리는 데 특히 유의할 점이 무엇인지 물었다. 반초는 이렇게 충고했다.

"자네는 너무 결백하고 또 성급해. 물이 맑은 곳에는 큰 고기가 없는 법이지. 너무 엄하게 다스리면 아무도 따라오지 않아. 그러니까 사소한 일은 모른 척하고 대범하게 다스리는 게 좋아."

그러나 임상은 그의 충고를 무시하고 엄격하게 다스렸다. 그 결과 5년 뒤 서역의 50여 개국이 모두 한나라를 등지고 서역도호부도 폐지되고 말았다.

조선 중엽인 중종 때 청렴결백한 조광조는 젊은 선비들을 모아서 급진적으로 정치개혁을 추진했다. 한 때는 왕의 총애를 받아 그의 권세가 막강했다.

관리들의 조그만 잘못도 매우 엄하게 처벌했다. 그러나 결국은 역적모의를 한다는 모함에 걸려 사약을 받고 죽었다. 그는 분명히 "수청무대어"라는 말을 잘 알고 있었을 것이다. 그런데 깨끗한 물이 아니라 더러운 물에서 놀기를 좋아하는 물고기들 즉 적당히 썩은 관리들의 밥이 된 것이다.

60세 이상은 다 물러가라고 50대가 외친다. 56세 이상은 다 물러가라고 40대가 외친다. 45세 이상은 다 물러가라고 30대가 외친다. 소위 세대교체 바람이다.

이런 식으로 가다가는 20세 이상은 다 물러가라고 10대들이 외치지 않을까? 그러면 중학생 이상은 다 물러가라고 초등학교 아이들이 외친다면 나라가 어떻게 되겠는가?

나이가 적으면 적을수록 더욱 청렴하고 더욱 유능한가? 좋다. 그렇다고 인정해 주자. 그러나 "수청무대어"란 말이 있다. 남의 목을 함부로 자르고 직장에서 마구 쫓아내면 자신의 모가지도 위태로워진다.

467

脣亡齒寒

순망치한 | 입술이 없어지면 이가 시리다 / 떨어질 수 없는 밀접한 관계
밀접한 관계에서 한쪽이 망하면 다른 쪽도 온전하기 어렵다

脣 입술; 亡 망하다, 없어지다; 齒 이; 寒 차다, 춥다
동의어 : 순치지국 脣齒之國; 순치보거 脣齒輔車
유사어 : 조지양익 鳥之兩翼; 거지양륜 車之兩輪
출처 : 춘추좌씨전 희공 5년조(春秋左氏傳 僖公 五年條); 전국책 조책(戰國策
趙策)

> 머리가 아프면 온 몸은 더 아프다.
>
> When the head aches, all the body is the worse.(영국속담)
>
> 이빨이 없어지면 코가 무너진다.
>
> When the teeth fall off, the nose is sure to collapse.
>
> (나이지리아 속담)

춘추시대 말기인 기원전 655년에 진(晉)나라 헌공(獻公)이 괵(虢)나라
를 칠 때 우(虞)나라를 통과하지 않으면 안 되었다. 그래서 우공에게 천
하의 명마와 구슬을 뇌물로 보내는 한편 우나라와 형제의 나라가 되겠
다고 거짓맹세를 했다. 우공이 이를 수락하려고 하자 그의 신하 궁지기
(宮之奇)가 말렸다.

"괵이 망하면 우도 망합니다. 덧방나무와 수레는 서로 의지하고(보거
상의 輔車相依) 입술이 없어지면 이가 시리다(순망치한 脣亡齒寒)는 말
도 있습니다."

그러나 우공은 길을 내주었다. 궁지기는 가족을 데리고 우나라를 떠
났다. 괵을 정벌한 헌공은 돌아가는 길에 우나라마저 차지했다.

대사를 교환한다고 해서 상대방이 자동적으로 우리의 우호
국가가 되는 것은 아니고 더군다나 우방이 되는 것도 아니
다. 그냥 외교관계가 있는 나라에 불과하다.

외교관계란 필요하면 적국하고도 맺는 것이다. 중국과 러시
아는 우리보다 오히려 북한과 더 가까운 것이 현실이다.

정상회담 한 번 열고 사람들이 일부 오간다 해서 북한이 우
리의 우호국가나 우방이 되는 것도 물론 아니다. 오히려 북
한은 여전히 우리의 적대세력이다. 그것도 막강한 적대세력
인 것이다.

반면에 미국과 일본은 그들의 필요성이나 이해관계 때문이
든 뭐든 아직은 분명히 우리의 우방이다. 그런데 주한미군
철수를 외치는 소리가 들린다.

해방 이후 50여 년 동안 북한이 줄기차게 외쳐오던 구호라
서 그 소리가 북한에서 나는 것인가 했더니 그게 아니라 우
리 쪽에서 터져 나온 함성이다. 젊고 힘찬 함성이다.

중국, 러시아는 고사하고 북한이 벌써 우리의 우방이 된 것
은 아니다. 동맹국이 떨어져 나가면 우리는 "순망치한"이
된다.

469

視吾舌 尙在不

시오설 상재불 | 내 혀가 아직 있는지 없는지 보라

視 보다; 吾 나; 舌 혀; 尙 오히려; 在 있다; 不 아니다
출처 : 사기 장의전(史記 張儀傳)

> 말솜씨가 좋은 혀를 가진 머리는 두 배로 가치가 있다.
> A head with a good tongue in it is worth double the price.
> (서양속담)
> 입속에 혀를 가진 자는 어디서나 길을 찾아갈 수 있다.
> He that has a tongue in his mouth can find his way anywhere.
> (서양속담)

전국시대(기원전 403-221) 때 귀곡자(鬼谷子)의 두 제자 소진(蘇秦)과 장의(張儀)는 탁월한 말재주로 수상의 지위에 오른 인물이다. 장의는 초(楚)나라 수상 소양(昭陽)을 찾아가 손님으로 지내게 되었다.

하루는 소양이 진귀한 구슬인 화씨지벽(和氏之璧)을 왕으로부터 받아 그것을 아랫사람들에게 보여주는 잔치를 벌였다.

그런데 그 구슬이 현장에서 사라졌다. 가난뱅이 장의에게 혐의가 돌아가 장의는 곤장을 수십 대 맞았지만 끝까지 결백하다고 주장했다. 그가 기절하자 소양은 그를 석방했다. 집으로 돌아가 누워 있는데 그의 아내가 울면서 탄식했다. 그러자 장의가 혀를 내밀며 말했다.

"나의 혀가 아직 있는지 없는지 보란 말야."

그렇게 말을 할 수 있었으니까 당연히 혀는 말짱했다. 그 후 그는 진(秦)나라의 수상이 되어 소진이 이룩한 합종책을 자신의 연횡책으로 깨고 진나라가 중국을 통일할 수 있는 기틀을 마련해 주었다.

물론 소진과 장의는 말재주만 가지고 수상이 된 것은 아니다. 그들은 세상을 보는 눈이 날카롭고 경륜이 풍부한 전략가였던 것이다.

그런데 요즈음은 오로지 말재주만 가지고 무슨 대단한 인물인 척하고 돌아다니는 자가 많다. TV에 나가 인기를 끌거나 신문에 글을 좀 써서 이름이 알려졌다고 해서 정부기관의 책임자로 임명되는 경우도 적지 않다. 혀만 잘 굴리면 누구나 소진과 장의 같은 인물이 되는 것은 아니다.

독재국가에서 인권운동이 일어났을 때 데모를 진압하러 일렬로 전진해 오는 탱크들과 맞서서 그 앞에 홑몸으로 우뚝 버티고 선 청년이 있었다. 그는 아무 말도 하지 않았다. 그러나 그의 온 몸 전체가 무언의 웅변을 토하는 혀였던 것이다. 그는 체포되어 살해되었다고 한다. 그가 지은 죄란 무엇인가? 신문에 난 그 사진은 정말 인상적이었다. 그의 혀는 지금도 자유를 열망하는 세계인들 속에 살아 있다.

471

食言

식언 | 자기가 한 말을 먹는다 / 거짓말

食 먹다; 言 말하다
출처 : 서경 탕서(書經 湯書); 춘추좌씨전 애공 25년조(春秋左氏傳 哀公 二十五年條)

> 신용을 잃은 자는 세상에서 죽은 자다.
> He that has lost his credit is dead to the world.(서양속담)
> 약속을 어기는 것은 거짓말을 한 것이다.
> A promise neglected is an untruth told.(서양속담)

기원전 470년에 노나라의 애공(哀公)이 월(越)나라에서 돌아올 때 실세 고위층인 계강자(季康子)와 맹무백(孟武伯)이 마중을 나와 오오(五梧)에서 잔치를 벌였다.

애공의 수레를 모는 곽중(郭重)은 두 신하가 임금의 흉을 본다고 일렀다. 그 때 맹무백은 곽중을 뚱뚱보라고 놀렸다. 그러자 애공이 곽중은 자기가 한 말을 많이 먹어서 뚱뚱하다고 농담으로 받아쳤다. 계강자와 맹무백은 애공을 더욱 못마땅하게 여겼다.

한편 은(殷)나라의 탕왕(湯王)이 하(夏)나라의 폭군 걸왕(桀王)을 타도하려고 군사를 일으켰을 때 "나는 식언을 하지 않는다. 내 명령에 거역하는 자는 그 가문을 몰살시키겠다."고 말했다.

"식언"이 버릇이 된 자에게는 자기 말을 다시 집어먹는 것이 가장 재미있는 스포츠다. 세상의 온갖 맛있는 요리를 다 먹어보았는데 그 가운데 가장 맛있는 요리가 바로 "식언"이기 때문에 그런 버릇이 든 것이다.

뚱뚱보라고 해서 누구나 다 "식언"을 하는 것은 아니다. 정직한 뚱뚱보도 얼마든지 있다.

"식언"이라는 요리를 가장 자주 즐기는 사람들은 누구일까? 정치인? 기업가? 도둑? 부패한 관리? 공정한 보도를 외치는 언론인? 구원을 준다는 종교인?

요즈음은 이 요리가 전국에 너무나 널리 퍼졌고 또 대부분이 날마다 애용하고 있다. 그래서 어느 계층이나 직업의 사람들이 가장 자주 즐기는지는 여론조사로도 알아내기 힘들게 생겼다.

그런데 사실 "식언"이라는 요리는 세상에서 가장 더러운 음식이다. 자기 입에서 토해낸 것을 다시 먹는 것이니까

識字憂患

식자우환 | 글자를 아는 것이 걱정거리가 된다

識 알다; 字 글자; 憂 근심하다, 앓다; 患 근심하다, 앓다
출처 : 삼국지(三國志)

> 가장 행복한 삶은 아무 것도 모르는 것이다.
> The happiest life is to know nothing.(로마속담)
> 많이 아는 사람은 잘못도 많다.
> Who knows much, mistakes much.(나이지리아 속담)
> 큰 책들이 큰 걱정을 만든다.
> Big books make big worries.(콩고 속담)

삼국시대 때 유비(劉備)가 제갈량(諸葛亮, 孔明, 181-234)을 얻기 전까지는 서서(徐庶)가 그의 군사전략가로 활약하여 조조(曹操)의 군사를 막아내고 있었다.

조조는 서서가 대단한 효자라는 사실을 알고는 서서의 어머니 위부인(衛夫人)을 모셔다놓은 뒤 속임수로 그녀의 편지를 받아낸다. 그리고 그녀의 편지를 위조해서 서서를 자기 진영으로 끌어들이는 데 성공했다.

그 때 위부인은 "여자가 글자를 아는 것이 걱정거리다."라고 말했다. 위부인은 자결하고 서서는 자기 재능을 조조를 위해 사용하지 않았다. 그러나 유비는 훌륭한 전략가를 잃어 한 때 고전하게 되었다.

막대한 뇌물을 받고 쇠고랑을 찬 정치인이 절대로 한 푼도 안 받았다고 양심선언을 한다. 이런 사람에게는 양심이라는 말과 선언이라는 말을 아는 것이 바로 "식자우환"이다.

대부분의 경우에는 하루나 이틀 지나면 그에게 양심이 없다는 사실과 선언 자체가 헛소리였다는 것이 드러난다.

자기 전 재산이 30여 만원밖에 없다고 법정에 자료를 제출한 어느 전직 대통령도 자기 명의로 된 재산만이 자기 재산이라고 알고 있는 것 자체가 바로 "식자우환"이다.

그리고 재산의 명의만 따지면서 우물우물하고 있는 관리들도 "식자우환"이기는 마찬가지다. 도대체 그들은 법의 정신이란 것을 무엇으로 알고 있는 것일까?

食指動

식지동 | 둘째 손가락이 움직인다 / 먹고 싶은 생각이 간절하다

食 먹다; 指 손가락; 動 움직이다
출처 : 춘추좌씨전 선공 4년조(春秋左氏傳 宣公 四年條)

> 종달새 구이가 입에 들어오기를 기다린다.
> He expects that larks will fall ready roasted into his mouth.
> (서양속담)
> 식욕은 먹을수록 더욱 는다.
> Appetite grows with eating.(서양속담)

기원전 605년에 초나라 사람이 정(鄭)나라 영공(靈公)에게 커다란 자라를 바쳤다. 영공은 그 자라로 죽을 끓여서 신하들에게 나누어주려고 했다.

마침 그 때 송(宋)과 자가(子家) 두 신하가 회의에 들어가려는 참이었는데 송의 둘째 손가락이 갑자기 저절로 움직였다. 송은 자기 손가락이 저절로 움직이면 별미 음식을 먹게 된다고 말했다.

나중에 그 이야기를 들은 영공이 요리사에게 죽을 한 그릇 모자라게 쑤라고 지시해서 송에게 차례가 돌아가지 못하게 하고는 송의 말이 맞지 않는다고 모욕을 주었다.

송은 솥에 붙은 고기를 집어먹고 자기 말이 들어맞았다고 대꾸했다. 영공이 송을 곱게 볼 리가 없었다. 결국 앙심을 품은 송은 선수를 쳐서 영공을 살해했다.

자라 죽 한 그릇 때문에 신하에게 살해된 영공은 참으로 어리석다? 정말? 그렇다면 창세기에서 팥죽 한 그릇에 장남의 상속권을 동생 야곱에게 넘겨준 에사오는 바보였나?

둘째 손가락(食指)이 움직인다(動)고 해서 별미 요리가 생긴다고 하면 세상에 먹을 것을 걱정할 사람이 하나도 없을 것이다. 손가락이란 열심히 들여다보면 좀이 쑤셔서라도 저절로 움직이게 마련 아닌가? 물론 둘째 손가락의 움직임은 먹을 것과 밀접한 관계가 있다. 남을 밀고하거나 모함해서 죽이려고 할 때 둘째 손가락으로 상대방을 가리키기 때문이다. 그러면 파멸하거나 처형당한 자의 재산, 상금, 또는 다른 지위 따위 즉 먹을 것이 둘째 손가락을 움직인 사람에게 돌아가는 것이다.

그런데 둘째 손가락은 묘한 습성이 있다. 남을 죽이려고 총의 방아쇠를 당기면 총알은 앞으로 나가지만 둘째 손가락 끝은 방아쇠를 당기는 자의 가슴을 향하고 있는 것이다. 남을 해치려고 둘째 손가락을 함부로 움직이다가는 자기 목숨마저 위험해지는 것이다.

아

阿堵物

아도물 | 이 물건 즉 돈

阿 아첨하다, 건성으로 대답하는 소리; 堵 담장; 物 물건
출처 : 세설신어 규잠편(世說新語 規箴篇)

> 돈의 노예가 진짜 노예다.
> Slaves of the rich are slaves indeed.(로마속담)
> 돈이 많으면 걱정도 많고 가난하면 안전하다.
> Riches breed care, poverty is safe.(서양속담)
> 돈은 많은 사람을 파멸시킨다.
> Money ruins many.(서양속담)

서진(西晉)의 귀족사회에서는 청담(淸談), 이른바 속세를 초월한 고상한 이론이라는 것이 유행이었고 그 대표자는 왕연(王衍, 250-311)이었다. 죽림칠현 가운데 하나인 왕융(王戎)의 사촌동생인 그는 국방장관 자리에 있으면서도 나라 일은 제대로 돌보지도 않은 채 후배들과 청담만 즐기고 지냈다.

후조(後趙)를 세운 석륵(石勒, 재위 274-333)이 흉노족의 대군을 이끌고 수도 낙양으로 쳐들어왔다. 진나라 군대의 총사령관이 된 왕연은 포로가 되어 목이 잘렸다.

그는 평소에 돈이라면 질색을 해서 돈이라는 말을 입 밖에 내지도 않았다. 그러나 돈이라면 사족을 못 쓰는 그의 아내가 그의 침대 주위를 돈으로 메우라고 하녀에게 지시했다.

잠에서 깬 그는 돈을 보자 "이 물건(아도)을 치워버려!"라고 소리쳤다. 그 후 "아도물"은 돈을 가리키는 말로 통하게 되었다.

무능한 왕연이 포로가 되어 목이 잘린 것은 당연하다. 그가 아무리 "아도물(돈)"을 더럽게 여겼다 해도 마누라가 뇌물 받기를 좋아했다면 똑같은 사람이다.

권력가의 아들이나 마누라가 뇌물을 받든, 그의 오른팔, 왼 팔 격인 심복부하가 받든 결국은 자신이 받은 것이나 다름 이 없다.

청담 즉 고상한 이론은 요즈음 이데올로기라는 것이 될 수 있다. 그런데 좌익이든 우익이든 이데올로기를 내세우는 자 들은 "아도물"을 과연 왕연처럼 싫어해서 "이 물건을 치워 버려!"라고 소리치고 있을까?

입으로는 자유, 민주, 정의, 평등, 복지 등등 귀에 솔깃한 소 리나 인기를 끌 수 있는 말이라면 뭐든지 떠들어대는 것이 그들이다.

그러나 그들 가운데 황금을 보기를 돌같이 하라는 최영 장 군의 말을 실천하는 사람은 가물에 콩 나기 식이다. 대부분 은 오히려 황금을 보기를 하느님같이 하고 있을 것이다.

그러한 사람들에게는 "아도물"이 바로 신이다. 그들은 맘몬 이라는 황금의 신을 숭배하는 우상숭배자들인 것이다.

雁書

안서 | 기러기의 편지 / 반가운 편지 / 편지

雁 기러기; 書 글, 글을 쓰다, 편지, 책
동의어 : 안찰 雁札; 안신 雁信; 안백 雁帛; 안례 雁禮
출처 : 한서 소무전(漢書 蘇武傳); 십팔사략(十八史略)

> 대답이 없는 것도 대답이다.
> No answer is also an answer.(서양속담)
> 무소식이 희소식.
> No news is good news.(서양속담)

기원전 100년 한나라 무제(武帝, 기원전 141-87) 때 소무(蘇武)가 포로교환 교섭을 위해 사절단을 이끌고 흉노족에게 갔다가 오히려 자신이 포로가 되고 말았다.

죽이겠다는 위협에 대부분이 항복했지만 그는 끝까지 굴복하지 않았다. 흉노족은 그를 북해 근처로 보내 양을 치게 했다. 19년이 지났다.

무제에 이어 소제(昭帝)가 즉위한 뒤 한나라와 흉노가 화해했다. 그때 한나라 사신이 소무를 돌려보내 달라고 요구하자 흉노족은 그가 이미 죽었다고 거짓말을 했다. 예전에 소무를 따라갔다가 거기 머물게 된 상혜(常惠)가 사신에게 사실을 알려주었다. 다음 날 사신이 흉노족에게 말했다.

"천자께서 상림원(上林苑)에서 사냥하다가 기러기를 잡았는데 그 발목에 헝겊이 매어 있었고 거기 소무 일행이 큰못 근처에 살고 있다고 적혀 있었습니다."

물론 사신의 말은 꾸며낸 이야기였다. 그러나 소무는 풀려났다.

공교육의 총체적 붕괴, 사설 학원들의 번창, 특정지역 아파트 값의 폭등…도대체 이런 게 다 뭔가? 하향식 평준화라는 괴물과 맞서서 과감하게 반기를 드는 남자들이 늘어간다.

그들은 외국학교들이 국내학교들보다 훨씬 교육을 잘 한다고 굳게 믿는다. 그래서 자식들을 외국에 조기유학 보내고 게다가 부인까지 딸려보낸 뒤 자기는 홀로 남아서 고군분투한다. 허리띠를 졸라맨 채 일하고 외로움과 싸우며 목돈을 모아서 송금한다. 그들을 기러기 아빠라고 한다.

그러면 "안서"란 무엇인가? 공해 때문에 기러기도 보기 힘들어진 오늘날, 우리 사회에서 말하는 "안서"란 바로 수많은 기러기 아빠들이 보내는 눈물 젖은 편지이다.

태평양을 건너 휴대전화의 전파를 타고 흘러가는 그들의 떨리는 목소리도 "안서"다. 흐느끼는 소리는 들리지 않지만 컴퓨터 화면에 또렷하게 찍히는 이메일 메시지도 역시 "안서"다.

도대체 누가 이러한 인간 기러기를 대량으로 생산해 냈던가? 남북한 사이에 천만 명이나 되는 이산가족도 모자라서, 우리 사회에 이러한 최신형 이산가족이 나온 것일까? 눈물 젖은 "안서"가 사라질 날은 언제인가?

安石不出

안석불출 | 안석이 나오지 않는다 / 참된 인재가 썩고 있다

安 편안하다; 石 돌; 不 아니다; 出 나오다
원어 : 안석불출 여창생하 安石不出 如蒼生何
출처 : 세설신어 배조편(世說新語 排調篇); 진서(晉書)

> 그 군주에 그 백성.
> Like prince, like people.(서양속담)
> 악당들이 명성을 얻어서 정직한 사람들이 바보로 취급된다.
> Knaves are in such repute that honest men are accounted fools.
> (서양속담)

동진(東晉) 중엽에 실권을 잡은 환온(桓溫)이 진나라를 뒤엎고 자신이 황제가 되겠다는 야망을 품고 있었다. 그래서 나라가 온통 어지러웠다. 그 때 사안(謝安, 安石, 320-385)은 나이 40이 될 때까지 속세를 등진 채 회계(會稽)의 동산(東山)에서 조용히 지냈다. 백성들은 학식과 명망이 높은 그가 나와서 세상을 구해주기를 갈망하면서 이렇게 말했다.

"안석이 나오지 않으면 백성들은 어떡하란 말인가?"

드디어 나라를 구할 결심을 하여 관리가 된 그는 환온의 세력을 꺾었다. 환온은 울화병으로 죽었다. 그 후 사안은 수상으로서 탁월한 재능을 발휘하여 진나라를 크게 발전시켰다.

지금 나라가 어지럽다고 하는 소리가 사방에서 들린다. 어지러워도 보통 어지러운 것이 아니다. 과거에 호되게 고생을 했으면서도 그 때 그 시절의 독재자들마저 그리워하는 사람들이 적지 않다. 위험 신호가 켜진 상태다.

나라가 어지러우면 충신이 나타나기를 국민들은 기대하는 법이다. 문제는 누가 사안석과 같은 인물인가 하는 데 있다. 자칭 사안석은 너무나도 많다. 그러나 대개는 무능하거나 간신들이다.

물론 사안석과 같은 인재가 없는 것은 아니다. 다만 그들은 현실이 너무 혼탁해서 나서지를 않는다. 그들을 어떻게 끌어낼 것인가?

인재를 제대로 알아볼 줄 알고 또한 쓸 줄도 아는 지도자가 있어야 그들이 나올 수 있다. "안석불출"이면 나라도 썩는다.

眼中之釘

안중지정 | 눈 속의 못

몹시 미워서 눈에 거슬리는 사람 / 자신을 해치는 사람

眼 눈; 中 가운데; 之 가다, ~의; 釘 못
동의어 : 안중정 眼中釘
출처 : 신오대사 조재례전(新五代史 趙在禮傳)

> 상처 속의 못.
> A nail in the wound.(키케로)
> 개가 물에 빠져죽을 때는 누구나 그에게 한 잔을 권한다.
> When a dog is drowning everyone offers him a drink.(서양속담)
> 신하들의 미움을 받는 자는 왕이라고 할 수 없다.
> He that is hated by his subjects cannot be counted a king.
> (스코틀랜드 속담)

　당나라 말기에 조재례(趙在禮)는 백성을 착취해서 엄청난 재산을 긁어
모으고는 그 돈을 뇌물로 바쳐서 후당(後唐), 후량(後梁), 후진(後晋) 등
세 왕조에 걸쳐서 지방장관을 지냈다. 탐관오리의 전형이었던 것이다.
송주(宋州)를 다스리던 그가 영흥(永興)으로 전임하게 되자 송주 백성들
이 몹시 기뻐했다.
　"그놈이 떠난다니 눈에 박힌 못이 빠지는 것 같다."
　그 말을 듣고 화가 난 그는 송주에서 일 년을 더 머물렀다. 그리고
못 빼는 돈(발정전 拔釘錢)이라는 명목으로 모든 백성에게 무거운 세금
을 부과했다. 일년 동안에 백만 관이 넘는 돈을 모았다. 자기 딸을 태자
비로 들여보내기도 했지만 후진이 멸망할 때 그는 스스로 목을 매어 죽
었다.

탐관오리의 전형인 조재례는 일종의 독재자다. 독재자들은 원래 백성의 눈에는 "안중지정"이다. 백성들의 눈을 찔러서 피눈물을 흘리게 만드는 가시인 것이다.

그런데 어떤 나라에서는 독재자를 신처럼 떠받들고 독재자의 사진을 자기 부모의 영정보다 더 소중하게 모시는 까닭은 무엇일까?

백성들의 눈에서 피눈물을 짜내는 것은 독재자뿐만이 아니다. 입으로는 민주주의를 외치지만 권력의 횡포나 부리고 게다가 무능하고 썩은 정치인들도 마찬가지다. 그래서 그들도 역시 백성들이 보기에는 "안중지정"인 것이다.

민주든 독재든 가리지 않고 정권이 아무리 바뀌어도 장관 등의 요직을 두루 거치면서 계속하는 사람들이 적지 않다.

여기저기서 거액을 뜯어다가 뇌물을 바치는 솜씨가 남보다 비상해서 그럴까? 과거 경력이나 평소에 하는 행동을 보면 틀림없이 뭔가 비결이 있기는 있는 모양이다.

백성들의 눈에는 "안중지정"인 그들이 권력자의 눈에는 애지중지해야 할 보물로 보일 것이다.

暗中摸索

암중모색 | 어둠 속에서 더듬어 찾는다 / 어림짐작으로 찾는다

暗 어둡다; 中 가운데; 摸 더듬다, 본뜨다; 索 찾다, 밧줄
준말 : 암색 暗索 / 동의어 : 암중모착 暗中摸捉 / 유사어 : 오리무중 五里霧中
출처 : 수당가화(隋唐佳話)

> 어둠 속에서 더듬는 자는 헛수고라는 것을 깨닫는다.
> He that gropes in the dark finds that he would not.(서양속담)
> 어둠 속에서 검은 돼지를 모는 것은 어리석다.
> It is ill to drive black hogs in the dark.(영국속담)

　　당나라 태종(太宗, 재위 626-649) 때 유명한 학자 18명 가운데 하나인 허경종(許敬宗)은 고종(高宗)이 황후를 왕씨에서 무씨(나중에 여자황제가 된 측천무후 則天武后)로 갈아치울 때 무씨를 지지했다. 그는 경솔하고 건망증이 매우 심했다. 그는 자신의 건망증을 비웃는 친구에게 이렇게 대꾸했다.

　　"무명인사는 일일이 기억하기 힘들다. 그러나 천하에 이름을 날린 문장의 대가를 만난다면 암중모색을 해서라도 알아볼 수 있다."

남녀가 만나면 사랑의 "암중모색"을 시작한다. 사랑이라는 어둠 속에서 서로의 진실을 찾고 싶어하기 때문이다. 참된 사랑을 찾는 일이 그리 쉬운 일이 아니다. 결혼한 지 몇 년도 안 되는 부부의 이혼율이 왜 30%나 될까? 나머지 70%는 참된 사랑을 찾았단 말인가?

고3이 되거나 재수생이 되면 대학 입시라는 관문을 뚫기 위한 "암중모색"이 시작된다. 금년의 출제 방향을 통해 내년의 출제 방향을 "암중모색"하는 괴로운 입시지옥을 통과해야 한다. 대학을 졸업하고도 취직이라는 관문을 통과하기 위한 "암중모색"이 다시 시작된다.

중소기업은 사업자금을 구하기 위한 "암중모색"에 들어가야 하고 이권이나 한 자리 청탁하러 간 사람과 권력실세가 만나면 서로 상대방의 속셈을 "암중모색"한다. 얼마야? 정말 봐 줄 거야? 너 정말 입이 무거워?

지구라고 하는 먼지 한 점보다 작은 별이 한없이 넓은 캄캄한 우주 속에서 "암중모색"을 하면서 어디론가 가고 있다. 그야말로 암흑세계의 "암중모색"이다. 그뿐인가? 이 세상에 살고 있는 우리 인간들도 긴 인생이라는 험난한 파도를 헤치면서 "암중모색"할 수밖에 없다.

殃及池魚

앙급지어 | 재앙이 연못의 물고기에게 미친다
이유 없이 화를 당한다 / 뜻밖에 화재를 당한다

殃 재앙; 及 미치다, 이르다; 池 연못; 魚 물고기
동의어 : 지어지앙 池魚之殃
출처 : 여씨춘추 필기편(呂氏春秋 必己篇)

> 비둘기를 쏘았는데 까마귀가 죽었다.
> He shot at the pigeon and killed the crow.(서양속담)
> 들판에 불이 붙으면 검댕이 마을에 날아온다.
> When fire burns in the fields, the smuts fly to the town.
> (나이지리아 속담)
> 이웃집에 불이 나면 네 집을 조심하라.
> When your neighbour's house does burn, be careful of your
> own.(로마격언)

춘추시대(기원전 770-403) 때 송나라의 사마환(司馬桓)이 매우 희귀한 구슬을 가지고 있었다. 그는 나라에 죄를 짓자 그 구슬을 품고 도망쳤다. 그런데 그 구슬이 탐이 난 왕이 사람들을 보내서 사마환이 구슬을 어디에 숨겼는지 알아오도록 했다.

그러자 사마환은 자기가 도망칠 때 그 구슬은 연못에 던져 넣었다고 자기를 찾아온 사람에게 말했다. 왕이 연못의 물을 모두 빼버리고라도 구슬을 찾아내라고 명령했다. 물론 구슬이 나올 리가 없었다. 연못에 살던 애꿎은 물고기들만 죽고 말았다.

한번은 성문에 불이 나자 가까이 있던 연못의 물을 모두 퍼내서 불을 끄는 바람에 물고기들이 죽어버렸다는 이야기도 있다.

조직폭력단이 범죄를 저질렀을 때 그 가운데 일부가 잡히면 나머지도 잡히는 것은 시간문제다. 도둑을 잡는 기관이 제 구실을 한다면 그렇다.

만일 수사 기관이 그들과 한 통속이라면 잡았던 폭력범들마저 어물어물 풀려날 것이다. 어쨌든 그들이 모두 잡힌다 해도 이것은 "앙급지어"가 아니다. 그들이 모두 잡혀서 처벌받는 것은 당연한 일이기 때문이다.

정치인들 가운데 많은 사람이 거액의 뇌물을 받고 선거 때 법정비용 이상으로 돈을 마구 뿌리는 나라가 있다고 하자. 그런데 정치 정화운동이 일어나 그런 정치인들 가운데 일부가 쇠고랑을 차거나 의원직을 박탈당했다면 이것도 "앙급지어"는 결코 아니다.

나머지가 처벌을 받든 안 받든 상관없이 일단 범법사실이 드러난 그들이 처벌받는 것은 당연하기 때문이다.

藥籠中物

약롱중물 | 약장 속에 든 약
항상 곁에 두어야 하는 필요한 인물이나 물건

藥 약; 籠 대나무그릇, 새장; 中 가운데; 物 물건
출처 : 당서 적인걸전(唐書 狄仁傑傳)

> 주머니에 든 것이라고 해서 모두 얻은 것은 아니다.
> All is not won that put in the purse.(서양속담)

당나라의 고종(高宗, 628-683)이 죽은 뒤 그의 황후 측천무후(則天武后)는 자기 아들인 중종과 예종을 폐위시키고 스스로 황제가 되었다. 그리고 나라 이름을 주(周, 690-705)로 고쳤다.

중국 역사상 유일한 여자 황제가 된 것이다. 그 때 수상 적인걸(狄仁傑, 630-700)은 바른말을 잘해서 측천무후의 신임이 두터웠는데 그의 밑에 많은 인재들이 모여들었다. 그 가운데 한 사람인 원행충(元行沖)이 적인걸에게 이렇게 말했다.

"대감 댁에는 맛있는 것(인재들)이 많습니다만 과식하시면 배탈이 나실 수도 있습니다. 저와 같은 쓴 약도 약장 속 한 구석에 넣어두십시오."

적인걸이 이렇게 대꾸했다.

"너는 내 약장 속의 물건이다. 하루도 없어서는 안 되는 것이다."

"약농중물"이라고 해서 모두 원행충 같은 인물이라고 생각해서는 안 된다. 병을 치료해주는 좋은 약 즉 입에 쓴 약도 물론 있겠지만 그것은 그리 흔하지 않다.

권력이라는 약장 속에 든 것은 오히려 대부분이 백해무익하거나 몸에 해로운 가짜 약이 아니면 목숨을 뺏는 독약이다. 어느 약이든 권력자가 하루도 곁에 없어서는 안 되는 약이라고 생각하면 바로 그것이 "약농중물"이 되기는 된다.

그러나 그 약 때문에 몸을 망치든 목숨을 잃든 그것은 권력자가 알아서 할 일이다. 권력자에게도 자유는 있다.

문제는 권력자가 약을 잘못 쓰면 자기 혼자만 다치는 것이 아니라 수많은 국민이 큰 고통에 빠진다는 것이다. 부잣집에 태어나기는 했지만 부모를 잘못 만나서 거지로 살아야 하는 아이들도 적지 않다. 이것은 남의 일이 아니다.

그러니까 부모가 집안을 망치고 있을 때는 그 부모를 집에서 내쫓던가, 그럴 힘이 없다면 자기가 멀리 달아나는 것이 현명하다.

良禽擇木

양금택목 | 현명한 새는 나무를 가려서 둥지를 튼다 / 현명한 사람은
자기 재능을 알아주는 인물을 가려서 섬긴다

良 좋다; 禽 새; 擇 가리다, 선택하다; 木 나무
동의어: 양금상목서 良禽相木棲
출처: 춘추좌씨전 애공 십일년조(春秋左氏傳 哀公 十一年條); 삼국지 촉지
(三國志 蜀志)

> 나비는 가시나무가 있는 시장에 모이지 않는다.
> Butterflies never attend the market in which there are thorns.
> (나이지리아 속담)
> 양은 양을 따라간다.
> One sheep follows another.(서양속담)

춘추시대 때 공자(孔子, 기원전 552-479)가 위(衛)나라에 갔는데 위
나라의 공문자(孔文子)가 대숙질(大叔疾)을 공격하려고 작정하고는 군사
동원에 관해서 공자의 의견을 물었다.

공자는 제사에 관해서는 알지만 전쟁에 관해서는 아는 바가 없다고
대답했다. 얼마 후 공자가 제자들에게 빨리 위나라를 떠나야겠다면서 이
렇게 말했다.

"현명한 새는 나무를 가려서 둥지를 튼다. 나무가 새를 선택하는 것은
아니다."

그 말을 전해들은 공문자가 사람을 보내 공자가 떠나가지 않도록 말
렸다. 그러나 공자는 얼마 후 그곳을 떠났다.

새는 현명한데 나무가 신통치 않을 때는 "양금택목"이고 자시고 할 것도 없다. 그런 경우에 새들은 모두 떼지어 숲을 떠나게 마련이다.

날개 달린 새들이 떠나가는 것을 나무는 잡아둘 수가 없다. 공자 말씀대로 나무가 새를 선택하는 것은 아니다.

선진국의 문턱에 서 있다고 하는 나라에서 수많은 사람들이 이민을 가거나 이민을 결심하고 있는 현상은 무엇을 말해주는가?

수많은 회사들이 문을 닫고 외국으로 공장을 옮기는 것은 또 무엇을 말해주고 있는가? 새들이 바보인가? 아니면, 나무가 새들을 쫓아버리고 있는가?

물론 현명한 새들은 떠나면서도 눈물을 뿌린다. 나무가 얼마 못 가서 말라죽을 것이기 때문이다.

그러면 일은 안 하고 나무 밑에서 단물만 빨아먹겠다고 아우성치던 불개미들은 어떻게 되는가? 굶어죽는 것은 시간문제다.

羊頭狗肉

양두구육 | 양의 머리를 밖에 걸어놓고 개고기를 판다
겉은 그럴듯하지만 속은 형편없다

羊 양; 頭 머리; 狗 개; 肉 고기
원어 : 현양두매구육 懸羊頭賣狗肉
동의어 : 현양두매마육 懸羊頭賣馬肉; 현우수매마육 懸牛首賣馬肉
유사어 : 양질호피 羊質虎皮; 현옥매석 懸玉賣石
출처 : 안자춘추(晏子春秋); 양자법언(揚子法言)

> 포도주라고 외치고 식초를 판다.
> To cry up wine, and sell vinegar.(서양속담)
> 늑대가 양가죽을 쓴 경우가 많다.
> Wolves are often hidden under sheep's clothing.(서양속담)
> 종교는 말보다 실천으로 거짓말을 더 한다.
> Religion lies more in walk than in talk.(서양속담)

춘추시대(기원전 770-403) 때 제(齊)나라 영공(靈公)은 자기 마음에 드는 궁중 여인에게 남자 옷을 입게 하고 즐기는 취미가 있었다. 그러자 민가의 여자들도 남자 옷을 입는 풍습이 크게 유행했다.

그래서 왕은 민가의 여자들이 남자 옷을 입지 못하게 금지시키라고 명령했지만 제대로 지켜지지 않았다. 그 까닭을 묻는 왕에게 수상 안영(晏嬰, 晏子)이 이렇게 대답했다.

"궁중 여인에게는 남자 옷을 입게 하시고 민가의 여자들에게는 그것을 금지하시는데 이것은 밖에 양의 머리를 걸어두고 개고기를 파는 것과 같습니다. 궁중에서 먼저 남자 옷을 금지하시면 밖에서도 감히 남자 옷을 입지 못할 것입니다."

그 후 제나라에서는 여자들이 남자 옷을 입지 않게 되었다.

사이비 종교의 교주들은 한결같이 지상에서 또는 저 세상에서 영원히 사는 길을 약속한다. 영생불멸을 약속해 주는 것이다. 그런 약속에는 돈이 전혀 들지 않는다.

목소리만 크면 된다. 그런데 신도들에게 돈을 요구한다. 전 재산을 바치라는 것이다. 그것도 모자라서 몸도 목숨도 바치게 한다. 말을 안 듣는다고 살해해서 암매장도 한다. 한두 명이 그렇게 죽은 것이 아니다.

이런 것은 "양두구육"보다 더 악독하다. "양두구육"은 그나마 개고기는 내준다. 그러나 사이비 종교는 아무 것도 안 줄 뿐만 아니라 모든 것을 뺏어가기 때문이다. 게다가 교주란 자들 가운데 단 한 명도 영생불멸한 자가 없었다. 앞으로도 영원히 없을 것이다.

노동자들의 천국, 모든 국민이 쌀밥에 고깃국을 먹는 지상 천국을 약속하는 자들도 역시 사이비 종교의 교주들과 조금도 다름이 없다.

그런데 그런 자들과 기념촬영을 하고 돌아와서 영웅이나 된 듯 행동하는 소위 지식인, 언론인, 종교인, 사업가들이 있다. 차라리 그들이 "양두구육" 식으로나 행동해서 최소한 개고기라도 팔았으면 좋겠다.

梁上君子

양상군자 | 대들보 위의 군자 즉 도둑 / 천장 위의 쥐

梁 대들보; 上 위; 君 임금; 子 아들
출처 : 후한서 진식전(後漢書 陳寔傳)

> 기회가 도둑을 만든다.
> Opportunity makes the thief.(영국속담)
> 달걀 도둑이 소 도둑 된다.
> He that steals an egg will steal an ox.(서양속담)
> 작은 도둑은 목매달고 큰 도둑은 놓아준다.
> Little thieves we hang, great ones we let go free.(독일속담)

후한(後漢, 25~220) 말기의 진식(陳寔)은 학식이 풍부하고 청렴하여 모든 사람에게 존경을 받는 인물이었다. 그가 태구현(太丘縣; 하남성에 위치함)을 다스릴 때 흉년이 든 적이 있었다.

그 무렵 밤에 그가 책을 읽고 있었는데 도둑이 들어와 대들보 위에 숨었다. 그는 모르는 척하고는 아들과 손자들을 불러모은 뒤에 훈계했다.

"사람은 스스로 노력해야만 한다. 악인도 처음부터 악한 것이 아니라 평소의 나쁜 버릇 때문에 그렇게 된 것이다. 저기 대들보 위에 있는 군자도 마찬가지다."

도둑이 대들보에서 뛰어내려와 엎드려 빌었다. 진식은 가난한 탓에 도둑이 되었지만 진심으로 반성하면 좋은 사람이 될 것이라고 타이른 뒤 그에게 비단 두 필을 주어서 돌려보냈다. 소문이 퍼지자 그가 다스리는 곳에는 도둑이 하나도 없게 되었다.

빅토르 위고의 소설 「레미제라블」에 나오는 주인공 장발장은 굶주린 아이를 위해 빵을 한 덩어리 훔쳤다. 그래서 전과자가 된 뒤 파란만장의 생애를 살아간다. 소설은 사회의 거울이다. 장발장과 같이 어쩔 수 없는 상황에서 도둑질을 한 사람들이 그 당시 현실에 적지 않았을 것이다. 오늘날에도 문자 그대로 입에 풀칠을 하기 위해 남을 속이거나 도둑질을 하는 사람이 적지 않을 것이다.

도둑은 무조건 감옥에 보내야 한다고 주장한다면 그것은 형식에만 너무 치우친 억지가 아닐까? 도둑질을 묵인할 수는 없다. 그러나 법에도 눈물은 있다. 눈물이 있어야만 법도 법이 된다. 사람을 위해 법이 있지, 법을 위해 사람이 있는 것은 아니기 때문이다.

그러나 현실은 매우 이상하게 돌아가고 있다. 돈(또는 백)이 있으면 체포되지도 않고 무죄도 된다는 "유전무죄"란 도깨비 방망인가? 그와 반대로 돈이 없으면 무조건 쇠고랑 차고 유죄가 된다는 "무전유죄"란 아닌 밤중에 홍두깨인가?

대들보 위에 올라앉은 현대판 "양상군자"란 거액의 세금을 내지 않거나 공적 자금이든 은행 돈이든 사회 전체를 위한 엄청난 액수의 돈을 날려버리는 자들이 아닌가?

권력이나 연줄의 지원이 없이는 그런 일이 불가능하다는 것은 어린애들도 안다. 곳간의 쥐보다 못한 그런 범법자들이 쇠고랑을 차기는커녕 버젓이 큰소리를 계속 치는데도 법 앞에 만인이 평등할 수 있을까?

良藥苦口

양약고구 | 좋은 약은 입에 쓰다
바른말은 귀에 거슬리지만 유익한 것이다

良 좋다; 藥 약; 苦 쓰다; 口 입
출처 : 사기 유후세가(史記 留侯世家); 공자가어 육본편(孔子家語 六本篇);
설원 정간편(說苑 正諫篇)

> 달콤한 약은 약이 아니다.
> Medicine that is sweet is not medicine.(나이지리아 속담)
> 입에 달다고 해서 배에 이로운 것은 아니다.
> It is not always good in the maw that is sweet in the mouth.
> (서양속담)
> 친구가 눈살을 찌푸리는 것이 바보의 웃음보다 더 낫다.
> A friend 's frown is better than a fool's smile.(서양속담)

진(秦)나라의 시황제가 죽자 기원전 209년에 유방(劉邦, 漢高祖)과 항
우(項羽)가 군사를 일으켰다. 3년 뒤에 수도 함양(咸陽)에 먼저 들어간
유방은 아방궁에서 편안하게 즐기려고 했다.

그러자 장군 번쾌(樊噲)가 천하가 아직 통일되지 않았으니 다른 곳으
로 물러가 진을 치라고 충고했다. 유방이 그 말을 받아들이지 않자 이번
에는 군사전략가 장량(張良)이 이렇게 말했다.

"화려한 아방궁에 눈이 멀어서 진나라의 폭정을 본받으려 한다면 그
것은 하나라의 걸왕이나 은나라의 주왕과 똑같은 짓을 하는 것입니다.
충언은 귀에 거슬리지만 행동에 유익하고, 좋은 약은 입에 쓰지만 병을
고쳐줍니다. 번쾌의 충언을 따르셔야 합니다."

유방이 크게 깨닫고 왕궁에서 물러나 함양 근처인 패상(覇上)에 진을
쳤다.

마약중독은 참으로 무섭다. 가족들이 눈물로 호소해도 가장 절친한 친구가 충고해도 아무 소용이 없다. 그런 중독자에 게 가장 입에 쓴 약은 알거지 신세 또는 죽음이다.

마약보다 더 무서운 것은 돈에 대한 탐욕이다. 영국은 인도 에서 아편을 재배해 대량으로 청나라에 팔았다. 차를 영국 에 팔아서 돈을 벌던 청나라가 거지가 될 판이다.

그래서 아편전쟁이 터졌다. 그런데 영국의 군함과 대포 앞 에 청나라가 무릎을 꿇고 엄청난 배상금을 물었다. 이런 것 을 적반하장이라고 한다.

돈보다 더 무서운 것이 바로 권력, 특히 절대권력이다. 권력 에 맛을 들이면 눈에 보이는 것이 없다. 사람이 야수보다 더 잔인한 야수가 된다.

그래서 로마황제가 즉위할 때는 왕궁행정장관이 마차를 같 이 타고 가면서 황제의 귀에다 대고 같은 말을 세 번 속삭여 주는 관례가 있었다.

"너는 신이 아니라 인간이다!"

언젠가는 죽을 몸이다. 그 다음에는 신들의 심판을 받아야 한다. 그러니까 법을 무시하고 제멋대로 날뛰는 폭군이 되 지 말라는 충고였다.

"양약고구"처럼 그 말을 황제가 기꺼이 들을 리가 없었다. 초대황제 아우구스투스가 죽은 뒤 얼마 지나지 않아 로마제 국을 피로 물들인 폭군들이 줄줄이 나왔다. 로마는 게르만 민족이 쳐들어오기 이전에 그 때 이미 망한 것이다.

量出制入

양출제입 | 나가는 것을 헤아려서 들어오는 것을 조절한다
지출 규모를 먼저 정하고 세금을 조절한다

量 헤아리다; 出 나가다; 制 지배하다, 만들다; 入 들어가다
원어 : 양출이제입 量出以制入
출처 : 후당서 양염전(後唐書 楊炎傳)

> 필요 이상으로 많이 지출하는 자는 자기가 원할 때 쓸 돈이 없다.
> Who spends more than he should, shall not have to spent
> when he would.(영국속담)
> 옷감에 맞추어서 옷을 재단하라.
> Cut your coat according to your cloth.(화란속담)
> 빵에 맞추어서 국을 준비하라.
> To make your soup according to your bread.(프랑스 속담)

당(唐)나라는 현종 때 일어난 안록산의 반란(755-763) 이후 나라가
기울고 국가재정은 말이 아니었으며 백성들은 무거운 세금에 허덕였다.
덕종(德宗, 재위 779-805) 때 수상 양염(楊炎)이 세금제도를 과감하게
개혁했다.

그 기본원칙은 나라의 비용은 필요한 지출을 먼저 결정한 다음에 세
금을 걷어들이는데, 나가는 것을 헤아려서 들어오는 것을 조절한다는 것
이었다. 이 원칙은 명나라 중엽까지 적용되었다.

나라의 경제가 잘 돌아가야 세금이라는 것도 많이 걷힌다. 경제는 자꾸만 가라앉는데 세금만 올린다면 그런 정부는 있으나마나가 아니라 국민들의 피눈물을 짜내는 눈 속의 가시다. 밑 빠진 독에 물 붓기 식으로 부패한 관리나 업자들 입으로 국고가 마구 새어나가는데도 예산만 자꾸 늘여서 세금을 무겁게 부과하는 것도 역시 어리석은 정도가 아니라 대단히 악질적이고 해로운 짓이다.

"양출제입"이란 너무나도 당연한 것이다. 그러나 너무나도 당연한 원칙이기 때문에 오히려 제대로 지켜지지 않는 것이 현실이다. 그것은 지도자들이 역사에 한 건 올리려는 야망 또는 대중의 비위를 맞춰서 인기를 얻으려는 비열한 계산 등이 그 원인이다.

IMF 사태가 닥치는 줄도 모른 채 일제청산을 외치면서 수백 억을 들여 중앙청 건물을 없앴다. 남산의 미관을 살린다면서 역시 수백 억을 들여 거대한 아파트 건물을 폭파했다. 경기침체에 실업자 증가 추세도 무시한 채 매년 수천 억을 들여 금강산 유람을 시킨다. 정상회담 깜짝 쇼 때 북쪽에 바친 돈은 과연 정확하게 얼마인가? "양출제입"이 제대로 되고 있는 것인가?

楊布之狗

양포지구 | 양포의 개
겉이 달라졌다고 해서 속도 달라진 것으로 생각하는 사람

楊 버드나무; 布 베, 널리 알리다; 之 가다, ~의; 狗 개
출처 : 한비자 설림 하(韓非子 說林 下)

어리석은 개는 돌을 던지는 손보다 돌에게 더 화를 낸다.
Silly dogs are more angry with the stone than with the hand
that flung it.(서양속담)
스스로 더럽히는 자는 돼지에게 짓밟힌다.
He that makes himself dirt the swine will tread on him.
(이탈리아 속담)
돼지 먹이통에 들어간 자는 돼지에게 먹힌다.
Who mixes himself with the draff will be eaten by the swine.
(덴마크 속담)

전국시대(403-221) 때 양주(楊朱)의 동생 양포(楊布)가 아침에 집을 나설 때 흰옷을 입었는데 돌아올 때는 비가 와서 검은 옷으로 갈아입고 왔다. 그러자 그 집의 개가 주인을 못 알아보고 다른 사람인 줄 알고 마구 짖었다. 양포가 지팡이로 개를 때리려고 하자 형이 말렸다.

"개에게는 아무 잘못도 없다. 흰 개가 나갔다가 털이 까맣게 되어서 돌아온다면 너도 그 개를 알아보지 못할 것이다."

겉모양만 보고 주인인가 아닌가를 가리는 "양포지구"는 원래 지능지수가 형편없는 개니까 그렇다고 치자. 그러나 재산, 학벌, 미모로 사람을 평가하는 것은 도대체 개보다 나은 점이 뭔가?

요즘은 인격을 브랜드나 겉치레를 보고 결정하는 경우가 많아졌다. 그래서 부자들은 남들의 존대를 받기 위해서 고급 브랜드와 값비싼 액세서리를 하고 고급 승용차를 탄다.

갑부가 소형차 타고 나타나면 도어맨들의 천대를 받는다. 그러나 겉모양이 달라졌다고 해서 인격까지 달라지지 않는다. 춘향의 모친은 거지차림의 암행어사가 되어 돌아온 이 도령을 "양포지구"로 여겼다.

성형미인이 되었다고 인격이 "양포지구"가 된 것은 아니다. 사납던 개가 꼬리를 갑자기 내리는 것은 공격기회를 노리는 것이지 "양포지구"가 아니다.

養虎遺患

양호유환 | 호랑이를 길러서 걱정거리를 남긴다
남의 사정을 봐주다가 나중에 자기가 큰 화를 당한다

養 기르다; 虎 호랑이; 遺 남기다; 患 재앙
동의어 : 양호자유환야 養虎者遺患也; 양호후환 養虎後患
출처 : 사기 항우본기(史記 項羽本紀)

> 호랑이와 친하게 지내지 마라.
> Shun the companionship of the tiger.(로마속담)
> 도둑을 교수대에서 구해주면 그는 네 목을 자를 것이다.
> Save a thief from the gallows and he'll cut your throat.(영국속담)
> 까마귀를 길러라, 그러면 네 눈을 쪼아먹을 것이다.
> Foster a raven and it will pluck out your eyes.(서양속담)

　　진(秦, 기원전 221-207)나라가 망하고 유방(劉邦)과 항우(項羽)가 오랫동안 패권을 다투다가 휴전을 하게 되었다. 그 때 항우는 전략가 범증(范增)이 곁을 떠나고 유방에게 계속해서 밀리고 있었다. 유방의 전략가인 장량(張良)과 진평(陳平)이 이렇게 충고했다.

　　"항우의 군사는 지쳤고 식량마저 떨어졌습니다. 이 때가 항우를 없앨 가장 좋은 기회입니다. 지금 공격하지 않으면 호랑이를 길러서 걱정거리를 남기는 셈입니다."

　　그래서 유방이 항우를 추격했다. 항우는 결정적으로 패배하고 자결했다.

미국의 유명한 여배우가 한국의 고아소녀를 양녀로 데려다 가 키웠다. 소녀가 자라서 처녀가 되자 여배우는 유명한 배우이자 영화감독인 남편을 그 양녀에게 빼앗겼다. "양호유환"이다. 미국 교회의 성직자가 청소년을 성추행했다. 그 사실을 알고도 교구장이 쉬쉬하며 덮어버린 후 그 성직자를 다른 교회로 보냈다. 그는 계속해서 성추행을 했다. 피해자가 늘었다.

처음 그런 일이 있을 때 단호하게 그를 교회에서 추방했어야 마땅하다. "양호유환"도 분수가 있다. 물론 그는 감옥에 갔지만, 교회는 소송을 당해서 천문학적 숫자의 어마어마한 위자료를 물어야만 했다. 그 돈은 신자들이 평소에 헌금으로 바친 것이다.

부정부패에 찌든 자인 줄 뻔히 알면서도 그런 자를 선거 때마다 당선시켜주는 유권자들도 역시 "양호유환"의 명수들이다. 나라 돈이든 기업가들의 돈이든 마음대로 뜯어내라고 승인해주는 일이다.

그런 자에게서 국물을 얻어먹을 속셈이 있었다면 그야말로 한통속이다. 꽤 많은 선거구에 이런 썩은 유권자들이 있다. 후진국이란 이런 유권자들이 많은 나라를 의미한다.

그래서 후진국에는 호랑이가 상당히 많은 것이다. 그러나 우리 나라는 순수한 국산 호랑이가 전멸한 곳이라고 하니 틀림없이 선진국이다.

507

漁父之利

어부지리 | 어부의 이익 / 둘이 싸울 때 제3자가 이익을 거둔다

漁 고기를 잡다; 父 아버지; 之 가다, ~의; 利 이익
동의어 : 방휼지쟁 蚌鷸之爭; 견토지쟁 犬兎之爭; 전부지공 田父之功; 좌수
어인지공 坐收漁人之功 / 출처 : 전국책 연책(戰國策 燕策)

> 씨 뿌리는 사람 따로, 거두는 사람 따로.
> Some do sowing, others the reaping.(로마속담)
> 개 두 마리가 뼈다귀를 가지고 싸울 때 세 번째 개가 낚아챈다.
> Two dogs strive for a bone, and a third runs away with it.
> (영국속담)
> 한 사람이 숲을 휘저으면 다른 사람이 새를 잡는다.
> One beats the bush and another catches the bird.(영국속담)

전국시대(기원전 403-221) 때 연(燕)나라에 흉년이 들자 서쪽의 조
(趙)나라가 연나라를 쳐들어갈 기세였다. 연나라의 소왕(昭王)은 소대(蘇
代)를 조나라에 보냈다. 소대가 조나라 혜문왕(惠文王)에게 한 가지 비유
를 들었다.

연나라와 조나라 사이를 흐르는 역수(易水) 강가에서 조개가 입을 벌
리고 있는데 도요새가 부리로 그 살을 쪼았다.

조개가 입을 다물자 새의 부리가 물리고 말았다. 둘이 조금도 양보하
지 않고 버티었다. 때마침 지나가던 어부가 조개와 도요새를 모두 자기
망태기에 집어넣었다. 이것이 어부의 횡재 즉 "어부지리"인 것이다.

연나라는 조개이고 조나라는 도요새와 같다. 둘이 싸우다가 지치면
가까운 진(秦)나라가 어부가 되어 이익을 거둘 것이다. 말을 알아들은 혜
문왕이 연나라에 대한 침략을 포기했다.

대통령선거 때 여당과 야당이 각각 단일 후보를 낸다면 여당이 당연히 이기는 상황이다. 그 때 여당의 가장 강력한 경쟁자 둘 가운데 하나가 후보 지명대회에서 진 다음 탈당해서 야당과 손을 잡는다. 그 결과 야당 후보가 거뜬히 당선이 된다. 야당 후보는 손도 안 대고 "어부지리"를 얻는다.

물론 간에 붙었다 쓸개에 붙었다 하는 기회주의자는 이용만 당한 뒤 토사구팽을 당하게 마련이다. 약은 체하다가 제 꾀에 넘어가는 여우에 불과하다. 요즈음에도 그런 바보가 있다.

개코 자동차, 말코 자동차라는 같은 업종의 두 회사가 죽기 살기 식으로 경쟁을 한다. 임금 인상 "투쟁"의 계절이 온다. 개코의 노조가 먼저 들고일어나 경영진과 맞붙어서 너는 죽고 나는 살자는 식으로 싸운다.

말코 노조는 팔짱을 끼고 구경만 한다. 드디어 개코 자동차가 부도를 내고 망하면 말코 쪽이 그 회사를 합병해 버린다. 그리고 자기 회사 직원들의 임금을 크게 올린다.

말코는 경영진도 노조도 호박이 넝쿨째 굴러 들어오는 "어부지리"를 얻는다. 회사가 망하면 노조고 뭐고 없이 모조리 실업자다. 이런 일은 한 나라 안에서뿐만이 아니라 국경을 초월해서 언제나, 어디서나 벌어진다.

509

掩耳盜鈴

엄이도령 | 귀를 가리고 방울을 훔친다
자기 죄를 인정하려 들지 않는다
죄를 교묘히 숨기려 해야 소용이 없다

掩 가리다, 숨기다; 耳 귀; 盜 훔치다; 鈴 방울
원어 : 엄이도종 掩耳盜鐘 / 동의어 : 엄이투령 掩耳偸鈴
출처 : 여씨춘추 불구론 자지편(呂氏春秋 不苟論 自知篇)

고양이는 크림을 훔칠 때 눈을 감는다.
The cat shuts its eyes when stealing the cream.(서양속담)
그물 안에서 춤추면서 너는 아무도 너를 보지 않는다고 생각한다.
You dance in a net and think nobody sees you.(영국속담)
들으려고 하지 않는 자가 가장 지독한 귀머거리다.
None so deaf as those that will not hear.(서양속담)
보려고 하지 않는 자가 가장 지독한 소경이다.
None so blind as those that will not see.(서양속담)
눈 가리고 아웅.(한국속담)

기원전 457년에 진(晉)나라의 권력가 여섯 가운데 범씨(范氏)와 중행씨(中行氏)가 다른 네 명에게 타도되었다.

범씨가 망하자 도둑이 그 집에 들어가 종을 훔치려고 했다. 그런데 종이 너무 커서 혼자 지고 갈 수 없었다. 그는 망치로 종을 깨뜨려서 쇳조각을 가져가려고 했다. 망치로 종을 때리자 요란한 소리가 났다.

도둑은 남이 그 소리를 듣고 자기가 도둑인 줄 알까 봐 얼른 자기 귀를 손으로 가렸다. 자기는 도둑이 아니라는 제스처였다.

이것은 임금이 바른말을 하는 신하를 소중하게 여겨야 한다는 뜻으로든 비유다.

정치 지도자들이 언론의 비판이나 참모들의 충고를 아예 무시한다면 그처럼 심한 "엄이도령"도 없다.

또 그가 자기와 뜻이 맞지 않는 사람들 즉 바른 소리를 할 만한 인재들을 배척하고 추방한다면 그것도 도둑이 제 귀를 가리는 "엄이도령"과 다름이 없다.

게다가 주변에 있는 고위층 등이 거액의 뇌물을 받아서 구속되었는데 나라 일이 다 잘 되어 간다고 한다면 그런 지도자는 "엄이도령" 정도가 아니다.

예나 지금이나 똑같다. 범씨와 중행씨의 집에 들어간 도둑은 종소리에 자기 귀를 막을 만큼 바보 같은 도둑이다. 지금도 권력층에서는 부정부패를 저질러 놓고 자기 귀를 가리는 인사들이 한둘이 아니다. 특히 우리 나라에서는 "엄이도령" 하는 정치 고위층이 한둘이 아니다.

귀를 가리고 방울을 훔친다고 해서 양심이 가려지는 것은 아니다. 이 세상에서 아무리 숨기려야 숨길 수 없는 것이 양심과 거울이다. 내가 알고 네가 알고 하늘이 안다면 이미 "엄이도령" 해봐야 소용이 없다.

餘桃之罪

여도지죄 | 먹다 남은 복숭아를 먹인 죄
잘했다고 보이던 것도 사랑이 식으면 죄로 보인다

餘 남다; 桃 복숭아; 之 가다, ~의; 罪 죄
동의어 : 여도담군 餘桃啗君
출처 : 한비자 설잡편(韓非子 說雜篇)

사랑이 식으면 우리 허물이 보인다.
When love cools, our faults are seen.(스코틀랜드 속담)
총애를 가장 많이 받는 자는 파멸할 위험이 가장 크다.
The greatest favorites are in the most danger of falling.(서양속담)
총애란 목숨처럼 반드시 사라진다.
Favour will as surely perish as life.(서양속담)
높은 데서 떨어지면 위험이 더 크다.
A fall from a height is the more dangerous.(로마속담)

전국시대 때 위(衛)나라의 잘 생긴 소년 미자하(彌子瑕)는 왕의 총애를 듬뿍 받고 있었다. 그는 어머니가 병이 들었다는 말을 밤에 듣자 왕의 허락도 없이 왕의 수레를 타고 가서 문병을 했다.

왕은 발뒤꿈치를 자르는 형벌을 내리기는커녕 오히려 그가 효성이 지극하다고 칭찬했다. 왕과 미자하가 과수원에서 놀 때 맛있는 복숭아를 따서 미자하가 먹다가 그것을 왕에게 바쳤다. 왕은 그가 자기를 극진히 사랑한다고 칭찬했다.

미자하도 나이가 들어 왕의 총애를 잃게 되었다. 그가 죄를 짓자 왕은 그가 예전에 자기 허락도 없이 왕의 수레를 탔고 먹던 복숭아를 자기에게 주어 먹게 했다면서 죄를 물었다. 전에는 칭찬 받던 일이 나중에는 죄가 된 것이다.

512

갈대와 같이 항상 변하는 것이 여자의 마음이라는 노래가 있다. 그러나 여자만 마음이 변하는 것은 아니다. 사람 나름 이기는 하지만 남자도 역시 마음이 쉽게 변한다. 신의를 저 버리고 툭하면 배신하는 남자들이 얼마나 많은가! 어제의 동지가 오늘은 적이 되는 경우도 많다.

그러면 과거에 자기에게 잘 해준 일도 하나같이 자기를 해 치기 위해서 일부러 그렇게 한 것으로 보인다.

실권자가 베풀어주는 총애 란 오래 가기가 어려운 법 이다. 특히 권력을 잡은 사 람들은 남을 의심하기가 쉽기 때문에 자기를 떠받 드는 사람들에게 "여도지 죄"를 묻는 경우가 적지 않다.

절대권력을 휘두르는 왕 이나 독재자의 측근에서 한 때 부귀영화를 누리며 세도를 부리던 고위층 가운데 하 루아침에 몰락하여 비참한 최후를 맞이한 경우가 역사에는 매우 흔하다.

逆鱗

역린 | 용의 턱 밑에 거슬러서 난 비늘 / 군주의 노여움

逆 거스르다; 鱗 비늘
출처 : 한비자 세난편(韓非子 說難篇)

> 용의 목덜미는 두려워해야 한다.
> The dragon's crest is to be feared.(로마속담)
> 군주의 노여움은 언제나 엄하다.
> The wrath of kings is always heavy.(세네카)
> 왕의 거위를 먹은 자는 거위 털로 목구멍이 막힐 것이다.
> He that eats the king's goose shall be choked with the feathers.
> (서양속담)
> 사자의 성을 돋우려 하지 마라.
> Do not attempt to provoke lions.(로마속담)

전국시대 때 한비자(韓非子)는 말을 해서 상대방을 설득시키는 것이 얼마나 어려운 일인지 여러 가지 예를 들어 설명했다. 그리고 이렇게 결론을 맺었다.

"용이란 친해지기만 하면 올라탈 수도 있다. 그러나 그 턱 밑에 직경이 한 자가량 되는 역린 즉 거슬러 난 비늘이 있는데 그것을 건드리는 사람은 용이 반드시 죽인다. 군주에게도 역린이 있다. 그것을 건드리지만 않는다면 설득하려는 사람이 목적을 달성할 수 있을 것이다."

그래서 "역린을 건드린다"거나 "역린에 부산 친다"고 하면 군주의 노여움을 산다는 뜻이다.

군주들이란 짧으면 몇 달, 길어봤자 수십 년 왕 노릇을 하다가 죽는 인간에 불과하다. 천수를 누린 경우보다는 비명에 간 경우가 몇 배나 더 많다. 그러니까 그들은 자기 이외에는 아무도 믿지 않고, 성을 잘 내는 버릇이 있다.

게다가 몇몇 극히 예외적인 경우를 제외한다면, 온 백성이 굶어죽어도, 적의 포로가 되어 노예로 팔려가도 자기 목숨만 유지하면 안심하는 그런 저열한 족속이다.

그런 주제에 신하와 백성들의 목숨을 파리 목숨으로 취급하기가 일쑤다. 귀에 거슬리는 말을 한 마디 했다고 충신에게 사약을 내린다. 한 때 사랑하던 후궁들도 보기 싫어지면 멀리 쫓아버린다. 그 근처에서 얼쩡거리다가는 원칙도 제 정신도 없는 그의 "역린"을 거슬렸다가 목을 잃는다.

물론 몸은 죽이지만 영혼은 죽일 수 없는 그런 자들을 두려워하지 말라고 예수가 말씀했다. 그런데 민주주의 국가에서 장관들이 대통령 앞에서 바른말 하나 못하면 군왕을 섬기는 것이나 다름없다.

緣木求魚

연목구어 | 나무에 올라가 물고기를 구한다 / 불가능한 일을 하려고 한다
목적을 이루려는 방법이 틀렸다 / 헛수고를 한다

緣 인연, 유래하다; 木 나무; 求 구하다; 魚 물고기
유사어 : 상산구어 上山求魚; 지천사어 指天射魚
출처 : 맹자 양혜왕편(孟子 梁惠王篇)

허공에서 낚시질하고 바다에서 사냥한다.
To fish in the air, to hunt in the sea.(로마속담)
바다에서 마실 물을 구한다.
He seeks water in the sea.(로마속담)
당나귀에게서 양털을 구한다.
You seek wool from an ass.(그리스 속담)
입을 벌리고 그 속에 새가 떨어지기를 기다린다.
You may gape long enough before a bird fall into your mouth.
(영국속담)

전국시대 때인 기원전 318년에 50세가 넘은 맹자가 제(齊)나라의 선왕(宣王, 재위 기원전 319-301)에게 갔다. 왕이 제환공(齊桓公)과 진문공(晉文公)의 패도정치에 관해서 의견을 물었다. 맹자는 이렇게 말했다.

왕은 천하를 통일하고 오랑캐들을 복종시키려는 대망을 품고 있다. 그러나 무력으로 그 대망을 이루려고 하는 것은 나무에 올라가 물고기를 구하는 것과 같다. "연목구어"를 해도 그 뒤에 재앙을 당하는 일이 없지만 패자가 되려고 하다가 실패하면 나라가 멸망하게 된다.

맹자는 백성들이 편안하게 살게 만드는 일부터 힘쓰라고 충고했다. 왕이 진지하게 그의 말에 귀를 기울였다.

의사도 아닌 돌팔이에게 정형, 성형 수술을 받는 여자가 미인이 된다는 것은 "연목구어" 정도가 아니라 자기 얼굴을 영영 망치고 마는 바보짓이다. 부작용으로 자살하는 여자마저 있으니 참으로 한심한 세상이다.

치명적인 중병에 걸린 환자가 가짜 약을 먹으면서 병이 낫기를 바라는 것도 "연목구어"는 커녕 자살이나 다름없다. 그런 가짜 약을 만들어 파는 사람은 사기범이 아니라 살인자나 마찬가지다. 그런데 가짜 약으로 돈을 벌겠다는 사람들의 욕심이 "연목구어"에 그치지 않고 성공하는 경우도 없지는 않으니까 미칠 노릇이다. 속는 사람들만 불쌍하다.

사회를 개혁하겠다고 팔 걷어붙이고 나선 정치 지도자들이 무엇을 어떻게 개혁해야 할지도 모른다. 어디가 얼마나 썩은지도 모른다. 말하자면 돌팔이 의사와 같다. 이런 경우야말로 개혁이란 "연목구어"이다. 게다가 그들이 슬금슬금 부패하기 시작한다면 개혁은 이미 물 건너간 뒤이다.

하기야 생조기를 나뭇가지에 걸어놓고 말릴 때라면 당연히 "연목구어"를 해야 마른 조기를 얻을 수 있겠지만. 물새가 물고기를 잡아다가 나무 꼭대기의 자기 둥지에 넣어두었을 때도 역시 "연목구어"는 헛수고가 아닐 것이다.

燕雀安知 鴻鵠之志

연작안지 홍곡지지 |

제비나 참새가 어찌 큰기러기나 백조의 뜻을 알겠는가
평범한 사람들이 영웅 호걸의 포부를 어찌 알겠는가

燕 제비; 雀 참새; 安 편안하다, 어찌; 知 알다
鴻 큰기러기, 크다; 鵠 백조, 정곡; 之 가다, ~의; 志 뜻
동의어 : 연작부지 홍곡지지 燕雀不知 鴻鵠之志
출처 : 사기 진섭세가(史記 陳涉世家)

제우스신에게 합법적인 것이 소에게 합법적인 것은 아니다.
What is lawful to Jupiter is not lawful to the ox.(로마속담)
난쟁이는 산꼭대기에 서 있어도 작고 거인은 우물 속에 있어도 키가 크다.
A dwarf is small if he stands on a mountain; a colossus keeps
his height, even if he stands in a well.(세네카)
졸장부는 결코 신사가 되지 못한다.
Jack will never make a gentleman.(영국속담)

진(秦)나라 말기에 진승(陳勝, 涉)은 젊었을 때 남의 집 머슴으로 일했
다. 어느 날 그는 "우리가 훗날 부귀영화를 누리게 되면 오늘의 이 인연
을 잊지 맙시다."라고 주인에게 말했다. 주인이 코웃음을 치자 그는 한
숨을 내쉬면서 한마디 던졌다.

"제비나 참새가 큰기러기나 백조의 뜻을 어찌 알겠는가?"

기원전 210년 시황제가 죽자 진승과 오광(吳廣)이 농민을 이끌고 대
택향(大澤鄉)에서 반란을 일으켰다. 이것이 농민일규(農民一揆)다.

진승은 한 때 초왕(楚王)으로 자처했고 "군주와 제후, 장수와 대신이
어찌 그 씨가 따로 있겠는가(왕후장상 영유종호 王侯將相 寧有種乎)?"라
는 말도 남겼다.

개미가 하루살이와 헤어질 때 내일 또 만나자고 말하니까 하루살이가 "내일이 뭔데?"라고 물었다. 제비가 매미와 헤어질 때 내년에 다시 만나자고 하니까 매미가 "내년이 뭔데?"라고 물었다. 하루살이에게는 내일이, 매미에게는 내년이란 없기 때문이다.

위대한 철학자나 종교가들이 깨달음의 경지에 이르렀을 때 평범한 속인들은 그것이 무엇인지 전혀 알 수가 없다. 우주의 원리, 상대성 이론, 시간과 공간이 휘어진다는 이론 등도 마찬가지일 것이다.

순교자들의 목을 베고 불에 태워 죽이는 권력도 그들이 왜 하나밖에 없는 목숨을 그렇게 버리는지 죽었다 깨어나도 이해할 수 없을 것이다.

우주의 힘을 받아서 초능력을 구사한다는 사람들에 대해서도 평범한 속인들은 이해할 수가 없다. 아무 것도 없는 데서 우주 만물이 자연적으로 생겼다는 자연발생설도 도무지 알아들을 수가 없다.

인생은 허무하고 모든 것이 허무라고 가르치는 교회와 절이 왜 그토록 크고 화려한지도 도무지 모르겠다. 어느 쪽이 "연작"이고 어느 쪽이 "홍곡"인지 누가 알겠는가?

曳尾塗中

예미도중 | 꼬리를 진흙 속에서 끌고 다닌다 / 부귀로 부자유해지는
것보다 가난해도 자유롭게 사는 것이 낫다

曳 끌다; 尾 꼬리; 塗 진흙; 中 가운데
출처 : 장자 추수편, 열어구편(莊子 秋水篇, 列禦寇篇)

죽은 박사보다 산 당나귀가 더 낫다.
A living ass is better than a dead doctor.(서양속담)
자유로울 때 콩이 감옥의 편안함보다 낫다.
A bean in liberty is better than a comfort in prison.(서양속담)
돈을 받으면 자유를 잃는다.
Money taken, freedom forsaken.(독일속담)

　　장자(莊子)가 복수(濮水)에서 낚시질을 하고 있는데 초나라 왕이 두
대신을 보내서 초나라의 정치를 그에게 맡기고 싶다는 뜻을 전하게 했
다. 장자가 그들을 돌아다보지도 않은 채 이렇게 말했다.

　　"초나라 왕은 3천년을 살다가 죽은 거북 신귀(神龜)를 비단 상자에 보
관하고 있다. 그 거북은 죽어서 그런 꼴이 되기를 바랐겠는가? 아니면,
살아서 진흙 속에서 꼬리를 끌고 다니기를 원했겠는가? 나도 진흙 속에
서 꼬리를 끌고 다니고 싶으니 쓸데없는 소리 그만 하고 돌아가라."

이집트의 수많은 파라오 왕들은 죽어서 미라(인간 박제)가 되었다. 거대한 피라미드나 아무도 모르는 지하묘지에 묻혔다. 그 옛날에도 황금 관 속에 든 죽은 왕보다는 나일강에서 고기를 잡는 어부가 아무리 가난해도 훨씬 더 행복했을 것이다. 아니, 죽은 왕이란 왕궁의 개보다 더 못한 존재가 아니었던가?

오히려 후세 사람들은 그들의 미라를 거의 대부분 도굴해서 맷돌에 갈았다. 미라의 가루를 술에 타서 마시면 남자의 정력에 특효가 있다는 미신 때문이다. 비아그라가 나오기 이전의 이야기다.

그러면 미라 가루를 먹은 그들은 파라오 왕보다 더 위대한 아들을 낳았던가? 수천 년 동안 그 지역을 정복한 역사를 보면 미라 가루도 별 볼일이 없는 게 분명하다. 레닌, 스탈린, 모택동도 파라오 왕들처럼 미라가 되어 있다. 김일성도 그 흉내를 내서 지금은 미라가 되었다.

왕궁에 사는 사람들은 왕의 노예이다. 비단옷을 입은 고위층 노예가 되기보다는 누더기를 걸치고 나물밥을 먹더라도 자기 마음대로 돌아다니고 자유롭게 활동할 수 있는 민초가 훨씬 더 낫다.

五里霧中

오리무중 | 사방 5리가 안개 속이다
일이 어떻게 돌아가는지 알 수가 없다

五 다섯; 里 리(거리의 단위, 360보), 마을; 霧 안개; 中 가운데
출처 : 후한서 장해전(後漢書 張偕傳)

애매한 것을 더욱 애매한 것으로 설명한다.
Something obscure explained by something more obscure.
(로마속담)
의논을 너무 많이 하면 뭐가 뭔지 모르게 된다.
Too much consulting confounds. (서양속담)
그들은 이해하지도 못하는 것을 칭찬한다.
They praise what they do not understand. (로마속담)
눈물이 나면 길을 제대로 볼 수 없다.
There 's no seeing one's way through tears. (서양속담)

후한(後漢, 25-220) 중엽에 장해(張偕, 公超)는 명성이 높은 학자였기 때문에 제자들이 많이 그 밑에 모여들었다. 순제(順帝)가 그를 하남(河南) 지방장관으로 임명하려고 했지만 그는 끝내 벼슬을 사양했다.

또한 그는 도술에도 능통해서 오리무(五里霧) 즉 사방 5리에 이르는 안개를 마음대로 만들어냈다. 그 때 삼리무 즉 사방 3리에 이르는 안개를 만들어내는 배우(裵優)가 그의 제자가 되겠다고 찾아갔지만 그는 만나주지도 않았다. 그는 오리무 속에 숨어버렸던 것이다.

아프리카의 어느 나라에서는 일년 예산의 거의 대부분이 몇 달 사이에 어디론가 샌다. "오리무중"의 안개 속으로 자취도 없이 사라지는 것이다.

그렇다고 사방에서 우글거리는 관리들이 무슨 애국충정에 가만히 앉아서 굶어죽겠는가? 부정부패가 하늘을 찌른다.

20세기 서울에서 와우아파트와 삼풍백화점이며 성수대교가 무너지면서 숱한 사람이 죽었다.

그런 날벼락은 공사비의 상당 부분이 "오리무중" 속으로 사라졌기 때문이다. 안개 속에 도사린 채 그 많은 돈을 먹어치우는 괴물은 도대체 뭘까? 사람일까 귀신일까? 아니면 돈을 먹지 않으면 반드시 죽는 짐승일까?

각종 종교에서 걷어들이는 막대한 헌금, 연중행사로 모으는 수재의연금 등은 다 어디로 가는 것일까? 어디서 어떻게 사용되는지 정확하게 아는 사람이 몇이나 되는지… 상당 부분이 혹시라도 "오리무중"은 아닐까?

吾事畢矣

오사필의 | 나의 일은 끝났다

吾 나; 事 일; 畢 끝나다; 矣 어조사
출처 : 송사 문천상전(宋史 文天祥傳)

> 용감한 자는 항복할 수가 없고 죽는 것이 운명이다.
> It may be the lot of the brave to fall, he cannot yield.(로마속담)
> 불명예스러운 삶보다는 명예스러운 죽음이 더 낫다.
> An honorable death is better than disgraceful life.(타키투스)
> 조국을 위해 죽는 것은 기쁘고 영예롭다.
> It is sweet and honorable to die for one 's country.(호라시우스)

남송(南宋)의 문천상(文天祥)은 1275년에 원(元)나라가 쳐들어오자 의용군을 일으켰고 그 후 강화사절로 파견되었는데 원나라 군대의 철수를 요구하다가 감옥에 갇혔다.

남송의 황제 등 수천 명의 포로와 함께 상도(上都)로 이송되는 도중에 탈출하여 다시금 의용군을 모아 원나라에 저항했다. 그러다가 1278년에 다시 포로가 되었다.

다음 해에 남송은 멸망하고 말았다. 원나라 세조(世祖) 쿠빌라이가 투항하라고 권유했지만 그는 거절했다. 4년 뒤 그는 담담한 태도로 "나의 일은 끝났다."는 마지막 말을 남기고 47세에 처형당했다.

자기를 낳아준 어머니를 바꾸지 못하듯 조국도 바꿀 수가 없는 것이다. 어머니가 물에 빠져 죽을 지경이 되면 아들이 목숨을 던져서라도 어머니를 구하는 것이 마땅하다.

마찬가지로 조국이 바람 앞의 등불(풍전등화 風前燈火)인 경우에는 목숨을 바쳐서 나라를 구해야 사나이 대장부다. 문천상은 40대 젊은 나이에 그렇게 살다가 장렬하게 갔다.

남의 아들이 병역 면제를 받았다고 신문에 사설까지 실어가며 집요하게 공격해대던 사람이 알고 보니 자기 아들 둘뿐 아니라 자기 자신도 군대에 간 적이 없다. 미국 시민권을 방패로 비겁하게 그 뒤에 숨은 것이다. 그것은 "오사필의"가 아니다.

국내의 돈이란 돈은 다 긁어모으고 높은 자리란 자리는 모조리 독점하려고 미친 듯이 날뛰는 권력층이나 부유층의 여자들이 자기 아들만은 병역면제를 받게 하려고 아들을 낳으러 "원정출산"이라는 것을 감행한다.

병역만은 면제받게 하겠다면서 엄청난 재산은 반드시 자기 아들에게 상속시키려 한다. 이런 사람들, 자녀들이 "오사필의"의 각오로 나라를 위해 일하고 목숨을 바칠 것이라고는 아무도 기대할 수가 없다.

烏孫公主

오손공주 | 오손족의 공주 / 정략결혼의 희생물이 된 여인

烏 까마귀; 孫 손자; 公 공평하다, 제후; 主 주인
출처 : 한서 서역전(漢書 西域傳)

> 마지못해 한 남자와 결혼한 여자는 그 남자의 적이다.
> The unwilling wife given to a man in marriage, is his enemy.
> (플라우투스)
> 강요된 사랑은 오래가지 못한다.
> Forced love does not last.(영국속담)

오손(烏孫)은 서역에 살던 유목민족인데 기원전 115년에 한나라 무제(武帝, 기원전 141-87)는 흉노족을 막기 위해 오손족과 우호관계를 맺었다. 그리고 10년 뒤에는 동맹관계를 더욱 다지는 뜻에서 무제의 형 강도왕(江都王)의 딸 세군(細君)을 공주로 삼아 오손족의 왕 곤막(昆莫)에게 아내로 주었다. 사람들은 그녀를 "오손공주"라고 불렀다.

한나라는 흉노족을 북쪽으로 멀리 쫓아버리고 서역의 50여 나라를 휘어잡았다. 그러나 그녀는 고향을 그리워하면서 눈물로 한 평생을 보냈다. 그래서 정략결혼의 희생이 된 여자를 "오손공주"라고 한다. 또한 누런 고니의 모습이 슬프다고 해서 그 새의 별명도 "오손공주"가 되었다.

대통령이나 권력실세의 아들이 재벌회장의 딸과 결혼할 때 그 딸을 정략결혼의 희생이 된 비극의 여인 "오손공주"라고 부를 수가 있을까?

오히려 수많은 고위층, 부유층, 철새정치인들 등은 그 딸뿐만 아니라 그 아버지마저도 부러워하지는 않을까? 그들은 이름도 없던 작은 회사가 권력의 비호 아래 하루아침에 재벌 급으로 부상하는 경우를 자주 보았기 때문에 그런 결혼을 바라보면서 배가 아파 못 견딜 것이다.

왕이 사라진 나라에서는 공주란 있을 수가 없다. 그러나 공주병이라는 정신병에 걸린 여자들은 흔하다. 그녀들은 정말 공주처럼 산다. 예전의 공주보다 더 화려하게 옷을 입고 무슨 물건이든 외제 최고급 명품이 아니면 손도 대지 않는다. 머리카락도 가지각색으로 염색하고 화장도 짙게 하고 얼굴도 뜯어고친다. 뒤에서 보면 너무나도 매력적이지만 영락없는 국산 호박이다. 이런 공주들이 시집을 가면 틀림없이 "오손공주"가 될 것이다.

五十步百步

오십보백보 | 50보 달아난 자가 100보 달아난 자를 비웃는다
약간 차이는 있지만 사실은 똑같다

五 다섯; 十 열; 步 걷다, 걸음; 百 일백
동의어 : 오십보소백보 五十步笑百步 / 유사어 : 대동소이 大同小異
출처 : 맹자 양혜왕편(孟子 梁惠王篇)

> 남의 허물을 더러운 손가락으로 가리키지 마라.
> Point not at others'spots with a foul finger.(서양속담)
> 냄비가 주전자를 검다고 한다.
> The pot calls the kettle black.(서양속담)
> 당나귀가 다른 당나귀를 귀가 길다고 놀린다.
> One ass nicknames another "Long ears".(독일속담)

전국시대(기원전 403-221) 때 위(魏)나라의 혜왕(惠王)은 서쪽의 진(秦)나라에게 너무 시달려서 수도를 대량(大梁, 하남성에 위치한 개봉 開封)으로 옮겼다.

그래서 그 후 위나라를 양(梁)나라라고 부른다. 그런데 양나라는 동쪽의 제(齊)나라와 싸워서도 거듭 패배해서 쇠퇴하게 되었다. 맹자를 초청한 왕은 자기가 백성들을 잘 보살펴주는데도 백성들이 모여들지 않는 이유를 물었다.

맹자는 50보 도망친 자가 100보 도망친 자를 비웃는 것은 말이 안된다고 전제한 뒤, 왕이 백성을 보살피는 것은 그 목적이 인도주의가 아니라 부국강병에 있기 때문에 백성들이 모여들지 않는다고 대답했다.

초등학교 때 교실에서 크게 싸운 후에 교무실에 불려가면 서로 상대편이 먼저 때렸다고 우기지만 벌은 똑같이 받는다. 선생이 보기에 둘은 "오십보백보"다. 도토리 키재기라는 말이 있다. 도토리들이 서로 자기 키가 크다고 하지만 외견상 "오십보백보"다. 많은 닭들이 서로 잘났다고 꼬꼬댁거리지만 학이 보기에는 모두가 "오십보백보"다.

뇌물을 50억 먹은 관리가 100억 먹은 관리를 나쁜 놈이라고 욕한다. 닭서리를 한사람이 소도둑을 나무란다. 자기는 그나마 비교 깨끗한 편이라고 말한다. 50보와 백 보 사이에는 50보 차이가 있고, 50억과 백 억 사이에는 50억의 차이가 분명히 있다. 그러나 뇌물은 역시 뇌물이다. 50억짜리나 백 억짜리나 다 같이 쇠고랑을 차야 마땅하다.

吳牛喘月

오우천월 | 오나라의 소가 달을 보고 숨을 헐떡거린다

吳 오나라; 牛 소; 喘 숨차다; 月 달
출처 : 세설신어 언어편(世說新語 言語篇)

> 창문으로 들어오는 바람은 석궁의 화살만큼 해롭다.
> Air coming in at the window is as bad as a cross-bow shot.
> (서양속담)
> 어린애에게는 모든 날씨가 차다.
> To a child all weather is cold.(서양속담)
> 자라 보고 놀란 가슴 솥뚜껑 보고 놀란다.(한국속담)

진(晉)나라의 만분(滿奮)은 감기에 잘 걸리는 체질이어서 바람을 몹시 싫어했다. 무제(武帝)가 이미 발명되어 있던 유리로 창문을 해 달고는 그를 불렀다. 당시에 유리창은 매우 귀한 것이었다.

무제 뒤쪽의 창문이 유리창인 줄 모르고 그냥 뻥 뚫린 것이라고 생각한 만분이 난감한 표정을 지었다. 무제는 그것이 바람이 안 통하는 유리창이라고 설명해주고 크게 웃었다. 그러자 만분이 이렇게 말했다.

"남쪽 오나라의 소가 달을 해인 줄 알고 달만 보아도 숨을 헐떡인다는 말이 있는데 이 말은 저를 두고 한 말인 듯합니다."

유신독재 때 한밤에 검은 지프차에 실려 잡혀간 경험이 있는 사람이 적지 않다. 그들은 검은 차만 봐도 "오우천월"처럼 가슴이 철렁하고 소름이 끼칠 것이다.

그 때나 지금이나 검은 고급 승용차가 참으로 많다. 지금이 그 때보다 몇 배나 더 많다. 게다가 유리창까지 검게 채색을 한 차들이다.

간첩사건에 억울하게 얽혀 들어가서 고생을 직사하게 한 사람들은 간첩이라는 말만 들어도 "오우천월" 식으로 식은땀이 날 것이다. 사랑하는 사람의 이름만 들어도 혹은 그림자만 보아도 가슴이 울렁거리는 것, 자라보고 놀란 가슴 솥뚜껑만 보아도 놀라는 것이 "오우천월"이다.

吳越同舟

오월동주 | 오나라 사람과 월나라 사람이 같은 배에 타고 있다
원수끼리 같은 처지에 놓여 있다
원수라도 필요하면 서로 돕는다

吳 오나라; 越 넘다; 同 같다; 舟 배
동의어 : 오월지쟁 吳越之爭; 오월지사 吳越之思
유사어 : 동주상구 同舟相救; 동주제강 同舟濟江; 호월동주 胡越同舟
출처 : 손자 구지편(孫子 九地篇)

공동의 위험은 합의를 이끌어낸다.
Common danger produces agreement.(로마속담)
같은 배에 타고 있으면 다 함께 노를 저어야 한다.
If you are in one boat you have to row together.(남아프리카 속담)
상호협력은 자연의 법칙이다.
Mutual help is the law of nature.(프랑스 속담)
한 손이 다른 손을 씻어준다.
One hand washes another.(그리스 속담)
개구리와 쥐는 싸우다가도 솔개가 나타나면 화해한다.
If the frog and mouse quarrel, the kite will see them agreed.
(서양속담)

춘추시대(기원전 770-403) 때 오나라의 명장 손무(孫武)는 손자(孫子) 즉 손자병법을 남겼다. 거기 군사를 쓰는 아홉 가지 경우를 들어서 설명했는데 죽기를 각오하고 싸우는 경우를 이렇게 풀었다.

"오나라와 월나라는 원수사이다. 두 나라 사람이 같은 배를 타고 강을 건너가게 되었는데 갑자기 태풍을 만나 배가 뒤집어질 지경이 되었다. 그러면 두 사람은 왼손과 오른손처럼 서로 힘을 합해서 배를 구하는 일을 하게 마련이다."

정치인들에게 하도 많은 돈을 하도 오래 뜯기다가 녹초가 되어 버린 전국의 사장들이 모여서 앞으로는 검은 돈을 바치지 않겠다고 청렴결백 투명성 성명서를 발표했다고 하자. 이런 경우 정치계라는 공동의 적을 앞두고 사장들이 살아남기 위해 "오월동주"를 하는 것이다. 원래 그들은 이권과 이익을 위해서라면 서로 진흙탕에서 뒹구는 사이였지만 이제는 손을 잡는 것이다.

물론 성명서 한 장으로 모든 것이 맑아질 것이라고 기대하는 사람은 순진한 바보이다. 밝은 대낮에는 성명서를 내지만 밤에는 역시 뿔뿔이 흩어져서 누군가와 만나 흥정을 할지도 모르지 않겠는가? 휴지만도 못한 성명서를 언제 한두 번 봤나?

물론 고양이도 낯짝이 있다고 정치인들은 더러운 자금은 일체 받지 않겠다고 양심선언을 할지도 모른다. 하나마나 한 선언인 줄 뻔히 아니까 그들은 아마도 할 것이다.

그러나 돈이라면 그 어느 것이든 하나도 더러운 것이 없다고 믿는 사람들이라면 양심선언을 한 시간 단위로 반복해도 아무 효력이 없을 것이다.

烏合之衆

오합지중 | 까마귀 떼처럼 질서가 없는 무리, 또는 갑자기 모여 훈련도
안 된 군사

烏 까마귀; 合 합하다; 之 가다, ~의; 衆 무리
동의어 : 오합지졸 烏合之卒 / 유사어 : 와합지중 瓦合之衆
출처 : 후한서 경엄전(後漢書 耿弇傳)

> 군중이란 머리는 많지만 두뇌가 없다.
> The mob has many heads, but no brains.(서양속담)
> 장수가 없는 군대는 싸울 수 없다.
> A headless army fights badly.(서양속담)
> 좋은 머리 하나는 백 개의 강한 팔보다 낫다.
> One good head is better than a hundred strong arms.(서양속담)

전한(前漢, 기원전 206-서기 8)을 멸망시킨 황실의 외척 왕망(王莽)
이 신(新, 서기 8-23)나라를 세웠다. 나라의 질서가 무너지자 유수(劉秀,
光武帝)가 군사를 일으켜 서기 25년에 후한(後漢)을 세웠다. 그 무렵 왕
랑(王郎)이 자기가 성제(成帝)의 아들 유자여(劉子輿)라고 자처하고 황제
로 행세했는데 유수가 왕랑을 토벌하러 나섰다. 상곡(上谷)의 지방장관
인 경황(耿況)이 아들 경엄(耿弇)에게 군사를 주어 유수와 합류하도록 지
시했다. 그런데 경감의 부하 가운데 손창(孫倉), 위포(衛包) 등은 왕랑이
한나라 황실의 정통이라고 주장하여 말썽을 일으켰다. 화가 난 경엄이
칼을 빼어들고 외쳤다.

"왕랑은 좀도둑에 불과하다. 나는 왕랑의 오합지중 따위를 마른 나뭇
가지 꺾는 것보다 더 쉽게 꺾어버릴 것이다."

손창과 위포는 그날 밤 왕랑에게 도망쳤다. 경엄은 유수의 군대와 합
세한 뒤 많은 공적을 쌓아 대장군이 되었다.

534

항우, 관우, 장비, 조자룡 등 천하명장에게는 제 아무리 많은 숫자의 적이 달려들어도 "오합지중"에 불과하다. 물론 요즈음에는 그런 장수가 있을 수 없다. 총알 한 방에 쓰러진다. 세계를 호령하는 미국의 대통령마저도 총알 한 방이면 그만이다. 그래서 방탄차가 잘 팔리는 것이다.

교황도 방탄차를 타지 않는가! 총알은 사람을 알아보는 눈이 없기 때문이다. 어중이떠중이가 모였다고 해서 "오합지중"이라고 무시했다가는 큰코다친다.

흔들거리는 썩은 이빨은 스무 개가 넘어도 갈비를 제대로 뜯기 어렵다. 그러나 튼튼한 이빨 두 개만 남아 있어도 갈비 따위는 거뜬하게 뜯어먹을 수 있다.

썩은 밧줄도 아무리 수백 가닥을 모아서 큰 배를 끌려고 해야 아무 소용이 없다. 튼튼한 밧줄 하나보다 못하다. 썩은 이빨이나 썩은 밧줄이란 "오합지중"에 불과한 것이다.

屋上架屋

옥상가옥 | 지붕 위에 또 지붕을 걸친다
남을 모방하거나 쓸데없는 것을 만든다

屋 집; 上 위; 架 시렁, 건너지르다
동의어 : 옥상옥 屋上屋; 옥하가옥 屋下架屋
유사어 : 의양화호로 依樣畫胡蘆
출처 : 세설신어 문학편(世說新語 文學篇); 안씨가훈 서치편(顔氏家訓 序致篇)

> 그러니까 너희 꿀벌들은 너희 자신을 위해서 꿀을 만드는 것이 아니다.
> So do you bees make your honey, not for yourselves.
> (비르질리우스)
> 그것이 정말 네 글인가? 나는 매우 오래된 글이라고 여겼다.
> Really, is it yours? I had supposed it was something old.
> (로마속담)
> 삼류 시인을 알아보는 자는 하나도 없고 훌륭한 시인을 알아보는 자는
> 매우 드물다.
> Third-rate poets no one knows, and but few know those who
> are good.(타키투스)

동진(東晋)의 성제(成帝, 재위 326-342) 때 유중초(庾仲初)가 오나라의 옛 수도 건강(建康, 南京)의 번영을 찬미하는 시 양도부(揚都賦)를 지었다. 그의 친척이자 당시에 실권을 쥔 수상 유량(庾亮)이 그 시를 몹시 칭찬하자 사람들이 다투어 베껴 가는 바람에 낙양의 종이 값이 치솟았다. 그러나 그 시를 읽어본 사안석(謝安石)은 "이것은 졸작이다. 지붕 아래 다시 지붕을 걸치는 것(屋下架屋)과 같다. 모두 남의 글을 흉내낸 것에 불과하다."고 혹평했다.

남의 글을 여기저기서 퍼다가 짜깁기를 한 뒤 자신의 석사, 박사, 연구 논문이라고 제출하는 사람들은 평소에 배운 것이 많을 테니까 역시 "옥상가옥"에도 탁월한 전문가들이다.

그들 덕분에 학문은 눈부시게 발전하고 그들의 제자들은 괄목상대할 정도로 훌륭한 인물이 될 것이다.

일부 신문의 1면 머리기사나 사설이나 오피니언 난의 글이나 내용이 모두 같은 논평이다.

역시 일부 텔레비전의 뉴스나 뉴스해설도 마찬가지다. 우연의 일치일 수도 있지만 그러나 어딘가 "옥상가옥"의 냄새가 진하게 나는 경우도 있다.

玉石俱焚

옥석구분 | 옥과 돌이 함께 불탄다 / 좋은 것과 나쁜 것이 함께 망한다

玉 구슬; 石 돌; 俱 함께; 焚 불타다
동의어 : 옥석동쇄 玉石同碎; 옥석구쇄 玉石俱碎; 옥석동침 玉石同沈
유사어 : 옥석동궤 玉石同匱; 옥석동가 玉石同架; 옥석혼효 玉石混淆; 옥석
혼교 玉石混交
출처 : 서경 하서 윤정편(書經 夏書 胤征篇)

> 죽음은 양과 어린 양을 다 같이 잡아먹는다.
> Death devours lambs as well as sheep.(서양속담)
> 어린 양의 가죽은 늙은 양의 가죽과 함께 시장에 나간다.
> As soon comes the lamb's skin to market as the old sheep 's.
> (영국속담)
> 어린 양도 늙은 양과 함께 도살장으로 간다.
> As soon goes the lamb to the butcher as the sheep.(스페인 속담)
> 좀은 옷감이 좋은지 나쁜지 가리지 않는다.
> No cloth is too fine for moth to devour.(서양속담)

하(夏)나라 왕의 명령에 따라 윤(胤)나라 제후가 희화(羲和)를 정벌하
러 갈 때 군사들에게 군기를 잘 지키라고 아래와 같이 훈시했다.

"옥돌의 생산지인 곤강(崑岡) 산에 불이 나면 옥과 돌이 함께 불에 탄
다. 백성을 다스리는 관리가 덕을 잃으면 그 해독은 사나운 불길보다 더
심하다. 악을 행하는 무리의 두목은 죽인다. 그러나 마지못해 그를 따라
간 사람들은 벌하지 않는다."

한편 좋은 것과 나쁜 것을 가려낸다는 뜻으로 쓰는 "옥석을 구분(區
分)한다"는 말의 구분(區分)과 옥과 돌이 함께 불탄다는 말의 구분(俱焚)
은 그 한자와 뜻이 서로 전혀 다른 것이다.

나라가 망해서 적의 포로가 되면 왕이든 거지든 무슨 차이가 있는가? 평소에 적국을 찬양한다고 해서 혼자 살아남을 수 있을 것 같은가?

나라가 파산하면 수천 억이 든 예금통장도, 엄청난 액수의 증권과 주식도 휴지가 된다. 아파트 수십 채, 땅 수백만 평을 가지고 있다 해도 길거리의 거지와 다를 바가 없다.

회사가 망하면 사장, 전무, 노조 간부, 그리고 회사원 전체가 모조리 실업자가 된다. 옥이든 돌이든 함께 불타는 것이다.

구원을 받겠다는 일념으로 수많은 신자들이 교회에 막대한 헌금을 바친다. 그들 가운데 일부는 돈을 많이 내면 정말 구원을 받는 줄 알 것이다.

한편 양을 잡아먹는 늑대처럼 탐욕스러운 일부 성직자들이 그 돈을 야금야금 자기 주머니에 처넣는다. 그런데 돈으로 구원을 사려고 한 신자들과 그 돈을 냠냠 먹어치운 성직자들이 지옥에서 만나 "옥석구분"이 된다.

참으로 기이한 운명이다. 무시기 거시기 반대운동에 아이들을 동원한다. 데모에 맛들인 아이들은 나중에 무능한 부모 추방운동에 앞장 설 것이다.

또 거시기 무시기 반대운동을 한다면서 아이들을 학교에 보내지 않는 등교거부도 한다. 등교거부로 아이들만 모조리 골병이 든다. 정말 똑똑한 부모들이다. 아이들 싸움에 어른들이 끼여드는 것은 못난 짓인 것처럼 어른들 싸움에 아이들을 동원하는 것은 뭔가?

溫故知新

온고지신 | 옛날 것을 다시 배워서 새 것을 안다

溫 따뜻하다, 복습하다; 故 옛날 것, 이유, 죽다; 知 알다; 新 새롭다
원어 : 온고이지신 가이위사의 溫故而知新 可以爲師矣
출처 : 논어 위정편(論語 爲政篇)

오늘은 어제의 제자이다.
Today is yesterday 's pupil. Today is the scholar of
yesterday.(서양속담)
앞으로의 일을 알려면 과거를 검토해야 한다.
He that would know what shall be must consider what has
been.(서양속담)
어제를 잊어버리면 내일을 어떻게 기억하겠는가?
If we forget yesterday, how shall we remember tomorrow?
(나이지리아 속담)

공자는 논어 위정편(論語 爲政篇)에서 "옛날 것을 다시 배워서 새 것을 안다면 그는 다른 사람들의 스승이 될 수 있다."고 말했다. 하기야 고전을 훤히 안다고 해서 반드시 남의 스승이 되는 것은 아니다.

고전을 연구한 뒤 현재와 미래에 적용할 수 있는 새로운 원리를 발견해내야만 비로소 남을 가르칠 수 있다. 그래서 예기 학기(禮記 學記)에 "깊이가 없는 학문으로는 남들의 스승이 될 수 없다."는 구절이 있는 것이다.

시대에 따라 사회의 겉모습은 변한다. 그러나 사람의 본성이란 2천년 전이나 지금이나 변함이 없다. 그래서 과거의 역사, 학문과 문화를 연구해서 얻은 결과를 오늘의 삶을 위해 유익한 자료로 삼아야 한다는 것이다. "온고지신"이 반드시 필요하다는 말이다.

그런데 사람이란 어리석은 동물이라는 사실도 역시 변하지 않는다. 과거의 잘못을 오늘도 반복하기 때문이다. 사람이란 원래 그런 것이다. 그것은 잘못을 저질러놓고는 자기합리화나 체념을 비겁한 방패로 내세운다는 것이다.

일본제국이 조선왕조를 집어먹으려고 호시탐탐 노리고 있을 때 조선의 지도세력은 무엇을 했던가? 수구니 개혁이니 하고 패를 갈라서 죽어라 싸우다가 다 같이 일제의 밥이 되고 말았다. 남북이 갈라져서 6.25라는 비참한 전쟁을 치른 지도 어느덧 50년이 지났다. 그리고 오늘도 여전히 서로 총칼을 겨누고 있다. 그런데 남한에서는 무슨 일이 벌어지고 있는가? 보수니 진보니 하는 옛 망령들이 되살아 나고 있다. 이것이 "온고지신"일까?

蝸角之爭

와각지쟁 | 달팽이 뿔 위의 싸움 / 하찮은 일로 벌이는 싸움
대세에 영향이 없는 쓸데없는 싸움

蝸 달팽이; 角 뿔; 之 가다, ~의; 爭 다투다
원어 : 와우각상지쟁 蝸牛角上之爭 / 동의어 : 와우각상 蝸牛角上; 와각상쟁
蝸角相爭; 와우지쟁 蝸牛之爭 / 유사어 : 만촉지쟁 蠻觸之爭
출처 : 장자 칙양편(莊子 則陽篇)

황제의 수염에 관해 논쟁한다.
To quarrel over the emperor's beard.(독일속담)
달걀을 두고 싸우다가 암탉을 놓친다.
They quarrel about an egg and let the hen fly.(독일속담)
하찮은 돌을 씹으려다 이빨을 부러뜨리지 마라.
Break not your teeth on worthless stones.(서양속담)
도마뱀들은 햇빛에 따뜻해진 장소를 두고 다툰다.
A spot warmed by the sun makes lizards quarrel.(나이지리아 속담)

　　전국시대(기원전 403-221) 때 양(梁)나라 혜왕(惠王)이 서로 침략하지
않기로 한 약속을 어긴 제(齊)나라 위왕(威王)을 암살하려고 했다. 그러
나 공손연(公孫衍)이 암살은 비겁하니 당당하게 전쟁을 하자고 주장했
다. 반면에 계자(季子)는 반대했다. 그래서 혜왕은 수상 혜자(惠子)가 데
려온 대진인(戴晉人)에게 의견을 물었다.

　　대진인이 "와각지쟁" 즉 달팽이 왼쪽 뿔의 촉(觸)나라와 오른쪽 뿔의
만(蠻)나라가 전쟁을 해서 15일 동안에 수만 명이 죽었다는 비유를 든
뒤에 이렇게 말했다. 무한한 우주에서 양나라와 제나라가 전쟁하는 것은
달팽이 뿔 위에서 벌어진 싸움과 조금도 다를 것이 없다고. 혜왕이 그
말의 뜻을 알아들었다.

부부싸움은 칼로 물 베기다. 하나마나 한 싸움이다. 그러나 때로는 이혼으로 치닫기도 한다. 한 가정이 무너지는 것은 사회 전체에 별로 영향을 미치지 못하니까 "와각지쟁"이라고 할 수도 있다.

그러나 이혼율이 30%를 넘은 지금 부부싸움은 결코 "와각지쟁"이 아니다. 사회 전체의 기반을 무너뜨리는 심각한 전쟁이다. 그런데 안방에서 오늘도 여전히 그 심각한 전쟁이 벌어지고 있다.

총소리와 대포소리는 들리지 않는다. 전쟁터의 먼지도 피어오르지 않는다. 그러나 실제 전쟁 못지 않은 전투가 전개된다. 아이들도 순진한 천사들은 아니다. 달팽이는 더욱 아니다. 모르는 것 말고 알 건 다 안다. 오히려 어른보다 더 영악해서 사회의 그늘을 더 많이 안다.

아이들 싸움이라고 해서 "와각지쟁"으로 우습게 볼 수 없다. 학교에서도 학원에서도 길거리에서도 아이들은 어른들을 모방해서 각종 범죄를 저지른다. 그래서 사회 전체의 공기가 매우 혼탁하다. 숨도 못 쉴 정도로 오염되었다.

臥薪嘗膽

와신상담 | 장작 위에서 잠자고 쓸개를 맛본다
원수 갚을 생각을 잠시도 잊지 않는다
목적 달성을 위해서는 어떠한 고난도 참고 견딘다

臥 눕다; 薪 장작; 嘗 맛보다; 膽 쓸개
유사어 : 회계지치 會稽之恥; 절치액완 切齒扼腕
출처 : 사기 월세가(史記 越世家)

> 고통을 겪는 자가 승리한다.
> He who suffers conquers.(로마속담)
> 내 원수가 살아 있는 한 전쟁은 끝나지 않았다.
> The war is not done, so long as my enemy lives.(서양속담)
> 승리, 그리고 승리를 위한 삶.
> Victory, and for victory, life.(로마속담)

춘추시대 때 오(吳)와 월(越)은 지독한 원수사이였다. 기원전 497년 월나라에서 윤상(允常)이 죽자 아들 구천(勾踐)이 왕이 되었다. 그 때 오왕 합려(闔閭)가 공격했다. 그러나 오히려 패배한 합려는 부상을 당해 죽었다. 그는 태자 부차(夫差)에게 복수를 부탁했다. 부차는 장작 위에서 잠을 자면서(臥薪) 3년 동안 준비했다.

한편 구천은 오나라를 공격했다가 크게 패배한 뒤 회계산(會稽山)으로 도망쳤다가 항복했다. 오자서(伍子胥)는 그를 죽여서 후환을 없애라고 부차에게 충고했지만 부차는 구천을 살려주었다.

그 후 구천은 언제나 쓸개를 곁에 두고 그 쓴맛을 보면서(嘗膽) 복수의 기회를 노렸다. 12년이 지난 기원전 482년에 부차가 패자가 되기 위해 제후들과 황지(黃池)에서 만나고 있을 때 구천이 오나라로 쳐들어갔다. 7년 후 부차가 항복했다. 그리고 자결했다.

수십 년 동안, 심지어는 백 년이 넘도록 대를 이어서 피의 복수를 되풀이한 예는 동서양 역사에서 그리 드물지 않다. 영국의 장미전쟁, 중세유럽의 종교전쟁, 조선왕조의 당쟁 등이 그렇다. 문제는 그러한 복수를 통해서 무슨 교훈을 얻었는가에 달려 있다.

얻은 게 있는가? 없다. 아니, 한 가지 있다. 그것은 피는 피를 부른다는 교훈이다. 부차는 3년이나 장작 위에서 잠을 잤으니 등에 굳은살이 배겼을 것이다. 구천도 12년 동안 쓸개를 혀로 핥았으니 그 혓 바닥이 소의 혓 바닥처럼 변했을 것이다.

그들은 까닥하면 복수를 잊어버릴까 염려해서 그랬다. 다시 말하면 자기 머리가 나쁘다는 것을 스스로 잘 알고 있었던 것이다. 결국 복수를 위해 여러 해 동안 "와신상담"하는 자는 애당초 머리가 나쁜 것이다.

머리가 정말 좋은 사람은 복수를 노리지 않고 원수마저도 사랑한다. 그게 고생도 덜 하고 보람은 한층 더 많다.

完璧

완벽 | 흠이 없이 완전한 구슬 / 구슬을 고스란히 보존한다
결점이 하나도 없이 훌륭한 것 / 빌린 것을 고스란히 돌려보낸다

完 완전하다; 璧 둥근 옥
동의어 : 완조 完趙 / 유사어 : 화씨지벽 和氏之璧; 연성지벽 連城之璧
출처 : 사기 인상여전(史記 藺相如傳); 십팔사략 조편(十八史略 趙篇)

> 실천이 완성시킨다.
> Practice makes perfect.(서양속담)
> 완성이란 천천히 걸어가고 있는데 시간의 손이 필요하다.
> Perfection walks slowly; she requires the hand of time.(볼테르)
> 자연스럽지 못한 것은 모두 불완전하다.
> Everything unnatural is imperfect.(나폴레옹)

전국시대(기원전 403-221) 때 진(秦)나라 소양왕(昭襄王)은 조(趙)나라 혜문왕(惠文王)이 가지고 있는 보물 "화씨의 구슬"을 달라고 요구했다. 그 대신 성을 15개 주겠다는 것이었다.

물론 구슬만 뺏자는 속셈이었다. 그 때 사신으로 가게 된 인상여(藺相如)는 15개 성이 조나라의 소유가 되지 않는다면 구슬을 고스란히 보존(完璧)해서 돌아오겠다고 말했다.

예상대로 진나라 왕은 구슬만 받아든 뒤 성을 준다는 말은 없었다. 인상여가 그 구슬에 흠이 있는데 가르쳐주겠다면서 구슬을 되받아 들었다. 그리고 만일 성을 조나라에 주지 않는다면 구슬을 기둥에 댄 채 자기 머리로 받아서라도 깨어버리겠다고 위협했다. 숙소로 돌아간 인상여는 몰래 부하를 시켜 구슬을 먼저 조나라에 보냈다. 진나라 왕은 자기 체면이 깎일까 두려워 인상여를 죽이지 않았다.

결함이 하나도 없이 문자 그대로 "완벽"한 로봇 즉 사람과 똑같은 로봇을 만들어내려고 전 세계의 과학자들이 밤낮으로 연구하고 있다. 그러나 그들은 어리석다. 그들의 어리석음 자체가 어쩌면 바로 "완벽"한 것이다.

로봇이란 사람이 만들어내는 물건이다. 그런데 사람은 원래 "완벽"한 존재가 아니다. 누구나 결함이 있고 지능도 한계가 있다. 그러니까 "완벽"한 로봇을 만들수 없다.

아무리 하찮은 사람의 몸과 뇌라도 "완벽"에 가까운 로봇보다 비할 바 없이 정교하다. "완벽"한 로봇을 만들기보다는 차라리 자녀를 제대로 교육하는 편이 훨씬 더 쉬울 것이다.

권력은 "완벽"한 권력 즉 영원히 지속되는 절대권력을 탐낸다. 재산가들은 "완벽"한 재산 즉 온 세상의 모든 재산을 혼자 독점하려는 야망을 품고 있다.

하지만 인간이 그런 "완벽"한 것을 탐낸다는 것은 완벽하게 불가능하다. 천하의 보물이라는 구슬도 결국은 하찮은 구슬에 불과한 것이 아닌가!

遼東之豕

요동지시 | 요동 지방의 돼지
자기 공적을 자랑하지만 남의 눈에는 하찮은 것이다

遼 멀다, 요나라; 東 동쪽; 之 가다, ~의; 豕 돼지
준말 : 요시 遼豕 / 동의어 : 요동시 遼東豕
출처 : 문선 주부서(文選 朱浮書); 후한서 주부전(後漢書 朱浮傳)

모든 당나귀는 자기가 왕의 말에 필적한다고 생각한다.
Every ass thinks himself worthy to stand with the King's
horses.(서양속담)
어머니의 귀염둥이는 겁 많은 영웅에 불과하다.
Mother's darlings are but milksop heroes.(서양속담)
당나귀는 당나귀에게, 돼지는 돼지에게 아름답게 보인다.
An ass is beautiful to an ass and a pig to a pig.(로마속담)

후한(後漢, 25-220)이 건국된 직후에 어양(漁陽)의 지방장관인 팽총(彭寵)이 자기 공적에 비해 상이 적다고 불만을 품고 반란을 일으키려고 했다. 그 사실을 중앙정부에 보고한 대장군 주부(朱浮)를 팽총이 공격하려고 하자 주부가 그를 꾸짖는 글을 보냈다.

"옛날에 요동 사람이 자기가 기르는 돼지가 머리가 흰 새끼를 낳자 매우 진귀한 것이라고 여겨 왕에게 바치려고 하동(河東)까지 갔다, 그런데 그곳의 돼지는 모두 머리가 흰 것이었다. 그는 부끄러움에 못 이겨 그냥 집으로 돌아갔다.

네가 세운 공적이란 요동의 돼지와 같이 하찮은 것이다. 손바닥만한 어양 땅을 가지고 황제와 맞서려는 것은 어리석기 짝이 없는 일이다."

오만한 팽총은 군사를 일으키고 스스로 연왕(燕王)이라고 자처했다. 그러나 2년 뒤에 토벌되고 말았다.

대학을 졸업해야만 나라의 지도자나 재벌회장이 되는 것은 아니다. 독학을 해서 미국의 대통령이 된 에이브러햄 링컨도 있다. 중학교도 못 나온 재벌회장도 있다.

그러나 대학을 나오지 못한 사람들이 자기도 언젠가는 반드시 나라의 지도자가 될 것이라고 큰소리친다면 대개의 경우에는 "요동지시"라고 비웃음만 살 것이다. 물론 그들 가운데 진짜로 지도자가 되는 인물이 나올 가능성이 없지는 않다.

그런데 온갖 역경을 뚫고 정말 지도자가 된 사람이 있는 경우, 그가 만일 "학력이 높다는 것도 별 게 아니잖아."라면서 경시한다면 그가 대단한 것으로 여기는 성공이라는 것도 사람들 눈에는 "요동지시"로 비칠 것이다.

링컨은 무학이었지만 대학 출신인 각료들을 절대로 비웃거나 멸시한 적이 없다. 더욱이 대학 출신들에 대해 열등감을 느낀 적도 없다.

대통령은 그 누구보다도 더 높은 자리에서 "모든" 국민의 생명과 재산과 행복을 지켜주는 위치에 있는 것이다.

要領不得

요령부득 | 사물의 중요한 부분을 잡지 못한다
말이나 글의 요령을 잡지 못한다

要 중요하다, 필요하다, 허리(띠); 領 목, 옷깃, 요긴한 부분, 다스리다
不 아니다; 得 얻다
출처 : 사기 대완전(史記 大宛傳); 한서 장건전(漢書 張騫傳)

> 요령부득의 말보다는 아무 말도 않는 것이 더 낫다.
> Better say nothing than nothing to the purpose.(서양속담)
> 여행의 목적을 잊은 자는 길을 계속해서 간다.
> He who forgets the aim of his journey is still on the road.
> (나이지리아 속담)

한(漢)나라 무제(武帝, 기원전 141-87)는 흉노족에게 밀려 서쪽 사막으로 쫓겨간 대월지국(大月氏國)과 동맹을 맺어 흉노족을 정벌하려고 했다. 그래서 장건(張騫, 기원전 ?-114)을 대월지국에 사절로 파견했다. 그러나 기원전 138년에 100여 명을 거느리고 장안을 떠난 그는 국경을 벗어나자 곧 흉노족의 포로가 되고 말았다. 흉노족 여자와 결혼까지 한 그는 10년이 지나서야 탈출에 성공하여 간신히 대월지국에 도착했다.

그런데 새로 즉위한 대월지국의 왕은 흉노와 전쟁하기를 원하지 않았다. 그는 대월지국의 속국인 대하국(大夏國)에 가서 동맹을 이루어보려고 애썼지만 허사였다. 그래서 귀국하게 되었는데 "장건은 자신의 사명 즉 대월지국의 요령을 얻지 못하고(要領不得) 일 년을 거기 머무른 뒤 귀국했다."고 사기에 기록되었다. 그러나 도중에 흉노족에게 다시 잡혀서 1년 이상 억류되었다가 탈출했다. 결국 장안을 떠난 지 13년이 지나서 귀국한 것이다. 어쨌든 장기간에 걸친 그의 여행 결과, 한나라와 서역의 교역이 개시되는 계기가 마련되었고 실크로드가 열린 것이다.

사람의 욕심은 한이 없다. 그리고 그 욕심을 "모조리" 다 채우기란 불가능하다. 누구나 아는 사실이다. 그런데도 권력, 재산, 명예 등을 무한히 가지고 싶어서 날뛰는 사람들이 하나 둘이 아니다.

높은 지위를 탐내는 사람이 왕이나 대통령이 되면 만족하겠는가? 그들은 삶 자체의 요령을 얻지 못한 "요령부득"의 낙오자들이 될 수가 있다.

반면에 사람의 마음속에 도사린 욕망을 "전부" 없애는 것도 불가능한 일이다. 속세를 등지고 산다는 사람들도 각종 욕망을 완전히 없애지는 못한다.

욕망은 사람이 죽어야 끝나는 것이다. 그런데도 수도자의 길, 구도, 득도, 해탈, 성불 등의 말에 이끌려서 돌아다닌다. 자기 육체를 원수로 여긴다.

정신은 왜 친구고 육체는 왜 원수인가? 육체 없는 정신이 어디 있고 정신이 없는 육체는 또 어디 있는가? 그들도 역시 삶 자체의 요령을 얻지 못한 "요령부득"의 낙오자들이 될 수가 있다.

龍頭蛇尾

용두사미 | 용의 머리에 뱀 꼬리 / 시작은 거창하지만 끝이 보잘것없다

龍 용; 頭 머리; 蛇 뱀; 尾 꼬리
출처 : 벽암집(碧巖集)

> 벽돌은 만들지만 집을 짓지 못하는 사람이 많다.
> Many can make bricks, but cannot build.(서양속담)
> 끝을 내지 못하기보다는 시작을 하지 않는 것이 더 낫다.
> Better never begin than never make an end.(서양속담)
> 도중에 일을 그만두지 마라.
> Never do things by halves.(서양속담)

송나라의 환오극권(圜悟克勤, 1093-1135)이 평석한 벽암집은 선문답 공안집(公案集)인데 거기 이 이야기가 나온다. 육주(陸州, 절강성) 지방의 절 용흥사(龍興寺)에 사는 나이 많은 고승 진존자(陳尊者)가 지나가는 낯선 중에게 어디서 오는 길인지 말을 걸자 그 중이 갑자기 "에잇!" 하고 소리쳤다. 진존자가 "내가 야단을 맞았군." 하고 한마디 하니까 중이 또 다시 "에잇!" 하고 소리쳤다.

그래서 진존자는 그가 겉으로는 도를 깨우친 도승처럼 보이지만 사실은 "용두사미"일 것이라고 판단해서 "당신은 에잇! 에잇! 하고 허세를 부리는데 그 소리를 세 번, 네 번 외친 다음에는 어떻게 마무리 지을 작정인가?" 라고 물었다. 그제야 중이 기가 꺾였다.

황제나 왕에게 만수무강을 기원한다. 만수무강은 만년 동안 건강하게 살라는 뜻인데 이것은 단순한 과장법이라기보다 대단한 풍자와 경멸을 담은 말이다.

황제든 왕이든 백년도 못 사는 하찮은 인간이다. 신하들과 백성들은 그 사실을 잘 안다. 그러니까 풍자고 야유다. 또한 위선적인 아첨이자 거짓말이다.

그러나 왕은 어리석게도 만년을 살고 싶어한다. 그러다가 오히려 일찍 죽어버린다. 몸과 정신이 무너진 결과이다. 그러니까 만수무강은 왕에게 "용두사미"인 것이다.

차라리 영국식으로 "Long live the king!" 즉 "국왕폐하께서 오래 오래 사시기를 바랍니다!"라고 하는 것이 피차간에 도리에도 맞고 정직한 표현일 것이다.

물론 그 왕이 얼마나 오래 살지는 백성도 본인도 모른다. 하지만 그는 만수무강을 탐내다가 "용두사미"가 되지는 않을 것이다.

"만세!"라고 외치는 것도 만수무강과 같다. 지구상에서 어느 나라, 어느 왕조가 만년을 이어갔는가? 건국 초기에는 세력이 왕성하다가 망할 때는 아무 소리 없이 없어지는 것 아닌가? 그렇게 사라진 무수한 나라와 왕조도 역시 "용두사미"였다.

愚公移山

우공이산 | 우공이 산을 옮긴다
아무리 어려운 일도 끊임없이 노력하면 이루어진다

愚 어리석다; 公 공평하다, 제후; 移 옮기다; 山 산
유사어 : 마부작침 磨斧作針; 수적천석 水滴穿石; 적토성산 積土成山
출처 : 열자 탕문편(列子 湯問篇)

> 뜻이 있는 곳에 길이 있다.
> Where there is a will there is a way.(서양속담)
> 빗방울이 많이 모이면 소나기가 된다.
> Many drops make a shower.(서양속담)
> 넓은 바다도 물방울들이 모인 것이다.
> The whole ocean is made up of single drops.(서양속담)

나이 90세나 되는 우공이 자기 집을 가로막고 있는 태행산(太行山)과 왕옥산(王玉山)을 깎아서 다른 곳으로 옮기기로 결심했다. 두 산은 둘레가 칠백 리이고 높이는 일만 길이나 되는 큰 산이었다. 그는 예주(豫州, 하남성) 남쪽에서 한수(漢水) 남쪽에 이르는 길을 내려고 했다. 그리고 산에서 파낸 흙은 발해(渤海) 구석이나 은토(隱土) 북쪽에 버리겠다는 생각이었다. 아들들과 손자들을 데리고 그는 작업에 들어갔는데 흙과 돌을 발해에 한번 버리고 오는 데 일 년이 걸렸다.

어느 날 황하 근처에 사는 지수(智叟)가 되지도 않을 일이라면서 비웃자 그는 "내가 죽은 뒤에도 대를 이어서 꾸준히 일을 하면 된다. 산은 더 높아지지 않으니 언젠가는 저 산들도 평평한 땅이 될 것이다."라고 대꾸했다. 두 손에 뱀을 쥐고 있는 두 산의 산신령이 그 말에 놀라서 옥황상제에게 호소했다. 그러자 옥황상제는 우공의 정성에 감동해서 두 산을 다른 곳으로 옮겨주었다.

다이너마이트로 바위를 폭파하고 불도저로 산을 밀어버리는 시대다. 드넓은 바다도 간단히 메우는 시대다. 그러니까 대를 이어 수천 년이 걸려도 산을 옮기겠다는 "우공이산"은 말도 안 된다? 그렇다. 말도 안 된다. 바로 그러니까 이 말은 뒤집어서 해석을 해야 한다.

눈에 보이는 산만 산인가? 인간사회란 눈에 보이지 않는 산들 즉 증오의 산, 불신과 오해의 산, 어리석음과 질투의 산, 지나친 욕심의 산, 권력투쟁의 산, 전쟁의 산 등 무수한 산들이 널려 있어서 그야말로 험하기 짝이 없는 첩첩산중이다.

길도 잘 보이지 않는다. 아니, 길이 어디 있는지조차 알 수가 없다. 이러한 산들은 인생 길에서 우공이 옮기려던 산들보다 더욱 불편하고 더욱 고통스러운 장애물이다.

그래서 옮길 것은 옮기고 바다에 넣을 것은 넣어야 한다. 그런 노력을 계속해야만 인류에게는 밝은 미래가 있다. "우공이산"은 아직도 끝나지 않았다. 말도 안 되는 헛소리가 결코 아니다.

運籌帷幄

운주유악 | 장막 안에서 산 가지를 움직인다
들어앉아서 계략을 꾸민다

運 궁리하다, 운반하다; 籌 산가지, 꾀; 帷 휘장, 천막; 幄 휘장, 장막
원어 : 운주유악지중 運籌帷幄之中
출처 : 사기 고조본기(史記 高祖本紀); 한서 고제기(漢書 高帝紀)

> 분열시키고 지배하라.
> Divide and govern.(로마속담)
> 군주들은 긴 팔과 많은 귀를 가지고 있다.
> Kings have long hands and many ears.(독일속담)
> 스파이는 군주의 눈과 귀다.
> Spies are the ears and eyes of princes.(서양속담)

한(前漢, 기원전 202-서기 8)나라의 유방(劉邦, 高祖)은 천하를 통일한 뒤에 낙양의 남궁에서 잔치를 베풀었다. 그리고 신하들에게 자기가이기고 항우가 패배한 이유를 이렇게 설명했다.

"장막 안에서 산 가지를 움직여 천리 밖에서 승리를 거두게 하는 것은 나보다 장량(張良)이 낫다. 나라와 백성을 편안하게 하는 것은 나보다소하(蘇何)가 낫다. 백만 대군을 통솔하고 승리를 거두는 것은 나보다 한신(韓信)이 낫다. 그러나 나는 이 세 명의 뛰어난 인재들을 잘 부릴 줄알았기 때문에 천하를 얻었다.

그러나 항우는 그에게 유일한 인재인 범증(范增)마저도 제대로 쓸 줄을 몰랐다. 그래서 패배한 것이다."

군대의 총사령관은 전황이 어떻게 돌아가는지 전체를 바라보면서 작전을 지휘해야 한다. 그가 소대장처럼 권총을 빼어든 채 이리저리 뛰어다닌다면 그 군대는 군대가 아니라 오합지졸로 돌변한다.

총사령관이라는 자가 "운주유악"은 하지 않고 스스로 오합지졸의 하나로 전락했기 때문이다.

대통령, 장관, 재벌회장, 기타 기관장들도 모두 마찬가지다. 그들은 지도자다. 지도자라면 마땅히 원대한 구상과 종합적인 지휘로 자기가 맡은 조직의 번영을 도모해야 한다.

그런데 아랫사람들이 각자 맡아서 처리해야 할 일에 관해서 지도자가 일일이 참견한다면 그 조직의 운명은 와르르 무너지고 만다. 유방에게 패배한 항우 꼴이 될 것이다.

그러면 우리의 현실은 어떤가? 각계 각층의 지도자들이 "운주유악"이라는 말을 새겨 들어야 한다.

遠交近攻

원교근공 | 먼 나라와 친하게 지내고 가까운 나라를 공격한다

遠 멀다; 交 사귀다; 近 가깝다; 攻 공격하다
출처 : 사기 범수열전(史記 范雎列傳)

> 가까이 있는 소의 젖을 짜라. 멀리 달아나는 것을 좇아갈 필요가 있는가?
> Milk the cow which is near. Why pursue the one which runs away?(테오크리투스)
> 가까운 원수보다는 먼 친구가 되는 것이 더 낫다.
> Better be friends at a distance than neighbours and enemies.
> (이탈리아 속담)

전국시대 때 위(魏)나라의 범수(范雎)는 보잘것없는 집안의 출신이었다. 그가 고관 수가(須賈)의 수행원이 되어 제(齊)나라에 갔을 때, 범수의 비범한 재능을 알아본 제나라 관리들이 사신인 수가보다도 수행원인 범수를 더 우대했다. 질투심에 불탄 수가는 귀국 후 범수가 제나라와 내통한다고 모함했다.

모진 고문을 받은 뒤 범수는 감시관을 달래서 간신히 탈옥했다. 그는 이름을 장록(張祿)으로 바꾸고 정안평(鄭安平)의 집에 숨었다. 진나라가 제(齊)나라를 공격하려고 할 때 그는 소양왕에게 이렇게 충고했다.

"먼 곳의 강대국 제를 치는 것은 국력만 소모시켜서 가까운 한(韓)나라와 위(魏)나라에게 이익을 줄 뿐입니다. 그것은 마치 적에게 군사들을 빌려주고 도둑에게 곡식을 내주는 것과 같습니다. 진나라를 위하는 길은 원교근공책뿐입니다."

그 후 그는 왕의 신임을 얻어 수상이 되었다. 그리고 원교근공 정책으로 진나라가 패권을 차지하는 기초를 만들었다.

558

컴퓨터가 전세계를 인터넷으로 연결하고 있다. 수많은 인공위성이 지구 전체를 날마다 촬영한다. 비행기를 타면 하루에 어디든지 간다. 게다가 항공모함, 핵 잠수함, 대륙간 탄도 미사일, 첨단무기 등이 전쟁의 모습을 완전히 바꾸어 버렸다.

국제자본시장이 형성되어 세계 곳곳에서 주식이 거래된다. 다국적기업의 자본에 비하면 웬만한 중소 국가들의 예산이란 초라하기만 하다. 외자유치 경쟁은 전세계의 유행이다.

유엔, 국제기구, 국제민간단체들이 있다. 먼 나라, 가까운 나라를 따질 것도 없다. 어느 한 나라의 인권문제도 이제는 곧 국제문제로 발전한다. 그러나 "원교근공"은 시대착오적인 구시대의 유물이 아니다.

국가라는 것을 항공모함이나 초대형 비행기에 싣고 이리저리 이동할 수 있는가? 각 나라가 지구 위에 고정되어 지정학적 위치를 변경하지 않는 한, 지리적으로는 여전히 가까운 나라가 있고 먼 나라가 있다.

그러니까 "원교근공"은 정책으로서 아직 그 의미를 지닌다. 국제관계란 자기 이익을 차리기 위해 냉혹하게 움직이는 것이다. 감정이 개입할 여지가 없다. 멀리 떨어진 강대국을 적으로 삼는 것은 가까운 적에게 군사를 빌려주고 도둑에게 곡식을 내주는 것과 같다.

遠水不救近火

원수불구근화 | 먼 곳의 물이 가까운 곳의 불을 꺼주지 못한다
멀리 떨어져 있는 것은 위급할 때 아무 도움이 안 된다

遠 멀다; 水 물; 不 아니다; 救 구해주다; 近 가깝다; 火 불
출처 : 한비자 설림편(韓非子 說林篇)

> 먼 곳의 물은 가까운 불을 못 끈다.
> Water far off will not quench a fire at hand.(이탈리아 속담)
> 멀리 있는 사촌보다 가까운 이웃이 낫다.
> A near neighbor is better than a distant cousin.(서양속담)
> 멀리 떨어져 사는 친구는 친구가 아니다.
> They are not friends who dwell far away.(로마속담)

춘추시대(기원전 770-403) 때 이웃의 강대국 제(齊)나라의 위협을 받고 있던 노(魯)나라의 목공(穆公)은 아들들을 초(楚)나라와 진(晉)나라에 보내서 각각 그 나라를 섬기게 했다. 이것은 위급할 때 초나라와 진나라의 도움을 받으려는 속셈이었다. 그러나 이서(梨鉏)가 이렇게 충고했다.

"멀리 있는 월(越)나라 사람을 불러다가 물에 빠진 아이를 구하려고 한다면 그가 아무리 수영을 잘해도 소용이 없다. 화재가 났을 때 먼 바다의 물을 끌어다가 불을 끄려고 해야 아무 소용도 없다.

멀리 있는 물은 가까운 불을 끄지 못한다. 초나라와 진나라가 아무리 강성해도 제나라보다 멀리 있기 때문에 노나라가 위급할 때 구해줄 수가 없을 것이다."

이것은 군사이동을 말과 마차에 의존하던 시대에나 통하는 말이다? 한달 정도면 수십만 명의 군대마저 세계 어디로나 이동시킬 수 있는 오늘날에는 케케묵은 말이 아닌가? 겉으로만 보면 적어도 그렇다.

그러나 문제는 멀리 떨어진 나라가 다급한 나라의 불을 꺼주려고 자기네 군대를 파견할 "마음"이 있는가 없는가 하는 데 달려 있다. 마음만 있다면 얼마든지 대규모의 군대를 파견해서 불을 꺼줄 수 있다.

그러나 먼 나라는 물론이고 바로 이웃인 나라마저도 마음이 없으면 단 한 명도 보내주지 않는다. 아무리 애걸복걸 빌어도 안 보내준다.

그래서 자기 힘으로 국방을 완전히 확보하기 어려운 나라일수록 동맹국이나 우호국가들과 아주 친하게 지내는 것이 중요한 것이다.

怨入骨髓

원입골수 | 원한이 뼈에 사무친다

怨 원망하다; 入 들어가다; 骨 뼈; 髓 골수
원어 : 원입어골수 怨入於骨髓 / 동의어 : 원철골수 怨徹骨髓; 한입골수 恨入
骨髓 / 출처 : 사기 진본기(史記 秦本紀)

> 가장 큰 증오는 가장 큰 사랑에서 나온다.
> The greatest hate springs from the greatest love.(서양속담)
> 낡은 상처는 쉽게 피를 흘린다.
> Old wounds soon bleed.(서양속담)
> 새로운 비탄이 낡은 비탄을 상기시킨다.
> New grief awakens the old.(서양속담)

　춘추시대 때 패자인 진(晉)나라 문공(文公)이 죽고 양공(襄公, 재위 기
원전 628-621)이 뒤를 잇자 진(秦)나라 목공(穆公)은 그 기회를 이용하
여 먼 곳의 정(鄭)나라를 치려고 세 명의 장군을 파견했다. 늙은 수상 백
리해(百里奚)와 건숙(蹇叔)의 반대도 물리치고 모험을 강행한 것이다. 세
장군은 도중에 전략을 바꾸어서 진(晉)나라에 속해있던 활(滑)을 공격했
다. 화가 난 양공이 장수 선진(先軫)을 파견해서 적을 전멸시켰다. 세 장
수는 포로가 되었다. 그 때 죽은 문공의 부인은 진(秦)나라 목공의 딸이
었는데 세 장군의 목숨을 구해보려고 양공에게 이렇게 말했다. 진(秦)나
라 목공은 패전한 세 장군에 대한 원한이 뼈에 사무쳤을 것(怨入骨髓)이
니 그들을 살려보내면 목공이 알아서 처형할 것이라고.

　양공은 세 장군을 살려서 돌려보냈다. 그것은 대단한 실책이었다. 그
래서 선진이 달려가 양공을 철이 없는 군주라고 나무랐다. 한편 진나라
목공은 모든 것을 자기 잘못으로 돌리고 세 장군을 후하게 대접했고 나
중에 패자가 되었다.

고구려 말기의 실력자 연개소문이 죽자 그의 동생과 세 아들 사이에 권력투쟁이 일어났다. 차남 남건이 실권을 장악했다. 연개소문의 동생 연정토는 신라로 달아났다.

장남 남생은 당나라에 항복한 뒤 고구려를 침입하는 당나라 군사의 앞장을 섰다. "원입골수"의 결과인 것이다.

고구려는 1년도 버티지 못하고 멸망했다. 내부분열은 외적의 침입보다 더 무서운 것이다. 천년 동안 우리 민족사의 무대였던 만주는 이 때 영영 우리 손에서 떠났다. 1300년 전의 일이다.

남한의 군사독재를 극도로 미워해서 "원입골수"가 된 나머지 남한을 등지고 북한에 충성을 바친 사람들이 있다. 군사독재를 반대하고 민주화를 추진하는 것까지는 좋다. 그러나

그 당시 북한은 남한보다 더 지독한 독재였고 지금도 고대왕조보다 더 고약한 세습전제 체제다.

지금도 남한의 현실이 불만스럽고 하여간 "원입골수"가 되어 북한의 입장을 지지하는 세력이 있지만, 그런 사람들도 북한으로 가면 "원입골수"라는 새로운 불치병에 걸릴 것이다.

月旦評

월단평 | 매달 첫날에 하는 평가 / 인물평

月 달; 旦 아침; 評 평가하다
준말 : 월단 月旦 / 동의어 : 월조평 月朝評
출처 : 후한서 허소전(後漢書 許邵傳)

잎이 아니라 열매를 보고 나무를 판단하라.
Judge a tree by its fruit, not by its leaves.(로마속담)
남을 악평하지 마라.
Let no one speak evil of anyone.(플라톤)
상처를 주는 재치는 결코 환영받지 못한다.
Witticisms which hurt are never welcome.(로마속담)
비평가는 남의 옷을 솔질해주는 사람과 같다.
Critics are like brushers of other men's clothes.(서양속담)

후한(後漢, 25-220) 말기 여남(汝南) 지방에 관상을 잘 보기로 유명한 허소(許邵)와 그의 사촌형 허정(許靖)이 살았다. 그들은 매달 초하루에 허소의 집에서 그 일대의 인물에 관해 평가했다. 그 인물평은 인기가 높았다. 조조(曹操)가 크게 두각을 나타내기 전에 하루는 허소를 찾아가 자신에 대한 인물평을 부탁했다. 처음에는 허소가 응하지 않다가 재촉을 받고는 마지못해 한마디 던졌다.

"당신은 올바르고 평온한 시대에는 간사한 도둑이, 어지러운 세상에서는 영웅이 될 거요."

십팔사략(十八史略)에는 "잘 다스려지는 세상에서는 유능한 신하가, 어지러운 세상에서는 간사한 영웅이 될 것"이라고 기록되어 약간 표현이 다르다. 어쨌든 조조는 큰소리로 웃었다. 만족했다는 뜻이다.

요즈음 우리 나라의 지도자들과 저명인사들에 대한 "월단평"이 나온다면 정말 가관일 것이다. 아무개는 여우, 또 아무개는 너구리, 누구는 늑대 등 온갖 짐승이 다 동원될 것이다. 파리, 모기, 이, 벼룩, 빈대, 불나방, 송충이, 지네 등 곤충들도 모자라서 피라미, 꼴뚜기, 거머리, 물벼룩 따위마저 입에 오르내릴 것이다.

사자, 호랑이, 고래도 나올까? 학도 나올까? 모두가 도둑이라고 평해도 화내는 자가 하나도 없을 것이다. 누구나 자기만은 도둑이 아니라고 자부하고 있을 테니까.

아무 것도 꺼리지 않고 사람을 있는 그대로 정직하게 평가하는 "월단평"은 이미 씨가 말라버렸다. 명예훼손으로 고발당하는 것 또는 권력층의 비위를 건드려 피해를 보는 괘씸죄가 두려워서 그런지는 몰라도 하여간 허소의 "월단평" 같은 진짜 인물평가는 멸종된 생물처럼 매스컴에서 사라졌다. 남은 것이라고는 자화자찬, 서로 추켜 올려주기, 광고 목적의 인물평 따위가 고작이다. 물론 진짜 인물평은 여전히 술집에서 살아있다. 솔직하고 정직한 "월단평"이 날마다 술집에서는 홍수를 이루고 있다.

有備無患

유비무환 | 필요한 것을 갖추고 있으면 걱정할 것이 없다

有 있다; 備 갖추다; 無 없다; 患 재앙
출처 : 서경 열명편(書經 說命篇)

비오는 날에 대비해서 무엇인가 저축해 두어라.
Save something against a rainy day.(서양속담)
적절한 때의 한 바늘이 아홉 바늘을 절약한다.
A stitch in time saves nine.(서양속담)
해가 비칠 때 마른풀을 마련하라.
Make hay while the sun shines.(서양속담)
지팡이를 든 사람은 개에게 물리지 않는다.
The man who carries a stick will not be bitten by a dog.
(나이지리아 속담)

은(殷)나라 고종(高宗)에게 어진 수상 부열(傅說)이 이렇게 충고했다.

"무슨 일이든지 거기 필요한 것이 있게 마련입니다. 필요한 것을 갖추고 있으면 걱정할 것도 없습니다."

이혼율이 30%대를 넘어서자 멀쩡한 부부들이 은근히 걱정이 되는 모양이다. 특히 직장에서 일찍 쫓겨난 백수들은 언제 집에서 내쫓길지 몰라 전전긍긍이다.

결혼이 없으면 이혼도 배우자의 불륜도 걱정할 필요가 없다. 그러니까 결혼은 아예 하지 않는 것이 "유비무환"이라고 여기는 젊은이들이 늘어난다. 성직자, 수도자뿐만 아니라 독신으로 사는 사람들은 그 얼마나 멋진 인생이냐 이거야.

늙어서 자식들에게 버림받는 경우가 적지 않다. 돈을 안 준다고 부모를 죽이는 자식들도 나온다. 자식들의 방탕? 그건 약과다. 그러니까 결혼은 해도 아이는 아예 낳지 않는 것이 역시 "유비무환"이라고 말하는 사람들도 있다. 무자식이 상팔자라는 속담도 늘 듣는 말이다.

사람은 누구나 죽는다. 그러나 죽기는 싫다. 무섭다. 그러니까 아예 세상에 태어나지 않는 것이 죽음에 대한 걱정이나 공포에서 벗어나는 "유비무환"이 이론적으로 맞다.

殷鑑不遠

은감불원 | 은나라의 거울은 먼 곳에 있지 않다
남의 실패를 자신의 교훈으로 삼는다
실패한 전례가 바로 앞에 있다

殷 은나라; 鑑 거울; 不 아니다; 遠 멀다
원어 : 은감불원 재하후지세 殷鑑不遠 在夏后之世
동의어 : 상감불원 商鑑不遠 / 유사어 : 복차지계 覆車之戒; 복철 覆轍
출처 : 시경 대아편(詩經 大雅篇)

악습은 아래로 내려가는 경향이 있다.
Every vice is downward in tendency.(로마속담)
사람은 남의 바보짓을 보고 현명해진다.
Man learns to be wise by the folly of others.(서양속담)
해안의 난파선은 먼바다의 등대이다.
A wreck on shore is a beacon at sea.(화란속담)
남의 잘못은 좋은 스승이다.
The fault of another is a good teacher.(서양속담)

하(夏)나라는 4백년 계속되다가 폭군 걸왕(桀王) 때 말희(妺姬)에게 홀려 지나친 사치 때문에 은(殷)나라에 멸망당했다. 은나라는 6백년을 이어오다가 포악 무도한 주왕(紂王) 때 주(周)나라 무왕(武王)에게 멸망당했다. 주왕은 원래 총명한 군주였지만 북쪽 오랑캐나라 유소씨국(有蘇氏國)을 정복하고 공물로 받은 미녀 달기(妲己)에게 홀려서 사치와 주색에 빠지고 충신들을 마구 죽였다. 그 때 마지막 충신 서백(西伯)은 은나라의 멸망을 예측하여 주왕에게 이렇게 충고했다.

"은나라의 거울은 먼 곳에 있지 않고 바로 하임금 시대에 있다."

서백은 유폐되었다. 그 후 서백의 아들이 이끄는 군사에게 목야(牧野)에서 크게 패배한 주왕은 불구덩이 속으로 몸을 던져 자살했다.

570

군사정권의 지도자들 가운데 한 사람은 총격을 받았고 둘은 임기가 끝난 뒤에 감옥에 갔다. 그 뒤를 이은 민간정권의 지도자들은 자기보다 앞서간 지도자들의 말로를 본보기로 삼았어야 한다. "은감불원"인 것이다.

그러나 그들은 자기 아들이나 측근들이 엄청난 부정부패를 저질러 감옥에 가는 것을 막지 못했다.

그 뒤를 이은 정권의 지도자에게도 역시 "은감불원"이다. 은나라의 거울이 앞에 줄줄이 있는데도 불구하고 측근들이 거액의 부정부패로 줄줄이 쇠고랑을 차고 감옥에 간다면 그는 "은감불원"이라는 말을 들을 자격조차 없다.

앞으로 나오는 민간정부의 지도자들도 역시 "은감불원"을 외면할까? 정치 지도자들은 "은감불원"을 명심해서 타산지석으로 삼아야 한다.

泣斬馬謖

읍참마속 | 울면서 마속의 목을 벤다 / 법을 엄격하게 시행한다
고차원의 목표를 위해서는 측근이라도 희생시킨다

泣 울다; 斬 베다; 馬 말; 謖 일어나다
출처 : 삼국지 촉지 제갈량전(三國志 蜀志 諸葛亮傳)

> 공공의 이익이 개인적 이익보다 더 중요하다.
> Public necessity is more important than private.(로마법 격언)
> 처벌받지 않는 자가 많으면 누구나 죄를 짓는다.
> Many without punishment, none without sin.(영국속담)
> 본보기가 명령보다 더 낫다.
> Example is better than precept.(서양속담)
> 살아갈 때 우리는 논리보다 모범을 더 많이 따라간다.
> We live more by example than by reason.(로마속담)

삼국시대 때 촉(蜀)나라의 제갈량(諸葛亮, 孔明, 181-234)이 위(魏)나라를 치기 위해 기산(祈山)으로 진출했다. 그러자 위나라의 조조(曹操)는 사마의(司馬懿, 仲達, 179-251)를 보내서 막게 했다.

제갈량이 제일 걱정한 것은 군사들의 식량을 운반하는 길목인 가정(街亭)을 지키는 일이었다. 그 때 제갈량의 둘도 없는 친구인 마량(馬良)의 동생 마속(馬謖)이 자원했다. 마땅한 인물이 없었기 때문에 제갈량은 마속에게 산기슭을 따라 길을 지키라고 지시해서 보냈다.

그러나 젊은 마속은 자기 실력을 과신해서 산꼭대기에 진을 쳤다가 장합(張郃)에게 크게 패배하고 말았다.

그 결과 제갈량의 제1차 원정은 좌절되었다. 제갈량은 군령을 세우기 위해 마속을 사형에 처했다. 그리고 마속이 사형장으로 떠난 뒤 그는 엎드려 울었다.

중국대륙을 공산당에게 넘겨주고 대만으로 쫓겨간 뒤에도 장개석 정부의 관리들은 여전히 부패했다. 그래서 장개석은 본보기로 자기 처남을 공개 처형했다.

그제야 관리들이 정신을 번쩍 차렸고 부패는 사라졌다. 해방 이후 우리 나라 관리들의 부정부패는 유구한 전통을 자랑한다. 지금도 부패지수가 아프리카의 형편없는 나라와 비슷하다.

정권이 바뀔 때마다 부정부패 근절을 외쳐왔지만 60년 가까이 지나도 상황이 변하지 않고 오히려 뇌물 규모가 어마어마하게 커지기만 한다.

과거에는 수천만 원의 뇌물이 보도되면 온 국민이 놀랐다. 그러나 요즈음은 수백 억, 수천 억에도 아무도 안 놀란다. 또 뭐가 하나 터졌군. 재수 없는 놈이 하나 또 쇠고랑 차는군. 그 정도로 시큰둥하다.

원인은 딱 한 가지다. 역대 정권의 지도자들이 진짜 "읍참마속"으로 자기 아들이나 측근의 목을 벤 적이 단 한번도 없기 때문이다.

감옥에 잠깐 보냈다가 곧 풀어주고 사면하는 것은 싸구려 정치 쇼에 불과하다. 장개석처럼 본때를 보여주어야 한다. "읍참마속"을 못하는 지도자는 개천에서 난 용이 아니라 미꾸라지다. 그도 역시 물을 흐리게 만든다.

應接不暇

응접불가 | 응접할 틈이 없다
일이 계속 생겨 생각할 틈도 없이 바쁘다

應 감당하다, 대답하다; 接 닿다, 잇다; 不 아니다; 暇 겨를, 틈
출처 : 세설신어 언어편(世說新語 言語篇)

> 시간을 가장 잘 쓰는 사람은 남는 시간이 없다.
> Those who make the best use of their time have none to spare.(서양속담)
> 너무 바쁘면 경멸당한다.
> To be too busy gets contempt.(서양속담)
> 할 일이 제일 적은 자들보다 더 바쁜 사람이 어디 있는가?
> Who more busy than they that have least to do?(영국속담)
> 바쁜 사람은 오로지 한 악마의 유혹만 받지만 게으른 자는 수천 명의 악마의 유혹을 받는다.
> He that is busy is tempted but by one devil; he that is idle by a legion.(서양속담)

동진(東晉)의 수상 사안석(謝安石)에게 발탁되어 고관이 된 왕헌지(王獻之, 344-386)는 아버지 왕희지(王羲之)와 더불어 서예가로 유명한 인물이다. 그는 산음(山陰, 會稽山 북쪽)을 여행한 뒤 그 경치에 대해 이렇게 말했다.

"산음의 경치는 정말 대단하다. 높은 산과 깊은 계곡이 연달아 나타나는 바람에 일일이 응접할 틈도 없다."

휴대폰을 손에 쥐고 있지 않으면 불안해서 못 견디는 젊은이들이 많다. 어린 학생들 가운데도 많다. 그들에게 휴대폰은 "내 인생의 동반자", "오, 나의 태양(오, 솔레 미오!)"이다.

너 없이는 못 살아. 그래, 애인이나 부모 없이는 살지만, 휴대폰 없이는 못 살 것이다. 그들은 휴대폰 때문에 바로 옆에 있는 가족과 대화할 틈도 없다. "응접불가"다. 그러면서 그들은 표준어를 우습게 여긴다.

컴퓨터 게임에 빠졌거나 중독이 되어 정상적인 생활마저 불가능해진 사람들도 역시 "응접불가"의 황홀경에 빠져서 세월을 보낸다. 사람들은 자신이 컴퓨터 정신병자라는 사실을 모른다.

손을 벌리지 않고 가만히 앉아만 있는데도 끊임없이 밀려오는 선물, 상품권, 사과상자, 감사장만 정리하는 데도 "응접불가"인 고위층과 저명인사들이 적지 않다.

교통순경도 아니면서 거미줄 같은 인간관계, 청탁관계, 정실관계 등을 교통 정리해 주느라고 눈코 뜰 새도 없이 바쁜 그들은 문자 그대로 "응접불가"인 것이다.

衣食足則知榮辱

의식족즉지영욕 | 먹고 입는 것이 넉넉해야 명예와 수치를 안다
기본생활이 되어야 예의도 차린다

衣 옷, 입다; 食 먹다; 足 넉넉하다; 則 곧; 知 알다
榮 영화, 무성하다; 辱 수치, 욕되다
출처 : 관자 목민편(管子 牧民篇)

위장이 다리들을 운반한다.
The stomach carries the feet.(스페인 속담)
굶주림과 추위는 사람을 그의 적에게 넘겨준다.
Hunger and cold betray a man to his enemies.(스페인 속담)
굶주린 배는 귀가 없다.
Hungry bellies have no ears.(프랑스 속담)
굶주린 당나귀는 어떠한 밀짚도 다 먹는다.
The hungry ass will eat any sort of straw.(이탈리아 속담)

춘추시대 때 제(齊)나라의 수상 관중(管仲, 기원전 ?-645)은 백성들의 의식주를 넉넉하게 만들고 나라를 튼튼하게 하여 환공(桓公, 재위 기원전 685-643)이 패자가 되도록 도왔다. 공자는 그의 공적을 매우 높이 평가했다. 그의 말과 행적이 많이 수록된 책 관자(管子)에 이런 구절이 있다.

"창고에 곡식이 가득 차야 예절을 알게 되고, 먹는 것과 입는 것이 넉넉해야 명예와 수치를 알게 된다."

쌀, 밀가루, 옥수수 등이 철철 남아돈다. 그러나 사람들은 예절 따위는 아랑곳하지도 않는다. 먹을 것이 풍부할수록 동방예의지국이 동방무례지국으로 변하고 있다. 가정, 학교, 사회, 나라에서 예절이란 박물관에 가도 찾아볼 수 없다. 애당초 예절을 가르칠 사람도 없었고 또 아무도 가르치지 않았으니 그런 것이 있는지조차 모른다.

옷도 사방에서 남아돈다. 옷이 날개라고 하니까 너도나도 옷을 잘 입고 다닌다. 옷을 잘 입은 사람들이 대부분이니 이제는 남들의 시선을 끌고 톡톡 튀는 인물이 되기 위해 옷 벗기 경쟁이 한창이다. 많이 벗을수록 몸값이 껑충 뛰어 오른다.

그렇다면 그토록 옷을 잘 입고 다니는 사람들이 왜 명예도 수치도 모르는지 모르겠다. "의식족즉지영욕"이 거꾸로 가는 세상이 되고 있다.

疑心暗鬼

의심암귀 | 의심이 어둠을 지배하는 귀신을 만들어낸다
의심하면 엉뚱한 생각이 들어 불안해진다
선입견이 있으면 판단을 그르친다

疑 의심하다; 心 마음; 暗 어둡다; 鬼 귀신
원어 : 의심생암귀 疑心生暗鬼
유사어 : 절부지의 竊斧之疑; 배중사영 杯中蛇影
출처 : 열자 설부편(列子 說符篇)

미친놈은 누구나 다른 사람이 모두 미쳤다고 생각한다.
Every insane person believes other people to be mad.(로마속담)
코가 큰 사람은 모두 자기 코에 관해서 수군거린다고 생각한다.
He that has a great nose thinks everybody is speaking of it.
(서양속담)
한번 속이면 항상 의심받는다.
He that once deceives is ever suspected.(서양속담)
아무나 모두 신뢰하는 것과 아무도 신뢰하지 않는 것은 똑같은 잘못이다.
It is an equal failing to trust everybody and to trust nobody.
(서양속담)

어떤 사람이 도끼를 잃어버렸다. 그래서 이웃집 아들이 훔쳐갔다고
의심했다. 그의 몸짓이나 표정이나 동작이 모두 수상했다. 분명히 훔쳐
간 듯이 보였다. 그러던 며칠 뒤에 골짜기를 파다가 우연히 자기 도끼를
찾았다. 거기 떨어뜨린 것이었다. 그 후 이웃집 아들을 바라보아도 수상
한 구석이 전혀 없었다. 보는 눈이 달라진 것이다.

로마제국은 초기부터 왕궁에서 독살이 유행했다. 아우구스투스 황제의 황후부터 정적을 제거하는 독살의 명수였다. 그래서 누구나 서로 의심했다. 황제도 자기 이외에는 아무도 믿지 않고 모두 의심했다. "의심암귀"의 시대였다.

어느 고위관리가 황제를 암살하려고 했는데 신통한 방법이 없었다. 그래서 거액의 금화를 주고 소경을 한 명 매수했다. 소경이 황제 앞에 나가서 황제가 보는 앞에서 칼로 사과껍질을 벗겼다.

그리고 사과를 둘로 쪼개 반쪽을 자기가 먼저 먹은 뒤 나머지 반쪽을 황제에게 내밀었다. 황제는 사과에 독이 들지 않았다고 확신하고 반쪽을 받아서 먹었다. 그러나 독살되었다. 소경은 칼날의 한쪽에만 독을 칠해서 자기가 먹은 사과 반쪽에는 독이 묻지 않게 했던 것이다. 황제의 "의심암귀"도 아무 소용이 없었다.

정경유착이 심하고 권력층과 고위층의 거액 뇌물사건이 자주 드러나게 되면 국민들은 으레 권력실세와 고위관리들의 뇌물거래에 대한 "의심암귀"에 빠지게 마련이다.

검찰이 아무리 수사를 공정하게  하고 또 솔직하게 발표해도 믿어주지를 않는다. 이런 고약한 "의심암귀"를 벗어나는 길은 한 가지뿐이다. 국민들이 믿어주든 말든 검찰이 줄기차게 공정한 수사를 계속하면 된다.

二桃殺三士

이도살삼사 | 복숭아 둘로 무사 셋을 죽인다
계략으로 상대방을 자멸하게 만든다

二 둘; 桃 복숭아; 殺 죽이다; 三 셋; 士 선비
출처 : 안자춘추(晏子春秋)

바보에게 긴 밧줄을 주면 그는 목을 매달 것이다.
Give a fool rope enough, and he will hang himself.(서양속담)
물고기는 미끼를 따라간다.
Fishes follow the bait.(영국속담)

춘추시대 때 제(齊)나라 경공(景公)을 호위하는 무사 셋이 자기 힘과
공적을 자랑하면서 법을 무시하고 제멋대로 굴었다. 그들은 맨주먹으로
호랑이를 때려잡을 정도로 힘이 장사였다.

수상 안영(晏嬰)이 그들을 해임하라고 권고했지만 경공은 뒤에 탈이
날까 두려워서 망설였다. 그래서 안영이 그들을 쉽게 제거할 꾀를 냈다.

경공은 노나라 군주를 초대한 자리에서 만수금도(萬壽金桃)라고 하는
대단히 큰 복숭아 두 개를 무사들에게 주고는 공적이 제일 많은 두 사람
이 각각 하나씩 먹으라고 했다.

복숭아를 못 먹은 한 무사가 수치심 때문에 자결하자 다른 두 명도
차례로 자결했다. 그 후 제갈량과 이태백이 시를 지어서 그들의 이야기
가 더욱 유명해졌다.

유신독재 때 반정부 운동이 만만치 않았다. 국민투표를 세 번이나 실시해서 과반수를 얻었다. 국민투표란 야당과 언론의 입을 막기 위해 사용한 "이도살삼사" 식의 계략이었다.

그러나 해외언론은 침묵시킬 수가 없었다. 그래서 유신독재를 매섭게 공격하던 미국의 최대일간지 기자를 서울로 초청해서 잘 대접했다. 그리고 이번에도 "이도살삼사" 식의 계략을 썼다. 기자가 자는 방에 미인을 들여보내는 미인계를 쓴 것이다. 성공하는 듯했다.

그러나 침대 밑에 장치한 도청녹음기에서 테이프 돌아가는 잡음이 났다. 기자가 알아차렸다. 그는 미국으로 돌아가서 유신독재를 더욱 맹렬하게 공격했다.

나이가 꽤 든 어느 목사가 북한을 방문했다. 잘 대접을 받았다. 파티가 끝나고 밤에 그가 호텔로 돌아가서 자려고 할 때 젊은 미녀가 들어왔다.

그는 미인계라고 직감하고는 나가라고 소리쳤다. 그러나 여자가 무릎을 꿇고 빌었다. 자기가 지금 나가면 죽는다고. 침대 밑에서라도 잘 테니 새벽까지만 그 방에 머물게 해 달라고. 원수마저도 사랑하라는 가르침을 따르는 목사라서 동정심 때문에 여자를 내쫓지 못했다. 결국 북한의 미인계는 성공했다. 그 후 그는 다른 목사 세 명을 북한에 보내라는 요구를 받고 처음에는 거절했지만 협박에 못 이겨 다른 세 명의 방북을 권유했다.

"이도살삼사"의 계략이 반드시 성공하는 것은 아니다. 그러나 뇌물이든 미인계든 적진을 분열시키는 것이든, 성공할 확률이 꽤 높은 것이 현실이다.

581

移木之信

이목지신 | 나무를 옮기는 데 대한 신의 / 약속을 반드시 지킨다

移 옮기다; 木 나무; 之 가다, ~의; 信 믿다
동의어 : 사목지신 徙木之信 / 반대어: 식언 食言
출처 : 사기 상군열전(史記 商君列傳)

> 정직한 것은 안전한 것이다.
> Honestly is safely.(로마속담)
> 정직함은 힘에게 날개를 준다.
> Honesty gives wings to strength.(로마속담)
> 충직함은 돈보다 더 가치가 있다.
> Loyalty is worth more than money.(서양속담)
> 선량한 사람의 약속은 법률적 의무가 된다.
> The promise of a good man becomes a legal obligation.
> (로마속담)

진(秦)나라 효공(孝公) 때 수상인 상앙(商鞅, 기원전 ?-338)은 법률을 매우 중요시하고 부국강병책을 써서 진나라가 천하를 통일하는 데 그 기초를 닦았다.

그는 백성들이 법을 잘 지키도록 하기 위해서 계책을 썼다. 남문 앞에 높이 9미터나 되는 큰 나무 기둥을 세워놓고 거기 "이 나무를 북문으로 옮겨놓는 사람에게 금화 열 냥을 주겠다"고 써서 붙였다. 그러나 아무도 옮기지 않았다.

그래서 이번에는 상금을 오십 냥으로 올렸더니 어떤 사람이 그것을 옮겨놓았다. 그는 즉시 그 사람에게 상금을 주었다. 그런 다음에 법을 공포했더니 백성들이 나라의 법을 잘 지켰다.

학생들의 과외공부가 극성을 부려 그 돈을 대려고 집안살림이 위협을 받던 시절이 있었다. 물론 지금도 사정은 비슷하다. 그 때 과외공부 때문에 나라가 망한다는 과외망국론이 힘을 얻어 정부가 과외공부를 전면적으로 금지했다.

비밀과외를 적발하는 자에게는 상금까지 주었다. 그러나 허사였다. 고위층과 부유층에서는 무슨 수를 써서라도 과외를 계속했던 것이다. 나라와 사회의 지도자들 자신이 "이목지신"을 지키지 않았기 때문이다.

부동산 투기를 뿌리 뽑겠다고 정부에서 큰소리친다. 투기지역 지정을 전국으로 확대한다. 투기이익을 거의 전부 세금으로 걷어들이겠다고 한다. 그런다고 될까?

정부의 고위층들 부인이 부동산 투기를 했다는 의혹이 언론에 보도되는 판이다. 은행 돈이든 뇌물이든 거액의 돈을 마음대로 주무르는 권력층과 부유층이 돈벌이가 가장 잘 되고 또 가장 확실하게 된다고 누구나 믿는 부동산 투기에서 과연 손을 뗄까?

일반서민들도 돈만 있다면 누구나 다 덤벼드는데 돈버는 방법을 제일 잘 아는 그들이 먼 산만 바라본다? 정말 웃기는 이야기다.

以心傳心

이심전심 | 마음으로 마음을 전한다
말이나 글이 아니라 마음으로 뜻을 전달한다

以 ~으로써; 心 마음; 傳 전하다
동의어 : 염화미소 拈華微笑
유사어 : 불립문자 不立文字; 교외별전 敎外別傳
출처 : 전등록(傳燈錄); 오등회원(五燈會元); 무문관(無門關); 육조단경(六祖壇經)

> 마음에서 나온 것은 마음에 닿는다.
> What comes from the heart goes to the heart.(독일속담)
> 마음에는 귀가 있다.
> The heart has ears.(러시아 속담)
> 위대한 정신은 생각이 같다.
> Great minds think alike.(서양속담)
> 사랑은 사랑을 알기 때문에 말이 필요 없다.
> Love understands love, it needs not talk.(서양속담)

석가가 영산(靈山)에 제자들을 모아놓은 뒤 연꽃을 한 송이 집어들어 (염화 拈華) 그들에게 내밀어 보였다. 제자들은 아무도 무슨 뜻인지 몰랐다. 그러나 가섭(迦葉)이 홀로 알아듣고는 미소를 지었다.

그러자 석가는 "나는 천성적 마음, 번뇌를 벗어나는 마음, 진리를 아는 마음, 불법을 깨닫는 마음 그리고 마음으로 뜻을 전하는 길을 가섭에게 준다."고 말했다. 송나라 중 도언(道彦)은 석가가 가섭에게 "이심전심"으로 불법을 전해주었다고 기록했다.

독재자들은 당당하게 법으로 언론의 입을 틀어막는다. 민주 국가의 지도자들마저도 언론의 입을 틀어막고 싶어한다. 그래서 검열이라는 것이 있다.

히틀러, 스탈린, 모택동, 기타 군사독재자들의 검열만 검열은 아니다. 어용언론이 알아서 미리 벌벌 기는 것도 검열이다. 자율규제라는 것도 비겁하게 미리 알아서 기는 것이다. 소위 괘씸죄라는 것이 위력을 발휘하는 나라에서는 인권이고 자유고 다 소용없다. 권력이 바로 법이기 때문이다.

그러나 검열이란 아무 소용이 없다. 나라꼴이 어떻게 돌아가고 있는지는 국민들 사이에 "이심전심"으로 퍼져나가게 마련인 것이다.

정치인들은 자기 참모들에게 뇌물을 받아 오라거나 불법 자금을 모으라는 지시를 하지 않는다. 그들은 항상 청렴결백하고 법을 잘 지키는 군자들이기 때문이다. 그러나 참모는 이미 주인의 마음속을 훤하게 읽고 있다. "이심전심"으로 서로 통하는 것이다.

중대한 사건을 검찰이 수사를 하고 있는데 고위 당국에서 한마디 던지면, 국회연설에서도 매우 당연한 듯이 보이는 기본원칙을 천명하지만, 사실은 거기서 뭔가 알아들으라는 뜻이다. 검찰이 "이심전심"으로 뭔가를 알아듣는다.

以暴易暴

이포역포 | 폭력을 폭력으로 다스린다

以 ~으로써; 暴 난폭하다; 易 바꾸다, 다스리다
동의어 : 이폭역폭 以暴易暴; 이포이포 以暴易暴
출처 : 사기 백이열전(史記 伯夷列傳)

모든 법은 우리가 힘을 힘으로 물리칠 수 있다고 선언한다.
All laws declare that we may repel forces with forces.
(로마법 격언)
군주에게는 길이 없다.
Princes have no way.(서양속담)
악마가 다른 악마를 안다.
One devil knows another.(서양속담)
도둑을 잡기 위해서는 다른 도둑을 이용하라.
Set a thief to catch a thief.(서양속담)

은(殷)나라 주왕(紂王)의 폭정이 극심해서 8백 명의 제후들이 주(周)나라 무왕(武王)을 중심으로 반란을 일으켰다. 무왕이 50만 대군을 이끌고 목야(牧野)에서 주왕의 70만 군사를 무찔러 은나라를 멸망시켰다. 주왕은 궁전에 불을 지르고 스스로 뛰어들어 죽었다.

무왕의 군사행동을 반대한 백이와 숙제는 수양산(首陽山)에 들어가 고사리를 캐어먹다가 굶어죽었는데 마지막으로 남긴 시 채미가(采薇歌)에서 이렇게 읊었다.

"포악한 방법으로 포악한 일을 저지르고도 그 잘못을 못 깨닫는다."

줄리어스 시저가 종신 독재자가 되어 로마를 원로원 중심의 공화국에서 황제 중심의 제국으로 만들었다. 그 때 그의 양자 브루투스를 비롯한 공화국 지지자들은 시저를 암살하고 반란을 일으켰다. "이포역포"의 수단을 동원한 것이다.

그러나 시대가 이미 변했다. 원로원 의원들은 로마를 다스릴 힘이 없었다. 안토니우스의 군대가 브루투스의 군대를 전멸시켰다. 그 다음에는 시저의 뒤를 이은 아우구스투스의 군대가 안토니우스와 클레오파트라의 연합군을 무찔렀다.

수십만 명이 죽었다. 그리고 로마는 제국으로 굳어졌고 그 뒤 많은 폭군들이 등장해서 처형, 암살, 그리스도교 박해 등으로 엄청난 피를 흘렸다. 2천년 전 "이포역포"의 결과는 그랬다.

모든 권력은 총구에서 나온다. 공산당의 신조다. 그들은 모든 인민이 다 같이 잘 사는 세상을 만든다고 선전하지만 사실은 인민을 믿지 않는다. 총칼로 정권을 유지하는 것이다. 그리고 그들 사이에 권력투쟁이 벌어지면 반대파는 무자비하게 처형한다. "이포역포"가 그들의 기본원리인 것이다. 결국 그들은 스스로 무너지고 말았다.

아프리카의 앙골라에서는 내전이 30년이 넘도록 계속된다. 쿠데타가 다른 나라에서도 심심찮게 일어난다. 국민들은 헐벗고 굶주리는데 총칼을 독점한 무장세력들은 상호 학살로 세월을 보낸다. 이러한 "이포역포"는 사악한 인간이 만들어낸 대규모의 재앙이다.

587

人生如驅過隙

인생여구과극 | 인생은 망아지가 문틈 앞을 달려 지나가는 것과 같다
인생이란 순식간에 지나간다

人 사람; 生 살다; 如 같다; 驅 망아지; 過 지나가다; 隙 틈
출처 : 송사 석수신전(宋史 石守信傳); 장자 지북편(莊子 知北篇)

> 세월보다 더 빠른 것은 없다.
> Nothing is swifter than the years.(오비디우스)
> 인생은 짧고 예술은 길다.
> Life is short, art is long.(히포크라테스)
> 시간은 화살처럼 날아간다.
> Time flies like an arrow.(서양속담)

송(宋)나라 태조(太祖, 재위 960~979)는 어지러웠던 시대를 마감하고 나라를 세운 뒤, 자기를 도와준 장군들의 세력을 제거하라는 조보(趙普)의 충고를 받아들였다. 자기 자신이 칼로 권력을 잡았기 때문에 장군들의 세력이 얼마나 위험한지 잘 알고 있었던 것이다.

그는 공적이 가장 많은 석수신(石守信)을 비롯한 여러 장군들을 불러 잔치를 벌인 자리에서 한숨을 내쉬었다. 황제의 자리를 언제 뺏길지 몰라 걱정이라고 했다. 장군들은 황제의 자리를 넘볼 자가 아무도 없으니 안심하라고 대답했다. 그러자 태조는 이렇게 말했다.

"인생이란 흰 망아지가 문틈 앞을 달려서 지나가는 것과 같다. 권력이란 무상하니 고향에 돌아가 재산을 크게 모으고 편히 사는 것이 제일 낫다."

장군들은 그의 말이 죽은 것을 살려내 뼈에 살을 붙여주는 것(生死而肉骨也)이라고 찬성했다. 태조는 쉽게 목적을 달성했다.

인생이란 각자에게 단 한 번뿐이다. 그리고 쏜살같이 지나가 버리는 것이다. 누구나 다 아는 말이다. 그러나 그 말을 안다고 해서 누구나 인생을 보람 있게 사는 것은 아니다.

오히려 어영부영 쓸데없이 세월을 낭비하는 것이 대부분이다. 좋은 일을 하는 데도 시간이 모자라는 판에 나쁜 짓만 일삼는 자들도 많다.

물론 인생 자체는 눈 깜짝할 사이에 지나가는 것이지만 사실 시간의 속도는 상대적이다. 월급을 받는 직원에게는 시간이 지루하게 흘러간다. 그러나 월급을 주는 사장에게는 매달 월급날이 얼마나 빨리 닥치는지 모른다.

선거에서 떨어진 사람이 다음 선거를 기다릴 때는 시간이 마치 정지한 것처럼 하루하루가 느리게 지나간다. 그러나 임기 4년 또는 5년으로 당선된 사람은 임기가 끝나는 순간이 그렇게 빨리 다가올 수가 없다. 모두 초조하다.

人生朝露

인생조로 | 인생은 아침 이슬과 같다

人 사람; 生 살다; 朝 아침; 露 이슬
원어 : 인생여조로 人生如朝露 / 유사어 : 인생초로 人生草露
출처 : 한서 소무전(漢書 蘇武傳)

사람의 목숨은 겨울철 하루의 낮과 같다.
The life of man is a winter 's day.(영국속담)
오늘은 왕, 내일은 허무.
Today a king, tomorrow nothing.(프랑스 속담)
오늘은 사람, 내일은 생쥐.
Today a man, tomorrow a mouse.(영국속담)
온 세상을 차지해도 만족하지 못할 그에게 이제는 무덤 하나면 충분하다.
A tomb is now sufficient to him for whom the whole world was not sufficient.(알렉산더 대왕의 묘비명)

기원전 100년 한나라 무제(武帝, 기원전 141-87) 때 소무(蘇武)가 포로교환 교섭을 위해 사절단을 이끌고 흉노족에게 갔다가 오히려 자신이 포로가 되고 말았다.

죽이겠다는 위협에 대부분이 항복했지만 그는 끝까지 굴복하지 않았다. 흉노족은 그를 북해 근처로 보내 양을 치게 했다. 그는 들쥐를 잡아 먹고 풀뿌리를 캐면서 목숨을 이어갔다.

그 때 고국에서 절친한 친구로 지내던 이릉(李陵) 장군이 그를 찾아왔다. 이미 흉노족에게 항복한 이릉은 그를 설득하려고 "인생은 아침 이슬과 같다. 이제 고생 그만 하고 나하고 흉노족 왕에게 가자."고 말했다. 그러나 소무는 굽히지 않았다.

19년이 지났다. 무제에 이어 소제(昭帝)가 즉위한 뒤 한나라와 흉노가 화해했다. 그 때 한나라 사신이 소무를 돌려보내 달라고 요구하자 흉노족은 그가 이미 죽었다고 거짓말을 했다. 그러나 예전에 소무를 따라갔다가 거기 머물게 된 상혜(常惠)가 사신에게 사실을 알려주었다.

다음 날 사신이 흉노족에게 "천자께서 상림원(上林苑)에서 사냥하다가 기러기를 잡았는데 그 발목에 헝겊이 매어 있었고 거기 소무 일행이 큰 못 근처에 살고 있다고 적혀 있었습니다."라고 말했다. 물론 사신의 말은 꾸며낸 이야기였다. 그러나 소무는 풀려났다.

인생이란 아침 이슬과 같다. 해가 높이 뜨면 자취도 없이 사라지고 만다. 물론 그렇다. 아버지가 아들을 낳고 아들이 손자를 낳고 그 손자가 또 아들을 낳고… 이런 식으로 이어진 인류의 역사 일만 년이라는 세월도 아침 이슬과 다를 바가 없다. 앞으로 백만 년이 지난다 해도 그 역사도 역시 아침 이슬 한 방울에 불과할 것이다.

그러나 이슬 한 방울이란 풀잎에 맺혀 있는 동안은 얼마나 찬란하게 빛나는가! 사라지기 전까지는 얼마나 아름다운가! 진주보다, 다이아몬드보다 더 아름다운 것이 아침 이슬이 아닌가! 인생이란 허무한 것이라 해서 자포자기하고 한탄만 할 것인가? 아니다. 허무한 것이니까 각자에게 주어진 짧은 시간이나마 더욱 더 보람 있게 쓰고, 더욱 사람답게 살도록 노력해야만 하지 않겠는가?

인생이란 담배연기와도 같다. 그래서 프랑스에서는 담뱃갑에 "담배를 피우면 죽는다."고 인쇄했던가? 그렇다면 "담배를 안 피워도 죽는다."는 애연가들의 항변은 또 무엇인가?

인생이란 이승에서 마시는 술 한 잔과도 같다. 다 마셔버리면 잔에 남는 것이 없다.

591

一擧兩得

일거양득 | 한 가지 일로 두 가지 이익을 얻는다

一 하나; 擧 들다; 兩 둘; 得 얻다
준말 : 양득 兩得 / 동의어 : 일거양획 一擧兩獲; 일석이조 一石二鳥; 일전쌍조 一箭雙鳥 / 반대어 : 일거양실 一擧兩失
출처 : 춘추후어(春秋後語); 전국책 진책(戰國策 秦策)

한 그물로 산돼지 두 마리를 잡는다.
To take two boars in one cover.(로마속담)
돌 하나로 새 두 마리를 잡는다.
To kill two birds with one stone.(영국속담)
콩 하나로 비둘기 두 마리를 잡는다.
To take two pigeons with one bean.(이탈리아 속담)

전국시대 진(秦)나라 혜문왕(惠文王)에게 장의(張儀)가 중원으로 진출하도록 충고했다. 그러나 사마착(司馬錯)은 이렇게 말했다.

"패자가 되는 조건은 세 가지다. 영토를 넓히고 백성들의 재산을 늘리며 덕을 쌓는 것이다. 진나라가 촉(蜀)지방의 오랑캐를 정복하면 영토도 넓어지고 백성들의 재산도 늘어나니 "일거양득"이 된다. 진나라가 지금 한(韓)나라로 쳐들어간다면 초(楚)와 위(魏)가 도울 것이다. 그러면 진나라가 공연히 천자를 위협한다는 원망만 사고 만다."

왕은 사마착의 말에 따라 촉을 정복했다. 한편 호랑이 두 마리를 한꺼번에 잡은 이야기도 있다. 호랑이가 나타났다는 말을 듣고 여관에서 달려나가려는 장사 변장자(辯莊子)에게 심부름하는 아이가 이렇게 말했다.

"호랑이 두 마리가 소를 잡아먹으려고 하니 기다리세요. 두 마리가 서로 싸우다가 한 마리는 죽을 겁니다. 그 때 이미 기운이 다 빠진 나머지 한 마리를 때려잡는 건 아주 쉽지요. 이것이 바로 '일거양득'입니다."

화살을 하나 쏘았는데 두 마리의 새가 맞아서 떨어졌다. 퀴즈를 풀었는데 상금을 타고 경품도 탔다. 숙제를 하려고 책을 읽었는데 큰 감동을 받았다. 이런 것들이 "일거양득"이다. 북한이 서울을 불바다로 만들겠다고 위협했다.

그러자 전쟁을 피하려면 북한을 달래야 한다는 진보세력이 등장했다. 남한의 군사력을 강화해서 당당하게 맞서야 한다는 주장이 낡은 냉전논리라고 공격한다.

식량과 달러를 북한에 대량으로 퍼주면서 남한 사회는 분열되었다. 북한은 말 몇 마디만 가지고 "일거양득"을 본 것이다.

一網打盡

일망타진 | 그물을 한번 쳐서 물고기를 다 잡는다
범인 등 어떤 무리를 한꺼번에 다 잡는다

一 하나; 網 그물; 打 치다; 盡 전부, 다하다
준말 : 망타 網打
출처 : 송사 인종기(宋史 仁宗紀); 동헌필록(東軒筆錄)

> 범죄는 그것에 물드는 자들을 똑같은 자로 만든다.
> Crime equalizes those whom it corrupts.(로마속담)
> 훔친 물건을 받는 자는 도둑과 마찬가지다.
> The receiver 's as bad as the thief.(영국속담)
> 군주들은 긴 팔과 많은 귀를 가지고 있다.
> Kings have long hands and many ears.(독일속담)
> 스파이는 군주의 눈과 귀다.
> Spies are the ears and eyes of princes.(서양속담)

송나라 인종(仁宗, 재위 1022-1063) 때 과거제도를 통해 많은 인재들이 두각을 나타냈다. 혁신적인 관료세력을 형성한 그들은 기존의 보수적인 대신들의 세력과 심하게 대립했다. 그 결과 20년 동안에 권력의 주체가 17번이나 바뀌었다.

구양수(歐陽修)는 붕당의 대립을 비판했다. 두연(杜衍)이 수상으로 있을 때 그의 사위 소순흠(蘇舜欽)이 공금을 유용했다. 그러자 두연을 싫어하던 검찰총장 왕공진(王拱辰)이 소순흠 일파를 모조리 잡아들인 뒤에 "범인들을 모두 일망타진했다."고 두연에게 보고했다. 두연도 70일 만에 수상 자리에서 물러났다.

조선왕조에서 당쟁이 극심할 때 한 세력이 정권을 잡으면 반대세력을 문자 그대로 "일망타진"했다. 역적으로 몰아서 삼족을 멸했다.

삼족을 멸한다는 것은 돼지 족발을 자른다는 뜻이 아니다. 역적으로 몰린 본인과 그 아들과 손자 등 삼대를 죽인다는 뜻이다.

지금도 한 세력이 정권을 잡으면 반대세력을 "일망타진"하여 공직은 물론이고 회사에서도 쫓아낸다. 게다가 쫓겨난 자들이 무능하고 부패했다고 공영방송이나 신문 등을 동원해서 널리 홍보한다.

이런 경우에 반대세력과 같은 지역이나 같은 학교 출신들도 무조건 쫓겨난다. 현대식으로 삼족을 멸하는 것이다.

남을 "일망타진"하던 자들도 정권이 바뀌면 자기들이 "일망타진"을 당한다. 그리고 줄줄이 쇠고랑을 찬다. "일망타진"이 반복되는 나라에서 장사가 가장 확실하게 잘 되는 것은 쇠고랑을 생산하는 회사다.

땅 짚고 헤엄치기다. 쇠고랑 제조회사의 사장은 절대로 쇠고랑을 안 찬다.

日暮途遠

일모도원 | 해는 저물고 갈 길은 멀다
할 일은 많은데 남은 시간이 별로 없다

日 날, 해; 暮 저물다; 途 길; 遠 멀다
출처 : 사기 오자서전(史記 伍子胥傳)

먼 길에는 지푸라기 하나도 무겁다.
On a long journey even a straw is heavy.(서양속담)
해지기 전까지 무슨 일이 닥칠지는 아무도 모른다.
None knows what will happen to him before sunset.(서양속담)
천천히 서둘러라.
Hasten slowly.(아우구스투스)

춘추시대 말기 초(楚)나라 출신의 전략가 오자서(伍子胥)는 간신의 모함으로 아버지와 형을 잃었다. 복수를 결심한 그는 오(吳) 나라로 피해서 살다가 관상가 피리(被離)의 추천으로 오왕 합려(闔閭)의 신임을 받아 실권을 잡았다.

그 후 초나라에서 백비(伯嚭)가 오나라로 피신해 왔다. 오자서가 그를 왕에게 추천하려고 했을 때 피리가 그를 말렸다. 그 때 오자서는 동병상련이라면서 백비를 출세시켰다.

오자서는 초나라 군대를 격파하고 수도 영(郢)을 점령했다. 그리고 이미 죽은 초나라 평왕(平王)의 무덤을 파헤치고 시체에 3백 대의 매질을 했다. 그 소식을 들은 친구 신포서(申包胥)가 그의 행동이 너무 심한 것이라고 나무랐다. 그러자 오자서는 "날은 저물고 갈 길은 멀다. 그래서 나는 순리를 거슬러서 행동하는 것이다."라고 대답했다. 나중에 초나라에 매수된 백비는 오자서를 모함하여 죽게 만들었다.

임기가 끝나기 전에, 또는 출세하기 위해서는 당장에 뭔가 큰 공적을 세우겠다고 서두르는 사람들도 오자서처럼 순리를 거스르는 짓을 곧잘 하게 마련이다.

2차 세계대전 직전에 영국의 수상 챔벌린이 히틀러에게 체코의 영토 일부를 넘겨준 뮌헨조약도 그런 것이다. 그는 그것으로 유럽의 평화가 확보되었다고 자부했다.

그러나 히틀러는 휴지 조각보다 못한 조약문서의 잉크도 마르기 전에 체코 전체를 먹어치우고 이어서 폴란드도 점령했다. 수천만 명이 희생된 세계대전이 터진 것이다.

히틀러는 남의 나라 영토를 받고도 평화의 약속을 깼다. 그러니 돈으로 평화를 사겠다는 생각이 얼마나 허망한 것인가! 약속? 공동선언? 부국강병을 노리며 신무기 개발에 열을 올리고 있는 독재자에게 그런 방식은 통하지 않는다.

평화에 이르는 길은 동서양을 막론하고 언제나 멀기만 한 것이다. 수만 년 동안 무수한 전쟁을 치르고도 인류의 평화는 아직도 이루어지지 않고 있다. 문자 그대로 "일모도원"과 같다. 그러나 초조하게 굴면 굴수록 평화는 더욱 멀어지기만 한다.

一衣帶水

일의대수 | 옷의 띠 한 가닥만큼 좁은 강물 / 매우 좁은 강이나 해협

一 하나; 衣 옷; 帶 띠; 水 물
유사어 : 일우명지 一牛鳴地; 일우후지 一牛吼地; 지호지간 指呼之間
출처 : 남사 진후주기(南史 陳後主紀)

> 강을 따라가면 바다를 발견할 것이다.
> Follow the river and you will find the sea.(서양속담)
> 바다로 가는 길을 모르는 자는 강을 친구로 삼아야만 한다.
> He who knows not the way to the sea, should make the river
> his companion.(플라우투스)

남북조 시대 때 북쪽을 장악한 수(隋, 581-618)나라의 문제(文帝)가 남쪽의 진(陳)나라를 쳐서 천하를 통일하려고 작정했다. 588년에 문제는 이렇게 선언했다.

"남쪽 진나라 왕은 횡포를 부리고 방탕에 빠져서 백성을 죽을 지경으로 만들었다. 백성의 부모인 내가 어찌 옷의 띠 한 가닥만큼 좁은 강(양자강)에 막혀서 백성을 구하지 않을 수가 있겠는가?"

그는 50만 대군을 이끌고 양자강을 건너 다음 해에 진나라를 정복했다.

영국과 프랑스는 영불해협을 사이에 둔 "일의대수"의 관계이다. 프랑스 군대가 영국에 건너간 적은 없다. 나폴레옹 군대도 못 건너갔다. 그러나 영국 군대가 프랑스에서 전쟁을 벌인 적은 여러 번 있다. 성녀 잔다르크 시절에도 그랬고 2차 세계대전 때도 그랬다.

"일의대수"를 강조하는 이웃나라를 경계하라.

일본제국은 일본과 한반도가 현해탄을 사이에 둔 "일의대수"의 관계라고 말했다. 그리고 한반도를 지배했다. 만주를 공격할 때는 압록강과 두만강을 사이에 둔 "일의대수"라는 말을 떠들지 않았다. 그런 구차한 말을 할 시간도 필요도 없었다.

물론 앉아서 굶어죽느니 목숨을 걸고 강을 건너가는 것이 낫다고 결심하고 북한을 탈출하는 탈북자들은 북한과 만주가 두 강을 사이에 둔 "일의대수"라고 볼 것이다. 비록 그들이 "일의대수"가 무슨 뜻인지 모른다 해도. 서울의 강남과 강북도 한강을 사이에 둔 "일의대수"일까?

一以貫之

일이관지 | 하나로 꿰뚫고 있다 / 처음부터 끝까지 변함이 없다
막히는 것이 없다

一 하나; 以 ~으로써; 貫 뚫다; 之 가다, ~의
준말 : 일관 一貫
출처 : 논어 이인편, 위령공편(論語 里仁篇, 衛靈公篇)

> 끝까지 견디고 두려워하지 마라.
> Persevere and never fear.(서양속담)
> 인내는 세상을 정복한다.
> Patience conquers the world.(서양속담)
> 키에 복종하지 않는 배는 암초에 복종해야만 할 것이다.
> The vessel that will not obey her helm will have to obey the
> rocks.(영국속담)
> 산다는 것은 생각한다는 것이다.
> To live is to think.(키케로)

공자는 자신의 도가 한 가지 원리로 꿰뚫어져 있다고 제자인 증자(曾子)에게 말했는데 증자는 그 한 가지 원리라는 것이 "충(忠)" 즉 자기 마음을 다하는 것과 "서(恕)" 즉 자기 자신의 경우에 비추어 봐서 남을 이해하는 것이라고 해석했다. 한편 다른 관점에서는 그 원리가 "인(仁)"이라는 해석도 가능하다.

올바른 길이라면 아무리 어려움이 많다고 해도 "일이관지" 해야 마땅하다. 그러나 처음부터 그릇된 길이라면 그 길을 끝까지 고집하는 "일이관지"는 어리석을 뿐만 아니라 자기 자신과 많은 사람에게 대단히 해로운 것이다.

사법고시에 합격하기 위해 칠전팔기 끝에 성공하는 사람도 "일이관지"를 지킨 사람들이다. 그러나 자신의 능력을 수십 년씩이나 믿고 공부만 하는 사람들은 "일이관지"가 아니다. 조선시대에 천주교 박해를 받으면서 '아니오' 한 마디면 살 수 있는데도 끝끝내 하느님을 믿는다고 "일이관지"하다가 죽은 순교자들은 진리를 위해 "일이관지"했으므로 훗날 영광과 축복을 받았다. "일이관지"는 쉬운 일이 아니다.

一字千金

일자천금 | 글자 한 자에 금화 천 냥 / 매우 뛰어난 글씨나 시

一 하나; 字 글자; 千 천; 金 쇠
유사어 : 일자백금 一字百金
출처 : 사기 여불위열전(史記 呂不韋列傳)

> 네 생각 한 가지에 10원.
> A penny for your thought.(서양속담)

　전국시대(기원전 403-221) 말기 한(韓)나라의 여불위(呂不韋, 기원전 ?-235)는 손이 큰 상인이었는데 물건을 사려고 조(趙)나라의 수도 한단(邯鄲)에 갔다. 그는 진(秦)나라 소양왕(昭襄王)의 태자 안국군(安國君)의 서자인 자초(子楚)가 인질로 잡혀서 그곳에 살고 있다는 것을 우연히 알았다. 그는 막대한 돈을 풀어서 자초가 태자가 되게 했고 훗날 자초가 진나라의 장양왕(莊襄王)이 되자 자신은 수상이 되었다.

　다음 왕(나중에 시황제) 때 그는 수상보다 높은 상국(相國)이 되었다. 당시 제나라 맹상군, 조나라 평원군, 초나라 춘신군, 위나라 신릉군 등 넷이 수천 명의 추종자들을 각각 거느리고 있었다. 여불위도 지지 않고 3천 명의 추종자를 모았다.

　그리고 그들을 시켜서 백과사전 식의 방대한 책을 저술하게 하고는 자기 성을 따서 여씨춘추(呂氏春秋)라고 제목을 붙였다. 또한 그는 그 책을 자랑하기 위해 수도 함양의 성문 앞에 진열하고 그 위에 금화 천 냥을 매단 뒤 이렇게 써서 붙였다.

　"이 책에서 한 글자라도 빼거나 추가하는 사람에게 천 냥을 주겠다."

　글자 한 자의 값이 천금이었다. 나중에 그는 자기 친아들이라는 설이 있는 시황제의 손에 죽었다.

요즈음도 권력가나 재벌회장 등의 자서전을 대필해주고 억대의 돈을 받는 작가들이 있다. 그들은 문장이 뛰어나서 그런 일을 맡는 것이 아니라 세상에 이름을 좀 날렸다는 이유로 일감을 맡게 되는 것이다.

진짜 작가라면 자기 작품을 쓰기에도 시간이 없으니 그런 자서전을 대필하는 데 보낼 시간은 너무나 아까운 것이다. 그런 대필 자서전들은 "일자천금"이 아니라 천만 달러를 걸어놓아도 아무도 읽지 않을 것이다.

연설문이나 경축사 등을 모아서 펴낸 대통령전집이라는 것이 있다. 엄청난 예산을 거기 쏟아 붓는다. 외국어로 번역까지 해서 출판한다. 헌 책방에 가보니 12권에 만 원이다. 그렇게 헐값으로 팔려고 내놓아도 사가는 사람이 없다.

어느 독재자의 프랑스어판 전집 다섯 권이 유럽의 헌 책방에 나온 적이 있다. 양피지로 장정했고 각각 8백 페이지나 되는 그 책이 한 권에 단돈 1달러다. 휴지 값도 안 된다.

一將功成 萬骨枯

일장공성 만골고 | 장군 한 명의 공적은 병사 만 명이 죽어서 이루어진 것이다

一 하나; 將 장수; 功 공적; 成 이루다; 萬 일만; 骨 뼈; 枯 마르다
출처 : 당나라 조송(曹松)의 시 기해세(己亥歲)

전쟁은 죽음의 잔치다.
War is death's feast.(서양속담)
전쟁이 시작되면 악마는 지옥을 더 크게 짓는다.
When war comes, the devil makes the hell bigger.(독일속담)
피할 수도 있는 전쟁을 부추기는 자는 악마의 사제이다.
He that preaches up war, when it may be avoided, is the
devil's chaplain.(영국속담)
황금과 권력은 전쟁의 가장 중요한 원인이다.
Gold and power, the chief causes of wars.(타키투스)

당나라는 환관들의 횡포 때문에 국력이 기울고 875년부터 10년간 계속된 황소(黃巢)의 반란이후 20년이 지나서 멸망했다. 정부군이 처음부터 반란군을 바싹 추격했더라면 그 반란도 일찍 끝났을 것이다.

그러나 전쟁이 끝나면 자기들이 천대받을 것이 뻔하다고 본 정부군의 장군들은 일부러 추격을 멈추었다. 그래서 반란군은 세력을 다시 길렀고 무수한 군사와 백성들이 죽었다. 반란이 한창 때인 879년에 조송(曹松)은 기해세(己亥歲)라는 시에서 이렇게 읊었다.

"물이 많은 지방이 싸움터가 되니 백성들은 먹고살 길이 막막하다./ 공적을 쌓아 제후가 되겠다는 생각은 하지도 마라./ 장군 한 명의 공적이란 병사 만 명이 죽어서 이루어진 것이다."

나폴레옹이 유럽을 휩쓸던 10년 동안에 최소한 백만 명은 죽었을 것이다. 그 후 백여 년이 지나 나타난 히틀러가 역시 유럽을 석권하던 10년 동안에는 유대인 6백만 이외에도 천만 명은 죽었을 것이다.

스탈린도 자기 백성을 천만 명 이상이나 죽였다. 북한군의 남침으로 시작된 6.25 때도 백만 명이나 죽었다. 모택동이 자기 정권을 강화하기 위한 수단으로 일으킨 소위 문화혁명 때도 엄청난 숫자의 사람들이 목숨을 잃었다. 불구자가 되거나 굶주림과 질병으로 전쟁통에 죽은 민간인의 숫자는 아무도 모른다.

나폴레옹은 아프리카 해안의 외딴 섬 세인트 헬레나에 유배되어 죽었고 히틀러는 권총자살을 했다. 스탈린, 모택동 그리고 6.25를 일으킨 김일성은 미라가 되었다.

그들은 역사에 분명히 이름을 남겼다. 그러나 무수한 사람이 흘린 피의 바다에서 솟아난 그 이름들이 무슨 가치가 있는가? 전쟁을 예방하고 평화를 유지하는 역할로 만족하는 장군은 훌륭하다.

그러나 허망한 명예와 권력, 부귀영화를 위해 전쟁이나 쿠데타를 일으키는 장군은 어깨에 별을 다섯 개나 단다고 해도 그는 장군도 영웅도 아니다. 무고한 국민들을 대량으로 학살하는 전쟁범죄인에 불과하다.

一敗塗地

일패도지 | 한번 패배하여 뇌와 간이 땅에 깔린다
다시 일어설 수 없을 정도로 완전히 패배한다

一 하나; 敗 패배하다; 塗 바르다; 地 땅
출처 : 사기 고조본기(史記 高祖本紀)

> 접시가 깨어지면 모든 음식을 망친다.
> All's lost that's put in a riven dish.(서양속담)

기원전 210년 시황제가 죽자 진승과 오광(吳廣)이 농민을 이끌고 대택향(大澤鄕)에서 반란을 일으켰다. 진승은 한 때 초왕(楚王)으로 자처했다. 각지에서 지방장관들이 살해되었다.

그 때 패(沛)지방의 군수는 살해되기 전에 자진해서 반란군에 가담하려고 자기 부하인 조참(曹參)과 소하(蘇何)와 의논했다. 그들은 군수가 먼저 나서면 백성들이 잘 따르지 않을 테니 산에 숨어 있는 유방(劉邦)을 불러오는 것이 좋겠다고 충고했다.

군수가 번쾌(樊噲)를 유방에게 보냈다. 그런데 유방이 수백 명을 거느리고 오는 것을 본 군수는 마음이 변해서 성문을 닫았다. 그 때 유방이 궐기문을 써서 화살에 매달아 성안으로 쏘았다.

"제후들이 사방에서 일어나고 있는 이 때 장군을 잘못 만나면 한번 패배하여 뇌와 간이 땅에 깔린다."

성안에 있던 유지들이 군수의 목을 베고 유방을 맞아들였다. 유방은 그곳을 근거지로 시작해서 나중에 한나라를 세웠다.

지도자를 잘못 만나 나라의 경제가 무너진다. 그러면 몇몇 책임자들의 "일패도지" 정도가 아니다. 부도수표, 망한 회사들의 간판, 실업자, 노숙자, 자살자, 뿔뿔이 흩어진 가족, 원망과 한숨 등이 나라 전체를 도배한다.

그런 일은 한번 당하는 것만 해도 억울하다. 그런데 지도자가 바뀔 때마다 나라의 경제가 더욱 심하게 곤두박질을 한다.

전제군주보다 더 횡포가 심한 지도자들에게 대를 이어 충성을 맹세한 그 국민들의 꼴은 뭔가? 수십만 명의 정치범은 고사하고 수백만 명이 굶어죽는 나라가 바로 우리 이웃에 있다. 아프리카 삼류 국가에서 벌어지는 현상이 우리 땅에서도 일어나고 있다. 그곳도 일단 체제가 무너지면 "일패도지"가 된다.

자

自暴自棄

자포자기 | 자신을 해치거나 내버리는 자
멋대로 행동하고 자기를 돌보지 않는 자

自 스스로; 暴 난폭하다; 棄 버리다
준말 : 자포 自暴; 포기 暴棄; 자기 自棄
출처 : 맹자 이루편(孟子 離婁篇)

> 지옥에서 그들은 죽음조차 바랄 수 없다.
> These have not the hope of death.(단테)
> 자신을 절망적이라고 생각하는 자는 참으로 절망적이다.
> He is desperate that thinks himself so.(서양속담)
> 굶어 죽는 당나귀는 맞는 매를 세지 않는다.
> Starving ass does not count the blows.(서양속담)
> 어린 양을 훔치든 어미 양을 훔치든 교수형 당하기는 마찬가지.
> As well be hanged for a sheep as a lamb.(서양속담)
> 거지는 반란을 두려워하지 않는다.
> Beggars fear no rebellion.(서양속담)
> 삶의 의욕을 주는 것은 희망뿐이다.
> It is hope alone that makes us willing to live.(서양속담)

전국시대 때 맹자(孟子, 기원전 372-289)는 이렇게 말했다.

"자기를 해치는 자와 더불어 대화할 수 없고 자기를 버리는 자와 더불어 일할 수 없다. 입만 열면 예의를 비방하는 자는 자기를 해치는 자이다. 인(仁)을 실천하거나 정의를 따를 수가 없다고 하는 자는 자기 자신을 내버리는 자다. 인은 사람을 편안하게 만드는 집이고, 정의는 사람의 올바른 길이다."

에이즈에 걸린 남자나 여자가 그 사실을 숨긴 채 많은 사람에게 에이즈를 확산시키는 경우도 있다. 이런 행위는 사실상 살인이다. 그러나 "자포자기"한 사람이 무슨 짓을 못하겠는가?

그런 병으로 자기 혼자 죽기는 억울하다고 말한 사람도 있었다. 그래서 다른 사람들도 죽어야 한다는 뜻이다. 이쯤 되면 악마가 따로 없다. 죽기 전에 쾌락이나 즐기자? 그런 쾌락이 무슨 의미가 있을까?

에이즈 환자가 6천 명이라는 통계가 있지만 그 숫자를 믿는 사람은 없다. 수만 명 이상이라는 말도 있다. "자포자기"란 자기 자신이 자기를 포기한 개인이 스스로 내린 파산선고이다.

남이 자기를 본 절망보다 자신의 절망처럼 무서운 것이 없다. 그런데 놀라운 사실은 이 세상의 모든 위인들이나 영웅들 혹은 성공한 사람들이 한결같이 자포자기에서 인생을 출발했다는 점이다. 어느 성공한 기업가도 순탄하게 성공한 사람은 없었다.

그렇다면 "자포자기"는 인생의 또 하나의 기회로 주어진 것이다. 그 갈림길에서 강한 의지로 살아남는 사람이야말로 절망을 기회로 삼아 인생의 역전을 이루어 낸 사람이다.

長頸烏喙

장경오훼 | 긴 목과 까마귀 주둥이같이 비죽 나온 입
일을 이루고 난 뒤 동지를 버리는 자

長 길다; 頸 목; 烏 까마귀; 喙 부리
출처 : 사기 월왕 구천세가(史記 越王 勾踐世家)

> 집이 완성되면 그는 떠난다.
> After the house is finished, he leaves it.(스페인 속담)
> 배신자는 나쁜 동지다.
> A traitor is ill company.(서양속담)

춘추시대 때 오나라 왕 합려(闔閭)는 월나라를 공격하다 실패했다. 그의 아들 부차(夫差)는 장작 위에서 잠을 자면서(臥薪) 3년 동안 복수의 준비를 했다. 이번에는 월나라 왕 구천이 오나라를 공격했지만 패배하여 회계산(會稽山)으로 도망쳤다가 항복했다.

구천은 복수의 기회를 노렸다. 12년이 지난 뒤 구천이 다시 오나라로 쳐들어갔다. 그리고 7년이 지나서 부차의 항복을 받았다. 부차가 자결하고 구천이 드디어 패자가 되었다.

그런데 구천의 측근이자 전략가인 범려는 왕의 막강한 세력 아래에서는 자기가 오랫동안 무사하기 어렵다는 말을 남기고 제나라로 망명했다. 그리고 월나라 고관인 종(種)에게 이런 내용의 편지를 보냈다.

"교활한 토끼가 죽으면 주인은 사냥개를 삶아 죽이는 법이다. 월왕의 사람됨은 긴 목에 까마귀 부리같이 비죽 나온 입이라서 어려움은 같이 할 수 있어도 즐거움은 함께 누릴 수가 없다. 너는 왜 그 곁을 떠나지 않는가?"

종은 결단을 내리지 못하고 있다가 얼마 후 모함에 걸려 왕이 내린 칼로 자결했다.

네로의 어머니는 자기 아들을 로마황제로 만들기 위해 많은 왕족을 죽였다. 그러나 네로가 황제가 되자 그녀 자신이 네로의 명령으로 죽었다.

자기를 죽이려고 온 로마군 장교에게 그녀는 자기 배를 가리키면서 "이 배가 살무사를 낳았다."고 소리쳤다. 장교는 칼을 빼어 바로 그 배를 찔렀다. 네로는 "장경오훼"의 폭군이었던 것이다. 자기 친어머니마저 죽인 그가 누구를 못 죽였겠는가?

작은 회사에서 여러 사람이 밤낮을 가리지 않고 일한 결과 그 회사가 대기업으로 발전한다. 그런데 대기업으로 크고 나니까 회장이 창업공신들을 하나씩 제거한다. 그들을 위해 지출하는 거액의 비용이 아깝기 때문이다.

게다가 초라했던 자신의 과거에 관해 그들이 너무 시시콜콜한 구석까지 다 알고 있으니 주변에 두기가 거추장스럽기 때문이다. 체면이 서지 않는다 이 말이다. "장경오훼"의 기업가들을 찾아보기란 그리 어렵지 않다.

前車覆轍

전거복철 | 앞에 가던 수레가 엎어진 바퀴자국 / 앞사람이 실패한 전례

前 앞; 車 수레; 覆 엎어지다; 轍 바퀴자국
준말 : 전철 前轍; 복철 覆轍
동의어 : 전거복 후거계 前車覆 後車戒; 전거지복철 후거지계 前車之覆轍 後
車之戒 / 유사어 : 답복철 踏覆轍; 답복거지철 踏覆車之轍
출처 : 한서 가의전(漢書 賈誼傳); 설원 선설(說苑 善說); 후한서 두무전(後漢
書 竇武傳)

> 사람은 남의 바보짓을 보고 현명해진다.
> Man learns to be wise by the folly of others.(서양속담)
> 비틀거림이 넘어지는 것을 막아줄 수 있다.
> A stumble may prevent a fall.(서양속담)
> 다른 사람의 위험을 보고 조심하게 된 사람은 행복하다.
> Happy is he whom the dangers of others make cautious.
> (칠레누스)

한(漢)나라 문제(文帝, 재위 기원전 180-157)는 백성들의 조세 부담을
대폭 줄이고 잔인한 형벌과 연좌제를 폐지하는 등 매우 훌륭한 정치를
했기 때문에 덕망이 높은 군주로 칭송을 받았다.

그를 도와서 나라를 잘 다스린 탁월한 인재들 가운데 가의(賈誼, 기원
전 200-168)가 있는데 그가 올린 건의문 안에 이런 구절이 있다.

"앞에 가던 수레가 엎어진 바퀴자국(前車覆轍)은 뒤에 따라가는 수레
에게 교훈이 된다는 속담이 있습니다. 앞서 멸망한 진(秦)나라의 잘못을
피하지 않는다면 이것은 그 전철을 밟는 것이니 뒤에 따라가는 수레도
엎어지게 마련입니다."

권력이란 10년도 지속되지 못하는 것이라고 하지만 요즈음은 4년이면 대개 끝장이다. 거액의 뇌물을 받은 권력실세들이 정권이 바뀌자마자 줄줄이 감옥으로 가는 모습을 한두 번 본 것이 아니다.

그런데도 대통령 측근 젊은 참모들이 돈벼락을 맞아 정신을 못 차렸다고 말했다. 먼저 간 자들이 저지른 잘못의 전철을 밟는 것이다. "전거복철"의 진리를 몰랐던 것이다.

중세 때 교황 율리우스 2세가 미켈란젤로에게 자기 청동 기마상을 제작하라고 명령했다. 미켈란젤로는 청동 대신에 대리석을 쓰자고 했다. 로마황제들의 청동기마상이 용광로에 들어간 과거를 잘 알고 있었던 것이다.

그러나 교황이 고집해서. 미켈란젤로는 할 수 없이 청동 기마상을 만들어 밀라노 광장에 세웠다. 그런데 얼마 후 그 도시를 점령한 적이 청동 기마상을 녹여 대포를 만든 뒤 바로 그 대포로 교황군대를 공격했다. 미켈란젤로의 걸작도 사라지고 교황군대도 큰 피해를 입었다.

독재자들은 전국에 수백, 수천 개의 자기 동상을 세우는 것이 공통된 취미다. 물론 자기 돈은 한 푼도 안 쓴다. 그런데 독재권력이 무너지면 동상들은 용광로로 들어간다.

히틀러, 레닌, 스탈린, 사담 후세인 등의 동상들이 무슨 꼴이 되었는지 모르는 사람이 있는가?

615

前門拒虎 後門進狼

전문거호 후문진랑

앞문의 호랑이를 막고 뒷문의 늑대를 끌어들인다
한 가지 어려움을 해결하고 나면 다른 어려움이 기다리고 있다

前 앞; 門 문; 拒 막다; 虎 호랑이; 後 뒤; 進 나아가다; 狼 늑대
준말 : 전호후랑 前虎後狼 / 동의어 : 전문호 후문랑 前門虎 後門狼; 전문지
호 후문지랑 前門之虎 後門之狼 / 유사어 : 일난거 일난래 一難去 一難來
출처 : 조설항평사(趙雪航評史)

냄비에서 나가 불 속으로 뛰어든다.
Out of frying pan into fire.(서양속담)
쐐기풀이 나가면 가시넝쿨이 들어온다.
Out nettle, in dock.(서양속담)
악마와 깊은 바다 사이.
Between the devil and the deep sea.(서양속담)

후한(後漢)의 장제(章帝, 재위 75-88)에 이어서 열 살인 화제(和帝)가
즉위하자 장제의 황후 두태후(竇太后)가 나라를 다스리게 되었다. 결국
두태후와 그녀의 오빠 두헌(竇憲)을 비롯한 외척이 권력을 장악했다.

이를 못마땅하게 여긴 화제는 서기 92년에 환관 정중(鄭衆)을 이용하
여 두헌의 반역음모를 폭로시키고 두씨 일파를 모조리 잡아들였다. 일망
타진이었다. 두헌은 자살했다. 그 후 정중이 환관의 우두머리가 되어 권
력을 장악하고 횡포를 부리기 시작했다. 후한은 멸망의 길로 접어든 것
이다. 조설항(趙雪航)은 역사비평에서 이렇게 말했다.

"두헌을 비롯한 외척 세력은 제거되었지만 그 대신 환관들이 권력을
잡았다. 이것은 앞문의 호랑이를 막고 뒷문의 늑대를 불러들인다는 속담
과 같은 것이다."

1979년 10월 26일 밤 유신독재가 끝났다. 그러나 민주주의가 살아난 것은 아니었다. 소위 신군부의 군사독재가 시작되었던 것이다. "전문거호 후문진랑"이었다.

조선 말기에 개혁과 혁신을 부르짖는 젊은 세력이 일본을 등에 업고 쿠데타를 일으켰다. 소위 갑신정변이라는 것이지만 그 권력은 3일천하로 끝나고 청나라를 등에 업은 세력이 다시 정권을 잡았다. 한반도에서 청나라와 일본이 전쟁을 했다. 나라는 망했다. 이것도 역시 "전문거호 후문진랑"이었다.

그런데 요즈음은 개혁과 혁신을 외치는 일부의 젊은 세력이 우리의 우방이고 민주주의라는 가치관을 공유하는 미국과 일본을 적대시하고 있다. 지금의 미국과 일본은 앞문의 호랑이가 결코 아니다. 그러나 북한은 뒷문의 늑대가 분명하다.

戰戰兢兢

전전긍긍 | 무서워 떨며 조심한다 / 쩔쩔매다 / 불안에 떨다

戰 싸우다, 무서워 떨다; 兢 조심하다, 무서워 떨다
출처 : 시경 소아편 소민(詩經 小雅篇 小旻); 논어 태백편(論語 泰伯篇)

두려움을 치료하는 약은 목을 베는 것 이외에 없다.
There is no medicine for fear but cut off the head.(스코틀랜드 속담)
겁을 먹은 자에게는 온 세상이 악마로 가득 차 있다.
To the timorous the air is filled with demons.(인도속담)
죽음을 두려워하면 살 수 없다.
He that fears death, lives not.(서양속담)
전쟁에 대한 두려움은 전쟁 자체보다 더 나쁘다.
The fear of war is worse than war itself.(이탈리아 속담)

시경 소아편 소민(詩經 小雅篇 小旻)은 주나라(西周) 말기의 포악한 정치를 비판하는 시인데 거기 나오는 구절은 이렇다.

"사람들은 두려워 떨며 몸조심을 하는데/ 마치 깊은 연못을 건너가는 듯하고/ 살얼음을 밟고 걸어가는 것과 같다."

지극한 효성으로 유명한 증자(曾子)가 죽음을 앞두고 제자들을 불러모은 뒤, 평소에는 부모에게 받은 자기 몸을 다칠까 "전전긍긍"했지만 이제부터는 그런 걱정이 없다고 말했다.

한국에 투자한 외국회사에 근무하는 직원들은 그 회사가 문을 닫고 다른 나라로 떠나가면 영락없이 실업자가 된다. 그러니까 "전전긍긍"한다.

반면에 회사 일은 안 하고 노조 일만 전담하는 노조 간부들은 한국이 싫으면 떠나라고 코웃음친다.

무책임하게 말을 함부로 하는 지도자들이 기자회견을 할 때마다 국민들은 "전전긍긍"이다. 오늘은 또 무슨 말로 사람을 놀라게 할까?

직장에서 쫓겨난 젊은 백수들은 집에서도 쫓겨날까 봐 "전전긍긍"한다. 아내와 애들 눈치 보기에 바쁘다. 그래서 모두 "전전긍긍"이다. 집에서 기르는 개새끼라도 안고 조수석에 타야 데려간다.

어느 백수는 장롱 속에 숨었더니 아내가 그 장롱을 버리고 갔다. 장롱도 백수도 더 이상 필요가 없는 쓰레기였다. 입시생들은 시험에서 떨어질까 "전전긍긍"이다. 증권투자가들은 자기가 산 주식이 떨어질까 "전전긍긍"이다. 연인들은 사랑하는 사람을 놓칠까 밤새워 "전전긍긍"이다.

輾轉反側

전전반측 | 몸을 이리저리 뒤척이며 잠을 못 이룬다

輾 돌다, 구르다; 轉 구르다, 뒹굴다; 反 뒤집다, 돌이키다; 側 옆, 기울다
유사어 : 전전불매 輾轉不寐
출처 : 시경 국풍 주남(詩經 國風 周南)

사랑은 사랑을 낳는다.
Love begets love.(비르질리우스)
사랑은 모든 것을 이긴다.
Love conquers all.(로마속담)
사랑은 병이고 애인만이 그 약이다.
Love is an illness and the loved one is the only medicine.
(스와힐리 속담)
멀리 떨어져 있으면 그리움이 간절해지고, 같이 있으면 사랑이 강해진다.
Absence sharpens love, presence strengthens it.(서양속담)

시경 국풍 주남(詩經 國風 周南)의 관저(關雎)라는 시에 나온 말이다.

"정숙한 여인을 자나깨나 그리워한다./ 찾아도 만날 수 없으니 자나깨나 생각한다./ 몸을 이리저리 뒤척이며/ 생각에 생각을 거듭해 본다."

공자는 "관저란 시는 즐거우면서도 음탕하지 않고 슬퍼해도 마음을 상하게 하지는 않는 시"라고 평했다.

남자가 여자를 그리워하면서 "전전반측"하는데 그 여자는 밤마다 딴 남자를 상상하며 잠이 든다면? 여자가 "전전반측"하고 있는데 그녀의 애인은 딴 여자와 사귀고 있다면? 그런 사람들이 한 둘이 아니니까 서로 모르는 게 약이다?

중국, 대만, 홍콩, 싱가포르, 말레이시아 등 우리와 가까운 나라의 관리들은 외국기업을 하나라도 더 유치하기 위해 밤마다 "전전반측"하면서 궁리를 한다.

우리 나라 관리들도 "전전반측"을 하기는 한다. 다만 각종 규제를 풀지 않고 오히려 새로운 규제를 만들어내는 묘안을 찾기 위해서 잠을 못 잔다면?

轉禍爲福

전화위복 | 재앙이 변해서 복이 된다 / 재앙을 복이 되도록 만든다

轉 구르다, 뒹굴다; 禍 재앙; 爲 하다, 되다; 福 복
동의어 : 인화위복 因禍爲福 / 유사어 : 새옹지마 塞翁之馬
출처 : 전국책 연책(戰國策 燕策)

사태가 최악에 이르면 호전된다.
When things are at the worst they will mend.(서양속담)
네 십자가로 목발을 만들어라.
Make a crutch of your cross.(서양속담)
불운마저도 지혜로운 자의 손에서는 쓸모가 있다.
Even ill-luck is good for something in a wise man's hand.
(서양속담)
밀렵하던 늙은이가 사냥터를 잘 지킨다.
An old poacher makes a good gamekeeper.(서양속담)

전국시대(기원전 403-221) 때 합종책(合縱策)이라는 전략을 내세워 진(秦)나라를 제외한 나머지 여섯 나라의 수상을 겸임한 소진(蘇秦)이 이렇게 말했다.

"예전에 일 처리가 능숙한 사람은 재앙이 변해서 복이 되게 하고(轉禍爲福), 실패한 것이 변해서 공적이 되도록 만들었다."

증권시세는 바닥을 치면 다시 오른다. 문제는 어느 시점에 바닥을 쳤는지 알아보는 눈이다. 그래야만 휴지보다 못한 증권을 잔뜩 가지고 있던 사람들에게 "전화위복"이 된다.

어느 지도자는 자신의 지지도가 떨어지고 나니 이제 바닥을 쳤으니까 다시 올라갈 것이라고 큰소리친다.

일류회사의 입사시험에서 떨어진 사람이 작은 중소기업회사에 다니게 되었는데 일류회사가 갑자기 망해서 문을 닫았다. 그럴 경우 그는 "전화위복"이 된 셈이다.

친구에게 애인을 뺏긴 사람이 운다. 울거나 말거나 사랑의 전선에서 승리한 두 남녀가 화려한 결혼식을 올린다. 눈물을 흘리던 쪽은 다른 사람과 만나 단란한 가정을 꾸린다.

그러다가 승리했던 쪽에서 결정적인 결함이 발견되어 이혼하거나 그 중 한쪽이 비참하게 된다. 그런 경우 눈물을 흘리던 사람에게는 "전화위복"이다.

折角

절각 | 뿔을 부러뜨린다 / 상대방의 기세를 꺾어버린다
모든 힘을 기울인다

折 꺾다, 부러지다; 角 뿔
출처 : 한서 주운전(漢書 朱雲傳)

> 논쟁에 잘 끼어들지만 이기지 못하는 사람이 많다.
> Many get into a dispute well that cannot get out well.(서양속담)
> 논쟁에서 이겨도 확신을 심어주지는 못한다.
> One may be confuted and yet not convinced.(서양속담)
> 바보는 누구나 자기 어리석음에 취해 있다.
> Every fool is pleased with his own folly.(서양속담)

한(漢)나라 무제(武帝)는 유교를 국교로 삼아 유학을 크게 발전시켰다. 그 후 선제(宣帝) 때 양구하(梁丘賀)가 시작한 역학 이론인 양구역(梁丘易)이 널리 퍼졌다.

양구학을 좋아하던 원제(元帝)는 이 이론에 밝은 오록충종(五鹿充宗)을 총애했는데 어느 날 그에게 다른 학설의 대표와 토론을 해보라고 명령했다.

이 때 오록충종의 상대가 된 사람이 유명한 학자 주운(朱雲)이었다. 황제 앞에서 벌어진 논쟁은 오래 가지 못했다. 주운이 이긴 것이다. 그래서 사람들이 "오록이 아무리 강하고 뿔이 길다 해도 주운이 그의 뿔을 꺾어버렸다."고 말했다. 오록의 이름에 사슴 "록"자가 든 것을 비꼬는 말이었다.

정권이 바뀔 때마다 대기업 회장들은 권력자의 총애를 독점하려고 경쟁한다. 그래서 상대방의 기세를 누르기 위해 수익성이 없는 줄 뻔히 알면서도 권력자의 구미에 맞는 사업을 맡겠다고 자원한다.

그 사업에서 수천 억 손해보겠지만 특혜금융 등으로 오히려 수십 조를 챙길 수가 있다는 계산이 앞선다. 그러나 경쟁자들을 "절각"하려다가 오히려 자기 회사만 파산한다. 자기 뿔이 꺾인 것이다.

권력자란 그 회사가 진 천문학적 숫자의 부채에 대해 아는 척도 할 리가 없다. 임기를 끝내고 물러가 여생을 즐기면 그만이다. 이것은 자살한 재벌 회장의 이야기만은 아니다. 아직도 멀쩡하게 살아 있는 회장들도 있다.

개혁과 혁신을 외치는 쪽에서는 소위 보수주의자들의 뿔을 꺾어버리겠다는 젊은 지식인들이 있다. 공정한 입장에서 모든 사물을 바라보자고 하면서도 그들은 자기들 시각만이 공정하고 다른 사람들의 관점은 시대착오적이라고 공격한다.

민주주의를 외치면서도 자기들 구미에 맞지 않는 사람이 발탁되면 국회 앞이든 대법원 앞이든 아무 데서나 데모를 한다. 보수의 대표격으로 지목된 작가의 책을 관에 넣어서 장례식을 치르는 현대판 분서갱유도 서슴지 않는다.

편견과 오만은 "절각"을 당하게 마련이다.

切磋琢磨

절차탁마 | 옥이나 돌을 자르고 깎고 쪼고 간다
학문이나 수양에 온 힘을 기울인다

切 끊다, 전부(체); 磋 깎다; 琢 쪼다; 磨 갈다
원어 : 여절여차여탁여마 如切如磋如琢如磨 / 준말 : 절마 切磨
출처 : 논어 학이편(論語 學而篇); 시경 위풍편 기욱(詩經 衛風篇 淇澳)

모르는 것이 있는 한, 목숨이 붙어 있는 한 공부하지 않으면 안 된다.
Learning should continue as long as there is anything you do
not know, and as long as you live.(세네카)
거친 돌도 사람들 손을 거치면 매끈해진다.
A rugged stone grows smooth from hand to hand.(서양속담)
양복을 지으려면 옷감을 잘라야 한다.
A tailor's shreds are worth the cutting.(서양속담)
생각하는 것은 아는 것이 아니다.
Thinking is not knowing.(포르투갈 속담)

시경 위풍편 기욱(詩經 衛風篇 淇澳)에는 "훌륭한 군자는 마치 자르고 깎고 쪼고 가는 것과 같다."는 구절이 있다.

어느 날 공자의 제자 자공(子貢, 단목사 端木賜, 기원전 520~456)이 "시경에 '절차탁마'라는 구절이 있는데 이것은 수양을 거듭 쌓아야 한다는 선생님의 말씀과 같은 것입니까?"라고 물었다.

공자는 "이제야 너와 더불어 시경을 논할 수 있게 되었다. 지나간 것을 말해주면 앞으로 올 것을 안다고 한 것처럼 너는 하나를 들으면 둘을 아는구나."라고 대꾸했다.

각계 각층의 저명한 지도자들 가운데 날마다 "절차탁마"를 하는 사람이 적지 않다. 그런데 그들이 하는 일이란 인격수양을 위한 것이 아니라 자기를 반대하는 세력을 끊임없이 자르고 깎고 쪼고 갈아대는 것이다.

그들이 밤낮으로 커다란 망치를 들고 "절차탁마"하는 소리에 온 나라가 흔들흔들 무너져 내릴 지경이다. 게다가 그들은 어마어마한 뇌물을 안전하게 보관할 동굴이나 외국은행 계좌를 만들기 위해 밤낮으로 바위산이나 외국은행 금고를 자르고 깎고 쪼고 갈아댄다.

인격수양을 위해 산 속에 들어가 "절차탁마"하는 사람도 적지 않다. 그러나 사람의 인격이란 속세에 있든 산 속에 들어가든 변하지 않는다. 바탕이 변할 리가 없다.

속세에도 조용한 곳이 있고 산 속에도 시끄러운 곳이 있다. 마음이 고요하면 "절차탁마"하는데 장소가 무슨 상관이냐? 산 속에 들어앉아서 수양을 한다면서 잿밥에만 마음이 갈 수도 있다.

折檻

절함 | 난간을 부러뜨리다 / 간절하게 충고하다 / 심하게 꾸짖다

折 꺾다, 부러지다; 檻 난간
출처 : 한서 주운전(漢書 朱雲傳)

> 허는 머리를 대가로 내놓고 말한다.
> The tongue talks at the head 's cost.(서양속담)
> 죽음과 삶이 혀에 달려 있다.
> Death and life are in the hands of tongue.(로마속담)

한(漢)나라 성제(成帝, 재위 기원전 33-7)는 태자 시절에 장우(張禹)의 가르침을 받았다. 그래서 장우는 황제의 스승으로서 제후의 신분이 되어 그 세력이 대단했다. 어느 날 저명한 학자인 주운(朱雲)이 성제에게 이렇게 말했다.

"지금 폐하 주위에는 봉급만 축내는 도둑들뿐입니다. 말의 목을 베는 칼을 제게 주신다면 간신 한 명을 목베어 본보기를 보여드리겠습니다."

그 간신이 누구인지 성제가 묻자 장우가 바로 그 간신이라고 그는 대답했다. 크게 화가 난 성제가 그를 당장 밖으로 끌어내라고 명령했다. 호위군사가 그를 잡아 끌어내려고 했지만 그는 난간을 붙잡고 늘어진 채 바른말을 계속했다.

그러다가 난간이 부러졌다. 얼마 후 그 난간을 수리하려고 할 때 성제는 바른말을 하는 충성심의 증거로 그대로 두라고 지시했다.

봉급만 축내는 도둑들이라면 목구멍이 포도청이니 애교로 받아줄 수 있다. 그러나 봉급은 애들 장난이고 서민들은 꿈도 꾸지 못할 액수의 현금과 CD(무기명 예금증서)를 꿀꺽꿀꺽 해치우는 고위관리와 권력실세가 한둘이 아니다.

백 억은 약과다. 수천 억은 되어야 사람들이 놀란다. 늙은 도둑들만 그렇게 하는 것이 아니다. 젊은 도둑들도 뒤지지 않는다.

난간을 붙들고 부러질 때까지 바른말을 한 충신이 우리 현대사에 과연 몇이나 있는가? 지금은 단 한 명이라도 있는가? "절함"을 할 정도라면 그 나라도 이미 기울어진 상황이겠지만, 그나마 "절함"을 하는 고위관리가 하나도 없는 나라라면 그 앞날이 위태롭다.

井中之蛙

정중지와 | 우물 안 개구리 / 소견이 매우 좁은 사람

井 우물; 中 가운데; 之 가다, ~의; 蛙 개구리
원어 : 정중와 부지대해 井中蛙 不知大海 / 준말: 정와 井蛙
동의어 : 정중와 井中蛙; 정저와 井底蛙; 감정지와 埳井之蛙
유사어 : 촉견폐일 蜀犬吠日; 월견폐설 越犬吠雪
출처 : 후한서 마원전(後漢書 馬援傳); 장자 추수편(莊子 秋水篇)

> 지옥에 있는 자는 천당을 모른다.
> Who is in hell knows not what heaven is.(이탈리아 속담)
> 은둔한 자는 해가 자기 방에만 비친다고 생각한다.
> The hermit thinks the sun shines nowhere but in his cell.
> (서양속담)

왕망(王莽, 기원전 45-서기 23)이 한나라(前漢)를 멸망시키고 세운 신(新, 9-23)나라 말기에 마원(馬援, 기원전 14-서기 49)은 농서(隴西, 감숙성)를 차지한 외효(隗囂) 밑에 있었다.

당시 마원의 어릴 때 고향 친구인 공손술(公孫述, 재위 25-36)은 촉(蜀)지방에서 황제를 자처했다. 후한(後漢) 광무제의 세력에 불안해진 외효는 공손술과 동맹을 맺을 생각으로 마원을 공손술에게 파견했다.

그러나 공손술은 거만하게 굴면서 마원을 자기 부하로 삼으려 했다. 물론 마원은 거절했다. 그리고 외효에게 돌아가서 이렇게 보고했다.

"공손술은 우물 안 개구리입니다. 광무제와 손을 잡는 것이 더 낫겠습니다."

외효는 생각을 바꾸어 광무제와 손을 잡았다.

일본의 어느 국수주의자가 일본 제품은 무엇이든지 외국제품보다 우수하다고 연설했다. 당연히 일본인이 전세계 그 어느 나라 사람보다 우수하다고 떠들었다.

게다가 그는 일본의 공기가 외국 공기보다 더 깨끗하다고 소리쳤다. 일본의 흰 눈은? 그것도 외국의 흰 눈과 구조가 다르다고 소리쳤다. 우물 안 개구리는 못하는 소리가 없다.

그런데 한우 고기가 외국산 쇠고기보다 더 맛있다고 선전한다. 외국산 쇠고기를 최고급은 제외하고 싼 것만 골라서 수입했으니까 그럴 것이다.

외국의 고급 레스토랑에서 스테이크를 먹어본 사람들은 알 것이다. 미국이나 유럽의 교민들이 운영하는 한국식당에서 불고기를 먹어본 사람들도 알 것이다. 외국 쇠고기도 고급은 한우 고기보다 더 좋다는 것을.

우리 마늘, 우리 고추, 우리 조기, 우리 밀, 우리 애, 우리 그이, 우리 자기, 모두 국산이 최고다? 그럼 왜 외제 명품을 그렇게 좋아하는 것일까? 한국학생들이 외국학생들보다 우수하다? 그야말로 "정중지와"다.

糟糠之妻

조강지처 | 술지게미와 쌀겨를 먹은 아내
가난할 때 같이 고생하며 산 아내

糟 술지게미; 糠 쌀겨; 之 가다, ~의; 妻 아내
원어 : 조강지처 불하당 糟糠之妻 不下堂
출처 : 후한서 송홍전(後漢書 宋弘傳)

> 결혼은 자물쇠다.
> Wedlock is padlock.(영국속담)
> 슬픔과 험한 생활은 아내를 일찍 늙게 만든다.
> Sorrow and an ill life make soon an old wife.(서양속담)
> 아내는 집의 열쇠다.
> The wife is the key of the house.(서양속담)

신(新)나라를 멸망시키고 후한(後漢)을 세운 광무제(光武帝)의 누나인 호양(湖陽)공주가 서기 26년에 과부가 되었다. 광무제는 공주가 송홍(宋弘)을 마음에 두고 있다는 것을 알았다.

고위 관리이면서도 청렴하게 살던 송홍은 황제에게도 바른말을 거침 없이 하는 인물이었다. 어느 날 황제는 공주를 병풍 뒤에 숨어 있게 한 뒤 송홍을 불러서 이렇게 속을 떠보았다.

"지위가 높아지면 예전의 친구를 버리고, 부자가 되면 아내를 갈아치 운다는 말이 있는데, 사람이란 그런 게 아니겠는가?"

그러자 송홍이 이렇게 대꾸했다.

"가난하고 비천한 시절의 친구를 잊지 않고, 술지게미와 쌀겨를 먹으 며 고생한 아내(糟糠之妻)를 내버리지 않는 것이 사람의 도리라고 저는 믿습니다."

광무제와 공주가 몹시 실망한 것은 말할 것도 없다.

요즈음은 아무리 가난해도 차라리 굶으면 굶었지 술지게미와 쌀겨를 먹는 여자는 없다. 최소한 라면, 자장면, 막국수 정도는 먹는다. 피자, 스파게티, 빵, 케이크, 소시지, 각종 통조림도 있다.

그러니까 "조강지처"가 사라진 시대다. 바로 그러니까 얼마든지 이혼해도 괜찮다? 이혼을 당하지 않으려면 문자 그대로 "조강지처"가 되기 위해 여자가 신혼 초부터 술지게미와 쌀겨를 먹는 연습을 해야 한다는 뜻이다.

고급 아파트, 고급 승용차, 수천만 원이 든 통장 등이 완비된 신혼부부란 그리 많지 않을 것이다. 예외적인 몇몇을 제외하면 맞벌이부부의 경우든 남편의 쥐꼬리만한 봉급으로 살림을 꾸려 가는 가정이든 대부분의 아내는 "조강지처"다.

즐거울 때나 슬플 때나 건강할 때나 병들었을 때나 항상 곁에 있는 여자라면 누구나 다 "조강지처"다. 미국남자들에게 복권에 당첨되면 가장 먼저 무엇을 하고 싶으냐는 여론조사를 했더니 "아내를 바꾸겠다"가 1위로 나왔다.

그런데 복권 하나 당첨되었다고 아내를 버리고, 벼락감투 하나 썼다고, 출세 좀 했다고, 돈 좀 벌었다고 아내를 버리면 "조강지처"는 무슨 의미가 있단 말인가?

朝令暮改

조령모개 | 아침에 내린 명령을 저녁에 바꾼다
원칙도 없이 이랬다저랬다 한다

朝 아침; 令 명령; 暮 해가 지다, 저녁; 改 고치다
출처 : 사기 평준서(史記 平準書)

> 아침의 법은 밤의 법과 같지 않다.
> The law is not the same at morning and night.(서양속담)
> 저녁에 하는 말은 아침에 한 것과 다르다.
> Evening words are not like to morning.(서양속담)
> 여러 가지 명령은 개를 어리둥절하게 만든다.
> Numerous calls confuse a dog.(나이지리아 속담)

한(漢)나라 문제(文帝, 재위 기원전 180~157) 때 흉노족의 잦은 침범을 막기 위해 군사들이 농사를 짓는 둔전제도를 실시했다. 이것은 부수상 격인 조착(鼂錯)의 건의가 받아들여진 결과인데 그는 건의문에 이렇게 적었다.

"농민들은 농사 짓는 일만 해도 살기가 힘든 판인데 관청의 부역에 시달리고 있습니다. 게다가 홍수와 가뭄이 닥치고 조세와 부역은 정해진 때도 없이 아침에 명령이 내리면 저녁에 바뀌고는 합니다(朝令暮改)."

그는 지나치게 중앙집권 식의 정책을 실시하다가 제후들의 반란을 불러일으켜 그 죄로 죽었다.

나라 일이 "조령모개" 식으로 돌아가는 모습을 하도 자주 본 국민은 어떠한 법이나 제도가 나와도 따르지를 않는다. 어차피 또 바뀔 테니까! 그러한 체념과 냉소로 기다린다.

부동산 투기 억제, 대학입시 개선, 수도권 교통대책 등등 아무리 정부에서 떠들어도 "조령모개"에 신물이 난 국민들은 그런 것들이 앞으로 어떻게 변할지도 다 알고 있다. 정부 지시와 반대방향으로 움직이면 돈을 번다고 믿는다.

"조령모개"보다 더 고약한 것이 있다. 그것은 법을 만들어놓고도 법을 만든 국회의원뿐만 아니라 여당도 야당도 고위관리들도 그 법을 안 지키는 것이다.

법을 공정하고 엄격하게 집행하는 것이 검찰의 기본임무다. 그런데 검찰이 그 존재이유를 완전하게 발휘하고 있다고 믿는 사람이 얼마나 되는가?

특히 정치자금과 관련된 법은 구멍이 뻥뻥 뚫려 있지 않은가? 선거비용 신고? 엉터리 신고를 처벌하는 것을 국민들은 본 적이 없다. 법이 있으면 법대로 해야 한다. 정치적 고려니 관대한 아량이니 하다보면 나라가 망한다.

朝名市利

조명시리 | 명예는 조정에서, 이익은 시장에서 다투어야 한다
무슨 일이든지 거기 알맞은 장소에서 해야 한다

朝 아침, 조정; 名 이름; 市 시장; 利 이롭다
유사어 : 적시적지 適時適地
출처 : 전국책 진책(戰國策 秦策)

거래할 때 속임수와 사기가 많다.
In the conduct of commerce many deceptions are practised
and almost juggleries.(로마속담)
누구나 이익이 있는 곳에 매달린다.
Everyone fastens where there is gain.(서양속담)
적절한 때와 장소를 구별 못한다.
To sing Magnificat at matins.(서양속담)

전국시대인 기원전 317년의 일이다. 진(秦)나라 혜문왕(惠文王)에게
사마착(司馬錯)은 촉(蜀)지방의 오랑캐를 정벌하면 영토도 넓어지고 백성
들의 재산도 늘어 일거양득이라고 건의했다.

그러나 수상 장의(張儀, 기원전 ?-317)는 의견이 달랐다. 한(韓)나라
를 치고 중원으로 진출하여 패자가 되어야 한다는 것이다.

명예는 조정에서 다투고 이익은 시장에서 다툰다. 한나라는 시장이고
주나라 왕실은 조정이다. 이것을 다투지 않고 오랑캐 정벌에 나선다면
패자가 되는 길에서 멀어진다고 주장한 것이다.

혜문왕은 사마착의 말을 따라 일거양득을 취했다.

지도자들이 제 구실을 해서 나라가 잘 돌아가지 않으면 고위관리가 되어도 사람들이 경원할 뿐 명예롭지 못하다. 경제가 무너진 판에 시장에서 장사를 해도 돈벌이가 신통할리가 없다.

나라의 국제 신인도가 후진국 계열에 속한다면 외국에 나가서 활동하는 대사나 특사가 좋은 대접을 받지 못한다. 무역도 외국인 투자도 위축된다. 이런 판국에 "조명시리"란 아무런 의미가 없다.

권력실세들이 밀실에서 고위 관직을 멋대로 요리한다. 특혜금융, 구제금융, 특혜분양, 구조조정 등 변칙과 이권과 대가성 거금이 날뛴다.

겉으로는 개혁과 혁신을 외치면서도 뒤로는 끼리끼리 자리를 나누어먹고 검은 돈도 꿀꺽한다. 능력위주, 적재적소, 인재발탁은 빛 좋은 개살구다. 물론 이런 판국에도 "조명시리"란 빈 껍데기이다.

朝聞道 夕死可矣

조문도 석사가의 | 아침에 도를 들으면 저녁에 죽어도 좋다

朝 아침; 聞 듣다; 道 길; 夕 저녁; 死 죽다; 可 옳다, 허락하다; 矣 어조사
준말 : 조문석사 朝聞夕死
출처 : 논어 이인편(論語 里仁篇)

모든 것을 아는 날 그는 죽어도 좋다.
The day one knows all, let him die.(나이지리아 속담)
너 자신을 알라.
Know yourself.(솔론)
최고의 완성에는 도달할 수 없다.
The highest perfection cannot be attained.(키케로)
철학자들의 일생은 죽음의 준비이다.
The whole life of philosophers is a preparation for death.(세네카)
숲에 이르는 길은 하나가 아니라 여럿이다.
There are more ways to the wood than one.(영국속담)

공자가 살아간 춘추시대(기원전 770-403)에는 전통적인 질서가 무너지고 세상이 매우 어지러웠다.

그래서 공자는 사물의 당연한 이치 즉 도(道)를 아침에 들어서 알게 되면 저녁에 죽어도 여한이 없을 것이라는 말을 한 것이다. 평생 동안 학문에 몰두한 공자가 진리를 염원하는 말이다.

한편 죽어 가는 친구 앞에서 "너는 이미 진리를 깨달았으니 죽는 것은 조금도 안타깝지 않을 것이다."라는 뜻으로 이 말을 했다는 설도 있다.

만일 내세가 없다면, 세상의 모든 진리를 다 깨달았다 해도 사람이 죽으면 그것으로 끝장이 아닐까? 죽음 뒤에 허무밖에 없다면 진리를 깨달은들 깨닫지 못한들 무슨 차이가 있을까?

또 설령 내세가 있다고 해도, 생전에 진리를 깨달은 사람만 낙원에 들어간다는 법도 없지 않을까? 도대체 진리란 무엇인가? 이 세상에 진리라는 것이 있기는 있는가? 있다고 해도 사람이 그것을 정말 모두 깨달을 수 있는 것인가?

처형되기 직전의 예수에게 빌라도는 "진리란 무엇인가?"라고 물었다. 예수는 대답하지 않았다. 예수가 믿은 진리는 사랑이었다. 로마총독이 믿은 진리는 칼 즉 권력이었다. 그러니까 예수는 대답할 필요를 느끼지 못했던 것이다.

지금도 수많은 사람들이 예수를 믿는다고 하면서 빌라도와 똑같은 질문을 던지고 있다. 진리란 무엇인가? 그들은 성서를 통해서 대답을 이미 알고 있다.

그러나 그 진리를 믿지 않는다. 그들이 믿는 진리는 돈이기 때문이다. 아침에 떼돈을 벌면 저녁에 죽어도 여한이 없다고 말하고 있는 것이다. 그들 가운데 극히 일부는 정말 아침에 떼돈을 벌고 저녁에 죽는다. 하루살이다.

639

朝三暮四

조삼모사 | 아침에 세 개, 저녁에 네 개 / 약은 꾀로 속이고 우롱한다

朝 아침; 三 셋; 暮 해가 지다, 저녁; 四 넷
준말 : 조삼 朝三 / 동의어 : 조사모삼 朝四暮三
출처 : 열자 황제편(列子 皇帝篇); 장자 제물론(莊子 齊物論)

남의 무지를 이용해서 이익을 얻지 마라.
No man should so act as to make a gain out of the ignorance
of another.(키케로)
약은 꾀가 힘보다 더 낫다.
Cunning surpasses strength.(독일속담)
한 입에 두 혀를 지니지 마라.
Keep not two tongues in one mouth.(서양속담)
거짓말로 얻은 이익은 자기 손가락을 태운다.
Gain gotten by a lie will burn one's finger.(서양속담)

송(宋)나라의 저공(狙公)이 많은 원숭이를 길렀는데 가족이 먹을 식량
까지 원숭이들에게 줄 정도였다. 그래서 원숭이들이 그를 몹시 따랐다.
그런데 원숭이들에게 줄 먹이가 부족하게 되자 그는 원숭이들에게 이렇
게 말했다.

"도토리를 아침에 세 개, 저녁에 네 개 주겠다."

원숭이들이 화를 냈다. 아침에 세 개를 먹으면 배가 고프다고. 그래서
그는 아침에 네 개, 저녁에 세 개를 주겠다고 했다. 원숭이들이 만족했
다. 그의 속임수가 성공한 것이다.

로마황제들은 로마시민들에게 빵과 포도주를 무료로 나누어주었다. 원형경기장에서 노예 검투사들이 서로 죽이는 살인경기도 무료로 구경시켜 주었다.

권력을 유지하기 위해 국고를 털어서 민중에게 아첨한 것이다. 그들의 "조삼모사"는 성공했다. 그러나 로마제국 자체는 서서히 약화되고 멸망의 길로 치달았다.

중앙청은 조선총독부 건물이지만 거기서 대한민국 정부수립이 선포되고 초대 대통령 취임식이 거행된 역사적 건물이기도 하다. 일본식도 아닌 서양식 건물이다.

그러나 민중에게 아첨하기 위해 헐어버렸다. 남산의 고층 아파트들도 헐렸다. 막대한 돈이 들어갔다. 수도를 이전한다고 떠든다. 역시 막대한 돈이 들어간다. 그런 사업 자체가 나쁘다는 것은 아니다.

그러나 일에는 때가 있고 순서가 있다. 급한 일이 한두 가지가 아닌데 한가롭게 그런 일을 벌일 때가 아니다. 단지 표를 위해서 수조 원의 국고를 낭비할 때가 아니기 때문에 "조삼모사"가 되는 것이다. "조삼모사"가 일시적으로는 통할 것이다. 그러나 그 결과는 국민들의 엄청난 조세부담만 가중시킨다.

助長

조장 | 도와서 자라게 한다 / 옳지 못한 일을 부추기거나 눈감아준다

助 돕다; 長 길다
출처 : 맹자 공손추 상(孟子 公孫丑 上)

막을 힘이 있는데도 막지 않는 자는 그것을 격려하는 것이다.
Hw who does not forbid when he can, encourages it.(세네카)
바보를 칭찬하면 그의 어리석음을 증가시킨다.
Praise the fool and you water his folly.(서양속담)
나무를 너무 자주 옮겨 심으면 잘 자라지 못한다.
Plants too often removed will not thrive.(서양속담)
침묵은 동의하는 것이다.
Silence is consent.(이탈리아 속담)

맹자는 호연지기(浩然之氣)를 항상 잊지도 말고 억지로 "조장"해서도 안 된다면서 송나라 사람의 비유를 들었다.

송나라의 어느 농부가 모를 심었는데 모가 빨리 자라지 않아서 초조해진 나머지 벼의 줄기를 하나씩 손으로 잡아 위로 당겨 놓았다. 집으로 돌아간 그는 모가 자라도록 도와주어서(助長) 몹시 피곤하다고 말했다. 깜짝 놀란 아들이 논으로 달려가 보니 벼는 이미 모두 말라죽어 버린 뒤였다.

그리스의 산도적이 길 가는 사람을 잡아다가 자기 집 침대에 눕혔다. 하룻밤 재워주는 친절을 베풀겠다는 것이다. 그러나 사람마다 키가 달라 침대 길이에 딱 맞을 리가 없었다. 그래서 침대보다 긴 사람은 다리를 자르고 짧은 사람은 다리를 잡아 늘였다. "조장"을 해 준 것이다. 물론 살아서 그 집을 나온 사람은 하나도 없다.

중세 때 어느 외아들이 이웃집 물건을 훔쳐서 집으로 가져갔다. 어머니가 꾸짖기는커녕 들키지 않아서 다행이라고 말했다. 아들은 바늘도둑이 소도둑이 되었다. 그러다가 결국 잡혀서 사형장으로 끌려갔다.

그리고 어머니를 저주했다. 어렸을 때 꾸짖었으면 자기가 진짜 도둑이 되지는 않았을 것이라고. 그 어머니는 아들의 도둑질을 "조장"했던 것이다.

남편이 뇌물을 받아 가지고 올 때 기뻐하거나 알고도 모른 척하고 눈을 감아주는 아내가 있다면 그녀는 남편의 범죄를 "조장"하는 것이다. 아이들이 잘못하는 것을 보고도 꾸짖어서 고쳐주지 않는 부모도 역시 마찬가지다.

左袒

좌단 | 왼쪽 소매를 벗어 왼쪽 어깨를 드러낸다 / 어느 한쪽의 편을 든다

左 왼쪽; 袒 위통을 벗다
출처 : 사기 여후본기(史記 呂后本紀)

> 모든 문제에는 양쪽이 있는 데 그것은 잘못된 쪽과 우리 쪽이다.
> There are two sides of every question-the wrong side and our side.(미국속담)
> 까마귀는 까마귀 옆에 항상 모인다.
> Jack-daw always perches near jack-daw.(서양속담)

한(漢)나라 고조(高祖, 劉邦)의 아내 여태후(呂太后)는 고조가 죽은 뒤에 권력을 장악하고 여씨 가문이 요직을 모두 차지하게 만들었다. 그녀는 고조가 아끼던 척부인과 여의를 잔인하게 죽였다. 고조의 아들 일곱명 가운데 다섯이 자살하거나 살해되었다.

그러다가 여태후가 기원전 180년에 죽자 수상 진평(陳平)과 국방장관 주발(周勃)이 여씨를 타도하는 일에 나섰다. 그들은 여록(呂祿)과 친한 역기(酈寄)를 여록에게 보내서 말로 설득하여 그가 가지고 있던 상장군의 징표를 돌려 받았다. 그리고 주발이 군사들 앞에 나서서 외쳤다.

"여씨를 지지하는 사람은 오른쪽 소매를 벗고 황실인 유씨를 지지하는 사람은 왼쪽 소매를 벗어라."

군사들이 모두 왼쪽 소매를 벗었다. 그들은 여록을 비롯하여 많은 여씨를 죽였다. 유씨 가문이 천하를 다시 장악했다.

임진왜란 직전에 시작한 조선의 당쟁은 2백년 이상 계속되었다. 동인과 서인이 대립할 때 그들은 각각 자기 파를 위해 "좌단"을 했다. 남인과 북인, 노론과 소론, 대윤과 소윤 등도 각각 "좌단"을 했다. 수구파와 혁신파도 역시 그랬다. 나라 꼴은 말이 아니었고 민초들은 마른 풀잎처럼 쓰러졌다.

명색이 민주주의에 정당정치를 한다는 나라에서 10년 이상 유지된 정당이 하나도 없다. 정권이 바뀔 때마다 새로운 정당이 또 생긴다.

헌 집 헐고 새 집 짓는 식이다. 물론 새 집에 쓰이는 재목은 모두 낡은 것이다. 그러면서 그들도 각각 자기 파벌을 "좌단"을 한다.

온 국민을 위해 일을 해야 하는 피선거권자들이 특정 단체나 사조직을 동원해서 지지를 호소한다. 자기를 위해 "좌단"을 해달라는 것이다. 이런 "좌단"이 많을수록 나라는 불안해지고 국민들은 안심하고 살 수가 없을 뿐만 아니라 그것은 멸망의 길로 가는 것이다.

酒池肉林

주지육림 | 술로 연못을 만들고 고기로 숲을 이룬다
극도의 사치와 방탕에 빠진다

酒 술; 池 연못; 肉 고기; 林 숲
원어 : 이주위지 현육위림 以酒爲池 懸肉爲林
동의어 : 육산주지 肉山酒池 / 유사어 : 육산포림 肉山脯林
출처 : 사기 은본기(史記 殷本紀); 제왕세기(帝王世紀); 십팔사략(十八史略)

술은 악마의 피다.
Wine is the blood of devils.(서양속담)
고기를 많이 먹으면 병도 많이 걸린다.
Much meat, much malady.(서양속담)
천성은 노는 것과 쾌락에 빠지라고 하지 않는다.
Nature never meant us to play and pleasure.(서양속담)

하(夏)나라의 마지막 군주 걸왕(桀王)은 말희(妺姬)에게, 은(殷)나라의 마지막 군주 주왕(紂王)은 달기(妲己)에게 눈이 멀어 극도의 사치와 방탕에 빠져 백성들을 괴롭히다가 멸망했다. 그래서 걸주(桀紂)는 잔인무도한 폭군의 대명사가 되었다.

주왕은 머리가 비상하게 좋고 힘도 천하장사였다. 그러나 달기에게 빠진 뒤로는 그녀가 원하는 것을 무엇이든지 들어주었다. 그는 언덕 위에 별궁을 짓는가 하면 술로 연못을 만들고 고기를 매달아 숲을 이루게 했다. 발가벗은 남녀들이 "주지육림"에서 먹고 마시며 놀았다.

그런 일이 120일 동안 계속되기도 했다. 그리고 바른말을 하는 신하들에게는 포락지형(炮烙之刑) 즉 숯불 위에 기름칠한 구리기둥을 걸쳐놓고 그 기둥 위를 걸어가게 했다. 물론 미끄러운 기둥에서 신하들은 떨어져 불에 타죽었다. 달기는 그런 광경을 좋아했던 것이다.

신라 말기 경주의 포석정에서는 냇물처럼 술이 흐르게 하고 그 위에 잔을 띄우면서 왕이 잔치를 벌였다. 그러다가 후백제의 견훤에게 습격 당해 왕이 처형되었다. 신라는 껍데기만 남고 사실상 망한 것이다.

요즈음은 사방에 도사린 이상한 술집과 변태영업소 등이 포석정보다 더한 "주지육림"의 현장이 되고 있는 경우도 많다. 두 쌍의 부부가 모여 아내를 혹은 남편을 바꾸는 소위 "스와핑"이 물의를 일으켰다. 여러 쌍이 모여서 집단 혼음을 하는 경우도 있다. 해외토픽에나 나오는 일인 줄 알았더니 우리나라에서도 일어났다.

그런 일을 중개해주는 인터넷 사이트에 가입한 부부가 수천 명이나 된다고 한다. 경제는 널뛰는 판에 "주지육림"에 관해서는 대단한 선진국이 된 것이다.

하기야 중국의 폭군들인 걸주가 놀던 시절에 비하면 3~4천년 늦은 셈이다. 그러나 아무리 폭군들이라 해도 스와핑은 하지 않았다. 그런데 이런 패륜행위를 금지하는 법규정이 없어서 처벌할 수가 없다고 한다. "주지육림"의 길은 국가 멸망의 길이다.

竹馬故友

죽마고우 | 어릴 때 대나무 말을 타고 같이 놀던 친구
어려서부터 친하게 지낸 친구

竹 대나무; 馬 말; 故 옛날, 연고; 友 벗
동의어 : 죽마지우 竹馬之友; 죽마구우 竹馬舊友
유사어 : 기죽지교 騎竹之交; 죽마지호 竹馬之好
출처 : 세설신어 품조편(世說新語 品藻篇); 진서 은호편(晉書 殷浩篇)

> 제일 좋은 친구는 오래된 친구다.
> The best friends are the old ones.(이집트 속담)
> 제일 좋은 거울은 오래된 친구다.
> The best mirror is an old friend.(서양속담)

진(晉)나라 무제(武帝)와 제갈정(諸葛靚)은 "죽마고우"였다. 그런데 삼국시대 때 위(魏)나라 고관이던 제갈정의 아버지 제갈탄(諸葛誕)은 무제의 아버지 사마소(司馬昭)에게 반기를 들었다가 살해된 일이 있었다.

무제가 제갈정에게 높은 지위를 주면서 불렀지만 제갈정은 아버지의 원수 나라에서 벼슬을 할 수 없다고 응하지 않았다.

그래서 무제는 제갈정의 누나를 시켜서 제갈정을 부르게 했다. 그리고 제갈정이 누나와 만나고 있는 자리에 자신이 갑자기 들어가서 제갈정을 만났다. 술자리가 마련되어 주거니받거니 하다가 무제가 말했다.

"자네도 죽마를 타던 옛 정(竹馬之好)을 잊지는 않았겠지?"

제갈정이 눈물을 흘리며 대꾸했다.

"저는 아버지의 원수를 갚지 못했기 때문에 오늘 폐하를 뵙고 있는 것입니다."

무제는 그의 심정을 이해했다. 그리고 억지로 그를 만난 자신의 행동을 후회했다.

한 동네에서 어린 시절을 같이 보냈거나 초등학교 또는 중학교 친구라면 "죽마고우"라고 할 수 있을 것이다. 물론 평소에 아주 친하게 지낸 사이를 말한다.

그런데 일년이 멀다 하고 아파트를 자주 옮기는 집의 아이들은 "죽마고우"를 사귈 틈도 없다. 불행한 일이다.

하기야 요즈음은 대나무 말이라는 것이 무엇인지 아는 아이도 없다. 타 본 일이 없기 때문이다. 굴렁쇠라는 것도 사라졌다. 어려서부터 컴퓨터게임에 몰두하는 아이들이니 이제는 "죽마고우"가 아니라 "게임고우"라고 해야 마땅할 것이다.

그런데 컴퓨터 게임은 그 내용이 매우 잔인하다. 그저 빨리 죽이거나 돈을 많이 따는 게임이다. 실제로 초등학교 아이들이 돈 놓고 돈 먹기 식 도박을 한다. 살인, 강간도 벌어진다.

그리고 컴퓨터게임은 혼자서도 얼마든지 한다. 기계를 상대로 하는 고독한 게임이다. 이런 아이들이 어른이 되면 어떤 인간이 될까? 그런 사회는 또 어떤 모습일까?

소박한 우정이 흐르는 "죽마고우"가 사라지고 "게임고우"들이 끼리끼리 어울리는 시대, 상상만 해도 소름이 끼치는 시대가 오고 있다.

649

樽俎折衝

준조절충 │ 술자리(樽俎)에서 적의 창끝을 꺾어 막는다(折衝)
외교교섭이나 담판으로 자신에게 유리하도록 일을 처리한다

樽 술통; 俎 칼 도마; 折 꺾다; 衝 찌르다, 부딪치다
유사어 : 준조지사 樽俎之師
출처 : 안자춘추 내편(晏子春秋 內篇)

> 평화는 협상이 아니라 승리로 이루어져야 한다.
> Peace is to be produced by victory, not by negotiation.(키케로)
> 합의는 의견 대립으로 더욱 값지게 된다.
> Agreement is made more precious by disagreement.
> (푸블릴리우스 시루스)
> 평화가 이루어졌다 해도 평화를 유지하는 것은 이해관계다.
> Though peace is made, it 's interest that keeps peace.(영국속담)

춘추시대 때 제(齊)나라 장공의 동생 경공(景公)은 최저를 수상으로 임명했다. 그리고 최저에게 반대하는 자는 죽이겠다고 맹세했다. 신하들이 모두 따라서 그렇게 맹세했지만 안영(晏嬰, 晏子)만 홀로 맹세하지 않고 탄식했다.

최저가 살해되자 경공이 이번에는 안영을 수상으로 삼았다. 안영은 가죽옷 한 벌을 30년이나 입을 정도로 청렴결백했고 경공에게 바른말을 거침없이 했다. 12개의 큰 나라를 비롯하여 100여 개의 작은 나라들로 분열된 당시 상황에서 안영은 탁월한 외교솜씨로 제나라의 지위를 확보했다. 그래서 안자춘추에는 "안영은 술통과 칼 도마 사이(樽俎間) 즉 술자리를 벗어나지 않은 채 천리 밖 적의 창끝을 꺾어 막았다(折衝)."고 기록했던 것이다.

나폴레옹이 워털루 전투에서 지고 몰락한 뒤 유럽 각국의 대표들이 비엔나에 모여서 회의를 했다. 유럽의 지도를 다시 그리기 위한 것이다.

그러나 날마다 댄스파티만 열리고 진전이 없었다. 그래서 회의는 춤춘다는 말이 나왔다. 그 때 각국의 복잡한 이해관계를 조정한 것이 오스트리아의 수상 메티르니히였다. 그는 "준조절충"이 아니라 "댄스절충"을 한 것이다.

외교는 아무나 하는 것이 아니다. 그런데 아무나 대사를 시켜도 잘 한다고 생각하는 사람들이 적지 않다. 군사정권 시절에는 대령이나 장군 출신 수십 명이 대사가 되어 전 세계를 누볐다. 그들은 대부분이 술을 잘 마셨다.

고급 식당에서, 관저에서 "준조절충"을 하는 흉내는 냈다. 그러나 나라의 이익을 얼마나 확보했는지는 의문이다. 나라 망신이나 시키지 않았으면 다행이다. 요즈음도 외교와 전혀 관계가 없는 사람들이 대사로 나가는 경우가 있다.

물론 외교는 지식과 경험만 가지고 되는 것은 아니다. 안영과 같은 훌륭한 인격도 필요하다. 그래야만 상대방에게 신뢰감을 주어 "준조절충"이 이루어지는 것이다. 아첨이나 일삼는 무리가 아무리 꽁수를 부려도 외교적 성과는 거두기 어렵다. 외교관은 많아도 진짜 외교관은 드문 것이다.

衆寡不敵

중과부적 | 숫자가 적은 쪽은 많은 쪽을 당해낼 수 없다

衆 무리; 寡 적다; 不 아니다; 敵 적, 대적하다
출처 : 맹자 양혜왕편(孟子 梁惠王篇)

> 강물이여, 너는 바다와 싸우고 있다.
> A river, you contend with the sea.(로마속담)
> 태풍을 거슬러서 입김을 불지 마라.
> Blow not against the hurricane.(서양속담)
> 작은 물고기들은 고래에게 물을 뿜어서는 안 된다.
> Little fishes should not spout at whales.(서양속담)
> 숫자가 많으면 안전하다.
> There is safety in numbers.(서양속담)

전국시대 때 맹자(孟子, 기원전 372-289)는 제(齊)나라 선왕(宣王)에게 덕으로 다스리는 왕도정치만이 옳은 길이라고 이렇게 역설했다.

"무력으로 천하를 휘어잡는 패자가 되려는 것은 나무에 올라가 물고기를 구하는 것(연목구어 緣木求魚)과 같다.

작은 나라는 큰 나라와 대적할 수 없다. 숫자가 적은 쪽은 많은 쪽을 당해낼 수 없다. 약한 자는 강한 자와 대적할 수 없다.

현재 규모가 비슷한 아홉 개의 큰 나라들이 다투고 있는데 제나라는 그 가운데 하나이다. 하나가 나머지 여덟을 휘어잡겠다고 하는 것은 조그마한 추(鄒)나라가 강대국 초(楚)나라에 대드는 것과 같다.

따라서 왕도정치를 펴야만 천하를 굴복시킬 수 있다."

국회 의석의 절반의 절반도 안 되는 소수파 여당이라면 자기들 마음대로 법안이나 예산안을 통과시키는 것은 "중과부적"이다. 될 리가 없다.

나라의 이익과 안정을 위해서는 대통령이 야당 지도자들을 설득해서 우호관계를 유지해야 마땅하다. 이런 상황에서 대통령이 야당을 무시하면 나라가 매우 위태로워진다.

수억 개의 정자가 난자 하나를 향해 돌진한다. 난자로서는 정자들을 모두 받아들이기가 "중과부적"이다. 모두 받아들였다가는 난자가 터지고 만다.

그래서 재빨리 아무 놈이나 정자 한 개를 골라서 붙어버린다. 그리고 다른 것이 못 들어오도록 두터운 껍질을 만든다. 그것이 임신이다. 사람은 누구나 그러한 "중과부적"의 위기를 뚫고 태어나는 것이다.

일본군대에 끌려간 정신대 여자들도 "중과부적"이었을 것이다. 살아남은 것만 해도 기적과 같다. 그런데 일본정부는 정신대 여자들을 공식적으로 동원한 적이 없다고 한다. 거짓말도 그 정도면 예술이다.

衆口難防

중구난방 | 많은 사람의 입은 막기 어렵다

衆 무리; 口 입; 難 어렵다; 防 막다
출처 : 십팔사략(十八史略)

> 모든 사람의 입을 막으려면 버터가 엄청나게 많이 필요하다.
> He needs much butter who would stop every man's mouth.
> (화란속담)
> 요리사가 너무 많으면 죽을 버린다.
> Too many cooks spoil the broth.(서양속담)

은(殷)나라를 멸망시키고 무왕이 세운 주(周)나라는 오만하고 잔인하며 사치를 일삼는 여왕(厲王) 때 매우 어지러웠다. 그는 아무도 자기를 비판하지 못하도록 함구령을 내렸다. 그 때 소공(召公, 성왕 시절 소공의 후손)이 이렇게 충고했다.

"백성들의 입을 막는 것은 강물을 막는 것보다 더 어렵습니다. 강물을 막은 둑이 무너지면 많은 사람이 다치듯이 백성도 또한 둑과 같습니다. 강물이 자연스럽게 흘러가게 하고 백성들이 바른말을 하게 만들지 않으면 안 됩니다."

그러나 여왕은 소공의 말을 듣지 않았다. 그가 즉위한 지 3년 만에 백성들이 반란을 일으켰고 왕은 달아났다. 그리고 다시 복귀하지 못한 채 죽었다.

귀가 엄청나게 큰 왕이 왕관으로 귀를 가렸다. 그러나 그의 이발사만은 사실을 알고 있었다. 비밀을 누설하면 죽이겠다는 왕의 금지에도 불구하고 입이 근질근질해진 이발사는 대나무 밭에 들어가 소리쳤다.

임금님 귀는 당나귀 귀다! 바람이 불 때마다 대나무 밭에서 그 소리가 들려오자 온 백성이 사실을 알게 되었다. 누구나 다 아는 "중구난방"의 우화다.

권력자 특히 독재자는 국민들의 입을 틀어막고 싶어한다. 진나라의 시황제가 분서갱유를 한 것도 그렇다. 히틀러가 소위 불온서적을 모아서 베를린 광장에서 불태운 것도 그렇다. 일제시대뿐만 아니라 해방 이후에도 독재시절에 신문들이 정간, 폐간 당한 것도 그렇다.

요즈음도 특정 언론매체들을 정부가 공격한다. 공영방송과 일부 언론이 정부 편을 들어 그 특정 언론매체들을 공격한다. 언론을 일시적으로는 억압할 수 있다. 그러나 "중구난방"은 변함이 없다.

이심전심으로 입에서 입으로 퍼지는 소문은 막을 수가 없다. 임금님 귀는 당나귀 귀다! 이건 정말 무슨 뜻인가?

中石沒鏃

중석몰촉 | 쏜 화살이 돌에 깊이 박힌다
정신을 집중하면 놀라운 위력이 나온다

中 가운데; 石 돌; 沒 파묻히다, 빠지다; 鏃 화살
원어 : 석중석몰촉 射中石沒鏃
동의어 : 석석음우 射石飮羽; 석석몰금음우 射石沒金飮羽; 웅거석호 雄據射
虎 / 유사어 : 일념통암 一念通巖; 정신일도 하사불성 精神一到 何事不成
출처 : 사기 이장군전(史記 李將軍傳); 한시외전 권육(韓詩外傳 卷六)

> 자진해서 일하는 사람에게 불가능한 것은 없다.
> Nothing is impossible to a willing mind.(서양속담)

한(漢)나라의 이광(李廣)은 활쏘기와 말타기가 뛰어난 명장이었다. 그
는 문제(文帝) 때인 기원전 166년에 흉노족을 크게 무찔러 황제를 호위
하는 장군이 되었다. 하루는 황제를 모시고 사냥을 나갔다가 큰 호랑이
를 맨손으로 때려잡기도 했다. 국경 수비대의 총사령관이 된 뒤에는 흉
노족과 싸울 때마다 이겼다.

그러던 어느 날 황혼 무렵에 들판에 나갔는데 웅크리고 있는 호랑이
를 발견하고는 정신을 집중하여 화살을 쏘았다. 가까이 가서 보니 화살
은 깊이 박혀 있지만 호랑이가 아니라 커다란 돌이었다. 그는 먼저 있던
자리로 돌아가서 화살을 다시 쏘았다. 그러나 화살이 돌에 박힐 리가 없
었다.

도를 통한 사람이 정신을 집중하면 몸이 공중으로 떠오른다고 한다. 동에서 번쩍 서에서 번쩍 하는 축지법이라는 것도 있다. 사람이 물 위를 걸어다녔다는 기록도 있다.

커다란 수정 구슬을 들여다보면서 미래를 예언한다는 점쟁이들도 있다. 애꾸눈 궁예는 자신이 미륵보살이라고 했다. 요즈음도 자신이 메시아라고 떠드는 사교 교주들이 있다.

나폴레옹은 자기 사전에 불가능이라는 단어가 없다고 큰소리쳤다. 정신을 집중하면 못하는 일이 없다고 믿는 것이다.

스포츠 선수들이 대회장에 나가 경기를 할 때, 수십 미터 높이에 걸린 밧줄 위를 곡예사가 걸어갈 때 등은 "중석몰촉" 정도가 아니다.

죽기 아니면 까무러치기 식으로 몰두하는 것이다. 무슨 시험이든 답안지를 쓰는 수험생들도 대부분은 "중석몰촉"으로 정신을 집중한다. 좋은 일이다. 그러나 자신의 인격수양을 위해 평소에 좀 더 자주 "중석몰촉"을 한다면 얼마나 더 좋을까?

中原逐鹿

중원축록 | 중원의 사슴을 뒤쫓는다
황제의 지위, 정권 등을 다툰다

中 가운데; 原 들판, 원래; 逐 뒤쫓다, 추방하다; 鹿 사슴
준말 : 축록 逐鹿 / 동의어: 각축 角逐
유사어 : 중원장리 中原場裡; 중원사록 中原射鹿
출처 : 사기 회음후열전(史記 淮陰侯列傳)

> 내 아들 브루투스야, 너마저도!
> You also, O son Brutus!(줄리어스 시저가 칼에 찔릴 때 한 말)
> 최고의 지위에는 두 사람이 앉을 수 없다.
> The highest seat will not hold two.(로마속담)
> 그들(루터와 칼빈)은 교황을 단죄하고 스스로 교황이 되려고 했다.
> They(Luther and Calvin) condemned the Pope and desired to
> imitate him.(볼테르)

초나라의 항우와 한(漢)나라의 유방(劉邦, 高祖)이 천하를 다툴 때, 유방 밑에서 제(齊)나라를 차지하고 있던 한신(韓信)에게 전략가 괴통(蒯通)은 독립해서 천하를 셋으로 나누라고 권했다.

그러나 한신은 망설이다가 결국 괴통의 충고를 무시하고 말았다. 천하를 통일한 뒤 유방은 한신의 세력이 두려워서 그를 초왕(楚王)에서 회음후(淮陰侯)로 강등시켰다.

그 후 고조가 반란을 진압하려고 떠났을 때 한신은 수도 장안에서 군사를 일으키려다가 비밀이 새는 바람에 고조의 황후와 수상 소하(蘇何)에게 잡혔다.

그는 괴통의 충고를 받아들이지 않았던 것이 몹시 분하다고 소리치고 죽었다. 이윽고 고조가 괴통을 잡아들여서 끓는 기름가마에 넣어 죽이라

고 명령하자 괴통이 원통하다고 소리쳤다.

"진(秦)나라가 중원의 사슴(황제의 지위)을 잃자 제후들이 그 뒤를 쫓아갔고 키가 크고 발이 빠른 걸물(고조를 가리킴)이 그 사슴을 잡았던 것입니다. 도둑인 도척의 개도 요임금에게 짖게 마련입니다. 자기 주인 이외에는 사람을 알아보지 못하기 때문입니다. 예전에 저는 한신만 알았지 폐하는 몰랐습니다."

유방은 그의 말이 옳다고 여겨서 석방했다.

로마제국이 멸망하기 직전에는 군사쿠데타가 일년이 멀다 하고 일어났다. 30년 동안에 황제가 30명 이상 바뀌었다. 왕궁 수비대 사령관은 황제 자리를 경매에 부치기도 했다.

돈을 제일 많이 내는 자를 황제로 앉힌 다음 일년이 못 되어 암살했다. 그래야 또 돈을 엄청나게 버니까. 로마 식의 "중원축록"인 것이다.

로마는 한 때 백만 명이 사는 세계 최대의 도시였다. 그러나 서로마제국이 최후를 맞은 서기 5세기 중엽에는 그 인구가 겨우 5만 명이었다. 멸망할 이유가 충분했고 또 멸망할 때가 되었던 것이다.

요즈음은 민주주의가 고도로 발달해서 그런지는 몰라도 대통령 자리가 카리스마도 권위도 별로 없는 듯하다. 그래서 어중이떠중이들이 아무나 그 자리를 넘보고 있다.

그리고 후보들 사이에 경쟁도 치열하다. 한국식 "중원축록"이 벌어지는 것이다. 구경할 가치도 재미도 별로 없는 이전투구(泥田鬪狗) 비슷하다.

指鹿爲馬

지록위마 | 사슴을 가리키면서 말이라고 한다
억지를 부려 남을 궁지로 몰아넣는다
윗사람을 농락하여 권력을 휘두른다

指 가리키다; 鹿 사슴; 爲 하다, 되다; 馬 말
동의어 : 위록위마 謂鹿爲馬
출처 : 사기 진시황본기(史記 秦始皇本紀)

늘대는 양을 잡아먹을 구실이 언제나 있다.
The wolf never wants a pretence against the lamb.(서양속담)
가장 강한 자의 주장이 항상 이긴다.
The reasoning of the strongest is always the better reasoning.
(라 퐁테느)

기원전 210년에 진(秦)나라 시황제(始皇帝, 재위 기원전 247-210)가
죽자 환관 조고(趙高)가 가짜 유서를 만들어 태자 부소(扶蘇)를 죽이고는
어리석고 나이 어린 호해(胡亥)를 2세 황제로 세웠다. 그리고 수상 이사
(李斯) 등을 죽이고 권력을 장악했다.

그는 자신이 황제가 될 야심을 품었다. 그래서 어느 날 사슴을 호해에
게 바치면서 그것이 말이라고 했다. 호해는 농담하지 말라고 웃으면서
신하들의 의견을 물었다. 그것이 사슴이라고 대답한 사람들을 조고는 기
억해두었다가 나중에 모두 없애버렸다. 그 후 조고의 말에 감히 반대하
는 사람이 없었다.

나라가 그 꼴이니 사방에서 반란이 일어나는 것은 당연했다. 항우와
유방의 군사가 수도를 향해 진격했다. 조고는 호해를 죽이고 부소의 아
들 자영(子嬰)을 3세 황제로 세웠다. 그런데 자영이 조고를 죽이고 말았
다. 그리고 진나라는 멸망했다.

일기예보를 통해 태풍이 오는 줄 뻔히 알면서도 제주도에서 한가롭게 골프를 친 정부의 고위 관리가 있다. 태풍피해 대책을 마련해야 할 장관이었다. 그런데 골프 친 것이 뭐가 나쁘냐고 그를 옹호하는 사람들이 있다. "지록위마" 식의 아첨도 그 정도면 일품이다.

해방 이후 최대의 태풍이 한창 남해안을 뒤집어놓고 있는 밤이라면 온 나라 공무원들이 수해대책본부에 들렀다면 얼마나 좋을까? 그런데 최고의 공무원이 연극공연을 관람했다. 그 사실이 언론에 보도되자 연극관람이 뭐가 나쁘냐고 옹호하는 측이 나왔다. 역시 "지록위마" 식의 아첨이다.

골프도 연극관람도 그 자체는 좋은 일이다. 그러나 태풍으로 국민들이 위기에 빠져 있을 때는 그렇지 않다.

문화관련 단체가 열 개가량 되는데 그 단체장 자리를 특정 세력이 독점했다는 소식이 들렸다. 그리고 하는 말이 능력 위주로 인선을 했다고 한다. 인선한 사람의 눈에는 그들이 특출한 능력이 있다고 보지만 수많은 사람들은 그렇게 보지는 않는다. 누가 "지록위마"를 하고 있는 것일까?

懲羹吹韲

징갱취제 | 뜨거운 국에 데어서 냉채를 후후 불어 먹는다
실패한 뒤 모든 일에 지나치게 조심한다

懲 징계하다; 羹 국; 吹 불다; 韲 냉채
동의어 : 징갱취채 懲羹吹菜; 징갱취회 懲羹吹膾; 징열갱제 懲熱羹韲
유사어 : 징선기여 懲船忌輿; 오우천월 吳牛喘月
출처 : 초사 석송(楚辭 惜誦)

> 낚싯바늘에 한번 다친 물고기는 모든 먹이에 바늘이 들어 있다고 믿는다.
> The fish which has once been injured by the deceitful hook,
> believes the barbed metal lies hidden in all food.(오비디우스)

전국시대 말기에 초(楚)나라와 제(齊)나라가 동맹을 맺어 강대국 진 (秦)나라에 대항하고 있었다. 진나라 수상 장의(張儀)는 초나라 회왕(懷 王)의 총애를 받는 후궁 정수(鄭袖) 등을 매수하여 주요 각료인 굴원(屈 原)을 실각시켰다.

장의는 또한 초나라가 제나라와 관계를 끊으면 진나라 땅 6백 리를 주겠다는 거짓 제의를 해서 회왕이 제나라와 관계를 끊게 만들었다. 속 았다고 깨달은 회왕이 진나라를 쳐들어갔다가 크게 패배했다. 그는 굴원 을 다시 등용했다. 10년이 지났을 때 진나라가 회왕을 초청했다. 굴원의 반대에도 불구하고 회왕은 진나라에 갔다가 포로가 되어 다음 해 객지 에서 죽었다. 굴원은 회왕의 죽음에 대해 책임을 지라고 수상에게 요구 하다가 추방되고 말았다. 그 후 멱라수(汨羅水)에 투신자살했다. 그는 초 사 석송(楚辭 惜誦)에서 이렇게 읊었다.

"뜨거운 국에 데어서 냉채까지 후후 불며 먹는데, 그 나약한 뜻을 어 찌하여 바꾸지 않는가?"

초나라는 결국 기원전 223년에 진나라에게 멸망당했다.

지역감정에 불을 붙였던 세 김씨가 다투다가 두 김씨가 차례로 대통령을 하고 물러났다. 그 동안 몇몇 재벌이 쓰러지고 IMF 외환위기가 닥치고 나라의 경제가 다시금 위기를 맞았다.

지연, 학연, 정실 등 편파적인 인사와 부정부패가 그런 사태를 만들었다. 이제 다시는 그런 상황이 되풀이되어서는 안 된다. 그런데 또다시 권력실세들의 거액 뇌물사건들이 속속 등장하고 있지 않는가! "징갱취제"라는 말 자체를 그들만은 모르는 모양이다.

차

采薇歌

채미가 | 고사리를 캐는 노래

采 나물, 캐다; 薇 고사리; 歌 노래
출처 : 사기 백이열전(史記 佰夷列傳)

> 자연이 요구하는 것은 매우 적다.
> Nature requires very little.(세네카)
> 굶주림은 콩을 달게 만든다.
> Hunger sweetens beans.(로마속담)
> 만족할 줄 아는 사람은 언제나 부자다.
> A contented man is always rich.(서양속담)

백이(佰夷)와 숙제(叔齊)는 하북성에 위치한 고죽국(孤竹國)의 왕자였다. 왕은 막내인 숙제를 후계자로 삼기를 원했다. 왕이 죽자 숙제는 형에게 자리를 양보했다. 그러나 백이는 부친의 유언을 거스를 수 없다면서 달아났다. 숙제도 그 뒤를 따랐다. 그들은 평소에 존경하던 서백(西伯, 周文王)을 찾아서 서쪽의 주나라로 갔는데 서백은 이미 죽고 무왕(武王)이 즉위한 뒤였다.

은(殷)나라 주왕(紂王)의 폭정이 극심해서 제후들이 주(周)나라 무왕(武王)을 중심으로 반란을 일으켰다. 무왕이 목야(牧野)에서 주왕의 군사를 무찔러 은나라를 멸망시켰다. 무왕의 군사행동을 반대한 백이와 숙제는 주나라의 곡식을 먹을 수 없다면서 수양산(首陽山)에 들어가 고사리를 캐어먹다가 굶어죽었다. 그들은 마지막으로 남긴 시 채미가(采薇歌)에서 이렇게 읊었다.

"저기 서쪽 산에 올라가 고사리를 뜯는다./ 포악한 방법으로 포악한 일을 저지르고도 그 잘못을 못 깨닫는다./ 나는 어디로 가야만 하는가? / 슬프다! 운명이란 이토록 야박하기만 한가?"

백이와 숙제의 절개는 훌륭하다. 그러나 군주가 군주답지 못하고 오히려 백성들을 죽인다면 그런 군주에게도 충성을 바칠 필요가 있는가?

맹자는 분명히 아니라고 했다. 그는 역성혁명을 지지했다. 포악하고 잔인한 군주, 백성들을 굶겨 죽이는 군주는 갈아 치워야 한다는 것이다.

그리고 이왕에 수양산에 들어갔으면 고사리나 캘 것이 아니라 농사를 지었어야 마땅하다. 한 때 왕자였다고 해서 농사도 못 짓나?

조선왕조가 멸망할 때 산에 들어가 고사리도 캐먹지 않고 자결한 사람들이 있다. 목숨을 그렇게 가볍게 버릴 것이 아니라 차라리 산 속으로 들어가 의병활동을 했으면 더 좋았을 것이다. "채미가" 비슷한 시도 좀 남기고….

군사독재 때도 좋은 자리를 차지하고 민간정부에서도 고위직을 차지한 행운아들도 있다. 그리고 이제는 민주주의의 대변인처럼 행세하는 사람들도 있다. 백이와 숙제의 정신을 조금이라도 본받을 필요가 있다.

天高馬肥

천고마비 | 하늘은 높고 말은 살찐다 / 가을을 상징하는 말

天 하늘; 高 높다; 馬 말; 肥 비옥하다, 살찌다
원어 : 추고새마비 秋高塞馬肥
동의어 : 추고마비 秋高馬肥 / 유사어 : 천고기청 天高氣淸
출처 : 한서 흉노전(漢書 匈奴傳)

> 아름다운 것의 가을은 아름답다.
> The autumn of the beautiful is beautiful.(베이컨)
> 구름 낀 음산한 하늘이 가을을 내뿜는다.
> The sky breathed autumn, sombre, shrouded.(푸쉬킨)

중국의 역대 왕조는 북쪽의 흉노족의 침범이 늘 걱정거리였다. 겨울에 먹을 양식을 마련하기 위해 흉노족은 "천고마비"의 계절인 가을이면 쳐들어오고는 했던 것이다.

당나라의 시인 두보(杜甫)의 할아버지 두심언(杜審言)은 북쪽 국경지대에 파견되어 있던 친구 소미도(蘇味道)가 하루 빨리 이기고 돌아오라는 뜻에서 증소미도(贈蘇味道)라는 시를 적어 보냈다.

"구름은 맑고 전쟁의 별도 사라졌다./ 가을 하늘은 높고 요새의 말은 살찐다./ 말안장에 기대면 영웅의 칼이 움직이고/ 붓을 휘두르면 깃 달린 서신이 날아간다."

하늘은 늘 같은 하늘이다. 가을이라고 해서 더 높아지는 것이 아니라 그렇게 보일 뿐이다. 말도 가을에 더 살이 찌는 것이 아니다. 잘 먹으면 살이 찌고 못 먹으면 마른다.

어쨌든 "천고마비"라고 하면 가을을 연상하게 된다. 물론 지구상에는 가을이 없는 나라도 많다. 열대지방이 그렇고 북극과 남극에 가까운 곳이 그렇다.

그런데 우리 나라도 가을다운 가을이 있는지 없는지 모를 정도로 기후가 변했다. 여름이 너무 길어진 것이다. 그리고 말도 경마장에나 가야 볼 수 있다.

운반수단으로서 우마차가 사라지고 자동차가 등장한 뒤로 거리에서 말이 사라진 것이다. 그러나 아직도 길에는 말이 많다. 오래 전 차종이지만 포니는 영어로 조랑말이란 뜻이다. 에쿠우스는 라틴어로 그냥 말이란 뜻이다.

에쿠우스가 포니보다 더 잘난 것은 아니다. 덩치가 조금 더 크다는 것뿐이지 준마라는 뜻은 없다. 그런데 에쿠우스를 타는 사람이 포니를 타는 사람을 비웃다니!

千金買笑

천금매소 | 금화 천 냥을 주고 사랑하는 여자의 웃음을 산다

千 천; 金 쇠; 買 사다; 笑 웃다
출처 : 동주열국지(東周列國志)

> 거짓말쟁이가 진실을 말해도 우리는 믿지 않는다.
> We are wont not to believe a liar even when he tells the truth.
> (키케로)
> 기쁨을 전혀 모르는 마음은 가련하다.
> It is a poor heart that never rejoices.(서양속담)

서주(西周)의 유왕(幽王)은 포사(褒姒)에 홀려서 왕후와 태자를 폐위시키고 포사를 왕후로, 그녀가 낳은 백복(伯服)을 태자로 삼았다. 포사는 절대로 웃는 일이 없었다. 그래서 유왕은 그녀를 웃게 만드는 사람에게 금화 천 냥을 주겠다고 선언했다.

포사의 성미를 잘 아는 괵석보(虢石父)가 적의 침입이 없는데도 거짓 봉화를 올려서 수도 근처의 제후들이 군사를 거느리고 달려오게 한 뒤 어이가 없어서 그냥 돌아가는 모습을 포사가 보면 웃을 것이라고 제의했다.

유왕이 여산의 별궁에서 포사와 술을 마시며 놀다가 봉화를 올리게 했다. 제후들이 달려왔지만 왕이 장난 삼아 올린 봉화라는 것을 알고는 어이없는 표정으로 돌아갔다. 그 모습을 바라보던 포사가 손뼉을 치면서 깔깔 웃었다.

유왕은 괵석보에게 상금을 주었다. 얼마 후 폐위된 왕후의 아버지가 오랑캐 견융족(犬戎族)을 끌어들여 수도를 공격했다. 봉화를 올렸지만 제후들은 달려오지 않고 유왕은 오랑캐의 칼에 죽었다.

늑대가 양들을 물어 죽인다고 소리친 양치기 소년이 있었다. 동네사람들이 달려갔다. 그러나 늑대는 보이지 않았다. 장난으로 그런 것이다.

그 후 정말 늑대가 나타나 소년이 소리쳤지만 아무도 도와주려고 달려가지 않았다. 그는 양들을 잃었다. 이솝우화에 나오는 이야기다.

소년은 겨우 양을 잃고 말았지만 어리석은 유왕은 자기 목숨마저 잃었다. 국가의 안위가 걸린 일을 우습게 보면 큰일 난다는 것을 가르치는 교훈이다.

서해에서 북한군이 우리 해군을 공격해서 장병 여러 명이 죽었는데도 우발적으로 발생한 사고라고 보도하는 방송과 신문이 있었다.

국방백서에 북한을 주요 적이라고 지적해오다가 슬그머니 그런 표현을 빼어 버린다. 북한이 "민족은 하나"라고 외칠 때는 남한을 무력으로 적화 통일하겠다는 뜻이 분명하다. 그런데 남한의 일부에서는 "민족은 하나"라는 말을 문자 그대로 고지식하게 받아서 외친다. "천금매소"는 옛날에만 있었던 어리석은 짓이 아니다.

유왕이 오랑캐의 칼에 맞아 죽은 것을 보고도 요즈음 되풀이한다면 그보다 더 어리석은 짓은 없을 것이다.

天道是非

천도시비 | 하늘의 도는 옳은가 그른가?

天 하늘; 道 길; 是 옳다; 非 아니다, 그르다
원어 : 천도시야비야 天道是也非也
출처 : 사기 백이열전(史記 伯夷列傳)

> 하늘의 복수는 느리기는 하지만 반드시 온다.
> Heaven's vengeance is slow but sure.(서양속담)
> 정의는 팔이 길다.
> Justice has long arms.(서양속담)
> 악당일수록 운이 더 좋다.
> The more knave, the better luck.(영국속담)
> 하늘은 스스로 돕는 자를 돕는다.
> Heaven helps those who help themselves.(서양속담)

한(漢)나라 무제(武帝) 때 중국 최초의 역사책 사기(史記)를 쓴 사마천(司馬遷)은 이능(李陵) 장군을 혼자서 변호하다가 궁형 즉 남자의 생식능력을 거세당하는 형벌을 받았다. 그는 사기에 이렇게 적었다.

하늘은 정실에 좌우되지 않고 착한 사람 편이라고 말한다. 그러나 이것은 사람들이 부질없이 하늘에 기대를 거는 것이다. 하늘이 착한 사람 편이라면 착한 사람이 항상 부귀영화를 누려야 마땅한데 현실은 그렇지가 않다. 어질고 정직한 백이와 숙제는 수양산에서 굶어죽었다.

공자의 제자 안연도 가난에 시달리다가 요절했다. 그러나 수많은 사람을 죽인 도둑 도척은 잘 먹고 잘 살면서 장수를 누렸다. 하늘의 뜻이란 과연 옳은 것인가 그른 것인가?

수많은 황제, 왕, 독재자, 폭군, 종교지도자들이 자기 말이 곧 신의 뜻이라고 소리치면서 무수한 사람을 죽였다. 지금도 죽이고 있다. 종교전쟁으로 수많은 사람을 죽이면서 그것이 신을 위한 성전이라고 외친다.

그러나 신은 식인종이 결코 아니다. 사람을 죽이고 그 피를 마시며 사는 것이 있다면 그것은 신이 아니라 악마일 것이다. 무수한 사람들을 죽이고 억압하는 그들은 신을 본 적도 없고 또 신의 뜻이 무엇인지 알지도 못한다. 신이라는 방패를 앞세운 채 권력의 횡포를 부리고 있을 따름이다.

신은 인간에게 거의 모든 능력을 주었다. 사람이 스스로 신이 될 수 있는 그 능력만 제외하고는 다 주었다. 자유도 주었다. 알아서 하라는 것이다.

인간이 이 세상을 지옥으로 만들든 천당으로 만들든 그것은 인간이 하기에 달렸다. 세상을 생지옥으로 만들어놓고 나서 신을 원망해야 아무 소용도 없다. 하늘의 뜻이 과연 옳은가라는 질문은 어리석은 것이다.

千慮一失

천려일실 | 천 가지 생각에 한 가지 실수
아무리 지혜가 많아도 한 가지 실책은 있다

千 천; 慮 생각하다; 一 하나; 失 잃다
원어 : 지자천려 필유일실 智者千慮 必有一失
동의어 : 지자일실 智者一失 / 반대어 : 천려일득 千慮一得
출처 : 사기 회음후열전(史記 淮陰侯列傳)

> 활의 명수도 못 맞출 때가 있다.
> A good marksman may miss.(서양속담)
> 아무리 지혜로운 자도 때로는 어리석다.
> There is none so wise but he is foolish at some time.(서양속담)

한(漢)나라 유방(劉邦, 高祖, 재위 기원전 206~195)의 군사를 이끌고 한신(韓信)이 조(趙)나라로 쳐들어갔다. 조나라의 성안군(城安君)은 전략가 이좌거(李左車)가 좁은 길목을 지키라고 건의했지만 말을 듣지 않고 결전을 벌인 끝에 크게 패배하고 자신도 죽었다.

한신은 이좌거를 사로잡아오는 자에게 금화 천 냥을 주겠다고 말했다. 그가 잡혀오자 한신은 그를 극진하게 모시고는 천하통일의 마지막 장애물인 연(燕)나라와 제(齊)나라를 격파할 계책을 물었다. 패배한 장수는 병법을 논하지 않는다고 사양하던 그는 거듭되는 한신의 요청에 이렇게 말을 시작했다.

"지혜로운 사람이라도 천 가지 생각에 한 가지 실수가 있고, 어리석은 사람이라도 천 가지 생각에 한 가지 좋은 생각이 있는 법입니다."

이어서 그는 연나라와 제나라를 치지 말고 군사들을 쉬게 하라고 충고했다. 그 후 한신은 그의 도움으로 크게 성공했다.

아무리 뛰어난 인물도 혼자서 모든 일을 다 잘 할 수는 없다. 천 가지를 잘 해도 한 가지 잘못은 저지른다. 또한 천 번을 생각해도 잘못을 피할 수가 없는 경우도 있다.

그래서 중대한 일일수록 여러 사람의 의견을 들어보고 주위 사람들의 도움을 받아야만 하는 것이다. 그런데 각계 각층의 지도자들 가운데 독불장군이 많다.

자기 혼자 잘난 척하고 자기 혼자서 모든 일을 처리하려고 덤벼든다. 그러다가 잘못을 저질러 놓고는 그 책임을 애꿎은 아랫사람에게 뒤집어씌우는 비겁한 경우도 많다. "천려일실"이라면 그래도 참아줄 수 있다. 그러나 남에게 책임을 뒤집어씌우는 짓은 용서받을 수 없다.

국방과 군사 전략을 전혀 모르고 한번도 생각해본 적이 없으면서, 주한미군을 철수하라고 외치는 사람들은 "천려일실"이 아니다. 한 치 앞도 내다보지 못하는 "천려천실(千慮千失)"이다.

千里眼

천리안 | 천 리를 내다보는 눈

千 천; 里 마을, 거리의 단위(360보); 眼 눈
출처 : 위서 양일전(魏書 楊逸傳)

> 인간의 행동은 절대로 하늘을 속일 수 없다.
> Mortal deeds never deceive the gods.(로마속담)
> 왕은 속일 수도 없고 속을 수도 없다.
> The king cannot deceive or be deceived.(로마속담)
> 군주들은 긴 팔과 많은 귀를 가지고 있다.
> Kings have long hands and many ears.(독일속담)

남북조 시대의 북위(北魏) 말엽 장제(莊帝, 재위 528-530) 때 양일(楊逸)이 나이 스물아홉에 광주(光州)의 지방장관이 되었다. 그는 지방장관으로서 나이가 가장 어렸다.

그는 거만하지도 않고 청렴결백했으며 백성을 위해 밤낮으로 일했다. 심한 흉년이 들었을 때 자기가 책임을 진다면서 직권으로 창고를 열어 곡식을 나누어주었기 때문에 수만 명이 굶어죽는 것을 면했다. 장제는 그를 칭찬했다.

그는 각지에 감시인을 파견해서 관리와 군사들의 부정 부패를 방지했다. 관리가 출장을 갈 때는 반드시 먹을 것을 가지고 떠났다. 그리고 이렇게 말했다.

"양일 장관은 천리를 내다보는 눈이 있으니 우리는 도저히 그를 속일 수가 없다."

그러한 양일도 3년 후 모함에 걸려 죽었다.

인터넷 사이트 명칭만 "천리안"은 아니다. 일반전화는 물론
이고 휴대전화마저 도청하는 자들이야말로 진짜 "천리안"이
다. 휴대전화는 도청이 불가능하다고 정부에서 떠들던 때가
불과 몇 달 전인데 이제는 도청방지용 비화 휴대전화를 개
발한다는 말을 한적이 있었다.

도청이 불가능하다면 왜 도청방지용이 필요한가? 도대체 도
청은 왜 하는가? 정보나 수사를 맡은 기관의 직원들은 정말
도청 없이 당당하게 과학적인 수사를 할 수 없는 것일까?

왕이나 고위관리들만 "천리안"은 아니다. 그들이 하는 거짓
말을 누구보다도 잘 꿰뚫어보는 국민들 역시 "천리안"이다.

정치인들이나 고위관
리들이 한마디 하면 벌
써 국민들은 이심전심
으로 다 안다. 나는 결
백하다? 절대로 한 푼
도 안 받았다? 아무리
말해도 "천리안"은 속
일 수 없다.

天衣無縫

천의무봉 | 하늘나라의 옷은 바느질한 흔적이 없다
글이나 그림이 억지로 꾸민 흔적이 없다

天 하늘; 衣 옷; 無 없다; 縫 꿰매다
출처 : 영괴록(靈怪錄); 태평광기(太平廣記)

> 모든 예술은 자연의 모방이다.
> Every art is an imitation of nature.(세네카)
> 한 군데도 수리하지 않는 자는 전체를 지을 것이다.
> He that repairs not a part builds all.(서양속담)
> 시는 악마의 피다.
> Poetry is devil's blood.(성 아우구스티누스)

태원(太原)에 사는 곽한(郭翰)이 여름에 뜰에 누워 있었다. 그 때 하늘에서 직녀(織女)가 내려와 잠자리를 같이하자고 청했다. 그래서 칠월 칠석 하루를 제외하고 일 년을 같이 지냈는데 선녀의 옷을 보니 바느질한 흔적이 전혀 없었다.

곽한이 이상하게 여겨서 이유를 물었더니 선녀가 웃으면서 대답했다. 하늘나라에서는 바늘과 실로 옷을 꿰매지 않는다고. 일 년이 지나자 선녀는 떠나가고 영영 아무 소식도 없었다. 그 후 곽한은 결혼을 했지만 사랑을 느끼지 못했고 자녀도 두지 못한 채 죽었다.

가명으로 컴퓨터에 쏟아내는 글 즉 그들의 정신적 배설물은 그야말로 "천의무봉"이라서 온갖 욕지거리와 증오의 저주가 판을 친다. 채팅이라는 것도 역시 "천의무봉"이라서 뜨끈뜨끈한 음담패설과 사이비 사랑의 고백으로 채워진다. 성 관련 사이트들에는 문자 그대로 "천의무봉" 즉 옷을 하나도 걸치지 않은 남녀가 천연 화면에서 번쩍번쩍 움직인다. 휴대전화와 컴퓨터의 선진국이라더니 어느새 욕설 공화국이 되고 말았다. 사회 지도층의 말 바꾸기 즉 거짓말 대회도 "천의무봉"이라서 흠잡을 곳이 없다.

千載一遇

천재일우 | 천 년에 한 번 만나는 기회

千 천; 載 싣다, 일년; 一 하나; 遇 만나다
동의어 : 천재일시 千載一時; 천재일회 千載一會; 천세일시 千歲一時
유사어 : 맹귀부목 盲龜浮木; 맹귀우부목 盲龜遇浮木
출처 : 문선 원굉 삼국명신서찬(文選 袁宏 三國名臣序贊)

> 지금 하지 않으면 영원히 못한다.
> Now or never.(로마속담)
> 좋은 때란 한번만 찾아온다.
> The good time only comes once.(이탈리아 속담)
> 가장 중요한 기회를 노려라.
> Look to the main chance.(영국속담)

동진(東晉)의 학자 원굉(袁宏)은 삼국시대의 탁월한 신하 20명의 업적을 찬양하는 글을 쓰고 거기 "명마를 가릴 줄 아는 전문가 백락(伯樂)을 만나지 못하면 천 년이 지나도 천리마 하나 생겨나지 않는다."는 서문을 붙였다. 그리고 어진 군주와 지혜가 뛰어난 신하가 만나기가 얼마나 어려운 것인지 이렇게 적었다.

"만 년에 한번 기회가 온다는 것이 인생의 철칙이다./ 그러니 어진 군주와 지혜로운 신하가 만나는 것은/ 천 년에 한번 이루어져도 다행이다./ 그렇게 만나면 기뻐하지 않을 수 없고/ 그런 만남이 끝나면 슬퍼하지 않을 수 없다."

불우한 시절에 만난 사람들이 10여 년 친교를 돈독히 하다가 그 중 한 명이 대단히 높은 자리를 얻어 출세를 한다. 그러면 나머지도 권력의 측근이 된다. "천재일우"의 기회를 잡은 것이다.

그 때 권력실세들은 사방에서 떨어지는 돈벼락에 정신을 차릴 수 없다. 파도가 밀려올 때 입을 다물고 있어도 물이 입으로 들어오는데 입을 쩍 벌리면 얼마나 많은 물이 입으로 들어갈 것인가? 이것은 혁신과 개혁의 깃발을 내걸었던 그들의 선거 대변인을 지낸 사람이 한 증언이다.

10여 년 동안 굶주렸는데 거액의 현금 뭉치가 얼마나 빠른 속도로 그들의 젊은 입으로 들어가겠는가? 권력이란 몇 년 못 간다. "천재일우"의 기회를 이용해서 한 탕 크게 해먹는 것이다. 권력실세 가운데 한 명이 10억을 먹고 쇠고랑을 찬다. 그 소식에 대단히 출세한 사람은 눈앞이 캄캄해졌다고 실토한다.

읍참마속을 하면 그만이지 겨우 10억 뇌물사건에 그가 눈앞이 캄캄해질 이유는 무엇인가? 뭔가 아직도 밝혀지지 않은 더 구린 구석이 있다는 말인가?

그 뇌물사건을 "천재일우"의 호기라고 여겨서 정략적으로 이용하지 말라는 말은 또 무엇인가? 이용하지 말라고 하는 걸 보니 이용할 가치가 있다는 뜻이 아닌가?

국민들에게는 정녕 유능하고 깨끗한 지도자를 만나기란 "천재일우"에 불과한 것인가? 아니면 정녕 무능하고 부패한 지도자를 만나는 것이 "천재일우"인가?

鐵面皮

철면피 | 쇠로 된 가면을 얼굴에 쓴다 / 쇠로 된 낯가죽
너무 뻔뻔해서 수치를 모른다

鐵 쇠; 面 얼굴, 겉; 皮 가죽
동의어 : 후안무치 厚顔無恥
유사어 : 면장우피 面帳牛皮; 강안여자 强顔女子
출처 : 북몽쇄언(北夢瑣言); 허당록(虛堂錄); 송사 조변전(宋史 趙抃傳); 복건
통지(福建通志)

> 오리 등에 물 뿌리기.
> Pouring water on a duck's back.(서양속담)
> 코끼리는 벼룩에게 물려도 꿈쩍 않는다.
> The elephant does not feel a flea-bite.(서양속담)
> 무지는 뻔뻔스러움의 어머니다.
> Ignorance is the mother of impudence.(서양속담)

송나라의 왕광원(王光遠)은 진사시험에 합격한 뒤 출세에 눈이 멀어서
고위층과 권력실세의 집을 쉴새없이 찾아다니면서 뻔뻔스러운 아첨도
서슴지 않았다. 상대방이 무례하게 나와도 그냥 웃기만 했다.

술에 취한 고관에게 실컷 매를 맞고도 화를 전혀 내지 않았다. 그 고
관에게 잘 보이기만 하면 그만이라는 것이었다. 그래서 사람들은 그의
얼굴이 철판 열 겹만큼 두껍다고 비웃었다. 그는 물론 조금도 부끄럽게
여기지 않았다.

한편 "철면(鐵面)"이란 말은 정정당당하고 굳센 태도 또는 권력에 굽
히지 않는 태도 등을 가리키기도 했다. 법을 엄격하게 시행한 송나라의
조선의는 별명이 철면이었다. 그리고 법을 어기는 자는 누구라도 적발한
감찰관 조변(趙抃)의 별명은 철면어사였다.

중세 때 주교, 대주교, 추기경 등 고위 성직을 돈을 주고 거래하는 성직매매가 성행했다. 고위 성직자들이 광대한 토지를 다스리는 영주를 겸하고 있었기 때문에 파는 쪽이나 사는 쪽이나 돈벌이가 짭짤했다.

교회는 전반적으로 매우 부패했다. 물론 청렴결백하고 거룩한 성직자들의 숫자가 더 많기는 했지만 부패한 고위성직자들은 참으로 지독한 "철면피"였던 것은 사실이다. 그들이 종교개혁의 한 가지 구실을 제공한 것도 사실이다.

얼마 전까지만 해도 교회를 사고 파는 일이 있었다. 교회를 판다는 광고마저 벼룩시장 주간지에 등장했다. 신도 숫자가 많은 교회는 비싸게 팔렸다.

그들은 평소에 중세 때의 교회를 비판했다. 얼마나 현대판 "철면피"들인가!

겉으로는 청렴결백한 듯이 행동하는 각계의 지도자들이 뒤에서 그런 나쁜 일을 하고 있다면 그처럼 "철면피"도 또 없을 것이다. 그런데 그들의 대부분은 교회나 절에 다닌다. 그러니까 더욱 더 고약한 "철면피"인 것이다.

掣肘

철주 | 팔꿈치를 잡아당긴다 / 일을 방해하다 / 쓸데없는 간섭을 하다

掣 끌어당기다, 질질 끌고 가다(체); 肘 팔꿈치
출처 : 공자가어(孔子家語); 여씨춘추 심응편(呂氏春秋 審應篇)

> 네가 알 바 아니다.
> It is none of your business.(서양속담)
> 남의 일에 관해서 심하게 다투지 마라.
> Do not quarrel vehemently about other people's business.
> (로마속담)
> 너의 죽은 네 입김으로 식혀라.
> Keep your breath to cool your porridge.(서양속담)

공자는 자기보다 49세나 나이가 어린 제자 복자천(宓子賤)을 군자라고 칭찬했다. 노(魯)나라 애공(哀公) 때 복자천이 단보(亶父) 지방을 다스리게 되었다.

간신들의 말에 넘어가 애공이 쓸데없는 간섭을 할까 우려한 그는 꾀를 냈다. 애공의 측근 두 명을 데리고 간 뒤 그들에게 보고서를 쓰라고 하고는 붓을 든 그들의 팔꿈치를 잡아당기거나 툭툭 건드려서 글씨가 엉망이 되게 했다.

그러고는 글씨도 하나 제대로 못 쓴다고 나무랐다. 화가 난 그들은 사표를 내고 애공에게 돌아갔다. 자세한 경위를 듣고 난 애공은 깨달았다. 그리고 5년 동안 간섭을 하지 않겠다는 말을 복자천에게 전했다.

나라의 지도자가 중심을 못 잡고 있다. 봄바람 가을바람에 하도 심하게 흔들리고 이랬다 저랬다 하는 바람에 나라의 경제가 개판이고 실업자 사태가 더욱 심해진다.

참다 못한 구멍가게 주인들이 소리친다. 먹고사는 일은 우리가 알아서 할 테니 제발 쓸데없는 간섭은 하지 말라고. 배운 것이 없으면 아는 척도 하지 말고 나서지도 말라는 말이다. 지도자 노릇을 제대로 할 줄 모른다면 차라리 당장 물러가라는 아우성이다. "철주"라고 해서 모두 복자천 식의 "철주"는 아닌 것이다.

심보가 비뚤어진 시어머니가 며느리에게 이래라 저래라 사사건건 간섭하는 것도 부질없는 "철주"다. 자식이 결혼을 했으면 독자적인 어른으로 인정하고 내버려 둘 일이다.

젊은 부부의 싸움이 사돈 사이의 싸움으로 번진다면 어리석은 어른들의 "철주"가 어떤 결과를 초래하겠는가?

鐵中錚錚

철중쟁쟁 | 쇠 가운데 쟁쟁하게 울리는 것
같은 종류 가운데 특히 뛰어난 것

鐵 쇠; 中 가운데; 錚 쇠 울리는 소리
동의어 : 용중교교 傭中佼佼
출처 : 후한서 유분자전(後漢書 劉盆子傳)

> 갈대라고 모두 피리가 되는 것은 아니다.
> Every reed will not make a pipe. (서양속담)

왕망(王莽)이 한나라를 멸망시키고 신(新)나라를 세웠을 때 대규모 농민 반란이 일어났다. 한나라 황실의 상징인 붉은색으로 눈썹을 그리고 다닌다고 해서 반란군은 적미(赤眉)라고 불렸는데 그들은 유분자(劉盆子)를 왕으로 삼고 수도 장안으로 쳐들어갔다.

그들은 왕망을 없애고 황제가 된 갱시제 유현(更始帝 劉玄)을 거꾸러뜨리고 후한(後漢)의 광무제(光武帝)와 대결했다. 적미를 거느리고 싸우다가 패배해서 항복한 번숭(樊崇), 서선(徐宣) 등에게 광무제는 후회하지 않는가 물었다.

그들은 호랑이 입에서 벗어나 어머니 품에 안긴 것 같다고 대답했다. 그러자 광무제는 그들이 쇠 가운데 쟁쟁하게 울리는 것과 같이 훌륭한 인물이라고 칭찬했다.

나라의 지도자 자리를 노리면서 부지런히 개인세력을 확장하고 있는 예비후보들은 오로지 자기만이 나라를 바로 세울 수 있는 "철중쟁쟁"의 탁월한 인물이라고 믿고 있다.

그리고 언젠가 승리할 것을 확신한다. 엉뚱한 사람이 나타나지 않는 한, 그들 가운데 한 명은 성공할 것이다. 물론 그들은 오합지졸들과 비교할 때는 모두가 "철중쟁쟁"일 것이다.

그러나 숨어 있는 진짜 인재들과 비교할 때 그들이 과연 "철중쟁쟁"인지, 아니면, 소리만 요란한 빈 깡통인지 누가 알겠는가? 게다가 최후의 승리를 거둔 사람이라고 해서 진짜 "철중쟁쟁"이라는 보장도 없다. 소리만 요란한 빈 깡통일 확률도 항상 높지 않은가?

만일 빈 깡통에게 속아서 지도자로 선출한 경우라면 국민들은 몇 년 동안 깡통을 차고 밥을 빌어먹어야 할 것이다. 그때 가서 후회하고 눈물을 흘려야 이미 늦었다.

淸談

청담 | 맑은 대화 / 명예나 이익을 초월한 고상한 논의
속세를 떠난 사람들의 비현실적 논의

淸 맑다; 談 말하다
유사어 : 청언 淸言; 청담 淸譚
출전 : 진서 왕연전(晉書 王衍傳); 송서 채곽전론(宋書 蔡郭傳論); 안씨가훈
(顏氏家訓)

> 철학자처럼 말하지만 바보처럼 사는 사람이 많다.
> Many talk like philosophers and live like fools.(서양속담)
> 그럴듯한 말도 배를 채우지는 못한다.
> The belly is not filled with fair words.(서양속담)
> 논쟁이 지나치면 진리를 잃는다.
> In too much disputing truth is lost.(프랑스 속담)

후한 이후 삼국시대 때 촉이 멸망하고 서기 265년에 위(魏)나라가 진
(晉)나라로 바뀌던 시대는 권력의 횡포와 관리의 착취가 극심해서 매우
혼란하고 위험한 시대였다.

그래서 당시 지식인들은 속세를 떠나 산에 들어간 뒤 노자와 장자의
이론 등 고상한 논의를 즐기는 것이 유행이었다. 죽림칠현(竹林七賢) 즉
산도(山濤), 완적(阮籍), 혜강(嵇康), 완함(阮咸), 유령(劉伶), 상수(尚秀),
왕융(王戎) 등 낙양 근처 대나무 밭에 모여 아침부터 밤까지 술을 마시
며 논의하던 일곱 명이 특히 유명했다.

그들의 논의와 이야기를 "청담"이라고 한다. 그러나 죽림칠현 가운데
산도, 상수, 왕융은 고위 관리였고 혜강이 홀로 권력에 저항하다가 살해
되었다.

기존의 가치관과 질서가 무너지고 세상이 혼란해질수록 사람들의 현실도피 성향은 더욱 강해지는 법이다. 미신과 사교가 성행하거나 각종 기성종교의 세력이 커지는 것 등은 그 사회가 병이 깊이 들어 있다는 증거가 된다.

길거리나 지하철에서 종교를 믿으라고 소리치는 전도사들이 늘어나는 것도 거지, 노숙자, 실업자가 급증하는 것과 마찬가지로 병든 사회를 진단하는 청진기의 신호음이다.

현세에서 죽지 않고 영생을 누리게 해주겠다는 허무맹랑한 종교를 믿으면 내세에서 구원을 받는다는 주장 등이 "청담"인 것은 분명하다. 그러나 그런 종류의 "청담"이 어디까지 확실한 것인지는 판단하기가 참으로 어렵다.

종교마다 주장이 다르고, 또 같은 종교에서도 서로 모순되는 듯이 보이는 교리들이 적지 않다. 믿기만 하면 모든 의문이 사라진다는 말도 의심스럽다.

그러나 신앙이 확고한 사람들은 자기들이 믿는 교리가 "청담"이 아니라 물리학의 기본법칙보다 더 확실한 것이라고 주장한다.

그러나 각종 종교의 지도자들이 정말 노리는 것이 수많은 사람들의 구원인지 아니면 더 많은 돈을 걷어들이는 것인지가 아리송할 때는 그들이 말하는 내세라는 것마저도 죽림칠현의 "청담"처럼 오리무중에서 울리는 빈 메아리처럼만 들린다. 피차간에 답답한 노릇이다.

靑雲之志

청운지지 | 청운의 뜻 / 원대한 포부 / 출세하려는 야망

靑 푸르다; 雲 구름; 之 가다, ~의; 志 뜻
출처 : 장구령(張九齡)의 시 조경견백발(照鏡見白髮)

> 하찮은 사제라도 언젠가 교황이 될 꿈을 꾼다.
> No priest, small though he may be, but wishes some day
> Pope to be.(서양속담)
> 누구나 잠자는 사자를 가슴속에 품고 있다.
> Every man has in his heart a lion that sleeps.(나이지리아 속담)
> 이상을 품어라! 그러면 삶이 생생해진다.
> Get an ideal! Life becomes real.(서양속담)
> 작은 육체에 위대한 정신이 담긴 경우가 많다.
> A little body does often harbour a great soul.(영국속담)

장구령(張九齡)은 당나라 현종 때 어진 수상이었는데 간신 이임보(李林甫)의 모함으로 밀려나 시골에서 여생을 마쳤다. 그는 면직될 때 심정을 이렇게 시로 읊었다.

"예전에 한 때 청운의 뜻을 품어 보았지만/ 뜻을 다 못 이룬 채 어느새 늙어버렸구나./ 거울 속에서는 얼굴과 그림자가/ 서로 안타까워하는데 그 누가 알아주겠는가?"

젊음 앞에는 인생의 모든 가능성이 활짝 열려 있다. 그래서 누구나 젊었을 때는 대통령, 장관, 장군, 재벌회장 등이 될 "청운지지"를 품어보는 것이다.

유명한 배우나 탤런트가 될 꿈을 꾸는 젊은이들도 적지 않다. 작가, 예술가, 스포츠맨, 과학자로서 세계무대에서 각광을 받으려는 꿈도 꾼다. "청운지지"를 품는 것은 다 좋다.

물론 "청운지지"라고 해서 전부 이루어지는 것은 아니다. 오히려 이루어지는 경우가 예외에 속한다. 그러니까 그런 원대한 포부는 현실에서 실현되지 않아도 좋다.

자신의 거창한 목표를 향해서 열심히 노력하는 바로 그 과정 때문에 젊음이 아름다운 것이지, 젊음이라고 해서 무조건 모두 아름다운 것은 아니다.

컴퓨터 게임이나 즐기고 쓸데없이 휴대폰으로 잡담이나 하고 술이나 마시면서 빈둥빈둥 세월을 헛되게 보낸다면 그런 젊음은 의미가 없다.

그러면 싸구려 영화에 출연해서 세계적으로 유명한 남녀배우가 될 꿈을 안고 있는 경우에 그것도 "청운지지"일까? 부정부패든 뭐든 수단과 방법을 가리지 않은 채 선거에서 무조건하고 이기고 보겠다는 젊은 정치인의 야망도 "청운지지"는 아닐 것이다.

靑天白日

청천백일 | 푸른 하늘에 빛나는 해
훌륭한 인물은 모든 사람이 다 알아본다
아무런 잘못이 없이 결백하다 / 맑게 개인 대낮

靑 푸르다; 天 하늘; 白 희다; 日 해, 날
출처 : 당송팔가문 한유 여최군서(唐宋八家文 韓愈 與崔群書); 주자전서 제
자편(朱子全書 諸子篇)

> 지혜로운 사람은 별들을 지배할 것이다.
> A wise man will overrule the stars.(로마속담)
> 승리는 진리에게 있다
> Victory is in the truth.(로마속담)
> 해를 감출 수는 없다.
> The sun cannot be hidden.(이집트 속담)
> 해는 오로지 자기 빛 때문에 보인다.
> The sun can be seen by nothing but its own light.(서양속담)

당송 팔대가(唐宋 八大家)의 하나인 한유(韓愈, 退之, 768-824)는 절
친한 친구인 최군(崔群)이 지방관리로 부임하게 되었을 때 그의 탁월한
인품을 칭찬하는 편지를 보냈다.

"현명한 사람이든 어리석은 사람이든 모두 너를 좋아한다. 그것은 봉
황과 영지버섯이 상서로운 조짐이라는 것은 누구나 알고, '청천백일'이
맑고 밝다는 것은 노예들마저도 다 아는 것과 마찬가지다."

주자는 맹자에 대해 "청천백일"과 같이 씻어낼 때도 없고 찾아낼 흠
도 없다고 평했다.

지도자들이 "청천백일"처럼 누구나 다 알아보는 청렴결백한 인물이라면 그보다 더 바람직한 금상첨화는 없다. 윗물이 맑으면 아랫물도 저절로 맑아지게 마련이다.

그러나 윗물이 맑기는커녕 흐린 물만 흘려보낸다면 아랫물이 맑기를 바라는 것은 연목구어다. 아랫물이 썩는 것은 시간문제다.

그들은 "청천백일" 하에서도 권력의 횡포를 부리고 부정과 부패를 저지를 것이다. 물론 그들의 범죄행위는 "청천백일" 하에 드러나야 마땅하다.

그러나 그들을 감시하고 처벌해야 마땅한 관리들이 썩고 무능한 지도자의 눈치나 살피고 있다면 대규모 범죄는 연막에 가려 사라지고 송사리들만 잡힐 것이다. 국민들은 그런 일을 한두 번 본 것이 아니다. 요즈음 세상이라고 해서 과거와 크게 달라진 것이 얼마나 되는가?

집안에 어른이 필요하듯이 사회도 어른이 있어야만 한다. "청천백일"처럼 모든 사람들에게 존경을 받는 어른 즉 원로다운 원로들이 없는 사회는 뱃사공이 없는 나룻배처럼 표류할 뿐이다.

명색이 원로라는 사람들이 돈과 명예와 권력에 대해 탐욕을 부린다면 차라리 없는 것만 못하다. 사회의 혼란을 부추길 따름이다.

靑天霹靂

청천벽력 | 맑은 하늘에 날벼락 / 힘차게 움직이는 붓의 기세
전혀 예상치도 못했던 일 / 뜻밖의 재난이나 큰 사건

靑 푸르다; 天 하늘; 霹 벼락; 靂 벼락
원어 : 청천비벽력 靑天飛霹靂
출처 : 육유 검남시고(陸游 劍南詩稿)

청천벽력.
A bolt from the blue.(서양속담)
의외의 일이란 언제나 일어난다.
The unexpected always happens.(서양속담)
사람들이 잘못할 때마다 제우스신이 벼락을 내린다면 그의 벼락 창고
는 곧 비고 말 것이다.
If Jupiter sends forth his thunderbolts as often as men sin, he
will soon be without arms.(로마속담)
모진 놈 옆에 섰다가 날벼락 맞는다.(한국속담)

남송(南宋)의 저명한 시인 육유(陸游, 1125-1210)는 85세의 생애 동
안 1만여 편의 시를 남겼다. 그 가운데 검남시고(劍南詩稿)에 포함된 "9
월 4일 계미명기작(九月四日 鷄未鳴起作)"이라는 시에 이 말이 나온다.

"내가 병이 들어 가을을 보내고 있을 때/ 문득 일어나 취한 김에 붓을
휘두른다./ 그것은 오랫동안 웅크리고 있던 용인 듯/ 푸른 하늘에 벼락
을 날린다."

어떤 사람이 우연히 은행에 들렀는데 강도사건이 벌어진다. 죄도 없는 그는 현장에 있었다는 이유만으로 잡혀서 모진 고문 끝에 허위자백을 해서 재판을 받는다. 그런 경우는 그에게 "청천벽력" 같은 재난이다.

수사관들이 실적을 올리기 위해 애꿎은 사람을 범죄혐의자로 둔갑시키는 경우도 당하는 사람에게는 "청천벽력"이다.

어떤 사람이 부도를 내거나 카드 빚을 잔뜩 지고 숨어버렸을 때 이름만 같은 동명이인이 그 부채를 뒤집어쓰게 된다면 그것도 마른하늘에 날벼락이다. 이런 일들이 자주 벌어지는 나라라면 후진국도 한참 후진국이다.

유능하고 양심적인 인물을 상관이나 사장으로 모셔도 시원찮을 판에 무능하면서도 모진 자가 윗자리에 앉는 경우는 그야말로 "청천벽력"이다. 목구멍이 포도청이라 직장을 그만둘 수도 없으니 정말 죽을 맛이다.

조선왕조가 일본제국에게 당한 것도 "청천벽력"일까? 당시 지도자들이 바보 노릇을 하지 않았다면 피할 수도 있던 날벼락은 아니었을까?

지금도 우리는 일본, 북한, 중국, 러시아 등 군사력이 막강한 세력에 둘러싸여 있다. 구한말처럼 지도자들이 어리석게 굴고 소모적인 권력다툼만 일삼는다면 또다시 "청천벽력"을 맞지 않는다는 보장도 없다.

靑出於藍

청출어람 | 쪽에서 나온 물감이 쪽빛보다 더 푸르다
제자가 스승보다 더 낫다

靑 푸르다; 出 나오다; 於 ~보다 더, ~에서; 藍 쪽
준말 : 출람 出藍
동의어 : 출람지예 出藍之譽; 출람지영예 出藍之榮譽; 출람지재 出藍之才;
후생각고 後生角高
출처 : 순자 권학편(荀子·勸學篇)

> 어린 동생이 재치가 더 뛰어나다.
> The younger brother has more wit.(영국속담)
> 푸른색이 있으면 그보다 더 푸른색이 있다.
> There may be blue, and better blue.(서양속담)
> 맨 나중에 온 자가 주인이 되는 경우가 많다.
> The last comers are often the masters.(프랑스속담)

　전국시대 때 성악설 즉 사람의 본성은 악하다는 이론을 주장한 순자
(荀子)는 끊임없이 학문에 정진하라고 권고하는 글에서 말했다.
　"학문이란 도중에 중단해서는 결코 안 되는 것이다./ 푸른색은 쪽풀에
서 얻어내는 것이지만 쪽빛보다 더 푸르고,/ 얼음은 물에서 나오는 것이
지만 물보다 더 차다."

그리스도교는 유대교에서 출발했다. 그런데 유대교는 여전히 유대민족의 종교로 남았지만 그리스도교는 세계종교로 발전했다. 규모 면에서만 본다면 그리스도교가 유대교보다 "청출어람"인 셈이다.

물론 "청출어람"이라고 해서 반드시 더 우월하다는 뜻은 아니다. 수천 년에 걸친 왕정보다 뒤늦게 나타난 민주주의가 분명히 "청출어람"이기는 하다.

그러나 민주주의에도 여러 종류가 있다. 인기영합에 급급한 민주주의도 있고 독재자의 선동이나 강압에 못 이겨서 껍데기만 민주주의인 것도 있다. 공화국이라고 해서 모두 진정한 민주주의도 물론 아니다. 우리는 지금 어떤 형태의 민주주의인가?

4~5년마다 정권이 바뀔 때 나중에 들어선 정권이 앞서간 정권보다 당연히 "청출어람"인 것은 아니다. 지도자의 역량에 달려 있다. 더 못할 수도 있다.

국가란 항상 전진하고 발전하는 것은 아니다. 지도자를 잘못 만나면 후퇴도 한다. 쇠퇴할 수도 있다. 그러니까 지도자를 선출할 때 후보의 능력과 자질과 양식을 잘 판단해서 결정해야 하는 것이다.

焦眉之急

초미지급 | 눈썹이 탈 정도로 급하다 / 매우 다급한 일이나 경우

焦 태우다; 眉 눈썹; 之 가다, ~의; 急 급하다
동의어 : 소미지급 燒眉之急
출처 : 오등회원(五燈會元)

> 한니발이 성문 앞에 와 있다.
> Hannibal is at the gates.(키케로)
> 해적이 기도할 때는 엄청난 위험이 닥친 것이다.
> When the pirate prays, there is great danger.(서양속담)
> 물에 빠진 사람은 지푸라기라도 잡는다.
> A drowning man will catch at a straw.(서양속담)
> 가라앉거나 헤엄치거나.
> Sink or swim.(서양속담)

　법천불혜 선사(法泉佛惠 禪師)가 수주(隨州)에 있을 때 그곳 중들이 "가장 다급한 경우란 어떤 것입니까?"라고 물었다. 그는 "불이 눈썹을 태우는 것(화소미모 火燒眉毛)"이라고 대답했다. 이 말에서 "소미지급(燒眉之急)"이 생기고 이것이 다시 변해서 "초미지급"이 된 것이다.

　그가 만년에 금릉(金陵, 南京)의 장산(蔣山)에 있을 때 황제의 명령으로 대상국 지해선사(大相國 智海禪寺)의 주지로 임명되었다. 대단히 명예로운 자리였다. 그러나 그는 속세의 명리를 초월한 심정을 게(偈)를 쓴 뒤 앉은 채 죽었다.

적의 대군이 성문 앞에 진을 치고 있을 때 "초미지급"인 일
은 성벽을 방어하는 것이다. 성안에서 세력싸움을 하거나
신에게 기도나 바치다가는 멸망은 시간문제다.

그런데 휴전선을 바로 코앞에 둔 채 좌우 이념갈등이란 있을
수 없다. 한반도가 두 쪽이 난 것만 해도 기가 막히는데 손바
닥만한 남쪽에서 지방색을 따지며 싸우면 누가 이득인가?

대학을 나와도 수십만 젊은이들이 취직을 못한다. 매년 늘
어만 간다. 경제는 과거보다 더 최악의 상태다.

그러면 나라의 지도자들에게 "초미지급"의 일이 무엇일까?
너무 자명한 대답이 나와 있다.

楚人遺弓 楚人得之

초인유궁 초인득지

초나라 사람이 활을 잃고 초나라 사람이 그것을 줍는다 / 도량이 매우 좁다

楚 초나라; 人 사람; 遺 남기다, 버리다, 잃다; 弓 활; 得 얻다; 之 가다, ~의
동의어 : 초왕실궁 초인득지 楚王失弓 楚人得之
출처 : 공자가어 호생편(孔子家語 好生篇); 설원 지공편(說苑 至公篇)

> 자선은 자기 집에서 시작하지만 거기서 끝나지 않는다.
> Charity begins at home, but does not end there.(서양속담)

춘추시대 때 초(楚)나라 공왕(共王)이 사냥을 나갔다가 자기 활을 들에 그냥 두고 돌아갔다. 신하들이 가서 찾아오겠다고 하자 왕이 "초나라 사람이 두고 온 활을 초나라 사람이 주울 테니 찾으러 갈 필요가 없다."고 대꾸했다. 그 이야기를 들은 공자는 이렇게 말했다.

"공왕은 도량이 매우 좁다. 사람이 흘린 활을 사람이 주울 것이라고 하면 되는데 왜 초나라 사람이 주울 것이라고 했는가?"

아파트촌이 사방에 들어서고 핵가족이 일반화되면서 자녀도 하나 또는 둘만 낳는 경향이 강하다. 결혼도 30대 이후로 늦추어지는 흐름이 형성되는가 하면 아이도 하나만 낳거나 아예 낳지 않으려는 젊은 부부도 적지 않다.

그러니까 "내 아이"만 감싸고돈다. 자기 아이가 학교에서 잘못을 저질러 선생에게 한 대 맞았다고 그 부모가 학교에 달려가 학생들이 보는 앞에서 여선생의 머리를 잡아 흔들고 욕설을 퍼붓는 일도 벌어졌다.

이기주의의 극치다. 그런 여자는 자기 아파트에서 기르는 애완견도 "내 새끼"라고 부른다. 애완용 개를 가족으로 삼아서 함께 사는 아파트는 결국 개집이다.

수천, 수만 개가 넘을 각종 협회, 연맹, 시민단체, 노조, 기타 등등이 기세 등등하게 제각기 내 주장만 편다. 자기들 말을 안 들으면 낙선운동은 물론이고 대통령마저 물러가게 만드는 운동을 벌이겠다고 협박한다.

국가와 사회라는 커다란 한 배에 다 함께 타고 있는데 다른 사람들이야 죽든 말든 오로지 자기 이익만 챙기려고 아우성이다.

寸鐵殺人

촌철살인 | 한 치의 쇠로 사람을 죽인다 / 간단한 말 또는 글로 급소를 찔러 상대를 당황하게 만들거나 감동시킨다

寸 한 치, 촌수; 鐵 쇠; 殺 죽이다; 人 사람
출처 : 나대경(羅大經)의 학림옥로(鶴林玉露)

> 혀는 쇠가 아니지만 사람을 벤다.
> The tongue is not steel, yet it cuts.(서양속담)
> 말이 때로는 칼보다 더 심한 상처를 준다.
> Sometimes words hurt more than swords.(서양속담)
> 속담치고 옳지 않은 것은 없다.
> There is no proverb which is not true.(서양속담)

종고(宗杲)선사가 선(禪)에 관해서 이렇게 말했다.

"선을 살인수단에 비유하자면 사람이 수레에 각종 무기를 싣고 와서 이것저것 써보는 것과 같다. 어느 무기를 써도 효과적인 살인수단은 되지 못한다. 나는 다만 한 치의 쇠밖에 없다. 그것으로 사람을 죽일 수 있다."

북송 임제종(臨濟宗)에 속하는 대혜선사(大惠禪師)인 그가 말하는 살인이란 사람의 마음속에 든 온갖 잡된 생각을 없애는 것을 뜻한다.

구약성서 전도서의 저자는 온갖 부귀영화를 다 누려본 뒤 "모든 것은 헛되다!"고 소리쳤다. 그것은 "촌철살인"의 외침이었다. 인류 역사상 무수한 황제, 왕, 제후, 고위층, 최대의 부호 등도 죽을 때 그렇게 외쳤다. 또 지금도 외치고 있다.

그러나 부귀영화를 다 누려본 뒤에야 비로소 그런 진리를 깨닫는다면 머리가 별로 좋지 않은 자들이다. 평범한 소시민들은 세상만사가 헛되다는 것을 날 때부터 이미 알고 있지 않은가!

인생 자체가 허무한 것이기는 하지만, 바로 그러니까, 작은 것이 주는 만족감을 마음껏 누리려고 소시민들은 애쓰는 것이다. 수많은 속담과 격언이 그들의 실생활에서 나오는 이유가 거기 있다.

프랑스의 전제군주 루이 14세는 "내가 바로 법이다!"라고 소리쳤다. 그는 "촌철살인" 식의 그 말로 귀족들이 자기에게 절대적인 충성을 바치게 만들었다.

이미 필요한 조치를 다 해두었기 때문에 귀족들이 왕에게 전혀 반항할 수가 없었는지도 모른다. 그렇다면 그 말은 귀족세력이 이제는 하나도 두렵지 않다는 뜻의 선언이었다.

오늘도 "내가 민주와 인권의 진정한 투사다!"라고 외치는 사람들이 있는데 그 말도 "촌철살인"일까? 그 말은 바로 자신에 대한 "촌철살인"이 될지도 모른다.

秋風扇

추풍선 | 가을바람에 부채 / 쓸모 없는 물건 / 남자에게 버림받은 여자

秋 가을; 風 바람; 扇 부채

동의어 : 추풍지선 秋風之扇; 추지선 秋之扇 / 유사어 : 동선하로 冬扇夏爐

출처 : 반첩여(班婕妤)의 원행가(怨行歌); 문선(文選);

옥대신영집(玉臺新詠集)

> 평화로울 때의 군사는 여름의 굴뚝과 같다.
> Soldiers in peace are like chimneys in summer.(서양속담)
> 쥐를 잡지 못하는 고양이는 더 이상 기르지 않겠다.
> I will keep no more cats than will catch mice.(서양속담)
> 그늘에서 해시계가 무슨 소용인가?
> What's good of a sundial in the shade?(서양속담)

한(漢)나라 성제(成帝) 때 후궁 반첩여(班婕妤)가 감옥에 갇히는 일이 벌어졌다. 그녀가 황후 허씨와 공모해서 다른 후궁들을 저주하고 황제를 욕했다는 모함이 들어간 것이다. 그것은 황제의 총애를 받던 조비연 자매의 장난이었다. 그러나 나중에 무죄가 드러나 풀려났다. 그녀는 성제의 어머니인 황태후를 모시게 해달라고 자원해서 황제의 허락을 받았다. 성제가 죽은 지 얼마 지나지 않아 그녀도 죽었다. 그녀는 임금의 총애를 잃어버린 신세를 가을부채에 비유해서 이렇게 읊었다.

"눈같이 흰 제나라 비단으로 합환(合歡)의 부채를 만든다./ 그것은 님의 품에 미풍을 일으킨다./ 그러나 두려워하던 가을이 오고/ 서늘한 기운이 더위를 씻어버리면/ 부채는 장롱 깊숙이 버려지는 신세./ 님의 따뜻한 정도 그만 끊어지고 만다"

사회적으로 명망이 높은 인사들이 군사독재 시절에 총리나 장관 또는 전국구 국회의원 등이 되었다. 독재정권의 국내외적인 위신을 세워주기 위한 들러리인 것이다.

그러다가 일년 안팎에 버림을 받았다. 일회용 반창고 신세가 된 것이다. 가을부채나 다름이 없다. 그렇게 이용만 당할 줄 알면서 왜 그들은 고위직을 수락했을까?

평생 쌓아온 명망을 몇 푼 안 되는 돈과 바꾸어야 할 절박한 사정이 과연 있었던가?

남한에서 공산당 활동을 하던 남로당의 간부들이 북한으로 넘어간 뒤에 차례로 숙청 당했다. 그들은 더 이상 이용가치가 없는 가을부채였던 것이다.

좌익을 지지하다가 자진해서 월북한 작가들의 운명은? 일본에서 북송선을 타고 북한에 건너간 수십 만 재일교포들의 운명은?

그러면 지금도 친북 좌파 성향을 띠고 남한의 각종 단체에서 활약하고 있는 사람들이 북한으로 건너간다면 그들의 운명은 어떻게 될까? 가을부채는커녕 겨울부채도 못될 것이다.

逐鹿者 不見山

축록자 불견산 | 사슴을 좇는 자는 산을 보지 못한다
명리와 욕망에 눈먼 사람은 눈앞의 위험도 못 본다
한 가지 일에 마음을 뺏기면 다른 일은 생각 못한다

逐 좇아가다; 鹿 사슴; 者 놈; 不 아니다; 見 보다; 山 산
동의어 : 축록자 불견태산 逐鹿者 不見太山
유사어 : 축록자 불고토 逐鹿者 不顧兔
출처 : 회남자 설림훈(淮南子 說林訓)

> 눈먼 거위는 풀숲에서 노리는 여우를 모른다.
> It is a blind goose that knows not a fox from a fern bush.
> (서양속담)
> 관람하는 사람이 게임을 가장 잘 본다.
> Lookers-on see most the game.(서양속담)

한나라 무제(武帝) 때 회남왕 유안(劉安, 기원전 179?-122)은 도가사상을 바탕으로 회남자라는 책을 저술했다. 유교, 도교 등 각종 학설이 수록된 이 책에 이 구절이 나온다.

"사슴을 좇는 사람은 산을 보지 못하고, 돈을 움켜쥐는 자는 사람을 보지 못한다. 짐승을 좇는 사람은 눈이 있어도 태산을 보지 못한다. 바깥 사물에 욕심을 내면 마음의 총명함이 사라지기 때문이다. 사슴을 좇는 사람은 토끼를 돌아다보지 않고, 천 금의 물건을 흥정하는 사람은 몇 돈 몇 냥의 값을 가지고 다투지 않는다."

수십 억의 은행돈을 운반하는 차를 터는 강도는 자기가 체포될지도 모른다는 생각도 해보지 않고 그 일을 할까? 물론 그는 체포의 위험을 누구보다 더 잘 안다.

그러나 돈에 눈이 멀어서 우선은 털고 보자는 마음일 것이다. 수천 억의 정치자금을 뒷구멍으로 긁어모으는 자도 정권만 잡으면 어떻게 되겠지 하는 심정에 그 일을 할 것이다.

가난하게 살라고 신도들을 가르치는 종교지도자들 가운데 상당수는 결코 가난하게 살지 않는다. 냉난방이 완비된 집도 있고 고급 승용차도 있다.

운전기사마저 두기도 하고 골프도 친다. 자신의 사회적 신분과 지위에 걸맞게 잘 사는 것이 당연하다고 여긴다.

그래서 신도들에게 더 많은 헌금을 내라고 권한다. 그러나 그들은 진리를 보지 못하고 있다. 도대체 그들의 사회적 신분이나 지위란 무엇인가?

春來不似春

춘래불사춘 | 봄이 와도 봄 같지 않다

春 봄; 來 오다; 不 아니다; 似 같다
출처 : 왕소군(王昭君)의 시

> 봄이라고 항상 번성하는 계절은 아니다.
> Spring does not always flourish.(로마속담)
> 봄은 겨울의 뒤를 잇는다.
> Spring follows winter.(로마속담)
> 여름이 몇 달 동안 여름답지 않아 봄이 계속된다.
> Here is continual spring, summer for months foreign to
> summer.(비르질리우스)

왕소군은 절세의 미녀로 한나라 원제(元帝)의 궁녀였는데 한나라가 흉노족과 우호관계를 맺을 때 흉노족 왕에게 시집을 가서 산 불운한 여자였다. 자신의 신세를 한탄하는 시 가운데 이 구절이 나온다.

"오랑캐 땅에는 풀도 꽃도 없으니/ 봄이 와도 봄 같지가 않구나."

해마다 3월이면 50만 명가량의 졸업생이 캠퍼스를 떠나 사회로 진출한다. 그러나 그 가운데 수십 만 명에게는 취직자리가 없다. 일류 대학 졸업생 중에서도 취직 재수생이 늘어간다.

자유가 없는 것은 그런대로 참는다고 치자. 그러나 먹을 것이 없어서 굶어죽는 것은 도저히 참을 수 없다. 한두 명이 굶어죽는 게 아니다. 수십 만, 수백 만이 굶어죽는다.

그런 곳에도 봄이라는 계절은 어김없이 찾아온다. 그러나 그런 봄은 봄이 아니다. 어디서 그렇게 많은 사람들이 굶어죽는가? 아프리카 후진국들만의 경우가 아니다. 한반도에

아프리카 후진국과 그에 걸맞는 독재자가 있다는 사실이 우리를 슬프게 한다. 그 땅에도 "봄이 와도 봄 같지 않다." 그 사실을 잊어서는 안된다.

吹毛求疵

취모구자 | 털을 입으로 불어 그 속의 흉터를 찾는다.
남의 조그만 잘못을 악착같이 찾아낸다.

吹 불다; 毛 털; 求 찾다; 疵 흠
준말 : 취모 吹毛 / 동의어 : 취모멱자 吹毛覓疵; 취모구하 吹毛求瑕;
취모색구 吹毛索垢; 취모색자 吹毛索疵; 취색 吹索
출처 : 한비자 대체편(韓非子 大體篇)

> 허물을 들추는 사람에게는 아무 것도 안전하지 않다.
> Nothing is safe from the fault-finders.(서양속담)
> 허물만 찾아내려는 자는 다른 것을 발견하지 못한다.
> They who only seek for faults find nothing else.(서양속담)
> 먼지를 입으로 부는 자는 눈에 먼지가 들어간다.
> He that blows in the dust fills his eyes with it.(서양속담)
> 너무 예리한 사람은 자기 손가락을 벤다.
> People who are too sharp cut their own fingers.(서양속담)
> 주인은 때로는 눈이 멀고 때로는 귀가 먹어야 한다.
> Masters should sometimes blind, and sometimes deaf.(서양속담)
> 허물이 없는 자는 살아 있는 것이 아니다.
> He is lifeless that is faultless.(서양속담)

한비자는 훌륭한 군주의 조건을 이렇게 설명했다.

"그는 욕심과 개인적인 이익을 버린다. 법으로 무질서를 다스리고 공정한 상벌로 시비를 가린다. 털을 입으로 불어서 사소한 흠을 찾아내는 짓은 하지 않는다(불취모이구소자 不吹毛而求小疵). 알아내기 어려운 것을 때를 씻어서 찾아내는 짓도 하지 않는다. 모든 책임을 자신이 지고 남에게 탓을 돌리지 않는다."

훌륭한 지도자란 특정집단의 이익보다는 나라 전체의 이익을 항상 도모한다. 자기 마음에 드는 자들만이 아니라 모든 인재를 골고루 등용한다.

아군과 적군으로 패를 가르지 않고 각종 이익집단의 다양한 이해충돌을 현명하고 공정하게 조정한다. 언론은 원래가 권력을 비판하는 것이 직업이라고 인정하고 어떠한 비판에 대해서도 대범하게 대처하고 흔들리지 않는다.

특정 언론이나 언론인을 자기 입으로 비난하지 않는다. 나라의 혼란이 오면 모두가 자기 책임이지 결코 국회나 언론에게 책임을 돌리지 않는다.

그는 자기에게 아첨하는 무리를 항상 경계하고 멀리한다. 아랫사람들이 잘못을 저지르더라도 선의로 그런 것이라 보고 또 사소한 것이라면 너그럽게 봐준다.

그러나 부정부패에 대해서는 그 누구도 용서하지 않고 엄하게 처벌한다. 아아, 이러한 지도자가 있다면 평생에 단 한번이라도 그를 만나보고 싶다!

痴人說夢

치인설몽 | 천치에게 꿈 이야기를 해준다 / 어리석은 짓을 한다
쓸데없이 마구 지껄인다

痴 어리석다; 人 사람; 說 말하다; 夢 꿈
원어 : 대치인몽설 對痴人夢說 / 동의어 : 치인전설몽 痴人前說夢
출처 : 냉제야화 권구(冷齊夜話 卷九); 황산곡제발(黃山谷題跋)

무의미한 말의 홍수.
An unmeaning torrent of words.(퀸틸리아누스)
무어족 집에서 아랍어로 말하지 마라.
Do not talk Arabic in the house of a Moor.(스페인 속담)
간질병자의 말은 저승 사람의 말이다.
The words of an epileptic are the utterances of a denizen of
the other world.(나이지리아 속담)

남송(南宋, 1127-1279)의 중 혜홍(惠洪)이 지은 냉제야화에 나오는 이
야기다.

당나라 때 서역의 고승인 승가(僧伽)가 안휘성 일대를 지날 때 어느
마을에서 만난 사람이 그에게 어느 나라 사람이냐고 물었다. 그는 "하나
라 사람(何國人, 어느 나라 사람인가?)"이라고 대답했다. 성은 무엇이냐
고 물었더니 그는 "하가(何哥, 성이 무엇인가?)"라고 대답했다. 물론 이
상한 행동으로 유명했던 그는 농담으로 그렇게 대꾸한 것이다. 그가 죽
자 비문을 쓰게 된 서예가 이옹(李邕, 678-747)은 그의 농담을 진담으
로 알아듣고 "대사의 성은 하(何)씨고 하(何)나라 사람이다."라고 썼다.

혜홍은 이것이 바로 천치에게 꿈 이야기를 해주는 것과 같고 이옹은
참으로 어리석은 사람이라고 말했다.

권력을 향해 달려가는 것이 유일한 목적인 정치인들에게 당리당략을 떠나고 돈과 권력을 초월해서 오로지 국가이익만 생각하라고 나라의 지도자가 주문한다면 그것은 유치한 "치인설몽"이다. 국가이익만 생각할 사람은 바로 지도자 자신이 아닌가?

기업가에게 돈벌이를 하지 말라고 한다면? 이자가 싼 은행 돈을 빌려서라도 아파트를 사 두면 돈벌이가 확실한 판에 부동산 투기를 하지 말라고 해선 소용 없다. 학교교육은 무너지고 학원들만 번창하는데 영재교육을 한다는 것은 의미가 없다.

재벌들이나 엄청난 알부자들에게 마더 데레사의 사랑과 자선 정신을 배우라고 해야 소용 없다. 성직자들의 상당수도 그런 정신이 없는데 누가 배우겠는가? 모든 관리는 청렴해야 한다? 공직자 윤리요강? "치인설몽"에도 분수가 있는 법이다.

七去之惡

칠거지악 | 아내를 내쫓을 수 있는 일곱 가지 죄악

七 일곱; 去 가다; 之 가다, ~의; 惡 나쁘다, 악
출처 : 대대례 본명편(大戴禮 本命篇)

> 바람난 아내는 집안의 파멸이다.
> A faithless wife is the shipwreck of a house.(서양속담)
> 아내가 바람 나면 남편은 경멸 당한다.
> If a wife is unfaithful, her husband is despised.(콩고 속담)
> 좋은 말은 다리를 절지 않고 훌륭한 아내는 불평하지 않는다.
> A good horse never stumbles, a good wife never grumbles.
> (서양속담)

이것은 삼종지도(三從之道) 즉 여자는 아버지, 남편, 아들에게 복종해야 한다는 것과 더불어 과거에 여성을 규제한 원칙이다. 아내는 아래 일곱 가지 가운데 한 가지의 잘못을 저지르면 내쫓기게 되어 있었다.

1. 시부모의 말에 복종하지 않는다.

2. 자식을 낳지 못한다.

3. 간통을 한다.

4. 전염병에 걸린다.

5. 첩에 대해 질투한다.

6. 말이 많다.

7. 도둑질을 한다.

그러나 시부모에게 효성이 극진한 경우, 조강지처인 경우, 돌아갈 곳이 전혀 없는 경우 등 세 가지 경우에는 아내를 내쫓을 수 없었다. 이것이 삼불거(三不去)의 원칙이었다.

예전의 "칠거지악"을 지금도 주장하는 남자가 있다면 방송국의 소위 다큐 현장중계차가 들이닥칠 것이다. 그러니까 현대판 "칠거지악"을 제시해서 남녀 모두에게 공평하게 적용하는 것이 현명할 것이다. 예를 들면 이런 수정안도 가능할 것이다.

가족 전체의 이익을 위해 합리적이고 타당한 배우자의 말에 복종하지 않는다. 배우자나 자식을 이유 없이 심하게 때리고 학대한다.

상습적으로 간통을 하거나 퇴폐업소에 드나들거나, 배우자와의 성생활이 매우 부진하다. 마약, 도박, 술, 춤바람, 부동산 투기 등으로 가산을 회복할 수없을 정도로 탕진한다. 배우자가 건전한 직장을 갖거나 건전한 취미를 즐기는 것을 지나치게 방해한다.

집안의 모든 돈을 혼자 독점해서 쓰고 배우자를 마치 애완용 동물처럼 사육하려고 든다. 아이들의 인격교육을 소홀히 하고 오로지 출세욕과 이기주의만 길러준다.

남녀 공통의 삼불거의 원칙은 이렇다.

최소한 10년 이상 같이 살아준 배우자는 집에서 내쫓지 못한다. 노숙자 신세로 전락할 것이 뻔한 배우자는 내쫓지 못한다. 상대방의 비위를 맞추려고 최대한으로 노력하는 배우자는 내쫓지 못한다.

七步之才

칠보지재 | 일곱 걸음을 걷는 동안에 시를 짓는 재주
매우 뛰어난 글재주

七 일곱; 步 걷다; 之 가다, ~의; 才 재능
동의어 : 칠보재 七步才; 칠보시 七步詩
유사어 : 의마지재 倚馬之才; 오보시 五步詩
출처 : 세설신어 문학편(世說新語 文學篇)

누가 나보다 더 많이 또는 더 빨리 시를 지을 수 있는가?
Who can write more verses or turn them out more quickly
than I? (호라시우스)
우리는 시인으로 태어나고 노력해서 웅변가가 된다.
We are born poets, we are made orators.(키케로)
산들이 산고를 겪지만 초라한 쥐가 태어날 것이다.
The mountains are in labour, an absurd mouse will be born.
(호라시우스)

삼국시대 때 위(魏)나라 왕 조조(曹操)와 그의 맏아들 조비(曹丕)와 셋째 아들 조식(曹植)은 글재주가 뛰어났는데 그 가운데서도 조식이 가장 탁월했다. 그래서 조비는 동생 조식을 항상 시기했다. 조조가 죽은 뒤 황제가 된 조비(문제 文帝, 재위 220-226)는 조식(동아왕 東阿王)에게 반역음모의 혐의가 씌워졌을 때 일곱 걸음을 걷는 동안에 시를 지으면 살려주겠다고 말했다. 조식은 이렇게 읊었다.

"콩의 줄기를 태워서 콩을 볶는다./ 콩의 줄기는 가마솥 아래 타고/ 솥 안에 든 콩은 울고 있다./ 콩도 줄기도 원래 같은 뿌리에서 나왔는데/ 어찌 이토록 심하게 볶아대기만 하는가?"

같은 부모를 모신 형제끼리 이렇게 괴롭힐 건 뭔가? 그런 뜻이다. 조비는 부끄러워 얼굴을 붉혔다.

학교를 전혀 못 다닌 농부가 박사학위를 가진 아들을 시기한다면 말도 안 된다. 그는 오히려 그런 아들을 둔 것을 동네방네 돌아다니면서 자랑할 것이다.

나라의 지도자는 그 나라의 최고 어른이다. 자기 밑에서 일하는 관리가 재능이 뛰어나다면 그런 아랫사람을 둔 것을 자랑스럽게 여겨야 할 것이다.

무식한 재벌회장이 일류대학 출신의 박사들을 부리며 월급을 주는 경우도 마찬가지다. 그런데 황제까지 된 조비가 다른 사람도 아닌 자기 동생의 글재주를 시기했다? 인륜도 눈에 보이지 않는 바보 짓이다.

타

他山之石

타산지석 | 다른 산의 돌 / 하찮은 물건도 쓰기에 따라 쓸모가 있다
다른 사람의 하찮은 말이나 행동도 도움이 될 수 있다

他 다르다, 남; 山 산; 之 가다, ~의; 石 돌
원어 : 타산지석 가이공옥 他山之石 可以攻玉
유사어 : 절차탁마 切磋琢磨; 공옥이석 攻玉以石
출처 : 시경 소아편(詩經 小雅篇)

지혜를 가는 숫돌.
A whetstone for the wits.(서양속담)
남의 잘못은 좋은 스승이다.
The fault of another is a good teacher.(서양속담)
이웃은 너의 스승이다.
Your neighbour is your teacher.(이집트 속담)
지혜로운 사람은 남의 잘못에서 배우고 어리석은 자는 자기 잘못에서 배운다. / Wise men learn by other men's mistakes; fool, by their own.(서양속담)
좋은 것에도 나쁜 점이 있고 나쁜 것에도 좋은 점이 있다.
Good things are mixed with evil, evil things with good.(로마속담)

이것은 시경 소아편의 학이 운다(鶴鳴)는 시에 나오는 말이다.

"아름다운 저 동산에는 박달나무가 서 있고 그 밑에는 닥나무도 있다./ 다른 산의 돌도 옥을 가는 데는 쓸모가 있는 것이다."

이 시는 숨은 인재들을 불러모아서 군주의 덕을 더욱 빛내야 한다는 뜻을 담고 있다.

고구려, 백제, 신라의 삼국시대에는 신라가 외국인 당나라 군대를 끌어들여 통일했다. 그 바람에 만주벌판이 날아갔다. 교황령, 나폴리왕국과 여러 개의 도시국가들로 분열되어 있던 이탈리아는 19세기에 사보이 왕국의 군대가 움직여서 무력으로 통일했다.

수십 개의 나라로 분열되어 있던 독일도 역시 프러시아 군대가 무력으로 통일했다. 이차 대전 이후 동서로 분할된 독일은 동독의 붕괴의 결과로 통일이 이루어졌다.

베트남은 공산 월맹 군대가 남쪽의 월남을 무력으로 정복해서 통일이 되었다. 분열된 나라가 통일되는 방식은 시대에 따라, 나라마다 조금씩 다르지만 공통된 점이라면 무력 정복 또는 어느 한쪽의 괴멸이었다.

동서독의 통일은 우리에게 "타산지석"이 될 수도 있다. 그러나 베트남 식은 "타산지석"이 될 수 없을 것이다. 더욱이 외세를 끌어들이는 신라 식의 무력통일은 한층 더 비현실적일지도 모른다.

북한은 이미 6.25 때 중공과 소련의 지원이라는 외세를 끌어들여 남침했다. 말하자면 신라 식의 통일을 시도했지만 실패했던 것이다.

打草驚蛇

타초경사 | 풀을 휘저어서 뱀을 놀라게 한다
무심코 한 행동이 의외의 결과를 초래한다
한 사람을 혼내서 다른 사람을 깨우쳐준다

打 때리다; 草 풀; 驚 놀래다; 蛇 뱀
출처 : 수호전(水滸傳); 개원유사(開元遺事)

> 잠자는 개는 내버려두어라.
> Let sleeping dog lie.(서양속담)
> 잠자는 전갈은 만지지도 마라.
> Don't touch even a sleeping scorpion.(나이지리아 속담)
> 모든 돌 밑에 전갈이 자고 있다.
> Beneath every stone a scorpion sleeps.(로마속담)
> 잠자는 불행은 깨우지 마라.
> When misfortune is asleep let none wake her.(스페인 속담)
> 깊이 묻힌 불행은 흔들어대지 마라.
> Do not disturb an evil which is well buried.(로마속담)

양산박(梁山泊)의 송강(宋江)이 동평부(東平府)를 공격하려고 할 때 사진(史進)은 자기가 잘 아는 기생의 집에 숨어 들어갔다가 안에서 불을 지를 계획을 세웠다.

그는 변장을 하고 기생집으로 갔다. 그런데 기생 서란(瑞蘭)이 말을 실수하여 이웃집 노파가 사진의 정체를 알게 되자 남편이 말리는 것도 뿌리치고 관청에 고발하러 갔다.

그러자 노파의 남편이 "풀을 휘저어서 뱀을 놀라게 하지 말라는 속담이 있다. 사방이 시끄러워지면 그가 달아날지도 모르니 먼저 서란을 시켜 그에게 술을 잔뜩 먹여두는 게 좋아."라고 말했다. 결국 술에 취해서 자던 사진은 체포되었다.

쥐가 독 안에서 잠을 자고 있을 때 그 쥐를 잡겠다고 몽둥이를 함부로 휘두르다가는 독도 깨고 쥐도 놓친다. 독 속으로 함부로 손을 집어넣었다가는 쥐에게 물린다.

쓸데없이 "타초경사"를 해서는 아무 이득도 없다. 잠자리채 같은 것으로 살금살금 몰아서 잡아야 안전하다.

원래 돈이란 사회 한가운데를 도도하게 흐르는 강물과 같은 것이다. 그런 수자원은 무한한 것이 아니다. 지푸라기 빨대를 대고 약간만 빨아먹고 갈증을 해소하는 데 그친다면 별탈이 없다. 그러나 양수기를 대놓고 대형 유조차로 마구 퍼간다면 강바닥이 드러나는 것은 시간문제다.

풀을 두드리는 것이 아니라 아예 풀숲에 불을 질러서 뱀을 잡는다? 그래서 뱀탕을 만들어 먹는다? 그러면 "타초경사"의 효과를 거둘 것이다? 하지만 바람의 방향이 갑자기 바뀌면 오히려 그들 자신이 피해를 입는다. 물론 그것도 다른 의미에서 "타초경사"는 된다.

泰山北斗

태산북두 | 태산과 북두칠성 / 제일인자 / 권위자 / 대가
많은 사람들이 존경하는 인물

泰 크다; 山 산; 北 북쪽; 斗 말(부피를 재는 도구), 별 이름
준말 : 태두 泰斗 / 동의어 : 여태산북두 如泰山北斗
출처 : 당서 한유전찬(唐書 韓愈傳贊)

> 가장 탁월한 학자들은 사람들의 눈에 보이지 않는 경우가 많다.
> Often the greatest intellects lie unseen.(플라우투스)
> 그는 잘못이 없다는 것 이외에 다른 잘못이 없다.
> He has no fault except that he has no fault.(작은 플리니우스)
> 어떠한 저자도 출판사 사장에게는 천재가 아니다.
> No author is a man of genius to his publisher.(하이네)
> 위대한 대가로 태어난 자는 아무도 없다.
> No man is born a great master.(이탈리아 속담)

한유(韓愈, 退之, 768-824)는 당나라의 가장 뛰어난 시인 네 명 가운데 하나이자, 당나라와 송나라의 가장 탁월한 문장가 여덟 명 가운데 하나이다. 그는 도교와 불교를 배척하고 유교를 발전시켰으며 한나라 이전의 옛 문체를 되살리기도 했다. 그래서 누구나 그를 존경했다.

당서 한유전에는 이렇게 기록되어 있다.

"그는 여섯 가지 경서로 모든 학자들의 스승이 되었고 그가 죽은 뒤 그의 학설이 널리 세상에 퍼졌다. 그래서 학자들은 그를 태산북두처럼 우러러보았다."

산동성 태안에 있는 태산은 중국의 명산 다섯 가운데 하나이고 북두는 모든 별의 중심적 위치에 있는 것이다.

어느 한 분야의 전문가가 되었다고 해서 모두 "태산북두" 즉 태두가 되는 것은 아니다. 노벨상을 받았다고 해서 자동적으로 태두가 되는 것도 아니다.

이퇴계와 이율곡 같은 학문적 "태산북두"는 백 년에 한 명이 나올까 말까 할 정도로 드문 존재다. 나라에 충성하고 백성을 아끼는 측면에서 단연 태두인 이순신 장군도 그렇다. 세종과 같은 정치의 태두도 마찬가지다. 오늘날 정치 10단이라고 자처하는 사람들이 아무리 여기저기서 나타난다고 해도 알고 보면 정치 초단과 별로 다르지 않은 경우가 허다하다.

자기 입으로 떠든다고 해서 누구나 태두가 되는 것도 아니다. 졸개들이 자기 두목을 태두라고 고함친다고 해서 그가 태두가 되는 것도 결코 아니다.

"태산북두"는 그야말로 청천백일과 같은 위대한 인물이다. 그러나 몇몇 졸개들이 자기 두목을 태양이라고 소리친다고 해서 그가 태양이 되는 것은 아니다.

725

兎死狗烹

토사구팽 | 토끼가 잡혀 죽으면 사냥개는 삶아 먹힌다
쓸모가 없어지면 버림받는다

兎 토끼; 死 죽다; 狗 개; 烹 삶다
원어 : 교토사 양구팽 狡兎死 良狗烹 / 동의어 : 야수진 엽구팽 野獸盡 獵狗烹
유사어 : 고비조진 양궁장 高飛鳥盡 良弓藏; 적국파 모신망 敵國破 謀臣亡
출처 : 사기 회음후열전(史記 淮陰侯列傳); 십팔사략(十八史略);
한비자 내저설편(韓非子 內儲說篇)

> 왕궁이 너를 버리기 전에 네가 먼저 왕궁을 떠나라.
> Leave the court before the court leaves you.(스코틀랜드 속담)
> 버려서는 안 되는 사람은 하나도 없다.
> No man is indispensable.(서양속담)
> 개를 죽이는 방법은 목매다는 것 이외에도 많다.
> There are more ways to kill a dog than hanging.(영국속담)

한(漢)나라 고조(高祖, 劉邦, 재위 기원전 206-195)는 46세 때 천하 통일을 이룬 뒤 한신(韓信)을 초(楚)나라 왕으로 삼았지만 항상 그를 경계했다.

그런데 항우를 섬기던 용감한 장수 종리매(鍾離昧)를 한신이 숨겨주고 있는 것을 안 고조가 종리매를 잡아 보내라고 명령했다. 그러나 한신은 친구인 종리매를 넘겨주지 않았다. 그래서 한신이 반역할 마음을 품고 있다는 모함이 들어갔다.

한신은 자결한 종리매의 목을 바쳐서 고조의 의심을 풀어보려고 했다. 그러나 고조는 진평(陳平)의 계책에 따라 초나라 국경인 진(陳)으로 행차하는 기회를 만들어 제후들을 모두 소집하고 그 자리에서 한신을 체포했다. 한신은 이렇게 말했다.

"발 빠른 토끼가 잡혀 죽으면 좋은 사냥개는 삶아 먹힌다. 높이 날아

다니는 새가 다 없어지면 활은 창고 깊숙이 묻힌다. 적국이 망하면 전략에 통달한 신하가 제거된다. 나 역시 '토사구팽' 당하는 것이 당연하다."

그는 왕에서 제후로 격하되었고 뒤늦게 거사하려다가 오히려 잡혀서 처형되고 말았다.

이중간첩은 이쪽과 저쪽에서 그의 정체가 드러나 더 이상 쓸모가 없어지면 양쪽에서 버림을 받고 "토사구팽"을 당하게 마련이다.

자기 진영을 배신하고 다른 진영으로 넘어가는 정치인도 결국은 새 진영에서도 의심을 받아 도태되는 경우가 많다. 그런데 철새 정치인들은 여전히 이곳저곳을 기웃거리며 떠돌고 있다.

명망 있는 학자들이 독재정권에 잠시 이용만 당한 뒤에 "토사구팽"을 당한 경우도 적지 않다. 전직 장관이나 총리의 경력은 이미 땅에 떨어진 그들의 이름을 회복하는 데 아무런 힘이 없다.

그러니 명망도 없고 제대로 된 학자인지조차 의심스러운 자들이라면 권력실세에게 한 자리를 구걸해서 잠시 앉았다가 버림을 당해도 할 말이 없을 것이다.

그들은 "토사구팽"에 대해 불평할 자격도 없다. 고대 중국식으로 가마솥에 들어가 삶은 고깃 덩어리가 되지 않은 것만도 다행이라고 여겨야 할 것이다.

吐哺握髮

토포악발 | 먹던 것을 토하고 머리카락을 손으로 잡는다
군주가 현명한 인재를 얻으려고 애쓴다
하던 일을 중단하고 다른 일을 본다

吐 토하다; 哺 먹다; 握 쥐다; 髮 머리카락
출처 : 한시외전(韓詩外傳)

가장 좋은 것은 만나기 힘들다.
The best things are hard to come by.(서양속담)
판사를 만드는 것은 서기다.
It is the clerk makes the Justice.(영국속담)
여우의 꾀는 사자의 머리에 들어가지 않는다.
The fox 's wiles will never enter into the lion 's head.(서양속담)

주(周)나라 무왕(武王)은 은나라를 타도한 뒤 여러 해 뒤에 죽고 그 뒤
를 이은 성왕(成王)이 나이가 너무 어려서 삼촌인 주공(周公)이 나라 일
을 처리했다.

주공은 자기 동생인 관숙과 채숙이 반란을 일으키자 이를 진압한 뒤
정권을 성왕에게 넘겼다. 주공은 아들 백금(伯禽)이 노(魯)나라의 제후가
되어 떠날 때 이렇게 말했다.

"나는 머리를 한번 감을 때 도중에 손님이 찾아오면 세 번씩이라도
머리카락을 움켜쥔 채 맞이했다. 밥을 먹을 때도 세 번이라도 먹은 것을
뱉어낸 뒤에 손님을 맞이했다. 이것은 현명한 인재들을 하나라도 놓치지
않으려고 한 것이다. 너도 그렇게 하라."

어느 나라나 정권을 새로 잡은 세력은 유능하고 참신한 인재를 골고루 등용할 목적으로 부문별로 소위 인물명단이라는 것을 작성하는 것이 일반적인 관행일 것이다.

그리고 나라의 지도자는 문자 그대로 "토포악발"에 입술이 부르트도록 각계의 인물들을 면접하고 사람됨을 평가한다. 그래야만 정권을 잘 유지할 수 있고 임기가 끝난 뒤에도 존경을 받는다.

그런데 나라에 따라서는 권력실세들이 자기들 구미에 맞는 자들에게 나누어줄 자리를 미리 다 정해놓고 나서 명단은 형식적으로 만들기도 한다. 끼리끼리 해 먹는 것이다.

거기까지는 그래도 약과다. 심지어는 정치보복의 대상자 명단 즉 소위 살생부라는 것마저 만든다. 이쯤 되면 "토포악발"이란 케케묵은 고대중국의 잠꼬대다.

나라의 지도자들이 존경을 받지 못한다면 그것은 그들이 "토포악발"을 하지 않기 때문일 것이다. 물론 그들은 머리카락이 너무 짧고 또 염색한 것이라서 틀어쥐고 말고 할 것도 없을 것이다.

입에 있는 음식을 토하려 해도 식탁 아래 아예 토할 그릇도 없을 것이다. 바람에 휘날리는 흰 턱수염도 없으니 수염을 틀어쥔 채 면접할 수도 없는 노릇일 것이다.

어쩌다가 그들이 "토포악발"을 하고 응접실로 뛰쳐나간다 해도 모두 그들을 이상히 여길 것이다.

推敲

퇴고 | 문장을 다듬는다

推 밀다; 敲 두드리다, 회초리
출처 : 당시기사(唐詩紀事); 야객총서(野客叢書); 상소잡기(湘素雜記);
유빈객가화록(劉賓客嘉話錄)

> 분노가 시를 짓게 한다.
> Indignation leads to making of poetry.(유베날리스)
> 글을 쓰면 쓸수록 글을 더욱 쓰고 싶어진다.
> The desire for writing grows with writing.(에라스무스)
> 시는 죽지 않는다.
> Poetry does not die.(B. 쳰드리니)
> 위대한 대가로 태어난 자는 아무도 없다.
> No man is born a great master.(이탈리아 속담)

당나라 시인 가도(賈島, 779~843)가 과거를 보러 나귀를 타고 가다가 "새는 연못가 나무에서 자고/ 중은 달 아래 문을 두드린다."는 시를 지었다. 그런데 그는 중이 문을 "두드린다(敲)"고 하는 것보다 문을 "민다(推)"고 하는 것이 어떨까 생각했다.

두 글자 가운데 어느 것을 선택할까 깊이 생각에 잠겨서 가다가 수도 장안(長安)의 시장인 한유(韓愈, 退之, 768~824)의 행차 길을 방해하게 되어 끌려갔다. 그는 한유에게 사실대로 고백했다. 한유는 잠시 생각하더니 "민다고 하는 것보다는 두드린다고 하는 것이 낫겠다."고 말했다. 그 후 두 사람은 친구가 되었다.

무한정 다듬는다고 해서 모든 글이 천하의 명문이 되는 것이라면 얼마나 좋을까? 글이란 그 바탕이 일정한 수준에는 올라가 있어야만 다듬어서 개선할 여지도 있는 것이다.

워낙 안된 글은 이태백이 "퇴고"를 해준다 해도 명문이 될 리가 없다. 신문에 발표되거나 책으로 출간되었다고 해서 다 제대로 된 글도 아니다.

요즈음 지식인이라고 자처하는 사람들 가운데 뭐든지 결사 반대하는 데모를 하라고 아우성을 치는 것인지 어느 한쪽 편에 속한 슬픔의 신세타령 넋두리를 늘어놓는 것인지 분간이 안 가는 글을 써내는 이들이 많다.

도대체 무슨 소리를 하는 것인가? 무엇을 어떻게 하자는 것인가? 밀든 두드리든 어느 쪽도 어울리지 않으니 "퇴고"할 것도 없이 쓰레기통으로 던지면 제격인 그런 글이 너무나도 많다.

사람들은 글만 고치는 것이 아니다. 얼굴도 고치고 제도도 고친다. 그런 것도 일종의 "퇴고"인가? 개선의 여지가 있는지는 둘째 문제다. 개선할 능력도 기술도 없으면서 자꾸 손만 댄다고 해서 되는 게 아니다.

파

破鏡

파경 | 깨어진 거울 / 부부의 생이별 / 이혼

破 깨뜨리다; 鏡 거울
출처 : 태평광기(太平廣紀)

> 사랑의 불은 한번 꺼지면 다시 붙이기 어렵다.
> Love's fire, once out, is hard to kindle.(서양속담)
> 이별의 고통은 얼마나 지독한가!
> How bitter are the pains of separation!(모차르트)
> 사랑이 사라지면 모든 것이 허물이다.
> Where there is no love, all are faults.(영국속담)

진(陳)나라가 멸망하기 직전에 왕을 모시는 관리 서덕언(徐德言)이 거울을 둘로 쪼갠 뒤 한쪽을 자기 아내(진나라 황제의 누이 낙창공주)에게 주었다. 그리고 일년 뒤 수도 장안의 시장에서 만나 거울을 맞추어보기로 했다.

589년에 진나라가 멸망하자 낙창공주는 포로가 되어 수(隋)나라 문제(文帝)의 오른팔인 양소(楊素)에게 넘겨졌다. 겨우 목숨만 건진 서덕언은 일년 뒤에 장안으로 갔다.

정월 보름날 시장에 나갔더니 깨어진 거울을 금화 열 냥에 사라고 외치는 사내가 있었다. 서덕언이 그 사내를 자기 숙소로 데려가 거울을 맞추어 보았더니 딱 들어맞았다. 그래서 그는 온전하게 된 거울을 그 사내에게 주어 돌려보냈다.

거울을 받아든 낙창공주는 그 후 아무 것도 먹지 않고 울기만 했다. 사연을 들은 양소는 그녀를 남편에게 돌려보냈다. 생이별한 부부의 다시 만남을 파경중원(破鏡重圓)이라고 하는 것은 여기서 유래한다.

북한군의 남침으로 시작된 처참한 전쟁 6.25 때문에 생이별한 "파경"의 부부가 최소한 백 만은 넘을 것이다. 세월이 50여 년 흘렀으니 상당수는 이미 죽고 대부분은 나이가 80세 전후일 것이다.

악어 눈물처럼 이루어지는 극소수 이산가족 상봉으로 치유될 상처가 결코 아니다.

거울 반쪽을 간직한 채 자기 짝을 아직도 밤낮으로 그리워하는 사람은 몇이나 될까? 그들의 눈물을 누가 씻어줄 수 있단 말인가? 이런 상황을 무한정 끌고 가는 냉혈한의 무리들이 무슨 낯으로 민족은 하나라고 외치는가?

직장에서도 가정에서도 쫓겨나는 비참한 백수들이 늘어간다. 그들을 쫓아내는 여자들은 참으로 매정하다. 상당수는 교회에 헌금도 많이 내고 열심히 기도도 하는 여자들일 것이다.

성격차이로 이혼하는 경우도 늘어간다. 성격이 안 맞는다? 성격이 정말 꼭 맞아야 같이 살 수 있는 것은 아니다.

破瓜之年

파과지년 | 참외를 깨는 나이 / 여자 나이 열여섯
최초의 월경을 경험하는 나이 / 남자 나이 64세

破 깨다; 瓜 오이; 之 가다, ~의; 年 해
출처 : 손작(孫綽)의 시 정인벽옥가(情人碧玉歌)

딸이란 깨지기 쉬운 도자기다.
Daughters are brittle ware.(서양속담)
딸 둘과 뒷문은 세 명의 도둑이다.
Two daughters and a back door are three errant thieves.(서양속담)
어머니를 알아보고 나서 그 딸과 결혼하라.
Marry the daughter on knowing the mother.(인도속담)
우는 신부는 웃는 아내가 된다.
The weeping bride makes a laughing wife.(독일속담)

이것은 진(晉)나라 시인 손작의 시에 나오는 구절이다.

"푸른 구슬이 참외를 깰 때/ 님은 사랑에 겨워 넘어져 뒹굴었다./ 님에게 감격하여 부끄러움도 잊고/ 몸을 돌려 님의 품에 안기고 말았다."

"파과"는 최초의 월경을 경험하는 것 또는 처녀성을 잃는 것을 의미한다. 과(瓜)라는 글자를 깨면(破瓜), 팔(八)이 두 개가 생긴다. 그래서 "파과"의 나이라고 하면 여자는 그것을 합해서 16세가 되고 남자는 그것을 곱해서 64세가 된다.

16세는 이팔청춘이다. 처녀가 첫 월경이나 첫 남자를 경험하는 나이라는 것은 이해가 간다. 여자의 오이는 깨어져서 물이 나와야 제 구실을 시작하기 때문에 예전 사람들이 점잖게 그렇게 표현했을 것이다.

물론 요즈음은 "파과지년"의 두 배 즉 30세가 넘어도 시집을 안 가고 숫처녀라고 뽐내는 여자들이 적지 않다.

"파과지년"의 세 배, 네 배나 되는 여자들이 미용, 성형, 정형 등 각종 수술을 받고는 처녀를 유지하려고 안간힘을 쓰고 있다. 10년, 심지어는 20년 연하와 연인 관계를 갖는 커플도 있다.

그러나 남자의 "파과지년" 즉 오이가 깨지는 나이가 64세라는 것은 무슨 뜻인가? 64세에 오이가 깨어지면 그 오이는 더 이상 쓸모가 없으니 여자는 쳐다보지도 말라는 뜻이다.

64세 남자의 깨진 오이는 역시 간장에 절인 오이지라는 뜻이다.

破竹之勢

파죽지세 | 대나무를 쪼개는 듯한 기세
막을 수가 없을 정도로 맹렬한 기세
거침없이 적을 무찌르는 기세

破 깨다; 竹 대나무; 之 가다, ~의; 勢 기세, 세력
동의어 : 영도이해 迎刀而解; 세여파죽 勢如破竹
출처 : 진서 두예전(晉書 杜預傳)

> 왔다 보았다 이겼다.
> I came, I saw, I conquered.(줄리어스 시저)
> 한니발은 승리하는 법은 알지만 그것을 이용할 줄은 모른다.
> Hannibal knows how to gain a victory, but not how to use it.
> (바르카)
> 전진하지 않는 것은 후퇴하는 것이다.
> Not to advance is to go back.(로마속담)

촉(蜀)나라를 멸망시킨 위(魏)나라는 사마염(司馬炎)에게 멸망되었다. 사마염은 진(晋)나라를 세우고 무제(武帝, 재위 265-290)가 된 뒤 대장군 두예로 하여금 오(吳)나라를 치게 했다.

두예는 오나라의 명장 장정(張政)을 격파하여 그가 좌천당하도록 했다. 그리고 서기 280년에 20만 대군을 휘몰아 총공격을 감행하려고 할 때 주저하는 장수들에게 이렇게 말했다.

"예전에 악의(樂毅)는 제나라 서쪽 싸움에서 승리한 여세를 몰아 강성한 제나라를 석권했다. 지금 우리 군대의 사기는 대단히 높다. 이것은 마치 대나무를 쪼개는 기세(破竹之勢)와 같다. 대나무의 마디 몇 개를 쪼개면 나머지는 힘을 안 들여도 저절로 쪼개진다."

그는 오나라 수도를 향해 진격했는데 오나라 군사들은 싸우지도 않고 항복했다. 그래서 천하는 다시 통일되었다.

대통령 선거에서 이겨 정권을 잡은 진영은 재빨리 논공행상을 끝내고 여세를 몰아 개혁이든 혁신이든 "파죽지세"로 해치워야 한다. 시간을 끌면 김이 빠지는 법이다.

새로운 정당을 만드는 데 몇 달씩 걸린다면 "파죽지세"는커녕 대나무를 쪼개던 칼의 칼날이 대나무에 물려버린다.

중요정책에 관해서 대통령을 비롯한 권력실세가 중구난방으로 세월만 헛되게 마냥 보낸다면 그야말로 선거에서는 이기고 정치에서는 거름구덩이에 빠져 허우적대는 꼴이다. 재선에 나갈 수도 없는 단임 제도 아래 노조, 전교조, 시민단체 등의 눈치를 볼 필요가 뭔가?

여론조사의 지지도가 낮으면 어떤가? 소신껏 여한 없이 나라를 다스리면 그만이다. 바로 그렇게 하기 위해서 가장 힘든 선거에서 승리한 것이 아닌가? 선거 전의 그 어마어마하던 "파죽지세"는 다 어디로 사라졌나?

敗軍之將 不言勇

패군지장 불언용 | 싸움에 진 장수는 용기 또는 전략에 관해 말할
자격이 없다

敗 지다, 패배하다; 軍 군사; 之 가다, ~의
將 장수; 不 아니다; 言 말하다; 勇 용감하다
유사어 : 패군지장 불언병 敗軍之將 不語兵; 패군장 병불어 敗軍將 兵不語
출처 : 사기 회음후열전(史記 淮陰侯列傳); 오월춘추(吳越春秋)

> 패배한 자에게는 비참함 이외에 무엇이 있겠는가?
> What is there but wretchedness for the vanquished?(로마속담)
> 지는 자는 죄를 짓는 것이다.
> Who loses, sins.(프랑스 속담)
> 승리는 화해로 증가한다.
> Victory increases by concord.(로마속담)

한(漢)나라 유방(劉邦)의 군사를 이끌고 한신(韓信)이 조(趙)나라로 쳐
들어갔다. 조나라의 전략가 이좌거(李左車)가 좁은 길목을 지키라고 건
의했지만 말을 듣지 않고 결전을 벌인 성안군(城安君)이 크게 패배하고
자신도 죽었다.

한신은 잡혀온 이좌거에게 연(燕)나라와 제(齊)나라를 격파할 계책을
물었다. 이좌거는 "패배한 장수는 용기에 관해서 말할 수 없고 멸망한
나라의 고위관리는 나라의 보존을 도모할 수 없습니다. 지혜로운 사람이
라도 천 가지 생각에 한 가지 실수가 있고, 어리석은 사람이라도 천 가
지 생각에 한 가지 좋은 생각이 있는 법입니다"라고 대꾸했다.

또한 이좌거는 연나라와 제나라를 치지 말고 군사들을 쉬게 하라고
충고했다. 그 후 한신은 그의 도움으로 크게 성공했다.

패배한 장수가 전쟁터에서 떳떳하게 죽지도 못하고 구차하게 목숨이 붙어 있는 경우 무슨 할 말이 있겠는가? 입을 다물고 수치 속에 사는 것이 그의 분수다.

물론 드물기는 하지만 패배를 교훈으로 삼아서 권토중래를 노릴 수도 있을 것이다. 그런데 패배하고 나서 적장에게 목숨을 구걸하는 비겁한 장수라면?

그런 자는 풀잎처럼 쓰러져 죽은 무명의 군졸만도 못한 쓰레기가 된 것이다. 이라크의 사담 후세인이 바로 그런 경우다. 선거에서 패배한 뒤 국민 앞에 정계은퇴를 엄숙하게 공식 선언한 정치인들도 있다.

그들 가운데 일부는 자기 입으로 한 말을 뒤집고 다시 나왔다. 그럴 바에는 처음부터 정계은퇴라는 말을 해서는 안 된다. 선거가 대학입시나 사법고시도 아닐 텐데 재수, 삼수, 사수 등 붙을 때까지 줄기차게 나오는 것은 "패군지장 불언용"을 모르는 짓이다.

蒲柳之質

포류지질 | 갯버들의 기질 / 허약한 몸

蒲 갯버들; 柳 버드나무; 之 가다, ~의; 質 형상, 바탕
동의어 : 포류지자 蒲柳之姿
출처 : 진서 고열지전(晉書 顧悅之傳); 세설신어 언어편(世說新語 言語篇)

> 약한 자는 재치가 필요하다.
> Weak men had need be witty.(영국속담)
> 버드나무는 약하지만 다른 나무들을 묶는다.
> Willows are weak, yet they bind other wood.(서양속담)
> 흔들리는 것은 모두 쓰러지지 않는다.
> All that shakes, falls not.(서양속담)

　동진(東晉)의 간문제(簡文帝, 재위 371-372) 때 고열지는 황제와 나이가 같았다. 그런데 황제는 머리카락이 검지만 그는 백발이었다. 이유를 묻는 황제에게 그는 이렇게 대답했다.

　"갯버들의 기질은 가을이 되기도 전에 잎이 모두 떨어지는 것이고 소나무와 잣나무의 기질은 서리 내린 뒤에 더욱 푸른 것입니다."

　자신을 갯버들에, 황제를 소나무에 비유한 것이다. 그는 권력실세들에게 아첨하지 않아서 크게 출세하지는 못했다. 그러나 그의 아들 고개지(顧愷之)는 문인화를 창시한 화가로 유명하다.

황제는 온갖 좋은 음식과 보약을 먹으면서도 나라 일은 별로 걱정하지 않고 지냈다. 그러니까 늙어서도 머리카락이 검다. 고열지 자신은 별 볼일 없는 음식이나 먹으면서 밤낮으로 나라 일을 걱정했다. 그래서 머리가 하얗게 센 것이다. 고열지가 정말 하고 싶었던 대답은 그런 것이 아니었을까? 다만 황제 앞이니까 듣기 좋은 말로 자기는 "포류지질"이라고 겸양의 미덕을 발휘했는지도 모른다.

요즈음은 나이 60이 되기도 전에 머리카락이 하얗게 센 국가원수들이나 장관들이 드물지 않다. 그들은 형편없는 음식을 먹으며 밤낮으로 나라와 백성들의 일을 걱정하고 지내는 바람에 그렇게 되었을 것이다.

아니면 그 높은 자리를 차지하거나 유지하기 위해서 날마다 극심한 불안과 노심초사에 시달리기 때문인지도 모른다. 날 때부터 황제가 아닌 "포류지질"이니 별 수 없다.

그런데 선진국의 지도자들은 백발이 성성한 채 당당하게 공식석상에 나타난다. 검은머리보다는 백발이 더 멋있게 보이고 신뢰감도 간다.

반면, 후진국의 지도자들은 대부분이 머리카락을 검게 물들여서 젊게 보이려 애쓴다. 80세에 가까운 지도자들마저도 검게 물들인다. 왜 그런가? 자신이 "포류지질"이라는 사실이 부끄러워서 감추려는 것인가?

743

抱璧有罪

포벽유죄 | 구슬을 가지고 있는 것이 죄다
보물을 가지고 있으면 죄가 없어도 재앙을 당한다

抱 안다, 품다; 璧 구슬; 有 있다; 罪 죄
동의어 : 회벽유죄 懷璧有罪
출처 : 춘추좌씨전(春秋左氏傳)

> 영광이 클수록 질투에 더욱 가까이 가 있는 것이다.
> The greater the glory the nearer it is to envy.(리비우스)
> 덕은 질투를 이긴다.
> Virtue conquers envy.(로마속담)

기원전 702년에 우(虞)나라 왕 우공(虞公)은 동생 우숙(虞叔)이 가지고 있는 희귀한 구슬이 탐이 나서 달라고 했다. 우숙이 거절했다가 얼마 뒤 후회하면서 말했다.

"백성은 아무런 죄가 없어도 구슬을 가지고 있으면 그것이 죄가 된다는 주나라 속담이 있다. 내가 이 구슬을 가지고 있다가 재앙을 당할 필요는 없다."

그는 형에게 구슬을 바쳤다. 그런데 우공이 이번에는 그의 보검을 요구했다. 그러자 우숙은 "형은 만족할 줄 모르니 나중에는 내 목숨까지 내놓으라고 할 것이다."라고 말한 뒤 반란을 일으켜 우공을 공격했다. 그리고 홍지(洪池)로 달아난 우공을 연못에 집어던져 버렸다.

고위공직자들이 재산을 공개한다. 내역이 신문에 보도된다. 그러면 장관 재산이 얼마이고 국장 재산이 얼마인지 훤하게 드러난다.

그런데 국장의 재산이 장관의 재산보다 두 배나 세 배가량 되는 경우, 장관이 국장을 곱게 볼 리가 있을까? 국장이 아무리 깨끗한 수단으로 재산을 모았다고 해도 그는 "포벽유죄"인 것이다.

한편 장관은 학력이 초등학교인데 국장은 일류 대학 출신에 박사학위도 있다. 이것은 장관의 자존심을 건드리는 더 심한 "포벽유죄"가 된다. 뭔가 일이 잘 풀리지 않으면 장관은 국장을 학력을 들먹이며 나무랄 것이다.

권력실세들보다 재벌이나 대기업의 회장들이 재산이 더 많다. 이것도 역시 "포벽유죄" 즉 괘씸죄인 것이다. 그래서 일부 권력실세들은 어마어마한 돈을 뜯어낸다.

현금이 가득 찬 사과상자들을 밤에 몰래 주차장 등에서 건네 받는다. 떳떳한 돈이라면 그런 짓을 할 필요가 없다.

暴虎馮河

포호빙하 | 맨손으로 호랑이를 잡으려 하고, 걸어서 황하를 건너가려고 한다 / 무모하게 만용을 부린다

暴 난폭하다; 虎 호랑이; 馮 걸어서 건너가다; 河 강
동의어 : 포호빙하지용 暴虎馮河之勇
출처 : 논어 술이편(論語 述而篇); 시경 소아편 소민(詩經 小雅篇 小旻)

사자의 털을 깎으려는 시도.
To attempt to shave a lion.(플라톤)
성난 파도가 치는 바다에 왜 걸어 들어가는가?
Why walk into the sea when it rages?(히브리 속담)
고양이 귀에 드러눕는 쥐는 대담하다.
It is a bold mouse that nestles in the cat 's ear.(서양속담)

"맨손으로 호랑이를 잡거나 맨몸으로 황하를 건너가는 무모한 짓은 감히 하지 않는다. 그러나 하나만 알고 그 나머지 것은 모른다."는 시경의 시는 포악한 군주의 정치를 원망하는 내용이다.

공자(孔子, 기원전 552-479)가 안연(顔淵, 顔子)을 몹시 칭찬하는 말을 들은 자로(子路, 기원전 543-480)는 불만을 품었다. 그래서 공자가 군대의 총사령관이 된다면 누구를 지휘관으로 삼겠는지 물었다.

공자는 "맨손으로 호랑이를 잡으려 하거나 맨몸으로 황하를 건너가려다가 죽어도 후회하지 않을 그런 사람하고는 함께 일하지 않겠다. 일을 두려워할 줄 알고 꾀를 써서 반드시 성공하는 사람과 함께 일할 것이다."라고 대꾸했다. 만용만 부려서는 실패하기 마련이라는 교훈이었다. 그러나 "포호빙하"의 기질인 자로는 훗날 난리에 스스로 뛰어들었다가 죽었다.

독일과 일본은 돈도 많고 군대도 강한 나라다. 분단국가도 아니다. 두 나라에는 각각 대규모의 미군이 주둔하고 있다. 그러나 "양키 고 홈!"을 외치는 데모가 전국적으로 일어나지 않는다. 성조기를 불태우는 경우도 없다.

그들은 주둔미군 덕분에 자기네 국방비가 얼마나 절약되는지 잘 알고 있다. 엄청난 돈이 드는 핵무기를 개발할 필요도 없다.

그러면 50년 이상이나 분단국가인 우리의 현실은 어떤가? 휴전선 너머 백 만이나 되는 북한군이 우리 가슴을 향해 총을 겨누고 있다. 나라 경제가 어려워 국방비로 더 투자할 돈도 없다.

그런 데도 데모대는 성조기를 불태우고 "양키 고 홈! 살인미군 철수하라!"를 외친다. "포호빙하"도 이 정도면 기네스 북에 올라갈 인류역사상 최고 수준이다.

나라를 안전하게 지키는 문제에 관해서는 여당도 야당도 없고 보수도 혁신도 없다. 모두 한 배를 탄 사람들이다. 배가 가라앉으면 다 죽는다. 끝장이다. 자주국방? 힘이 있을 때 그런 말을 해야 한다. "포호빙하"로 나라가 지켜지는 것은 결코 아니다.

豹死留皮

표사유피 | 표범은 죽어서 가죽을 남긴다

豹 표범; 死 죽다; 留 남기다; 皮 가죽
원어 : 표사유피 인사유명 豹死有皮 人死有名 / 유사어 : 호사유피 虎死留皮
출처 : 오대사 왕언장전(五代史 王彦章傳); 신오대사 열전 사절전(新五代史
列傳 死節傳)

> 너는 목숨이 유한하지만 유한하지 않은 것을 원한다.
> Your lot is mortal, you wish for what is not mortal.(오비디우스)
> 불명예스러운 삶보다는 명예스러운 죽음이 더 낫다.
> An honorable death is better than disgraceful life.(타키투스)

왕언장은 후량(後梁)의 태조 주전충(朱全忠)을 섬기는 장군이었다. 두
자루의 철창을 하도 잘 써서 별명이 왕철창(王鐵槍)이었다. 후당(後唐)의
장종 이존욱(莊宗 李存勗)이 후량을 멸망시킬 때 그는 5백 명의 기병을
거느리고 수도를 지키다가 부상을 입고 포로가 되었다.

이존욱이 그를 아껴서 항복을 권유했다. 그러나 그는 아침에 양나라
를 섬기던 몸이 저녁에 후당을 섬길 수는 없다고 거절하고 죽음의 길을
선택했다. 까막눈인 그가 평소에 자주 입에 올린 말이 바로 "표사유피"
라는 이 속담이었다.

아침에는 양나라, 저녁에는 후당을 섬기는 일까지도 애교로 봐줄 수 있다. 그러나 아침에마저도 양나라를 제대로 섬기지 않고 기회만 엿보다가 점심때가 되기도 전에 후당으로 달아나서 붙어버리는 비겁한 자가 있다면 그런 자는 짐승만도 못하다.

그보다 더 고약한 것은 양나라 안에 머물러 충성을 바치는 척하면서 사실은 적과 내통하는 자다.

선진국이든 후진국이든 어느 나라나 현실의 적 또는 가상의 적이 반드시 있다. 그런데 자기 나라의 이익을 해치면서 적을 이롭게 하는 자들이 적지 않다.

적을 이롭게 하는 방법은 두 가지다. 하나는 자기 나라 안에서 내부분열을 일으키거나 조장하는 것이고 또 하나는 적에게 식량, 물자, 현금, 고급 정보 등을 공급해주는 것이다.

그런데 우리 나라에서는 소위 사회 저명인사들이 정치 판이나 일부 텔레비전과 신문을 통해서 적의 입장을 대대적으로 선전, 홍보하고 국제무대에서까지 적극 옹호한다. 그런 사람들은 국가나 민족을 위해 "표사유피"가 될 수 없다.

風馬牛

풍마우 | 암내난 말과 소 / 서로 멀리 떨어져 있다
서로 아무 상관이 없다

風 바람; 馬 말; 牛 소
원어 : 풍마우 불상급 風馬牛 不相及
출처 : 춘추좌씨전 희공 4년조(春秋左氏傳 僖公 四年條)

> 네가 가는 길에 놓이지 않은 돌은 너를 해칠 필요가 없다.
> The stone that lies not in your way need not offend you.
> (서양속담)
> 네가 아무리 일찍 일어나도 새벽은 더 빨리 오지 않는다.
> However early you rise, the day does not dawn sooner.(서양속담)

춘추시대의 패자인 제(齊)나라 환공(桓公)이 기원전 656년에 제후들의 연합군을 이끌고 채(蔡)나라를 멸망시킨 다음 초(楚)나라로 쳐들어갔다. 초나라 성왕(成王)이 사신을 보내 이렇게 물었다.

환공은 북쪽 바다에 있고 자기는 남쪽 바다에 있어서 바람난 말이나 소(風馬牛)라 해도 가까이 달려가지 못할 만큼 서로 멀리 떨어져 있다. 그런데 왜 환공이 자기 나라에 왔단 말인가?

관중(管仲)은 초나라가 천자에게 공물을 바치지 않기 때문에 그 죄를 묻기 위해 왔다고 대답했다. 결국 제와 초는 우호관계를 맺었고, 그 결과 환공은 패자의 지위를 더욱 강화했던 것이다.

거액의 뇌물사건이 터질 때마다 검찰에 소환되는 정치인들은 한 푼도 받은 적이 없다고 잡아떼기 일쑤다. 그런 돈이 자기에게는 전혀 관계도 없는 "풍마우"라는 것이다.

그러나 하루나 이틀 지나면 술술 자백한다. 그들이 혐의를 무조건 부인하고 보는 것은 검찰이 수집한 증거가 어느 정도인지, 정말 기소할 것인지 등을 타진하려는 고무풍선에 불과한 것이다.

권력의 눈치를 너무 본다고 평소에 자주 비난을 받는 검찰이기는 하다. 그러나 결코 허수아비는 아니다. 제 정신 차리고 마음만 굳게 먹는다면 얼마든지 공정하게 부정부패를 파헤칠 권한과 능력이 있는 곳이 바로 검찰이다.

그런데 권력과 돈의 먹이사슬은 아직도 끊어지지 않고 있다. 정권이 바뀐 지 불과 몇 달 만에 여당이 두 쪽이 난다. 진짜 여당 세력을 자처하는 사람들이 모여 새로운 정당을 만들었다. 그런데 그들 가운데 상당수는 국익이 걸린 중대한 문제에 관한 정부 결정에 반대를 한다.

그런 결정이 자기에게는 아무 상관도 없는 "풍마우"라는 것이다. 여당이면 여당답게, 화끈하게 정부를 밀어주어야 되는 것이다.

風聲鶴唳

풍성학려 | 바람 소리와 학의 울음소리
겁을 먹으면 하찮은 일이나 소리에도 놀란다

風 바람; 聲 소리; 鶴 학; 唳 학이 울다
유사어 : 초목개병 草木皆兵
출처 : 진서 사현전(晉書 謝玄傳)

> 뜨거운 물에 덴 고양이는 찬물마저 무서워한다.
> A scalded cat dreads cold water.(스코틀랜드 속담)
> 뱀에 물린 사람은 밧줄도 무서워한다.
> He that has been bitten by a serpent fears a rope.(히브리 속담)

　북부 지방을 모두 장악한 전진(前秦)의 부견(苻堅, 재위 357-385)이 천하통일의 야망을 품고 남쪽의 동진(東晉)을 멸망시키기로 결심했다. 383년에 그는 백만 대군을 이끌고 비수(淝水) 강변에 진을 쳤다.

　동진의 수상 사안(謝安)의 조카 사현이 겨우 8만의 군사를 이끌고 대치했다. 그 때 사현이 꾀를 내서 서진의 총사령관 부융(苻融)에게 사신을 보내서 이렇게 말했다.

　"서진의 군대를 조금만 뒤로 물려주면 우리 군대가 강을 건너가 결판을 내겠습니다."

　적을 깔보고 있던 부융은 적이 강물을 절반쯤 건넜을 때 공격해서 전멸시킬 작정으로 자기 군사들에게 후퇴하라고 지시했다. 그런데 뒤로 물러서던 서진의 대군 사이에서 혼란이 일어났다. 적이 강을 건너오는데 후퇴하라는 지시가 내리니 자기편이 패배한 줄로 잘못 알아듣고는 모두 달아나기 시작한 것이다. 동진의 군사는 맹렬하게 추격했다. 부융은 적의 칼에 죽고 부견은 화살을 맞은 뒤 간신히 목숨만 건졌다. 서진의 군사들은 바람 소리와 학의 울음소리만 들어도 무조건 달아났다.

군사독재 시절에는 해외에 친한 인사들을 가급적 많이 확보하여 국제여론을 무마하는 것이 필요했다. 그래서 영향력 있는 각국의 주요 외국인들을 초청해서 융숭하게 대접했다. 그러한 수단 가운데 소위 요정외교라는 것도 들어 있다.

요정은 동화에 나오는 요정이 아니라 고급 방석집이다. 하기야 외국인이 묵은 호텔 방에는 동화에 나오는 요정 같은 여자가 들어가는 경우도 있다. 그리고 몹시 혼이 나는 경우도 있다.

시대가 바뀌었다. 초청하지도 않았는데 외국인 남녀들이 한국에 몰려온다. 그들은 과거 정권들이 확보해 둔 해외의 친한 인사들인가? 그 후손인가? 그럴 리가 없다.

어쨌든 자유, 민주, 인권을 누구나 마음껏 부르짖는 이 땅이니까 그들을 반기는 손님들이 적지 않다. 그러나 해외여행을 하다가 모진 병에 걸려본 사람은 보는 눈이 다를 것이다. "풍성학려" 증상이 나타나는 것이다.

753

하

涸轍鮒魚

학철부어 | 수레바퀴 자국에 고인 물 속의 붕어

涸 마르다; 轍 수레바퀴 자국; 鮒 붕어; 魚 물고기
준말 : 학부 涸鮒; 철부 轍鮒
동의어 : 철부지급 轍鮒之急; 학철지부 涸轍之鮒
유사어 : 우제지어 牛蹄之魚
출처 : 장자 외물편(莊子 外物篇)

뒤늦은 도움은 도움이 아니다.
Slow help is no help.(서양속담)
너무 늦게 오는 것은 아무 것도 아니다.
What comes too late is as nothing.(서양속담)
나를 위험에서 구해 준 뒤에 설교하라.
Get me out of danger, you can make your harangue afterwards.
(라 퐁테느)

전국시대(기원전 403-221) 때 가난한 장자가 친구 감하후(監河侯)를 찾아가서 곡식을 꾸어달라고 요청했다. 감하후는 2~3일 뒤에 지방에서 세금이 올라오면 그 때 빌려주겠다고 말했다. 화가 난 장자는 이런 비유를 들었다.

장자가 그곳에 오는 도중에 자기를 부르는 소리가 있어서 둘러보니 수레바퀴 자국에 고인 물 속의 붕어였다. 붕어는 물을 조금만 퍼다가 자기를 살려달라고 말했다.

장자는 2~3일만 지나면 자기가 오나라와 월나라에 가는데 그 때 서강의 물을 퍼다가 부어주겠다고 말했다. 화가 난 붕어는 자기가 당장 죽게 생겼는데 그런 한가한 소리나 하다니 나중에 차라리 자기를 건어물 가게에나 가서 찾아보라고 쏘아붙였다.

죽을 날이 석 달밖에 남지 않은 간암 말기 환자가 특효약이 발명되었다는 뉴스를 듣고 기뻐했다. 그러나 곧 절망에 빠졌다. 신약의 부작용 여부를 검사하는 데 1년이 걸린다는 것이다.

그 약을 사려면 저승에 일단 갔다가 다시 돌아와야 한다. 말도 안 되는 소리다. "학철부어"인 그에게 신약 발명의 뉴스는 울화통만 더욱 돋우어 주었다.

일년 뒤에 그 약을 먹고 암에서 해방될 다른 환자들의 행운을 생각할수록 그는 자기 처지가 더욱 더 처량해지는 것이다. 하루만 지나면 부도가 나게 된 회사의 사장이 친구에게 휴대폰으로 연락해서 돈을 빌려달라고 연락한다. 그는 "학철부어"의 신세다.

그런데 친구는 지금 동남아 골프여행을 위해 공항으로 가는 중이라면서 여행을 마치고 돌아오면 빌려주겠다고 한다. 부도난 뒤에 돈을 빌려준다?

邯鄲之夢

한단지몽 | 한단에서 꾼 꿈 / 인생도 부귀 영화도 모두 덧없는 것이다

邯 조나라 수도; 鄲 조나라 수도; 之 가다, ~의; 夢 꿈

동의어 : 한단지침 邯鄲之枕; 한단몽침 邯鄲夢枕; 노생지몽 盧生之夢; 일취
지몽 一炊之夢; 영고일취 榮枯一炊; 황량지몽 黃粱之夢; 여옹지침 呂翁之枕

출처 : 심기제(沈旣濟)의 침중기(枕中記)

> 인생 희극.
> The human comedy.(발작의 작품집 제목)
> 오늘은 이승, 내일은 저승.
> Today is this world, tomorrow is the next.(나이지리아 속담)
> 오늘은 내 차례고 내일은 네 차례다.
> Today it is my turn, tomorrow yours.(로마속담)

당(唐)나라 현종(玄宗) 때 도사 여옹((呂翁)이 예전에 조나라의 수도였
던 한단으로 가던 도중 주막에서 가난한 청년 노생(盧生)을 만났다. 노생
은 출세해서 부귀영화를 누려보고 싶은 것이 소원이라고 말했다. 주막집
주인이 저녁밥을 짓는데 노생이 졸기 시작하자 여옹이 베개를 주면서
그것을 베고 자면 소원이 이루어질 것이라고 말했다.

노생은 잠이 들었다. 그는 꿈속에서 수상이 되었다가 모함으로 귀양
살이를 한다. 그리고 다시 수상으로 복직하여 많은 손자를 둔 채 50년
을 잘 살았다. 그런데 하품을 하다가 잠에서 깨어났다.

주막집 주인은 아직 밥을 다 짓지 못했다. 여전히 곁에 앉아 있던 여
옹이 인생이란 원래 그런 것이라고 말했다. 노생은 그 가르침을 명심하
겠다고 말하고 떠났다.

회사에 갓 들어간 30세 전후의 신입사원들은 정리해고, 명예퇴직 등 말장난으로 포장된 명칭 아래 회사를 쫓겨나는 50대 후반의 백수들을 측은하다는 시선으로 쳐다본다.

그러나 20년가량 뒤에는 바로 자기가 그 상황이 된다는 것은 상상도 못 한다. 설령 상상하더라도 실감이 안 난다.

나라의 지도자들이 어리석으면 경제는 더욱 악화되고, 그 결과 그들이 직장에서 쫓겨날 시기는 한층 빨리 닥칠 것이다. 20년? 30년? 세상에 태어나서 회사에 들어갈 때까지의 기간을 생각해 보라. 눈 깜짝할 사이에 이미 30년 가까이 지난다.

한편 백수들은 평균수명이 80세라고, 날이 갈수록 그것이 더 늘어난다고 해서 좋아할 것도 없다. 평균수명이 설령 백 살이 된다 해도 그들에게 남은 인생이란 최대한 30년 정도일 것이다. 30년이 어딘데?

인생이 "한단지몽"이라고 해서 아예 기가 죽어서 살 필요는 없다. 인생이 허무하면 어  떠냐? 사람이 하루살이면 어떠냐? 원래 그렇게 정해진 것이고 사람의 힘으로는 불가능한 것 아니냐? 그렇다면 단 하루를 살더라도 사람답게, 보람 있게 살면 그만이다.

邯鄲之步

한단지보 | 한단의 걸음걸이
자기 분수를 잊고 남의 흉내나 내다가는 일을 망치고 만다

邯 조나라 수도; 鄲 조나라 수도; 之 가다, ~의; 步 걷다
출처 : 장자 추수편(莊子 秋水篇)

> 뿔을 얻으려던 낙타가 자기 귀마저 잃었다.
> The camel going to seek horns lost his ears.(히브리 속담)
> 절름발이와 함께 지내면 다리를 저는 법을 배운다.
> He that lives with cripples learn to limp.(화란속담)
> 늑대와 함께 지내면 짖는 것을 배운다.
> He that lives with wolves will learn to howl.(이탈리아 속담)

이론가 공손용(公孫龍)이 장자의 사상이 이해하기 어렵다고 말하자 장자의 선배 위모(魏牟)가 이렇게 말했다.

우물 안 개구리는 우물 바깥의 세상을 모른다. 그리고 연(燕)나라의 젊은이는 조나라 수도 한단의 걸음걸이를 배울 수 없다. 작은 나라인 연나라의 수도 수릉(壽陵)에 사는 젊은이가 큰 나라인 조(趙)나라의 수도 한단에 가서 사람들의 걸음걸이를 배우려고 했다.

그러나 그는 조나라 사람들의 걸음걸이를 배우기도 전에 원래 자기가 걷던 걸음걸이조차 잊어버렸다. 그래서 설설 기면서 고향으로 돌아가고 말았다.

코딱지만한 뱁새가 황새의 걸음걸이를 흉내내다가는 가랑이가 찢어진다. 주워서 참새구이를 한다? 아무리 젊어도 심장이 약한 사람이 마라톤에 출전하면 길에서 쓰러진다. 구급차가 올 때까지 살아 있을까? 걱정된다.

게다가 심장이 약한 늙은이가 비아그라 힘만 믿으면 초고속 열차를 타고 곧장 황천으로 직행한다. 이런 경우에는 그야말로 대책이 없다. 누가 마중 나올까? "한단지보"란 그런 것이다.

법이 뭔지도 모르는 사람들이 국회의원이 된다면? 적이 누군지, 어디 있는지도 모르는 사람이 사령관이 된다면? 교육이 뭔지도 모르는 사람이 교육장관이 된다면? 사악한 사람이 종교지도자가 된다면? 자녀를 참사랑과 인격으로 양육할 능력도 없는 사람들이 부모가 된다면? 이런 것도 "한단지보"가 된다.

割鷄焉用牛刀

할계언용우도 | 닭을 잡는 데 어찌 소 잡는 칼을 쓰겠는가?
하찮은 일에 거창한 수단을 동원할 필요는 없다

割 가르다, 나누다; 鷄 닭; 焉 어찌; 用 쓰다, 사용하다; 牛 소; 刀 칼
출처 : 논어 양화편(論語 陽貨篇)

> 달걀을 깨려고 도끼를 가져오게 하지 마라.
> Send not for a hatchet to break open an egg.(서양속담)
> 나비를 잡으려고 총을 쏘지 마라.
> Take not a musket to kill a butterfly.(서양속담)

공자의 제자 자유(子游)가 무성(武城)이라는 마을을 다스리고 있을 때 어느 날 공자가 그곳에 갔다. 그는 비파와 거문고에 맞추어 부르는 노래 소리를 거리에서 들었다. 자유가 예절과 음악으로 고을을 다스리고 있었기 때문이다. 그래서 공자가 자유에게 한마디 던졌다.

"닭을 잡는 데 어찌 소 잡는 칼을 사용하겠는가?"

예절과 음악은 큰 나라를 다스릴 때 필요한 것이지 작은 마을을 다스릴 때는 굳이 필요가 없지 않겠느냐는 뜻에서 공자가 이렇게 농담을 던졌다. 그러자 자유는 작은 고을을 다스릴 때도 역시 공자의 지론대로 예절과 음악이 필요하다고 대답했다. 그래서 공자는 자기 말이 농담이었다고 제자들에게 말했다.

개헌이나 국민투표는 정치적 위기가 최고조에 이르렀을 때 돌파구로 사용하는 극단적 방법이다. 어떻게 보면 4~5년마다 정기적으로 실시하는 대통령선거보다 비할 바 없이 더 중대한 문제다.

그런데 국가의 최고 통치자가 측근의 뇌물사건으로 국민투표를 제안한다면, 그것이야말로 소 잡는 칼로 닭을 잡는 식이다. 헌법을 준수한다고 선서한 대통령은 헌법에 명시적 규정도 없는 국민투표를 할 수가 없다.

뇌물 사건은 법대로 처벌하면 그만이다. 정치만 잘 하면 떨어졌던 지지율도 부쩍 올라가게 마련이다. 야당과 언론이란 원래가 정권을 비판하는 것이 그 임무이다. 신경 쓸 것도 없다. 그런데 뭐가 국가의 위기란 말인가?

대통령은 법을 초월할 수가 없다. 더구나 솔선수범으로 그 누구보다도 법을 더욱 잘 지켜야만 하는 사람이다. 닭 잡는데 소 잡는 칼을 쓰면 안 된다.

偕老同穴

해로동혈 | 살아서는 같이 늙고 죽어서는 같은 구덩이에 묻힌다
생사를 같이하자는 부부의 굳은 맹세

偕 함께; 老 늙다; 同 같다; 穴 구멍
출처 : 시경 위풍 맹, 왕풍 대거(詩經 魏風 氓, 王風 大車)

우리 둘은 같은 날 끝날 것이다.
That self-same day shall be the ending of us both.(호라시우스)
아내와 오래 같이 살려고 한다면 평온한 마음이 필요하다.
If you want to live long with your wife, you need a quiet heart.
(아프리카 속담)
결혼은 자물쇠다.
Wedlock is padlock.(영국속담)
참된 사랑은 결코 늙지 않는다.
True love never grows old.(서양속담)

위풍 맹은 행상으로 온 남자를 따라가 고생만 하다가 버림받은 여자
가 한탄하는 시인데 거기 "해로"라는 말이 나온다.

"그대와 함께 늙으려고 했더니 늙어서는 내가 원망하도록 만들었다."

왕풍 대거는 이루기 어려운 사랑을 위해 여자가 자기 진심을 맹세하
는 시인데 거기 "동혈"이라는 말이 나온다.

"살아서는 방을 따로 써도 죽어서는 무덤을 같이할 것이다. 그대는 나
를 못 믿겠다지만 밝은 해를 두고 맹세한다."

이혼율이 30%를 넘고 성 풍속도에 별별 해괴한 것이 다 등장하는 사회에서 "해로동혈"이라고 하면 해삼이나 멍게와 같은 하등동물의 명칭인 줄 아는 사람이 많을 것이다.

물론 "해로동혈"은 "해로"와 "동혈"이라는 두 동물이 한 몸을 이루고 있는 최하등 동물의 명칭이다.

이것은 수천 년, 수만 년을 두고 이어지면서도 전혀 진화가 되지 않고 옛날 그대로 고스란히 자기 모습을 보존하고 있다. "해로"와 "동혈"은 검은머리가 파뿌리가 되도록 아무리 오랜 세월을 같이 한 몸을 이루고 살아도 몸의 반쪽인 상대방이 언제나 아름답다고 믿는다.

태어난 시기는 서로 다르지만 죽는 날은 똑같기를 바란다. 물론 그렇게 되는 경우는 매우 드물다. 그러나 나중에 죽는 쪽은 먼저 죽는 쪽과 같은 구덩이에 묻힌다.

요즈음은 "해로동혈"이라는 이 하등동물이 멸종위기를 맞고 있다. 각종 공해 때문에 유전인자가 후손에게 전달되지 않기 때문이다. 그래서 새로 태어나는 신종 "해로동혈"은 두 동물이 몸을 섞기는 하지만 한 몸을 이루지는 않는다.

언제든지 뿔뿔이 흩어져서 각자 제 길을 기어간다. 어중이떠중이 환경보호단체가 바닷가의 모래알처럼 많은 나라인데도 곧 멸종할 오리지널 "해로동혈"을 보호하자고 나서는 환경단체는 하나도 없다. 정부관리들도 손을 놓고 있다. 차라리 환경보호단체들이 먼저 멸종하는 편이 나을지도 모른다.

765

解語花

해어화 | 말을 알아듣는 꽃 즉 미인

解 풀다, 가르다; 語 말하다; 花 꽃
원어 : 해어지화 解語之花
출처 : 왕인유(王仁裕)의 개원천보유사(開元天寶遺事)

클레오파트라의 코가 조금만 낮았더라면 온 세상이 달라졌을 것이다.
The nose of Cleopatra! If it had been lower the whole face of
the world would have been different.(파스칼)

미인은 얼굴이 지참금이다.
Beauty carries its dower in its face.(서양속담)

미모는 잎이 아름답지만 과일은 쓰다.
Beauty may have fair leaves, yet bitter fruit.(서양속담)

아름다운 것은 모두 사랑스럽다.
Everything beautiful is lovable.(로마속담)

늙는 것은 미인의 지옥이다. / Women's hell is old age.(라 로슈푸코)

미인과 결혼하는 자는 근심 걱정과 결혼한다.
He who marries beauty marries trouble.(나이지리아 속담)

당(唐)나라 현종(玄宗)이 궁중의 태액지(太液池)로 가서 술을 마시면서 막 피어난 흰 연꽃을 감상하고 있었다. 누구나 연꽃의 모습에 감탄했다. 그 때 현종이 곁에 있는 양귀비(楊貴妃)를 가리키면서 "저 연꽃들도 말을 알아듣는 이 꽃(양귀비)보다는 덜 아름답지 않겠는가?"라고 말했다.

총명하던 현종은 양귀비에 홀려서 나라 일을 그르쳤다. 양귀비는 안록산의 반란 때 군사들 손에 비참하게 죽었다. 그리고 앞서간 숱한 왕조처럼 당나라도 멸망의 길로 접어들고 말았다.

이스라엘 역사상 최고의 번영과 권력을 자랑하는 왕은 솔로몬이다. 그런데 한 송이 들꽃이 솔로몬보다 더 멋진 옷을 입고, 그의 모든 보물이 발산하는 광채보다 더 눈부신 광채를 내뿜는다. 들꽃은 그의 왕궁보다 아름다운 것이다.

그러니까 너희는 무엇을 먹고 무엇을 입을까 걱정하지 마라. 너희 인간은 각자가 들꽃보다 더 소중한 존재가 아니냐? 이것은 가난한 백성들을 격려하는 예수의 말이다.

그런데 당나라 황제는 얼마나 여자에게 눈이 멀었으면 양귀비가 연꽃보다 더 아름답다는 말을 했을까?

여자들은 자신의 미모가 꽃보다 더 낫다고 하는 말을 절대로 하지 않는다. 그들은 아무리 하찮은 꽃이라 해도 그 자연미가 자신의 미모를 훨씬 능가한다는 사실을 잘 알고 있기 때문이다.

꽃은 아무런 화장도 노력도 필요 없다. 그러나 여자가 미모를 유지하려면 얼마나 피나는 노력이 필요한가!

이런 것도 모르는 남자들은 여자의 미모를 툭하면 꽃에다 비교한다. 그리고 자기 애인만은 장미보다 아름답다고 믿는다. 제 눈에 안경이다! 사랑에 눈이 멀면 애인의 곰보자국도 보조개로 보인다. 그러다가 눈을 뜨면 애인의 보조개마저도 지겹게 보인다.

螢雪之功

형설지공 | 반딧불과 눈빛으로 공부한 보람
가난한 가운데서도 어렵게 공부한 보람

螢 반딧불; 雪 눈; 之 가다, ~의; 功 공적, 보람
준말 : 형설 螢雪
출처 : 이한(李澣)의 몽구(蒙求); 진서 차윤전(晋書 車胤傳)

> 먼지가 없으면 우승도 없다.
> The prize not without dust.(로마속담)
> 십자가가 없으면 왕관도 없다.
> No cross, no crown.(서양속담)
> 쓴맛을 보지 않으려는 자는 단맛을 볼 자격이 없다.
> He deserves not the sweet that will not taste of the sour.(서양속담)
> 고생은 뿌리가 쓰지만 단맛을 낸다.
> Labour has a bitter root but a sweet taste.(덴마크 속담)

동진(東晋)의 효무제(孝武帝, 재위 372-396) 때 손강(孫康)과 차윤(車胤)은 집이 너무 가난해서 밤에 책을 읽고 싶어도 등잔에 넣을 기름이 없었다. 그래서 손강은 흰 눈에서 반사되는 빛을 의지해서 글을 읽었고, 차윤은 비단주머니에 반딧불을 잡아넣어서 그 빛으로 책을 보았다. 그러한 보람이 있어서 그들은 각료의 지위에 올랐다.

그래서 어렵게 공부해서 성공하는 것을 "형설의 공을 쌓는다"고 하고 형창설안(螢窓雪案, 반딧불 창과 눈빛 책상)은 서재를 가리키는 말이 되었다.

1960년대 서울의 하숙생들은 냄비가 없어서 주전자에 라면을 끓여 나누어 먹었다. 그리고 30와트 알전구 밑에 엎드려서 육법전서를 읽었다. 눈이 침침해질 때까지.

한겨울에는 밤에 구멍탄이 꺼져서 콜록콜록 감기가 보통이었다. 모기장? 사치스러운 말이었다. 라면도 구멍탄도 없는 학생들이 많았다. 영양실조로 폐결핵에 걸린 사람도 많았다. 그들 가운데 상당수가 출세했다. 국회의원, 장관, 재벌회사의 사장도 되었다. 여기까지가 고전적인 현대판 "형설지공"이다. 그런데 세월이 한참 지난 뒤 백발이 희끗희끗한 상당수는 여당 야당 가릴 것도 없이 다 같이 형무소 동창생이 되었다. 형무소 시설을 줄여서 "형설(刑設)"이라고 한다면 그들은 역시 끝까지 "형설지공((刑設)之恐)" 즉 형무소 시설의 두려움을 간직하는 것이다.

오늘도 전국의 무수한 고시학원과 공부방에서는 수만 명에 달하는 고시지망 군단이 진을 치고 있다. 그들은 출세라는 이름의 고속도로에 진입하기 위해 밤을 낮 삼아서 공부하고 있다. 에어컨에 냉장고에 난방장치는 기본이고 밖에 나가면 노래방도 호프집도 얼마든지 있다. 그러나 물욕과 이기주의라는 공해에 찌들어 반딧불이 사라진 땅이다. 정의도 공정성도 실종이 되어 흰 눈도 희지가 않은 천지다. 그런데 과연 아직도 "형설지공"이라는 것이 있을 수 있을까?

狐假虎威

호가호위 | 여우가 호랑이의 위엄을 빌려 호랑이 행세를 한다
권력자를 등에 업고 세도 부린다

狐 여우; 假 거짓; 虎 호랑이; 威 위엄, 위세
준말 : 가호위 假虎威 / 동의어 : 가호위호 假虎威狐
출처 : 전국책 초책(戰國策 楚策)

> 사자 가죽을 쓴 당나귀.
> An ass in a lion's skin.(서양속담)
> 세력가의 하인은 자기가 위대한 줄 안다.
> Great men 's servants think themselves great.(서양속담)
> 왕의 하인은 왕이다.
> The servant of a king is a king.(히브리 속담)

전국시대(기원전 403-221) 때 초나라에서는 세 가문이 실권을 쥐고 있었다. 특히 선왕(宣王) 때는 소씨의 우두머리 소해휼(昭亥恤)이 수상으로서 정치권력과 군사지휘권을 독점하고 있었다. 어느 날 선왕은 북쪽의 모든 나라가 소해휼을 두려워하고 있다는데 사실인지 물었다. 그러자 강을(江乙)이 이렇게 말했다.

호랑이에게 잡혀서 죽게 된 여우가 자기는 옥황상제가 임명한 모든 짐승의 왕이기 때문에 자기를 잡아먹으면 하늘의 명령을 어기게 된다고 말했다. 의심이 든다면 자기 뒤를 따라와 보라고 덧붙였다. 호랑이가 여우 뒤를 따라갔다. 모든 짐승이 달아났다. 호랑이는 다른 짐승들이 여우가 무서워 달아나는 줄 알았다.

선왕은 5천 리나 되는 땅과 백 만이나 되는 군대를 소해휼에게 맡겼다. 다른 나라들이 두려워하는 것은 소해휼이 아니라 바로 선왕 자신인데 그것을 왜 모르고 있는가?

법이 시퍼렇게 살아 있는 선진국에서는 권력자의 힘을 빌려서 부정부패를 저지르는 "호가호위"가 있을 수 없다. 미국 대통령도 법을 어기면 사정없이 규탄되고 심지어는 탄핵되어 감옥에 갈 위기마저 맞는다.

미국의 전직 대통령들이 그렇게 혼날 뻔했다. 이탈리아의 전직 수상은 진짜로 감옥에 갔다. 그러나 권력층과 고위층의 횡포와 부패가 심하고 법이 제 구실을 못하는 후진국에서는 "호가호위"가 오히려 정상적인 것으로 보인다.

대통령의 아들, 친인척, 측근, 지지세력, 고위관리 등의 대형 비리사건이 꼬리를 물어도 국민들은 놀라지 않는다. 빙산의 일각이 드러났을 뿐이라고 코웃음친다. 설령 그들의 일부가 감옥에 간다고 해도 사면과 복권이라는 도깨비 방망이가 기다리고 있다.

그 방망이로 한 대 맞으면 천하의 도둑도 하루아침에 청렴결백한 저명인사가 된다. 어제의 도둑이 오늘은 국회의원님, 장관님도 된다. 그런 나라는 분명히 도깨비 나라다.

여우는 자기 목숨이 위험해졌기 때문에 "호가호위"를 했다. 그러나 그런 꼴을 당한 호랑이는 어리석기 짝이 없다. 그런데 자신이 "호가호위"를 당하는 줄 알면서도 횡포와 부정부패를 감싸거나 묵인하는 지도자가 있다면 그는 어리석은 것이 아니라 사악하다.

浩然之氣

호연지기 | 넓고 큰 기운 / 도의에 바탕을 둔 도덕적 용기
모든 집착에서 벗어난 자유로운 마음

浩 넓다; 然 그러하다; 之 가다, ~의; 氣 기운
출처 : 맹자 공손추 상(孟子 公孫丑 上)

정신은 정복되지 않는다.
The mind remains unconquered.(로마속담)
오로지 지혜로운 사람만이 자유롭고 바보는 모두 노예다.
The wise man alone is free, and every fool is a slave.
(스토아학파의 격언)
참된 사람은 아무도 미워하지 않는다.
A true man hates no one.(나폴레옹)
정신이 바로 사람이다.
The mind is the man.(서양속담)
위대한 정신은 고요하고 흔들리지 않으며 모욕과 불행도 경멸한다.
It is the nature of a great mind to be calm and undisturbed,
and ever to despise injuries and misfortunes.(세네카)

맹자는 자기의 장점이 남의 말을 알아듣고 호연지기를 기르는 것이라
고 제자 공손추에게 말했다. 그리고 호연지기를 이렇게 설명했다.

"이 기운은 지극히 크고 지극히 강하기 때문에 바르게 길러서 방해하
지만 않으면 천지를 가득 채운다. 이것은 또한 올바름과 도를 떠나지 못
한다. 올바름과 도를 떠나면 시들고 만다. 이것은 올바름을 쌓고 쌓아서
생기는 것인데 하루아침에 이루어지는 것이 아니다. 행동이 올바르지 못
하면 이 기운은 시들고 만다."

자유에는 반드시 책임이 따른다는 사실을 인정하고 싶지 않은 사람이 많다. 그들은 자유와 방종을 똑같은 것으로 보고 제 멋대로 군다.

그러면서도 남의 자유는 절대로 용납하지 않는다. 자기가 남을 비판하고 욕설마저 퍼붓는 것은 자유라고 한다. 그러나 남이 자기를 비판하면 인권침해라고 대든다. 편파보도를 일삼는 일부 방송과 신문이 동업자인 다른 몇몇 신문을 편파보도를 한다고 공격한다. 오만과 편견과 방종의 극치다.

그들은 "호연지기"도 제멋대로 해석한다. 아무 것에도 구애받지 않고 제멋대로 말하고 행동하는 것이 "호연지기"라고 본다. 사나이답다고 말한다. 민주주의를 외치면서 불법파업에 폭력데모도 서슴지 않는다. 그런 것들이 "호연지기"는 아니다.

도의를 무시하고 도덕적 용기도 없는 사람은 "호연지기"를 입에 담을 자격도 없다. 남의 비판을 겸허하게 듣고 반성할 줄도 모르는 사람에게 도덕적 용기가 있을 턱이 없다.

胡蝶之夢

호접지몽 | 나비가 된 꿈 / 사물과 자아가 하나가 된 경지
인생의 덧없음에 대한 비유

胡 오랑캐; 蝶 나비; 之 가다, ~의; 夢 꿈
유사어 : 장주지몽 莊周之夢
출처 : 장자 제물편(莊子 齊物篇)

> 인생은 꿈이다.
> Life is a dream.(칼데론)
> 우리는 자신이 꿈을 꾸고 있다고 꿈속에서 의식할 때 잠에서 거의 깬 것
> 이다. / We are near awakening when we dream that we
> dream.(노발리스)
> 오늘은 왕, 내일은 허무.
> Today a king, tomorrow nothing.(프랑스 속담)
> 오늘은 사람, 내일은 생쥐.
> Today a man, tomorrow a mouse.(영국속담)
> 생각과 꿈은 우리 존재의 기초이다.
> Thoughts and dreams are the foundations of our being.
> (나이지리아 속담)

전국시대 때 장자(莊子, 莊周, 기원전 365-290)가 이렇게 말했다.

"어느 날 나는 꿈을 꾸었다. 꿈속에서 나비가 되어 훨훨 날아다녔다. 나는 자신이 사람이라는 사실을 잊었다. 그러나 잠을 깨고 보니 나는 분명히 사람이었다. 그러면 사람인 내가 꿈속에서 나비가 된 것인가? 아니면 나비가 꿈속에서 사람인 내가 된 것인가? 사람인 나 장주와 나비는 분명히 구별이 된다. 이것이 만물의 변화인 물화(物化)이다. 하늘과 땅은 나와 같이 생기고 만물은 나와 함께 하나가 되어 있다."

신이 사람을 만들었는지, 아니면, 사람이 신을 생각해 냈는지에 관해서는 논란이 많다. 인류가 멸망하는 날이 있다면 그 날까지도 이 논쟁은 끝나지 않을 것이다.

어느 쪽이 맞든, 사람에게는 신이 되고 싶어하는 기본 욕망이 있는지도 모른다. 장자의 "호접지몽" 이야기도 그런 맥락에서 나온 우화다.

자신의 실체가 나비인지 사람인지를 장자가 정말 깨닫지 못했다면 그가 한 말은 모두 무의미하다. 그가 만일 나비라면 나비가 사람의 생각을 사람의 말로 표현할 수는 없다.

사람이라면, 그가 나비의 생각을 사람의 말로 표현할 수도 없다. 나비인 동시에 사람이다? 그런 것은 동화이다. 반면에 그가 자신의 실체를 확실하게 깨달았다면 솔직하게 밝혔어야 옳다. 애매한 우화로 얼버무릴 필요가 어디 있는가?

우주 만물이 자기 자신과 하나가 되어 있다고 하지만, "하나가 되어 있다"는 바로 그 말은 무슨 뜻인가? 희망사항인가? 현실인가? 철학자의 새로운 이론인가?

"호접지몽"에는 깊은 뜻이 있을 수도 있고 없을 수도 있다. 있는 듯하지만 없고, 없는 듯하지만 있다. 그게 바로 "호접지몽"의 묘미다?

紅一點

홍일점 | 푸른 것이 여럿 있는 가운데 붉은 것 하나
많은 남자들 사이에 여자 한 명

紅 붉다; 一 하나; 點 점
동의어 : 일점홍 一點紅 / 반대어 : 청일점 靑一點
출처 : 왕안석(王安石)의 영석류시(詠石榴詩)

> 원숭이들 가운데 당나귀 한 마리(자기를 조롱하는 바보들 가운데 당나귀
> 한 마리). / An ass among apes(an ass among fools who ridicule
> him).(로마속담)
> 희귀한 것은 비싸고 흔한 것은 싸다.
> All that is rare is dear, that which is everyday is cheap.(로마속담)
> 여자는 자주 변한다. 여자를 신뢰하는 자는 지독한 바보다.
> Woman often changes, he is a big fool who trusts her.
> (빅토르 위고)
> 복수를 제일 기뻐하는 것은 여자다.
> No one rejoices more in revenge than woman.(유베날리스)

북송(北宋)의 신종(神宗) 때 수상인 왕안석(王安石, 1021-1086)은 제
도개혁으로 나라를 튼튼하게 하는 일에 힘썼다. 당나라와 송나라의 탁월
한 문장가 여덟 명 가운데 하나인 그는 석류를 노래하는 시에서 이렇게
읊었다.

"푸른 잎이 많은 가운데 한 송이 붉은 꽃이 있다./ 사람을 감동시키는
봄 경치란 많을 필요가 있겠는가?"

10여 명의 국가원수들이 정상회담을 할 때 여자 국가원수가 한 명 있으면 그녀는 분명히 "홍일점"이다. 수십 명의 남자 장관들 가운데 여자 장관이 한 명 있을 때도 그렇다.

그러나 남녀 둘이 만났을 때는 그녀를 "홍일점"이라고 하지 않는다. 요즈음에는 뛰어난 여자들이 많아서 객관적으로는 분명히 "홍일점"인데도 그 사실을 지적하면 문제가 된다.

여자들은 남녀평등마저도 믿지 않는다. 여성상위 또는 여성 우월주의를 철칙으로 삼는다. 그래서 문자 그대로 "홍일점"인 상황에서도 "여자가 한 명 끼여 있다(紅一點)"가 아니라 "엉성한 남자들이 많이 둘러싸고 있다(청다점 靑多點)"고 해야만 밝은 미소를 짓는다.

한 가지 퀴즈가 있다. 대통령 또는 사장은 여자고 장관이나 이사들은 모두 남자인 경우에는 "홍일점"인가, 아니면, "청다점"인가? 그들이 모여서 나라나 회사 일을 논의하는 회의는 정말 재미있을 것이다.

畵龍點睛

화룡점정 | 용을 그린 뒤에 눈동자를 마지막으로 그려 넣는다
가장 중요한 부분을 끝내서 일을 완성시킨다
마지막 손질을 한다

畵 그리다; 龍 용; 點 점을 찍다, 점; 睛 눈동자
유사어 : 입안 入眼
출처 : 수형기(水衡記); 역대명화기(歷代名畵記)

> 그는 그림에서 얼굴뿐 아니라 마음도 다 같이 드러낸다.
> He displays in a painting the countenance and also the mind.
> (호라시우스)
> 만들어지는 것과 완성되는 것이 동시에 일어나지는 않는다.
> Nothing is invented and perfected at the same time.(로마속담)
> 일은 끝났을 때 시작한다.
> Work begins when the work is finished.(서양속담)

남북조 시대 때 남쪽 양(梁)나라의 장승요(張僧繇)는 장군이자 지방장관이었지만 실물과 똑같은 그림을 잘 그리는 화가로 더 유명했다. 그는 고개지(顧愷之)와 육탐미(陸探微)와 더불어 남조의 3대 화가로 꼽힌다. 그는 금릉(金陵, 南京)의 안락사(安樂寺) 주지로부터 용을 그려달라는 부탁을 받고 절의 벽에 두 마리의 용을 그렸다. 너무나도 힘찬 용들을 보고 누구나 감탄했다. 그러나 용들은 눈동자가 없었다. 그는 눈동자를 그려 넣으면 용들이 곧 하늘 높이 날아 올라갈 것이라고 이유를 설명했다. 사람들이 그 말을 믿지 않고 당장 눈동자를 그려 넣으라고 독촉했다. 마지못해 그는 한 마리에게만 눈동자를 그려 넣겠다고 하고 붓으로 용의 눈에 점을 찍었다. 그러자 그 용이 날아가 버렸다. 눈동자가 찍히지 않은 용은 벽에 그대로 남아 있었다.

일본의 극우파 작가가 공개적으로 할복 자살을 했다. 그 때 옆에 서 있던 추종자가 긴칼을 빼서 그의 목덜미를 내려쳤다. 편안하게 잘 가라는 신호였다. 잘 가라? 어디로 가는데? 어쨌든 긴칼로 목덜미를 내려치는 행동은 그 자살의 끝마무리를 짓는 "화룡점정"이었다. 붓 대신에 칼을 사용한 것만 다르다.

한일 축구시합이 1:1 동점으로 계속되다가 시합이 끝나기 1분 전에 한국팀의 한 선수가 볼을 몰고 골대로 돌진한다. 관중이 모두 일어서서 소리친다. 슛! 골인! 중계방송 아나운서가 까무러칠 듯이 소리친다.

그런 득점은 정말 멋진 "화룡점정"이다. 아프리카의 어느 나라에서 진짜 20세기 최대의 인물이 나타났다. 30년 동안 감옥에 갇힌 채 독재와 싸우고 승리했다.

그러나 정치보복을 일체 하지 않았다. 대통령이 되어 나라를 다시 일으켰다. 노벨평화상을 받았다. 전세계 어디를 가나 문자 그대로 모든 사람으로부터 뜨거운 환영을 받았다. 그런데 그가 평생 사랑하던 아내가 권력의 횡포를 부리다가 살인죄로 재판을 받았다.

그래서 눈물을 머금고 별거했다. 이런 것은 그의 일생의 "화룡점정"이 결코 아니다. 대통령의 아들이 수십, 수백 억의 뇌물을 받은 사실이 하필이면 그 대통령의 임기가 끝날 무렵에 터진다면 그것도 "화룡점정"이 결코 아니다.

華胥之夢

화서지몽 | 화서의 꿈 / 좋은 꿈 / 낮잠 / 꿈을 꾸다

華 빛나다; 胥 서로; 之 가다, ~의; 夢 꿈
유사어 : 화서지국 華胥之國; 유화서지국 遊華胥之國
출처 : 열자 황제편(列子 黃帝篇)

> 낮잠은 짧게 자거나 아예 자지 마라.
> Let your midday sleep be short or none at all.(라틴어 격언)
> 잠은 편안함을 주는 유일한 약이다.
> Sleep is the only medicine that gives ease.(소포클레스)
> 잠은 약보다 낫다.
> Sleep is better than medicine.(서양속담)
> 잠을 자지 않으면 꿈도 없다.
> No sleep, no dream.(나이지리아 속담)

고대 중국의 훌륭한 천자인 황제(黃帝)는 올바른 정치를 하려고 온갖 노력을 기울였지만 몸과 마음이 피곤해지기만 했다. 그래서 석 달 동안 정치에서 손을 뗀 채 쉬던 어느 날 낮잠을 자다가 꿈을 꾸었다.

꿈속에서 그는 화서씨의 나라(華胥之國)에 놀러갔다. 그곳은 왕도 없고 명령을 내리는 사람도 없는 가장 이상적인 나라였다. 사람들은 욕망도 없고 사랑도 미움도 없었다. 모든 것을 초월한 자연 그대로였다.

꿈에서 깨어난 황제는 "나는 꿈속에서 도(道)를 깨달았다."고 신하들에게 말했다. 그 후 그는 자신이 깨달은 도에 따라서 나라를 다스렸다. 천하가 태평해졌다.

꿈자리가 뒤숭숭하면 불길한 일이 닥친다고 한다. 그러나 현실에서 벌어지는 일들이 심상치 않기 때문에 꿈자리가 뒤숭숭해지기도 한다.

꿈이 먼저냐 현실의 사건들이 먼저냐 하고 따질 필요가 있을까? 꿈이 현실보다 더 생생한가 하면, 현실이 꿈보다 더 흐리멍텅하게 돌아가는 판국일 때는 꿈과 현실을 구별하는 것조차 부질없는 일이다.

문제는 어쩌다가 현실이 허무맹랑한 꿈보다도 못한 상태 즉 원칙도 논리도 질서도 정의도 없이 그저 될 대로 되라는 식으로 자포자기하여 침체되었는가에 있다.

요즈음은 황제(黃帝)처럼 올바른 정치를 해보겠다고 굳게 결심한 지도자들을 찾아볼 수가 없다. 설령 그들이 "화서지몽"을 꾼다 해도 올바른 도(道)를 깨닫지는 못할 것이다.

설령 꿈속에서 도를 깨달았다고 해도 현실에서 그 도에 따라 나라를 다스리지도 않을 것이다. 백성들을 편안하게 살게 해주기보다는 자기 편의 이익만 먼저 챙기려고 드는 지도자들이라면 차라리 없는 것만도 못하다. 그들의 검은 배를 채워주기 위해 낭비되는 세금, 그리고 뇌물마저도 아깝다. "화서지몽"이라니?

和氏之璧

화씨지벽 | 화씨의 구슬 / 천하에 제일 귀한 구슬

和 화목하다, 조화되다, 순하다; 氏 씨; 之 가다, ~의; 璧 구슬
준말 : 화벽 和璧 / 동의어 : 변화지벽 卞和之璧
유사어 : 완벽 完璧; 연성지벽 連城之璧
출처 : 한비자 변화(韓非子 卞和)

> 위대한 것이 아름다운 것이 아니라 아름다운 것이 위대하다.
> Not that which is great is beautiful, but that which is
> beautiful is great.(로마속담)
> 좋은 칼은 초라한 칼집에 든 경우가 많다.
> Good sword has often been in poor scabbard.(게일족 속담)

전국시대(기원전 403-221) 때 초(楚)나라의 변화씨(卞和氏)가 산에서 옥의 광석을 발견하여 여왕(厲王)에게 바쳤는데 왕이 전문가에게 감정을 시켰더니 보통 돌이라고 했다.

그래서 그는 발뒤꿈치가 잘리는 형벌을 받았다. 여왕이 죽은 뒤 무왕(武王)에게 바쳤지만 또 형벌만 받았다. 무왕이 죽은 뒤 문왕(文王)이 즉위하자 그는 옥돌을 끌어안은 채 산에서 사흘 동안 밤낮으로 울어 나중에는 눈물이 마르고 피가 나왔다. 사람을 보내 이유를 묻자 그는 이렇게 말했다.

"나는 형벌을 받은 것이 슬퍼서가 아니라 옥을 돌이라 하고 올바른 사람을 미친놈이라고 욕하는 것이 슬퍼서 우는 것이다."

문왕이 그 광석을 갈고 닦게 하니 천하에 둘도 없는 옥이 나왔다. 그래서 변화씨에게 많은 상을 주는 한편 그 옥을 "화씨지벽"이라고 불렀다.

올바른 사람을 미친놈이라고 욕하는 세상은 미친 세상이다. 그러면 미친놈을 올바른 사람이라고 칭찬하는 세상은 얼마나 더 미친 세상인가!

"화씨지벽"을 제대로 알아보지 못하고 돌이라고 감정한 자는 눈이 없다. 그러면 돌을 "화씨지벽"이라고 온 세상에 내놓고 선전하는 자는 뭔가? 그는 눈도 뇌도 양심도 없는 자다.

나라를 다스린다는 지도자들이 자기편만 탁월한 인재고 나머지는 다 쓰레기로 본다면, 그래서 유능한 인재들을 무능하다고 낙인을 찍어 내쫓는다면, 그런 나라는 제대로 된 나라가 아니다.

더욱이 길가에서 주워온 돌과 같은 무능하고 부패한 자들을 마치 "화씨지벽" 같은 천하의 인재라고 추켜세운다면 그런 지도자들은 양심도 없다.

그런 지도자들 밑에서 고생하는 국민들은 가련하다. 그러나 그보다 더 가련한 것은 그런 지도자들을 지도자로 선출해준 유권자들이다. 그들은 스스로 재앙을 뒤집어썼기 때문에 가장 가련하고, 애꿎은 다른 사람들마저도 지독한 고생을 시키니 너무나도 비참한 것이다.

畵虎類狗

화호유구 | 호랑이를 그리려다가 개처럼 된다
자질도 없이 위인을 흉내내다가는 졸장부가 되고 만다

畵 그리다; 虎 호랑이; 類 무리, 같다; 狗 개
원어 : 화호불성 반류구 畵虎不成 反類狗
유사어 : 화룡유구 畵龍類狗; 각곡불성 상류목 刻鵠不成 尙類鶩
출처 : 후한서 마원전(後漢書 馬援傳)

> 부족한 것은 의욕이 아니라 능력이었다.
> The will was not wanting, but the ability.(로마속담)
> 그림은 말없는 시다.
> Picture is a dumb poem.(로마속담)

후한(後漢) 광무제(光武帝) 때 명성이 높은 마원(馬援) 장군이 교지(交阯, 베트남)를 공격하고 있었다. 그는 의리의 사나이로 자처하면서도 남에 대한 비판을 일삼는 두 조카 마엄(馬嚴)과 마돈(馬敦)에게 편지를 보내 이렇게 타일렀다.

"필요 없는 말을 하지 않을 뿐만 아니라 착실하고 청렴결백한 용백고(龍伯高)를 너희가 본받는다면 그와 똑같은 인물은 못 되어도 최소한 건실하고 정직한 사람은 될 수 있다. 이것은 기러기를 새기다가 집오리처럼 된다는 것이다.

그러나 협객인 두계량(杜季良)을 본받는다면 그와 똑같은 인물이 못되는 경우 경솔한 사람이 될 뿐이다. 이것은 호랑이를 그리려다가 개와 비슷한 것을 그리는 격이다."

그의 훈계에 따라 마엄과 마돈은 강직한 인물이 되었다.

월드컵을 개최할 때만 해도 1인당 평균 국민소득 2만 달러의 선진국이 곧 된다고 큰소리쳤다. 그러나 속임수라는 것이 곧 드러났다.

과거의 1만 달러 수준마저 유지 못한 채 자꾸만 아래로 추락하고 나라의 경제라는 큰배는 끝없이 가라앉는다. 권력층의 부정부패는 맑아지기는커녕 거꾸로 더욱 심해진다. 부정부패는 각계각층에 너무 뿌리를 깊이 내려서 일종의 미풍양속이라도 된 듯한 착각을 일으킬 정도다.

지도자들의 무능은 이제 뉴스도 되지 못한다. 모두가 도둑이라는 말도 신선미를 잃었다. 내일의 희망? 오늘의 절망도 지고 가기가 힘겨운 판에 내일의 희망은 뭔가?

이것은 "화호유구"가 아니다. 나라를 이렇게 만든 무리는 애당초 호랑이가 아니라 개를 그리려고 했다. 그리고 결국은 개보다도 못한 쥐 비슷한 것을 그려 놓고는 나 몰라라 손을 털어 버린 지도자들이 너무 많았다.

換骨奪胎

환골탈태 | 뼈를 바꾸어 넣고 탈을 달리 쓴다
몸과 얼굴이 몰라볼 정도로 좋아졌다 / 글이 다른 사람의
손을 거쳐 더욱 세련되고 새로운 의미를 지니게 된다

換 바꾸다; 骨 뼈; 奪 빼앗다; 胎 임신하다, 태아
출처 : 혜홍(惠洪)의 냉제야화(冷齊夜話)

> 시인의 손가락이 광채를 주면 문장은 더욱 빛난다.
> Words become luminous when the poet's finger has passed
> over them its phosphorescence.(주베르)
> 재단사와 작가는 유행을 잘 살펴보아야 한다.
> Tailors and writers must mind the fashion.(서양속담)

황정견(黃庭堅, 山谷)은 소식(蘇軾, 東坡)과 더불어 북송(北宋)의 대표
적 시인이다. 그는 박식하지만 남의 글을 함부로 인용하지 않고 자기 것
으로 소화시킨 뒤에 자유롭게 활용했다. 그는 이런 수법을 "환골탈태"라
고 말했다.

"시의 뜻은 무한한데 사람의 재주는 유한하다. 유한한 재주로 무한한
뜻을 좇는 것은 불가능하다. 그래서 뜻을 바꾸지 않고 말을 만드는 것이
환골이고 뜻을 본받아서 묘사하는 것이 탈태이다."

"환골탈태"란 원래 선가(仙家)의 용어인데 연단법(鍊丹法)으로 새로운
사람이 되는 것을 의미한다. 물론 "환골탈태"는 남의 글을 표절하는 것
은 아니다.

평소에 비실비실하던 사람이 로또복권에 1등으로 당첨되면 하루아침에 사람이 달라진다. 권력실세에 빌붙어서 높은 자리를 하나 꿰어찬 사람도 마찬가지다.

비싸고 넓은 아파트로 이사를 가는가 하면 고급 승용차도 사고 운전기사도 부린다. 옷차림과 걸음걸이뿐만 아니라 말투마저도 변한다.

아, 네, 허허허… 가난한 시절의 죽마고우가 전화를 걸면, 누구시더라… 어깨도 딱 벌어지고 목이 빳빳해지며 얼굴의 때깔도 훤하다. 이런 것이 "환골탈태"다.

물론 이것은 허파에 바람이 들어간 "폐 다공증"이라는 질병에서 오는 증후군이다. 허파에는 원래 공기가 들어가는 법이다. 한번에 적절한 분량의 공기가 들어가야만 생명을 유지한다. 그러나 한꺼번에 너무 많은 공기 즉 바람이 들어가면 병이 생긴다. 심하면 죽는다.

그래서 불치병인 "폐 다공증"에 걸린 사람들은 돈과 권력이 떨어지면, 마약기운이 떨어진 마약중독자처럼, 썩은 나무기둥처럼 피식 하고 쓰러지고 만다.

"환골탈태"했다고 해서 본인, 가족들이 마냥 기뻐할 일만도 아니다. 주위 사람들이 그를 부러워하는 것도 다 어리석고 부질없는 일이다.

787

後生可畏

후생가외 | 후배란 두려워할 만한 존재다

後 뒤; 生 낳다; 可 옳다, 찬성하다; 畏 두려워하다
출처 : 논어 자한편(論語 子罕篇)

> 아이를 존경하라. 그러면 그가 너를 존경할 것이다.
> Honour a child, and it will honour you.(나이지리아 속담)
> 흰 머리카락은 지혜가 아니라 나이의 징표이다.
> White hairs are a sign of age, not of wisdom.(그리스 속담)

공자(孔子, 기원전 552-479)는 이렇게 말했다.

"뒤에 태어난 후배들은 두려워할 만한 존재이다. 그들이 나보다 못할 것이라고 어찌 알겠는가? 그러나 그들이 나이가 40이나 50이 되어도 이름을 드러내지 못한다면 두려워할 것도 없다."

천재들은 나라의 보배이자 인류 전체의 영원한 유산이다. 선배라고 해서 그들을 깔아뭉개거나 시기할 권리는 없다. 그래 봤자 아무 소용도 없다. 천재는 언제나 천재니까.

또한 천재들이란 각계 각층에서 어느 시대나 나오게 마련이다. 가문이 좋다고, 일류 대학이라고, 선진국이라고 해서 반드시 천재들을 독점적으로 배출하는 것은 아니다.

개천에서도 용이 난다. 그들 덕에 인류 역사는 끊임없이 전진한다. 천재들은 영원하다! "후생가외" 만세!

그러나 젊어서 출세했다고, 엄청난 재산을 손에 쥐었다고, 또는 권력을 잡았다고 해서 스스로 천재라고 믿는다면 그는 천재가 아니다. 한 때 인기를 얻었다고 해서 천재라면 인류 역사는 그들의 명단만으로도 모조리 도배되어 역사적 사실은 하나도 기록되지 못할 것이다.

뒷사람은 어차피 앞사람에게서 배우고 큰다. 그러니까 앞사람이 자기를 "후생가외"로 대접할 때는 겸손한 자세를 취하고 선배를 선배답게 모실 줄 알아야 진정한 인물이다.

그렇게 하기는커녕 선배들에게 가혹하게 굴다가는 자기 자신이 곧 자기 후배들에게 뜨거운 꼴을 당하는 낡은 것, 늙은 것이 될 것이다. 시간 문제다.

한자숙어 백과사전

가

가가대소 呵呵大笑 | 큰소리로 껄껄 웃는다

　　　　　　　　동의어: 홍연대소 哄然大笑 / 유사어: 파안대소 破顔大笑

가가호호 家家戶戶 | 집집마다

가계야치 家鷄野雉 | 자기 집의 닭은 싫어하고 들의 꿩은 좋아한다; 집안의 좋은 것은 돌보지
　　　　　　　　않고 밖의 나쁜 것을 탐낸다 / 유사어: 귀이천목 貴耳賤目

가공망상 架空妄想 | 터무니없는 상상

가구향리폐 家狗向裏吠 | 집에서 기르는 개가 집안을 향해 짖는다; 은혜를 원수로 갚는다

가급인족 家給人足 | 집집마다 넉넉하고 사람마다 풍족하다

가기이방 可欺以方 | 그럴듯한 말로 남을 속일 수 있다

가담항설 街談巷說 | 떠도는 소문; 길거리 사람들의 논의; 세평; 풍설; 가십

　　　　　　　　동의어: 가담항어 街談巷語; 가담항의 街談巷議

가동가서 可東可西 | 동쪽도 좋고 서쪽도 좋다

가렴주구 苛斂誅求 | 가혹한 세금과 징발로 백성을 못살게 구는 관리의 횡포 / 준말: 가구 苛求

가동주졸 街童走卒 | 길거리에서 노는 철부지 아이들; 줏대 없이 떠돌아다니는 몰상식한 사람들

가렴공성 價廉工省 | 값이 싸고 사용하기 쉽다

가렴물미 價廉物美 | 값이 싸고 물건이 좋다

가두연설 街頭演說 | 길거리에서 서서 하는 연설

가무담석 家無擔石 | 집에 비축해둔 쌀이 없다; 여유가 전혀 없다

가무이주 家無二主 | 한 집에 주인이 둘 있을 수 없다; 군주와 신하, 윗사람과 아랫사람의 구별이
　　　　　　　　있다 / 유사어: 토무이왕 土無二王

가부족족취 家富疎族聚 | 집안이 부유해지면 멀었던 친척들도 모인다; 인정이 야박하다

가빈사양처 家貧思良妻 | 집이 가난하면 어진 아내를 생각한다

가빈효자출 家貧孝子出 | 가난한 집에서 효자가 나온다

가상다반 家常茶飯 | 집에서 평소에 먹는 식사; 늘 있는 일 / 준말: 가상 家常; 가상반 家常飯

가서만금 家書萬金 | 객지에서는 고향집에서 온 편지가 황금 일만 냥만큼이나 소중하다

가석신명 可惜身命 | 몸과 목숨은 아껴야 한다

가신지인 可信之人 | 믿을 만한 사람

가인박명 佳人薄命 | 본문

가정맹어호 苛政猛於虎 | 본문

가지기도 加持祈禱 | 병이나 재앙을 면하려고 바치는 기도

가화만사성 家和萬事成 | 집안이 화목하면 모든 일이 잘 이루어진다

각개격파 各個擊破 | 적이 분산되어 있을 때 각각 쳐부순다

각고정려 刻苦精勵 | 괴로움을 참고 견디며 열심히 노력한다 / 동의어: 각고면려 刻苦勉勵

각곡유아 刻鵠類鵝 | 고니를 새기려다 거위 비슷한 것이 된다; 위인을 본받으려고 하면 최소한
착한 사람은 된다 / 동의어: 각곡유목 刻鵠類鶩 / 반대어: 화호유구 畵虎類狗

각골난망 刻骨難忘 | 받은 은혜가 뼈에 새겨져서 잊혀지지 않는다 / 동의어: 백골난망 白骨難忘

각골통한 刻骨痛恨 | 뼈에 사무친 원한; 동의어: 각골지통 刻骨之痛
유사어: 철천지한 徹天之恨; 원입골수 怨入骨髓; 각골지통 刻骨之痛

각근면려 恪勤勉勵 | 정성껏 부지런히 힘써 일한다 / 유사어: 각고면려 刻苦勉勵

각립독행 各立獨行 | 제각기 따로따로 행동한다

각목위리 刻木爲吏 | 나무를 깎아서 관리의 모습을 만든다; 감옥의 옥졸을 몹시 미워하는 말
동의어: 삭목위리 削木爲吏

각박성가 刻薄成家 | 모질고 인색하게 굴어서 부자가 된다

각방거처 各房居處 | 각각 딴 방에서 머물러 산다

각심소원 各心所願 | 사람마다 원하는 것이 다르다

각심소위 各心所爲 | 사람마다 딴 마음을 먹고 하는 행동

각양각색 各樣各色 | 서로 다른 여러 가지 모양; 여러 가지

각인각색 各人各色 | 말, 행동, 모양새, 몸가짐 등이 사람마다 다르다
동의어: 각인각양 各人各樣

각자도생 各自圖生 | 제각기 살아날 길을 찾는다

각자무치 角者無齒 | 뿔이 있는 자는 이가 없다; 한 사람이 여러 재주나 복을 다 갖추지는 못한다

각자위정 各自爲政 | 각자 자기 나름대로 판단하고 결정한다

각주구검 刻舟求劍 | 본문

각하조고 脚下照顧 | 자기 다리 밑을 비추어 살펴본다; 자기에게 가까운 사람일수록 조심한다

각화무염 刻畵無鹽 | 제나라의 무염에서 태어나 선왕의 왕비가 된 종리춘(鐘離春)은 얼굴이 매우
못생겨서 미인과 비교도 되지 못할 일; 도저히 비교가 안 된다

간국지기 幹國之器 | 나라를 다스릴 만한 재능

간난다사 艱難多事 | 괴롭고 귀찮은 일이 많다

간난신고 艱難辛苦 | 온갖 어려움과 괴로움 / 준말: 간고 艱苦 / 동의어: 간난험조 艱難險阻

간녕사지 奸佞邪智 | 간사하고 아첨하는 사악한 꾀

간뇌도지 肝腦塗地 | 간과 뇌가 땅바닥에 깨어진다; 나라를 위해 참혹한 죽음도 꺼리지 않는다

간담상조 肝膽相照 | 본문

간담초월 肝膽楚越 | 간과 쓸개처럼 가까운 듯해도 사실은 초나라와 월나라처럼 먼 사이; 사물은
보기에 따라 비슷한 것이 서로 다르게도 보인다 / 동의어: 간담호월 肝膽胡越

간두과삼년 竿頭過三年 | 막대기 끝에서 3년을 지낸다; 위험이나 괴로움을 오랫동안 참고 지낸다

간두지세 竿頭之勢 | 막대기 끝에 서 있는 것처럼 매우 위태로운 형세

간불용발 間不容髮 | 머리카락 하나도 들어갈 틈이 없다; 사태가 매우 급하다

동의어: 간일발 間一髮; 간불용식 間不容息 / 유사어: 위기일발 危機一髮

간성지재 干城之材 | 방패와 성이 되는 인재; 나라를 지키는 든든한 군대 또는 인물

간시간비 間是間非 | 쓸데없는 일을 가지고 이러쿵저러쿵 떠든다

간신적자 奸臣賊子 | 간사한 신하와 불효한 자식

간악무도 奸惡無道 | 간사하고 악독하며 인도에 어긋난다

간어제초 間於齊楚 | 제나라와 초나라 사이에 끼어 있다; 약자가 강자들 틈에 끼어 괴롭다

유사어: 경전하사 鯨戰蝦死

간이부복 諫而剖腹 | 은나라의 폭군 주왕이 자신에게 충고하는 비간(比干)의 배를 갈라서 죽인 일

간이불역 諫而不逆 | 충고는 하지만 거스르지는 않는다; 자식이 부모를 대하는 도리

간장막야 干將莫耶 | 본문

갈기분천 渴驥奔泉 | 목마른 준마가 샘물을 향해 달려간다; 기세가 맹렬하다

갈력진능 竭力盡能 | 체력과 능력을 다한다

갈불음도천수 渴不飮盜泉水 | 본문

갈이천정 渴而穿井 | 목이 말라야 우물을 판다; 다급해진 뒤에 허둥지둥해야 소용이 없다

동의어: 임갈천정 臨渴穿井 / 유사어: 임경굴정 臨耕堀井

갈자이음 渴者易飮 | 목이 마르면 뭐든지 잘 마신다; 어려운 처지에서는 은혜를 느끼기 쉽다

갈충보국 竭忠報國 | 충성을 다해 나라의 은혜를 갚는다

갈택이어 竭澤而漁 | 연못의 물을 다 빼서 고기를 잡는다; 모조리 철거하여 남기는 것이 없다

감개무량 感慨無量 | 마음에 사무치는 느낌이 한이 없다

감당지애 甘棠之愛 | 감당(아가위나무)에 대한 사랑; 훌륭한 관리를 사모하는 마음

감불수교 敢不受敎 | 가르침을 어찌 감히 받지 않겠는가? 가르침을 반드시 받아야만 한다

감사만만 感謝萬萬 | 감사하기 이를 데 없다; 한없이 감사하다 / 동의어: 감사무지 感謝無地

감사지졸 敢死之卒 | 죽기를 두려워하지 않는 용감한 병사

감생전설 感生傳說 | 초자연적 힘에 따른 출생 설화

감심명목 甘心瞑目 | 안심하고 죽는다

감언이설 甘言利說 | 비위를 맞추는 달콤한 말이나 유리한 조건을 내세워 꾀는 말

감언지신 敢言之臣 | 거리낌없이 자기 의견을 말하는 신하

감정선갈 甘井先竭 | 물맛이 좋은 우물이 먼저 마른다; 재능이 있는 사람은 일찍 쇠퇴한다

동의어: 감천필갈 甘泉必竭

감지덕지 感之德之 | 분에 넘치는 듯해서 몹시 고맙게 여긴다

감천선갈 甘泉先渴 | 물맛이 좋은 샘은 먼저 바닥난다 / 유사어: 직목선벌 直木先伐

감탄고토 甘呑苦吐 | 쓰면 뱉고 달면 삼킨다 / 유사어: 부염기한 附炎棄寒; 염량세태 炎涼世態

갑남을녀 甲男乙女 | 아무개 남자와 아무개 여자 / 평범한 남녀; 동의어: 장삼이사 張三李四

갑론을박 甲論乙駁 | 여럿이 서로 남의 주장을 반박한다

강간약지 强幹弱枝 | 줄기를 강하게 하고 가지를 약하게 한다; 강한 중앙정부로 지방을 통제한다

강개무량 慷慨無量 | 불의에 대해 분하고 슬픈 마음이 한이 없다

강개지사 慷慨之士 | 옳지 못한 일에 대해 분노하고 탄식하는 사람

강근지친 强近之親 | 매우 가까운 친척; 동의어: 강근지족 强近之族

강기숙정 綱紀肅正 | 나라의 기강을 바로 세우고 부정을 없앤다

강노지말 强弩之末 | 큰 활의 마지막 상태; 강한 세력도 쇠퇴해지면 아무 쓸모가 없다

강랑재진 江郎才盡 | 남북조 시대 양(梁)나라의 강엄(江淹)의 재주가 말라버린 일; 학문의 진보를 위해 계속해서 노력하지 않으면 학문이 퇴보하고 만다

강보유아 襁褓幼兒 | 포대기로 싼 어린애 / 동의어: 강보소아 襁褓小兒

강산불로 江山不老 | 강과 산은 늙지 않는다; 장수하기를 비는 말

강상지변 綱常之變 | 삼강오륜에 어긋나는 이변

강수삼천리 江水三千里 | 양자강 물이 3천리를 흐른다; 여행할시 떨어져있는 집을 슬퍼한다

강심보루 江心補漏 | 강 한복판에서 배가 새는 것을 고친다; 재난을 피하기에는 이미 때가 늦었다

강안여자 强顔女子 | 낯이 두터운 여자; 부끄러움을 모르는 철면피 여자

강의목눌 剛毅木訥 | 의지가 굳고 소박하며 신중하다

강장지년 强壯之年 | 원기가 왕성한 나이 즉 삼사십대

강철지추 强鐵之秋 | 강철이 가는 곳은 가을도 봄이다; 방해자로 인해 거의 성공한 일이 실패한다

강태공　姜太公 | 본문

강호연파 江湖煙波 | 강이나 호수에 연기처럼 보이는 잔 물결

개개승복 箇箇承服 | 지은 죄를 빠짐없이 자백한다

개과불린 改過不吝 | 잘못이 있으면 즉시 고치는 데 조금도 주저하지 않는다

개과천선 改過遷善 | 본문

개관사시정 蓋棺事始定 | 본문

개두환면 改頭換面 | 속은 그대로 두고 겉만 바꾼다

개문납적 開門納賊 | 문을 열어 도둑을 맞아들인다; 화를 자초한다 / 동의어: 개문읍도 開門揖盜

개수일촉 鎧袖一觸 | 갑옷의 옷소매를 한번 스친다; 상대를 아주 쉽게 이긴다

개옥개행 改玉改行 | 패옥을 바꾸면 걸음걸이도 바꾼다; 지위가 달라지면 예절도 달라진다

개주지사 介胄之士 | 갑옷과 투구로 무장한 무사 / 준말: 개사 介士

객반위주 客反爲主 | 손님이 주인행세를 한다 / 동의어: 주객전도 主客顚倒

갱무도리 更無道理 | 다시는 어쩔 도리가 없다

거간식비 拒諫飾非 | 충고를 물리치고 자신의 잘못을 변명한다

거거익심 去去益甚 | 갈수록 더욱 심하다 / 동의어: 거익심언 去益甚焉; 유왕유심 愈往愈甚

거경지신 巨卿之信 | 거경 즉 범식(范式)의 신의; 반드시 지키는 굳은 약속

거국일치 舉國一致 | 일정한 목적 아래 온 국민이 일치 단결한다

거두절미 去頭截尾 | 머리와 꼬리를 잘라버린다; 요점만 말한다

거문불납 拒門不納 | 문을 닫고 들이지 않는다

거병범궐 舉兵犯闕 | 역적이 군사를 일으켜 궁궐을 침범한다

거부중석 居不重席 | 앉을 때 방석을 두 개 포개어 깔지 않는다; 매우 검소한 생활을 한다

거불실선 舉不失選 | 사람을 등용할 때 선택을 그르치지 않는다

거불유등 舉不踰等 | 승진시킬 때 서열을 뛰어넘지 않는다

거불자행 車不自行 | 수레는 스스로 가지 못한다

거세개탁 舉世皆濁 | 온 세상이 다 흐려도 나 홀로 맑다; 고고한 절개

거수가채 舉手可采 | 손을 올리기만 하면 딸 수 있다; 일이 매우 쉽다

거수거자 舉讎舉子 | 원수도 재능이 있으면 쓰고 자식도 어질면 쓴다

거악취선 去惡就善 | 악을 버리고 선한 곳으로 나아간다

거안고반 據鞍顧盼 | 말 안장에서 뒤를 돌아보며 위세를 부린다; 늙어서도 아직 기운이 넘친다

거안사위 居安思危 | 편안할 때 위험을 미리 생각한다

거안제미 舉案齊眉 | 본문

거어지탄 車魚之歎 | 수레도 생선도 없다는 불평; 끝없는 욕망

　　　　　　유사어: 득롱망촉 得隴望蜀; 기마욕솔노 騎馬欲率奴; 계학지욕 谿壑之慾

거언미 내언미 去言美 來言美 | 가는 말이 고와야 오는 말이 곱다(한국속담)

거일명삼 舉一明三 | 하나를 들으면 셋을 안다; 매우 총명하다 / 유사어: 문일지십 聞一知十

거일반삼 舉一反三 | 한 가지를 들어 셋을 미루어 안다

거자막추 去者莫追 | 가는 사람을 좇아가지 않는다; 가는 사람을 말리지 않는다

거자일소 去者日疎 | 죽은 사람은 날이 갈수록 기억에서 멀어진다

거재두량 車載斗量 | 수레에 싣고 말로 된다; 대단히 많다; 너무 많아서 귀하지 않다

거재마전 車在馬前 | 수레 뒤에 말이 따라다닌다; 훈련을 시킨 뒤에 본격적으로 일을 맡긴다

거정절빈 舉鼎絶臏 | 진(秦)나라 무왕이 맹열(孟說)과 함께 솥을 들다가 정강이뼈가 부러져서 죽은 일; 맡은 일에 비해 재능이 모자란다

거주속객 舉酒屬客 | 손님에게 잔을 내밀어서 권한다

거지중천 居之中天 | 하늘 한가운데 있는 것 즉 허공

거처불명 去處不明 | 사는 곳이 분명치 않다; 간 곳을 모른다

거천제섭 巨川濟涉 | 큰강을 도움을 받아 건너간다; 왕이 신하의 도움을 받아 다스린다

거총사위 居寵思危 | 뜻대로 될 때는 뜻대로 안 될 때가 올 것을 생각해서 조심한다

거충입혈 渠衝入穴 | 성을 공격하는 큰 수레도 흙구덩이 속에 넣으면 아무런 기능도 발휘 못한다

거폐생폐 去弊生弊 | 한 가지 폐단을 없애려다가 다른 폐단을 낳는다

거허박영 據虛搏影 | 허공에 의지하여 그림자를 친다; 어찌해 볼 도리가 없다

동의어: 속수무책 束手無策

건곤일척 乾坤一擲 | 본문

건목수생 乾木水生 | 마른나무에서 물이 나온다; 가진 것이 없는 사람에게 내놓으라고 무리하게 강요한다; 이치에 안 맞는다 / 동의어: 강목수생 剛木水生

걸견폐요 桀犬吠堯 | 본문

걸인연천 乞人憐天 | 거지가 하늘을 동정한다; 주제넘은 동정

걸해골 乞骸骨 | 본문

검려지기 黔驢之技 | 검 지방의 당나귀가 범에게 잡혀 먹었다; 못난 자의 졸렬한 재주 다른 재주는 없고 오직 한 가지만 있는 재주

게부입연 揭斧入淵 | 도끼를 메고 연못에 들어간다 재능을 발휘하는데 적절하지 못한 곳을 찾아간다

격물치지 格物致知 | 본문

격세지감 隔世之感 | 전혀 다른 세상처럼 변한 느낌

격탁양청 激濁揚淸 | 흐린 물을 몰아내고 맑은 물을 끌어들인다; 악을 미워하고 선을 좋아한다

격택거지 隔宅居之 | 자기 집에 칸막이를 하고 남에게 살게 한다; 마음씨가 매우 곱다

격화소양 隔靴搔癢 | 신을 신은 채 발바닥을 긁는다; 소용없는 짓을 한다

동의어: 격화파양 隔靴爬癢

견갑이병 堅甲利兵 | 튼튼한 갑옷과 날카로운 군사; 강한 군대

견강부회 牽强附會 | 되지도 않는 말을 억지로 끌어다 조건이나 이치에 맞추려고 한다

견개고루 狷介孤陋 | 굳은 의지로 타협하지 않고 옛것에 완고하게 집착한다

견과불경 見過不更 | 잘못을 보면서도 안 고친다

견기이작 見機而作 | 기회를 보아서 미리 조치한다

견란구시 見卵求時 | 달걀을 보고 밤 시간을 알려고 한다; 지나치게 성급하다

견리망의 見利忘義 | 이익을 탐내서 의리를 돌보지 않는다

견리사의 見利思義 | 이익이 되는 일을 보면 그것이 옳은 일인지 여부를 먼저 생각한다

견마곡격 肩摩轂擊 | 어깨가 스치고 수레바퀴가 부딪친다; 사람과 수레가 매우 많다

견마지년 犬馬之年 | 자기 나이를 겸손하게 일컫는 말 / 동의어: 견마지치 犬馬之齒

견마지로 犬馬之勞 | 자기가 바치는 노력을 겸손하게 일컫는 말; 극진히 바치는 충성

견마지성 犬馬之誠 | 자신의 정성을 겸손하게 일컫는 말

견마지심 犬馬之心 | 자신의 충성심을 겸손하게 일컫는 말 / 동의어: 견마지정 犬馬之情

견마지양 犬馬之養 | 개나 말을 기른다; 공경하는 마음이 없이 부모를 부양한다

견마지충 犬馬之忠 | 자신의 충성을 겸손하게 일컫는 말

견모상마 見毛相馬 | 털만 보고 말을 산다; 겉만 보고 판단한다

견문발검 見蚊拔劍 | 모기를 보고 칼을 뺀다; 하찮은 일에 거창하게 대처한다

견문일치 見聞一致 | 보고 들은 것이 똑같다

견물생심 見物生心 | 실물을 보면 욕심이 생긴다

견백동이 堅白同異 | 단단하고 흰 돌은 하나가 아니라 둘이라는 주장; 궤변

　　　　　　동의어: 견석백마 堅石白馬 / 유사어: 백마비마 白馬非馬

견상지빙 見霜知氷 | 서리를 보고 얼음이 얼 것이라고 안다; 조짐을 보고 결과를 미리 안다

견선여불급 見善如不及 | 선을 볼 때는 미치지 못한 듯이 한다; 착한 일은 힘써 해야만 한다

견아상제 犬牙相制 | 경계선이 개의 이빨처럼 엇물려 있어서 서로 견제한다

　　　　　　동의어: 견아상착 犬牙相錯; 견아착종 犬牙錯綜; 견아차호 犬牙差互

견양지질 犬羊之質 | 재능이 없는 바탕

견여금석 堅如金石 | 언약이나 맹세가 철석같이 굳다

견여반석 堅如盤石 | 기초가 바위처럼 튼튼하다 / 동의어: 완여반석 完如盤石

견원지간 犬猿之間 | 개와 원숭이 사이처럼 몹시 사이가 나쁘다

견위치명 見危致命 | 나라가 위태로운 것을 보면 목숨을 바친다 / 동의어: 견위수명 見危授命

견인불발 堅忍不拔 | 굳세게 참고 마음이 흔들리지 않는다

견인지종 堅忍至終 | 끝까지 굳게 참고 견딘다

견토방구 見兎放狗 | 토끼를 보고 나서 사냥개를 풀어놓아도 늦지 않는다

견토지쟁 犬兎之爭 | 본문

결가부좌 結跏趺坐 | 책상다리를 하고 앉는 것

결사보국 決死報國 | 죽기를 각오하고 나라의 은혜에 보답한다

결심륙력 結心戮力 | 마음을 합하고 힘을 다해 서로 돕는다

결자해지 結者解之 | 맺은 자가 풀어야 한다; 처음 그 일에 관여했던 사람이 해결해야 한다

결초보은 結草報恩 | 본문

겸구물설 箝口勿說 | 입을 다물고 말을 하지 않는다

겸사겸사 兼事兼事 | 한꺼번에 여러 가지 일을 하는 모양 / 동의어: 겸지겸지 兼之兼之

겸애무사 兼愛無私 | 널리 모든 사람을 사랑하고 자기 이익을 돌보지 않는다

겸인지력 兼人之力 | 여러 사람을 당해낼 만한 힘

겸인지용 兼人之勇 | 여러 사람을 당해낼 만한 용기

경개여구 傾蓋如舊 | 잠시 사귀었지만 오랫동안 친한 것 같다

경거망동 輕擧妄動 | 경솔하게 분수 없이 행동한다

경광도협 傾筐倒篋 | 바구니를 기울이고 상자를 뒤엎는다; 극진하게 대접한다

　　　　　　동의어: 경광도기 傾筐倒𥰠

경국제세 經國濟世 | 나라를 잘 다스려 백성을 구한다

경국지대업 經國之大業 | 본문

경국지사 經國之士 | 나라 일을 맡아볼 만한 인물 / 유사어: 경국지재 經國之才

경국지색 傾國之色 | 본문

경국지재 經國之才 | 나라를 다스릴 만한 재능, 또는 그런 인물 / 동의어: 경세지재 經世之才

경낙과신 輕諾寡信 | 승낙을 잘 하는 사람은 신의를 잘 안 지킨다

경당문노 耕當問奴 | 농사일은 하인에게 물어야 한다; 모르는 일은 전문가에게 물어야 한다

경박재자 輕薄才子 | 재주는 있지만 경박한 자

경세제민 經世濟民 | 세상을 다스리고 백성을 구한다 / 준말: 경제 經濟

경세지책 經世之策 | 세상을 다스리는 계책

경승지지 景勝之地 | 경치가 좋기로 이름난 곳 / 준말: 경승지 景勝地; 승지 勝地

경어구독 經於溝瀆 | 스스로 목매어 도랑에 빠져 죽는다; 개죽음을 한다

경원　　　敬遠 | 본문

경위지사 傾危之士 | 궤변으로 나라를 위험에 빠뜨릴 인물

경음마식 鯨飮馬食 | 고래처럼 술을 많이 마시고 말처럼 음식을 많이 먹는다

경자유전 耕者有田 | 농사짓는 사람이 땅을 가져야 한다

경장행군 輕裝行軍 | 가벼운 무장으로 하는 행군

경적필패 輕敵必敗 | 적을 깔보면 반드시 진다

경전욕우 耕田欲雨 | 밭을 갈 때는 비가 오기를 바라고 추수할 때는 맑기를 바란다

경전하사 鯨戰蝦死 | 고래 싸움에 새우가 죽는다; 강자들 싸움에 약한 제3자가 피해를 본다

경정직행 徑情直行 | 꾸미지 않고 마음 내키는 대로 행동한다 / 준말: 경행 徑行

경조부박 輕佻浮薄 | 말과 행동이 경솔하고 천하다

　　　　　　　　준말: 경박 輕薄; 경부 輕浮 / 동의어: 경박부허 輕薄浮虛

경중미인 鏡中美人 | 거울에 비친 미인; 실속이 없는 것

경중염산 輕重斂散 | 풍년에 곡식 값이 떨어지면 나라에서 사들이고 흉년에 비싸지면 나라에서

　　　　　　　　곡식을 풀어놓는다; 관자(管子)가 곡식 값을 안정시킨 정책

경천동지 驚天動地 | 하늘을 놀라게 하고 땅을 움직인다; 온 세상을 깜짝 놀라게 한다

경천애인 敬天愛人 | 하늘을 받들고 사람을 사랑한다

경화수월 鏡花水月 | 거울 속의 꽃과 물에 비친 달; 시나 소설의 허구적 표현

계견상문 鷄犬相聞 | 닭 우는 소리와 개 짖는 소리를 서로 듣는다; 집이 이어져 있다

　　　　　　　　동의어: 계명구폐 鷄鳴狗吠

계고지력 稽古之力 | 옛일을 연구하는 노력; 학문으로 재산을 얻는다

계교치수 計較錙銖 | 조그마한 일을 비교하여 재어본다

계구우후 鷄口牛後 | 본문

계군일학 鷄群一鶴 | 본문

계궁역진 計窮力盡 | 꾀가 다하고 힘도 다했다; 더 이상 어쩔 도리가 없다

　　　　　　　　유사어: 계무소출 計無所出; 백계무익 百計無益

계란유골 鷄卵有骨 | 달걀에 뼈가 있다; 공교롭게 장애물이 나타난다

계륵　　　鷄肋 | 본문

계림일지 桂林一枝 | 계수나무 숲의 나뭇가지 하나; 과거에 합격하다; 겨우 출세하다

계명구도 鷄鳴狗盜 | 본문

계명지조 鷄鳴之助 | 왕비가 왕을 일찍 일어나게 했다; 내조의 공

계무소출 計無所出 | 아무리 꾀를 써도 아무 소용이 없다 / 동의어: 백계무책 百計無策

계비직고 階卑職高 │ 계급은 낮지만 지위는 높다

계영포풍 繫影捕風 │ 그림자를 묶고 바람을 잡는다; 허무맹랑한 일 / 동의어: 계풍포영 繫風捕影

계저주면 鷄猪酒麵 │ 풍증에 금하는 닭고기, 돼지고기, 술, 메밀국수

계전만리 階前萬里 │ 층계 앞의 일만 리; 왕이 먼 지방의 일도 잘 알아서 신하가 속일 수 없다

계족홍사 繫足紅絲 │ 붉은 실로 발을 묶는다; 부부의 인연

계주생면 契酒生面 │ 계 술로 체면 세운다; 남의 것으로 생색낸다

계찰괘검 季札掛劍 │ 오나라의 계찰이 죽은 서나라의 왕의 무덤 앞 나무에 자기 보검을 걸어두어
서 약속을 지킨 일; 신의를 대단히 소중하게 여겨서 굳게 지킨다

동의어: 계찰계검 季札繫劍 / 유사어: 계포일락 季布一諾(본문)

계포일락 季布一諾 │ 본문

계학지욕 谿壑之慾 │ 물이 마르지 않는 깊은 계곡처럼 한이 없는 욕심

유사어: 득롱망촉 得隴望蜀; 차청차규 借廳借閨; 기마욕솔노 騎馬欲率奴

계행죽엽성 鷄行竹葉成 │ 닭이 진흙 위로 지나가면 대나무 잎이 그려진다

고가방음 高歌放吟 │ 큰소리로 노래한다

고각대루 高閣大樓 │ 높고 큰 집

고각함성 鼓角喊聲 │ 돌격태세로 들어갈 때 북을 치고 나팔을 불며 고함을 지르는 소리

고고지성 呱呱之聲 │ 아기가 태어날 때 우는 소리

고관대작 高官大爵 │ 높고 귀한 벼슬; 그런 벼슬을 하는 사람 / 반대어: 미관말직 微官末職

고굉지신 股肱之臣 │ 본문

고군분투 孤軍奮鬪 │ 원군도 없이 적은 군사로 큰 적과 싸운다; 혼자 힘으로 벅찬 일을 해낸다

고군약졸 孤軍弱卒 │ 후원이 없고 힘이 약한 군대

고금독보 古今獨步 │ 고금을 통하여 그와 견주어 따를 자가 없다 / 동의어: 고금무쌍 古今無雙

고금동서 古今東西 │ 예나 지금이나 동양이나 서양이나 / 동의어: 동서고금 東西古今

고금무쌍 古今無雙 │ 예나 지금이나 견줄 만한 짝이 없다 / 동의어: 고금독보 古今獨步

고금부동 古今不同 │ 풍습, 제도 등이 옛날과 지금이 다르다 / 반대어: 고금동연 古今同然

고담방언 高談放言 │ 거리낌없이 큰소리로 말한다

고담웅변 高談雄辯 │ 물 흐르듯 도도한 웅변

고담준론 高談峻論 │ 고상하고 준엄한 주장; 잘난 척하고 과장해서 하는 말

고대광실 高臺廣室 │ 높은 누대와 넓은 집; 크고 좋은 집

고독단신 孤獨單身 │ 도와주는 사람이 없이 외로운 몸

고두사죄 叩頭謝罪 │ 머리 숙여 사죄한다

고량자제 膏粱子弟 │ 좋은 음식만 먹고 자라서 고생을 모르는 젊은이; 부자를 가리키는 말

고량지성 膏粱之性 │ 좋은 음식만 먹는 사치스러운 사람의 성질

고량진미 膏粱珍味 │ 살찐 고기와 좋은 곡식으로 만든 맛있는 음식 / 준말: 고량 膏粱

고려공사삼일 高麗公事三日 │ 고려의 나라 일이 사흘을 못 간다; 정책이 자주 바뀐다

고로상전 古老相傳 │ 늙은이들의 말로 대대로 전한다

고론탁설 高論卓說 | 매우 뛰어난 이론이나 의견

고리기경호 稿履其經好 | 짚신도 자기 날을 좋아한다; 혼인은 서로 알맞은 상대와 해야 한다

고리정분 藁履丁粉 | 짚신에 분 바른다; 격에 안 맞는다

고립무원 孤立無援 | 외톨이가 되어 원조를 기대할 데도 없다 / 동의어: 고립무의 孤立無依

고마문령 瞽馬聞鈴 | 눈먼 말이 방울 소리 듣고 따라간다; 줏대 없이 남이 하는 대로 따라서 한다

고망착호 藁網捉虎 | 새끼를 꼬아서 만든 그물로 호랑이를 잡는다; 무모한 짓

고명대신 顧命大臣 | 임금의 유언으로 나라의 뒷일을 부탁 받은 대신

고모고심 古貌古心 | 얼굴이나 마음에 옛사람의 풍채와 태도가 남아 있다

고목발영 枯木發榮 | 고목에 꽃이 핀다; 불운한 사람이 행운을 만난다; 대가 끊어질 지경에
　　　　　　　　　　아들을 낳는다 / 동의어: 고목생화 枯木生花

고목사회 槁木死灰 | 몸은 마른나무와 같고 마음은 식은 재와 같다; 생기도 의욕도 없다

고무격려 鼓舞激勵 | 감동시켜서 기세를 북돋아 준다

고복격양 鼓腹擊壤 | 본문

고비원주 高飛遠走 | 높이 날고 멀리 뛰어간다; 멀리 달아난다

고비지조 高飛之鳥 | 높이 나는 새도 입에 맞는 먹이 때문에 사람 손에 잡혀 죽는다

고빙구화 敲冰求火 | 얼음을 두드려서 불을 구한다; 불가능한 일이다

고사내력 古事來歷 | 전해오는 사물의 이유나 역사

고삭희양 告朔餼羊 | 매달 초하루에 제물로 바치는 양; 실질적인 내용이 없어진 관습도 해롭지
　　　　　　　　　　않으면 버리지 않는다; 알맹이는 없어지고 형식만 남는다

고색창연 古色蒼然 | 매우 오래되어 옛 풍치가 그윽하다

고성낙일 孤城落日 | 본문

고성방가 高聲放歌 | 목청을 높여서 큰 소리로 노래한다

고수생화 枯樹生華 | 마른 나무에 꽃이 핀다; 늙은이가 생기를 되찾는다

고순식설 膏脣拭舌 | 입술에 기름을 바르고 혀를 닦는다; 남을 비방할 준비를 다 갖추고 있다

고식지계 姑息之計 | 급한 대로 우선 편안한 것을 택하는 계책 / 동의어: 고식책 姑息策

고신얼자 孤臣孽子 | 군주와 어버이에게 사랑을 받지 못하는 불우한 신하와 자식

고신원루 孤臣冤淚 | 임금의 총애를 잃은 외로운 신하의 원통한 눈물

고신척영 孤身隻影 | 외로운 몸의 외딴 그림자; 홀로 떠도는 쓸쓸한 신세

고심참담 苦心慘憺 | 몹시 애를 쓴다

고심혈성 苦心血誠 | 마음과 힘을 다하는 지극한 정성

고어지사 枯魚之肆 | 말린 생선을 파는 가게; 매우 가난하고 다급한 처지

고어함삭 枯魚銜索 | 마른 물고기를 매단 노끈이 삭듯이 사람의 목숨도 허무하게 끊어진다

고영초연 孤影悄然 | 홀로 서 있는 쓸쓸한 모습

고왕금래 古往今來 | 옛부터 지금까지 / 동의어: 왕고금래 往古今來 / 준말: 고금 古今

고왕지래 告往知來 | 이미 말한 것에 비추어 말하지 않은 것을 안다; 하나를 듣고 둘을 안다

고운야학 孤雲野鶴 | 한 조각 구름과 들판의 한 마리 학; 벼슬을 떠나 한가롭게 은거하는 선비

고원난행 高遠難行 | 이상 또는 학문의 이치가 높고 멀어서 실행하기 어렵다

고육지계 苦肉之計 | 자기 몸을 괴롭히는 계책; 손해를 각오하면서 상대방을 속이려 꾸며낸 계책
　　　　　　　　　동의어: 고육책 苦肉策 / 유사어: 반간 反間; 반간 고육계 反間苦肉計

고인조박 古人糟粕 | 옛사람의 술 찌꺼기; 지금까지 전해오는 옛 성인의 말씀 또는 책

고장난명 孤掌難鳴 | 외손뼉이 울랴(한국속담); 상대 없는 싸움은 없다

고적유명 考績幽明 | 나라에서 관리의 재능과 공적을 살펴서 상과 벌을 분명히 한다

고정무파 古井無波 | 마른 우물에는 물결이 일지 않는다; 절개를 굳게 지키는 여자

고족대가 古族大家 | 예로부터 대를 이어 번성하고 세력이 큰 집안

고족제자 高足弟子 | 우수한 제자

고좌우이언 顧左右而言 | 좌우를 둘러보고 말한다; 궁지에 몰려 화제를 바꾸어 딴전을 피운다

고주일배 苦酒一杯 | 쓴 술 한 잔; 대접하는 술이 좋지 않다고 겸손하게 하는 말

고주일척 孤注一擲 | 가진 돈 전부를 단 한 판의 노름에 건다; 있는 힘을 다해서 모험을 한다

고진감래 苦盡甘來 | 쓴 것이 다하면 단 것이 온다; 고생 끝에 낙이 온다

고초만상 苦楚萬狀 | 온갖 괴로움과 쓰라림

고추부서 孤雛腐鼠 | 외로운 병아리와 썩은 쥐; 보잘것없는 사람; 아무 가치도 없는 물건

고침단면 高枕短眠 | 베개를 높이 베면 잠을 오래 자지 못한다

고침단명 高枕短命 | 베개를 높이 베면 오래 살지 못한다

고침안면 高枕安眠 | 본문

고하재심 高下在心 | 높게 하거나 낮게 하거나 모두 마음에 달렸다; 마음먹기에 따라 일의 성패가
　　　　　　　　　결정된다; 진퇴나 상벌을 마음대로 정한다

고화자전 膏火自煎 | 기름불은 스스로 타서 소멸한다; 가진 재능 때문에 재난을 스스로 부른다

고희　　　　古稀 | 본문

곡격견마 轂擊肩摩 | 본문

곡고화과 曲高和寡 | 노랫가락의 수준이 너무 높으면 따라서 부르는 사람이 적다
　　　　　　　　　글이 너무 고상하면 읽어주는 사람이 적다

곡굉지락 曲肱之樂 | 가난한 생활 속에서도 맛보는 즐거움 즉 학문의 즐거움

곡기읍련 哭歧泣練 | 근본은 같지만 환경에 따라 선하게도 되고 악하게도 되는 것을 슬퍼한다

곡돌사신 曲突徙薪 | 굴뚝을 구부리고 장작을 옮긴다; 화재를 예방한다; 재앙을 미리 막는다

곡두생각 穀頭生角 | 가을 장마가 닥쳐 이삭에서 싹이 난다

곡무호 선생토 谷無虎 先生兎 | 호랑이 없는 골짜기에서는 토끼가 선생 노릇을 한다; 강한 자가
　　　　　　　　　없으면 약한 자가 횡포를 부린다; 군자가 없는 곳에서 소인들이 날뛴다

곡수유상 曲水流觴 | 빙 돌아 흐르는 물에 술잔을 띄운다; 술잔치를 연다
　　　　　　　　　동의어: 유상곡수 流觴曲水

곡진기정 曲盡其情 | 사정을 자세히 안다

곡창방통 曲暢旁通 | 말이나 글이 이치가 분명하고 널리 통한다

곡학아세 曲學阿世 | 본문

곤고결핍 困苦缺乏 | 물자부족으로 곤란하고 힘들다

곤수유투 困獸猶鬪 | 궁지에 몰린 짐승은 사람에게 덤빈다 / 동의어: 곤수유분투 困獸猶奮鬪

곤외지신 閫外之臣 | 대궐 밖의 모든 것을 맡은 신하 즉 장수

곤이득지 困而得之 | 고생 끝에 이루어낸다

곤이지지 困而知之 | 고생해서 공부한 끝에 지식을 얻는다

곤재해심 困在垓心 | 어쩔 도리가 없이 처지가 매우 곤란하다

골경지신 骨鯁之臣 | 거리끼지 않고 왕의 잘못을 지적하는 곧은 신하 / 준말: 골경 骨鯁

골계지웅 滑稽之雄 | 지혜가 가장 많은 사람

골몰무가 汨沒無暇 | 몰두하여 쉴 틈이 없다 / 동의어: 골골무가 汨汨無暇

골육상련 骨肉相連 | 뼈와 살이 붙어 있다; 육친, 혈연의 관계 / 동의어: 골육지친 骨肉之親

골육상쟁 骨肉相爭 | 부모와 자녀, 형제와 자매, 동족끼리 서로 싸운다

　　　　　　　　 동의어: 골육상전 骨肉相戰; 골육상식 骨肉相食; 골육상잔 骨肉相殘

골의지요 滑疑之耀 | 의심스럽던 것이 풀려서 마음이 환하게 밝아진다

공고식담 攻苦食啖 | 괴로운 처지에서 소박한 음식을 먹는다

공곡족음 空谷足音 | 빈 골짜기에 사람 발소리; 쓸쓸한 처지에 있을 때 듣는 기쁜 소식

　　　　　　　　 의외에 동조자를 만난 기쁨 / 동의어: 공곡공음 空谷跫音

공공사사 公公私私 | 공과 사를 분명히 구별한다

공과상반 功過相半 | 공적과 허물이 각각 절반이다

공구도척 孔丘盜跖 | 성인인 공자도 악독한 도척도 죽어서 모두 티끌이 되었다; 인생은 살아 있을

　　　　　　　　 때 즐겨야 한다 / 원어: 공구도척 구진애 孔丘盜跖 俱塵埃

공도동망 共倒同亡 | 넘어지거나 망하는 것을 함께한다; 운명을 같이한다

공론공담 空論空談 | 쓸데없는 이야기

공리공론 空理空論 | 현실과 동떨어진 이론

공명수죽백 功名垂竹帛 | 본문

공명정대 公明正大 | 일과 행동이 매우 공정하고 바르다 / 동의어: 대공지평 大公至平

공사양편 公私兩便 | 공적인 일이나 개인적인 일이나 양쪽에 모두 편리하다

공서양속 公序良俗 | 공공 질서와 좋은 풍속

공성명수 功成名遂 | 공적을 세우고 명성을 떨친다

공성신퇴 功成身退 | 공을 세운 뒤에 그 자리에서 물러난다

공손포피 公孫布被 | 전한시대의 재상 공손홍이 서민의 옷을 입는다; 거짓으로 검소한 척한다

공수래 공수거 空手來 空手去 | 사람은 이 세상에 빈손으로 와서 빈손으로 떠난다

공옥이석 攻玉以石 | 돌로 옥을 닦는다; 하찮은 것으로 귀중한 것을 빛낸다

공의유중 功疑惟重 | 공적이 큰지 작은지 불확실할 때는 큰 것으로 보고 후하게 상을 준다

공자백호 孔子百壺 | 공자가 술을 매우 즐겨서 백 병을 마셨다고 한다

공자천주 孔子穿珠 | 본문

공전절후 空前絶後 | 비교될 만한 것이 이전에도 이후에도 없다 / 동의어: 전무후무 前無後無

공존공영 共存共榮 | 함께 살아남고 함께 번영한다

공죄상보 功罪相補 | 공로와 죄과를 서로 상쇄한다; 죄가 있지만 공로를 참작해서 용서한다

공중누각 空中樓閣 | 본문

공즉시색 空卽是色 | 만물은 텅 빈 것이지만 바로 그것이 만물의 실체이다

공평무사 公平無私 | 어느 쪽에도 치우치지 않고 개인적인 감정이나 이익을 떠난다

공화　　　共和 | 본문

공휴일궤 功虧一簣 | 본문

과공비례 過恭非禮 | 지나친 공손함은 예의에 어긋난다

과기　　　瓜期 | 본문

과대망상 誇大妄想 | 자기를 지나치게 높이 평가하는 헛된 생각

과두문자 蝌蚪文字 | 한자 가운데 가장 오래된 문자

과두시절 蝌蚪時節 | 개구리가 올챙이였던 시절 / 동의어: 과두시대 蝌蚪時代

과맥전대취 過麥田大醉 | 밀밭을 지나가기만 해도 취한다; 술을 못하는 사람을 조롱하는 말

과목불망 過目不忘 | 한번 본 것은 잊어버리지 않는다

과목성송 過目成誦 | 한번 읽어서 모두 외운다 / 동의어: 일람첩기 一覽輒記

과문불감 過門不憾 | 내 집 앞을 지나면서도 나를 그가 찾아보지 않아도 유감으로 여기지 않는다
　　　　　　　 그를 대수롭게 치지 않는다

과문천식 寡聞淺識 | 견문이 적고 학식이 얕다

과부적중 寡不敵衆 | 동의어: 중과부적 衆寡不敵(본문)

과분지망 過分之望 | 분수에 넘치는 욕망

과분지사 過分之事 | 분수에 넘치는 일

과유불급 過猶不及 | 본문

과이불개 過而不改 | 잘못하고도 고치지 않는 그것이 바로 잘못이다

과전이하 瓜田李下 | 본문

과정지훈 過庭之訓 | 공자가 아들 이(鯉)에게 시경과 서경을 배우라고 가르침; 아버지의 가르침

과즉물탄개 過則勿憚改 | 본문

과하탁교 過河拆橋 | 다리를 건너간 뒤에 그 다리를 부수고 기둥을 가져간다; 은혜를 잊는다

과화숙식 過火熟食 | 지나가는 불에 밥 익히기

관개상망 冠蓋相望 | 앞 수레와 뒤 수레가 왕래가 끊이지 않는다; 사신이 연달아 파견된다

관과지인 觀過知仁 | 잘못의 동기를 살펴보면 그가 어진 사람인지 아닌지를 알 수 있다

관구자부 官久自富 | 관리로 오래 근무하면 저절로 부자가 된다

관궐지주 觀闕之誅 | 공자가 정치를 어지럽힌 고관 소정묘(少正卯)를 처형한 일

관기숙정 官紀肅正 | 흐트러진 관청의 규율을 바로 잡는다 / 동의어: 관기진숙 官紀振肅

관대장자 寬大長者 | 너그럽고 덕망이 있어서 여러 사람 위에 설 수 있는 인물

관리도역 冠履倒易 | 갓과 신발을 두는 장소를 바꾸어서 둔다; 위아래가 거꾸로 된다
　　　　　　　 동의어: 관리전도 冠履顚倒 / 유사어: 주객전도 主客顚倒

관무사 촌무사 官無事 村無事 | 공적이든 사적이든 아무 일이 없다

관불이신 官不移身 | 오랫동안 벼슬살이를 한다

관불필비 官不必備 | 관청의 일은 사람이 많은 것보다는 올바른 일꾼이 필요하다

관상가관 冠上加冠 | 갓 위에 또 갓을 쓴다; 쓸데없는 짓을 한다 / 동의어: 옥상옥 屋上屋

관슬지기 貫蝨之技 | 이를 꿰뚫는 재주; 활 솜씨가 뛰어나다

관저복통 官猪腹痛 | 관청의 돼지가 배탈이 난다; 자기와 아무 상관없는 사람의 고통

관전절후 冠前絶後 | 앞 세대에도 뒤 세대에도 견줄 사람이 없이 뛰어난 인물 / 준말: 관절 冠絶

관존민비 官尊民卑 | 관리를 높이 보고 백성을 깔보는 태도

관중규표 管中窺豹 | 본문

관포지교 管鮑之交 | 본문

관혼상제 冠婚喪祭 | 어른이 되는 예식과 결혼, 초상, 제사 등의 예식

괄구마광 刮垢磨光 | 때를 벗기고 닦아서 빛을 낸다; 결점을 고치고 장점을 발전시켜 인재로 키움

괄목상대 刮目相對 | 본문

괄장결수 刮腸抉髓 | 창자를 긁어내고 골수를 도려낸다; 범죄를 철저히 파헤친다

광담패설 狂談悖說 | 이치에 닿지 않는 허황하고 미친 말 / 동의어: 광언망설 狂言妄說

광대무변 廣大無邊 | 넓고 커서 끝이 없다 / 동의어: 광대무량 廣大無量

광란노도 狂亂怒濤 | 미친 듯한 거친 파도; 질서가 마구 무너지는 모습

광모종중 廣謀從衆 | 많은 사람들과 의논해서 다수의 의견에 따른다

광세지도 曠世之度 | 세상에 보기 드물게 큰 아량

광세영웅 曠世英雄 | 세상에 보기 드문 영웅

광세지도 曠世之度 | 세상에 아무도 없는 것처럼 멸시하는 태도

광세지재 曠世之才 | 세상에서 보기 드문 재주; 그런 사람

광언기어 狂言綺語 | 미친 소리와 교묘하게 꾸민 말

광음여류 光陰如流 | 세월은 흐르는 물과 같다 / 동의어: 광음여류수 光陰如流水
　　　　　　　　　유사어: 광음여시 光陰如矢; 광음여전 光陰如箭; 광음여사 光陰如梭

광일미구 曠日彌久 | 본문

광풍제월 光風霽月 | 본문

광협장단 廣狹長短 | 폭과 길이

괴괴망측 怪怪罔測 | 형용할 수 없을 만큼 이상야릇하다

괴담이설 怪談異說 | 괴상하고 이상한 이야기

괴력난신 怪力亂神 | 불가사의, 엄청난 힘, 정의를 어지럽히는 것, 귀신 등

괴여만리장성 壞汝萬里長城 | 본문

교각살우 矯角殺牛 | 쇠뿔을 고치려다 소를 죽인다; 유사어: 교왕과직 矯枉過直

교건만상 驕蹇慢上 | 교만하고 건방져서 윗사람을 깔본다

교노승목 敎猱升木 | 원숭이에게 나무 오르는 법을 가르치면 더욱 잘 오를 것이다
　　　　　　　　　사람의 마음에는 인의가 있으니 이를 가르치면 더욱 발전할 것이다

교담여수 交淡如水 | 물처럼 담담하게 사귄다; 군자의 교제

교두접이 交頭接耳 | 머리를 맞댄 채 귀에 입을 대고 말한다; 비밀 이야기를 한다

교룡운우 蛟龍雲雨 | 교룡이 구름과 비를 만난다; 영웅, 호걸 등이 때를 만나 크게 활약한다
　　　　　　원어: 교룡득운우 蛟龍得雲雨 / 동의어: 교룡득수 蛟龍得水

교발기중 巧發奇中 | 교묘하게 꺼낸 말이 신기하게 들어맞는다

교백권자 交白卷子 | 수험생이 백지 답안지를 낸다

교병필패 驕兵必敗 | 교만한 군사는 반드시 패한다 / 유사어: 경적필패 輕敵必敗

교비역지 交臂歷指 | 몸이 자유롭지 못하다; 몸의 자유를 속박 당한다

교아절치 咬牙切齒 | 어금니를 악물고 이를 갈며 분해한다

교언난덕 巧言亂德 | 꾸며대는 말은 시비를 어지럽게 하기 때문에 도덕을 무너뜨린다

교언영색 巧言令色 | 본문

교왕과직 矯枉過直 | 굽은 것을 바로잡으려다 정도가 지나쳐버린다 / 동의어: 교왕과정 矯枉過正

교자졸지노 巧者拙之奴 | 꾀가 많은 사람은 못난 자의 하인이다

교자채신 教子採薪 | 자식에게 장작을 마련하는 방법을 가르친다; 일시적으로 돕는 것이 아니라
　　　　　　자기 힘으로 살아갈 수 있게 학문이나 기술을 가르친다

교주고슬 膠柱鼓瑟 | 본문

교지졸속 巧遲拙速 | 잘하기는 하지만 느린 것보다 서툴지만 빠른 것이 낫다

교천언심 交淺言深 | 사귄 지 얼마 안 되지만 서로 속을 털어놓는다

교취호탈 巧取豪奪 | 교묘한 수단으로 남의 것을 뺏는다; 부정한 방법으로 남의 물건을 가로챈다

교칠지교 膠漆之交 | 아교와 옻칠과 같이 끈끈한 사귐; 매우 친밀한 사귐
　　　　　　동의어: 교칠지계 膠漆之契 / 유사어: 문경지교 刎頸之交; 금란지교 金蘭之交

교토삼굴 狡兔三窟 | 본문

교편지마 噛鞭之馬 | 자기 고삐를 씹는 말; 친척을 헐뜯으면 자기에게 손해가 된다

교학상장 教學相長 | 남을 가르치는 것과 스승에게 배우는 것이 모두 자신의 학업에 도움이 된다

구각유말 口角流沫 | 입에서 침을 튀기며 심하게 논쟁한다 / 동의어: 구각비말 口角飛沫

구각춘풍 口角春風 | 남을 몹시 칭찬한다

구거작소 鳩居鵲巢 | 비둘기가 까치집에서 산다; 아내가 남편의 집에 들어가 산다; 남이 이루어놓
　　　　　　은 것을 가로챈다 / 준말: 구거 鳩居 / 동의어: 작소구점 鵲巢鳩占

구곡간장 九曲肝腸 | 굽이굽이 서린 창자; 속속들이 사무친 서러움

구구사정 區區私情 | 변변치 못한 개인적 사정

구구생활 區區生活 | 간신히 살아가는 생활

구두대개 狗竇大開 | 앞니 빠진 것을 놀리며 웃는다

구두삼매 口頭三昧 | 경문만 외우고 참 이치를 깨닫지 못하는 수도 / 동의어: 구두선 口頭禪

구두생각 狗頭生角 | 개 대가리에 뿔이 난다; 있을 수 없는 일

구두지교 口頭之交 | 말뿐인 사귐 / 유사어: 시도지교 市道之交

구로지은 劬勞之恩 | 낳아 길러준 부모의 은혜 / 동의어: 난익지은 卵翼之恩

구리지언 丘里之言 | 상말, 속담 같은 것

구맹주산 狗猛酒酸 | 개가 사나우면 그 술집의 술이 쉰다; 간신이 많으면 충신이 모이지 않는다

구무완인 口無完人 | 그 입에 오르면 완전한 사람이 없다; 남의 약점만 들추어내는 사람

구무택언 口無擇言 | 하는 말이 다 착하여 고를 것이 없다

구미속초 狗尾續貂 | 담비 꼬리로 꾸민 갓 뒤에 개꼬리로 꾸민 갓이 따른다; 관직을 함부로
　　　　　　　　　 나누어준다; 훌륭한 것 뒤에 하찮은 것이 따른다 / 준말: 속초 續貂

구밀복검 口蜜腹劍 | 본문

구반문촉 扣槃捫燭 | 구리쟁반을 두드리고 초를 어루만진다; 사물에 관해 제대로 알지도 못하면
　　　　　　　　　 서 아는 척한다 / 동의어: 맹인모상 盲人摸象(본문)

구반상실 狗飯橡實 | 개밥에 도토리; 외톨이 / 유사어: 독불장군 獨不將軍

구복지계 口腹之計 | 먹고살아 갈 방법 / 동의어: 호구지책 糊口之策

구분증닉 救焚拯溺 | 불에 타고 물에 빠진 사람을 구해준다; 남의 재난을 구제한다

구불가도 口不可道 | 입 밖에 낼 수 없다

구불이가 口不二價 | 물건값을 깎지 않는다

구사불첨 救死不瞻 | 몹시 곤란하여 다른 일을 돌아볼 겨를이 없다

구사일생 九死一生 | 죽을 뻔했다가 겨우 살아남 / 동의어: 십생구사 十生九死

구상유취 口尚乳臭 | 본문

구색친구 具色親舊 | 깊은 우정은 없지만 각 분야에 걸쳐서 널리 사귀는 벗

구선불염 求善不厭 | 선을 찾는 데 싫어하지 않는다; 항상 선을 행한다

구설부득 究說不得 | 이치에 맞지 않는 것을 추구하면 이해를 할 수 없다

구세동거 九世同居 | 한 집안에 아홉 대가 같이 산다; 집안이 매우 화목하다

구세제민 救世濟民 | 세상과 민생을 구제한다

구수회의 鳩首會議 | 여럿이 이마를 맞대고 의논한다 / 동의어: 구수응의 鳩首凝議

구시심비 口是心非 | 입으로는 옳다고 말하지만 마음으로는 아니라고 한다

구시화지문 口是禍之門 | 본문

구실재아 咎實在我 | 허물은 사실 자기에게 있다고 인정한다

구십구절 九十九折 | 꼬불꼬불한 산길

구십춘광 九十春光 | 봄의 90일 동안; 노인의 마음이 청년처럼 젊다

구안투생 苟安偸生 | 일시적 편안함을 탐내서 헛되게 산다 / 동의어: 투안 偸安

구여현하 口如懸河 | 말을 흐르는 강물처럼 잘 한다 / 동의어: 청산유수 靑山流水

구염오속 舊染汚俗 | 옛부터 물들어 있는 악습

구외불출 口外不出 | 입 밖에 말을 내지 않는다; 비밀을 지킨다

구우일모 九牛一毛 | 본문

구이지학 口耳之學 | 남에게 들은 것을 전해줄 뿐인 지식; 천박한 지식
　　　　　　　　　　동의어: 구이강설 口耳講說 / 유사어: 도청도설 道聽塗說

구인득인 求仁得仁 | 인(仁)을 추구하여 인을 얻는다; 자신이 얻고 싶어하는 것을 얻는다

구인찬액 蚯蚓鑽額 ┃ 지렁이가 이마에 구멍을 뚫는다; 고생을 몹시 심하게 한다

구일척안 具一隻眼 ┃ 한 개의 눈을 갖춘다; 보통 사람이 따를 수 없는 특이한 안목이 있다

구자무불성 狗者無佛性 ┃ 개에게는 부처가 될 성질이 없다

구장득주 求漿得酒 ┃ 식초를 구하다가 술을 얻는다; 기대 이상의 효과를 얻는다

　　　　　　　　　유사어: 어망홍리 魚網鴻離

구장촌단 九腸寸斷 ┃ 내장이 모두 토막 나다; 극도의 슬픔 / 동의어: 단장 斷腸

구전문사 求田問舍 ┃ 논밭이나 집을 사려고 묻는다; 자기 이익만 돌본다

구전심수 口傳心授 ┃ 입으로 전하고 마음으로 가르친다

　　　　　　　　　일상생활을 통해 저절로 몸에 배이도록 한다

구전이수 口傳耳受 ┃ 입으로 전해진 것을 귀로 듣는다

구절양장 九折羊腸 ┃ 양의 창자처럼 꼬불꼬불하다; 산길이 구불구불하고 험하다

　　　　　　　　　세상이 복잡하여 살아가기가 어렵다

구족제철 狗足蹄鐵 ┃ 개 발에 편자; 격에 맞지 않게 과분하다

구주필벌 口誅筆伐 ┃ 말이나 글로 남의 죄를 폭로한다

구중궁궐 九重宮闕 ┃ 문이 겹겹이 달린 깊숙한 대궐 / 유사어: 구중심처 九重深處

구중심처 九重深處 ┃ 대단히 깊숙한 곳 / 유사어: 구중궁궐 九重宮闕

구중자황 口中雌黃 ┃ 함부로 남을 비판한다

구중지슬 口中之蝨 ┃ 입 속에 든 이; 막다른 골목; 상대방을 완전히 장악한다

구중형극 口中荊棘 ┃ 입 속의 가시; 남을 헐뜯는 말

구즉득지 求則得之 ┃ 구하면 얻게 되고 버려 두면 잃게 된다

구척장신 九尺長身 ┃ 아홉 자나 되는 큰 키; 키가 매우 큰 사람

구천세　　九千歲 ┃ 황제 다음가는 권력자의 호칭; 권력자에게 아첨하며 외치는 소리

구태의연 舊態依然 ┃ 예전의 상태가 그대로 남아 있다; 발전이 없다

구하삼복 九夏三伏 ┃ 여름 90일 동안 초복, 중복, 말복 등 삼복

구한감우 久旱甘雨 ┃ 오랜 가뭄에 단비가 내린다; 오랜 고생 끝에 즐거운 일이 생긴다

구화양비 救火揚沸 ┃ 불을 끄고 끓는 물을 내려놓는다; 관리의 공무집행이 과격하고 체계가 없다

구화투신 救火投薪 ┃ 불을 끈다고 하면서 장작을 더 던진다; 폐해를 없앤다고 한 짓이 오히려

　　　　　　　　　폐해를 더욱 조장한다 / 동의어: 구화이신 救火以薪

구환분재 救患分災 ┃ 남의 어려움을 구해주고 재해를 분담한다

구회장　　九回腸 ┃ 창자가 아홉 번 뒤틀린다; 몹시 괴로워한다; 강이나 언덕 등이 매우 꼬불꼬불하다

국리민복 國利民福 ┃ 나라의 이익과 백성의 행복

국보간난 國步艱難 ┃ 나라의 형편이 매우 어지럽고 위태롭다

국사무쌍 國士無雙 ┃ 본문

국사우지 國士遇之 ┃ 국사 즉 나라의 최고의 선비로 대우하면 국사로써 갚는다

국상유겁 局上有劫 ┃ 진(晉)나라 완간(阮簡)이 바둑에 너무 심하게 빠져서 도둑 잡는 것마저

　　　　　　　　　소홀히 한 일; 어떤 것을 즐거하는 데 너무 심하게 탐닉한다

807

국서생　　　麴書生 | 술을 사람처럼 부르는 말

국지맹구 國之猛狗 | 나라를 어지럽히는 간신 / 준말: 국구 國狗

국지조아 國之爪牙 | 나라를 지키는 용감한 장수

국척　　　踼蹐 | 본문

국태민안 國泰民安 | 나라가 태평하고 백성이 편안하다

국토안온 國土安穩 | 나라가 평안하게 다스려진다

국파산하재 國破山河在 | 본문

군계일학 群鷄一鶴 | 참조: 계군일학 鷄群一鶴(본문)

군맹무상 群盲撫象 | 참조: 맹인모상 盲人摸象(본문); 동의어: 군맹상평 群盲象評

군문효수 軍門梟首 | 죄인의 목을 베어 군문 앞에 매달아놓는 일

군석신결 君射臣決 | 군주가 활쏘기를 좋아하면 신하는 깍지를 낀다; 아랫사람은 윗사람이 하는
　　　　　　　　　것을 본받게 마련이다

군신수어 君臣水魚 | 왕과 신하는 물과 물고기 사이와 같다

군욕신사 君辱臣死 | 군주와 신하가 고생과 생사를 같이한다

군웅할거 群雄割據 | 여러 영웅이 각각 본거지를 가지고 서로 다툰다

군의부전 群蟻附羶 | 개미떼가 양고기에 달라붙는다; 이익이 있는 곳에 사람들이 몰려든다

군이부당 群而不黨 | 많은 사람과 어울리지만 패거리에 끼지는 않는다

군자대로행 君子大路行 | 군자는 큰길로 걸어간다; 떳떳하게 살아서 본보기가 된다

군자무소쟁 君子無所爭 | 군자는 남과 다투지 않는다

군자불기 君子不器 | 본문

군자삼락 君子三樂 | 본문

군자삼외 君子三畏 | 군자가 꺼리는 것 세 가지 즉 아무 것도 듣지 못한 것, 들은 것을 배우지 못한
　　　　　　　　　것, 배운 것을 실천하지 못하는 것

군자원포주 君子遠庖廚 | 군자는 푸줏간을 멀리한다; 군자는 어질고 자비로워야 한다

군자표변 君子豹變 | 군자는 표범무늬처럼 변한다; 군자는 잘못을 곧 분명하게 고친다

군주신수 君舟臣水 | 도와주는 사람도 때로는 해로울 수 있다

굴묘편시 掘墓鞭屍 | 묘를 파서 시체에 매질한다; 통쾌한 복수; 지나친 행동

굴신무상 屈伸無常 | 굽히고 펴는 데 기준이 없다; 한결같은 절조가 없다

굴신제천하 屈臣制天下 | 군주가 신하에게 굽혀서 천하를 얻는다

궁구막추 窮寇莫追 | 궁지에 몰린 적이나 도둑을 추격하지 마라; 잘못하다가는 오히려 해를
　　　　　　　　　입는다 / 동의어: 궁서막추 窮鼠莫追; 궁구물박 窮寇勿迫

궁사남위 窮思濫爲 | 궁하면 못하는 짓이 없다 / 동의어: 궁무소불위 窮無所不爲

궁서설묘 窮鼠嚙猫 | 궁지에 몰린 쥐가 고양이를 문다; 막다른 골목에서는 약자도 강자에게
　　　　　　　　　덤빈다 / 유사어: 궁서설리 窮鼠嚙貍

궁여지책 窮餘之策 | 몹시 어려운 처지에서 짜낸 꾀 / 동의어: 궁여일책 窮餘一策

궁원투림 窮猿投林 | 다급한 원숭이는 나무를 가리지 않는다; 가난할 때는 아무 벼슬이나 한다

궁인모사 窮人謀事 | 운수가 나쁜 사람이 도모하는 일은 모두 실패한다

궁적상적 弓的相適 | 활과 과녁이 서로 맞는다; 하려는 일과 기회가 딱 맞는다

궁절전진 弓折箭盡 | 활이 부러지고 화살도 다 떨어졌다; 더 이상 무기가 없다; 더 이상 어쩔 도리가 없다 / 동의어: 궁절역진 弓折力盡 / 유사어: 도절시진 刀折矢盡

궁조입회 窮鳥入懷 | 쫓기는 새가 품에 날아든다; 사정이 급해서 찾아온 사람은 도와준다

궁통각유명 窮通各有命 | 사람의 곤궁함과 영달이 모두 운명에 달려 있는 것이다

권갑도기 卷甲韜旗 | 갑옷을 말아두고 군기를 치운다; 전쟁을 그만둔다

권고지은 眷顧之恩 | 돌보아준 은혜

권권복응 拳拳服膺 | 남의 충고나 훈계를 늘 마음에 새겨 따르려고 노력한다

권모술수 權謀術數 | 목적을 위해서는 수단 방법을 안 가리는 교묘한 꾀
　　　　　　　　동의어: 권모술책 權謀術策

권불십년 權不十年 | 권력이란 10년도 유지되지 못한다; 동의어: 세불십년 勢不十年

권상요목 勸上搖木 | 나무에 올라가라고 권하고는 밑에서 흔든다
　　　　　　　　남을 부추겨놓고는 일을 방해한다 / 유사어: 등루거제 登樓去梯

권선징악 勸善懲惡 | 선한 일은 권장하고 악한 일은 벌한다 / 유사어: 알악양선 遏惡揚善

권요청탁 權要請託 | 권력을 잡고 요직을 차지한 사람에게 청탁한다

권재족하 權在足下 | 권한은 당신에게 있다; 부탁할 때 쓰는 말

권토중래 捲土重來 | 본문

궤함절비 詭銜竊轡 | 말이 재갈을 뱉어내고 고삐를 물어뜯는다; 속박이 심하면 자유를 얻으려는 몸부림도 심해진다

귀각답천야 貴脚踏賤也 | 귀한 발로 천한 땅을 밟는다; 잘 오셨다고 환영하는 말

귀마방우 歸馬放牛 | 주나라 무왕이 은나라를 치고 돌아와 전쟁에 사용한 말과 소를 돌려보낸 일
　　　　　　　　전쟁을 다시 하지 않는다

귀면불심 鬼面佛心 | 얼굴은 귀신과 같지만 마음은 부처와 같다

귀모토각 龜毛兎角 | 거북이의 털과 토끼의 뿔; 있을 수 없는 것; 난리가 곧 일어나려고 하는 조짐

귀배괄모 龜背刮毛 | 거북이 등의 털을 긁는다; 되지도 않을 일을 억지로 한다

귀인천기 貴人賤己 | 군자는 남을 높이고 자기를 낮춘다

귀주출천방 貴珠出賤蚌 | 귀한 진주가 천한 조개에서 나온다; 가난한 집안에서 인물이 나온다

규경향일 葵傾向日 | 해바라기가 해를 향해서 기울어진다; 군주나 윗사람을 존경하고 충성을 바친다 / 동의어: 규화향일 葵花向日; 규곽경양 葵藿傾陽

규구준승 規矩準繩 | 목수가 쓰는 모든 도구; 사물의 기준; 법칙

규합지신 閨閤之臣 | 궁궐에서 군주를 가까이 모시는 신하

귤중지락 橘中之樂 | 귤 속의 즐거움; 바둑이나 장기의 재미

귤화위지 橘化爲枳 | 강남의 귤이 강북에 심겨지면 탱자가 된다; 사람도 환경에 따라 변한다

극구광음 隙駒光陰 | 세월은 달리는 말이 문틈을 스쳐 지나는 것과 같다
　　　　　　　　동의어: 백구과극 白駒過隙 / 유사어: 광음여류 光陰如流

극구변명 極口辨明 ┃ 자기 잘못이 없다고 갖은 말로 변명한다 / 동의어: 극구발명 極口發明

극구칭찬 極口稱讚 ┃ 몹시 칭찬한다 / 동의어: 극구찬송 極口讚頌

극기복례 克己復禮 ┃ 욕망을 억제하고 예의를 지킨다

극벌원욕 克伐怨慾 ┃ 이기려 하고 자기 자랑을 좋아하며 원망하고 탐욕을 부리는 네 가지 악덕

극성즉패 極盛則敗 ┃ 극도로 왕성하면 쇠퇴하기 시작한다

극혈지신 隙穴之臣 ┃ 틈을 엿보는 신하; 반역자; 배신자

근검역행 勤儉力行 ┃ 절약하며 열심히 노력한다

근구인형 僅具人形 ┃ 겨우 사람 형태만 갖추어 있다; 겉만 갖추고 속이 빈 사람

근근득생 僅僅得生 ┃ 간신히 살아간다

근근부지 僅僅扶持 ┃ 간신히 버티어 나간다

근모실모 僅毛失貌 ┃ 그림을 그릴 때 세부적인 것에 신경을 쓰다가 전체를 망친다

근묵자흑 近墨者黑 ┃ 먹을 가까이 하면 검어진다 / 유사어: 근주자적 近朱者赤

근언신행 謹言愼行 ┃ 말을 삼가고 행동을 신중히 한다

근엄실직 謹嚴實直 ┃ 조심하고 엄숙하며 성실하고 정직하다

근열원래 近悅遠來 ┃ 주위 사람들이 기뻐하고 먼 곳 사람들이 찾아온다; 덕의 혜택이 널리 미친다

근하신년 謹賀新年 ┃ 삼가 새해를 축복한다는 인사말 / 동의어: 공하신년 恭賀新年

근화일일영 槿花一日榮 ┃ 무궁화는 하루만 피어 있다; 부귀영화는 덧없는 것이다
　　　　유사어: 근화일조몽 槿花一朝夢

근화일조몽 槿花一朝夢 ┃ 무궁화는 하루아침의 꿈이다 / 유사어: 근화일일영 槿花一日榮

금고진천 金鼓振天 ┃ 종소리와 북소리가 하늘을 흔든다; 전투가 매우 치열하다

금곡주수 金谷酒數 ┃ 진(晉)나라의 석숭(石崇)이 금곡의 별장에서 시를 짓지 못하는 사람에게 벌주
　　　　세 말을 마시게 한 일; 벌주 석 잔

금곤복거 禽困覆車 ┃ 잡힌 짐승도 괴로우면 수레를 엎는다; 약자도 죽을 각오면 큰힘을 발휘한다

금과옥조 金科玉條 ┃ 황금이나 옥처럼 소중한 법 또는 규정

금구목설 金口木舌 ┃ 쇠와 나무로 된 목탁; 사회를 이끄는 언론 또는 언론인

금구복명 金甌覆名 ┃ 당나라 현종이 재상을 뽑을 때 책상에 이름을 쓰고 금 독으로 덮어 이름을
　　　　알아맞히게 한 일; 재상을 새로 임명한다

금궤지계 金匱之計 ┃ 금궤에 넣어둘 정도로 중요하고 비밀스러운 계책

금단주현 琴斷朱絃 ┃ 거문고의 붉은 줄을 끊는다; 남편의 죽음

금독지행 禽犢之行 ┃ 짐승 같은 짓; 친족 사이의 음탕한 짓

금란지계 金蘭之契 ┃ 쇠처럼 단단하고 난초처럼 향기로운 사귐 / 동의어: 금란지교 金蘭之交

금람아장 金纜牙檣 ┃ 비단실 닻줄에 상아 돛대인 호화로운 배

금봉염지 金鳳染指 ┃ 손톱을 봉숭아 물로 물들이는 풍습

금사여한선 噤事如寒蟬 ┃ 추위 속의 매미처럼 입을 다문다; 침묵을 지킨다

금상첨화 錦上添花 ┃ 본문

금석지감 今昔之感 ┃ 옛날과 지금을 비교할 때 너무 변화가 심한 데 대한 감회

금석지계 金石之計 | 가장 안전한 계책 / 동의어: 금석지책 金石之策

금선탈각 金蟬脫殼 | 매미가 허물을 벗는다; 몸을 빼어 달아난다

금성탕지 金城湯池 | 본문

금수강산 錦繡江山 | 비단에 수를 놓은 듯 아름다운 우리 나라의 강산

금슬부조 琴瑟不調 | 거문고 가락이 서로 맞지 않는다; 부부가 화목하지 못하다

금슬상화 琴瑟相和 | 본문

금시발복 今時發福 | 어떤 일 뒤에 즉시 좋은 수가 트여 부귀를 누린다

금시작비 今是昨非 | 오늘은 바르고 어제는 그르다; 지난 잘못을 오늘 비로소 깨닫는다

금시초면 今時初面 | 지금 막 처음 본다

금시초문 今時初聞 | 지금 막 처음 듣는다

금여시 고여시 今如是 古如是 | 옛날이나 지금이나 똑같다 / 준말: 금여고 今如古

금옥기질 金玉其質 | 바탕이 아름다운 것

금옥만당 金玉滿堂 | 금과 옥 같은 보물이 집에 가득하다; 현명한 신하가 조정에 가득하다

금옥지세 金玉之世 | 평온한 세상

금옥패서 金玉敗絮 | 겉만 그럴 듯하고 속은 추악하다

금의상경 錦衣尙褧 | 비단옷을 입고 그 위에 기운 옷을 입는다; 군자는 미덕을 감춘다

금의야행 錦衣夜行 | 본문

금의일식 錦衣一食 | 비단옷이 한 끼; 비단옷보다는 밥 한 그릇이 더 필요하다

금의환향 錦衣還鄕 | 비단옷 입고 고향에 돌아간다 / 동의어: 의금환향 衣錦還鄕

금전옥루 金殿玉樓 | 화려한 궁전과 누각

금지옥엽 金枝玉葉 | 황금 가지와 옥 잎사귀; 왕이나 고관의 자손; 귀여운 자손

　　　　　　　　동의어: 경지옥엽 瓊枝玉葉

금침도인 金針度人 | 금으로 된 침을 남에게 넘겨준다; 비결을 전해준다

금혁지세 金革之世 | 전쟁이 끊이지 않는 세상

금환탄작 金丸彈雀 | 금 탄환으로 참새를 쏜다; 소득이 적은 데 쓸데없이 많은 비용을 들인다

급난지풍 急難之風 | 남의 어려움을 구해주는 의협심이 있다 / 유사어: 급인지풍 急人之風

급류용퇴 急流勇退 | 급류를 용감하게 건너간다; 벼슬을 과감하게 버리고 물러난다

급심경단 汲深綆短 | 우물물을 긷는 데 두레박줄이 짧다; 맡은 일은 무거운데 재주가 모자란다

급익호선 及溺呼船 | 물에 빠져서야 배를 부른다; 뉘우쳐도 소용없다

급전직하 急轉直下 | 정세가 급하게 변하여 걷잡을 수 없다

긍구긍당 肯構肯堂 | 아버지의 일을 아들이 계속한다

기거만복 起居萬福 | 상대방에게 변함없이 많은 복을 받으라고 기원하여 편지에 쓰는 말

기고당당 旗鼓堂堂 | 군대가 정연하고 힘차다

기고만장 氣高萬丈 | 펄펄 뛸 듯이 대단히 화가 나다; 일이 잘 되어 기세가 대단하다

기골장대 氣骨壯大 | 몸이 튼튼하고 키가 크다

기괴망측 奇怪罔測 | 이상야릇하기 짝이 없다 / 동의어: 기괴천만 奇怪千萬

기구망측 崎嶇罔測 | 삶이 기구하기 짝이 없다

기구서직 饑求黍稷 | 굶주림에 시달려야 곡식을 구한다; 일이 급해서 서둘러야 아무 소용이 없다

기구지업 箕裘之業 | 후손이 이어받아 계속하는 가업

기군망상 欺君罔上 | 임금을 속인다

기기묘묘 奇奇妙妙 | 매우 이상하고 괴상하다 / 동의어: 기기괴괴 奇奇怪怪

기담괴설 奇談怪說 | 기이하고 괴상한 이야기

기라성　綺羅星 | 밤하늘에 반짝이는 수많은 별; 당당한 사람들이나 고위층이 많이 모여 있다

기려멱려 騎驢覓驢 | 나귀를 타고 나귀를 찾아다닌다; 가까운 것을 모르고 먼 것을 찾아다니는
　　　　　　　　어리석은 짓을 한다 / 동의어: 기우멱우 騎牛覓牛

기려지신 羈旅之臣 | 남의 나라에 가서 손님 대우를 받는 신하 / 동의어: 기려지신 羈旅之臣

기린지쇠야 노마선지 麒麟之衰也 駑馬先之 | 기린이 힘이 쇠약해지면 둔한 말이 더 빨리 간다
　　　　　　　　늙으면 패기와 재능이 크게 감퇴한다

기마욕솔노 騎馬欲率奴 | 말을 타면 종을 거느리고 싶다 / 유사어: 득롱망촉 得隴望蜀(본문)

기맥상통 氣脈相通 | 마음과 뜻이 서로 통한다

기명날인 記名捺印 | 자기 이름을 쓰고 도장을 찍는다

기문지학 記問之學 | 암기만 했지 이해하지 못하는 학문

기복염거 驥服鹽車 | 천리마가 소금수레를 끈다; 유능한 인재가 하찮은 일만 낮다

기부사수 棄父事讎 | 아버지를 버리고 원수를 섬긴다; 아버지의 원수의 신하가 된다

기불택식 飢不擇食 | 배가 고프면 음식을 가리지 않는다

기사본말 紀事本末 | 사건마다 그 시작과 결말을 적는다; 역사 기록의 한 방법

기사인　起死人 | 죽은 사람을 일으킨다; 큰 은혜를 베푼다; 어려운 처지에서 구해준다

기사지경 幾死之境 | 거의 죽게 된 형편

기사회생 起死回生 | 죽을 뻔하다가 다시 살아난다 / 동의어: 기사근생 幾死僅生

기산지절 箕山之節 | 본문

기상천외 奇想天外 | 기이한 생각이 하늘에서 떨어진다; 매우 엉뚱한 생각

기색혼절 氣塞昏絶 | 숨이 막혀 까무러친다

기성안혼 技成眼昏 | 재주를 익히고 나니 눈이 어둡다; 늙어서 훌륭한 기술이 아무 소용없다

기세난당 其勢難當 | 그 세력이 매우 강해서 감당하기 어렵다

기세도명 欺世盜名 | 세상사람들을 속이고 거짓 명성을 드러낸다

기세은둔 棄世隱遁 | 세상을 피해서 숨는다

기슬상조 蟣蝨相弔 | 서캐와 이가 서로 문상을 한다; 서로 자기 운명을 슬퍼한다

기승전결 起承轉結 | 한시의 첫머리, 그것을 받는 것, 한번 돌리는 것, 매듭짓는 것 등 네 구의 명칭

기식엄엄 氣息奄奄 | 숨이 끊어질듯 하다; 곧 멸망할 듯한 상태

기아선상 飢餓線上 | 굶어죽을 형편

기염만장 氣焰萬丈 | 기세가 한없이 높다

기왕불구 旣往不咎 | 본문

기우　　　杞憂 | 본문

기운생동 氣韻生動 | 그림이나 글씨의 정취가 생생하다

기이구서직 饑而求黍稷 | 굶주림을 당해서야 곡식을 구한다; 때가 이미 늦었다

기이지수 期頤之壽 | 나이 백 살

기인이하 寄人籬下 | 남의 울타리 밑에 몸을 의탁한다; 남의 세력에 의지해서 살아간다

기인지우 杞人之憂 | 동의어: 기우 杞憂(본문)

기자감식 飢者甘食 | 굶주린 사람은 무엇이든지 맛있게 먹는다

기조연구림 羈鳥戀舊林 | 새장에 갇힌 새가 살던 숲을 그리워한다; 나그네가 고향을 그리워한다

기진맥진 氣盡脈盡 | 기운과 의지력이 다 없어진다 / 동의어: 기진역진 氣盡力盡

기책종횡 奇策縱橫 | 기묘한 계책이 쏟아져 나온다

기치선명 旗幟鮮明 | 장군의 깃발의 색채가 뚜렷하다; 태도가 분명하다

기하취용 棄瑕取用 | 결점이 있는 사람을 버리고 유능한 인물을 쓴다
　　　　　　　동의어: 기하녹용 棄瑕錄用

기한기도심 饑寒起盜心 | 춥고 배고프면 훔칠 생각이 난다

기한도골 飢寒到骨 | 굶주림과 추위가 뼈에 사무친다

기호발수 騎虎拔鬚 | 호랑이 등에 타고 그 수염을 뽑는다; 매우 위험한 짓을 한다

기호지세 騎虎之勢 | 본문

기화가거 奇貨可居 | 본문

기화소장 饑火燒腸 | 굶주린 나머지 자기 창자를 구워 먹는다; 스스로 자기 몸을 죽인다

기화요초 琪花瑤草 | 아름다운 꽃과 풀

길상선사 吉祥善事 | 매우 기쁘고 좋은 일

길인천상 吉人天相 | 하늘은 착한 사람을 돕는다; 남의 불행을 위로하는 말

길흉동역 吉凶同域 | 길흉이 한 곳에 있다; 재앙과 복이 무상하다

길흉화복 吉凶禍福 | 길한 일, 흉한 일, 언짢은 일, 복된 일

끽호담　　　喫虎膽 | 호랑이 쓸개를 먹는다; 담력이 매우 대단하다

나

나부지몽 羅浮之夢 | 수나라 조사웅이 나부산의 매화촌에서 꿈을 꾸었는데 꿈속에서 미인과 만나
　　　　　　　놀다가 깨어보니 미인은 간데 없고 달빛만 싸늘하게 흘렀다

나작굴서 羅雀掘鼠 | 그물을 쳐서 참새를 잡고 굴을 파서 쥐를 잡는다; 벗어날 길이 없다

낙담상혼 落膽喪魂 | 몹시 놀라서 정신이 없다 / 동의어: 상혼낙담 喪魂落膽

낙락난합 落落難合 | 여기저기 떨어져 있어서 모이기 어렵다; 뜻이 커서 사회에 맞출 수가 없다

낙락신성 落落晨星 | 같은 나이의 생존자가 매우 드물다

낙락장송 落落長松 | 가지가 늘어진 큰 소나무

낙목공산 落木空山 | 나뭇잎이 모두 떨어져 쓸쓸한 산

낙백　　　　落魄 | 본문

낙불사촉 樂不思蜀 | 삶이 즐거워 촉나라를 생각하지 않는다; 나그네가 고향을 그리워하지 않는다

낙양지귀 洛陽紙貴 | 본문

낙월옥량 落月屋梁 | 자다가 깨어보니 지는 달이 지붕 위에 있다; 벗이나 고인을 간절히 그리다

낙이불음 樂而不淫 | 즐기지만 음탕하지 않고 슬퍼하지만 마음을 상하지 않는다

낙자압빈 落者壓鬢 | 엎어지는 놈 뒤통수를 누른다 / 유사어: 낙정하석 落穽下石

낙장불입 落張不入 | 화투 패를 한번 내놓으면 다시 집어넣지 못한다

낙정하석 落穽下石 | 함정에 빠진 사람에게 돌을 던진다; 어려운 처지의 사람을 더욱 못살게 군다

　　　　동의어: 하정투석 下穽投石 / 유사어: 낙자압빈 落者壓

낙탕방해 落湯螃蟹 | 끓는 물에 떨어진 방게가 허둥댄다; 몹시 당황해서 허둥지둥한다

낙필점승 落筆點蠅 | 붓 떨어진 흔적을 따라 파리가 그려진다; 화가의 솜씨가 매우 놀랍다

낙화난상지 落花難上枝 | 떨어진 꽃은 가지에 다시 붙기 어렵다; 한번 깨진 인연은 다시 돌이킬

　　　　수 없다 / 동의어: 낙화불반지 落花不返枝

낙화유수 落花流水 | 떨어지는 꽃과 흐르는 물; 봄 경치; 남녀가 서로 그리는 마음

난공불락 難攻不落 | 공격하기 어려워서 쉽사리 함락되지 않는다

난동이변 暖冬異變 | 예년과 달리 따뜻한 겨울 / 동의어: 이상난동 異常暖冬

난득자형제 難得者兄弟 | 형제란 사람의 힘으로 된 것이 아니다; 형제 사이가 원만해야 한다

난만동귀 爛漫同歸 | 옳지 못한 일에 함부로 어울려서 한 패거리가 된다

난보지경 難保之境 | 보호하기 힘든 상태

난상가란 卵上加卵 | 알 위에 알을 놓는다; 정성이 지극하면 하늘도 감동한다

난상지목물앙 難上之木勿仰 | 못 오를 나무는 쳐다보지도 마라; 불가능한 일은 기대하지도 마라

난상토의 爛商討議 | 충분히 의견을 교환하여 자세히 논의한다 / 동의어: 난상공론 爛商公論

난세지영웅 亂世之英雄 | 어지러운 세상에서 큰공을 세우는 영웅

난신적자 亂臣賊子 | 군주를 죽이는 신하와 어버이를 해치는 자식

난의문답 難疑問答 | 어렵고 의심나는 문제를 서로 묻고 대답한다

난익지은 卵翼之恩 | 알을 까서 날개로 덮어준 은혜; 낳아 길러준 부모의 은혜

난정순장 蘭亭殉葬 | 당나라 태종이 왕희지(王羲之)가 글씨를 쓴 난정첩을 너무 좋아해서 죽은 뒤

　　　　자기 관에 넣게 한 일; 어떤 물건을 몹시 좋아한다

난주소홍엽 煖酒燒紅葉 | 낙엽을 태워서 술을 데운다

난중지난 難中之難 | 어려움 중에서 가장 큰 어려움 / 동의어: 난중지난사 難中之難事

난지점수 蘭芷漸滫 | 난초와 구리때 같은 향초를 오줌에 담근다; 착한 사람도 악인과 가까이 하면

　　　　악에 물든다

난행고행 難行苦行 | 수련을 위한 심한 고행; 혹심한 고생

난형난제 難兄難弟 | 본문

날이불치 涅而不緇 | 검은 빛으로 물들이려 해도 물들지 않는다; 군자는 악에 물들지 않는다

814

남가일몽 南柯一夢 | 본문

남곽남우 南郭濫竽 | 피리를 불 줄도 모르는 남곽이 피리를 함부로 분다; 실력도 없으면서 속임수로 자리만 차지한다

남남북녀 南男北女 | 우리 나라에서 남쪽에서는 남자가, 북쪽에서는 여자가 아름답다고 한 말

남래여왕 男來女往 | 남녀간에 왕래하며 서로 교제한다

남만격설 南蠻鴃舌 | 남쪽 오랑캐 말은 때까치 소리와 같다; 외국어를 멸시해서 하는 말

남면칭고 南面稱孤 | 임금의 자리에 오른다

남발이증 攬髮而拯 | 물에 빠진 사람의 머리카락을 잡아 구해준다; 급하면 사소한 예의를 버린다

남부여대 男負女戴 | 짐을 남자는 지고 여자는 인다; 가난한 사람이 떠돌아다닌다

남산지수 南山之壽 | 무너지지 않는 종남산(終南山)처럼 오래 살기를 축원하는 말

남상   濫觴 | 본문

남선북마 南船北馬 | 남쪽에서는 배, 북쪽에서는 말이 운송도구이다; 분주하게 돌아다닌다

동의어: 동분서주 東奔西走, 남행북주 南行北走

남아일언 중천금 男兒一言 重千金 | 남자의 한 마디는 황금 천 냥만큼 귀중하다

남원북철 南轅北轍 | 수레의 몸체는 남쪽으로 향하고 바퀴는 북쪽으로 향한다; 자기가 하고 싶은 일과 실제로 하는 행동이 서로 다르다

남전북답 南田北畓 | 소유한 논밭이 여기저기 흩어져 있다

남전생옥 藍田生玉 | 진나라 남전현에서 옥이 난다; 현명한 아버지라야 현명한 아들을 둔다

남정북벌 南征北伐 | 남쪽을 정복하고 북쪽을 토벌한다

남좌여우 男左女右 | 음양설에서 남자는 왼쪽이, 여자는 오른쪽이 중요하다고 본다

남존여비 男尊女卑 | 남자를 귀하게, 여자를 천하게 본다

남주북병 南酒北餠 | 옛날 서울 남촌에서는 술맛이, 북촌에서는 떡맛이 좋았다

남풍불경 南風不競 | 본문

남창여수 男唱女隨 | 남자가 노래하고 여자가 따라 부른다; 남편의 주장에 아내가 따른다

준말: 남창 男唱 / 동의어: 부창부수 夫唱婦隨

남행북주 南行北走 | 남쪽으로 가고 북쪽으로 달린다; 매우 분주하게 돌아다닌다

납미춘두 臘尾春頭 | 연말과 연시

낭득허명 浪得虛名 | 평판은 좋지만 실속이 없다

낭랑세어 朗朗細語 | 낭랑한 목소리로 속삭인다

낭묘지기 廊廟之器 | 나라의 재상이 될 만한 인물

낭사지계 囊沙之計 | 자루에 모래를 담아 둑을 쌓았다가 무너뜨린 한신(韓信)의 계책

낭설자자 浪說藉藉 | 헛소문이 수많은 사람의 입에 올라 떠들썩하다

낭자야심 狼子野心 | 이리새끼의 야성; 흉악한 성질과 반역하는 마음은 교화하기 어렵다

낭중무일물 囊中無一物 | 주머니가 텅 비어 있다; 돈이 한 푼도 없다

낭중식인 狼衆食人 | 이리가 여럿 모이면 사람을 잡아먹고, 사람이 여럿이면 이리를 잡아먹는다

낭중유전 囊中有錢 | 주머니에 돈이 있다

낭중지추 囊中之錐 | 본문

낭중취물 囊中取物 | 주머니 속의 물건을 꺼낸다; 일이 매우 쉽다

낭패불감 狼狽不堪 | 이러지도 저러지도 못하는 매우 난처한 상황에 처해 있다 / 준말: 낭패 狼狽

내무주장 內無主張 | 집에 살림을 할 안주인이 없다 / 반대어: 외무주장 外無主張

내성불구 內省不疚 | 반성해도 조금도 부끄러울 것이 없다

내소외친 內疏外親 | 속으로는 소홀히 하면서 겉으로 친한 척한다

내우외환 內憂外患 | 나라 안팎의 온갖 근심 걱정

내일대난 來日大難 | 장래의 큰 난리

내자가추 來者可追 | 앞으로 닥칠 일은 개선의 여지가 있다

내자물거 來者勿拒 | 오는 사람 막지 않고 가는 사람 말리지 않는다 / 유사어: 내자물금 來者勿禁

내자불가대 來者不可待 | 장래의 일은 기대할 것이 못 된다

내자불가지 來者不可知 | 장래의 일은 예측할 수 없다

내전보살 內殿菩薩 | 알고도 모른 척 하고 시치미를 떼는 사람

내정돌입 內庭突入 | 남의 집 뜰에 주인의 허락 없이 불쑥 들어간다 / 동의어: 돌입내정 突入內庭

내조지공 內助之功 | 아내가 남편을 돕는다; 내부에서 오는 도움

　　　　　　준말: 내조 內助 / 동의어: 내덕지조 內德之助 / 유사어: 내조지현 內助之賢

내청외탁 內淸外濁 | 속은 맑고 겉은 흐린 척한다; 군자가 난세를 살아가는 처세술

내허외식 內虛外飾 | 속은 비었는데 겉만 꾸민다

냉난자지 冷暖自知 | 물이 찬지 따뜻한지는 마시는 사람이 안다; 자기 일은 스스로 판단한다

냉면한철 冷面寒鐵 | 강직하여 권력을 두려워하지 않는다

냉어빙인 冷語氷人 | 남을 매우 쌀쌀하게 대한다

냉어침인 冷語侵人 | 매정한 말로 남의 마음을 아프게 한다; 비꼬는 말로 남을 풍자한다

냉한삼두 冷汗三斗 | 식은땀이 서 말; 몹시 무섭거나 부끄럽다

냉혹무잔 冷酷無殘 | 몰인정하고 잔인하다

노갑이을 怒甲移乙 | 남에게 당한 것을 애매한 제3자에게 화풀이한다

　　　　　　동의어: 노갑을이 怒甲乙移;

노규어사 鷺窺魚事 | 백로가 물고기를 엿본다; 강자가 약자를 노린다 / 유사어: 호시탐탐 虎視耽耽

노기복력 老驥伏櫪 | 늙은 준마가 가로 목에 매여 있다; 뛰어난 인재는 늙어도 큰 뜻을 품고 있다

노기충천 怒氣衝天 | 화난 기세가 하늘을 찌를 듯이 대단하다

노당익장 老當益壯 | 늙으면 마땅히 뜻을 더욱 굳게 지녀야 한다

노래지희 老萊之戲 | 주나라 노래자가 나이 70에 어린아이의 옷을 입고 부모를 기쁘게 한 일

노류장화 路柳墻花 | 누구나 꺾을 수 있는 길가의 버들과 담 밑의 꽃; 창녀

노마십가 駑馬十駕 | 둔한 말이 열 수레를 끈다; 재주가 없는 사람도 열심히 노력하면 훌륭해진다

노마연잔 老馬戀棧 | 늙은 말은 마구간에 매여 있기를 원한다; 늙은이는 편안하게 지내길 바란다

노마연잔두 駑馬戀棧豆 | 어리석고 둔한 말이 외양간의 콩을 그리워한다; 선비가 옛 주인의 집을
　　　　　　그리워한다; 재능도 없는 자가 관직에 매달려 있다

노마염태호 老馬厭太平 | 늙은 말이 콩 싫어하랴; 늙어도 본능적 욕망은 없어지지 않는다

노마지지 老馬之智 | 본문

노말지세 弩末之勢 | 큰 활 끝의 힘; 겉잡을 수 없이 밀려오는 강력한 세력

노발대발 怒發大發 | 몹시 화를 낸다

노발대성 怒發大聲 | 매우 화가 나서 지르는 큰소리

노발상충 怒髮上衝 | 화가 치밀어 머리카락이 곤두선다

노발충관 怒髮衝冠 | 화가 치민 머리카락이 모자를 들어올린다; 몹시 화가 난 모습
　　　　　　　　동의어: 노발충천 怒髮衝天

노방생주 老蚌生珠 | 늙은 조개가 진주를 낳는다; 남의 아들을 칭찬하는 말
　　　　　　　　아버지와 아들이 학문이 뛰어나다; 늙어서 아들을 낳는다

노생상담 老生常譚 | 늙은이가 언제나 하는 말; 흔하고 상투적인 말

노소동락 老少同樂 | 노인과 젊은이가 나이에 관계없이 함께 즐기다

노소부정 老少不定 | 죽는 것은 나이순서가 아니다

노숙풍찬 露宿風餐 | 한데서 자고 한데서 먹는다; 여행의 어려움 / 동의어: 풍찬노숙 風餐露宿

노승발검 怒蠅拔劍 | 파리를 보고 화가 나서 칼을 뺀다; 사소한 일에 화낸다

노심초사 勞心焦思 | 애를 쓰고 속을 태운다

노양지과 魯陽之戈 | 초나라의 노양공(魯陽公)이 한(韓)나라와 싸울 때 해가 저물자 창을 들어
　　　　　　　　해를 멈추게 한 일; 위세가 대단하다

노어지오 魯魚之誤 | 노(魯)와 어(魚)는 비슷해서 틀리기 쉽다; 비슷한 글자를 잘못 표기한다
　　　　　　　　동의어: 어로지오 魚魯之誤 / 유사어: 노어해시 魯魚亥豕

노우지독 老牛舐犢 | 늙은 소가 새끼소를 핥아준다; 자식 사랑을 겸손하게 하는 말

노이무공 勞而無功 | 본문

노이무원 勞而無怨 | 효자는 부모를 위한 고생에 대해 원망하지 않는다

노익장　　　 老益壯 | 본문

노지남자 魯之男子 | 노나라의 남자; 여색을 좋아하지 않는 남자

노파심절 老婆心切 | 노파가 몹시 걱정한다; 남의 걱정을 너무 한다; 준말: 노파심 老婆心

녹림　　　　 綠林 | 본문

녹림호걸 綠林豪傑 | 푸른 숲의 호걸; 도둑 / 동의어: 녹림호객 綠林豪客 / 유사어: 백파 白波

녹명지연 鹿鳴之宴 | 손님을 환대하는 잔치

녹사불택음 鹿死不擇音 | 사슴은 죽을 때 소리를 고를 틈이 없다; 위급하면 절도를 잃는다

녹수청산 綠水靑山 | 푸른 물과 푸른 산

녹엽성음 綠葉成陰 | 무성한 나뭇잎이 그늘을 이룬다; 여자가 결혼하여 자녀를 많이 둔다

녹의황리 綠衣黃裏 | 귀한 것과 천한 것이 자리를 바꾼다; 첩이 부인 자리를 차지한다

녹음방초 綠陰芳草 | 푸르게 우거진 나무의 그늘과 아름답게 우거진 풀; 여름 경치

녹의사자 綠衣使者 | 당나라의 대부호 양숭의(楊崇義)를 죽인 그의 아내의 죄를 알린 앵무새

녹의홍상 綠衣紅裳 | 연두 저고리에 다홍치마; 젊은 여자의 고운 옷치장

녹죽청송 綠竹靑松 | 푸른 대나무와 소나무

논공행상 論功行賞 | 공적을 가려서 상을 준다

논병급국 論病及國 | 병의 치료법을 나라를 다스리는 일에 응용한다

논인장단 論人長短 | 남의 장점 단점을 따진다

농가성진 弄假成眞 | 장난으로 한 것이 진심으로 한 것과 같이 된다

농과성진 弄過成嗔 | 장난이 지나치면 노여움을 일으킨다

농교성졸 弄巧成拙 | 기교를 너무 부리면 졸렬하게 된다

농단　　　壟斷 | 본문

농와지경 弄瓦之慶 | 장난감 실패를 주는 경사; 딸을 낳은 경사 / 동의어: 농와지희 弄瓦之喜

농자 천하지대본 農者 天下之大本 | 농사는 천하의 근본이다; 농사의 깃발에 흔히 쓰는 말

농장지경 弄璋之慶 | 구슬을 주는 경사; 아들을 낳은 경사 / 동의어: 농장지희 弄璋之喜

농조연운 籠鳥戀雲 | 새장의 새가 구름을 그리워한다; 자유를 갈망한다; 고향을 그리워한다
　　　　　　　　　　유사어: 월조소남지 越鳥巢南枝; 호마의북풍 胡馬依北風

뇌봉전별 雷逢電別 | 우레처럼 만나 번개처럼 헤어진다; 잠깐 만났다가 헤어진다

뇌불가파 牢不可破 | 단단해서 깨뜨릴 수 없다

뇌성대명 雷聲大名 | 세상에 크게 알려진 이름; 남의 성명을 높여 부르는 말 / 준말: 뇌명 雷名

뇌성벽력 雷聲霹靂 | 우레 소리와 벼락

뇌예구식 賴藝求食 | 재주를 팔아 생활한다; 벼슬에 미련을 두고 여간해서는 그만두지 않는다

뇌진교칠 雷陳膠漆 | 후한 시대 뇌의(雷義)와 진중(陳重)의 두터운 우정; 매우 두터운 우정

누거만금 累巨萬金 | 매우 많은 액수의 돈 / 동의어: 누거만재 累巨萬財

누대분산 屢代墳山 | 여러 대의 조상의 무덤이 있는 산

누란지위 累卵之危 | 본문

누포충기 漏脯充饑 | 썩은 고기로 배를 채운다; 눈앞의 이익만 보고 나중의 재난은 생각 못한다

눌언민행 訥言敏行 | 군자는 말은 서툴지만 행동은 빨라야 한다

능라금수 綾羅錦繡 | 명주실로 짠 비단

능불양공 能不兩工 | 사람은 모든 일을 다 잘 할 수 없다

능사익모 能士匿謀 | 재능이 뛰어난 사람은 계책을 감춘다

능사필의 能事畢矣 | 할 일을 모두 마쳤다 / 유사어: 만사휴의 萬事休矣

능서불택필 能書不擇筆 | 본문

능소능대 能小能大 | 모든 일을 두루 잘 한다; 사람과 접촉하는 수단이 뛰어나다

능지처참 凌遲處斬 | 머리, 양팔, 두 다리, 몸뚱이 등 여섯 부분으로 토막치는 최대의 형벌
　　　　　　　　　　준말: 능지 凌遲

다

다계무단 多計無斷 | 계획은 많지만 실천이 없다

다기망양 多岐亡羊 | 본문

다다익선 多多益善 | 본문

다문다독 多聞多讀 | 많이 듣고 많이 읽는다

다문박식 多聞博識 | 들은 것이 많고 학식이 넓다

다사다난 多事多難 | 일이 많고 어려움도 많다 / 반대어: 무사식재 無事息災; 평온무사 平穩無事

다사다단 多事多端 | 여러 가지 일이 많고 복잡하게 얽혀 있다

다사다망 多事多忙 | 일이 많고 매우 바쁘다 / 동의어: 다사분주 多事奔走; 분주다사 奔走多事

다사제제 多士濟濟 | 여러 선비가 모두 뛰어나다 / 동의어: 제제다사 濟濟多士

다소불계 多少不計 | 많고 적음을 계산하지 않는다

다언삭궁 多言數窮 | 말이 많으면 자주 곤경에 처한다

다언혹중 多言或中 | 말이 많으면 더러 사리에 맞기도 한다 / 유사어: 우자일득 愚者一得

다예무예 多藝無藝 | 재주가 많은 사람은 한 가지 제대로 된 재주가 없다

다재다능 多才多能 | 재주와 능력이 많다

다재다병 多才多病 | 재주가 많으면 병이 많다 / 유사어: 가인박명 佳人薄命

다전선고 多錢善賈 | 밑천이 많으면 장사를 잘 한다
　　　　　　　　동의어: 다재선고 多財善賈 / 유사어: 장수선무 長袖善舞

다정다감 多情多感 | 정도 많고 생각도 많다 / 동의어: 다감다정 多感多情

다정다한 多情多恨 | 정도 많고 한도 많다

다정불심 多情佛心 | 정이 많고 착한 마음

다종다양 多種多樣 | 종류도 많고 모양도 가지각색이다

다천과귀 多賤寡貴 | 물건은 많으면 값이 내리고 적으면 올라간다

단간잔편 斷簡殘篇 | 떨어져 나가거나 빠지고 해서 조각난 문서 / 동의어: 단편잔간 斷篇殘簡

단금지계 斷金之契 | 쇠라도 끊을 두터운 우정; 준말: 단금 斷金 / 유사어: 금석지교 金石之交
　　　　　　　　동의어: 단금지교 斷金之交; 단금계 斷金契; 금란지교 金蘭之交

단기지교 斷機之敎 | 본문

단도직입 單刀直入 | 혼자 칼을 휘두르며 적진으로 쳐들어간다; 처음부터 본론으로 들어간다

단란지락 團欒之樂 | 서로 화목하게 사는 즐거움

단련지리 鍛鍊之吏 | 죄를 뒤집어 씌워 사람을 감옥에 가두는 관리

단문고증 單文孤證 | 간단한 글과 한 가지 증거; 빈약한 증거; 반대어: 박인방증 博引傍證

단사불성선 單絲不成線 | 외가닥 실은 끈이 되지 않는다; 혼자서는 쓸모가 없다

단사표음 簞食瓢飮 | 대나무 그릇의 음식과 표주박의 물; 청빈한 생활; 매우 가난한 생활
　　　　　　　　원어: 일단사 일표음 一簞食 一瓢飮 / 준말: 단표 簞瓢

단사호장 簞食壺漿 | 대나무 그릇의 음식과 항아리의 물; 군대를 길에서 환영하기 위한 음식

단상단하 壇上壇下 | 연설대의 위와 아래

단순호치 丹脣皓齒 | 붉은 입술과 흰 이; 미인

단악수선 斷惡修善 | 악행을 버리고 선행을 하는 길에 들어선다

단애절벽 斷崖絕壁 | 깎아지른 듯한 낭떠러지와 벼랑

단장　　　斷腸 | 본문

단장취의 斷章取義 | 남의 글을 한 부분만 따서 제멋대로 이용한다 / 유사어: 단장절구 斷章截句

단장보단 斷長補短 | 긴 것을 잘라서 짧은 것에 보탠다; 잘 되거나 넉넉한 것을 가지고 못 되거나
　　　　　　　　　　 모자라는 것을 보충한다 / 동의어: 절장보단 截長補短

단적칠흑 丹赤漆黑 | 붉은 흙 속에 있으면 붉어지고 옻칠 속에 있으면 검어진다

단제획죽 斷薺畫粥 | 송나라 범중엄(范仲淹)이 어렸을 때 냉이로 국을 끓이고 그것을 엉기게 해서
　　　　　　　　　　 토막을 낸 뒤 나누어 먹은 일; 가난을 참고 고학한다

단항절황 斷港絕潢 | 더 이상 흘러갈 곳이 없는 물줄기와 연못; 연락이 끊어진 상태

달다요요 獺多魚擾 | 수달이 많으면 물고기들이 불안에 떤다; 관리가 많으면 백성이 피곤하다

달인대관 達人大觀 | 이치를 깨달은 선비의 탁월한 식견; 통달한 사람은 두루 살펴서 판단한다

담대심소 膽大心小 | 글을 지을 때 배짱은 크게 가지고 주의는 세심하게 한다
　　　　　　　　　　 동의어: 담대심세 膽大心細

담설전정 擔雪塡井 | 눈을 지고 가서 우물을 메운다; 헛수고만 한다

담소자약 談笑自若 | 놀랄 일이나 걱정에도 태연하게 웃고 말한다

담언미중 談言微中 | 완곡하게 상대방의 급소를 찔러서 말한다

담장농말 淡粧濃抹 | 옅은 화장과 진한 화장; 개인 날과 비오는 날에 따라 변하는 경치

담장이아 淡粧而雅 | 옅은 화장을 하고 아름다운 모습

담호호지 談虎虎至 | 호랑이도 제 말하면 온다; 남의 흉을 함부로 보지 마라

답호미　　　踏虎尾 | 호랑이 꼬리를 밟는다; 대단히 위험한 일을 한다

당구풍월 堂狗風月 | 서당개 3년에 풍월을 한다; 무식한 사람도 유식한 사람과 같이 지내면
　　　　　　　　　　 감화를 받는다 / 유사어: 정가노가시 鄭家奴歌詩

당국고미 當局苦迷 | 제3자보다 당사자가 일에 관해서 더 어둡다
　　　　　　　　　　 동의어: 등하불명 燈下不明; 당국자미 當局者迷

당내지친 堂內之親 | 8촌 이내의 친척 / 동의어: 유복지친 有服之親

당대발복 當代發福 | 부모를 좋은 묏자리에 묻어 그 아들 대에 복을 받는다

당돌서시 唐突西施 | 당돌한 서시; 말도 안 되는 상대와 비교된다; 상식에 어긋나는 행동

당동벌이 黨同伐異 | 일의 옳고 그름은 따지지 않고 같은 동아리끼리 뭉치고 다른 동아리는
　　　　　　　　　　 배척한다 / 동의어: 동당벌이 同黨伐異

당랑거철 螳螂拒轍 | 본문

당랑규선 螳螂窺蟬 | 사마귀가 매미를 노리지만 자기에게 닥칠 위험은 깨닫지 못한다; 눈앞의
　　　　　　　　　　 욕심에만 눈이 어두워 덤비면 큰 해를 입는다 / 동의어: 당랑재후 螳螂在後

당로지인 當路之人 | 가장 중요한 자리에 있는 관리 / 동의어: 당축지사 當軸之士

당리당략 黨利黨略 | 자기 정당이나 당파의 이익만을 도모하는 계략

820

당세유종 當世儒宗 | 당대에 제일 가는 학자

당연지사 當然之事 | 마땅한 일

당장졸판 當場猝辦 | 그 자리에서 갑자기 마련하여 차린다

당종무녀 撞鐘舞女 | 종을 치며 춤추는 여자; 제멋대로 욕심부리고 호화롭게 사는 사람

당주조한 噇酒糟漢 | 술지게미를 게걸스럽게 먹는 사람; 진리를 깨닫지 못한 사람을 하는 말

당황망조 唐慌罔措 | 당황해서 어찌할 바를 모른다

대가이고 待價而沽 | 값이 오를 때까지 기다렸다가 판다; 때를 기다렸다가 행동한다

대간사충 大姦似忠 | 매우 간사한 자는 교묘해서 언뜻 보면 충성을 다하는 것처럼 보인다

대갈일성 大喝一聲 | 큰소리로 꾸짖는다

대객지도 對客之道 | 손님을 대접하는 도리

대경대책 大驚大責 | 크게 놀라 몹시 꾸짖는다

대경실색 大驚失色 | 몹시 놀라서 얼굴빛을 잃는다

대경이서 帶經而鋤 | 경서를 가지고 다니면서 밭을 맨다

대공무사 大公無私 | 매우 공평하고 사리사욕이 없다; 반대어: 대사무공 大私無公

대교약졸 大巧若拙 | 매우 교묘한 재주를 가진 사람은 언뜻 보면 서투른 듯이 보인다

대금장침 大衾長枕 | 큰 이불과 긴 베개; 매우 친밀한 사이

대기만성 大器晩成 | 본문

대기소용 大器小用 | 큰 그릇을 작게 쓴다; 큰 인물을 말단 관리로 쓴다
　　　　　　　　동의어: 대재소용 大材小用 / 유사어: 우도할계 牛刀割鷄

대담무쌍 大膽無雙 | 대담하기가 짝이 없다
　　　　　　　　유사어: 대담무적 大膽無敵 / 반대어: 소심익익 小心翼翼

대담부적 大膽不敵 | 대담하여 아무 것도 적으로 삼지 않는다 / 유사어: 대담무쌍 大膽無雙

대도무문 大道無門 | 큰 도리나 바른 길에는 거칠 것이 없다

대동단결 大同團結 | 여러 단체나 정당이 같은 목적을 위해 단결한다

대동사회 大同社會 | 모두 골고루 잘 사는 이상적인 사회

대동소이 大同小異 | 거의 같고 약간만 다르다; 비슷비슷하다 / 유사어: 오십보백보 五十步百步

대동지환 大同之患 | 여러 사람이 함께 당하는 재난

대두불기 擡頭不起 | 머리를 쳐들고 일어나지 못한다

대려지서 帶礪之誓 | 황하가 띠같이 작아지고 태산이 평평해져도 변함이 없다는 맹세
　　　　　　　　공신의 집안에 대해 대를 영영 끊지는 않겠다는 맹세

대마불사월 代馬不思越 | 북쪽 대군(代郡)의 말은 남쪽 월나라를 그리워하지 않는다; 오로지 자기
　　　　　　　　고향을 그리워한다 / 동의어: 대마의북풍 代馬依北風

대면불상식 對面不相識 | 얼굴을 늘 마주 보아도 마음이 통하지 않으면 모르는 사이와 같다

대무지년 大無之年 | 극심한 흉년이 든 해 / 동의어: 대살년 大殺年

대미필담 大美必淡 | 참으로 좋은 맛은 반드시 담백하다

대변여눌 大辯如訥 | 말재주가 뛰어난 사람은 말을 아끼기 때문에 말을 잘 못하는 듯이 보인다

동의어: 대변불언 大辯不言

대분망천 戴盆望天 ┃ 물동이를 이고 하늘을 바라볼 수 없다; 한꺼번에 두 가지 일은 못한다

대불핍인 代不乏人 ┃ 어느 시대나 인재가 없는 것은 아니다

대상부동 大相不同 ┃ 전혀 다르고 조금도 같지 않다

대서특필 大書特筆 ┃ 큰 글자로 두드러지게 나타낸다

동의어: 대서특기 大書特記; 대서특서 大書特書; 대자특서 大字特書

대성약결 大成若缺 ┃ 최고로 완성된 것은 속인의 눈에 불완전한 듯 보인다

대성질호 大聲叱呼 ┃ 큰소리로 꾸짖다 / 동의어: 대성일갈 大聲一喝

대성질호 大聲疾呼 ┃ 큰소리로 급하게 부른다

대성통곡 大聲痛哭 ┃ 목놓아 큰소리로 슬프게 운다

대수대명 代數代命 ┃ 재액을 남에게 옮겨 보낸다; 남의 재액을 자기가 맡는다

대시이동 待時而動 ┃ 때를 기다려서 움직인다

대실소망 大失所望 ┃ 바라던 것이 전혀 이루어지지 않아 허탕 친다

대악무도 大惡無道 ┃ 매우 악하고 도의에 벗어난다

대어탄소어 大魚吞小魚 ┃ 큰 물고기가 작은 물고기를 삼킨다; 큰 나라가 작은 나라를 침략한다

대언장담 大言壯談 ┃ 자기 분수에 맞지도 않는 말을 크게 떠들어댄다; 그런 말

동의어: 호언장담 豪言壯談; 장언대어 壯言大語; 대언장어 大言壯語

대역무도 大逆無道 ┃ 모반을 일으켜 사람의 도리에 크게 어긋난다

동의어: 대역부도 大逆不道

대우탄금 對牛彈琴 ┃ 소 앞에서 거문고를 탄다; 소용없는 짓을 한다

유사어: 마이동풍 馬耳東風; 우이독경 牛耳讀經

대은조시 大隱朝市 ┃ 비범한 은자는 속세에 있으면서도 초연하게 사는 사람이다

대의멸친 大義滅親 ┃ 본문

대의명분 大義名分 ┃ 사람이 반드시 지켜야 할 도리나 본분; 도리와 근거

대의충절 大義忠節 ┃ 인륜의 큰 의리와 충성하는 절개

대장부　　　大丈夫 ┃ 본문

대재소용 大材小用 ┃ 큰 재목을 작은 일에 쓴다; 인재를 제대로 활용하지 못한다

동의어: 대기소용 大器小用 / 유사어: 우도할계 牛刀割鷄

대중발락 對衆發落 ┃ 여러 사람의 의견으로 결정하여 발표한다

대지약우 大智若愚 ┃ 참으로 지혜로운 자는 어리석은 듯이 보인다

동의어: 대지여우 大智如愚 / 유사어: 대지부지 大智不智

대하동량 大廈棟梁 ┃ 큰 집에 쓰는 기둥과 대들보; 나라의 중대한 직책을 맡을 인재

대한불갈 大旱不渴 ┃ 크게 가물어도 물이 마르지 않는다

대한색구 大寒索裘 ┃ 가장 추울 때 가죽옷을 구한다; 미리 준비할 줄을 모른다

대한운예 大旱雲霓 ┃ 심한 가뭄에 구름을 쳐다본다; 원하는 것을 이룩하려고 몹시 갈망한다

원어: 대한망운예 大旱望雲霓 / 유사어: 대한자우 大旱慈雨

대한자우 大旱慈雨 | 심한 가뭄에 단비: 어지러운 세상에 훌륭한 지도자가 나오기를 간절히 바란다
유사어: 대한운예 大旱雲霓

대현군자 大賢君子 | 어질고 점잖은 사람

덕무상사 德無常師 | 덕을 닦는 데는 스승이 따로 없다

덕불고 필유린 德不孤 必有隣 | 본문

도가이변 塗歌里抃 | 길가는 사람과 마을사람이 노래부르고 손뼉 장단을 친다; 백성이 편안한
세월을 노래한다 / 동의어: 도가이영 塗歌里詠

도견상부 道見桑婦 | 길에서 뽕을 따는 여자를 보고 수작을 건다; 욕심을 채우려다 모두 잃는다

도견와계 陶犬瓦鷄 | 흙으로 빚은 개와 닭; 전혀 쓸모가 없는 것

도경화종 刀耕火種 | 숲을 베어 태우고 밭을 갈아 씨를 뿌린다 / 동의어: 화전 火田

도궁비수현 圖窮匕首見 | 계획이나 비밀이 탄로된다

도근상망 道殣相望 | 길에서 굶어죽는 사람이 매우 많다

도난어기역 圖難於其易 | 어려운 일을 할 때는 쉬운 것부터 해야 한다

도남지익 圖南之翼 | 붕새가 남쪽으로 가려고 날개를 편다; 다른 지역에 가서 큰 사업을 하려고
계획한다; 준말: 도남 圖南 / 동의어: 도남붕익 圖南鵬翼 / 유사어: 붕익 鵬翼

도량발호 跳梁跋扈 | 악인이 멋대로 날뛰며 판을 치고 다닌다

도로무익 徒勞無益 | 헛수고만 하고 아무 이익이 없다

도로이목 道路以目 | 불만을 품은 사람들이 드러내놓고 말은 못하지만 서로 눈치로 뜻을 통한다
동의어: 도로측목 道路側目

도룡지기 屠龍之技 | 용을 때려잡는 재주; 쓸모없는 재주

도리불언 하자성혜 桃李不言 下自成蹊 | 본문

도모시용 道謀是用 | 길가에 집을 짓는데 길가는 사람과 상의한다; 줏대가 없이 남의 의견만
따르면 일을 이룰 수 없다 / 동의어: 작사도방 作舍道傍

도문대작 屠門大嚼 | 푸줏간을 지날 때 고기를 씹는 흉내만 내도 기분이 좋다; 좋아하는 일을
하지는 못해도 상상만 해도 기분 좋다

도방고리 道傍苦李 | 길가 자두나무의 쓴 열매; 남에게 버림받은 사람

도불습유 道不拾遺 | 본문

도비순설 徒費脣舌 | 입술과 혀에게 헛수고를 시킨다; 쓸데없이 말만 하고 아무 보람도 없다

도삼이사 桃三李四 | 복숭아나무는 3년, 자두나무는 4년 길러야 결실을 낸다
무슨 일이든 거기 알맞은 시간이 필요하다

도삼촌설 掉三寸舌 | 세 치의 혀를 흔든다; 연설이나 웅변을 한다

도상가도 賭上加賭 | 원래의 도지 위에 도지를 더 매기다; 일이 거듭될수록 어려움이 더 커진다
동의어: 설상가상 雪上加霜

도소지우 屠所之牛 | 도살장에 끌려가는 소; 덧없는 인생 / 동의어: 도소지양 屠所之羊

도수공권 徒手空拳 | 맨손을 강조하는 말

도식부도 倒植浮圖 | 절의 탑을 거꾸로 세운다; 매우 위급한 형세

도역유도 盜亦有道 | 도둑도 지켜야 할 도리가 있다

도외시　　度外視 | 본문

도원결의 桃園結義 | 본문

도원경　　桃源境 | 본문

도원설설 盜寃竟雪 | 도둑의 누명은 벗어도 화냥년의 누명은 못 벗는다

도원지기 道遠知驥 | 천리를 달리는 준마는 먼길을 간 뒤에 비로소 그 실력이 알려진다
　　　　　　세상이 어지러워야 인물의 참된 가치가 알려진다

도이불경 道而不經 | 큰길을 걷고 좁은 지름길은 걸어가지 않는다

도자갱곽 屠者羹藿 | 백정은 소를 잡아도 고기를 못 먹고 콩잎을 삶아서 먹는다

도자용결분 陶者用缺盆 | 옹기장이는 집에 성한 그릇이 없어 결함 있는 그릇만 사용한다

도재시뇨 道在屎尿 | 도는 똥과 오줌에도 있다; 도는 어디나 다 있다

도절시진 刀折矢盡 | 칼이 부러지고 화살이 떨어졌다; 더 이상 싸울 수가 없다
　　　　　　유사어: 궁절전진 弓折箭盡

도주지부 陶朱之富 | 본문

도중하차 途中下車 | 차를 중간에서 내린다; 일을 중간에서 그만둔다

도증주인 盜憎主人 | 도둑이 주인을 미워한다; 자기를 해치려는 자는 싫어하게 마련이다

도처낭패 到處狼狽 | 가는 곳마다 화를 당한다; 하는 일마다 실패한다

도처선화당 到處宣化堂 | 가는 곳마다 후한 대접을 받는다

도처청산 到處靑山 | 가는 곳마다 살기 좋은 조건이 마련되어 있다

도처춘풍 到處春風 | 가는 곳마다 일이 순조롭거나 좋은 일이 있다

도청도설 道聽塗說 | 본문

도측기보 道側奇寶 | 길가의 진귀한 보물; 민간에 파묻혀 있는 어진 선비나 숨은 인재

도치간과 倒置干戈 | 무기를 거꾸로 해 둔다; 세상이 평안하다

도탄지고 塗炭之苦 | 본문

도행역시 倒行逆施 | 순서를 바꾸어 시행한다; 도리에 맞지 않게 일을 한다

독각대왕 獨脚大王 | 말썽이 많은 사람

독견지명 獨見之明 | 남이 깨닫지 못하는 것을 혼자 깨닫는 지혜 / 동의어: 독견지려 獨見之慮

독단전행 獨斷專行 | 남과 의논하지 않고 자기 생각만으로 멋대로 행동한다

독리즉패 獨利則敗 | 이익을 혼자 독점하려면 실패한다

독립독행 獨立獨行 | 남에게 의지하지 않고 독자적으로 행동한다; 나란히 겨룰 만한 것이 없다
　　　　　　동의어: 독립독보 獨立獨步

독립자존 獨立自尊 | 남에게 의지하지 않고 자신의 존엄을 유지한다

독불장군 獨不將軍 | 따돌림을 당한 사람; 혼자서는 장수가 될 수 없다 즉 남과 협조해야 한다

독서망양 讀書亡羊 | 본문

독서백편 의자현 讀書百遍 義自見 | 본문

독서삼도 讀書三到 | 독서에 필요한 세 가지 요건 즉 소리 내어 읽고, 눈으로 잘 보며, 마음으로

　　　　　　　알아듣는 것
독서삼매 讀書三昧 | 독서에 몰두한다
독서삼여 讀書三餘 | 독서하기에 좋은 세 가지 여가 즉 겨울, 밤 그리고 비오는 날
독선기신 獨善其身 | 남이야 어떻게 되든 오로지 자기 몸만 잘 보전한다
독수공방 獨守空房 | 결혼한 여자가 남편 없이 혼자 밤을 지낸다 / 동의어: 독숙공방 獨宿空房
독안룡　　獨眼龍 | 본문
독야청청 獨也靑靑 | 홀로 푸르다; 홀로 절개를 지킨다
독오거서 讀五車書 | 다섯 수레에 가득 실을 만큼 많은 책을 읽는다
　　　　　　　동의어: 독서파만권 讀書破萬卷
독장불명 獨掌不鳴 | 손바닥 하나로는 소리가 나지 않는다 / 동의어: 고장난명 孤掌難鳴
독책지술 督責之術 | 정부가 백성을 쥐어짜고 가혹하게 부리는 술책
독천불생 獨天不生 | 하늘만으로는 사물을 낳지 못하고 반드시 짝이 있어야 한다
　　　　　　　동의어: 독양불생 獨陽不生
독학고루 獨學孤陋 | 독학한 사람은 견문이 좁고 학문을 제대로 하기 힘들다
돈단무심 頓斷無心 | 사물에 대해 탐탁하게 여기는 마음이 전혀 없다
　　　　　　　동의어: 돈담무심 頓淡無心
돈제우주 豚蹄盂酒 | 돼지발굽 하나와 한 잔의 술; 약간의 술과 안주; 변변치 못한 음식이나 물건
　　　　　　　주는 것은 적고 탐내는 것은 많다 / 동의어: 돈제일주 豚蹄一酒
돌연변이 突然變異 | 유전자의 변화로 변종이 생긴다
동가식 서가숙 東家食 西家宿 | 본문
동가홍상 同價紅裳 | 같은 값이면 다홍치마; 같은 값이면 좋은 것을 고른다
동고동락 同苦同樂 | 괴로움도 즐거움도 함께 한다
동공이곡 同工異曲 | 본문
동곽지리 東郭之履 | 동곽의 짚신; 매우 가난한 형편
동교이체 同巧異體 | 기술은 같아도 만들어내는 물건은 사람에 따라 다르다
　　　　　　　동의어: 동교이곡 同巧異曲; 동공이곡 同工異曲(본문)
동귀수도 同歸殊塗 | 모든 이치가 같은 곳으로 돌아가지만 길은 서로 다르다
　　　　　　　동의어: 이로동귀 異路同歸
동기상구 同氣相求 | 같은 무리끼리 서로 통하여 어울린다 / 동의어: 동성상응 同聲相應
　　　　　　　유사어: 동병상련 同病相憐; 유유상종 類類相從
동기위시 同己爲是 | 자기 의견과 같은 것만 옳다고 한다
동기일신 同氣一身 | 형제자매는 한 몸이나 마찬가지다
동도주인 東道主人 | 주인으로서 손님의 시중을 들거나 길을 안내해주는 사람
동두철신 銅頭鐵身 | 고집불통에 거만하고 모진 사람 / 동의어: 동두철액 銅頭鐵額
동량지재 棟樑之材 | 집안이나 나라의 기둥이 될 만한 인물
　　　　　　　준말: 동량 棟樑 / 유사어: 동량지신 棟樑之臣

동리동사 同利同死 | 이해관계가 일치하는 사람들은 그 일을 위해 모든 힘을 다한다; 군주가 백성을 위해 일하면 백성은 그를 위해 목숨을 바쳐 충성한다

동명이인 同名異人 | 이름은 같지만 전혀 서로 다른 사람

동문서답 東問西答 | 질문에 대해 엉뚱한 대답을 한다 / 동의어: 문동답서 問東答西

동문수학 同門受學 | 한 스승 밑에서 함께 배운다 / 동의어: 동문동학 同門同學

동문이호 同門異戶 | 대부분 같지만 약간 다르다; 한 스승의 제자들의 의견이 조금 다르다

동병상련 同病相憐 | 본문

동분서주 東奔西走 | 사방으로 바쁘게 돌아다닌다

　　　　　　　　동의어: 동서분주 東西奔走; 동행서주 東行西走; 동치서주 東馳西走

동빙가절 凍氷可折 | 물도 얼음이 되면 쉽게 부러진다; 사람의 성격도 때에 따라 달라진다; 사물을 처리하기 쉬운 그 때를 만나기가 어렵다

동빙한설 凍氷寒雪 | 얼어붙은 얼음과 찬 눈; 심한 추위

동산고와 東山高臥 | 동산에 숨어산다; 속세를 떠나 산 속에 숨어산다

동상이몽 同床異夢 | 한 자리에서 같이 자지만 꿈은 각각이다; 행동은 같이하지만 속셈은 서로 다르다 / 동의어: 동상각몽 同床各夢

동생동락 同生同樂 | 함께 살고 즐거움도 함께한다

동서고금 東西古今 | 동양과 서양, 옛날과 지금 즉 인간사회 전체

동서남북인 東西南北人 | 주거가 일정하지 않은 사람

동서불변 東西不辨 | 동서를 분별하지 못한다; 아무 것도 모른다

동선하로 冬扇夏爐 | 겨울 부채와 여름 화로; 아무 쓸모가 없는 것

동섬서홀 東閃西忽 | 동에서 번쩍 서에서 번쩍; 이리저리 분주하게 싸다닌다

동성불혼 同姓不婚 | 같은 부계 혈족 사이의 혼인을 금지한다

동성이속 同聲異俗 | 태어난 아기 울음소리는 모두 같지만 풍속 등은 달라진다

동악상조 同惡相助 | 악인끼리 서로 돕는다; 같은 무리끼리 서로 돕는다

　　　　　　　　유사어: 오월동주 吳越同舟; 유유상종 類類相從

동업상구 同業相仇 | 같은 업종의 사람들은 서로 배척한다 / 유사어: 동미상투 同美相妒

동오상조 同惡相助 | 같은 것을 미워하는 사람들끼리 서로 돕는다

동온하청 冬溫夏淸 | 겨울에는 따뜻하게, 여름에는 시원하게 해드린다; 부모에게 효도한다

　　　　　　　　유사어: 온청정성 溫淸定省; 혼정신성 昏定晨省

동우각마 童牛角馬 | 뿔이 안 난 송아지와 뿔난 말; 이치에 맞지 않는 것

동우상구 同憂相救 | 같은 걱정이 있는 사람끼리 서로 돕는다 / 유사어: 동병상련 同病相憐

동우지곡 童牛之梏 | 외양간에 매인 송아지와 같이 자유가 없다

동월무피 冬月無被 | 겨울에 입을 옷이 없다; 매우 가난하다

동음이의 同音異義 | 발음은 같지만 뜻이 다르다

동이불화 同而不和 | 겉으로는 찬성하지만 속으로는 그렇지 않다 / 유사어: 화이부동 和而不同

동절최붕 棟折榱崩 | 들보가 부러지면 서까래가 무너진다; 상관이 쓰러지면 부하도 죽는다

826

동족방뇨 凍足放尿 | 언 발에 오줌 누기; 임시 변통이 나쁜 결과를 낸다

유사어: 고식지계 姑息之計; 미봉책 彌縫策

동족상잔 同族相殘 | 동족끼리 서로 싸우고 해친다

동의어: 동족상쟁 同族相爭 / 유사어: 골육상쟁 骨肉相爭

동주상구 同舟相救 | 같은 배를 탄 사람끼리 서로 돕는다; 다급한 경우를 함께 만나면 서로 돕는다

유사어: 오월동주 吳越同舟; 동주제강 同舟濟江

동추서대 東推西貸 | 여러 곳에서 빚을 진다 / 동의어: 동서대취 東西貸取; 동취서대 東取西貸

동침동금 同枕同衾 | 한 이부자리에서 베개를 함께 베고 잔다

동해빙석 凍解氷釋 | 얼음이 녹듯 의문이 모두 풀린다

동해양진 東海揚塵 | 동쪽 바다에서 먼지가 일어난다; 바다가 육지로 변한다

동의어: 벽해상전 碧海桑田

동호지필 董狐之筆 | 본문

두남일인 斗南一人 | 북두성의 남쪽에 있는 두남성과 같은 사람; 천하에 제일 가는 인물

두문불출 杜門不出 | 문을 닫고 나가지 않는다; 집안에만 틀어박혀 있다

두양소근 頭痒搔跟 | 머리가 가려운데 발뒤꿈치를 긁는다; 소용없는 짓을 한다

동의어: 격화소양 隔靴搔癢

두점방맹 杜漸防萌 | 사물의 싹을 미리 잘라서 후환을 없앤다

두주불사 斗酒不辭 | 본문

두주척계 斗酒隻鷄 | 술 한 말과 닭 한 마리; 위나라의 조조(曹操)가 절친한 친구 교현(橋玄)의
무덤 앞에서 한 말; 죽은 친구를 그리는 정

두찬　　　　 杜撰 | 본문

두한족열 頭寒足熱 | 머리는 차게, 발을 따뜻하게 하는 건강법

둔학누공 鈍學累功 | 재주가 모자라는 사람이 학문을 위해 끊임없이 애쓴다

득갑환주 得匣還珠 | 상자를 얻고 구슬을 돌려준다; 무익한 일에 홀려서 유익한 일을 잊는다

득롱망촉 得隴望蜀 | 본문

득부상부 得斧喪斧 | 얻은 도끼나 잃은 도끼나 마찬가지다; 이익도 손해도 없다

동의어: 득부실부 得斧失斧

득소실다 得少失多 | 얻은 것은 적고 잃은 것은 많다 / 유사어: 득불보실 得不補失

득시즉가 得時則駕 | 때를 만나면 즉시 그 기회를 탄다

득실상반 得失相半 | 얻은 것과 잃은 것이 서로 반반이다

득어망전 得魚忘筌 | 본문

득의만면 得意滿面 | 뜻을 이루어 기쁜 표정이 얼굴에 가득하다

득일망십 得一忘十 | 한 가지를 알면 열 가지를 잊어버린다 / 반대어: 문일십지 聞一十知

득중득국 得衆得國 | 대중의 마음을 얻으면 나라도 얻을 수 있다

득토망제 得兎忘蹄 | 토끼를 잡고 나면 올무를 잊어버린다; 학문을 이룬 뒤에는 책이 필요없다

등고자비 登高自卑 | 낮은 곳에서부터 위로 올라간다 즉 무슨 일이든 순서가 있다

등루거제 登樓去梯 | 다락에 오르게 하고 사다리를 치운다; 사람을 꾀어서 어려운 처지에 빠뜨린다
　　　　　　유사어: 권상요목 勸上搖木
등상생화 燈上生花 | 기쁜 일이 있을 조짐; 반가운 손님이 올 조짐 / 유사어: 등화지희 燈火之喜
등시포착 登時捕捉 | 범인을 현장에서 잡는다
등용문　　登龍門 | 본문
등화가친 燈火可親 | 등불과 친할 만하다 즉 가을밤은 독서에 가장 적합하다
등하불명 燈下不明 | 등잔 밑이 어둡다; 사람이 남의 일은 잘 보살피면서 자신의 일에 관해서는
　　　　　　도리어 어둡다 / 유사어: 등대부자조 燈臺不自照

마＿＿＿＿＿

마각노출 馬脚露出 | 말의 다리가 드러난다; 숨기던 잔꾀가 드러난다
마경자류 磨鏡者流 | 당나라의 여자검객 섭은(聶隱)이 거울을 가는 남자를 남편으로 삼았는데
　　　　　　그가 거울을 가는 것 이외에 다른 재주가 없었다; 변변치 못한 사람
마고소양 麻姑搔痒 | 전설에 나오는 선녀 마고가 가려운 곳을 긁어준다; 일이 뜻대로 잘 된다
마두출령 馬頭出令 | 갑자기 명령을 내린다
마맥분리 磨麥分梨 | 보리를 가루로 가는 꿈을 꾸고 잃었던 남편을 찾고 배를 쪼개는 꿈을 꾸고
　　　　　　나니 잃었던 아들이 돌아왔다
마부작침 磨斧作針 | 본문
마수모장 馬瘦毛長 | 말이 야위면 털만 길어진다; 가난해지면 어리석고 둔해진다
　　　　　　동의어: 마피모장 馬疲毛長
마우금거 馬牛襟裾 | 말이나 소가 사람 옷을 입고 있다; 학식이나 예의가 없는 사람을 꾸짖는 말
마이동풍 馬耳東風 | 본문
마저작침 磨杵作針 | 공이를 갈아 바늘을 만든다; 끊임없이 노력한다
　　　　　　동의어: 마부작침 磨斧作針(본문)
마중지봉 麻中之蓬 | 삼 밭에 꼿꼿하게 자라난 쑥; 악인도 좋은 환경에서 자라면 착해진다
마천철연 磨穿鐵硯 | 학문에 열중하여 딴 데 마음을 두지 않는다
마혁과시 馬革裹屍 | 본문
마호체승 馬好替乘 | 말도 갈아타는 것이 좋다; 새것으로 바꾸어보는 것도 즐거운 일이다
막강지국 莫强之國 | 매우 강한 나라
막무가내 莫無可奈 | 한번 정한 것을 고집하여 전혀 융통성이 없다 / 동의어: 무가내하 無可奈何
막비명야 莫非命也 | 운명이 아닌 것이 없다
막상막하 莫上莫下 | 우열을 가릴 수 없다 / 동의어: 난형난제 難兄難弟(본문)
막상지연소 幕上之燕巢 | 장막에 지은 제비집; 매우 위험한 곳에 의지한다
　　　　　　준말: 소막연 巢幕燕; 막연 幕燕

막역지우 莫逆之友 | 본문

막연부지 漠然不知 | 희미해서 자세히 알 수 없다

막중국사 莫重國事 | 매우 중대한 나라 일

막중대사 莫重大事 | 매우 중요한 일

막천석지 幕天席地 | 하늘을 지붕으로, 땅을 돗자리로 삼는다; 뜻과 기개가 넓다

막현우은 莫見于隱 | 어두운 곳은 도리어 드러난다; 감추려고 해도 마음속에 있는 것은 얼굴에
　　　　　　　　　드러난다 / 동의어: 막현호은 莫見乎隱

만가　　　　輓歌 | 본문

만강춘의 滿腔春意 | 진심으로 축하한다

만경유리 萬頃琉璃 | 넓고 넓은 유리; 유리처럼 아름답고 잔잔한 바다

만경창파 萬頃蒼波 | 끝없이 넓고 잔잔한 바다

만고강산 萬古江山 | 영원히 변하지 않는 산천

만고불멸 萬古不滅 | 영원히 없어지지 않거나 멸망하지 않는다

만고불변 萬古不變 | 영원히 변하지 않는다
　　　　　　　　동의어: 만고불역 萬古不易; 만대불변 萬代不變; 만세불역 萬世不易

만고불후 萬古不朽 | 영원히 썩지 않는다 / 동의어: 만대불후 萬代不朽

만고상청 萬古常靑 | 영원히 늘 푸르다

만고역적 萬古逆賊 | 영원히 죄를 벗을 수 없는 끔찍한 역적

만고절색 萬古絶色 | 시대를 통틀어서 가장 뛰어난 미인

만고풍상 萬古風霜 | 오랜 세월 겪어온 수많은 고생 / 동의어: 만고풍설 萬古風雪

만구성비 萬口成碑 | 수많은 사람의 칭찬은 비석을 세우는 것과 같다

만구칭송 萬口稱頌 | 여러 사람이 한결같이 칭찬한다 / 동의어: 만구칭찬 萬口稱讚

만군지중 萬軍之中 | 많은 군사가 여러 겹으로 진을 친 그 한가운데

만권시서 萬卷詩書 | 매우 많은 책

만년불패 萬年不敗 | 아주 오랫동안 패하거나 망하지 않는다

만년지계 萬年之計 | 먼 훗날까지 내다보는 계획

만단수심 萬端愁心 | 마음에 일어나는 온갖 걱정

만단의혹 萬端疑惑 | 온갖 의심

만단정회 萬端情懷 | 온갖 정서와 회포

만당귀빈 滿堂貴賓 | 방이나 강당을 가득 채운 손님

만대영화 萬代榮華 | 여러 대에 길이 누리는 영화

만대유전 萬代遺傳 | 오랫동안 전해 내려간다

만리동풍 萬里同風 | 어디를 가나 같은 바람이 분다; 천하가 통일되어 풍속이 같고 태평하다
　　　　　　　　동의어: 천리동풍 千里同風

만리비린 萬里比隣 | 아무리 먼 곳도 마음에 따라서는 이웃과 같다

만리장설 萬里長舌 | 끝없이 늘어놓는 말

만리장성 萬里長城 | 끝없이 이어진 길고도 긴 성벽

만리장천 萬里長天 | 한없이 높고 넓은 하늘 / 동의어: 구만리장천 九萬里長天

만만부당 萬萬不當 | 조금도 이치에 맞지 않고 얼토당토않다
　　　　　　　　　　　동의어: 천부당만부당 千不當萬不當

만만불가 萬萬不可 | 전혀 옳지 않다 / 동의어: 천만불가 千萬不可

만면수색 滿面愁色 | 얼굴에 가득 나타난 근심하는 기색

만면희색 滿面喜色 | 얼굴에 가득 나타난 기뻐하는 빛

만목황량 滿目荒凉 | 눈에 띄는 것이 모두 거칠고 처량하다

만무일실 萬無一失 | 조금도 없어지는 일이 없다; 조금도 실패할 염려가 없다; 전혀 잘못이 없다
　　　　　　　　　　　유사어: 만불실일 萬不失一

만물지장 萬物之長 | 만물의 영장

만반진수 滿盤珍羞 | 상에 가득 차린 별나고 맛있는 음식

만범순풍 滿帆順風 | 돛을 불룩하게 만드는 순풍

만법귀일 萬法歸一 | 모든 것이 결국 한 가지로 돌아간다

만병통치 萬病通治 | 약의 효험이 모든 병에 미친다

만부득이 萬不得已 | 부득이하다는 말을 강조하는 말

만부부당 萬夫不當 | 수많은 사내도 당해내지 못한다

만사무석 萬死無惜 | 죄가 너무 무거워서 만 번 죽어도 아깝지 않다
　　　　　　　　　　　동의어: 만사유경 萬死猶輕; 만륙유경 萬戮猶輕

만사무심 萬事無心 | 모든 일에 관심이 없다; 근심 걱정 때문에 딴 일에 신경을 쓸 수 없다

만사불고 萬死不顧 | 죽음을 무릅쓴다

만사태평 萬事太平 | 모든 일에 근심 걱정이 없어 평안하다 / 준말: 만태평 萬太平

만사형통 萬事亨通 | 모든 일이 마음먹은 대로 다 잘 된다
　　　　　　　　　　　동의어: 만사여의 萬事如意

만사휴의 萬事休矣 | (본문)

만산편야 滿山遍野 | 산과 들에 가득 차 있다 / 동의어: 편산만야 遍山滿野

만세불망 萬世不忘 | 은혜를 영원히 잊지 못한다

만세불역 萬世不易 | 영원히 변하지 않는다

만세지업 萬世之業 | 영원히 계속될 불후의 사업

만세지후 萬世之後 | 죽은 뒤

만세천자 萬歲天子 | 오래 장수한 천자

만수무강 萬壽無疆 | 매우 오래 산다; 장수를 기원하는 말 / 동의어: 만세무강 萬世無疆

만승지국 萬乘之國 | 전투용 마차 일만 대를 동원할 수 있는 나라 즉 천자의 나라

만승천자 萬乘天子 | 천자를 더 높이어 부르는 말

만시지탄 晩時之歎 | 기회를 놓쳐 때가 이미 늦어서 하는 탄식 / 동의어: 후시지탄 後時之歎

만식당육 晩食當肉 | 배고플 때 먹으면 고기를 먹듯이 맛있다 / 유사어: 기갈감식 飢渴甘食

만신창이 滿身瘡痍 | 온 몸이 상처투성이다; 사물이 엉망진창이 된다

만우난회 萬牛難回 | 만 마리의 소도 돌리기 어렵다; 고집이 매우 세다

만인동락 萬人同樂 | 모든 사람이 함께 즐긴다

만인총중 萬人叢中 | 많은 사람이 있는 가운데

만인지상 萬人之上 | 모든 사람의 위 즉 정승의 지위

만장기염 萬丈氣焰 | 매우 대단한 기세

만장일치 滿場一致 | 한 자리에 모인 사람이 모두 같은 의견이 된다

만장홍진 萬丈紅塵 | 만 길이나 솟은 먼지; 번거로운 속세

만장회도 慢藏誨盜 | 곳간의 문단속을 잘 하지 않은 것은 도둑에게 도둑질을 가르친 것과 같다

만전지계 萬全之計 | 실패의 위험성이 없이 매우 안전한 계책 / 동의어: 만전지책 萬全之策

만절필동 萬折必東 | 황하는 수없이 굽이를 이루어도 반드시 동쪽으로 흐른다

만조백관 滿朝百官 | 조정의 모든 관리 / 동의어: 만정제신 滿廷諸臣

만패불청 萬覇不聽 | 바둑에서 큰 패가 생겼을 때 상대방이 어떠한 패를 써도 듣지 않는다
　　　　　　　　아무리 집적거려도 들은 체하지 않고 고집을 부린다

만화방창 萬化方暢 | 봄날 온갖 생물이 나서 자란다

말대필절 末大必折 | 가지가 굵으면 줄기가 반드시 부러진다; 갈라져나간 가문들이 강하면
　　　　　　　　종가가 무너진다

말류지폐 末流之弊 | 잘 해오다가 끝에 가서 생기는 폐단

망개삼면 網開三面 | 그물의 세 면을 연다; 은덕이 짐승에게까지 미친다

망거목수 網擧目隨 | 그물을 들면 그물눈도 따라서 올라간다; 한 가지 일이 잘 되면 다른 일도
　　　　　　　　자연히 이루어진다 / 동의어: 팽두이숙 烹頭耳熟

망국죄인 亡國罪人 | 나라를 망치게 한 죄인

망국지본 亡國之本 | 나라를 망치는 근본

망국지신 亡國之臣 | 나라를 망치는 신하; 망한 나라의 신하

망국지음 亡國之音 | 본문

망국지탄 亡國之歎 | 나라가 망한 데 대한 탄식
　　　　　　　　준말: 망국탄 亡國歎 / 동의어: 망국지한 亡國之恨

망극지은 罔極之恩 | 지극한 은혜; 부모의 은혜

망년지교 忘年之交 | 나이를 초월해서 재능과 학문으로 사귐 / 동의어: 망년지우 忘年之友

망루탄주 網漏呑舟 | 배를 삼킬 만한 큰 물고기는 그물에서 빠져나가게 한다
　　　　　　　　악인 가운데 거물이 법의 그물을 빠져나가도 묵인한다

망망대해 茫茫大海 | 드넓은 바다 / 동의어: 망망대양 茫茫大洋

망매지갈 望梅止渴 | 매화열매의 신맛을 생각하여 갈증을 없앤다; 생각에 따라서 마음도 달라진다
　　　　　　　　동의어: 매림지갈 梅林止渴; 망매해갈 望梅解渴

망명도생 亡命圖生 | 망명하여 살아남기를 꾀한다

망명도주 亡命逃走 | 죽을죄를 짓고 멀리 달아나 숨는다

831

망목불소 網目不疎 | 그물코가 성기지 않다; 법률이 상세하다

망무두서 茫無頭緖 | 정신이 아득하여 일에 순서가 없다

망문과부 望門寡婦 | 약혼한 남자가 결혼 전에 죽어서 된 과부

망식열후 忙食噎喉 | 급히 먹는 밥에 목이 멘다; 서두르면 실패하기 쉽다

망신망가 忘身忘家 | 자기 몸과 집안을 잊어버린다; 오로지 나라를 위해 헌신한다

망양득우 亡羊得牛 | 양을 잃고 소를 얻는다; 손해를 본 것이 도리어 이득이 된다

망양보뢰 亡羊補牢 | 양 잃고 양 우리 고친다; 실패한 뒤에 후회해도 소용없다

망양지탄 望洋之歎 | 본문

망연자실 茫然自失 | 정신을 못 차리고 멍하니 있다

망운지정 望雲之情 | 타향에서 부모를 그리워하는 마음 / 동의어: 망운지회 望雲之懷

망자계치 亡子計齒 | 죽은 자식 나이 세기; 아무 소용도 없는 짓

망자재배 芒刺在背 | 가시나무를 등에 지고 있다; 마음이 편하지 않다

망자존대 妄自尊大 | 주제넘게 잘난 척한다

　　　　　　유사어: 유아독존 唯我獨尊 / 반대어: 망자비박 妄自卑薄

망중유한 忙中有閑 | 바쁜 가운데 한가로운 짬이 있다 / 준말: 망중한 忙中閑

망지소조 罔知所措 | 당황해서 어찌할 바를 몰라 허둥지둥한다 / 준말: 망조 罔措

망진불급 望塵不及 | 흙먼지만 바라볼 뿐 따라잡을 수 없다; 원하는 것을 얻을 수 없다

망풍이미 望風而靡 | 기세를 바라보고 한쪽으로 쏠린다; 위세에 눌려 싸우지도 않고 굴복한다

매검매우 賣劍買牛 | 칼을 팔아 소를 산다; 전쟁을 그만두고 고향으로 돌아간다

　　　　　　동의어: 매검매독 賣劍買犢

매골무매명 埋骨無埋名 | 죽어서 뼈는 묻지만 그 이름은 영원히 후세에 전한다

매관매직 賣官賣職 | 돈이나 재물을 받고 벼슬을 시킨다 / 준말: 매관 賣官; 매직 賣職

매궤환주 買櫃還珠 | 궤짝을 사고 그 안의 구슬은 돌려준다; 껍데기에 눈이 홀려서 알맹이를

　　　　　　잊어버린다 / 동의어: 매갑환주 買匣還珠

매목분한 梅木分限 | 매화는 큰 나무가 되지 않는다; 자수성가한 사람 또는 벼락부자

매사마골 買死馬骨 | 죽은 말의 뼈를 산다; 어리석은 자를 잘 대우해주면 어진 사람들이 모여든다

　　　　　　동의어: 매준마골 買駿馬骨

매사불성 每事不成 | 하는 일마다 실패한다

매신지처 買臣之妻 | 한나라의 주매신이 가난한 가운데 책만 읽는다하여 그의 아내가 떠난 일

매염봉우 賣鹽逢雨 | 소금을 팔다가 비를 만난다; 의외의 애로가 생긴다

매처학자 梅妻鶴子 | 매화를 아내로, 학을 아들로 삼는다; 속세를 떠나 풍류를 즐기는 생활

맥구읍인 麥丘邑人 | 맥구읍에 사는 사람; 지혜로운 노인

맥수지탄 麥秀之嘆 | 본문

맥주　　　　　 麥舟 | 보리를 실은 배; 초상집에 물건을 보내서 도와주는 일

맹귀부목 盲龜浮木 | 눈먼 거북이 물에 뜬 나무를 만난다; 의외의 행운을 잡는다

　　　　　　원어: 맹귀치부목 盲龜値浮木 / 동의어: 맹귀우목 盲龜遇木

명경홍모 命輕鴻毛 | 목숨을 기러기 털만큼 가볍게 여긴다

명과기실 名過其實 | 명성만 높았지 실제는 그렇지 않다

명기누골 銘肌鏤骨 | 은혜를 살과 뼈에 깊이 새긴다; 은혜를 잊지 않는다

　　　　　　　　　동의어: 명심누골 銘心鏤骨; 각골난망 刻骨難忘

명론탁설 名論卓說 | 사리에 맞고 뛰어난 주장

명망천하 名望天下 | 명성이 천하에 떨친다 / 동의어: 명문천하 名聞天下

명면각지 名面各知 | 얼굴과 이름을 따로 따로 안다

명모호치 明眸皓齒 | 본문

명목장담 明目張膽 | 눈을 크게 뜨고 쓸개를 크게 펼친다; 두려워하지 않고 용기 있게 확실히
　　　　　　　　　말한다; 크게 분발하여 일에 착수한다

명문대작 名文大作 | 유명하게 매우 잘 쓴 글; 훌륭한 문학 걸작품

명문거족 名門巨族 | 이름난 집안과 번성하는 겨레

명불허전 名不虛傳 | 명성이 공연히 퍼진 것은 아니다; 명성은 나름대로 이유가 있다

　　　　　　　　　동의어: 명불허득 名不虛得 / 유사어: 명하불허사 名下不虛士

명산대찰 名山大刹 | 이름난 산과 큰 절

명산대천 名山大川 | 이름난 산과 큰 강

명수죽백 名垂竹帛 | 이름을 길이 기록에 남긴다

명실상부 名實相符 | 이름과 실제가 서로 들어맞는다 / 동의어: 명부기실 名符其實

명약관화 明若觀火 | 불을 보듯이 분명하다

명월청풍 明月清風 | 밝은 달과 맑은 바람

명재경각 命在頃刻 | 목숨이 곧 끊어질 지경에 이르다

명재조석 命在朝夕 | 목숨이 언제 끊어질지 모르는 지경이다 / 동의어: 명재단석 命在旦夕

명장해인 鳴將駭人 | 앞으로 한번 울면 사람들을 놀라게 만든다; 신중하게 때를 기다리다가
　　　　　　　　　앞으로 큰일을 할 것이다 / 동의어: 일명경인 一鳴驚人

명전천추 名傳千秋 | 이름이 천년 동안 전해진다 / 동의어: 공명수죽백 功名垂竹帛(본문)

명주암투 明珠暗投 | 빛나는 구슬을 밤에 던진다; 남을 도와주어도 방법이 서툴면 오히려 원한을
　　　　　　　　　산다 / 동의어: 명주투암 明珠投暗

명창정궤 明窓淨几 | 밝은 창가의 깨끗한 책상; 잘 정돈된 서재

명철보신 明哲保身 | 본문

명하불허사 名下不虛士 | 이름난 선비는 명성에 어울리는 학식이 있다

모급부인 謀及婦人 | 일을 도모할 때 아내와 의논하면 누설될 우려가 있어 어리석은 짓이다

모몰염치 冒沒廉恥 | 염치를 무릅쓰고 한다

모산지배 謀算之輩 | 꾀를 내어 이해타산을 일삼는 무리

모색창연 暮色蒼然 | 황혼 빛이 점점 짙어간다; 해질녘 경치가 점점 어두워진다

모수자천 毛遂自薦 | 본문

모순　　　 矛盾 | 본문

모우전구 冒雨剪韭 │ 비를 무릅쓰고 부추를 솎아내서 대접한다; 우정이 매우 두텁다

모운낙일 暮雲落日 │ 저녁 구름에 지는 해; 나라의 쇠퇴를 슬퍼한다

모운춘수 暮雲春樹 │ 멀리 있는 친구를 간절히 그리워한다

모합심리 貌合心離 │ 겉으로만 친하고 속마음은 딴 데 가 있다

목경지환 木梗之患 │ 나무인형이 당하는 재난; 객지에서 떠돌다가 죽어 고향으로 돌아가는 일

목극등산 木屐登山 │ 진(晉)나라 사영운(謝靈運)이 나막신을 신고 산에 올라간 일
사물에 전혀 구애를 받지 않는다

목본수원 木本水源 │ 어버이는 나무의 뿌리이자 물의 근원이다; 자식이 자기 근본을 생각한다

목불규원 目不窺園 │ 자기 집 정원을 바라볼 틈도 없다; 공부에 열중한다

목불식정 目不識丁 │ 본문

목불인견 目不忍見 │ 눈뜨고 차마 볼 수 없다

목사기사 目使氣使 │ 눈짓이나 얼굴빛으로 부하를 부린다; 권세가 대단하다
동의어: 목지기사 目指氣使

목석간장 木石肝腸 │ 마음이 나무나 돌과 같다; 인정이 없다 / 동의어: 목석심장 木石心腸

목식이시 目食耳視 │ 눈으로 먹고 귀로 본다; 음식과 옷에 관해서 지나치게 사치하다

목욕재계 沐浴齋戒 │ 제사 지내기 전에 목욕하고 육식을 삼가며 몸가짐을 바르게 한다
동의어: 재계목욕 齋戒沐浴

목우인의 木偶人衣 │ 나무인형에게 옷을 입힌다; 무능한 사람의 비유; 소용없는 짓을 한다

목유이염 目濡耳染 │ 눈이 젖고 귀가 물든다; 점차 이해가 간다

목전지계 目前之計 │ 앞날을 내다보지 못하고 눈앞에 보이는 한 때만 생각하는 꾀

목탁　　　　木鐸 │ 본문

목하십행 目下十行 │ 한 눈에 열 줄을 읽는다; 책을 매우 빨리 읽는다

목후이관 沐猴而冠 │ 원숭이가 갓을 쓴다; 사람됨이 천하다; 겉만 그럴 듯하지 속은 어리석다
옷은 잘 입었지만 속은 조급하고 사납다 / 유사어: 마우금거 馬牛襟裾

몽망착어 蒙網捉魚 │ 그물을 머리에 쓰고 물고기를 잡는다; 운이 매우 좋다

몽매지간 夢寐之間 │ 자는 동안과 꿈꾸는 동안; 잠시도 잊지 못한다; 지나치게 몰두한다

몽중설몽 夢中說夢 │ 꿈속에서 꿈 이야기를 한다; 무슨 말을 하는지 알아들을 수 없다
동의어: 몽중몽설 夢中夢說

몽필생화 夢筆生花 │ 이태백이 자기 붓에서 꽃이 피는 꿈을 꾸고 나서 명성을 크게 떨쳤다

몽환포영 夢幻泡影 │ 꿈과 환상과 물거품과 그림자; 모든 것이 덧없다
동의어: 몽환포말 夢幻泡沫

묘서동면 猫鼠同眠 │ 고양이와 쥐가 함께 잔다; 아래위가 결탁하여 나쁜 짓을 한다; 도둑을
잡아야 할 자가 도둑과 한 패거리가 된다 / 동의어: 묘서동처 猫鼠同處

묘시파리 眇視跛履 │ 애꾸눈이 멀리 보려고 하고 절름발이가 멀리 가려고 한다; 능력이 못 미치는
일을 하면 화를 입는다

묘이불수 苗而不秀 │ 모가 말라죽는다; 사람이 요절한다

835

묘처부전 妙處不傳 | 깊고 그윽한 경지는 말로 전할 수 없어 스스로 깨달아야 한다

묘항현령 猫項懸鈴 | 고양이 목에 방울 달기; 실행하기 어려운 쓸데없는 논의

　　　　　동의어: 묘두현령 猫頭縣鈴 / 유사어: 탁상공론 卓上空論

무가 무불가 無可 無不可 | 본문

무가지보 無價之寶 | 값을 칠 수 없는 매우 귀중한 보배

　　　　　준말: 무가보 無價寶 / 동의어: 무가대보 無價大寶

무고지민 無告之民 | 아무 데도 호소할 곳이 없는 백성 즉 고아, 과부, 늙은이

무고천입 無故擅入 | 볼일이 없는 자는 들어오지 마라 / 동의어: 무용자물입 無用者勿入

무골호인 無骨好人 | 줏대가 없이 남의 비위를 다 맞추는 사람; 무골충

무관재상 無冠宰相 | 관을 쓰지 않은 재상 즉 문필가나 신문기자

무궁무진 無窮無盡 | 끝과 다함이 없다 / 준말: 무진 無盡 / 동의어: 무진무궁 無盡無窮

무근지설 無根之說 | 터무니없는 뜬소문; 근거 없는 낭설 / 동의어: 무계지언 無稽之言

무남독녀 無男獨女 | 아들이 없는 집안의 외동딸 / 반대어: 무매독자 無妹獨子

무념무상 無念無想 | 자아를 초월하면 모든 생각이 없어진다 / 동의어: 무상무념 無想無念

무단가출 無斷家出 | 미리 연락이나 허락 없이 집을 나가는 일

무단이탈 無斷離脫 | 지정한 시간에 지정한 장소에 도착하지 않는다; 허가 없이 근무처를 벗어남

무단출입 無斷出入 | 미리 연락이나 허가 없이 드나든다

무도막심 無道莫甚 | 도리에 어긋나는 것이 더할 나위 없다

무두무미 無頭無尾 | 밑도 끝도 없다; 처음과 나중이 없다 / 동의어: 몰두몰미 沒頭沒尾

무량대복 無量大福 | 한없이 큰 복

무력소치 無力所致 | 필요한 힘이나 능력이 없어서 생긴 결과

무릉도원 武陵桃源 | 무릉의 복숭아 꽃잎이 흘러나오는 곳; 이상향; 별천지

　　　　　준말: 도원 桃園 / 동의어: 도원경 桃源境

무리난제 無理難題 | 억지로 떠맡기는 어려운 문제; 터무니없는 트집

무망지복 無妄之福 | 의외로 얻은 행복 / 반대어: 무망지화 無妄之禍

무망지세 毋望之世 | 행운과 불운이 무상한 세상

무망지인 毋望之人 | 스스로 찾아와 위기에서 구해주는 사람

무면도강동 無面渡江東 | 본문

무명지사 無名之士 | 세상에 널리 알려지지 않은 선비; 이름 없는 선비

　　　　　동의어: 무명지인 無名之人

무문농필 舞文弄筆 | 서류를 멋대로 고치거나 법의 적용을 농락한다; 붓을 함부로 놀려 왜곡된

　　　　　글장난을 한다 / 준말: 무롱 舞弄 / 동의어: 무문농법 舞文弄法

무물불성 無物不成 | 돈이 없이는 일을 이루지 못한다

무미건조 無味乾燥 | 이야기나 글이 아무 재미도 없다 / 동의어: 건조무미 乾燥無味

무법천지 無法天地 | 무질서하고 문란하여 마치 법이 없는 것과 같은 세상

무변광야 無邊曠野 | 끝없이 넓은 들 / 동의어: 무변대야 無邊大野

무변대해 無邊大海 | 끝없이 넓은 바다 / 동의어: 무변대양 無邊大洋

무병식재 無病息災 | 병이 없이 건강하다

무병신음 無病呻吟 | 병에 걸리지도 않았는데 신음한다; 별것도 아닌데 소란을 떤다

무병자구 無病自灸 | 병이 들지도 않았는데 스스로 뜸을 뜬다; 불필요한 노력을 한다

무병장수 無病長壽 | 병 없이 오래 산다

무불통달 無不通達 | 무엇이나 모두 통하지 않는 것이 없다

무비일색 無比一色 | 견줄 데 없이 뛰어난 미인 / 동의어: 천하일색 天下一色

무사독학 無師獨學 | 스승 없이 혼자 배운다

무사분주 無事奔走 | 하는 일도 없이 공연히 바쁘기만 하다

무사태평 無事泰平 | 아무 탈 없이 편안하다; 무슨 일이든 아랑곳하지 않는다

무산지몽 巫山之夢 | 본문

무상백성일인 無傷百姓一人 | 본문

무상왕래 無常往來 | 아무 때나 거리낌없이 오간다

무상출입 無常出入 | 아무 때나 거리낌없이 드나든다

무소기탄 無所忌憚 | 아무 꺼릴 것이 없다 / 준말: 무기탄 無忌憚 / 동의어: 무소고기 無所顧忌

무소부재 無所不在 | 없는 곳이 없다; 어디서나 모두 존재한다

무소부지 無所不知 | 모르는 것이 없다 / 동의어: 무불통지 無不通知

무소불위 無所不爲 | 못 하는 것이 없다 / 동의어: 무소불능 無所不能

무신불석사 武臣不惜死 | 무사는 죽음을 두려워하지 않는다

무실역행 務實力行 | 참되고 실속 있도록 힘써 실행한다

무아지경 無我之境 | 마음이 한쪽으로 쏠려 자기를 잊고 있는 상태 / 동의어: 무아몽중 無我夢中

무안　　　　無顏 | 본문

무양　　　　無恙 | 본문

무예불치 蕪穢不治 | 잡초가 무성한 밭을 손질하지 않는다; 사물이 정돈되지 않고 어지럽다

무용지변 無用之辯 | 불필요한 변명이나 말

무용지물 無用之物 | 아무 짝에도 쓸모가 없는 것 / 동의어: 무용장물 無用長物

무용지용 無用之用 | 본문

무위도식 無爲徒食 | 하는 일 없이 먹기만 한다; 놀고먹는다

무위이화 無爲而化 | 애쓰지 않아도 저절로 이루어진다; 억지로 강요하지 않아도 백성들이
　　　　　　　　　　　저절로 감화된다 / 유사어: 무위지치 無爲之治

무위자연 無爲自然 | 있는 그대로의 자연

무의무탁 無依無托 | 의지할 곳이 전혀 없다

무이맹자경 毋貽盲者鏡 | 소경에게 거울을 주지 마라; 소용없는 짓은 하지 마라

무이무삼 無二無三 | 둘도 셋도 없다; 깨달음의 길은 오로지 하나뿐이다; 몹시 열중한다

무인고도 無人孤島 | 사람이 살지 않는 외딴 섬
　　　　　　　　동의어: 무인절도 無人絕島 / 유사어: 무인궁도 無人窮途

무일망지 無日忘之 | 하루도 잊지 않고 있다

무일불성 無一不成 | 하나도 이루지 못할 것이 없다

무입추지지 無立錐之地 | 송곳을 세울 만한 땅도 없다; 가진 땅이 전혀 없다; 빈 자리가 전혀 없다

무자식상팔자 無子息上八字 | 자녀를 두지 않는 것이 가장 좋은 운수다

무장지졸 無將之卒 | 지휘하는 장수가 없는 군사

무재무능 無才無能 | 재주가 전혀 없다

무적천하 無敵天下 | 천하에 당할 사람이 없다

무전취식 無錢取食 | 돈도 없이 음식점에서 음식을 먹고 달아난다

무주공산 無主空山 | 인가도 인기척도 전혀 없는 쓸쓸한 산; 임자 없는 산

무주주장 無主主掌 | 맡아 관리할 사람이 없다

무지막지 無知莫知 | 몹시 무식하고 우악스럽다

무지몽매 無知蒙昧 | 아는 것이 없고 사물의 도리에 어둡다

무침불인선 無針不引線 | 바늘이 없으면 실을 끌지 못한다; 중개가 없으면 일을 이루지 못한다

무풍지대 無風地帶 | 바람이 없는 곳; 평화롭고 안온한 곳

무하유지향 無何有之鄕 | 자연 상태 그대로인 곳; 이상향

무항산 무항심 無恒産 無恒心 | 본문

무호동중 無虎洞中 | 호랑이가 없는 계곡에서 살쾡이가 호랑이 노릇 한다; 윗사람이 없는 곳에서
　　　　　　　　잘난 척하는 사람 / 유사어: 야랑자대 夜郎自大

묵돌불금 墨突不黔 | 굴뚝이 검어질 겨를이 없다; 분주하게 여기저기 돌아다닌다

묵묵부답 默默不答 | 말이 없이 대답하지 않는다
　　　　　　　　동의어: 묵연부답 默然不答 / 유사어: 묵묵무언 默默無言

묵자읍사 墨子泣絲 | 묵자가 흰 실이 물감에 따라 색이 변하는 것을 보고 울었다
　　　　　　　　사람은 환경이나 습관에 따라 변한다 / 동의어: 묵자비염 墨子悲染

묵적지수 墨翟之守 | 본문

문경지교 刎頸之交 | 본문

문과기실 文過其實 | 실질보다 꾸민 것이 지나치게 많다

문과식비 文過飾非 | 지난 잘못을 뉘우치기는커녕 오히려 꾸며댄다 / 유사어: 문과수비 文過遂非

문도어맹 問道於盲 | 소경에게 길을 묻는다; 소용없는 짓을 한다

문무겸전 文武兼全 | 학문과 무술을 겸해서 갖추고 있다 / 동의어: 문무쌍전 文武雙全

문무백관 文武百官 | 문관과 무관 즉 모든 관리

문무잡빈 門無雜賓 | 하찮은 사람들이 찾아오지 않는다; 친구를 가려서 사귄다

문방사우 文房四友 | 종이, 붓, 먹, 벼루 등 네 가지 문방구
　　　　　　　　준말: 사우 四友 / 동의어: 문방사보 文房四寶; 문방사후 文房四侯

문생천자 門生天子 | 당나라 말기에 환관들이 천자를 우습게 보아 마치 자기 제자처럼 여겼다

문신불애전 文臣不愛錢 | 관리는 재물을 탐내서는 안 된다

문외불출 門外不出 | 책이나 귀중품을 문밖에 가지고 나가지 못하게 한다

문외한　　門外漢 | 그 일에 전혀 관계가 없거나 익숙하지 못한 사람

문우지마 問牛之馬 | 유도심문을 한다

문인상경 文人相輕 | 문학가는 서로 깔본다

문일지십 聞一知十 | 본문

문일지이 聞一知二 | 하나를 들으면 둘을 안다

문전걸식 門前乞食 | 이 집 저 집 찾아다니며 밥을 빌어먹는다

문전성시 門前成市 | 본문

문전옥답 門前沃畓 | 집 앞 부근의 기름진 밭 즉 많은 재산; 동의어: 문전옥토 門前沃土

문전작라 門前雀羅 | 본문

문정경중 問鼎輕重 | 본문

문조지몽 文鳥之夢 | 진(晉)나라 나함(羅含)의 꿈처럼 글로 명성을 떨치게 될 조짐을 알려주는 꿈

문종위일 聞鐘爲日 | 종소리를 듣고 그것이 태양이라고 여긴다; 가르치는 것을 잘못 알아듣는다

문즉병 불문약 聞則病 不聞藥 | 들으면 병이고 안 들으면 약이다

문질빈빈 文質彬彬 | 겉과 내용이 조화를 잘 이룬다

문필도적 文筆盜賊 | 남의 글이나 저술을 마치 자기 것인 듯 써먹는 사람
　　　　　　　　동의어: 슬갑도적 膝甲盜賊

물각유주 物各有主 | 물건은 모두 그 주인이 있다

물각종기류 物各從其類 | 만물은 같은 종류를 따른다; 끼리끼리 모인다

물경소사 勿輕小事 | 작은 일도 가볍게 여기지 마라

물구즉신 物久則神 | 물건이 오래되면 다른 것으로 변한다

물극즉반 物極則反 | 사물은 극도에 이르면 처음으로 돌아간다

물박정후 物薄情厚 | 사람을 사귈 때 선물이나 식사는 소박하더라도 정은 깊고 두터워야 한다

물성즉쇠 物盛則衰 | 사물은 왕성해진 다음 곧 쇠퇴한다 / 동의어: 물장즉로 物壯則老

물실호기 勿失好機 | 좋은 기회를 놓치지 않는다

물심일여 物心一如 | 사물과 마음은 그 근본이 하나이다

물유사생 物有死生 | 사물에는 죽음과 삶이 있다

물의　　　　物議 | 본문

물이향귀 物離鄕貴 | 물건이 생산지를 떠나면 비싸진다

물전지환 勿剪之歡 | 주나라 소공(召公)의 덕을 기려 그가 좋아하던 나무를 베지 않고 아낀 일

물환성이 物換星移 | 사물이 바뀌고 세월이 흐른다

미관말직 微官末職 | 지위가 아주 낮고 변변치 않은 벼슬

미구불원 未久不遠 | 그 시간이 얼마 오래지 않다

미능조도 未能操刀 | 아직 칼을 쥘 줄도 모르는 사람에게 칼로 자르는 일을 시킨다; 소양이 없는
　　　　　　　　자에게 일을 강제로 시킨다

미달일간 未達一間 | 모든 일에 다 밝고 익숙해도 한 가지에는 서툴다

미대부도 尾大不掉 | 꼬리가 너무 크면 흔들기 어렵다; 윗사람이 약하고 아랫사람이 강하면

통솔하기 어렵다 / 준말: 미도 尾掉 / 동의어: 미대난도 尾大亂掉

유사어: 말대필절 末大必折

미망인　　　未亡人 | 본문

미목수려 眉目秀麗 | 용모가 뛰어나게 아름답다

미묘복잡 微妙複雜 | 서로 뒤섞여 이상야릇하여 잘 알 수 없다

미복잠행 微服潛行 | 허름한 옷차림으로 몰래 돌아다니며 시찰한다

미봉책　　　彌縫策 | 본문

미사여구 美辭麗句 | 아름답게 꾸며서 듣기 좋은 말; 그럴듯하지만 내용이 없는 말

미상불연 未嘗不然 | 그렇지 않은 바가 아니다

미생지신 尾生之信 | 본문

미안지심 未安之心 | 미안하게 생각하는 마음

미안천만 未安千萬 | 몹시 미안하다 / 동의어: 천만미안 千萬未安

미연지전 未然之前 | 그렇게 되기 전

미자불문로 迷者不問路 | 올바른 이치를 벗어난 사람이 어진 사람에게 묻지도 않는다; 어리석다

미주신계 米珠薪桂 | 쌀은 구슬처럼, 장작은 계수나무처럼 귀하다; 생활필수품이 매우 비싸다

미지숙시 未知孰是 | 누가 옳은지 알 수 없다

미측심천 未測深淺 | 깊고 얕음을 아직 모른다 즉 내용을 모른다; 사람의 마음속을 알 수 없다

미풍양속 美風良俗 | 아름답고 좋은 풍속이나 기풍 / 동의어: 양풍미속 良風美俗

민고민지 民膏民脂 | 백성의 피와 땀 즉 세금으로 걷어들인 돈이나 곡식

민다위태 民多僞態 | 백성은 거짓된 태도가 많다

민생어삼 民生於三 | 사람은 아버지, 스승, 임금 등 세 가지의 덕분으로 산다

민심무상 民心無常 | 민심은 항상 변하는 법이다; 백성의 마음은 정치에 따라 좌우된다

바

박고지금 博古知今 | 옛일을 잘 알면 오늘의 일도 알 수 있다

박람강기 博覽强記 | 동서고금의 각종 책을 두루 읽고 내용을 잘 기억한다

동의어: 박문강기 博聞强記 / 유사어: 박학다식 博學多識

박리다매 薄利多賣 | 이익을 적게 하여 많이 판다

박문약례 博文約禮 | 널리 학문을 배워 예절을 잘 지킨다

박물군자 博物君子 | 아는 것이 많은 사람

박옥혼금 璞玉渾金 | 갈지 않은 옥과 제련하지 않은 쇠; 검소하고 질박한 사람

박이부정 博而不精 | 널리 알지만 깊이가 없다

박인면피 剝人面皮 | 낯가죽을 벗긴다; 뻔뻔한 사람을 공격하는 말 / 준말: 박면피 剝面皮

박인방증 博引旁證 | 많은 예를 들고 많은 증거로 논한다

준말: 박증 博證 / 동의어: 고증해박 考證該博

박자부지 博者不知 | 모든 것을 다 아는 자는 아무 것도 모른다

박장대소 拍掌大笑 | 손뼉을 치며 크게 웃는다

박지약행 薄志弱行 | 의지가 약해서 일을 제대로 해내지 못한다; 어려움을 조금도 견디지 못한다
　　　　　　　 | 유사어: 의지박약 意志薄弱; 우유부단 優柔不斷

박학다식 博學多識 | 널리 배워서 아는 것이 많다

반간고육 反間苦肉 | 적을 이간시키려고 자기편의 고통을 감수한다

반계곡경 盤溪曲徑 | 구불구불한 산길; 일을 그릇된 방법으로 한다 / 동의어: 방기곡경 旁岐曲經

반골　　　 反骨 | 본문

반근착절 盤根錯節 | 본문

반도이폐 半途而廢 | 도중에서 그만둔다

반로환동 返老還童 | 늙은이가 다시 젊어진다; 다시 젊어지게 한다

반룡부봉 攀龍附鳳 | 용과 봉황을 따른다; 성인을 따라 덕을 이루기를 원한다
　　　　　　　 | 훌륭한 군주를 받들어 공적을 세우기를 원한다

반면교사 反面教師 | 다른 사람이나 물건의 잘못된 것을 자신의 교훈으로 삼는다

반목질시 反目嫉視 | 서로 미워하고 시기하는 눈으로 본다

반문농부 班門弄斧 | 기계를 잘 만드는 노나라 반수(班輸)의 집 앞에서 도끼를 가지고 장난한다
　　　　　　　 | 자기 분수를 모르고 까분다

반복무상 叛服無常 | 배반했다가 복종했다가 하여 태도가 항상 변한다

반복무상 反覆無常 | 줏대가 없이 말과 행동을 종잡을 수 없다

반상낙하 半上落下 | 처음에는 열심히 하다가 도중에 그만둔다

반상반하 半上半下 | 위에도 아래에도 붙지 않는다; 태도가 애매하다

반생반사 半生半死 | 거의 죽게 되어 죽을지 살지 알 수 없는 상태; 반사반생 半死半生

반생반숙 半生半熟 | 절반은 설고 절반은 익었다; 기술이 아직 미숙하다

반석지종 盤石之宗 | 견고한 기초 / 동의어: 반석지안 盤石之安; 반석지고 盤石之固

반수기앙 反受其殃 | 남에게 재앙을 끼치려다가 오히려 자기가 재앙을 받는다

반승반속 半僧半俗 | 반은 중이고 반은 속인이다; 이것도 아니고 저것도 아니다
　　　　　　　 | 동의어: 비승비속 非僧非俗

반식재상 伴食宰相 | 본문

반신반의 半信半疑 | 어느 정도 믿지만 한편으로는 의심한다

반의지희 班衣之戲 | 70세인 노래자(老萊子)가 색동저고리를 입고 늙은 부모를 기쁘게 해 준 일
　　　　　　　 | 동의어: 채의이오친 彩衣以娛親 / 유사어: 채의지년 彩衣之年

반자불성 半字不成 | 글자를 다 못 쓰고 그만 둔다; 일을 중단하면 아무 것도 안 된다

반포지효 反哺之孝 | 까마귀 새끼가 자라서 어버이에게 먹이를 물어다 주는 일
　　　　　　　 | 부모의 은혜를 갚는 효도 / 유사어: 오포 烏哺; 오조사정 烏鳥私情

반후지종 飯後之鐘 | 밥을 다 먹은 뒤에 식사시간을 알리는 종을 친다; 때가 이미 지났다

발각탈거 拔角脫距	짐승의 뿔을 뽑고 닭의 며느리발톱을 벗긴다	
	반란을 일으킨 적의 가장 중요한 수단을 뺏는다	
발군공적 拔群功績	여럿 가운데 뛰어난 공적	
발란반정 撥亂反正	어지러운 세상을 평정하고 질서를 바로잡는다	
발명무로 發明無路	결백하다는 증거를 대는 길이 없다	
발본색원 拔本塞源	본문	
발분망식 發憤忘食	분발하여 식사마저 잊고 일한다	
발산개세 拔山蓋世	힘은 산을 뽑고 기세는 세상을 덮는다	
발안중정 拔眼中釘	눈의 못을 뽑는다; 못된 관리나 악인을 제거한다	
발연변색 勃然變色	갑자기 성이 몹시 나서 얼굴색이 변한다 / 동의어: 발연작색 勃然作色	
발인천균 髮引千鈞	머리카락 한 올로 천 균의 무게를 잡아당긴다; 불가능한 일을 한다	
발종지시 發踪指示	사냥개에게 짐승이 있는 곳을 가리켜 잡게 한다; 방법을 알려주면서 지시함	
발호 跋扈	본문	
발호장군 跋扈將軍	횡포가 극심한 장군; 폭풍	
방기곡경 旁岐曲徑	곧지 않고 구불구불한 길; 일을 그릇된 방법으로 무리하게 한다	
방공해사 妨工害事	남의 일에 방해를 놓아 해롭게 한다	
방방곡곡 坊坊曲曲	한 군데도 빼놓지 않고 갈 수 있는 모든 곳 / 준말: 곡곡 曲曲	
방성통곡 放聲痛哭	목놓아 매우 서럽게 운다 / 동의어: 방성대곡 放聲大哭	
방약무인 傍若無人	본문	
방언고론 放言高論	거리낌없이 말하고 논의한다	
방예원조 方枘圓鑿	모난 자루에 둥근 구멍; 사물이 서로 딱 들어맞지 않는다	
	준말: 예조 枘鑿 / 동의어: 원조방예 圓鑿方枘 / 유사어: 방저원개 方底圓蓋	
방외범색 房外犯色	아내가 아닌 다른 여자와 잠자리를 같이 한다 / 준말: 방외색 房外色	
방우귀마 放牛歸馬	소를 놓아주고 말을 돌려보낸다; 전쟁이 끝나고 세상이 평화롭다	
방의여성 防意如城	각자의 의견이 분분한 것을 막는다; 자기 생각을 드러내지 않는다	
방장부절 方長不折	한창 자라는 초목은 꺾지 않는다; 유망한 인물이나 사업을 방해하지 않는다	
방촌이란 方寸已亂	마음이 이미 혼란스러워졌다; 마음이 흔들리면 아무 일도 계속할 수 없다	
방호자위 放虎自衛	호랑이를 놓아주고 자기를 지킨다; 재난을 스스로 불러온다	
배고향신 背故向新	옛 친구를 버리고 새 친구를 사귄다	
배도겸행 倍道兼行	보통 사람이 이틀 걸리는 길을 하루에 간다	
배반낭자 杯盤狼藉	본문	
배수거신 杯水車薪	한 잔의 물로 한 수레의 장작불을 끄려고 한다; 아무 소용도 없는 짓을 한다	
배수지진 背水之陣	본문	
배은망덕 背恩忘德	남한테 입은 은덕을 잊고 저버린다	
배일병행 倍日幷行	밤낮으로 간다; 밤낮을 가리지 않고 일한다 / 동의어: 주야겸행 晝夜兼行	
배주해원 杯酒解怨	술잔을 주거니받거니 하면서 옛 원한을 잊는다	

배중사영 杯中蛇影 | 본문
백가쟁명 百家爭鳴 | 많은 학자들의 활발한 논쟁
백계무책 百計無策 | 모든 계책을 다 써도 소용이 없다
동의어: 계무소출 計無所出 / 유사어: 계궁역진 計窮力盡
백골난망 白骨難忘 | 죽어서 백골이 되어도 은혜를 잊지 못한다; 남의 은덕에 감사하는 말
백공기예 百工技藝 | 온갖 장색의 재주
백공천창 百孔千瘡 | 사방에 구멍이 뚫리고 상처투성이가 된다; 온갖 폐단으로 나라의 기강이 심하게 무너진다 / 동의어: 천창만공 千瘡萬孔
백관유사 百官有司 | 조정의 수많은 관리
백구공곡 白駒空谷 | 어진 인물이 민간에 묻혀 있다
백구과극 白駒過隙 | 흰 말이 벽이 갈라진 틈 사이로 지나간다; 세월이 빠르다
인생은 덧없는 것이다 / 준말: 구극 駒隙; 극구 隙駒
백귀야행 百鬼夜行 | 온갖 귀신이 밤에 다닌다; 못된 놈들이 때를 만나 날뛴다
백규학린 白圭壑隣 | 백규가 제방을 쌓아 물줄기를 이웃나라로 돌려 그곳을 물바다로 만들고 자기 나라의 수해를 막는다; 남에게 해가 되는 일을 함부로 한다
백년가약 百年佳約 | 결혼하여 한평생 같이 살자고 하는 언약
동의어: 백년가기 百年佳期; 백년언약 百年言約; 백년지약 百年之約
백년대계 百年大計 | 먼 훗날까지 내다보는 큰 계획 / 동의어: 백년지계 百年之計
백년지객 百年之客 | 평생을 손님으로 맞아야 하는 사람; 처가에서 사위를 가리키는 말
백년하청 百年河淸 | 본문
백년해로 百年偕老 | 부부가 서로 화목하여 즐겁게 살면서 함께 늙는다
동의어: 백년해락 百年偕樂
백대과객 百代過客 | 영원히 지나가 버리는 손님; 세월
백대지친 百代之親 | 아주 오래 전부터 가깝게 지내오는 일가 사이의 친분
백두여신 白頭如新 | 백발이 되기까지 서로 마음을 모르면 새로 사귀는 것과 같다
친구가 상대의마음을 몰라준 것에 대해 사과하는 말
백락일고 伯樂一顧 | 본문
백룡어복 白龍魚服 | 용이 물고기로 변신했다가 어부에게 잡힌다
높은 사람이 초라한 옷차림으로 민정시찰을 하다가 봉변을 당한다
백리지부 百里之負 | 자로(子路)가 쌀을 지고 백 리 떨어진 부모에게 가져다준 일
가난하게 살면서도 효도한다 / 동의어: 백리부미 百里負米
백마벌기 百馬伐驥 | 백 마리 말이 한 마리 준마를 공격한다
백마비마 白馬非馬 | 백마를 말이 아니라고 우기는 등의 궤변 / 유사어: 견백동이 堅白同異
백면서생 白面書生 | 본문
백무일실 百無一失 | 무슨 일이든 하나도 실패하지 않는다 / 동의어: 백불일실 百不一失
유사어: 백발백중 百發百中 / 반대어: 백사불성 百事不成

백무일행 百無一幸 | 조그마한 요행도 없다

백문불여일견 百聞不如一見 | 본문

백미　　　白眉 | 본문

백반청추 白飯靑芻 | 손님의 하인에게 흰쌀밥을 주고 말에게 싱싱한 풀을 주는 것은 주인이
　　　　　　　　　손님을 후대하는 것이다

백발백중 百發百中 | 본문

백발삼천장 白髮三千丈 | 흰 머리카락이 삼천 길이나 된다; 지나친 과장을 비웃는 말

백발성성 白髮星星 | 머리카락이 희끗희끗하다

백발홍안 白髮紅顔 | 센 머리에 소년처럼 붉은 얼굴

백배치하 百倍致賀 | 여러 번 절하면서 칭찬하고 축하한다

백보천양 百步穿楊 | 백 걸음 떨어진 버드나무 잎을 맞힌다; 활 솜씨가 뛰어난 명궁
　　　　　　　　　유사어: 백발백중 百發百中; 백무일실 百無一失

백복지원 百福之源 | 모든 행복의 근원

백사대길 百事大吉 | 모든 일이 그 조짐이 매우 좋다 / 반대어: 백사불리 百事不利

백사불성 百事不成 | 무슨 일이든지 하나도 되지 않는다 / 반대어: 백무일실 百無一失

백사불여의 百事不如意 | 모든 일이 자기 뜻대로 되지 않는다

백사청송 白砂靑松 | 흰 모래톱과 푸른 소나무; 바닷가의 멋진 풍경

백수건달 白手乾達 | 돈 한푼 없는 멀쩡한 건달

백수공귀 白首空歸 | 흰머리로 헛되게 돌아간다; 늙도록 학문을 이루지 못한 것을 한탄한다

백수북면 白首北面 | 재주와 덕이 모자라는 사람은 늙어서도 남의 가르침을 받아야 한다

백수양당 白首兩堂 | 늙어서 머리가 허옇게 센 부모

백수지년 白首之年 | 늙은 나이

백아절현 伯牙絶絃 | 본문

백안시　　　白眼視 | 본문

백약무효 百藥無效 | 좋다는 약은 다 써도 병이 낫지 않는다

백약지장 百藥之長 | 모든 약의 으뜸; 술의 별칭

백어입주 白魚入舟 | 주나라 무왕이 은나라 주왕(紂王)을 칠 때 백어가 그의 배 안으로 뛰어 들어
　　　　　　　　　온 일; 적이 항복하여 복종한다

백옥무하 白玉無瑕 | 흰 옥에 흠이 없다; 결점이 하나도 없는 사람

백왕흑귀 白往黑歸 | 흰 개가 나갔다가 검은 개가 되어 돌아온다; 처음과 끝이 다르다

백유읍장 伯俞泣杖 | 효성이 지극한 한백유가 매를 맞을 때 전혀 아프지 않아 어머니가 노쇠한
　　　　　　　　　것을 울면서 탄식했다

백의정승 白衣政丞 | 흰옷을 입은 평민이 재상 대우를 받는다 / 동의어: 백의재상 白衣宰相

백의종군 白衣從軍 | 아무런 직책 없이 싸움터에 나아간다; 간호사가 간호를 위해 종군한다

백인백색 百人百色 | 많은 사람이 제각기 특색이 있다

백전노장 百戰老將 | 싸움에 대한 경험이 풍부하여 능수 능란한 사람; 노련한 장수

세상의 풍파를 다 겪어 노련한 사람 / 동의어: 백전노졸 百戰老卒

백전백승 百戰百勝 ┃ 본문

백절불굴 百折不屈 ┃ 백 번 꺾여도 굴복하지 않는다; 어떠한 난관에도 굽히지 않는다

동의어: 백절불요 百折不撓

백주발검 白晝拔劍 ┃ 대낮에 칼을 빼들고 함부로 날뛴다

백주지조 柏舟之操 ┃ 본문

백중숙계 伯仲叔季 ┃ 맏이, 둘째, 셋째, 막내; 네 형제의 차례

백중지세 伯仲之勢 ┃ 본문

백척간두 百尺竿頭 ┃ 높은 장대 끝에 서 있듯이 대단히 위태롭다 / 준말: 간두 竿頭

백천학해 百川學海 ┃ 모든 강은 바다를 배우며 흘러 마침내 바다에 들어간다

바다나 강이나 다같은 물이다; 사람이 도를 배우면 도를 얻는다

백팔번뇌 百八煩惱 ┃ 108 가지 번뇌

백폐구존 百弊俱存 ┃ 온갖 폐단이 모두 그대로 남아 있다

백해무익 百害無益 ┃ 해롭기만 할 뿐 조금도 이롭지 않다 / 동의어: 백해무일리 百害無一利

백홍관일 白虹貫日 ┃ 흰 무지개가 태양을 뚫고 지나간다; 나라에 난리가 일어날 조짐이 나타난다

지극한 정성에 하늘이 감응한다; 군주의 몸이 피해를 입는다

백화요란 百花燎亂 ┃ 온갖 꽃이 만발하다; 인재가 많이 모여 있다 / 동의어: 백화난만 百花爛漫

백화제방 百花齊放 ┃ 온갖 꽃이 한꺼번에 핀다; 각종 학문과 예술이 크게 발전한다

유사어: 백화난만 百花爛漫

백흑지변 白黑之辨 ┃ 선과 악의 구별; 올바름과 그릇됨을 가리는 것

번문욕례 繁文縟禮 ┃ 번거롭고 형식만 차린 예절 / 준말: 번례 煩禮

번연개오 幡然開悟 ┃ 이치를 갑자기 훤하게 깨닫는다

번운복우 翻雲覆雨 ┃ 손바닥을 뒤집으면 구름이 일고 비가 온다; 사람들의 인정이 쉽게 변한다

사물의 변화가 매우 심하다 / 유사어: 부화뇌동 附和雷同

벌가벌가 伐柯伐柯 ┃ 도끼자루를 베지만 그 법은 멀지 않다; 도(道)란 사람과 가까이 있는 것이다

벌목지계 伐木之契 ┃ 산에서 나무하는 친구 사이의 우정; 친구들의 긴밀한 사귐

유사어: 금란지계 金蘭之契

벌불급사 罰不及嗣 ┃ 처벌이 자손에게 미치지는 않는다

벌성지부 伐性之斧 ┃ 타고난 천성을 죽이는 도끼; 지나친 방탕이나 도박

벌제위명 伐齊爲名 ┃ 연나라 장수 악의(樂毅)가 제나라를 치는 것은 반역의 뜻을 숨기려는 명분에

불과하다는 전단(田單)의 주장; 어떤 일을 하는 척하면서 딴 궁리를 한다

범람정축 汎濫停蓄 ┃ 물이 가득 괴어 널리 미친다; 널리 책을 많이 읽다; 학문이 넓고 깊다

범백사물 凡百事物 ┃ 갖가지 모든 사물

범부육안 凡夫肉眼 ┃ 보통 사람의 천박한 견해

범성일여 凡聖一如 ┃ 평범한 사람이나 성자나 본성이 같다

범애겸리 汎愛兼理 ┃ 모든 사람을 사랑하고 이익을 같이한다

법구폐생 法久弊生 | 좋은 법도 오래되면 폐단이 생긴다

법삼장　法三章 | 본문

법원근권 法遠近拳 | 법은 멀고 주먹은 가깝다

벽파문벌 劈破門閥 | 인재를 골라 쓰는 데 가문에 구애되지 않는다

변법자강 變法自疆 | 법을 고쳐서 스스로 강해진다

변설여류 辯舌如流 | 말이 물이 흐르듯 매우 유창하다

변족식비 辯足飾非 | 자기 잘못도 숨길 수 있을 정도로 말솜씨가 교묘하다

변화무쌍 變化無雙 | 변화가 더 없이 심하다 / 동의어: 변화무상 變化無常

별유천지 비인간 別有天地 非人間 | 속세 이외에 천지가 있다; 산 속의 조용한 곳

병가상사 兵家常事 | 승패는 전쟁에서 흔히 있는 일이다; 실패해도 낙심하지 마라

병가어소유 病加於小愈 | 병은 조금 나아질 때 한층 심해진다; 일을 소홀히 하면 큰 재앙이 온다

병강즉멸 兵強則滅 | 군대가 강하면 전쟁을 즐기고 결국 나라가 망한다

병귀신속 兵貴神速 | 군사를 지휘할 때는 신기할 정도로 빠르게 하는 것이 제일이다
　　　　　　　동의어: 병상신속 兵尚神速

병길우천 丙吉牛喘 | 한나라의 재상 병길이 소가 헐떡거리는 것을 보고 세상이 잘 돌아가지는
　　　　　　　않는다는 것을 깨닫고 정치에 더욱 힘썼다는 일

병문졸속 兵聞拙速 | 군사 동원은 서투르다 해도 빨리 해서 적을 제압해야 한다

병불리신 病不離身 | 병이 몸에서 떠나지 않는다

병불염사 兵不厭詐 | 전쟁은 적을 속여서라도 이기면 된다

병사지야 兵死地也 | 전쟁(군대, 무기)이란 죽느냐 사느냐 하는 문제가 달려 있는 곳이다

병상첨병 病上添病 | 병이 들었는데 다른 병이 겹친다 / 유사어: 설상가상 雪上加霜

병염사위 兵厭詐僞 | 전쟁에서는 적을 속이기를 주저해서는 안 된다; 싸움에서는 거짓말도 통함

병입고황 病入膏肓 | 본문

병입골수 病入骨髓 | 병이 뼛속 깊이 스며들어갈 정도로 뿌리 깊다

병주지정 并州之情 | 당나라의 가도(賈島)가 병주에 오래 머물다가 떠난 뒤에 그곳을 못내 그리워
　　　　　　　한 일; 제2의 고향을 그리는 애틋한 정

병촉야유 炳燭夜遊 | 밤에 촛불을 켜놓고 잔치를 벌인다 / 동의어: 병촉야유 秉燭夜遊

병촉야행 秉燭夜行 | 촛불을 들고 밤길을 간다; 때에 맞추지 못하고 늦는다

보거상의 輔車相依 | 수레의 덧방나무와 바퀴가 서로 의지한다; 이해관계가 서로 긴밀하다
　　　　　　　동의어: 순망치한 脣亡齒寒 / 유사어: 순치보거 脣齒輔車

보국안민 輔國安民 | 나라 일을 돕고 백성을 편안하게 한다

보무당당 步武堂堂 | 걸음걸이가 씩씩하고 당당하다

보보행진 步步行進 | 발을 맞춰 나아간다

보본반시 報本反始 | 근본으로 돌아가 천지와 조상의 은덕에 보답한다

보생이사 報生以死 | 자기 삶의 은인인 군주, 스승, 부모에게 죽음으로 보답한다

보시구난 輔時救難 | 때를 돕고 재앙에서 구한다; 잘못을 바로잡고 부족한 것을 도와준다

봉시장사 封豕長蛇 | 큰 돼지와 긴 뱀; 탐욕스럽고 잔인한 사람 / 동의어: 봉희수사 封豨修蛇
봉의군신 蜂蟻君臣 | 벌이나 개미에게도 군신의 구별이 있다
봉인설항 逢人說項 | 양경(楊敬)이 길에서 만나는 사람에게 매번 항사(項斯)가 훌륭하다고 칭찬한
　　　　　　 일; 남의 좋은 점을 칭찬한다
봉인첩설 逢人輒說 | 사람을 만날 때마다 지껄여서 소문을 퍼뜨린다 / 동의어: 봉인즉설 逢人卽說
봉접수향 蜂蝶隨香 | 벌과 나비가 향기를 따라간다; 남자가 여자의 아름다움을 따라간다
봉조부지 鳳鳥不至 | 봉황이 오지 않았다; 어진 군주가 나타나지 않은 것을 한탄한다
봉황우비 鳳凰于飛 | 봉황 한 쌍이 날아간다; 부부가 화목하다; 남의 결혼을 축하하는 말
부국강병 富國强兵 | 나라의 재산을 늘이고 군대를 강하게 기른다; 부유한 나라와 강한 군사
부귀부운 富貴浮雲 | 부귀란 떠가는 구름과 같다
　　　　　　　　동의어: 부귀여부운 富貴如浮雲 / 유사어: 부귀초두로 富貴草頭露
부귀불능음 富貴不能淫 | 부귀로도 마음을 어지럽힐 수 없다
부귀생교사 富貴生驕奢 | 부귀해지면 거만하고 사치하려는 마음이 생긴다
부귀재천 富貴在天 | 부귀는 하늘에 달려 있다
부귀처영 夫貴妻榮 | 남편이 부귀를 얻으면 아내는 영광스럽다
부기반홍 附驥攀鴻 | 쉬파리가 천리마 꼬리에 붙거나 기러기 날개에 매달려 천 리를 간다
　　　　　　　 어리석은 사람도 현명한 사람을 따르면 그 덕을 본다
　　　　　　　 동의어: 부기미 附驥尾 / 유사어: 후광 後光
부당지설 不當之說 | 이치에 맞지 않는 말
부대불소 不大不小 | 크지도 작지도 않다; 알맞다
부득기위 不得其位 | 실력에 맞는 지위를 얻지 못한다 / 동의어: 부득기소 不得其所
부득영향 不得影響 | 아무 소식이 없다
부득요령 不得要領 | 요령을 얻지 못한다; 말이나 글의 요령을 종잡을 수 없다
　　　　　　　 동의어: 요령부득 要領不得
부랑지도 浮浪之徒 | 떠돌아다니는 무리
부로위고 婦老爲姑 | 며느리가 늙으면 시어머니가 된다; 나이가 어리다고 무시하면 안 된다
부마　　　　駙馬 | 본문
부모구존 父母俱存 | 부모가 모두 살아 있다
부모지방 父母之邦 | 부모의 나라; 조국
부복장주 剖腹藏珠 | 배를 갈라서 그 속에 구슬을 감춘다; 이익을 얻으려고 자신을 망친다
부부유별 夫婦有別 | 부부 사이에도 서로 엄격한 인륜의 구별이 있다
부생모육 父生母育 | 아버지는 낳고 어머니는 기른다
부생여몽 浮生如夢 | 덧없는 인생은 꿈과 같다 / 동의어: 인생여몽 人生如夢; 부생약몽 浮生若夢
부석입해 負石入海 | 뜻을 이루지 못한 지사가 비관하여 돌을 짊어지고 바다에 들어갔다
부석침목 浮石沈木 | 돌이 물에 뜨고 나무가 가라앉는다; 선과 악이 뒤바뀐다
부수첩이 俯首帖耳 | 고개를 숙이고 귀를 늘어뜨린다; 비굴하게 아첨한다

848

부수청령 俯首聽令 | 윗사람에게 고개 숙이고 명령에 따른다

부시기소여 富視其所與 | 부자가 재물을 어디에 쓰는지 보면 그의 사람됨을 알 수 있다

부신구화 負薪救火 | 땔나무를 지고 불에 뛰어든다; 어리석은 판단으로 일을 크게 그르친다

　　　　　동의어: 포신구화 抱薪救火 / 유사어: 구화투신 救火投薪

부신지우 負薪之憂 | 자기의 병을 겸손하게 하는 말

부신지자 負薪之資 | 땔나무나 질 사람; 출신이 비천한 사람 / 준말: 부신 負薪

부앙무괴 俯仰無愧 | 하늘을 우러러보거나 땅을 굽어보거나 부끄럽지 않다

부어증진 釜魚甑塵 | 가마솥의 물고기와 시루의 먼지; 몹시 가난하다

부염기한 附炎棄寒 | 더우면 붙고 추우면 버린다 / 유사어: 염량세태 炎凉世態; 감탄고토 甘呑苦吐

부욕자사 父辱子死 | 아버지가 치욕을 당하면 아들은 그것을 씻기 위해 목숨을 아끼지 않는다

부운예일 浮雲翳日 | 뜬구름이 햇빛을 가린다; 간신이 군주의 판단력을 흐리게 한다

부운지지 浮雲之志 | 뜬구름처럼 헛된 부귀를 바라는 마음

부월지주 斧鉞之誅 | 사정없이 사형에 처한다

부위자은 父爲子隱 | 아버지는 자식의 나쁜 일을 숨겨주는 것이 마땅하다

　　　　　유사어: 자위부은 子爲父隱

부유인생 蜉蝣人生 | 하루살이처럼 덧없는 인생

부이이언 附耳之言 | 귀에 대고 해주는 말; 비밀이란 새나가기 쉬운 것이다

부자상전 父子相傳 | 아버지가 아들에게 비결을 전해준다

부자자효 父慈子孝 | 부모는 자녀에게 자애롭고 자녀는 부모에게 효도를 다해야 한다

부장지약 腐腸之藥 | 창자를 썩히는 약; 좋은 음식과 술 / 유사어: 백약지장 百藥之長

부재다언 不在多言 | 여러 말 할 것 없이 바로 결정한다

부재지족 富在知足 | 부유함이란 만족할 줄 아는 데 있다; 자기 분수를 알고 만족해야 한다

부저소정저 釜底笑鼎底 | 가마솥 밑이 노구솥 밑을 비웃는다; 자신의 큰 허물은 모르고 남의 작은

　　　　　허물을 비웃는다

부저추신 釜底抽薪 | 솥 밑에서 타는 장작을 꺼내 물이 끓는 것을 막는다; 근본적인 해결

부전자전 父傳子傳 | 대대로 아버지가 아들에게 전한다; 그 아버지에 그 아들

　　　　　동의어: 부자상전 父子相傳; 부전자승 父傳子承

부정명색 不正名色 | 부정한 수단으로 얻은 재물

부족치치아간 不足置齒牙間 | 본문

부족괘치 不足掛齒 | 더불어 말할 가치가 없다

부중생어 釜中生魚 | 솥 안에 물고기가 생긴다; 몹시 가난하다

부중지어 釜中之魚 | 솥 안의 물고기; 죽음이 곧 닥칠 형편이다

　　　　　동의어: 조상지어 俎上之魚 / 유사어: 학철부어 涸轍鮒魚

부즉다사 富則多事 | 재산이 많으면 어려운 일도 많다

부즉불리 不卽不離 | 붙지도 떨어지지도 않는다; 찬성도 반대도 하지 않는다; 군자는 담담하게 인

　　　　　간관계를 맺는다; 동의어: 불리부즉 不離不卽 / 유사어: 형영상동 形影相同

부지감고 不知甘苦 | 단지 쓴지도 모른다; 사리에 매우 어둡다

부지거처 不知去處 | 어디로 갔는지 모른다 / 동의어: 부지소향 不知所向

부지경중 不知輕重 | 물건의 무게를 모른다; 판단을 그르친다

부지기수 不知其數 | 너무 많아 그 수를 모른다

부지불식간 不知不識間 | 생각지도 알지도 못하는 사이에

부지세상 不知世上 | 세상 돌아가는 형편을 모른다

부지세월 不知歲月 | 세월 가는 줄도 모른다

부지육미 不知肉味 | 고기를 먹으면서도 고기 맛을 모른다; 한 가지 일에 몰두한다

부지통양 不知痛痒 | 아프고 가려운 것을 모른다; 감각이 전혀 없다

부지하세월 不知何歲月 | 일이 언제 이루어질지 알 수 없다

부창부수 夫唱婦隨 | 남편의 주장에 아내가 따른다; 부부가 화목하게 지낸다

부탕도화 赴湯蹈火 | 끓는 물에 들어가고 불을 밟는다; 심한 괴로움마저 무릅쓴다

부평심성 浮萍心性 | 부평초처럼 방랑하고 싶어하는 마음; 그런 사람; 바람둥이

부형청죄 負荊請罪 | 가시나무를 지고 처벌을 청한다; 엎드려 사죄한다

부화뇌동 附和雷同 | 줏대 없이 남의 주장에 무작정 따라간다
　　　　　　　　　　　준말: 뇌동 雷同 / 동의어: 부부뇌동 附付雷同 / 유사어: 경거망동 輕擧妄動

북로남왜 北虜南倭 | 북쪽 오랑캐와 남쪽 왜구; 나라의 근심거리

북망산천 北邙山川 | 사람이 죽어서 가는 곳; 묘지가 있는 곳

북망지연 北邙之煙 | 북망산 공동묘지의 연기; 죽어서 화장된다
　　　　　　　　　　　동의어: 북망지진 北邙之塵; 북망지로 北邙之露

북문지탄 北門之嘆 | 벼슬자리를 얻기는 했어도 뜻은 얻지 못해서 하는 탄식

북산지감 北山之感 | 나라일 때문에 부모를 모시지 못하는 한탄 / 유사어: 보우지차　羽之嗟

북원적초 北轅適楚 | 수레 채는 북쪽을 향하는데 남쪽 초나라로 가려고 한다; 생각과 행동이 서로
　　　　　　　　　　　어긋난다 / 동의어: 북행지초 北行至楚; 북철남원 北轍南轅

분골쇄신 粉骨碎身 | 뼈가 가루가 되고 몸이 부서진다; 있는 힘을 다해서 일한다
　　　　　　　　　　　동의어: 쇄신분골 碎身粉骨; 분신쇄골 粉身碎骨

분기충천 憤氣沖天 | 분한 마음이 하늘을 찌른다; 몹시 분하다 / 동의어: 분기탱천 憤氣撐天

분리사명 奔利死名 | 세상 사람들이 이익과 명예를 얻으려고 미쳐 날뛴다

분빈진궁 分貧振窮 | 가난한 사람에게 재물을 나누어주고 궁색한 사람을 구제한다

분서갱유 焚書坑儒 | 본문

분토지언 糞土之言 | 똥이나 흙과 같은 말; 이치에 어긋나는 무가치한 말

불가구약 不可救藥 | 약으로도 환자를 구할 수 없다; 환자의 병을 도저히 고칠 수가 없다

불가사의 不可思議 | 일반적인 생각으로는 알아낼 수 없이 이상야릇하다

불가항력 不可抗力 | 천재지변처럼 사람의 힘으로 도저히 저항할 수 없는 힘

불가형언 不可形言 | 말로 이루 다 설명할 수 없다

불감앙시 不敢仰視 | 감히 고개를 들어 쳐다보지도 못한다

불감찬일사 不敢贊一辭 | 너무 훌륭해서 감히 칭찬 한 마디 꺼낼 수도 없다

불감통양 不感痛癢 | 아픔도 가려움도 못 느낀다; 이해관계가 전혀 없다

불견정식 不見淨食 | 음식은 만드는 것을 보지 않으면 깨끗하게 보인다

불경지설 不敬之說 | 윗사람에게 무례하게 하는 말

불계지주 不繫之舟 | 매이지 않은 배; 아무 데도 구애받지 않는 마음; 정처 없이 방랑하는 사람

불고가사 不顧家事 | 집안 일을 돌보지 않는다

불고염치 不顧廉恥 | 염치를 돌보지 않는다

불고이거 不告而去 | 간다는 말도 없이 그냥 가버린다

불고이주 不顧而走 | 뒤도 돌아보지 않고 그대로 달아난다

불고이해 不顧利害 | 이롭고 해롭고 하는 것을 돌보지 않는다

불고전후 不顧前後 | 앞뒤를 돌보지 않는다

불고체면 不顧體面 | 체면을 돌보지 않는다 / 동의어: 부지체면 不知體面

불공불손 不恭不遜 | 공손하지 않다

불공자파 不攻自破 | 공격하지 않아도 스스로 무너진다

불공함락 不攻陷落 | 공격하지 않고 함락시킨다

불관지사 不關之事 | 아무 관계없는 일

불괴옥루 不愧屋漏 | 군자는 남이 안 보는 곳에서도 신중하게 행동하여 부끄러움이 없다
　　　　　　　　　동의어: 군자신독 君子愼獨 / 유사어: 불기암실 不欺暗室

불구대천지수 不俱戴天之讎 | 본문

불구문달 不求聞達 | 출세나 명성을 굳이 바라지 않는다

불구소절 不拘小節 | 사소한 예절에 구애되지 않는다

불귀이물 不貴異物 | 진귀한 물건을 얻으려는 것은 사치이므로 그런 것을 귀하게 여기지 않는다

불근인정 不近人情 | 인정에서 벗어나 있다; 몰인정하다

불급마복 不及馬腹 | 긴 채찍도 말의 배에 닿지 않는다; 인생에는 힘이 못 미치는 곳이 있다

불기분방 不羈奔放 | 속박에서 매우 자유롭다; 학식이나 재능이 뛰어나 일반적인 규칙으로는
　　　　　　　　　제어할 수 없다

불기이자 不欺二字 | 속이지 않는다는 뜻의 "불기"라는 두 글자를 일생의 신조로 삼아야 한다

불긴지사 不緊之事 | 긴급하지 않은 일

불길지사 不吉之事 | 불길한 일; 좋지 않은 일

불길지조 不吉之兆 | 불길한 조짐 / 동의어: 불상지조 不祥之兆

불념구악 不念舊惡 | 남이 지나간 잘못을 염두에 두지 않는다 / 유사어: 기왕불구 旣往不咎

불두착분 佛頭着糞 | 부처 머리에 새가 똥을 싼다; 깨끗한 물건을 더럽힌다
　　　　　　　　　훌륭한 저서에 보잘것없는 서문을 쓴다

불로불사 不老不死 | 늙지도 죽지도 않는다; 매우 오래 산다 / 동의어: 불로장생 不老長生

불로불소 不老不少 | 늙지도 젊지도 않다

불로소득 不勞所得 | 이자 등 일하지 않고 얻은 소득

불립문자 不立文字 | 도는 글이나 말로 전하는 것이 아니다; 마음으로 도를 깨닫는다
유사어: 이심전심 以心傳心

불만부지 不蔓不支 | 넝쿨도 가지도 내지 않는다; 군자는 잡념이 없고 한쪽에도 치우치지 않는다

불면불휴 不眠不休 | 잠을 자지도 쉬지도 않고 열심히 일한다

불모지지 不毛之地 | 초목이 나지 않는 거친 땅; 불모지 / 준말: 불모 不毛

불문가지 不問可知 | 옳고 그름을 묻지 않아도 알 수 있다

불문곡직 不問曲直 | 옳고 그름을 묻지 않고 함부로 한다

불벌기장 不伐己長 | 자신의 장점을 자랑하지 않는다

불분불계 不憤不啓 | 분발하여 노력하지 않는 제자에게는 스승도 가르쳐주지 않는다

불비불명 不飛不鳴 | 본문

불비지혜 不費之惠 | 자기에게는 해가 되지 않고 남에게 이익이 되도록 베푸는 은혜

불사불멸 不死不滅 | 죽지 않고 없어지지도 않는다 / 유사어: 불사영생 不死永生

불사이군 不事二君 | 충신은 두 임금을 섬기지 않는다

불사지약 不死之藥 | 영원히 죽지 않게 만들어 주는 약 / 준말: 불사약 不死藥

불생불사 不生不死 | 태어나지도 죽지도 않는다; 겨우 목숨만 붙어 있다
동의어: 불생불멸 不生不滅

불석신명 不惜身命 | 불도를 수행하기 위해 몸과 목숨을 아끼지 않는다
나라나 사회를 위해 목숨을 아끼지 않는다 / 반대어: 가석신명 可惜身命

불성무물 不誠無物 | 정성이 없는 곳에는 아무 것도 없다

불소지신 不召之臣 | 군주가 불러들이지 않고 모셔와야 되는 어진 인물

불속지객 不速之客 | 초청하지 않았는데 오는 손님; 불청객

불수다언 不須多言 | 많은 말이 필요없다

불수진　　拂鬚塵 | 본문

불식일정자 不識一丁字 | 일(一)과 정(丁)도 모른다; 무식한 것을 비웃는 말

불식지공 不息之工 | 쉬지 않고 꾸준히 하는 일

불식지보 不食之報 | 자손이 잘 되게 만들어주는 조상의 음덕

불신지심 不信之心 | 남을 믿지 않는 마음

불실기본 不失其本 | 본분을 잃지 않는다; 본전을 잃지 않는다

불실정곡 不失正鵠 | 표적을 잃지 않는다; 정곡을 찌른다; 급소나 요점을 정확하게 잡는다

불심검문 不審檢問 | 관리가 수상한 사람을 길에서 조사한다

불언가지 不言可知 | 말을 안 해도 알 수 있다

불언실행 不言實行 | 말없이 실행한다 / 유사어: 불언직행 不言直行

불왕법장 不枉法贓 | 중국 감림(監臨)의 수령이 부하에게 뇌물을 받고도 부하를 법에 따라 처벌한
일; 수령이 받은 그 뇌물

불요불굴 不撓不屈 | 어떠한 어려움에도 뜻이 휘지도 굽히지도 않는다

불요불급 不要不急 | 필요하지도 급하지도 않다

852

불우지비 不虞之備 | 뜻밖에 생기는 일에 대비한 준비 / 준말: 불우비 不虞備

불원장래 不遠將來 | 그리 머지 않은 장래

불원천리 不遠千里 | 천리 길도 멀다고 여기지 않는다

불위복선 不爲福先 | 남보다 먼저 복을 받으면 미움을 사기 때문에 그렇게 하지 않는다

　　　　　　동의어: 불위복시 不爲福始

불유여력 不遺餘力 | 있는 힘을 남기지 않고 다 쓴다; 전력을 다한다

불의지변 不意之變 | 뜻밖에 당하는 재난 / 동의어: 불의지재 不意之災

불의지사 不義之事 | 의리에 어그러지는 옳지 못한 일 / 동의어: 불의행세 不義行勢

불의지인 不義之人 | 의리에 어그러지는 일을 하는 사람

불의지재 不義之財 | 옳지 못한 수단으로 얻은 재물

불이인폐언 不以人廢言 | 상대방이 누구든 그 말이 옳은 것이라면 버리지 않는다

불인인열 不因人熱 | 사람의 열로 밥을 짓지 않는다; 은혜를 입는 것을 떳떳하게 여기지 않는다

불인지심 不忍之心 | 어떤 일을 차마 하지 못하는 마음

불입호혈 부득호자 不入虎穴 不得虎子 | 본문

불차탁용 不次擢用 | 서열을 뛰어넘어서 특별히 벼슬을 올려서 쓴다; 발탁한다

불철주야 不撤晝夜 | 밤낮을 가리지 않고 일한다

불청객자래 不請客自來 | 초청하지 않은 손님이 스스로 온다

불초자제 不肖子弟 | 부모의 사업을 이을 만하지 못한 자손

불출범안 不出凡眼 | 보통 사람의 눈으로도 알 수 있다; 선악이 분명하다

불충불효 不忠不孝 | 충성과 효도를 다하지 않는다

불측지변 不測之變 | 예측할 수 없는 재난

불치인류 不齒人類 | 사람 축에 끼이지 못한다 / 준말: 불치 不齒

불치하문 不恥下問 | 자기보다 못한 사람에게 묻는 것을 부끄럽게 여기지 않는다

　　　　　　동의어: 하문불치 下問不恥 / 유사어: 공자천주 孔子穿珠

불탈주인석 不奪主人席 | 주인의 자리에는 손님이 예의상 앉지 않는다

불통수화 不通水火 | 이웃과 교제를 끊는다 / 동의어: 수화무교 水火無交

불편부당 不偏不黨 | 어느 한쪽 편으로 치우치지 않고 자기편을 만들지도 않는다

　　　　　　공정하게 중립을 지킨다 / 동의어: 무편무당 無偏無黨

불평분자 不平分子 | 늘 불평을 품고 있는 사람

불평불만 不平不滿 | 불평과 불만

불피탕화 不避湯火 | 물불을 가리지 않는다

불피풍우 不避風雨 | 비바람을 무릅쓰고 일한다

불필다언 不必多言 | 여러 말을 할 필요가 없다

불필타구 不必他求 | 자기 것으로 넉넉하여 남의 것을 구할 필요가 없다

불하일장 不下一杖 | 죄인이 매를 한 대도 맞지 않았는데 자백한다

불학무식 不學無識 | 배우지 못해서 아는 것이 없다

불해의대 不解衣帶 | 허리띠를 풀지도 않는다; 잠을 잘 틈도 없다

불행중다행 不幸中多幸 | 불행한 일 중에서도 그만하기가 다행이다

불혹　　　不惑 | 본문

불혹지년 不惑之年 | 세상 일에 현혹되지 않는 나이 즉 40세 / 동의어: 불혹지세 不惑之勢

불환무위 不患無位 | 군자는 벼슬자리에 앉지 못해도 아무렇지 않게 여긴다

불후지공 不朽之功 | 영원히 없어지지 않고 빛나는 공적 / 동의어: 불후공적 不朽功績

붕당집호 朋黨執虎 | 패거리의 힘은 호랑이도 잡는다; 패거리의 힘은 바른 이치도 굽힌다

붕우유신 朋友有信 | 벗의 도리는 신의에 있다

붕우책선 朋友責善 | 벗끼리 좋은 일을 하도록 서로 권한다

붕정만리 鵬程萬里 | 붕새가 만 리를 날아간다; 먼 외국 여행길에 오른다; 앞길이 창창하다

비감대수 蚍撼大樹 | 개미가 감히 큰 나무를 흔들려고 한다; 제 분수를 모르고 덤빈다

　　　　　동의어: 비부감수 蚍蜉撼樹 / 유사어: 당랑거철 螳螂拒轍

비기군불사 非其君不事 | 못된 군주 밑에서는 벼슬을 하지 않는다

비기윤신 肥己潤身 | 자기 몸만 이롭게 한다 / 준말: 비기 肥己 / 유사어: 비기윤가 肥己潤家

비난지사 非難之事 | 어렵지 않은 일; 비난받을 일

비두출화 飛頭出火 | 코끝에서 불을 뿜는다; 기세가 대단하다

비례물시 非禮勿視 | 예의에 어긋나는 것은 보지 마라

비례지례 非禮之禮 | 성의 없이 형식적으로만 갖추는 예의; 가짜 예의

비명횡사 非命橫死 | 뜻밖의 재난으로 자기 수명을 채우지 못하고 죽는다

비몽사몽 非夢似夢 | 꿈인지 생시인지 어렴풋한 상태 / 동의어: 사몽비몽 似夢非夢

비방지목 誹謗之木 | 본문

비봉승풍 飛蓬乘風 | 쑥이 바람을 타고 날려 흩어진다; 사람이 좋은 기회를 탄다

비분강개 悲憤慷慨 | 슬프고 분해서 감정이 북받친다 / 유사어: 비가강개 悲歌慷慨

비불능야 非不能也 | 하지 못하는 것이 아니다

비불외곡 臂不外曲 | 팔이 안으로 굽는다; 친한 사람에게 마음이 자연히 쏠리게 마련이다

비상지인 非常之人 | 둘도 없이 탁월한 인물 / 동의어: 비상인 非常人; 비상사 非常士

비성즉황 非成則璜 | 위성(魏成)과 적황(翟璜) 두 사람 가운데 하나다; 둘 가운데 하나를 고른다

　　　　　동의어: 양자택일 兩者擇一

비식엄엄 鼻息奄奄 | 숨이 곧 끊어질 것 같다 / 유사어: 앙비식 仰鼻息

비아부화 飛蛾赴火 | 불나방이 불 속으로 뛰어든다; 스스로 재앙에 빠진다

　　　　　원어: 여비아지부화 如飛蛾之赴火

비양발호 飛揚跋扈 | 독수리가 날고 물고기가 뛰듯 신하가 반역을 꾀한다

비옥가봉 比屋可封 | 집집마다 표창할 만하다; 나라에 어진 사람이 많다

비옥가주 比屋可誅 | 집집마다 처형당해 마땅한 악인들로 가득하다; 세상이 말세다

비위난정 脾胃難定 | 비위가 뒤집혀 가라앉지 않는다; 비위가 상해서 아니꼽게 여긴다

비육불포 非肉不飽 | 고기를 안 먹으면 배가 부르지 않는다; 사람이 노쇠한 때

비육지탄 髀肉之嘆 | 본문

비의상간 非意相干 | 본의 아니게 남을 해친다

비이장목 飛耳長目 | 먼 곳의 것을 잘 듣는 귀와 잘 보는 눈; 관찰력이 대단하다; 책을 가리키는 말
　　　　　　동의어: 장목비이 長目飛耳; 연목토이 鳶目兎耳

비익연리 比翼連理 | 날개가 하나인 비익조와 가지가 서로 붙은 연리지; 매우 화목한 부부나 서로
　　　　　　깊이 사랑하는 남녀 / 동의어: 비익연리지계 比翼連理之契

비일비재 非一非再 | 한두 번이 아니다; 한둘이 아니라 많다

비장필천 髀長必踐 | 고삐가 길면 반드시 밟힌다; 나쁜 짓을 하면 결국 들키고 만다
　　　　　　동의어: 비장즉답 髀長則踏

비전불행 非錢不行 | 뇌물을 주지 않고는 아무 일도 안 된다; 부정부패가 매우 심하다

비조과고향 飛鳥過故鄕 | 새는 날아서 고향을 지나간다; 고향이 그리워도 못 가는 신세

비조불입 飛鳥不入 | 나는 새도 들어갈 수 없다; 성이나 진지의 방어가 물샐 틈도 없다

비지중물 非池中物 | 연못 속의 물고기가 아니라 때를 만나면 하늘로 올라갈 용이라고 삼국시대
　　　　　　주유(周瑜)가 유비(劉備)를 평한 말; 앞으로 크게 성공할 인물

비폭징류 飛瀑澄流 | 날아가듯 쏟아지는 폭포와 맑게 흐르는 물줄기

비풍참우 悲風慘雨 | 인생이나 생활이 비참하다

비하정사 鼻下政事 | 코밑에 닥친 일만 다스린다; 하루하루 겨우 먹고산다; 미봉책만 쓰는 정치
　　　　　　동의어: 비하공사 鼻下公事

비황저곡 備荒貯穀 | 흉년이나 재난에 대비해서 곡식을 저장해 둔다

빈계지신 牝鷄之晨 | 본문

빈부귀천 貧富貴賤 | 가난함과 부유함, 신분이 높음과 낮음

빈이낙도 貧而樂道 | 가난하지만 올바른 길을 즐긴다

빈익빈 부익부 貧益貧 富益富 | 가난한 사람은 더욱 가난해지고 부자는 더욱 부유하게 된다
　　　　　　동의어: 부익부 빈익빈 富益富 貧益貧

빈자일등 貧者一燈 | 본문

빈지여귀 賓至如歸 | 손님이 와서 자기 집에 돌아온 듯 안심한다

빈천지교 貧賤之交 | 가난하고 천할 때 사귄 우정; 가난할 때 사귄 친구를 잊어서는 안 된다

빈한도골 貧寒到骨 | 가난이 뼈에 사무친다; 매우 가난하다 / 동의어: 빈한막심 貧寒莫甚

빙공영사 憑公營私 | 공적인 일을 핑계로 개인적인 이익을 도모한다

빙소무산 氷消霧散 | 얼음이 녹고 안개가 흩어지듯 자취도 없이 사라진다
　　　　　　동의어: 빙소와해 氷消瓦解

빙의망상 憑依妄想 | 귀신이나 여우 따위가 자기에게 붙었다고 믿는 헛된 생각

빙탄불상용 氷炭不相容 | 본문

빙탄상용 氷炭相容 | 상반되는 것이 서로 돕는다; 친구끼리 서로 충고한다
　　　　　　동의어: 빙탄상애 氷炭相愛 / 반대어: 빙탄불상용 氷炭不相容

빙호지심 氷壺之心 | 백옥 항아리에 든 얼음처럼 맑은 마음 / 유사어: 빙호추월 氷壺秋月

사

사가망처 徙家忘妻 | 이사갈 때 아내를 잊어버리고 간다; 건망증이 심하다; 의리를 분별 못하는 어리석은 사람 / 동의어: 사택망처 徙宅忘妻

사거이도 舍車而徒 | 수레를 버리고 걸어간다; 불의의 지위를 버리고 청빈한 생활에 만족한다

사계사야 使鷄司夜 | 닭이 밤 시간을 알리도록 맡긴다 / 동의어: 적재적소 適材適所

사고무친 四顧無親 | 의지할 만한 아는 사람이 전혀 없다

사고팔고 四苦八苦 | 이 세상의 모든 고통

사공명 주생중달 死孔明 走生仲達 | 본문

사공중곡 射空中鵠 | 허공에 화살을 쏘아 과녁을 맞힌다; 아무 것도 모르고 한 일이 우연히 들어 맞는다 / 원어: 사공중작 射空中鵲 / 유사어: 요행수 僥倖數

사교사령 社交辭令 | 사교적으로 하는 인사말

사군자　　四君子 | 동양화에서 고귀한 것으로 치는 매화, 국화, 난초, 대나무

사군지도 事君之道 | 군주를 섬기는 도리

사궁지수 四窮之首 | 홀아비, 홀어미, 고아, 자식 없는 노인 가운데 가장 궁한 것 즉 늙은 홀아비

사귀신속 事貴神速 | 일을 할 때는 빠른 것이 가장 좋다

사근취원 捨近取遠 | 가까운 것을 버리고 먼 것을 취한다; 일의 순서를 뒤바꿔서 한다

사급계생 事急計生 | 일이 급하면 계책이 나온다

사기충천 士氣衝天 | 사기가 하늘을 찌를 듯이 높다 / 동의어: 사기왕성 士氣旺盛

사농공상 士農工商 | 선비와 농부와 기술자와 상인 즉 모든 계급의 백성

사단취장 捨短取長 | 단점을 버리고 장점을 취한다

사단칠정 四端七情 | 네 가지 실마리 즉 인의예지(仁義禮智)와 일곱 가지 감정 즉 기쁨, 분노, 슬픔, 즐거움, 사랑, 미움, 욕망

사대성인 四大聖人 | 역사상 가장 위대한 네 성인 즉 석가, 공자, 예수, 소크라테스

사대육신 四大六身 | 사람의 몸을 이루는 네 개의 큰 덩어리 즉 팔, 다리, 머리, 몸통

사량침주 捨糧沈舟 | 식량을 버리고 배를 가라앉힌다; 승리하기 전에는 돌아오지 않겠다는 비장한 각오 / 동의어: 사량침선 捨糧沈船

사려분별 思慮分別 | 일에 관해 깊이 생각하고 사물을 제대로 가린다

사리사욕 私利私慾 | 자기 이익과 욕심만 채운다; 동의어: 사리사복 私利私腹

사마골오백금 死馬骨五百金 | 본문

사면초가 四面楚歌 | 본문

사면춘풍 四面春風 | 누구에게나 잘 대해 준다; 그런 사람

사면팔방 四面八方 | 모든 곳

사모영자 紗帽纓子 | 사모에 갓끈; 격이 맞지 않거나 서로 어울리지 않는다 유사어: 초헌마편 軺軒馬鞭; 고리정분 藁履丁粉; 승재호무 僧齋胡舞

사무두불행 蛇無頭不行 | 뱀은 머리가 없으면 앞으로 나아가지 못한다 사악한 무리는 두목이 없으면 행동하지 못한다

사무상사 事無常師 | 일에는 변함없는 기준이 없다

사무이성 事無二成 | 두 가지 일이 다 이루어질 수는 없다; 두 가지 일 가운데 한 가지는 실패한다

사무여한 死無餘恨 | 죽어도 한이 없다

사문난적 斯文亂賊 | 유교의 가르침을 어지럽히는 사람

사민이시 使民以時 | 농사철이 아닌 때에 백성을 동원해서 일을 시킨다

사반공배 事半功倍 | 노력이 적어도 공적은 크다 / 반대어: 사배공반 事倍功半

사발통문 沙鉢通文 | 주모자를 드러내지 않기 위해 관계자의 성명을 사발처럼 둥글게 적은 문서

사백사병 四百四病 | 405 가지 병 가운데 죽음을 제외한 404 가지 병; 사람이 앓는 모든 병

사병무양의 死病無良醫 | 죽을 병이 든 환자는 아무리 명의라도 고칠 수 없다

사본치말 舍本治末 | 줄기를 버리고 가지를 다스린다; 본말이 거꾸로 된다

사분오열 四分五裂 | 여러 갈래로 찢어진다; 심하게 분열한다

사불급설 駟不及舌 | 본문

사불명목 死不瞑目 | 죽어서도 눈을 감지 못한다

사불범정 邪不犯正 | 그릇된 것이 바른 것을 누르지 못한다; 정의는 반드시 이긴다

사불여의 事不如意 | 일이 뜻대로 되지 않는다

사비사지 使臂使指 | 사람을 자유자재로 부린다 / 동의어: 사지사비 使指使臂

사비위빈 仕非爲貧 | 관리가 되는 것은 가난을 면하기 위한 것이 아니다
　　　　　　　　　참된 관리는 덕을 세상에 펴는 사람이다

사사건건 事事件件 | 모든 일, 모든 사건

사사불성 事事不成 | 일마다 성공하지 못한다 / 동의어: 사사무성 事事無成

사사오입 四捨五入 | 끝자리가 4 이하는 버리고 5 이상은 올린다

사산분주 四散奔走 | 사방으로 흩어져 달아난다

사상누각 砂上樓閣 | 모래 위에 세운 큰 집; 기초가 튼튼하지 못해 오래 견디지 못한다

사색불변 辭色不變 | 태연하여 말과 얼굴빛이 변하지 않는다

사색지지 四塞之地 | 사방의 지세가 험하고 견고한 천연적 요새로 된 땅
　　　　　　　　　유사어: 사색지국 四塞之國 / 반대어: 사전지국 四戰之國

사생결단 死生決斷 | 죽고 사는 것을 생각하지 않고 끝장을 낸다

사생관두 死生關頭 | 생사가 걸려 있는 매우 위태로운 고비 / 동의어: 생사관두 生死關頭

사생동거 死生同居 | 죽어서나 살아서나 늘 함께 있다; 다정한 부부사이

사생동고 死生同苦 | 죽는 것도 같이할 정도로 어떠한 고생도 같이한다
　　　　　　　　　동의어: 사지동고 死地同苦

사생유명 死生有命 | 죽고 사는 것은 운명에 달려 있다

사서오경 四書五經 | 유교의 기본 경전; 사서는 논어, 맹자, 중용, 대학이고 오서는 역경, 서경
　　　　　　　　　시경, 예기, 춘추

사석위호 射石爲虎 | 돌을 호랑이로 잘못 알고 활을 쏘자 화살이 돌에 깊이 박힌 일
　　　　　　　　　정신을 집중해서 일을 하면 성공한다 / 동의어: 사석음우 射石飮羽

사세고연 事勢固然 | 일이 되어 가는 형세가 원래 그렇다 / 동의어: 사세당연 事勢當然

사세부득이 事勢不得已 | 일이 되어 가는 형세가 그래서 어쩔 수 없다

사소취대 捨小取大 | 작은 것을 버리고 큰 것을 차지한다

사수역류 使水逆流 | 물을 거꾸로 흐르게 한다; 자연의 도리를 거스른다

사승습장 死僧習杖 | 죽은 중의 볼기를 친다; 대항할 힘이 없는 약자에게 위세를 부린다

사시이비 似是而非 | 그럴 듯하게 보이지만 사실은 틀리다; 옳은 듯하지만 그르다

사시장청 四時長靑 | 소나무, 대나무처럼 잎이 일년 내내 푸르다

사시장춘 四時長春 | 사철이 늘 봄과 같다; 언제나 잘 지낸다

사시춘풍 四時春風 | 누구에게나 항상 부드럽게 대한다; 두루 춘풍 / 동의어: 사면춘풍 四面春風

사실무근 事實無根 | 사실에 전혀 근거를 두지 않고 있다; 터무니없다

사심불구 蛇心佛口 | 마음은 뱀 같고 입은 부처 같다; 속은 악하지만 입으로는 좋은 말을 꾸민다

사심자용 師心自用 | 자기가 생각하는 일은 모두 옳다고 하여 그대로 실행한다; 남의 의견은 전혀
들지 않는다 / 유사어: 사심자시 師心自是

사십부동심 四十不動心 | 나이 40에 도를 깨달아 마음이 흔들리지 않는다

사십초말 四十初襪 | 나이 40에 첫 번째 버선; 나이 들어 처음 일을 한다; 기다리던 일이 이루어짐

사양장랑 使羊將狼 | 양에게 이리 떼를 맡긴다; 약한 사람에게 강한 군대를 거느리게 한다

사양지심 辭讓之心 | 사양하는 마음

사어지천 射魚指天 | 물고기를 잡으려고 하늘을 향해 활을 쏜다; 방법이 잘못되어 목적을 이룰 수
없다 / 동의어: 연목구어 緣木求魚(본문)

사유삼장 史有三長 | 역사를 기록하는 사람의 세 가지 장점 즉 재능, 학식, 이해력

사은숙배 謝恩肅拜 | 임금의 은혜에 감사하여 경건하게 절한다
준말: 숙배 肅拜 / 동의어: 사은숙사 謝恩肅謝

사이밀성 事以密成 | 일은 치밀하게 해야만 성공한다

사이비   似而非 | 본문

사이후이 死而後已 | 죽어야만 그만 둔다; 굳은 의지로 열심히 노력한다
동의어: 폐이후이 斃而後已

사인선사마 射人先射馬 | 본문

사인여천 事人如天 | 사람을 하늘같이 섬긴다

사자분신 獅子奮迅 | 사자가 떨치고 일어나 빨리 달리듯 기세가 강하고 맹렬하다

사자상승 師資相承 | 스승이 학문 등을 제자에게 전해준다

사자신중충 獅子身中蟲 | 본문

사자후   獅子吼 | 본문

사전여수 使錢如水 | 돈을 아끼지 않고 물처럼 쓴다

사제동행 師弟同行 | 스승과 제자가 길을 같이 간다; 스승과 제자가 한 마음으로 연구한다

사족   蛇足 | 본문

사죄사죄 死罪死罪 | 실례가 많았다고 사과하는 말 즉 편지 끝에 쓰는 말

사중구활 死中求活 | 죽어야 할 마당에서도 살 길을 찾는다; 난국을 타개하기 위해 일부러 위험에
　　　　　뛰어든다 / 동의어: 사중구생 死中求生

사중우어 沙中偶語 | 신하들이 모래언덕에 모여서 반란을 일으키려고 의논한다

사지　　　四知 | 본문

사지문지 使之聞之 | 자기 의사를 남을 시켜서 전달한다

사직위허 社稷爲墟 | 사직에 제사를 지내지 않아 폐허가 된다; 나라가 멸망하다
　　　　　유사어: 국구위허 國丘爲墟

사직지신 社稷之臣 | 나라를 떠받치는 고위관리 / 동의어: 주석지신 柱石之臣

사차불피 死且不避 | 다른 것은 물론이고 죽음마저도 피하지 않는다

사출이율 師出以律 | 적을 치려고 군대를 이끌고 나갈 때는 엄격한 군법을 유지해야 한다

사친지도 事親之道 | 부모를 섬기는 도리

사통팔달 四通八達 | 길이 사방으로 통하고 팔방에 이른다; 왕래가 많아 번화한 곳
　　　　　동의어: 사통오달 四通五達

사풍세우 斜風細雨 | 엇비슷하게 비껴부는 바람과 가늘게 내리는 비 / 동의어: 세우사풍 細雨斜風

사필귀정 事必歸正 | 모든 일은 반드시 바른 이치로 돌아간다; 옳지 않은 것은 오래 못 간다

사학병장 仕學竝長 | 관리가 사무처리 능력과 학문이 아울러서 뛰어나다

사해어정 赦害於政 | 함부로 죄를 용서해주면 오히려 백성에게 해를 끼친다

사해형제 四海兄弟 | 본문

사행삭질 射倖數跌 | 우연을 노리고 쏘는 화살은 대개 빗나간다; 요행을 바라면 실패하고 만다

사혈가입 使穴可入 | 부끄러워서 구멍에라도 들어가 숨고 싶다

사회부연 死灰復燃 | 꺼진 불이 다시 타오른다; 세력을 잃은 것이 다시 왕성해진다
　　　　　일단 가라앉은 문제가 다시 시끄러워진다 / 유사어: 권토중래 捲土重來

사후약방문 死後藥方文 | 죽은 뒤에 약 처방; 실패한 뒤에 후회해도 소용없다
　　　　　동의어: 사후청심환 死後淸心丸

삭주굴근 削株掘根 | 줄기를 자르고 뿌리를 캔다; 재앙의 원인을 제거한다

삭탈관직 削奪官職 | 죄인의 벼슬과 계급을 뺏고 관리명부에서 이름을 지운다
　　　　　준말: 삭관 削官 / 삭탈 削奪 / 동의어: 삭탈관작 削奪官爵

산간벽지 山間僻地 | 산골의 외딴 곳 / 동의어: 산간벽촌 山間僻村

산고수장 山高水長 | 어진 사람과 군자의 덕은 높은 산과 유유히 흐르는 강과 같다

산고수청 山高水淸 | 산은 높고 물은 맑다; 좋은 경치

산고월소 山高月小 | 높은 산 위에 솟은 달을 그 아래에서 바라보는 경치

산동출상 산서출장 山東出相 山西出將 | 산동에서 재상이, 산서에서 장수가 나온다

산려하대 山厲河帶 | 태산이 숫돌처럼 작아지고 황하가 띠처럼 가늘어진다; 있을 수 없는 일
　　　　　동의어: 대려지서 帶厲之誓 / 유사어: 토각귀모 兎角龜毛

산림지사 山林之士 | 산 속에 숨어사는 선비

산무유책 算無遺策 | 꾀하는 일에 실수가 없다

산불염고 山不厭高 | 산은 높을수록 좋다; 덕은 많을수록 좋다

산자수명 山紫水明 | 산은 자주색이고 물은 맑다; 산수의 뛰어난 경치

        동의어: 산명수자 山明水紫

산저귀저 山底貴杵 | 산 밑에 절구공이가 귀하다; 생산지에서 그 물건이 오히려 구하기 어렵다

산전수전 山戰水戰 | 산에서 싸우고 물에서 싸운다; 세상의 온갖 어려움을 다 겪는다

산중귀물 山中貴物 | 그 땅에서는 나지 않는 매우 드물고 귀한 물건; 산 속에서만 나는 귀한 물건

산중무역일 山中無歷日 | 산 속에는 달력이 없다; 산에서 자연을 즐기며 세월이 가는 줄도 모른다

산중호걸 山中豪傑 | 산 속의 호걸 즉 호랑이; 호랑이의 기상 / 동의어: 산수지군 山獸之君

산지사방 散之四方 | 사방으로 흩어져 없어진다

산진수궁 山盡水窮 | 아주 깊은 골짜기; 막다른 골목에 이르러 빠져나갈 길이 없다

        동의어: 산궁수진 山窮水盡

산천만리 山川萬里 | 산과 강을 넘고 건너서 아주 멀다 / 동의어: 붕정만리 鵬程萬里

산천초목 山川草木 | 산과 강과 풀과 나무 즉 자연

산해진미 山海珍味 | 산과 바다에서 나는 것으로 만든 대단히 맛있는 음식; 엄청나게 잘 차린 음식

        동의어: 산진해미 山珍海味; 산진해착 山珍海錯; 수륙진미 水陸珍味

살기등등 殺氣騰騰 | 남을 해치거나 죽이려는 기운이 잔뜩 뻗쳐 있다

살기충천 殺氣衝天 | 살기가 하늘을 찌를 듯이 가득하다

살신성인 殺身成仁 | 본문

살인자사 殺人者死 | 사람을 죽인 자는 죽어야 마땅하다

살풍경   殺風景 | 흥을 깬다

삼간초가 三間草家 | 세 칸 되는 초가; 작은 집 / 동의어: 삼간초옥 三間草屋; 초가삼간 草家三間

삼강오륜 三綱五倫 | 사람이 지켜야 할 세 가지 바탕과 다섯 가지 윤리; 삼강은 세 가지 근본인데

        신하에게 군주, 아들에게 아버지, 아내에게 남편이다. 오륜은 부자유친

        군신유의, 부부유별, 장유유서, 붕우유신이다 / 동의어: 삼강오상 三綱五常

삼고초려 三顧草廬 | 본문

삼년부조 三年不弔 | 3년 상을 치르는 상제는 3년 동안 남의 문상을 하지 못한다

        동의어: 삼상불문 三喪不問; 삼년불문 三年不問

삼년불규원 三年不窺園 | 3년 동안 뜰을 쳐다보지 않는다; 학문에 대단히 열중한다

삼대독자 三代獨子 | 3대에 걸쳐서 형제가 없는 외아들

삼도지몽 三刀之夢 | 관리가 승진할 좋은 꿈

삼동문사 三冬文史 | 가난한 사람은 농사를 짓는 데 바빠서 겨울에만 책을 읽을 수 있다

        자기 자신을 겸손하게 일컫는 말

삼라만상 森羅萬象 | 우주의 모든 사물과 현상 / 유사어: 천상천하 天上天下; 일체합지 一切合地

삼면육비 三面六臂 | 얼굴 셋과 팔 여섯; 한 사람이 여러 사람 몫을 한다

삼배구배 三拜九拜 | 삼배와 구배의 예의; 몇 번이고 절해서 경의를 나타낸다

삼복백규 三復白圭 | 공자의 제자 남용(南容)이 시경에 나오는 백규라는 시를 매일 세 번 외운 일

말을 매우 조심해서 한다

삼복증염 三伏蒸炎 | 초복, 중복, 말복 등 삼복 더위

삼분오열 三分五裂 | 여러 갈래로 갈라져서 흩어진다

삼분정족 三分鼎足 | 세 발 솥처럼 천하를 셋으로 나누어 각각 차지한다

　　　　　　동의어: 삼분천하 三分天下; 삼자정립 三者鼎立

삼삼오오 三三五五 | 두서너 명씩 떼지어 흩어져 있거나 행동하는 모양

　　　　　　동의어: 삼삼양량 三三兩兩

삼생유행 三生有幸 | 전생과 현세와 내세에 행운이 있다; 얻기가 대단히 어려운 기회를 만난다

삼손우　　三損友 | 사귀면 손해가 되는 세 가지 벗 즉 남의 비위를 잘 맞추는 자, 말만 잘하고
　　　　　　불성실한 자, 착하기만 하고 줏대가 없는 자 / 동의어: 손자삼우 損者三友
　　　　　　반대어: 삼익우 三益友

삼순구식 三旬九食 | 30일에 아홉 끼 식사; 몹시 가난하다

삼시섭하 三豕涉河 | 글자를 잘못 사용하거나 잘못 읽는다

　　　　　　동의어: 삼시도하 三豕渡河 / 유사어: 어로지오 魚魯之誤

삼십육계 주위상책 三十六計 走爲上策 | 본문

삼십이립 三十而立 | 30세에 학문이나 식견이 자립한다

삼읍일사 三揖一辭 | 군자는 벼슬에 나아갈 때는 신중하게, 물러날 때는 쉽게 한다

삼익우　　三益友 | 사귀면 유익한 세 가지 벗 즉 정직한 자, 성실한 자, 식견이 많은 자

　　　　　　동의어: 익자삼우 益者三友 / 반대어: 삼손우 三損友

삼인문수 三人文殊 | 평범한 사람도 셋이 모이면 문수보살처럼 좋은 생각을 얻는다

삼인성호 三人成虎 | 본문

삼인일룡 三人一龍 | 절친한 친구 세 명

삼일복야 三日僕射 | 진(晉)나라의 주의(周顗)가 장관이 되어 밤낮으로 술만 마시고 나라 일을
　　　　　　전혀 돌보지 않은 일; 고위관리가 나라 일을 제대로 돌보지 않는다

삼일천하 三日天下 | 3일 동안 천하를 지배한다; 단기간에 정권을 잡았다가 잃는다

삼재팔난 三災八難 | 모든 재앙과 곤란

삼종지도 三從之道 | 여자가 따라야 할 세 가지 길 즉 집에서는 아버지를, 결혼해서는 남편을
　　　　　　남편이 죽으면 아들을 따라야 한다

　　　　　　준말: 삼종 三從 / 동의어: 삼종의탁 三從依託; 삼종지의 三從之義

삼지상공 三旨相公 | 군주의 말이라면 무조건 옳다고 맞장구치는 재상

삼지지례 三枝之禮 | 비둘기는 어미가 앉은 가지에서 세 가지 아래에 앉는다

삼척동자 三尺童子 | 키가 석 자 가량 되는 어린애; 철모르는 어린아이

삼척염 식령감 三尺髯 食令監 | 수염이 석 자라도 먹어야 원님이다

삼척장검 三尺長劍 | 길고 큰 칼; 동의어: 삼척추수 三尺秋水

삼천갑자 동방삭 三千甲子 東方朔 | 세상에 매우 보기 드문 인물

삼천지교 三遷之敎 | 맹자의 어머니가 세 번 이사해서 맹자를 가르친 일다 / 준말: 삼천 三遷

861

삼촌지설 三寸之舌 | 세 치 혀가 백만 대군보다 강하다

삼추지사 三秋之思 | 하루가 삼 년처럼 생각된다; 몹시 기다린다 / 동의어: 일일삼추 一日三秋

삼한갑족 三韓甲族 | 우리 나라에서 대대로 세력이 있는 집안

삼한사온 三寒四溫 | 사흘 춥고 이어서 나흘 따뜻한 겨울 날씨

상가지구 喪家之狗 | 본문

상견하만 相見何晩 | 서로 늦게 알게 된 것을 유감으로 여긴다

상기천거 尙技賤車 | 기술을 높게 보고 물건을 천하게 본다; 상을 주는 데 인색하지 않다

상궁지조 傷弓之鳥 | 한번 화살에 맞은 새는 굽은 가지만 보고도 놀란다

상로지사 霜露之思 | 무덤에 내렸을 서리를 생각한다; 부모의 죽음을 슬퍼한다

상루담제 上樓擔梯 | 다락 위로 올라간 뒤에 사다리를 메고 간다; 남을 원망한다

상마실수 相馬失瘦 | 야윈 말은 고르지 않아 그것이 천리마인 줄 모르고 잃는다; 가난하고 초라한
사람을 보고 그가 탁월한 인재인 줄 몰라본다 / 유사어: 이모상마 以毛相馬

상마잠적 桑麻蠶績 | 뽕을 따서 누에를 치고 삼을 심어 베를 짠다

상망지지 相望之地 | 서로 바라보이는 가까운 곳

상명지통 喪明之痛 | 아들의 죽음을 당한 슬픔

상봉지지 桑蓬之志 | 공적을 이루어 명성을 떨치려는 남자의 의지 / 동의어: 상호봉시 桑弧蓬矢

상부상조 相扶相助 | 서로 의지하고 돕는다

상분연옹 嘗糞吮癰 | 똥을 맛보고 등창을 빨아준다; 윗사람에게 대단히 심하게 아첨한다
유사어: 연옹지치 吮癰舐痔

상불유시 賞不踰時 | 상은 즉시 주어야지 시기를 놓쳐서는 안 된다

상사병   相思病 | 본문

상사불망 相思不忘 | 서로 그리워하며 잊지 못한다

상산사세 常山蛇勢 | 상산에 사는 뱀의 모양; 연락과 협력이 잘되는 진형; 앞뒤가 잘 맞는 문장

상상안상 床上安床 | 뒷사람이 한 일이 앞사람의 한 일과 똑같아 발전이 없다
동의어: 상상시상 床上施床

상선벌악 償善罰惡 | 착한 사람에게는 상을 주고 악한 사람은 처벌한다

상수발제 上樹拔梯 | 나무에 올라가게 하고는 사다리를 치운다; 사람을 궁지에 몰아 넣는다

상수여수 上壽如水 | 장수를 누리려면 흐르는 물처럼 순리대로 살아야 한다

상승장군 常勝將軍 | 싸울 때마다 이기는 장수

상양고무 商羊鼓舞 | 상양이라는 새가 날면 큰 비가 온다는 전설; 홍수나 수해를 미리 알린다

상어육백리 商於六百里 | 정의(張儀)가 상어 땅 600리를 초나라에 주겠다고 해놓고는 나중에
600리가 아니라 6리라고 속인 일; 남을 속이는 수법

상여귀벽 相如歸璧 | 조나라의 인상여가 진(秦)나라에 사신으로 갔다가 화씨의 구슬을 고스란히
보존해서 돌아온 일

상원하추 上援下推 | 위에서는 아랫사람을 끌어올리고 밑에서는 윗사람을 추대한다

상유양심 尙有良心 | 악인에게도 아직 양심은 남아 있다

상의하달 上意下達 | 윗사람의 뜻이나 명령을 아랫사람에게 전달한다

상일권백 賞一勸百 | 한 사람의 선행을 표창해서 많은 사람에게 선행을 권고한다

상장지절 喪葬之節 | 초상과 장례의 모든 절차

상전옥답 上田沃畓 | 좋은 밭과 기름진 논

상전벽해 桑田碧海 | 본문

상좌상우 尙左尙右 | 시대에 따라서 왼쪽 또는 오른쪽을 더 높은 것으로 친다

상주좌와 常住坐臥 | 앉고 눕고 하는 일상생활의 모든 동작

상중지희 桑中之喜 | 뽕나무밭의 즐거움; 남녀의 불륜관계

　　　　　준말: 상중 桑中 / 동의어: 상중지환 桑中之歡

상치분신 象齒焚身 | 코끼리는 상아 때문에 살해된다; 재물이 많으면 재난을 당한다

상탁하부정 上濁下不淨 | 윗물이 흐리면 아랫물도 맑을 수 없다

　　　　　동의어: 상부정 하참치 上不正 下參差

상토주무 桑土綢繆 | 비 오기 전에 새가 뽕나무 뿌리로 새집을 막는다; 재난을 미리 막는다

상투수단 常套手段 | 같은 경우에 언제나 사용하는 똑같은 수단

상포어침 湘浦魚沈 | 상포의 물고기가 잠긴다; 소식이 끊어지거나 소식을 전할 길이 없다

상풍고절 霜風高節 | 어떠한 어려움에도 굽히지 않는 지조

상하불급 上下不及 | 이쪽에도 저쪽에도 알맞지 않다

　　　　　동의어: 상하사불급 上下寺不及 / 유사어: 과유불급 過猶不及

상하상몽 上下相蒙 | 윗사람과 아랫사람이 서로 속인다

상하순설 上下脣舌 | 남의 입에 자주 오르내린다; 구설수에 오른다

상하제동 上下齊同 | 군주와 신하가 마음이 하나가 된다

상하지제 上下之際 | 아래위 사람이 서로 이해한다

상하탱석 上下撑石 | 아랫돌을 빼서 윗돌을 괴고 윗돌을 빼서 아랫돌을 괸다; 임시변통으로 겨우
　　　　　버틴다; 동의어: 하석상대 下石上臺 / 유사어: 좌지우오 左支右吾

상하화목 上下和睦 | 윗사람과 아랫사람이 화목하게 지낸다

상행하효 上行下效 | 윗사람의 행동을 아랫사람이 본받는다

상혼낙담 喪魂落膽 | 몹시 실망해서 넋을 잃는다 / 동의어: 낙담상혼 落膽喪魂

상흉문족 傷胸捫足 | 한고조가 가슴에 화살을 맞고도 부하들을 안심시키려고 발을 어루만진 일

새옹지마 塞翁之馬 | 본문

색사거의 色斯擧矣 | 새가 사람의 안색을 살펴보고 날아가 버린다

색여사회 色如死灰 | 얼굴 색이 꺼진 재와 같다; 얼굴에 아무런 표정도 없다

색즉시공 공즉시색 色卽是空 空卽是色 | 형태가 있는 사물은 모두 공허한 것이고 공허한 것은
　　　　　모두 형태가 있는 사물이다

생경동음 笙磬同音 | 여러 가지 악기의 소리가 잘 어울린다; 사람들이 서로 협력한다

생구불망 生口不網 | 산 입에 거미줄 치랴; 아무리 가난해도 먹고살아갈 수는 있다

생귀탈갑 生龜脫甲 | 부모와 자식, 형제, 부부는 거북과 그 등껍질처럼 뗄 수 없는 관계이다

생귀탈통 生龜脫筒 | 때때로 욕정이 일어난다

생기사귀 生寄死歸 | 삶은 이승에 잠시 머무는 것이고 죽음은 원래의 곳으로 돌아가는 것이다

생령유한 生靈有限 | 목숨은 유한한 것이다

생로병사고 生老病死苦 | 태어나고 늙고 병들고 죽는 것과 고통 등 사람이 피할 수 없는 일

생면대책 生面大責 | 근거도 없이 몹시 나무란다

생면부지 生面不知 | 한번도 만난 일이 없다; 전혀 모르는 사람

생무살인 生巫殺人 | 선무당이 사람 잡는다; 기술이나 경험이 없는 사람이 잘난 척하다가 재난을
　　　　　　　초래한다

생불여사 生不如死 | 사는 것이 차라리 죽는 것만 못하다; 매우 가난하게 산다

생사골육 生死骨肉 | 죽은 자를 살려내서 그 뼈에 살을 붙여준다; 큰 은혜에 감사하는 말
　　　　　　　동의어: 생사육골 生死肉骨

생사관두 生死關頭 | 사느냐 죽느냐 하는 고비

생사존망 生死存亡 | 살아 있는 것과 죽어 없어지는 것 / 동의어: 생사존몰 生死存沒

생살여탈 生殺與奪 | 살리고 죽이고 주고 빼앗는 일; 사람이나 물건을 제 마음대로 쥐고 흔든다

생생자불생 生生者不生 | 살려고 발버둥치는 자는 살지 못한다

생신영일 生申令日 | 남의 탄생일

생이지지 生而知之 | 배우지 않고도 나면서부터 안다; 태어나면서부터 도를 아는 경지

생자필멸 生者必滅 | 생명이 있는 것은 반드시 죽는다; 유사어: 성자필쇠 盛者必衰

생지안행 生知安行 | 나면서부터 도를 알고 편안하게 실행한다; 성인의 지식과 행동

생탄활박 生呑活剝 | 산 채 가죽을 벗기고 몽땅 삼킨다; 남의 글을 통 채로 표절한다
　　　　　　　동의어: 활박생탄 活剝生呑 / 유사어: 환골탈태 換骨奪胎; 도작 盜作

서간충비 鼠肝蟲臂 | 쥐의 간과 벌레의 발; 전혀 쓸모가 없는 것; 비천하여 부릴 가치가 없는 사람

서견불로치 噬犬不露齒 | 물어뜯는 개는 이를 드러내지 않는다; 남을 해치려는 자는 먼저
　　　　　　　부드러운 태도로 상대방을 속인다

서과피지 西瓜皮舐 | 수박 겉 핥기; 피상적으로 다룬다

서리지탄 黍離之嘆 | 기장이 무성한 것을 보며 탄식하는 것; 나라가 망한 것을 탄식하는 것

서부진언 書不盡言 | 글로써는 의사를 충분히 표현할 수 없다

서불차인 書不借人 | 책을 아껴서 남에게 빌려주지 않는다

서시봉심 西施捧心 | 서시가 가슴을 움켜쥔다 / 유사어: 서시빈목 西施矉目(본문)

서시빈목 西施矉目 | 본문

서심화야 書心畵也 | 글씨는 그 사람의 정신을 나타내는 것이다

서인자수야 庶人者水也 | 군주가 배라면 서민들은 그 배를 띄우는 물이다

서제막급 噬臍莫及 | 본문

서지기신 噬指棄薪 | 어머니와 아들의 마음이 멀리서도 서로 통한다 / 준말: 서지 噬指

서천지기 誓泉之譏 | 정(鄭)나라 장공이 어머니를 싫어해서 황천에 가기 전에는 만나보지
　　　　　　　않겠다고 맹세한 일; 부모를 소홀히 한다는 비난

864

서행후장자 徐行後長者 | 자기보다 나이가 많은 사람의 뒤를 따라 천천히 걸어간다

석계등천 釋階登天 | 사다리를 버리고 하늘에 오르려고 한다; 불가능한 일이다

석고대죄 席藁待罪 | 돗자리를 깔고 엎드려 처벌을 기다린다

석과불식 碩果不食 | 좋은 열매는 다 먹지 않고 남긴다; 욕심을 버리고 자손에게 복을 끼쳐준다
　　　　　　　　소인은 많고 군자는 몇 명 없다

석권지세 席卷之勢 | 돗자리를 말듯 거침없는 기세

석불가난 席不暇暖 | 앉은자리가 따뜻해질 겨를이 없다; 집이나 직장을 자주 옮긴다

석수침류 石漱枕流 | 본문

석심철장 石心鐵腸 | 돌 같은 마음과 쇠 같은 창자; 굳은 지조

석인석마 石人石馬 | 무덤 앞에 세운 돌 사람과 돌로 만든 말 / 유사어: 석인석수 石人石獸

석지실장 惜指失掌 | 손가락을 아끼다가 손바닥마저 잃는다; 작은 것을 아끼다가 큰일을 망친다

선갑후갑 先甲後甲 | 모든 일에 주의하여 잘못을 피한다 / 동의어: 선경후경 先庚後庚

선건전곤 旋乾轉坤 | 하늘을 돌리고 땅을 굴린다; 폐단을 모두 일소한다; 난리를 평정한다

선견지명 先見之明 | 앞날을 내다보는 지혜

선견지인 先見之人 | 선견지명이 있는 사람

선공무덕 善供無德 | 부처에게 공양해도 소용이 없다; 남을 도와주어도 자기에게는 소득이 없다

선공후사 先公後私 | 공적인 일을 먼저 하고 개인적인 일은 나중에 한다

선기자타 善騎者墮 | 말을 잘 타는 사람이 말에서 떨어진다; 재주만 믿고 자만하면 재앙을 당한다

선기후인 先己後人 | 자기를 먼저 하고 남을 뒤로 한다; 자기 일을 잘 한 뒤에 남의 일도 돌본다

선난후획 先難後獲 | 어려운 일을 먼저 처리하고 자기 이익이 되는 일은 뒤로 미룬다

선남선녀 善男善女 | 착하고 순수한 남녀; 신심이 깊은 남녀

선례후학 先禮後學 | 예의를 먼저 배우고 그 다음에 학문을 배운다

선린우호 善隣友好 | 이웃나라나 이웃집과 사이 좋게 지내고 사귄다 / 유사어: 우호친선 友好親善

선망건 후세수 先網巾 後洗水 | 망건 쓰고 세수한다; 일의 순서가 뒤바뀐다
　　　　　　　　유사어: 월진승선 越津乘船

선발제인 先發制人 | 남의 꾀를 먼저 알아차리고 일이 생기기 전에 미리 막아낸다

선병복약 先病服藥 | 병이 나기 전에 약을 먹는다; 병을 미리 막는다

선병자의 先病者醫 | 먼저 병을 앓은 사람이 나중에 그 병에 걸린 사람을 고치는 의사 노릇을
　　　　　　　　할 수 있다; 먼저 경험한 사람이 남을 인도한다

선부지설 蟬不知雪 | 매미는 눈을 모른다; 식견이 매우 좁다

선부후빈 先富後貧 | 처음에는 잘 살다가 나중에 가난하게 된다 / 반대어: 선빈후부 先貧後富

선선악악 善善惡惡 | 선을 선이라고 하고 악을 악이라고 한다; 선악을 잘 구별한다

선성탈인 先聲奪人 | 소문을 미리 퍼뜨려 남의 기세를 꺾는다; 먼저 큰소리를 질러 남의 기세를
　　　　　　　　꺾는다 / 유사어: 선성후실 先聲後實; 선인탈인 先人奪人

선수필승 先手必勝 | 선수를 치면 반드시 승리한다 / 동의어: 선하수위강 先下手爲强

선시선종 善始善終 | 처음부터 끝까지 잘 한다; 생사를 대자연에게 맡긴다

선시어외 先始於隗 | 본문

선실기도 先失其道 | 일을 할 때 먼저 그 방법부터 틀린다

선양방벌 禪讓放伐 | 군주의 자리를 세습하지 않고 덕이 있는 사람에게 물려주며, 포악한 군주를 토벌한다

선우후락 先憂後樂 | 근심은 남보다 먼저 하고 즐거움은 남보다 뒤에 한다; 어진 사람이나 지사가 나라를 사랑하는 마음씨 / 유사어: 선의후리 先義後利

선유자익 善游者溺 | 헤엄 잘 치는 사람은 물에 빠져죽기 쉽다

선입견　先入見 | 본문

선입위주 先入爲主 | 먼저 들은 말을 중하게 여긴다 / 동의어: 선입견 先入見

선자불변 善者不辯 | 참으로 선한 사람은 자기의 선을 남에게 떠벌이지 않는다

선자옥질 仙姿玉質 | 신선의 자태와 옥의 바탕; 외모가 뛰어나고 마음이 착한 사람

선조와명 蟬噪蛙鳴 | 매미와 개구리가 시끄럽게 운다; 글이나 주장이 요란하기만 할 뿐 아무 소용도 없는 것이다

선즉제인 先則制人 | 본문

선착편　先着鞭 | 먼저 말채찍을 친다; 남보다 먼저 시작한다

선침후루 先針後縷 | 바늘이 먼저 가야 실이 뒤를 따른다; 일에는 앞뒤가 있다

선획아심 先獲我心 | 내가 원하는 것을 옛사람이 나보다 먼저 했다

선후도착 先後倒錯 | 먼저 할 것과 나중에 할 것이 뒤바뀐다

선후지책 善後之策 | 뒤처리 방법; 준말: 선후책 善後策 / 유사어: 선후처치 善後處置

설니홍조 雪泥鴻爪 | 눈 녹은 진흙탕의 고니 발자국; 간 곳을 모른다

설망어검 舌芒於劍 | 혀가 칼보다 더 날카롭다 / 유사어: 설도 舌刀

설상가상 雪上加霜 | 눈 위에 서리; 엎친 데 덮친다 / 동의어: 설상가설 雪上加雪

설선삼촌 舌先三寸 | 마음에도 없이 혀끝에 발린 말

설왕설래 說往說來 | 서로 자기 주장을 하여 옥신각신한다 / 동의어: 언왕설래 言往說來

설중송백 雪中松栢 | 눈 속의 소나무; 굳은 절개

설폐구폐 設弊救弊 | 먼저 폐단을 말하고 그 폐단을 바로잡는다

섬섬옥수 纖纖玉手 | 가냘프고 고운 여자의 손

섭우춘빙 涉于春氷 | 봄에 살얼음을 밟고 강을 건너간다; 매우 위험하고 불안하다; 위험을 무릅쓴다 동의어: 여리박빙 如履薄氷 / 유사어: 포호빙하 暴虎馮河

섭족부이 躡足附耳 | 발을 밟아 주의를 환기하고 귓속말로 일러준다

성공자퇴 成功者退 | 공을 이룬 사람은 물러가야 한다 / 동의어: 성공신퇴 成功身退

성년부중래 盛年不重來 | 왕성한 시절은 다시 오지 않는다 / 유사어: 세월부대인 歲月不待人

성동격서 聲東擊西 | 동쪽을 칠 듯이 말하고 서쪽을 친다; 상대방을 속여 교묘하게 공격한다

성명부지 姓名不知 | 성명을 모른다

성명삼자 姓名三字 | 이름 석 자

성부동형제 姓不同兄弟 | 비록 성은 달라도 형제처럼 다정한 사이

866

성사재천 成事在天 | 일이 되고 안 되는 것은 하늘에 달려 있다

성쇠지리 盛衰之理 | 성하고 쇠하는 이치 / 동의어: 승제지리 乘除之理

성수불루 盛水不漏 | 물이 가득 차서 조금도 새지 않는다; 빈틈이 없다

성의정심 誠意正心 | 뜻을 성실하게 하고 마음을 바르게 한다

성인무몽 聖人無夢 | 덕이 있는 사람은 근심이 없어서 편안하게 잠을 자고 꿈을 꾸지 않는다

성인무양심 聖人無兩心 | 덕이 있는 사람은 마음이 한결같아서 딴 마음이 없다

성인지미 成人之美 | 남의 아름다운 점을 도와 더욱 빛나게 한다

성자필쇠 盛者必衰 | 기세가 왕성한 자는 반드시 꺾인다 / 동의어: 성자필멸 盛者必滅

성죽흉중 成竹胸中 | 대나무를 그릴 때 먼저 머리 속에 그 형상을 떠올린다; 일을 하기 전에 마음 속에 미리 계획을 세운다

성중형외 誠中形外 | 마음속의 참된 것은 자연히 드러난다

성하지맹 城下之盟 | 본문

성호사서 城狐社鼠 | 성 안의 여우와 사당의 쥐; 군주나 권력자 곁에 있는 간신

준말: 호서 狐鼠 / 동의어: 직호사서 稷狐社鼠 / 유사어: 사서지환 社鼠之患

성화독촉 星火督促 | 별똥별이 떨어지듯이 다급하게 독촉한다

성화요원 星火燎原 | 별똥처럼 작은 불이 들판을 태운다; 사소한 것이 후에 심한 결과를 초래한다

세간사정 世間事情 | 세상일의 형편

세강말속 世降末俗 | 세상이 그릇되어서 풍속이 모두 어지러워진다 / 동의어: 세강속말 世降俗末

세거지지 世居之地 | 대대로 살아오는 곳

세군　　　　細君 | 본문

세궁역진 勢窮力盡 | 어려운 지경에 빠져서 힘이 모두 없어진다 / 동의어: 기진맥진 氣盡脈盡

세답족백 洗踏足白 | 주인의 빨래를 하니 하인의 발이 희어진다; 남을 위한 일이 자기에게도 유익 하다; 일을 하고도 아무런 보수를 못 받는다

세도인심 世道人心 | 세상의 도의와 사람의 마음

세도재상 勢道宰相 | 나라의 대권을 자기 마음대로 움직이는 재상

세란식충신 世亂識忠臣 | 세상이 어지러워지면 충신을 알아본다

세리지교 勢利之交 | 권세나 이익을 얻으려는 사귐 / 준말: 세교 勢交 / 유사어: 시도지교 市道之交
반대어: 도의지교 道義之交

세불양립 勢不兩立 | 비슷한 두 세력이 같이 유지될 수는 없다

세사난측 世事難測 | 세상일이란 미리 헤아리기 어렵다

세상만사 世上萬事 | 세상에서 일어나는 모든 일

세세사정 細細事情 | 일의 자세한 형편이나 곡절

세수봉직 洗手奉職 | 손을 씻고 공직을 맡는다; 공직을 청렴하게 수행한다

세월부대인 歲月不待人 | 본문

세월여류 歲月如流 | 세월은 물같이 흘러간다

세장지지 世葬之地 | 대대로 묘를 쓰는 땅; 선산

867

세전노비 世傳奴婢 | 한 집안에서 대를 이어 내려오는 종

세전지물 世傳之物 | 대대로 전해오는 물건

세태인정 世態人情 | 세상의 물정과 백성의 인심 / 동의어: 인심세태 人心世態

세한삼우 歲寒三友 | 추위를 잘 견디는 소나무, 대나무, 매화나무; 송죽매 / 준말: 삼우 三友

세한송백 歲寒松柏 | 추운 겨울의 푸른 소나무와 잣나무; 역경에도 생각을 굽히지 않는다

소견세월 消遣歲月 | 하는 일 없이 세월을 보낸다; 어떤 것에 마음을 붙이고 세월을 보낸다

소국과민 小國寡民 | 나라도 작고 백성도 적다; 가장 평화롭고 이상적인 사회

소년이로 학난성 少年易老 學難成 | 본문

소리장도 笑裏藏刀 | 웃음 속에 칼을 품고 있다

소림일지 巢林一枝 | 새가 둥지를 트는 것은 숲 속의 나뭇가지 하나에 불과하다; 분수에 맞게
　　　　　　　　살면서 만족해야 한다 / 유사어: 지족안분 知足安分; 음하만복 飮河滿腹

소만왕림 掃萬往臨 | 모든 일을 제쳐놓고 온다

소매평생 素昧平生 | 견문이 없고 세상 형편을 전혀 모르고 사는 일생; 서로 전혀 모르는 사이

소문만복래 笑門萬福來 | 웃는 사람들의 집에 모든 복이 온다

소변해의 小辯害義 | 변변치 않은 말재주는 오히려 의리를 해친다

소복단장 素服丹粧 | 흰옷을 입고 곱게 화장한다; 그런 차림새

소봉관수 銷鋒灌燧 | 무기를 녹이고 봉화에 물을 붓는다; 전쟁이 끝난다
　　　　　　　　동의어: 소봉주거 銷鋒鑄鐻

소불간친 疏不間親 | 친하지 않은 사람이 친하게 지내는 사람들 사이를 방해하지 못한다

소불여의 少不如意 | 조금도 뜻대로 되지 않는다

소비하청 笑比河淸 | 맑은 황하처럼 웃음을 보기가 어렵다; 좀처럼 웃지 않는다
　　　　　　　　유사어: 일소천금 一笑千金

소살천하인 笑殺天下人 | 세상사람들을 크게 웃긴다

소상분명 昭詳分明 | 분명하고 자세하다; 밝고 분명하다

소소곡절 小小曲折 | 자질구레한 여러 가지 곡절

소수지어 小水之魚 | 작은 웅덩이 속의 물고기; 죽음이 눈앞에 닥쳐와 있다
　　　　　　　　유사어: 학철부어 涸轍鮒魚; 우제지어 牛蹄之魚

소식불통 消息不通 | 소식의 왕래가 없다; 소식이 전혀 통하지 않는다; 소식이 막혀 전혀 모른다

소심근신 小心勤愼 | 마음을 조심스럽게 가지어 말과 행동을 삼간다

소심익익 小心翼翼 | 조심하고 삼가는 모습; 소심한 성격
　　　　　　　　유사어: 전전긍긍 戰戰兢兢 / 반대어: 대담무쌍 大膽無雙

소양지차 霄壤之差 | 하늘과 땅 사이와 같이 엄청난 차이
　　　　　　　　동의어: 소양지별 霄壤之別; 천양지차 天壤之差; 운니지차 雲泥之差

소원성취 所願成就 | 바라던 일을 이룬다

소의간식 宵衣旰食 | 날 새기 전에 옷 입고 해 진 뒤에 식사한다; 군주가 나라 일을 부지런히 돌본다
　　　　　　　　준말: 소의 宵衣

소이부답 笑而不答 | 웃기만 하고 대답을 안 한다 / 동의어: 소이무답 笑而無答
소인묵객 騷人墨客 | 글이나 그림 등을 일삼는 사람; 시인, 문인, 화가, 서예가
                동의어: 문인묵객 文人墨客
소인지용 小人之勇 | 혈기에서 오는 소인의 용기; 하찮은 용기
소인혁면 小人革面 | 소인은 얼굴빛만 고친다; 군주가 훌륭하면 소인들은 악행을 함부로 못한다
소자난측 笑者難測 | 웃기만 하는 사람은 그 속을 알기 어렵다 / 유사어: 소리장도 笑裏藏刀
소장기예 小壯氣銳 | 젊고 기세가 날카롭다
소장지환 蕭牆之患 | 안에서 생기는 난리; 내란
                동의어: 소장지변 蕭牆之變; 소장지우 蕭牆之憂; 자중지란 自中之亂
소중유도 笑中有刀 | 겉으로는 친절하지만 속에는 해치려는 마음이 있다
                동의어: 소리장도 笑裏藏刀(본문)
소지무여 掃地無餘 | 아무 것도 남기지 않고 싹 쓸어낸다; 물건이 하나도 없다
소지천만 笑止千萬 | 우습기 짝이 없다
소탐대실 小貪大失 | 작은 것을 탐내다가 큰 것을 잃는다
                동의어: 탐소실대 貪小失大; 탐소리 실대리 貪小利 失大利
소향무전 所向無前 | 본문
소향예배 燒香禮拜 | 향을 피워서 불공을 드린다
속등이전 速登易顚 | 빨리 올라가면 넘어지기 쉽다; 출세가 빠르면 재난이 많다
속모이리 屬毛離裏 | 털에 붙고 속에 붙는다; 자식과 부모의 매우 밀접한 관계
속불가의 俗不可醫 | 저속한 사람을 가르쳐서 구제할 수는 없다
속성속패 速成速敗 | 급하게 이루어진 것은 빨리 망가진다 / 동의어: 속성질망 速成疾亡
속수무책 束手無策 | 손이 묶인 듯 어쩔 도리가 없다
속수지례 束脩之禮 | 육포 한 다발의 예의; 스승에게 가르침을 청할 때 차리는 예의
속전속결 速戰速決 | 빨리 싸워서 빨리 결판을 짓는다
                동의어: 속전즉결 速戰卽決 / 유사어: 속진속결 速進速決
속지고각 束之高閣 | 물건을 묶어 높은 선반에 놓는다; 물건을 오랫동안 쓰지 않고 내버려둔다
                사람을 임용하지 않고 내버려둔다
속진유생 粟盡有生 | 곡식이란 다 없어지면 다시 생길 수 있다; 곡식을 너무 아낄 필요는 없다
속홍관후 粟紅貫朽 | 곡식이 썩고 돈을 꿴 줄이 썩는다; 평화로운 세상에 물건이 남아돈다
손강영설 孫康映雪 | 손강이 눈의 빛으로 공부한다; 고생하면서 학문에 힘쓴다
                동의어: 차형손설 車螢孫雪; 형설지공 螢雪之功(본문)
손상익하 損上益下 | 윗사람에게 해를 입히고 아랫사람을 이롭게 한다
                반대어: 손하익상 損下益上
손자삼요 損者三樂 | 손해가 되는 세 가지 즐거움 즉 분에 넘치게 즐기는 것, 한가함을 즐기는 것,
                주색을 즐기는 것 / 반대어: 익자삼요 益者三樂
솔구이발 率口而發 | 입에서 나오는 대로 마구 지껄인다

솔마이기 率馬以驥 | 보통 말을 준마로 이끈다; 훌륭한 인물에게 일반대중을 이끌게 한다

솔선수범 率先垂範 | 남의 앞에 서서 모범을 보인다 / 동의어: 솔선궁행 率先躬行

솔수식인 率獸食人 | 짐승을 몰아다가 사람들을 잡아먹게 한다; 매우 가혹한 정치를 한다

솔토지민 率土之民 | 온 나라 안의 백성 / 준말: 솔토 率土

솔토지빈 率土之濱 | 온 천하; 온 나라의 끝 즉 경계선 / 준말: 솔빈 率濱; 솔토 率土

송구영신 送舊迎新 | 묵은해를 보내고 새해를 맞이한다; 전임자를 보내고 신임자를 맞이한다
동의어: 송고영신 送故迎新

송무백열 松茂栢悅 | 소나무가 무성하면 잣나무가 기뻐한다; 남이 잘 되는 것을 기뻐한다
반대어: 혜분난비 蕙焚蘭悲

송백지조 松柏之操 | 소나무와 잣나무처럼 변함없는 지조
동의어: 송백조 松柏操 / 유사어: 송백지지 松柏之志; 송백지무 松柏之茂

송양지인 宋襄之仁 | 본문

송왕영래 送往迎來 | 가는 사람을 배웅하고 오는 사람을 맞이한다

송죽매　　松竹梅 | 소나무, 대나무, 매화나무

송풍수월 松風水月 | 소나무에 부는 바람과 물에 비친 달; 자연의 정취를 조용히 감상한다

쇄두편관 殺頭便冠 | 머리를 깎아내서 관을 쓰기 편하게 한다 / 동의어: 본말전도 本末顚倒

수가은사 隨駕隱士 | 산 속에 숨어살기는 하지만 뜻은 벼슬하는 데 있는 사람을 조롱하는 말

수거무거 數車無車 | 수레는 여러 가지 부품이 모여서 된 것이지 수레 자체는 없다

수격즉한 水激則旱 | 물은 다른 물건에 닿아 자극을 받으면 빨리 흐르게 된다

수경무사 水鏡無私 | 거울 같은 물이 사물을 사실대로 드러내듯 개인적인 욕심이 전혀 없다; 남의
모범이나 스승이 될 만한 사람 / 유사어: 수경지인 水鏡之人

수광어대 水廣魚大 | 물이 많고 깊은 곳에 큰 물고기가 산다 / 동의어: 수관어대 水寬魚大

수괴무면 羞愧無面 | 부끄러워서 면목이 없다

수구여병 守口如瓶 | 입을 병마개처럼 지킨다; 말을 매우 조심한다; 비밀을 잘 지킨다

수구초심 首丘初心 | 여우는 죽을 때 제가 살던 언덕을 향해 머리를 둔다; 은혜나 근본을 잊지
않는다; 고향을 간절히 그리워한다 / 동의어: 호사수구 狐死首丘

수궁즉설 獸窮則齧 | 짐승도 막다른 골목에 몰리면 돌아서서 문다

수기치인 修己治人 | 스스로 수양하여 남을 다스린다

수당지계 垂堂之戒 | 장래가 촉망되는 자식을 위험한 곳에 가까이 가게 해서는 안 된다는 훈계

수도거성 水到渠成 | 물이 흘러와서 자연히 개천이 생긴다; 학문을 열심히 하면 스스로 도를
깨닫게 된다 / 유사어: 수적성천 水積成川

수도어행 水到魚行 | 물이 흐르면 물고기가 물을 따라간다; 때가 오면 일이 이루어진다

수도실로 守道失路 | 억지로 도를 지키려다가 참된 길을 잃는다

수두색이 垂頭塞耳 | 머리를 숙이고 귀를 막는다; 남에게 아첨한다

수락석출 水落石出 | 물이 빠져 밑바닥의 돌이 드러난다 즉 물가의 겨울경치; 사건의 진상이
나중에 명백히 드러난다

870

수렴청정 垂簾聽政 │ 임금이 어린 나이에 즉위하면 왕대비나 대왕대비가 정치를 맡아서 한다

준말: 염정 簾政; 수렴 垂簾 / 동의어: 수렴지정 垂簾之政

수륙만리 水陸萬里 │ 바다와 육지를 사이에 두고 매우 멀리 떨어져 있다

수륙병진 水陸竝進 │ 해군과 육군이 아울러 전진한다

수륙양용 水陸兩用 │ 물과 땅에서 다 같이 다닐 수 있는 것

수륜자청 垂綸者淸 │ 낚시질을 하는 사람은 청렴하다

수면견인 羞面見人 │ 부끄러워서 얼굴을 가리고 사람을 쳐다본다

수명어천 受命於天 │ 천명을 받았다; 왕위에 오른다

동의어: 수명우천 受命于天 / 유사어: 수명지군 受命之君

수명연장 壽命延長 │ 오래 동안 장수를 누린다

수명죽백 垂名竹帛 │ 이름을 후세에 길이 남긴다

동의어: 수우죽백 垂于竹帛; 저어죽백 著於竹帛

수무족도 手舞足蹈 │ 너무 좋아서 어쩔 줄 모르고 날뛴다; 춤을 춘다

수미상응 首尾相應 │ 서로 응해서 도와준다

동의어: 수미상위 首尾相衛; 수미상구 首尾相救; 수미구지 首尾俱至

수미상접 首尾相接 │ 양쪽 끝이 서로 맞닿아 있다; 서로 이어져서 끊이지 않는다

수미일관 首尾一貫 │ 처음부터 끝까지 방침이나 태도가 똑같다

수병투약 隨病投藥 │ 병에 따라서 적절한 약을 쓴다; 상대방의 수준에 맞추어 설법한다

수복강녕 壽福康寧 │ 오래 살고 행복하며 건강하고 평안하게 산다

수부다남자 壽富多男子 │ 오래 살고 재산과 아들이 많다

수불석권 手不釋卷 │ 손에서 책을 놓지 않는다; 쉬지 않고 공부한다

수불위취 嫂不爲炊 │ 불우하고 가난한 처지에 있는 사람이라서 형수마저도 경멸하여 밥을
지어주지 않는다

수사지주 隨絲蜘蛛 │ 줄을 따라가는 거미; 매우 긴밀한 관계

유사어: 운종용 풍종호 雲從龍 風從虎

수삽석남 首揷石枏 │ 머리에 꽂힌 석남꽃; 생사를 초월한 간절한 사랑

수색만면 愁色滿面 │ 근심스러운 빛이 얼굴에 가득하다

수서양단 首鼠兩端 │ 본문

수성지난 守成之難 │ 본문

수성지업 垂成之業 │ 자손에게 뒤를 이어 이루게 하는 일

수성승화 水盛勝火 │ 물의 세력이 왕성하면 불을 이긴다; 악이 판칠 때는 선을 이긴다

수성지주 守成之主 │ 창업의 뒤를 이어 그 기초를 굳게 지키는 군주

수세지재 需世之才 │ 세상에서 쓰일만한 인물

수수방관 袖手傍觀 │ 팔짱을 끼고 구경만 한다; 간섭하지 않고 추이만 지켜본다

수수방원기 水隨方圓器 │ 물은 그릇이 모나거나 둥글거나 거기 따른다; 백성은 군주의 선악에
따라 그 선악이 이루어진다 / 동의어: 수임방원기 水任方圓器

수시변통 隨時變通 | 형편에 따라 일을 처리한다
  동의어: 수시처변 隨時處變; 수시순응 隨時順應
수신분리 首身分離 | 머리와 몸통이 갈라진다; 목이 잘리는 형벌을 받는다
  동의어: 수족이처 首足異處; 두족이처 頭足異處
수신제가 修身齊家 | 자기수양을 하고 집안을 다스린다 / 준말: 수제 修齊
수심어취 水深魚聚 | 물이 깊으면 물고기들이 모인다; 덕이 높은 군주에게 백성들이 모여든다
  동의어: 수적어취 水積魚聚
수어지교 水魚之交 | 본문
수오지심 羞惡之心 | 자기 잘못을 부끄럽게 여길 줄 알고 남의 잘못을 싫어하는 마음
수왈불가 誰曰不可 | 누가 그래서는 안 된다고 말하겠는가?; 불가하다고 말할 사람이 없다
수원수구 誰怨誰咎 | 누구를 원망하고 누구를 탓하겠는가?; 남을 원망하거나 탓할 필요가 없다
  동의어: 수원숙우 誰怨孰尤
수월경화 水月鏡花 | 물에 비친 달과 거울에 비친 꽃; 보이기는 하지만 손으로 잡을 수는 없는 것
수월폐화 羞月閉花 | 달이 부끄러워하고 꽃이 스스로 꽃잎을 닫는다; 대단한 미인
  동의어: 수화폐월 羞花閉月
수의야행 繡衣夜行 | 비단옷 입고 밤길을 간다; 아무도 알아주지 않는다
  동의어: 금의야행 錦衣夜行 / 반대어: 금의주행 錦衣晝行
수이부실 秀而不實 | 이삭은 나왔지만 여물지 않는다; 학문이 완성되지 못하고 중도에 그만둔다
수인사 대천명 修人事 待天命 | 사람으로서 최대한의 노력을 하고 하늘의 뜻을 기다린다
  동의어: 진인사 대천명 盡人事 待天命
수입주즉몰 水入舟則沒 | 물이 없으면 배가 갈 수 없지만 물이 배 안으로 들어오면 가라앉는다
수자부족여모 豎子不足與謀 | 본문
수적성천 水積成川 | 물이 모이면 개천을 이룬다; 티끌 모아 태산
수적천석 水滴穿石 | 본문
수전노   守錢奴 | 지독한 구두쇠
수절사의 守節死義 | 절개를 지키고 의롭게 죽는다
수제조적 獸蹄鳥跡 | 짐승과 새의 발자국이 천하에 가득하다; 세상이 어지럽다
수족이처 手足異處 | 허리가 잘려 몸이 두 동강난다
수주대토 守株待兎 | 나무 그루터기를 지키며 토끼를 기다린다; 되지도 않을 일을 고집하는
  어리석음 / 준말: 수주 守株; 주수 株守 / 유사어: 각주구검 刻舟求劍
수중축대 隨衆逐隊 | 줏대 없이 여러 사람 틈에 끼여 덩달아 행동한다
  동의어: 부화뇌동 附和雷同
수즉다욕 壽則多辱 | 본문
수차매목 手遮妹目 | 손으로 오누이 눈을 가린다; 눈 가리고 아웅한다; 잘못을 저지르고 잔꾀를
  부려 숨기려 한다 / 유사어: 이겸차안 以鎌遮眼
수처위주 隨處爲主 | 어디 있든지 자기 줏대를 지킨다

수청무대어 水清無大魚 | 본문

수타진보 數他珍寶 | 남의 보물을 헤아린다; 헛수고만 한다; 남을 비평하면서 자기수양은 안 한다

수탁어명 水濁魚喫 | 물이 흐리면 물고기가 수면으로 올라온다; 정치가 가혹하면 백성이 괴롭다

수풍도타 隨風倒柁 | 바람에 따라서 키의 방향을 바꾼다 / 동의어: 임기응변 臨機應變

수하석상 樹下石上 | 나무 아래와 돌 위; 길바닥에서 잔다; 수행한다

수향입향 隨鄕入鄕 | 어느 고장에 가면 그곳의 풍습을 따른다 / 동의어: 입향종향 入鄕從鄕

수화무교 水火無交 | 물과 불과 같은 필수품도 서로 빌려주지 않는다; 전혀 서로 사귀지 않는다
절교한다 / 동의어: 수화불통 水火不通; 불통수화 不通水火

수화상극 水火相剋 | 물과 불은 서로 용납하지 못한다; 서로 원수같이 지낸다

수화지재 隋和之材 | 수나라 구슬과 화씨 구슬처럼 천하의 귀중한 보배; 뛰어난 인재

수후지주 隋侯之珠 | 수나라 임금이 뱀을 도와준 공으로 얻었다는 귀한 구슬; 천하에 매우 귀중한
구슬 / 준말: 수주 隋珠 / 동의어: 수후지주 隨侯之珠

숙독완미 熟讀玩味 | 글을 찬찬히 잘 읽고 그 뜻을 감상한다

숙려단행 熟慮斷行 | 깊이 생각한 뒤에 과단성 있게 행동한다

숙맥불변 菽麥不辨 | 콩과 보리를 구별하지 못한다; 매우 어리석다/ 준말: 숙맥 菽麥
동의어: 불변숙맥 不辨菽麥 / 유사어: 동서불변 東西不辨

숙불환생 熟不還生 | 한번 익힌 것은 날것으로 돌아갈 수 없다; 이왕 만든 음식은 다 먹어버릴 수
밖에 없다; 음식을 권하는 말

숙석지우 宿昔之憂 | 밤낮으로 잊을 수 없는 근심; 깊은 근심; 오래된 근심

숙수지환 菽水之歡 | 콩을 먹고 냉수를 마시면서도 부모에게 효도하는 기쁨

숙습난방 熟習難防 | 몸에 밴 습관은 고치기가 어렵다

숙시숙비 孰是孰非 | 누가 옳고 누가 그른지 분명하지 않다; 시비가 분명치 않다

숙시주의 熟柿主義 | 익은 감이 떨어지기를 기다리는 태도; 저절로 잘 되기를 기다리는 태도

숙호충비 宿虎衝鼻 | 잠자는 호랑이의 코를 바늘로 찌른다; 재난을 공연히 자초한다
동의어: 숙호충본 宿虎衝本 / 유사어: 타초경사 打草驚蛇(본문)

숙흥야매 夙興夜寐 | 아침에 일찍 일어나고 밤에 늦게 잔다; 부지런히 일한다
준말: 숙야 夙夜 / 동의어: 숙흥야침 夙興夜寢 / 유사어: 소의간식 宵衣旰食

순결무구 純潔無垢 | 몸과 마음이 깨끗하여 더러운 티가 없다

순망치한 脣亡齒寒 | 본문

순부치락 脣腐齒落 | 입술이 썩고 이가 빠진다; 되풀이해서 읊고 읽는다

순인야 아역인야 舜人也 我亦人也 | 순임금도 사람이고 나도 사람이다; 사람은 모두 같다
유사어: 피장부 아장부 彼丈夫 我丈夫; 왕후장상 영유종호 王侯將相 寧有種乎

순일무잡 純一無雜 | 다른 것이 전혀 섞이지 않다; 꾸미거나 간사한 마음이 전혀 없다

순진무구 純眞無垢 | 마음이 순수하고 깨끗하다

순천자존 順天者存 | 하늘의 뜻을 따르는 자는 번성한다

순치보거 脣齒輔車 | 입술과 이빨, 덧방나무와 수레바퀴의 관계; 서로 돕는 매우 긴밀한 관계

873

유사어: 순치지국 脣齒之國; 순치지세 脣齒之勢; 보거상의 輔車相依

순치상의 脣齒相依 ┃ 입술과 이빨처럼 서로 의지한다

순치지국 脣齒之國 ┃ 입술과 이빨 사이 같이 서로 돕는 긴밀한 관계의 나라

순풍만범 順風滿帆 ┃ 순풍이 돛을 가득 채워 배가 잘 달린다

순풍미속 淳風美俗 ┃ 후한 인심과 아름다운 풍속

순풍이호 順風而呼 ┃ 바람이 부는 방향으로 소리지른다; 좋은 기회를 타서 일하면 성공하기 쉽다

순환지리 循環之理 ┃ 사물이 흥하고 쇠하는 것이 서로 바뀌어 도는 이치

술이부작 述而不作 ┃ 서술해서 전하기는 하지만 창작하지는 않는다; 공자의 기본 태도

술자지능 述者之能 ┃ 글짓는 사람의 재능에 달렸다; 일의 성패는 사람의 능력에 달렸다

숭조상문 崇祖尙門 ┃ 조상을 숭배하고 문중을 위한다

슬갑도적 膝甲盜賊 ┃ 남의 시나 글의 글귀를 따다가 고쳐서 자기 것으로 이용하는 사람

슬양소배 膝癢搔背 ┃ 무릎이 가려운데 등을 긁는다; 이치에 맞지 않는다

습이성성 習以成性 ┃ 습관이 제2의 천성이 된다 / 동의어: 습염성성 習染成性

습인체타 拾人涕唾 ┃ 남의 눈물과 침을 줍는다; 남의 주장을 자기 주장으로 삼는다; 먼저 세대의
　　　　　　　　　　 글을 흉내낸다; 남이 하는 대로 흉내낸다

승기자염 勝己者厭 ┃ 자기보다 재능이 뛰어난 자를 싫어한다

승당입실 升堂入室 ┃ 먼저 마루에 오른 뒤에 방으로 들어간다; 학문을 하는 순서

승두미리 蠅頭微利 ┃ 파리의 대가리처럼 매우 작은 이익

　　　　　　　　　　 준말: 승리 蠅利 / 유사어: 승두지리 升斗之利

승승장구 乘勝長驅 ┃ 싸움에 이긴 김에 계속해서 휘몰아친다

승안접사 承顔接辭 ┃ 직접 만나서 그의 말을 듣는다; 안색을 살펴가며 그의 말을 듣는다

승야도주 乘夜逃走 ┃ 밤을 타서 달아난다

승야월장 乘夜越墻 ┃ 밤을 타서 남의 집 담을 넘어 들어간다

승인취주 僧人醉酒 ┃ 술 취한 중; 이익이 되기는커녕 해를 끼치는 것

승잔거살 勝殘去殺 ┃ 난폭한 사람을 교화시키고 백성을 함부로 죽이지 않는다

승재호무 僧齋胡舞 ┃ 중이 재를 올리는데 오랑캐 춤을 춘다; 일이 격식에 맞지 않는다

승패지수 勝敗之數 ┃ 승패를 결정하는 운수

시각도래 時刻到來 ┃ 어떠한 일에 적합한 시기가 닥쳐온다

시기상조 時機尙早 ┃ 때가 아직 이르다

시대착오 時代錯誤 ┃ 시대에 뒤떨어지고 맞지 않는다; 낡은 생각으로 새로운 시대에 대처한다

시도지교 市道之交 ┃ 시장이나 길거리의 교제; 자기 이익만 차리는 인간관계

　　　　　　　　　　 유사어: 세리지교 勢利之交 / 반대어: 관포지교 管鮑之交

시랑당로 豺狼當路 ┃ 늑대와 이리 같은 사악한 자가 중요한 고위직을 차지하고 권력의 횡포를
　　　　　　　　　　 부린다 / 동의어: 시랑횡도 豺狼橫道

시래운도 時來運到 ┃ 때가 되어 운이 돌아온다

시부시자 是父是子 ┃ 그 아버지에 그 아들; 아버지와 아들이 모두 훌륭하다

874

시부재래 時不再來 | 지나간 시간은 다시 오지 않는다

시불가실 時不可失 | 좋은 시기를 놓쳐서는 안 된다

시비곡직 是非曲直 | 옳고 그른 것과 굽은 것과 곧은 것; 도리에 맞는 것과 맞지 않는 것
　　　　　　　　　　　동의어: 시비선악 是非善惡

시비지심 是非之心 | 옳고 그름을 가릴 줄 아는 마음

시사여귀 視死如歸 | 죽음을 고향으로 돌아가는 것으로 보고 두려워하지 않는다
　　　　　　　　　　　동의어: 시사약귀 視死若歸

시산혈하 屍山血河 | 시체가 산더미처럼 쌓이고 피가 강물처럼 흐른다; 무수한 사람의 죽음

시생여사 視生如死 | 삶을 죽음과 똑같이 본다; 생사를 초월한다

시시비비 是是非非 | 여러 가지의 잘잘못; 여러 가지로 시비한다; 옳으니 그르니 하고 따지는
　　　　　　　　　　　여러 가지 시비; 옳은 것은 옳다고 하고 그른 것은 그르다고 한다;

시약불견 視若不見 | 보고도 못 본 척한다 / 동의어: 시이불견 視而不見

시약심상 視若尋常 | 평범한 것을 대하듯 덤덤하게 바라본다

시약초월 視若楚越 | 원수 사이인 초나라와 월나라가 서로 쳐다보는 것처럼 멀리한다

시어다골 鰣魚多骨 | 맛있는 준치는 가시가 많다; 좋은 일에 성가신 일이 끼어든다

시오설 상재불 視吾舌 尙在不 | 본문

시오지심 猜惡之心 | 시기하고 미워하는 마음

시우지화 時雨之化 | 때에 알맞은 비가 식물을 잘 자라게 한다; 덕이 많은 인물의 가르침이 널리
　　　　　　　　　　　퍼진다; 가르침이나 은덕이 널리 퍼진다; 스승의 은혜

시위소찬 尸位素餐 | 무능한 관리가 공연히 높은 관직만 차지하고 봉급만 축낸다
　　　　　　　　　　　준말: 시소 尸素 / 동의어: 시록소찬 尸祿素餐
　　　　　　　　　　　유사어: 녹도인 祿盜人; 반식재상 伴食宰相

시유별재 詩有別才 | 시를 짓는 재주는 학문과 상관없이 따로 있는 것이다

시이불견 視而不見 | 마음이 딴 데 가 있으면 보아도 제대로 알아보지 못한다

시절도래 時節到來 | 좋은 기회가 온다; 좋은 기회가 된다

시정지도 市井之徒 | 동네 불량배 / 동의어: 시정무뢰 市井無賴; 시정잡배 市井雜輩

시종일관 始終一貫 | 처음부터 끝까지 한결같이 밀고 나간다 / 동의어: 종시일관 終始一貫

시주길립 施主乞粒 | 중이 시주의 곡식이나 돈을 거두려고 집집마다 돌아다닌다

시행착오 試行錯誤 | 실패를 거듭하여 점차 적응해 간다

시화세풍 時和歲豐 | 기후가 순조로워서 풍년이 든다 / 동의어: 시화연풍 時和年豐

식무구포 食無求飽 | 먹어도 배가 부르기를 원하지 않는다; 허기를 면할 정도에 그친다

식불감미 食不甘味 | 근심 걱정으로 음식을 먹어도 맛이 없다 / 준말: 식불감 食不甘

식소사번 食少事煩 | 먹는 것은 적은데 하는 일은 많다

식언　　　食言 | 본문

식양재피 息壤在彼 | 식양이 저기 있으니 식양에서 한 맹세를 잊지 마라; 약속은 지켜야 한다

식우지기 食牛之氣 | 호랑이 새끼가 소를 잡아먹으려는 기세; 어린 나이에 큰 기개를 지닌 모양

875

식위민천 食爲民天 | 먹는 일은 백성에게 가장 중요하다

식음전폐 食飲全廢 | 먹고 마시는 일을 전혀 하지 않는다

식자욕로 息者欲勞 | 편안하게 놀고 지내는 사람이 고된 일을 하고 싶어한다; 사람은 자기 환경에 만족하지 않고 남의 처지를 부러워한다

식자우환 識字憂患 | 본문

식전방장 食前方丈 | 사방 3미터나 되는 큰상에 가득 차린 음식; 사치가 심하다
　　　　　　동의어: 식미방장 食味方丈

식지동　　　食指動 | 본문

신경과민 神經過敏 | 신경이 지나치게 날카롭다; 지나치게 예민한 반응을 보인다

신고위수첨 辛苦爲誰甛 | 이 많은 고생을 누구의 이익을 위해 하는 것인가?; 꿀벌은 애써서 모은 꿀을 사람에게 뺏기고 만다; 백성들은 재물을 관리에게 뺏긴다

신구개합 信口開合 | 말이 나오는 대로 마구 지껄인다 / 동의어: 신구개하 信口開河

신구교대 新舊交代 | 새 것과 헌 것이 교대한다; 신임관리와 전임관리가 교대한다

신구자황 信口雌黃 | 말이 나오는 대로 남을 마구 헐뜯는다 / 동의어: 구중자황 口中雌黃

신기누설 神機漏泄 | 감추어져 있는 신묘한 계기를 누설한다; 비밀을 누설한다

신목웅부 信木熊浮 | 믿었던 나무에 곰이 뜬다; 잘 될 것으로 믿었던 일에 의외의 변화가 생긴다

신부양난 信否兩難 | 믿기도 힘들고 믿지 않기도 힘들다

신사협정 紳士協定 | 비공식적인 국제협정; 상대를 서로 믿고 하는 약속
　　　　　　동의어: 신사협약 紳士協約

신상필벌 信賞必罰 | 공적이 있는 사람은 반드시 상을 주고 죄를 지은 자는 반드시 벌한다

신성낙락 晨星落落 | 새벽 별이 드문드문하다; 친구들이 점점 줄어든다

신성불가침 神聖不可侵 | 거룩하고 존엄하며 함부로 건드릴 수 없다

신속과단 迅速果斷 | 결정을 빨리 하고 과감하게 실행한다

신수지로 薪水之勞 | 땔나무를 모으고 물을 긷는 수고; 몸을 아끼지 않고 수고하여 남을 섬긴다

신신당부 申申當付 | 거듭해서 간곡히 하는 부탁 / 동의어: 신신부탁 申申付託

신심직행 信心直行 | 옳다고 믿는 그대로 행동한다

신약불승의 身若不勝衣 | 옷마저 무겁게 여길 정도로 몸이 허약하다; 매우 두려워하여 태도를 삼간다; 온화하고 겸손하다

신언불미 信言不美 | 진실한 말은 그럴 듯하게 꾸미지 않는다

신언서판 身言書判 | 당나라 때부터 인물을 평가하는 네 가지 조건 즉 태도, 말씨, 글, 판단력

신외무물 身外無物 | 몸보다 더 소중한 것은 하나도 없다

신원설치 伸寃雪恥 | 억울한 것을 풀고 부끄러운 것을 씻는다
　　　　　　준말: 신설 伸雪 / 동의어: 설분신원 雪憤伸寃

신일군이 臣一君二 | 신하의 몸은 하나이지만 그가 섬길 군주는 여럿이다; 어느 군주를 찾아가서 섬기든 각자 자유다 / 동의어: 신일주이 臣一主二

신장영장 身長影長 | 키가 크면 그림자도 길다; 훌륭한 사람은 세상의 평판도 좋다

반대어: 신단영단 身短影短

신종여시 愼終如始 | 일을 끝낼 때에도 처음과 마찬가지로 신중하게 한다

신진기예 新進氣銳 | 어느 분야에 새로 진출했지만 크게 활약하는 사람

신진대사 新陳代謝 | 낡은 것과 새 것이 교체된다

　　　　　유사어: 신입구출 新入舊出; 신구교대 新舊交代

신진화멸 薪盡火滅 | 땔나무가 없어지면 불이 꺼진다; 나라가 점점 쇠퇴하여 망한다; 사람이 죽음

신체발부 身體髮膚 | 몸과 머리카락과 피부 즉 몸 전체

신출귀몰 神出鬼沒 | 귀신처럼 자기 마음대로 나타났다 사라졌다 한다

　　　　　동의어: 귀출전입 鬼出電入

신출귀물 新出貴物 | 새로 나와서 흔하지 않고 귀한 물건

신토불이 身土不二 | 몸과 그 몸이 태어난 땅이 하나이다

신통지력 神通之力 | 자기 마음대로 변화하는 재주를 부릴 수 있는 힘

신호지세 晨虎之勢 | 굶주린 새벽 호랑이의 기세; 대단히 맹렬한 기세

신후지간 身後之諫 | 자신이 죽은 뒤에 군주에게 주는 충고

신후지계 身後之計 | 죽은 다음의 계획 / 준말: 신후계 身後計

실리실익 實利實益 | 실지로 얻는 이득 / 동의어: 실리실득 實利實得

실마치구 失馬治廏 | 말을 잃고 나서 외양간을 고친다; 실패한 뒤에 뒤늦게 손을 쓴다

　　　　　유사어: 망양보뢰 亡羊補牢

실망낙담 失望落膽 | 희망을 잃고 맥이 풀린다

실부득부동 失斧得斧同 | 잃은 도끼나 얻은 도끼나 같다; 이익도 손해도 없다

실사구시 實事求是 | 사실을 토대로 진리를 찾는다

실질강건 實質剛健 | 성실하고 굳세고 씩씩하다

실천궁행 實踐躬行 | 몸소 실제로 행동한다

심거간출 深居簡出 | 깊은 곳에 머물고 평소에 잘 나오지 않는다; 높은 지위에 있는 사람이
　　　　　행방을 밝히지 않은 채 어디론가 가버리는 것을 비난하는 말

심근고저 深根固柢 | 뿌리가 깊어서 움직이지 않는다; 바탕이 매우 튼튼하다

　　　　　동의어: 심근고체 深根固蔕

심기일전 心機一轉 | 어떤 계기 때문에 마음이 완전히 달라진다

심두멸각 心頭滅却 | 아무런 생각도 없는 경지; 어떠한 곤란이나 고통도 초월하면 느끼지 않게 된다

심려천게 深厲淺揭 | 개천 물이 깊으면 허리까지, 얕으면 무릎까지 옷을 걷어올린다; 일을 주위
　　　　　형편을 보아가며 적절히 한다

심모원려 深謀遠慮 | 멀리 내다보고 깊이 생각해서 계책을 세운다

심복지우 心腹之友 | 마음을 터놓고 지내는 절친한 친구

　　　　　유사어: 막역지우 莫逆之友; 간담상조 肝膽相照

심복지인 心腹之人 | 마음으로 절대 복종하는 사람 / 준말: 심복 心腹

심복지환 心腹之患 | 쉽게 고칠 수 없는 병; 쉽게 물리칠 수 없는 적

877

유사어: 심복지병 心腹之病; 심복지질 心腹之疾; 심복지해 心腹之害

심사숙고 深思熟考 | 깊이 잘 생각한다; 그런 생각

심산맹호 深山猛虎 | 깊은 산 속의 사나운 호랑이

심산유곡 深山幽谷 | 깊은 산과 으슥한 골짜기; 고요한 경치

동의어: 심산궁곡 深山窮谷 / 유사어: 심산계곡 深山溪谷

심심산천 深深山川 | 매우 깊은 산천

심심상인 心心相印 | 말없이 마음이 서로 통한다 / 유사어: 이심전심 以心傳心

심외지사 心外之事 | 뜻밖의 일

심원의마 心猿意馬 | 마음은 원숭이 같고 생각은 말과 같다; 마음과 생각이 잠시도 가라앉지 않음

심장적구 尋章摘句 | 옛사람의 글귀를 따서 시나 글을 짓는다; 시나 글의 자구를 다듬는다

동의어: 심장척구 尋章擿句

심재홍곡 心在鴻鵠 | 공부를 하면서도 마음은 딴 곳에 가 있다

심중소회 心中所懷 | 마음 속의 생각이나 느낌

심지광명 心地光明 | 개인적 욕심이 없는 공정한 마음가짐 / 유사어: 공명정대 公明正大

십고일장 十瞽一杖 | 소경 열 명에 지팡이 하나; 여럿이 요긴하게 쓰는 물건

동의어: 십맹일장 十盲一杖

십년감수 十年減壽 | 수명이 10년이나 줄겠다; 놀라거나 위험한 고비를 넘겼을 때 하는 말

십년공부 十年工夫 | 오랜 세월에 쌓은 공

십년마일검 十年磨一劍 | 십년 동안 칼을 간다; 여러 해 동안 무술을 연마한다; 때를 기다린다

십년일득 十年一得 | 홍수나 가뭄의 피해를 잘 보는 논이 어쩌다가 잘 된다

매우 오래간만에 겨우 소원을 이룬다

십년지계 十年之計 | 10년을 내다보고 세우는 계획

십년지기 十年知己 | 오래 전부터 사귀어온 친구

십목소시 十目所視 | 많은 사람이 눈으로 보고 있다; 혼자 숨어서 하는 일도 세상사람들이 다 안다

동의어: 중인소시 衆人所視; 중목소시 衆目所視

십목십수 十目十手 | 보는 사람과 손가락질하는 사람이 많다; 세상사람들의 비판은 엄하고 공정

하다 / 동의어: 십수소지 十手所指

십벌지목 十伐之木 | 열 번 찍어 안 넘어가는 나무 없다; 여러 사람이 똑같은 거짓말을 전해주면

믿게 된다; 꾸준히 노력하면 성공한다 / 유사어: 삼인성호 三人成虎

십보지내 十步之內 | 얼마 안 되는 거리

십분무의 十分無疑 | 근거가 충분해서 의심할 여지가 없다

십사일생 十死一生 | 도저히 살아날 가망이 없다; 매우 위험한 지경에서 간신히 벗어난다

동의어: 구사일생 九死一生; 십생구사 十生九死

십시일반 十匙一飯 | 열 명이 한 숟가락씩 보태면 한 사람의 한끼 식량이 된다

십실구공 十室九空 | 열 집 가운데 아홉 집이 텅 비어 있다; 전쟁, 홍수, 전염병 등으로 사람들이

뿔뿔이 흩어져 없어진다

878

십양구목 十羊九牧 | 양 열 마리에 양치기가 아홉 명; 백성의 숫자에 비해 관리가 너무 많다

십인십색 十人十色 | 사람마다 생각이나 성격이 다 다르다 / 동의어: 각인각색 各人各色

십일지국 十日之菊 | 국화는 9월 9일까지 제 철인데 10일이면 때가 지난 것이다
　　　　　　　　이미 때가 늦었다

십중팔구 十中八九 | 열 가운데 여덟 또는 아홉; 거의 그럴 것이라는 추측을 뜻하는 말
　　　　　　　　동의어: 십상팔구 十常八九

십지부동 十指不動 | 열 손가락을 꼼짝도 않는다; 게을러서 아무 일도 안 한다

십지유장단 十指有長短 | 열 손가락도 길이가 다르다; 사물은 각각 특성이 있다

십풍오우 十風五雨 | 열흘에 한번 바람이 불고 닷새에 한번 비가 온다; 기후가 순조롭다
　　　　　　　　동의어: 우풍순조 雨風順調; 오풍십우 五風十雨

십한일폭 十寒一曝 | 열흘 춥고 하루 볕이 쬔다; 일할 때 성실하지 못하고 중간에 쉬는 날이 많다
　　　　　　　　동의어: 일폭십한 一曝十寒

십행구하 十行俱下 | 한번에 열 줄씩 읽는다; 책을 매우 빨리 읽는다

쌍부벌고수 雙斧伐孤樹 | 술과 여색으로 자기 수명을 단축시킨다

쌍숙쌍비 雙宿雙飛 | 새가 함께 자고 함께 날아간다; 부부가 깊이 사랑하며 함께 살아간다

아_____

아가사창 我歌查唱 | 내가 부를 노래를 사돈이 부른다; 잘못한 자가 오히려 남을 꾸짖는다
　　　　　　　　동의어: 아가군창 我歌君唱 / 유사어: 적반하장 賊反荷杖

아궁불열 我躬不閱 | 내 몸조차 돌보지 못하는 처지다

아동주졸 兒童走卒 | 아이들과 어중이떠중이

아도물　阿賭物 | 본문

아박등예 蛾撲燈蕊 | 나방이가 등불의 심지에 부딪친다; 재난을 스스로 초래한다

아부뇌동 阿附雷同 | 줏대 없이 남의 말을 따라 아첨한다 / 유사어: 부화뇌동 附和雷同

아비규환 阿鼻叫喚 | 아비와 규환이라는 두 종류의 지옥; 고통에 못 견디어 울부짖는 상태
　　　　　　　　유사어: 아비초열지옥 阿鼻焦熱地獄

아사지경 餓死之境 | 굶어서 다 죽게 된 상태 / 동의어: 아사선상 餓死線上

아연실색 啞然失色 | 매우 놀라 얼굴빛이 달라진다 / 동의어: 악연실색 愕然失色

아유구용 阿諛苟容 | 남에게 아첨하고 비굴하게 군다

아유추종 阿諛追從 | 남에게 아첨하면서 따른다

아전인수 我田引水 | 내 논에 물을 끌어댄다; 자기 이익만 챙긴다 / 유사어: 견강부회 牽強附會

악권투조 握拳透爪 | 불끈 쥔 주먹의 손톱이 손바닥을 찌른다; 몹시 분하고 원통하다

악목도천 惡木盜泉 | 아무리 더워도 나쁜 나무 그늘은 피하고, 목이 아무리 말라도 도둑이란
　　　　　　　　명칭의 샘물은 마시지 않는다; 바른 길에 벗어나는 행동은 하지 않는다

동의어: 불식악목음 不息惡木蔭; 갈불음도천수 渴不飮盜泉水

악목불음 惡木不陰 | 나쁜 나무 밑에는 그늘이 생기지 않는다

악방봉뢰 惡傍逢雷 | 모진 놈 옆에 있다가 벼락 맞는다

악부파가 惡婦破家 | 나쁜 부인은 집안을 망친다

악사천리 惡事千里 | 나쁜 일은 천 리에 퍼진다 즉 빨리 온 세상에 알려진다

악안상대 惡顔相對 | 불쾌한 낯빛으로 서로 대한다

악양파한 握兩把汗 | 양손에 땀을 쥔다; 아슬아슬하다 / 동의어: 악량수한 握兩手汗

악언불출구 惡言不出口 | 남을 해치는 말은 입 밖에 내지 않는다

악언상가 惡言相加 | 듣기에 불쾌한 말로 서로 꾸짖고 나무란다 / 동의어: 악언상대 惡言相待

악역무도 惡逆無道 | 비길 데 없이 악독하고 도리에 어긋난다

악의악식 惡衣惡食 | 옷과 음식이 형편없다

동의어: 조의조식 粗衣粗食 / 반대어: 호의호식 好衣好食

악인악과 惡因惡果 | 나쁜 원인에서 나쁜 결과가 나온다

유사어: 인과응보 因果應報 / 반대어: 선인선과 善因善果

악전고투 惡戰苦鬪 | 힘겹게 괴로운 싸움을 한다; 있는 힘을 다해 역경을 헤쳐나간다

안거위사 安居危思 | 편안할 때는 앞으로 닥칠지 모르는 위험을 생각하여 대비한다

유사어: 안불망위 安不忘危

안검상시 按劍相視 | 칼자루에 손을 대고 서로 노려본다; 서로 원수같이 대한다

안고수비 眼高手卑 | 눈은 높지만 손은 낮다; 뜻은 크지만 재능은 모자란다; 비평은 잘 하지만
창작은 서툴다 / 동의어: 안고수저 眼高手低

안광지배 眼光紙背 | 눈빛이 종이 뒤까지 뚫는다; 독서의 이해력이 뛰어나 작가의 의도마저 알아
본다 / 동의어: 안투지배 眼透紙背

안녕질서 安寧秩序 | 사회의 평온함과 질서

안도색준 按圖索駿 | 그림을 어루만지며 준마를 찾는다; 매우 어리석은 짓을 한다

안면박대 顔面薄待 | 잘 아는 사람을 푸대접한다

안면부지 顔面不知 | 얼굴을 모른다; 얼굴도 모르는 사람

안분지족 安分知足 | 자기 분수를 알고 만족한다

안비막개 眼鼻莫開 | 너무 바빠서 눈코 뜰 새가 없다

안빈낙도 安貧樂道 | 가난해도 편한 마음으로 옳은 길을 즐긴다

안서　　　　　雁書 | 본문

안석불출 安石不出 | 본문

안심입명 安心立命 | 마음을 편안하게 하고 하늘의 뜻을 다한다

준말: 안립 安立 / 유사어: 낙천지명 樂天知命

안여태산 安如泰山 | 태산처럼 끄떡도 하지 않는다

유사어: 안여반석 安如磐石; 안우반석 安于盤石

안위미정 安危未定 | 편안함과 위태함이 아직 구별할 수 없는 상태; 안정이 되지 않은 상태

동의어: 안위미판 安危未判

안자지어 晏子之御 | 제나라 안자(안평중 安平仲)의 수레를 모는 마부; 하찮은 지위에서 으스대는
   못난 자; 윗사람의 세력을 의지해서 뻐기는 자 / 유사어: 호가호위 狐假虎威

안자호구 晏子狐裘 | 안자가 여우 가죽옷 한 벌을 30년 입은 일; 대단히 검소하다

동의어: 일호구 삼십년 一狐裘 三十年

안전막동 眼前莫同 | 못난 아이도 늘 눈앞에 두고 보면 귀엽게 보인다

안전지책 安全之策 | 안전을 위한 대책

안중지인 眼中之人 | 마음속에 점찍어 두고 있는 사람; 자기가 희망을 걸고 있는 사람

안중지정 眼中之釘 | 본문

안택정로 安宅正路 | 편안한 집과 바른 길; 인(仁)과 정의의 길 / 동의어: 안택생로 安宅生路

안하무인 眼下無人 | 몹시 교만하여 다른 사람들을 깔본다 / 동의어: 안중무인 眼中無人

안행피영 雁行避影 | 기러기가 날아가듯 어른 뒤를 따라가고 그 그림자를 밟지 않는다

암장지하 岩墻之下 | 돌담 밑; 매우 위험한 곳

암전상인 暗箭傷人 | 몰래 남을 해친다; 아무도 모르게 남을 중상한다

암중모색 暗中摸索 | 본문

암중비약 暗中飛躍 | 어둠 속에서 날아다닌다; 몰래 뒤에서 음모를 꾸민다 / 준말: 암약 暗躍

암하고불 岩下古佛 | 바위 밑에 오래된 불상; 진취성이 없고 착하기만 한 어리석은 산골사람

동의어: 암하노불 岩下老佛

압이경지 狎而敬之 | 매우 가까운 사이라 해도 공경하는 마음으로 대한다

앙급지어 殃及池魚 | 본문

앙망불급 仰望不及 | 우러러보아도 미치지 못한다

앙비식   仰鼻息 | 콧김을 우러러본다; 궁지에 빠져 기진맥진해 있다

유사어: 비식엄엄 鼻息奄奄

앙사부육 仰事俯育 | 부모를 섬기고 처자식을 부양한다

앙수신미 仰首伸眉 | 고개를 들고 눈썹 사이를 편다; 태도가 당당하다

앙천대소 仰天大笑 | 하늘을 쳐다보고 크게 웃는다 / 동의어: 앙천이소 仰天而笑

앙천이타 仰天而唾 | 하늘을 향해 침을 뱉는다; 남을 해치려다가 자기가 당한다

앙천통곡 仰天痛哭 | 하늘을 쳐다보고 통곡한다

애걸복걸 哀乞伏乞 | 계속해서 굽실거리면서 빈다

애급옥오 愛及屋烏 | 아내가 사랑스러우면 처갓집 말뚝을 보고 절한다

애림녹화 愛林綠化 | 나무나 숲을 사랑하여 산과 들을 푸르게 만든다

애매모호 曖昧模糊 | 희미하고 흐릿해서 분명하지 않다

애별리고 愛別離苦 | 사랑하는 사람(부모형제, 처자식, 애인 등)과 헤어지는 괴로움

애이불비 哀而不悲 | 비록 슬프기는 하지만 지나치게 슬퍼지지는 않는다

애인여기 愛人如己 | 남을 자기 몸처럼 사랑한다 / 동의어: 애린여기 愛隣如己

애일빈일소 愛一嚬一笑 | 한번 찡그리고 한번 웃는 것도 아낀다

881

애자지정 愛子之情 | 자식을 사랑하는 마음

애증후박 愛憎厚薄 | 사랑과 미움, 후대와 박대

애지중지 愛之重之 | 매우 사랑하여 소중하게 여긴다

애착생사 愛着生死 | 살기를 바라고 죽기를 싫어하는 인간의 정

애통망극 哀痛罔極 | 그지없이 슬프고 아프다

액후무배 扼後撫背 | 목과 등을 눌러서 도망을 못 치게 만든다

야가무식도 冶家無食刀 | 대장간에 식칼이 없다; 남의 일만 해주다가 자기 일은 못한다

야광명월 夜光明月 | 밝은 달; 야광주와 명월주

야금용약 冶金踊躍 | 쇳물이 도가니에서 튀어나오려고 한다; 자기 분수에 만족하지 않는다

야기요단 惹起鬧端 | 시비할 실마리를 불러일으킨다 / 준말: 야료 惹鬧

야단법석 惹端法席 | 많은 사람이 한 곳에서 시끄럽게 떠든다

야단법석 野壇法席 | 야외에서 베푸는 강좌

야랑자대 夜郎自大 | 하찮은 나라 야랑이 큰 나라인 척한다; 우물 안 개구리
　　　　　　　　　동의어: 야랑대 夜郎大 / 유사어: 정저지와 井底之蛙; 정중지와 井中之蛙

야무유현 野無有賢 | 인재가 모두 등용되어 시골에 남은 인재가 없다

야무청초 野無靑草 | 들에 푸른 풀이 없다; 기근이 매우 심하다

야반무례 夜半無禮 | 어두운 밤에는 예의를 갖추지 못한다 / 동의어: 야심무례 夜深無禮

야불답백 夜不踏白 | 밤길에서는 흰 것(물 따위)을 밟지 마라

야불폐문 夜不閉門 | 밤에 문을 닫지 않는다; 세상이 태평하고 인심이 후하다

야서지혼 野鼠之婚 | 들쥐의 결혼; 같은 종류끼리 가장 잘 어울린다

야심만만 野心滿滿 | 야심이 가득 차 있다

야우대상 夜雨對牀 | 밤비 소리를 들으며 침대를 나란히 하고 누워 있다; 절친한 친구 사이

야용지회 冶容之誨 | 야하게 화장한 얼굴은 남자에게 음탕한 생각을 일으킨다
　　　　　　　　　동의어: 야용회음 冶容誨淫

야장몽다 夜長夢多 | 밤이 길면 꿈을 꾸는 시간이 길다; 오랜 동안에는 변화가 많다

야학사자 夜鶴思子 | 부모가 극진하게 자식을 감싸거나 교육한다; 부모의 깊은 사랑
　　　　　　　　　동의어: 야학 夜鶴 / 유사어: 지독지애 舐犢之愛

야호선　　　野狐禪 | 들 여우의 좌선; 어설픈 깨달음; 깨달은 척하는 자

약관　　　　弱冠 | 남자 나이 20세 / 동의어: 약년 弱年; 약령 弱齡; 약세 弱歲

약농중물 藥籠中物 | 본문

약석무효 藥石無效 | 약과 치료가 아무 소용이 없다; 병으로 죽는다

약마복중 弱馬卜重 | 허약한 말에 너무 무거운 짐을 싣는다; 자기 능력과 힘에 겨운 일을 맡는다
　　　　　　　　　유사어: 문자부산 蚊子負山

약석지언 藥石之言 | 약이나 침과 같은 말; 충고하거나 훈계하는 말; 유익한 말

약섭대수 若涉大水 | 큰 강을 걸어서 건너가는 것과 같다; 매우 위험한 짓을 한다
　　　　　　　　　유사어: 포호빙하 暴虎馮河; 여리박빙 如履薄氷; 섭우춘빙 涉于春氷

882

약육강식 弱肉强食 ┃ 강한 자가 약한 자를 잡아먹는다; 생존경쟁이 매우 심하다

　　　　　동의어: 우승열패 優勝劣敗

약이능강 弱而能强 ┃ 겉은 약한듯 하지만 속은 매우 강하다

약합부절 若合符節 ┃ 꼭 들어맞는다; 조금도 틀리지 않다

양각야호 兩脚野狐 ┃ 두 다리의 여우; 속이 시커먼 사람을 욕하는 말

양공고심 良工苦心 ┃ 솜씨가 좋은 사람은 마음속에 고민이 많다

양과분비 兩寡分悲 ┃ 두 과부가 슬픔을 나눈다; 같은 처지의 사람들이 서로 동정한다

　　　　　유사어: 동병상련 同病相憐

양금신족 量衾伸足 ┃ 이불 길이를 헤아려 발을 뻗는다; 자기 능력이나 형편에 따라 일을 한다

양금택목 良禽擇木 ┃ 본문

양두구육 羊頭狗肉 ┃ 본문

양두색이 兩豆塞耳 ┃ 콩 두 개로 귀를 막으면 소리가 안 들린다; 작은 것이 지장을 일으킨다

양반양거 讓畔讓居 ┃ 논 두둑을 양보하여 땅을 넓히지 않고 낚시질하는 자리를 양보한다

　　　　　인심이 매우 두텁다 / 동의어: 양반이경 讓畔而耕

양봉음위 陽奉陰違 ┃ 겉으로는 명령을 받드는 척하고 물러가서는 위반한다

양비대담 攘臂大談 ┃ 소매를 걷어 붙이고 큰소리를 친다

　　　　　동의어: 양비대언 攘臂大言 / 유사어: 호언장담 豪言壯談

양상군자 梁上君子 ┃ 본문

양상도회 梁上塗灰 ┃ 들보에 회를 바른다; 못생긴 여자가 얼굴에 분칠을 많이 한다

양생송사 養生送死 ┃ 산 사람은 잘 봉양하고 죽은 사람은 후하게 장사지낸다

양선무치 攘善無恥 ┃ 남의 훌륭한 것을 훔쳐 자기 것인 양 하면서도 부끄러운 줄을 모른다

양속이용 量粟而舂 ┃ 좁쌀을 하나씩 세어 방아를 찧는다; 하찮은 일에 신경을 쓴다

양송견정자 養松見亭子 ┃ 소나무를 심어서 정자나무 되기를 기다린다; 원대한 계획을 세운다

양수집병 兩手執餠 ┃ 두 손에 떡을 쥐고 있다; 어떤 것을 가지기도 버리기도 어려운 처지

양수청풍 兩袖淸風 ┃ 양쪽 옷소매에 맑은 바람; 관리가 청렴하다

양시쌍비 兩是雙非 ┃ 양쪽이 다 일리가 있어서 시비를 가리기 어렵다

　　　　　동의어: 양시양비 兩是兩非

양약고구 良藥苦口 ┃ 본문

양양자득 揚揚自得 ┃ 뜻을 이루어 몹시 뽐낸다

양언자과신 揚言者寡信 ┃ 큰소리를 잘 치는 사람은 신용이 적다

양웅불구립 兩雄不俱立 ┃ 두 영웅이 함께 설 수 없다; 지도자는 한 사람뿐이다

양인지검 兩刃之劍 ┃ 양날의 칼; 쓰기에 따라 이롭기도 하고 해롭기도 한 것

양자택일 兩者擇一 ┃ 둘 가운데 하나를 선택한다 / 동의어: 이자선일 二者選一

양조대변 兩造對辯 ┃ 두 사람의 말이 어긋날 때 그들을 제삼자 앞에서 대면시켜 말을 확인한다

양주지몽 揚州之夢 ┃ 지난날 한 때 누리던 사치와 쾌락

양지양능 良知良能 ┃ 선천적으로 타고난 지능과 능력

양질호피 羊質虎皮 | 속은 양이고 겉은 호랑이다; 겉은 그럴 듯한데 실속이 없다

유사어: 양두구육 羊頭狗肉

양천불혼 良賤不婚 | 양민과 천민 사이에 혼인을 금지한 일

양춘가절 陽春佳節 | 따뜻하고 온화한 봄철

양춘화기 陽春和氣 | 봄철의 따뜻하고 온화한 기운

양춘백설 陽春白雪 | 초나라의 고상한 노래; 뛰어난 언행은 이해해주는 사람이 적다

양출제입 量出制入 | 본문

양탕지비 揚湯止沸 | 일을 처리할 때는 근본적으로 해결해야 한다

양편공사 兩便公事 | 양쪽 이야기를 듣고 시비를 공평하게 판단한다; 양쪽에 모두 공평한 일

양포지구 楊布之狗 | 본문

양풍미속 良風美俗 | 좋은 풍속

양호공투 兩虎共鬪 | 호랑이가 두 마리가 서로 싸운다; 두 영웅이나 강대국은 공존하지 못한다

동의어: 양호상투 兩虎相鬪

양호유환 養虎遺患 | 본문

어간대청 御間大廳 | 방과 방 사이에 있는 큰 마루

어동육서 魚東肉西 | 제사 상에 생선은 동쪽에, 육류는 서쪽에 놓는다

어두육미 魚頭肉尾 | 생선은 머리가, 짐승고기는 꼬리가 맛있다 / 동의어: 어두봉미 魚頭鳳尾

어로불변 魚魯不辨 | "어"자와 "로"자를 구별하지 못한다; 매우 무식하다

동의어: 숙맥불변 菽麥不辨 / 유사어: 어로오 魚魯之誤

어망홍리 魚網鴻離 | 어망에 기러기가 걸린다; 구하던 것은 못 얻고 딴 것을 얻는다

남의 일로 뜻밖의 재난을 당한다 / 유사어: 구장득주 求醬得酒

어목연석 魚目燕石 | 물고기의 눈과 연산(燕山)의 돌은 옥과 비슷하지만 옥이 아니다

사이비를 진짜로 혼동한다 / 동의어: 어목혼주 魚目混珠

어변성룡 魚變成龍 | 물고기가 용으로 변한다; 변변치 못하거나 가난하던 사람이 출세한다

어부지리 漁父之利 | 본문

어수지락 魚水之樂 | 부부나 남녀의 사랑 / 동의어: 어수지친 魚水之親

어언무미 語言無味 | 책을 읽지 않는 사람은 그 말에 아무런 맛이 없다

어염시수 魚鹽柴水 | 생선, 소금, 땔나무, 물 즉 생활필수품

어유부중 魚游釜中 | 물고기가 솥 안에서 논다; 위험이 닥친 것을 모르고 있다

어육백성 魚肉百姓 | 백성을 마구 죽인다

어질용문 魚質龍文 | 겉은 용처럼 위엄이 있지만 사실은 물고기에 불과하다

어차어피 於此於彼 | 이렇게 하든지 저렇게 하든지 / 준말: 어차피 於此彼

어현유감이 魚懸由甘餌 | 물고기가 낚시에 걸리는 것은 맛있는 미끼 때문이다

억강부약 抑强扶弱 | 강한 자를 누르고 약한 자를 돕는다 / 반대어: 억약부강 抑弱扶强

억만지심 億萬之心 | 수많은 백성이 마음이 서로 달라서 나라를 위하는 사람이 하나도 없다

억만창생 億萬蒼生 | 수많은 백성 / 동의어: 억조창생 億兆蒼生; 억만지중 億萬之衆

억양반복 抑揚反覆 | 억눌렀다가 칭찬했다 하는 것을 되풀이한다

억하심정 抑何心情 | 대체 무슨 생각으로 그런 짓을 하는지 알 수 없다

언감가 장불감 言甘家 醬不甘 | 말이 단 집은 장이 달지 않다; 잔소리가 많으면 살림을 망친다

언감생심 焉敢生心 | 어찌 감히 그런 마음을 먹겠는가?

언기식고 偃旗息鼓 | 깃발을 눕히고 북을 쉬게 한다; 휴전을 한다; 전투준비가 안 되어 있다

언대비과 言大非誇 | 큰소리가 모두 과장된 것은 아니다

언비천리 言飛千里 | 발 없는 말이 천 리를 간다; 비밀로 한 말도 잘 퍼진다

　　　　　　　　유사어: 사불급설 駟不及舌; 악사천리 惡事千里

언사불공 言辭不恭 | 말씨가 공손하지 못하다

언서음하 偃鼠飮河 | 두더지가 강물을 마셔도 배가 차면 더 이상 마시지 않는다; 자기 분수에 만

　　　　　　　　족할 줄 알아야 한다 / 원어: 언서음하 불과만복 偃鼠飮河 不過滿腹

언서지망 偃鼠之望 | 두더지가 물을 마시고 싶어하는 소망; 매우 작은 소망

언서지혼 鼲鼠之婚 | 두더지의 결혼; 터무니없는 희망; 남들 몰래 가족끼리만 치르는 결혼식

언신지문 言身之文 | 말은 그 사람의 교양과 품위를 드러내는 글과 같다

언어도단 言語道斷 | 말로는 도저히 표현할 수가 없다; 너무 도리에 벗어나 말문이 막힌다

언외지의 言外之意 | 말에 나타난 뜻 이외에 속에 숨은 딴 뜻; 암시하는 뜻

　　　　　　　　반대어: 언중지 言中之意

언유재이 言猶在耳 | 들은 말이 아직 귀에 쟁쟁하다; 들은 말을 잘 기억해 둔다

언자부지 言者不知 | 안다고 말하는 사람은 사실 제대로 알지도 못한다

언정이순 言正理順 | 말이 옳고 사리가 분명하다 / 동의어: 인순이직 言順理直

언중유골 言中有骨 | 말 속에 뼈가 있다 / 동의어: 언중유언 言中有言

언즉시야 言則是也 | 말인즉 사리에 맞고 옳다

언지무익 言之無益 | 일을 그르치거나 실패한 뒤에 말을 해야 아무 소용이 없다

언행일치 言行一致 | 말과 행동이 같다 / 반대어: 언행상반 言行相反

엄동설한 嚴冬雪寒 | 눈이 오고 몹시 추운 겨울 / 동의어: 융동설한 隆冬雪寒

엄목포작 掩目捕雀 | 눈을 가리고 참새를 잡는다; 얕은 수로 남을 속이려고 한다

엄이도령 掩耳盜鈴 | 본문

엄정중립 嚴正中立 | 어느 편에도 절대로 편들지 않고 중립을 지킨다

엄중처단 嚴重處斷 | 엄하게 벌을 주어 처단한다

엄처시하 嚴妻侍下 | 남편이 아내의 손아귀에 쥐어 있는 상태 / 유사어: 공처가 恐妻家

여견심폐 如見心肺 | 남의 마음속을 훤히 들여다보는 것과 같다 / 동의어: 여견폐간 如見肺肝

여광어취 如狂如醉 | 매우 기뻐서 미친 듯도 하고 취한 듯도 하다; 이성을 잃은 듯하다

여구식약과 如狗食藥果 | 개가 약과 먹듯 한다; 먹기는 먹지만 맛을 모른다; 남의 말을 듣기는

　　　　　　　　하지만 뜻을 못 알아듣는다; 뜻도 모르면서 글을 읽는다

여단수족 如斷手足 | 손발이 잘린 것과 같다; 요긴한 사람이나 물건이 없어져 매우 아쉽다

　　　　　　　　유사어: 여단일비 如斷一臂; 여실일비 如失一臂

여덕위린 與德爲隣 | 덕으로 어울리면 모두 친한 이웃이 된다

유사어: 덕불고 필유린 德不孤 必有隣

여도득선 如渡得船 | 강을 건너려 할 때 배를 탈 수 있는 것과 같다; 바라는 대로 이루어진다

여도지죄 餘桃之罪 | 본문

여리박빙 如履薄氷 | 살얼음을 밟고 물을 건너가는 것과 같다; 매우 위태롭다

준말: 이빙 履氷 / 동의어: 여답박빙 如踏薄氷 / 유사어: 약섭대수 若涉大水

여명견폐 驪鳴犬吠 | 나귀가 울고 개가 짖는다; 말이 들을 가치도 없다; 글이 매우 보잘것없다

동의어: 여명구폐 驢鳴狗吠

여민동락 與民同樂 | 군주가 백성과 함께 즐긴다 / 동의어: 여민해락 與民偕樂

여발통치 如拔痛齒 | 앓던 이를 뺀 것과 같다; 고통스러운 것이 없어져 시원하다

여산대하 礪山帶河 | 태산이 숫돌처럼 되고 황하가 띠처럼 가늘어질 때까지 나라가 번영한다

여산진면 廬山眞面 | 여산의 진짜 모습; 사물의 실체나 진실은 알기가 어렵다

여세무섭 與世無涉 | 은퇴하여 세상과 상관이 없다

여세추이 與世推移 | 세상의 흐름을 따라간다 / 동의어: 여세부침 與世浮沈

여수동죄 與受同罪 | 훔친 물건을 주는 것과 받는 것이 똑같은 죄가 된다

여수투수 如水投水 | 물에 물 탄 것과 같다; 철저하지 못해 흐리멍덩하다

여시아문 如是我聞 | 내가 들은 바와 같다; 불경 첫머리에 나오는 말

여아부화 如蛾赴火 | 나방이가 불에 뛰어들어 죽는 것과 같다; 이익만 탐내다가 멸망한다

여액미진 餘厄未盡 | 재앙이 끝나지 않고 아직 남아 있다

여어득수 如魚得水 | 물고기가 물을 만난 것과 같다; 매우 어렵던 처지에서 살 길을 찾았다

여어실수 如魚失水 | 물을 떠난 물고기와 같다; 아무 데도 의지할 곳이 없다

여유작작 餘裕綽綽 | 빠듯하지 않고 아주 넉넉하다 / 동의어: 작유여지 綽有餘地

여의수질 如蟻輸垤 | 개미가 물건을 모아들이는 것과 같다; 부지런히 조금씩 재산을 늘린다

여이병수 如移甁水 | 병의 물을 옮겨 담는 것과 같다; 모든 것을 배워서 철저히 익힌다

여인동락 與人同樂 | 다른 사람과 더불어 함께 즐긴다 / 준말: 여인락 與人樂

여자선회 女子善懷 | 여자는 곧잘 생각에 잠긴다

여장절각 汝牆折角 | 내 소의 뿔이 네 담에 부딪쳐서 부러진 것과 같다; 책임을 덮어씌우려 한다

여전마후 驢前馬後 | 나귀 앞에 가거나 말의 뒤를 따르는 하인

여좌침석 如坐針席 | 바늘 방석에 앉은 것과 같다; 매우 불안하고 거북하다

여중장부 女中丈夫 | 남자에 못지 않은 여자 / 준말: 여장부 女丈夫

여중호걸 女中豪傑 | 여자 가운데 남달리 배포가 큰 여자 / 준말: 여걸 女傑

여진여퇴 旅進旅退 | 여럿이 어울려서 같이 전진하고 같이 후퇴한다; 줏대 없이 남의 의견에 따라 간다 / 동의어: 부화뇌동 附和雷同

여창남수 女唱男隨 | 여자가 앞에 나서서 서두르고 남자가 뒤에서 따라간다

준말: 여창 女唱 / 반대어: 남창여수 男唱女隨

여출일구 如出一口 | 여러 사람의 말이 한 입에서 나온 듯이 같다 / 동의어: 이구동성 異口同聲

여측이심 如厠二心 | 변소에 들어갈 때와 나올 때 마음이 다른 것과 같다

여타차별 與他自別 | 다른 것과는 스스로 달라서 특별하다; 남보다는 유달리 가까운 사이

여탈폐사 如脫弊屣 | 헌신짝 버리듯 한다; 아낌없이 버린다

여탕옥설 如湯沃雪 | 끓는 물에 눈을 붓는다; 일이 쉽게 이루어진다

여필종부 女必從夫 | 여자는 남자에게 무조건 복종해야 한다

여형약제 如兄若弟 | 남남이지만 마치 형제처럼 친하게 지낸다

여호모피 與狐謀皮 | 여우가죽을 얻는 방법을 여우와 의논한다; 이해가 서로 대립되는 상대방과 일을 의논해야 소용없다

역려과객 逆旅過客 | 나그네처럼 아무 관계도 없는 사람; 세상은 여관이고 인생은 나그네와 같다

역린　　　逆鱗 | 본문

역발산 기개세 力拔山 氣蓋世 | 힘은 산을 뽑고 기세는 천하를 덮는다

역부종심 力不從心 | 힘이 모자라서 생각대로 못한다

역부지몽 役夫之夢 | 일꾼의 꿈; 부귀영화도 꿈과 같다

역성혁명 易姓革命 | 천명에 따라 못된 왕을 내쫓고 덕이 있는 인물을 왕으로 모신다
　　　　　동의어: 역세혁명 易世革命

역예우미 逆曳牛尾 | 소의 꼬리를 잡아끌어서 뒤로 걸어오게 만든다; 힘이 매우 세다
　　　　　동의어: 예우각행 曳牛却行

역자교지 易子敎之 | 자식을 바꾸어 가르친다; 아버지가 아들의 잘못을 꾸짖기 어렵다

역자이식 易子而食 | 자식을 바꾸어 잡아먹는다; 기근이 심할 때의 참혹한 현상
　　　　　유사어: 석골이취 析骨而炊

역전분투 力戰奮鬪 | 있는 힘을 다해서 싸운다

역지개연 易地皆然 | 입장을 서로 바꾸어 보면 그 처지나 경우에 동화된다

역지사지 易地思之 | 입장을 서로 바꾸어서 생각해 본다

역책지제 易簀之際 | 대나무 돗자리를 갈아야 할 때 즉 죽을 때

역취순수 逆取順守 | 도리에 벗어나서 나라를 뺏고 순리에 따라 지킨다; 탕왕과 무왕이 폭군을 몰아내고 올바른 정치를 한 일

연경거종 延頸擧踵 | 목을 늘이고 발꿈치를 돋군다; 몹시 애타게 기다린다
　　　　　동의어: 연경학망 延頸鶴望

연공서열 年功序列 | 나이나 근무 햇수에 따라 지위가 올라간다 / 유사어: 연로가봉 年勞加俸

연구세심 年久歲深 | 세월이 매우 오래된다 / 동의어: 연구월심 年久月深; 연심세구 年深歲久

연구제난 捐軀濟難 | 자기 몸을 희생해서 남의 재난을 구제한다

연금침주 捐金沈珠 | 황금을 산에, 구슬을 못에 버린다; 재물과 부귀를 탐내지 않는다

연년익수 延年益壽 | 나이를 많이 먹고 오래 살게 된다 / 준말: 연년 延年; 연수 延壽

연덕구존 年德俱尊 | 나이도 많고 덕도 높다 / 동의어: 연고덕소 年高德邵

연도일할 鉛刀一割 | 무딘 칼이지만 한번은 벤다; 자신의 힘이 별로 없다고 겸손하게 하는 말
　　　　　한번은 사용하지만 두 번은 쓰지 못한다

연독지정 吮犢之情 | 자식이나 부하에 대한 사랑

연락부절 連絡不絕 | 오고 가는 것이 잦아 끊이지 않는다 / 동의어: 낙역부절 絡繹不絕

연리　　　　連理 | 나뭇가지들이 서로 닿아 결이 하나로 통한다; 지극한 효도 또는 부부애

연리지　　連理枝 | 나무와 나무의 가지가 서로 붙어서 결이 통한다; 화목한 부부나 남녀의 사이

연목구어 緣木求魚 | 본문

연목토이 鳶目兎耳 | 솔개 눈과 토끼 귀; 매우 밝은 눈과 귀; 언론의 현장취재 기자

연복지쟁 鷰蝠之爭 | 제비와 박쥐의 다툼; 시비를 올바로 가리지 않는다

연부역강 年富力强 | 나이가 젊고 힘이 세다 / 동의어: 연소기예 年少氣銳

연섭위경 年涉危境 | 언제라도 죽을 정도로 늙은 나이

연소몰각 年少沒覺 | 나이가 어리고 철이 없다 / 동의어: 연천몰각 年淺沒覺

연수　　　　燃鬚 | 수염을 태운 부하를 처벌하지 않는다; 아량이 매우 크다

연안대비 燕雁代飛 | 제비가 날아오면 기러기가 떠난다; 서로 만나기가 매우 어렵다

연안짐독 宴安酖毒 | 잔치나 열고 편안하게 즐기는 것은 마시면 죽는 독주와 같다

연연불망 戀戀不忘 | 몹시 그리워하여 잊지 못한다

연옹지치 吮癰舐痔 | 종기의 고름을 빨아내고 치질에 걸린 밑을 핥는다; 지나치게 아첨한다

연운만리 烟雲萬里 | 갈 길이 매우 멀다

연익지모 燕翼之謀 | 자손을 위한 좋은 계책

연작불생봉 燕雀不生鳳 | 제비와 참새는 봉황을 낳지 못한다

연작상하 燕雀相賀 | 제비와 참새가 서로 축하한다; 집이 완성되어 낙성하게 된 것을 축하한다

연작안지 홍곡지지 燕雀安知 鴻鵠之志 | 본문

연작처옥 燕雀處屋 | 안일하게 지내면서 앞으로 닥칠 재난을 모르고 있다

연저지인 吮疽之仁 | 주나라 장수 오기(吳起)가 부하의 종기를 입으로 빨아준 일; 장수가 부하를
　　　　　　　　　　극진히 아낀다; 어떤 목적을 달성하기 위한 위선적 행동
　　　　　　　　　　유사어: 지독지정 舐犢之情; 지독지애 舐犢之愛

연전연승 連戰連勝 | 싸울 때마다 계속해서 이긴다
　　　　　　　　　　동의어: 연전연첩 連戰連捷 / 반대어: 연전연패 連戰連敗

연중무휴 年中無休 | 일년 내내 하루도 쉬지 않는다

연지삽말 軟地揷抹 | 무른 땅에 말뚝을 박는다; 일하기가 매우 쉽다

연파만리 煙波萬里 | 연기나 안개가 아득하게 멀리까지 끼여 있는 수면
　　　　　　　　　　동의어: 연파천리 煙波千里

연하고질 煙霞痼疾 | 좋은 경치를 사랑하는 마음이 깊은 병처럼 되어 있다; 산 속에 숨어산다
　　　　　　　　　　동의어: 연하지벽 煙霞之癖; 천석고황 泉石膏肓

연함투필 燕頷投筆 | 붓을 던지고 일어선다; 글을 버리고 무사가 된다

연홍지탄 燕鴻之歎 | 길이 어긋나서 서로 만나지 못하는 탄식 / 유사어: 연안대비 燕雁代飛

열간쇄수 裂肝碎首 | 간이 찢어지고 머리가 부서진다; 재난의 피해가 매우 심하다

열불이경 烈不二更 | 절개 있는 여자는 두 남편을 섬기지 않는다

염구작신 染舊作新 ┃ 헌 것을 염색해서 새것으로 만든다

염량세태 炎凉世態 ┃ 세력이 있으면 아첨하고 세력이 없어지면 푸대접하는 세속 인심

유사어: 부염기한 附炎棄寒; 염부한기 炎附寒棄; 감탄고토 甘呑苦吐

염력철암 念力徹岩 ┃ 정신력이 바위를 뚫는다; 있는 힘을 다해 애쓰면 못 이룰 일이 없다

염불위괴 恬不爲愧 ┃ 옳지 않은 일을 하고도 부끄러워하지 않는다

염차지감 鹽車之憾 ┃ 천리마도 운이 나쁘면 소금 수레를 끈다; 뛰어난 인재가 때를 못 만나

불우한 처지에 있는 것을 한탄한다

염화미소 拈華微笑 ┃ 꽃을 들고 미소를 띤다 / 동의어: 이심전심 以心傳心(본문)

엽락귀근 葉落歸根 ┃ 잎이 떨어져 뿌리로 돌아간다; 사물은 그 근본으로 돌아간다

영가불청 令苛不聽 ┃ 법이 너무 가혹하면 백성이 지키지 않는다

영걸지주 英傑之主 ┃ 총명하고 뛰어난 군주

영고성쇠 榮枯盛衰 ┃ 번성했다가 쇠퇴했다가 한다 / 동의어: 영만지재 盈滿之災

영녀지절 令女之節 ┃ 조문숙(曹文叔)의 아내 영녀가 남편이 일찍 죽은 뒤 자기 머리를 깎고 귀와

코를 베어가면서까지 재혼을 거부하고 정절을 지킨 일

영불가구 盈不可久 ┃ 가득 차면 오래 유지할 수 없다

영불리신 影不離身 ┃ 그림자는 몸을 떠나지 않는다

영불출세 永不出世 ┃ 집이나 산 속에 틀어박혀 영영 세상에 나오지 않는다

영불허행 令不虛行 ┃ 법은 진실하지 않으면 시행되지 못한다

영세불망 永世不忘 ┃ 길이길이 잊지 않는다

영양괘각 羚羊挂角 ┃ 큰 양이 뿔을 나무에 걸어두고 잠을 자서 피해를 막는다

영어생초 囹圄生草 ┃ 감옥에 풀이 무성하다; 나라가 잘 다스려진다

영웅기인 英雄欺人 ┃ 영웅은 뛰어난 계책으로 보통 사람이 생각 못하는 일을 한다

영웅기인 英雄忌人 ┃ 영웅은 자기보다 뛰어난 사람을 싫어한다

영적무단 影迹無端 ┃ 아무런 흔적도 없다

영절불만 寧折不彎 ┃ 차라리 부러지더라도 굽히지는 않는다; 죽어도 굴복하지 않는다

영즉필휴 盈則必虧 ┃ 가득 차면 반드시 이지러진다

영천세이 穎川洗耳 ┃ 요임금이 자리를 물려주겠다는 말을 하자 허유(許由)가 영천에 가서 귀를

씻었다; 더러운 이야기 듣기를 싫어한다; 깨끗한 태도로 살아간다

영해향진 影駭響震 ┃ 그림자에도 놀라고, 울리는 소리에도 무서워 떤다; 겁이 매우 많다

동의어: 풍성학려 風聲鶴唳(본문)

영행금지 令行禁止 ┃ 명령하면 실행하고 금지하면 하지 않는다; 백성이 법을 잘 지킨다

예거후문 曳裾侯門 ┃ 제후의 집 문에 옷자락을 끈다; 세력가의 집에 머무는 손님이 된다

예기방장 銳氣方張 ┃ 날카로운 기세가 한창 성하다

예무부답 禮無不答 ┃ 예의는 반드시 답례를 해야 한다

예미도중 曳尾塗中 ┃ 본문

예번즉난 禮煩則亂 ┃ 예의가 너무 번거로우면 도리어 어지럽게 된다

예불가폐 禮不可廢 | 언제나 어디서나 예의는 반드시 지켜야 한다

예승즉이 禮勝則離 | 예의가 지나치면 도리어 사이가 멀어진다

예실즉혼 禮失則昏 | 예의를 잃으면 혼란스럽게 된다

예야부력 隸也不力 | 노예가 주인을 위해 힘을 다하지 않는다; 신하가 충성을 다하지 않는다

예의염치 禮義廉恥 | 예의와 의리와 염치

예의범절 禮儀凡節 | 일상생활의 모든 예의와 절차

예의지방 禮義之邦 | 예의와 의리를 존중하고 잘 지키는 나라 / 동의어: 예의지국 禮義之國

예졸물공 銳卒勿攻 | 날카로운 군사를 공격하지 마라; 강력한 군대를 공격해서는 안 된다

예차지환 豫且之患 | 예차가 당한 재난; 마음을 놓고 있다가 뜻밖에 당하는 재난

오거지서 五車之書 | 다섯 수레에 실을 정도로 많은 책 / 유사어: 한우충동 汗牛充棟

오국소인 誤國小人 | 나라의 앞날을 망치는 간사한 사람

오동단각 梧桐斷角 | 오동나무가 뿔을 자른다; 부드러운 것이 강한 것을 이길 수 있다

오두초미 吳頭楚尾 | 오나라 땅과 초나라 땅이 서로 닿아 있다

오리무중 五里霧中 | 본문

오만무도 傲慢無道 | 태도나 행동이 거만하고 도리에 어긋난다

오매불망 寤寐不忘 | 자나깨나 늘 잊지 못한다

오밀조밀 奧密稠密 | 솜씨 등이 매우 세밀하다; 마음씨가 꼼꼼하고 친절하다

오불가장 傲不可長 | 오만한 버릇을 길러서는 안 된다

오불거선 惡不去善 | 사람을 미워해도 그의 착한 점은 버리지 않는다

오불관언 吾不關焉 | 나는 그 일에 관계하지 않는다; 모른체 한다

오비삼척 吾鼻三尺 | 내 코가 석 자다; 내 사정이 급해서 남의 일을 돌볼 여유가 없다

오비이락 烏飛梨落 | 까마귀가 날아가자 배가 떨어진다; 우연의 일치로 공교롭게 의심을 받는다

오비일색 烏飛一色 | 날고 있는 까마귀가 모두 같은 색이다; 모두 같은 종류, 같은 색이다

오비토주 烏飛兎走 | 까마귀는 해, 토끼는 달을 의미하여 세월이 빨리 흐른다는 뜻

오사필의 吾事畢矣 | 본문

오색무주 五色無主 | 너무나도 두렵고 무서워서 얼굴빛이 자주 변한다

오색영롱 五色玲瓏 | 갖가지 빛이 섞여 찬란하다 / 동의어: 오색찬란 五色燦爛

오서기궁 鼯鼠技窮 | 날다람쥐가 다섯 가지 재주가 있지만 궁하다; 여러 가지 재주를 닦는 것보다 한 가지를 깊이 아는 것이 낫다 / 동의어: 오서지기 鼯鼠之技

오손공주 烏孫公主 | 본문

오수부동 五獸不動 | 닭, 개, 사자, 범, 고양이가 한 자리에 모이면 서로 꺼리고 두려워해서 꼼짝 못한다; 각자 자기 세력범위 안에서 분수를 지킨다

오습거하 惡濕居下 | 습기를 싫어하면서도 습기가 많은 낮은 곳에 산다; 남에게 비난받기를 싫어 하면서 나쁜 짓을 한다; 싫다고 하면서도 그 경우를 벗어나지 못한다

오십보백보 五十步百步 | 본문

오우천월 吳牛喘月 | 본문

오월동주 吳越同舟 | 본문

오유선생 烏有先生 | 실제로 있는 것처럼 꾸민 가상 인물 / 유사어: 자허오유 子虛烏有

오일경조 五日京兆 | 한나라 장창(張敞)이 수도의 시장이 되었다가 며칠 후 면직된 일
　　　　　　　　어떤 관직을 차지하는 기간이 매우 짧다

오자탈주 惡紫奪朱 | 자줏 빛이 순수한 붉은색을 망쳐놓는 것을 미워한다; 가짜가 판을 친다

오작통소 烏鵲通巢 | 까마귀와 까치가 둥지를 함께 쓴다; 서로 다른 종류가 함께 산다

오장육부 五臟六腑 | 다섯 가지 장기와 여섯 가지 창자 즉 심장, 폐, 간장, 신장, 비장 등 오장과
　　　　　　　　큰창자, 작은창자, 위, 쓸개, 방광, 삼초 등의 육부

오조사정 烏鳥私情 | 까마귀가 길러준 어미에게 은혜를 갚는 마음; 부모에게 효도하는 마음

오지자웅 烏之雌雄 | 까마귀는 수컷과 암컷을 구별하기 어렵다; 시비와 선악을 가리기 어렵다
　　　　　　　　유사어: 미지숙시 未知孰是; 오비일색 烏飛一色

오집지교 烏集之交 | 까마귀가 모인 것처럼 믿음성이 없는 사귐; 이해타산으로 맺어진 사이
　　　　　　　　유사어: 시도지교 市道之交; 반대어: 관포지교 管鮑之交

오취강주 惡醉强酒 | 술에 취하기를 싫어하면서도 술을 무리하게 마신다; 말과 행동의 모순이
　　　　　　　　매우 심하다 / 유사어: 오습거하 惡濕居下

오풍십우 五風十雨 | 닷새에 한번 바람이 불고 열흘에 한번 비가 온다; 기후가 순조롭고 풍년이
　　　　　　　　들어 천하가 평안하다 / 동의어: 우순풍조 雨順風調

오하아몽 吳下阿蒙 | 오나라의 여몽과 같다; 학문의 소양이 전혀 없다; 바보
　　　　　　　　반대어: 괄목상대 刮目相對(본문)

오합지중 烏合之衆 | 본문

옥녀가인 玉女佳人 | 몸과 마음이 깨끗하고 아름다운 미인

옥량낙월 屋梁落月 | 친구를 간절히 생각한다

옥불마무광 玉不磨無光 | 옥도 갈지 않으면 빛나지 않는다; 천성이 탁월해도 학문이나 수양을
　　　　　　　　쌓지 않으면 훌륭한 인물이 못 된다 / 동의어: 옥불탁 불성기 玉不琢 不成器

옥상가옥 屋上架屋 | 본문

옥석구분 玉石俱焚 | 본문

옥석혼효 玉石混淆 | 옥과 돌이 섞여 있다; 현자와 어리석은 자, 좋은 것과 나쁜 것이 섞여 있어서
　　　　　　　　구별할 수 없다 / 동의어: 옥석동궤 玉石同匱

옥야천리 沃野千里 | 한없이 넓은 기름진 땅

옥오지애 屋烏之愛 | 사랑하는 사람의 집 지붕 위에 있는 까마귀마저도 사랑스럽게 보인다
　　　　　　　　동의어: 애급옥오 愛及屋烏

옥치무당 玉巵無當 | 옥 술잔도 밑받침이 없으면 아무 소용이 없다

옥하　　　 玉瑕 | 옥에 티; 매우 훌륭한 것에 결점이 있다 / 동의어: 백옥미하 白玉微瑕

옥하가옥 屋下架屋 | 지붕 밑에 지붕을 또 만든다; 먼저 사람이 이룩한 것을 후대 사람이 무익하
　　　　　　　　게 되풀이하여 발전이 전혀 없다 / 동의어: 옥상가옥 屋上架屋(본문)

온고지신 溫故知新 | 본문

온유돈후 溫柔敦厚 | 온화하고 부드러우며 성실하다; 시에서 재주보다 마음씨가 우러나온다
유사어: 온후독실 溫厚篤實

온청정성 溫淸定省 | 겨울에 따뜻하고 여름에 시원하며 밤에 잠자리를 정하고 아침에 안부를
살핀다; 효도를 다한다 / 유사어: 혼정신성 昏定晨省

옹리혜계 甕裏醯鷄 | 작은 식초 항아리나 술독에 든 하루살이; 세상물정에 매우 어두운 사람

옹서만권 擁書萬卷 | 가지고 있는 책이 대단히 많다 / 동의어: 오거지서 五車之書

와각지쟁 蝸角之爭 | 본문

와룡봉추 臥龍鳳雛 | 누워 있는 용과 봉황 새끼; 장차 큰 인물이 될 소질의 사람이나 재능이 매우
탁월한 소년 / 동의어: 복룡봉추 伏龍鳳雛; 용구봉추 龍駒鳳雛

와명선조 蛙鳴蟬噪 | 개구리가 울고 매미가 시끄럽게 운다; 시끄럽기만 하고 성과가 없는 토론

와부뇌명 瓦釜雷鳴 | 질그릇 솥이 우렛소리를 낸다; 무식한 사람이 아는 체하면서 큰소리를 친다
어진 인물이 때를 얻지 못하고 어리석은 자가 높은 자리를 차지한다

와석종신 臥席終身 | 제 명을 다 살고 자리에 누워 죽는다; 자기 명에 죽는다

와신상담 臥薪嘗膽 | 본문

완급비익 緩急非益 | 다급한 처지를 면하려고 할 때 도움이 되지 않는다; 딸만 많고 아들이 없다

완력사태 腕力沙汰 | 주먹의 힘으로 일을 해결하려는 것

완물상지 玩物喪志 | 사소한 물건을 가지고 놀다가 자기 본뜻을 잃는다

완벽　　　完璧 | 본문

완월장취 玩月長醉 | 달을 벗삼아 오랫동안 취한다; 달을 즐기며 늘 술을 벗삼는다

완육의창 剜肉醫瘡 | 자기 살을 도려내서 자기 상처를 고친다; 응급치료를 한다

완인상덕 玩人喪德 | 어리석은 사람과 어울려 놀면 자기 덕을 잃는다
유사어: 완물상지 玩物喪志

완전무결 完全無缺 | 완전하여 흠 잡을 데가 없다

왈리왈시 曰梨曰柿 | 남의 잔치에 배 놓아라 감 놓아라 한다

왕국부민 王國富民 | 군주가 다스리는 나라의 목적은 백성을 부유하게 만드는 것이다

왕사경민 王司敬民 | 군주는 나라일을 신중히 처리하고 백성을 소중하게 여겨야만 한다

왕자무친 王者無親 | 군주도 국법 앞에서는 사사로운 정으로 일을 처리할 수 없다

왕자불가간 往者不可諫 | 지나간 일은 말릴 수 없다

왕좌지재 王佐之材 | 왕을 보좌할 만한 뛰어난 인물 / 유사어: 왕좌지부 王佐之府

왕직수형 枉直隨形 | 그림자는 형체에 따라 굽어지기도 하고 곧기도 한다

왕척직심 枉尺直尋 | 짧은 자를 굽히고 긴 자를 편다; 대수롭지 않은 절개나 의리를 버리고 큰일
을 이룬다; 작은 이익을 버리고 큰 이익을 얻는다

왕후장상 영유종호 王侯將相 寧有種乎 | 왕, 제후, 장군, 고위관리 등의 씨가 어찌 따로 있단
말이냐? / 유사어: 피장부 아장부 彼丈夫 我丈夫

왜인관장 矮人觀場 | 키 작은 사람이 연극을 구경한다; 견식이 좁고 자기 의견이 없다
동의어: 왜자간희 矮子看戲 / 유사어: 고마문령 瞽馬聞鈴

외교내질 外巧內嫉 | 겉으로는 좋은 표정을 짓지만 속으로는 질투한다

외무주장 外無主張 | 집안에 살림을 주장해 나갈 장성한 남자가 없다

　　　　　유사어: 내무주장 內無主張

외방출입 外房出入 | 계집질을 하고 돌아다닌다

외부내빈 外富內貧 | 겉보기는 부자이지만 사실은 가난하다; 반대어: 외빈내부 外貧內富

외영오적 畏影惡迹 | 그림자를 두려워하고 발자국을 미워하여 떼어버리려고 달려가다가 죽은 일

　　　　　천진스러운 마음을 기르지 않고 남을 함부로 미워한다

외유내강 外柔內剛 | 겉으로는 온순하지만 속으로는 의지가 강하다

　　　　　유사어: 강유겸전 剛柔兼全 / 반대어: 외강내유 外剛內柔

외제학문 外題學問 | 책의 제목만 많이 알고 내용은 모른다; 수박 겉 핥기 지식을 비웃는 말

외첨내소 外諂內疎 | 겉으로는 아첨하지만 속으로는 멀리한다; 유사어: 외친내소 外親內疎

외화내빈 外華內貧 | 겉으로는 화려하지만 실속이 없다

요고순목 堯鼓舜木 | 요임금과 순임금처럼 건의를 받아들여 나라 일을 바르게 잡는다

요동지시 遼東之豕 | 본문

요두파미 搖頭擺尾 | 머리를 흔들며 꼬리를 친다; 만족하거나 아양을 떠는 모양

요량미정 料量未精 | 일의 사정이나 형편을 헤아릴 만한 철이 못 들어 있다.

요령부득 要領不得 | 본문

요목불생위 橈木不生危 | 큰 나무는 위태로운 곳에서 자라지 않는다; 현명한 사람은 어지러운

　　　　　나라에서 벼슬을 하지 않는다 / 동의어: 직불보곡 直不補曲

요미걸련 搖尾乞憐 | 개가 꼬리를 흔들어 알랑거린다; 매우 간사하여 남에게 아첨을 잘 한다

요산요수 樂山樂水 | 산과 물을 즐긴다; 산수의 경치를 즐긴다

요수촉금 搖手觸禁 | 손을 움직이기만 해도 법을 어긴다; 법이 너무 번거롭고 가혹하다

요순고설 搖脣鼓舌 | 입술을 움직이고 혀를 찬다; 남을 함부로 비판한다

요언불번 要言不煩 | 꼭 필요한 말은 길게 늘어놓지 않아도 그 뜻을 알 수 있다

요조숙녀 窈窕淑女 | 마음씨가 얌전하고 자태가 아름다운 여자

요지부동 搖之不動 | 흔들어도 조금도 움직이지 않는다

요차불피 樂此不疲 | 자기가 좋아서 하는 일은 피곤하지 않다

요해견고 要害堅固 | 지형이 험하고 방비가 단단하다

욕거순풍 欲去順風 | 가고 싶을 때 순풍이 분다 / 유사어: 궁적상적 弓的相適

욕곡봉타 欲哭逢打 | 울려고 하는 아이 뺨을 친다; 불평을 품은 사람을 선동한다

욕교반졸 欲巧反拙 | 잘 하려고 지나친 기교를 부리다가 오히려 졸렬한 결과를 본다

욕급부형 辱及父兄 | 자식의 잘못이 부모까지 욕되게 한다 / 유사어: 욕급선조 辱及先祖

욕불가종 欲不可從 | 욕망은 한이 없는 것이기 때문에 따라가면 안 된다

욕사무지 欲死無地 | 죽으려 해도 죽을 만한 곳이 없다; 매우 분하고 원통하다

욕속부달 欲速不達 | 일을 빨리 하려고 너무 서두르면 일이 이루어지지 않는다

욕식기육 欲食其肉 | 그 사람의 고기를 먹고 싶다; 원한이 매우 깊다

욕언미토 欲言未吐 | 하고 싶은 말을 아직 다 끝내지 못했다 / 동의어: 욕토미토 欲吐未吐

용감무쌍 勇敢無雙 | 용감하기 짝이 없다; 대단히 용감하다

용동다원 勇動多怨 | 용기만 믿고 행동하면 남의 원한을 많이 산다

용두사미 龍頭蛇尾 | 본문

용맹정진 勇猛精進 | 의욕을 북돋아서 일에 몰두한다

용문점액 龍門點額 | 용문에 오르려다가 이마가 깨진다; 과거시험에 떨어진다 / 준말: 점액 點額

용미봉탕 龍味鳳湯 | 맛이 매우 좋은 음식

용반기연 龍返其淵 | 용이 자기 연못으로 돌아간다; 뛰어난 인물이 고향으로 돌아간다

용반봉일 龍蟠鳳逸 | 물 속에 숨은 용과 숨어사는 봉황; 탁월한 재능을 지닌 숨은 인재

용반호거 龍盤虎踞 | 용이 서리고 호랑이가 걸터앉아 있는 듯 웅장한 산 모양; 지방의 세력가가
자기 근거지를 중심으로 세력을 떨친다 / 동의어: 호거용반 虎踞龍盤

용비봉무 龍飛鳳舞 | 용이 날고 봉황이 춤춘다; 천하를 얻는다 / 준말: 용비 龍飛

용사행장 用舍行藏 | 벼슬을 얻으면 소신껏 일하고, 버림받으면 숨어서 도를 닦는 군자의 처세

용양호박 龍攘虎搏 | 용과 호랑이가 서로 치고 받으며 싸운다 / 동의어: 용호상박 龍虎相搏

용여득운 龍如得雲 | 용이 구름을 얻은 것과 같다; 큰 인물이 활동할 기회를 얻는다

용왕매진 勇往邁進 | 거리낌없이 힘차고 용감하게 전진한다 / 동의어: 용왕직전 勇往直前

용의살상인 庸醫殺傷人 | 돌팔이 의사가 사람을 죽이거나 다친다

용의주도 用意周到 | 세심한 주의가 두루 미치어 실수가 없다

용장용단 用長用短 | 긴 것과 짧은 것을 다 함께 사용한다

용전여수 用錢如水 | 돈을 물처럼 쓴다

용중교교 庸中佼佼 | 평범한 무리 가운데 약간 뛰어난 사람

용지불갈 用之不竭 | 아무리 써도 없어지지 않는다

용추지지 用錘指地 | 송곳을 찔러 땅의 깊이를 잰다; 식견이 매우 좁다
준말: 추지 錘地 / 동의어: 이관규천 以管窺天

용퇴고답 勇退高踏 | 관직을 과감히 버리고 속세를 떠나서 산다

우각괘서 牛角掛書 | 소를 타고 책을 읽는다

우각지가 牛角之歌 | 남에게 자기를 알린다 / 유사어: 모수자천 毛遂自薦

우공이산 愚公移山 | 본문

우국지사 憂國之士 | 나라 일을 근심하는 사람

우국진충 憂國盡忠 | 나라 일을 근심하고 충성을 다한다

우기동조 牛驥同皁 | 소와 천리마가 같은 구유에서 길러진다; 어진 사람과 어리석은 사람이 같은
대우를 받는다

우답불파 牛踏不破 | 소가 밟아도 깨지지 않는다; 매우 단단하다 / 동의어: 우수불함 牛溲不陷

우도할계 牛刀割鷄 | 닭 잡는 데 소를 잡는 칼을 쓴다 / 유사어: 대기소용 大器小用

우래무방 憂來無方 | 근심 걱정은 언제 어디서 올지 모른다

우맹의관 優孟衣冠 | 초나라 배우 맹이 죽은 손숙오(孫叔敖)의 옷을 입고 손숙오의 아들을 구해냈

다: 다른 사람의 흉내를 낸다; 겉모양만 잘 꾸민다 / 유사어: 사이비 似而非

우문우답 愚問愚答 | 어리석은 질문에 어리석은 대답

우문현답 愚問賢答 | 어리석은 질문에 현명한 대답

우부우맹 愚夫愚氓 | 어리석은 백성들

우부우부 愚夫愚婦 | 어리석은 남자와 어리석은 여자

우불파괴 雨不破壞 | 비가 내리지만 흙덩어리를 부수지 않는다; 천하가 태평하다

우사생풍 遇事生風 | 일이 생기면 재빠르게 대처한다; 말썽을 자주 일으키는 사람

우수마발 牛溲馬勃 | 소 오줌과 말똥; 하찮은 것

우수사려 憂愁思慮 | 근심 걱정과 염려

우승열패 優勝劣敗 | 강한 자가 이기고 약한 자가 진다; 유사어: 적자생존 適者生存

우여곡절 迂餘曲折 | 끈이 길게 남아서 구불구불 굽어 있다; 복잡한 사정 / 준말: 우곡 迂曲

우예지소 虞芮之訴 | 우나라와 예나라의 소송; 남의 일을 보고 자기 잘못을 고친다

　　　　　동의어: 우예쟁전 虞芮爭田

우왕좌왕 右往左往 | 이리저리 왔다 갔다 하며 갈팡질팡한다 / 동의어: 좌왕우왕 左往右往

우유부단 優柔不斷 | 어물거리기만 하고 결단을 내리지 못한다

우음마식 牛飮馬食 | 물이나 술을 소처럼 마시고 말처럼 많이 먹는다

우의운정 雨意雲情 | 남녀가 서로 그리워하는 마음

우이독경 牛耳讀經 | 쇠귀에 경 읽기 / 동의어: 우이송경 牛耳誦經 / 유사어: 마이동풍 馬耳東風

우이효지 尤而效之 | 남의 잘못은 나무라면서 자기는 나쁜 짓을 일삼는다

우입서혈 牛入鼠穴 | 소가 쥐구멍으로 들어간다; 있을 수 없는 일 / 유사어: 토각귀모 兎角龜毛

우자일득 愚者一得 | 어리석은 사람도 좋은 생각을 해낼 때가 있다

　　　　　동의어: 천려일득 千慮一得 / 유사어: 광인지언 狂人之言

　　　　　반대어: 지자일실 智者一失

우자천려 愚者千慮 | 어리석은 사람의 천 가지 즉 많은 생각 / 반대어: 지자천려 智者千慮

우정계팽 牛鼎鷄烹 | 소를 삶는 솥에 닭을 삶는다; 큰 재주를 가진 사람은 작은 일에 쓸모가 없다
　　　　　유사어: 우도할계 牛刀割鷄

우정지의 牛鼎之意 | 군주의 비위를 맞추어서 신임을 얻은 뒤에 그를 바른 길로 인도한다

우제지어 牛蹄之魚 | 소 발자국에 고인 물에 든 물고기; 매우 다급한 경우; 매우 고단하고 옹색한
　　　　　사람 / 유사어: 학철부어 涸轍鮒魚(본문)

우직지계 迂直之計 | 비현실적으로 보이는 것이 사실은 현실적이다; 돌아가는 것이 지름길이다

우천순연 雨天順延 | 회합 등을 정한 날에 비가 오면 그 다음 날로 순차적으로 연기한다

우하지민 愚下之民 | 어리석고 비천한 백성; 무지한 백성

우핵비육 羽翮飛肉 | 새의 날개는 가볍지만 무거운 몸을 날도록 만든다

우행순추 禹行舜趨 | 겉으로만 우임금이나 순임금의 흉내를 낸다

우환승마 牛換乘馬 | 소보다 빠른 말로 바꾸어 탄다 / 유사어: 매우매마 賣牛買馬

우후송산 雨後送傘 | 비 온 뒤에 우산을 보낸다; 때가 이미 늦었다

우후죽순 雨後竹筍 | 비 온 뒤 죽순처럼 사물이 한꺼번에 많이 일어난다

　　　　　동의어: 우후춘순 雨後春筍

우후투추 牛後投芻 | 소 뒤에 꼴을 던진다; 어리석은 사람은 가르쳐도 소용이 없다

운개견일 雲開見日 | 구름이 열리고 해가 드러난다; 막혔던 것이 갑자기 열린다

운권천청 雲捲天靑 | 구름이 걷히고 하늘이 푸르다; 병이나 근심이 깨끗이 없어진다

운근성풍 運斤成風 | 기술자의 뛰어난 솜씨

운부천부 運否天賦 | 운수의 길흉은 하늘이 주는 것이다

운산무소 雲散霧消 | 구름이 흩어지고 안개가 사라진다 / 동의어: 운산무산 雲散霧散

운수불길 運數不吉 | 운수가 좋지 않다 / 동의어: 운수불행 運數不幸

운수소관 運數所關 | 모든 일이 운수에 달려 있어 사람의 힘으로 어쩔 수 없다

운연과안 雲煙過眼 | 구름과 연기가 눈앞을 지나간다; 한 때의 쾌락에 애착을 두지 않는다

운우무산 雲雨巫山 | 남녀가 육체적인 정을 나눈다 / 동의어: 운우지정 雲雨之情

운종룡 풍종호 雲從龍 風從虎 | 구름은 용을, 바람은 범을 따른다; 매우 긴밀한 관계

　　　　　유사어: 수사지주 隨絲蜘蛛

운주유악 運籌帷幄 | 본문

운증용변 雲蒸龍變 | 물이 증발해서 구름이 되고 뱀이 변해서 용이 된다; 영웅 호걸이 때를 만나

　　　　　크게 활약한다 / 유사어: 용여득운 龍如得雲

운증초윤 雲蒸礎潤 | 구름이 모여 비가 오려고 할 때는 집의 머릿돌이 축축해진다

운지장상 運之掌上 | 손바닥 위에서 움직인다; 일이 매우 쉽다

운집무산 雲集霧散 | 많은 것이 모이거나 흩어진다

운합무집 雲合霧集 | 많은 것이 한꺼번에 모여든다

웅재대략 雄才大略 | 영웅의 소질과 멀리 내다보는 계책; 그런 인물

웅창자화 雄唱雌和 | 새의 암컷과 수컷이 사이좋게 지저귄다; 남남끼리 서로 손이 잘 맞는다

웅호지장 熊虎之將 | 용맹한 장수

원교근공 遠交近攻 | 본문

원로행역 遠路行役 | 먼 길을 가느라 겪는 고생

원룡고와 元龍高臥 | 한나라 진등(陳登)이 높은 침상에 누워 친구를 맞이한 일; 손님을 깔본다

원모심려 遠謀深慮 | 먼 앞날의 일을 깊이 생각한다

원목경침 圓木警枕 | 둥근 나무로 만든 목침; 밤에 잠을 자지 않고 열심히 공부한다

원방계방 元方季方 | 동의어: 난형난제 難兄難弟(본문)

원불망군 遠不忘君 | 충신은 멀리 내쫓겨도 군주를 잊지 않는다

원성자자 怨聲藉藉 | 원망하는 소리가 수많은 사람의 입에 오르내려 떠들썩하다

원수불구근화 遠水不救近火 | 본문

원심정죄 原心定罪 | 범죄의 동기를 따져서 죄를 정한다

원앙지계 鴛鴦之契 | 원앙처럼 부부가 서로 화목하고 즐겁게 산다

　　　　　유사어: 비익연리 比翼連理; 금슬상화 琴瑟相和; 해로동열 偕老同穴

원예지조 圓銳之操 | 침이나 송곳처럼 날카로운 수법

원원상보 怨怨相報 | 원한을 품은 사람들이 서로 보복한다

원일견지 願一見之 | 한번 만나보고 싶다

원입골수 怨入骨髓 | 본문

원조방예 圓鑿方枘 | 둥근 구멍에 모난 자루를 넣는다; 사물이 제 격에 맞지 않는다

　　　　　동의어: 환조방예 圜鑿方柄; 원공방목 圓孔方木; 예조불상용 枘鑿不相容

원족근린 遠族近隣 | 먼 친척보다 가까운 이웃이 낫다

　　　　　동의어: 원친불여근린 遠親不如近隣

원천우인 怨天尤人 | 하늘을 원망하고 사람을 탓한다

원청유청 源淸流淸 | 윗물이 맑으면 아랫물도 맑다 / 동의어: 원청유결 源淸流潔

원형이정 元亨利貞 | 사계절; 사물의 근본이 되는 도리

원후취월 猿猴取月 | 원숭이가 물 속의 달을 잡으려고 하다가 물에 빠져 죽는다; 분수를 지키지

　　　　　않으면 재앙을 당한다 / 동의어: 원후착월 猿猴捉月

월견폐설 越犬吠雪 | 월나라 개가 눈을 보고 짖는다; 식견이 좁은 사람이 평범한 사물을 보고도

　　　　　크게 놀란다 / 유사어: 촉견폐월 蜀犬吠月; 오우천월 吳牛喘月

월단평　　月旦評 | 본문

월로풍운 月露風雲 | 글의 내용이 달과 이슬과 바람과 구름을 표현한 것에 불과하다; 쓸데없는 글

월만즉휴 月滿則虧 | 달은 차면 곧 기운다; 사물이 성하면 쇠한다 / 동의어: 월영즉식 月盈則食

　　　　　유사어: 성자필쇠 盛者必衰; 물극즉반 物極則反

월명성희 月明星稀 | 달이 밝게 빛나면 별이 희미해진다; 위대한 영웅이 나타나면 수많은 작은

　　　　　영웅의 존재가 희미해진다

월반지사 越畔之思 | 자기 분수를 지키고 남의 권한을 침범하지 않도록 조심하는 생각

　　　　　유사어: 월조지죄 越俎之罪

월시진척 越視秦瘠 | 월나라는 멀리 떨어진 진나라의 땅이 걸고 메마른 것을 상관하지 않는다

월조소남지 越鳥巢南枝 | 남쪽의 월나라에서 온 새는 남쪽 나뭇가지에 둥지를 만든다

월조지죄 越俎之罪 | 자기 직분을 넘어 남의 일에 부당하게 간섭하는 죄

　　　　　유사어: 월반지사 越畔之思; 월권 越權

월조평　　月朝評 | 동의어: 월단평 月旦評(본문)

월지적구 刖趾適屨 | 발뒤꿈치를 베어서 신발에 맞춘다; 본말이 뒤바뀐다; 일을 잘 해보려다가

　　　　　오히려 결과가 더 나빠진다 / 동의어: 월지적리 刖趾適履

월진승선 越津乘船 | 나루 건너 배 타기; 일의 순서가 뒤바뀐다 / 유사어: 사근취원 舍近取遠

월하빙인 月下氷人 | 본문

위고망중 位高望重 | 지위가 높고 명망이 크다

위기일발 危機一髮 | 조금도 여유가 없이 매우 위급한 때

　　　　　동의어: 위여일발 危如一髮 / 유사어: 초미지급 焦眉之急

위다안소 危多安少 | 시국이나 병세가 매우 위급해서 안심하기 어렵다

897

위려마도 爲礪磨刀 | 숫돌을 위해서 칼을 간다; 일의 순서가 뒤바뀌어 있다
유사어: 주객전도 主客顚倒

위미부진 萎靡不振 | 시들고 약해져서 떨치지 못한다

위방불입 危邦不入 | 위험한 나라에는 들어가지 않는다; 위험한 곳을 피한다

위법자폐 爲法自斃 | 자기가 만든 법을 스스로 어겨서 처벌된다; 자기가 한 일로 고통을 당한다

위부불인 爲富不仁 | 재산을 크게 모은 뒤에는 남에게 좋은 일을 하지 않게 된다

위불기교 位不期驕 | 높은 자리에 앉으면 자연히 교만한 마음이 생긴다

위수강운 渭水江雲 | 위수 북쪽의 두보가 양자강 건너편에 있는 친구 이태백을 그리워한다; 멀리 떨어진 벗을 그리워한다 / 동의어: 숭운진수 嵩雲秦樹; 춘수모운 春樹暮雲

위약조로 危若朝露 | 아침 이슬과 같이 위태롭다 / 동의어: 위여조로 危如朝露

위어누란 危於累卵 | 알을 쌓아올린 것처럼 위태롭다 / 동의어: 누란지위 累卵之危

위연구어 爲淵驅魚 | 물고기들을 깊은 연못 속으로 몰아넣는다; 폭군이 자기 백성을 몰아내서 어진 군주에게 가도록 한다

위운위우 爲雲爲雨 | 구름이 되고 비가 된다; 남녀가 매우 친밀하다; 인정이 사나워서 매우 변하기 쉽다 / 유사어: 운우지정 雲雨之情; 감탄고토 甘呑苦吐

위의당당 威儀堂堂 | 위엄 있는 모습이 훌륭하다

위이부지 危而不持 | 나라가 위급한데 도와서 버티지 않는다

위인모충 爲人謀忠 | 남을 위해 정성껏 일을 꾀한다

위인설관 爲人設官 | 특정인을 위해 일부러 벼슬자리를 만든다 / 반대어: 위관택인 爲官擇人

위재조석 危在朝夕 | 몹시 위험하여 하루를 버티기 어렵다

위초비위조 爲楚非爲趙 | 겉으로는 위하는 척하지만 실제로는 다른 것을 위한다

위총구작 爲叢驅雀 | 자기를 이롭게 하려다가 오히려 남을 이롭게 한다

위편삼절 韋編三絶 | 책을 맨 가죽끈이 세 번 끊어졌다; 독서를 많이 한다

위풍늠름 威風凜凜 | 풍채가 있고 위엄이 당당하다

위호부익 爲虎傅翼 | 호랑이에게 날개를 달아준다; 세력이 있는 악인을 도와서 더욱 세력을 떨치게 만든다

유과무대 宥過無大 | 잘못을 용서하는 데 지나친 것은 없다; 아무리 큰 잘못이라도 용서한다

유교무류 有敎無類 | 가르침이 있고 종류가 없다; 사람을 차별하지 않고 누구나 다 가르친다

유구무언 有口無言 | 입은 있지만 말이 없다; 변명할 말이 없거나 변명하지 못한다

유구무행 有口無行 | 말만 하고 실행은 하지 않는다

유구박인 乳狗搏人 | 새끼를 밴 개가 사람을 친다; 약한 자가 자식 사랑 때문에 강해진다

유구불언 有口不言 | 할 말은 있지만 거북해서 그 말을 하지 않는다

유난무난 有難無難 | 있어도 곤란하고 없어도 곤란하다

유녀회춘 有女懷春 | 여자가 봄에 음탕한 생각을 한다

유능제강 柔能制剛 | 부드러운 것이 강한 것을 제압할 수 있다 / 유사어: 치망설존 齒亡舌存

유도즉현 有道則見 | 세상에 도덕이 잘 시행되면 나가서 일을 한다

유동가장 踰東家牆 | 동쪽 담을 넘어간다; 처녀를 희롱한다

유두무미 有頭無尾 | 머리는 있지만 꼬리가 없다; 시작은 있지만 끝내기가 없다; 일이 흐지부지
　　　　　　　 끝난다 / 동의어: 용두사미 龍頭蛇尾

유두유미 有頭有尾 | 처음과 끝이 분명하다; 앞뒤가 조리에 맞는다

유래지풍 由來之風 | 예로부터 전해오는 풍습

유련황망 流連荒亡 | 놀러 다니는데 정신이 팔려서 집에 돌아가는 것을 잊고 노름이나 주색에
　　　　　　　 빠진다 / 동의어: 유련황락 流連荒樂

유로막승선 有路莫乘船 | 육로가 있을 때에는 배를 타지 마라; 가능한 한 안전한 길을 택하라

유리걸식 流離乞食 | 정처 없이 떠돌면서 빌어먹는다
　　　　　　　 동의어: 유리개걸 流離丐乞 / 유사어: 유리표박 流離漂泊

유만부동 類萬不同 | 여러 가지가 많기는 하지만 서로 다르다; 분수에 맞지 않는다

유명무실 有名無實 | 이름만 있고 실속이 없다 / 동의어: 명존무실 名存無實

유명시청 唯命是聽 | 오로지 명령대로 따른다 / 동의어: 유명시종 唯命是從

유명지리 幽明之理 | 관리의 실적이 좋으면 승진시키고 나쁘면 파면한다는 원칙

유무상생 有無相生 | 있는 것과 없는 것이 서로 생겨난다

유무상통 有無相通 | 있는 것과 없는 것을 서로 융통한다

유복지인 有福之人 | 복이 있는 사람

유복지친 有服之親 | 친족이 죽은 경우 상복을 입는 가까운 친척 / 준말: 유복 有服

유불급흘 濡不及扢 | 젖어도 닦을 틈이 없다

유불여무 有不如無 | 있어도 없는 것만 못하다

유붕자원방래 有朋自遠方來 | 뜻을 같이하는 친구가 먼 데서 찾아왔다

유비군자 有匪君子 | 학식과 인격이 훌륭한 사람

유사무이 有死無二 | 죽어도 두 마음은 품지 않는다

유비무환 有備無患 | 본문

유사이래 有史以來 | 역사가 생긴 후 지금까지

유사이전 有史以前 | 역사가 생기기 이전

유사지추 有事之秋 | 국가나 사회나 개인에게 중대한 일이 일어난 때

유산여행 遊山旅行 | 고위관리가 공금을 받아 출장을 갔지만 호화롭게 놀기만 하는 여행

유상곡수 流觴曲水 | 흐르는 물에 술잔을 띄운다; 술잔치를 연다 / 동의어: 곡수유상 曲水流觴

유수고산 流水高山 | 거문고의 명수 백아(伯牙)와 종자기(鐘子期)처럼 자기를 완전히 알아주는
　　　　　　　 친구를 얻기는 어렵다

유수불부 流水不腐 | 흐르는 물은 썩지 않는다; 항상 움직이는 것은 썩지 않는다

유시무종 有始無終 | 시작은 있고 끝이 없다; 지조를 끝까지 지키지 못한다

유시여우 流矢如雨 | 화살이 비오듯 쏟아진다

유식지사 有識之士 | 식견이 있는 사람

유아독존 唯我獨尊 | 세상에서 내가 제일 높다; 자기만 잘난체 한다

유악지신 帷幄之臣 | 장막 안의 신하; 군주 곁에서 작전만 세우는 참모

유암화명 柳暗花明 | 버드나무는 무성하여 어둡고 꽃은 활짝 피어 밝다
　　　　　　　　　아름다운 강촌의 봄 경치; 화류계 / 유사어: 유록화홍 柳綠花紅

유야무야 有耶無耶 | 있는지 없는지 흐리멍텅하다; 흐지부지한다; 어물어물한다

유언비어 流言蜚語 | 근거 없이 널리 퍼진 소문 / 동의어: 부언낭설 浮言浪說

유여강토 柔茹剛吐 | 연한 것은 먹고 딱딱한 것은 뱉는다; 약자를 억누르고 강자를 두려워한다

유용지용 有用之用 | 쓸모 있는 것의 쓰임새

유월비상 六月飛霜 | 음력 유월에 서리가 내린다; 많은 사람이 억울하게 감옥에 갇힐 징조

유위부족 猶爲不足 | 오히려 모자란다; 싫증이 나지 않는다

유위지사 有爲之士 | 유능하여 쓸모가 있는 사람

유유검이 惟有劒耳 | 오로지 칼이 있을 따름이다; 법을 어기는 자는 즉시 처단한다

유유낙낙 唯唯諾諾 | 명령에 무조건 따른다; 두말없이 승낙한다 / 준말: 유낙 唯諾

유유상종 類類相從 | 같은 무리끼리 서로 오가며 사귄다 / 유사어: 동기상구 同氣相求

유유자적 悠悠自適 | 속세를 떠나 아무 것에도 속박을 받지 않고 조용히 편안하게 산다

유유행로심 悠悠行路心 | 유유히 길을 가는 사람의 마음; 세상 인심이 차갑다

유일부족 惟日不足 | 시간이 모자란다; 일을 끝내려면 날짜가 모자란다; 쉬지 않고 노력한다

유일불원 遺佚不怨 | 세상이 나를 돌보지 않고 버려 두어도 원망하지 않는다

유자생녀 有子生女 | 자녀를 많이 낳는다; 아들도 낳고 딸도 두었다

유장찬극 踰牆鑽隙 | 담을 넘고 구멍을 뚫는다; 남녀가 몰래 만난다

유재무명 有才無命 | 재능은 있지만 운이 없다

유전가사귀 有錢可使鬼 | 돈이면 귀신도 부릴 수 있다

유전유후 由前由後 | 앞뒤가 같다

유전재처락 有錢在處樂 | 돈이 있으면 어디서나 즐겁다

유정유일 惟精惟一 | 오직 한 가지에만 마음을 쏟는다

유제비제 惟齊非齊 | 가지런히 하는 것이 곧 정리하는 것은 아니다; 때와 형편에 따라 형벌을
　　　　　　　　　적절하게 실시해야 부정을 바로잡을 수 있다

유종지미 有終之美 | 시작한 일을 끝맺음이 좋게 한다
　　　　　　　　　준말: 유종 有終 / 동의어: 유종식미 有終飾美; 유종완미 有終完美

유좌지기 宥坐之器 | 곁에 두고 보는 그릇; 마음을 적절한 선에서 가다듬기 위해 보는 그릇

유주무량 唯酒無量 | 술을 마시는 데 그 분량을 제한하지 않는다

유주유육 有酒有肉 | 술이 있으면 안주가 있어야 한다

유주지탄 遺珠之歎 | 마땅히 등용되어야 할 사람이 등용되지 않아 한탄한다

유지자 사경성 有志者 事竟成 | 뜻이 있는 사람은 언젠가 그 일을 반드시 이룬다

유지지사 有志之士 | 세상 일에 뜻이 있는 사람

유진무퇴 有進無退 | 앞으로 나아가기만 하고 물러서지 않는다

유취만년 遺臭萬年 | 더러운 이름을 영원히 남긴다

유치인 무치법 有治人 無治法 | 다스리는 사람은 있지만 다스리는 법은 없다; 옳게 다스리는 것은
결국 사람에게 달렸다

유풍여열 遺風餘烈 | 후세에 끼친 탁월한 공적

유필유방 遊必有方 | 먼 곳으로 갈 때 자기가 가는 곳을 반드시 부모에게 알려야 한다

유하면목 有何面目 | 어찌 면목이 있겠는가? 매우 부끄럽다

유해무익 有害無益 | 해롭기만 하고 이익은 되지 않는다

유현부지 有賢不知 | 어진 사람이 민간에 있는데도 몰라본다

유혈성천 流血成川 | 흐르는 피가 개천을 이룬다; 전쟁터에서 죽은 전사자가 매우 많다

유사어: 유혈부시 流血浮尸; 유혈표로 流血漂鹵

유획석전 猶獲石田 | 돌밭을 얻은 것과 같다; 아무 소용이 없다

유희삼매 游戲三昧 | 노는 데만 정신을 쏟는다

육단부형 肉袒負荊 | 맨살의 등에 곤장을 진다; 그 곤장으로 자기를 때려달라고 사죄한다

육대반낭 肉袋飯囊 | 고기 자루와 밥 주머니; 아무 재주도 없이 먹기만 하는 사람

유사어: 주낭반대 酒囊飯袋; 의가반낭 衣架飯囊

육부출충 肉腐出蟲 | 살이 썩으면 벌레가 나온다; 근본이 잘못 되면 온갖 폐단이 생긴다

육이부동모 六耳不同謀 | 세 사람이 일을 도모하면 비밀을 지키기 어렵다

육적회귤 陸積懷橘 | 육적이 나이 여섯 살 때 귤을 품에 품었다; 효성이 지극한 어린이

육창십국 六菖十菊 | 창포와 국화의 명절이 지난 다음 날이다; 이미 때가 늦었다

육탈골립 肉脫骨立 | 몸이 여위어 살이 빠진다; 시체를 매장한 뒤 살이 완전히 썩어 뼈만 남는다

윤기협수 淪肌浹髓 | 살에 스미고 골수에 사무친다; 깊은 감명을 받는다

윤언여한 綸言如汗 | 땀이 다시 몸 속으로 들어갈 수 없듯 군주의 명령은 취소할 수 없다

유사어: 호령여한 號令如汗

윤필지자 潤筆之資 | 글을 써서 얻은 돈; 원고료

윤체천자 輪遞天子 | 돌아가면서 앉는 천자의 자리; 호방한 기상을 표현하는 말

윤형피면 尹邢避面 | 한나라 무제의 윤부인과 형부인이 서로 질투하여 외면한 일; 처와 첩의 불화

윤회시운 輪廻時運 | 수레바퀴처럼 도는 운수

은감불원 殷鑑不遠 | 본문

은근무례 慇懃無禮 | 지나치게 은근하게 대접하여 도리어 무례하다 / 동의어: 은근미롱 慇懃尾籠

은반위구 恩反爲仇 | 은혜가 도리어 원수가 된다

은수분명 恩讐分明 | 은혜와 원수를 분명하게 갚는다

은심즉원생 恩甚則怨生 | 은혜를 너무 많이 베풀면 오히려 원망을 산다

은인자중 隱忍自重 | 괴로움을 참고 드러내지 않으며 신중하게 행동한다

반대어: 경거망동 輕擧妄動

은중태산 恩重泰山 | 은혜가 태산처럼 무겁다

은지상급 隱志相及 | 염려하는 마음이 서로 미친다; 서로 염려해 준다

음덕양보 陰德陽報 | 남에게 알려지지 않은 덕을 쌓으면 드러나는 보답이 있다

원어: 유음덕자 필유양보 有陰德者 必有陽報 / 유사어: 적선여경 積善餘慶

음덕이명 陰德耳鳴 | 남몰래 베푸는 덕은 귓속의 울림과 같아 남들이 모른다

음마투전 飮馬投錢 | 말에게 물을 먹일 때는 돈을 먼저 던져서 물값을 낸다; 행동을 결백하게 한다

음약자처 飮藥自處 | 독약을 먹고 자살한다; 동의어: 음독자살 飮毒自殺

음우지비 陰雨之備 | 위험에 미리 대비한다

음자호산 淫者好酸 | 호색가는 신 것을 좋아한다

음짐지갈 飮鴆止渴 | 짐독이 든 술을 마시고 갈증을 푼다; 눈앞의 이익 때문에 앞으로 닥칠 큰 재
난을 돌보지 않는다

음풍농월 吟風弄月 | 맑은 바람과 밝은 달을 벗삼아 시를 짓고 논다

음하만복 飮河滿腹 | 두더지가 강물을 마셔도 자기 배를 채울 정도밖에는 못 마신다; 자기 분수에
따라 만족할 줄 알아야 한다 / 유사어: 소림일지 巢林一枝

음회세위 飮灰洗胃 | 재를 마시고 위장을 씻는다; 마음을 고쳐서 착한 사람이 된다

읍견군폐 邑犬群吠 | 동네 개들이 떼를 지어 짖는다; 못난 사람들이 남을 비방한다

유사어: 읍견군호 邑犬群嗥

읍참마속 泣斬馬謖 | 본문

응나연작 鷹拏燕雀 | 매가 제비나 참새를 잡는다; 군주에게 무례한 짓을 한다

응대여류 應對如流 | 대답이 매우 능숙하다; 일 처리가 매우 빠르다

응접불가 應接不暇 | 본문

응천순인 應天順人 | 하늘의 뜻에 응하고 백성의 뜻에 따른다

응현이도 應弦而倒 | 활을 쏠 때마다 적이 쓰러진다

의각지세 犄角之勢 | 양쪽에서 잡아당겨 찢으려는 양면작전 태세

의공희학 懿公喜鶴 | 춘추시대 위(衛)나라 의공이 학을 너무 좋아해서 백성들이 그를 등진 일
동물을 지나치게 아껴주다가 자신이 재난을 당한다

의관금수 衣冠禽獸 | 옷을 잘 차려 입은 짐승; 포악하고 무례한 관리

의관장세 依官杖勢 | 관리가 직권을 남용해서 백성을 괴롭힌다; 세도를 부린다

의관지도 衣冠之盜 | 관리의 제복을 입은 도둑; 자기 직분을 다하지 못하거나 무능한 관리

유사어: 시위소찬 尸位素餐; 반식재상 伴食宰相; 녹도인 祿盜人

의관지회 衣冠之會 | 의관과 위의를 갖춘 사람들의 모임; 평화로운 모임

동의어: 의상지회 衣裳之會

의금주유 衣錦晝游 | 자기의 영광을 세상사람들에게 드러내 보인다

의기소침 意氣銷沈 | 의지와 용기가 쇠하여 사그라진다 / 동의어: 의기저상 意氣沮喪

반대어: 의기양양 意氣揚揚; 의기충천 意氣衝天

의기양양 意氣揚揚 | 뜻대로 되어서 으스대는 기세가 대단하다

의기투합 意氣投合 | 마음이 서로 맞는다; 동의어: 의기상투 意氣相投

의려지망 倚閭之望 | 자녀가 돌아오기를 초조히 기다리는 어머니 마음

동의어: 의려이망 倚閭而望

902

의리부동 義理不同 | 의리에 벗어난다

의린인지언 疑隣人之言 | 이웃사람의 말을 의심한다; 같은 말이라도 남의 말은 나쁘게 해석한다

의마심원 意馬心猿 | 생각은 말처럼 날뛰고 마음은 원숭이처럼 부산하다; 억제하기 힘든 번뇌나 욕망 등에 사로잡힌다 / 동의어: 심원의마 心猿意馬

의마지재 倚馬之才 | 글을 빠르게 잘 짓는 글재주 / 동의어: 의마칠지 倚馬七紙
유사어: 칠보지재 七步之才; 하필성장 下筆成章

의문다질 醫門多疾 | 의사의 집 앞에 병자가 많이 모인다

의미심장 意味深長 | 글이나 말의 뜻이 매우 깊다

의방지훈 義方之訓 | 아버지가 아들에게 주는 교훈

의봉혈우 蟻封穴雨 | 개미가 개미 구멍을 막으면 비가 온다

의사무공 疑事無功 | 의심하면서 일하면 성공하지 못한다

의상지치 衣裳之治 | 법이 아니라 덕으로 나라를 다스린다

의수당연 依數當然 | 거짓인 줄 알면서 모른 척하고 묵인한다

의식족즉 지영욕 衣食足則 知榮辱 | 본문

의식지방 衣食之方 | 옷과 밥을 얻는 방책

의심암귀 疑心暗鬼 | 본문

의외지변 意外之變 | 뜻밖에 당하는 재난

의외지사 意外之事 | 뜻밖의 일

의원면직 依願免職 | 본인의 요청에 따라 그의 직책을 그만두게 한다

의이지방 薏苡之謗 | 후한의 장수 마원(馬援)이 변방을 정복하고 돌아올 때 율무를 수레에 싣고 왔는데 뇌물을 잔뜩 받았다고 무고 당한 일; 터무니없이 받는 혐의
동의어: 의이명주 薏苡明珠

의인물용 疑人勿用 | 사람이 의심스러우면 그를 쓰지 마라 / 동의어: 의인물사 疑人勿使

의자의야 醫者意也 | 병을 고치는 의술의 오묘한 이치는 마음으로 스스로 깨달아야 한다

의재필선 意在筆先 | 뜻이 붓끝에 나타나 있다 / 동의어: 의재필전 意在筆前

의정행사 衣正行邪 | 겉으로는 옳은 듯하지만 사실은 옳지 않다

의중지인 意中之人 | 마음속에 새겨져 잊을 수 없는 사람; 마음에 지목해둔 사람
준말: 의중인 意中人; 심중인 心中人 / 유사어: 안중지인 眼中之人

의중지인 義重之人 | 의리심이 두텁고 말과 행동이 신중한 사람

이걸공걸 以桀攻桀 | 포악한 자가 포악한 자를 비난한다

이겸차안 以鎌遮眼 | 낫으로 눈을 가린다; 자기 잘못을 어리석은 방법으로 숨기려 한다
유사어: 수차매목 手遮妹目; 엄이도령 掩耳盜鈴

이고위감 以古爲鑑 | 옛 일을 거울로 삼는다

이공보공 以空補空 | 제 자리에 있는 것으로 제 자리를 메운다; 세상에 공짜는 없다

이곽지사 伊霍之事 | 나라를 위해서 나쁜 군주를 몰아내는 일; 은나라의 이윤(伊尹)과 한나라의 곽광(霍光)이 남긴 선례

이구동성 異口同聲 ㅣ 여러 사람의 말이 한결같이 같다 / 동의어: 여출일구 如出一口

이군삭거 離群索居 ㅣ 친구들과 떨어져 쓸쓸하게 지낸다

이극구당 履屐俱當 ㅣ 마른날에는 신발로, 진날에는 나막신으로 걷는다; 재덕을 겸비하다

이기언무책 易其言無責 ㅣ 말을 쉽게 하는 자는 책임감이 없다; 쉽게 하는 대답은 믿지 마라

이다불대 泥多佛大 ㅣ 진흙을 많이 쓸수록 그것으로 만든 불상이 크다; 자기가 배경으로 삼는 인물
　　　　　　　　　의 지위가 높을수록 자기 위치도 더욱 유리해진다

이단공단 以短攻短 ㅣ 자기 결점은 돌아보지 않은 채 남의 결점만 비난한다

이대동조 異代同調 ㅣ 시대는 다르지만 곡조는 같다; 세상일은 옛날이나 지금이나 같다

이덕보원 以德報怨 ㅣ 덕으로 원수에게 갚는다 / 동의어: 이직보원 以直報怨

이도살삼사 二桃殺三士 ㅣ 본문

이독공독 以毒攻毒 ㅣ 독을 독으로 막는다 / 동의어: 이독제독 以毒制毒

이두유묵 以頭濡墨 ㅣ 머리카락에 먹을 묻혀 글을 쓴다; 초서의 명인

이두창지 以頭搶地 ㅣ 머리를 숙여서 땅에 댄다; 심하게 화를 낸다; 애걸한다

이란격석 以卵擊石 ㅣ 달걀로 돌을 때린다; 약한 것으로 강한 것을 이기려는 어리석은 짓
　　　　　　　　　동의어: 이란투석 以卵投石 / 유사어: 이화투수 以火投水

이랍대신 以蠟代薪 ㅣ 숯 대신에 밀을 태운다; 매우 사치스럽다

이력가인 以力假仁 ㅣ 군사력으로 영토를 확장하면서도 그것이 어진 정치인 것처럼 위장한다

이령지혼 利令智昏 ㅣ 이익만 추구하면 지혜가 어두워진다

이만융적 夷蠻戎狄 ㅣ 동서남북의 네 종류의 오랑캐; 모든 오랑캐

이매망량 魑魅魍魎 ㅣ 온갖 종류의 모든 귀신

이면부지 裏面不知 ㅣ 체면을 차리고 경위를 알 만한 지각이 없다; 그런 사람

이명취사 以名取士 ㅣ 세상의 평판에 따라서 사람을 채택한다

이모지년 二毛之年 ㅣ 센 털이 나는 나이 즉 32세; 준말: 이모 二毛

이모취인 以貌取人 ㅣ 얼굴만 보고 사람을 가리거나 쓴다; 겉만 보고 판단하면 틀리기 쉽다
　　　　　　　　　동의어: 이언거인 以言擧人 / 유사어: 이모상마 以毛相馬

이목도심 耳目導心 ㅣ 마음이 욕망에 끌려 다닌다

이목지신 移木之信 ㅣ 본문

이목지욕 耳目之欲 ㅣ 듣고 보기 때문에 생기는 욕망; 각종 욕망 / 유사어: 견물생심 見物生心

이문명로 利門名路 ㅣ 이익과 명예를 얻는 길

이문목견 耳聞目見 ㅣ 귀로 듣고 눈으로 본다; 실제로 경험한다; 견문 / 동의어: 이이목지 耳而目之

이민위천 以民爲天 ㅣ 백성을 하늘같이 소중하게 여긴다

이발지시 已發之矢 ㅣ 이미 쏜 화살; 이미 시작한 일은 중지하기 어렵다

이불가독식 利不可獨食 ㅣ 이익을 혼자서 독차지해서는 안 된다

이사위한 以死爲限 ㅣ 죽기를 각오하고 일을 한다

이삼기덕 二三其德 ㅣ 이랬다 저랬다 한다; 절조를 지키지 않는다

이상견빙지 履霜堅氷至 ㅣ 서리가 내려 밟으면 얼마 안 지나 얼음이 어는 계절이 온다

이서위박 以鼠爲璞 | 쥐를 가지고 옥이라고 한다; 하찮은 것을 보물로 여긴다 / 준말: 서박 鼠璞

이석격석 以石擊石 | 돌로 돌을 때린다; 힘이 서로 비슷하다

이석위문 以席爲門 | 돗자리로 문을 삼는다; 매우 가난하다

이석투수 以石投水 | 물에 돌을 던진다; 설득이 쉽게 받아들여진다; 전문가에게는 일이 쉽다

이선도하 泥船渡河 | 진흙 배를 타고 강을 건너간다; 세상살이가 매우 위험하다

이소고연 理所固然 | 이치가 원래부터 그러하다 / 동의어: 이소당연 理所當然

이소능장 以少凌長 | 젊은 사람이 나이 많은 사람에게 무례한 말이나 행동을 한다
유사어: 무존장아문 無尊丈衙門

이소성대 以小成大 | 작은 일에서 시작하여 큰일을 이룬다 / 유사어: 적소성대 積小成大

이소역대 以小易大 | 작은 것을 가지고 큰 것과 바꾼다 / 유사어: 이양역우 以羊易牛

이속우원 耳屬于垣 | 담에도 귀가 달렸다; 남이 듣지 않는 곳에서 하는 말도 삼가야 한다

이수구수 以水救水 | 물로 물을 구하려고 한다; 잘못을 바로잡으려다가 그 잘못을 키워준다

이수투석 以水投石 | 돌에 물을 끼얹는다; 아무 소용이 없다

이순　　　耳順 | 나이 60세

이승양석 以升量石 | 작은 되로 한 섬의 곡식을 잰다; 좁은 소견의 사람이 도량이 큰 사람의 마음
을 헤아릴 수 없다

이시목청 耳視目聽 | 귀로 보고 눈으로 듣는다; 자연의 이치를 깨닫는다

이신벌군 以臣伐君 | 신하가 군사를 일으켜 군주를 친다

이신순리 以身殉利 | 이익을 위해서 목숨을 버린다

이실직고 以實直告 | 사실 그대로 털어놓는다 / 동의어: 이실고지 以實告之

이심사학 二心私學 | 군주에게 두 마음을 품은 채 복종하지 않고 개인적으로 착한 일을 한다

이심이덕 離心離德 | 인심을 잃고 덕을 거스른다

이심전심 以心傳心 | 본문: 마음에서 마음으로 전한다 / 동의어: 심심상인 心心相印

이십이계 二十而笄 | 여자가 20세에 비녀를 꽂고 어른이 되는 일

이양상신 以養傷身 | 몸을 길러야 할 의식주 때문에 오히려 몸을 해친다

이양역우 以羊易牛 | 양을 소와 바꾼다; 작은 것을 큰 것 대신으로 쓴다
유사어: 이소역대 以小易大

이어구승 以魚驅蠅 | 생선으로 파리를 쫓는다; 수단이 잘못되어 있다

이여반장 易如反掌 | 손바닥을 뒤집듯이 쉽다 / 준말: 여반장 如反掌

이여지교 爾汝之交 | 서로 반말을 하며 지내는 친밀한 사이

이역부득 移易不得 | 달리 변통할 수 없다 / 준말: 역부득 易不得

이열치열 以熱治熱 | 열을 열로 다스린다; 힘은 힘으로 물리친다 / 유사어: 이이제이 以夷制夷

이옥저오 以玉抵烏 | 옥으로 까마귀를 쫓는다; 귀한 것이 너무 많으면 귀한 줄 모른다

이왕지사 已往之事 | 이미 지나간 일 / 동의어: 기왕지사 旣往之事; 이과지사 已過之事

이용후생 利用厚生 | 생활도구가 편리하고 옷과 먹는 것이 풍부해 생계에 부족함이 없게 한다

이우입해 泥牛入海 | 진흙 소가 바다로 들어간다; 한번 가면 다시는 돌아오지 않는다

이우지자 犁牛之子 | 얼룩소의 새끼; 아버지가 못나도 아들이 뛰어나면 등용된다

이원보원 以怨報怨 | 원한을 원한으로 갚는다 / 반대어: 보원이덕 報怨以德

이원작소 理院鵲巢 | 재판소에 까치가 둥지를 만든다; 범죄가 없어서 재판소가 한가롭다

이육거의 以肉去蟻 | 개미가 좋아하는 고기를 가지고 개미를 쫓으려 한다

　　　　　　　수단이나 방법이 잘못되었다 / 동의어: 이어구승 以魚驅蠅

이율배반 二律背反 | 정당한 두 명제가 서로 대립, 모순되어 양립되지 않는다

이의물론 已矣勿論 | 이미 지나간 일은 다시 논의하지 않는다

이의제사 以義制事 | 올바른 도리로 일을 처리한다

이의할은 以義割恩 | 의리를 위해서는 은혜도 저버린다 / 동의어: 대의멸친 大義滅親(본문)

이이제이 以夷制夷 | 한 나라를 이용해서 다른 나라를 제어한다

　　　　　　　동의어: 이이공이 以夷攻夷 / 유사어: 이열치열 以熱治熱

이인위감 以人爲鑑 | 다른 사람을 거울로 삼아 수양한다 / 유사어: 타산지석 他山之石

이인투어 以蚓投漁 | 지렁이를 던져서 물고기를 잡는다; 하찮은 것이라도 쓸모가 있다

이일대로 以逸待勞 | 편안하게 지내다가 적이 지치기를 기다려서 공격한다

이자택일 二者擇一 | 동의어: 양자택일 兩者擇一

이장보단 以長補短 | 남의 장점을 보고 자신의 단점을 고친다

이재위초 以財爲草 | 재물을 티끌같이 본다

이제면명 耳提面命 | 귀를 당겨서 타이르고 얼굴을 맞댄 채 가르친다; 자세하고 친절하게 가르친다

　　　　　　　유사어: 제이면명 提耳面命

이주탄작 以珠彈雀 | 비싼 구슬로 참새를 쏜다; 비용은 많이 들지만 소득이 적다

이중벌과 以衆伐寡 | 다수가 소수를 친다

이중유동 異中有同 | 다른 중에도 같은 점이 있다

이지측해 以指測海 | 손가락으로 바다의 깊이를 재려고 한다

이직보원 以直報怨 | 원한을 바른 도리로 갚는다; 원수에게도 정의로 대한다

이천역일 移天易日 | 간신이 나라의 대권을 제멋대로 휘두른다; 동의어: 이천사일 移天徙日

이체동심 異體同心 | 몸은 다르지만 마음은 같다; 부부나 친구들의 마음이 일치한다

이충기대 以充其代 | 실물이 아닌 딴 물건으로 대신 채운다

이탕지비 以湯止沸 | 끓는 물을 부어서 끓는 물을 가라앉히려 한다

　　　　　　　재난을 부추겨서 더욱 악화시킨다; 동의어: 이탕옥비 以湯沃沸

이팔청춘 二八靑春 | 나이 16세

이포역포 以暴易暴 | 본문

이하부정관 李下不整冠 | 오얏나무 아래서 갓을 고쳐쓰지 않는다; 의심받을 짓을 하지 않는다

　　　　　　　동의어: 과전불납리 瓜田不納履; 과전이하 瓜田李下(본문)

이하조리 以蝦釣鯉 | 새우로 잉어를 낚는다; 작은 노력이나 밑천으로 큰 이익을 얻는다

　　　　　　　유사어: 이소역대 以小易大; 이하조별 以蝦釣鼈

이현령비현령 耳懸鈴鼻懸鈴 | 귀에 걸면 귀걸이 코에 걸면 코걸이

이혈세혈 以血洗血 | 피로 피를 씻는다; 친족이나 동족끼리 싸운다; 살인을 살인으로 보복한다

　　　　　동의어: 골육상잔 骨肉相殘; 자두연기 煮豆燃其

이호위리 以狐僞狸 | 여우를 너구리라고 한다; 매우 무식하다

이화구화 以火救火 | 불로써 불을 끄려고 한다 / 유사어: 구화투신 救火投薪; 포신구화 抱薪救火

이효상효 以孝傷孝 | 효도가 지나치면 효도가 아니다

이후지사 以後之事 | 뒤에 일어나는 사정; 뒷일

익불석숙 弋不射宿 | 화살로 새를 잡지만 자는 새는 쏘지 않는다; 지나치게 잔인한 짓은 하지

　　　　　않는다 / 동의어: 익불사숙 弋不射宿; / 유사어: 조이불망 釣而不網

익자삼요 益者三樂 | 예악을 적절히 좋아하는 것, 사람의 착함을 본받는 것, 착한 벗이 많은 것을

　　　　　좋아하는 것 등 세 가지 이로운 것 / 반대어: 손자삼우 損者三友

익자삼우 益者三友 | 사귀어서 이로운 세 벗 즉 정직한 벗, 신의가 있는 벗, 지식이 있는 벗

인각유일능 人各有一能 | 사람마다 제각기 한 가지 재능이 있다

인간도처 유청산 人間到處 有靑山 | 세상 어디를 가나 죽어서 뼈를 묻을 장소는 있다; 큰 뜻을

　　　　　이루기 위해 타향에 나가 마음껏 활동하는 것이 좋다

인간행로난 人間行路難 | 사람의 세상살이는 힘들고 어렵다

인곤마피 人困馬疲 | 사람과 말이 모두 지쳐 피곤하다

인과응보 因果應報 | 선악의 원인에 따라 그 갚음이 있다; 그 갚음

　　　　　준말: 과보 果報 / 동의어: 인과보응 因果報應; 선인선과 善因善果

인구회자 人口膾炙 | 사람들의 입에 맞는 생선회와 구운 고기; 많은 사람의 입에 자주 오르내리는

　　　　　일; 동의어: 회자인구 膾炙人口

인국위학 隣國爲壑 | 자기 나라만 구하고 이웃나라는 물바다로 만든다

인궁반본 人窮反本 | 사람은 곤궁하면 근본으로 돌아간다; 궁해지면 부모를 생각한다

인궁지단 人窮志短 | 가난해지면 원대한 포부를 잃는다

인귀상반 人鬼相半 | 빈사상태에 놓인 지경; 중병에 걸려 생사를 넘나든다

인기아취 人棄我取 | 사람이 버리는 것을 나는 거두어 쓴다

인류호우 引類呼友 | 뜻이 같은 사람들을 불러모은다 / 동의어: 인류호붕 引類呼朋

인마낙역 人馬絡繹 | 사람과 말의 왕래가 잇닿아 있다; 번화한 곳

　　　　　동의어: 곡격견마 轂擊肩摩(본문)

인막약고 人莫若故 | 사귀는 상대방은 오래될수록 더 좋다 / 동의어: 인불염고 人不厭故

인망물재 人亡物在 | 사물은 그대로 남아 있지만 그것을 본 사람은 지금 없다; 인생은 덧없다

인망정식 人亡政息 | 윗자리에 훌륭한 사람이 없으면 정치는 제대로 되지 않는다

　　　　　반대어: 인존정거 人存政擧

인면수심 人面獸心 | 사람의 얼굴을 하고 마음은 짐승과 같다

　　　　　유사어: 인비인 人非人; 인두축명 人頭畜鳴 / 반대어: 귀면불심 鬼面佛心

인명재각 人命在刻 | 사람의 목숨이 짧은 순간에 달려 있다

인명재천 人命在天 | 사람의 목숨은 하늘에 달려 있다

인명지중 人命至重 | 사람의 목숨이 가장 귀하다

인비목석 人非木石 | 사람은 나무나 돌이 아니다; 누구나 감정이 있다 / 동의어: 비목석 非木石

인비인　人非人 | 사람이면서 사람이 아니다; 인도를 벗어난 자 / 유사어: 인면수심 人面獸心

인사불성 人事不省 | 자신에게 일어나는 일을 전혀 모를 정도로 의식을 잃은 상태

인사유명 人死留名 | 사람은 죽어서 이름을 남긴다 / 유사어: 표사유피 豹死留皮

인산인해 人山人海 | 헤아릴 수 없이 많은 사람이 모인 상태

인산지수 仁山智水 | 어진 사람은 산을, 지혜로운 사람은 물을 좋아한다

인생감의기 人生感意氣 | 사람은 마음과 뜻이 통하는 것을 소중하게 여긴다

인생여구과극 人生如驅過隙 | 본문

인생여기 人生如寄 | 인생은 세상에서 임시로 사는 것과 같다; 죽음이 곧 닥친다

인생여몽 人生如夢 | 인생은 꿈과 같다

인생조로 人生朝露 | 본문

인생칠십 고래희 人生七十 古來稀 | 예로부터 70세까지 사는 사람이 드물다 / 준말: 고희 古稀

인생행락이 人生行樂耳 | 인생은 짧으니 즐겁게 살아야 한다

인순고식 因循姑息 | 낡은 습관이나 폐단을 벗어나지 못한 채 눈앞의 안일만 취한다

　　　　　　　　　동의어: 인순구차 因循苟且

인시제의 因時制宜 | 시대의 변화에 따라 거기 맞게 한다

인심난측 人心難測 | 사람의 마음은 헤아리기 어렵다

인심여면 人心如面 | 사람마다 얼굴이 제각기 다르듯이 마음도 다르다

인심흉흉 人心洶洶 | 인심이 거칠고 소란해진다

인연위시 因緣爲市 | 관리가 뇌물 등을 받고 부정한 판결을 한다

인열폐식 因噎廢食 | 먹은 음식이 잘 넘어가지 않는다고 식사를 전혀 하지 않는다; 사소한 장애

　　　　　　　　때문에 큰일에 손대지 않고 그만둔다 / 유사어: 징선기여 懲船忌輿

인운역운 人云亦云 | 남의 주장을 그대로 흉내낸다; 남의 말을 그대로 따른다

인유구구 人惟求舊 | 인물을 구하려면 사무에 밝은 오래된 가문에서 구한다; 옷은 새 옷이 좋고

　　　　　　　　사람은 옛사람이 좋다

인유삼원 人有三怨 | 전국시대 호구(狐丘)에 사는 노인이 초나라 지도자 손숙오(孫叔敖)에게

　　　　　　　　교훈으로 일러준 사람들의 세 가지 원한 즉 고관에 대한 세상사람들의 질투,

　　　　　　　　어진 신하에 대한 군주의 미워함, 봉급이 많은 고관에 대한 원한

　　　　　　　　동의어: 호구지계 狐丘之戒

인유실의 引喩失義 | 선례나 비유를 잘못 들어 올바른 본래의 뜻을 잃는다

인이불발 引而不發 | 활의 시위를 당길 뿐 놓지 않는다; 남을 가르치지만 그 법만 가르치고 스스

　　　　　　　　로 진수를 터득하도록 한다

인인성사 因人成事 | 제 힘으로 일을 하지 않고 남을 의지해서 일을 이룬다

인자무적 仁者無敵 | 어진 사람은 모든 사람을 사랑하기 때문에 천하에 적이 없다

인자불우 仁者不憂 | 어진 사람은 도리에 어긋나지 않기 때문에 걱정하지 않는다

인자요산 仁者樂山 | 어진 사람은 마음이 산과 같기 때문에 산을 좋아한다

인자호생 仁者好生 | 어진 사람은 모든 것이 살기를 좋아한다

인적위자 認賊爲子 | 도둑을 아들로 생각한다; 헛된 생각을 진리라고 믿는다

인정승천 人定勝天 | 사람의 힘은 운명을 만회할 수 있다

인종지말 人種之末 | 태도나 행실이 사람답지 못하고 아주 막된 자 / 동의어: 인중지말 人中之末

인중승천 人衆勝天 | 사람의 수효가 많아 그 세력이 클 때는 하늘도 어쩔 도리가 없다
　　　　　　　　악운이 드셀 때는 천벌도 미치지 않는다

인지상정 人之常情 | 사람이면 누구나 가지는 보통 인정; 예사 인정

인지위덕 忍之爲德 | 모든 일에서 참는 것이 덕이 된다

인추자자 引錐自刺 | 송곳으로 자기 몸을 찔러 공부에 방해가 되는 졸음을 물리친다

인패위공 因敗爲功 | 실패한 것이 성공으로 바뀐다 / 유사어: 인패위성 因敗爲成

인평불어 人平不語 | 사람은 만족하면 아무 말도 하지 않는다

인후지지 咽喉之地 | 목구멍과 같은 땅; 매우 중요한 목을 이루는 지역

인희지광 人稀地廣 | 사람은 드문데 땅은 넓다; 동의어: 지광인희 地廣人稀

일가단란 一家團欒 | 한 집안 식구가 화목하게 지낸다

일각삼추 一刻三秋 | 매우 짧은 시간이 3년과 같다
　　　　　　　　원어: 일각여삼추 一刻如三秋 / 동의어: 일일삼추 一日三秋

일각천금 一刻千金 | 매우 짧은 시간도 너무나 귀중해서 천 금과 같다

일간초옥 一間草屋 | 한 간 안팎의 작은 초가집 / 동의어: 일간두옥 一間斗屋

일거무소식 一去無消息 | 한번 간 뒤로 아무 소식이 없다

일거부불귀 一去復不歸 | 장사(壯士)는 한번 가면 다시 돌아오지 않는다; 비장한 결의

일거삼득 一擧三得 | 한 가지 일로 세 가지 이득을 얻는다

일거수일투족 一擧手一投足 | 손을 한번 들고 발을 한번 옮기는 일; 모든 동작과 행동; 사소한 수고
　　　　　　　　동의어: 일거일동 一擧一動

일거양득 一擧兩得 | 본문

일거월저 日居月諸 | 쉬지 않고 흘러가는 세월 / 준말: 거저 居諸

일거일래 一去一來 | 한번 가고 한번 온다; 갔다 왔다 한다

일거천리 一去千里 | 단숨에 천 리를 간다; 벼슬을 하여 뜻을 이룬다

일검지임 一劍之任 | 칼을 한번 휘둘러 완수하는 임무; 자객의 임무

일견여구 一見如舊 | 처음 만났지만 오랜 벗같이 친밀하다 / 동의어: 일면여구 一面如舊

일경일희 一驚一喜 | 한편으로 놀라고 한편으로 기뻐한다

일경지훈 一經之訓 | 자식에게 재산을 물려주기보다 지식을 갖추게 하는 것이 더 낫다는 교훈

일곡양주 一斛涼州 | 술 한 섬을 바치고 양주 지사가 되었다; 뇌물을 주고 벼슬을 얻는다

일구난설 一口難說 | 내용이 복잡하거나 길어서 간단히 이루 설명하기 어렵다

일구양시 一口兩匙 | 한 입에 두 숟가락이 동시에 들어갈 수 없다; 한꺼번에 두 가지 일은 못한다

일구월심 日久月深 | 날이 오래 되고 달이 깊어간다; 갈수록 자꾸만 더해진다; 간절히 바란다

일구이언 一口二言 | 한 입으로 두 가지 말을 한다 / 동의어: 일구양설 一口兩舌

일구지학 一丘之貉 | 한 언덕에 사는 담비; 같은 종류; 한 통속

일궤십기 一饋十起 | 우왕이 한 끼 식사에 열 번 일어나 손님을 맞이했다; 군주가 나라 일을 매우
　　　　　　　열심히 돌본다 / 유사어: 토포악발 吐哺握髮(본문)

일궤지공 一簣之功 | 일을 끝내기 직전에 한 삼태기 흙을 나르는 수고; 마지막 수고
　　　　　　　유사어: 화룡점정 畵龍點睛(본문)

일규불통 一窺不通 | 염통에 구멍이 막혔다; 사리에 매우 어둡다; 유사어: 일공부달 一孔不達

일금일학 一琴一鶴 | 가야금 하나와 학 한 마리가 전 재산이다; 청렴결백한 관리의 생활

일기당천 一騎當千 | 한 사람이 천 명을 당해낸다 / 동의어: 일인당천 一人當千

일기지욕 一己之慾 | 오로지 자기 한 몸만을 위하는 욕심

일낙천금 一諾千金 | 한번 승낙한 것은 천 금처럼 귀중하다 / 동의어: 계포일락 季布一諾

일념통천 一念通天 | 한 마음으로 정성을 다하면 하늘을 감동시켜 일을 이룬다
　　　　　　　유사어: 일념통암 一念通巖; 중석몰촉 中石沒鏃(본문)

일단사 일표음 一簞食 一瓢飮 | 밥 한 그릇과 마실 것 한 바가지; 매우 가난한 생활; 청빈한 생활

일도양단 一刀兩斷 | 한 칼에 둘로 나눈다; 일이나 행동을 머뭇거리지 않고 선뜻 결정하거나
　　　　　　　해결한다 / 동의어: 일도할단 一刀割斷

일동일정 一動一靜 | 때로는 움직이고 때로는 고요하다; 모든 행동이나 움직임

일득일실 一得一失 | 한번은 이익이고 한번은 손해다 / 동의어: 일리일해 一利一害

일락천장 一落千丈 | 한번에 천 길이나 떨어진다; 신망이나 위신이 여지없이 떨어진다

일란일치 一亂一治 | 어지러워졌다가 다스려졌다가 한다

일람첩기 一覽輒記 | 한번 보면 잊지 않는다; 기억력이 매우 좋다 / 동의어: 일람불망 一覽不忘

일로매진 一路邁進 | 한 길로 똑바로 씩씩하게 나아간다

일로평안 一路平安 | 떠나가는 사람에게 가는 길이 평안하기를 비는 말
　　　　　　　동의어: 일로복성 一路福星

일룡일사 一龍一蛇 | 때로는 용이 되어 하늘로 올라가고 때로는 뱀이 되어 연못에 숨는다; 태평할
　　　　　　　때는 세상에 나와 일하고, 난세에는 숨어사는 등 처세를 잘 한다

일룡일저 一龍一猪 | 하나는 용이 되고 하나는 돼지가 된다; 학문에 따라 현명하고 어리석어진다

일리일해 一利一害 | 이로움이 있는 반면 해로움도 있다 / 동의어: 일득일실 一得一失

일망무제 一望無際 | 아득하게 끝없이 멀다; 동의어: 일망무애 一望無碍

일망천리 一望千里 | 한 눈에 천 리까지 내다보인다; 끝없이 넓다; 전망이 매우 좋다

일망타진 一網打盡 | 본문

일맥상통 一脈相通 | 생각, 처지, 태도 등이 어느 정도 서로 통한다; 서로 관련이 있다

일맹인중맹 一盲引衆盲 | 소경이 많은 소경을 이끈다; 어리석은 사람이 어리석은 사람들을 이끈다

일면부지 一面不知 | 전혀 만난 일이 없어 서로 알지 못한다

일명경인 一鳴驚人 | 한번 울면 사람들을 놀라게 한다; 일을 한번 시작하면 사람들이 놀랄 정도로
　　　　　　　큰일을 해낸다; 평소에 말이 없던 사람이 갑자기 사람들을 놀라게 한다

일모도원 日暮途遠 │ 본문

일모불발 一毛不拔 │ 털 하나도 뽑지 않는다; 몹시 인색한 자를 비웃는 말

일목난지 一木難支 │ 넘어지는 집을 기둥 하나로 받칠 수 없다

일목요연 一目瞭然 │ 한번 보아 훤하게 알 수 있다; 한눈에 환하다

일문반전 一文半錢 │ 매우 적은 돈

일문불통 一文不通 │ 글을 한 자도 몰라 읽고 쓰지 못한다 / 동의어: 일문부지 一文不知

일문일답 一問一答 │ 한번 질문에 한번 대답한다; 질문에 대해 곧 그 자리에서 대답한다

일물부지 一物不知 │ 한 가지도 알지 못한다; 세상 일에 매우 어둡다

일미도당 一味徒黨 │ 뜻을 같이하는 무리; 같은 무리

일미일악 溢美溢惡 │ 지나친 칭찬과 지나친 비난

일박서산 日薄西山 │ 저녁 해가 서산에 가까워진다; 늙어서 죽을 때가 가까워진다

일반전표 一斑全豹 │ 얼룩 반점 하나를 보고 표범 전체를 평한다; 사물의 일부만 보고 전체를 판
단한다 / 동의어: 일반평전표 一斑評全豹 / 유사어: 관중규표 管中窺豹(본문)

일반천금 一飯千金 │ 밥 한 술이 천 냥의 가치가 있다; 작은 은혜라도 후하게 갚는다

일발불백 一髮不白 │ 늙은이의 머리카락이 하나도 세지 않았다; 동의어: 일모불백 一毛不白

일발천균 一髮千鈞 │ 한 가닥의 머리카락으로 3만 근이나 되는 것을 끈다; 매우 위태로운 일
원어: 일발인천균 一髮引千鈞 / 유사어: 누란지위 累卵之危(본문)

일벌백계 一罰百戒 │ 본보기로 하는 처벌 / 동의어: 이일경백 以一警百

일별삼춘 一別三春 │ 한번 이별한 뒤 3년이나 지났다; 매우 그리워한다

일부종사 一夫從事 │ 여자가 한 남편만 섬긴다

일부종신 一夫終身 │ 남편이 죽은 뒤에도 아내가 재혼하지 않고 혼자 평생을 산다

일부출사 一夫出死 │ 한 사나이가 죽음을 각오한다; 굳게 결심하면 제후라도 그를 두려워한다

일불가급 日不暇給 │ 날마다 바빠서 여가가 없다

일불거론 一不擧論 │ 한번도 논의 또는 관여하지 않는다

일불살육통 一不殺六通 │ 한 가지 잘못으로 모든 일이 다 실패한다

일빈일부 一貧一富 │ 가난하다가 부자가 되다가 한다

일빈일소 一嚬一笑 │ 성내기도 하고 기뻐서 웃기도 한다; 사소한 표정과 감정의 변화
남의 눈치를 살핀다 / 유사어: 일희일우 一喜一憂

일사보국 一死報國 │ 한 목숨을 버려 나라에 보답한다

일사불란 一絲不亂 │ 질서나 체계가 잘 잡혀서 전혀 얽히거나 흐트러지지 않는다

일사오리 一死五利 │ 하나가 죽으면 다섯이 이롭다; 큰 것을 위해 작은 것을 희생한다

일사이수 一蛇二首 │ 뱀 한 마리에 머리가 둘이다; 고관이 두 명이어서 나라 일이 잘 안된다

일사천리 一瀉千里 │ 강물이 매우 빨라서 단숨에 천 리를 흐른다; 사물이 거침없이 매우 빠르게
진행된다; 문장이나 말이 거침없다 / 동의어: 일사백리 一瀉百里

일살다생 一殺多生 │ 한 사람을 죽여서 많은 사람을 살린다

일상다반 日常茶飯 │ 날마다 하는 식사; 늘 있는 흔한 일

일석이조 一石二鳥 | 돌을 한 개 던져 두 마리의 새를 잡는다 / 동의어: 일거양득 一擧兩得(본문)

일성일쇠 一盛一衰 | 한번 성하고 한번 쇠한다 / 동의어: 일영일락 一榮一落

일세구천 一歲九遷 | 1년에 아홉 번 승진한다; 왕의 총애가 매우 두텁다
　　　　　　유사어: 일세삼천 一歲三遷; 일년삼천 一年三遷; 일월구천 一月九遷

일세일대 一世一代 | 한 세상; 한 대 동안; 사람의 일생; 한 평생

일세지웅 一世之雄 | 당대에 맞설 사람이 없을 정도로 뛰어난 인물

일세풍미 一世風靡 | 한 시대의 사람들을 어떤 일에 쏠리게 한다

일소천금 一笑千金 | 한번 웃음이 천 금의 가치가 있다 / 유사어: 소비하청 笑比河淸

일수독박 一手獨拍 | 한 손으로 아무리 빨리 쳐도 소리가 나지 않는다; 군신과 신하가 뜻이 맞아
　　　　　　야 큰 명성을 얻을 수 있다 / 동의어: 고장난명 孤掌難鳴

일수백확 一樹百穫 | 현명하고 착한 인재를 한 명 길러내면 사회에 큰 이익을 준다

일수차천 一手遮天 | 한 사람의 손으로 천하 사람들의 눈을 가린다

일승일패 一勝一敗 | 한번 이기고 한번 진다 / 동의어: 일승일부 一勝一負

일시동인 一視同仁 | 모든 사람을 차별하지 않고 동등하게 보고 똑같이 사랑한다

일시일비 一是一非 | 혹은 옳다고 하고 혹은 그르다고 한다; 시비가 일정하지 않다

일식만전 一食萬錢 | 진(晉)나라 임개(任愷)가 한끼 식사에 큰돈을 쓴 일; 매우 호화롭게 낭비한다

일신양역 一身兩役 | 한 사람이 두 가지 일을 맡는다

일신천금 一身千金 | 사람의 몸은 매우 중하고 귀한 것이다

일심동체 一心同體 | 여럿이 하여 한 마음 한 몸이 된다 / 유사어: 일심협력 一心協力

일심만능 一心萬能 | 무슨 일이든 마음만 합치면 할 수 있다

일심불란 一心不亂 | 마음이 흩어지지 않고 한 가지 일에만 힘쓴다
　　　　　　동의어: 일심전력 一心專力 / 유사어: 일심정력 一心精力

일양내복 一陽來復 | 양기가 음기 속에서 다시 움트기 시작한다

일어탁수 一魚濁水 | 물고기 한 마리가 물을 전부 흐리게 만든다
　　　　　　유사어: 일불 살육통 一不 殺六通; 일개어 혼전천 一箇魚 渾全川

일언거사 一言居士 | 무슨 일이든지 한 마디씩 참견하지 않으면 마음이 놓이지 않는 사람; 말참견
　　　　　　하기를 매우 좋아하는 사람 / 유사어: 호위인사 好爲人師

일언반구 一言半句 | 한 마디의 말과 한 구의 절반 / 동의어: 일언반사 一言半辭

일언이폐지 一言而蔽之 | 한 마디 말로 능히 그 전체의 뜻을 다한다; 한 마디로 말하자면

일언일행 一言一行 | 한 가지 말과 한 가지 행동; 무심코 하는 말이나 행동

일언지하 一言之下 | 한 마디 말이 떨어지자 곧; 한 마디로 딱 잘라서

일언천금 一言千金 | 한 마디 말이 천 금의 가치가 있다

일역부족 日亦不足 | 하루 종일 일해도 다 하지 못한다

일엽지추 一葉知秋 | 낙엽이 하나 떨어지면 천하의 가을을 안다; 쇠망의 조짐이 나타난다

일엽편주 一葉片舟 | 한 척의 쪽배

일용범백 日用凡百 | 날마다 쓰는 여러 가지 물건

일왕일래 一往一來 | 가고 오고 한다; 가기도 하고 오기도 한다; 교제한다

일우명지 一牛鳴地 | 소의 울음소리가 들릴 정도의 거리; 매우 가까운 거리

　　　　　동의어: 일우후지 一牛吼地 / 유사어: 일의대수 一衣帶水(본문)

일월무사조 日月無私照 | 해와 달은 모든 사물을 공평하게 비춘다; 은혜를 공평하게 베푼다

일의대수 一衣帶水 | 본문

일이관지 一以貫之 | 본문

일일삼추 一日三秋 | 하루가 삼 년 같다 / 동의어: 일일여삼추 一日如三秋

일일지장 一日之長 | 하루 먼저 태어났다; 나이가 조금 위다; 조금 낫다

일일천리 一日千里 | 하루에 천 리를 간다; 재능이 매우 뛰어나다; 물이 급하게 흐른다

일자무소식 一字無消息 | 한 마디도 소식이 없다

일자무식 一字無識 | 아무 것도 모르게 무식하다 / 동의어: 목불식정 目不識丁

일자양의 一字兩義 | 글자 하나에 두 가지 뜻이 있다 / 유사어: 일자수의 一字數義

일자천금 一字千金 | 본문

일장공성 만골고 一將功成 萬骨枯 | 본문

일장설화 一場說話 | 한바탕 긴 이야기

일장일단 一長一短 | 한 가지 장점과 한 가지 단점; 장점도 있고 단점도 있다

일장춘몽 一場春夢 | 한바탕의 봄 꿈; 허무한 부귀영화

일장풍파 一場風波 | 한바탕의 심한 야단이나 싸움

일전쌍조 一箭雙鵰 | 화살 하나로 두 마리의 수리를 잡는다 / 동의어: 일거양득 一擧兩得

일전여명 一錢如命 | 한 푼도 목숨같이 아낀다; 매우 인색하다

일점소심 一點素心 | 욕심에 물들지 않은 깨끗한 마음

일점혈육 一點血肉 | 자기가 낳은 유일한 자녀

일조부귀 一朝富貴 | 하루아침에 부귀를 누린다

일조일석 一朝一夕 | 하루 아침 하루 저녁; 매우 짧은 기간

일주경천 一柱擎天 | 기둥 하나로 하늘을 떠받친다; 제 한 몸으로 천하의 무거운 임무를 떠맡는다

일중도영 日中逃影 | 오정 때 그림자를 피하려고 한다; 불가능한 일

일중불결 日中不決 | 이른 아침부터 회의를 열어 오정 때가 되도 결정을 못한다

일증월가 日增月加 | 날로 달로 자꾸만 늘어간다

일지반해 一知半解 | 하나쯤 알고 반쯤 깨닫는다; 지식을 충분히 몸에 익히지 못하거나 아는 것이

　　　　　매우 적다 / 반대어: 거일명삼 舉一明三

일진광풍 一陣狂風 | 한바탕 부는 사납고 거센 바람

일진불염 一塵不染 | 티끌만큼도 물욕에 물들지 않는다; 절개와 지조가 깨끗하다

일진일퇴 一進一退 | 한번 나아가고 한번 물러선다; 힘이 서로 비슷해서 이겼다 졌다 한다

일척천금 一擲千金 | 많은 돈을 한꺼번에 던진다; 배짱이 세다 / 유사어: 일척백만 一擲百萬

일촉즉발 一觸卽發 | 건드리기만 해도 폭발한다; 매우 긴박한 상태

일촌간장 一寸肝臟 | 한 토막의 간과 창자; 애달프거나 애가 타는 마음

일촌광음 불가경 一寸光陰 不可輕 | 아무리 짧은 시간도 헛되게 보내서는 안 된다

일취월장 日就月將 | 나날이 다달이 진보한다; 학업이 날로 크게 진보한다

준말: 일취 日就 / 동의어: 일장월취 日將月就; 일진월보 日進月步

일치단결 一致團結 | 여럿이 한 덩어리로 뭉친다 / 동의어: 일치협력 一致協力

일패도지 一敗塗地 | 본문

일편단심 一片丹心 | 오직 한 곳으로 향하는 한 조각 붉은 마음

일편지언 一偏之言 | 두 쪽 가운데 한 쪽의 말; 한 편으로 치우친 말

일폭십한 一暴十寒 | 하루 따뜻하고 열흘 춥다; 하루 데워서 열흘 동안 식힌다; 하루 공부하고
열흘 논다 / 동의어: 십한일폭 十寒一暴

일피일차 一彼一此 | 저곳에서 하기도 하고 이곳에서 하기도 한다; 항상 일정하지가 않다

일필구지 一筆勾之 | 붓으로 단번에 줄을 좍 그어 글을 지워버린다; 모든 것을 배제한다

일필휘지 一筆揮之 | 한숨에 힘차게 글씨를 쓴다

일합일리 一合一離 | 합쳤다 떨어졌다 한다; 만났다 헤어졌다 한다; 화합했다 반항했다 한다

일향만강 一向萬康 | 한결같이 매우 평안하다; 윗사람의 안부를 묻는 편지에 쓰는 말

일호백낙 一呼百諾 | 한 사람이 외치면 여러 사람이 이에 따른다; 권세가 대단하다

일호천금 一壺千金 | 난파했을 때는 바가지 한 개를 붙들어도 뜨니까 그것이 천 금의 가치가 있다
보잘것없는 것도 때를 만나면 귀하게 된다

일확천금 一攫千金 | 힘들이지 않고 한번에 많은 재물을 얻는다

일희일비 一喜一悲 | 기쁨과 슬픔이 번갈아 일어난다; 한편으로 기쁘고 한편으로 슬프다

동의어: 일비일희 一悲一喜 / 유사어: 일희일우 一喜一憂

임경굴정 臨耕掘井 | 논을 갈 때가 되어서야 물이 없어서 우물을 판다; 미리 마련해 두지 않고
있다가 일이 닥쳐서야 허둥지둥한다 / 동의어: 임갈굴정 臨渴掘井

임기응변 臨機應變 | 처한 형편에 따라 알맞게 처리한다

준말: 응변 應辯 / 동의어: 수기응변 隨機應變

유사어: 임시응변 臨時應變; 임시변통 臨時變通

임난주병 臨難鑄兵 | 난리가 일어난 뒤에 무기를 제조한다; 때가 이미 늦었다

임농탈경 臨農奪耕 | 농사철에 소작인을 바꾼다; 다 된 일을 망친다

임심이박 臨深履薄 | 연못가에 서고 살얼음을 밟는다; 매우 위험하다

임심조서 林深鳥棲 | 숲이 우거져야 새가 깃든다; 사람이 인의를 쌓아야 일이 순조롭다

임연선어 臨淵羨漁 | 연못에 이르러 물고기를 잡고 싶어한다; 공상보다는 실천이 더 중요하다
헛된 욕망이나 희망을 품는다 / 동의어: 무망임연 無網臨淵

임전무퇴 臨戰無退 | 전쟁터에 나가서 물러서지 않는다

임중도원 任重道遠 | 책임은 무겁고 갈 길은 멀다; 무거운 짐을 지고 먼길을 간다; 무거운 책임을
지고 큰일을 수행한다 / 유사어: 일모도원 日暮途遠(본문)

임중불매신 林中不賣薪 | 숲 속에서는 장작을 팔지 않는다; 필요하지 않으면 찾지 않는다

임진역장 臨陣易將 | 전쟁터에 와서 장수를 바꾼다; 익숙한 사람을 버리고 서툰 사람을 쓴다

914

임참간괴 林慙澗愧 | 산 속에 숨어살면서도 지조가 없는 위선자는 숲과 개울마저도 부끄러워한다

임현사능 任賢使能 | 현명하고 유능한 인재들을 알맞게 등용한다

입경문금 入境問禁 | 남의 나라에 들어갔을 때 우선 그곳에서 금지된 것을 먼저 물어본다

유사어: 입향순속 入鄕循俗; 입국문속 立國問俗; 입경문속 立境問俗

입도선매 立稻先賣 | 돈이 급한 농민이 벼를 수확하기 전에 헐값으로 판다

입립신고 粒粒辛苦 | 곡식은 한 알 한 알이 모두 땀흘려 만든 것이다

입막지빈 入幕之賓 | 특별히 가까운 손님; 비밀을 서로 의논할 만한 사람

입산기호 入山忌虎 | 산에 들어가 호랑이 잡기를 꺼린다; 정작 목적한 바를 당하면 물러선다

입신양명 立身揚名 | 출세하여 이름을 세상에 드날린다 / 유사어: 입신출세 立身出世

입실조과 入室操戈 | 남의 무기를 가지고 그를 공격한다; 그 사람의 학설을 가지고 그의 학문을
공격한다 / 동의어: 입실조모 入室操矛

입이착심 入耳著心 | 들은 것을 마음속에 잘 간직해서 잊지 않는다

입이출구 入耳出口 | 들은 것을 곧 남에게 말한다; 남이 한 말을 자기 주장인 듯 곧 남에게 전한다

입조불란행 入鳥不亂行 | 새들이 있는 곳에 들어가도 새들이 놀라 흩어지지 않는다
누구하고나 사이 좋게 지낸다

입추여지 立錐餘地 | 송곳을 세울 만한 땅이 남아 있다; 약간의 틈이 있다

입추지지 立錐之地 | 송곳을 세울 만한 땅; 매우 좁은 땅 / 유사어: 탄환지지 彈丸之地

입향순속 入鄕循俗 | 어느 고장에 들어가면 그곳의 풍습을 따른다
동의어: 입향종향 入鄕從鄕; 수향입향 隨鄕入鄕

입현무방 立賢無方 | 인재를 등용하는 데는 친한 정도나 신분을 따지지 않는다

입호이 출호구 入乎耳 出乎口 | 귀로 듣고 곧 그것을 입으로 말할 뿐 실천하지는 않는다

입화습률 入火拾栗 | 불 속에 들어가 밤을 줍는다; 사소한 이익 때문에 큰 모험을 한다

자⎯⎯⎯⎯⎯

자가당착 自家撞着 | 글이나 말이나 행동의 앞뒤가 모순된다
동의어: 자가당저 自家撞著; 자기모순 自己矛盾 / 유사어: 모순 矛盾(본문)

자강불식 自彊不息 | 부지런히 몸과 마음을 가다듬고 수양하는 데 쉬지 않고 힘쓴다

자객간인 刺客奸人 | 매우 모질고 사악한 사람

자객지변 刺客之變 | 암살자의 습격을 받는 재난

자격지심 自激之心 | 자기가 한 일에 대해 스스로 충분하지 않다고 느끼는 마음
유사어: 자곡지심 自曲之心

자고자대 自高自大 | 스스로 잘난 체하고 거만하게 군다 / 유사어: 자존자대 自尊自大

자고독서 刺股讀書 | 전국시대 소진이 책을 읽다가 졸리면 바늘로 자기 허벅다리를 찔렀다

자고이래 自古以來 | 예로부터 / 동의어: 종고이래 從古以來

자곡지심 自曲之心 | 허물이 있거나 남보다 못한 사람이 자신을 책망하는 마음

자과부지 自過不知 | 자기 잘못을 스스로 모른다

자괴지심 自愧之心 | 스스로 부끄러워하는 마음

자구다복 自求多福 | 많은 복은 자기 스스로 구해서 얻는 것이다 / 유사어: 천조자조 天助自助

자구지단 藉口之端 | 핑곗거리

자귀물론 自歸勿論 | 오래된 일이나 대수롭지 않은 일은 저절로 흐지부지된다

자급자족 自給自足 | 자기에게 필요한 것을 자기가 생산하여 충당한다

　　　　　　동의어: 자작자급 自作自給

자기기인 自欺欺人 | 자기 자신을 속이고 남을 속인다

자기모순 自己矛盾 | 자신의 논리나 실천 속에서 여러 요소가 서로 대립한다

자두연기 煮豆燃萁 | 콩깍지를 태워서 콩을 삶는다; 형제끼리 시기하고 다툰다

　　　　　　동의어: 골육상잔 骨肉相殘; 이혈세혈 以血洗血

자두지미 自頭至尾 | 머리에서 꼬리까지; 처음부터 끝까지 / 동의어: 종두지미 從頭至尾

자두지족 自頭至足 | 머리에서 발끝까지; 온 몸

자득지묘 自得之妙 | 스스로 깨달은 묘한 이치

자량처지 自量處之 | 스스로 헤아려서 처리한다

자력갱생 自力更生 | 자기 힘으로 어려움을 극복하고 살아간다

자로이득 自勞而得 | 자기 노력으로 얻는다

자린고비 玼吝考妣 | 치사할 정도로 매우 인색하고 매정한 사람

자막집중 子膜執中 | 전국시대 자막이 오로지 중용만 고집한 일; 융통성이 전혀 없다

자만난도 滋蔓難圖 | 풀이 무성해지면 제거하기 어렵다; 권력이 너무 강해지면 통제하기 어렵다

자멸지계 自滅之計 | 잘 하려던 것이 오히려 스스로 멸망하게 된 계책

자모패자 慈母敗子 | 자애심이 지나친 어머니는 집안을 망치는 자식을 길러낸다

자문자답 自問自答 | 스스로 묻고 스스로 대답한다

자부작족 自斧斫足 | 자기 도끼에 제 발등이 찍힌다; 자기 일을 스스로 망친다

　　　　　　동의어: 자부월족 自斧刖足 / 유사어: 지부작족 知斧斫足

자불어 　　子不語 | 공자는 말하지 않았다; 소설을 가리키는 말

자비지심 慈悲之心 | 자비를 베푸는 마음

자상처분 自上處分 | 상관의 지휘나 명령

자생자결 自生自決 | 자기가 살아갈 길을 자기 힘으로 개척한다

자성일가 自成一家 | 자기 힘으로 어떤 기술이나 재주를 통하여 일가를 이룬다

자성제인 子誠齊人 | 자기 나라 것만 아는 제나라의 공손추(公孫丑)에게 맹자가 당신은 참으로 제
　　　　　　나라 사람이오 라고 말한 일; 견문이 매우 좁고 고지식한 사람

자수가열 炙手可熱 | 어떤 것에 손을 쪼이면 덴다; 권세가 대단해서 가까이 하기 어렵다

자수성가 自手成家 | 물려받은 재산이 없이 자기 손으로 한 살림을 이룩한다

자숙자계 自肅自戒 | 자기 행동을 몸소 삼가고 경계한다

자승자강 自勝者强 │ 자기 자신을 이기는 자가 가장 강하다

자승자박 自繩自縛 │ 자기가 만든 밧줄로 스스로를 묶는다

자시지벽 自是之癖 │ 자기 의견만 옳다고 여기는 버릇

자신만만 自信滿滿 │ 매우 자신이 있다

자신방매 自身放賣 │ 자기 몸을 스스로 팔아서 망친다

자신지책 資身之策 │ 자기 자신의 생활을 꾸려나가는 계책

자아작고 自我作古 │ 선례에 구애되지 않고 스스로 선례가 될 만한 일을 만들어낸다

자애지정 慈愛之情 │ 아랫사람에게 베푸는 두터운 사랑의 마음

자업자득 自業自得 │ 자기가 저지른 일의 결과를 자신이 받는다

　　　　　　동의어: 자업자박 自業自縛 / 유사어: 인과응보 因果應報

자연도태 自然淘汰 │ 자연계에서 저절로 일어나는 도태 / 동의어: 자연선택 自然選擇

　　　　　　유사어: 적자생존 適者生存 / 반대어: 인위도태 人爲淘汰

자위부은 子爲父隱 │ 아버지의 나쁜 일을 자식이 숨겨준다; 아버지와 아들 사이의 천륜

　　　　　　동의어: 부위자은 父爲子隱 / 반대어: 직궁증부 直躬證父

자유분방 自由奔放 │ 제 멋대로 행동한다

자유자재 自由自在 │ 자기 뜻대로 모든 것이 자유롭고 거침이 없다

자유활달 自由豁達 │ 구애받지 않고 자유롭다

자유휼고 慈幼恤孤 │ 유아를 사랑하고 고아를 구호해 준다

자은무명 自隱無名 │ 스스로 숨어 살며 이름을 세상에 알리지 않는다

자의반 타의반 自意半 他意半 │ 어떤 일에 대한 욕구가 자신의 뜻과 타인의 뜻이 부합되어 이루어

　　　　　　진다; 전적으로 내가 원해서 그렇게 된 것은 아니다

자의불신인 自疑不信人 │ 자신을 의심하는 사람은 남을 믿지 않는다

자자손손 子子孫孫 │ 자손이 끝없이 이어진다; 대대로 / 동의어: 자손만대 子孫萬代

자작일촌 自作一村 │ 한 집안끼리나 뜻이 같은 사람끼리 모여서 한 마을을 이룬다

자작자연 自作自演 │ 자기 작품을 자기가 연출한다

자작자필 自作自筆 │ 손수 자기가 글을 쓴다 / 동의어: 작지서지 作之書之

자작지얼 自作之孼 │ 자기가 만든 재앙 / 준말: 자작얼 自作孼

자장장타 自障障他 │ 잘못된 이치를 믿어 자기를 해치고 남도 해친다

자전일섬 紫電一閃 │ 칼을 휘두를 때 번득이는 빛; 사태가 매우 급하다

자전지계 自全之計 │ 자신의 안전을 스스로 도모하는 계책 / 준말: 자전계 自全計

자존능력 自存能力 │ 자기 지위를 지키는 힘

자존자대 自尊自大 │ 스스로 자기를 높이고 크게 여긴다

자존자만 自尊自慢 │ 스스로 자기를 높여 잘난 체하고 뽐낸다

자죽분수 煮粥焚鬚 │ 당나라 이적(李勣)이 앓는 누이를 돌보기 위해 죽을 쑤다가 자기 수염을 태운

　　　　　　일; 형제 사이에 우애가 두텁다

자중지란 自中之亂 │ 패거리 내부에서 일어나는 싸움

자지자영 自知者英 | 자기 자신을 아는 자는 총명하다

자창자화 自唱自和 | 자기가 노래를 부르고 자기가 화답한다

자천타배 自賤他拜 | 자기 것은 천하게 여기고 남의 것은 귀하게 받든다

자초지종 自初至終 | 처음부터 끝까지; 그 과정 / 동의어: 전후수말 前後首末

자취부귀 自取富貴 | 자기 힘으로 부귀를 누린다

자취지화 自取之禍 | 자기 잘못으로 받는 재앙

자칭천자 自稱天子 | 자기가 천자라고 스스로 말하는 사람 / 동의어: 자칭군자 自稱君子

자포자기 自暴自棄 | 본문

자하거행 自下擧行 | 윗사람의 결재나 허가 없이 전례에 따라 스스로 실행한다 / 준말: 자하 自下

자하달상 自下達上 | 아래에서 위까지 영향이 미친다

자행자지 自行自止 | 가고 싶으면 가고 말고 싶으면 만다; 자기 마음대로 한다

자허오유 子虛烏有 | 허구로 지어낸 이야기; 아무 것도 아닌 것

자화자찬 自畵自讚 | 자기가 그린 그림을 스스로 칭찬한다; 자기가 한 일을 스스로 자랑한다

자휴자용 自眭自用 | 제멋대로 행동한다

작금양년 昨今兩年 | 작년과 금년의 두 해

작금양일 昨今兩日 | 어제와 오늘의 이틀

작문정치 作文政治 | 형식적으로 시정방침만 늘어놓고 실행도 못하는 껍데기 정치

작법자폐 作法自斃 | 자기가 만든 법으로 자기가 해를 입는다 / 동의어: 위법자폐 爲法自斃

작비금시 昨非今是 | 전에는 그르다고 생각한 것이 지금은 옳다고 본다

　　　　　　　동의어: 금시작비 今是昨非

작사도방 作舍道傍 | 길가에 집을 짓는데 오가는 사람의 여론이 많아 짓지 못한다

　　　　　　　무슨 일에 여러 사람의 의견이 서로 달라서 결정을 못한다

　　　　　　　동의어: 도모시용 道謀是用

작소구거 鵲巢鳩居 | 비둘기가 까치 둥우리를 차지한다; 남의 지위를 뺏는다

작수불입 勺水不入 | 물 한 모금도 못 먹는다; 음식을 조금도 먹지 못한다

작수성례 酌水成禮 | 집이 가난해서 냉수만 떠놓고 혼례를 치른다

작심삼일 作心三日 | 결심이 사흘을 못 간다; 결심이 단단하지 못하다

작애분통 灼艾分痛 | 송나라 태종이 쑥으로 뜸을 뜨는데 그의 형 태조도 같이 쑥으로 뜸질을 해서

　　　　　　　고통을 나눈 일; 형제의 우애가 두텁다

작약지증 勺藥之贈 | 남녀 사이에 함박꽃을 서로 선물하여 정을 두텁게 하는 일

작언불갈 酌焉不竭 | 아무리 퍼내도 물이 바닥나지 않는다; 물이 매우 많다

작위작복 作威作福 | 형벌과 상을 마음대로 정한다; 권력의 횡포를 부린다

작자정규 杓子定規 | 구부러진 국자를 억지로 자로 쓴다; 융통성을 발휘하지 못한다

작중인물 作中人物 | 작품 속에 등장하는 인물

작지불이 作之不已 | 끊임없이 있는 힘을 다해서 한다

작지서지 作之書之 | 자기가 계획하고 자기가 실천한다 / 동의어: 자작자필 自作自筆

작취미성 昨醉未醒 | 어제 마신 술이 아직 깨지 않는다

작학관보 雀學鸛步 | 참새가 황새걸음을 배운다; 자기 능력에 맞지 않게 억지로 남을 모방한다

잔고승복 殘膏賸馥 | 남아 있는 기름과 향기; 남은 옛사람의 가르침과 업적의 여운

잔두지연 棧豆之戀 | 말이 얼마 안 남은 콩 때문에 마구간을 떠나지 못한다

잔배냉적 殘杯冷炙 | 마시다 남은 술과 안주; 약소하고 보잘것없는 음식; 모욕을 당한다

잔비준동 殘匪蠢動 | 소탕을 당하고 겨우 살아남은 비적이 꿈틀거리며 돌아다닌다

잔산잉수 殘山剩水 | 경치가 보잘것없다; 경치의 일부만 그린 산수화; 국토가 분열된다

잔인무도 殘忍無道 | 인정이 없고 도리에서 벗어나다 / 동의어: 잔혹비도 殘酷非道

잔인박행 殘忍薄行 | 잔인하고 야박한 짓

잔인해물 殘忍害物 | 사람에게 잔인하고 물건을 해친다

잔질지인 殘疾之人 | 몸에 치른 병이 채 가시지 않아 쇠약한 사람

잔편단간 殘編短簡 | 동강이 나고 조각조각 흩어져서 온전치 못한 책

잠룡물용 潛龍勿用 | 땅속에 숨은 용은 쓰지 마라; 아무리 인재라 해도 때를 기다려야 한다

잠이암화 潛移暗化 | 모르는 사이에 감화를 받는다

잠종비적 潛踵秘跡 | 자취를 아주 감추어버린다 / 준말: 잠적 潛跡 / 동의어: 장종비적 藏踵秘跡

장강대필 長江大筆 | 길고도 힘 있는 글

장강천참 長江天塹 | 천연의 험한 요새

장경오훼 長頸烏喙 | 본문

장계취계 將計就計 | 상대편의 계략을 미리 알아 그것을 역이용한다

장공속죄 將功贖罪 | 죄 지은 사람이 공을 세워 속죄한다

장관이대 張冠李戴 | 장가의 갓을 이가가 쓴다; 이름과 실제가 일치하지 않는다

장광설　　　長廣舌 | 길고 세차게 지껄이는 말솜씨; 탁월한 말솜씨

　　　　　　　　　동의어: 광장설 廣長舌 / 유사어: 장광삼촌 長廣三寸

장교어졸 藏巧於拙 | 재능을 감추고 무능한 듯이 보인다

장구대진 長驅大進 | 멀리 몰아서 크게 약진한다

장구지계 長久之計 | 어떤 일을 오래 지속하려는 계책 / 동의어: 장구지책 長久之策

장귀소유 章句小儒 | 유학의 큰 뜻을 깨닫지 못한 채 문장의 구절에 매달리는 어리석은 선비

장기대시 藏器待時 | 재능을 쌓으면서 때가 오기를 기다린다

장단유명 長短有命 | 수명이 길고 짧은 것은 운명에 달려 있다

장두노미 藏頭露尾 | 머리는 감추었지만 꼬리는 드러난다; 잘못을 감추려 해도 드러나고 만다

장두서목 獐頭鼠目 | 노루 대가리와 쥐 눈; 안절부절못한다; 천한 인상

장두은미 藏頭隱尾 | 머리를 감추고 꼬리를 숨긴다; 사실을 분명히 밝히지 않는다

장립대명 長立待命 | 오래 서서 분부를 기다린다; 권력가의 집을 찾아다니는 사람을 비웃는 말

장막여신 杖莫如信 | 남에게 의지하는 데는 신의만 한 것이 없다; 신의가 제일이다

장명부귀 長命富貴 | 오래 살고 재산이 많고 지위가 높다

장문유장 將門有將 | 장수의 집안에서 장수가 나온다

장백지조 將伯之助 | 다른 사람의 도움을 얻는다

장벽무의 牆壁無依 | 의지할 곳이 없다

장병지임 將兵之任 | 군사를 통솔하는 임무

장보천리 章甫薦履 | 장보의 신발이 그의 갓보다 위에 있다; 사물의 위아래가 거꾸로 된다

장비군령 張飛軍令 | 성미가 급한 장비의 군령; 갑자기 당하는 일; 느닷없이 서두는 일

장사불복환 壯士不復還 | 장사는 한번 떠나면 다시 돌아오지 못한다

장삼이사 張三李四 | 장씨 셋째 아들과 이씨 넷째 아들; 이름이나 신분이 별 볼일 없는 평범한 사람들 / 동의어: 장삼여사 張三呂四; 갑남을녀 甲男乙女

장상전장 掌上煎醬 | 손바닥에 장을 지진다; 장담하거나 강하게 부인할 때 쓰는 말

장상지재 將相之材 | 장수나 재상이 될 만한 인재

장생불사 長生不死 | 오래 살고 죽지 않는다

장석운근 匠石運斤 | 장석이 자귀를 움직여 물건을 잘 만들었다; 솜씨가 최고 수준이다

장설삼촌 長舌三寸 | 앞에서는 아첨하지만 그가 없는 데서 혀를 내밀고 비웃는다

장수선무 長袖善舞 | 소매가 길어야 춤을 잘 춘다; 조건이 좋은 쪽이 유리하다

장수유식 藏修游息 | 놀 때나 쉴 때나 항상 학문 닦는 일을 생각한다

장신수구 長身瘦軀 | 키가 크고 마른 몸

장야지음 長夜之飮 | 날이 새도 창을 가리고 불을 켜놓은 채 계속하는 술자리

장약사절 仗約死節 | 약속을 지켜 절개에 죽는다

장언대어 壯言大語 | 뽐내며 큰소리친다 / 동의어: 대어장언 大語壯言

장여불분 藏餘不分 | 남는 것을 감추어두고 나누어주지 않으면 백성들이 도둑이 된다

장와불기 長臥不起 | 오래 앓아 누워서 일어나지 못한다

장원유이 牆垣有耳 | 담에도 귀가 있다; 말을 항상 조심하라

장원지계 長遠之計 | 먼 장래에 대한 계책

장유유서 長幼有序 | 어른과 어린이 사이에는 차례와 질서가 있다

장읍불배 長揖不拜 | 길게 읍하고 절은 하지 않는다

장자만등 長者萬燈 | 부자가 부처에게 등불을 만 개나 바친다; 참뜻만 있으면 가난한 여자의 등불 하나가 부자의 등불 만 개에 못지 않다

장자삼대 長者三代 | 부자의 재산이 삼대 즉 손자까지 이어지지 못한다

장자풍도 長者風度 | 덕망이 있는 노련한 사람의 풍채 / 준말: 장자풍 長者風

장장추야 長長秋夜 | 길고 긴 가을밤

장정곡포 長汀曲浦 | 긴 물가와 구불구불한 바닷가; 해안선이 구불구불 멀리 이어진다

장족진보 長足進步 | 매우 빠른 진보나 발전

장주지몽 莊周之夢 | 장자가 꿈에 나비가 되어 날아다니는 꿈; 자기 자신과 사물이 원래 하나다

장중득실 場中得失 | 과거보는 장소 안에 합격자도 있고 낙방자도 있다; 일이 뜻대로 잘 되지는 않는다; 거의 다 된 일이 의외로 실패한다

장중지주 掌中之珠 | 손바닥 안의 구슬; 자기 것 가운데 가장 소중한 것

장취불성 長醉不醒 | 술을 늘 마시어 깨지 않는다

장침대금 長枕大衾 | 긴 베개와 큰 이불; 형제 사이의 우애가 깊다

장하지혼 杖下之魂 | 곤장을 맞고 죽은 사람의 넋 / 준말: 장혼 杖魂

장협귀래 長鋏歸來 | 긴 칼을 차고 돌아오니 생선반찬이 없다; 유능한 인재가 푸대접을 받고 있다

장형부모 長兄父母 | 맏형은 부모처럼 집안과 아랫사람들을 돌본다

재가독서 在家讀書 | 출입을 하지 않고 집에서 글을 읽는다

재가무일 在家無日 | 바쁘게 돌아다니느라고 집에 붙어 있는 날이 없다

재가빈역호 在家貧亦好 | 자기 집에 있으면 가난해도 역시 좋다; 고향을 그리워하는 말

재귀일거 載鬼一車 | 수레 한 대에 귀신이 가득 실려 있다; 괴상한 것이 매우 많다

재기불능 再起不能 | 다시 일어날 힘이 없다 / 동의어: 갱기불능 更起不能

재기환발 才氣煥發 | 재주가 뛰어나고 분명하게 드러난다

재다명태 財多命殆 | 재산이 많으면 목숨이 위태롭다

재대난용 材大難用 | 재목이 크면 쓰기가 어렵다; 재능이 있는 인물이 불우하다

재덕겸비 才德兼備 | 재주와 덕행을 겸해서 갖춘다

재덕부재정 在德不在鼎 | 임금이 될 자격은 덕에 있지 솥에 달린 것이 아니다

재덕부재험 在德不在險 | 나라의 안전은 군주의 덕에 달려 있지 험준한 지형에 달려 있지 않다

재도량 齎盜糧 | 도둑에게 양식을 가져다준다; 해를 스스로 불러 들인다

재도습의 再度習儀 | 나라에 의식이 있을 때 미리 그 절차를 두 번째 익힌다

재삼사지 再三思之 | 여러 번 되풀이하여 자꾸 생각한다 / 동의어: 재고삼사 再考三思

재삼재사 再三再四 | 서너 번; 여러 번

재삼지의 在三之義 | 군주, 스승, 부모의 은혜에 보답하려는 도리 / 동의어: 재삼지절 在三之節

재상분명 財上分明 | 돈 거래에 관해 분명하게 한다

재색겸비 才色兼備 | 여자가 재주와 미모를 아울러 갖춘다; 그런 여자

재소난면 在所難免 | 벗어나기가 어려운 형편이다

재약사순 在約思純 | 가난해도 순수한 마음을 유지한다

재이구원 在邇求遠 | 가까이 있는 것을 멀리서 구한다; 학문의 길을 먼 곳에서 찾는다

재자가인 才子佳人 | 재주가 뛰어난 남자와 아름다운 여자

재자다병 才子多病 | 재주가 뛰어난 사람은 병에 자주 걸린다

재재법전 載在法典 | 법에 명문으로 실려 있다

재조지은 再造之恩 | 멸망하게 된 것을 구해준 은혜

재진지액 在陳之厄 | 쌀이 떨어지는 난처한 경우 / 동의어: 진채지액 陳蔡之厄

재차일거 在此一擧 | 단판 씨름으로 결판을 내야 할 형편; 단판 씨름

재취민산 財聚民散 | 관리가 재물을 긁어모으면 백성이 흩어진다

재하도리 在下道理 | 아랫사람으로 있으면서 어른을 섬기는 도리

재학겸유 才學兼有 | 재주와 학식을 겸해서 갖춘다

쟁어자유 爭魚者濡 | 물고기를 두고 다투는 어부는 옷을 물에 적신다; 이익을 얻으려고 다투는
　　　　　　　　사람은 고생을 하게 마련이다

쟁장경단 爭長競短 | 장점과 단점을 가지고 서로 다툰다

저구지교 杵臼之交 | 신분의 귀천을 가리지 않고 사귀는 교제; 보통사람들의 교제

저돌맹진 猪突猛進 | 앞뒤를 가리지 않고 맹렬히 곧장 나아간다

저돌희용 猪突稀勇 | 산돼지처럼 앞뒤를 가리지 않고 나아가는 용기; 그런 용사; 한나라 때 죄수
　　　　　　　　나 노예로 조직한 군대 / 동의어: 저돌지용 猪突之勇

저두평신 低頭平身 | 머리를 숙이고 몸을 움츠린다; 매우 황송해한다

저명인사 著名人士 | 사회에 이름이 널리 알려진 사람

저사위한 抵死爲限 | 죽기를 각오하고 저항한다

저수하심 低首下心 | 머리를 숙이고 마음을 누른다; 굴복한다

저양촉번 羝羊觸藩 | 수양이 울타리를 받아 뿔이 걸린다; 무모하게 행동하면 진퇴양난에 놓인다

저유내득귀 羝乳乃得歸 | 수양이 새끼를 낳으면 돌려보낸다; 영영 돌려보내지 않는다

재주문자 載酒問字 | 술을 가지고 가서 글을 가르쳐 달라고 한다; 배우는 데 매우 열심이다

재주복주 載舟覆舟 | 물이 배를 띄우기도 하고 뒤집기도 한다; 백성은 군주를 해칠 수도 있다

저축공허 杼軸空虛 | 베틀의 북과 바디가 비어 있다; 나라가 몹시 가난하다

적공누덕 積功累德 | 항상 착한 일을 하며 공덕을 쌓는다

적공지탑불휴 積功之塔不隳 | 공을 많이 들인 일은 쉽게 무너지지 않는다; 공든 탑이 무너지랴

적구지병 適口之餠 | 입에 맞는 떡; 자기 마음에 딱 드는 사물

적국외환 敵國外患 | 외국에 있으면서 자기 나라에 해를 끼치는 사람

적국파 모망신 敵國破 謀亡臣 | 적국이 망한 뒤에는 재능 있는 자기 신하를 제거한다

적년신고 積年辛苦 | 여러 해를 두고 겪은 수고와 괴로움

적덕누인 積德累仁 | 어진 덕을 세상에 널리 베풀어 미치게 한다

적로성질 積勞成疾 | 오랜 노고가 쌓여 병이 된다

적반하장 賊反荷杖 | 도둑이 오히려 매를 든다; 잘못한 사람이 도리어 잘한 사람을 나무란다

적본주의 敵本主義 | 목적이 딴 데 있는 듯이 가장하고 실제로는 진짜 목적대로 움직인다
　　　　　　　　유사어: 성동격서 聲東擊西; 취적비취어 取適非取漁

적부인지자 敵夫人之子 | 학문이 미숙한 사람을 관리로 삼아 격무에 시달리게 하는 것은 그를
　　　　　　　　해치는 것과 같다; 남의 자식을 버려 놓는다

적분재중 積忿在中 | 노엽고 분한 마음을 속에 지니고 있다

적불가가 敵不可假 | 적은 반드시 전멸시켜야지 용서해서는 안 된다

적빈무의 赤貧無依 | 몹시 가난한 데다가 의지할 곳도 없다

적빈여세 赤貧如洗 | 물로 씻은 듯이 가난하여 아무 것도 가진 것이 없다

적사구근 積仕久勤 | 여러 해를 두고 벼슬살이를 한다 / 준말: 적사 積仕

적선여경 積善餘慶 | 쌓인 선행의 보답으로 후손에게 좋은 일이 생긴다
　　　　　　　　반대어: 적악여앙 積惡餘殃

적성권축 積成卷軸 ┃ 문서, 장부, 서신 등이 무더기로 쌓인다

적소성다 積少成多 ┃ 적은 것이 모이면 많아진다; 티끌 모아 태산

적소성대 積小成大 ┃ 작은 것도 많이 모여 쌓이면 크게 된다; 적은 것도 쌓이면 많아진다

　　　　　　　　동의어: 적토성산 積土成山; 적진성산 積塵成山 / 유사어: 이소성대 以小成大

적수가열 炙手可熱 ┃ 권세가 당당하다

적수공권 赤手空拳 ┃ 맨 손과 맨 주먹; 아무 것도 가진 것이 없다

적수단신 赤手單身 ┃ 맨 손과 맨 몸; 재산도 의지할 곳도 없이 외로운 몸

적수성가 赤手成家 ┃ 가난한 집에 태어난 사람이 자기 힘으로 살림을 마련하고 한 집을 이룬다

적수성연 積水成淵 ┃ 물방울이 모여서 연못을 이룬다 / 유사어: 적소성대 積小成大

적승계족 赤繩繫足 ┃ 붉은 끈으로 발을 묶는다; 혼인이 이루어진다 / 유사어: 월하노인 月下老人

적시재상 赤屍在床 ┃ 관에 넣지 않은 시체가 마루에 있다; 너무 가난해서 장사지낼 수 없다

적시적지 適時適地 ┃ 시간과 장소가 알맞다

적신지탄 積薪之嘆 ┃ 쌓인 장작의 탄식; 고참자가 승진하지 못한 것을 한탄한다

적실인심 積失人心 ┃ 인심을 잃을 일을 많이 한다

적약무인 寂若無人 ┃ 사람이 없는 것처럼 조용하다

적연부동 寂然不動 ┃ 마음이 안정되어 사물에 흔들리지 않는다

적우침주 積羽沈舟 ┃ 깃털도 많이 쌓이면 배가 가라앉는다 / 유사어: 군경절축 群輕折軸

적원심노 積怨深怒 ┃ 원망이 쌓이고 쌓여 노여움이 깊어진다

적이능산 積而能散 ┃ 많이 모으면 흩어버릴 수도 있다; 재산을 모아서 유익한 일에 쓴다

적자생존 適者生存 ┃ 환경에 가장 잘 적응하는 자만 살아남는다

적자지심 赤子之心 ┃ 태어날 때의 순수하고 거짓이 없는 마음

적재적소 適材適所 ┃ 인재를 그 재능에 적절한 곳에 쓴다

적적상승 嫡嫡相承 ┃ 대대로 합법적 맏아들의 가계에서 대를 이어간다

적전도하 敵前渡河 ┃ 적이 방어진을 구축하는 앞에서 강을 건너가는 작전

적지적수 適地適樹 ┃ 알맞은 땅에 알맞은 나무를 심는다

적출관문 賊出關門 ┃ 도둑이 나간 뒤에 성문을 닫는다 / 동의어: 적거후관문 賊去後關門

적피구교 賊被狗咬 ┃ 도둑이 개에게 물린다; 남에게 말할 수도 없는 일이다

적토성산 積土成山 ┃ 적은 흙이 쌓이고 쌓이면 산이 된다 / 동의어: 적소성대 積小成大

적훼소골 積毁銷骨 ┃ 계속해서 헐뜯으면 뼈도 녹인다 / 동의어: 중구삭금 衆口鑠金

전가지보 傳家之寶 ┃ 집안에 대대로 전해오는 보물

전가통신 錢可通神 ┃ 돈이 많으면 귀신도 움직인다; 돈의 힘은 대단하다

전감소연 前鑑昭然 ┃ 거울을 보는 것처럼 앞일이 환하게 밝다

전거가감 前車可鑑 ┃ 앞 수레는 수레의 거울이 된다 / 동의어: 전거복철 前車覆轍(본문)

전거복철 前車覆轍 ┃ 본문

전고소무 前古所無 ┃ 지난 날에 없었던 마디디

전공가석 前功可惜 ┃ 애써 한 일이 헛수고로 돌아갈 때, 그 전에 들인 정성이 아깝다

전광석화 電光石火 | 번개와 부싯돌의 불꽃; 매우 짧은 시간; 매우 빠른 동작

전교후공 前驕後恭 | 처음에는 교만하다가 나중에 겸손하다 / 동의어: 전거후공 前倨後恭

전대미문 前代未聞 | 여태껏 전혀 들어본 적이 없는 새로운 것이다 / 동의어: 전고미문 前古未聞

전대지재 專對之材 | 남의 질문에 혼자 대답할 수 있는 인재; 외국에 사신으로 파견될 만한 인재

전도다난 前途多難 | 앞날에 어려움이 많다

전도양양 前途洋洋 | 앞길이 훤하게 뚫려 있다

전도요원 前途遙遠 | 앞길이 매우 멀다; 목적을 달성하기에는 아직도 매우 멀다

전도유랑 前度劉郎 | 떠났다가 다시 돌아온 사람

전도의상 顚倒衣裳 | 윗사람의 명령을 받고 허둥댄다; 첩이 정실부인을 헐뜯는다

전란도봉 顚鸞倒鳳 | 순서가 뒤바뀐다; 남녀가 성교하는 모양

전래지풍 傳來之風 | 예전부터 전해 내려오는 풍속

전망공신 戰亡功臣 | 전사한 공신

전망장졸 戰亡將卒 | 전사한 장수와 병졸; 동의어: 전몰장병 戰歿將兵

전몰지각 全沒知覺 | 깨닫는 능력이 전혀 없다

전무후무 前無後無 | 전에도 없었고 앞으로도 없다

전문거호 후문진랑 前門拒虎 後門進狼 | 본문

전발역서 剪髮易書 | 머리카락을 잘라서 책과 바꾼다; 어머니가 머리카락을 잘라서 학비를 댄다

전부야인 田夫野人 | 농부와 시골사람; 교양이 없는 사람

전부지공 田父之功 | 힘들이지 않고 횡재한다; 쓸데없이 둘이 싸우다가 제삼자에게 이익을 준다
　　　　　　　동의어: 견토지쟁 犬兎之爭(본문); 방휼지쟁 蚌鷸之爭; 어부지리 漁父之利

전불고견 全不顧見 | 전혀 돌보지 않는다

전불괘겸 全不掛鎌 | 추수할 곡식이 전혀 없다; 심한 흉년이 들었다

전불습호 傳不習乎 | 남에게 무엇을 가르치려면 자기가 미리 배워야 한다

전사물론 前事勿論 | 지나간 일은 시비를 따지지 않는다

전수가결 全數可決 | 회의에서 모든 사람이 찬성해서 결정한다

전수일절 全守一節 | 절개를 온전히 지킨다

전수작빙 煎水作氷 | 물을 끓여서 얼음을 만든다; 불가능한 일을 한다

전승공취 戰勝攻取 | 싸우면 반드시 이기고 공격하면 반드시 뺏는다
　　　　　　　동의어: 연전연승 連戰連勝

전신사조 傳神寫照 | 사람의 모습을 그릴 때 그 정신마저 묘사한다

전심전력 專心專力 | 오로지 그 일에만 마음과 힘을 한데 모아서 쓴다

전심치지 專心致志 | 잡념을 끊고 오직 그 일에만 마음을 바쳐 뜻한 바를 이룬다

전언왕행 前言往行 | 옛사람이 남겨놓은 말과 행동

전원장무 田園將蕪 | 고향의 논밭이 황폐해지려고 한다

전월불공 顚越不恭 | 도리에 어긋나고 명령을 따르지 않는다

전이수난 戰易守難 | 싸워서 이기기는 쉽지만 승리를 지키기는 어렵다

전인급보 專人急報 | 사람을 특별히 보내서 급한 소식을 알려준다

전인미답 前人未踏 | 지금까지 아무도 발로 밟은 적이 없다
　　　　　　　동의어: 전인미도 前人未到 / 유사어: 전인미발 前人未發

전일회천 轉日回天 | 해와 하늘을 돌게 만든다; 군주의 뜻을 뒤집어 돌아서게 한다

전전걸식 轉轉乞食 | 정처 없이 떠돌아다니며 구걸해서 먹는다

전전긍긍 戰戰兢兢 | 본문

전전반측 輾轉反側 | 본문

전전복침 輾轉伏枕 | 몸을 이리저리 뒤척이다가 베개에 엎드린다

전전불매 輾轉不寐 | 누워서 몸을 이리저리 뒤척이며 잠을 이루지 못한다
　　　　　　　동의어: 전전반측 輾轉反側(본문)

전전율률 戰戰慄慄 | 몹시 무서워서 몸을 떤다 / 준말: 전율 戰慄

전전표박 轉轉漂泊 | 이리저리 옮겨다니거나 옮겨다니면서 산다

전정만리 前程萬里 | 앞날이 매우 유망하다

전주탈우 田主奪牛 | 소를 끌고 남의 논밭을 지나갈 때 논 주인이 화가 나서 그 소를 빼앗은 일
　　　　　　　죄에 대한 처벌이 지나치게 무겁다; 폭력에 대해 폭력으로 갚는다

전지전능 全知全能 | 무엇이든지 다 알고 할 수 있는 절대적인 능력

전지전청 轉之轉請 | 여러 사람을 통하여 간접적으로 일을 요청한다

전차후옹 前遮後擁 | 여러 사람이 앞뒤로 호위해서 간다

전첨후고 前瞻後顧 | 일을 선뜻 결정하지 못한 채 어물어물한다 / 동의어: 첨전고후 瞻前顧後

전초제근 剪草除根 | 풀을 베고 뿌리를 캐낸다; 폐단을 완전히 없앤다

전취소생 前娶所生 | 전처 몸에서 난 자식

전패위공 轉敗爲功 | 실패를 성공으로 전환시킨다 / 유사어: 전화위복 轉禍爲福(본문)

전필승 　　戰必勝 | 싸우면 반드시 이긴다; 민심을 얻는다

전화위복 轉禍爲福 | 본문

전후곡절 前後曲折 | 일의 앞 뒤 사정 / 동의어: 전후사연 前後事緣

전후불각 前後不覺 | 앞뒤를 분간 못하는 상태; 정상적인 판단이 불가능한 상태

전후상패 前後相悖 | 앞 뒤가 서로 맞지 않는다

전후좌우 前後左右 | 앞뒤와 왼쪽 오른쪽 즉 사방

절각 　　　折角 | 본문

절고진락 折槁振落 | 고목을 넘어뜨리고 마른 잎을 떨어버린다; 일이 아주 쉽다

절골지통 折骨之痛 | 뼈를 부러뜨리는 참을 수 없는 고통

절구절국 竊鉤竊國 | 좀도둑은 사형당하고 나라를 훔친 자는 부귀를 누린다

절대가인 絶代佳人 | 비할 바 없이 아름다운 여자 / 동의어: 절세미인 絶世美人

절량농가 絶糧農家 | 재해나 흉작 등으로 양식이 떨어진 농가

절류이륜 絶類離倫 | 동료들보다 훨씬 뛰어난다 / 동의어: 계군일학 鷄群一鶴(본문)

절문근사 切問近思 | 자세히 물어보고 가까운 것을 생각한다

절발역주 截髮易酒 | 머리카락을 잘라 팔아 마련한 술을 아들 친구에게 대접한다
　　　　　　자식에 대한 어머니의 지극한 사랑; 준말: 절발 截髮
절부구조 竊符救趙 | 군사지휘권의 징표를 훔쳐서 조나라를 구한다; 큰 목적을 위해 사소한 절차
　　　　　　는 무시한다
절상생지 節上生枝 | 가지의 마디에 또 가지가 나온다; 일이 복잡해서 결과를 알지 못한다
절세독립 絶世獨立 | 세상에서 뛰어나 홀로 선다; 절세의 미인 / 동의어: 절대가인 絶代佳人
절옥여니 切玉如泥 | 옥을 진흙처럼 끊는다; 칼이 매우 예리하다
절옥투향 竊玉投香 | 남자가 여자를 사모하여 몰래 접근한다
절인지용 絶人之勇 | 남보다 뛰어난 용기
절장보단 截長補短 | 긴 곳을 잘라서 짧은 곳을 보충한다; 좋은 것으로 부족한 것을 보충한다
절족복속 折足覆餗 | 솥의 다리를 부러뜨려 군주에게 바칠 음식을 쏟는다
　　　　　　무능한 자를 정승 자리에 등용하면 나라를 망친다
절지지이 折枝之易 | 나뭇가지를 꺾는 것처럼 쉬운 일; 매우 쉬운 일
절차탁마 切磋琢磨 | 본문
절처봉생 絶處逢生 | 극도로 어려운 지경이 되면 살 길이 생긴다
절체절명 絶體絶命 | 어쩔 수가 없는 난처한 지경 / 동의어: 진퇴양난 進退兩難
절충어모 折衝禦侮 | 우습게 여기고 쳐들어오는 적을 무찔러 두려워하게 만든다
절치부심 切齒腐心 | 몹시 분하여 이를 갈며 속을 썩인다 / 유사어: 절치액완 切齒腋睆
절치액완 切齒扼腕 | 몹시 분하여 이를 갈고 팔을 걷어올리며 원통하게 여긴다
절함　　　　折檻 | 본문
절해고도 絶海孤島 | 육지에서 멀리 떨어진 외딴 섬
절호안타 絶好安打 | 더할 나위 없이 좋은 안타
절후공전 絶後空前 | 이전에도 그런 예가 없고 앞으로도 없을 것이다
점불가장 漸不可長 | 일의 폐단이 더 커지게 그냥 두어서는 안 된다
점안불사 點眼佛事 | 불상의 눈에 점을 찍는 불교의식
점어상죽 鮎魚上竹 | 메기가 대나무에 올라간다; 어려움을 극복하고 목적을 이룬다
점입가경 漸入佳境 | 점점 아름다운 경지로 들어간다; 점차 일이 잘 되어 간다
점철성금 點鐵成金 | 쇠를 황금으로 변화시킨다; 앞 사람의 시를 이용해 훌륭한 시를 짓는다
접대등절 接待等節 | 손님을 접대하는 모든 예절과 절차
정가노시가 鄭家奴詩歌 | 정씨 집 종들이 시를 읊고 노래를 한다; 환경의 영향이 매우 크다
　　　　　　유사어: 당구삼년 폐풍월 堂狗三年 吠風月
정경대원 正逕大原 | 옳고 바른 길과 기본 원칙
정관민만 政寬民慢 | 정치가 너무 관대하면 백성이 태만해진다
정구건즐 井臼巾櫛 | 물 긷고 절구질하고 수건과 빗을 드는 일; 아내가 마땅히 해야 할 일
정금단좌 正襟端坐 | 옷맵시를 바로 하고 단정히 앉는다
정금미옥 精金美玉 | 인격이나 글이 깨끗하고 아름답다

정당상유이 鼎鐺尚有耳 │ 솥과 냄비도 귀(손잡이)가 달려있다; 어찌 말을 알아듣지 못하는가?

정당옥석 鼎鐺玉石 │ 솥을 냄비처럼, 옥을 돌처럼 여긴다; 사치가 매우 심하다

정려각근 精勵恪勤 │ 게으르지 않고 일에 힘쓴다

정력절륜 精力絕倫 │ 정력이 지칠 줄 모르게 남보다 세다

정례겸도 情禮兼到 │ 인정과 예의가 함께 두루 미친다

정로역굴 情露力屈 │ 이쪽 형세가 상대편에 다 드러나고 또 힘도 꺾여 있다; 더 이상 도리가 없다

정무유사 庭無遺事 │ 관청에 밀린 일이 없다

정문일침 頂門一鍼 │ 정수리에 침을 놓는다; 따끔하게 훈계한다 / 동의어: 정문일침 頂門一針

정문입설 程門立雪 │ 정이천(程伊川)의 두 제자가 그의 집 문 앞에서 눈이 오는데도 스승인 그를
　　　　　　　　　　모시고 서 있던 일; 제자가 스승을 극진히 모신다 / 동의어: 정문설립 程門雪立

정사원서 情絲怨緒 │ 애정과 원한이 실타래처럼 얽혀 있다

정서이견 情恕理遣 │ 인정과 이치에 따라 용서해준다

정서전면 情緒纏綿 │ 마음이 깊게 얽히고 감겨 떨어지기 어렵다

　　　　　　　　　　헤어지기 어려운 남녀의 안타까운 심정

정설불식 井泄不食 │ 우물이 깨끗한데도 사람들이 그 물을 마시지 않는다

　　　　　　　　　　재능이 뛰어난 사람을 세상이 쓰지 않는다

정송오죽 正松五竹 │ 소나무는 정월에, 대나무는 5월에 옮겨 심어야 잘 산다

정송오죽 淨松汚竹 │ 소나무는 깨끗한 땅에, 대나무는 더러운 땅에 심어야 한다

정신만복 精神滿腹 │ 온몸이 정신으로 가득 차 있다; 정신력이 남보다 매우 강하다

정신일도 하사불성 精神一到 何事不成 │ 정신이 한번 이르면 무슨 일이든 이루어지지 않겠는가?

　　　　　　　　　　한 가지 일에 온 정성을 쏟으면 안 되는 일이 없다

　　　　　　　　　　유사어: 정신통일 精神統一

정여노위 政如魯衛 │ 노나라 군주와 위나라 군주가 형제이듯 두 나라의 정치가 서로 비슷하다

정여포로 政如蒲蘆 │ 부들과 갈대가 빨리 자라듯 정치의 효과가 곧 나타난다

정외지언 情外之言 │ 인정에 어그러지는 말; 가까이 지내는 사람에게 버릇없게 하는 말

정운낙월 停雲落月 │ 머물러 있는 구름과 지는 달; 사모하는 정

정위상간 鄭衛桑間 │ 어지러운 세상의 음탕한 노래 / 동의어: 망국지음 亡國之音(본문)

정위전해 精衛填海 │ 태양신 염제의 딸이 변해서 된 새 정위가 돌을 물어다 바다를 메운다

　　　　　　　　　　목적을 달성할 때까지 쉬지 않고 노력한다 / 동의어: 정위함석 精衛啣石

정의투합 情意投合 │ 정과 뜻이 서로 잘 맞는다; 남녀 사이에 어떤 관계가 이루어진다

정인군자 正人君子 │ 마음씨가 올바르고 학식과 덕행이 높고 어진 사람

정자정야 政者正也 │ 정치란 세상을 바로잡는 것이다

정저지와 井底之蛙 │ 우물 안 개구리 / 준말: 정저 井底蛙 / 동의어: 정중지와 井中之蛙(본문)

정정당당 正正堂堂 │ 군대의 진용이 잘 정돈되어 기세가 왕성하다; 비겁하지 않고 훌륭하다

정조문안 正朝問安 │ 정월 초하루에 어른이나 연장자에게 세배하는 일

정조차례 正朝茶禮 │ 정월 초하루에 위패를 모신 사당에서 제사 드리는 일

정족지세 鼎足之勢 | 솥의 세 발처럼 셋이 대립한 상태

　　　　　동의어: 정족이거 鼎足而居 / 유사어: 정립 鼎立

정종모발 頂踵毛髮 | 이마와 발꿈치와 털과 머리카락 즉 온 몸

정중관천 井中觀天 | 우물 속에서 하늘을 본다; 견문이 매우 좁다 / 동의어: 좌정관천 坐井觀天

정중구화 井中求火 | 우물 속에서 불을 찾는다; 매우 어리석다

정중지와 井中之蛙 | 본문

정진정명 正眞正銘 | 거짓이 없고 진실하다; 순수하여 불순물이 섞이지 않은 상태

정책국로 定策國老 | 어린 천자를 좌우하는 원로 즉 환관들; 환관들의 횡포

정출다문 政出多門 | 정치를 모르면서도 아는 척하는 사람이 많다

정통인화 政通人和 | 어진 정치가 베풀어져서 백성들이 화목하다

제궤의혈 隄潰蟻穴 | 큰 둑도 개미구멍으로 무너진다; 작은 일에도 조심해야 한다

제동야인 齊東野人 | 제나라 동비(東鄙)는 어리석어서 그의 말을 믿을 수 없다; 시골사람

제배지간 儕輩之間 | 같은 또래로 서로 사귀는 사이

제병연명 除病延命 | 병을 물리쳐 목숨을 연장한다

제사명　　制死命 | 남의 생사를 한 손에 쥐고 있다; 남을 자기 마음대로 움직인다

제설분분 諸說紛紛 | 많은 의견이 나와 서로 다툰다

제성토죄 齊聲討罪 | 여러 사람이 한 사람의 죄를 꾸짖는다

제세안민 濟世安民 | 세상을 구하고 백성을 편안하게 한다

제세지재 濟世之才 | 세상을 구제할 만한 뛰어난 재주나 역량 / 준말: 제세재 濟世才

제승지구 濟勝之具 | 경치 좋은 곳을 건너가는 도구 즉 잘 걸어가는 튼튼한 다리

제악막작 諸惡莫作 | 모든 악은 행해서는 안 된다

제이면명 提耳面命 | 귀를 끌어당겨 얼굴에 대고 깨우쳐준다; 사리를 깨닫도록 타이른다

제자백가 諸子百家 | 춘추전국시대의 모든 학설

제자패소 齊紫敗素 | 헌 비단을 염색한 제나라 자색 비단은 흰색 새 비단보다 비싸다

제치우미란 制治于未亂 | 세상이 어지러워지기 전에 미리 나라를 다스릴 계책을 마련한다

제포연연 綈袍戀戀 | 옛 은혜를 생각한다; 우정이 매우 두텁다

제하단전 臍下丹田 | 배꼽에서 세 치 아래; 침착하게 배짱을 지닌다

제하분주 濟河焚舟 | 적을 치러 갈 때 강을 건너간 뒤에 배를 불태운다; 필사적으로 싸우겠다는

　　　　　굳은 결의 / 유사어: 배수지진 背水之陣

제행무상 諸行無常 | 만물은 항상 변한다 / 유사어: 성자필쇠 盛者必衰

제형상옥 弟兄相獄 | 형제끼리 소송하여 서로 다툰다

조가야현 朝歌夜絃 | 아침에 노래하고 저녁에 거문고를 탄다; 밤낮으로 음악에 묻혀 산다

조강불포 糟糠不飽 | 술지게미와 쌀겨도 배부르게 먹지 못할 정도로 몹시 가난하다

조강지처 糟糠之妻 | 본문

조개모락 朝開暮落 | 아침에 핀 꽃이 저녁에 꽃잎을 떨어뜨린다; 사람의 목숨은 덧없다

조개모변 朝改暮變 | 아침에 고친 것을 저녁에 또 고친다 / 동의어: 조령모개 朝令暮改

조걸위학 助桀爲虐 | 못된 자를 부추겨서 못된 짓을 더욱 하도록 한다

조경모운 朝耕暮耘 | 아침에 밭을 갈고 저녁에 김을 맨다; 부지런히 농사를 짓는다

조고여생 早孤餘生 | 어려서 어버이를 여의고 자란 사람

조과석개 朝過夕改 | 아침에 잘못을 저지르고 저녁에 고친다

조과지도 調過之道 | 세상을 살아가는 일

조궁즉탁 鳥窮則啄 | 새가 쫓기다가 궁해지면 상대방을 부리로 쫀다; 약한 자도 궁지에 몰리면 강한 자에게 대든다 / 동의어: 궁서설묘 窮鼠囓猫 / 유사어: 궁구막추 窮寇莫追

조기삼문덕 朝起三文德 | 아침에 일찍 일어나면 서푼의 이득이 있다

조기자복야 鳥起者伏也 | 날아가던 새가 갑자기 위로 치솟으면 그 밑에 복병이 있다

조다담반 粗茶淡飯 | 조잡한 차와 간소한 식사; 매우 가난하다

조동모서 朝東暮西 | 아침에는 동쪽으로 저녁에는 서쪽으로 간다; 일정한 주소가 없이 이리저리 옮겨다닌다; 그런 생활 / 유사어: 조진모초 朝秦暮楚; 동식서숙 東食西宿

조득모실 朝得暮失 | 아침에 얻은 것을 저녁에 잃는다; 얻은 지 얼마 되지 않아 곧 잃는다

조령모개 朝令暮改 | 본문

조로송등대 趙老送燈臺 | 한번 간 뒤 다시는 돌아오지 않는다 / 동의어: 함흥차사 咸興差使

조망절가 眺望絕佳 | 전망이 더 없이 좋다; 기가 막히게 좋은 경치

조명시리 朝命市利 | 본문

조문도 석사가의 朝聞道 夕死可矣 | 본문

조민벌죄 弔民伐罪 | 백성을 불쌍히 여겨 죄를 지은 자를 친다; 포악한 군주를 타도한다

조반석죽 朝飯夕粥 | 아침에는 밥, 저녁에는 죽; 가까스로 목숨을 이어가는 가난한 생활

조불급석 朝不及夕 | 사태가 급해서 저녁 일이 어떻게 될지 아침에 알 수가 없다

조불려석 朝不慮夕 | 아침에 저녁 일을 생각할 수 없다 / 동의어; 조불모석 朝不謀夕

조빙화지 凋氷畵脂 | 얼음에 새기고 기름에 그린다; 쓸데없는 일에 힘을 쏟는다 동의어: 누빙조후 鏤氷雕朽

조삼모사 朝三暮四 | 본문

조상지육 俎上之肉 | 도마 위의 고기; 저항할 수 없는 힘없는 존재 동의어: 부중지어 釜中之魚 / 유사어: 학철부어 涸轍鮒魚(본문)

조생모몰 朝生暮沒 | 아침에 나타났다가 저녁에 사라진다 동의어: 조출석몰 朝出夕沒; 조생모사 朝生暮死

조생모사 朝生暮死 | 아침에 나서 저녁에 죽는다; 목숨이 매우 짧다

조석공양 朝夕供養 | 아침저녁으로 웃어른에게 인사를 드린다

조수불급 措手不及 | 일이 몹시 급해서 미처 손을 쓸 수 없다

조슬친수 造膝親受 | 가까이 나아가서 직접 가르침을 받는다

조승모문 朝蠅暮蚊 | 아침에는 파리 떼가 저녁에는 모기 떼가 생긴다; 못난 소인배들이 날뛴다 유사어: 소인한거 小人閑居

조심누골 彫心鏤骨 | 마음에 파 넣고 뼈에 새긴다; 몹시 고생한다; 애써서 시를 짓는다

조아지사 爪牙之士 | 새나 짐승의 자기보호 무기인 발톱과 어금니 같은 선비
　　　　　　　　　 군주를 보좌하는 신하 / 동의어: 조아지사 蚤牙之士
조언생사 造言生事 | 말을 지어내고 일을 만든다
조운모우 朝雲暮雨 | 아침 구름과 저녁 비; 남녀 사이에 인연을 맺는다
조의조식 粗衣粗食 | 너절한 옷과 검소한 음식; 간소한 생활
　　　　　　　　　 동의어: 악의악식 惡衣惡食 / 반대어: 호의호식 好衣好食
조위식사 鳥爲食死 | 새는 좋은 먹이를 먹으려다가 잡혀 죽는다
조이불망 釣而不網 | 낚시질은 해도 그물로 물고기를 잡지는 않는다
조작지지 鳥鵲之智 | 까치의 지혜; 하찮은 지혜
조장　　　 助長 | 본문
조장발묘 助長拔錨 | 묘를 잡아 뽑아서 자라는 것을 돕는다 / 동의어: 조장 助長(본문)
조장출식 蚤腸出食 | 벼룩의 간을 내어 먹는다; 매우 하찮은 이익을 더럽게 갉아먹는다
조적지서 祖逖之誓 | 성공하지 못하면 돌아오지 않겠다는 맹세
　　　　　　　　　 동의어: 조적서강 祖逖誓江 / 유사어: 설비지서 齧臂之誓
조정약무인 朝廷若無人 | 조정에서 아무 일도 하지 않아도 천하가 저절로 잘 다스려진다
조제남조 粗製濫造 | 조잡하게 물건을 함부로 많이 만든다
조제흑치 雕題黑齒 | 이마에 문신하고 이빨을 검게 물들인다; 야만인의 풍습
조족지혈 鳥足之血 | 새 발의 피; 매우 적은 분량; 하찮은 것
조종모화 朝種暮穫 | 아침에 심고 저녁에 거둔다; 방침이 정해지지 않은 상태다
조종우해 朝宗于海 | 모든 강이 한 바다로 흘러간다
조지약차 早知若此 | 진작 이것을 알았더라면 하고 후회하는 말
조진궁장 鳥盡弓藏 | 새를 모두 잡고 나면 활을 창고에 넣는다; 쓸모가 없어지면 버림받는다
조진모초 朝秦暮楚 | 아침에는 진나라 저녁에는 초나라; 정처 없이 떠돌아다닌다
조차불리 造次不離 | 잠시도 떠나지 않는다
조차전패 造次顚沛 | 눈 깜짝하는 순간과 극도로 위태로운 때
조체모개 朝遞暮改 | 관리를 너무 자주 교체해서 내보내고 들인다
조출모귀 朝出暮歸 | 아침 일찍 나가서 저녁 늦게 돌아온다; 집에 늘 있지 않아서 여가가 없다
조충소기 雕蟲小技 | 수준이 낮은 세공, 학문, 기술 등을 깔보는 말 / 동의어: 조충말기 雕蟲末技
조취모산 朝聚暮散 | 아침에 모였다가 저녁에 헤어진다; 모이고 헤어지는 것이 덧없다
조침도사 葅枕圖史 | 책을 나무 베개로 삼는다; 독서에 몰두한다
조풍영월 嘲風詠月 | 장난 삼아 지은 글이나 시
조헌문란 朝憲紊亂 | 나라의 기본질서를 무너뜨린다; 폭력 혁명 / 동의어: 국헌문란 國憲紊亂
족과평생 足過平生 | 한 평생을 넉넉하게 지낼 만하다
족과괄우 鏃礪括羽 | 학문을 닦고 슬기를 연마하여 쓸모있는 인물이 된다
족반거상 足反居上 | 발이 위에 있다; 사물이 거꾸로 되어 있다; 동의어: 족상수하 足上首下
족불리지 足不履地 | 발이 땅에 닿지 않을 정도로 빨리 달아난다

족식족병 足食足兵 | 백성을 충분히 먹이고 군대를 강하게 만든다

족탈불급 足脫不及 | 맨발로 뛰어도 따라가지 못한다; 능력이나 재주의 차이가 심하다

존망자재 存亡自在 | 살고 죽는 일을 자기 마음대로 한다

존망지추 存亡之秋 | 존속하느냐 망하느냐가 달린 절박한 때; 죽느냐 사느냐가 달린 위급한 때

존비귀천 尊卑貴賤 | 지위나 신분이 높고 낮음

존성대명 尊姓大名 | 높은 상대방의 성명

존심양성 存心養性 | 양심을 보존하고 본성을 기른다

존왕양이 尊王攘夷 | 군주를 받들고 오랑캐를 물리친다 / 준말: 존양 尊攘

존이불망망 存而不忘亡 | 평안한 시대에도 쇠망함을 잊지 않는다

존이불친 尊而不親 | 존경은 하지만 친하지는 않다; 존경은 받지만 사랑은 받지 못한다

존주비민 尊主庇民 | 군주를 받들고 백성을 보호한다

졸난변통 猝難變通 | 뜻밖의 재난을 당하여 대처할 도리가 없다

졸부귀불상 猝富貴不祥 | 갑자기 얻은 부귀는 상서롭지 못하고 재난이 따르기 쉽다

졸지풍파 猝地風波 | 갑자기 일어나는 풍파

종간여류 從諫如流 | 건의를 잘 받아들여 따른다 / 동의어: 종간약전환 從諫若轉圜

종귀일철 終歸一轍 | 결국에는 한 곳으로 돌아간다

종남첩경 終南捷徑 | 종남산에 숨어살면서 지조가 굳은 척하면 그것이 출세하는 지름길이 된다고 비웃는 말; 시험을 치지 않고 관리가 되는 길

종두금족 鍾頭禁足 | 정신을 집중하고 공부하며 출입을 끊는다

종두득두 種豆得豆 | 콩 심은 데 콩 난다; 원인에 따라 결과가 생긴다

　　　동의어: 종과득과 種瓜得瓜; 종맥득맥 種麥得麥 / 유사어: 인과보응 因果報應

종로결장 鐘路決杖 | 번화한 거리인 종로에서 부패한 관리의 볼기를 치던 일

종명누진 鐘鳴漏盡 | 때를 알리는 종이 울고 물시계의 물도 다 새어나갔다; 밤이 깊어간다

종명정식 鐘鳴鼎食 | 종을 쳐서 식사시간을 알리고 솥을 벌여놓고 먹는다; 풍족한 생활

종무소식 終無消息 | 끝끝내 아무 소식이 없다

종불출급 終不出給 | 빚진 돈을 갚지 않는다

종불회개 終不悔改 | 끝내 회개하지 않는다

종사증화 踵事增華 | 앞사람의 실적과 같게 하려고 억지로 맞춘다

종선여등 從善如登 | 착한 일을 하는 것은 등산처럼 어렵다

종선여류 從善如流 | 착한 일을 하는 데 물이 흐르듯 주저하지 않는다

종수일별 終須一別 | 결국은 한번 이별할 수밖에 없다

종식지간 終食之間 | 식사하는 동안; 얼마 안 되는 짧은 시간

종신불치 終身不齒 | 한평생 사람다운 대접을 해주지 않는다

종신지질 終身之疾 | 죽을 때까지 고칠 수 없는 병

종심소욕 從心所欲 | 자기 마음에 좇아 하고 싶은 대로 한다

종오소호 從吾所好 | 자기가 좋아하는 대로 한다

종욕염사 從欲厭私 | 욕심을 따라 사사로운 감정을 채운다

종이부시 終而復始 | 일을 한번 마쳤다가 다시 시작한다

종일지역 終日之役 | 하루 동안 들이는 수고

종적부지 蹤迹不知 | 숨어 있거나 피해 있는 곳을 알지 못한다

종정구인 從井救人 | 우물 안에 들어가 남을 구한다; 남을 구하려다가 자기가 죽는다

종중추고 從重推考 | 관리의 죄과를 엄하게 따지고 캐서 살핀다 / 준말: 종추 從推; 중추 重推

종천지모 終天之慕 | 영원한 사모의 정

종천지통 終天之痛 | 영원한 슬픔; 부모를 여읜 극도의 슬픔

종편지위 從便之爲 | 편안하고 쉬울 대로 좇아서 일을 처리한다

종풍이미 從風而靡 | 풀이 바람에 따라서 눕는다; 대세의 흐름에 따른다

종호귀산 縱虎歸山 | 호랑이를 풀어서 산으로 돌려보낸다; 적을 용서해서 화근을 남긴다

종회여류 從懷如流 | 마음 내키는 대로 행동하여 제지를 받지 않는다

종횡무진 縱橫無盡 | 자유자재하여 사방 팔방으로 거칠 것이 없다 / 동의어:종횡무애 縱橫無礙

좌견천리 坐見千里 | 앉아서 천 리를 본다; 앞일을 멀리 내다본다

좌고우면 左顧右眄 | 좌우를 돌아보고 앞뒤를 재며 망설인다

　　　　　　　　동의어: 좌고우시 左顧右視 / 유사어: 수서양단 首鼠兩端

좌관성패 坐觀成敗 | 가만히 앉아서 일의 성패를 바라보기만 한다

좌단　　　　左祖 | 본문

좌명지사 佐命之士 | 하늘의 뜻에 따라 천자가 될 사람을 도와서 대업을 성공시키는 사람

좌보우필 左輔右弼 | 군주를 좌우에서 돕는 신하; 전쟁터에서 진을 좌우로 친다

좌불수당 坐不垂堂 | 마루 끝에 앉는 것은 위험하기 때문에 그렇게 하지 않는다

좌불안석 坐不安席 | 마음이 불안해서 한 군데 오래 앉아 있지 못한다

좌사우량 左思右量 | 이리저리 헤아려서 생각한다 / 동의어: 좌사우고 左思右考

좌석미난 坐席未煖 | 앉은 자리가 따뜻해질 틈이 없다; 이사를 자주 한다

좌수어인지공 坐收漁人之功 | 남들이 싸우는 틈에 앉아서 이익을 본다

좌수우봉 左授右捧 | 한쪽으로 물건을 내어주고 다른 쪽으로 받아서 바꾼다

좌수우응 左酬右應 | 이쪽저쪽 여러 군데 바쁘게 요구에 응한다

좌식산공 坐食山空 | 아무리 재산이 많아도 놀고먹기만 하면 빈털털이가 되고 만다

좌언기행 坐言起行 | 앉아서 한 말을 서서 실행한다; 자기가 한 말을 꼭 실천한다

좌와기거 坐臥起居 | 눕고 앉는 것과 일어나고 사는 것; 일상생활

좌우경측 左右傾側 | 좌우 어느 쪽으로도 기울어진다; 때와 형편에 따라 좋은 쪽에 붙는다

좌우명　　　座右銘 | 항상 곁에 두고 교훈으로 삼는 격언 / 동의어: 좌우지명 座右之銘

좌우청촉 左右請囑 | 온갖 수단을 다 써서 여러 곳에 청한다 / 동의어: 좌청우촉 左請右囑

좌우협공 左右挾攻 | 좌우에서 죄어 들어가며 공격한다

좌이대단 坐而待旦 | 밤중부터 앉아서 날이 새기를 기다린다; 애타게 기다린다

좌이대사 坐而待死 | 앉아서 죽기를 기다린다; 아무런 대책이 없어 운명에 맡긴다

좌작진퇴 坐作進退 | 군사훈련 때 앉고 서고 전진하고 후퇴하는 것 / 동의어: 기거동작 起居動作

좌정관천 坐井觀天 | 우물 속에 앉아서 하늘을 본다 / 동의어: 정저지와 井底之蛙

좌제우설 左提右挈 | 왼쪽으로 끌고 오른쪽으로 인도한다; 서로 의지하고 돕는다

좌지불천 坐之不遷 | 한 자리에 오래 붙어 앉아서 옮기지 않는다

좌지우오 左支右吾 | 좌우 양쪽을 버틴다; 이리저리 버티어 겨우 지탱한다
　　　　　　　　　 동의어: 우지좌오 右支左吾 / 유사어: 상하탱석 上下撐石; 하석상대 下石上臺

좌지우지 左之右之 | 이리저리 제 마음대로 휘둘러댄다 / 준말: 좌우 左右; 좌우지 左右之

좌지천리 坐知千里 | 앉아서 천 리 밖의 일을 안다

좌차우란 左遮右欄 | 모든 힘을 다해서 이리저리 막아낸다 / 유사어: 좌지우오 左支右吾

좌충우돌 左衝右突 | 닥치는 대로 이리저리 마구 찌르고 치고 받는다; 분별없이 아무에게나
　　　　　　　　　 함부로 덤빈다 / 동의어: 좌우충돌 左右衝突

좌투득상 佐鬪得傷 | 남의 싸움을 돕다가 자기 몸을 다친다

죄불용사 罪不容死 | 사형을 당해도 죄를 다 갚지 못한다

죄상첨죄 罪上添罪 | 죄가 있는 사람이 다시 죄를 짓는다 / 동의어: 죄상가죄 罪上加罪

죄송만만 罪悚萬萬 | 더할 수 없이 죄송하다 / 준말: 죄만 罪萬

죄의유경 罪疑惟輕 | 죄가 가벼운지 무거운지 확실하지 않을 때는 가벼운 것으로 처리한다

죄중벌경 罪重罰輕 | 죄는 무거운데 처벌은 가볍다; 형벌이 공정하지 못하다

주감이열 酒酣耳熱 | 술을 많이 해서 귀가 화끈거린다; 술이 몹시 취했다

주객전도 主客顚倒 | 사물의 앞 뒤, 경중, 완급 또는 주인과 손님이 서로 뒤바뀐다
　　　　　　　　　 유사어: 본말전도 本末顚倒; 관리도역 冠履倒易; 위려마도 爲礪磨刀

주경야독 晝耕夜讀 | 낮에는 밭을 갈고 밤에는 책을 읽는다; 바쁜 틈을 타서 어렵게 공부한다
　　　　　　　　　 준말: 경독 耕讀 / 동의어: 주경야송 晝耕夜誦 / 유사어: 청경우독 晴耕雨讀

주공삼태 周公三笞 | 주공이 세 번 매질을 한 일; 자식을 매우 엄격하게 가르친다

주극즉난 酒極則亂 | 술이 지나치면 마음이나 행동이 어지러워진다

주급불계부 周急不繼富 | 다급한 사람은 도와주지만 잘 사는 사람에게는 더 보태주지 않는다

주낭반대 酒囊飯袋 | 어리석고 무능해서 오로지 먹고 마시기만 하는 쓸모 없는 사람
　　　　　　　　　 동의어: 주대반낭 酒袋飯囊; 의가반낭 衣架飯囊; 주옹반낭 酒甕飯囊

주단야장 晝短夜長 | 동지 전후해서 낮은 짧고 밤은 길다

주량회갑 舟梁回甲 | 결혼한 지 61째 되는 해의 잔치; 회혼

주마가편 走馬加鞭 | 달리는 말을 채찍으로 때린다; 잘 하는 사람을 더욱 잘 하라고 격려한다

주마간산 走馬看山 | 말을 타고 달리면서 산을 본다 / 동의어: 주마간화 走馬看花

주명부지 主名不知 | 주모자의 이름을 모른다; 도둑질이나 살인을 한 하수인의 이름을 모른다

주복무지 走伏無地 | 달아나 숨으려 해도 숨을 곳이 없다

주복야행 晝伏夜行 | 낮에는 숨어 있다가 밤에 길을 간다

주불쌍배 酒不雙杯 | 술자리에서 잔의 숫자가 짝수가 되는 것을 피한다

주부전복 誅不塡服 | 항복하는 자는 처형하지 않는다

주비수불행 舟非水不行 | 물이 없으면 배가 가지 못한다; 백성이 없으면 군주노릇을 못한다

주사마적 蛛絲馬跡 | 거미줄과 말 발자국; 글의 앞뒤가 잘 이어져 있다

주사야탁 晝思夜度 | 밤낮으로 생각하고 헤아린다 / 동의어: 주사야몽 晝思夜夢

주산자해 鑄山煮海 | 산의 구리를 캐서 동전을 만들고 바닷물을 끓여 소금을 만든다

주상야몽 晝想夜夢 | 낮에 생각한 것이 밤에 꿈에 나타난다

주색잡기 酒色雜技 | 술과 여자와 여러 가지 노름

주석지신 柱石之臣 | 매우 중요한 역할을 하는 신하 / 유사어: 고굉지신 股肱之臣

주수지기 朱壽之器 | 붉게 칠한 그릇 즉 시체를 넣는 관

주시행육 走尸行肉 | 몸은 살아 있어도 살아 있다고 할 정도로 그런 정신은 없는 사람

주야겸행 晝夜兼行 | 밤낮을 가리지 않고 길을 간다; 밤낮으로 일한다

주야골몰 晝夜汨沒 | 밤낮 없이 일에 파묻힌다; 어떤 일을 밤낮으로 생각한다

주야불망 晝夜不忘 | 밤낮으로 잊지 않는다

주야장단 晝夜長短 | 밤과 낮의 길이

주야장천 晝夜長川 | 밤낮으로 쉬지 않고; 언제나

주욕신사 主辱臣死 | 군주가 욕을 당하면 신하는 목숨을 바친다

주위상책 走爲上策 | 화를 피하려면 달아나는 것이 제일 좋은 방책이다

주유별장 酒有別腸 | 술을 마시는 사람은 내장이 별도로 있다

주유포욕사 朱儒飽欲死 | 같은 분량의 음식을 먹어도 난쟁이는 배가 불러 죽을 지경이지만 보통
　　　　　　　　　　사람은 배가 차지 않는다; 물건은 쓰는 사람에 따라 그 효용성이 다르다

주음미훈 酒飮微醺 | 술은 얼근할 정도에서 그치는 것이 좋다

주이계야 晝而繼夜 | 밤낮으로 쉬지 않고 일한다 / 동의어: 불철주야 不撤晝夜

주이불비 周以不比 | 모든 사람과 친하게 지내지만 패거리를 만들지는 않는다

주인빈역귀 主人貧亦歸 | 주인이 가난해도 역시 그 주인에게 돌아간다; 옛 주인을 잊지 못한다

주인핍장 主人乏醬 | 주인집에 간장이 떨어지자 손님이 국을 사양한다

주입설출 酒入舌出 | 술이 들어가면 혀가 나온다; 술을 마시면 말이 많아진다

주작부언 做作浮言 | 터무니없는 거짓말을 지어낸다

주장낙토 走獐落兎 | 노루를 좇다가 토끼를 주웠다; 뜻밖의 이익을 얻는다

주장낭패 周章狼狙 | 매우 당황해서 어찌할 바를 모른다

주장야단 晝長夜短 | 하지를 전후해서 낮은 길고 밤은 짧다

주저만지 躊躇滿志 | 어떤 일을 끝마치고 스스로 만족하는 모습

주주객반 主酒客飯 | 주인은 술을 권하고 손님은 주인에게 밥을 권하며 다정하게 식사한다

주중적국 舟中敵國 | 자기편 안에 적이 있다; 군주가 덕을 잃으면 백성들이 곧 적이 된다

주지육림 酒池肉林 | 본문

주진지호 朱陳之好 | 주씨와 진씨가 한 마을을 이룬 일; 두 가문이 대대로 혼인관계를 맺는다

주축일반 走逐一般 | 다 같이 옳지 못한 일을 했다면 꾸짖는 쪽이나 듣는 쪽이나 마찬가지다

주취주해 酒醉酒解 | 술에 취한 것은 술로 푼다; 해장술을 마신다

주침야소 晝寢夜梳 | 낮에 자고 밤에 머리 빗는다; 불규칙한 생활을 한다

주판지세 走坂之勢 | 급한 산비탈을 맹렬하게 달려 내려가는 기세 / 동의어: 하산지세 下山之勢

주휘옥려 珠輝玉麗 | 구슬처럼 빛나고 옥처럼 아름답다; 육체가 매우 아름답다

죽두목설 竹頭木屑 | 대나무 조각과 나무 부스러기; 하찮은 것도 소홀히 하지 않는다

죽림칠현 竹林七賢 | 위나라 말기에 죽림에 은거해 살던 일곱 명의 현자 즉 산도(山濤),
　　　　　　　　　왕융(王戎), 유령(劉伶), 완적(阮籍), 완함(阮咸), 혜강(嵆康), 상수(尙水)

죽마고우 竹馬故友 | 본문

준명불역 駿命不易 | 하늘의 뜻은 한번 정해지면 바뀌지 않는다

준민고택 浚民膏澤 | 백성의 재물을 몹시 심하게 쥐어짠다

준조절충 樽俎折衝 | 본문

준족장판 駿足長阪 | 준마는 길고 험한 고개를 달려보고 싶어한다

중과부적 衆寡不敵 | 본문

중구난방 衆口難防 | 본문

중구삭금 衆口鑠金 | 많은 사람이 모함하는 말은 쇠도 녹인다 / 동의어: 적훼소골 積毁銷骨

중구일사 衆口一辭 | 여러 사람의 말이 일치한다 / 동의어: 이구동성 異口同聲

중노난범 衆怒難犯 | 많은 사람의 분노를 함부로 건드려서는 안 된다

중덕불보 重德不報 | 큰 덕을 베푼 사람은 그 보답을 못 받는다

중도개로 中途改路 | 일을 하다가 도중에 방침을 바꾼다

중도반단 中途半端 | 사물이 완성되지 않은 상태; 이것도 저것도 아니다

중도이폐 中道而廢 | 일을 하다가 도중에 그만둔다 / 동의어: 반도이폐 半道而廢

중론불일 衆論不一 | 많은 사람의 의견이 한결같지 않다

중류저주 中流底柱 | 황하 중류에 기둥 모양으로 우뚝 서 있는 저주(砥柱, 底柱)라는 거대한 바위
　　　　　　　　　어지러운 세상에서 지조를 굳게 지키는 선비

중립불의 中立不倚 | 중립을 지키고 치우치지 않는다 / 동의어: 불편부당 不偏不黨

중망소귀 衆望所歸 | 많은 사람의 신망이 한 사람에게 쏠린다

중무소주 中無所主 | 줏대가 없다; 어떤 일에 자기 의견이 없다

중산지주 中山之酒 | 중산이라는 곳의 술집에서 빚은 술로 한번 마시면 3년 동안 깨지 않는다

중생제도 衆生濟度 | 부처와 보살이 수많은 사람을 구제한다; 죄업에 빠진 사람을 구한다

중석몰촉 中石沒鏃 | 본문

중소성다 衆少成多 | 적은 것도 모이면 많아진다

중심성성 衆心成城 | 많은 사람의 뜻이 합쳐지면 성처럼 견고해진다

중심필식 中心必式 | 마음을 단단히 다스려서 행동을 삼간다

중언부언 重言復言 | 이미 한 말을 거듭해서 되풀이한다

중오필찰 衆惡必察 | 많은 사람이 싫어하거나 좋아하는 것도 반드시 그 이유를 따져봐야 한다
　　　　　　　　　원어: 중오필찰 중호필찰 衆惡必察 衆好必察

중용지도 中庸之道 | 중용의 길

중원축록 中原逐鹿 | 본문

중육중배 中肉中背 | 마르지도 살찌지도 않은 몸과 크지도 작지도 않은 키; 좋은 몸매

중의성림 衆議成林 | 여러 사람의 의견은 평평한 땅에 숲을 이룬다

중의일결 衆議一決 | 많은 사람이 논의하여 결정한다

중인역역 衆人役役 | 많은 사람이 지나치게 잔재주를 피운다

중인중리 衆人重利 | 세상 사람들은 이익을 중요하게 여긴다

중인환시 衆人環視 | 많은 사람이 둘러서서 다 같이 보고 있다 / 동의어: 중인소시 衆人所視

중정울불 衆情鬱怫 | 많은 사람의 감정이 터져서 뒤끓는다

중정무사 中正無私 | 옳고 바르며 사심이 없고 공정하다

중족측목 重足側目 | 두 발을 모으고 서서 곁눈질을 한다; 몹시 두려워한다

중통외직 中通外直 | 속에 구멍이 뚫리고 겉은 곧다; 군자는 마음이 넓고 행동이 바르다

중후소문 重厚少文 | 태도가 매우 신중하고 꾸밈이 없다

중흥지주 中興之主 | 망해 가던 나라를 다시 일으킨 군주

즉결즉단 卽決卽斷 | 그 자리에서 빨리 결단을 내린다

즉시일배주 卽時一杯酒 | 눈앞에 있는 한 잔의 술; 장래의 큰 이익보다 당장의 이익이 낫다

즉심시불 卽心是佛 | 내 마음이 곧 부처다; 내 마음을 떠나서는 부처도 없다

즐풍목우 櫛風沐雨 | 바람으로 빗질하고 빗물로 목욕한다; 객지에서 떠돌며 온갖 고생을 다 한다

증거역연 證據歷然 | 증거가 확실하다

증닉추석 拯溺錘石 | 물에 빠진 사람을 구해준다면서 돌을 던진다

증이지기선 憎而知其善 | 사람을 미워하지만 그의 장점은 인정해준다

증이파의 甑已破矣 | 시루는 이미 깨어졌다 / 동의어: 타증불고 墮甑不顧

증참살인 曾參殺人 | 공자의 제자인 증참이 사람을 죽였다는 헛소문; 거짓말도 여러 사람이 하면
                    믿게 된다 / 동의어: 투저지의 投杼之疑 / 유사어: 삼인성호 三人成虎(본문)

지각천애 地角天涯 | 땅 한 구석과 하늘 끝; 서로 멀리 떨어져 있다

지갈지계 止渴之計 | 목마른 것을 면하는 꾀; 임시방편의 꾀

지강급미 舐糠及米 | 처음에는 겨를 핥다가 나중에는 쌀을 먹는다; 욕심이 한이 없다

지공무사 至公無私 | 지극히 공평하여 자신의 개인적인 사정을 돌보지 않는다; 더 없이 공정하다

지과만인 智過萬人 | 지략이 보통사람들보다 훨씬 뛰어나다

지구지계 持久之計 | 적이 지치도록 오래 끌고 나가는 계책

지귀부대작 至貴不待爵 | 도덕이 가장 높은 자는 벼슬을 하지 않아도 스스로 귀하다

지기도타 知機逃躱 | 범인이 자기를 잡으러 올 기미를 눈치채고 미리 도망친다

지기지우 知己之友 | 자기를 알아주는 친구 / 준말: 지기 知己 / 유사어: 막역지우 莫逆之友(본문)

지난행이 知難行易 | 도리를 알기는 어렵지만 알고 나면 실행하기가 쉽다

지대어비 指大於臂 | 손가락이 팔보다 크다; 본말이 뒤집혀 있다

지대재단 志大才短 | 뜻은 크지만 재주가 모자란다

지대지강 至大至剛 | 매우 크고 매우 강하다

지독지정 舐犢之情 | 어미소가 송아지를 핥아주며 사랑하는 정 / 동의어: 지독지애 舐犢之愛
지동지서 之東之西 | 동쪽으로 가고 서쪽으로도 간다; 갈팡질팡한다
지동지서 指東指西 | 동쪽을 가리키기도 하고 서쪽을 가리키기도 한다; 쓸데없는 것을 떠든다
지락무락 至樂無樂 | 가장 큰 즐거움은 그것이 즐거운 줄도 모르고 평온한 것이다
지란지화 芝蘭之化 | 좋은 친구와 사귀는데 그 감화를 받는다
지록양교 持祿養交 | 못된 관리가 직분에 충실하기보다 오로지 봉급을 받고 교제범위를 넓힌다
지록위마 指鹿爲馬 | 본문
지리멸렬 支離滅裂 | 어수선하게 흩어져 체계를 세우거나 갈피를 잡을 수 없다
지만의득 志滿意得 | 바라는 대로 되어서 마음이 매우 기쁘다
지만지도 持滿之道 | 최고의 지위에 도달한 뒤 그것을 유지하는 방법
지명지년 知命之年 | 타고난 천명을 아는 나이 즉 50세; 준말: 지명 知命
지모단천 智謀短淺 | 지혜가 모자라고 얕다
지모웅략 智謀雄略 | 슬기로운 계책과 웅대한 계략
지복위혼 指腹爲婚 | 뱃속의 태아를 가리켜 혼인의 약속을 한다 / 동의어: 지복연인 指腹連姻
지부복궐 持斧伏闕 | 군주에게 상소할 때 죽을 각오로 도끼를 지고 대궐 앞에 엎드린다
지부작족 知斧斫足 | 아는 도끼에 발등 찍힌다; 믿던 일이 어그러진다
지분혜탄 芝焚蕙歎 | 지초가 불타자 혜란이 탄식한다 / 유사어: 호사토읍 狐死兎泣
지불가만 志不可滿 | 바라는 것을 전부 만족시켜서는 안 된다; 약간 모자라는 듯하는 것이 좋다
지불승굴 指不勝屈 | 수효가 너무 많아 일일이 손가락을 굽혀서 셀 수 없다
지사불굴 至死不屈 | 죽을 때까지 자기 주장을 굽히지 않는다
지사위한 至死爲限 | 죽을 때까지 자기 마음먹은 대로 주장한다 / 유사어: 지사불굴 至死不屈
지상명령 至上命令 | 절대로 복종해야 하는 명령
지상병담 紙上兵談 | 이론적으로만 군사작전을 논의한다; 경험이 없는 이론은 쓸모가 없다
지서덕쇠 知書德衰 | 글을 알면 지식은 늘지만 덕은 줄어든다
지성감천 至誠感天 | 지극한 정성에는 하늘도 감동한다 / 준말: 지감 至感
지성여신 至誠如神 | 지극한 정성을 가진 사람은 힘이 신과 같다
지소모대 知小謀大 | 아는 것은 적은데 계획만 크다; 자기 능력으로 실행하지 못할 계획을 세운다
지숭예비 知崇禮卑 | 지식은 높은 수준일수록, 예의는 자신을 낮출수록 더 좋다
지신막약군 知臣莫若君 | 신하에 관해 가장 잘 아는 것은 군주다
　　　　　　　　　유사어: 지자막약부 知子莫若父
지어농조 池魚籠鳥 | 연못 속의 물고기와 새장 속의 새; 자유롭지 못하다
지어사경 至於死境 | 거의 죽다시피 되는 어려운 경우에 이른다
지어지선 至於至善 | 최고의 선에 이른다; 최선을 다한다; 완전무결하다 / 준말: 지선 至善
지어지앙 池魚之殃 | 연못 물고기들이 당한 재앙; 죄 없이 당하는 재앙; 뜻밖의 재앙
지어지처 止於止處 | 일정한 숙소가 없어 어디든지 이르는 곳에서 머물러 잔다
지엽말단 枝葉末端 | 나뭇가지와 잎과 끝; 중요하지 않은 것 / 동의어: 지엽말절 枝葉末節

지영지업 持盈之業 | 성취한 일을 유지하는 일

지용겸비 智勇兼備 | 지혜와 용기를 아울러 갖춘다

지용무쌍 智勇無雙 | 지혜와 용기를 서로 겨룰 만한 짝이 없다

지우이신 至愚而神 | 매우 어리석은 사람에게도 신령한 마음이 있다; 백성의 마음

지우지감 知遇之感 | 자신을 알아주고 후하게 대접하는 데 대해 고맙게 느끼는 마음

지우책인명 至愚責人明 | 가장 어리석은 자도 남을 나무라는 데는 밝다

지원부지근 知遠不知近 | 먼 것은 알면서도 가까운 것은 모른다

지이부지 知而不知 | 알면서도 모른 체한다 / 동의어: 지사부지 知事不知

지인위질 持人爲質 | 사람을 볼모로 삼는다

지인지감 知人之鑑 | 사람을 알아보는 지혜; 준말: 지감 知鑑

지일가기 指日可期 | 뜻하는 바가 훗날 이루어질 것을 굳게 믿는다

지일부지이 知一不知二 | 하나는 알고 둘은 모른다

지자견미맹 智者見未萌 | 지혜로운 사람은 일이 발생하기 전에 그것을 이미 안다

지자막여부 知子莫如父 | 자식에 관해서 가장 잘 아는 사람은 그의 아버지다

지자불박 知者不博 | 참된 지식인은 잡다한 지식을 가지고 있지 않다

지자불언 知者不言 | 아는 자는 말을 잘 하지 않는다

지자불혹 知者不惑 | 아는 자는 사물에 관해 흔들리지 않고 잘 분별한다

지자요수 知者樂水 | 지혜로운 사람은 물을 좋아한다

지자일실 智者一失 | 슬기로운 사람도 실수할 때가 있다

지자천려 知者千慮 | 슬기로운 사람의 천 가지 생각 / 반대어: 우자천려 愚者千慮

지재지삼 至再至三 | 두 번 세 번; 여러 번 거듭해서

지재차산중 只在此山中 | 반드시 이 산 속에 있다; 어느 정도는 알고 있지만 확실하게는 모른다

지재천리 志在千里 | 뜻이 대단히 웅대하다

지정불고 知情不告 | 남의 죄를 알면서도 고발하지 않는다

지정지간 至情之間 | 정이 매우 깊은 사이; 매우 가까운 친척

지조불군 鷙鳥不群 | 사나운 새는 떼를 짓지 않는다; 충성스러운 인물은 속세와 어울리지 않는다

지족불욕 知足不辱 | 자기 분수에 만족할 줄 알면 수치를 당하지 않는다

지족안분 知足安分 | 만족할 줄 알아서 자기 분수에 만족한다

지족식비 智足飾非 | 나쁜 지혜를 가진 사람이 자기 잘못을 꾸며대어 선으로 만들 수 있다

지족자부 知足者富 | 만족할 줄 아는 사람이 부자다 / 유사어: 부재지족 富在知足

지지부진 遲遲不進 | 몹시 더디어서 잘 나아가지 않는다

지지유고 持之有故 | 옛사람도 이런 주장을 한 적이 있다고 말해서 자기 주장을 지킨다

지진부지퇴 知進不知退 | 앞으로 나아갈 줄만 알고 뒤로 물러설 줄은 모른다

지척불변 咫尺不辨 | 너무 어두워서 바로 코앞도 알아볼 수 없다

지척천리 咫尺千里 | 가까운 거리도 아주 멀리 느껴진다

지천명 知天命 | 타고난 천명을 안다

지천사어 指天射魚 | 물고기를 잡으려고 하늘을 향해서 화살을 쏜다 / 유사어: 연목구어 緣木求魚

지천위서 指天爲誓 | 하늘을 걸고 맹세한다

지초북행 至楚北行 | 남쪽에 있는 초나라로 간다면서 북쪽으로 간다; 목적과 행동이 서로 다르다

지추덕제 地醜德齊 | 나라의 크기나 군주의 덕망이 서로 비슷하다; 두 집안이 서로 비교할 만하다

지치득거 舐痔得車 | 치질을 핥고 나서 수레를 상으로 받는다; 천한 일을 해서 큰 이익을 얻는다

지피지기 知彼知己 | 적의 사정과 나의 형편을 잘 안다

지필연묵 紙筆硯墨 | 종이와 붓과 벼루와 먹 / 동의어: 문방사우 文房四友

지학지년 志學之年 | 학문에 뜻을 둘 나이 즉 15세 / 준말: 지학 志學

지행합일 知行合一 | 아는 것과 행동이 일치한다

지혜이검 智慧利劍 | 지혜는 번뇌를 끊는 잘 드는 칼이다 / 준말: 지혜검 智慧劍

지호자야 之乎者也 | 네 글자가 모두 어조사; 쓸데없는 말

지호지간 指呼之間 | 손짓하여 부를 만한 가까운 거리 / 준말: 지호간 指呼間

지희지귀 知希之貴 | 나를 아는 사람이 드물기 때문에 나는 귀하다

직궁증부 直躬證父 | 지나치게 정직한 초나라의 직궁이 자기 아버지가 양을 훔친 죄에 대해 증인으로 나섰던 일; 인륜에 어긋나는 고지식하고 어리석은 짓

직목선벌 直木先伐 | 곧은 나무는 먼저 베어진다 / 유사어: 감천선갈 甘泉先渴

직왕매진 直往邁進 | 서슴지 않고 곧장 힘차게 나아간다

직장곡로 直壯曲老 | 군대는 이치가 바르면 사기가 일어나고 바르지 못하면 자연히 소멸한다

직정경행 直情徑行 | 감정이 시키는 대로 행동한다 / 반대어: 숙려단행 熟慮斷行

진근부초 陳根腐草 | 오래 묵어서 약의 효력이 없는 한약재

진금기수 珍禽奇獸 | 진귀한 새와 이상한 짐승

진금부도 眞金不鍍 | 진짜 금에는 도금을 하지 않는다

진담누설 陳談陋說 | 쓸데없는 이야기와 지저분한 말

진명지주 眞命之主 | 하늘의 뜻을 받들어 어지러운 세상을 평정하는 군주 / 준말: 진주 眞主

진목장담 瞋目張膽 | 크게 용기를 낸다

진미가효 珍味佳肴 | 맛있는 음식과 좋은 안주

진반도갱 塵飯塗羹 | 먼지를 밥, 진흙을 국이라고 하는 아이들 소꿉장난; 아무 소용도 없는 일

진번하탑 陳蕃下榻 | 진번이 특별한 의자를 손님에게 권한 일; 손님을 극진히 대접한다

진불가당 進不可當 | 전진하면 그 세력을 당해낼 수 없다

진사중요 珍事中夭 | 뜻밖에 닥친 재난; 뜻밖의 진기한 일

진선진미 盡善盡美 | 착함을 다하고 아름다움을 다했다; 더 이상 바랄 것이 없이 잘 되었다

진수성찬 珍羞盛饌 | 진귀하고 많은 음식; 많이 차린 좋은 음식

진승오광 陳勝吳廣 | 어떤 일에 선수를 쳐서 앞지르는 일; 그런 사람; 준말 진오 陳吳

진실무위 眞實無僞 | 참되어 거짓이 없다

진심갈력 盡心竭力 | 마음과 힘을 다한다 / 준말: 진심력 盡心力

진안막변 眞贋莫辨 | 진짜와 가짜를 구별하기 어렵다

진여일색 眞如一色 | 만물의 본체는 다 같다

진외고표 塵外孤標 | 속세를 떠나 홀로 거닌다

진인사 대천명 盡人事待天命 | 사람으로서 할 수 있는 일은 다 한 뒤에 하늘의 뜻에 맡긴다

진정소원 眞情所願 | 마음에 간절히 바라서 우러나오는 소원

진정지곡 秦庭之哭 | 남에게 원조를 청하기 위해서 우는 행동

진지구무이 秦之求無已 | 욕심이 한이 없다

진진상인 陳陳相因 | 오래된 곡식이 창고에 포개어져 쌓인다; 세상이 잘 다스려진다

진진지의 秦晉之誼 | 혼인을 한 양가의 가까운 정 / 동의어: 진진지호 秦晉之好

진천동지 震天動地 | 소리가 하늘을 흔들고 땅을 움직인다 / 유사어: 경천동지 驚天動地

진촌퇴척 進寸退尺 | 한 치를 나아가고 한 자를 물러선다; 얻는 것은 적고 잃는 것은 많다

진충보국 盡忠報國 | 충성을 다하여 나라의 은혜에 보답한다

진퇴양난 進退兩難 | 앞으로 나아갈 수도, 뒤로 물러날 수도 없다 / 동의어: 진퇴유곡 進退維谷

진평재육 陳平宰肉 | 진평이 고기를 손님에게 공평하게 골고루 나누어준다

진합태산 塵合泰山 | 티끌 모아 태산 / 동의어: 진적위산 塵積爲山

질서문란 秩序紊亂 | 질서가 바르지 못하고 흐트러진다

질서정연 秩序整然 | 질서가 잘 잡혀서 한결같이 바르고 가지런하다

질악약수 疾惡若讐 | 악인을 원수처럼 미워한다

질이불리 質而不俚 | 소박하면서도 촌스럽지 않다

질족자선득 疾足者先得 | 행동이 빠른 사람이 남보다 먼저 얻는다

질타격려 叱咤激勵 | 큰소리로 꾸짖기도 하고 격려하기도 한다

질풍경초 疾風勁草 | 심한 바람이 불 때 비로소 억센 풀을 알아본다

질풍노도 疾風怒濤 | 빠르고 세찬 바람과 성난 파도

질풍대우 疾風大雨 | 질풍과 큰 비; 비바람이 몹시 몰아치는 험한 날씨

질풍신뢰 疾風迅雷 | 빠른 바람과 사나운 우레; 사태가 급하게 변하거나 행동이 재빠르다

질행무선적 疾行無善迹 | 급하게 한 일에는 좋은 결과가 없다

집액성구 集腋成裘 | 여우 겨드랑이 밑 흰털을 모아 가죽옷을 만든다

집열불탁 執熱不濯 | 뜨거운 것을 쥔 사람은 물로 손을 씻어야 하는데 그렇게 하지 않는다

집우이   執牛耳 | 소의 귀를 잡는다; 단체나 당파의 우두머리가 된다

집탄초조 執彈招鳥 | 새총을 잡은 채 새를 오라고 부른다; 목적과 반대되는 수단을 취한다

징갱취제 懲羹吹虀 | 본문

징분질욕 懲忿窒慾 | 분한 생각을 경계하고 욕심을 막는다

징선기여 懲船忌輿 | 배 멀미를 하거나 난파한 체험에 진저리가 나서 수레조차 타기를 꺼린다
　　　　　유사어: 징갱취제 懲羹吹虀(본문); 오우천월 吳牛喘月(본문)
　　　　　　　　　인열폐식 因噎廢食

징탕취냉수 懲湯吹冷水 | 끓는 물에 입을 데고 찬물을 불면서 마신다

차_____

차경차희 且驚且喜 | 한편으로 놀라면서 한편으로 기뻐한다

차계기환 借鷄騎還 | 닭을 빌려서 타고 돌아간다; 손님을 푸대접하는 것을 비꼬는 말

차공제사 借公濟私 | 공적인 일을 구실로 삼아 개인적인 이익을 본다

차도살인 借刀殺人 | 남의 칼을 빌려서 사람을 죽인다; 남을 이용하여 사람을 해친다

차래지식 嗟來之食 | 여기 와 먹으라는 식으로 사람을 깔보면서 주는 음식; 푸대접하며 주는 음식

차문차답 且問且答 | 한편으로 묻고 한편으로 대답한다

차상차하 差上差下 | 조금 낫기도 하고 조금 못하기도 하다 / 동의어: 막상막하 莫上莫下

차선차후 差先差後 | 조금 앞서기도 하고 조금 뒤서기도 한다

차신차의 且信且疑 | 한편으로 믿음직하고 한편으로 의심스럽다 / 유사어: 반신반의 半信半疑

차일시 피일시 此一時 彼一時 | 이때 한 일과 저때 한 일이 사정이 달라 이것도 저것도 한 때다

차일피일 此日彼日 | 오늘 내일 하면서 자꾸 기일을 미룬다

차적병   借賊兵 | 적군에게 무기를 빌려준다; 자기를 해치려는 자를 도와준다

차진위유 借秦爲諭 | 진나라를 예로 들어 깨우쳐준다; 남의 경우를 들어 알아듣게 충고한다

차청어농 借聽於聾 | 남이 무슨 말을 하는지 귀머거리에게 묻는다; 도움을 엉뚱한 사람에게 청한다

차청입실 借廳入室 | 대청을 빌어 쓰다가 안방으로 들어간다 / 동의어: 차청차규 借廳借閨

차치물론 且置勿論 | 내버려두고 논의하지 않는다

차풍사선 借風使船 | 바람을 빌려서 배를 움직인다; 돈을 빌려서 임시변통을 한다

　　　　　　　　　동의어: 차수행주 借水行舟

차화헌불 借花獻佛 | 남의 꽃을 빌려서 부처에게 바친다

착두근착미 捉頭僅捉尾 | 대가리를 잡으려다 겨우 꽁지를 잡는다

착벽투광 鑿壁偸光 | 한나라의 광형(匡衡)이 너무 가난해서 옆집의 벽을 뚫고 그 불빛으로 책을
　　　　　　　　　읽었다; 매우 힘들게 공부한다

　　　　　　　　　동의어: 착벽인광 鑿壁引光 / 유사어: 차형손설 車螢孫雪

착선편   着先鞭 | 남보다 먼저 매를 든다; 남보다 먼저 손을 댄다; 남보다 먼저 공을 세운다

착음경식 鑿飮耕食 | 우물을 파서 물을 마시고 밭을 갈아서 곡식을 먹는다; 천하가 태평하다

착족무처 着足無處 | 발을 붙이고 설 곳이 없다; 의지할 곳이 없다

착해방수 捉蟹放水 | 게를 잡아 물에 놓아준다; 헛수고만 하고 아무 소득이 없다

찬화득빙 鑽火得氷 | 얼음을 비벼서 불을 일으키려고 한다

참괴무면 慙愧無面 | 부끄러워서 볼 면목이 없다

참불가견 慘不可見 | 너무 참혹해서 차마 볼 수가 없다

참상남형 僭賞濫刑 | 상과 벌을 함부로 준다

참신기발 斬新奇拔 | 가장 새롭고 유난히 색다르다

참정절철 斬釘截鐵 | 못을 끊고 쇠를 자른다; 흔들리지 않고 꿋꿋한 자세를 유지한다

참치부제 參差不齊 | 길거나 짧거나 하든가 가지런하지 않다 / 준말: 참치 參差

창가책례 娼家責禮 | 기생집에서 예의를 따진다; 격식에 전혀 맞지 않는 경우를 비꼬는 말

창두취슬 瘡頭聚蝨 | 머리가 헐면 거기 이가 모인다; 이익이 있는 곳에 사람들이 몰려든다

창상지변 滄桑之變 | 바다가 뽕나무밭이 되는 이변 / 동의어: 상전벽해 桑田碧海(본문)

창선징악 彰善懲惡 | 착한 일을 표창하고 악한 일은 처벌한다

창송취백 蒼松翠柏 | 푸른 소나무와 푸른 잣나무

창송취죽 蒼松翠竹 | 푸른 소나무와 푸른 대나무

창씨고씨 倉氏庫氏 | 고대 중국에서 창씨와 고씨가 오랫동안 창고 관리를 맡았다

창언정론 昌言正論 | 매우 적절하고 바른 주장

창업수성 創業守成 | 나라를 세우는 일과 지키는 일; 나라를 세우기는 쉬워도 지키기는 어렵다

창업수통 創業垂統 | 나라를 세워 자손에게 물려준다

창업지주 創業之主 | 나라를 새로 건국한 군주

창왕찰래 彰往察來 | 지난 일을 자세히 밝혀서 장래의 득실을 살핀다

창우백출 瘡疣百出 | 부스럼이 많이 생긴다; 말과 행동에 잘못이 많다

창이불화 倡而不和 | 어떤 일에 앞장서려고 해도 사람들이 따라오지 않는다

창창소년 蒼蒼少年 | 앞길이 창창한 젊은이

창천갈유극 蒼天曷有極 | 하늘은 일정한 규칙이 없다

창해유주 滄海遺珠 | 넓은 바다에 남아 있는 구슬; 세상에 알려지지 않은 인물

창해일속 滄海一粟 | 넓은 바다의 좁쌀 한 알; 광대한 것 안에 매우 작은 물건
      동의어: 대해일속 大海一粟; 대해일적 大海一滴 / 유사어: 구우일모 九牛一毛

창황망조 蒼黃罔措 | 너무 급해서 어찌할 바를 모른다

창황분주 蒼黃奔走 | 너무 급해서 정신없이 왔다 갔다 한다

채과급수 菜果汲水 | 열매를 따고 물을 긷는다; 수행의 어려움

채미가   采薇歌 | 본문

채색부정 采色不定 | 풍채와 안색이 일정하지 않다; 기쁘거나 화가 나는 감정을 억제하지 못한다

채신지우 采薪之憂 | 병이 들어서 땔나무를 할 수 없다; 자신의 병을 겸손하게 일컫는 말
      동의어: 부신지우 負薪之憂

채장보단 採長補短 | 장점을 받아들이고 단점을 보완한다

책상양반 冊床兩班 | 상민이 학문과 덕행이 뛰어나 양반이 된 경우

책상퇴물 冊床退物 | 글공부만 하여 세상 돌아가는 일에 어두운 사람; 책상물림

책인즉명 責人則明 | 자기 잘못은 덮어놓은 채 남의 잘못을 가려내서 나무라기는 잘한다

처성자옥 妻城子獄 | 아내는 성과 같고 자식은 감옥과 같다

처치불능 處置不能 | 처치할 수가 없다

처풍고우 凄風苦雨 | 쓸쓸한 바람과 궂은 비; 매우 처량하고 괴로운 처지

척견폐요 跖犬吠堯 | 큰 도둑인 도척의 개가 요임금을 보고 짖는다
      사람이 선악을 가리지 않은 채 자기 상전을 위해 충성을 다한다
      동의어: 걸견폐요 桀犬吠堯(본문) / 유사어: 촉견폐일 蜀犬吠日

척과만거 擲果滿車 | 진(晉)나라의 미남 반악(潘岳)이 탄 수레에 여자들이 과일을 던져 가득 채운

일; 여자가 남자에게 사랑을 고백한다

척륜불반 隻輪不返 ㅣ 수레가 한 대도 돌아오지 않는다; 적에게 참패를 당한다

척벌장비 陟罰臧否 ㅣ 착한 사람을 승진시키고 악한 자는 처벌한다

척벽비보 尺璧非寶 ㅣ 한 자나 되는 구슬도 소중한 시간에 비하면 보물이 될 수 없다

척산촌수 尺山寸水 ㅣ 높은 데서 내려다볼 때 손바닥만한 산과 가느다란 강물

척우분돈 瘠牛僨豚 ㅣ 여윈 소라 해도 자기 밑에 깔린 돼지를 죽인다

척촌지공 尺寸之功 ㅣ 얼마 되지 않는 공적; 약간의 공로

척촌지리 尺寸之利 ㅣ 약간의 이익

척촌지지 尺寸之地 ㅣ 약간의 땅

척택지예 尺澤之鯢 ㅣ 작은 못의 송사리; 식견이 매우 좁은 사람

척포두속 尺布斗粟 ㅣ 베 한 필과 좁쌀 한 말; 형제 사이의 불화를 비난하는 말

척호성명 斥呼姓名 ㅣ 어른의 성명을 함부로 부른다

척확지굴 蚇蠖之屈 ㅣ 자벌레가 몸을 굽히는 것은 다시 펴기 위한 것이다

천가지년 天假之年 ㅣ 하늘이 수명을 늘여서 더 오래 살게 한다; 목숨을 연장한다; 목숨이 길다

천객만래 千客萬來 ㅣ 많은 손님이 끊이지 않고 찾아온다

천견박식 淺見薄識 ㅣ 얕은 견문과 지식

천고마비 天高馬肥 ㅣ 본문

천고만난 千苦萬難 ㅣ 온갖 고생과 어려움 / 동의어: 천난만고 千難萬苦

천고불역 千古不易 ㅣ 영구히 변하지 않는다 / 동의어: 만대불역 萬代不易

천고소단 千古笑端 ㅣ 먼 훗날까지 전해질 웃음거리

천고지하 天高地下 ㅣ 하늘은 높고 땅은 낮다; 각각 상하의 구별이 있다

천공무조백 天公無皂白 ㅣ 하늘은 공평하다

천공해활 天空海闊 ㅣ 하늘과 바다가 탁 트이고 넓다; 사람의 도량이 크고 넓다
　　　　　　동의어: 해활천공 海闊天空 / 유사어: 자유활달 自由闊達

천교만태 千嬌萬態 ㅣ 온갖 아양을 떠는 태도 / 동의어: 천태만교 千態萬嬌

천구일언 千句一言 ㅣ 천 마디에 맞먹을 한 마디 중요한 말

천군만마 千軍萬馬 ㅣ 수많은 병사와 말; 대규모의 군대 / 동의어: 천병만마 千兵萬馬

천근역사 千斤力士 ㅣ 천 근을 드는 장사; 매우 힘이 센 사람

천금매골 千金買骨 ㅣ 인재를 간절하게 구한다

천금매소 千金買笑 ㅣ 본문

천금준마 千金駿馬 ㅣ 천 냥의 가치가 있는 매우 좋은 말

천금지구 千金之軀 ㅣ 천 냥처럼 매우 소중한 몸

천기누설 天機漏泄 ㅣ 중대한 비밀을 새게 한다; 중대한 비밀이 샌다

천년만년 千年萬年 ㅣ 매우 오랜 세월

천년일청 千年一淸 ㅣ 천년에 한번 맑아진다 / 동의어: 백년하청 百年河淸(본문)

천도무친 天道無親 ㅣ 하늘은 공평하여 누구든지 선을 행하면 돕고 악을 행하면 벌한다

천도부도 天道不謟 | 하늘이 선한 자에게 복을 주고 악인에게 재앙을 주는 것은 조금도 의심할
　　　　　　　　바가 없다 / 유사어: 천필압지 天必壓之
천도불용 天道不容 | 하늘의 도는 공정해서 악인을 용납하지 않는다
천도시비 天道是非 | 본문
천라지망 天羅地網 | 벗어나기 어려운 경계망이나 피하기 어려운 재앙
천려일득 千慮一得 | 어리석은 사람도 많은 생각 가운데 한 가지는 좋은 생각이 있다
　　　　　　　　유사어: 우자일득 愚者一得 / 반대어: 천려일실 千慮一失(본문)
천려일실 千慮一失 | 본문
천렴귀발 賤斂貴發 | 싸게 사서 비싸게 판다 / 동의어: 천렴귀출 賤斂貴出
천리건곤 千里乾坤 | 아득하게 뻗은 하늘과 땅; 매우 넓은 천지
천리동풍 千里同風 | 천 리 떨어진 곳에서도 같은 바람이 분다 / 동의어: 만리동풍 萬里同風
천리면목 千里面目 | 천 리 떨어진 곳에서도 대하는 얼굴 즉 편지
천리명가 千里命駕 | 천 리나 멀리 떨어진 친구를 방문하기 위해 수레 준비를 시킨다
천리무연 千里無煙 | 천 리에 연기가 없다; 백성이 매우 곤궁하다
천리비린 千里比隣 | 천 리 되는 먼 곳도 이웃처럼 느껴진다; 교통이 매우 편리하다
천리아모 千里鵝毛 | 천 리 밖에서 보내온 거위 털; 대수롭지 않은 물건이지만 성의가 대단하다
천리안　　千里眼 | 본문
천리일도 千里一跳 | 큰 새가 단숨에 천 리를 난다; 짧은 시간에 먼 길을 간다; 갑자기 성공한다
천리절적 千里絕迹 | 천 리 사이에 견줄 만한 사람이 없다
천리지구 千里之駒 | 하루에 천 리를 달리는 준마; 수단이 능란하고 뛰어난 사람; 남의 아들이
　　　　　　　　우수함을 칭찬하는 말 / 동의어: 천리구 千里駒; 천리마 千里馬
　　　　　　　　유사어: 천리지족 千里之足
천리지지 千里之志 | 매우 원대한 뜻
천리행룡 千里行龍 | 결과를 먼저 말하지 않고 유래를 설명하여 점차 그 일에 미치게 한다
천마행공 天馬行空 | 천마가 하늘을 간다; 아무 것에도 거리끼지 않고 재능을 발휘한다
천만다행 千萬多幸 | 매우 다행하다 / 동의어: 만만다행 萬萬多幸
천만몽외 千萬夢外 | 전혀 생각지 않은 의외의 일 / 동의어: 천만의외 千萬意外
천만미안 千萬未安 | 몹시 미안하다 / 동의어: 미안천만 未安千萬
천만부당 千萬不當 | 조금도 사리에 맞지 않거나 정당하지 않다; 전혀 이치에 맞지 않는다
　　　　　　　　동의어: 천부당 만부당 千不當 萬不當
천만불가 千萬不可 | 전혀 옳지 않다 / 동의어: 만만불가 萬萬不可
천망지루 天網之漏 | 하늘의 그물이 샌다; 천벌을 피해서 빠져나간다
천망회회 天網恢恢 | 하늘의 그물은 엉성하게 보이지만 악인은 그것을 빠져나갈 수 없다
천무삼일청 天無三日晴 | 개인 날씨는 사흘 계속되지 않는다
천무음우 天無淫雨 | 하늘이 궂은 비를 내리지 않는다; 세상이 태평하다
천무이일 天無二日 | 하늘에는 태양이 두 개가 있을 수 없다

천문만호 千門萬戶 │ 대궐의 수많은 문과 방; 수많은 백성의 집

천반포락 川反浦落 │ 개천이 다른 쪽으로 갈라져 흘러 논밭이 떨어져 나간다;

천방백계 千方百計 │ 온갖 계책; 여러 모로 궁리한 꾀

천방지축 天方地軸 │ 어리석게 덤벙댄다 / 동의어: 천방지방 千方地方

천번지복 天飜地覆 │ 천지가 뒤집힌다; 질서가 무너진다

천변만화 千變萬化 │ 변화가 매우 심하다 / 준말: 만화 萬化

천변지이 天變地異 │ 하늘과 땅에서 일어나는 각종 이변 즉 일식, 월식, 우레, 지진, 홍수 등

천보간난 天步艱難 │ 하늘의 운행이 지장이 있다; 세상이 어수선해서 어려움이 많다

천봉만악 千峰萬嶽 │ 높고 낮은 수많은 산봉우리

천봉만학 千峰萬壑 │ 수많은 산봉우리와 골짜기 / 동의어: 천산만학 千山萬壑

천불능살 天不能殺 │ 하늘은 사람을 죽일 수 없다; 사람은 자기 잘못으로 죽는다

천붕지괴 天崩地壞 │ 하늘이 무너지고 땅이 꺼진다 / 동의어: 천붕지탁 天崩地坼

천붕지통 天崩之痛 │ 하늘이 무너지는 것 같은 아픔; 군주나 어버이의 죽음에서 오는 슬픔

천사기연 天賜奇緣 │ 하늘이 내려준 기이한 인연

천사만감 千思萬感 │ 여러 가지 생각과 느낌

천사만고 千思萬考 │ 천 번 만 번 생각한다 / 동의어: 천사만념 千思萬念; 천려만사 千慮萬事

천사만사 千事萬事 │ 천만 가지 일; 온갖 일

천사만생 千死萬生 │ 수없이 죽을 고비를 넘기고 겨우 살아난다

천상지탄 川上之歎 │ 만물의 변화를 공자가 탄식한 일

천상천하 유아독존 天上天下 唯我獨尊 │ 온 세상에서 오로지 나 홀로 존귀하다

　　　　　　　　　　　석가가 태어나자마자 했다는 말

천생배필 天生配匹 │ 하늘이 정해준 짝 / 동의어: 천정배필 天定配匹; 천작지합 天作之合

천생연분 天生緣分 │ 하늘에서 정해준 인연 / 동의어: 천상연분 天上緣分; 천생인연 天生因緣

천생우익 天生羽翼 │ 형제간에 서로 친하게 지낸다

천서만단 千緖萬端 │ 일일이 가려낼 수 없을 정도로 수많은 일의 갈피

천석고황 泉石膏肓 │ 자연과 고질병; 자연을 몹시 사랑한다

천선지전 天旋地轉 │ 하늘과 땅이 마구 돈다; 세상이 복구된다; 난리가 평정된다

천성난개 天性難改 │ 타고난 성질을 고치기 어렵다

천세일시 千歲一時 │ 다시 만나기 어려운 기회 / 동의어: 천재일우 千載一遇

천시가절 天時佳節 │ 좋은 계절

천시지리인화 天時地利人和 │ 알맞은 시기, 지리적 유리함, 원만한 인간관계 등 생활에 필요한

　　　　　　　　　　　세가지 요소

천신만고 千辛萬苦 │ 갖가지 괴롭고 고통스러운 일을 당한다; 대단히 고생한다

천신지기 天神地祇 │ 하늘의 신과 땅의 신; 모든 신 / 준말: 신기 神祇

천애고독 天涯孤獨 │ 먼 낯선 고장에 홀로 떨어져 있다; 의지할 곳이 없다

천애지각 天涯地角 │ 하늘 끝과 땅의 한 귀퉁이; 서로 멀리 떨어져 있다 / 준말: 천애 天涯

천야만야 千耶萬耶 │ 매우 높거나 깊은 모양

천양지차 天壤之差 │ 하늘과 땅처럼 엄청난 차이 / 동의어: 천지지차 天地之差; 천양지간 天壤之間

천언만어 千言萬語 │ 수많은 말; 수다스러운 말

천여불취 天與不取 │ 하늘이 주는 것을 갖지 않으면 도리어 그 재앙을 받는다

천연지덕 天然之德 │ 자연히 갖추어져 있는 덕

천우신조 天佑神助 │ 하늘과 신들의 도움

천위지척 天威咫尺 │ 하늘이 가까운 곳에서 보고 있으니 몸을 조심한다

천은망극 天恩罔極 │ 군주의 은혜가 한없이 두텁다

천의무봉 天衣無縫 │ 본문

천인공노 天人共怒 │ 하늘과 사람이 함께 분노한다 / 동의어: 신인공노 神人共怒

천인낙락 千人諾諾 │ 천 명이 아부하는 소리는 한 명의 정직한 충고만 못하다

천인단애 千仞斷崖 │ 천 길이나 되는 높은 낭떠러지

천일조림 天日照臨 │ 하늘에서 해가 밝게 비친다; 속일 수 없는 명백한 일

천입사행 穿入蛇行 │ 뱀이 움직이는 것처럼 구불구불한 깊은 골짜기에 강이 흐르는 모양

천자만태 千姿萬態 │ 매우 다양한 자세나 모양 / 준말: 만태 萬態

천자만홍 千紫萬紅 │ 울긋불긋한 여러 가지 빛깔 / 동의어: 만자천홍 萬紫千紅

천자무희언 天子無戲言 │ 군주는 농담이 없다; 군주는 말 한마디도 삼가야 한다

천장지구 天長地久 │ 하늘과 땅처럼 영원히 지속된다
　　　　　　　　동의어: 천지장구 天地長久; 천양무궁 天壤無窮

천재불마 千載不磨 │ 천 년을 갈아도 없어지지 않는다; 영원히 지워지지 않는다

천재일우 千載一遇 │ 본문

천재지변 天災地變 │ 자연계의 각종 재해와 이변; 지진, 태풍, 낙뢰, 홍수, 해일 등

천정부지 天井不知 │ 물가가 하늘 높은 줄 모르고 한없이 오른다

천조자조 天助自助 │ 하늘은 스스로 돕는 자를 돕는다

천주활적 天誅猾賊 │ 하늘은 교활하고 악한 자를 처벌한다

천중가절 天中佳節 │ 좋은 명절 즉 단오 / 동의어: 천중지가절 天中之佳節

천지개벽 天地開闢 │ 하늘과 땅이 처음 열린다 / 동의어: 천개지벽 天開地闢

천지만엽 千枝萬葉 │ 무성한 식물의 가지와 잎; 일이 복잡하고 어수선하다

천지망아 天地亡我 │ 하늘이 나를 망쳤다; 아무 잘못 없이 저절로 망했을 때 한탄하는 말

천지무궁 天地無窮 │ 하늘과 땅은 영원하고 끝이 없다 / 동의어: 천양무궁 天壤無窮

천지무용 天地無用 │ 파손되기 쉬운 물건의 포장지에 아래위를 뒤바꾸지 말라고 표시하는 말

천지미록 天之美祿 │ 하늘의 아름다운 보상 즉 술 / 유사어: 백약지장 百藥之長

천지분격 天地分格 │ 매우 서로 다르다; 서로 달라서 차별이 매우 심하다

천지신명 天地神明 │ 하늘과 땅의 모든 신 / 동의어: 천신지기 天神地祇

천지지도 天地之道 │ 하늘과 땅의 도; 음양의 도 / 동의어: 천지지상 天地之常

천지취수 穿地取水 │ 땅을 파고 물을 퍼낸다; 우물을 파서 물을 긷는다

천지현황 天地玄黃 | 하늘은 검고 땅은 누렇다; 천지의 빛깔

천진난만 天眞爛漫 | 꾸밈이 없는 타고난 성질 그대로가 말과 행동에 나타난다
  유사어: 성명난만 性命爛漫

천진무구 天眞無垢 | 아무런 꾸밈이 없고 순진하다

천차만별 千差萬別 | 여러 가지가 서로 다르다

천추만세 千秋萬歲 | 천년 만년; 영원; 장수를 축원하는 말

천추유한 千秋遺恨 | 오랜 세월을 두고 잊지 못할 원한

천태만상 千態萬象 | 여러 가지가 모두 서로 다른 상태 / 동의어: 천상만태 千狀萬態

천택납오 川澤納汙 | 하천은 더러운 것도 받아들인다; 지도자는 사람을 널리 포용해야 한다

천파만파 千波萬波 | 한없이 많은 물결 / 준말: 천만파 千萬波

천편일률 千篇一律 | 여러 가지 글이 비슷하여 개별적 특성이 없다

천필압지 天必壓之 | 하늘은 악인을 미워하여 반드시 벌을 내린다
  동의어: 천필염지 天必厭之 / 유사어: 천도부도 天道不謟

천하만국 天下萬國 | 세상의 모든 나라

천하만사 天下萬事 | 세상의 모든 일 / 준말: 천하사 天下事

천하명창 天下名唱 | 세상에 드문 소리꾼

천하무기물 天下無棄物 | 세상에 버릴 것이 없다; 사물은 나름대로 각각 쓸모가 있다

천하무도 天下無道 | 세상이 어지러워져서 도가 시행되지 않고 있다

천하무쌍 天下無雙 | 세상에 견줄 것이 없다 / 동의어: 천하제일 天下第一

천하무적 天下無敵 | 세상에 대적할 만한 사람이 없다

천하언재 天何言哉 | 하늘이 무슨 말을 하겠는가?; 하늘은 아무 말이 없지만 도를 행한다

천하유삼위 天下有三危 | 덕이 적은 자가 총애를 받고, 재능이 없는 자가 높은 지위를 차지하며,
  공적이 없는 자가 많은 봉급을 받는 것은 천하의 세 가지 위험한 일이다

천하일매 天下一枚 | 천하의 모든 사물이나 모든 사람이 다 같다

천하일색 天下一色 | 세상에 뛰어난 미인

천하장사 天下壯士 | 세상에서 드물게 힘이 매우 센 사람

천하태평 天下泰平 | 온 세상이 잘 다스려져 평안하다

천학비재 淺學非才 | 학문이 얕고 재주가 변변치 않다; 자신의 학식을 겸손하게 일컫는 말

천향국색 天香國色 | 더 없이 향기롭고 빼어나게 아름다운 것; 모란 꽃; 절세미인

천호만환 千呼萬喚 | 한없이 여러 번 소리쳐 부른다

철가도주 撤家逃走 | 온 가족과 살림을 모두 거두어 가지고 도망친다

철두철미 徹頭徹尾 | 머리부터 꼬리까지 투철하다; 사리가 밝고 투철하다; 처음부터 끝까지
  철저하게 / 동의어: 철상철하 徹上徹下 / 유사어: 시종일관 始終一貫

철면무사 鐵面無私 | 개인감정이나 이해관계에 얽매이지 않는다

철면피   鐵面皮 | 본문

철부경성 哲婦傾城 | 영리한 여자는 나라를 망친다; 여자가 똑똑하면 오히려 재난을 초래한다

철부성성 哲夫成城 | 영리한 남자는 나라를 흥하게 한다

철부지급 轍鮒之急 | 수레바퀴 자국에 든 붕어의 다급함
　　　　　　　　　　동의어: 초미지급 焦眉之急 / 유사어: 학철부어 涸轍鮒魚(본문)

철석간장 鐵石肝腸 | 지조가 철석같이 단단해서 어떠한 유혹에도 흔들리지 않는 마음
　　　　　　　　　　동의어: 철심석장 鐵心石腸; 철장석심 鐵腸石心

철숙음수 啜菽飲水 | 콩을 먹고 물을 마신다; 가난해도 부모에게 극진히 효도한다

철옹산성 鐵甕山城 | 쇠로 만든 독처럼 견고한 성 / 준말: 철옹성 鐵甕城; 옹성 甕城

철주　　　　掣肘 | 본문

철중쟁쟁 鐵中錚錚 | 본문

철천지한 徹天之恨 | 뼈에 사무친 크나큰 원한 / 동의어: 철천지원 徹天之冤

철연미천 鐵硯未穿 | 진(晉)나라의 상유한(桑維翰)이 쇠 벼루가 닳아버릴 때까지 학문을
　　　　　　　　　　계속하겠다고 말한 일; 굳은 의지로 자기 일을 바꾸지 않는다

철혈정략 鐵血政略 | 무기와 군대로 나라를 다스리려는 정책

첨망자차 瞻望咨嗟 | 부귀를 누리는 사람을 우러러보고 부러워한다

첨서낙점 添書落點 | 후보자 셋이 모두 마음에 들지 않을 때 군주가 다른 사람을 적어 넣고 거기
　　　　　　　　　　점을 찍어 관리로 임명하는 일

첨예분자 尖銳分子 | 급진주의를 주장하는 사람; 급진적이거나 과격한 사람

첨전고후 瞻前顧後 | 앞뒤를 잘 살펴서 일을 처리한다

첩부지도 妾婦之道 | 시비를 가리지 않고 남의 말에 무조건 따르는 일

첩첩산중 疊疊山中 | 겹겹이 둘러싼 산 속

첩첩수심 疊疊愁心 | 겹겹이 쌓인 근심

청경우독 晴耕雨讀 | 개인 날은 논밭을 갈고 비오는 날은 책을 읽는다; 부지런히 일하고 틈틈이
　　　　　　　　　　시간 나는 대로 공부한다 / 유사어: 주경야독 晝耕夜讀

청관불애재 淸官不愛財 | 깨끗한 관리는 재물을 탐내지 않는다

청담　　　　淸談 | 본문

청덕유총 聽德惟聰 | 덕에 맞는 말을 들으려면 자신이 먼저 총명해야 한다

청렴결백 淸廉潔白 | 깨끗한 마음으로 욕심을 부리지 않고 부정 부패에 물들지 않는다

청매죽마 靑梅竹馬 | 어린 소녀들끼리 친밀한 사이

청사등롱 靑紗燈籠 | 푸른색의 얇은 비단을 바탕으로 붉은 띠를 단 등; 대궐에서 쓰던 청사초롱

청사죽백 靑史竹帛 | 역사를 기록한 책

청산가매골 靑山可埋骨 | 대장부는 어느 곳의 푸른 산이든 뼈를 묻을 만하다

청산유수 靑山流水 | 말을 거침없이 잘 하는 모양

청산일발 靑山一髮 | 머리카락 한 올처럼 아득하게 보이는 산

청상과부 靑孀寡婦 | 나이가 젊었을 때 된 과부; 젊은 과부 / 동의어: 청상과수 靑孀寡守

청승염백 靑蠅染白 | 쉬파리가 흰 천을 더럽힌다 / 동의어: 청승점소 靑蠅點素

청승횡생 靑蠅橫生 | 쉬파리 같은 소인들이 잇달아 생긴다

청심과욕 淸心寡慾 | 마음을 깨끗이 하여 욕심을 적게 한다

청안시　　靑眼視 | 곱게 보아준다; 반대어: 백안시 白眼視

청약불문 聽若不聞 | 듣고도 못 들은 척 한다 / 동의어: 청이불문 聽而不聞

청운지교 靑雲之交 | 함께 관직에 나아간 사람들의 교제 / 유사어: 청운지지 靑雲之志(본문)

청운지사 靑雲之士 | 학문이 깊은 어진 인물; 높은 벼슬에 오른 사람 / 동의어: 청운객 靑雲客

청운지지 靑雲之志 | 본문

청운직상 靑雲直上 | 지위가 곧장 위로 올라간다; 출세가 빠르다

청이착지 聽而斲之 | 석공이 눈으로 보지 않고 자귀 소리만 듣고 돌을 깎아낸다

청인천비 聽人穿鼻 | 남에게 우롱 당한다; 매우 어리석다

청천백일 靑天白日 | 본문

청천벽력 靑天霹靂 | 본문

청춘소년 靑春少年 | 20세 안팎의 젊은이

청출어람 靑出於藍 | 본문

청풍내고인 淸風來故人 | 맑은 바람이 마치 옛 친구와 같다

청풍명월 淸風明月 | 맑은 바람과 밝은 달 / 유사어: 중추명월 中秋明月

청호우기 晴好雨奇 | 개인 날에는 좋은 경치요 비가 오면 기이한 경치; 언제나 좋은 경치

청황불급 靑黃不及 | 묵은 곡식이 떨어지고 햇곡식은 아직 추수되지 않았다

체대사정 體大思精 | 포용력이 크고 생각이 치밀하다

체두도주 杕杜道周 | 길에 서 있는 팥배나무의 그늘이 작다; 아량이 매우 적다

초간구활 草間求活 | 민간에서 삶을 구한다; 구차하게 삶을 탐낸다

초거명래 悄去明來 | 남몰래 가서 성공한 뒤 당당하게 돌아온다

초광자초언 楚狂者楚言 | 초나라의 미친 사람도 초나라 말을 한다; 습관은 버리기 어렵다

초근목피 草根木皮 | 풀뿌리와 나무 껍질; 형편없는 음식; 한방의 약재

초년고생 初年苦生 | 젊을 때 하는 고생

초동목수 樵童牧豎 | 땔나무를 하는 아이와 가축을 기르는 아이 / 준말: 초목 樵牧

초두난액 焦頭爛額 | 화재 예방을 일러준 사람은 무시하고, 머리카락을 태우고 이마를 데며 불을
끈 사람만 상을 준다; 본말이 뒤바뀐다

초두천자 草頭天子 | 풀잎 끝 이슬같이 오래 못 가는 천자 즉 강도의 두목

초로인생 草露人生 | 풀잎에 맺힌 이슬처럼 덧없는 인생; 동의어: 조로인생 朝露人生

초록동색 草綠同色 | 풀빛과 녹색은 같은 색깔이다; 같은 종류끼리 어울린다

초망착호 草網着虎 | 썩은 새끼로 호랑이를 잡는다 / 동의어: 고망착호 藁網着虎

초면강산 初面江山 | 처음 보는 타향

초면부지 初面不知 | 처음 보기 때문에 서로 알지 못한다

초면친구 初面親舊 | 처음 마주 대하는 벗

초모위언 草茅危言 | 민간에서 나라 일에 관해 공격한다

초목개병 草木皆兵 | 적을 두려워한 나머지 산의 초목이 적으로 보인다

유사어: 풍성학려 風聲鶴唳(본문)

초목금수 草木禽獸 | 풀과 나무와 기는 짐승과 나는 짐승

초목노생 草木怒生 | 풀과 나무가 봄에 일제히 싹튼다

초목동부 草木同腐 | 마땅히 해야 할 일을 못하고 초목과 함께 썩는다; 이름 없이 죽는다

동의어: 초목구후 草木俱朽; 초목구부 草木俱腐

초목산천 草木山川 | 풀과 나무와 산과 개천

초목지엽 草木枝葉 | 풀과 나무와 나뭇가지와 잎

초목황락 草木黃落 | 늦가을에 초목이 시들어 낙엽이 진다

초무시리 初無是理 | 처음부터 이치에 맞지 않는다

초미지급 焦眉之急 | 본문

초부득삼 初不得三 | 처음에는 실패하고 세 번째 성공한다; 꾸준히 노력하면 성공한다

초순건설 焦脣乾舌 | 입술이 타고 혀가 마른다; 말을 많이 한다

초심고려 焦心苦慮 | 마음을 태우며 괴롭게 염려한다

초왕실궁 초인득지 楚王失弓 楚人得之 | 본문

초윤이우 礎潤而雨 | 주춧돌이 축축해지면 비가 온다; 원인이 있으면 결과가 있다

초잠식지 稍蠶食之 | 점차적으로 조금씩 먹어 들어간다 / 준말: 잠식 蠶食

초재진용 楚材晉用 | 초나라의 목재를 진나라에서 이용한다

초지관철 初志貫徹 | 처음에 정한 뜻을 끝까지 밀고 나간다

초치금선 草薙禽獮 | 풀을 베고 새 사냥을 한다; 옳고 그름을 가리지 않고 모조리 죽인다

초토전술 焦土戰術 | 패배해서 후퇴할 때 모든 중요한 시설과 물건을 불태워버리는 전술

초해문자 稍解文字 | 겨우 글자나 풀어볼 줄 아는 지식

초현마편 軺軒馬鞭 | 가마를 타고 말에 채찍질한다 / 유사어: 사모영자 紗帽纓子

촉각장중 燭刻場中 | 불을 켜놓은 초에 금을 그어 시간을 촉박하게 하여 글을 짓게 하는 시험장
안에 있다; 정해진 기한이 바싹 다가온다

촉견폐일 蜀犬吠日 | 기후가 나쁜 촉나라의 개는 해를 이상하게 여겨서 짖는다

유사어: 월견폐설 越犬吠雪; 읍견군폐 邑犬群吠

촉목상심 觸目傷心 | 눈에 보이는 것마다 모두 슬퍼서 마음이 상한다

촉불현발 燭不見跋 | 초의 밑동이 아직 나타나지 않는다 / 반대어: 촉진현발 燭盡見跋

촉중명장 蜀中名將 | 촉나라의 명장; 재주가 몹시 뛰어난 인재

촉처봉패 觸處逢敗 | 가는 곳마다 일이 안 된다

촌계관청 村鷄官廳 | 촌닭을 관청에 잡아다 놓은 것 같다; 경험 못한 일을 당해서 어리둥절하다

촌마두인 寸馬豆人 | 한 치 말과 콩알 같은 사람; 멀리 떨어진 말과 사람

촌사불괘 寸絲不掛 | 실 한 올도 걸려 있지 않다; 마음에 걸리는 것이 전혀 없다

촌선척마 寸善尺魔 | 좋은 일은 아주 적고 언짢은 일은 많다 / 유사어: 호사다마 好事多魔

촌전척토 寸田尺土 | 얼마 되지 않는 논밭

촌지측연 寸指測淵 | 한 치의 손가락으로 연못의 깊이를 잰다 / 동의어: 이지측해 以指測海

촌진척퇴 寸進尺退 | 한 치를 전진하고 한 자를 후퇴한다; 얻는 것은 적고 잃는 것은 많다

　　　　　　동의어: 진촌퇴척 進寸退尺 / 유사어: 촌선척마 寸善尺魔

　　　　　　반대어: 촌퇴척진 寸退尺進

촌철살인 寸鐵殺人 | 본문

총각지호 總角之好 | 머리카락을 모아서 모가 지게 매는 어린 시절의 벗

총경절축 叢輕折軸 | 가벼운 것도 모이면 수레의 굴대를 꺾는다; 작은 것도 모이면 큰 힘을

　　　　　　발휘한다 / 동의어: 군경절축 羣輕折軸 / 유사어: 적우침주 積羽沈舟

총람권강 總攬權綱 | 모든 권력을 휘어잡는다

총명예지 聰明叡智 | 총명하고 지혜롭다; 군주의 슬기를 칭송하는 말; 성인의 네 가지 덕 즉 듣지

　　　　　　않는 것이 없고 보지 않는 것이 없으며 통하지 않는 것이 없고 모르는 것이

　　　　　　없다

총명자오 聰明自誤 | 총명하기 때문에 자신의 평생을 그르친다

총욕개망 寵辱皆忘 | 총애와 치욕을 모두 잊고 개의치 않는다

총죽지교 葱竹之交 | 파로 만든 피리를 불고 죽마를 타고 놀던 어린 시절의 벗의 우정

총중고골 塚中枯骨 | 무덤 속의 마른 뼈; 죽은 사람; 무능한 사람을 조롱하는 말

총화교환 銃火交換 | 서로 맞서서 총을 쏘며 싸운다

최고납후 摧枯拉朽 | 마른나무를 꺾고 썩은 나무를 부러뜨린다; 상대방을 쉽게 굴복시킨다

　　　　　　일이 매우 쉽다 / 동의어: 최고절부 摧枯折腐

추기급인 推己及人 | 자기의 처지에 비추어 봐서 남의 처지를 이해한다

추도지리 錐刀之利 | 사소한 이익

추도지말 錐刀之末 | 작은칼의 끝; 매우 작은 사물

추무담석 秋無擔石 | 집이 가난해서 가을에 아무 수확도 없다

추부가중보 醜婦家中寶 | 못 생긴 아내는 집안의 보물이다

추불서혜 騅不逝兮 | 항우가 사랑하던 명마 추도가 앞으로 나아가려고 하지 않는다; 곤경에 빠져

　　　　　　서 꼼짝할 수 없게 된 처지를 한탄한다

추상열일 秋霜烈日 | 가을의 찬 서리와 여름의 뜨거운 태양; 형벌이 매우 공정하고 엄하다

　　　　　　지조, 위엄, 분노 등이 매우 대단하다 / 유사어: 강기숙정 綱紀肅正

추염부열 趨炎附熱 | 권세 있는 사람에게 굽실거리고 부귀에 아첨한다

추우강남 追友江南 | 친구 따라 강남에 간다; 필요도 없는 일을 남이 하니까 따라 한다

추우향사 椎牛饗士 | 군대 안에서 소를 잡아 군사들에게 먹인다; 장수가 부하들을 우대한다

추원보본 追遠報本 | 조상의 덕을 추모하여 제사지내고 태어난 근본의 은혜를 갚는다

추월한강 秋月寒江 | 덕이 있는 사람은 가을 달과 찬 강물처럼 마음이 맑다

추일사가지 推一事可知 | 한 가지 일로 미루어서 다른 모든 것을 알 수 있다;

　　　　　　동의어: 추차가지 推此可知; 타상하설 他尙何說

추주어륙 推舟於陸 | 배를 육지에서 달리게 하려고 한다; 억지를 써서 무리한 것을 통하게

　　　　　　만들려고 한다 / 유사어: 견강부회 牽强附會; 수석침류 漱石枕流

951

추풍과이 秋風過耳 | 가을 바람이 귀를 스친다 / 유사어: 마이동풍 馬耳東風(본문)

추풍낙엽 秋風落葉 | 가을 바람에 떨어지는 낙엽; 형편이나 세력이 갑자기 기울거나 떨어진다

추풍선　　秋風扇 | 본문

추호불범 秋毫不犯 | 대단히 청렴해서 남의 물건에 전혀 손을 대지 않는다

추회막급 追悔莫及 | 지나간 일을 후회해도 소용없다

축구서종 蓄狗噬踵 | 집에서 기르는 개가 주인의 발뒤꿈치를 문다; 은혜를 배반한다

축록자 불견산 逐鹿者 不見山 | 본문

축실도모 築室道謀 | 집을 짓는데 나그네의 의견을 묻는다; 쓸데없는 의논을 하여 실패한다

축조발명 逐條發明 | 죄가 없다고 낱낱이 변명한다

춘규몽리인 春閨夢裏人 | 빈방을 지키는 아내의 꿈에 나타난 사람; 전사한 남편

춘란추국 春蘭秋菊 | 봄 난초와 가을 국화; 각각 특색이 있어서 어느 것이 낫다고 할 수 없다

　　　　　　　　유사어: 난형난제 難兄難弟(본문); 백중지세 伯仲之勢(본문)

　　　　　　　　막상막하 莫上莫下

춘래불사춘 春來不似春 | 본문

춘무삼일청 春無三日晴 | 봄에는 연달아 사흘 맑은 날이 없다

춘소일각 春宵一刻 | 봄밤의 한 순간은 금화 천 냥의 가치가 있다

춘송하현 春誦夏弦 | 철에 따라 공부하는 과목을 바꾼다

춘수모운 春樹暮雲 | 멀리 떨어진 친구를 그리워한다

춘와추선 春蛙秋蟬 | 봄 개구리와 가을 매미; 시끄럽기만 하고 아무 소용없는 말

춘우삭래 春雨數來 | 봄 비가 자주 온다; 아무런 도움이 안 된다

춘일지지 春日遲遲 | 봄날이 길어서 늦게 저문다

춘추필법 春秋筆法 | 역사적 사건이나 인물을 간결한 문장으로 엄격하게 평가하는 수법

춘치자명 春雉自鳴 | 봄 꿩이 스스로 울고 그 울음소리 때문에 죽는다

춘풍추우 春風秋雨 | 봄바람과 가을비; 지나가는 세월

춘풍화기 春風和氣 | 봄날의 화창한 기운

춘풍화우 春風化雨 | 온화한 봄바람과 알맞게 내리는 비; 인재를 양성하는 훌륭한 교육

춘한노건 春寒老健 | 봄 추위와 늙은이의 건강; 사물이 그리 오래 계속하지 못한다

출가득도 出家得度 | 출가하여 중이 된다

출가외인 出嫁外人 | 시집간 여자는 친정 사람이 아니고 남이나 다름이 없다

출곡천교 出谷遷喬 | 봄에 새가 계곡에서 나와 높은 가지에 옮겨 앉는다; 사람이 출세한다

출구입이 出口入耳 | 말하는 사람의 입에서 나와 듣는 사람의 귀에 들어갔을 뿐이다

출기불의 出其不意 | 뜻밖에 일이 일어난다

출기제승 出奇制勝 | 기묘한 계략을 써서 이긴다

출두부득 出頭不得 | 세상에 얼굴을 내놓기가 부끄럽다

출리생사 出離生死 | 살고 죽는 윤회의 고통의 세계를 떠나 깨달음의 세계로 돌아간다

출몰귀관 出沒鬼關 | 저승에 들어가는 문을 들락날락한다; 죽을 지경을 당한다

출사표　　　出師表 | 적과 싸우려고 군사를 이끌고 나갈 때 군주에게 그 취지를 적어서 올리는 글

출이반이 出爾反爾 | 자기에게서 나온 것은 자기에게 돌아간다 / 유사어: 자업자득 自業自得

출장입상 出將入相 | 나가서는 장수가 되고 들어와서는 재상이 된다; 문무를 겸하다

출처진퇴 出處進退 | 벼슬에 나아가는 것과 물러나는 것 / 동의어: 출처어묵 出處語默

출척유명 黜陟幽明 | 관리를 공적에 따라 승진 또는 좌천시킨다

충간의담 忠肝義膽 | 충성하고 정의를 지키려는 굳은 결의

충군애국 忠君愛國 | 군주에게 충성하고 나라를 사랑한다

충군애민 忠君愛民 | 군주에게 충성하고 백성을 사랑한다

충목지장 衝目之杖 | 눈을 찌를 막대기; 남을 해치려는 마음

충불피위 忠不避危 | 충성을 위해서는 위험도 피하지 않는다

충비서간 蟲臂鼠肝 | 벌레의 앞발과 쥐의 간; 변변치 않고 매우 작은 물건

충신애명 忠臣愛名 | 충신은 항상 명예를 아낀다

충언역이 忠言逆耳 | 바른 말은 귀에 거슬린다 / 동의어: 간언역이 諫言逆耳
　　　　　　　　　유사어: 양약고구 良藥苦口; 금언역이 金言逆耳

충효양전 忠孝兩全 | 충성과 효도를 함께 갖춘다 / 동의어: 충효겸전 忠孝兼全

취구지몽 炊臼之夢 | 절구에 밥을 짓는 꿈; 아내를 사별한다

취금찬옥 炊金饌玉 | 황금으로 밥을 짓고 옥으로 반찬을 삼는다; 사치스러운 음식

취기소장 取其所長 | 남의 장점을 취해서 자기 것으로 삼는다; 자기 장점을 골라서 쓴다

취모구자 吹毛求疵 | 본문

취문성뢰 聚蚊成雷 | 모기가 떼를 지어서 내는 소리가 우레 같다; 사악한 무리가 떠들어대면
　　　　　　　　　하찮은 일도 대단한 일처럼 과장된다; 많은 사람들이 비방하는 소리
　　　　　　　　　준말: 문뢰 蚊雷

취사선택 取捨選擇 | 불필요한 것은 버리고 필요한 것은 골라 가진다

취사성반 炊沙成飯 | 모래를 때서 밥을 짓는다; 헛수고를 한다

취산봉별 聚散逢別 | 모였다가 흩어지고 만났다가 헤어진다

취생몽사 醉生夢死 | 취한 듯이 살고 꿈꾸듯이 죽는다 / 준말: 취사 醉死

취선보인 取善補仁 | 남의 선행을 본받아 자기 인덕을 기른다; 친구는 유익한 것이다

취식지계 取食之計 | 겨우 밥이나 먹고 살아가는 꾀

취안몽롱 醉眼朦朧 | 술에 취한 눈에 모든 것이 흐릿하게 보인다

취여불화 取與不和 | 사기 등으로 부당한 이득을 얻는다

취옥분계 炊玉焚桂 | 옥과 계수나무를 태워서 밥을 짓는다; 물가가 매우 높다; 물건이 매우 귀하
　　　　　　　　　다 / 동의어: 식옥취계 食玉炊桂

취우부종조 驟雨不終朝 | 소나기는 오래 가지 않는다; 권세를 부리는 사람도 오래 가지 못한다
　　　　　　　　　동의어: 취우부종일 驟雨不終日

취이불탐 取而不貪 | 얻기는 하지만 탐내지는 않는다

취적비취어 取適非取魚 | 낚시질의 목적은 물고기를 잡는 것이 아니라 낚시하는 즐거움이다

어떤 일의 목적이 그 일의 달성이 아니라 다른 데 있다

유사어: 성동격서 聲東擊西

취중무천자 醉中無天子 | 술에 취하면 두려워하거나 어려워할 일이 없다

취중진정발 醉中眞情發 | 평소에 품은 속마음이 취했을 때 나온다

취지무금 取之無禁 | 임자 없는 물건은 아무나 가져도 말릴 사람이 없다

취할투정 取轄投井 | 수레 굴대 비녀장을 빼서 우물에 던진다; 손님을 억지로 붙든다

측목시지 側目視之 | 곁눈질을 해서 본다; 미워서 흘겨본다

측목중족 側目重足 | 무서워서 곁눈질하며 움츠린다

측석이좌 側席而坐 | 마음에 걱정이 있어서 앉은 자리가 편하지 않다

측은지심 惻隱之心 | 남의 불행을 동정하는 마음

층암절벽 層巖絕壁 | 바위가 여러 층으로 쌓인 낭떠러지

층층시하 層層侍下 | 부모와 조부모가 모두 살아 있어서 함께 모시는 경우

치가교자 治家教子 | 집안을 다스리고 자손을 가르친다

치고불식 雉膏不食 | 군주가 꿩고기와 기름진 음식을 먹지 않는다; 재능과 덕을 겸비한 인물이
　　　　　　　　　　　　군주에게 발탁되지 못하고 있다

치구무필 雉求牡匹 | 암꿩이 수꿩을 부른다; 부부가 아닌 남녀가 서로 짝을 찾는다

치국안민 治國安民 | 나라를 잘 다스리고 백성을 편안하게 한다

치국약누전 治國若鎒田 | 나라를 다스리는 방법은 농부가 밭을 매는 것과 같다

치국평천하 治國平天下 | 나라를 잘 다스리고 천하를 편안하게 한다

치란흥망 治亂興亡 | 천하가 태평함과 어지러움, 흥하는 것과 망하는 것

치망설존 齒亡舌存 | 이빨이 없어져도 혀는 남는다; 굳은 것은 먼저 깨지고 부드러운 것은 오래
　　　　　　　　　　　보존된다 / 준말: 설존 舌存

　　　　　　　　　　　동의어: 치폐설존 齒弊舌存; 치타설존 齒墮舌存

치불망란 治不忘亂 | 나라를 다스리면서도 어지러울 때가 닥칠지도 모른다는 것을 잊지 않는다

치사분지 治絲棼之 | 실을 고르게 하려는데 서둘러서 오히려 엉키게 만든다

치세능신 治世能臣 | 태평한 시대의 유능한 신하

치산치수 治山治水 | 산과 개천을 잘 다스려서 홍수와 산사태를 막는다

치신기외 置身其外 | 자기 몸을 바깥에 둔다; 사건에 휘말리지 않는다

치원공니 致遠恐泥 | 원대한 바른 길에 이르려고 하는 군자는 잡다한 기술을 배우지 않는다

치이자피 鴟夷子皮 | 오자서(吳子胥)를 치이 즉 술 자루에 넣어 강물에 던진 일; 범려가 제나라에
　　　　　　　　　　　가서 자기는 월나라에서 죄를 지어 망명한 것이니 치이자피와 마찬가지라고
　　　　　　　　　　　둘러댄 일

치인설몽 痴人說夢 | 본문

치자다소 癡者多笑 | 어리석고 못난 사람이 잘 웃는다; 실없이 잘 웃는 사람을 비웃는 말

치지도외 置之度外 | 내버려두고 문제로 삼지 않는다 / 동의어: 치지불리 置之不理

치지망역 置之忘域 | 내버려두고 잊어버린다

치지물문 置之勿問 | 내버려두고 물어보지 않는다; 동의어: 치지불문 置之不問

치지사지 置之死地 | 죽을 지경에 놓인다

친불인매 親不因媒 | 부부 사이의 친밀한 정은 중매가 없어도 이루어진다

칠거지악 七去之惡 | 본문

칠보단장 七寶丹粧 | 여러 가지 장신구로 몸을 단장한다

칠령팔락 七零八落 | 완전히 몰락한다; 제각기 뿔뿔이 흩어져 버린다
　　　　　　　　　동의어: 칠락팔락 七落八落 / 유사어: 지리멸렬 支離滅裂

칠보지재 七步之才 | 본문

칠신위려 漆身爲厲 | 몸에 옻칠을 해서 나환자처럼 가장한다; 원수를 갚으려고 변모한다

칠신탄탄 漆身呑炭 | 몸에 옻칠을 하고 숯을 삼킨다; 복수를 잊지 않기 위해 자기 몸을 일부러
　　　　　　　　　괴롭힌다 / 유사어: 와신상담 臥薪嘗膽(본문)

칠실지우 漆室之憂 | 노나라 칠실 마을의 여자가 나라 걱정을 하여 목매어 죽은 일
　　　　　　　　　자기 분수에 맞지 않는 걱정 / 유사어: 걸인연천 乞人憐天

칠자불화 漆者不畵 | 옻칠을 하는 사람은 그림을 그리지 않는다; 분업을 한다

칠전팔기 七顚八起 | 일곱 번 넘어지고 여덟 번 일어난다 / 동의어: 십전구도 十顚九倒

칠전팔도 七顚八倒 | 일곱 번 구르고 여덟 번 넘어진다; 심한 고생과 수없이 많은 실패

칠종칠금 七縱七擒 | 제갈량이 맹획(孟獲)을 일곱 번 잡았다가 일곱 번 놓아주었다
　　　　　　　　　마음대로 잡았다 놓아주었다 한다 / 준말: 칠금 七擒

칠진만보 七珍萬寶 | 진귀한 모든 보물

칠척장신 七尺長身 | 일곱 자나 되는 매우 큰 키

침경자서 沈經藉書 | 독서에만 몰두한다

침두병풍 枕頭屛風 | 머리맡 병풍

침불안석 寢不安席 | 근심 걱정이 많아서 편히 잠을 못 잔다 / 유사어: 침식불안 寢食不安

침석수류 枕石漱流 | 돌을 베개 삼아 베고 흐르는 물에 양치질한다; 산 속에 숨어서 산다

침선방적 針線紡績 | 바느질과 길쌈

침소봉대 針小棒大 | 바늘만한 것을 막대기만하다고 떠든다; 과장이 심하다

침식불안 寢食不安 | 자도 걱정 먹어도 걱정 / 유사어: 침불안석 寢不安席

침어낙안 沈魚落雁 | 물고기는 물속으로 숨고 기러기는 자기 대열에서 떨어져나간다; 대단한 미인

침어주색 沈於酒色 | 술과 계집에 빠진다

침우기마 寢牛起馬 | 소는 눕는 것을, 말은 서는 것을 좋아한다; 사람마다 각각 취미가 다르다

침윤지참 浸潤之讒 | 물이 차츰 스며들듯이 점진적으로 효과가 나는 모함; 매우 교묘한 모략

침침공방 沈沈空房 | 어두운 빈 방

침침칠야 沈沈漆夜 | 바로 앞을 알아보지 못할 만큼 캄캄한 밤

칭병불출 稱病不出 | 병을 핑계삼아 밖에 나가지 않는다

칭병사직 稱病辭職 | 병을 핑계삼아 관직에서 물러난다

칭지불용구 稱之不容口 | 입에 침이 마르도록 칭찬한다

칭체재의 稱體裁衣 | 몸에 맞추어서 옷을 만든다

카_____

쾌도난마 快刀亂麻 | 잘 드는 칼로 어지럽게 헝클어진 삼 가닥을 자른다

쾌독파차 快犢破車 | 힘이 센 송아지가 자기가 끄는 수레를 부수기는 하지만 나중에 좋은 소가
　　　　　　　　되다; 난폭하게 구는 소년도 앞으로 큰 인물이 될 가능성이 있다

쾌락불퇴 快樂不退 | 쾌락이 지속되어 도중에 그치지 않는다

쾌의당전 快意當前 | 현재를 즐긴다; 현재의 만족을 도모한다

쾌인쾌사 快人快事 | 쾌활한 사람의 시원한 행동

쾌행무호보 快行無好步 | 빠르게 걸으면 발걸음이 고르지 않다; 급하게 일을 하면 결과가 그리
　　　　　　　　좋지 않다 / 동의어: 급행무선보 急行無善步

타_____

타국삼계 他國三界 | 다른 나라가 아주 멀리 떨어져 있다

타기술중 墮其術中 | 남의 술책에 걸려든다

타면자건 唾面自乾 | 남이 내 얼굴에 뱉은 침이 마를 때까지 기다린다; 화가 나는 일도 꾹 참는다

타산지석 他山之石 | 본문

타생지연 他生之緣 | 전생의 인연

타수가결 唾手可決 | 쉽게 승부를 낼 수 있다

타압경원앙 打鴨驚鴛鴦 | 오리를 때리느라고 원앙새까지 놀라게 한다

타인소시 他人所視 | 남이 보고 있기 때문에 숨길 수 없다

타증불고 墮甑不顧 | 깨어진 시루는 돌아보지 않는다 / 동의어: 증이파의 甑已破矣

타초경사 打草驚蛇 | 본문

타초곡　　打草穀 | 목초와 곡식을 빼앗는다; 약탈한다

타향우고지 他鄉遇故知 | 타향에서 고향사람을 만난다

탁금이어 濯錦以魚 | 물고기로 비단을 씻는다; 천한 것으로 귀한 것을 다루다

탁덕이사 度德而師 | 상대방의 덕을 헤아린 뒤에 스승으로 삼는다

탁린청류 濯鱗淸流 | 맑게 흐르는 물에 생선비늘을 씻는다; 높은 지위와 명예를 얻는다

탁발운한 濯髮雲漢 | 머리를 은하수에 감는다; 벼슬을 얻어 출세한다

탁상공론 卓上空論 | 현실성이나 실천 가망성이 전혀 없는 쓸데없는 이론
　　　　　　　동의어: 궤상공론 机上空論; 묘항현령 猫項懸鈴

탁이성자훼 鐸以聲自毀 | 목탁은 소리를 내서 스스로 해친다; 스스로 재난을 초래한다

탄도괄장 呑刀刮腸 | 칼을 삼켜 창자를 도려낸다; 나쁜 마음을 버리고 새 사람이 된다

탄우지기 呑牛之氣 | 소를 삼킬 만한 대단한 기세; 유사어: 식우지기 食牛之氣

탄주지어 呑舟之魚 | 배를 삼킬 만한 큰 물고기; 큰 인물; 매우 사악한 사람

탄지지간 彈指之間 | 손가락을 튀기는 사이; 매우 짧은 동안; 매우 빠른 세월 / 준말: 탄지 彈指

탄탄대로 坦坦大路 | 평평하고 넓은 큰길; 준말: 탄로 坦路

탄환지지 彈丸之地 | 총알 한 알이 차지할 정도의 매우 좁은 땅 / 유사어: 입추지지 立錐之地

탈망취연 脫網就淵 | 물고기가 그물을 벗어나 연못으로 들어간다; 위기를 모면한다

탈신도주 脫身逃走 | 몸을 빼어 달아난다

탐관오리 貪官汚吏 | 재물을 탐내고 부정부패를 일삼는 관리

　　　　　준말: 탐관 貪官; 탐리 貪吏 / 반대어: 염관청리 廉官淸吏

탐권낙세 貪權樂勢 | 권력을 탐내고 세도 부리기를 즐긴다

탐낭취물 探囊取物 | 주머니 속의 물건을 꺼낸다; 일이 대단히 쉽다

탐용함 　探龍頷 | 용의 턱 밑에 있는 구슬을 찾는다; 위험한 모험을 한다

탐자순재 貪者殉財 | 욕심이 지나친 사람은 재물을 위해 자기 목숨도 버린다

　　　　　욕심이 지나친 사람은 재물 때문에 목숨마저 잃는다

　　　　　동의어: 탐부순재 貪夫殉財 / 반대어: 열사순명 烈士殉名

탐재호색 貪財好色 | 재물을 탐내고 여자를 좋아한다

탐천작음 貪泉酌飮 | 광주에 있는 탐천의 물을 마시면 욕심쟁이가 된다고 하는데

　　　　　오은사(吳隱士)가 그럴 리가 없다며 그 물을 마신 일

탐호혈 　探虎穴 | 호랑이 굴을 뒤진다; 위험한 곳에 들어간다 / 유사어: 탐용함 探龍頷

탐화봉접 探花蜂蝶 | 꽃을 찾아다니는 벌과 나비; 여자에게 미쳐서 좇아 다니는 남자

탑방병미 搭放兵米 | 군사들에게 봉급으로 주는 쌀에 매우 나쁜 쌀을 섞어서 주는 일

탑전하교 榻前下敎 | 군주가 즉석에서 명령한다

탕진가산 蕩盡家産 | 집안의 살림이나 재산을 모두 써서 없애버린다

　　　　　준말: 탕산 蕩産 / 동의어: 탕패가산 蕩敗家産

탕척서용 蕩滌敍用 | 죄를 사면하고 다시 관리로 임명한다

탕탕평평 蕩蕩平平 | 어느 쪽에도 치우치지 않는다 / 준말: 탕평 蕩平

태강즉절 太剛則折 | 너무 강하면 꺾어진다

태고순민 太古順民 | 아주 오랜 옛날의 순한 백성 / 동의어: 태고지민 太古之民

태백착월 太白捉月 | 이태백이 채석(采石)에서 술에 취해 물 속의 달을 잡으려고 하다가 물에 빠져

　　　　　죽은 일 / 원어: 태백촉월 太白促月

태산명동서일필 泰山鳴動鼠一匹 | 태산이 크게 울리고 움직였지만 나온 것은 생쥐 한 마리

　　　　　뿐이다; 요란하게 떠들어대지만 결과는 보잘것없다; 이것은 로마 시인

　　　　　호라시우스가 한 말 즉 "산들이 산고의 진통을 겪고 있는데 보잘것없는

　　　　　생쥐 한 마리가 태어날 것이다(The mountains are in labour;

　　　　　an absurd mouse will be born)"를 한문으로 번역한 것이라고 한다

태산북두 泰山北斗 | 본문

태산불사토양 泰山不辭土壤 | 태산은 작은 흙덩이도 사양하지 않는다

그릇이 큰 인물은 하찮은 의견이나 사람도 잘 포용해서 큰일을 이룬다

동의어: 태산불양토양 泰山不讓土壤

태산압란 泰山壓卵 | 태산으로 달걀을 눌러 깨뜨린다; 매우 쉬운 일이다

태산양목 泰山梁木 | 태산과 대들보; 의지할 만한 사람 또는 사물

태산준령 泰山峻嶺 | 큰 산과 험한 고개

태산홍모 泰山鴻毛 | 사람의 목숨이란 태산보다 무겁기도 하고 기러기 날개털보다 가볍기도 하다

태아도지 太阿倒持 | 태아라는 보검을 거꾸로 쥔다; 천자가 대권을 신하에게 뺏긴다

태연자약 泰然自若 | 큰일이 생겨도 흔들리지 않고 침착하다

태이불교 泰而不驕 | 태연하지만 거만하지는 않다; 지위가 높아도 교만하지 않다

태창제미 太倉稊米 | 커다란 창고 속의 돌피; 매우 크고 넓은 곳에 있는 매우 작은 것; 우주 안에서 인간은 하찮은 존재다 / 동의어: 창해일속 滄海一粟; 구우일모 九牛一毛

태평무상 太平無象 | 천하가 태평하면 별다른 조짐이 없다

태평성대 太平聖代 | 어질고 착한 군주가 다스리는 평안한 세상이나 시대

태평세월 太平歲月 | 평안한 시절 / 동의어: 태평연월 太平烟月

택급고골 澤及枯骨 | 주나라 문왕의 혜택이 죽은 사람의 뼈에까지 미쳤다

택급만세 澤及萬世 | 혜택이 오랜 세월에 걸쳐서 미친다

택량무금 澤梁無禁 | 연못이나 개천에서 물고기를 마음대로 잡게 한다

택피창생 澤被蒼生 | 혜택이 모든 백성에게 미친다

토각귀모 兎角龜毛 | 토끼의 뿔과 거북의 털; 세상에 없는 것 / 유사어: 우입서혈 牛入鼠穴

토강여유 吐剛茹柔 | 딱딱한 것은 뱉고 부드러운 것은 먹는다

토매인우 土昧人遇 | 야만인 대우

토라치리 兎羅雉罹 | 토끼 그물에 꿩이 걸린다; 못난 자가 처벌을 면하고 군자가 화를 입는다

토목지역 土木之役 | 도로, 철도, 항구, 수도 등을 건설하고 유지하는 토목공사

토무이왕 土無二王 | 한 나라에 두 임금이 있을 수 없다

토미양화 土美養禾 | 좋은 흙은 벼를 잘 기른다; 어진 군주는 인재를 잘 기른다

토붕와해 土崩瓦解 | 흙이 무너지고 기와가 깨진다; 완전히 무너져서 손댈 여지가 없다

토사구팽 兎死狗烹 | 본문

토사호비 兎死狐悲 | 토끼가 죽으면 여우가 운다; 같은 종류의 불행을 슬퍼한다

동의어: 호사토읍 狐死兎泣

토양세류 土壤細流 | 작은 흙 덩어리와 가느다란 개천; 작은 것도 모이면 큰 것이 된다

토영삼굴 兎營三窟 | 토끼가 위기를 피하기 위해 굴을 세 개 파 둔다

토우목마 土牛木馬 | 흙으로 만든 소와 나무로 만든 말; 겉모양은 좋지만 무능한 사람

토적성산 土積成山 | 흙을 쌓아 산을 이룬다; 티끌 모아 태산

토진간담 吐盡肝膽 | 사실을 있는 그대로 다 털어놓는다

토포악발 吐哺握髮 | 본문

토호열신 土豪劣紳 | 지방에서 횡포를 부리는 폭력배

통개옥문 洞開獄門 | 감옥의 문을 열고 모든 죄수를 풀어준다

통곡재배 痛哭再拜 | 큰소리로 슬피 울면서 두 번 절한다

통사정　　通事情 | 자기 형편을 남에게 알리거나 남의 형편을 이해해 준다

　　　　　　　　　준말: 통정 通情 / 동의어: 통인정 通人情

통양상관 痛痒相關 | 매우 가까운 사이; 이해가 일치하는 사이

통운망극 痛隕罔極 | 한없이 슬프다

통의허갈 恫疑虛喝 | 속으로는 두려워하면서 겉으로는 위협한다

통이계지 統而計之 | 모두 합쳐서 계산한다

통입골수 痛入骨髓 | 원통한 일이 깊이 사무쳐서 골수에 맺힌다 / 유사어: 원입골수 怨入骨髓

통정사통 痛定思痛 | 아픔이 가라앉은 뒤에 예전의 아픔을 생각한다

통포서하 痛抱西河 | 자하(子夏)가 아들의 죽음을 서하에서 너무 슬퍼하다가 눈이 먼 일

퇴경정용 槌輕釘聳 | 망치가 가벼우면 못이 다시 솟는다; 윗사람이 엄하게 다스리지 않으면 아랫

　　　　　　　　　사람이 말을 듣지 않는다 / 동의어: 추경정용 椎輕釘聳

퇴고　　　推敲 | 본문

퇴양군자 退讓君子 | 겸손해서 남에게 사양을 잘 하는 군자

퇴피삼사 退避三舍 | 90리를 후퇴해서 감히 싸우려고 하지 않는다; 적에게 굴복한다

투과득경 投瓜得瓊 | 오이를 주고 귀한 구슬을 얻는다

투병식과 投兵息戈 | 무기를 던지고 창을 쉬게 한다; 싸움을 그친다 / 준말: 투과 投戈

투서기기 投鼠忌器 | 돌을 던져서 쥐를 잡으려고 하지만 그 옆의 그릇이 깨질까 염려한다

　　　　　　　　　군주 곁의 간신을 제거하려고 하지만 군주가 다칠까 염려한다

투신자살 投身自殺 | 강물이나 높은 곳에서 몸을 던져 스스로 죽는다

투지만만 鬪志滿滿 | 싸우려는 굳은 의지로 가득 차 있다

투편단류 投鞭斷流 | 채찍을 내던져서 강물을 막는다; 강물을 건너는 군사들이 매우 많다

투필성자 投筆成字 | 글씨를 잘 쓰는 사람은 붓을 아무렇게나 휘둘러도 글씨가 잘 된다

투현질능 妬賢嫉能 | 어진 사람을 시기하고 재주 있는 사람을 미워한다

특립독행 特立獨行 | 세속을 떠나 자기 신념대로 산다

파

파경　　　破鏡 | 본문

파경부조 破鏡不照 | 깨어진 거울은 다시 비추이지 않는다; 헤어진 부부는 다시 결합하기 어렵다

　　　　　　　　　동의어: 파경 破鏡; 파경지탄 破鏡之歎 / 유사어: 복수불반분 覆水不返盆

　　　　　　　　　반대어: 파경중원 破鏡重圓

파경중원 破鏡重圓 | 깨진 거울이 다시 둥그렇게 된다; 생이별한 부부가 다시 만난다

파계무참 破戒無慚 | 계율을 깨뜨리고도 전혀 부끄러워하지 않는다

파과지년 破瓜之年 | 본문

파기상접 破器相接 | 깨어진 그릇을 붙이려고 한다; 공연히 헛수고만 한다

파라척결 爬羅剔抉 | 손톱으로 후비어 파내고 뼈를 발라낸다; 숨은 인재를 널리 찾아낸다
　　　　　　　남의 흠을 들추어낸다 / 유사어: 취모구자 吹毛求疵(본문)

파란곡절 波瀾曲折 | 생활이나 일에 닥치는 많은 곤란과 변화

파란만장 波瀾萬丈 | 물결의 기복이 심한 것과 같이 생활이나 일에 닥치는 어려움과 변화가 매우
　　　　　　　심하다 / 동의어: 파란중첩 波瀾重疊

파렴치한 破廉恥漢 | 뻔뻔하기 짝이 없는 사람; 부끄러운 줄도 모르는 사람

파맥부리 破麥剖梨 | 잃었던 남편과 자식을 다시 만난다 / 동의어: 마맥분리 磨麥分梨

파벽비거 破壁飛去 | 벽에 그려진 용이 벽을 부수고 하늘로 날아올라 간 일

파별천리 跛鼈千里 | 절뚝발이도 천 리를 간다; 쉬지 않고 노력하면 성공할 수 있다

파부침선 破釜沈船 | 솥을 깨어버리고 배를 가라앉혔다; 결사적으로 전쟁을 하려고 한다
　　　　　　　동의어: 기량침선 棄糧沈船 / 유사어: 배수진 背水陣

파사현정 破邪顯正 | 그릇된 의견과 길을 없애고 올바른 길을 널리 알린다 / 준말: 파현 破顯

파산중적이 破山中賊易 | 산 속의 도둑은 쳐부수기 쉽지만 마음속의 도둑 즉 사사로운 욕심은
　　　　　　　　없애기 어렵다; 마음의 수양은 참으로 어렵다

파안대소 破顔大笑 | 매우 즐거울 때 얼굴이 일그러질 정도로 입을 크게 벌리고 소리내어 웃는다

파옥도주 破獄逃走 | 죄수가 감옥을 부수고 달아난다

파적지계 破敵之計 | 적을 쳐서 부수거나 깨뜨릴 계책

파제만사 破除萬事 | 한 가지 일에 매달리기 위해 나머지 일을 모두 제쳐놓는다

파죽지세 破竹之勢 | 본문

파지사해 把持詐害 | 지방의 세력을 장악하고 백성을 속여 해친다

파천황　破天荒 | 과거 합격자를 전혀 내지 못하던 지방에서 최초로 합격자가 나오다
　　　　　　　이전에 아무도 하지 못했던 큰일을 처음 시작한다
　　　　　　　동의어: 파천황해 破天荒解 / 유사어: 미증유 未曾有

판관사령 判官使令 | 아내가 시키는 말을 거역할 줄 모르는 남자를 놀리는 말

판무식 　判無識 | 아주 무식하다 / 동의어: 전무식 全無識; 일자무식 一字無識

판상주환 阪上走丸 | 비탈에서 공을 굴린다; 자연적인 추세에 따라 일이 이루어진다

판천매귀 販賤賣貴 | 싸게 사서 비싸게 판다

팔굉일우 八紘一宇 | 땅 끝까지 하나의 집으로 만든다; 온 세상을 하나의 집으로 한다

팔년병화 八年兵火 | 항우와 유방이 8년 동안 싸운다; 승부가 좀처럼 나지 않는다

팔년풍진 八年風塵 | 유방이 8년을 싸워서 항우를 멸망시킨 일; 여러 해 동안 심한 고생을 한다

팔도강산 八道江山 | 우리 나라 전체의 강과 산

팔도명산 八道名山 | 우리 나라 전체의 이름난 산들

팔면부지 八面不知 ┃ 전혀 알지 못하는 낯선 사람

팔면영롱 八面玲瓏 ┃ 매우 아름답게 빛나고 환하게 밝다; 마음에 거리낌이나 우울함이 없다

팔방미인 八方美人 ┃ 완벽하게 아름다운 미인; 모든 방면에 능통한 사람

팔자춘산 八字春山 ┃ 미인의 고운 눈썹 / 동의어: 팔자청산 八字靑山

팔자타령 八字打令 ┃ 불행하게 된 자신의 운명을 원망하며 탄식하는 일

팔척장신 八尺長身 ┃ 키가 매우 큰 사람을 과장해서 표현하는 말

패가망신 敗家亡身 ┃ 집안의 재물을 모두 써서 없애고 자기 몸을 망친다

패가자제 敗家子弟 ┃ 집안의 재물을 모두 써서 없애는 자식

패군지장 불언용 敗軍之將 不言勇 ┃ 본문

패기만만 覇氣滿滿 ┃ 세상을 지배할 듯한 기세로 가득 차 있다 / 유사어: 패기발발 覇氣勃勃

패류잔화 敗柳殘花 ┃ 잎이 다 떨어진 버드나무와 가지에 붙어 있는 시든 꽃

패망쇠미 敗亡衰微 ┃ 싸움에 지고 멸망하여 세력이 없어진다

패배주의 敗北主義 ┃ 성공이나 승리에 대한 자신이 없이 처음부터 포기하는 경향

패역무도 悖逆無道 ┃ 사리에 어긋나고 악하며 사람다운 점이 전혀 없다

패왕지자 覇王之資 ┃ 천하를 지배하는 패자가 될 본바탕

패위패현 佩韋佩弦 ┃ 성질이 급한 사람은 부드러운 가죽을 차고 성질이 느린 사람은 팽팽한 활을
　　　　　　　　　　차서 스스로 반성하고 수양한다

패입패출 悖入悖出 ┃ 부정한 수단으로 얻은 재물은 쌓이지 않고 다시 나간다

패자역손 悖子逆孫 ┃ 사람의 도리를 어기는 자손

패출패입 悖出悖入 ┃ 도리에 벗어나는 일을 하면 그와 똑같은 재앙을 받는다

패표착풍 佩瓢捉風 ┃ 쪽박을 차고 바람을 잡는다; 터무니없는 일을 한다

팽두이숙 烹頭耳熟 ┃ 머리를 삶으면 귀까지 익는다; 두목을 처벌하면 졸개들은 자연히 굴복한다
　　　　　　　　　　일이 잘 되면 그것과 관련이 있는 다른 일은 자연히 이루어진다

　　　　　　　　　동의어: 망거목수 網擧目隨

팽어번쇄 烹魚煩碎 ┃ 생선을 굽는데 자주 뒤집으면 부서진다

편근유도 鞭根誘導 ┃ 매를 들고 이끈다; 재촉하여 이끈다

편모시하 偏母侍下 ┃ 홀어머니를 모시는 처지 / 동의어: 편모슬하 偏母膝下

편복지역 蝙蝠之役 ┃ 박쥐의 역할; 이익만 노리는 기회주의자의 짓

편사시 鞭死屍 ┃ 시체에 매질하여 원한을 푼다

편산만야 遍山滿野 ┃ 산과 들에 가득 차 있다 / 동의어: 만산편야 滿山遍野

편애편증 偏愛偏憎 ┃ 한쪽은 몹시 좋아하면서 다른 쪽은 미워한다

편언절옥 片言折獄 ┃ 한두 마디 말로 소송사건의 시비를 가린다; 말과 행동이 일치하는 인격

편언척자 片言隻字 ┃ 한두 마디의 짧은 말과 글 / 동의어: 편언척구片言隻句; 편언척어 片言隻語
　　　　　　　　　편언척사 片言隻辭 / 유사어: 일언반구 一言半句

편의행사 便宜行事 ┃ 형편에 따라 일을 적절하게 처리한다

편청생간 偏聽生姦 ┃ 한쪽 말만 듣고 처리하면 나쁜 결과를 낸다

편편옥토 片片沃土 | 어느 땅이나 모두 기름지다

평기허심 平氣虛心 | 마음을 조용하게 유지하고 잡념을 없앤다

평담속어 平談俗語 | 일상 회화에 나오는 평범한 말

평사낙안 平沙落雁 | 평평한 모래밭에 내려앉은 기러기; 산의 모습; 글씨를 잘 쓰는 솜씨

평생소원 平生所願 | 일생의 소원 / 동의어: 평생지원 平生之願

평생지계 平生之計 | 일생의 생활 계획

평수상봉 萍水相逢 | 물에 떠다니는 개구리밥처럼 여행을 다니다가 우연히 서로 만난다

평심서기 平心舒氣 | 마음을 평온하고 부드럽게 가진다; 그런 마음 / 준말: 평심 平心

평온무사 平穩無事 | 평온하여 아무 문젯거리가 없다

평원광야 平原廣野 | 평평하고 넓은 들판

평윤지사 平允之士 | 공평하고 성실한 선비 또는 재판관

평이근인 平易近人 | 정치를 간편하게 하여 백성과 가까워진다

평이담백 平易淡白 | 마음이 고요하고 이익을 얻으려는 욕심이 없다

평장백성 平章百姓 | 백성을 골고루 밝게 다스린다

평지낙상 平地落傷 | 평평한 땅에서 넘어져 다친다; 뜻밖에 불행한 일을 당한다

평지돌출 平地突出 | 평평한 땅에 산이 우뚝 솟아 있다; 변변치 못한 집안의 뛰어난 인물

평지풍파 平地風波 | 평지에 물결을 일으킨다 / 동의어: 평지파란 平地波瀾

평천하　　平天下 | 천하의 난리를 가라앉힌다; 천하를 자기 손아귀에 넣는다

폐부지언 肺腑之言 | 마음속에서 우러나오는 참된 말

폐사자립 廢師自立 | 스승의 학설을 버리고 자기 자신의 주장을 세운다

폐우지목 蔽牛之木 | 소를 가리울 만큼 큰 나무

폐월수화 廢月羞花 | 달이 숨고 꽃이 부끄러워한다; 절세의 미인

폐유불기 敝帷不棄 | 해진 휘장도 말을 묻는 데는 필요하니까 버려서는 안 된다

폐이후이 斃而後已 | 죽을 때까지 부지런히 일한다 / 유사어: 사이후이 死而後已

폐일언　　蔽一言 | 한 마디 말로 종합해서 말한다

폐절풍청 弊絕風淸 | 폐단과 악습이 없어져 풍습이 좋아진다; 정치가 바르게 된다

폐추천금 敝帚千金 | 몽당비를 천 냥 가치가 있다고 본다; 제 분수를 모른다

폐침망찬 廢寢忘餐 | 잠자고 먹는 일을 잊고 일에 몰두한다 / 동의어: 폐침망식 廢寢忘食

폐학지경 廢學之境 | 학업이나 학교를 도중에 그만 두게 된 형편

폐합사과 閉閤思過 | 집에 들어앉아서 자기 잘못을 반성한다

폐호선생 閉戶先生 | 문을 닫고 학문에만 열중하는 선생

포난생음욕 飽暖生淫慾 | 배불리 먹고 따뜻하게 입으면 음탕한 욕심이 생긴다

포두서찬 抱頭鼠竄 | 달아나는 쥐처럼 머리를 감싸고 숨는다

포락지형 炮烙之刑 | 기름칠한 구리기둥을 숯불 위에 걸쳐놓고 죄인을 그 위로 건너가게 하는
　　　　　　　　　형벌; 중국 은나라의 폭군 주왕(紂王)이 쓰던 형벌

포류지자 蒲柳之姿 | 자기 몸이 허약하다고 표현하는 말 / 동의어: 포류지질 蒲柳之質(본문)

포류지질 蒲柳之質 | 본문

포말몽환 泡沫夢幻 | 물거품과 헛된 꿈; 덧없는 인생

포문염도 飽聞厭道 | 실컷 듣고 실컷 말한다; 일이 세상에 널리 알려진다

포범무양 布帆無恙 | 항해가 무사하다; 여행이 무사하다

포벽유죄 抱璧有罪 | 본문

포복절도 抱腹絶倒 | 너무나 우스워서 배를 끌어안고 넘어진다 / 준말: 절도 絶倒

포식난의 飽食暖衣 | 배불리 먹고 따뜻하게 옷을 입는다 / 준말: 포난 飽暖
　　　　　　　　　　동의어: 난의포식 暖衣飽食 / 유사어: 호의호식 好衣好食

포식당육 飽食當肉 | 배부를 때 고기를 만난다; 어떤 일에 관심이나 흥미가 없다

포신구화 抱薪救火 | 불을 끄려고 하면서 장작을 안고 불 속으로 들어간다
　　　　　　　　　　동의어: 부신구화 負薪救火 / 유사어: 구화투신 救火投薪

포연탄우 砲煙彈雨 | 총과 대포의 연기와 비오듯 하는 탄알; 격심한 전투

포의지교 布衣之交 | 평민 시절의 교제 / 동의어: 포의지우 布衣之友

포의한사 布衣寒士 | 벼슬이 없는 가난한 선비

포장화심 包藏禍心 | 남을 해칠 마음을 품는다

포정해우 庖丁解牛 | 요리솜씨가 뛰어난 포정이 소의 뼈에서 고기를 발라낸다; 탁월한 기술

포탄희량 抱炭希涼 | 숯불을 끼고 있으면서 시원해지기를 바란다 / 유사어: 오습거하 惡濕居下

포편지벌 蒲鞭之罰 | 아프지 않은 부들가지 채찍으로 때리는 형식적인 처벌
　　　　　　　　　　온건하고 너그러운정치 / 동의어: 포편지욕 蒲鞭之辱

포풍착영 捕風捉影 | 바람을 잡고 그림자를 붙든다; 허망한 말이나 행동 / 동의어: 계풍 係風

포학무도 暴虐無道 | 잔인하고 도리에 크게 벗어난다

포호빙하 暴虎馮河 | 본문

포호함포 咆虎陷浦 | 개펄에 빠진 호랑이가 으르렁거린다

포화와신 抱火臥薪 | 불을 안고 장작 위에 눕는다; 더욱 더 위험한 짓을 한다

폭주병진 輻輳幷臻 | 수레바퀴의 살이 가운데 있는 바퀴 통으로 모인다; 모든 것이 한 군데로
　　　　　　　　　　모인다 / 준말: 폭주 輻輳 / 유사어: 집중 集中

표동벌이 標同伐異 | 자기와 같은 자는 높이 올려주고 자기와 다른 자는 친다

표리부동 表裏不同 | 겉과 속이 다르다 / 반대어: 표리일체 表裏一體

표리산하 表裏山河 | 강을 밖으로 하고 산을 안으로 한다; 험한 땅에 의지하여 적을 막는다

표리상응 表裏相應 | 안팎에서 서로 손이 맞는다 / 동의어: 표리상의 表裏相依

표리일체 表裏一體 | 겉과 속이 같다 / 반대어: 표리부동 表裏不同

표사유피 豹死留皮 | 본문

표칙지지 表則之地 | 백성에게 모범을 보여야 하는 지위 즉 재상의 지위

표풍부종조 飄風不終朝 | 폭풍은 오래 불지 않는다

품성불가개 稟性不可改 | 타고난 성품은 고칠 수 없다

품죽탄사 品竹彈絲 | 피리를 불고 거문고를 탄다; 악기를 연주한다

963

품행방정 品行方正 ┃ 품성과 행동이 올바르다

풍광명미 風光明媚 ┃ 산과 강의 경치가 맑고 아름답다

풍근다력 豊筋多力 ┃ 글자의 골격이 단단하고 힘차다; 붓글씨의 기세가 힘차다

풍기문란 風紀紊亂 ┃ 풍습과 규율이 흐트러진다; 남녀간의 성도덕이 어지러워진다

풍년기근 豊年飢饉 ┃ 풍년이 들었지만 곡식 값이 생산비보다 낮아서 농민이 오히려 가난에
　　　　　　　　　　시달리는 상태 / 동의어: 풍작기근 豊作飢饉

풍년화자 豊年化子 ┃ 풍년거지; 여러 사람이 이익을 보는데 자기만 빠져서 이익을 못 보는 사람

풍류남아 風流男兒 ┃ 속된 일을 떠나 멋스럽게 사는 남자 / 동의어: 풍류남자 風流男子

풍류운산 風流雲散 ┃ 바람이 불어 구름을 흩어버린다; 자취도 없이 허무하게 사라진다

풍림화산 風林火山 ┃ 바람처럼 빠르게, 숲처럼 질서정연하게, 불처럼 맹렬하게, 산처럼 은밀하게
　　　　　　　　　　군사를 움직인다; 싸우지 않고 승리하는 손자병법

풍마부접 風馬不接 ┃ 서로 아무런 관계가 없다

풍마우　　風馬牛 ┃ 본문

풍불명지 風不鳴枝 ┃ 바람이 나뭇가지를 흔들어 소리내지 않는다; 세상이 태평하다

풍비박산 風飛雹散 ┃ 사방으로 뿔뿔이 흩어진다

풍상지임 風霜之任 ┃ 매우 중대한 임무; 법의 시행을 맡은 관리

풍성학려 風聲鶴唳 ┃ 본문

풍속괴란 風俗壞亂 ┃ 풍속을 무너뜨리고 어지럽힌다

풍수지탄 風樹之歎 ┃ 나무는 고요히 있기를 원하지만 바람이 부는 것에 대한 탄식; 효도를 다하지
　　　　　　　　　　못한 채 어버이를 여읜 자식의 한탄
　　　　　　　　　　동의어: 풍목지비 風木之悲; 풍수지감 風樹之感

풍어지재 風魚之災 ┃ 바다에 태풍이 닥치는 재난

풍우대상 風雨對牀 ┃ 비바람 치는 밤에 같이 잔다; 형제가 서로 만난다

풍우대작 風雨大作 ┃ 바람이 몹시 불고 비가 많이 온다

풍운어수 風雲魚水 ┃ 바람과 구름, 물고기와 물; 군주와 신하 사이 / 유사어: 수어지교 水魚之交

풍운월로 風雲月露 ┃ 무의미하고 쓸데없는 글

풍운지기 風雲之器 ┃ 난리를 만나 공명을 세우는 사람

풍운지회 風雲之會 ┃ 구름과 용, 바람과 호랑이가 만나듯 어진 군주와 어진 신하가 만나는 일

풍월주인 風月主人 ┃ 자연을 즐기는 사람

풍월현도 風月玄度 ┃ 남과 서먹서먹한 사이

풍의포식 豊衣飽食 ┃ 입을 것과 먹을 것이 풍부하다

풍전등화 風前燈火 ┃ 바람 앞에 있는 등불 / 준말: 풍등 風燈; 풍촉 風燭
　　　　　　　　　　동의어: 풍전등촉 風前燈燭; 풍중지등 風中之燈 / 유사어: 풍전지진 風前之塵

풍전지진 風前之塵 ┃ 바람 앞에 있는 먼지; 사물의 변화가 허무하다

풍정낭식 風定浪息 ┃ 바람이 자면 파도가 쉰다; 들떠서 어수선하던 것이 가라앉는다

풍조우석 風朝雨夕 ┃ 바람 부는 아침과 비오는 저녁; 잠시도 평안할 때가 없다

풍진세계 風塵世界 | 편안하지 못하고 시끄러운 세상

풍진지변 風塵之變 | 전쟁과 난리 / 동의어: 풍진지회 風塵之會

풍진지언 風塵之言 | 거짓으로 꾸며서 남을 모함하는 말

풍진표물 風塵表物 | 혼탁한 세상을 벗어난 탁월한 인물 / 동의어: 풍진외물 風塵外物

풍찬노숙 風餐露宿 | 바람에 시달리고 이슬을 맞으며 한데서 산다; 모진 고생을 한다

풍타낭타 風打浪打 | 아무런 줏대도 없이 형편에 따라 행동한다

풍파지민 風波之民 | 마음이 흔들리기 쉬운 사람

풍한서습 風寒暑濕 | 바람과 추위와 더위와 습기

풍화설월 風花雪月 | 네 계절의 좋은 경치

피갈회옥 被褐懷玉 | 갈포 옷을 입고 속에는 옥을 품고 있다; 어진 선비가 지혜와 덕을 감춘다

피감낙정 避坎落井 | 구덩이를 피했는데 우물에 빠진다 / 동의어: 피갱낙정 避阬落井

피골상접 皮骨相接 | 살가죽과 뼈가 붙을 지경으로 여윈 상태 / 동의어: 피골상련 皮骨相連

피로곤비 疲勞困憊 | 피로에 지칠 대로 지친다

피리춘추 皮裏春秋 | 마음속에 공자가 지은 춘추를 간직한다; 사람은 누구나 속셈과 분별력이 있다 / 동의어: 피리양추 皮裏陽秋

피마불경편 疲馬不驚鞭 | 피곤한 말은 채찍질도 무서워하지 않는다; 곤궁한 처지에 빠지면 엄한 벌도 두려워하지 않고 죄를 범한다 / 동의어: 피마불외편추 疲馬不畏鞭箠

피발좌임 被髮左袵 | 머리를 풀고 옷깃을 왼쪽으로 여민다; 미개한 나라의 풍습

피부지견 皮膚之見 | 겉만 보고 속을 보지 못하는 천박한 견해 / 동의어: 피육지견 皮肉之見

피삼사　　避三舍 | 90리를 후퇴한다; 적이 두려워서 물러간다

피상지사 皮相之士 | 겉만 보고 속을 알아보지 못하는 사람

피상천박 皮相淺薄 | 피상적이고 천박하다; 학문, 지식, 생각 등이 매우 얕다

피실격허 避實擊虛 | 공격할 때 적의 방어가 견고한 곳은 피하고 허술한 곳은 친다

피일시 차일시 彼一時 此一時 | 그 때는 그 때이고 지금은 지금이다

피장봉호 避獐逢虎 | 노루를 피하다가 호랑이를 만난다; 작은 피해를 피하려다가 큰 피해를 본다

피장부 아장부 彼丈夫 我丈夫 | 그가 대장부라면 나도 대장부다
남보다 못하거나 남에게 굽힐 것이 없다; 누구나 노력하면 훌륭하게 된다
동의어: 피인야 여인야 彼人也 予人也

피저원앙 被底鴛鴦 | 이불 속의 남녀

피차일반 彼此一般 | 양쪽이 다 마찬가지다

피해망상 被害妄想 | 다른 사람이 자기를 해친다고 근거 없이 의심한다

피현로　　避賢路 | 어진 사람을 위해 그가 가는 길을 피해서 방해가 되지 않는다
현자에게 벼슬 길을 열어주고 방해하지 않는다; 후진을 위해 자리에서 물러난다 / 반대어: 방현로 妨賢路

피흉추길 避凶趨吉 | 불길한 일을 피하고 상서로운 일을 향해 나아간다

필경연전 筆耕硯田 | 글을 써서 생활을 한다

965

필두생화 筆頭生花 | 글재주가 많다

필마단기 匹馬單騎 | 혼자 한 필의 말을 탄다; 그런 사람

필마단창 匹馬單槍 | 혼자 말을 타고 간단한 무기를 가지고 간다

필망내이 必亡乃已 | 반드시 망하고 만다; 멸망을 피할 길이 없다

필무시리 必無是理 | 결코 이럴 리가 없다

필묵지연 筆墨紙硯 | 붓과 먹과 종이와 벼루

필문필답 筆問筆答 | 글을 써서 묻고 글을 써서 대답한다

필부무죄 匹夫無罪 | 보통사람은 죄가 없지만 옥을 가지고 있는 것이 죄다

필부불가탈지 匹夫不可奪志 | 하찮은 사내라 해도 그의 뜻을 뺏을 수 없다

필부지용 匹夫之勇 | 보통 사내의 하찮은 용기; 동의어: 소인지용 小人之勇

필부필부 匹夫匹婦 | 평범한 남녀

필사내이 必死乃已 | 반드시 죽고야 만다; 살아날 길이 전혀 없다

필사즉생 必死則生 | 죽기를 각오하고 싸우면 산다 / 동의어: 사즉생 死則生

필삭포폄 筆削褒貶 | 써넣고 지우고 칭찬하고 비난한다; 공자가 춘추를 지을 때 사용한 기록방법

필생즉사 必生則死 | 살겠다고 비겁하게 굴면 죽는다 / 동의어: 생즉사 生則死

필세이후인 必世而後仁 | 올바른 정치란 최소한 한 세대 즉 30년을 다스려야 그 성과가 나타난다

필승불패 必勝不敗 | 지지 않고 반드시 이긴다

필야사무송 必也使無訟 | 반드시 소송이 없도록 만든다; 반드시 말썽이 없도록 한다

필욕감심 必欲甘心 | 품은 원한을 반드시 풀려고 애쓴다

필유곡절 必有曲折 | 반드시 어떤 까닭이 있다 / 동의어: 필유사단 必有事端

필주묵벌 筆誅墨伐 | 남의 죄를 글로 논해서 꾸짖는다 / 준말: 필주 筆誅

필지어서 筆之於書 | 확인하거나 잊지 않기 위해서 글로 적어둔다

하_____

하갈동구 夏葛冬裘 | 여름의 서늘한 베옷과 겨울의 따뜻한 옷; 격에 맞는다

하달지리 下達地理 | 지리를 잘 안다 / 반대어: 상통천문 上通天文

하당영지 下堂迎之 | 대청에서 내려가 맞이한다; 정중하게 영접한다

하도낙서 河圖洛書 | 하도와 낙서 즉 주역의 기본원리; 구하기가 매우 어려운 귀중한 옛날 책

하동사자후 河東獅子吼 | 기가 센 여자가 남편에게 독하게 대든다; 남편이 아내를 두려워함

하동삼봉 河東三鳳 | 남의 형제를 칭찬하는 말

하로동선 夏爐冬扇 | 여름 화로와 겨울 부채; 격이나 철에 맞지 않는 물건 또는 쓸데없는 물건

하릉상체 下陵上替 | 아랫사람이 윗사람을 능가하여 윗사람의 권위가 떨어진다; 세상이 어지럽다

하문불치 下問不恥 | 자기보다 지식이 얕은 사람에게 물어보는 것을 부끄럽게 여기지 않는다

하불엄유 瑕不掩瑜 | 미덕과 과실을 있는 그대로 모두 보여주어 숨기지 않는다

하산대려 河山帶礪 | 황하가 허리띠처럼 가늘게 되고 태산이 숫돌처럼 작아진다 해도 변하지
않는다고 맹세하는 말
하산지세 下山之勢 | 산비탈을 내려 달리는 세찬 기세; 사람의 힘으로는 어쩔 수 없는 형세
하석상대 下石上臺 | 아랫돌 빼서 위의 돌을 괴고 위의 돌을 빼서 아랫돌을 괸다; 임시변통으로
버틴다 / 동의어: 상석하대 上石下臺; 상하탱석 上下撑石
하선동력 夏扇冬曆 | 여름 부채와 겨울의 새 달력; 철에 맞는 선물
하수구명 河水九名 | 황하는 일년에 아홉 가지 명칭으로 불린다
하어지질 河魚之疾 | 복통
하옥　　　瑕玉 | 옥에 티; 쓸데없는 짓으로 일을 더욱 악화시킨다
하우불이 下愚不移 | 매우 어리석고 못난 사람은 언제나 그대로 있고 변함이 없다
하의상달 下意上達 | 아랫사람이나 백성의 생각을 윗사람에게 전한다
하정상통 下情上通 | 백성의 사정이나 뜻이 위에 잘 통한다
하정투석 下穽投石 | 함정에 빠진 사람에게 돌을 던진다 / 동의어: 낙정하석 落穽下石
하천지배 下賤之輩 | 신분이 낮은 무리 / 준말: 하천배 下賤輩
하청난사 河淸難俟 | 황하는 천 년에 한번 맑아진다; 도저히 기다릴 수가 없다
하청지회 河淸之會 | 매우 드물게 이루어지는 만남
하청해안 河淸海晏 | 황하의 물이 맑아지고 바다가 잔잔하다; 천하가 태평하다
하충의빙 夏蟲疑氷 | 여름에만 사는 벌레가 얼음을 믿지 않는다; 견문이 적어 의심을 잘 한다
하필성장 下筆成章 | 붓을 잡으면 바로 문장이 된다 / 유사어: 칠보지재 七步之才
하학상달 下學上達 | 쉬운 것부터 배워서 깊고 어려운 것을 깨닫는다 / 동의어: 하학지공 下學之功
하한지언 河漢之言 | 은하수는 너무 멀어서 그곳의 일은 알 수가 없다; 뜻이 매우 깊어서
알아듣기 어려운 말; 종잡을 수 없는 말 / 동의어: 하한기언 河漢其言
하해지택 河海之澤 | 큰 강과 바다와 같은 은혜; 넓고 큰 은혜
하후상박 下厚上薄 | 아랫사람에게는 많게, 윗사람에게는 적게 봉급인상의 비율을 정한다
하후하박 何厚何薄 | 어느 쪽은 후하게 하고 어느 쪽은 야박하게 한다; 차별대우를 한다
학경불가단 鶴脛不可斷 | 학의 다리가 길다고 잘라서는 안 된다
학구소붕 鷽鳩笑鵬 | 산까치나 비둘기가 큰 붕새를 비웃는다; 소인이 위인의 업적을 비웃는다
학노어년 學老於年 | 학문이 나이에 비해 매우 진보해 있다
학립계군 鶴立鷄羣 | 닭이 많이 모인 곳에 학이 서 있다; 눈에 띄게 훌륭하다
학립기저 鶴立企佇 | 학처럼 멀거니 서서 기다린다; 사람 또는 사물을 몹시 기다린다
학명지사 鶴鳴之士 | 많은 사람의 존경과 신뢰를 받는 인물; 벼슬을 하지 못하고 묻혀 사는 선비
학불가이 學不可已 | 학문은 그칠 수 없다
학수고대 鶴首苦待 | 학의 목처럼 목을 길게 늘여서 기다린다; 몹시 애타게 기다린다
학수천세 鶴壽千歲 | 학이 천 년을 산다 / 동의어: 학천년 鶴千年
학여불급 學如不及 | 공부는 미치지 못하는 듯이 쉬지 않고 노력해야 한다
학여천정 學如穿井 | 학문은 우물을 파는 것과 같다; 학문은 할수록 더욱 어려워진다

학원어사 學原於思 | 학문은 생각하는 것에서 시작한다

학이시습 學而時習 | 배우고 수시로 복습한다

학이지지 學而知之 | 배워서 안다

학자삼다 學者三多 | 학자는 독서와 지론과 저술이 많아야 한다

학철부어 涸轍鮒魚 | 본문

학택지사 涸澤之蛇 | 물이 마른 연못의 뱀; 남을 교묘하게 이용해서 함께 이익을 얻는다

한강독조 寒江獨釣 | 추운 강가에서 홀로 낚시를 한다

한강투석 漢江投石 | 한강에 돌 던지기; 아무 효과가 없는 일

한난기포 寒暖飢飽 | 춥고 따뜻함과 굶주리고 배부름

한다민주 閑茶悶酒 | 한가할 때는 차를 마시고 고민이 있을 때는 술을 마신다

한단지몽 邯鄲之夢 | 본문

한단지보 邯鄲之步 | 본문

한담설화 閑談屑話 | 심심풀이의 쓸데없는 말

한량음식 閑良飲食 | 배가 몹시 고플 때 음식을 마구 먹어대는 일

한마지로 汗馬之勞 | 말을 달려 싸움터에서 세운 공로; 전쟁에 이긴 공적

한불조도 恨不早圖 | 시기를 놓쳐 미리 하지 못한 것을 뉘우친다

한불조지 恨不早知 | 일의 기틀을 미리 알지 못한 것을 뉘우친다

한사결단 限死決斷 | 죽음을 무릅쓰고 결단을 내린다

한사막관 閑事莫管 | 쓸데없는 일에 손대지 마라

한사만직 閑司漫職 | 일이 많지 않고 한가한 벼슬자리

한산습득 寒山拾得 | 당나라 고승 한산이 자기 스승의 친구인 습득과 함께 낸 시집

한상지만 恨相知晩 | 서로 늦게 알게 된 것을 한탄한다 / 동의어: 상견하만 相見何晩

한서역절 寒暑易節 | 추위와 더위가 한번 변한다; 일 년이 지나간다

한식상묘 寒食上墓 | 한식 날 성묘하는 일

한신포복 韓信匍匐 | 한신이 남의 가랑이 밑을 기어서 지나간다; 큰 목적이 있는 사람은 눈앞의
부끄러움도 참아야 한다; 굴욕을 잘 참고 견딘다
동의어: 한신출고하 韓信出袴下

한우충동 汗牛充棟 | 수레에 실으면 소가 땀을 흘리고 집에 쌓으면 대들보까지 이를 만큼 책이 많다
준말 한우 汗牛; 충동 充棟 / 유사어: 옹서만권 擁書萬卷; 오거지서 五車之書

한운야학 閑雲野鶴 | 한가로운 구름과 들판의 학; 속세를 떠나 한가롭게 사는 생활

한인물입 閑人勿入 | 볼일이 없는 사람은 들어오지 마라

한입골수 恨入骨髓 | 원한이 뼈에 사무쳐 있다 / 동의어: 원입골수 怨入骨髓(본문)

한천자우 旱天慈雨 | 가뭄에 단 비; 곤경에 빠졌을 때 구해주는 사람이나 사물

한출첨배 汗出沾背 | 부끄럽거나 무서워서 나는 식은땀이 등을 적신다
동의어: 냉한삼두 冷汗三斗; 한류협배 汗流浹背

한화휴제 閑話休題 | 쓸데없는 이야기는 그만 둔다; 다시 본론으로 돌아갈 때 쓰는 말

할고담복 割股啖腹 | 자기 허벅다리 살을 베어서 먹는다; 결국은 자기에게 손해가 되는 짓을 한다
　　　　　동의어: 할고충복 割股充腹 / 유사어: 할육충복 割肉充腹

할박지정 割剝之政 | 지방관리가 백성의 재물을 빼앗아 들이는 고약한 짓

할복자살 割腹自殺 | 배를 갈라 스스로 죽는다

할석분좌 割席分坐 | 친구 사이에 우정을 끊고 자리를 함께 하지 않는다

할육충복 割肉充腹 | 제 살을 베어서 배를 채운다; 혈족의 재산을 뺏는다

함개상응 函蓋相應 | 그릇과 뚜껑이 서로 맞는다; 서로 맞아 하나가 된다

함구납오 含垢納汚 | 수치를 참고 더러움을 받아들인다; 군주가 치욕을 잘 참는다

함구무언 緘口無言 | 입을 다물고 말이 없다 / 동의어: 함구불언 緘口不言

함구물설 緘口勿說 | 입을 다물고 말을 못하게 한다

함분축원 含憤蓄怨 | 분하고 원통한 마음을 품는다

함소입지 含笑入地 | 웃음을 머금고 땅에 들어간다; 안심하고 죽는다

함양훈도 涵養薰陶 | 사람을 잘 가르치고 이끌어 재주와 덕을 갖추게 한다

함여유신 咸與惟新 | 몸에 밴 나쁜 습관을 버리고 새롭게 된다; 모든 일을 새롭게 뜯어고친다

함지사지 陷之死地 | 죽을 땅에 떨어진 뒤에야 살아난다

함포고복 含哺鼓腹 | 잔뜩 먹고 배를 두드린다; 천하가 태평하다 / 준말: 함포 含哺

함혈분인 含血噴人 | 근거 없는 말로 남을 모함한다

함화패실 銜華佩實 | 겉모양과 내실이 함께 갖추어진다; 꽃을 피우고 열매를 맺는다

함흥차사 咸興差使 | 태종이 함흥에 있는 태조 이성계에게 보낸 사신; 심부름을 가서 돌아오지
　　　　　않거나 소식이 없는 경우

함하지주 頷下之珠 | 용의 턱 밑의 구슬; 손에 넣기 힘든 보물

합연기연 合緣奇緣 | 부부가 되는 인연; 이상하게 결합하는 인연

합자이지시 合者離之始 | 만나는 것은 이별의 시작이다

합장배례 合掌拜禮 | 두 손바닥을 마주 대고 절한다

합종연횡 合縱連衡 | 전국시대의 대표적인 두 가지 정책
　　　　　서쪽 진(秦)나라에 대해 동쪽 여섯 나라가 세로로 동맹을 맺는 것(합종책)과
　　　　　여섯 나라가 각각 진나라와 불가침조약을 맺는 것(연횡책)

합포주환 合浦珠還 | 구슬의 명산지인 합포에 구슬이 돌아온다; 올바른 정치를 하면 흩어졌던
　　　　　백성이 다시 모여든다; 잃었던 물건이 다시 손에 들어온다

합환주무 合歡綢繆 | 남녀가 깊은 정을 나누며 즐거워한다

항다반사 恒茶飯事 | 늘 보통으로 있는 일; 준말: 다반사 茶飯事

항려지년 亢儷之年 | 짝을 맞을 나이; 장가 들고 시집갈 나이

항룡유회 亢龍有悔 | 하늘 끝까지 올라간 항룡은 후회하게 된다; 적절한 선에서 만족하지 않고
　　　　　무작정 밀고 나가면 실패하게 된다; 욕심을 한없이 부리면 후회하게 된다

항배상망 項背相望 | 목과 등이 서로 바라본다; 왕래가 많다 / 동의어: 전후상고 前後相顧

항안위사 抗顔爲師 | 사물에 관해 잘 아는 듯이 표정을 짓고 스승으로 자처한다

항오발천 行伍發薦 | 병졸이 지휘관 자리에 오른다 / 동의어: 행오발천 行伍發薦

항자불살 降者不殺 | 항복하는 사람은 죽이지 않는다

항적필사 抗敵必死 | 죽기를 각오하고 적과 싸운다

항진주속 抗塵走俗 | 속세에서 바쁘게 돌아다니며 부귀를 얻는다

해고견저 海枯見底 | 바다는 물이 말라야 밑바닥을 드러낸다; 사람의 마음은 평소에 알 수가 없다

해고석란 海枯石爛 | 바다가 마르고 돌이 문드러진다; 바라던 시기가 끝내 오지 않는다

해광구실 蟹筐俱失 | 게와 광주리를 함께 잃는다 / 동의어: 해망구실 蟹網俱失

해괴망측 駭怪罔測 | 헤아릴 수 없이 대단히 이상야릇하고 괴상하다

해내기사 海內奇士 | 국내에서 그와 비교할 사람이 없는 기이한 인물

해내위일 海內爲一 | 천하를 통일한다

해동공자 海東孔子 | 우리 나라에서 공자와 같은 인물 즉 고려 성종 때 학자인 최충(崔冲)을 말함

해로동혈 偕老同穴 | 본문

해물지심 害物之心 | 공연히 물건을 해치려는 마음

해불양파 海不揚波 | 바다에 파도가 일지 않는다; 군주의 어진 정치로 백성이 편안하다

해어화   解語花 | 본문

해옹호구 海翁好鷗 | 바닷가에 사는 노인이 갈매기를 좋아한다; 속에 나쁜 마음을 품고 있으면
                    남이 그것을 알아차리고 피한다

해의의지 解衣衣之 | 자기 옷을 벗어서 남에게 입힌다; 은혜를 베푼다; 총애한다

해의추식 解衣推食 | 자기 옷을 벗어주고 음식을 권한다; 남에게 은혜를 베푼다; 사람을 중용한다

해의포화 解衣抱火 | 옷을 벗고 불을 끌어안는다; 재난을 스스로 초래한다

해중고혼 海中孤魂 | 바다에 빠져 죽은 사람의 외로운 넋

해천산천 海千山千 | 바다에서 천 년, 산에서 천 년을 산 뱀이 용이 된다
                    온갖 경험을 다 해서 악하게 된다; 그런 사람

해타성주 咳唾成珠 | 기침과 침이 모두 구슬이 된다; 글재주가 매우 뛰어나다; 권세가 당당하다

해후상봉 邂逅相逢 | 우연히 서로 만난다

행년신수 行年身數 | 그 해의 좋고 나쁜 운수

행동거지 行動擧止 | 몸을 움직여서 하는 모든 동작 / 준말: 거지 擧止; 행지 行止

행동능우 行同能偶 | 행동이나 재능이나 서로 비슷하다

행로지인 行路之人 | 길에서 만난 사람; 아무 관계가 없는 사람

행막행의 幸莫幸矣 | 더할 나위 없이 행복하다

행반화화 幸反爲禍 | 행운이 오히려 재앙이 된다

행방불명 行方不明 | 간 곳이 분명하지 않다; 간 방향을 모른다

행백리자 行百里者 | 백 리를 가는 자는 90리가 절반이다; 시작은 쉽지만 완성은 어렵다

행불승의 行不勝衣 | 키가 작고 야위어서 옷맵시가 나지 않는다

행불유경 行不由經 | 지름길로 가지 않는다; 빠른 길도 올바르지 않은 것이면 가지 않는다

970

행비서　　行秘書 | 걸어다니는 비서; 아는 것이 많고 기억력이 뛰어난 사람

행상대경 行常帶經 | 외출할 때도 항상 경전을 몸에 지닌다; 학문에 열중한다

해서산맹 海誓山盟 | 바다와 산같이 영원히 변치 않는 굳은 맹세

행수기생 行首妓生 | 관청 기생의 우두머리

행시주뇨 行屎走尿 | 걸어가면서 대변을, 달리면서 소변을 본다; 일상생활에서 흔한 일

행시주육 行尸走肉 | 살아 있는 송장이고 걸어다니는 고깃덩어리; 배운 것이 없어서 아무 데도
　　　　　　　　소용이 없는 사람 / 동의어: 주시행육 走尸行肉

행운유수 行雲流水 | 떠가는 구름과 흐르는 물; 넓고 큰 자연 / 반대어: 정운지수 停雲止水

행유여력 行有餘力 | 일을 다하고도 힘이 남는다

행이득면 倖而得免 | 궂은 일에서 다행히도 벗어난다 / 준말: 행면 倖免

행재요화 幸災樂禍 | 남이 당하는 재앙을 보고 즐거워한다 / 유사어: 행인지불행 幸人之不幸

행호시령 行號施令 | 호령을 내린다 / 준말: 호령 號令

향국지성 向國之誠 | 나라를 생각하는 정성

향방부지 向方不知 | 어디가 어딘지 방향을 분간하지 못한다

향불사성 響不辭聲 | 소리의 울림은 그 소리를 따라가게 마련이다; 공적을 세우면 명예는 자연히
　　　　　　　　따라온다; 메아리는 원래의 소리보다 못하다; 가지는 근본을 따르지 못한다

향약본초 鄕藥本草 | 우리 나라에서 나고 약으로 쓰이는 모든 동식물과 광물

향양화목 向陽花木 | 햇볕을 받는 꽃나무; 출세에 유리한 조건을 갖춘 사람

향우지탄 向隅之歎 | 좋은 때를 만나지 못한 탄식

향학지성 向學之誠 | 배움에 뜻을 두고 기울이는 정성

향화걸아 向火乞兒 | 속세의 이익을 좇는 소인배

허기평심 虛氣平心 | 기운을 가라앉히고 마음을 평온하게 가진다

허망지설 虛妄之說 | 어이없고 공허한 말

허명무실 虛名無實 | 헛된 이름뿐이고 실속이 없다 / 동의어: 유명무실 有名無實

허명자루 虛名自累 | 헛된 이름 때문에 스스로 재난을 초래한다

허무맹랑 虛無孟浪 | 터무니없이 허황하고 실속이 없다

허송세월 虛送歲月 | 하는 일 없이 세월을 헛되게 보낸다 / 동의어: 허도세월 虛度歲月

허심탄회 虛心坦懷 | 마음속에 나쁜 생각이 없이 솔직하게 모든 생각을 털어놓는다

허연세월 虛延歲月 | 쓸데없이 세월을 연장한다

허위문자 虛僞文字 | 없는 일을 마치 있는 것처럼 써놓은 글

허유괘표 許由掛瓢 | 요임금 때 산 속에 숨어사는 허유가 물을 떠먹고 표주박을 나무에 걸어둔 일

허장성세 虛張聲勢 | 실력도 없으면서 허세만 부린다

허전장령 虛傳將令 | 장수의 명령을 거짓 전한다; 윗사람의 명령을 거짓 전한다

허허실실 虛虛實實 | 적의 강점을 피하고 약점을 노리면서 재주와 꾀를 다해 서로 싸운다

허황지설 虛荒之說 | 헛되고 미덥지 못한 말

헌근지성 獻芹之誠 | 미나리를 바치는 정성; 정성을 다해 올리는 마음; 윗사람에게 선물을 바칠

때 겸손하게 쓰는 말 / 동의어: 헌근지의 獻芹之意

헌헌장부 軒軒丈夫 ┃ 외모가 잘 생기고 호탕하고 쾌활한 남자

헐가방매 歇價放賣 ┃ 싼값에 마구 팔아버린다

혁고정신 革故鼎新 ┃ 묵은 것을 버리고 새것을 취한다

혁혁지공 赫赫之功 ┃ 활활 타는 불 같이 빛나는 공적

혁혁지명 赫赫之名 ┃ 널리 알려져서 빛나는 명예

현군고투 懸軍孤鬪 ┃ 적진 깊이 들어간 부대가 외롭게 싸운다 / 유사어: 고군분투 孤軍奮鬪

현권이동 懸權而動 ┃ 저울에 추를 달아 무게를 잰다; 일의 경중을 잘 헤아린 뒤에 행동한다

현동소설 玄冬素雪 ┃ 겨울과 흰눈; 눈이 쌓인 겨울; 겨울의 심한 추위

현두각　　見頭角 ┃ 두각을 나타낸다; 재능이 뛰어나다

현두자고 懸頭刺股 ┃ 머리카락을 묶어서 걸고 허벅다리를 송곳으로 찔러 졸음을 물리친다
학업에 매우 열중한다 / 동의어: 추고지면 錐股之勉

현란호화 絢爛豪華 ┃ 빛나고 아름답고 화려하다

현량방정 賢良方正 ┃ 어질고 착하며 올바르고 점잖다

현모양처 賢母良妻 ┃ 어진 어머니인 동시에 착한 아내

현문우답 賢問愚答 ┃ 현명한 질문에 어리석은 대답 / 반대어: 우문현답 愚問賢答

현상무변 懸象無變 ┃ 천문에 이상이 없다; 세상에 이변이 없다

현상양좌 賢相良佐 ┃ 어질고 유능하여 군주를 잘 돕는 신하

현성공안 現成公案 ┃ 즉석에서 이루어진 선(禪)의 시험문제

현애늑마 懸崖勒馬 ┃ 벼랑에 이르러서야 말고삐를 조인다

현애살수 懸崖撒手 ┃ 벼랑 위에서 손을 놓는다; 용감하고 과단성 있게 일을 한다

현옥매석 衒玉賣石 ┃ 옥을 진열하고 돌을 판다 / 동의어: 양두구육 羊頭狗肉(본문)

현인안목 眩人眼目 ┃ 사람의 눈을 어지럽히고 정신을 아찔하게 만든다

현자과지 賢者過之 ┃ 어진 사람은 중용을 지나 고상한 행동을 한다

현차지년 懸車之年 ┃ 관직에서 물러날 때

현하웅변 懸河雄辯 ┃ 물이 흐르듯이 유창한 말 / 동의어: 현하구변 懸河口辯; 현하지변 懸河之辯

현현역색 賢賢易色 ┃ 어진 사람에 대한 존경을 여색보다 더 소중히 여긴다

혈구지도 絜矩之道 ┃ 길이를 재는 도구인 곧은 자와 굽은 자의 길; 사람을 가르쳐서 올바르게
만드는 길; 내가 싫어하는 것은 남에게도 하지 않는다

혈기미동 血氣未動 ┃ 아무런 병이 없다

혈기방장 血氣方壯 ┃ 혈기가 한창 왕성하다

혈기지분 血氣之憤 ┃ 젊은 핏기로 일어나는 공연한 분노

혈기지용 血氣之勇 ┃ 혈기에서 일어나는 불끈 뽐내는 용기

혈맥상통 血脈相通 ┃ 핏줄이 서로 통한다; 같은 핏줄에 속하는 관계; 뜻이 통하는 친구 사이

혈원골수 血怨骨髓 ┃ 뼈에 사무치는 깊은 원한

혈유생령 孑遺生靈 ┃ 겨우 남아 있는 목숨

972

혈육지신 血肉之身 | 혈육

혈풍혈우 血風血雨 | 피 바람과 피 비; 피를 흘리며 격심하게 싸우는 전투

혈혈단신 孑孑單身 | 매우 외로운 홀몸

혈혈무의 孑孑無依 | 홀몸으로 의지할 곳이 없다

협산초해 挾山超海 | 산을 옆구리에 끼고 바다를 넘는다; 불가능한 일

형고무소 刑故無小 | 고의로 저지른 죄는 가벼운 것도 용서하지 않는다

형기무형 刑期無刑 | 형벌의 목적은 형벌을 없애는 데 있다

형단영척 形單影隻 | 아무 데도 의지할 곳이 없어 매우 외롭다 / 동의어: 형단척영 形單隻影

형불염경 刑不厭輕 | 형벌은 관대할수록 더 좋다

형망제급 兄亡弟及 | 맏형이 아들이 없이 죽으면 동생이 혈통을 이어간다

형비제수 兄肥弟瘦 | 형제의 신분이 다르다; 형이 동생을 대신하고 동생이 형을 대신해서 돕는다

형설지공 螢雪之功 | 본문

형세지도 形勢之途 | 권력 실세들이 있는 곳; 그런 지위

형승지국 形勝之國 | 땅의 형세가 좋아서 승리하기 쉬운 위치에 있는 나라

형승지지 形勝之地 | 경치가 매우 아름다운 땅

형식이명창 形息而名彰 | 죽은 뒤에 명성이 빛난다

형양안단 衡陽雁斷 | 기러기는 형양의 회안봉(回雁峯)을 날아서 넘어갈 수 없다; 소식이 끊어진다

형영상동 形影相同 | 형상이 굽거나 곧으면 그림자도 굽거나 곧아진다; 마음먹은 것이 그대로
　　　　　　　　　　행동으로 나타난다 / 유사어: 부즉불리 不則不離

형영상련 形影相憐 | 자기 몸과 그림자가 서로 불쌍히 여긴다 / 동의어: 형영상조 形影相弔

형왕영곡 形枉影曲 | 물체가 구부러지면 그림자도 구부러진다; 원인과 결과가 반드시 일치한다

형용고고 形容枯槁 | 몸이 매우 마르고 핏기가 없다

형이상　　形而上 | 모양을 가지고 있지 않은 것; 무형의 것; 추상적인 것

형이하　　形而下 | 형체를 가지고 있는 것; 유형의 것; 구체적인 것

형제수족 兄弟手足 | 형제는 손발과 같아서 화목해야 한다; 형제는 한번 잃으면 다시는 얻지
　　　　　　　　　　못한다 / 동의어: 여족여수 如足如手 / 유사어: 동기일신 同氣一身

형제지국 兄弟之國 | 대단히 친밀한 나라 또는 서로 혼인관계를 이룬 나라

형제지의 兄弟之誼 | 형제처럼 다정하게 지내는 친구 사이의 정

형창설안 螢窓雪案 | 반딧불을 창에 둔 서재 즉 공부하는 서재; 매우 고생하며 공부한다

형처돈아 荊妻豚兒 | 가시나무 비녀를 꽂은 아내와 돼지새끼 같은 아들

형형색색 形形色色 | 형태와 종류가 서로 다른 가지가지; 가지각색

혜분난비 蕙焚蘭悲 | 혜초가 불에 타면 난초가 슬프다; 벗의 불행을 슬퍼한다

혜이불비 惠而不費 | 은혜를 많이 베풀지만 재물을 낭비하지는 않는다

혜전탈우 蹊田奪牛 | 소를 끌고 남의 논에 들어간 벌로 소를 뺏는다; 죄보다 벌이 너무 가혹하다

호가호위 狐假虎威 | 본문

호각지세 互角之勢 | 서로 조금도 우열이 없는 기세

호거용반 虎踞龍盤 | 용이 서리고 호랑이가 걸터앉아 있는 듯 웅장한 산 모양

호계삼소 虎溪三笑 | 호계 시냇가에서 혜원법사(慧遠法師), 도연명(陶淵明), 육수정(陸修靜) 등 세 사람이 크게 웃는다; 유교, 불교, 도교의 근본은 하나이다 / 준말: 삼소 三笑

호구고수 狐裘羔袖 | 여우가죽으로 된 좋은 옷에 질이 낮은 양가죽으로 소매를 단다; 매우 착한 사람에게도 작은 결점이 있다; 전체적으로 좋지만 한 군데 결함이 있다

호구몽융 狐裘蒙戎 | 여우가죽으로 만든 옷이 해어져 털이 흐트러진다; 지도층의 부패로 나라가 어지러워진다; 동의어: 호구방융 狐裘尨茸

호구삼십년 狐裘三十年 | 안자(晏子)가 여우가죽 옷 한 벌을 30년 입은 일; 매우 검소하다

호구여생 虎口餘生 | 겨우 살아남은 목숨

호구지계 狐丘之戒 | 남에게 원한을 사는 일이 없도록 특히 조심하라는 교훈 동의어: 인유삼원 人有三怨

호구지책 糊口之策 | 입에 풀칠하는 방법; 살아갈 방도 / 동의어: 호구지계 糊口之計

호노자식 胡奴子息 | 배운 것 없이 제 멋대로 자라 교양이 없는 놈; 호래아들; 버릇 없는 놈

호당지풍 護黨之風 | 같은 패거리끼리 서로 감싸고 보호하는 경향

호랑지국 虎狼之國 | 호랑이와 이리같은 나라; 침략을 좋아하고 탐욕스러운 나라

호랑지심 虎狼之心 | 호랑이와 이리 같이 탐욕스럽고 잔인한 마음씨

호래척거 呼來斥去 | 사람을 오라고 불러놓고 곧 쫓아버린다

호령여한 號令如汗 | 땀이 다시 몸으로 들어갈 수 없듯 한번 내린 명령은 취소할 수 없다 유사어: 윤언여한 綸言如汗; 사불급설 駟不及舌(본문)

호령호령 號令號令 | 정신 차릴 틈도 주지 않고 잇달아 큰소리로 꾸짖는다

호리건곤 壺裏乾坤 | 늘 술에 취해 있다

호리불차 毫釐不差 | 조금도 틀림이 없다

호리천리 毫釐千里 | 처음에는 아주 작은 차이지만 나중에 아주 큰 차이가 난다

호마의북풍 胡馬依北風 | 호나라의 말은 북풍이 불 때마다 고향인 호나라를 그리워한다; 고향을 몹시 그리워한다 / 유사어: 월조소남지 越鳥巢南枝; 농조연운 籠鳥戀雲

호말지리 毫末之利 | 매우 작은 이익; 털끝만한 이익 / 유사어: 추도지말 錐刀之末

호명지인 好名之人 | 명성을 좋아하는 사람

호모부가 毫毛斧柯 | 나무가 어릴 때 베지 않으면 도끼가 필요하게 된다

호문즉유 好問則裕 | 모르는 것을 물어보기를 좋아하면 마음에 여유가 생긴다

호물부재다 好物不在多 | 좋은 물건은 반드시 많아야 되는 것은 아니다

호미난방 虎尾難放 | 잡고 있는 호랑이 꼬리는 놓기가 어렵다

호미춘빙 虎尾春氷 | 호랑이 꼬리와 봄철 연못의 살얼음; 매우 위험한 지경 유사어: 섭우춘빙 涉于春氷; 여리박빙 如履薄氷; 답호미 踏虎尾

호발부동 毫髮不動 | 털끝만큼 조금도 움직이지 않는다; 꿈쩍도 하지 않는다

호방뇌락 豪放磊落 | 기개가 웅장하고 마음이 넓고 시원해서 사소한 일에 구애를 받지 않는다

호별방문 戶別訪問 | 집집마다 찾아다닌다

호복간상 濠濮間想 | 속세를 떠나 한가롭고 고요한 경치에서 즐기는 심정

　　　　유사어: 호량지상 濠梁之想

호복기사 胡服騎射 | 오랑캐의 옷을 입고, 말달리며 활 쏘는 무사들을 불러모은다; 전쟁 준비

호부견자 虎父犬子 | 호랑이 애비에 개의 새끼; 잘난 아버지에 못난 자식

호불급흡 呼不給吸 | 숨을 내쉬고는 들이쉬지 못한다; 일이 너무 빨라서 미처 응할 시간이 없다

호불식아 虎不食兒 | 호랑이는 아무리 배가 고파도 제 새끼는 잡아먹지 않는다

호불이웅 狐不二雄 | 여우는 수놈 두 마리가 한 군데 살지 않는다; 영웅 둘이 양립할 수 없다

호사다마 好事多魔 | 좋은 일에는 흔히 방해되는 일이 생긴다

호사불여무 好事不如無 | 좋은 일 뒤에는 반드시 나쁜 일이 따르므로 차라리 없던 것만 못하다

호사불출문 好事不出門 | 좋은 일은 남들에게 알려지기 어렵다 / 반대어: 악사천리 惡事千里

호사수구 狐死首丘 | 여우는 죽을 때 자기 굴이 있던 언덕을 바라본다; 근본을 잊지 않는다

　　　　동의어: 수구초심 首邱初心

　　　　유사어: 월조소남지 越鳥巢南枝; 농조연운 籠鳥戀雲

호사토읍 狐死兎泣 | 여우가 죽으면 토끼가 운다; 같은 종류가 당하는 불행을 슬퍼한다

　　　　동의어: 호사토비 狐死兎悲; 토사호비 兎死狐悲 / 유사어: 지분혜탄 芝焚蕙歎

호상입장 互相入葬 | 친족을 한 묘지에 묻는다; 주인이 없는 산에 아무나 장사를 지낸다

호색지도 好色之徒 | 여자를 몹시 밝히는 무리

호생문병 虎生文炳 | 호랑이는 날 때부터 아름다운 무늬를 가진다

호생오사 好生惡死 | 생물은 살기를 좋아하고 죽기를 싫어한다

호생지덕 好生之德 | 살생을 꺼리는 어진 마음; 사형수를 사면해서 목숨을 살려주는 군주의 덕

호생지물 好生之物 | 아무렇게 굴려도 죽지 않고 잘 사는 식물

호생호보 好生好報 | 착한 마음으로 일하면 좋은 보답이 온다

호소무처 呼訴無處 | 아무 데도 호소할 곳이 없다 / 동의어: 호소무지 呼訴無地

호손사아 壺飱食餓 | 물에 만 밥을 항아리에 넣어 배고픈 사람에게 준다

호손입대 胡孫入袋 | 원숭이가 자루 속에 들어간다; 시골에 묻혀 살던 사람이 관직을 얻어 자유를
　　　　　　　　　잃는다; 일을 마음대로 할 수가 없다

호승지벽 好勝之癖 | 경쟁에서 이기기를 매우 좋아하는 버릇

　　　　준말: 승벽 勝癖 / 유사어: 호승지심 好勝之心

호시탐탐 虎視耽耽 | 호랑이가 눈을 부릅뜨고 먹이를 노려본다; 이권, 재물, 영토 등을 차지하려
　　　　　　　　　고 항상 기회를 노리고 있다; 위엄이 대단한 모양

　　　　유사어: 노규어사 鷺窺魚事

호언장담 豪言壯談 | 동의어: 대언장담 大言壯談

호연지기 浩然之氣 | 본문

호우고슬 好竽鼓瑟 | 피리를 좋아하는 사람에게 비파를 연주해서 들려준다

호우호마 呼牛呼馬 | 남이 무엇이라고 하든지 개의치 않는다 / 유사어: 오불관언 吾不關焉

호월일가 胡越一家 | 북쪽 오랑캐 호와 남쪽 오랑캐 월이 하나가 된다; 천하가 통일된다

호월지의 胡越之意 | 서로 멀리 떨어져 있다; 조금도 친하지 않다 / 유사어: 호월지격 胡越之隔

호위인사 好爲人師 | 아는 체하고 모든 일에 남의 스승이 되기를 좋아한다

　　　　　　유사어: 일언거사 一言居士

호유기미 狐濡其尾 | 여우가 무거운 꼬리를 물에 적신다; 처음에는 쉬워도 나중에는 곤경에 빠진다; 마지막에 방심하다가 실패한다; 준비 없이 일을 하면 완성할 수 없다

호유장단 互有長短 | 서로 장점과 단점이 있다

호의준순 狐疑逡巡 | 여우가 의심하듯 일을 망설인다 / 동의어: 호의 狐疑

호의호식 好衣好食 | 좋은 옷과 좋은 음식; 잘 입고 잘 먹는다 / 동의어: 옥의옥식 玉衣玉食

호전걸육 虎前乞肉 | 호랑이에게 고기를 달라고 구걸한다; 되지도 않을 일을 하려고 한다

호접지몽 胡蝶之夢 | 본문

호정출입 戶庭出入 | 앓는 사람이나 노인이 겨우 마당 안에서만 드나든다

호중천지 壺中天地 | 별천지; 별세계; 신선의 나라; 술에 취해 속세를 잊는 즐거움

　　　　동의어: 호천 壺天; 호중천 壺中天; 호중지천 壺中之天 / 유사어: 무릉도원 武陵桃源

호질기의 護疾忌醫 | 병을 감추고 의사를 피한다; 잘못을 변명하고 충고를 듣지 않는다

호천불문 呼天不聞 | 하늘에 호소해도 그 소리가 하늘에 들리지 않는다

호천통곡 呼天痛哭 | 하늘을 우러러 부르짖으며 통곡한다

호탕불기 豪宕不羈 | 기개가 세차고 호걸스러워서 사소한 일에 얽매이지 않는다

호풍환우 呼風喚雨 | 요술로 바람과 비를 불러일으킨다

호학불권 好學不倦 | 배우기를 즐기고 게을리 하지 않는다; 학문에 열중한다

호한식호한 好漢識好漢 | 영웅이라야 영웅을 알아본다

호행난주 胡行亂走 | 함부로 날뛰며 이리저리 돌아다닌다; 제멋대로 행동한다

호행소혜 好行小惠 | 얕은 잔꾀를 쓰기를 좋아한다

호형호제 呼兄呼弟 | 서로 형이니 아우니 하고 부른다; 매우 가까운 친구 사이

호호백발 皓皓白髮 | 온통 하얗게 센 머리카락; 그런 늙은이

호호선생 好好先生 | 누구에게나 좋다고 대답하는 사람

호화자제 豪華子弟 | 사치스럽고 화려한 집안에서 자란 자녀

호화찬란 豪華燦爛 | 사치스럽게 화려하고 눈부시게 매우 빛난다

혹가혹불가 或可或不可 | 옳다 하기도 하고 그르다 하기도 하여 가부가 결정되지 못한다

혹세무민 惑世誣民 | 세상사람들을 홀려서 속인다

혹시혹비 或是或非 | 옳기도 하고 그르기도 하여 옳고 그름을 결정할 수 없다

혹중혹부중 或中或不中 | 추측이나 예언 따위가 때로는 맞고 때로는 맞지 않는다

혹출혹처 或出或處 | 나아가서 벼슬을 하는 사람도 있고 은퇴해서 집에 머무는 사람도 있다

혼금박옥 渾金璞玉 | 제련하지 않은 광석과 다듬지 않은 옥; 사람의 좋은 바탕

혼돈세계 混沌世界 | 천지가 생길 때 사물의 구별이 분명하게 되지 않는 상태

혼비백산 魂飛魄散 | 너무나도 놀라서 혼이 나가고 넋이 흩어진다

　　　　　　동의어: 혼불부신 魂不附身; 혼불부체 魂不附體 ; 혼소백산 魂銷魄散

혼야애걸 昏夜哀乞 | 깊은 밤에 권력가에게 찾아가 애걸한다

혼연일체 渾然一體 | 사람들의 행동, 사상, 의지 등이 조그마한 차이도 없이 한데 뭉친다
　　　　　　　동의어: 혼연일치 渾然一致

혼정신성 昏定晨省 | 저녁에는 부모의 잠자리를 마련해 드리고 아침에는 안부를 묻는다; 부모를
　　　　　　　섬기는 바람직한 자세 / 준말: 정성 定省 / 유사어: 온청정성 溫淸定省

홀여조과목 忽如鳥過目 | 새가 눈앞을 스쳐서 지나가는 것처럼 인생은 매우 짧다

홍곡장지 鴻鵠將之 | 글을 배우면서도 마음은 새를 잡는 일에 가 있다

홍곡지수 鴻鵠之壽 | 큰기러기와 고니처럼 오래 사는 수명

홍곡지지 鴻鵠之志 | 영웅 호걸의 뜻; 원대한 포부

홍동백서 紅東白西 | 제사상에 붉은 과일은 동쪽에, 흰 과일은 서쪽에 놓는다

홍등녹주 紅燈綠酒 | 붉은 등불에 푸른 술; 홍등가의 방탕한 분위기

홍로점설 紅爐點雪 | 빨갛게 달아오른 화로에 한 점 흰 눈; 그런 눈처럼 욕망이나 의혹이 순식간
　　　　　　　에 사라진다; 도를 깨달아 마음이 확 트이고 맑아진다

홍불감장 紅不甘醬 | 간장의 빛깔은 붉지만 맛은 달지 않다; 겉은 좋아 보여도 속은 신통치 않다

홍수황문 紅袖黃門 | 궁녀와 환관

홍안미소년 紅顔美少年 | 젊고 아름다운 소년

홍안애력 鴻雁愛力 | 기러기는 바람을 만나면 빨리 떠올라 자기 힘을 아낀다

홍안애명 鴻雁哀鳴 | 기러기가 슬프게 운다; 가난한 백성이 비참하게 시달린다

홍연대소 哄然大笑 | 큰소리로 껄껄 웃는다 / 동의어: 가가대소 呵呵大笑

홍익인간 弘益人間 | 인간세계를 널리 이롭게 한다

홍일점　　 紅一點 | 본문

홍점지익 鴻漸之翼 | 하늘 높이 점점 올라갈 수 있는 기러기의 날개; 점차 높은 자리로
　　　　　　　올라가거나 큰 사업을 이룩할 수 있는 능력

화광동진 和光同塵 | 빛을 부드럽게 하고 속세 사람들과 어울린다 / 준말: 화광 和光

화광충천 火光衝天 | 불이 일어나서 그 기세가 하늘을 찌를 듯 매우 거세다

화갱염매 和羹鹽梅 | 소금과 식초로 국의 맛을 고르게 한다; 나라의 정치를 맡아보는 재상

화기애애 和氣靄靄 | 여럿이 모인 자리에 분위기가 온화한 기색이 차서 넘쳐흐른다

화동상유 和同相誘 | 남녀가 서로 짜고 집을 나간다

화룡유구 畵龍類狗 | 용을 그리다가 개를 그린다; 큰 일을 이루려다가 작은 일마저 못 이룬다

화룡점정 畵龍點睛 | 본문

화무십일홍 花無十日紅 | 열흘 동안 붉게 피는 꽃은 없다; 한번 성하면 언젠가는 쇠망한다
　　　　　　　오래 가지 못한다 / 동의어: 화무백일홍 花無百日紅

화민성속 化民成俗 | 백성을 가르치고 이끌어서 아름다운 풍속을 만든다

화반탁출 和盤托出 | 음식을 쟁반에 차려서 들고 나온다; 모든 것을 남기지 않고 드러낸다

화발다풍우 花發多風雨 | 꽃이 필 무렵에는 비바람이 많다

화복규묵 禍福糾纆 | 재앙과 복은 꼬아놓은 새끼와 같다; 행복과 불행은 한 덩어리다

화지불구 禍至不懼 ｜ 재앙이 닥쳐도 두려워하지 않는다

화촉동방 華燭洞房 ｜ 신랑신부가 첫날밤에 자는 방

화충협동 和衷協同 ｜ 마음을 합하여 협력한다

화취세구 貨取勢求 ｜ 돈으로 관직을 사고 세력가에게 아첨해서 한 자리 얻는다

화피만방 化被萬方 ｜ 가르침의 효과가 널리 온 나라에 퍼진다

화호유구 畵虎類狗 ｜ 본문

화훼원예 花卉園藝 ｜ 관상용 꽃을 기르는 원예

확고부동 確固不動 ｜ 확실하고 튼튼해서 흔들리거나 움직이지 않는다 / 동의어: 확고불발 確固不拔

확실무의 確實無疑 ｜ 확실하여 의심할 여지가 없다

확이충지 擴而充之 ｜ 넓혀서 충실하게 한다

확호불발 確乎不拔 ｜ 의지가 굳어 흔들리지 않는다

환고일세 還顧一世 ｜ 세상을 두루 살펴본다; 세상에 유능한 인물이 없음을 탄식한다

환고자제 紈袴子弟 ｜ 지위가 높고 귀한 집안의 자녀들을 경멸하는 말 / 동의어: 기환자제 綺紈子弟

환골탈태 換骨奪胎 ｜ 본문

환과고독 鰥寡孤獨 ｜ 홀아비와 과부와 고아와 자식이 없는 사람 / 동의어: 사궁 四窮

환귀고국 還歸故國 ｜ 고국으로 돌아온다

환귀본주 還歸本主 ｜ 물건을 그 임자에게 돌려준다; 동의어: 환귀본처 還歸本處

환난상구 患難相救 ｜ 근심과 재앙을 서로 구해준다

　　　　　　　　동의어: 환난상고 患難相顧 / 유사어: 환난상사 患難相死

환득환실 患得患失 ｜ 얻기 전에는 그것을 얻으려고 걱정하고 얻은 뒤에는 잃을까 걱정한다

환락애정 歡樂哀情 ｜ 기쁨이 극도에 이르면 슬픔이 많다

환부역조 換父易祖 ｜ 아버지와 할아버지를 바꾼다; 집안이 좋지 못한 사람이 자손이 없는

　　　　　　　　양반 집의 뒤를 부정하는 수단으로 잇는다

환비연수 環肥燕瘦 ｜ 당나라의 양옥환(楊玉環)은 살지고 한나라의 조비연(趙飛燕)은 몸이 말랐다

　　　　　　　　미인의 몸매는 똑같지 않고 각각 특색이 있다

환연빙석 渙然氷釋 ｜ 얼음이 녹듯 의심이나 응어리가 풀린다

환장지경 換腸之境 ｜ 미칠 듯한 기분에 이른 지경

환해풍파 宦海風波 ｜ 벼슬살이에서 겪는 온갖 풍파

환후평복 患候平復 ｜ 병이 나아서 평상시와 같이 회복된다

활달대도 豁達大度 ｜ 작은 일에 구애되지 않는 큰 도량

활박생탄 活剝生呑 ｜ 산 채 가죽을 벗기고 통째 삼킨다; 남의 시나 글을 통째로 베낀다

　　　　　　　　동의어: 생탄활박 生呑活剝 / 유사어: 환골탈태 換骨奪胎; 도작 盜作

활살자재 活殺自在 ｜ 살리고 죽이기를 자기 마음대로 한다

활인적덕 活人積德 ｜ 사람의 목숨을 구하여 음덕을 쌓는다

황공무지 惶恐無地 ｜ 두렵고 무서워서 몸둘 곳을 모른다 / 동의어: 황송무지 惶悚無地

황구유취 黃口乳臭 ｜ 부리가 노란 새처럼 어려서 젖비린내가 난다; 남을 경험이 없는 자라고

경멸하는 말 / 준말: 황구 黃口 / 동의어: 황구유아 黃口乳兒

유사어: 구상유취 口尙乳臭(본문)

황년무육친 荒年無六親 | 흉년에는 부모 형제 처자 등 육친이 화합하는 일이 없다

황니봉관곡 黃泥封關谷 | 흙 한 덩어리로 함곡관을 막는다; 적은 군대로 관문을 굳게 지킨다

황당무계 荒唐無稽 | 말이 허황하고 터무니없다 / 동의어: 황탄무계 荒誕無稽

황당지설 荒唐之說 | 터무니없는 말 / 준말: 황언 荒言; 황설 荒說

동의어: 황당지언 荒唐之言; 황당지사 荒唐之辭

유사어: 황당무계 荒唐無稽; 무계 無稽; 황탄 荒誕

황도길일 黃道吉日 | 무슨 일을 하든지 가장 좋은 날

황량지몽 黃粱之夢 | 누런 기장으로 밥을 한번 지을 때 꾼 꿈; 인생의 부귀영화는 허무하다

동의어: 한단지몽 邯鄲之夢(본문); 남가일몽 南柯一夢(본문)

황망지행 荒亡之行 | 고위관리가 사냥이나 술과 여자에 빠져서 자신과 나라를 망친다

황모무심필 黃毛無心筆 | 족제비 털로 만든 붓 / 준말: 황모무심 黃毛無心

황무사색 黃霧四塞 | 누런 안개가 사방에 가득 차 있다; 세상이 어지러워질 징조

황양자자 恍洋自恣 | 바다가 한없이 넓은 것처럼 무슨 일이든 자기 마음대로 거만하게 군다

황음무도 荒淫無道 | 술과 계집에 빠져서 사람의 도리를 돌보지 않는다

황작사선 黃雀伺蟬 | 참새가 매미를 노린다; 죽을 위험에 있는 줄도 모르고 남을 해치려 한다

황진만장 黃塵萬丈 | 누런 먼지가 바람에 날려 하늘 높이 치솟는다

황화만절 黃花晚節 | 국화; 늙어서 건강하다

황황급급 遑遑急急 | 마음이 몹시 급해서 허둥지둥한다 / 동의어: 황황망극 遑遑罔極

회개지심 悔改之心 | 잘못을 뉘우치고 바로잡으려는 마음

회계지치 會稽之恥 | 월나라 왕 구천이 회계산에서 오나라 왕 부차에게 포로가 된 수치; 전쟁에
패배한 치욕; 뼈에 사무쳐서 잊을 수 없는 치욕

유사어: 와신상담 臥薪嘗膽(본문)

회과자책 悔過自責 | 잘못을 뉘우쳐 스스로 책망한다

회과천선 悔過遷善 | 잘못을 뉘우치고 착한 일을 하게 된다

회광반조 回光返照 | 해지기 직전에 하늘이 밝아지는 것; 멸망 직전에 기세가 잠시 왕성하다

회국순례 回國巡禮 | 여러 나라를 두루 돌아다니면서 성지를 순례한다

회독지탄 悔毒之歎 | 독약을 마신 뒤 뉘우치는 한탄; 아무 소용도 없는 것을 뉘우친다

회록지재 回祿之災 | 불의 신 회록이 주는 재앙 즉 화재

회멸지구 灰滅之咎 | 가문이 전멸 당하는 형벌

회보야행 懷寶夜行 | 귀중한 보배를 지니고 밤길을 간다; 매우 위험한 짓을 한다

회빈작주 回賓作主 | 남의 의견이나 주장을 무시한 채 제멋대로 처리하거나 오만하게 군다

회사후소 繪事後素 | 흰 바탕이 마련된 뒤에 그린다; 좋은 바탕을 갖춘 뒤에 학문을 해야 한다

회생지망 回生之望 | 다시 살아날 가망성

회심향도 回心向道 | 마음을 돌려 바른 길로 들어선다

회인불권 誨人不倦 | 사람에게 바른 길을 가르치는 것을 조금도 귀찮게 여기지 않는다

회자인구 膾炙人口 | 생선회와 구운 생선은 누구나 좋아한다; 많은 사람이 칭찬한다

회자정리 會者定離 | 만나면 반드시 헤어지게 되어 있다

회진작소 回嗔作笑 | 화를 냈던 것을 슬쩍 돌려서 일부러 웃는다 / 유사어: 회진작희 回嗔作喜

회천지력 迴天之力 | 천자의 마음을 바른 데로 인도하는 힘

회총시위 懷寵尸位 | 군주의 총애만 믿고 물러가야 할 때 쓸데없이 벼슬자리만 차지하고 있다

회피부득 回避不得 | 피하려고 하지만 피할 수가 없다 / 동의어: 요피부득 要避不得

횡래지액 橫來之厄 | 뜻밖에 당하는 재난 / 준말: 횡액 橫厄

횡목지민 橫目之民 | 일반 백성

횡보행 호거경 橫步行 好去京 | 모로 걸어가도 서울만 가면 된다; 수단방법을 가리지 않는다

횡설수설 橫說竪說 | 조리가 없는 말을 함부로 지껄인다 / 동의어: 횡수설거 橫竪說去

횡초지공 橫草之功 | 싸움터의 풀을 옆으로 쓰러트린 공로; 전쟁터에 나아가 크게 세운 공적

횡행활보 橫行闊步 | 두 손을 내두르며 껑충껑충 걸어간다; 거리낌없이 제멋대로 행동한다

효수경중 梟首警衆 | 죄인의 목을 베어 높이 매달아 수많은 사람을 경계한다

효시   嚆矢 | 소리 내며 날아가는 화살; 사물의 시초, 기원 / 동의어: 남상 濫觴(본문)

효애기자 梟愛其子 | 올빼미가 자기 새끼를 사랑하지만 새끼는 큰 뒤에 어미를 잡아먹는다

효자종치명 孝子從治命 | 효자는 부모가 정신이 맑을 때 한 유언을 따른다

효자지문 孝子之門 | 효자가 나온 가문

효제충신 孝悌忠信 | 효도와 형제간의 우애와 충성과 신의

후덕군자 厚德君子 | 덕행이 두텁고 점잖은 사람

후래삼배 後來三杯 | 술자리에 뒤늦게 온 사람에게 권하는 술 석 잔

후래선배 後來先杯 | 술자리에 뒤늦게 온 사람에게 먼저 술을 권할 때 하는 말

후래거상 後來居上 | 관청의 새로 임명된 사람이 먼저 임명된 사람보다 더 높은 자리에 있다

후모심정 厚貌深情 | 덕이 많게 보이는 얼굴에 인정이 깊다

후목분장 朽木糞牆 | 썩은 나무에 조각을 하거나 낡아빠진 벽에 흙을 발라도 아무 소용이 없다

후목불가조 朽木不可雕 | 썩은 나무는 조각을 할 수 없다; 바탕이 나쁜 사람은 가르칠 수 없다

후생가외 後生可畏 | 본문

후생각고 後生角高 | 뒤에 난 뿔이 우뚝하다; 제자나 후배가 선생이나 선배보다 훨씬 낫다

후생대사 後生大事 | 내세를 소중히 여긴다

후안무치 厚顔無恥 | 낯가죽이 두꺼워 부끄러움을 모른다

후자처상 後者處上 | 양보한 사람이 남보다 위에 있게 된다

후회막급 後悔莫及 | 아무리 후회해도 어찌할 도리가 없다

　　　　　　 동의어: 회지막급 悔之莫及; 회지무급 悔之無及; 후회서제 後悔 臍

훈이향자소 薰以香自燒 | 향기로운 풀은 그 향기 때문에 스스로 탄다

훈주산문 葷酒山門 | 비린내 나는 고기, 풋내 나는 채소, 향기로운 술은 수행에 방해가 되어 절에 들이지 못한다

훼가출송 毀家黜送 | 풍속을 어지럽힌 사람을 그 집을 헐고 동네에서 쫓아낸다
　　동의어: 훼가출동 毀家黜洞
훼예포폄 毀譽褒貶 | 칭찬하는 말과 비방하는 말 / 준말: 훼예 毀譽
훼장삼척 喙長三尺 | 부리가 석 자나 된다; 말을 매우 잘 한다
휘루참마속 揮淚斬馬謖 | 제갈공명이 마속의 목을 벤 일 / 동의어: 읍참마속 泣斬馬謖(본문)
휘지비지 諱之秘之 | 결과를 분명하지 않게 맺는다; 흐지부지한다 / 준말: 휘비 諱秘
휘한성우 揮汗成雨 | 뿌리는 땀이 비를 이룬다; 사람이 많이 모여 복잡하다
휘황찬란 輝煌燦爛 | 광채가 눈부시게 빛난다; 말이나 행동이 꾀가 많아 미덥지 못하다
휴관치사 休官致仕 | 늙어서 관직에서 물러난다 / 준말: 휴치 休致
휼이부정 譎而不正 | 속이고 올바르지 않다
흉악망측 凶惡罔測 | 성질이 매우 거칠고 사납다 / 준말: 흉측 凶測
흉유성죽 胸有成竹 | 대나무를 그리려면 먼저 마음속으로 생각한 다음에 붓을 들어야 한다
흉종극말 凶終隙末 | 절친하던 우정이 틈이 벌어져서 나쁜 결말을 본다
흉중무묵 胸中無墨 | 배운 것이 없는 사람
흉중생진 胸中生塵 | 사람을 잊지 않고 생각은 오래 하지만 만나지는 못한다
흉중인갑 胸中鱗甲 | 남과 다투려는 마음을 품고 있다
흉즉대길 凶則大吉 | 운수가 매우 나쁘게 나올 때는 오히려 운수가 몹시 좋다
흑두재상 黑頭宰相 | 나이가 젊은 재상 / 동의어: 흑두공 黑頭公 / 반대어: 백두재상 白頭宰相
흑백분명 黑白分明 | 옳고 그름이나 선과 악을 분명하게 가린다 / 반대어: 흑백불분 黑白不分
흑의재상 黑衣宰相 | 중의 신분으로 정치에 참여하여 대권을 휘두르는 사람
흔연대접 欣然待接 | 기쁜 마음으로 대접한다
흔희작약 欣喜雀躍 | 참새가 날아오르듯 기뻐서 춤춘다; 몹시 기뻐한다
흥국강병 興國强兵 | 나라를 일으키고 군사를 강하게 만든다
흥망성쇠 興亡盛衰 | 나라의 흥망과 융성하고 쇠퇴하는 것
흥망치란 興亡治亂 | 나라의 흥망과 잘 다스린 세상과 어지러운 세상
흥미진진 興味津津 | 흥미가 넘친다 / 반대어: 흥미삭연 興味索然
흥성흥성 興盛興盛 | 활기차게 번창하여 보기에 번질번질한 모양
흥와주산 興訛做訕 | 있는 말과 없는 말을 꾸며대서 남을 비방한다 / 동의어: 흥와조산 興訛造訕
흥일리 불약제일해 興一利 不若除一害 | 유익한 일 한 가지를 시작하는 것은 해로운 일 한 가지를 없애는 것만 못하다
흥진비래 興盡悲來 | 즐거운 일이 지나가면 곧 슬픈 일이 닥친다 / 반대어: 고진감래 苦盡甘來
희대미문 稀代未聞 | 매우 드물어서 좀처럼 듣지 못한다
희로애락 喜怒哀樂 | 기쁨과 노여움과 슬픔과 즐거움; 인간의 각가지 감정
희불자승 喜不自勝 | 어쩔 줄 모를 정도로 기쁘다
희비쌍곡선 喜悲雙曲線 | 기쁨과 슬픔이 동시에 일어나 각각 발전하는 모양
희비애락 喜悲哀樂 | 기쁨과 슬픔과 애처로움과 즐거움

희색만면 喜色滿面 | 기쁜 빛이 얼굴에 가득하다

희세지재 稀世之才 | 세상에 드문 재주

희소가치 稀少價値 | 세상에 드물기 때문에 더욱 귀하게 인정되는 가치

희희낙락 喜喜樂樂 | 매우 기쁘고 즐겁다

톨스토이 인생론 에세이 행복의 발견

레프 톨스토이 지음/ 이동진 편역
양장/ 271쪽/ 9,000원

• 톨스토이가 세계적으로 저명한 작가, 철학자, 사상가들의 다양한 경험에서 비롯된 지혜를 뽑아서
  정리한 명상서로 톨스토이의 인생론과 행복론이 담겨 있다.

쇼펜하우어 인생론 에세이 사랑은 없다

쇼펜하우어 지음/ 이동진 옮김
양장/ 248쪽/ 9,000원

• '나는 사람보다 개를 더 좋아한다'고 말했던 염세주의 철학가의 사랑과 죽음의 거침없는 무서운 인생론.

군주론

마키아벨리 지음/ 이동진 옮김
양장/ 256쪽/ 8,500원

• 한국사회의 현실과 정치 외교, 전략과 처세술, 개인과 국가 경영 등에 초점을 맞추어 평역한 에센스 군주론.

신군주론

프란체스코 귀치아르디니 지음/ 이동진 편역
241쪽/ 8,700원

• 난세를 살아가는 데 필요한 지혜의 처세술과 정치 지도자론.
  마키아벨리의 군주론과 함께 정치 외교학의 중요한 고전이다.

스탕달 연애론 에세이 Love

스탕달 지음/ 이동진 옮김
양장/ 248쪽/ 9,000원

• 어떤 심리학자보다도 정확하게 남자와 여자의 연애 심리를 기술한 200년 된 연애심리의 바이블.

니체 인생론 에세이 어떻게 살 것인가

니체 지음/ 이동진 옮김
양장/ 280쪽/ 9,500원

• 제목처럼, '어떻게 살 것인가' 하는 니체의 철학적 고민을 통해 독자들이 삶의 방식을 선택할 수 있도록
  인도해 주는 내용으로 구성된 책이다.

역사를 바꾼 지도자들

스펜서 비슬리 외 17명 지음/ 이동진 옮김
360쪽/ 9,000원

• 세계사에 큰 공적을 남기고 역사의 흐름을 바꾼 지도자 22명의 출생과 성장, 업적을 집약하여 서술한 영웅
  들의 기록이자 역사 현장의 논픽션이다.

제2의 성서(신약·구약)

이동진 편역
구약 858쪽·신약 765쪽/ 각 15,000원

• 2천년 동안 베일에 가려져 있던 신비의 비경전 고대문헌.
• 성서가 신앙의 교과서라면 〈제2의 성서〉는 우수한 참고서.

풀턴의 인생론 에세이 행복에 이르는 길

풀턴 J. 신 지음/ 조성식 옮김
양장/ 224쪽/ 9,500원

• 미국의 지성 풀턴 주교가 특별한 목적을 가지고 독특한 방법에 따라 진정한 행복에 이르는 길을 사려 깊게
  제시한 에세이이다.

세상의 지혜

발타사르 그라시안 지음/ 이동진 옮김
양장/ 440쪽/ 10,000원

• "평생 동안 들고 다니며 읽어야 할 인생의 동반자"라고 쇼펜하우어가 격찬한 인생 지침서.
  자신을 발견할 수 있는 심오한 진리가 담겨 있다.